編年体大正文学全集

taisyô bungaku zensyû　第十四巻　大正十四年

1925

【責任編集】
中島国彦
竹盛天雄
池内輝雄
十川信介
海老井英次
藤井淑禎
紅野敏郎
紅野謙介
松村友視
東郷克美
保昌正夫
日高昭二
曾根博義
亀井秀雄
安藤　宏
鈴木貞美
宗像和重
山本芳明
〔通巻担当・詩〕
阿毛久芳
〔通巻担当・短歌〕
来嶋靖生
〔通巻担当・俳句〕
平井照敏
〔通巻担当・児童文学〕
砂田　弘

【本巻担当】
安藤　宏
【装丁】
寺山祐策

編年体　大正文学全集　第十四巻　大正十四年　1925

目次

創作

小説・戯曲・児童文学

評論

詩歌

詩・短歌・俳句

［詩］

編年体　大正文学全集　第十四巻　大正十四年　1925

ゆまに書房

創作

小説
戯曲
児童文学

馬の脚

芥川龍之介

このお伽噺の主人公は――「馬の脚」は小説ではない。「大人に読ませるお伽噺」である。「大人に読ませるお伽噺」などは認めない人もあるかも知れない。が、認めないのは誤りである。堀川保吉君は或論文の中に夙にこの妄を排斥した。（篇末に掲げたのはこの論文、――即ち「お伽噺並びに玩具に関する論文」の一節である。）

このお伽噺の主人公は忍野《おしの》半三郎と言ふ男である。生憎これは王子ではない。北京の三菱に勤めてゐる三十前後の会社員である。半三郎は商科大学を卒業した後、二月目に北京へ来ることになつた。同僚や上役の評判は格別善いと言ふほどではない。しかし又悪いと言ふほどでもない。まづ平々凡々たることは半三郎の風采の通りである。もう一つ次手につけ加へれば、半三郎の家庭生活の通りである。

半三郎は二年前に或令嬢と結婚した。令嬢の名前は常子である。これも生憎恋愛結婚ではない。或親戚の老人夫婦に仲人を頼んだ媒妁結婚である。常子は美人と言ふほどではない。尤も又醜婦と言ふほどでもない。只まるまる肥つた頬にいつも微笑を浮かべてゐる。奉天から北京へ来る途中、寝台車の南京虫に螫された時の外はいつも微笑を浮かべてゐる。しかももう今は南京虫に二度と螫される心配はない。それは××胡同の社宅の居間に蝙蝠印の除虫菊が二缶、ちやんと具へつけてあるからである。

わたしは半三郎の家庭生活は平々凡々を極めてゐると言つた。実際その通りに違ひない。彼は只常子と一しよに飯を食つたり、蓄音機をかけたり、活動写真を見に行つたり、――あらゆる北京中の会社員と変りのない生活を営んでゐる。しかし彼等の生活も運命の支配に漏れる訳には行かない。運命は或真昼の午後、この平々凡々たる家庭生活の単調を一撃のもとにうち砕いた。三菱会社員忍野半三郎は脳溢血の為に頓死したのである。

半三郎はやはりその午後にも東単牌楼の社の机にせつせと書類を調べてゐた。机を向かひ合はせた同僚にも格別異状などは見えなかつたさうである。が、一段落ついたと見え、巻煙草を口へ啣へたまま、マツチをすらうとする拍子に突然俯伏しになつて死んでしまつた。如何にもあつけない死にかたである。しかし世間は幸ひにも死にかたには余り批評をしない。批評をするのは生きかただけである。半三郎もその為に格別非難を招かずにすんだ。いや、非難所ではない。上役や同僚は未亡人常子にいづれも深い同情を表した。

同仁病院長山井博士の診断に従へば、半三郎の死因は脳溢血である。が、半三郎自身は不幸にも脳溢血とは思つてゐない。第一死んだとも思つてゐない。只いつか見たことのない事務室へ来たのに驚いてゐる。

事務室の窓かけは日の光の中にゆつくりと風に吹かれてゐる。尤も窓の外は何も見えない。事務室のまん中の大机には白い大掛児を着た支那人が二人、差し向かひに帳簿を検らべてゐる。一人はまだ二十前後であらう。もう一人はやや黄ばみかけた、長い口髭をはやしてゐる。

そのうちに二十前後の支那人は帳簿へペンを走らせながら、目も挙げずに彼へ話しかけた。

「アアル・ユウ・ミスタア・ヘンリイ・バレツト・アアント・ユウ？」

半三郎はびつくりした。が、出来るだけ悠然と北京官話の返事をした。「我は是日本三菱公司の忍野半三郎」と答へたのである。

「おや、君は日本人ですか？」

やつと目を挙げた支那人はやはり驚いたやうにかう言つた。年とつたもう一人の支那人も帳簿へ何か書きかけたまま、茫然と半三郎を眺めてゐる。

「どうしませう？　人違ひですが。」

「困る。実に困る。第一革命以来一度もないことだ。」

年とつた支那人は怒つたと見え、ぶるぶる手のペンを震はせてゐる。

「兎に角早く返してやり給へ。」

「君は――ええ、忍野君ですね。ちよつと待つて下さいよ。」

二十前後の支那人は新らたに厚い帳簿をひろげ、何か口の中に読みはじめた。が、その帳簿をとざしたと思ふと、前よりも一層驚いたやうに年とつた支那人へ話しかけた。

「駄目です。忍野半三郎君は三日前に死んでゐます。」

「三日前に死んでゐる？」

「しかも脚は腐つてゐます。両脚とも腿から腐つてゐます。」

半三郎はもう一度びつくりした。彼等の問答に従へば、第一に彼は死んでゐる。第二に死後三日を経てゐる。第三に脚は腐つてゐる。そんな莫迦げたことのある筈はない。現に彼の脚はこの通り、――彼は脚を眺めるが早いか、思はずあつと大声を出した。大声を出したのも不思議ではない。折り目の正しい白ズボンに白靴をはいた彼の脚は窓からはひる風の為めに二つとも斜めに靡いてゐる！　彼はかう言ふ光景を見た時、殆ど彼の目を信じなかつた。が、両手にさはつて見ると、実際両脚とも腿から下は空気を摑むのと同じことである。半三郎はとうとう尻もちをついた。同時に又脚は――と言ふよりもズボンは丁度ゴム風船のしなびたやうにへなへなと床の上へ下りた。

「よろしい。よろしい。どうにかして上げますから。」

年とつた支那人はかう言つた後、まだ余憤の消えないやうに若い下役へ話しかけた。

「これは君の責任だ。好いかね。君の責任だ。早速上申書を出さなければならん。そこでだ。そこでヘンリイ・バレットは現在どこに行つてゐるかね？」

「今調べた所によると、急に漢口へ出かけたやうです。」

「では漢口へ電報を打つてヘンリイ・バレットの脚を取り寄せよう。」

「いや、それは駄目でせう。漢口から脚の来るうちには忍野君の胴が腐つてしまひます。」

「困る。実に困る。」

年とつた支那人は歎息した。何だか急に口髭さへ一層だらりと下つたやうである。

「これは君の責任だ。早速上申書を出さなければならん。生憎乗客は残つてゐまいね？」

「ええ、一時間ばかり前に立つてしまひました。尤も馬ならば一匹ゐますが。」

「何処の馬かね？」

「徳勝門外の馬市の馬です。今しがた死んだばかりですから。」

「ぢやその馬の脚をつけよう。馬の脚でもないよりは好い。ちよつと脚だけ持つて来給へ。」

二十前後の支那人は大机の前を離れると、すうつと何処かへ出て行つてしまつた。半三郎は三度びつくりした。何でも今の話によると、馬の脚をつけられるらしい。馬の脚などになつた日には大変である。彼は尻もちをついたまま、年とつた支那人に歎願した。

「もしもし、馬の脚だけは勘忍して下さい。わたしは馬は大嫌ひなのです。どうか後生一生のお願ひですから、人間の脚をつけて下さい。ヘンリイ何とかの脚でもかまひません。少々位毛脛でも人間の脚ならば我慢しますから。」

年とつた支那人は気の毒さうに半三郎を見下しながら、何度も点頭を繰り返した。

「それはあるならばつけて上げます。しかし人間の脚はないのですから。——まあ、災難とお諦めなさい。しかし馬の脚は丈夫ですよ。時々蹄鉄を打ちかへれば、どんな山道でも平気ですよ。……」

するともう若い下役は馬の脚を二本ぶら下げたなり、すうつと又どこかからはひつて来た。丁度ホテルの給仕などの長靴を持つて来るのと同じことである。半三郎は逃げようとした。しかし両脚のない悲しさには容易に腰を上げることも出来ない。そのうちに下役は彼の側へ来ると、白靴や靴下を外し出した。

「それはいけない。馬の脚だけはよしてくれ給へ。第一僕の承諾を経ずに僕の脚を修繕する法はない。……」

半三郎のかう喚いてゐるうちに下役はズボンの右の穴へ馬の脚を一本さしこんだ。馬の脚は歯でもあるやうに右の腿へ食らひついた。それから今度は左の穴へもう一本の脚をさしこんだ。これも亦かぷりと食らひついた。

「さあ、それでよろしい。」

二十前後の支那人は満足の微笑を浮かべながら、爪の長い両手をすり合せてゐる。半三郎はぼんやり彼の脚を眺めた。するといつか白ズボンの先には太い栗毛の馬の脚が二本、ちやんともう蹄を並べてゐる。——

半三郎は此処まで覚えてゐる。少くともその先は此処までのやうにはつきりと記憶には残つてゐない。何だか二人の支那人と喧嘩したやうにも覚えてゐる。又嶮しい梯子段を転げ落ちたやうにも覚えてゐる。が、どちらも確かではない。兎に角彼はえたいの知れない幻の中を彷徨した後、やつと正気を恢復した時には××胡同の社宅に据ゑた寝棺の中に横たはつてゐた。のみならず丁度寝棺の前には若い本願寺派の布教師が一人、引導か何かを渡してゐた。

かう言ふ半三郎の復活の評判になつたのは勿論である。「順天時報」はその為に大きい彼の写真を出したり、三段抜きの記事を掲げたりした。何でもこの記事に従へば、喪服を着た常子はふだんよりも一層にこにこしてゐたさうである。或上役や同僚は無駄になつた香奠を会費に復活祝賀会を開いたさうである。尤も山井博士の信用だけは危険に瀕したのに違ひない。が、博士は悠然と葉巻の煙を輪に吹きながら、巧みに信用を恢復した。それは医学を超越する自然の神秘を力説したのである。つまり博士自身の信用の代りに医学の信用を抛棄したのである。

けれども当人の半三郎だけは復活祝賀会へ出席した時さへ、少しも浮いた顔を見せなかつた。見せなかつたのも勿論、不思議ではない。彼の脚は復活以来いつの間にか馬の脚に変つてゐたのである。指の代りに蹄のついた栗毛の馬の脚に変つてゐたのである。彼はこの脚を眺める度に何とも言はれぬ情なさを感じた。万一この脚の見つかつた日には会社も必ず半三郎を馘首してしまふのに違ひない。同僚も今後の交際は御免を蒙るのにきまつてゐる。常子も——おお、「弱きものよ汝の名は女なり」！　常子も恐らくはこの例に洩れず、馬の脚などになつた男を御亭主に持つてはゐないであらう。——半三郎はかう考へる度に、どうしても彼の脚だけは隠さなければならぬと決心した。和服を廃したのもその為である。長靴をはいたのもその為である。浴室の窓や戸じまりを厳重にしたのもその為である。しかし彼はそれでもなほ絶えず不安を感じてゐた。又不安を感じたのも無理ではなかつたのに違ひない。なぜと言へば、——

半三郎のまづ警戒したのは同僚の疑惑を避けることである。これは彼の苦心の中でも比較的楽な方だつたかも知れない。が、彼の日記によれば、やはりいつも多少の危険と闘はなければならなかつたやうである。

「七月×日　どうもあの若い支那人のやつは怪しからぬ脚をくつけたものである。彼の脚は両方とも蚤の巣窟と言つても好い。俺は今日も事務を執りながら、気違ひになる位痒い思ひをした。兎に角当分は全力を挙げて蚤退治の工夫をしなければならぬ。……

「八月×日　俺は今日マネエヂヤアの所へ商売のことを話しに

行つた。するとマネエヂヤアは話の中にも絶えず鼻を鳴らせてゐる。どうも俺の脚の臭ひは長靴の外にも発散するらしい。……

「九月×日　馬の脚を自由に制御することは確かに馬術よりも困難である。俺は今日午休み前に急ぎの用を言ひつけられたから、小走りに梯子段を走り下りた。誰でもかう言ふ瞬間には用のことしか思はぬものである。俺もその為にいつの間にか馬の脚を忘れてゐたのであらう。あつと言ふ間に俺の脚は梯子段の七段目を踏み抜いてしまつた。……

「十月×日　俺はだんだん馬の脚を自由に制御することを覚え出した。これもやつと体得して見ると、畢竟腰の吊り合一つである。が、今日は失敗した。尤も今日の失敗は必しも俺の罪ばかりではない。俺は今朝九時前後に人力車に乗つて会社へ行つた。すると車夫は十二銭の賃銭をどうしても二十銭よこせと言ふ。おまけに俺をつかまへたなり、会社の門内へはひらせまいとする。俺は大いに腹が立つたから、いきなり車夫を蹴飛ばしてやつた。車夫の空中へ飛び上つたことはフツト・ボオルかと思ふ位である。俺は勿論後悔した。同時に又思はず噴飯した。兎に角脚を動かす時には一層細心に注意しなければならぬ。……」

しかし同僚を瞞着するよりも常子の疑惑を避けることは遥かに困難に富んでゐたらしい。半三郎は彼の日記の中に絶えずこの困難を痛嘆してゐる。

「七月×日　俺の大敵は常子である。俺は文化生活の必要を楯に、たつた一つの日本間をもとうとう西洋間にしてしまつた。かうすれば常子の目の前でも靴を脱がずにゐられるからである。常子は畳のなくなつたことを大いに不平に思つてゐるらしい。が、靴足袋をはいてゐるにもせよ、この脚で日本間を歩かせられるのは到底俺には不可能である。……

「九月×日　俺は今日道具屋にダブル・ベツドを売り払つた。このベツドを買つたのは或亜米利加人のオオクシヨンである。俺はあのオオクシヨンへ行つた帰りに租界の並み木の下を歩いて行つた。並み木の槐《えんじゆ》は花盛りだつた。運河の水明りも美しかつた。しかし――今はそんなことに恋々としてゐる場合ではない。俺は昨夜もう少しで常子の横腹を蹴る所だつた。……

「十一月×日　俺は今日洗濯物を俺自身洗濯屋へ持つて行つた。尤も出入りの洗濯屋ではない。東安市場の側の洗濯屋である。これだけは今後も実行しなければならぬ。猿股やズボン下や靴下にはいつも馬の毛がくつついてゐるから。……

「十二月×日　靴下の切れることは非常なものである。実は常子に知られぬやうに靴下代を工面するだけでも並み大抵の苦労ではない。……

「二月×日　俺は勿論寝る時でも靴下やズボン下を脱いだことはない。その上常子に見られぬやうに脚の先を毛布に隠してしまふのはいつも容易ならぬ冒険である。常子は昨夜寝る前に「あなたはほんたうに寒がりね。腰へも毛皮を巻いていらつしやるの?」と言つた。ことによると俺の馬の脚も露見する時が来たのかも知れない。……」

半三郎はこの外にも幾多の危険に遭遇した。それを一一枚挙するのは到底わたしの堪へる所ではない。が、半三郎の日記の中でも最もわたしを驚かせたのは下に掲げる出来事である。

「二月×日 俺は今日午休みに隆福寺の古本屋を覗きに行つた。古本屋の前の日だまりには馬車が一台止まつてゐる。尤も西洋の馬車ではない。藍色の幌を張つた支那馬車である。馭者も勿論馬車の上に休んでゐたのに違ひない。が、俺は格別気にも止めずに古本屋の店へはひらうとした。するとその途端である。馭者は鞭を鳴らせながら、「スオ、スオ」と声をかけた。「スオ」は馬を後にやる時に支那人の使ふ言葉である。馬車はこの言葉の終らぬうちにがたがた後へ下り出した。と同時に驚くまいことか! 俺も古本屋を前に見たまま、一足づつ後へ下り出した。この時の俺の心もちは恐怖と言ふか、驚愕と言ふか、到底筆舌に尽すことは出来ない。俺は徒らに一足でも前へ出ようと努力しながら、しかも恐しい不可抗力のもとにやはり後へ下つて行つた。そのうちに馭者の「スオオ」と言つたのはまだしも俺の為には幸福である。俺は馬車の止まる拍子にやつと後ずさりをやめることが出来た。しかし不思議はそれだけではない。俺はほつと一息しながら、思はず馬車の方へ目を転じた。すると馬は――馬車を牽いてゐた葦毛の馬は何とも言はれぬ嘶きかたをした。何とも言はれぬ?――いや、何とも言はれぬではない。俺はその疳走つた声の中に確かに馬の笑つたのを感じた。馬のみならず俺の喉もとにも嘶きに似たものをこみ上げるのを感じた。この声を出しては大変である。俺は両耳へ手をやるが早いか、一散に其処を逃げ出してしまつた。……

続篇馬の脚

けれども運命は半三郎の為に最後の打撃を用意してゐた。と言ふのは外でもない。三月の末の或午頃、彼は突然彼の脚の躍つたり跳ねたりするのを発見したのである。なぜ彼の馬の脚はこの時急に騒ぎ出したか? その疑問に答へる為には半三郎の日記を調べなければならぬ。が、不幸にも彼の日記は丁度最後の打撃を受ける一日前に終つてゐる。只前後の事情により、大体の推測は下せぬこともない。わたしは馬政紀、馬記、元亨療牛馬駝集、伯楽相馬経等の諸書に従ひ、彼の脚の興奮したのはかう言ふ為だつたと確信してゐる。――

当日は烈しい黄塵だつた。黄塵とは蒙古の春風の北京へ運んで来る砂埃りである。「順天時報」の記事によれば、当日の黄塵は十数年来未だ嘗見ない所であり、「五歩の外に正陽門を仰ぐも、既に門楼を見る可からず」と言ふのであるから、余程烈しかつたのに違ひない。半三郎の馬の脚は徳勝門外の馬市の斃馬についてゐた脚であり、その又斃馬は明らかに張家口、錦州を通つて来た蒙古産の庫倫馬である。すると彼の馬の脚の蒙古の空気を感ずるが早いか、忽ち躍つたり跳ねたりし出したのは寧ろ当然ではないであらうか？　且又当時は塞外の馬の必死に交尾を求めながら、縦横に駈けまはる時期である。して見れば彼の馬の脚がぢつとしてゐるのに忍びなかつたのも同情に価すると言はなければならぬ。……

　この解釈の是非は兎も角、半三郎は当日会社にゐた時も、舞踏か何かするやうに絶えず跳ねまはつてゐたさうである。又社宅へ帰る途中も、たつた三町ばかりの間に人力車を七台踏みつぶしたさうである。最後に社宅へ帰つた後も、――何でも常子の話によれば、彼は犬のやうに喘ぎながら、よろよろ茶の間へはひつて来た。それからやつと長椅子にかけると、あつけにとられた細君に細引を持つて来いと命令した。常子は勿論夫の容子に大事件の起つたことを想像した。第一顔色も非常に悪い。のみならず苛立たしさに堪へないやうに長靴の脚を動かしてゐる。彼女はその為めにいつものやうに微笑することも忘れたなり、一体細引を何にするつもりか、聞かしてくれと歎願した。しかし夫は苦しさうに額の汗を拭ひながら、かう繰り返すばかりである。

「早くしてくれ。早く。――早くしないと、大変だから。」

　常子はやむを得ず荷造りに使ふ細引を一束夫へ渡した。すると彼はその細引に長靴の両脚を縛りはじめた。彼女の心に発狂と言ふ恐怖のきざしたのはこの時である。常子は夫を見つめたま、、震へる声に山井博士の来診を請ふことを勧め出した。しかし彼は熱心に細引を脚へからげながら、どうしてもその勧めに従はない。

「あんな藪医者に何がわかるか？　あいつは泥棒だ！　大詐偽師だ！　それよりもお前、此処へ来て俺の体を抑へてゐてくれ。」

　彼等は互に抱き合つたなり、ぢつと長椅子に坐つてゐた。北京を蔽つた黄塵は愈烈しさを加へるのであらう。今は入り日さへ窓の外に全然光と言ふ感じのしない、濁つた朱の色を漂はせてゐる。半三郎の脚はその間も勿論静かにしてゐる訳ではない。細引にぐるぐる括られたまま、目に見えぬペダルを踏むやうにやはり絶えず動いてゐる。常子は夫を劬はるやうに、又夫を励ますやうにいろいろのことを話しかけた。

「あなた、あなた、どうしてそんなに震へていらつしやるんです？」

「何でもない。何でもないよ。」

「だつてこんなに汗をかいて、――この夏は内地へ帰りませうよ。ねえ、あなた、久しぶりに内地へ帰りませうよ。」

「うん、内地へ帰ることにしよう。内地へ帰つて暮らすことにしよう。」

　五分、十分、二十分、――時はかう言ふ二人の上に遅い歩みを運んで行つた。常子は「順天時報」の女記者にこの時の彼女の心もちは丁度鎖に繋がれた囚人のやうだつたと話してゐる。が、彼是三十分の後、畢に鎖の断たれる時は来た。尤もそれは常子の所謂鎖の断たれる時ではない。半三郎を家庭へ縛りつけた人間の鎖の断たれる時である。濁つた朱の色を透かせた窓は流れの風にでも煽られたのか、突然がたがたと鳴り渡つた。と同時に半三郎は何か大声を出すが早いか、三尺ばかり宙へ飛び上つた。常子はその時細引のばらりと切れるのを見たさうである。半三郎は、——これは常子の話ではない。彼女は夫の飛び上るのを見たぎり、長椅子の上に失神してしまつた。しかし社宅の支那人のボオイはかう同じ記者に話してゐる。——半三郎は何かに追はれるやうに社宅の玄関へ躍り出した。それからほんの一瞬間、玄関の先に佇んでゐた。が、身震ひを一つすると、丁度馬の嘶きに似た、気味の悪い声を残しながら、往来を罩めた黄塵の中へまつしぐらに走つて行つてしまつた。……

その後の半三郎はどうなつたか？　それは今日でも疑問である。尤も「順天時報」の記者は当日の午後八時前後、黄塵に煙つた月明りの中に帽子をかぶらぬ男が一人、万里の長城を見るのに名高い八達嶺下の鉄道線路を走つて行つたことを報じてゐる。が、この記事は必しも確実な報道ではなかつたらしい。現に又同じ新聞の記者はやはり午後八時前後、黄塵を沾した雨の中に帽子をかぶらぬ男が一人、石人石馬の列をなした十三陵の大道を走つて行つたことを報じてゐる。すると半三郎は××胡同の社宅の玄関を飛び出した後、全然何処へどうしたか、判然しないと言はなければならぬ。

半三郎の失踪も彼の復活と同じやうに評判になつたのは勿論である。しかし同じ常子、マネエヂヤア、同僚、山井博士、「順天時報」の主筆等はいづれも彼の失踪を発狂の為と解釈した。尤も発狂の為と解釈するのは馬の脚の為と解釈するのよりも容易だつたのに違ひない。難を去つて易に就くのは常に天下の公道である。この公道を代表する「順天時報」の主筆牟多口氏は半三郎の失踪した翌日、その椽大の筆を揮つて下の社説を公にした。——

「三菱社員忍野半三郎氏は昨夕五時十五分、突然発狂したるが如く、常子夫人の止むるを聴かず、単身いづこか失踪したり。同仁病院長山井博士の説によれば、忍野氏は昨夏脳溢血を患ひ、三日間人事不省なりしより、爾来多少精神に異状を呈せるものならんと言ふ。又常子夫人の発見したる忍野氏の日記に徴するも、氏は常に奇怪なる恐迫観念を有したるが如し。然れども吾人の問はんと欲するは忍野氏の病名如何にあらず。常子夫人の夫たる忍野氏の責任如何にあり。

「夫れわが金甌無欠の国体は家族主義の上に立つものなり。家族主義の上に立つものとせば、一家の主人たる責任の如何に重大なるかは問ふを待たず。この一家の主人にして妄に発狂する権利ありや否や？　吾人は斯る疑問の前に断乎として否と答ふるものなり。試みに天下の夫にして発狂する権利を得たりとせよ。彼等は悉家族を後に、或は道塗に行吟し、或は山沢に逍遥し、或は又精神病院裡に飽食暖衣するの幸福を得べし。然れども世界に誇るべき二千年来の家族主義は土崩瓦解するを免れざるなり。語に曰、其罪を悪んで其人を悪まずと。吾人は素より忍野氏に酷ならんとするものにあらざるなり。然れども軽忽に発狂したる罪は鼓を鳴らして責めざるべからず。否、忍野氏の罪のみならんや。発狂禁示令を等閑に附せる歴代政府の失政をも天に替つて責めざるべからず。

「常子夫人の談によれば、夫人は少くとも一ヶ年間、××胡同の社宅に止まり、忍野氏の帰るを待たんとするよし。吾人は貞淑なる夫人の為に満腔の同情を表すると共に、賢明なる三菱当事者の為に夫人の便宜を考慮するに吝かならざらんことを切望するものなり。………」

しかし少くとも常子だけは半年ばかりたつた後、この誤解に安んずることの出来ぬ或新事実に遭遇した。それは北京の柳や槐《えんじゅ》も黄ばんだ葉を落しはじめる十月の或薄暮である。常子は茶の間の長椅子にぼんやり追憶に沈んでゐた。彼女の脣はもう今では永遠の微笑を浮かべてゐない。彼女の頬もいつの間にかすつかり肉を失つてゐる。彼女は失踪した夫のことだの、売り払つてしまつたダブル・ベツドのことだの、南京虫のことだのを考へつゞけた。すると誰かためらひ勝ちに社宅の玄関のベルを押した。彼女はそれでも気にもせずにボオイの取り次ぎに任かせて措いた。が、ボオイはどこへ行つたか、容易に姿を現さない。ベルはその内にもう一度鳴つた。常子はやつと長椅子を離れ、静かに玄関へ歩いて行つた。

落ち葉の散らばつた玄関には帽子をかぶらぬ男が一人、薄明りの中に佇んでゐる。帽子を、――いや、帽子をかぶらぬばかりではない。男は確かに砂埃りにまみれたぼろぼろの上衣を着用してゐる。常子はこの男の姿に殆ど恐怖に近いものを感じた。

「何か御用でございますか？」

男は何とも返事をせずに髪の長い頭を垂れてゐる。常子はその姿を透かして見ながら、もう一度恐る恐る繰り返した。

「何か、……何か御用でございますか？」

男はやつと頭を擡げた。

「常子、……」

それはたつた一ことだつた。しかし丁度月光のやうにこの男を、――この男の正体を見る見る明らかにする一ことだつた。常子は息を呑んだまま、少時は声を失つたやうに男の顔を見つめつづけた。男は髭を伸ばした上、別人のやうに窶れてゐる。が、彼女を見てゐる瞳は確かに待ちに待つた瞳だつた。

「あなた！」

常子はかう叫びながら、夫の胸へ縋らうとした。けれども一足出すが早いか、熱鉄か何かを踏んだやうに忽ち又後ろへ飛びすさつた。夫は破れたズボンの下に毛だらけの馬の脚を露はしてゐる。薄明りの中にも毛色の見える栗毛の馬の脚を露してゐる。

「あなた！」

常子はこの馬の脚に名状の出来ぬ嫌悪を感じた。しかし今を逸したが最後、二度と夫に会はれぬことを感じた。夫はやはり悲しさうに彼女の顔を眺めてゐる。常子はもう一度夫の胸へ彼女の体を投げかけようとした。が、嫌悪はもう一度彼女の勇気を圧倒した。

「あなた！」

彼女は三度目にかう言つた時、夫はくるりと背を向けたと思ふと、静かに玄関をおりて行つた。常子は最後の勇気を振ひ、必死に夫へ追ひ縋らうとした。が、まだ一足も出さぬうちに彼女の耳にはひつたのは戞々と蹄の鳴る音である。常子は青い顔をしたまま、呼びとめる気分も失つたやうにぢつと夫の後ろ姿を見つめた。それから、——玄関の落ち葉の中に昏々と正気を失つてしまつた。……

常子はこの事件以来、夫の日記を信ずるやうになつた。しかしマネエヂヤア、同僚、山井博士、牟多口氏等の人びとは未だに忍野半三郎の馬の脚になつたことを信じてゐない。のみならず常子の馬の脚を見たのも幻覚に陥つたことを信じてゐる。わたしは北京滞在中、山井博士や牟多口氏に会ひ、度たびその妄を破らうとした。が、いつも反対に嘲笑を受けるばかりだつた。その後も、——いや、最近には小説家岡田三郎氏も誰かからこの話を聞いたと見え、どうも馬の脚になつたことは信ぜられぬと言ふ手紙をよこした。岡田氏は若し事実とすれば、「多分馬の前脚をとつてつけたものと思ひますが、スペイン速歩とか言ふ妙技を演じ得る逸足ならば、前脚で物を蹴る位の変り藝もするか知れず、それとても湯浅少佐あたりが乗るのでなければ、果して馬自身でやり了せるかどうか、疑問に思はれます」と言ふのである。わたしも勿論その点には多少の疑惑を抱かざるを得ない。けれどもそれだけの理由の為に半三郎の日記ばかりか、常子の話をも否定するのは聊か早計に過ぎないであらうか？ 現にわたしの調べた所によれば、彼の復活を報じた「順天時報」は同じ面の二三段下にかう言ふ記事をも掲げてゐる。——

「美華禁酒会長ヘンリイ・バレツト氏は京漢鉄道の汽車中に頓死したり。同氏は薬罎を手に死しゐたるより、自殺の疑ひを生ぜしが、罎中の水薬は分析の結果、アルコオル類と判明したるよし。」

（「新潮」大正14年1、2月号）

WC

（極美の一つについての考察）

稲垣足穂

私がこれからかかうとするのは、あの茶いろがついたセメントのかこひのなかにある、左まきにグルグルまいたセピア色のソーセージと、ビチビチの卵の黄味と、そのあたりへ落ちてゐる桃いろのしみのついた綿に関する話なのです。――といふと、あなたは顔をおしかめになるにちがひありません。それも尤もです。青鼻をかんだ紙をひろげて、それを又ベトベトとなめてしまふことに、世の常ならぬ快感をおぼえる話をかいた潤一郎だつて、遂には立ち至らなかつた境地ですもの。と云つて、私もかうして正面からもち出す以上には、決してわるふざけなんかではなく、そこにはそれ相当の理論も責任ももち合はせてゐるのです。――で、まあ考へてごらんなさい。一口に便所といふと……さう口に出すことさへ上品な人たちにはいやがられてゐるやうですが、そのきらはれ者が、吾々にとつてどんなにファミリアルな位置を占めてゐるかといふことを。云ふまでもありません。便所をするといふことは、ものをたべるといふことと合はして、人間にはなくてはならぬ二つの一つです。ですから、昔からどんな立派な御殿にも、又、見るかげもないやうな小舎にでも、そこが人間の住ひであつたら、きつとこの便所といふものはそなはつてゐたのです。そして、貴いまづしいさまざまの食卓からさまざまの美が織り出されたのがほんとうなら、又、貴いいやしいかずかずの便所からは、またかずかずの美が発生してゐないなんてどうして云へるのです！　それはあへて近頃やかましい精神分析学とやらをもち出さなくとも明らかなことですし、いや美とはつまり性慾の変形に他ならぬといふことを力説するその学説によつたら、便所をするといふことがはづかしくかくされなければならぬことであるだけよけいに、そこにはより皮相的ならぬ美がふくまれてゐるわけではありませんか？　ことに、どこもかしこもお行儀づくめの今日で、吾々が昔かはらぬ自由なふるまひができるのは、たつた一ところそこがあるだけです。したがつては、その許されたる唯一所における自由精神の発露として――短的直截な美の表現として、民衆的なそこに必然的に見つかる楽書をごらんになつたら、又、あなた自身が、あのせまいしかしながら楽園であるべき長方形の箱のなかにしやがんでゐる少時が、どんなに生々としてどんな真理を体得してゐるかをおふりかへりになつたら、そのへんの消息は一さうたやすくうなづけるはづだと思ふのです。さらに注意をそのときの情景に向け、あの香料の壺があつて青畳がしいてあり下へ落ちたのがそこにあるぬかのピラミツドの斜面をすべてお月見団子にかへられてしまふ御座敷のやつから、ぬかのかはりに香ばしい針葉樹の枝がをいてあるお寺のやつから、シャーとひもをひいて出た水がまだ完全に洗つてしまはないシユークリームを瀬戸物の下の方にくつつけてゐる汽車のなかにあるのから、チラチラゆれるローソクにうつつたお化のやうな自分の影法子のうしろからふいに大きな蜘蛛が走り出してギヨツとさせられる田舎の家にあるものから、ホースの先でうごかすナフタリンの玉が皎々とした電燈の下にかぞへられるカフエにあるものから、その他さまざま、それが落ちる音や、そなへてある紙などにお考へ合せになつたら、興味は津々としてつきないとまでは行かなくとも、なるほど面白くないことはないなとはお思ひかへしになるでせう。

　が、それは便所のアトモスフエヤーにすぎないぢやないか、それはあるひは君の云ふやうに趣味もあらうかしれぬが、行為そのものが、——吾々のからだから出たものが何で美なのだ？

　と、もしそんな非難がでるとしたら、失礼ながらあなたは、美といふことを甚だ概念的に考へていらつしやると云ふより他はありません。世の中は、——最もきれいなことをするからこそ最もきたないこともするのだし、すべてが道徳的でないからこそ道徳の必要があり、地上に於ける愛慾の他には何物もないからこそ永遠のおしへがあるのです。そして、すでに便所に美があるとした以上、その直接の要点をなすところのものについても美は当然に厳として存在してゐるのです。かういふ云ひ切り方がわるいなら、私は次のやうなところから考察をすすめたく思ひます。大便や小便は、事実吾々に一つの美感を抱かせるものではないでせうか？　と。たとへばあの色の上から見てもです、それらは、キユービズムの画論その他によつて定説となつた世界中の色のなかで一ばん高いクラスにあるとせられてゐるココア色の系統ではありませんか。あれらが他の紫や、緑や、白だつたら、それはあるひはもつときれいかもしれませんが、そのかはりにうすつぺらで、ああした過激なものであるにかかはらずにそなへてゐるしぶみや落ちつきを出さないのにきまつてゐます。——といつても、この重要な一点に私はついこの間気づいたばかりなのです。が、しかしそのときはこれはやはり常道をはづれたことかもしれないといふうたがひもあつたので、友だちのひとりにたづねてみたのです。ことはつてをきますが、この友だけは決して詩人でも藝術家でもないあたりまへの人です。そして、神経質でもないばかりか、むしろそれとは正反対の男です。ところがその返事が私のあたらしい発見に確信をあたへてくれたのです。

『さうですね。——僕も大便のにほひや小便は好きです』と、かう云ふぢやありませんか！

『——と云つて、あの出たばかりの生々しいやつはちよつと困るやうだが、ついてゐるやつは……少し時間がたつたのはなかなかいいものではありませんか？』

　さう云つて彼は、自分の経験による女に対すことその他のY

談めいた二三をもち出して、その生々しくない大便のにほひと、そこはかとなくただようアンモニヤガスの美意識について、適切なたとへをあげました。なるほど……と、私も、合はしてかくのをはばかりますが、中学時代のある唯美主義の情景の一つを思ひ出して同感をしたものです。そして、それをのべないでこんなことを云ふのもどうかと思ひますが、そのくつついてしばらくたつたものが、或る香水の匂ひにさへ共通してゐるといふ事実にも思ひ合はせられたのです。

『殊に』と彼は、それからこれは何人のまへにも云へることをあげました。『畑などのにほひはいいぢやないですか。何か土のめぐみといふものを想はせられて……』

実際さうではないでせうか？　私はこの言葉によつて、昔よく散歩してゐたこの街の郊外の或る部分をふとうかべたのです。それは畑と云つたら何人にも思ひつかれる、藁をつみ上げたところや、土でおほはれた壺や、凹んだ道があるところで、そして私は、あの野菜がつくつてあるうねと、その向ふにうごいてゐる百姓の小さな姿と、さらにそのかなたに見わたされる一面ヴアレイになつたはるかの山ぎはまでの晴れやかな田舎景色を聯想するのです。春の光がポカポカさして、ヒバリの声がチヨチヨとして、何もかもとろとろとむせてゐる。虫の羽音がする。そして、そこへプーンとにほつてくるれいのやつは、いやでないどころか何よりここにはなくてならぬもので、ほんとうに『すべての生むものと、はぐくむものと、地の上に幸福あれ』と手をあげてみたいやうなのんびりとした、しかもしつかりと地についた感激をもよほさせるではありませんか？――だから、それは別にさしつかへのない平凡なことで、美はあつてもとり立てて主張をするに及ばないとあなたが云ふなら、私は、いや或る見方によつてその美を高潮したら、フランスの散文詩にあるやうなハイカラなところまでもひきあげることができると云ひたいのです。私たちはそのときさういふことも話しあひ、そして、その原理といふのは、つまりすべての美を発生させるになくてはならぬ条件である遊離のせいだとつけ加へました。大便といふものもさうした春の野辺で遊離されたら、優に一つの力強い美になるといふことをです。

そんなら遊離しないのはやつぱり文字どほり鼻もちならないのぢやないか……と云ふに、さうとはきめたくありません。春のカンツリーのにほひは云はば大便の詩です。しかしながら広津さんもおつしやるやうに、近代的意義において散文化の必要があるとしたら、そして、近代人である吾々にその要求があるとしたら、散文的な大小便にも大いにモダーンビユウテイとスピリツトとは認められるのです。で、ごらんなさい！――いやまばゆい灯が化粧レンガにてりはえた文化式といふやつなんかぢやありません。みぢかく切れた赤い棒や、細長くまいた褐色の蛇や、ドロドロにとけた橙色が、えたいのしれぬ紙や血ににじんだ綿にまじつてざつぜんとしてゐるあの辻便所のなか(！)をです。これは実際にたまりません。が、そのたまらなさに正比例してそこには、すべての古くさいセンチメンタリズムをぬきにした新らしい美が、沸ぜんとして醱酵をされ、ヒユーチリストがたたへた大工場の歯車と急行機関車にも似た不遜さをもつて吾々の心を打たうとしてゐるではありませんか？――さう云へば、私は一ど次のやうなことがあつたのをおぼえてゐます。

　これは所謂辻便所ではありませんが、その豪胆不敵さはどんなにものすごいそれにも及ばなかつたので、今だに辻便所へはいつた私の頭にうかぶものです。二三年まへ、東京の本郷のある下宿屋でした。それは旅館のやうに立派な家で、便所なども他の洗面所や風呂場と同じく、板はスケーチングができるほどきれいで、すべての設備がととのへられてゐました。そして、そこに五つ六つならんだ大便所のなかもやはりきれいとして、さて問題は下方です。いやすべてのドアがさういふわけでなく、私のはいつたのが不幸にしてそれに当つたのでせう。でなければ、どんな物事に無頓着な人でもあれですませてゐる道理がないし、さう云へばあのときふしぎにそこだけがあいてゐました。いささかも大げさな云ひ方でなく私はそのなかで目をまはしかけたのですからね。少し前から話しませう。その下宿には私がゐたのでなく友だちがゐたのです。朝おそくでしたが、その友だちと一しよに出かけることになつてゐた私がそこを訪れて、彼がネクタイやカラをつけてゐる間に便所へ行つたのです。と、日曜であつたせいか、今も云つた六つばかりあるドアがどれもこれも人でつまつて、私は右からたしか二番目であつたそのドアーへはいつたのですが、はいつたといふよりも足を入れかけたとき私はとび出しました。とてもそのにほひがたへられるものぢやなかつたからです。まあ何といふひどさだ！……おどろいたとは云へ最初はまづそれくらゐのところでした。で、私は他のところがあくまでとしばらく待つてゐましたが、こんどはこちらの方がたまらなくなつてきたので、もう一ぺんそこへはいることにしました。高が便所だ、さう思つた私は、或る英雄のことさへ思ひうかべて、云はば敵陣にのりこむつもりではいつたのです。そんなつもりで私を迎へた便所は生れてそれが初めてでしたが、私には又かへつて面白がるところもあつて、で、まあ覚悟をきめて用達しにかかつたのはいいが、さあさうなつたら逃げるにも逃げられないその場の始末です。といつて、只の便所のにほひだけならまあ我慢もしませう。が、防臭剤もある、ヨードホルムもある、フオルマリンもある、イヒチオールもある、それから×××もある、△△△もある……それが一しよくたになつていやはや何ともかとも名状すべからざるものになつて、下を見ると、いつぱい、もうすぐそばまでとどきさうになつてゐる黒や褐色や黄の固体や半流動体に、ホータイや、ガーゼや、紙や、さるまたのやうなものが又一さう多くもり上つて、それが便所の裏側からそこの板にあたつてゐるおひる近い初夏の日光にむせかへつて、ムーツ！　とするどい螺旋形にきりこんでくるのです。かうなれば息をつまへたつて、強烈なシガーを吸つたつて、鼻と口とを力いつぱいにおさへたつて、それが何かの効果をあげると考へるのこそ笑止です。吐気をもよほすなどはまだまだ生やさしい下のクラスで、私は頭がクラクラとして全く気を失ひかけたのです。今から考へてみると、あのときはいつたのが、そんなふうなことに多少なりとも道楽気をもつてゐる私でなかつたら、きつと気絶をしたにちがひありません。前後を忘じかけた私は、それでも最善をつくして十秒あまりでとび出しましたが、いやものすごいの、おそろしいの、さつきも云つたやうに、以前にもなかつたし今後とて絶対に出くはさないやうな代物で、それはつくづくあきれてゐた私に、何か人間の力を絶した或る威力のことさへ考へ及ばせたほどです。そして、世俗的な種類をはるかに超えてゐたそれは、もう完全な藝術の世界にぞくしたものだ！　と、私は今も考へるなら、そのときも何か快心に近い笑をうかべながら思つてみたのです。

　で、あへてダダイズムやエキスプレシヨニズムの理論をひつぱり出さなくとも、かうした見方によつても、私は辻便所といふものにはなかなかアツプツーデートな美がふくまれてゐると思ふのです。そして、これが別につけやきばの言葉でないことは、あなただつてけふにもあすにもその一つへはいつてお考へ——いや理窟ぢやないんですから正直な心でおかんじになつたらわかるだらうと考へます。きたないと云つても、それがみんな人間のからだから出たものと思へば、ときにそれくらゐの同情をもつても決して損はしないはづです。まして、きたないなどはごく表面的のことだけで、こまかに観察をすると、その黄金のプールに往々にして高貴な、また高踏的なものさへ発見されるのですし、さらにそこがみだれてゐればみだれてゐるだけ、わかりきつた一軒の家にあるものより、一さうに空想の範囲がひろびろとして、それにともなふ面白味もつきません。なぜかと云ふのは、むろん、一つの字によつてもそれをかいた人の性質がわかるとするなら、何よりも直接にその人自身から出たものであるそれらの固形や、液体や、半流動体や、合はしてはそれに加へられた紙片などに注意をはらふと、それぞれの人のそのときの様子が一さう親しくわかりもするし、おしては、その前後の事情から日常生活のこまごまに至るまでが察しられるはづで、——それはすでにお医者さまによつて試みられつつあることだからです。かうした意味でことに興味がふかいのは、辻便所も盛り場とか公園にあるやつです。といふのは、さうでなくても辻便所は盛り場に附随するかたむきをもつてゐるのに、それがかくじつにそんな何物よりも人間性のほんとうを表明してゐる享楽の所場にかかはつてゐたら、そこにはいろんな人が出入をしてゐるからです。なかにはどんな場合にも共通便所などへはいらぬ人がゐても、その貴族主義を裏切る生理的の急場によつては、致し方なくそこへもとびこまないとはかぎりません。してみると、そのしつくい塗りの小さい建物は、入りかはりさしかはり毎日迎へるきれいな人や、さうでない人や、おとなや、子供や、女や、男や、あらゆる色合を網羅することになつて、そして、それらのいづれも享楽方面に関係をもつてゐる人たちに統計をとつて「美しいきものをきてゐる」といふことに代表されるやうな様子や、心持のものが多いとしたら、その活動写真街の一角にある便所は、現代の重要な方面を最もよく表現し、合はせては、今云つたその特有な美と空想の面白味といふ条件にも何よりかなつてゐるではありませんか。もつと研究をすすめて、初めにもかいたとほり現今で吾々に許されたところと云へば、只一つそこだけで泣かうがつぶやかうが何の遠慮もない態度がとれるといふことから考へてみたらどうなりませう？――平常のすましこみが、ちよつとふしぎなほど簡単に早変りをするそのときとところとで、何人も一やうに出さなければならないのは、これは人間のからだのなかで最もデリケートであるとされてゐるところです。――それは云ふまでもなく、昔からあらゆる彫刻や絵画によつて現はされんとした美の主眼点ともなり、又、或る権威ある美学者には、茶碗類の底の曲線、瓶、籠、壺、テーブルの脚、その他人間のつかふすべての用器に現はれた原始人にも文明人にも共通したあのカーブといふのも、つまりはそこを意味してゐると云はれてゐるところの部分です。すでにこれだけでも充分にノーブルな美の発生する意義がなり立つものを、さらにむき出しになつたその部分が、あの青ペンキ塗のドア一枚をへだてたばかりであるいといみぢき場所において、どういふふうにほしいままにつかはれてゐるかを想像してみたら、ヴイナスの像に向つて切ない胸のうちをのべた「春の目ざめ」のモーリッツのやうに、おほひをとられたそのヨシヤパテの谷のやはらかな円味のあるところの極美に、あはれな僕の頭はとかされ日なたのバタのやうになつちまふ……といふまでのことはないにしても、いく分ときめいた胸に、ついすきまからのぞきたくなるといふのは当然のことだし、ひいては、女が出たあとへはいつて背中からぬき出したみぢかい釣竿のさきで今の紙をひつかけあげる男、この間の新聞にでてゐた便所の下にひそんでゐて上から女の人のなまあたたかい小便をひつかぶせてもらふことをよろこぶ人、又、ドイツ語で何といふのか忘れたが訳語では屎尿嗜好症といふ、女や少年のヨシヤパテの谷へ口をあてて出てくるホツトスプリングと硫黄のかたまりをたべたくて仕方がないといふ病気、それから大便に似せた餌によつて釣るちぬ鯛、又、河童といふへんにシンボリツクな動物……そんな人々や生物の気持まで、もちろんそれがわかると云つたら気ちがひですが、ある程度まではどうかしたはづみにうなづけないこともないと云へるのではないでせうか？そして、かう云ふ私は、決していたづらに奇矯な言葉を弄してゐるのでなく、只人々が見のがしてゐる最も人間的な一事にあへて注意をうながさうといふ物好きをもつてゐるだけにすぎないと、くり反してことはりたいのです。

　そこで辻便所といつたら、ことにそこにある茶いろの切れつぱしや紅い紙にまじつてよく落ちてゐる白い――いやなことですが、真実をのべるのに何のためらひが入りませう――回虫を見たら、何かそれが出るときにおどろいて泣きさうにゆがんだ白い顔のことも思ひ合はされて、女より奇妙に美少年のことを聯想するといふのは、私がその次にもつて行きたいところなのです。

と云つたら、それや尤もぢやないかと、あなたはお笑ひになるかも知れません。なるほど考へてみると、たしかにさういふ関係もあるでせう。月光のにほひのするこの国の耽美主義の一形式として、昔は優にある位置を占めてゐたこの特異な愛慾については、その便所といふ意味をとり入れたみやびやかな熟語さへも僧房の間につかはれてゐたと云ひますから。そして、かう云ふ私だつて、いはゆる秘密にさく青いムンデルブルーメの花をしのばす暗い放恣なアカデミカルライフの後半期には、次のやうな詩をかかうとしたことがあるのです。

あるいてゐる少年のうしろを見ると
ズボンの上のところに
Tの字のしはができて
足をはこぶたびにTになりTになる
そこにはエピキユラスの園と
プラトン的の恍惚がある——

観察がするどいとおつしやるのですか？　こんな大それた(?.)述懐も、私にとつては何よりもピユーアであつたあのときのローマンチシズムのかたみの一つなのですよ。——が、さて、そんな方面はさうとして、もつとあたりまへの意味からでも、便所ことに辻便所は、私にとつて少年のことを想はせるのに必然的な理由があるのです。といふのは、或る歌詞をきくと、それをうたつてゐた頃のくさぐさがなつかしく思ひ出されるといふのと同じ意味で、それによつて私にはきつと、今のやうなたはいもないものをかいた中学四五年生であつたころがうかべられるのです。どういふわけかと云ふと、同年頃でもないものを友だちにしてゐることには、きつとある意味の無理がはたらいてゐます。だから、その時分の私が、目星をつけた下級生と話をしたり遊んだりするところと云へば、私が彼と同級生でないかぎり、そして自分がおとなに近く彼が子供であるなら、条件はきつとそれにふさはしいやうなかたむきを取るのはごく自然のことです。ですから私たちが話をしたり遊んだりするところは、学校よりむしろ他の場所、——恋が遊戯と云つてもいいものなら恋人たちはまた遊戯的な場所をえらぶと同じわけに、それは主として公園とか活動写真とか夜店とかです。さういふ歓楽の場所において共通便所といふものが、どんな印象的な意義をもつてゐるかはさつきものべました。そして、愛する者などいふいたいけな存在と一しよに、その便所などの最も、——しかし否定することのできない人間の一面を示したきたならしいものを見たり、又、見せたりすることは、何となくふしぎな快感をおぼえるものです。たしか瀧井さんの小説でしたが、夜妻君と二人で、自分がよく小便をする小路までかへつてきた若い夫が、妻君にも無理にそこで立(?.)小便をするやうにすすめて、それを楽しみながら自分は見張りをしてゐるといふやうなことがかいてありましたが、つまりあれです。あの気持で私は実際、その昔の幼ない享楽生活のをりをりに、自分のとなりで、まあこれでも小便をするのだらうかとふだん思つてゐるやうなおとなしい子供に小便をさせて、そのデリケートな音をたのしんだのは、あへて明るいシャンデリヤの下にうごかす銀いろのホークがはこばれて行く、その紅い口さきにほほ笑んだこととくらべて、いづれがいづれともきめられないほど法悦的なものだつたのは、何のはばかるところもなく云ひ切れることなのです。

　さういふもうかへらないかずかずを、淡いかなしみをまじへた心持で、今でも辻便所にはいると彷彿として思ひ出される私には、次のやうな一つがあります。

　――それは、私がやはりキネマや楽器店に入りびたりになつてゐた五六年まへのことで、私はMといふよその学校の生徒ですが、ちよつと混血児のやうな顔をした指のきれいな少年と友だちになりかかつてゐました。が、二人はまだ二三回より話をかはしたことはなく、そのほんの小さい坊つちやんである――しかしどこかにアブノーマルなところもある彼が、それでも私から特別の感情をあたへられてゐることを、気付くか気付かないかの頃でした。私にあふのには家よりもそこへ行つた方が早道だと友だちに云はれてゐたほど、私がお百度をふんでゐたこの港の都会のムービイスツリートの横町に、石造りの今も云つた辻便所があつたのです。別にすさまじいといふほどのものではありませんが、それでもずいぶんだらしなく放ちらかされた相当にひどい代物でした。――ちよつと気がついたから云ひますが、その附近がにぎやかで美しいところであるのに反比例をして、そこの辻便所はきたないときまつてゐるやうに思はれるが、どうでせう？　が、しかし私は、それは決して不調和でないのみか、むしろいよいよさうでなければならない対象であるといふことが、ある哲学上から云へるやうに考へるのです。ところで話はもとへかへつて或る日です。ふいにその便所へはいつた私が、いつもの場所にきめてゐるセメントの区切りの一ばん左のはしで、ぶるるとふるへながら（これもさきにかくはづでしたが、あの小便をするときの身ぶるひは、そこへあはててとびこむ真剣味の次にくる忘我と合はして、只一つ便所においてのみ体験される快感の最高形式ではないでせうか！）用を達しながらふとまへを見ると、目あたらしい一つの楽書が止つたのです。この辻便所のどこにどんなものがかいてあるかは自分の家のことのやうにそらんじてゐた私は、むろんオヤと思つてよみ下したのです。片仮名で――

××××××

　これやめづらしいと私が、その七字から、それをかいた人物と時とを判断しようといふ好奇心を起したのは他でもありません。おきまりの女のことでなく、美少年に対することが現はされてゐたからです。が、よく見るとそれは一たいうまいのかまづいのかわからぬやうな折クギ式で、こんなことと云へば立どころに、たとへば「モルグ街の事件」をといたデュパン氏にも似た分析的技能によつて云ひあててしまふ私にも、ちよつと見当がつきかねました。しかしそんなことはどうでもいいとした私は、次に、それをこの上ないゴシツプとして、あはせてそれを見つけた功績者は自分だとして、まあよろこび勇んだと云ふやうな気持で、その晩、肩でおしたあかるい楽器店のガラス戸をはいるなり、コロンビヤのビラ画の下にもうもうとタバコをふかせてゐたグループにつげようとしたのです。——かういふと何てバカだと云はれるかしれませんが、その頃の私たちは、そんなことでないことこそほんとうにまどろつこしくバカげて、話にも出さなかつたのです。——が、そのとたん

『あれをかいたのは君だらう!』

さういふするどいひと声が、『やあ』とも『おう』ともかはさぬうちに待つてゐたとばかり私にかぶせられたのです。あれが私の云はうとしたことだとはむろん直感的にわかつたのです。

『知つていらつしやるんですか?』

私が面くらつてとひ反したのは、先生と云つてる人です。といつて学校の先生ではありません。何もしないで遊んでゐる三十すぎのフランクな人で、女の話やムービイへ行く上からは友だちとちつともかはりなかつたのです。それでゐてやはり先生のやうなところのある立派な紳士でしたから、私たちは半分は仇名、半分は尊敬の意味でさうよんでゐました。

『知つてるともさ』ダンデイなネクタイに大きな宝石ピンを光らせた先生は、そばに立てかけてあるセロの糸をはじきながら、『あれはきのふまでなかつたぜ。ああいふことをかく男といふのはさうゐるものぢやない。これはどうしても君より他にないとにらんだがどうだ! 白状したまへ。それにあの場所は君のいつもやるところぢやないか?』

これこそデュパン氏そのものである先生は、その次に、スリツパがをいてあるところで、上らうかどうかをためらつてゐた少年の方をふり反りました。

『オイ君、……何とかくん、さうYちやんか——』

少年といふのは初めに云つたMで、私についてきてゐたのです。

『?』とふり向いた白い顔の方へ先生は笑ひかけて、

『A館の横手の共通便所に面白い楽書があるんだ、君は知つてるかね——』

『いいえ』とMの首がよこにふられると、

『こんど行つたら見たまへ。こちらからはいつて左のはしだ。それはこの男が君によませるためにかいたのだからね……』

『困るな』と私は云ひました。

『困つたものあるものか! ××××××もらひたいなら正面からさうと男らしくたのめばいゝぢやないか? それに何ぞや、表面はプラトーンソクラテスの高潔をよそほひながら、かげにまはつてあんな愚劣きはまる方法をとるなんて、君も衆道のたしなみある人生にも似合はぬ……』

先生はどしどしこしらへるといふよりも、口をついで出てくる言葉にのつて、演説のやうな朗々さでのべ出しました。が、さらに輪をかけたのは、一たい何だ〳〵と云ひかけたみんなに、この荒唐無稽癖のある先生は、大きな声であたりかまひなく原文までハツキリ広告して、しかもそれは私がかいたのにちがひないとくどいほどくり反したのです。しかし、どつとあがつた歓声に合はして私も笑つたのは、先生を総司令にをいたかういふ連中にむきになつて対抗するだけ損だからです。かういふ仲間は、それを自分で云ひながら信じてもゐなければ、といつてあり得べからざることとも思つてゐない、つまりエレフのやうに手のつけられぬ存在だからです。と云ひながらさういふ私も、厳密な意味ではその一脈をくんでゐないでもなく、したがつて一方に、もしさういふことに気をうごかしたMがあれを見に行つたとしたら、案外話はうまくはこぶかもしれぬといふやうな不了見を起さないではなかつたので、みんなが笑ふままに、やはり自分もつきそひらしく笑つたMの横顔をチラツとぬすみ見したものです。

　と云つてことはつてをきたいのは、その楽書は私にとつて全く無関係のもので、かへつてさう云ふ先生自身がかいたのぢやないかといふふしがあつたくらゐです。半分西洋人のやうなその物好きな紳士は実際そんなことをときどきやるので、私は一応さういふこともあの「物事の真相はかへつて単純なところにひそんでゐる」といふオーギユスト・デユパン氏の見方によつて考へてみたのです。――私がポオの三部作の探偵小説をよんで感心をしたのが、やはりそのころでしたから。

　楽書は大へん見立つて、そして、あられもないことがかかれてゐるのに、次の日もその次の日も消されませんでした。同時には、先生も、会ふ人ごとにそれを告げて、私がかいたのだとつけ加へてゐるといふことが耳にはいつてきました。が、それは何とも致し方のない災難で、きく人だつて先生のいつもの冗談との他まさかほんとうにしないだらうし、又実際それに相違ないぢやないかと、私も会ふ人ごとに弁解をつづけてゐたのです。一方便所の方は、あとから考へると、あれが修繕のために縄ばりをめぐらされるまで、およそ一年近い間もその楽書をとどめてゐたはづです。だからかう云へば、あのころのあの共通便所をしつてゐる人はすぐに思ひ出してくれるかも知れません。それほど堂々と鮮明なものだつたからです。そして、相かはらずほとんど毎日そこへはいつてゐた私は、又、毎日同じ角度のところにそれを見てゐたのですが、そのたびに私はこのへんなことをかいた七字が、ここへはいる人たちにどんなことを思はせるかなと或る楽しみの気持で考へたものです。――なかにはさつぱり意味のとれぬ人もあるだらうな。××××何だらう？　お勝手元にあるあれをどうしたいといふのかな。灰をさらふことかな……などと知らない小学生や、おとなでも考へるだらうな、――そして、もしここへ、十三四の、自分に対する年上の者や友だちの態度や話によつて、それともなくそんな世界を知りかけてゐるおとなしいきれいな男の子がきて、小便をしたら……

そんなことで二週間あまりすぎたでせうか、ある夕方、れいのMと一しよに、やかましい足音のするアスフアルトの上をあるいてきた私は、その横路のむかふに見えた美しい色にそまつた空とその下の山の姿に、ふいに思ひついてかう云ひかけました。

『君、あれを見たかい？』

『？………』

『あの便所の楽書さ』私は、青い電燈がともつてゐるセメントの家を指さしました。

少年は首をよこにふりました。

『ぢや見てきたまへ。こちらからはいつて左のはし、その前だよ――』

云ひかけて、何か面白いことでも見るやうに気軽にとんで行つた少年のうしろ姿を、私は或るあまりに健全だとは云はれない（しかしなかなかいいものである）期待に、かるく胸をうたせながらながめてゐました。うしろの路には、灯をうけた人のながれが織るやうに大分かはりましたが、どうしてだか、五六秒で出てくるはづのMがでてきません。ついでに小便をしてゐるのかなと思ひました。が、あまりに長いので見に行かうとしたとき、出てきました。

『小便？』と云ふとうなづいたので、つづけて

『どう見た――』

と、顔をのぞきこみながらとひかけると、Mはちよつと笑つて顔をそらすやうにしました。

で、私は、うん、この工合なら……とさきに立つてあるき出したのですが、さて次の日、その楽書のとなりに、即ちさきのが正面ならこんどはその左がはのあまり目立ないところに、私は思ひがけぬ一つを発見したのです。それはやはり片仮名でしかし一字多く

××××××

とあるのです。

しかも、上の三字からなつた名詞と下の××といふ助動詞が同じで、只ちがつてゐるまんなかの三字によると、云ふまでもないそれは、さきにかかれたものの要求にあえて応じようといふ意味になるではありませんか？――物好きなやつもゐるんだなあと、そのいたづらの心理に笑ひかけた私は、木炭で何のかまふところもなく大きくかきなぐつた前者にくらべて、すみつこの方へ遠慮したやうにエンピツでおぼつかなくかいた第二の句のかき主を考へようとして、ふいに、きのふのあの、自分が見てゐたかぎりでは誰も他にはいつてゐなかつたはづのここにおける、小便にしては時間が長すぎるやうだつたMの一点に気がついたのです。が、次の瞬間、ときめき出した胸のなかで『まさか！』と私はその勝手な幻想をはねのけました。いやいやあれには、たしかにさういふところもないとは云へぬ……と

私は又その勝手な考へをとりもどさうともしました。そして、いろいろと考へたあげく、その晩Mに『僕は探偵をしようか？　君きのふエンピツをもつてゐなかつた、四Bの――』と云ひかけた――いやさう云ひかけようとしたかどうかはもう別の話で、これだけでも大分云ひすぎてゐます。只、辻便所と少年との聯絡の一例として私の云ひたい点は、楽書をよませにやつて出てきた少年の笑ひ顔です。村山カイタの詩に、小さい女の子を呼んで△△の画をかいてみせたら、バカねと云つて女の子はぶちに手をあげながら、ふだんより一さうあでやかに笑つたといふのがあつたやうですが、私は同じ種類の感動にそのとき打たれたのです。しかも、それはそのころの私の理論をもつてして決して女の美ではない、もつと清らかで永遠的な、しかし『人間つてどこまでわるくできてゐるのだとそのたびに私に思はせて、坊さんにでもならうかとさせる』あのクラフトエービング的のチヤーミングを加味したものだつたのです。そしてそれが又、その粉のふいたやうな頬をうづめた緑色のマントの襟と、秋の夕べにともつたこのムービイ街の云はうやうもなくかなしい花やかなイルミネーシヨンにアレンヂされて、十八の私の心をこよなくあげたのです――と、くどいやうですがつまり私はそれを云ひたかつたのです。

以上は私がこんどかかうとした「WC」といふ短篇の前がきにすぎません。私は最初に題材があまりかはつてゐるため、それをよんだ人たちから自分に対してきつと云はれるにちがひない見当ちがひを用心するために、ほんの五六行のことはりをしようとしたのが、こんなにゴタゴタしたエツセイとも小説ともつかぬものにまで長びいてしまつたのです。しかしここに至つて考へてみると、私がその短篇において表はさうとしたことは説明の形式ながら、すでにあらまし云はれてしまつたやうであるし、又、その小説の主点がどうしても明らさまに発表が許される種類でないとも考へ合はされる以上、その中学校の上級生のとき、通学の汽車（私は半年ばかりこの街を五六マイルへだてたところから通つたことがあるのです）のなかの、WCと白い字の出た、しかし一本の真鍮のせんによつて明らかに外界と区切られるところのせまい箱のなかで起つた唯美主義は一たいどうしたものであつたか？　のべなくとも大方想像して下さることと思ふのです。いや無理にさうきめて、私は、この発表はできぬしかし表現慾は打ちけされぬかかれない短篇「WC」をごまかすことにしたいのです。

（「文藝時代」大正14年1月号）

血を吐く

葛西善蔵

　おせいが、山へ来たのは、十月二十一日だつた。中禅寺からの、夕方の馬車で着いたのだつた。その日も自分は朝から酒を飲んで、午前と午後の二回の中禅寺からの郵便の配達を待つたが、当てにしてゐる電報為替が来ないので、気を腐らしては、酔いつぶれて蒲団にもぐつてゐたのだつた。

「東京から女の人が見えました」斯う女中に喚び起されて、「さう……？」と云つて、自分は渋い顔をして蒲団の上に起きあがつた。

　おせいは今朝の四時に上野を発つて、日光から馬返しまで電車、そこから二里の山路を中禅寺までのぼり、そしてあのひどいガタ馬車に三里から揺られて来たわけだつた。自分は彼女の無鉄砲を叱責した。おせいはふだん着の木綿袷に擦り切れた銘仙の羽織――と云つて他によそ行き一着ありはしないのだが――そんな見すぼらしい身なりに姙娠五ケ月のからだをつゝんでゐるのだつた。

「そんなからだして、途中万一のことでもあつたら、たいへんぢやないか。誰がお前なんかに来いと云つた！　黙つて留守してゐればいゝんぢやないか。それに女一人で、来るやうなとこぢやないぢやないか！」自分はいきなりガミ〳〵怒鳴りつけたので、彼女は泣き出した。

「これでも、いろ〳〵と心配して、ゆうべは寝ずに……そして……斯うしていろ〳〵と心配してやつて来たんですのに……」彼女は、斯う云つてしやくりあげた。

　雑誌社に金を借りに廻つたこと、下宿でも、自分が二ケ月も彼女ひとり打ちやらかして置いて帰らないので非常に不機嫌なこと、そんなことを冗々と並べ立てた。聴いて見ると尤もな話だつた。が折角の彼女の奔走甲斐もなく、彼女の持つて来た金では、またも、宿料に追付かなくなつてゐた。

「よし〳〵、わかつた。それではまた、なんとか一工夫しよう。折角来たついでだから、四五日湯治するもいゝだらう。それにしても君は、乱暴だねえ！　そんなからだして……」

　二三日前に初雪があつた。その雪どけのハネが、彼女の羽織の脊まであがつてゐた。

「兎に角ドテラに着替へて、ひとはいりして来よう。……何しろこの通り寒いんだからね。冬シャツにドテラ二枚重ねてゐて、それで寒いんだからね。それに来月早々宿でも日光にさがつちまふんだからね、毎日その準備をしてゐるんで、こつちでも気が気でないもんだから、此間から毎日酒ばかし飲んでゐた」木管でひいてる硫黄泉のドン〳〵溢れ出てゐる広い浴槽に二人でつかりながら、自分は久しぶりで孤独から救はれたホツとした気持で、おせいに話しかけたりした。

　宿では、千本から漬けるのだと云ふ来年の沢庵の仕度も出来、物置きから雪がこひの戸板など引出して、毎日山をくだる準備に忙がしかつた。今月中に二組の団体客の予約を受けてゐるほかには、滞在客は自分一人きりで、一晩泊りの客もほとんど来なかつた。紅葉は疾くに散つて、栂、樅、檜類などの濁つた緑りの間に、灰色の幹や枝の樹膚を曝らしてゐた。湯の湖は、これからの長い冬を思ひ侘びるかのやうに、凝然と、冷めたく湛えてゐた。

　夏前から文官試験の勉強に来てゐて、受験後も成績発表まで保養がてら暢気に滞在してゐる二人の若い法学士――F君は二十五、N君は二十四――二人とも学校を出てすぐ大蔵省に入つたのだが、試験準備中は何ケ月役所を休んでゐても月給が貰へるのだと云ふ、羨ましいやうな身の上の青年たちだつた。彼等は白根山、太郎山などと、毎日のやうに冒険的な山登りをやつてゐた。足にも身体にも自信のない自分は、精々湯の湖畔を一周して石楠花のステツキを捜したり、サビタの木のパイプを伐りに出かけるやうな時に彼等のお伴をしたが、すつかり懇意になつてゐた。がN君は成績発表前、月初めに帰京して、広い宿にF君と自分の二人だけになつた。それからぢき成績が発表されたが、二人とも見事にパスしてゐた。

　十日頃に自分の仕事も一片附いたので、それからは、天気さへいゝと、F君につれられて、蓼沼、金精峠などと、自分も靴に巻ゲートル着けて、そこら中を歩き廻つて、はつきりしない金の当てを待つてゐるもどかしさ、所在なさの日を紛らして送つてゐた。晩には大抵、自分の部屋か、彼の部屋かで酒をのみながら話し合つた。畠違ひの斯うした青年と近づきを持たない自分に、F君は未来のある新時代の青年官吏――官吏と云ふ言葉はヘンだが――として、甚だ好ましい印象を与へた。健全で、頭脳が明快で、趣味あり礼譲ある一個の立派な青年紳士だつた。文学などの鑑賞力に就いても、かなりに磨かれてゐることを思はせた。

「いつしよに帰りませう。私の方はどうせ二日や三日は延びても構はないのですから」F君は斯う云つて呉れた。

　自分も、十五六日頃には引払へるつもりだつた。それで、一日々々とF君に延ばして貰つてゐるのだが、F君の口頭試験の日割が新聞に発表され、その都合で彼はどうしても十六日には山をくだらねばならぬことになつた。その前日、自分等は最後の散歩を、戦場ケ原の奥、幸徳沼の牧場に――いつしよにした。昼飯後、往復三里の道だつた。F君に聞いてゐた以上に、いゝ景色だつた。「この沼は一等綺麗だ」とF君が云つた。小笹の上に寝そべつてる牛の群れ、F君に写真機を向けられてのそり〳〵白樺の林の中を遠退いて行く逞しい黒斑の牡牛、男体山太郎山の偉容、沼に影を浸す紅葉――こゝの景色が一等明るく、そしてハイカラだと云ふF君の言葉が、自分にも首肯れた。「牧場の家」で、焚火の炉辺で搾り立ての牛乳を飲み、充分に満足して、自分等は日暮れ方宿に帰つた。そしていつしよに湯にはいり、別れの晩餐を共にした。が彼はその翌日も、一日延ばして呉れたのだつた。彼は、一人取残される自分に、同情して呉れたのだつた。自分が宿の女中たちにも飽きられ、厄介者視せられて、みぢめな、たよりない気持で日を送つてゐるのを、青年の純な心から、同情してゐて呉れたのだつた。何と云ふ親切!……牧場行きの場合でも、彼は始終先きに立つて熊笹に蔽はれた細径の樹の根、刺のある枯薜――さう云つたものにまでも注意して呉れ、また彼には自由に飛び越えられる小川だつたが特に自分のためにそこらの大きな石を捜して来て川の中に路を造つて呉れたりした。酒を飲んでゐる場合以外の、自分のさびしげな、物悲しげな姿が、すくすくと真直ぐに伸びた若い彼の心を、何かしらそゝるところがあつたのか知れない。……

いよ〳〵の十七日は、朝から霧のやうな雨が降つてゐた。馬返しまで五里余の道を、彼は歩いてくだるのだつた。すつかり仕度の出来たところで、彼は自分の部屋で、別れの杯を挙げることになつた。「かつきり一時間だけ……」彼の腕時計を見ながら斯う云つて酒をすゝめはじめたが、もう三十分、もう十分と云ふことで、たうとう十二時近くなつてしまつた。

「私のはキザなんですけど……」斯う云つて、彼は肩書附きの名刺を自分に渡した。その裏に――音もなく秋雨けぶる湯の宿に、くみかはしけり別れの酒を――彼は斯う書いて呉れた。

辞退するのを、自分もまたゲートルを巻きレーンコートを着て、途中まで送つて行くことにした。

「僕に構はないで、あなたはドン〳〵先きを急いで下さい。あなたの姿の見える間、僕はついて行くんですから。あなたの姿が見えなくなつたところで、僕は引返すことにしますから、あなたは僕に構はないでドン〳〵急いで下さい。時間を遅らしてしまつたのですから……」湖畔の道を足弱の自分と並んで行く彼を、自分は斯う云つて促し立てた。

一町遅れ二町遅れして――が道がグルリと曲がると、三四町先きをステツキを振りながら大股に歩いて行く彼の後姿を見出して、自分はその度に「オーイ！オーイ！」と怒鳴つた。が彼の歩調はだん〳〵と早まつた。自分は一里十町――戦場ケ原の中程の三軒家の茶店までは追付いて行つて、そこで茶を飲んで別れたいと思つたのだが、二十町も来ないうちに自分は息が切れてしまひ、路傍に打倒れさうになり、彼の姿を失つてしまつた。で自分は最後の「オーイ！」を長く叫んで、悄然として雨の中を引返したのだつた。

それからの五日間、自分は朝から飯も食はずに酒を飲み、睡むり、そしてまだ酔のさめ切らないうちに湯に飛び込んで来ては、また飲み出す――そんなことを繰返してゐたのだつた。

が、たうとう、おせいが来た翌々日、自分はまた朝から酒を飲んで、夕方、飲食物共だつたが、洗面器にほとんど三杯——殊に最後の一杯は、腐つた魚の腸のやうなものを、何の疼痛も感ぜずにドク／＼と吐いてしまつた。その晩はほとんど昏睡状態だつた。夕方からの霰が、翌日は大吹雪になつてゐた。膏薬か松脂のやうな血便が、三四日続いた。それが止んだ時分にポカリとまゐるのではないかと云ふ気もされたが、しかし無意識のうちに捜してるたのかも知れない死場所としては、この山の湖畔はわるくないと思つた。田舎の妻子、おせいの腹の子のことで、おせいに遺言した。

「酒のせいですから、よくあることですから、あなたが今度が初めてゞしたら、決して心配なことはありませんから、力を落さないで………」

宿の主人は斯う繰返して力を附けて呉れたが、しかし結局中禅寺からおせいの分と二台俥を呼びあげることになつた。そして、馬返しと日光の間の清龍の古河製銅所の病院へ、中禅寺から電話で交渉して呉れた。

「俺はこゝにゐたいんだがなあ、山をさがりたくはないなあ………」

自分は眼を開くのも退儀な気持で、斯う駄々子らしく枕元のおせいに呟いたが、ふと——くみかはしけり別れの酒を——あの好青年の残して行つて呉れた歌が頭に浮んで来て、自分はほゝ笑ましく温かい気持から、合はした瞼の熱くなるのを覚えた。

——十三年十二月——

(「中央公論」大正14年1月号)

檸檬

梶井基次郎

えたいの知れない不吉な魂が私の心を始終圧へつけてゐた。焦燥と云はうか、嫌悪と云はうか——酒を飲んだあとに宿酔がある様に、酒を毎日飲んでゐると宿酔に相当した時期がやつて来る。それが来たのだ。これはちよつといけなかつた。結果した肺炎カタルや神経衰弱がいけないのではない。また脊を焼く様な借金などがいけないのではない。いけないのはその不吉な魂だ。以前私を喜ばせたどんな美しい音楽も、どんな美しい詩の一節も辛抱がならなくなつた。蓄音器を聴かせて貰ひにわざわざ出かけて行つても、最初の二三小節で不意に立ち上つてしまひたくなる。何かゞ私を居堪らずさせるのだ。それで始終私は街から街を浮浪し続けてゐる。

何故だか其頃私は見すぼらしくて美しいものに強くひきつけられたのを覚えてゐる。風景にしても壊れかゝつた街だとか、その街にしても他所他所しい表通よりもどこか親しみのある、汚い洗濯物が干してあつたりがらくたが転してあつたりむさくるしい部屋が覗いてゐたりする裏通が好きであつた。雨や風が蝕んでやがて土に帰つてしまふ、と云つた様な趣きのある街で、土塀が崩れてゐたり家並が傾きかゝつてゐたり——勢ひのいゝのは植物だけで時とすると吃驚させる様な向日葵があつたりカンナが咲いてゐたりする。

時々私はそんな路を歩きながら、不図、其処が京都ではなくて京都から何百里も離れた仙台とか長崎とか——その様な市へ今自分が来てゐるのだ——といふ錯覚を起さうと努める。私は、出来ることなら京都から逃出して誰一人知らない様な市へ行つてしまひたかつた。第一に安静。がらんとした旅館の一室。清浄な蒲団。匂ひのいゝ蚊帳と糊のよく利いた浴衣。其処で一月程何も思はず横になり度い。希はくは此処が何時の間にかその市になつてゐるのだつたら。——錯覚がやうやく成功しはじめると私はそれからそれへ想像の絵具を塗りつけてゆく。何のことはない、私の錯覚と壊れかゝつた街との二重写しである。そして私はその中に現実の私自身を見失ふのを楽しんだ。

私はまたあの花火といふ奴が好きになつた。花火そのものは第二段として、あの安つぽい絵具で赤や紫や黄や青や、様々の縞模様を持つた花火の束、中山寺の星下り、花合戦、枯れすゝき。それから鼠花火といふのは一つづゝ輪になつてゐて箱に詰めてある。そんなものが変に私の心を唆つた。

それからまた、びいどろと云ふ色硝子で鯛や花を打出してあるおはじきが好きになつたし、南京玉がすきになつた。またそれを嘗めて見るのが私にとつて何ともいへない享楽だつたのだ。あのびいどろの味程幽かな涼しい味があるものか。私は幼い時よくそれを口に入れては父母に叱られたものだが、その幼時のあまい記憶が大きくなつて落魄れた私に蘇つて来る故だらうか、全くあの味には幽かな爽かな何となく詩美と云つた様な味覚が漂つて来る。

　察しはつくだらうが私には丸で金がなかつた。とは云へそんなものを見て少しでも心の動きかけた時の私自身を慰める為には贅沢といふことが必要であつた。二銭や三銭のものと云つて贅沢なもの——美しいもの、と云つて無気力な私の触覚に寧ろ媚びて来るもの。そう云つたものが自然私を慰めるのだ。

　生活がまだ蝕まれてゐなかつた以前私の好きであつた所は、例へば丸善であつた。赤や黄のオードコロンやオードキニン。洒落た切子細工や典雅なロココ趣味の浮模様を持つた琥珀色やひすい色の香水壜。煙管、小刀、石鹸、煙草。私はそんなものを見るのに小一時間も費すことがあつた。そして結局一等いゝ鉛筆を一本買ふ位の贅沢をするのだつた。然し此処ももう其頃の私にとつては重くるしい場所に過ぎなかつた。書籍、学生、勘定台、これらはみな借金取の亡霊の様に私には見えるのだつた。

　ある朝——其頃私は甲の友達から乙の友達へといふ風に友達の下宿を転々として暮してゐたのだが——友達が学校へ出てしまつたあとの空虚な空気のなかにぽつねん一人取残された。私はまた其処から彷徨ひ出なければならなかつた。何かが私を追ひたてる。そして街から街へ、先に云つた様な裏通りを歩いたり、駄菓子屋の前で立留つたり、乾物屋の乾蝦や棒鱈や湯葉を眺めたり、とうとう私は二条の方へ寺町を下り其処の果物屋で足を留めた。此処でちよつと其の果物屋を紹介したいのだが、其の果物屋は私の知つてゐた範囲で最も好きな店であつた。其処は決して立派な店ではなかつたのだが、果物屋固有の美しさが最も露骨に感ぜられた。果物は可成勾配の急な台の上に並べてあつて、その台といふのも古びた黒い漆塗りの板だつた様に思へる。何か華やかな美しい音楽の快速調《アツレグロ》の流れが、見る人を石に化したといふゴルゴンの鬼面——的なものを差しつけられて、あんな色彩やあんなヴオリウムに凝り固まつたといふ風に果物は並んでゐる。青物もやはり奥へゆけばゆく程堆高く積まれてゐる。——実際あそこの人参葉の美しさなどは素晴しかつた。それから水に漬けてある豆だとか慈姑だとか。

　また其処の家の美しいのは夜だつた。寺町通は一体に賑かな通りで——と云つて感じは東京や大阪よりはずつと澄んでゐるが——飾窓の光がおびただしく街路へ流れ出てゐる。それがどうした訳かその店頭の周囲だけが妙に暗いのだ。もともと片方は暗い二条通に接してゐる街角になつてゐるので、暗いのは当然であつたが、その隣家が寺町通りにある家にも拘らず暗かつたのが瞭然しない。然し其家が暗くなかつたらあんなにも私を誘惑するには至らなかつたと思ふ。もう一つは其の家の打ち出した廂なのだが、その廂が眼深に冠つた帽子の廂の様に——これは形容といふよりも、「おや、あそこの店は帽子の廂をやけに下げてゐるぞ。」と思はせる程なので、廂の上はこれも真暗なのだ。そう周囲が真暗なため、店頭に点けられた幾つもの電燈が驟雨の様に浴せかける絢爛は、周囲の何者にも奪はれることなく、肆にも美しい眺めが照し出されてゐるのだ。裸の電燈が細長い螺線棒をきりきり眼の中へ刺し込んで来る往来に立つて、また近所にある鎰《カギ》屋の二階の硝子窓をすかして眺めた此の果物店の眺め程、その時々の私を興がらせたものは寺町の中でも稀だつた。

その日私は何時になくその店で買物をした、といふのはその店には珍らしい檸檬が出てゐたのだ。檸檬など極くありふれてゐる。が其の店といふのも見すぼらしくはないまでもたゞあたりまへの八百屋に過ぎなかつたので、それまであまり見かけたことはなかつた。一体私はあの檸檬が好きだ。レモンヱロウの絵具をチユーブから搾り出して固めた様なあの単純な色も、それからあの丈の詰つた紡錘形の格構も。——結局私はそれを一つだけ買ふことにした。それからの私は何処へどう歩いたのだらう。私は長い間街を歩いてゐた。始終私の心を圧へつけてゐた不吉な塊がそれを握つた瞬間からいくらか弛んで来たと見えて、私は街の上で非常に幸福であつた。あんなに執拗かつた憂鬱が、そんなものゝ一顆で紛らされる——或ひは不審なことが、逆説的な本当であつた。それにしても心といふ奴は何といふ不可思議な奴だらう。

その檸檬の冷たさはたとへやうもなくよかつた。その頃私は肺炎を悪くしてゐていつも身体に熱が出た。事実友達の誰彼に私の熱を見せびらかす為に手の握り合ひなどをして見るのだが私の掌が誰のよりも熱かつた。その熱い故だつたのだらう、握つてゐる掌から身内に浸み透つてゆく様なその冷たさは快いものだつた。

私は何度も何度もその果実を鼻に持つて行つては嗅いで見た。それの産地だといふカリフオルニヤが想像に上つて来る。漢文で習つた「売柑者之言」の中に書いてあつた「鼻を撲つ」といふ言葉が断れ〻に浮んで来る。そしてふかぶかと胸一杯に匂やかな空気が吸込めば、ついぞ胸一杯に呼吸したことのなかつた私の身体や顔には温い血のほとぼりが昇つて来て何だか身内に元気が目覚めて来たのだつた。……………。

実際あんな単純な冷覚や触覚や嗅覚や視覚が、ずつと昔からこればかり探してゐたのだと云ひ度なつた程私にくつきりしたなんて私は不思議に思へる——それがあの頃のことなんだから。

私はもう往来を軽やかな昂奮に弾んで、一種誇りかな気持さへ感じながら、美的装束をして街を濶歩した詩人のことなど思ひ浮べては歩いてゐた。汚れた手拭の上へ載せて見たりマントの上へあてがつて見たりして色の反映を量つたり、またこんなことを思つたり。

——つまりは此の重さなんだな。——

その重さこそ常々私が尋ねあぐんでゐたもので、疑ひもなくこの重さは総ての善いもの総ての美しいものを重量に換算して来た重さであるとか、思ひあがつた諧謔心からそんな馬鹿げたことを考へて見たり――何がさて私は幸福だつたのだ。

何処をどう歩いたのだらう、私が最後に立つたのは丸善の前だつた、平常あんなに避けてゐた丸善が其の時の私には易々と入れる様に思つた。

「今日は一つ入つて見てやらう。」そして私はづかづか入つて行つた。

然しどうしたことだらう、私の心を充してゐた幸福な感情は段々逃げて行つた。香水の壜にも煙管にも私の心はのしかゝつてはゆかなかつた。憂鬱が立て罩めて来る、私は歩き廻つた疲労が出て来たのだと思つた。私は画本の棚の前へ行つて見た。画集の重たいのを取り出すのさへ常に増して力が要るな！と思つた。然し私は一冊づゝ抜き出しては見る、そして開けては見るのだが、克明にはぐつてゆく気持は更に湧いて来ない。然も呪はれたことにはまた次の一冊を引き出して来る。それも同じことだ。それでゐて一度バラバラとやつて見なくては気が済まないのだ。それ以上は堪らなくなつて其処へ置いてしまふ。以前の位置へ戻すことさへ出来ない。私は幾度もそれを繰返した。とうとうおしまひには日頃から大好きだつたアングルの橙色の重い本まで尚一層の堪え難さのために置いてしまつた。――何といふ呪はれたことだ。手の筋肉に疲労が残つてゐる。私は憂鬱になつてしまつて、自分が抜いたまゝ積み重ねた本の群を眺めてゐた。

以前にはあんなに私をひきつけた画本がどうしたことだらう。一枚一枚に眼を晒し終つて後、さてあまりに尋常な周囲を見廻すときのあの変にそぐはない気持を、私は以前には好んで味つてゐたものであつた。………

「あ、そうだそうだ。」その時私は袂の中の檸檬を憶ひ出した。本の色彩をゴチヤゴチヤに積みあげて、一度この檸檬で試して見たら。「そうだ。」

私にまた先程の軽やかな昂奮が帰つて来た。私は手当り次第に積みあげ、また慌しく潰し、また慌しく築きあげた。新しく引き抜いてつけ加へたり、取去つたりした。奇怪な幻想的な城が、その度に赤くなつたり青くなつたりした。

やつとそれは出来上つた。そして軽く跳りあがる心を制しながら、その城壁の頂きに恐る恐る檸檬を据へつけた。そしてそれは上出来だつた。

見わたすと、そのレモンの色彩はガチヤガチヤした色の階調をひつそりと紡錘形の身体の中へ吸収してしまつて、カーンと冴えかへつてゐた。私には埃つぽい丸善の中の空気が、その檸檬の周囲だけ変に緊張してゐる様な気がした。私はしばらくそれを眺めてゐた。

不意に第二のアイデイアが起つた。その奇妙なたくらみは寧ろ私をぎよつとさせた。

――それをそのまゝにしておいて私は、何喰はぬ顔をして外へ出る。――

私は変にくすぐつたい気持がした。「出て行かうかなあ。そうだ出て行かう。」そして私はすたすた出て行つた。

変にくすぐつたい気持が街の上の私を微笑ませた。丸善の棚へ黄金色に輝く恐ろしい爆弾を仕掛て来た奇怪な悪漢が私で、もう十分後にはあの丸善が美術の棚を中心として大爆発をするのだつたらどんなに面白いだらう。

私はこの想像を熱心に追求した。「そうしたらあの気詰りな丸善も粉葉みじんだらう。」

そして私は活動写真の看板画が奇体な趣きで街を彩つてゐる京極を下つて行つた。

（「青空」大正14年1月号）

瘦せた花嫁

今　東光

調子外れのラッパが鳴つた。

タンタカタ

タンタカタ

トテ、チテ、タ。

そのコルネットの爆発性を帯びた笑ひ声は、まるで千八百七十年代の小さな、いたつて下らない出来事を嘲るやうに鳴り響いた。

――――幕が開《あ》いた。

『あれは何《なん》ていふの』

『モンタルトの村です』

『伊太利《イタリー》？』

『さう』

『伊太利モンタルトの村の場景つていふの』

『さう』

『面白いの？　面白くないの？』

『今におもしろくなりますよ』

『さう』

陽気な太陽が照り輝いてゐる。ナポリの人は、さういふ太陽を見ると死にたくなるのださうだ。嘘か本当か誰も知らない。けれども日向《ひなた》ぼつこをするには好《い》い日光である。時は午後の三時頃。ホテルの白猫が夢を見てゐるやうな時分――

春だ。

村の男や女が祭日らしく美装して、しかしそれもたか〴〵カラアが目立つほど白ツぽい位ゐだ。ぞろ、ぞろと出て来た。眠つてゐた猫が目を覚ますと、鶏を追ひかける。羽根がパラ、パラと舞ひあがる。その猫を追ひかけて貴婦人のつれて来たテリア種の犬が駈け廻る。暫らくするとその犬がダラリと赤い舌を出して戻つて来た。

太鼓の音と、ラツパの音とが馬鹿らしく長く聞えると、犬が吃驚《びつくり》して逃げて行き、反対に女は逢引の時間を忘れ、男は腕環《うでわ》を買つてやることを忘れて、耳をきゆツと立てながら、立ちどまる。

旅役者の一行が村の入口で馬車を止め、ラツパを吹いてから、村に這入つて来た。

『これからどうなるの』

『その続きを見ようといふのですよ』

座長のカニオさんは肥つてゐる。あんよが苦しさうだ。よつちら、よつちらと車から降ると
ド、ドン、ガ、ドン、ドン
ド、ドン、ガ、ドン、ドン
と人寄せ太鼓を鳴らして、もう充分に村人が集つたと見てとると
『今晩、七時から素晴らしく、面白い狂言を御覧に供します。たつた一刻の間です。皆さん。一寸《ちよつと》、女の唇を甞める時間を割いて下さい』

『そんな事が出来るの』

『さあ。僕ならば我慢が出来ませんね』

『いけない方ネ』

座長のカニオさんはさんざ饒舌つてから、ぢろりと横を見た。座長さんのガラスの眼玉に、今、自分の女房の別品なネツダを、トニオの野郎が、車から抱き下さうとしてゐるところが映つた。

『この野郎ツ。人の女房にまで親切を忘れやがらねえ。その親切は、手前だけで沢山だ』

コツンと一つ拳骨をくらはした。

『もう喜劇?』

『少し早過ぎますヨ』

『さうネ。あんまり喜劇ぢやないわネ』

『カニオさん。要心なさい』

『有難う』

『七人の子は成すとも……ネ。あれですよ。お上さんの手帳にや、ちやんと土曜日の晩にやトニオと恋をすることを忘れない

こと、書いてるかもしれねえ』

『いや。有難う。そんな手帳なら焼いて仕舞ひまさあ』

『それが好《い》い』

『これ、ネツダ。覚えて置け。今いつたことは科目《せりふ》にねえことだ。芝居なら兎も角、あんまり嬉しくねえことだからな』

『それも喜劇かネ』

『どう致しまして。歌の文句ぢやないけれど

私は妻を愛してゐます

おわかりでせう。皆さん』

『好《い》い言葉ネ』

『何にも言はずにゐらツしやい』

鐘が鳴つた。

『さうでせうか』

『今迄は、まるで手風琴の嘆きですよ』

『私は妻を愛してゐます。チエツ。陳腐ですね』

『妾《わたし》は、さうは思はないわ』

「何故――」

『私は妻を愛してゐます』

『さう』

『しかし……』

『?』

『妻は夫を愛してゐないかもわからないことヨ』

『さう』

『だと悲惨ね』

紅い燈火が点いた。刺繍をした着物をきて、白粉《おしろい》をつけ、若《も》しかすると気紛れらしい格好をしたネツダが、肥料で化粧をし、熟した小麦のやうな顔色をした、雄牛《をうし》のやうな農夫シルヴィオを待つてゐる。

『シルヴィオ』

『ネツダ』

『妾《わたし》は今日、午後から何だかさびしいの』

男は黙つて彼女の手を握つた。彼女は青い目玉で何かを探してゐる。ひよつとすると幸福かもしれないのだ。

『妾《わたし》は、もう夫に見破られたと思つてゐるわ』

『そんなことが――』

『いゝえ。妾《わたし》の言ふことに間違ひがありませんわ』

『ぢや。どんな証拠をカニオが見つけたんだらう』

『妾《わたし》の青い目を見過ぎましたわ』

しかし彼女は機会さへあれば、この恐ろしい冒険に身を任すことが嫌ひではなかつた。一つには彼女の肉体的勇気がさうさせるのかもしれない。ところで彼女は「バラテラ」と言はれて、あまねく人に知られてゐる唄を歌ふ。

すべての鳥は
或る不思議な力に追はれて
思ひもかけないところに
てんでに行く

『女つて空気のやうなものに思はれない？』

『少しは気紛れらしいけれど』

『けれども、女心となるともうちつと違ふところがあると思ふわ』

『成程、羞恥心が残るからでせうね』

ネツダは自分の凡庸な智能で判断してみて、自分が余り鳥と相違がないと思ひ出した。雌鳥《めんどり》だ。おしやれで、快活で、肉感的で、たえず空腹な、さうして何時も睡眠不足で、可愛がられてゐたくつて、どんな場合でも好意をもたれたい、たまには浮気らしい気持ちになり、恥しいけれども巫山戯《ふざけ》てみたい女だつた。

ネツダはまた一人きりになつた。彼女は怠け者らしい格好をして、肉感的な表情で待つてゐる――それは或る不思議な力を待望してゐるのだ。

トニオ野郎が忍び足でネツダの腰を抱いた。

『何をするのツ』

『怒らないで下さい。ネツダの奥さん』

『触らないで下さい。妾《わたし》は今晩少し不機嫌なんですからネ』

『しかし私には何時も不愛想ですね』

『それぢや、なほのことかまはずにおいて頂戴』

『それでも私が、若《も》し力づくでも……』

『かうしてやるばツかり』

ペツペの鞭がくる〳〵と宙に舞ふと、トニオの顔をぴしやりと撲つた。火花が散る。トニオは関節が折れたやうに、ぺこりと座つてから、這つて逃げ出した。トニオもある力だつた。しかし稲妻のやうに消えて仕舞つた。そこへシルヴィオが降つてきた。

『ネ。シリヴィオに扮してゐる役者は美男子ネ』

『少し色男すぎますよ』

『だけど眼が素張らしく奇麗だわ』

『しかし毒々しい点が多過ぎますね』

『え。でも歯が大変に見事だわ』

『海豹《あざらし》の歯のやうだ。もしかすると女を食ふ奴の歯だ』

シルヴィオは毛氈《まうせん》のやうな着物をきてゐる。ネツダはまるで痩せた雌犬《めすいぬ》だ。指環がきらりと光つてゐる。男の杖は余り丈夫さうなものではない。

『ネツダ。私はお前をどんなに愛してゐるかわかるか。私の心はお前の方を見つめてゐる。まるで向日葵《ひまはり》のやうな心臓だ。お前の動く方向に私の魂が吸ひ寄せられる。まるで磁石のやうな魂だ。これがわかるか』

『わかつてヨ』

『ネツダ。私は厚かましい男だらうか。私は泥棒のやうにカニオの懐中からお前を盗みたいのだ』

『そんな無鉄砲を考へちやいけないわ』

『私は何でも手つ取り早くやりたい。お前は私と直ぐに逃げてくれないだらうか』

『さうすると、どうなるの』

『二人で旅をするのだ』

『それから』

『夢のやうな世界へ行くのだ』

『それから』

『それから?…………それで好《い》いぢやないか』

『いゝえ。屹度《きつと》その夢が醒めるわヨ』

『すると―――』

『二人が身を滅すばかりだわ』

『そんな〳〵…………』

『いゝえ。止して頂戴。妾《わたし》はそんな話だけで沢山だわ。それにシルヴィオ、妾《わたし》は貴方を失ひたくないの』

『私もさうだ。ネツダ』

『さうでせう。だから、そんな危い綱渡りは勘忍して頂戴ネ。妾《わたし》は軽業使ぢやないんですもの』

『それぢや、どうすれば好いんだ』

『このまゝが好いの。ネ。さうツとして置いて頂戴』

　実際、その時のネツダの痩せた身体《からだ》は、ゴム風船のやうに膨《ふく》れたかと思はれた。香油で磨き立てた彼女の肩の肉にシルヴィオは接吻してゐる。その蠱惑《こわく》が彼女の恐ろしい空想を捨てさせるほど悦ばしいものだつたらしい。薔薇香水をふりまいた頭を、幅の広いシルヴィオの胸に凭《もた》せて彼女は眼を瞑《つぶ》つた。さうして二人は美しい、輝やかしい恋慕調を聯唱した。


　それを立木の小暗い影でトニオが眺めてゐた。さうして不純な痛快味を味ひたいために座長のカニオさんを呼んできた。シルヴィオは傍の石垣を乗り越しながら、力強い魔法の手をさしのべ、

『此所で真夜中に、もう一度逢つて下さい。ネツダ。その約束が出来るでせう』

　と言つた。彼女は石垣の上に跨つてゐるシルヴィオの方に顔をさし伸べ、脂つこい咽喉の美しい曲線を見せながら答へた。

『今夜まで。…………また、これからも一生妾《わたし》は貴方のものヨ』

『あツ』

　とカニオ座長さんは声をあげた。瞬間、カニオさんの肉づきの好い耳朶に『これからも一生《しやう》、妾は貴方のものヨ』といふ言葉が生々しく残つた。ネツダは夫を見つけると
『早く逃げて―――』

　と鳥の啼くやうに叫んだ。あゝ、あんよのお下手なカニオさんは、まるで猪のやうに飛びあがつた。目玉がぐり〳〵と廻つて、線香花火のやうな息を吐き、ぶらりと石垣に飛びつくと、その足をネツダが持つて引きずり下ろした。

『そんな筈ぢやない』

　カニオさんは必至になつて、ネツダを突き飛ばして、男の後姿を追ひかけた。暫らくするとカニオさんは、のつし〳〵と指の爪を噛みながら戻つてきた。

『ネツダ。あの男は誰だ』

『知りませんヨ』

『何んと云ふ名前の男だ』

『知らないツたら』

『それなら泥棒だらうな。だが、言つて置くが、お前は安女郎のやうな真似をしないでくれ』

『ふむ』

ネツダは口笛を吹いて、腰に手をあて丶嘯《うそぶ》いてゐた。

『おのれツ』

カニオさんは洋刀《ナイフ》をきらりと抜いて、ネツダの柔い、草のやうな香のしさうな胸を突くところだつた。それをペツペが辛《や》つと押へてゐると、教会から村の人々が戻つてきた。

『座長さん。心を鎮めて芝居をしなくちやいけませんぜ』

『わかつた〳〵…………』

『ようがすか。心を鎮めて、心をネ』

『よろしい。わかつたといふのに』

カニオはぼろ〳〵と涙を流した。白粉《おしろい》をつけ、滑稽な衣装を着て、これから茶番を演《や》らなければならないのだ。いや、もう一番、仁和加《にわか》が終つたんぢやないかな。熱い血が腸《はらわた》の中でこねかへしてゐる。不愉快な想像に脅えたカニオさんの、下膨《しもぶく》れのした顔は涙で湿つて脚光の閃めきに、何だか大きく見えるやうな気がした。それからカニオさんは次中音《じちうおん》で

笑へ、道化師《パリアツチ》
破れた愛を
胸を蝕む苦しみを

と啜り泣きながら朗らかに歌ひ出した。その歌声が女にしみ透るやうに思はれた。

『もう沢山だわ』

と彼女は呟いた。

『どうしたの』

『妾《わたし》帰りたいの』

小助《こすけ》はそツと立ち上ると青褪めた廊下に出た。窓の外は暗く病んでゐる。劇場の外に出ると、ひんやりと冷たい夜霧が睫毛《まつげ》をぬらした。

江美子は沢山の房々した髪の毛を、ぐる〳〵とねぢつて無造作に頭の上に巻いてゐた。若い後姿である。天鵞絨《ビロウド》のコートをきて、黒いヴェルヴェットの襟巻で深々と顔の下半面を隠して、草履で歩いた。数寄屋橋を渡る時に、あのにごり江のやうな河面に五彩の華やかな電気が影を落してゐた。

…………笑へ道化師《パリアツチ》よ…………

小助はふと口に出して歌声を真似てみた。ひよつとすると江美子が振り向くかと思つた。彼女は黙つて足を小刻みにつつと運ばせてゐた。

『ネ、小助さん』と暫らくしてから彼女は言つた。電車の騒音のために途切れ〳〵にしか女の言葉がわからなかつた。『妾《わたし》には、第二幕はもう、ちやんとわかつてゐたのヨ。屹度《きつと》カニオが、

シルヴィオとネツダを殺すんでせう。それで喜劇がお仕舞ひなんぢやなくつて』

『本当にさうですよ』

『だけどネ。小助さん。貴方はちやんとした方だから、よく覚えて頂戴。妾《わたし》には子供があるんですわ』

『さう。二人――だけど直き忘れて仕舞ひさうだけれども』

『え、上は女の子で、下は男の子なの』と彼女は小助に関はずに言葉を続けた。

『さう〳〵。しかし貴女はちつともお母さんらしく見えない』

『アラ。妾《わたし》の言ふのは、さういふ意味ぢやないわ』

『まあ、どつちだつて好《い》いぢやありませんか』

『い、え。よかないわ。だつて、それが肝心なことぢやないの』

『ところで僕も、貴女に答へたいのは、私には妻もあれば、子もあると言へると大変好い都合なんですがね』

『まぜつ返しちや不可いわ』

『まぜつ返しやしません』と小助は瞬間、真面目な表情をした
『たゞ、僕が幸福でないやうに、貴女もあんまり仕合せさうぢやないから』

『だから妾が幸福にしてあげるまで、気長にお待ちなさいと言ふのぢやないの』

『だつて――』

『さうだわ。貴方はあんまり子供らしい顔をしてるんですもの』

小助は苦笑した。するとキッドの手袋を穿めた、うね〳〵とした長い腕が彼の口の端を軽く突いた。ジャスミンの匂ひがする。彼女はさうしてアハ、、、と高く声を出して笑つた。

実際、彼女は自分だつて鳥のやうな気紛れな動物で、どつちの方角に飛んでゆくものかわかりやしないのだ、といふことを余程小助に話さうかと思つたのだ。江美子は自分の短い過去を振り返ると、処女はまるで淋しい毛物のやうであり、人妻はまるで気紛れな鳥のやうなものだと思つたりした。

とろけるやうな愛撫を想念することはあつたが、さて素晴らしい男性の夢も見なかつた。彼女の腰が蜜蜂のやうにふくらみ出した頃、沢山の青年が彼女をめぐつてゐたが、どれも気に入らなかつた。あんまり髪毛に香油を塗りすぎたり、女のやうな着物をきすぎたり、色の変つた手巾《ハンカチ》を持つてゐたり、絶えず指を動かしてピアノに堪能であることを示す男だつたり、頰骨が出すぎてゐたり、鼻加答児《びかたる》であつたり、いろ〳〵な欠点が目についてならなかつた。彼女の母親は
『娘といふものは空気のやうなものだ』
と言つてゐた。しかし自分では何だか、艶やかな光沢を持つた毛皮につゝまれてゐる豹のさびしい姿が聯想された。
しかしそんな事はどうでもよかつたのだ。美しい、強さうな豹である彼女の求婚者、若《も》しくは求愛者は余りに小市民的で、

弱々しい魂を不安に戦かせながら、隙間《すきま》さへあれば舌を出して嘗《な》めようとしてゐたのだ。

彼女が或る時、左の小指に傷をした時に紅絹《もみ》の切れで指を結へてゐた。すると色の白い青年が同じところに、矢張り赤い切れで結んでゐたので、その青年を好きになることが出来なかつた。さういふ小さな偽善にあきあきして仕舞つた。さうしてストリンドベリイの「伯爵令嬢」を読んで、彼女は自分の古い上着を脱いで仕舞つた。

江美子はそれから結婚した。夫は金満家の長男で、無能が彼を沈鬱にし、富といふ借金のために卑屈な性質を植ゑつけられてゐた。彼女は言つた。

『妾《わたし》の平凡な身の上話だつてロマネスクに聞えるでせう。日本の家庭《メチアジユ》の女性はすべてがロマネスクです。誰だつてノラのやうにして家を捨てる婦人はありやしませんわ。恐らくその代りユリヱのやうにして、どつちかの道を取らなくちやなりません。自殺か、良心の苛責か、叱責か、恥をかくか、駈落か、それから…………………』

と訴へるやうな調子で言つた。そのうちに彼女は二人の子供を生んだ。けれども彼女の羸弱《るゐじやく》な身体《からだ》は二人の生長しなければならない者を育てることが出来なかつた。彼女は家鴨《あひる》のやうに子供を実家の古巣に置いて、漸く生きてゐた。

彼女は尊敬することの出来ない夫のために、どうかして彼を愛さうと努力した。彼は一日何にもしなかつた。何かしてゐるとコンダクターの真似をして火箸を打ち振りながら首を動かしたり、ピアノラの音楽でベェトオフェンの第五シンフォニイに聞き惚れたり、アルバムに絵葉書をはさんだり、本の装幀のことを考へたり、さうでないと大概ぐうぐうと眠つてゐた。

青い血筋のすいて見える彼の額を見てゐると、江美子はその中に海綿か、腸詰めが三つばかりしか這入つてゐないやうに思はれた。

『妾《わたし》は彼を憎いと思つたことはたゞの一度もないわ』

と彼女は心の中で言つた。その代り彼女は夢のうちに

『その代り、妾《わたし》は新婚の旅の朝、浜松で夜が明けて、車窓のどちらを見た時もたゞ、ぽろ〳〵と涙が出ただけだつた。さうして涙に烟つた目で見る風景は、双つとも空と水であつたツけ』

それゆゑに彼を尚更憎む理由がない。却《かへつ》て新婚の夜、箱根で見た冷たい月が、いぢらしい彼女自身を照らしてゐただけなのを不憫に思つた。彼女が結婚したのは、ほんたうに小さい時だつた。掌の上に載せても好い位の小娘の時だつたから、たゞ穏和な鹿の子のやうに彼に追従したのに過ぎなかつた。

額の狭い、鼻のこんもりと高い、眼のきつと吊しあがつた、唇の薄い、一握の痩せた花嫁。

そのうちに彼女の夫は横浜のS銀行につとめるやうになつた。優柔不断な、頼りない、心細い、卑屈な、幾分か懶怠《らんたい》で、自尊心の強い、けれども鷹揚な、薄ぼんやりで、吝《けち》な夫が、朝寝坊

をやめて洋服をしやんと着こみ、てく〳〵と東京の郊外から横浜の銀行に通ふのを見ると、彼女は心を引き立てて、やさしく愛撫しながら送り出してやつた。毎朝きちんと八時に家を出ると、夕方六時にはちやんと帰つて来た。

『頭取といふ人は頭の禿げた、しかし立派な紳士だ。それから僕の下で働いてゐるタイピストは可成り英語が出来るよ。銀行のバルコニイからは港がまる見えで、素晴らしい汽船や軍艦が見えるのサ。お午《ひる》は地下室の食堂で定食を食べるんだよ。働くから好く食べられるよ』

などと夕食の時など際限なく夫は物語つた。

『今度、買物に行きたいから横浜へ一所に行つて下さいネ』

『あ。電話をかけると停車場まで迎へに出てやるヨ。横浜の高島屋は一ぺん行くと好《い》いね』

『さう？』

『すてきなシヤルムーズがあるよ』

『まあ。あれは猫のやうな手触りネ』

『さうだ。あれを西洋人は寝着にするんだとサ』

江美子は然し、夫の帰る時間が、そのうちにだん〳〵早くなるのに気がついた。

『少し頭痛がしたから』だとか『頭取の用事で東京の本店に来たから、それで早く引きあげた』とか、何だとか彼だとか言つて出渋《でしぶ》りだした。それで彼女は夫が出かけると、間もなくこつそりと夫の跡をつけて行くと、彼は銀座のカフェーで茶を飲んで、ゆつくりと新聞を読み終へてから、横浜に行つた。彼女は違ふ車室で彼を眺めてゐると、ゐぎたなく居睡りをしながら十一時頃に桜木町に着いた。さうして停車場の二階で食事をとると、海岸通へ抜け、グランドホテルの前で碇泊してゐる船を眺めてゐるのだ。浮浪人や、西洋人の子供を連れたアマさんや、港見物の田舎者や、油をうつてゐる小僧や、飴湯売りの老人や、供待《ともま》ちの車夫や、異人相手の淫売婦などが腰かけてつれ〴〵な港の真昼時を、彼も亦、ベンチの一端に腰を下ろして煙草を喫つたり、雑誌をひろげてみたり、口笛でオペラの一節を歌つたり、活動写真の広告屋《サンドイツチ・マン》と無駄話をしたりしてゐるのだつた。それを松並木の下の鉄柵のところで、シヨオールで顔をかくしてはゐたが、彼女は判然と夫の姿を見出すと、訳もなく泣かされて仕舞つた。

その癖、彼女を
『僕は限りなくお前を愛してゐるのだ』

と邪気なく毎《いつ》も言つて退《の》ける彼だつた。彼女は黙つて引き返して、二度とそれを夫に言はなかつた。江美子は彼を鞭打つやうにして、人と同様に励ますことを恐れた。さうすると彼は火箸を振りながら機嫌の好い時はコンダクターの真似をした。

『江美子。僕が若《も》し、僕の存在のために貴女が必要だと言つたら、貴女はどうする？』

『だつて小助さん。妾が貴方を好きになれなかつたら、どうするの？』

小助は黙つて頭を振りながら、両眼を閉ぢた。瞬間、彼女は

『妾《わたし》は貴方《あなた》を小助さん、好きになりたいのヨ』

と言ひたかつたのだ。

『夫がこれを聞いたら何と言ふだらう。妾《わたし》はイケない淫奔《いんぽん》な鳥だわ』

彼女は唇を噛みしめた。小助が眼を開いた時に、紅《あか》い彼女の唇が綻びれてゐた。江美子は、夫の小助に対する不愉快な嫉妬を口惜しく思つた。

然し彼女は何時《いつ》も

『小助さん、そんなに責めないで頂戴ネ。妾《わたし》はめつきり痩せてきたのヨ』

と返事をしてゐた。彼女は、彼が自分の生んだ子供を、生みの子のやうに可愛がる本当らしい偽《うそ》をどうすることも出来ないで眺めてゐた。

『この子はいやネ。お母ちゃんそツくりで甚《ひど》い焼きもち屋だわ』

彼女がさういふのを聞くと忽ち嫉妬心が小助を苦るしめた。実際、小さい彼女の長女は小助にさへ嫉妬を持つてゐた。同様に小助にも彼女の子供は可成りな不消化物だつた。また嫉妬深く、さうして多分に色気のある、無能で、腑甲斐ない夫とした不幸な結婚を、いくらかでも彼女自身「母型の完成」のためにいよいよロマネスクに、いよよ道徳的進化の跡を示しつつあるのを見ると、小助は自身もそれに参与したい気持が湧然と起ることもあつた。

ベランジュにとつて女は光輝《グロアル》であつた。それは本当ぢやないか。よしんば恋人でなくても。

ナポレオンにとつては、女は単に子供を生みさへすれば好《い》い。それだつて江美子にしては本当に履行し得た美徳の一つには相違ない。何故なら子供があつたつて恋愛が出来ない訳はないからである。

江美子はより多く機微を摑《つか》んでゐる。だから彼女は縞馬のやうな小助には、ヂェルメェヌの言葉のやうに

『たとひ妾《わたし》がどうあらうと、また貴方がどうあらうと、妾《わたし》は貴方の生活の中に、夫の家の中に、さうして子供の側に居残りますわ』

と言つてゐた。小助は跳ね上りながら、この苦行に堪へなければならなかつた。

小助の下宿してゐる家へ彼女が訪ねて来た。彼が菊坂の古道具店で買つてきた渋色の籐椅子に、彼女はジョーゼットの贅沢な単衣《ひとえ》に、博多の帯をしめて、汗ばみながら腰をかけた。帯止めの青緑色をした翡翠《ひすゐ》が、けざやかな夏を想はせた。陽の翳《かざ》る

窓に椅子をよせても、ナポリ人のやうに死にたくなるやうな暑い日だつた。

江美子が訪ねてくれない方が小助には愉快な時もあつた。けれども概して不安だつた。アイスクリームは乳酪のやうに融けて、銀の匙が温まつてゐた。彼等は謎めいた話の好きな時は、大抵、他人よりも行儀正しかつた。意味ない会話を交へてゐる時には、彼等も神秘的な話題を捕へることが出来た。

『小助さん。貴方はネツダのやうな女が好きでない？』

彼女は突然言つたもんだ。

『さあ』

『男の方つて、みんな然《そ》んな気がするの。ネツダといふ女は、情婦《アムウルウズ》よ。下品ネ』

『なるほど…………』

『嘘吐きで、だらしがなくて、残酷なところがあつて』

『お洒落で』

『さう。あの続きを聞かしてくれない？』

『つまらないぢやありませんか。聞きたい位なら、一層あの時見ると好《よ》かつたのに』

『妾《わたし》わかつた気がしたの』

『どう？』

『ネツダがどうしてもカニオを愛することが出来ない理由《わけ》がわからないでせう。それだつて、どんなに厭なカニオだつて、カニオの側近くに生きて、遠くから人を忍ぶやうに完全に（完全にヨ）愛してやることが出来ない筈がないと思ふわ』

『フン。有りふれた貞婦ですネ』

『もう少しお聞きなさい。ネツダは今少しでカニオの幸福な妻であることが出来たのヨ』

『だからシルヴィオが言つてるでせう。もう少しで、僕の妻になるところなんだつて』

彼女は椅子の脊に凭れて、いや〳〵をしてゐた。小助は息苦るしくなつた。

彼女の髪の毛から発散する匂ひが、小助を横柄に彼女の心の外見を装つてはゐられなくした。魔痺が来た。小助は彼女の狭い額を見つめてゐた。江美子は一寸ほどに前髪を切りさげて、いとゞ狭い額を蔽つてゐる。

『小助さん。ネツダの髪は赤い毛だつたかしら』

『赤かつたネ』

『赤毛の女は嫉妬心が強いんですツて』

『ほう』

『それにネツダに扮してゐた女優は、なんて痩せてゐたんでせう』

『鶴のやうだつた』

『さうヨ。妾《わたし》も小さい時分は、あんなに痩せてゐたわ』

『どうしてだらう。今だつて痩せてゐる。肥れないんだネ貴女は』

『え。多分、余剰感覚のせゐネ』

小助は、はツと思つた。何だか痩せた女の一つの資格のやうに考へられた。彼女は又

『妾《わたし》、夜は寝られないのヨ。それに見たくない夢を切れ〴〵に見るの。妾は針の落ちる音も聞きわけるわ。そしてどんな暗闇の中ででも、ちやんと蚤を捕まへちやふのヨ。そりや不思議だわ。髪の毛がよく洗へて油の落ちる日は機嫌が好いの。さういふ日はだけど滅多にないわ。爪の色が好い日は妾には、屹度好いことがあるの。さうして目の隈が黒ずんで見える時は、まるで凡庸だわ………』

小助は熱つぽい舌の上でとろけてゆく冷菓子を味ひながら、この怪奇な感情を多分に持ち、稲妻のやうな感覚を備へてゐる彼女を、またしても深く愛してゐることに驚いた。

或は、透明なボイルの単衣《ひとえ》に包まれてゐる餅肌と、乾枯《ひから》びた心と、玻璃のやうな魂と、仏像のやうに長い指と、マニキユアをほどこした桃色の形の好《い》い爪と、三つ顔にある黒子《ほくろ》と、吊り上つた切れの長い眼と、麒麟のやうに長い足と、それらのものが奏するところのシムフォニイが彼女の魅力であつたかもしれない。

星月夜だつた。街を行き交ふ人々は白い浴衣地《ゆかたぢ》に、藍色で草花を描いたり、薄紫で藤の花を置いたり、桃色で格子をつくつたりした着物をきてふら〳〵と歩いてゐた。黒い街路樹のある風景を、アーク燈が煌々《かう〳〵》と照らしてゐた。

彼女は派手な単衣《ひとへ》をきてゐた。それは裾の方に玉虫色の薄《すゝき》をあしらつて、袂《たもと》に月が懸つてゐる図柄だつた。この絹物の透明な美しさが、彼女の脂つこい、白い肌まで映して、夕月のほのかな匂ひが立ち罩《こ》めてゐるやうなものだつた。

あか〳〵と灯を点けた電車は、あやめ白粉《おしろい》の香《にほひ》と絵団扇《ゑうちは》とを満載して走つて通つた。打ち水が涼風を起し、軽い裾を吹きまくつて、みづ〳〵しい脛《すね》を紅いものの間から見せた。

水菓子屋の店頭には大人の頭ほど大きい水瓜《すゐくわ》がころがつて、それらは一々に深い、こまやかな陰影を造つてゐた。その隣りの小間物屋には、銀の平打《ひらうち》だの、香油だの、牡丹刷毛《ぼたんばけ》だの、水クリームだの、赤い毛絡《けがら》だのが雑然と飾窓にならべてあつた。それらの一つ〴〵は悉《こと〴〵》く一種の不可思議な夢を吐いてゐる。またその隣りは葬儀屋で、棺桶だの、寝棺だの、造り蓮花だのが店頭に飾つてある。精霊《すだま》をむかへる樺の火を一番たんと燃やした家で、今でも軒先に牡丹燈籠をつるし、白張提灯《しらはりちやうちん》に蠟燭をともして、陰気な空気をかもし出してゐる。その向ひの貴金属商の店は、白金や金や銀やニツケルの時計が、各々めざましく自分自身の時を報じながら、燦然《さんぜん》と輝いてゐる。ある時計は午前二時を示し、ある時計は午後八時を示し、ある時計は眠り、ある時計は十三時を鳴らした。

人力車はバナナの皮にすべり、子供は父母の真似をして遊んでゐる。犬は真夏の夜の夢に遺精し、漆喰のこはれに溝から

蚯蚓《みゝず》が啜り泣いてゐた。

　鳥打帽子を目深にかぶつた不良少年はハーモニカで「カルメン」のハバネラを快よく奏した。まだ月経の初潮をも見ない小娘は、赤い人造絹の手巾《ハンカチ》を手にまさぐりながら、牛肉屋の肉切りと巫山戯《ふざけ》てゐる。明るく、晴れ〴〵とした、暑い、汗のにじみ出る、すべてが倦んじた夏の夜更けだつた。

　彼女は小助とはぶら〳〵と散歩をしてゐた。江美子は夏痩せでいとど身体《からだ》が細つて見えた。小助はいつぞや自分の下宿で過ごした数時間を楽しく廻想した。彼女と別れた後、彼は苦い憂愁を感じた。しかしまた逢へば、心臓を痙攣させられた。

　小助は無帽に浴衣《ゆかた》の着流しで伏目に水溜りを拾つて歩いた。彼女の着物の裾から白く小さい、よく爪の生へ揃つた足がのぞいてゐた。

『妾《わたし》、こないだは半分は貴方のためにお訪ねしたのヨ。それなのにお留守だつた――』

『そりやア………』

『半分は無論、妾《わたし》のため。それも買物の序《ついで》に一寸《ちよつと》寄りたかつたのよ。でも半分はわざ〳〵よつてあげたのに』

『僕のための半分といふのは何ですか』

『恩にきるほどのものかどうかわからないわ。でも貴方はなか〳〵古めかしいものがお好きだから、あげたいと思つたものがあつたの』

『へえ』

『軸物ヨ。随分、古いらしいの。何でも長い間、手入れもしないで、うつちやらかしてあつたの。康熙年間《かうきねんかん》の支那人の書ヨ』

『ほう』

『好いものか、どうかわからなくつてヨ。でもお約束するわ。何だか今夜はうかないのネ。どうかしてるわ。屹度《きつと》妾《わたし》の病気が伝染したのネ』

『どうも然《さ》うらしい』

　彼女はあきれたやうな目つきをして小助を眺めた。

『それぢや一体、この病名は何ていふのでせう。西洋流にいふと、害虫はもう成熟した果物の中にはいりきつて仕舞つてゐるのネ。そして妾《わたし》なんか、得体の知れないことで可笑しがつてゐるのは、まあ、コンヴァレッサンスだわ』

『なるほどネ。江美子。モオランに言はせると、それは明らかに犠牲にされた一ジェネレェションださうです。だから悉《ことゞ》くの男は神経病を患ひ、あらゆる女は感覚鈍痺のために齷齪《あくせく》と刺激を覓《もと》める。痛ましいぢやありませんか』

　痛ましいと言ひながら小助は、自分の恋愛を情事の一方法としては取り扱ふことが出来なかつた。結局、彼女が小助を愛してゐないやうにしか見えなかつたので。

『妾《わたし》は相かはらず、よく夢を見るの。こないだは夫の死んだ夢を見ました。また、その前の晩は子供の死んだ夢を見たのヨ。妾《わたし》は夢を見たいと願つた晩は、たゞの一晩だつてありませんわ。さうして夢を記憶してゐたいとは尚更ら思はないの。野菜の夢を見た時は、妾《わたし》は胃が整つてゐる時です。右を下にして寝ると、きまつて貴方を夢に見るの。またその反対に左を下にして寝ると、歯の欠ける夢になるわ』

彼等は、だん〳〵と淋しい町筋を歩いた。小助は放心したやうになつて彼女の物語を聞き惚れた。時として小助は眠つてゐる意識がゆるやかに活動することもあつた。それは彼女の内《うち》懐《ふところ》に咲き乱れたジヤスミンの花の匂ひを嗅ぐからだつた。すると見たこともない伊太利《イタリー》のモンタルトの小邑《せういふ》を、かうして遠く離れて夜さまようてゐるやうな気がするのだつた。

『妾《わたし》は、よく夫の死ぬ夢を見ると先刻も言つたわネ……』

と江美子が言ふのだ。何の話の続きで、その話がどう展開して行くのか彼には、てんで想像することは出来なかつたが、しかし小助は返事をする代りに、

　　笑へ道化師《パリアツチ》よ

江美子の甲斐ない夫がこれを聞いたら、何と思ふだらうと考へてゐた。とにかく彼女が心の中ではどれほど遠くにあらうとも、さうして現在では、どれほど二人が独自の生活を営んでゐようとも、社会的には、ひいては法律的には、愚鈍な彼女の伴侶は「夫」といふ栄冠を戴いてゐるのだ。すると彼女は

『それ許《ばか》りぢやないわ。妾《わたし》は自分の花嫁姿をまた新たに、鮮やかに見るの。これはどうしたといふんでせう。ありふれた生理的作用でせうか。これはあたりまへの心理的現象なんでせうか。しかしそれはどつちだつて好いわネ』

『さう』

『けれども妾《わたし》は、本当に花嫁でせうか？』

と江美子はあきらめたやうな身振をした。小助はまた返事を逃がした。

『妾《わたし》には子供があります。妾《わたし》は健康ぢやありません。恋をするには妾《わたし》は自分では老い込んで来たと思つてるの。それにもう妾《わたし》には華やかな色がありません。自由な考へ方も出来なくなつてゐますわ。だと妾《わたし》は憐れむべき動物ぢやなくつて』

小助は嘆息した。

『でもネ小助さん。よく見る夢では、妾《わたし》は可愛らしい花嫁ですわ。さあ、何と言つたら好いでせう』

彼女は心から悲しんで、これを表現したく思つた。小助は言つた。

『その花嫁なら、僕にも美しさがよくわかる。何故なら、一度も所有したことのない婦人を、男が異常に愛するからです。初恋といふものは、みんな斯《か》うしたものだ。貴女が、夢で見る花嫁は……』

『さうなの〳〵。妾《わたし》が知りたいといふことは、さういふことだわ。妾《わたし》は自ら進んで花嫁になつたのぢやありませんもの』

江美子は殆んど眼に涙を溜めてゐた。

『妾《わたし》は、妾《わたし》が花嫁であるといふことさへ忘れてゐました。妾《わたし》は妾《わたし》の指に、あの人の指環を嵌められることは、一生、鉄の鎖で縛られるやうに思ひました』

『江美子。さういふお伽話《とぎばなし》がありますネ。魔法使に指環をはめた為めに、その魔法使は通力を失ひました。これは何を意味してゐるかわかる？　貴女が、あの人の指環を指にはめたことは、貴女の運命を約束したのですヨ』

『さうなんです。でも、妾《わたし》の生涯をまで約束したとは思ひません』

『それは少くとも新らしい考へ方だ』

『さうオ？』

『さうですとも。それは少くとも新らしい、許婚の約束に対する一つの定義ですね。さうでないならば貴女は単なる詭弁家に過ぎきせんネ』

彼等は何時の間にか、彼等の面前に大きな蓮池が展開してゐるのを見た。イルミネーションの素晴らしい光彩が火の粉を水面に落してゐた。夜風が軽く吹いて、その上に縮緬の皺をこしらへてゐた。水の色は青黒く濁つて腐敗した匂ひを放散してゐた。

活動写真小屋から急速な、さうして力強いトロンボーンの声が流れてきた。彼等は池に沿うた欄干に凭れ合つた。

『江美子。貴女は何故、花嫁の夢を、そんなに頻りに見るかわかりますか。それは不思議な力ぢやありませんか』

『何故でせう』

『貴女は巣立ちしようとする鳥にならうとしてゐるのぢやありませんか』

『妾《わたし》の羽根は未だ重いわ』

『では僕は、それまで待つのですか』

『？』

『僕の小供らしい表情も、此頃では泥棒のやうに悪化して来てゐるのを感じます』

小助の声は顫《ふる》へてゐた。江美子はまた唇を縫つた。しかし笑ひながら言つた。

『アラ。小助さん。どうしたの。そんなに黙っちやつて、何を考へてるの』

『江美子。貴女のことを……』

『妾。帰つてヨ』

『もう少し……』

『だつて遅いんですもの』

『まう少し……まう少し……』

『たつた一言』

『いゝえ』

彼女の声も顫へを帯びてきた。

『江美子――』

小助は両手で顔を蔽うた。彼女は青褪《あをざ》めて倒れるやうに、逃げるやうな足取りですた〳〵と歩きはじめた。小助は黙然と彼女の痩せた背姿を見つめてゐた。さうすると涙がぽろりと落ちてきた。

彼女は、危く泣き出したいのを堪へて呟いた。

『妾は貴方を恋してゐると、今、気がついたわ……』

（「婦人公論」大正14年1月号）

濠端の住ひ

志賀直哉

一ト夏山陰松江に暮らした事がある。町はづれの濠に望んださゝやかな家で、独住ひには申分なかつた。庭から石段で直ぐ濠になつて居る。対岸は城の裏の森で、大きな木が幹を傾け、水の上に低く枝を延ばして居る。水は浅く、真菰が生え、寂《さ》びた具合、濠と云ふより古い池の趣きがあつた。鳰鳥が始終、真菰の間を啼きながら往き来した。

私は此所で出来るだけ簡素な暮らしをした。人と人と人との交渉で疲れ切つた都会の生活から来ると、大変心が安まつた。虫と鳥と魚と水と草と空と、それから最後に人間との交渉ある暮らしだつた。

夜晩く帰つて来る。入口の電燈に家守が幾疋もたかつて居る。此通りでは私の家だけが軒燈をつけてゐる。で、近所の家守が皆集まつて来る。私はいつも首筋に不安を集め、急いでその下を潜る。これは余りありがたくない方の交渉だが、その他、私が若しも電燈をつけ忘れてゞも居れば、色々な虫が座敷の中に集まつてゐた。蛾や甲虫や火取り虫が電燈の周りに渦巻いてゐる。それを覗ふ殿様蛙が幾疋となく畳の上に蹲踞つて居る。それらは私の跫音に驚いて、濠の方へ逃げて行くが、柱にとまつた木の葉蛙は出来るだけ体を撓ぢ屈げ、金色の眼をクリ〳〵動かしながら私と云ふ不意な闖入者を睨みつけて居る。実際私は虫の棲家を驚ろかした闖入者に違ひなかつた。

私は一ト通り虫を追出し、此座敷を自身のものに取返えす。そして、書きものを始める。明け方、疲れ切つて床へ入る。濠では静かな夜明けを我もの顔に、鯉や鮒が騒いで居る。丁度産卵期で、岸でそれらは盛に跳ね騒いだ。私はその水音を聴きながら眠りに落ちて行く。

十時。私はもう暑くて寝て居られない。起きると庭つゞきの隣のかみさんが私の為めに火種を持つて来る。七厘はいつも庭先の酸桃の木の下に出しつぱなしにしてある。かみさんは勝手に台所から炭を持つて来て、それで火をおこし、薬罐をかけて帰つて行く。私は床をあげ、井戸端で顔を洗ひ、身体を拭いてから、食事の仕度にかゝる。パンとバタと――バタは此県の種畜牧場で出来る上等なのがあつた。――紅茶と生の胡瓜と、時にラディシの酸漬けが出来てゐる。

前に私は尾の道に独住ひをして、其時は初めて自家を離れた淋しさから、なるべく居心地よく暮らす為めに、日常道具を十二分に調へた。然し実際はそれらを少しも使はなかつた経験から、今度は出来るだけ簡素にと心掛けたのだ。

食器はパンと紅茶に要るもの以外何もなかつた。若し客でもあると、瀬戸ひきの金盥で牛肉のすき焼をした。別にきたないとは感じなかつた。却つてそれを再び洗面器として使ふ時の方がきたなかつた。一つバケツで着物を洗ひ、食器を洗つた。馬鈴薯を茹る時には台所のあげ板を蓋にした。

私が寝て居る間に釣好きの家主がよく鮒や鯉を釣つて行つた。私の為めに七八寸の大きな鮒を鰓から糸を貫し、犬でも繋ぐやうにして濠へ放して置いて呉れる事がある。私はそれを刻んで隣の雞にやる。

となりは若い大工の夫婦で、然し本業は暇らしく、副業の養雞の方を熱心にやつて居た。庭に境がなく、雞は始終私の方にも来て居た。雞の生活を叮嚀に見て居ると、却々興味があつた。母雞の如何にも母親らしい様子。雛雞の子供らしい無邪気な様子、雄雞の家長らしい、威厳を持つた態度、それらが、何れもそれらしく、しつくりとその所に嵌つて、一つの生活を形作つて居るのが、見て居て愉快だつた。

城の森から飛びたつ鳶の低く上を舞ふやうな時に、雌雞、雛どり等の驚きあわてゝ、木のかげ、草の中に隠れる時に、独り傲然とそれに対抗し、亢奮しながら其辺を大股に歩き廻はつて居るのは雄雞だつた。

小さい雛等が母雞のする通りに足で地を掻き、一ト足下がつて餌を拾ふ様子とか、母雞が砂を浴び出すと、揃つてその周りで砂を浴び出す様子なども面白かつた。殊に色の冴えた小さい鳥冠と鮮かな黄色の足とを持つた百日雛の臆病で、あわて者で、敏捷で、如何にも生き〳〵してゐるのを見るのは興味があつた。それは人間の元気な小娘を見るのと少しもかわりがなかつた。美しいより寧ろ艶つぽく感じられた。

　縁に胡座をかき、食事をしてゐると、きまつて、熊坂長範といふ、黒い憎々しい雄雞が五六羽の雌雞を引連れ、前をうろついた。熊坂は首を延ばし、或る予期を持つて、片方の眼で私の方を見てゐる。私がパンの片れを投げてやると、熊坂は少し狼《あわ》狽《て》ながら、切りに雌雞を呼んで、それを食はせる。そしてあひまに自身もその一ト片れを呑み込んで、けろりとしてゐた。

　或る雨風の烈しい日だつた。私は戸をたてきつた薄暗い家の中で退屈し切つてゐた。蒸々として気分も悪くなる。午後到頭思ひきつて、ゴムマントに靴を穿き、的もなく吹き降りの戸外へ出て行つた。帰り同じ道を歩くのは厭やだつたから、私は汽車みちに添ふて、次の湯町と云ふ駅まで顔を雨に打たし、我武者羅に歩いた。雨は骨まで透り、マントの間から湯気がたつた。そして私の停滞した気分は血の循環と共にすつかり直つた。

　途々見た貯水池の水蓮が非常に美しかつた。森にかこまれた濡灰色の水面に雨に烟つてぼんやりと白い花がぽつ〳〵浮かんでゐる。吹き降りに見る花としては此上ないものに思はれた。

　湯町から六七町入つた山の峡に玉造《たまつくり》と云ふ温泉がある。が、その時丁度、帰るにいゝ汽車が来たので、私はそのまゝ引きかへした。

　松江の殿町といふ町の路次の奥に母子二人ぎりでやつてゐる素人下宿がある。私はいつも其家で夜の食事をしてゐた。帰途、其家へ寄る。

　日が暮れると雨は小降りになつた。

　暫くして浴衣と傘と足駄とを借り、私がその家を出た頃には風だけでもう雨は止んでゐた。昼の蒸々した気候から急に涼しい気持のいゝ夜になつて居た。物産陳列場の白いペンキ塗りの旧式な洋館の上に青白い半かけの月がぼんやり出てゐた。切れ〳〵な淡い雲が一方へ〳〵気忙しく飛ばされて行く。

　いゝ位の疲労と満腹とで私は珍らしくゆつたりした気分になつてゐた。これから仕事で夜を明かすには惜しい気分だつた。気楽な本でも読みながら安楽に眠りたい気分だ。

　私は帰ると、床をのべ、横になつた。誂へ向きの読物もなく、読みかけの翻訳小説に眼をさらし、直ぐ眠るつもりだつたが、扨て毎夜の癖で眠らうと思ふと却つて眼が冴え、却々ねつかれなかつた。

　私はその小説を何の位読んだらう。その時不意に隣の雞小屋で気魂ましい雞の啼声と共に何か箱の中で暴れる音と、そして大工夫婦が何か怒鳴りながら出て来るのを聴いた。私は枕から首を浮かし、耳を澄ました。鼬か猫かゞかゝつたに違ひないと思つた。物音は直ぐやみ、雌雞のコツ〳〵〳〵と啼く声だけがしてゐた。夫婦は其所で立話をして居たが、それも少時して家へ入り、あとは又元の静かさに返つた。まあ、雞も無事だつたのだらう。左う思ひ、間もなく私も眠りに就いた。

翌日は風も止み、晴れたいゝ日になつてゐた。毎日の事で、私が雨戸を繰ると、隣のかみさんは直ぐ火種を持つて来た。そして私の顔を見るなり、

「夜前、到頭猫に一羽とられました」と云つた。

「……」

「母雞ですよ。――なにネ、吾身だけなら逃げられたのだが、雛を庇つて殺されたんですよ」

「可哀想に……」

「あすこに居る、あの仲間の親です」

「猫はどうしました」

「逃がしました」

「残念な事をしましたね」

「そりやあ、今夜、屹度おとしにかけて捕りますよ」

「左ううまく行きますか」

「屹度、捕つて見せます」

雛等は濠のふちの蕗の繁みの中にみんな踞んで、不安さうに、首を並べてピヨ〳〵啼いて居た。私が近づくと、雛等は此方へ顔を向けてゐたが、中の一羽が起つと、一斉にみんな起上つて、前のめりに出来るだけ首を延ばし、逃げて行つた。

「親なしでも育ちますか」

「そりやあ……」

「他の親が世話をしないものですか」

「しませんねえ」

実際、孤児等に対し他の親雞は決して親切ではなかつた。孤児等は見境なく、自分達より、少し前に孵つた雛と一緒になつて、其母雞の羽根の下にもぐり込まうとした。母雞はその度神経質にその頭や尻をつゝいて追ひやつた。孤児等は何かに頼りたい風で、一団となり、不安さうに其辺を見回はしてゐた。

殺された母雞の肉は大工夫婦の其日の菜になつた。そしてそのぶつぎりにされた頰の赤い首は、それだけで庭へはふり出されてあつた。半開きの眼をし、軽く嘴を開いた首は恨みを呑んでゐるやうに見えた。雛等は恐る〳〵それに集まるが、それを自分達の母雞の首と思つてゐるやうには見えなかつた。ある雛は断り口の柘榴のやうに開いた肉を啄むだ。首は啄まれる度、砂の上で向きを変へた。私は今晩猫がうまく穽にかゝつて呉れるといゝがと思つた。

その夜、晩く到頭猫は望み通り穽にかゝつた。直ぐ起きて来た大工夫婦は、亢奮した調子で何かしやべりながら、穽に使つた箱を上から尚厳重に藁縄で縛り上げた。

「かうして置けばもう大丈夫だ。あしたは此儘濠へ沈めてやる」こんな事を云つて居るのが聴こえた。

大工夫婦は家へ入つた。私はそれからも独り書き物をしてゐたが、箱の中で暴れる猫の声が八釜しく、気になつた。今宵一ト夜の命だと思ふと可哀想でもあるが、どうも致方ないとも思はれた。

猫は少し静かにしてゐると思ふと、又急に苛立ち、ぎやあ〳〵と変な声を出して暴れた。がり〳〵と箱を掻く音がうるさい。然しそれも到底益ないと思ふと、今度はみよう〳〵と如何にも哀れつぽい声で嘆願し始める。猫は根気よく左ういふ声を読けてゐるが、其内私も段々それに惹き込まれ、助けられるものなら助けてやりたい気持になつた。

猫は散々それを続けた上で、尚その効がないと知ると、絶望的な野蛮な声を張上げて、暴れ出す。それらを交互に根気よく繰返えした末に、結局何も彼も念ひ断つた風に静かになつて了つた。

私は現在そこに息をしてゐるものが夜明けと共に死物と変へられて了ふ事を想ふとい丶気がしなかつた。此静かな夜更け覚めてゐる者と云つては私とその猫だけだつた。その一つの生命があしたは断たれる運命にあると思ふと淋しい気持になる。猫が雞をとるのは仕方がないではないか。殊に浮浪者の猫が、それを覗ふのは当りまへの事だ。さればこそ、雞を飼ふ者はそれだけの設備をして飼つてゐる。偶々《たま〳〵》、強雨で、箱の蓋を閉め忘れた為めに襲はれたと云ふ事は、猫が悪いよりも、忘れた者の落度と見る方が本統なのだ。特別の恩典を以つて今度だけは逃してやるとい丶のだ。私は昼間雛等を見てゐた時と大分異つた気持でそんな事を想つた。

然し、事実はそれに対し、私は何事も出来なかつた。指一つ加へられない事のやうな気がするのだ。かう云ふ場合私はどうすればい丶かを知らない。雛も可哀想だし、母雞も可哀さうだ。そして左う云ふ不幸を作り出した猫もかう捕はれて見ると、可哀さうでならなくなる。しかも隣の夫婦にすれば、此猫を生かして置けないのは余りに当然な事なので、私の猫に対する気持が実際、事に働きかけて行くべくは、其所に些の余地もないやうに思はれた。私は黙つてそれを観て居るより仕方ない。それを私は自分の無慈悲からとは考へなかつた。若し無慈悲とすれば、神の無慈悲がかう云ふものであらうと思へた。神でもない人間——自由意志を持つた人間が、神のやうに無慈悲にそれを傍観してゐたといふ点では或は避難され丶ば非難されるのだが、私としてはその成行きが不可抗な運命のやうに感じられ、一指を加へる気もしなかつた。

翌日、私が眼覚めた時には猫は既に殺されて居た。死骸は埋められ、穽に使つた箱は陽なたで、もう大概乾かされてあつた。

（「不二」大正14年1月号）

隣家の夫婦

正宗白鳥

人　物

美戸野昌一（二十七歳。吉村家の寄食者。風采よろしからず、むしろ悪相を帯びてゐる）
石川貞吉（美戸野と同じくらゐな年輩、文学者、弱々しい男）
吉村寅蔵（四十二歳、容貌醜くして痩身。相場師）
たみ子（吉村の妻君。三十歳。肉体が年齢よりも老けてゐる）

（一）

十月末の午後。

別荘建ての小さな家の一室の、あたりまへより広い縁側に贅沢な、寝台のやうな椅子が持出されてゐる。部屋の中はすべての粧飾物を剝取られてガランとしてゐる。


美戸野は庭へ下りて、板塀の近くに立つて、隣家の二階を見上げてゐる態度をして、

「石川さん」と、声を掛ける。

「やあ。………此間うちは大変お忙しかつたやうですね」

といふ声が隣家の方から聞えて来る。

「いやどうも大混雑でしたよ。僕は今日は非常に退屈してゐるんですが、遊びにゐらつしやいませんか」

「え、、お邪魔でなければおうかゞひしませう」

「どうぞ」

美戸野はさう云つて板塀の側を離れて家の方へ戻つて、奥から、椅子を一つ持つて来て縁側に置く。

石川が庭の横手からノソ〳〵入つて来て、懐つこい目を向ける。

石川　今日は久振りによく晴れましたね。

美戸野　さうですね。い、天気になりましたね。………さあお掛けなさい（椅子に手を掛けて勧める）

石川は縁側へ上つて、突立つたま、荒れた部屋の内を見廻はす。美戸野は反対に庭の方へ目をつける。

美戸野　庭も汚れたま、で打遣らかしとくんです。コスモスもみんなへし折つて近所の子供にやりました。裏の柿の木には大分実が生つてるから、もつとよく熟したら自分で食べようと思つて楽しみにしてゐたんですが、昨夕のうちにすつかり盗まれてしまひました。油断がなりませんよ。

石川　（相手の言葉を身を入れては聞かないで）家の中はすつかり片附けておしまひになつたんですか。

美戸野　え丶。

二人は向合つて椅子に腰をおろす。

美戸野　一昨日の晩、あの雨のしよぼ〳〵降るなかを、大あはてで荷造りをして、貨物自動車に積込んで送出したのが、夜中の二時頃でした。ちよつと戦争のやうでした。僕はすつかり疲れちやつて、昨日は一日寝て暮しましたよ。

石川　あの晩、わたしは眠つきが悪かつたものですから、たび〳〵起きちや窓を開けて、此方の騒ぎを覗いて見たのですが、吉村さんの昂奮した声が時々聞えて来ましたよ。……御主人が商売に失敗なすつたつて、本当ですか。

美戸野　今度は、どうも本当の破産らしいですね（感慨を籠めて）どうせ商売が商売だから、いつかこんな目に会ふのは当然なんでせうが、主人に取つちや時期が悪かつたので、もう浮び上られないでせう。……この別荘だつて、大きな顔して住んでゐたつても、自分の物ぢやないんですからね。こんな小さな家一つだつて、いろ〳〵に入組んだ事情が絡《から》んでるくらゐですから、商売の方のいきさつは複雑で、我々にはまるで解らないんですが、家庭の内情——と云つて、夫婦きりの関係ですが——それが近頃変挺になつてるので、主人は今度は二重に苦しまされてる訳なんです。……全体こんな空屋《あきや》同様で、しかも自分の所有物でもない家に、僕がわざ〳〵留守番をしてゐるのは滑稽なんですが、そこが破産者の憎むべき心理状態なんでせうね。ここの地所は酒屋の梅屋の所有《もの》で、家は、相場をやつて銀行の金を費込んで銀行を破産させた東陽銀行の重役の坂本の名義になつてゐますが、主人は僕を此処に頑張らせといて、地主からは移転料をせしめて、坂本にも何か因縁をつけていくらかせしめようと企んでるらしいんです。いや実際企んでるんです。坂本の奴も喰へない奴で、東陽銀行の破産の時には、僕の主人と共謀して、自分の財産はうまく隠蔽して自分の損害を軽くしたやうですよ。

石川　ひどい奴ですね。あの銀行は休業したつきり、一年経つても目鼻がつかないんで、土地の者は非常に迷惑してるやうですが。

美戸野　（尤もらしく重々しい口吻で）それは銀行は無論不都合ですが、田舎の人間は狡猾なくせにあまいんですね。家の大将はよくさう云つてゐましたよ。……家の店でも今まで田舎のお客をうまく騙しちや捲上げたんでせうが……

石川　（相手の言葉を身を入れては聞かない風で、部屋の方を顧み勝ちで）此方には贅沢ない丶道具が沢山あつたのに、みんな運んぢやつたんですね。

美戸野　え丶、無我夢中で運べるだけ運びました。明日にも債権者に差押へられるかと恐れて急いだのでせうが、主人の頭の調子も、今度は鉄の槌でどやされたゝめに、いくらか狂つてるやうです。あの雨ぢや大切な荷物が大分汚されたでせう

（ふと、自分が腰を掛けてゐる寝椅子へ目を落して）御覧なさい。この椅子だけは、僕が妻君に歎願して残して貰つたのですよ。……昨日は一日この上で昼寝をしました。このクツシヨンは柔くて大変寝心地がいゝですよ。

石川　（今度は言葉に惹かれて目をそちらへ注いで）さうでせうね。……奥さんはこの上でよく新聞なんぞ読んでゐらつしやいましたね。

美戸野　（言訳らしく）これは妻君専用の椅子といふ訳ぢやありません。主人は一週に一度此方へやつて来た時に、頭や身体を休ませるために、この上でよく寝てゐました。商売の掛引も此処で考へてゐたらしいですよ。全体僕の主人は、大磯へ来ても、海水浴を一度やるぢやなし、散歩をするぢやなし、無論書物を一ページも読みやしないし、寝ても醒めても金の事ばかり考へてるんだから、不思議な動物ですね。

石川　動物はひどいですね（微笑して）しかし、御主人も藝者遊びはよくするやうぢやありませんか。

美戸野　主人が藝者狂ひをすると云ふんですか（怪訝《けげん》な顔して）それは誰れにお聞きになりました？

石川　誰れに聞いたつてことはありませんが、さういふ風評がありますよ。

美戸野　そりや石川さん御自身の空想の産物ぢやないですか（面白さうな笑ひを洩らして）相場師なら藝者遊びはするだらう。藝者なら役者買ひくらゐするだらうといふのは、平凡な、誰れでも思ひつきさうなことなので、敢て、賢明なるあなたの想像力を俟たなくつてもいゝ訳ですね。……しかし、石川さん、空想といふ奴は面白いものですね。こんな柔いクツシヨンに横たはつて、秋の日に浸つて、空想を恣《ほしい》まゝにするのは、悪かありませんね。

石川　さうですとも、だから、僕も内々かういふ贅沢な寝椅子は慾しがつてゐたのです。

美戸野　ハヽヽ。全く坐り心地がいゝですよ。ためしに腰を掛けて御覧なさい。

　美戸野は立つて、石川をその椅子に腰掛けさせ、自分は石川の腰掛けてゐた方の椅子に腰をおろす。

美戸野　さういふいゝ椅子を僕のために置いて行つてくれた主人夫婦の悪口ばかり云つちやいけませんね。……実際相場師に謹直な君子はないでせうが、家の大将は割に女には淡白らしいです。金銭慾が旺んなために、女慾の方は比較的衰へてるんでせう。……いや、本当はさうでないかも知れないな（考込む）

石川　それで、あなたはいつまで此処で留守番をしてゐらつしやるんです？　お一人で此処にゐちや淋しいでせう。

美戸野　なに、独住ひも昨日からだから、まだ淋しいつてことは感じませんが、しかし、僕も長くかうしちやゐられませんよ。七月のはじめから大磯へ来て、七八九十と、四月も居候で暮してゐたのだから、主人が失敗しなくつたつて、僕は僕で方針を立てて引上げようと思つてゐたんです。……そこで、石川さん、今日は一つ、僕や主人の内輪話をしますから聞いて下さい。此間あなたをお訪ねした時に、ちよつと机の上を拝見したら、「隣の夫婦」といふ題で何か書いてゐらつしやつたが、今日はその隣の夫婦の材料を供給しませう。

石川　あれはこちらの御夫婦のことぢやありませんよ。

美戸野　それはどうでもいゝです。僕はあなたに聞いて頂きたいことがあるんですよ。今朝からこの椅子の上に寝ころんで、雨上りの秋の空を見ながら、久振りで自分一人で静かに物を考へてると、僕のやうな愚鈍な人間の頭にでも、いろんな面白い感想が浮ぶんですからね。……さうだ。一昨日《おとゝひ》荷物の整理をした時に、一本だけこつそり葡萄酒を取つときましたから、今日はその口を開けて、聞き賃として御馳走しませう。

美戸野はさう云つて奥へ入る。石川は寝椅子に身体をのび〳〵と伸して快感を覚えてゐると、そこへ、吉村の妻君たみ子が、飾りつ気のない、そして容色に年齢よりも老けた生地《きぢ》を現はして入つて来る。着てゐるお召縮緬も雨に汚れたものらしい。側へ寄つて来るのを、石川は暫く気づかないでゐる。

たみ子　石川さん、お話しに来てゐらしつたの？（愛嬌を見せて云ふ）

石川はそれに気がつくと、慌てて身を起して、極りの悪さうな顔して挨拶する。

たみ子　いゝお天気になりましたね。戸外《そと》を歩くと温か過ぎるくらゐですよ。

彼女は縁側へ上つて部屋の中を見ると、口を噤んで感慨に打たれる。そこへ、美戸野が、奥から葡萄酒の罎とコップ二つを提げて入つて来る。

美戸野　（驚いて）奥さん、どうなすつたのです？　お一人ですか（口早に云ふ）

たみ子　（何気ないやうに）急に此方に用事が出来たから、一人で飛出して来たのよ。……あの晩あんな思ひをして持つて帰つた荷物はね。彼地へ着くと、そつくりそのまゝ、待つてゐましたと云はないばかりで差押へられたんですよ。だから、わたしが云つてたやうに、此方で仕末をつければよかつたのに、間の抜けたことつたらありやしない。

美戸野　そいつは馬鹿を見ましたね。

たみ子　おや葡萄酒があつたの？　それはよかつたわね。わたしもあとで頂くから、石川さんに差上げなさいよ。わたしはちよつとあちらへ行つて見て来ますわ。

たみ子奥へ入つて行く。美戸野はコップを石川に渡して酒を注ぐ。

美戸野　僕の今朝からの感想も、奥さんがやつて来たので、やり直しだ。

石川（相手の言葉には耳を留めないで、葡萄酒にもちよつと口をつけたゞけで、コツプを下に置いて）わたしはお暇しませう。晩にでもお遊びにいらつしやい。
美戸野　折角僕の感想を聞いて頂かうと思つてゐたのに、生憎でしたね。ぢや、晩にでもこの罎を提げてお宅へうかゞつて、ゆつくり飲むことにしませう。
石川が庭へ下りて帰つて行くのを、美戸野は見送つたあとで、奥の方へ耳を留めながら、自分のコップへ酒を注いで一息に飲んで、椅子に身体をもたらせる。しかし、絶えず奥の方へ気を留める。
たみ子は、前よりも生気を含んだ態度をして入つて来る。
たみ子　石川さんは？
美戸野　あなたに遠慮して帰つて行きました。
たみ子　わたしが落《お》ち目《め》になつたところを他人に見られるのをいやがつてると思つての御遠慮なの？　詰らない御遠慮ね。……そのくせに、あの人はわたし達のことを気にしてるやうな目をして、遊びに来るたんびに家の中なんぞじろ〳〵よく見てゐるんですよ。独りで室借りしてゐると、かういふ家の生活でも羨ましいのか知ら。
美戸野　わたしの境遇をさへ羨んでたことがありましたよ。
たみ子　同い歳だつていふけれど、あなたとは体格が大ちがひね。若い盛りに肺が悪くつちや可愛想ね。どうせ長持ちはしないんでせう。
美戸野　それはさうと、あなたは何か大切な忘れ物を捜しにいらつしやつたんですか。
たみ子　さうなのよ。
美戸野　お忘れ物はありましたか。
たみ子　えゝ。ありましたとも。それについて、あなたに手助けして貰はふと思つてるの。
美戸野　わたしが何かお役に立つんですか。
たみ子　夜逃げの荷造りや留守番なんかとは違つて、あなたも張合ひがあることなの。
美戸野　（乗出して）それは何ですか。
たみ子　あとで分るわ（寝椅子へ腰をおろして）わたし疲れてゐるんだから、その葡萄酒を饗《よ》んで下さいね（黒い縮緬の羽織を脱いで抛出して）下手なことをしたものだから、わたしの衣服までもみんな捲添を喰つて押へられちやつて、雨に濡れたこんな衣服一枚きりになつたのよ。吉村のしをれ方は、それはひどいんだけど、わたしだつてあなたの目にはどんなにか見窄らしく見えるでせう。昨夕寝なかつた上に、お湯にも入らなけりや、顔さへろくに洗はないで来たんですもの。
美戸野は黙つて、たみ子の顔をぬすみ見しながら葡萄酒を注ぐ。たみ子それを快げに飲干す。
たみ子　零落した人間はいやなものだと、あなたは、昨日とは違つたわたしの様子を見て、さう思つてるんぢやないの？……わたし、今日は疲れてゐて、面倒くさい思ひはしてゐられないから、あなたに謎を掛けたり予防線を張つたりなんぞしないで、自分の思つてることを勝手におしやべりしてしまひませうよ。………あなたには、わたしの不断の気持は分らなかつたでせうけれど、わたしは、今度のやうなことを、今か〳〵と待つてゐて、準備はちやんと出来てゐたのよ。（ゆつくり自分の話を自分で楽しむやうな態度で）………吉村といふ人はね、世間並みに藝者を落籍《ひか》せて囲つたりしてゐるけれど、お金の事では一分一厘の抜け目のない男で、それで、どんな女にも鼻毛を読まれるやうな男ぢやないやうに、世間の人からも云はれて、自分でも己惚《うぬぼ》れてゐたんですがね。本当は間の抜けたところがあつたの。利口さうに見える男だつて、案外利口ぢやないものよ。………だからさ。あの人は今度破産する目に会つたのでせうし、わたしは、自分で一生口《くち》過ぎの出来るやうな準備が平生に出来てゐたのよ。………お体裁《ていさい》はどうだらうとも、真実のところを云ふと、吉村の有つてるお金と結婚したやうなんだから、吉村にお金のなくなつた時が、お互ひの縁の切れ目になるのがあたり前ぢやありませんか。吉村の方だつて、疾つくの昔わたしには飽いてゐたのだけれど、大して邪魔にはならないし、それに世間体もあるものだから、事を荒立てないで、今まで妻といふ名義を取上げようとはしなかつたのだわ。わたしの方だつて、吉村の家を出て行つても、お膳立てしてわたしを待つてゐて呉れる者が何処にもある訳ぢやないのだから、遊んで生きてゐられゝば、それだけが得だつていふ気持で、今の今まで辛抱してゐたのですよ（ふと、目を上げて）あなたよく聞いてゐるの？

美戸野、「よく聞いてゐる」といふ様子を目顔に現はす。

たみ子　わたし座興に話してるのぢやないのよ。親身に聞いて下さいね。………遊んで生きてゐられるだけが得だつていふ気で、夫《をつと》の妻として、今まで辛抱してゐたんです。わたしが変り者だからさう思ふだけで、世間の奥さんはさうぢやないのか知ら。……そんな理屈はどちらでもいいとして、美戸野さん。わたし、これから吉村の側を離れて、一人立ちで世を渡らうと思つてゐるのよ。あなたはわたしの味方になつて下さらなくつて？　お金はちつとは持つてゐるのよ（少しの間口を噤んで、何かを索《さぐ》るやうに相手の顔を見て）吉村といふ人は、お金にかけちや敏《さと》い男で、人の懐中《ふところ》にもしよつちゆう索りを入れてゐて、わたしの預金帳の金嵩でも、わたしの持つてる指環でも衣服でも、ちやんと頭の中に覚えてゐて、必要な時には、自分の商売の資金に融通させようとするのだから、あたり前ぢや、秘密《ないしよ》でしまつとく訳に行かないの。………でも、美戸野さん。わたしえらいでせう。二万や三万のお金は、あの吉村の目を晦ませてしまつてあるんです。

美戸野は興味をもつて聞いてゐたが、二万三万のお金といふ言葉を聞くと、昂奮して相手の顔を見据えて。

美戸野　そんな大金をあなたは何処に持つてゐらつしやるんです？（詰責するやうな語調で云ふ）吉村さんは、今度二万いくらとかの金が急場の間に合ふやうに手に入らなかつた、めに、今まで持ちこたへてゐた風船玉《ふうせんだま》が破れたと落胆してゐたぢやありませんか。あなたはなぜ、御自分が秘密で持つてゐるといふ大金を投出して、主人の危急を救はなかつたのです。第一吉村の店が破産すりや、あなた御自身も非常な損害を受けるんぢやありませんか。

たみ子　（動《どう》じないで、しかし、今までよりも言葉に力を入れて）わたしを夫婦の情愛のない女だと云つて、あなたは怒つてゐるの？　美戸野さんがそんなことを云つてわたしを責めるのは滑稽に思はれてよ。……それはね、わたしだつて、此処で吉村の前へ有りたけのお金を差出して喜ばせようと思はないぢやなかつたのですけど、ここが大切な時だと、心を鬼にして引《ひつ》こたへたんですよ。あなたはわたしがさう思つた心《こゝ》根《ろね》を責めるんですか。

美戸野　心を鬼にして何の得《とく》になるんです？　あなた夫婦は敵《かたき》同士といふ訳ぢやないんでせうに。

たみ子　そりや敵同士ぢやないでせうね。不倶戴天の敵《かたき》が、ダイヤの指環を買つて呉れたり、時節々々の流行《はやり》の衣裳を買つて呉れたりすりやしないでせうから（少しの間口を噤んでから、じれつたさうに）わたし、どう云つたら自分の胸の中の気持が人様《ひとさま》に分るやうに云へるんでせう？　石川さんにでも智慧を借りたら、いゝ言葉が見つかるかも知れないけど。

………

美戸野　あなたの悪口《あつこう》を御主人の口から聞かされたことはありませんでしたよ。

たみ子　さう？　……吉村は女にはお金さへやつて置けばいゝと思つてゐたのだから、破産したゝめに女に逃げられるのは、自業自得で当然なの。去年でも一昨年《おとゝし》でも、吉村が羽振りがよかつた時に、わたしの方から逃出したなら、吉村は、勝手にしろと、猫の子一匹ゐなくなつたくらゐに思つて、またお金の力で他《ほか》の女を連れて来て、平気でゐたにちがひないの。だから、わたし、今まで虫を殺して我慢してゐたのだけど、今度は吉村も思ひ知るだらうと思つてよ。

美戸野　それは残酷ですね。仮りに敵同士だつたにしても、相手の弱つた時を狙つて苦しめるのは卑怯ぢやありませんか。

たみ子　（冷笑して）誰れでも上べでは云ひさうなことを云つてるのね。……美戸野さん。わたしが吉村にねだつて特別に造らせたこの柔かい寝台椅子は、寝心地がよかあなくつて？

（媚びを寄せる）

美戸野　（ドギマギして）柔くていゝですね。しかしそれがどうしたのです？

たみ子　わたしを卑怯だと責めても、男のあなたゞつて、随分卑怯だわよ。白ばくれてゐても、わたしにはちやんと分つてるわ……（自分の話を自分で楽んでるやうに）あなたは、吉村の手下《てした》になつて相場師の修業をしようつて気があるのぢやなし、他所の会社へ勤めようと思へば勤められない人でもないのに、なぜわたしの家の居候なんぞになつて、詰らない小僧か書生つぽの役目なんか勤めてゐたのです？　それに何のために、大磯に三月《つき》も四月《つき》も愚図々々して日を暮してゐたのです？　身体が弱いから養生のためだつて？　嘘仰有いよ。石川さんぢやあるまいし、そんな頑丈な身体をしてゐるくせに。……わたしには、あなたのお腹の中は分り過ぎるくらゐ分つてゐたんですよ。

　美戸野、相手の目を煙たがり、首垂れて、口を噤んでゐる。

　たみ子快心の微笑を洩らしてゐる。

たみ子　もう遠慮することないわ。……わたし、正直に云つちまひますがね。わたし、最初《はな》のうちは、あなたがいやでならなかつたの。気味が悪いやうにさへ思はれて、吉村をつゝいてあなたを追出さうとしたこともあつたのですけれど、家へ出入りをしてゐるいろ〳〵な男のうちで、あなたゞけが慾も得も忘れて、わたしの側にゐたがつてることが分ると、不思議にあなたが好きになつたのです。生れてからはじめて、あなたのやうな人に出会つたんですからね。だから、あなたになら、掛引なしに、わたしのお腹《なか》の底の底にしまつてることでも打明けていゝといふ気持になつてゐたのだけれど、さつきのやうに、わたしの云ふことにケチをつけられちや、わたし当てが外れちやつた。

美戸野　奥さんがさうお思ひになるのは止むを得ませんが、不断お世話になつた吉村さんをどういふ意味でゞも辱《はづかし》めるやうなことは、わたしには出来ません（ポツリ〳〵云ふ）

たみ子　（意外に感じたらしく稍々気色ばんで）ぢや、あなたはわたしが今打明けたことを吉村に知らせようと思つてるんですか。わたしが秘密のお金を持つてることを、吉村に告口しようと思つてるんですか。

美戸野　いや、そんな余計なことは云ひたかありません。地主や家主から移転料をゆすらうとするやうな悪埒《あくらつ》な人に、手近な金の在所《ありか》を教へるやうな同情心を、わたしは持つちやゐないんです（稍々力づいて云つて、今まで外らしてゐた目を動かして正面《まとも》に相手を見る）

たみ子　同情心は持つてゐないかも知れないけど、あなたは吉村を恐れてゐるのね。あの一文無《もんな》しになつた吉村を……

美戸野　わたしはあなたが恐ろしくなつたのです。

たみ子　わたしに関合《かゝりあ》ひをつけちや、あとが怖いと思つてゐるの？（ふと笑つて）可笑《おかし》いわね。長い間わたしの側にゐたあなたぢやありませんか、たとへ、わたしが悪人だつたにしても、わたしの頼み事を聞いて、わたしに力を貸して呉れたつて、別段あなたが迷惑する訳はないのでせう。世間の人に爪はじきされる道理はないと思はれるわ。現在あなたは、性《しやう》のよくない、人聞《ひとぎ》きの悪い役目を吩咐《いひつ》かつて、その吩咐《いひつけ》を後生大事に守つて、こんな所にしよんぼり留守番をしてゐるんぢやないの。…………それとも、あなたは、わたしの味方になつて懸合《かゝりあ》ひをつけられるのを、変な風に考へてるのぢやないか知ら。わたし、吉村を離れて自由な身になつたからつて、あなたを誘惑しやうと思つてやしないわ、誤解しないやうにして下さいね、それは奇麗な気持であなたに懸合《かゝりあ》ひをつけやうと思つたゞけなの、吉村のやうな男からでも離れると、女一人ぢや、何かにつけて心細いんですもの。

　歳に似合はぬ甘たれた言ひ方をして、全身に媚態を現はす。

　美戸野はまた極りの悪い思ひをして目を外らす。

美戸野……外の事はとに角、あなたは何万といふ大金を、御主人に隠して銀行にでも預けてゐらつしやるんですか。

たみ子　(首を振つて) 吉村の側にゐてお金を銀行へなぞ預けて、いつまでも秘密にしてゐられるものぢやない、あの人は家の中にある紙幣《さつ》の匂ひまで嗅ぎつける人なんですもの……。わたし、あの人から貰つたお金は、みんな自分のお粉飾《めかし》に費つたり娯み事に費つたり、気前よく懇意な人に播き散らしたりしてゐたのぢやないの。あの人もそれはよく知つてるのよ。

美戸野　(好奇心を起して) ぢや、奥さんは、そんな大金をどんな手段でこしらへて、どこにしまつてゐらつしやるんです？

たみ子　大金々々と、あなたも二万や三万のお金に驚くやうぢや、将来大金持になれさうぢやないわね。

美戸野　わたしの将来をさう軽卒に極められちや困りますよ。………御主人に取つても、二万といふ金は、店の浮沈に関するほどの大金だつたぢやありませんか。

たみ子　わたしに取つても、生命《いのち》の種《たね》の大金なのよ。……だから、わたしの頼みも聞いて呉れない信用のない人に、その大金の在所《ありか》なんぞうつかり明かされないわね。……(相手の熱心な態度を眠つたさうな目で見て) わたし、此間からの疲れが出て、眠くつて為様がないから、この椅子の上で一眠りしませう、その間に何か三品ばかり、おいしい物を禱竜館へ誂へといて、目が醒めたら直ぐに御飯が頂けるやうにしといて下さいね、葡萄酒のせいで眠くつて慾も得もなくなつちやつた。

　寝台椅子の上に身体をのばして、ハンケチを顔にあてゝ目をつぶる。美戸野はたみ子の方へ身を寄せて、

美戸野　吉村さんは東京の何処にゐらつしやるんです？

たみ子　何処と云つて、お妾さんの家の外に泊る所はないぢやないの。お妾さんが、今までの御恩返しのつもりで食べさせて呉れるんでせう。感心ね (眠さうな声で云ふ)

美戸野　それであなたは安心して眠つてゐられるんですか。二万円の大金さへ御自分で持つてればいゝんですか。

たみ子　二万円々々と、大きな声で云つて、若しも泥棒や借金取りに聞かれたら大変ぢやないの？ (眠さうに)

　そこへ、電報と呼ぶ声と、門の戸を叩く音とが聞える。美戸野、返事をして庭へ下りて、片隅へ姿を消す。

電報配達の声　伊藤たみ子といふ人が此方に居りますか。

美戸野の声　伊藤たみ子？　家が違ふんぢやありませんか。……あ、さうか。吉村方としてあるな。ぢや、此方だ〲。

美戸野電報紙を見ながら元の所へ戻つて来る。
美戸野　奥さん。電報ですよ（と、二度続けて云ふ。たみ子が目を醒まさないので、肩に手を当て、揺起す）奥さん、電報が来ましたよ。
たみ子　（横になつたまゝ、寝呆声《ねぼけごゑ》で）誰れから来たの？読んで下さいな。……沢井からぢやない？
美戸野　（電報紙の封を切つて）今夜帰れ、あしこで待つ梅浦、とありますよ。それで宛名は伊藤たみ子としてあります。
たみ子　梅浦？へえ……よく分つてよ。有難う。
美戸野　（椅子の側に添つて立つて）ぢや、あなたは今夜東京へお帰りになるんですか。
たみ子　どうだか分らないわ（また眠りに落ちかける）
美戸野　梅浦といふのはどんな方なんです？わたしの聞いたことのない名前ですね。
たみ子　さう？今度紹介するから会つて御覧なさい。大した人ぢやないの。
美戸野　奥さんは、もう吉村の姓を棄てたんですか。
たみ子　……だから、わたし、もう奥さんぢやないのよ。
美戸野　（気を変へて）ぢや、わたしは料理を誂へて来ませう。
電報の返事は出さなくつてもいゝんですか。
たみ子は答へないで熟睡に落ちる。美戸野は、他の椅子に腰をおろして、電報紙を穴の開くほど見詰めて考へてゐたが、やがて、それを抛出して庭下へ下りて外へ出て行く。
自働車の音や荷馬車などの物音が、閑寂な空気を破つて聞える。
奥の襖が開く。背広を着て中折帽子を横つちよに被つた吉村が、著るしく憔悴した顔して入つて来る。美戸野の腰掛けてゐた椅子に、倒れるやうに腰をおろして、暫くたみ子の寝姿を見る。やがて立上つて、彼女を揺動かす。容易に目を醒まさないので、烈しく揺動す。
たみ子、薄目を開けて吉村の顔を夢のやうに見ながら、だるさうに身体を起して、
たみ子　ぐつすり眠つてゐたのに（と呟いて、不平らしく）あなた何しに此処へいらしつたの？
吉村　おれも大磯へ寝に来たのだ。昨夕《ゆうべ》も一昨夜《おとゝひ》も二晩つゞけて一睡もしなかつたのだから。
たみ子　ぢや、そこでお休みなさい。葡萄酒でも飲んで。
吉村　（はじめて葡萄酒の罎に目をつけて）これはいゝものがあつた。（コップに酒を注いで、一息に飲干して）お前はいつ此処へ来たのだ。
たみ子　（眠足らない頭を興奮させて）わたし、今来たばかしなの。……あなたはわたしのあとを追つて来たんですね。
吉村　いや、さうぢやない。昨日《きのう》の朝お前に別れてから、おれは方々駆ずり廻つて、いろ〳〵後仕末をして、いよ〳〵素裸《すつぱだか》になつて、何か小さな事業でもやりださうかと決心をしたのだが、どうにも身体が疲れてならないから、不意に思ひつ

いて此処へ眠りに来たのだ。……おれは何十年の神経の疲れが一度期に出たのか、東京のやうな騒々しいところではとても眠られない。汽車の中でも眠れなかつた。

たみ子　でも、あなたは東京でよくお休みになれる所が一軒あるぢやありませんか。わたしには落着いて寝られる所がどこにもないのだけれど。

吉村　おれにだつて、落着いて寝られる所はどこにもありやしないよ。

たみ子　（皮肉に）高砂町には御立派な御別宅があるぢやありませんか。

吉村　（相手の皮肉を感じないやうに）かうなつたらあしこも他人だ（力なく云つて）おれももう二日持耐へてゐたならこんなに襤褸《ぼろ》を出さないで済んだのだが。……昨日《きのう》と今日《けふ》の二《ふつ》日《か》ぶつ続けに、天まで届くゞらゐに相場が騰《あが》つた。おれも、今度こそ、いよ〳〵運に見放されたことが分つたよ。

たみ子　（夫《をつと》の言葉には感動しないで）高砂町ではあなたを寄付けないんですか。そんな薄情な女《ひと》なんですかね。（独言のやうに云ふ）

吉村　さうぢやないが、あいつの事は今云つて呉れるな。おれは此間うちからいろ〳〵なことで頭がゴタ〳〵して目が眩んでゐたから、頓間なことばかりやつて、取返しのつかない大失敗をやらかしたのだが、おれはもう諦めてる。それで、当分は此処にすつ込んでゐようと思ふ。お前も此処にゐるつもりなんだらうな。（親しみを持つて云ふ）

たみ子　（呆れた顔して）わたしは今夜のうちに東京へ帰るつもりにしてゐるんです。あなたは当分此処にすつ込んでゐるんですつて？　……へえ。不思議ねえ。あなたの量見が分らないわ。……昨日《きのう》あなたとあんなに打明けたお話をして、今度の事を機会に、わたしはわたしの道を歩いて行くやうに、お話が極つたのぢやありませんか。あなたに拵へて頂いた衣服をそつくり差押えられて、わたしだつて、今日から裸《はだか》同様の身になつてるんです。それで、わたしのやうな者が側にゐちや、手足纏ひで、あなたも御迷惑でせうから、昨日お話しゝたやうに、これを限りにわたしに取合はないやうにして下さい。……今日此処であなたにお目に掛らうとは、わたし夢にも思はなかつたんですからね。

吉村　お前が昨日云つたことは自暴自棄と云ふものだ。その年《と》齢《し》になつておれを離れていゝ事のあらう筈はないんだ。……此間うちお前が時々云つてゐたやうに、腐れ縁なら腐れ縁でもいゝ。その腐れ縁を一生続けて行つた方が、お前のために結局いゝことなんだよ。

たみ子　（目の前の虻《あぶ》か蚊《か》を払ふやうな手付をして）親切ごかしはもう沢山です。……わたしをこんな所に押籠めて置いて、あなたは東京で勝手な真似をしてゐたのだけど、これからはあなたの思惑通りにはなりませんよ。高砂町の女や東京の懇意な人に見くびられたからと云つて、わたしの後を追つてなぜこんな所へやつて来るんですよ？（憎さげに云つて）……意気地のないつたらありやしない。
吉村　（威厳を保つた声で）此処はおれの家だ。おれの家へおれが入つて来たのがどうしたと云ふのだ。
たみ子　へえ、ここがあなたの家ですつて？　わたしにそんなチヤラツポコを云つたつて駄目よ。
吉村　（淋しい笑ひを洩らして）さうだな。おれにもお前にも家はない訳だつたな……。（ふと、疲れてゐる目を光らせて）しかし、お前はまだちやんとおれの家の籍に入つてる。夫婦といふ名義はしつかり残つてるぢやないか。
たみ子　（ふと不気味に感じて）それがどうしたと云ふんです？　法律を楯にいつまでもわたしを御自分の者にして置かうとするの？　勝手な時には法律を潜つて人の物までも自分の懐中《ふところ》へ入れたり、法律を楯に人を虐めて来たりしたあなただ。あちらもこちらも八方塞りになつたから、せめてわたしをでもふん掴まへて、お金になるものならお金にしたいと思つてゐるんでせう。（わざと戯談らしい口調で云ふ）
吉村　お察しの通りだ。お前の身体が金になるものなら、手を切つてゞも耳を削いでゞも金にしたいと思つてるよ。……これは戯談ぢやないぜ。………おれは美戸野を相手に一杯やつて、一晩ぐつすり眠らうと思つて大磯までやつて来たのだが、お前に会つたのは不思議だ。腐れ縁でも何でもお互ひに離れきれない縁があるんだね。お前は東京の何処かで、その濡れた衣服を脱いで、汚れた顔を拭いてお化粧でもしてゐるのだらうと、おれは邪推してゐたのだが、お前が昨日別れた時のまゝで此処に来てゐたのは、意外だつた。……（意外に感じてゐるやうな目で相手を見据ゑる）
たみ子　（相手の目差《まなざ》しを眩しがつて）わたしは気兼ねのない所で眠りたいと思つて此処へ来たゞけなの。……折角いゝ気持で眠つてゐたのに、眠入りばなを起されて、気持の悪いつたらない（独言のやうに言つて、目をつぶつて、頭を椅子にもたらせる）
吉村　眠たきや遠慮なしに寝るがいゝ。おれも我慢にも目を開けちやゐられなくなつた。………大事な話は一眠りしたあとのことだ。

吉村も椅子に頭をもたらせて目を閉ぢる。が、二三度止切れ〳〵に薄目を開けて、相手がそこにゐるのを見て安心したやうに、また目をふさぐ。たみ子も二三度薄目を開けて相手がそこにゐるのを気にしては、また目をふさぐ。やがて、二人とも寝息を洩らして、前後不覚の眠りに落ちる。そこへ、美戸野が入つて来る。二人のだらしない寝さまを、あちらを見こちらを見して、呆れた顔をして、二人の間を通つて奥へ入る。

（幕）

（二）

同じ家。元妻君の化粧部屋であつた部屋。今は序幕の部屋と同じやうに荒れてゐて、何の粧飾もない。畳を上げて床板が一枚めくられてゐる。

美戸野が床の下から埃に汚れたまゝの身体を起して、顔の塵を手の平で払つて、大きく息を吐く。

そこへ吉村は、かの電報紙を読み〳〵入つて来る。

吉村　君は何だつて床の下なんぞへ藻繰込んだのだ。さつき目を醒ますと、ゴト〳〵音がしてゐたから、気になつて見に来たのだよ。

美戸野　此処へ落し物をしたから取りに入つたのです。

吉村　落し物をした？　何を落したのだ？（床下を覗く）

美戸野　（ドギマギして）銀貨を落したのですが、暗くつて分りません……なに、十銭銀貨一つだけだから、どうでもよろしいです。

美戸野が上へ上つて、床板を元のやうにしようとしかけるのを、吉村は押止めて、

吉村　この中へ金を落したつて？　いゝ加減な事を云つちやいけないぜ。この部屋はたみ子のお化粧部屋で、おれにも迂濶に足を入れさせなかつたところだ。ここに何か秘密が潜んでるに違ひない。（ふと電報紙を美戸野に見せて）これを見ろ。今、これがおれの足に触つたので取つて見たのだが、君はこの電報を知つてるんだらう。

美戸野　えゝ、それはわたしが受取つたのです。

吉村　君はこの梅浦といふ男を知つてるだらうな。

美戸野　いゝえ、知りません。

吉村　真実《ほんとう》に知らないのか。……夏から、君に大磯にゐて貰つたのは、梅浦のやうな奴の来るのを監視させるためだつたのだ。君が若しもたみ子に買収されて知らん顔してるのなら、おれを裏切つたことになるんだぞ。（目顔で脅かす）

美戸野　断じてそんなことはありません。

吉村　（独言のやうに）しかし、いゝものがおれの手に入つた。……この電報は落ちてたところに置いといて呉れ。そして、今夜たみ子を東京へ帰らせないやうに、君も監視して呉れ。……この電報だつて金儲けの足しにならんとは云へないんだ。

美戸野　（不平らしく）わたしは、奥さんの監視をするために、この別荘に置いて頂いた筈ぢやなかつたのですが。……そんな不愉快な役目を吩咐かるくらゐなら、わたしは、今夜にでも東京へ帰らせて頂きます。

吉村　（怒を含んで）おれが零落したから、君までもおれを見棄てようと思つてるんだな。大して役に立たない人間を、長い間食はしてやつて、気儘にさせといたのだが、恩を恩とも思つてやがらない。

美戸野　（動《どう》じないで）わたしは、あなたの周囲の人だちのやうに、それほど現金ぢやありません。しかし、今まで大きな勝負をやつてゐらつしやつたあなたが、急にケチ臭い、さもしいことを仰有るのを、心外に思ふんです（稍々声を強め

て）奥さんを監視させたり、電報を金にしようとしたり、家主から移転料を取らうとしたり、いくら商売に失敗したにしても、考へ方があんまりケチ臭いぢやありませんか。……それが平生の吉村商店の御主人の本性《ほんしやう》だつたのですかね。

吉村　それをケチ臭いと思ふなら、勝手にさう思ふがいゝ。おれは大きな勝負に負けたから、小さな勝負にでも勝ちたいと思つてるのだ。

美戸野　（冷嘲を浮べて）あなたは、まだ物に勝てる自信を持つてゐらつしやるんですか。……監視しなければならんほど奥さんはあなたの心を離れてゐるし、わたしだつて……（相手の顔を見て言淀む）

吉村　おれも此間から、金にも家にも、いろんな人間とも、一人々絶交して来たやうなものだが、君にまで侮辱されりや申分のない訳だね。高が、自分の家の居候の美戸野昌一くらゐに……（自から嘲けるやうに云ふ）

　美戸野は、また床板を元のやうにしやうとする。吉村は、饑ゑたる犬が食物を嗅廻つてゐるやうな様で、部屋を見廻してから床の下へ目をつけ、鼻をピクつかせて、何か思ひついたやうに、卑い笑ひを浮べる。

吉村　君は十銭銀貨を一枚落したと云つたね。……（勢よく）よし、おれが中へ入つて拾つてやらう。君も一しよに捜さないか。たみ子が目を醒まさないうちに早く。

美戸野　そんなものはどうでもいいぢやありませんか。衣服が汚れますよ。

吉村　ここから何が出て来るかも知れないよ。金鉱の脈はどんな所にあるかも知れないんだ。おれも多少思当ることがあるんだからね。

　吉村は渾身の力を揮つて床板を剥ぎ取る。美戸野は手出しをしないで、不安な様子をして傍観してゐる。

吉村　たみ子の奴、此間家を片付ける時に、頻りにこの部屋を気にしてゐた。おれがこゝへ入つて来るのさへ頻りに気にしてゐやがつた。あいつのことだから、この床の下を掘つて金でも溜めてゐるのかも知れない。さつきのあいつの口吻《くちぶり》は、秘密で多少の金でも持つてゐさうな人間の口吻だつた。一銭の金のない奴にあんな気強い口が利ける筈はないよ。おれも、今思当つた。（美戸野を顧みて）君はおれの手助けをしろ。見当がついたら直ぐに掘出すのだから、向うの米屋からでも、シヤベルか鍬か借りて来なきやなるまい。

美戸野　そんな下らないことは止した方がいいでせう（不安な態度で相手を見てゐる）

吉村　何が下らないことがあるものか（ます〳〵意気込んで）さういふことでもなけりや、あいつが今日わざ〳〵大磯まで来る訳がないのだ。

　床の下に入つて姿を隠す。

吉村　（床下から）君がさつき此処へ入つてゐたのもどうも変だ。君までも勘付いて、おれだちが眠つてる間に、どうかしようと思つてゐたのぢやないか。油断がならないな。

美戸野も気に掛けて、知らず〳〵床の下を覗く。

吉村　有る〳〵（悦しさうに）たしかに何か埋めてあるよ。間違ひなしだ。……早くシヤベルでも借りて来て呉れ。素手ぢや掘れないよ。

美戸野　本当に何か埋めてあるんですか。驚いたなあ。あなたは慾にかけちや嗅覚が強いんだからかなはない。金のにほひがしますか。

吉村　金のにほひか何か、馬鹿に臭いよ。……オイ美戸野。無駄口を利かないで、早くシヤベルと蠟燭とを持つて来て呉れ。

吉村は汚れた半身を現はし、苦しげに息を吐く。

美戸野　真実《ほんとう》なら奥さんに訊いてからにしたらいゝぢやありませんか。

吉村　（汚れた手で額の汗をこすつて、威嚇的な目顔をして）それは正体を見届けてからのことだ。今告口しちや承知しないぞ。………君は信用の出来ない人間になつたのだから、一歩も此処から外へ出す訳に行かない。おれが自分で台所を捜して何か持つて来よう。君は此処で番をしてゐろ。

吉村は厳命を下して出て行く。その姿が見えなくなると、美戸野は慌たゞしく床の下へ入る。

たみ子、寝呆顔で気だるさうな様をして入つて来る。

たみ子　床板をめくつてどうしたのだらう。（独言を云ふ）

美戸野、汚れた半身を現はす。

たみ子　（噴出して）その顔つたら、そこで何をしてるの？

美戸野　（真面目で）大将が金を見つけたつて、これから掘出すところなのです。

たみ子　お金を？　吉村がこんなところへお金を隠してるといふんですか。本当にさうなの？　わたしにも債権者にも隠して落ちぶれた時の用意に、こんな所へお金を埋めてゐたのか知ら。………呆れつちまふわ。剛慾なあの人の考へさうなことだけれど。

美戸野　さうぢやないんですよ（声を潜めて）あなたは、秘密で何万円とか持つてゐると仰有つたぢやありませんか。その金は此処に隠してあるんぢやないですか。

たみ子　（笑つて）今時誰れがお金を床の下なぞへいけて置くものですか。あなたも馬鹿な人ねえ。

美戸野　さういへばさうですね。御主人のやうな人は、なほ更そんな馬鹿な真似はしないでせう（と云つて、腑に落ちない様子であたりを見て）だけど、奥さん。さつき、あなたがこの家へゐらつしやつた時に、わたしが偶然この部屋を覗くと、畳が上つて床板もめくつてあつたんですよ。

たみ子　あなたも、吉村と同様に、今日はどうかしてるのね。この部屋は此間うちひどい雨洩りがして、畳は疾つくから上げてあつたのぢやないの。

美戸野　あゝさうか。

たみ子　あなたも慾に目が眩んだのね（気遣はしさうに）でも、

あなたを自分の味方だと思つてさつきお話したことを、まさか吉村に打明きやしないでせうね。
美戸野　それは断じて云ひません。（床の下へ目を落して）だけど、たしかに此処には何か埋めてありますよ。
たみ子　吉村が秘密でお金をいけてるんぢやないんですね。……ぢや、何でせう。お金らしいの？
吉村が錆びた鍬を持つて入つて来る。たみ子を見ると、「しまつた」といふやうな表情をしたが、
吉村　（威圧的な口調で）お前も手伝ひをしろ。………話はとのことだ。掘出すものを掘出したあとのことだ。
吉村は床下へ入つて、鍬で土を掘る。美戸野も助力をする。たみ子は好奇心を寄せて覗いてゐる。
吉村　そら出て来た。……壺だ〳〵（活気づいて叫ぶ）
美戸野　壺だ〳〵。汚ない壺だな。金なんか入つてゐさうぢやないな。
吉村　まあ、中を見てから云へ。……そら出すぞ。
吉村はどす黒い小型の壺を抱へて上へ上る。三人はその壺を囲んで一しよに目を注ぐ。
吉村　秘密の正体をよく見ろ。
吉村はたみ子の方をちらと見てから蓋を取る。三人は一度期に中をのぞく。
美戸野は笑ふ。吉村は苦渋な表情をして目を壺から離さない。たみ子は呆気に取られる。
美戸野　石ころ一つ入つてゐないぢやありませんか。
たみ子　何のためにこんな者が此処に埋めてあつたんでせう。
美戸野　何かのおまじないかな。
たみ子　でも、気味の悪い者が入つてゐなくつてよかつたわね。
吉村は絶望の表情をして口を噤み、壺を取つて床へ叩付ける。壺は壊れないでころがる。
たみ子　秘密の正体はこれだつたの？
吉村は黙つてゐる。
たみ子　この中に小判か何かゞ入れてあるとでも思つてゐらしつたの？　……大の男が鍬を持つて、二人がゝりで、随分なお骨折だつたわね。……御自慢のあなたの目や鼻も泥細工の目鼻と同様になつたのぢやないの？　わたしの耳や鼻なら、削ぎ取つてもいくらかになるかも知れないけど、あなたの身体は潰しにしても三文にもなりやしませんよ。（笑ふ）それよりも、あなたも美戸野さんも、早く着物の埃を払つて、顔でも洗つて、いらつしやいよ。二人のざまつたらない（可笑しくてならない仕草をして）人が見たら何と思ふでせう。
吉村　（悄然として、言葉にも力なく）お前は今夜一人で東京へ帰るのか。
たみ子　（ふと気を取直して）えゝ。わたし、どうせ為方がないわ。
吉村　梅浦から電報が来た、めなのか。
たみ子　梅浦の名前なぞ云つて脅したつて駄目よ（吉村がかの

電報紙を指差すのを見ても動じないで）あなたがそんなものを脅かしの種にしやうと思つてゐるのなら、大事にしまつといて、梅浦さんの所へ持つていらつしやいよ。いくらかに買つて貰えるかも知れないわ。

吉村　（強いて力を揮つて）おれはお前の夫《をつと》だぜ。法律上、お前はおれの妻で、おれはお前の夫《をつと》だ。

たみ子　（負けない気持を見せて）法律のうしろ立てゞ、わたしに向つて、威張つてるつもりなの。……いくら威光を見せやうとしたつて、あなたは、吉村寅蔵と云つてた人の木伊乃《みいら》よ。幽霊ですよ。貨物自働車の荷物を差押へられた時のあなたには、まだ血の気が通つてゐたけれど、あれからどこをどううろついて血の気を無くしたのやら、錆びた鍬を持つて床の下を掘つてるあなたは骸骨見たいだ。お金に執念の残つた幽霊見たいよ。……美戸野さんにでもよく聞いて御覧なさい。

吉村　（強いて力を揮つて）勝敗は時の運だ。おれのやうな男の心は、お前には分らないのだ。

たみ子　ぢや、こんな窮屈な汚い床の下なんぞを嗅ぎ廻つてゐないで、どこか大きな金山でも掘当てゝ御覧なさい。その時には、どんな美しい女でも、あなたの御機嫌を取りに寄つて来ますよ。だけど、木伊乃になつたあなたの鼻には、真実《ほんとう》の金の匂ひは嗅げなくなつてるのね。

吉村　（今度は、薄ら笑ひを浮べながら、勢ひの弱い声で）利口ぶつてあたり前のことを云つてやがる。おれも夫婦の由縁《よしみ》で教へてやらうか。お前はその顔でそのしなびた身体で、外の男が誘惑出来ると思つてゐるのか。お前は昔のお前ぢやないぜ。おれに生血を吸はれたあとの出し殻だ。（ふと、美戸野の手を執つて引寄せて、たみ子の顔を指差しして、やゝ震へた声で）君は第三者としてよく見てよく批評して呉れ。この顔に男が迷はされるか、この艶のない荒れた皮膚に男の心が惹寄せられるか。遠慮なく云つて見て呉れ。……今直ぐ、君がおれを棄てゝ出て行つても、おれはもう苦情は云はないから、長年《ながねん》のよしみに、今おれの訊いたことに、真実《ほんとう》の返事をして呉れ。おれとたみ子の前で、ハツキリ君の批評を聞かせて呉れ。

　美戸野、目を外して黙つてゐる。

たみ子　（両手で耳を塞いで）下らないこと聞かせて貰はなくたつていゝのよ。（暫くして）わたし此処を出て行くから、あとから来てわたしを摑へないやうにして下さい。（部屋を出ようとしながら、何となく心残りがするやうに出かねる）

吉村　（ふと命令的に）美戸野、さつき君に頼んだやうに、たみ子を監視して呉れ。

美戸野　（顔を上げて、泰然として）それよりも、わたしが留守居役を御免被つて、これから東京へ帰りますから、お二人は此処で御一しよにお暮しになつたらよろしいぢやありませんか。……東京のお家は債権者に差押えられてゐても、此処は、たとへ移転料は取れないにしても、当分立退かされやしないでせう。飯米はわたしが昨日どつさり買込んであります。当分は、ぢつとしてゐらつしやつても、餓死する心配はありませんよ。……奥さんがお誂えになつた料理も、疾つくに来てゐますから、お二人でお上んなさい。料理は台所に置いてあります。それからわたしのために残して頂いた柔かい寝椅子をもお返ししますから、お二人は安心してお休みになれるでせう。……（独言のやうに）わたしには貨物自動車なんか入らない。鞄一つぶら下げて出りやいゝのだ。

たみ子　美戸野さん、本当に行つちまふの？　わたしがあれほど頼んでゐたのに。

吉村　君に行つちまはれると寂しいよ。

美戸野　僕は東京へ行つて、中味の空つぽでない壺を掘出しませうよ。……いろ〳〵お世話になりました。

美戸野は二人に挨拶して未練なく出て行く。二人は呆然として無言で見送る。

（幕）

（三）

その夜。

吉村夫婦は縁側の椅子に対座してゐる。部屋にはちやぶ台が出てゐて、すべて食事の済んだあとの有様。

吉村　虫の音が細くなつたね。

たみ子　あなたが虫の音の強い弱いに気がつくのは可笑しいわね。

吉村　さうだな。……今夜は月もよく照つてゐる。かうしてると、おれは今島流しにされてるやうな気持がするよ。（気怠るさうに）腹が空いてたところへ、どつさり詰込んだから、おれはまた疲れが出て眠くなつた。お前もまだ疲れてるやうだが、どうしても今夜帰らなきやならないのか。一しよに飯を食つて一しよに葡萄酒を飲んだのだから、おれも心残りがない訳さ。……本当に今夜帰つて行くのなら、停車場まで見送つてやらう。これが最後だ。一生お前に会はれないかも知れないな。

たみ子　（気遣はしさうに）そして、あなたはこれからどうなさるの？

吉村　さつき云つた通りだ。

たみ子　ぢや、目当てのつくまで、当分は一人ぽつちで此処にゐらつしやるの？　お気の毒ね。美戸野でもゐて呉れるといゝのだけれど……

吉村　おれやお前はあいつにまでも馬鹿にされてゐるのだ。ひどく落ちぶれたものさ。美戸野が出て行く時に、振返つておれだちを見た目付は、今も目の前に見えるやうだよ。

たみ子　わたしもあの男に馬鹿にされたんですかねえ。（歎息して）……美戸野の奴、スリ見たいな顔してるくせに生意気ぢやないの？

吉村　おれは金があつた時に、威張りやうが足りなかつた。かうと知つたら、金のある時に、金の力で威張れる限り、思ふ存分に威張つとけばよかつた。今は美戸野のやうな男の前に膝を突いて頼んでも、云ふこと一つ聞いて貰へなくなつたのだ。

たみ子　あなたも可愛相ね（憐む如く夫の顔を見て）わたしが耳を塞いでた間に、美戸野はあなたに何を云ひました？

吉村　異つたことは云やあしないが、あいつはお前をも侮辱してるんだよ。お前に美戸野を買収する金力も、男を蕩《たら》す若さもなくなつたのに気がついてるからね。

たみ子　（我れを忘れたように）嘘です〳〵。美戸野の奴、たび〳〵わたしにいやらしい素振りを見せたんですもの。それに、わたしがお金を持つてることもよくしつてるんです。

吉村　美戸野がお前に対していやらしい素振りを見せたつて？出鱈目を云つちやいけないよ。

たみ子　出鱈目ぢやないのよ。この寝椅子を美戸野が熱心に所望したのは、わたしが不断この椅子を使つてゐたからなんです。椅子よりもわたしの移《うつ》り香《が》を慕つたためなんだわ。あなたには察しがつかなかつたの？

吉村　（苦笑して）ちよつと信じられないが、それならそれでいゝさ。

たみ子　あなたは詰らないことにはよく邪推を廻すくせに（じれつたさうにして）それにわたしにはお金があることを、美戸野はよく知つてゐるんです。二万円くらゐ持つてることをよく知つてるんです。

吉村　（ふと、驚きと喜びに勢ひづいて）二万もの金をお前が持つてゐる？　それは本当かい。

たみ子　（俄かに我れに返つたように、口を噤んだが）現金が手元にある訳ぢやないんですけれど、ある人に預けて利廻りのいゝやうに運転して貰つてるんです。

吉村　さうか。……現金は手元になくても、証書か何かは持つてるだらう。

たみ子　預証書はわたしの部屋の袋戸棚に仕舞つてあつたのを、此間忘れてゐたのです。誰れにも取られなくつてよかつた。

（気乗りのしないやうに云ふ）

吉村　（目を据ゑて）証書は今持つてるのか。おれに見せないか。……利廻りのよしあしをお前も考へる女だつたのか。

たみ子　さういふお金をわたしが秘密で持つてゐたことを喜んで下さる？

吉村　（微笑して）それは極つてるさ。

たみ子　……（独言のやうに）大きな金儲けをして贅沢したり威張つたりしようと思はないで、持つてるお金で、田舎でヒツソリ暮したらいゝかもしれない。（夫《をつと》をよく見て）お互ひに身体が衰へてるし、年齢《とし》も取つてゐるのだし……

吉村　（もどかしさうに）全体誰れに預けてるのだ？

たみ子　（何気なく）沢井さんに……

吉村　沢井に？（身体を震はせる）

たみ子　店員のうちで、あの男だけは頭もいゝし、信用が出来ると、昔あなたが云つてらしつたぢやないの？
吉村　昔はどうだつたにしろ、今はおれには敵《かたき》だ。おれを潰した仲間の一人見たいなものだ。
たみ子　そんなことわたし知らないわ。
吉村　……ぢや、不断沢井と共謀《ぐる》になつて、おれの身代を削つてゐたのだな。此間ぢゆう沢井が倒れりやおれがよくなる、おれが倒れりや沢井がよくなると、おれとあれとは、揃つてい、目は見られないことになつてゐたのが、お前には分らなかつたのか。（興奮してさう云つたが、ふと怒りを鎮めて）しかし、以前おれが、沢井は頭もいゝし信用が出来ると云つてゐたのを、お前は一図に信じてゐたのだから為方がないやうなものだ。……兎に角、その証書をおれに見せてくれないか。
たみ子　あなたの前でうつかり口に出したのだから、もうどうしようもない。（後悔しながら帯の間から証書を取出して）粗末にしちや困りますよ。大切なんですよ。……さあ（と、ソツと渡す）
吉村　（奪ふやうに受取つて、熟視してさも悦しさうに）兎に角、おれだちはこれで餓《かつ》ゑないで済むのだ。
たみ子　（不思議さうに）ぢや、あなたはわたしが秘密で沢井さんにお金を預けてたことを怒らないのね。
吉村　（その言葉を聞流して、独言のやうに）おれは明日《あす》の朝、沢井の所へ行つて、貰へるだけの金を貰つて来なきやならん（その証書を大事さうにポケツトへしまつて）おれに葡萄酒をもう一杯飲まして呉れ。
たみ子　驚いた。あなたは断りなしにわたしの財産を没収するの？
吉村　お前がこれを持つて行つたたつて、沢井が素直に金を渡すものぢやない。おれにまかせとけよ。………十日も早く、これがおれの手に入つてゐたら、おれもこんなみじめな境涯に落ちてやしなかつたのだが、おれは今になつて役に立たない愚痴を云つて、お前を責めることは止さう。
たみ子　さうして、わたしは何時までもあなたの側で、生命《いのち》だけつないで行くんですね。（他人事《ひとごと》のやうに云つて）どうせ為様がないわ。
そこへ石川が入つて来る。「美戸野さん」と遠くから声を掛ける。
たみ子　（そちらを見て快活な声で）石川さん。いらつしやいましな。
石川　（近寄つて吉村に挨拶して）美戸野さんは居りますか。
たみ子　美戸野は急に思ひ立つて東京へ帰りましたよ。もう此方へはまゐりますまい（自分の柔い椅子を離れて）まあお掛けなさいましな。
石川　いえ、わたしは此処で結構です（縁側に腰を掛けて）美戸野さんは昼間会つた時には、そんなに早く帰りさうな話はしてゐなかつたのですが、変ですね。
たみ子　あの人も気紛れ人なんですよ。あなたと御懇意にして頂いて、お蔭で学問が出来てい丶と喜んでゐましたのに、お別れの御挨拶にも伺はないで、随分失礼ぢや御座いませんかね。
吉村　（ふと思ひついたやうに）さうだ、石川さんが遊びに来て下すつたのは丁度よかつた。あの壺を持つて来て見て頂かう（独言のやうに云つて、椅子を離れて奥へ入る）
石川　壺と云つて、何か由緒《いはれ》のある壺なんですか。
たみ子　それは汚らしい詰らない壺なんですよ。吉村は商売に手ちがひをした丶めですか、神経病み見たいになつてゐますの。壺を掘出したのを金の茶釜でも掘出したやうに思つて、これから商売にい丶運が向いて来るやうに思つてるらしいんですから、石川さんは、吉村に力をつけておやりになるやうに、壺を御覧になつたら、何とか吉村の喜びさうなことを仰有つて下さいましな。馬鹿らしくお思ひになるでせうけれど。
石川　え丶、……どうせわたしには、骨董品の鑑定は出来やしないんですがね。でも、そんなものをお掘出しになつたのは珍らしいですね。
たみ子　（突然に）今は何時頃で御座いませうか。
石川　今七時が鳴つたばかりですよ。
たみ子　まだそんなに早いんで御座いますかね。わたし、もう夜が更けてるやうに思つてゐました。
石川　今夜は此方にお泊りになるんですか。
たみ子　さうしてはゐられませんのですが、美戸野に帰られちや留守番が御座いませんから……
吉村が汚い壺を提げて入つて来る。石川は、壺よりも吉村の不様《ぶざま》な態度に注意の目を向けてゐる。たみ子も夫《をつと》の態度をのみ気にしてゐる。
吉村　これですがね。見て鑑定して下さい。たゞの壺ぢやないと思ふ。
石川　拝見しませう。
汚い壺を手に取つて、横にしたり逆さにしたり、指先でコツ〳〵音をさせて見たりする。夫婦は、専門家の鑑定を見てゐるやうに敬意を寄せて左右から見てゐる。
石川　可成り古い時代の者ですね。形も面白いぢやありませんか。
吉村　（喜んで）相当に価値《ねうち》のあるものでせうね。わたしなぞ無風流で一向分らないが、しかし形が面白い。ここの凹んでるところがい丶。何に使つたものでせうな。
たみ子　（も目を留めて）何に使つたものでせうね。（手に取つて、石川のしたように指先で叩いて見て）い丶音がするぢやありませんか。美戸野は馬鹿ねえ。あの男なぞ、学問がないから、かういふ者を見ても価値が分らないのね。
吉村　何に使つたものでせう？　人間の骨《こつ》を入れたのでもあるまいな。

たみ子　まさか。……屹度何か尊いものが入つてゐたんですよ。

吉村　もつと尊いものつて。……ぢや、誰れかの先祖が、子孫が零落した時の用に立つやうに、小判でも入れといたのかな。

たみ子　何にも入つてゐなかつたのは変ですね。

吉村　誰れかゞ中味を取つたのかも知れないよ。惜しいことをした。

石川　(考へ深さうに) 人間の害になる何かを、おまじなひに、この中へ封じて、土の中へ埋めたのかも知れませんね。西洋の昔のお伽噺には、悪魔を壺に封じたなんてことがありますよ。

吉村　(はじめて分つたやうに) 成ほどそれだ。はじめて分つた。鬼か悪魔か、人間に仇をなすものをこの中に封じ込めたのに違ひない。(壺を取つて庭へ抛投げて) こいつを掘出して蓋を開けてから、美戸野はおれの側を逃出した。おれもお前も気抜けがしたやうに萎びてしまつた。

たみ子　さう云へば、わたしもあなたに見せなくつてもいゝ者を、うつかり見せてしまつた。今日此処へ来た時のわたしは、こんなぢやなかつたのに。

石川　惜しいことをしましたね。その壺がおいやなら、わたしが頂いて行けばよかつたのに。

吉村　壺の格好がよくつても面白くつても、こんな縁喜の悪いものはお止しなさい (さう云ひながらも惜しさうな目付で、壺の壊れを見入つて、独言のやうに) 見たところ雅致があるのだから、封をしたまゝで誰れかに売りつけてやればよかつた。

たみ子　石川さんには、縁喜の悪い壺よりも、この寝台椅子を、おいやでなけりや差上げませう。美戸野がゐなくなつたんですから、この椅子も不用になりましたよ。

石川　(喜んで) それが頂ければ何よりですが、頂いてもよろしいんでせうか。

たみ子　わたしの大磯生活の最後の遺物をあなたにでもお譲りすれば、それで、わたしせい〱しますわ。わたし、外には何にも自分の者は御座いませんのよ。

吉村　(苦笑して) 美戸野の慾しがつてたものを石川さんに差上げるのか。お前はそれでいゝのかい。いろ〱に注文をつけて拵えさせて、長い間お前の気に入つてたものだつたが。

たみ子　わたし、これでもう何にもないんです……石川さん、今直ぐにでもこの椅子を持つてゐらつしやい。……もうわたしのものぢやない。今からあなたのものなんだから (と云つて、椅子から立上つて、自分の着てゐる衣服を見下して) わたしは、着たつきりの無一物なんですよ。

吉村　その椅子が無くなると、今夜此処で寝ることが出来ないぜ。やはり今夜のうちに東京へ帰るつもりなのか。

たみ子　どちらでも。

吉村　おれと一しよに此処で一夜《よ》を明かしてもいゝつていふ気になつたのかい。

たみ子　だつて、わたし無一物なんですもの。どうしようもないわ。

吉村　おれが東京へ帰るなら、お前も一しよに東京へ帰つてもいゝと思つてるのか。

たみ子　為方がないわ。無一物のわたしは、生残つた自分の身体はあなたにおまかせする外ないぢやありませんか。

　石川は居づらさうにして庭の方を見てゐる。

たみ子　石川さんにこんなことをお聞かせして、可笑しな夫婦だと思つてゐらつしやるでせうね。

石川　いや、わたしこそお邪魔しました。（つと立上つて）わたしは、差迫つた書き物を今夜ぢゆうに仕上げなきやならないんですから、もうお暇しませう。

吉村　それは御勉強ですなあ。

たみ子　それでは、椅子は誰れかに頼んで、あとからお届けしませう。あなたのやうな方に使つて頂ければ、わたし大変悦しいんですわ。（最後の媚びをおくる）

石川　たゞ頂くのは何ですから、御不用なら、相当な代価で譲つて頂くことにしませう。……いづれ後ほど……（挨拶して出て行く）

吉村　（たみ子に向つて皮肉に）椅子に染みてるお前の身体のにほひを、あの男に嗅いで貰はうと思つてるのか。

たみ子　どうせそんなものなのよ。………あの椅子はあの肺病患者の臨終の寝床になるかも知れないの。

吉村　いろ〳〵な文句を云つてあの椅子を造くらせた時には、まさか他人の臨終の床に使はうとは思つてゐなかつたらう。……（調子を変へて）邪魔が入つて話が止切れたが、梅浦は今夜お前が来るのを待つてるんぢやないか。お前はあの電報を見ても打つちやらかしといていゝのか（詰問のやうに云ふ）

たみ子　梅浦さんだつて、わたしのお金を待つてるんです。お金のないわたしが、こんな、雨で汚染《しみ》の出来たやうな衣服を着て、青い顔してころげ込んで行つたのぢや、何で歓迎して呉れるものですか。

吉村　ぢや、今からは梅浦なぞに寄付かないで、おれと生死《いきしに》を共にしようと思つてるのだな。お前も気まぐれで、云ふことが当てにならないよ。

たみ子　………わたし、長い間手頼りにしてゐたものを。わたしの生命《いのち》同様のものをあなたにうか〳〵渡したんですもの。

吉村　なるほど。お前が長い間懐中《ふところ》に入れて育てゝゐた生命《いのち》はこれなのだな（かの証書をポケットから出してつく〴〵眺める）

たみ子　その生命《いのち》同様の者をあなたに渡したつて、あなたからその代りの、お金以上に尊いものを授かるやうな気持はしないのだから、心細いつたらありやしない。……いつそその証書をあなたの面前で破いてしまひたいわね。

吉村　（急いで証書をポケットへしまつて）これを破られてた

まるものか。

たみ子　破りやしないわよ（微笑して）それでも破いちやつたら、お金で買へないものが、わたし達に授かりやしないかと思つたゞけなの。

吉村　お前も愚に落ちたものだね。

たみ子　本当にさうだ。（ふと親しみを含んだ口調で）此処にゐるとも帰るとも、あなたの御自由になさるといゝわ。わたし、髪でも解付けて、顔でも洗ひませうよ。（頭に手をやつて）埃だらけで、見つともない様して。（と呟く）

吉村　それがいゝ。おれも顔でも洗はう。美戸野の奴、あんなざまで飛出して、今時分どこへ行つてやがるだらう？

（幕）

（「中央公論」大正14年1月号）

心理試験

江戸川乱歩

一

蕗屋《ふきや》清《せい》一郎《らう》が、何故《なぜ》これから記す様な恐ろしい悪事を思立つたか、その動機については詳しいことは分らぬ。又仮令《たとひ》分つたとしてもこのお話には大して関係がないのだ。彼がなかば苦学見たいなことをして、ある大学に通つてゐた所を見ると、学資の必要に迫られたのかとも考へられる。彼は稀に見る秀才で、而《しか》も非常な勉強家だつたから、学資を得る為に、つまらぬ内職に時を取られて、好きな読書や思索が充分出来ないのを残念に思つてゐたのは確かだ。だが、その位の理由で、人間はあんな大罪を犯すものだらうか。恐らく彼は先天的の悪人だつたのかも知れない。そして、学資ばかりでなく、他の様々な慾望を抑へ兼ねたのかも知れない。それは兎も角、彼がそれを思ひついてから、もう半年になる。その間、彼は迷ひ、考へに考へた揚句、結局やつつけることに決心したのだ。

ある時、彼はふとしたことから、同級生の斎藤勇と親しくなつた。それが事の起りだつた。初めは無論何の成心があつた訳ではなかつた。併《しか》し中途から、彼はあるおぼろげな目的を抱いて斎藤に接近して行つた。そして、接近して行くに随つて、そのおぼろげな目的が段々はつきりして来た。

斎藤は、一年ばかり前から、山の手のある淋しい屋敷町の素《しろ》人家《うとや》に部屋を借りてゐた。その家の主は、官吏の未亡人で、といつても、もう六十に近い老婆だつたが、亡夫の残して行つた数軒の借家から上る利益で、充分生活が出来るにも拘らず、子供を恵まれなかつた彼女は、『たゞもうお金がたより』だといつて、確実な知合ひに小金を貸したりして、少しづつ貯金を殖《ふや》して行くのを此上もない楽しみにしてゐた。斎藤に部屋を貸したのも、一つは女ばかりの暮しでは不用心だからといふ理由もあつたゞらうが、一方では、部屋代丈けでも、毎月の貯金額が殖《ふ》えることを勘定に入れてゐたに相違ない。そして、彼女は、今時余り聞かぬ話だけれど、守銭奴の心理は、古今東西を通じて同じものと見える、表面的な銀行預金の外に、莫大な現金を自宅のある秘密な場所へ隠してゐるといふ噂だつた。

蕗屋はこの金に誘惑を感じたのだ。あのおいぼれが、そんな大金を持つてゐるといふことに何の価値がある。それを俺の様な未来のある青年の学資に使用するのは、極めて合理的なことではないか。簡単に云へば、これが彼の理論だつた。そこで彼は、斎藤を通して出来る丈け老婆についての知識を得ようとした。その大金の秘密な隠し場所を探らうとした。併し彼は、ある時斎藤が、偶然その隠し場所を発見したといふことを聞くまでは、別に確定的な考を持つてゐた訳ではなかつた。

『君、あの婆さんにしては感心な思ひつきだよ、大抵、縁の下とか、天井裏とか、金の隠し場所なんて極つてゐるものだが、婆さんのは一寸意外な所なのだよ。あの奥の座敷の床の間に、大きな松の植木鉢が置いてあるだらう。あの植木鉢の底なんだよ。その隠し場所がさ。どんな泥棒だつて、まさか植木鉢に金が隠してあらうとは気づくまいからね。婆さんは、まあ云つて見れば、守銭奴の天才なんだね。』

その時、斎藤はかう云つて面白さうに笑つた。

それ以来、蕗屋の考は少しづつ具体的になつて行つた。老婆の金を自分の学資に振替へる経路の一つ一つについて、あらゆる可能性を勘定に入れた上、最も安全な方法を考へ出さうとした。それは予想以上に困難な仕事だつた。これに比べれば、どんな複雑な数学の問題だつて、なんでもなかつた。彼は先にも云つた様に、その考を纏める丈けの為に半年を費したのだ。

難点は、云ふまでもなく、如何にして刑罰を免れるかといふことにあつた。倫理上の障碍《しやうがい》、即ち良心の呵責といふ様なことは、彼にはさして問題ではなかつた。彼はナポレオンの大掛りな殺人を罪悪とは考へないで、寧ろ讃美すると同じ様に、才能のある青年が、その才能を育てる為に、棺桶に片足ふみ込んだおいぼれを犠牲に供することを、当然だと思つた。

老婆は滅多に外出しなかつた。終日黙々として奥の座敷に丸くなつてゐた。たまに外出することがあつても、留守中は、田舎者の女中が彼女の命を受けて正直に見張番を勤めた。蕗屋のあらゆる苦心にも拘らず、老婆の用心には少しの隙もなかつた。老婆と斎藤のゐない時を見はからつて、この女中を騙して使に出すか何かして、その隙に例の金を植木鉢から盗み出したら、蕗屋は最初そんな風に考へて見た。併しそれは甚だ無分別な考だつた。仮令《たとひ》少しの間でも、あの家にたゞ一人でゐたことが分つては、もうそれ丈けで充分嫌疑をかけられるではないか。彼はこの種の様々の愚な方法を、考へては打消し、考へては打消すのに、たつぷり一ケ月を費した。それは例へば、斎藤か女中か又は普通の泥棒が盗んだと見せかけるトリツクだとか、女中一人の時に、少しも音を立てないで忍込んで、彼女の目にふれない様に盗み出す方法だとか、夜中、老婆の眠つてゐる間に仕事をする方法だとか、其他考へ得るあらゆる場合を、彼は考へた。併し、どれにもこれにも、発覚の可能性が多分に含まれてゐた。

　どうしても老婆をやつゝける外はない。彼は遂にこの恐ろしい結論に達した。老婆の金がどれ程あるかよくは分らぬけれど、色々の点から考へて、殺人の危険を犯してまで執着する程大した金額だとは思はれぬ。たかの知れた金の為に、何の罪もない一人の人間を殺して了ふといふのは、余りに残酷過ぎはしないか。併し、仮令《たとひ》それが世間の標準から見ては大した金額でなくとも、貧乏な蕗屋には充分満足出来るのだ。のみならず、彼の考《かんがへ》によれば、問題は金額の多少ではなくて、たゞ犯罪の発覚を絶対に不可能ならしめることだつた。その為には、どんな大きな犠牲を払つても少しも差支ないのだ。

　殺人は、一見、単なる窃盗よりは幾層倍も危険な仕事の様に見える。だが、それは一種の錯覚に過ぎないのだ。成程、発覚することを予想してやる仕事なれば、殺人はあらゆる犯罪の中で最も危険に相違ない。併《しか》し、若《も》し犯罪の軽重よりも、発覚の難易を目安にして考へたならば、場合によつては（例へば蕗屋の場合の如きは）寧《むし》ろ窃盗の方が危い仕事なのだ。これに反して、悪事の発見者をバラして了ふ方法は、残酷な代りに心配がない。昔から、偉い悪人は、平気でズバリ〳〵と人殺しをやつてゐる。彼等が却々《なか〳〵》つかまらぬのは、却つてこの大胆な殺人のお蔭なのではなからうか。

　では、老婆をやつゝけるとして、それには果して危険がないか。この問題にぶつつかつてから、蕗屋は数ケ月の間考へ通した。この長い間に、彼がどんな風に考を育てゝ行つたか。それは物語が進むに随つて、読者に分ることだから、こゝに省くが、兎も角、彼は、到底普通人の考へ及ぶことも出来ない程、微に入り細を穿つた分析並に綜合の結果、塵一筋の手抜かりもない、絶対に安全な方法を考へ出したのだ。

　今はたゞ、時機の来るのを待つばかりだつた。が、それは案外早く来た。ある日、斎藤は学校関係のことで、女中は使に出されて、二人共夕方まで決して帰宅しないことが確められた。それは恰度蕗屋が最後の準備行為を終つた日から二日目だつた。その最後の準備行為といふのは（これ丈けは前以て説明して置く必要がある）嘗つて斎藤に例の隠し場所を聞いてから、もう半年も経過した今日、それがまだ当時のまゝであるかどうかを確める為の或る行為だつた。彼はその日（即ち老婆殺しの二日前）斎藤を訪ねた序《ついで》に、始めて老婆の部屋である奥座敷に入つて、彼女と色々世間話を取交した。彼はその世間話を徐々に一つの方向へ落して行つた。そして、屢々老婆の財産のこと、それを彼女がどこかへ隠してゐるといふ噂のあることなどを口にした。彼は『隠す』といふ言葉の出る毎に、それとなく老婆の眼を注意した。すると、彼女の眼は、彼の予期した通り、その都度、床の間の松の植木鉢にそつと注がれるのだ。蕗屋はそれを数回繰返して、最早や少しも疑ふ余地のないことを確めることが出来た。

二

さて、愈々《いよく》当日である。彼は大学の正服正帽の上に学生マントを着用し、ありふれた手袋をはめて、目的の場所に向つた。彼は考へに考へた上、結局変装しないことに極《き》めたのだ。若《も》し変装をするとすれば、材料の買入れ、着換への場所、其他様々の点で、犯罪発覚の手掛りを残すことになる。それはたゞ物事を複雑にするばかりで、少しも効果がないのだ。犯罪の方法は、発覚の虞《おそ》れのない範囲に於ては、出来る限り単純に且《か》つあからさまにすべきだと云ふのが、彼の一種の哲学だつた。要は、目的の家に入る所を見られさへしなければいゝのだ。仮令《たとひ》その家の前を通つたことが分つても、それは少しも差支ない。彼はよく其辺を散歩することがあるのだから、当日も散歩をしたばかりだと云ひ抜けることが出来る。と同時に一方に於て、彼が目的の家に行く途中で、知合ひの人に見られた場合（これはどうしても勘定に入れて置かねばならぬ）妙な変装をしてゐる方がいゝか、ふだんの通り正服正帽でゐる方がいゝか、考へて見るまでもないことだ。犯罪の時間についても待ちさへすれば都合よい夜が——斎藤も女中も不在の夜があることは分つてゐるのに、何故彼は危険な昼間を選んだか。これも服装の場合と同じく、犯罪から不必要な秘密性を除く為だつた。

併し目的の家の前に立つた時丈《ときだ》けは、流石《さすが》の彼も、普通の泥棒の通りに、いや恐らく彼等以上に、ビク〳〵して前後左右を見廻した。老婆の家は、両隣とは生垣で境した一軒建ちで、向側には、ある富豪の邸宅の高いコンクリート塀が、ずつと一丁も続いてゐた。淋しい屋敷町だから、昼間でも時々はまるで人通りのないことがある。蕗屋がそこへ辿りついた時も、いゝ塩《あん》梅《ばい》に、通りには犬の子一匹見当らなかつた。彼は、普通に開けば馬鹿にひどい金属性の音のする格子戸を、ソロリ〳〵と少しも音を立てない様に開閉した。そして、玄関の土間から、極く低い声で（これらは隣家への用心だ）案内を乞うた。老婆が出て来ると、彼は、斎藤のことについて少し内密に話し度いことがあるといふ口実で、奥の間に通つた。

　座が定《き》まると間もなく、『あいにく女中が居りませんので』と断りながら、老婆はお茶を汲みに立つた。蕗屋はそれを、今か今かと待構へてゐたのだ。彼は、老婆が襖を開ける為に少し身を屈めた時、やにはに後から抱きついて、両腕を使つて（手袋ははめてゐたけれど、なるべく指の痕をつけまいとしてだ）力まかせに首を絞めた。老婆は喉の所でグッといふ様な音を出したばかりで、大して藻掻《もが》きもしなかつた。たゞ、苦しまぎれに空を摑んだ指先が、そこに立てゝあつた屛風に触れて、少しばかり傷を拵《こしら》へた。それは二枚折の時代のついた金屛風で、極彩色の六歌仙が描かれてゐたが、その恰度《ちやうど》小野の小町の顔の所が、無残にも一寸計《すんばか》り破れたのだ。

　老婆の息が絶えたのを見定めると、彼は屍骸をそこへ横にして、一寸《ちよつと》気になる様子で、その屛風の破れを眺めた。併《しか》しよく考へて見れば、少しも心配することはない。こんなものが何の証拠になる筈もないのだ。そこで、彼は目的の床の間へ行つて、例の松の木の根元を持つて、土もろともスッポリと植木鉢から引抜いた。予期した通り、その底には油紙で包んだものが入れてあつた。彼は落ちつきはらつて、その包みを解いて、右のポケツトから一つの新しい大型の財布を取出し、紙幣を半分ばかり（充分五千円はあつた）その中に入れると、財布を元のポケツトに納め、残つた紙幣は油紙に包んで前の通りに植木鉢の底へ隠した。無論、これは金を盗んだといふ証跡《しようせき》を晦《くら》ます為だ。老婆の貯金の高は、老婆自身が知つてゐたばかりだから、それが半分になつたとて、誰も疑ふ筈はないのだ。

　それから、彼はそこにあつた坐蒲団を丸めて老婆の胸にあてがひ（これは血潮の飛ばぬ用心だ）左のポケットから一挺のジャックナイフを取出して歯を開くと、心臓をめがけてグザッと突差し、グイと一つ抉つて置いて引抜いた。そして、同じ坐蒲団の布でナイフの血のりを綺麗に拭き取り、元のポケットへ納めた。彼は、絞め殺した丈けでは、蘇生の虞《おそ》れがあると思つたのだ。つまり昔のとゞめを刺すといふ奴だ。では、何故最初から刃物を使用しなかつたかといふと、さうしては、ひよつとして、自分の着物に血潮がかゝるかも知れないことを虞《おそ》れたのだ。

　こゝで一寸《ちよつと》、彼が紙幣を入れた財布と、今のジャックナイフについて説明して置かねばならぬ。彼は、それらを、この目的丈けに使ふ為に、ある縁日の露店で買求めたのだ。彼はその縁日の最も賑ふ時分を見計らつて、最《もつと》も客の込んでゐる店を選び、正札通りの小銭を投出して、品物を取ると、商人は勿論、沢山の客達も、彼の顔を記憶する暇がなかつた程、非常に素早く姿を晦《くら》ました。そして、この品物は両方とも、極くありふれた、何の目印もあり得ない様なものだつた。

　さて、蕗屋は、充分注意して少しも手掛りが残つてゐないのを確めた後、襖のしまりも忘れないで、ゆつくりと玄関へ出て来た。彼はそこで靴の紐を締めながら、足跡のことを考へて見た。だが、その点は更らに心配がなかつた。玄関の土間は堅い漆喰《しつくひ》だし、表の通りは天気続きでカラ〳〵に乾いてゐた。あとにはもう、格子戸を開けて表へ出ることが残つてゐるばかりだ。だが、こゝでしくじる様なことがあつては、凡ての苦心が水の泡だ。彼はぢつと耳を澄して、辛抱強く表通りの跫音を聞かうとした。……しんとして何の気はいもない。どこかの内で琴を弾じる音がコロリンシヤンと至極のどかに聞えてゐるばかりだ。彼は思切つて、静かに格子戸を開けた。そして、何気なく、今《いま》暇《いとま》をつげたお客様だといふ様な顔をして、往来へ出た。案の定そこには人影もなかつた。

　その一劃はどの通りも淋しい屋敷町だつた。老婆の家から四五丁隔つた所に、何かの社《やしろ》の古い石垣が、往来に面してずつと続いてゐた。蕗屋は、誰も見てゐないのを確めた上、そこの石垣の隙間から、兇器のジヤツクナイフと血のついた手袋とを落し込んだ。そして、いつも散歩の時には立寄ることにしてゐた、附近の小さい公園を目ざしてブラ〳〵と歩いて行つた。彼は公園のベンチに腰をかけ、子供達がブランコに乗つて遊んでゐるのを、如何にも長閑《のどか》な顔をして眺めながら、長い時間を過した。

　帰りがけに、彼は警察署へ立寄つた。そして、

『今し方、この財布を拾つたのです。大分沢山入つてゐる様ですから、お届けします。』

　と云ひ乍ら、例の財布をさし出した。彼は巡査の質問に答へて、拾つた場所と時間と（勿論それは可能性のある出鱈目《でたらめ》なのだ）自分の住所姓名と（これはほんたうの）を答へた。そして、印刷した紙に彼の姓名や金額などを書き入れた受取証見たいなものを貰つた。なる程、これは非常に迂遠《うゑん》な方法には相違ない。併《しか》し安全といふ点では最上だ。老婆の金は（半分になつたことは誰も知らない。ちやんと元の場所にあるのだから、この財布の遺失主は絶対に出る筈がない。一年の後には間違なく蕗屋の手に落ちるのだ。そして、誰憚らず大びらに使へるのだ。彼は考へ抜いた揚句この手段を採つた。若《も》しこれをどこかへ隠して置くとするか、どうした偶然から他人に横取りされまいものでもない。自分で持つてゐるか、それはもう考へるまでもなく危険なことだ。のみならず、この方法によれば、万一老婆が紙幣《さつ》の番号を控へてゐたとしても少しも心配がないのだ。（尤《もつと》もこの点は出来る丈け探つて、大体安心はしてゐたけれど）

『まさか、自分の盗んだ品物を警察へ届ける奴があらうとは、ほんたうにお釈迦様でも御存知あるまいよ。』

　彼は笑ひをかみ殺しながら、心の中で呟いた。

　翌日、蕗屋は、下宿の一室で、常と変らぬ安眠から目覚めると、欠伸をしながら、枕下に配達されてゐた新聞を拡げて、社会面を見渡した。彼はそこに意外な事実を発見して一寸驚いた。だが、それは決して心配する様な事柄ではなく、却《かへ》つて彼の為には予期しない仕合せだつた。といふのは、友人の斎藤が嫌疑者として挙げられたのだ。嫌疑を受けた理由は、彼が身分不相応の大金を所持してゐたからだと記してある。

『俺は斎藤の最も親しい友達なのだから、こゝで警察へ出頭して、色々問ひ訊すのが自然だな。』

蕗屋は早速着物を着換へると、遽て、警察署へ出掛けた。それは彼が昨日財布を届けたのと同じ役所だ。何故財布を届けるのを管轄の違ふ警察にしなかつたか。いや、それとても亦、彼一流の無技巧主義で態《わざ》としたことなのだ。彼は、過不足のない程度に心配相な顔をして、斎藤に逢はせて呉れと頼んだ。併し、それは予期した通り許されなかつた。そこで、彼は斎藤が嫌疑を受けた訳を色々と問ひ訊して、ある程度まで事情を明かにすることが出来た。

蕗屋は次の様に想像した。

昨日、斎藤は女中よりも先に家に帰つた。それは蕗屋が目的を果して立去ると間もなくだつた。そして、当然老婆の屍骸を発見した。併《しか》し、直ちに警察に届ける前に、彼はあることが思ひついたに相違ない。といふのは、例の植木鉢だ。若《も》しこれが盗賊の仕業なれば、或はあの中の金がなくなつてゐはしないか。多分それは一寸《ちよつと》した好奇心からだつたらう。彼はそこを検べて見た。ところが、案外にも金の包がちやんとあつたのだ。それを見て斎藤が悪心を起したのは、実に浅はかな考ではあるが、無理もないことだ。その隠し場所は誰れも知らないこと、老婆を殺した犯人が盗んだといふ解釈が下されるに違ひないこと、かうした事情は、誰にしても避け難い強い誘惑に相違ない。それから彼はどうしたか。警官の話では、何食はぬ顔をして人殺しのあつたことを警察へ届け出たといふことだ。ところが、何といふ無分別な男だ。彼は盗んだ金を腹巻の間へ入れたまゝ、平気でゐたのだ。まさか其場で身体検査をされ様とは想像しなかつたと見えて。

『だが待てよ。斎藤は一体どういふ風に弁解するだらう。次第によつては危険なことになりはしないかな。』蕗屋はそれを色色と考へて見た『彼は金を見つけられた時、「自分のだ」と答へたかも知れない。なる程老婆の財産の多寡《たくわ》や隠し場所は誰も知らないのだから、一応はその弁明も成立つであらう。併し、金額が余り多すぎるではないか。で、結局彼は事実を申立てることになるだらう。でも、裁判所がそれを承認するかな。外に嫌疑者が出れば兎も角、それまでは彼を無罪にすることは先づあるまい。うまく行けば、彼が殺人罪に問はれるかも知れたものではない。さうなればしめたものだが、……………ところで、裁判官が彼を問詰めて行く内に、色々な事実が分つて来るだらうな。例へば、彼が金の隠し場所を発見した時、俺に話したことだとか、兇行の二日前に俺が老婆の部屋に入つて話込んだことだとか、さては、俺が貧乏で学資にも困つてゐることだとか。』

併《しか》し、これらは皆、蕗屋がこの計画を立てる前に予《あらかじ》め勘定に入れて置いたことばかりだつた。そして、どんなに考へても、斎藤の口からそれ以上彼にとつて不利な事実が引出され様とは考へられなかつた。

蕗屋は警察から帰ると、遅れた朝食を認《したゝ》めて(その時食事を運んで来た女中に事件について話して聞かせたりした)いつもの通り学校へ出た。学校では斎藤の噂で持切りだつた。彼はなかば得意気に、その噂話の中心になつて喋つた。

三

さて読者諸君、探偵小説といふもの丶性質に通暁せらる丶諸君は、お話は決してこれ切りで終らぬことを百も御承知であらう。如何にもその通りである。実を云へば、こ丶まではこの物語の前提に過ぎないので、作者が是非、諸君に読んで貰ひ度《た》いと思ふのは、これから後なのである。つまり、かくも企らんだ蕗屋の犯罪が如何にして発覚したかといふ、そのいきさつについてゞある。

この事件を担当した予審判事は、有名な笠森氏であつた。彼は普通の意味で名判官だつたばかりでなく、ある多少風変りな趣味を持つてゐるので一層有名だつた。それは、彼が一種の素人心理学者だつたことで、彼は、普通のやり方ではどうにも判断の下し様がない事件に対しては、最後に、その豊富な心理学上の知識を利用して、屡々《しば〳〵》奏効《そうかう》した。彼は経歴こそ浅く、年こそ若かつたけれど、地方裁判所の一予審判事としては、勿体ない程の俊才だつた。今度の老婆殺し事件も、笠森判事の手にか丶れば、もう訳なく解決すること丶、誰しも考へてゐた。当の笠森氏自身も同じ様に考へた。いつもの様に、この事件も、予審廷ですつかり調べ上げて、公判の場合にはいさ丶かの面倒も残つてゐぬ様に処理してやらうと思つてゐた。

ところが、取調を進めるに随つて、事件の困難なことが段々分つて来た。警察署等は単純に斎藤勇の有罪を主張した。笠森判事とても、その主張に一理あることを認めないではなかつた。といふのは、生前老婆の家に出入りした形跡のある者は、彼女の債務者であらうが、借家人であらうが、単なる知合であらうが、残らず召喚して綿密に取調べたにも拘らず、一人として疑はしい者はないのだ。(蕗屋清一郎も勿論その内の一人だつた)外に嫌疑者が現れぬ以上、さしづめ最も疑ふべき斎藤勇を犯人と判断する外はない。のみならず、斎藤にとつて最も不利だつたのは、彼が生来気の弱い質で、一も二もなく法廷の空気に恐れをなして了つて、訊問に対してもハキ〳〵答弁の出来なかつたことだ。のぼせ上つた彼は、屡々《しば〳〵》以前の陳述を取消したり、当然知つてゐる筈の事を忘れて了つたり、云はずともの不利な申立をしたり、あせればあせる程、益々《ます〳〵》嫌疑を深くする計《ばか》りだつた。それといふのも、彼には老婆の金を盗んだといふ弱味があつたからで、それさへなければ、相当頭のい丶斎藤のことだから、如何に気が弱いといつて、あの様なへまな真似はしなかつただらうに、彼の立場は実際同情すべきものだつた。併し、それでは斎藤を殺人犯と認めるかといふと、笠森氏にはどうもその自信がなかつた。そこにはたゞ疑ひがあるばかりなのだ。本人は勿論自白せず、外にこれといふ確証もなかつた。

かうして、事件から一ケ月が経過した。予審はまだ終結しない。判事は少しあせり出してゐた。恰度《ちやうど》その時、老婆殺しの管轄の警察署長から、彼の所へ一つの耳よりな報告が齎らされた。それは、事件の当日五千二百何十円在中の一箇の財布が、老婆の家から程遠からぬ――町に於て拾得されたが、その届主が、嫌疑者の斎藤の親友である、蕗屋清一郎といふ学生だつたことを、係りの者の疏漏から今日まで気附かずにゐた。が、その大金の遺失者が一ケ月たつても現れぬ所を見ると、そこに何か意味がありはしないか。念の為に御報告するといふことだつた。

困り抜いてゐた笠森判事は、この報告を受取つて、一道の光明を認めた様に思つた。早速蕗屋清一郎召喚の手続が取り運ばれた。ところが、蕗屋を訊問した結果は、判事の意気込みにも拘らず、大して得る所もない様に見えた。何故、事件の当時取調べた際、その大金拾得の事実を申立てなかつたかといふ訊問に対して、彼は、それが殺人事件に関係があるとは思はなかつたからだと答へた。この答弁には充分理由があつた。老婆の財産は斎藤の腹巻の中から発見されたのだから、それ以外の金が、殊に往来に遺失されてゐた金が、老婆の財産の一部だと誰れが想像しよう。

併《しか》し、これが偶然であらうか。事件の当日、現場から余り遠くない所で、しかも第一の嫌疑者の親友である男が（斎藤の申立によれば彼は植木鉢の隠し場所をも知つてゐたのだ）この大金を拾得したといふのが、これが果して偶然であらうか。判事はそこに何かの意味を発見しようとして悶えた。判事の最も残念に思つたのは、老婆が紙幣《さつ》の番号を控へて置かなかつたことだ。それさへあれば、この疑はしい金が、事件に関係があるかないかも、直ちに判明するのだが。『どんな小さなことでも、何か一つ確かな手掛りを摑みさへすればなあ』判事は全才能を傾けて考へた。現場の取調べも幾度となく繰返された。老婆の親族関係も充分調査した。併《しか》し何の得る所もない。さうして又半月ばかり徒らに経過した。

たつた一つの可能性は、と判事が考へた。蕗屋が老婆の貯金を半分盗んで、残りを元通りに隠して置き、盗んだ金を財布に入れて、往来で拾つた様に見せかけたと推定することだ。だが、そんな馬鹿なことがあり得るだらうか。その財布も無論検べて見たけれど、これといふ手掛りもない。それに、蕗屋は平気で、当日散歩のみちすがら、老婆の家の前を通つたと申立てゝゐるではないか。犯人にこんな大胆なことが云へるものだらうか。第一、最も大切な兇器の行方が分らぬ。蕗屋の下宿の家宅捜索の結果は、何物をも齎らさなかつたのだ。併し、兇器のことをいへば、斎藤とても同じではないか。では一体誰れを疑つたらいゝのだ。

そこには確証といふものが一つもなかつた。署長等の云ふ様に、斎藤を疑へば斎藤らしくもある。だが又、蕗屋とても疑つて疑へぬことはない。たゞ、分つてゐるのは、この一ケ月半のあらゆる捜査の結果、彼等二人を除いては、一人の嫌疑者も存在しないといふことだつた。万策尽きた笠森判事は、愈々《いよ〳〵》奥の手を出す時だと思つた。彼は二人の嫌疑者に対して、彼の従来屢々《しば〳〵》成功した心理試験を施さうと決心した。

四

蕗屋清一郎は、事件の二三日後に第一回目の召喚を受けた際、係りの予審判事が有名な素人心理学者の笠森氏だといふことを知つた。そして、当時已《すで》にこの最後の場合を予想して少なからず狼狽した。流石《さすが》の彼も、日本に仮令《たとひ》一個人の道楽気からとは云へ、心理試験などといふものが行はれてゐやうとは想像してゐなかつた。彼は、種々《いろ〳〵》の書物によつて、心理試験の何物であるかを、知り過ぎる程知つてゐたのだ。

この大打撃に、最早や平気を粧つて通学を続ける余裕を失つた彼は、病気と称して下宿の一室にとぢ籠つた。そして、ただ、如何にしてこの難関を切抜けるべきかを考へた。恰度《ちやうど》、殺人を実行する以前にやつたと同じ、或はそれ以上の、綿密と熱心を以て考へ続けた。

笠森判事は果してどの様な心理試験を行ふであらうか。それは到底予知することが出来ない。で、蕗屋は、知つてゐる限りの方法を思出して、その一つ一つについて、何とか対策がないものかと考へて見た。併し、元来心理試験といふものが、虚偽の申立をあばく為に出来てゐるのだから、それを更らに偽るといふことは、理論上不可能らしくもあつた。

蕗屋の考によれば、心理試験はその性質によつて二つに大別することが出来た。一つは純然たる生理上の反応によるもの、今一つは言葉を通じて行はれるものだ。前者は、試験者が犯罪に関聯した様々の質問を発して、被験者の身体上の微細な反応を、適当な装置によつて記録し、普通の訊問によつては、到底知ることの出来ない真実を掴まうとする方法だ。それは、人間は、仮令《たとひ》言葉の上で、又は顔面表情の上で、嘘をついても、神経そのものゝ興奮は隠すことが出来ず、それが微細な肉体上の徴候として現はれるものだといふ理論に基くので、その方法としては、例えば、automatograph 等の力を借りて、手の微細な動きを発見する方法、ある手段によつて眼球の動き方を確める方法、pneumograph によつて呼吸の深浅遅速を計る方法、sphygmograph によつて脈搏の高低遅速を計る方法、plethysmograph によつて四肢の血量を計る方法、galvanometer によつて掌の微細なる発汗を発見する方法、膝の関節を軽く打つて生ずる筋肉の収縮の多少を見る方法、其他これらに類した種《しゆ》々様々《〴〵さま〴〵》の方法がある。

例へば、不意に『お前は老婆を殺した本人であらう』と問はれた場合、彼は平気な顔で、『何を証拠にそんなことをおつしやるのです』と云ひ返す丈《だ》けの自信はある。だが、その時不自然に脈搏が高まつたり、呼吸が早くなる様なことはないだらうか。それを防ぐことは絶対に不可能なのではあるまいか。彼は色々な場合を仮定して、心の内で実験して見た。ところが、不思議なことには、自分自身で発した訊問は、それがどんなにきはどい、不意の思付きであつても、肉体上に変化を及ぼす様には考へられなかつた。無論微細な変化を計る道具がある訳ではないから、確かなことは云へぬけれど、神経の興奮そのものが感じられない以上は、その結果である肉体上の変化も起らぬ筈だつた。

さうして、色々と実験や推理を続けてゐる内に、蕗屋はふとある考にぶつつかつた。それは、練習といふものが心理試験の効果を妨げはしないか。云ひ換へれば、同じ質問に対しても、一回目よりは二回目が、二回目よりは三回目が、神経の反応が微弱になりはしないかといふことだつた。つまり、慣れるといふことだ。これは他の色々の場合を考へて見ても分る通り、随分可能性がある。自分自身の訊問に対しては反応がないといふのも、結局はこれと同じ理窟で、訊問が発せられる以前に、已《すで》に予期がある為に相違ない。

そこで、彼は『辞林』の中の何万といふ単語を一つも残らず調べて見て、少しでも訊問され相な言葉をすつかり書き抜いた。そして、一週間もかゝつて、それに対する神経の『練習』をやつた。

さて次には、言葉を通じて試験する方法だ。これとても恐れることはない。いや寧《むし》ろ、それが言葉である丈《だ》けごまかし易いといふものだ。これには色々な方法があるけれど、最《もつと》もよく行はれるのは、あの精神分析家が病人を見る時に用ゐるのと同じ方法で、聯想診断といふ奴だ。『障子』だとか『机』だとか『インキ』だとか『ペン』だとか、なんでもない単語をいくつも順次に読み聞かせて、出来る丈け早く、少しも考へないで、それらの単語について聯想した言葉を喋らせるのだ。例へば、『障子』に対しては『窓』とか『敷居』とか『紙』とか『戸』とか色々の聯想があるだらうが、どれでも構はない、その時ふと浮んだ言葉を云はせる。そして、それらの意味のない単語の間へ、『ナイフ』だとか『血』だとか『金』だとか『財布』だとか、犯罪に関係のある単語を、気づかれぬ様に混ぜて置いて、それに対する聯想を検べるのだ。

先づ第一に、最も思慮の浅い者は、この老婆殺しの事件で云へば、『植木鉢』といふ単語に対して、うつかり『金《かね》』と答へるかも知れない。即ち『植木鉢』の底から『金』を盗んだことが最《もつと》も深く印象されてゐるからだ。そこで彼は罪状を自白したことになる。だが、少し考へ深い者だつたら、仮令《たとひ》『金』といふ言葉が浮んでも、それを押し殺して、例へば『瀬戸物』と答へるだらう。

斯様な偽りに対して二つの方法がある。一つは、一順試験した単語を、少し時間を置いて、もう一度繰返すのだ。すると、自然に出た答は多くの場合前後相違がないのに、故意に作つた答は、十中八九は最初の時と違つて来る。例へば、『植木鉢』に対して、最初は『瀬戸物』と答へ、二度目は『土』と答へる様なものだ。

もう一つの方法は、問が発してから答を得るまでの時間を、ある装置によつて精確に記録し、その遅速によつて、例へば、『障子』に対して『戸』と答へた時間が一秒間であつたにも拘らず、『植木鉢』に対して『瀬戸物』と答へた時間が三秒もかゝつたとすれば、(実際はこんな単純なものではないけれど)それは『植木鉢』について最初に現れた聯想を押し殺す為に時間を取つたので、その被験者は怪しいといふことになるのだ。この時間の遅延は、当面の単語に現れないで、その次の意味ない単語に現れることもある。

又、犯罪当時の状況を詳しく話して聞かせて、それを復誦させる方法もある。真実の犯人であつたら、復誦する場合に、微細な点で、思はず話して聞かされたことゝ違つた真実を口走つて了ふものなのだ。(心理試験について知つてゐる読者に、余りにも煩瑣な叙述をお詫びせねばならぬ。が、若《も》しこれを略する時は、外の読者には、物語全体が曖昧になつて了ふのだから、実に止むを得なかつたのである。)

この種の試験に対しては、前の場合と同じく『練習』が必要なのは云ふまでもないが、それよりももつと大切なのは、蕗屋に云はせると、無邪気なことだ。つまらない技巧を弄しないことだ。『植木鉢』に対しては、寧ろあからさまに『金』又は『松』と答へるのが、一番安全な方法なのだ。といふのは、蕗屋は、仮令《たとひ》彼が犯人でなかつたとしても、判事の取調べその他によつて、犯罪事実をある程度まで知悉してゐるのが当然だから、そして、植木鉢の底に金があつたといふ事実は、最近の且《か》つ最《もつと》も深刻な印象に相違ないのだから、聯想作用がそんな風に働くのは至極あたり前ではないか。(又、この手段によれば、現場の有様を復誦させられた場合にも安全なのだ)唯、問題は時間の点だ。これには矢張り『練習』が必要である。『植木鉢』と来たら、少しもまごつかないで、『金』又は『松』と答へ得る様に練習して置く必要がある。彼は更らにこの『練習』の為に数日を費した。斯様にして、準備は全く整つた。

彼は又、一方に於て、ある一つの有利な事情を勘定に入れてゐた。それを考へると、仮令《たとひ》、予期しない訊問に接しても、更らに一歩を進めて、予期した訊問に対して不利な反応を示しても、毫《がう》も恐れることはないのだつた。といふのは、試験されるのは、蕗屋一人ではないからだ。あの神経過敏な斎藤勇がいくら身に覚えがないといつて、様々の訊問に対して、果して虚心平気でゐることが出来るだらうか。恐らく、彼とても、少くとも蕗屋と同様位の反応を示すのが自然ではあるまいか。

蕗屋は考へるに随つて、段々安心して来た。何だか鼻歌でも歌ひ出したい様な気持になつて来た。彼は今は却《かへ》つて、笠森判事の呼出しを待構へる様にさへなつた。

五

笠森判事の心理試験が如何様に行はれたか。それに対して、神経家の斎藤がどんな反応を示したか、蕗屋が、如何に落ちつきはらつて試験に応じたか。こゝにそれらの管々《くだ〳〵》しい叙述を並べ立てることを避けて、直ちにその結果に話を進めることにする。

　それは心理試験が行はれた翌日のことである。笠森判事が、自宅の書斎で、試験の結果を書きとめた書類を前にして、小首を傾けてゐる所へ、明智小五郎の名刺が通じられた。

『D坂の殺人事件』を読んだ人は、この明智小五郎がどんな男だかといふことを幾分御存じであらう。彼はその後、屡々《しば〳〵》困難な犯罪事件に関係して、その珍らしい才能を現し、専門家達は勿論、一般の世間からも、もう立派に認められてゐた。笠森氏とも、ある事件から心易くなつたのだ。

　女中の案内につれて、判事の書斎に、明智のニコ〳〵した顔が現れた。このお話は『D坂の殺人事件』から数年後のことで、彼ももう昔の書生ではなくなつてゐた。

『却々《なか〳〵》、御精が出ますね。』

　明智は判事の机の上を覗きながら云つた。

『イヤ、どうも、今度はまつたく弱りましたよ。』

　判事が、来客の方に身体《からだ》の向きを換へながら応じた。

『例の老婆殺しの事件ですね。どうでした。心理試験の結果は。』

　明智は、事件以来、度々笠森判事に逢つて詳しい事情を聞いてゐたのだ。

『イヤ、結果は明白ですがね。』と判事『それがどうも、僕には何だか得心出来ないのですよ。昨日は、脈搏の試験と、聯想診断をやつて見たのですが、蕗屋の方は殆ど反応がないのです。尤も脈搏では、大分疑はしい所もありましたが、併《しか》し、斎藤に比べれば、問題にもならぬ位僅かなんです。これを御覧なさい。こゝに質問事項と、脈搏の記録がありますよ、斎藤の方は実に著しい反応を示してゐるでせう。聯想試験でも同じことです。この「植木鉢」といふ刺戟語に対する反応時間を見ても分りますよ。蕗屋の方は外の無意味な言葉よりも却《かへ》つて短い時間で答へてゐるのに、斎藤の方は、どうです、六秒もかゝつてゐるぢやありませんか。』

　判事が示した聯想診断の記録は左の様に記されてゐた。

『ね、非常に明瞭でせう。』判事は明智が記録に目を通すのを待つて続けた『これで見ると、斎藤は色々故意の細工をやつてゐる。一番よく分るのは反応時間の遅いことですが、それが問題の単語ばかりでなく、その直ぐあとのや、二つ目のにまで影響してゐるのです。それから又、「金《かね》」に対して「鉄」と云つたり、「盗む」に対して「馬」といつたり、可也無理な聯想をやつてますよ。「植木鉢」に一番長くかゝつたのは、恐らく「金《かね》」と「松」といふ二つの聯想を押へつける為に手間取つたのでせう。それに反して、蕗屋の方はごく自然です。「植木鉢」に「松」だとか、「油紙」に「隠す」だとか、「犯罪」に「人殺し」だとか、若《も》し犯人だつたら是非隠さなければならない様な聯想を平気で、而《しか》も短い時間に答へてゐます。彼が人殺しの本人でゐて、こんな反応を示したとすれば、余程の低能児に違ひありません。ところが、実際は彼は——大学の学生で、それに却々《なかなか》秀才なのですからね。』

『そんな風にも取れますね。』

明智は何か考へ考へ云つた。併し判事は彼の意味あり気な表情には、少しも気附かないで、話を進めた。

『ところがですね。これでもう、蕗屋の方は疑ふ所はないのだが、斎藤が果して犯人かどうかといふ点になると、試験の結果はこんなにハツキリしてゐるのに、どうも僕は確信が出来ないのですよ。何も予審で有罪にしたとて、それが最後の決定になる訳ではなし、まあこの位でいゝのですが、御承知の様に僕は例のまけぬ気でね。公判で僕の考をひつくり返されるのが癪なんですよ。そんな訳で実はまだ迷つてゐる始末です。』

『これを見ると、実に面白いですね。』明智が記録を手にして

刺戟語	蕗屋清一郎		斎藤　勇	
	反応語	所要時間	反応語	所要時間
頭	毛	0.9秒	尾	1.2秒
緑	青	0.7	青	1.1
水	湯	0.9	魚	1.3
歌ふ	唱歌	1.1	女	1.5
長い	短い	1.0	紐	1.2
○殺す	ナイフ	0.8	犯罪	8.1
舟	川	0.9	水	2.2
窓	戸	0.8	ガラス	1.5
料理	洋食	1.0	さしみ	1.8
○金	紙幣	0.7	鉄	3.5
冷い	水	1.1	冬	2.3
病気	風邪	1.6	肺病	1.6
針	糸	1.0	糸	1.2
○松	植木	0.8	木	2.3
山	高い	0.9	川	1.4
○血	流れる	1.0	赤い	3.9
新しい	古い	0.8	着物	2.1
嫌ひ	蜘蛛	1.2	病気	1.1
○植木鉢	松	0.6	花	6.2
鳥	飛ぶ	0.9	カナリヤ	3.6
本	丸善	1.0	丸善	1.3
○油紙	隠す	0.8	小包	4.0
友人	斎藤	1.1	話す	1.8
純粋	理性	1.2	言葉	1.7
箱	本箱	1.0	人形	1.2
○犯罪	人殺し	0.7	警察	3.7
満足	完成	1.8	家庭	2.0
女	政治	1.0	妹	1.3
絵	屏風	0.9	景色	1.3
○盗む	金	0.7	馬	4.1

○印は犯罪に関係ある単語。実際は百位の単語が使はれるし、更に、それを二組も三組も用意して、次々と試験するのだが、右の表は解り易くする為めに簡単にしたものである。

始めた、『蕗屋も斎藤も中々勉強家だつて云ひますが、「本」といふ単語に対して、両人共「丸善」と答へた所などは、よく性質が現れてゐますね。もつと面白いのは、蕗屋の答は、皆どことなく物質的で、理智的なのに反して、斎藤のは如何にもやさしい所があるぢやありませんか。叙情的ですね。例えば「女」だとか「着物」だとか「花」だとか「人形」だとか「景色」だとか「妹」だとかいふ答は、どちらかと云へば、センチメンタルな弱々しい男を思はせますね。それから、斎藤はきつと病身ですよ。「嫌ひ」に「病気」と答へ、「病気」に「肺病」と答へてるぢやありませんか。平常から肺病になりはしないかと恐れてゐる証拠ですよ。』

『さういふ見方もありますね。聯想診断て奴は、考へれば考へる丈け、色々面白い判断が出て来るものですよ。』

『ところで』明智は少し口調を換へて云つた『あなたは、心理試験といふものゝ弱点について考へられたことがありますかしら。デ・キロスは心理試験の提唱者ミユンスターベルヒの考を批評して、この方法は拷問に代るべく考案されたものだけれど、その結果は、やはり拷問と同じ様に、無辜《むこ》のものを罪に陥れ、有罪者を逸することがあるといつてゐますね。ミユンスターベルヒ自身も、心理試験の真の効能は、嫌疑者がある場所とか人とか物について、知つてゐるかどうかを見出す場合に限つて確定的だけれど、その他の場合には幾分危険だといふ様なことを、どつかで書いてゐました。あなたにはこんな事を御話しするのは釈迦に説法かも知れませんね。でも、これは確かに大切な点だと思ひますが、どうでせう。』

『それは悪い場合を考へれば、さうでせうがね。無論僕もそれは知つてますよ。』

判事は少しいやな顔をして答へた。

『併《しか》し、その悪い場合が、存外手近かにないとも限りませんからね。かういふことは云へないでせうか。例へば、非常に神経過敏な、無辜《むこ》の男が、ある犯罪の嫌疑を受けたと仮定しますね。その男は犯罪の現場を捕へられ、犯罪事実もよく知つてゐるのです。この場合、彼は果して心理試験に対して平気でゐることが出来るでせうか。「ア、これは俺を試すのだな、どう答へたら疑はれないだらう」などといふ風に興奮するのが当然ではないでせうか。ですから、さういふ事情の下に行はれた心理試験は、デ・キロスの所謂「無辜《むこ》のものを罪に陥れる」ことになりはしないでせうか。』

『君は斎藤勇のことを云つてゐるのですね。イヤ、それは、僕も何となくさう感じたものだから、今も云つた様に、まだ迷つてゐるのぢやありませんか。』

判事は益々《ます〳〵》苦い顔をした。

『では、さういふ風に、斎藤が無罪だとすれば（尤《もつと》も金を盗んだ罪は免れませんけれど）一体誰が老婆を殺したのでせう……』

判事はこの明智の言葉を中途から引取つて、荒々しく尋ねた。

『そんなら、君は、外に犯人の目当てでもあるのですか。』

『あります。』明智がニコ〳〵しながら答へた『僕はこの聯想試験の結果から見て蕗屋が犯人だと思ふのですよ。併《しか》しまだ確実にさうだとは云へませんけれど、あの男はもう帰宅したのでせうね。どうでせう。それとなく彼をこゝへ呼ぶ訳には行きませんかしら、さうすれば、僕はきつと真相をつき止めて御目にかけますがね。』

『なんですつて。それには何か確かな証拠でもあるのですか。』

判事が少なからず驚いて尋ねた。

明智は別に得意らしい色もなく、詳しく彼の考を述べた。そして、それが判事をすつかり感心させて了つた。明智の希望が容れられて、蕗屋の下宿へ使が走つた。

『御友人の斎藤氏は愈々有罪と決した。それについて御話したいこともあるから、私の私宅まで御足労を煩《わづらは》し度《た》い。』

これが呼出しの口上だつた。蕗屋は恰度学校から帰つた所で、それを聞くと早速やつて来た。流石《さすが》の彼もこの吉報には少なからず興奮してゐた。嬉しさの余り、そこに恐ろしい罠のあることを、まるで気附かなかつた。

六

笠森判事は、一通り斎藤を有罪と決定した理由を説明したあとで、かう附加へた。

『君を疑つたりして、全く相済まんと思つてゐるのです。今日は、実はそのお詫び旁々《かた〴〵》、事情をよくお話しようと思つて、来て頂いた訳ですよ。』

そして、蕗屋の為に紅茶を命じたりして、極く打ちくつろいだ様子で雑談を始めた。明智も話に加はつた。判事は、彼を知合ひの弁護士で、死んだ老婆の遺産相続者から、貸金の取立て等を依頼されてゐる男だといつて紹介した。無論半分は嘘だけれど、親族会議の結果、老婆の甥が田舎から出て来て、遺産を相続することになつたのは事実だつた。

三人の間には、斎藤の噂を始めとして、色々の話題が話された。すつかり安心した蕗屋は、中でも一番雄弁な話手だつた。さうしてゐる内に、いつの間にか時間が経つて、窓の外に夕暗が迫つて来た。蕗屋はふとそれに気附くと、帰り支度を始めながら云つた。

『では、もう失礼しますが、別に御用はないでせうか。』

『オゝ、すつかり忘れて了ふところだつた。』明智が快活に云つた。『なあに、どうでもいゝ様なことですがね。恰度序《ちやうどついで》だから、……御承知かどうですか、あの殺人のあつた部屋に、二枚折りの金屏風が立てゝあつたのですが、それに一寸傷《ちよつときず》がついてゐたと云つて問題になつてゐるのですよ。といふのは、その屏風は婆さんのものではなく、貸金の抵当に預つてあつた品で、持主の方では、殺人の際についた傷に相違ないから弁償しろといふし、婆さんの甥は、これが又婆さんに似たけちん坊でね、元からあつた傷かも知れないといつて、却々《なか〳〵》応じないのです。

実際つまらない問題で、閉口してるんです。尤《もつと》もその屏風は可也値うちのある品物らしいのですけれど。ところで、あなたはよくあの家へ出入りされたのですから、その屏風も多分御存じでせうが、以前に傷があつたかどうか、ひよつと御記憶ぢやないでせうか。どうでせう。屏風なんか別に注意しなかつたでせうね。実は斎藤にも聞いて見たんですが、先生興奮し切つてゐて、よく分らないのです、それに、女中は国へ帰つて了つて、手紙で聞合せても要領を得ないし、一寸困つてゐるのですが……』

屏風が抵当物だつたことはほんたうだが、その外の点は無論作り話に過ぎなかつた。蕗屋は屏風といふ言葉に思はずヒヤツとした。併しよく聞いて見ると何でもないことなので、すつかり安心した。『何をビク／＼してゐるのだ、事件はもう落着して了つたのぢやないか』彼はどんな風に答へてやらうかと、一寸思案したが、例によつてありのまゝにやるのが一番いゝ方法の様に考へられた。

『判事さんはよく御承知ですが、僕はあの部屋へ入つたのはたつた一度切りなんです。それも、事件の二日前にね。』彼はニヤニヤ笑ひながら云つた。かうした云ひ方をするのが愉快でたまらないのだ。『併《しか》し、その屏風なら覚えてますよ。僕の見た時には確か傷なんかありませんでした。』

『さうですか。間違ないでせうね。あの小野の小町の顔の所に、ほんの一寸した傷がある丈けなんですが。』

『さう／＼、思出しましたよ。』蕗屋は如何にも今思出した風を装つて云つた。『あれは六歌仙の絵でしたね。小野の小町も覚えてますよ。併し、もしその時傷がついてゐたとすれば、見落した筈がありません。だつて、極彩色の小町の顔に傷があれば、一目で分りますからね。』

『ぢや御迷惑でも、証言をして頂く訳には行きませんかしら、屏風の持主といふのが、実に慾の深い奴で仕末にいけないのですよ。』

『エヽ、よござんすとも、いつでも御都合のいゝ時に。』

蕗屋はいさゝか得意になつて、弁護士と信ずる男の頼みを承諾した。

『ありがたう。』明智はモジヤ／＼に延ばした頭を指でかき廻しながら、嬉し相に云つた。これは、彼が多少興奮した際にやる一種の癖なのだ。『実は、僕は最初から、あなたが屏風のことを知つて居られるに相違ないと思つたのですよ。といふのはね。この昨日の心理試験の記録の中で「絵」といふ問に対して、あなたは「屏風」といふ特別の答へ方をしてゐますね。これですよ。下宿屋にはあんまり屏風なんて備へてありませんし、あなたは斎藤の外には別段親しいお友達もない様ですからこれはさしづめ老婆の座敷の屏風が、何かの理由で特別に深い印象になつて残つてゐたのだらうと想像したのですよ。』

蕗屋は一寸《ちよつと》驚いた。それは確かにこの弁護士のいふ通りに相違なかつた。でも、彼は昨日、どうして屏風なんてことを口走つたのだらう。そして、不思議にも今までまるでそれに気附かないとは。これは危険ぢやないかな。併《しか》し、どういふ点が危険なのだらう。あの時彼は、その傷跡をよく検べて、何の手掛りにもならぬことを確めて置いたではないか。なあに、平気だ平気だ。彼は一応考へて見てやつと安心した。ところが、ほんたうは、彼は明白すぎる程明白な大間違をやつてゐたことを少しも気がつかなかつたのだ。

『なる程、僕はちつとも気附きませんでしたけれど、確かにおつしやる通りですよ。却々鋭い御観察ですね。』

蕗屋は、あくまで無技巧主義を忘れないで平然として答へた。

『なあに、偶然気附いたのですよ。』弁護士を装つた明智が、謙遜した。『だが、気附いたと云へば、実はもう一つあるのですが、イヤ、イヤ、決して御心配なさる様なことぢやありません。昨日の聯想試験の中には八つの危険な単語が含まれてゐたのですが、あなたはそれを実に完全にパスしましたね。実際完全すぎた程ですよ。少しでも後暗い所があれば、かうは行きませんからね。その八つの単語といふのは、こゝに丸が打つてあるでせう。これですよ。』といつて明智は記録の紙片を示した。『ところが、あなたのこれらに対する反応時間は、外の無意味な言葉よりも、皆、ほんの僅かづつではありますけれど、早くなつてますね。例へば、「植木鉢」に対して「松」と答へるのに、たつた〇・六秒しかかゝつてない。これは珍らしい無邪気さですよ。この三十箇の単語の内で、一番聯想し易いのは、先づ「緑」に対する「青」などでせうが、あなたはそれにさへ〇・七秒かゝつてますからね。』

蕗屋は非常な不安を感じ始めた。この弁護士は、一体何の為にこんな饒舌を弄してゐるのだらう。好意でか、それとも悪意でか。何か深い下心があるのぢやないかしら。彼は全力を傾けて、その意味を悟らうとした。

『「植木鉢」にしろ「油紙」にしろ「犯罪」にしろ、その外、問題の八つの単語は、皆、決して「頭」だとか「緑」だとかいふ平凡なものよりも聯想し易いとは考へられません。それにも拘らず、あなたは、その難しい聯想の方を却つて早く答へてゐるのです。これはどういふ意味でせう。僕が気づいた点といふのはこゝですよ。一つ、あなたの心持を当てゝ見ませうか、エ、どうです。何も一興ですからね。併《しか》し若《も》し間違つてゐたら御免下さいよ。』

蕗屋はブルッと身震ひした。併し、何がさうさせたかは彼自身にも分らなかつた。

『あなたは、心理試験の危険なことをよく知つてゐて、予《あらかじ》め準備してゐたのでせう。犯罪に関係のある言葉について、あゝ云へばかうと、ちやんと腹案が出来てゐたんでせう。イヤ、僕は決して、あなたのやり方を非難するのではありませんよ。実際、心理試験といふ奴は、場合によつては非常に危険なものですからね。有罪者を逸して無辜のものを罪に陥れることがないとは断言出来ないのですからね。ところが、あなたは準備があまり行届き過ぎてゐて、勿論、別に早く答へる積りはなかつたので、準備した言葉丈《だ》けが早くなつて了つたのです。これは確かに大変な失敗でしたね。あなたは、たゞもう遅れることばかり心配して、それが早過ぎるのも同じ様に危険だといふことを少しも気づかなかつたのです。尤も、その時間の差は非常に僅かづつですから、余程注意深い観察者でないとうつかり見逃して了ひますがね。兎に角、拵《こしら》へ事といふものは、どつかに破綻があるものですよ。』明智の蕗屋を疑つた論拠は、たゞこの一点にあつたのだ。『併《しか》し、あなたはなぜ、「金《かね》」だとか「人殺し」だとか「隠す」だとか、嫌疑を受け易い言葉を選んで答へたのでせう。云ふまでもない。そこがそれ、あなたの無邪気な所ですよ。若《も》しあなたが犯人だつたら、決して「油紙」と問はれて「隠す」などとは答へませんからね。そんな危険な言葉を平気で答へ得るのは、何等やましい所のない証拠ですよ。ね、さうでせう。僕のいふ通りでせう。』

蕗屋は話手の目をぢつと見詰めてゐた。どういふ訳か、そらすことが出来ないのだ。そして、鼻から口の辺にかけての筋肉が強直して、笑ふことも、泣くことも、驚くことも、一切の表情が不可能になつた様な気がした。無論口は利けなかつた。もし無理に口を利かうとすれば、それは直ちに恐怖の叫声になつたに相違ない。

『この無邪気なこと、つまり小細工を弄しないといふことが、あなたの著しい特徴ですよ。僕はそれを知つたものだから、あの様な質問をしたのです。エ、お分りになりませんか。例の屏風のことです。僕は、あなたが無論無邪気にありのままにお答へ下さることを信じて疑はなかつたのですよ。実際その通りでしたがね。ところで、笠森さんに伺ひますが、問題の六歌仙の屏風は、いつあの老婆の家へ持込まれたのですかしら。』

明智はとぼけた顔をして、判事に聞いた。

『犯罪事件の前日ですよ。つまり先月の四日です。』

『エ、前日ですつて、それは本当ですか。妙ぢやありませんか、今蕗屋君は、事件の前々日即ち三日に、それをあの部屋で見たと、ハツキリ云つてゐるぢやありませんか。どうも不合理ですね。あなた方のどちらかゞ間違つてゐないとしたら。』

『蕗屋君は何か思違ひをしてゐるのでせう。』判事がニヤ〳〵笑ひながら云つた。『四日の夕方までは、あの屏風が、そのほんたうの持主の所にあつたことは、明白に判つてゐるのです。』

明智は深い興味を以て、蕗屋の表情を観察した。それは、今にも泣き出さうとする小娘の顔の様に、変な風にくづれかけてゐた。これが明智の最初から計画した罠だつた。彼は事件の二日前には、老婆の家に屏風のなかつたことを、判事から聞いて知つてゐたのだ。

『どうも困つたことになりましたね。』明智はさも困つた様な声音で云つた。『これはもう取返しのつかぬ大失策ですよ。なぜあなたは見もしないものを見たなどと云ふのです。あなたは事件の二日前から、一度もあの家へ行つてゐない筈ぢやありませんか。殊に六歌仙の絵を覚えてゐたのは、致命傷ですよ。恐らくあなたは、ほんとうのことを云はうとして、つい嘘をついて了つたのでせう。ね、さうでせう。あなたは事件の二日前にあの座敷へ入つた時、そこに屛風があるかないかといふ様なことを注意したでせうか。無論注意しなかつたでせう。実際それは、あなたの計画には何の関係もなかつたのですし、若《も》し屛風があつたとしても、あれは御承知の通り時代のついたくすんだ色合で、他の色々な道具類の中で殊更ら目立つてゐた訳でもありませんからね。で、あなたが今、事件の当日そこで見た屛風が、二日前にも同じ様にそこにあつたゞらうと考へたのは、ごく自然ですよ。それに僕はさう思はせる様な方法で問ひかけたのですものね。これは一種の錯覚見たいなものですが、よく考へて見ると、我々には日常ザラにあることです。併《しか》し、もし普通の犯罪者だつたら、決してあなたの様には答へなかつたでせう。彼等は、何でもかんでも、隠しさへすればいゝと思つてゐるのですからね。ところが、僕にとつて好都合だつたのは、あなたが世間普みの裁判官や犯罪者より、十倍も二十倍も進んだ頭を持つてゐられたことです。つまり、急所にふれない限りは、出来る丈けあからさまに喋つて了ふ方が、却《かへ》つて安全だといふ信念を持つてゐられたことです。裏の裏を行くやり方ですね。そこで僕は更らにその裏を行つて見たのですよ。まさか、あなたはこの事件に何の関係もない弁護士が、あなたを白状させる為に、罠を作つてゐようとは想像しなかつたでせうねハヽヽヽ。』

蕗屋は、真青になつた顔の、額の所にビッショリ汗を浮かせて、ぢつと黙り込んでゐた。彼は、もうかうなつたら、弁明すればする丈《だ》け、ボロを出す計りだと思つた。彼は、頭がいゝ丈けに、自分の失言がどんなに雄弁な自白だつたかといふことを、よく弁へてゐた。彼の頭の中には、妙なことだが、子供の時分からの様々の出来事が、走馬燈の様に、めまぐるしく現れては消えた。長い沈黙が続いた。

『聞えますか』明智が暫くしてかう云つた。『そら、サラ〳〵、サラ〳〵といふ音がしてゐるでせう。あれはね。先前《さいぜん》から、隣の部屋で、僕達の問答を書きとめてゐるのですよ。……君、もうよござんすから、それをこゝへ持つて来て呉れませんか。』

すると、襖が開いて、一人の書生体の男が手に洋紙の束を持つて出て来た。

『それを一度読み上げて下さい。』

明智の命令に随つて、その男は最初から朗読した。

『では、蕗屋君、これに署名して、拇印で結構ですから捺して呉れませんか。君はまさかいやだとは云ひますまいね。だつて、さつき、屛風のことはいつでも証言してやると約束したばかりぢやありませんか。尤も、こんな風な証言だらうとは想像しなかつたかも知れないけれど。』

蕗屋は、こゝで署名を拒んだところで、何の甲斐もないことを、充分知つてゐた。彼は明智の驚くべき推理をも、併せて承認する意味で、署名捺印した。そして、今はもうすつかりあきらめ果てた人の様に、うなだれてゐた。

『先にも申上げた通り』明智は最後に説明した。『ミユンスターベルヒは、心理試験の真の効能は、嫌疑者が、ある場所、人又は物について知つてゐるかどうかを試す場合に限つて確定的だといつてゐます。今度の事件で云へば、蕗屋君が屏風を見たかどうかといふ点が、それなんです。この点を外にしては、百の心理試験も恐らく無駄でせう。何しろ、相手が蕗屋君の様な、何もかも予想して、綿密な準備をしてゐる男なのですからね。それからもう一つ申上げ度いのは、心理試験といふものは、必ずしも、書物に書いてある通り一定の刺戟語を使ひ、一定の機械を用意しなければ出来ないものではなくて、今僕が実験してお目にかけた通り、極《ご》く日常的な会話によつてゞも、充分やれるといふことです。昔からの名判官は、例へば大岡越前守といふ様な人は、皆自分でも気づかないで、最近の心理学が発明した方法を、ちやんと応用してゐたのですよ。』

（「新青年」大正14年2月号）

白刃に戯る火

小川未明

水仙は、あたゝかな春の日を待つて、咲かうと思つてゐました。しかし、無理やりに球を切られて、霜の降る世界に、頭を出さなければならなかつたのです。

彼は、その身震ひのする、怖しい夜を思ひ出さずにはゐられませんでした。裏通りの支那の雑貨を商ふ店さきへ来た、顔の四角張つた老人は、沢山の水仙の中から、一つを選んで、いづこへともなく持ち去つたのでした。

その夜は、星のふりさうな寒い晩でした。一室の裡には、燈火が、しんとしてついてゐました。硝子戸や、雨戸や、さらに厚い壁に遮ぎられて、こゝは街から、遠く隔つた離れ島の如くにも、また、すべての四境から関係の断ち切られた未知の世界のやうにも思はれました。そして、この室の裡に坐つてゐる老人が、この室の主人で、室の中にあるものは、一切、たとへば、書棚でも、燈火でも、机でも、火鉢でも、あらゆるものは、主人の命令どほりに従はなければならぬ運命を持つてゐるもの、如く思はれました。そして、いま、畳の上へ転げ出された、水仙を、いや応なしにこれから主人の言ひつけ通りにしなければならぬもの、如く思はれました。しかし、曾て、さういふ約束をしたことがあるでせうか。さう思つても、こゝに来たからには、自分はしなくても、させられるので自分の意志といふものは、ないも同じなのでした。たゞ、ぢつと黙つて、成行を見てゐるばかりでした。

それにしても、なんといふ静かな晩でせう。天井裏を走る鼠の足音一ついたしません。風も、外には、吹いてゐないやうです。いま老人は、ちよつとこの室にゐなかつたので、吊下つてゐる燈火が、主人の代りをつとめるやうに、こゝにあつた一切の物の上に光りを投げてゐます。しかし、何といふ、やさしみもない、あたゝかみもない、神経質な光りでせう。水仙は、光りを好いてゐましたけれど、この光りにだけは、すこしの好意も、また親しみも持つことができませんでした。従つて、笑顔などを微塵も見せる気にはなれなかつたのです。

光りといふものは、また、すべて生物を可愛がり、いたはるものでしたのに、この光りばかりは、そんな気ぶりもせず、むしろ冷淡に、乾きゝつた青ざめた色で晒すばかりでした。戸棚や、火鉢や、机は、それでもいゝと思つてゐるといふよりか、そんなことすら感じないやうでしたが、南清の土に培はれ、大河の流域に、芽ぐんで、曾つて日光を呼吸し、海を渡つて来た水仙には、かうしたことをば敏感に悟るのでした。

足音がして、障子を開けると室にはいつて来た老人は、火鉢の前に坐りました。傍に、ぴか／＼光る五六寸の小刀を置きました。刃は、そこに置かれると、ぢつとあたりを見詰てゐます。

「なんで、俺をこんなところへ引出したのだらう。こゝにあるどんなものを切れといふのか。俺は、もう長い間、渇いてゐる。何かに、さくりとはいつて、思ひ存分、水気を吸つて見たいと思つてゐる。何を俺れに切らせようといふのだ……なんでも、鋭利な俺は、触れたなら切つて見せるぞ」かう、小刀は、言つてゐるやうに、青光りを放つて、冷たく落付いてゐました。

それとも、戸外に降る、霜の音を、澄んだ頭できゝ分けやうとしてゐたのかも知れません。

机の蔭になつて、水仙は、なる丈け、小刀を見ないやうにしてゐました。できることなら、老人の眼からも永久に隠れてしまひたかつたのですけれど、それはできないことでした。水仙は、たゞ成行に委かせてゐました。そして、運命が、必ずしも自分を見捨てると限つて居るものでないといふことを堅く信じてゐたのです。

この時、誰も、気味悪い小刀に近寄らうとはしなかつたのに、燈火だけが、さも初々しげな様子をして、忍び寄るのを見ました。

「なんといふをかしなといふよりか、珍らしいことだらう……」と、水仙は、息を殺して、見てゐました。

冷たい、これも乾いて、情といふものの見たくもない燈火が、さも処女らしく、面を赧めて白刃に戯れかゝるのでした。

「妾の大好きな、あなた！　どうか、妾といつしよに、かうして、ぢつとしてゐて下さいな」と、言つて、火は、星のやうに澄んだ瞳を白刃の青ざめた、怒りぽさうな顔の上に落しました。「勝手にしたらいゝ」と、小刀は、言つて、彼女のなすまゝに委かしてゐると、燈火は、少女の如く、また赤い石竹の花の絡むがやうにぞつとする白刃にしなだれかゝつたのです。

老人の頭の髪は、灰白色に彩られてゐました。老人は、白刃と燈火の痴情について、気付きません。しばらく、ずつと何事をか考へてゐたのです。

不意に、老人が、水仙を片方の手に取り上げて、さらに、片方の手で、小刀の柄を握つた時、燈火は、慌てて飛び退いたのでした。そして、遠い、電球の中へ戻つて、何が、これからはじまるかと眺めてゐました。

老人は、支那水仙の球を、さくりと切り裂いたのです……。

春の麗かな日になると、いまゝで堅く閉ぢられてゐた、王城の門が開かれるやうに、水仙の花は、自から球を破つて、王様の冠のやうな、また、将軍の胸を飾る勲章のやうな、空の深みにかがやく星のやうな、また、雪の花形のやうな、香気の高い花弁を開くのでしたが、不意に、球のうちにつゝまれて眠つて居るのを晒らし出されて、小さな芽は、痛ましく、寒さのために凍つてしまふかと思はれました。

すべてのものに、生きる力が与へられてゐます。路傍に生み落された犬の子供でも、どうにか大きくなれば、また親を失つても、人間の子供が育つて行くやうに、草でも、鳥でも、木でも、生きて行く力は、不思議な程、強いものです。そして、また、命のある限り、育たうと励まずには居られないのでした。

まだ早く眠りから醒された水仙の芽は、その日から、働きはじめたのです。大きく、大きくなつて、花を開かう。たとへ、世の中はまだ寒く、春が来なくとも、花を開かなければならないと、自分の務めを自覚したのでした。

それに、老人は、酷たらしくも、「もつと早く花を開け！」と、急きたてました。彼は、割いた水仙を水盤に浸して、露台の上に出したりしました。そこでは、本当の暖かな、慈愛にみちた太陽の光りを水仙は受けることができたのです。とはいふものゝ、太陽は、あまりに水仙の頭から、遠方のところにありました。鳶色の雲が、太陽の面を掠めたり、また全く、暗く、空いつぱいに、銀色の雲がはびこつて、その下を、家根を蹴散らして、寒い風が吹く日もありました。そんな時は、また限りなく、水仙は悲しかつたのでした。

何といつても、世界は、冬枯の季節であります。花といふ花はありませんでした。つい、この間まで咲いてゐた菊花も、色が褪せて、黒く朽ちて、露台の片隅に置かれたまゝになつてゐます。鉢の中の土は乾いたけれど殊更に水をやるものもありません。たゞ、花が枯れはてゝしまふまで、その最後を見守つたものは、毎日のやうに、花の盛りの頃から訪ねて来た数疋の虻達でありました。

杏色に、西の空に燃えて、街の家々を見落しながら沈んで行く太陽の余炎が、こゝのバルコニーにも躍る時分、虻は、枯れて、だん〳〵と色の褪せていつた、花のために悲んだのでした。花が、全く、黒く朽ちてしまつてからも、虻はやつて来ました。彼等は、まだそこに懐かしい、ゆかしい菊花の香気がたゞよつてゐるやうに感じたのでした。そして、花の死骸の上に、乾からびた葉の上に止つて、彼等は、眠るやうにぢつとしてゐました。

それから、怖ろしい霜の日がつゞきました。見わたすかぎりの街の家根が、真白に輝いて朝日の光が、凍つた大気の裡に煙るやうな日がありました。哀れな虻は、全く、動かなくなつて、細い、手足をちゞめたまゝ、曾つて朗らかに唄をうたいながら、その上に来て止つたり、蜜を吸つたりした日のあつた、花の死骸の許に、これもはかなく転がつてゐるのが見られました。そして、最後に、たゞ一疋の虻だけが生き残りました。

すべての花が凋んで、寒い風が荒さみ、霜が天地を閉ぢこめるやうな日に、黄色な冠の形をした水仙の花は、誕生をあげたのです。

「生きる力を持つてゐるかぎり、生きなければ止まない」

花の中に宿つた、生命は、雄々しげに叫びました。

星も凍りさうな、寒い晩に、水仙は露台から家の中へ取りいれられもせずに、そのまゝに置かれたこともありました。それがために、水盤の水は、厚く鋼鉄のやうに凍り、細い白い糸のやうな根先は切れ、緑色の葉が、知覚を失ひました。けれど、太陽が、ほんのりと提燈に火を点したやうに、靄の深い空に燃えると、花は、頭を上げて、太陽を眺めました。生れたばかりの花には、希望があつたからです。小さな花は、まだ絶望といふことを知りませんでした。自然は、すべて花の瞳には、憧憬の波の中に漂つてゐる如く思はれたのでした。

空気は、寒く、しかも、太陽は、ずつと遠くても、もうやて春が来かゝつてゐるといふ予感は、この花を勇気付けました。

花は、清らかな姿と、浸み透るやうな香ひを、青々として、鏡のやうに冴え渡つた、空の下で、たゞ独り遠くの笛の音に耳を傾けてゐるやうに、恍惚とした顔付をして、咲いてゐました。

この時、どこからか、一疋の虻が飛んで来て、水仙の花の上に止まりました。

「なつかしい花の香ひをかいで、私は、僅かに気力を恢復することが出来ました。さもなければ、今夜にでも、私は、死んでしまつたかも知れない。でも、こんなに寒いのに、早く、誰が、あなたに花を開かせたのでせう。冷酷な人間の気儘勝手に、無理やりに、あなたは、花を咲かされたにちがひない。一度花を開いたからには、二度ともとのやうにはならないといふことを、よく知つてゐる癖に……そして、この家の老人は、人間のうちでも、我儘で、自分勝手で、冷酷だと言はれてゐます。だが、あなたは、春の魁でした。ぢきにほんたうの暖かい春がやつて来ます。私は、前の時代に、とつくに死んでしまふ身であつたのでした。友達等がゐなくなつたのに、幸か、不幸か、独り生き残つてゐるために、あなたとかうして、話をすることもできるのです。あなたは、いましがた咲いたばかりで、世の中のことは、何も、かも珍らしいのにちがひない……」と、虻は、蕾の沢山についてゐる水仙に向つて言ひました。

「どうぞ、私に、世の中のことを話して下さい。誰も、あなたが、こゝに休んでゐなさるのを妨げるものはないでせう。それに、まだ太陽は、あんなに高いし、光線が、こゝにもよく当つてゐますから……」と、水仙の花は答へたのであります。

町の広やかな通りに面して、一軒の大きな家があり、その家の周囲には、高い石垣が繞らしてありました。

冬の黄色味がかつた、日の光りは、いつも埃の家根にかゝつたやうな家を照らし、人や、車や、馬などの往来する白い路の上を照らしてゐましたが、また、この冷たい石垣の片側にも当つてゐたのです。冷たい石の面はいくら光線を吸ひ取つても、吸ひ足りないといふ風で、日の光りは、奥底の知れない、鼠色にくすんだ石の内へ吸ひ込まれてゐました。それでも、石は、ほんの僅かばかりの温味しか、持たなかつたので、無表情な顔付をして厳めしさうに、人間を見下してゐました。

しかし、この僅かばかりの温味に、小さな体を暖ためようとするものか、それとも、こゝにぢつとして止まつてゐて、脊中を太陽の光りであたゝめようとしたものか、一疋の虻が、力なげに一つの石の面に、うすい羽子を輝やかしながら止つてゐました。

この時、石垣の際で、少し程隔つたところで、ガヤ、ガヤ言ふ人間の声がきこえ、笑ひ声が起り、また、鐘を鳴らす音がしたりしました。

顔の黒い、まだ若い支那人が、路傍で奇術をやつて、みんなを笑はせてゐるのです。

「こゝに、球二つある。これに茶碗かぶせる――――こちらの茶碗の内、何にもない。いまこの球こちらに移す。実に、不思議――よく見てゐて下さい」

彼は、赤い球を二つ一方の茶碗の下にいれました。それから、日本語、支那語、ロシア語で、掛声を、別々にかけて、みんなにきかせたりしてゐました。たとへ、生れた国は支那であつても、少年の頃から、かうして、諸方を流浪して、ある時は、西比利亜の平原の中の小さな町で、人々を集めては、かうして笑はせ、時に、夕日に赤く、旅の愁しみの刻まれた顔を彩らせたこともあつたと思はれました。

「ヤー、パッ!」

これを見てゐるみんなは、あまり不思議なので、いつしか笑ふよりは、黙つて、歎声を洩らしたのでした。

同じやうな藝当を、二三番もつゞけると、見てゐる人々から、

銭を地面へ投つてやりました。若い男は、その銭を大急ぎで拾つて、

「ありがたう……」と、いつて、頭をぺこ〳〵下げてゐました。

一人の労働者風の男が、石垣の方へ寄つて来て、凭れながら、

「あんなに魔法が使へるものなら、なぜ、銅貨でも、銀貨でも、魔法でこしらへないものかな」と、さも、金銭ばかりは、どうにもならないのが、却つて、不思議だと言はぬばかりに独語をしました。

「さあ、こんどは、大変むづかしいあります。こんな大きな鉄の球ある――なか〳〵口へはいらない。口小さい。これを口へいれる、呑む――まちがへば、死んでしまふ――」

この時、さかんに、鐘の鳴る音がしたのでした。

石垣の面に、ぢつとして止まつてゐた虻は驚いて、飛び立ちました。虻は、ぐる〳〵と大きな輪を描いて、三四遍中空を廻はりましたが、バルコニーの方から、清らかな香の流れて来るのをきゝつけて、そこに飛んで行くと、水盤の中に、水仙の咲いてゐるのを見付けたのでした。

この家の門前に於ける午後の物語りも、虻は、水仙に向つて話しますと、水仙は、

「支那人の奇術師ときいて、私は、故国をなつかしく思ひます。なんでも、私が、まだあちらの土地にゐる時、ある夏の日のこと、流れへ、赤い着物を被た、十二三歳の子供の死骸が漂つて来ました。人間の語るのをきいてゐると、円い球を呑んで、死んだといふことでした。奇術師の親方が、月夜の晩に、こつそりと、その死骸を河の中へ投げ込んだのだといふことでした。支那の町には、いろ〳〵な奇怪な事件があります……」と、言つて、同じ流浪の悲しみを水仙は深く味つてゐる如くに見えました。

太陽の光りは、赤い硝子球を微塵に砕いたその刹那のやうに、地平線に沈みかけてゐました。青い空は、奥深く、暗色を帯んで、その下に街の建物は、凹凸に頭を擡げてゐました。

「また、今夜は、寒さうですね。あなたは、こんな日には、いくら冷酷な主人でも、室の裡にいれてくれますから、ほんたうの寒さをお知りにならないけれど、私は、多分、今夜にでも、霜に晒らされて死んでしまふかも知れません。また、命があつたら、明日たづねて来ますよ」と、虻は、名残りを惜みながら言ひました。

水仙の花は、日蔭になつて、冷たくなつた水盤の水に、その姿を映しながら、

「なんで、あの室の裡が、いゝものですか？　あの神経質な赤い燈火、いつも眠つてゐるやうな茶棚、机、そして、自分の体をサクリと切つた小刀のあるところが、なんでいゝものですか。私は、あの赤い温味のない燈火に照らされると、眼暈がしてきます。しかし、あなたは、もう、年をとつて、疲れておゐでなさるから、霜の怖しいのは、無理もありません。私の葉の蔭に、

しつかりと摑まつておゐでなさい。人間の眼は、そこまでは達しない筈です………だが、あの赤い燈火に驚いて、私の体から離れたら、最後、あの冷酷な主人は、きつと、あなたを叩いて殺してしまふでせう」と、水仙の花は、言ひました。

　虻は、これをきくと、しばらく、どうしたらいゝだらうかと躊躇してゐましたが、

「今夜は、あなたの葉の蔭に、止まらして下さい」と、頼んで、水仙の花の下をくゞつて、葉蔭の裡に、身を潜めました。

　顔の四角な主人は、日が沈むと水仙を室の中へ取りいれました。

　温味に乏しい、ヒステリカルな電燈は、室の裡を明るく照らしてゐました。何が、この室の中へはいつて来たか、一度は、燈火は水盤を注意深く照らしましたが、いまでは、全く珍らしくもない、水仙の花なので、「お前か」と、いはぬばかりに、燈火は冷淡に見えました。そして、一枚、一枚、緑色の葉を分けて、詮索するやうなこともしませんでした。

　主人は、火鉢に向つて、何を頭の中に考へてゐるか、しばらく、ぢつとしてゐました。多分、悴のことを思つてゐたのでせう。幾十万といふ巨額の富を有しながら、金のために親と子の間柄が、至つて面白くないのでした。それで、悴は、いま、外に出て下宿をしてゐます。ある時、主人は、抱への弁護士に向つて、

「どうしたら、私は財産を、安心して持つて行くことができようか。悴の処置を何とかしなければなるまいが？」と、秘密に、相談をしました。すると、脊の低い、陰険な目付をした弁護士が、前へにぢり出て、しやがれた、低い声で、

「いよ〳〵の場合は、気狂として、座敷牢にいれてしまはれることです………さうすれば、いまゝでの心配はありません」と、言ひました。

　主人は、膝を叩いて、

「決して、一言も、外へは洩らすまい！」と、言ひました。

　多分、主人は、その悴のことを考へてゐたのでせう。さもなければ、金を儲けるについて、他の人の思ひもよらない、奇怪な手段についてかも知れません。

　そこへ、足音がして、静かに、一人の女中がはいつて来ました。女中は、怖る〳〵手を畳の上へ突きながら、

「ちよつと檀那様にお目にかゝりたいといつて、妙な男が玄関に立つてゐます。いまお留守だからと申しますと、お帰りまで、こゝに待つてゐると申します」と、告げたのでした。

　これを聞くと、主人は、急に、額際に八の字を寄せて、厭な顔をしました。

「いつたい、どんな風体の男だ」

　女中は、膝頭で自分の体を支へながら、飽迄言葉を丁寧にして、

「先刻、お婆さんが、門の前で、支那人の奇術を見てゐる時に、石垣に依りかゝつてゐた男ださうです。ちよつと見ると、労働

者風の男でございます」と、答へました。

主人は、舌打をしました。

「あんな、手品などを家の門の前でやられては協はない。明日にでも警察へ言つて、追払つてやらう。その男といふのは、支那人ぢやないか？」

「いゝえ、日本人のやうでございます」と、女中は、言ひました。

主人は、憤然として起ち上りました。

「ヨシ、俺が、一つ遇つてやらう……」

彼は、足音高く、女中の先になつて、梯子段を降りて行きました。つゞいて、女中が、室から立去つたのであります。

室の裡は、しんとしました。街の中で起つてゐる何の物音も、こゝへはきこえて来ませんでした。あの高い石垣があつて、この家を取り巻いてゐるからかも知れないが、しかし、バルコニーへ出たら、街の家々の火や、また遠くの物音もきかれるであらうと思はれます。

「きつと、昼間、私の見た労働者にちがひありません」と、蛇が、葉蔭から、水仙の花にさゝやきました。

水仙の花は、だまつて、たゞ、ちよつと頷いたやうにも思はれました。

「何しに来たのでせう？　あの時も、魔法でお金を造ればいゝに、金銭ばかりは、さうはならないものかと言つてゐましたから、きつと金をもらひに来たのかも知れません」と、蛇は、言ひました。

水仙の花は、やはり黙つてゐました。そして、「もう夜だから、何事も話をしてはならない。たゞ、心の中に、さう思つてゐればいゝ。明日、また、外へ出て、太陽の光りの照らした時に、ゆつくり話をしませう」と、言はぬばかりに、様子をして見せました。

しばらくしてから、主人は、室に戻つてまゐりました。しかし、その顔色は、何となく不安と憤りのために、青白く震へてゐるやうに見えました。

「あんな図々しい奴は、また、いつか強迫に来んとも限らない。今夜にでも、強盗となつて、押込まんものでもない。それはいゝが、火でも付けられた時には大変だ。早速、警察へ届けて置かなければならぬ」

かう言つてゐました。主人は、それでも、まだ、何となく心が落付かないといふ様子で体をもぢ〳〵さしてゐました。

「太い奴だ。よくも図々しく、金をよこせなどと言へたものだ。骨を折つて貯蓄した金の中から、たとへ一銭でも、あいつ等にくれてやる理由があるものか？　さうだ、今夜はこの匕首を枕の下にいれて置かなくちや」と、言ひました。

主人は、抽斗の中から、いつか水仙の球を切つた小刀を取り出しました。それから、鞘を脱つて、白刃を眺めました。

青光りを放つて、乾き切つてゐる刃は、

「人間を切りたくつて、切りたくつて」と、渇いた、細い声で言ひつゞけてゐました。

白刃を見ると、忽ち、ヒステリカルな燈火が走つて来ました。

「なぜ、もつと、早く、顔を出して見せてくれなかつたの？」

あたゝか味のない、それでゐて、白刃を見ると、急に、情人に遇つたやうに、はしやぎ切つた、赤い火は、蔦の絡らむやうに、また石竹の蔓のまつはるやうに、凄い、切味の極めて寒さうな白刃に戯れてゐたのでした。

翌日、太陽の当るバルコニーで、虻と水仙は、前夜のこの有様を思ひ出して、どんなに気味悪く感じながら語り合つたでせう。殊に、水仙は、前に自分の切られた記憶もあることだから、さまでには思はなかつたが、虻は、魂消てしまつたのでした。

主人は、露台に出て、日頃から、密かに、双眼鏡を目にあてゝ、あちらの角を曲つて、家の横手の路を歩るいて来る年若い婦人を眺めることを楽しみの一つとしてゐました。

そんなことゝは知らずに、無心に、女達は大胯に歩いたり、俯向きながら、着物の裾が足に絡らむのを気にしたり、また、何か考へながら、ぢつと前を向いて行つたり、何か、思ひ出したやうに、なかには、微笑みながら行くものもあつたのでした。

彼は、科学者が、鋭い、細心な観察を遂げる時の態度と同じやうに、真剣に、女の顔や、胸をレンズの中に収めて、息を殺して見詰めてゐました。その双眼鏡は、余程精巧なものであつたに、ちがひなかつたのです。

水仙の花には、人間が、どんなことをして興味を感じてゐやうと、自分の生存には、何の関係もなかつたのでした。時々、空に灰色の雲が出て、日の光りを遮ぎるので、花は、そのたびに暗くなると、憂鬱を感じたのでありました。

双眼鏡を目に当て、あちらの町の角の方を見てゐた主人は、不意に、慌たゞしげに叫びました。

「強請に来た、あの悪い奴が行く……早く警察へ知らせてやらう……」

かう言つて、彼は、露台から、家の内にはいると電話室の方へ降りて行きました。

そのあと、この時まで、水仙に止まつてゐた虻は、少しく、日の当るところへ這ひ出て「何か、はじまりさうですね。どれ、私が、見てまゐりませう……」と、言ひ残して、虻は、人や、車や、馬や、自動車や、いろ〳〵の影が動いてゐる、賑かな往来の方へと飛んで行きました。

町には、店によつて、きら〳〵と、すでに火影の閃いてゐたのもありました。垣根の上から、路傍へ、一本の樫の木が、枝を垂れて、西に傾いた日の光りを、去年からの黒ずんだ葉に浴びてゐました。

虻は、その霜に染つて、色づいた葉の面に止りました。そして、歩るいて来る労働服を被た青年が、果して、あの家の門の石垣に凭りかゝつてゐた、同じ男かと見守つてゐたのでありました。

その青年は痩せてゐました。頭髪は軟らかに額際で巻いて、どことなく病身らしく見えました。全く、昨日の男とは、異なつてゐました。

「あの主人は、何を見違へてゐるだらう？」と、虻は、思つたのです。

この時、あちらから急ぎ足で、警官がやつて来ました。いま歩るいて行く青年の後を追つて来たといふことが直に分りました。

「オイ、待て！」と、いきなり警官は、うしろから呼び止めました。

青年は、ちよつと立止つて、うしろを振り向きましたが、呼び止められる覚えがなかつたので、自分でないと思つたらしく、また、歩るいて行かうとしました。

「オイ、待て！　待たないか？」

警官は、腹立たしさうに言つて、佩剣を左手で摑んで駆けて来ました。

青年は、道の上に立止つて、神経質な眼できつと警官を見ました。

「何ですか！　僕にですか？」

「分つてゐる！　ちよつと、いつしよに来い」と、言つて、警官は、青年の腕を捕へました。そして、あちらへ連て行かうとしました。

青年は、一歩も、そこを動くまいとしました。

「僕は、行きません。連れて行かれる理由がないからです！」

青年は、摑まれた手から、体を自由にしようと、反抗しました。

「ヨシ、抵抗するつもりか！」

警官は、威丈高になつて、青年の腕を握りながら、小突きました。だん〳〵群集が、囲りへ寄つて来ました。

やがて、青年は、怨みを呑んで、警官に連られて、夕日の彩る街を行つたのであります。

虻は、水仙のところへ戻つて来ました。そして、見て来た儘を告げると、

「主人は、強迫されてから、怖しく、誰を見ても、昨日の男に見えるのです」と、水仙は、冷笑ひました。

其夜、主人は、水仙を露台に置いたまゝ取りいれませんでした。それどころではなかつたからです。夜中に、星の下で、憐れな虻は、とう〳〵死んでしまひました。

――一九二五、一作――

（「中央公論」大正14年3月号）

ぶらんこ

岸田国士

夫

妻

夫の同僚

茶の間——朝

妻。(チャブ台の上に食器を並べながら) あなた、さ、もう起きて下さい。

夫。(奥より) 起きてるよ。一体何時《なんじ》だい。

妻。毎朝、わかつてるぢやありませんか。

夫。そんな時間か。

妻。いやね。どんな時間だと思つてらつしやるの。

夫。(跳ね起きるらしく) さうか。(間) カマキリは、まだ来ないだらう。

妻。(あたりに気を兼ね) およしなさいよ、そんな大きな声で………。

夫。(現はれる) 昨夜《ゆふべ》はね、素敵もなく面白い夢を見たよ。

妻。(相手にならずに) 歯磨のチューブが破れてるから、気をつけて頂戴。

夫。(台所へ行きながら) 鼠は出なかつたかい、昨夜《ゆふべ》は。

妻。(相変らず膳の上に気を取られて) あなた、昨日《きのふ》の朝、何処へお置きになつたの。昨夕《ゆふべ》お湯へはいらつしやらなかつたし……。

夫。(楊子を使ひながら) 今日は、一つ、風呂へはいるかな。

妻。もう駄目ね、一昨日《おとゝひ》の午蒡は……。

夫。さあ……。おれも、今迄、いろんな夢を見たが、これくらゐ不思議な夢を見たことがない。

(間)

実に愉快な夢なんだ。

妻。手拭はあつたの。

夫。あつた。

夢だからつて馬鹿にはできない。

おれが、かう云ふと、お前はすぐに、夢があてになるもんですかと来る。

それや、夢で金持ちになつたからつて、何も、ほんとに、金持ちになると限つちやゐないさ。

そんなことを、あてにする馬鹿があるもんか。

(間)

夫。蔥……今日は、蔥の汁か……。

さうか。

妻。蔥が煮え過ぎても知りませんよ。

夫。夢は、どこまでも夢さ。

それでいゝんだ。

処で、夢といふやつは、空想とは、また違ふんだ。

夢は、やつぱり、一生のうちで、実際に在つたことなんだ。

眠つてゐる間に、ちやんと起つたことなんだ。

（顔を洗ふ音。やがて、手拭で顔を拭きながら現はる。妻は、入れ違ひに、台所から釜を提げて来る）

妻。お櫃《はち》をもう一つ買ふのね。

夫。（手拭を釘に掛け、長火鉢の前にすわり）煙草を一つぷく喫《す》ひたいな。

妻。いゝわ、時計と相談してね。

夫。（煙草に火をつけながら）まだ、大丈夫。（外を見るやうにして）好い天気だな。

（間）

つまり、夢に対するおれの興味は、夢そのものゝ面白さに在るんだ。

妻。（飯をよそふ）

夫。夢は、おれを退屈さから救つてくれる。

夢は、おれに、人生の木蔭を教へてくれる。

妻。（汁をつける）

夫。昨日《きのふ》と今日《けふ》……今日と明日《あす》……その間に、おれは、金のかゝらない旅をする。

楽しい旅だ。

おれに取つて、夢は、現実の一部なんだ。

希望だとか、理想だとか……そんな空虚なもんぢやない。

妻。（箸を取り上げ）あなたは、よくさう、夢が見られるのね。

夫。羨ましいか。そこで、昨夜の夢だが……（箸を取る）

妻。その前に、此の間の出張手当を、早く取つて来て頂戴。

夫。あ、さうさう。九円七十銭……こいつこそ、夢でもいゝ……と、思ふのは間違ひで、今日は、是非、取つて来る。

（沈黙）

妻。今朝は、卵なしよ。

夫。どうして。

妻。買つとくのを忘れたの。

夫。よし、さう出なくつちや……。

「忘れた」

何んといふ好い言葉だ。

一切の醜さ、一切の暗さ、一切の苦しみ、恐ろしさを覆ふ言葉だ。

忘れてくれ、忘れて……何もかも、忘れてくれ。

妻。（きまりが悪るさうに）あら、ほんとに忘れたのよ。

夫。ますますいゝ。（間）それに、今日の飯は、上出来だ。

妻。（強いて笑顔を作り）炭がね……。

夫。（妻の顔を見て）あ、ほんとだよ。
妻。さう？……（涙ぐむ）
夫。馬鹿、馬鹿……お前は、夢を見ないから、いけないんだ。
たまに見れば、下らない夢しか見ない。
妻。だつて、どんな夢が面白いんだか、わからないんですもの。
夫。なるほど、いつか話した夢は、あんまり込み入つて、、お
前にはわからなかつた。
わからなかつたから、面白くなかつたんだ。
昨夜《ゆふべ》のは、きつと、わかる。わかるやうに、話してやる。
お前は、おれの妻だ。おれが、どんな夢を見たか、
それくらゐのことは、知つてなけれや。
妻。（夫の茶碗を取り、飯をつける）たくさんつけてよ。
夫。おい、おい。
妻。また、お昼までに、お腹《なか》が空《す》くわよ。
夫。（茶碗を受け取りながら）それは、まだ、おれが小さい時分の
ことらしい。
小さいと云つても、十六か十七……
変に、世の中が寂しい頃だ。
（間）
いつも云ふ通り
おれには、友達といふものが無かつた。
遊ぶと云へば
一人で
蜻蛉を捕るか
冬なら
日の当る裏山の斜面で
遠くの森を
毎日毎日
絵にかく――
それが楽しみだつた。
妻。いやよ。そんなに、お醤油《したじ》をかけちや。
夫。おれは、子供の時分、よく醤油を、飯にかけて食つたよ。
妻。毒だわ。
夫。お前は、何んでも、毒にしちまふね。
そこで、その夢だ。
おれは、あてもなく
その森の中へ、はひつて行つた。
毎日、絵にかいた、その森さ。
夜《よる》なんだよ、それがね。
妻。それより、こつちのが漬かり加減よ。
夫。夜なんだ、それが……
奥へはひつて見ると
森は――その絵にかいた森は
とてつもなく、大きな森なんだ。
露西亜か、南米か……
そんな処に在りさうな

人跡未到の大森林さ。
妻。（何か云はうとする）
夫。まあ、黙つて聴いてろ。
夜なんだぜ、それが……。
おれは、怖いとは思はなかつた。
ちつとも怖いとは思はなかつた。
たゞ、むやみに、悲しかつた。
おれは、不図、自殺を思ひ立つた。
妻。もう沢山、そんな話は……。いゝの、あなた、そんなにゆつくりしてゐて……。
夫。いゝから、しまひまで聴け。
自殺を思ひ立つた。
そこで
一本の樹の枝を見つけて
それへ帯をひつかけた。
頭の上で、その両端《はし》を結びつけ
いよいよ
首を吊らうとしたんだ。
妻。（顔をそむけ）あなた！
夫。いゝか
するとだよ……
すると、誰かゞ、後ろから、おれの肩を叩くぢやないか。
妻。人がゐたの。
夫。人なもんか。可愛い娘さ、それがね、十二三の……。
笑ひながら、おれの顔を見てるぢやないか。
（間。妻は夫が膳の上に置いた茶碗を取つて再び手に持たせる）
見てるんだよ。
どつかで会つたことがあるなあ——
さう思ひはしたが、どうしても思ひ出せない。
妻。あとで、わかつたの。
夫。待て待て。
（急いで飯をかき込み）
すると、向うから、馴れ馴れしく
——何にしてるの——つて訊《き》くんだ。
おれは
ブランコをこしらへてるんだつて云ふと
——ぢや、一緒に乗つて、遊びませう——つて云ふから
おれは
帯が、これぢや、短か過ぎるつて云つたんだ。
妻。（吹き出す）そんな……。
夫。（真面目に）さう云つたんだ。
（間）
すると
——そんなら、あたしのを繋ぎませう——つて
メリンスの、赤い帯をほどくんだ。

妻。(笑ふ) いやよ。
夫。ほどくんだよ。
(間)
仕方がないから
ブランコをこしらへて
二人で乗つたよ。
(間)
木の幹がぐらぐらツと揺れる。
頭の上で、だしぬけに、けたゝましい羽ばたきが聞えたと
思ふと……森中の鳥が、一どきにガヤガヤと啼き出した。
二人は
思はず、ブランコの上で抱き合つたさ。
妻。(やゝ暗い顔になり) もう、お茶……?
夫。お茶だ。
(間)
お茶だけれど……
それから先さ、面白いのは……。
妻。ぢや、その先は、今夜ね。もう、靴を穿く時間よ。
夫。今日は、ブルドックにしよう。磨いてあるね。
妻。(起ち上つて洋服を出す)
夫。(それとなく、妻の方を見ながら) その時だよ、その娘の顔を、
よくよく視たのは。
わからない。が……誰かに似てるんだ。
どこかで見たか、会つたか、話しをしたか……。
妻。(靴下を検めながら) 今日は、何処へも上らないでせう。
夫。上らない……つもりだ。む、待つてくれ……よし、上らな
い。
兎に角
何時か、何処かで、どうかした女なんだ。
誰だと思ふ。
妻。わかつてますよ、そんなこと。さ、また、待つて頂くのは、
お気の毒ですわ。
夫。誰だと思ふ。
妻。誰でもよござんすよ。
あなたは、いつでもよ……朝の忙しい時に限つてそれなん
ですもの。
晩なら、もつと、ゆつくりするでせう。
夫。ゆつくりする。
しかし、もう、印象が新鮮でない。
頭の後ろの方が、まだ、夢に漬かつてゐるやうな朝の気持
……
こいつは、晩まで、もたないよ。
事務所の、埃臭い空気を吸ふと、もう、駄目だ。
恐ろしいものさ。
帰つて来て、お前の顔を見ると、それや、元気は出る。
元気は出る……が、たゞそれだけだ。

お前は、あんまりはつきり見えすぎるよ。

（間）

しかし、もう着換へるよ。

カマキリの奴、今日は遅いぢやないか。

（茶を一と息に飲み干し、起ち上つて、着物を脱ぎ始める）

妻。（手伝ひながら）もう、これぢや暑いわね。

夫。（喉の奥から妙な声を出して唱ふ）

タラ　ラ　ラ　ラ　ラア
タララ　タララ　タララア
タララ　ラ　ラ
タララ　ラ　ラ
タラ　ラ　ラ　ラ　ラア
妻。（服の塵を払ひながら、優しく放げ出すやうに）

何を無茶苦茶歌つてるの！

夫。無茶苦茶だ？

自分が知らない歌はなんでも無茶苦茶か。

（間）

処で、お前は、わかつてると云つたね。

その娘が、似てゐるといふ女は、誰だ。

をかしいぢやないか……。

だつて、おれが、お前を始めて見たのは、お前が幾歳《いくつ》の時だ。

十九か……

いや、二十か……

さうだね。

お前が十二三の頃は、どんな顔をしてゐたか、それが、おれに、わかる筈はないぢやないか。

妻。写真を見たでせう。

夫。さうか……

なるほどね。

お前は、また、恐ろしく、落き着き払つてるね。

痛快だよ……しかし……

疑ひも、そこまで、無くなれば。

序に、おれが、どんなに幸福かといふことも信じてほしいね。

妻。あたしも……幸福よ。

夫。うまい、うまい、その調子……。

（間）

い、かい
その娘が、どこか、お前に似てるんだよ。

い、や、それより、お前そつくりなんだ。

つまりお前なんだ。

しかし、そこが、夢の面白い処さ。

おれは、さう気がついて、驚きもしなければ、まごつきもしない。

十六のおれは

十二のお前を抱いて
悠々
ブランコの上で夜を明かした。
妻。はい、チョツキ。
夫。ブランコは
力を入れないでも、楽に漕げた。

（間）

房々したお前の髪の毛が、前にかゞむ度毎に、おれの顔に、もつれかゝる。
お前は、それが面白いと云つて、わざわざ顔を近づけて来るんだ。
妻。（笑ひながら）まあ……。
夫。ブランコは
ひとりでに、揺れてゐるやうだつた……。

（間）

木の葉を漏れて来る薄明りが
仰向くたんびに
今度は
お前の顔を銀色に染めるんだ。
おれは
貪るやうにお前の眼を見つめた。
……お前は、やつぱり、笑つてゐるんだ。
妻。（夫の肩に頭をもたせかける）

夫。が、やがて、お前は、うとうと、眠り出した。
おれも、うとうと、眠り出した。

（長い沈黙）

それから先は、お前が知つてゐる通りなんだ。
勿論、世界は、丸で違ふさ。

（間）

さうさう、覚えてるかい……
あの翌朝、おれたちは、すぐ、この家へ引越して来たね。
なんだ、これや（部屋ぢうを見廻す）
これでも、人間の住む家か……
人間が愛し合ふ家か。

（間）

処が、昨夜はさうぢやないんだ。
森だと思つたのは、宮殿さ。
ブランコのつもりでゐたのは、やわらかな、あたゝかい、天鵞絨の吊床なんだ。
妻。吊床つて、なあに。
夫。吊床を知らないのか。吊床さ、そら……大人《をとな》の寝る揺籃《ゆりかご》さ。
妻。宮殿なの……？
夫。うん……。
その宮殿が、決して、ありふれた、お伽噺式の宮殿ぢやない。

（外の格子戸が開く音）

声。おい、まだか。

妻。(惶て、夫の肩より離れ)それ御覧なさい、また遅れたわ。

夫。(惶て、チヨツキの釦をはめながら)いやいや、遅れない。(大声にて)なんだ、やつぱり行くのか。今日は休むのかと思つてた。

声。どら……。

(声の主、茶の間に首を出す)

妻。あら、いけません、こんなとこへ……。

同僚。おや、もう、帰つて来たのか。や、奥さん、お早う。

妻。いくらせかしても、これですの。

夫。丁度いゝ。まあ、話の先を聴け。その宮殿と云ふのが、決して、ありふれた、お伽噺式の宮殿ぢやないんだ。

妻。(上着を着せながら)そこは違ひますよ。もつと上……。

夫。宮殿といふ言葉は悪いかも知れない。一切の装飾が、たゞ、住むもの、為めの装飾なんだ。

同僚。面白いぢやないか。しかし、さういふ装飾があり得るかね。

夫。あり得るさ。第一、吊床が奇抜なんだ。そのブランコさ、つまり……。

同僚。どのブランコ……。

夫。どのつて……。

妻。いやな片桐さん、ほん気になつて聞いてらつしやるわ。(夫に)およしなさいよ、もう、あなた。

同僚。一体、何の話だい。

妻。夢なんですよ、この人の……。そら、例のですよ。

(夫にハンケチ、時計、金入などを渡す)

同僚。なあんだ、さうか。

夫。君は、しかし、夢の面白さがわかる男だ。たゞ、自分では、一向、見ないやうだね。

同僚。見ない。処で、奥さん……。

夫。君は、ブランコに乗つたことがあるか。

同僚。ないよ。実はね……。

夫。よしよし、その話は後で聴く。昨夜の夢といふのはかうなんだ。

(巻煙草に火を点けながら)

おれが、まだ、十六七の頃……世の中が、変に、かう、寂しい頃だ。

(玄関の方に行きながら)

それでゐて、いろいろの事を、知るともなしに、覚える頃だ。

(姿が消える)

同僚。実はね、君、弱つたことになつたんだ。

夫の声。弱ることはないぢやないか。

妻。(玄関に出る)

同僚。(起き上らうともせず、言葉つきは夫に、心持は妻にと云つた具合に)いや、それがね、急に、国から、おやぢがやつて来るつて云ふんでね。やつて来るのは、かまはないが……。

夫の声。さ、行かう、行かう。

同僚。行くさ。そこで、どうでせう、奥さん、今晩だけ……。

夫の声。いゝよ、いゝよ。どうにかなるよ。さあ……（同僚の手を引張るらしく）おれの夢を聴いてからにしろ。

同僚。（起き上る。姿がかくれる）それがね、奥さん……。

夫の声。よし、よし、こいつの知つたことぢやない。さ、出ろ、出ろ。

妻の声。まあ……（と、何かに驚いて）行つてらつしやい。

（格子の閉ぢる音）

妻。（現はる。長火鉢に向ひ頬杖をつく。ひとりでに、微笑がうかぶ）

夫の声。（やゝ遠く）そこで、おれは十六の少年だ……。

世の中が

変に……

おい、何処へ行くんだ。

同僚の声。一寸、待て……急用だ。

夫の声。こん畜生……早く、しちまへ。人が来るぞ。

——幕——　（一四・三・三）

作者附記

此の戯曲の上演には、開幕前より閉幕後に亘つて間断なく演奏される音楽が欲しいと思ひます。

その音楽は、特に此の戯曲の為めに作曲されたものであることを望みます——例へばビゼエの「ラルレジエンヌ」のやうな。可なりビュルレスクなものであつてもいゝし（ストラヴィンスキイの「ペトルシュカ」の如き）、さもなければ、十八世紀風の、軽快なファンテジイに富んだ曲であつてもいゝ。

慾を云へばオーケストラでせうが、それはピヤノ伴奏のヴィオロン・ソロでも差支ありません。

僕は作曲家を一人も識りません。誰にお願ひするにしても、自分の気に入らないやうなものになり、それを断るにも断れないといふ義理に絡まれるのはいやですし、一層、これからと云ふ若い方が、此の戯曲にいくらかでも興味をつないで、試みに作つて見たと、かう云つて出来たものを見せて下されば、さういふ機会を待ちたいと思ひます。

（「演劇新潮」大正14年4月号）

未解決のまゝに

徳田秋聲

一

　初めて其の女が訪ねて来たとき、融《とほる》は玄関に近い茶の間にゐた。その頃彼は少し不如意のことがあつて、場末の借家に逼塞してゐたが、そんな時に限つて、兎角悪事の報ひが見舞つて来たりするのであつた。聞きなれない女の声がするので、妻のおみねが出て行つて、そつと襖の陰から見透してゐた揚句、二人の間に余所々々しい応答が取交されてゐたが、女は戸の外に立つてゐるので、言葉は聞取れなかつたが、融には直きに想像がついた。

「変な人が来ましたわ。」おみねはやがて其の女を帰してから腑におちない顔をして融の傍へやつて来た。

「秋山さんの所を聞きに来たんですけれど……。」

　成程！と融は思ひ当つた。秋山は以前同じ社にゐたので、カフヱにゐたその女を彼もよく知つてゐた。女は遠慮して、わざと秋山へ迂廻したのであらうが、融には厭な感じがした。

「ふん。」融はわざと外方《そつぽう》を向いてゐた。

　女がまさか玄関へ姿を現はさうとは思はなかつた。勿論手紙は受取つてゐたけれど、わざと返事はしなかつた。取着端《とりつきは》がないので仕方なし遣つて来たのであらうが、一度道がつくと、また遣つて来るかもしれないと云ふ不安が、彼の心を暗くした。

「秋山さんあんな女知つてゐるんでせうか、何だか変な女ですよ。様子が判りませんから、わざと教へてやりませんでしたわ。貴方を知つてゐるんでせうか。」

「さあ、どんな女だか。」融は悦けてゐたが、恥かしく思つた。

「何だか裏店《うらだな》のお神さんみたいですわ。それに大きいお腹《なか》をしてゐるんですもの。」

　融は痛いところへそつと触られるやうな気がした。ちやうど一月の末だから、六月位になつてゐる勘定であつた。そんな腹をしてまさか東京へ帰つて来はしまいと思つてゐたのに、二度ばかり寄越した手紙によつて、到頭田舎にも居堪らなくなつて、暮に帰つて来たことは融も知つてゐた。一度見に行つてやらうかとも思つてゐたが、因縁がつくと煩いと考へたので、気にかゝりながら放擲《うつちや》り放《はな》しになつてゐた。

　融はその女と、去年の夏頃郊外の彼女の家で、二三度逢つたことがあつた。今は死んでしまつた知人の越智のものに一時《じ》なつてゐた女で、越智が関西へ行つてから、人の妾となつたことは融も薄々耳にしてゐたけれど、それはもう余程古いことで、融がおみねと同棲して三年ばかり経つた頃のことであつた。一度能く似た女を浅草の人込のなかに見出して、変な気持になつたことがあつたほど、彼はその顔や様子が好きであつたが、生れつき嘘つきで、平気で見えすいた嘘をついては、其場々々を胡麻化すことを何とも思はない、同時に気の多い、男を操ることの上手な女であつた。何うみても娼婦型で、少し附合つてゐると厭気がさすのであつたが、十八九時分の彼女は、白い滑《なめら》かな皮膚と、よく均斉の取れたしなやかな体と、潤みをもつた目や、脹らみのある顔や顎などで、人好きのする様子をしてゐた。で、融も彼女と二人きりで、近い海岸の温泉宿へ行つたこともあつた。

去年の夏幾年ぶりかで、彼はその女の手紙を受取つた。あれ以来長いあひだ横浜や神戸へ行つてゐたが、この頃ちよつと東京へ出てゐる。余り久しく逢はないし色々話したいこともある。四五日してから神戸へ帰るつもりだから此手紙を見次第済まないけれど来ていたゞきたい。そんな意味で、その所も名前の傍に書いてあつた。彼はその女が何んな風に変つたか、何んな生活をして来て、何んな境遇にあるかに好奇心が動いたが、勿論それには彼の職業心理が鋭敏に働いてゐた。

その翌日の午後、融はどこかで飯でも食つて、話を聞くつもりで、ぶらりと出かけて行つたが、郊外のその家を尋ね当てる迄には、可也手数がかゝつた。家は安普請の平家で入口に硝子戸がはまつてゐて、小杉と書いた紙の名札が出てゐた。それは彼女の苗字であつた。

女はすつかり変つてゐた。どこで逢つたところで、それは少し注意して見れば、すぐ思ひ出せる程度の面影は残つてゐたにしても、ちよつと顔を見合つた時の印象は、すつかり彼を失望させた。丸い脹みをもつた顔が細長くなつたゞけではなかつた。あの娘々した若さが跡形もなく消え失せたのに不思議はなかつたが、どこか臆病らしく彼を見る目が冷たい卑しい感じを与へた。同じ荒んだ生活にしても、余り恵まれた境遇でなかつたことが、一と目で感づけた。

「まあよく来て下さいました。」さう言つて出迎へた彼女は、襷や前掛をはずしながら、長火鉢や茶箪笥のある奥の室へ誘つて、更まつてお行儀よく挨拶したが、融はむしろ来たことを後悔してゐた。

「手紙ごらん下しつて？」女は未だに訛がとれなかつた。

「多分来ては下さらないだらうと思つてゐましたけれど、其でも手紙の御返事くらゐはくださるだらうと思つて。」女はさう言つて、水を汲んで来て、暑がつてゐる融に手拭を絞つたり、羽織を衣紋竹にかけたりしてゐたが、大分たつてから傍へ坐つて、遽かに打釈けた風で、融がそんなに変つてもゐない事や、あの頃から見ると寧ろ健康さうになつたことなどを話しながら、お茶をいれてゐた。

「この家は何う言ふんだ。」融がきくと、女はにや〳〵しながら、

「それも後で話しますけれど、私の身の上は随分面白いのよ。」

「あれから何うしたんだ。」

「何年ほど前ですかね。私もあの時分は若かつたけれど、こんなお婆さんになつてしまつて。私もう三十一よ。」

入るとき顔を出したのが、五つか六つかのお品の悪くない女の子で、その子が始終傍に片足を横へ出して、不思議さうに融を見てゐた。

「この子は。」

「これがさ」と女は顔を顰めて、それも後で話すと云ふ目をした。

女がするりと裏へ出たと思つたが、帰へてから間もなく麦酒や料理が持込まれた。何を話すといふことなし、もう日の暮方になつてゐた。

「私麦酒が大好きさ。」女はそこにべつたり坐つて、お美《い》しさうに麦酒を飲んだ。

女の話によると、彼女はもう一年の余もこゝに居たのであつた。京都にゐるうちに、東京の或る技師と知つて、その男の世話になつてゐたことや、その男が財界の恐慌で、経営してゐた会社が潰れたので、月々の仕送りも絶えてしまつたから、近いうち神戸へ行くつもりで、そこには一つの縁談が、以前の友達によつて纏まりかけてゐるけれど、まだ全く決めた訳でもなかつた。女の子はそれ以前に同棲してゐた、税関の役人の子だと言ふことも、話してゐるうちに受取れて来た。

「私貴方にお金の御迷惑なら、決して持込む積りはないんですのよ。」

融が帰りがけに、「少しお小使をおいて行かうか」と言つたとき、女はさう言つて拒んだ。

融のそこを出たのは、夜の十時頃であつたが、多くの疑問と興味がそこに残された。そしてやくざな彼女の生涯らしいものを、彼女の其時其場の追憶談によつて、とにかく繋ぎ合せることができるまでには、彼はその後二度もその家を訪ねなければならなかつた。

二

神戸へ片着いてから、二度ばかり受取つた手紙は、融に取つては、余り快いものではなかつた。最後に逢つたとき、彼は彼女からちよつと其のヒントを与へられた。

「おい、本当かい。」融は神経を尖《とが》らせた。

「さう云ふ気がするの。けれどさう云ふこともあるから。」女もさう気にも留めてゐないらしかつた。

最初融がそれを言つて警戒したとき、女はむしろ彼を揶揄ふやうに、その結果を予期するやうな口吻を洩してゐた。

「もう一人できてくれゝば尚好いんだ。この子一人ぢや私も心細い。」女は言つてゐた。

融はそれを聞いて戦慄したのであつたが、それが現実化されやうとは想像もしなかつた。十年目に、一二度逢つただけの彼女に、そんなにも早くさうした結果が将来《もちきた》されやうとは、思ひもかけなかつた。

「さうくよ〳〵心配することないぢやありませんか。若しかしてさうとしたところで、まさか貴方に迷惑かけやしまいし。」

女は事もなげに言つてゐた。

　しかし彼女の手紙によると、それが愈々事実であることが判明したばかりでなく、彼女の画策《くわくさく》が美事《みごと》に破綻を来して、いかに厚顔でも、この上その家に止まることは出来ないと言ふのであつた。

　そして彼女は再び東京へ舞戻つたのであつた。

　融は皮肉と滑稽を感じたが、腹立しくも思つた。係蹄が幾分女によつて仕掛けられてあつたことは拒めなかつた。女が明白に意識してやつたことでないにしても、前後の関係や彼女の態度や口吻から推察しうるところでは、その結果は恐らく彼女に取つては偶然で――自然からいへば必然――の結果であつたであらうが、多少それを希望してゐたと思はれる節もあつた。それに融は、それが自分の責任か何うかも判らなかつた。女の口吻を、彼女の特徴である娼婦型の性格に照し合せて、想像を辿らせて行くと、その事実の対象が外に隠されてあつたかも知れないのであつた。あるのが寧ろ自然だと思はれた。しかし又、融を呼出したのは、その対象者と手が切れたからだとも思はれないことはなかつた。余り気が進んでもゐないのと、神戸の縁談が、略纏まりかけてゐたところから推せば、尚更らさう考へても可い理由があつた。

　しかし木伊乃《みいら》取りが木伊乃にされたやうな、悪戯《いたづら》な運命を憤つてみたところで仕方がなかつた。それを厳粛な事実と見れば、厳粛にも違ひないが、融はそれをさう重大視する気にもなれなかつた。そして初めて手紙を見たときは、醜いほど狼狽てもしたが、眠つたり覚めたりしてゐるうちに、その気持も薄らいで、出来るだけその考へから脱れてゐたいと希つた。それはちやうど必然的な死に向つて、絶えざる恐怖を感じてゐると同じ愚かさで、いくら考へ詰めたところで何うにもならない事であつた。

　しかしあの蒼白い顔をして、べつたり〳〵した口の利き方で、廻りくどく因縁でもつけに、これから時々玄関を騒がせに来られることを考へると、融は全く遣切れなかつた。良人や親の威厳が台なしにされるのは可いとしても――妻や子供がそこまで無理解であらうとは思へなかつた――事実を妻の前に暴露されることは、色々の意味で堪へがたい苦痛であつた。

　或日彼は事情を見定めるために、到頭思ひ切つて彼女を訪ねた。融は今日は女が来はしないか明日は来るかも知れないと、人の出入りにびく〳〵しながら、持前の臆病と無精とで、つひ延ばし〳〵して居たのであつた。

　その頃女は新宿の方にゐた。そこは前から仲の悪い叔母さんの家で、叔母の良人の身分なぞも、勤め人だと云ふだけで、詳しいことは判つてゐなかつたけれど、カフエにゐる時分から、叔母に好感をもつてゐなかつた。融が尋ねあてゝ見ると、それは日当りの悪い裏通りの古びた門構ひの家で田舎の場末のやうに、ごみ〳〵してゐた。上ると左が茶の室で、そこに子供の襁褓や褞袍や、翫弄のやうなものがだらしなく散らかつてゐて、其中に、肉のぶよ〳〵した四十許りの女が、近所の神さんらしい女と話してゐた。色が白く、目も張りがあつて、髪や姿にかまはないながら寧ろ好い顔をしてゐた。

「お冬さん。」その叔母が呼んだ。

奥からお冬が姿を現はして来た時、融はこの前初めて逢つたとき驚いたよりも、もつと驚いた。彼は文字通り自身の目を疑つた。そして惘れた顔をして突立つてゐた。お冬は全く変り果てた形相をしてゐた。色が蒼黒くなつて、皮膚にぽつ〳〵したものが出てゐた。顴が妙に細つこくなつて、鼻が尖がつてゐた。白い歯が殊にも目に立つて、どこの田舎の婢かと思ふくらゐ下卑《げび》てゐた。いつもの彼女と違つてにこ〳〵してゐるのが、殊に厭らしい感じであつた。

融はすぐ其処にある段梯子を昇つて、二階へ案内されたが、部屋には書生がゐるらしく窓際に卓子と椅子がおかれて、卓子の上にインキ壺や古いペン軸、それに経済原論だとか、銀行論だとか、そんなやうな経済学に関する書物、歴史や地理などもあつた。

「朝鮮人がゐるんだけれど、介意《かま》やしない。」女はさう言つて、薄い座蒲団を直してくれた。

「あれが君の叔母さんだね。」融は醜いお冬の腹を見ないやうにしてゐた。

「は。嫌いだけれど、こんな時は仕方がないぢやありませんか。」お冬は顔を顰めてゐたが、お腹を気にして羽織を掻合せてゐた。

お峰が言つて居た通り、気をつけて見ると、実際今にも落ちるやうな腹をしてゐた。融はかうも不様《ぶざま》な女を見たことがなかつたが、お冬が醜くければ醜いだけ、彼は救はれたやうな気がするのであつた。其の腹にゐる小さい生命が、彼の気持とはまるで没交渉であるのも不思議であつた。抽象的には多少責任に似たやうなものを感じない訳に行かなかつたが、それは広い意味での共存生活の悩みで、私有慾に伴つて来る愛着や苦痛は少しも実感されなかつた。曾て自分が始末をつけた、或る親近者の子供に感じた愛着や憐愍、そんなものすら、彼の心のどこにも入染出してはゐなかつた。彼は全く父子の観念から自由であつた。社会的に負はなければならない、通り一遍の責任だに果せば、その事が自然のなかに融け込んで行くに任しておいても、少しも後髪を引かれるやうな哀しみを感じないであらうと思はれた。

「しかし其でいゝのか。」融はまだ何だか腹の底に引つかゝつてゐるものがあるのを感じた。それはそれで可いとしても、自分の行為を是認する理由とはならなかつた。辱は辱として、何時までも彼に遺るであらうと思はれた。彼はそれを悔む気にはなれなかつた。さうした動機や因縁が、お人好しの自分のうちにあつたことを考へたゞけでも、其事が全く無駄であつたとは思へなかつた。今日はなくても、明日はあるのかも知れなかつた。

とにかく彼は彼女から早く遁れようと焦燥つたが、お冬の態度は例によつて、ゆつたり〳〵したものであつた。

「……お産婆さんが来て診て、これは五月――ひよつとすると六月だと言つたでせう。私それを巧くやるつもりで、辻褄を合はしてゐたんですけれど、いきなりそんな事を言はれてしまつて、はら〳〵してしまつたの。其れを生憎憐で聞いてゐたものなんです。外聞が悪くて仕方がないから、今日も媒介者《なかうど》を呼んで、綺麗に話をつけると言つて、悉皆怒つてしまつたぢやありませんか。」お冬は平気で面白さうに話した。

「私あんな困つたことはなかつた。私のやうなづうづうしいものでも、顔から火が出ましたの。」

「その男は何をしてゐるんだ。」

「ブローカでしたの。暮しも楽さうでしたけれど、仕方がないぢやありませんか。媒介者にも悉皆怒られてしまひました。その人は京都にゐるとき、一緒にしてゐた人なの。今は船員の奥さんになつてゐますの。」

「何にしてもひどく窶れたものだね。相が変つてしまつた。」

「だから私男だらうと思ふんです。皆さう云つてゐますよ。」

融は話を早く取決めようとした。一人あるうへに又一人あつては、体の振方をつけるにも困るだらうから、産み落したら手放してしまつた方がいゝ。さうするより外に思案がない。前後の入費は、多分のことは出来ないけれど、出来るだけのことはする。さう云ふ風に言つて聞かせた。

「一人ぢや心細いんですから、もう一人育てゝみたいやうな気もしますけれど……。」お冬は言つてゐたが、主張しようともしなかつた。

融は金の額や、渡す時期なども略きめて、差当り当座の小遣を、いくらか置いて、早々そこを出て来た。

途中広い空地があつた。融はその縁をせつせと歩いてゐた。若い人達が野球の練習をやつてゐた。それが彼に健やかな中学時代を思ひ出させた。彼は暗い気持になつた。何時になつたら、この問題から解放されることかと思ふと、あの理も非もわからない、粘着《ねんばり》づよいやうな無耻な女が咀はしくなつた。

三

融が約束の或る定額を送つてから、多くの日数がたつた。彼はそれが気にかゝつて、仕事も手につかなかつた。快活にみえて実は苦労性のお峰などに心を労させまいと思つて、独りで片をつけようとしてゐたゞけに、一層気が揉めた。彼は子供達の顔すら平気で見てゐることは出来なかつた。彼は子供達を潰したやうに、自分から責めた。しかし彼等は何にも知らなかつた。お峰の心には、気のせいか、いくらか暗い翳しができてゐるやうに感じられた。

或時また女から手紙を受取つた。若し手紙を寄越すなら、文学青年から来たらしい宛名の書方が好いと言つておいたので、その通りにしてあつた。何にも分らない風《ふう》でゐながら、何彼によく気のつくお峰の目の前をも、無事に通過したが、融は危なつかしくて仕方がなかつた。融の財布の底を、彼女はいつでも知つてゐた。一度自分の手に渡された金なら、何んな事にでも惜しみはしなかつたけれど、兎角ぼんやりしてゐられない性質に産れついてゐた。それは寧ろ苛酷と思はれる程度で、融は憎くゝも思つた。

「もつとぼんやり育つてゐると好い。」融はさう思はずにはゐられなかつた。

でも何んな場合にも人を憎んだり、苦しめたりすることは、絶対に出来ないお峰であつた。

融はお冬に金は送つても、余り行つてやらない方がいゝと思つてゐた。お冬と口を利くのが不愉快であつた。お冬は兎角亭主運の悪いことをこぼしてゐた。占者に見てもらつたところ、当分余り好いことはないと言はれたと話してゐた。亭主運のわるいのは、体の或部分にある黒子のためだと、彼女は信じてゐるらしかつたが、誰れにしても、無恥な彼女と一緒には暮せないだらうと思はれた。お冬は妙に官僚的な男が好きであつたところから、連れてゐる娘の父親も税関の役人であつた。融は官服姿の男らしい風采をした其の男の写真も見たが、一度お冬が子供を見せに役所へ彼を訪ねたとき、彼は叱りつけて逐返《おひかへ》してしまつた。

「又しても強請りに来たんだな。貴様は己に辱をかゝせやうと言ふんだらう。」

融はその男に同情できるやうな気がした。お冬は色々の世間を転がつて来た割りには、捻《ねぢ》けたところや、阿婆摺れたところはなかつた。何にしても三十の声がかゝつてゐるので、狼狽てもゐた。融もさうした女の成行きを、冷やかに見てはゐられないやうな気がしたが、しかしお冬は矢張りお冬であつた。世間を好い加減に見てもゐたし、男を甘くも見てゐた。明るみの差すところへは、迚も出て行けない不幸な女に産れついてゐた。お冬は何かに縋らうと盲目的に焦燥《あせ》るだけであつた。よく荒い牡丹の型のある浴衣に、赤い伊達巻など締めて、娘々した銀杏返しに結つてゐた頃のお冬の若さは、どこを捜しても見出せなかつた。

たゞ〳〵しいお冬の手によつて書かれた手紙が、二度も融の心をおどつかせたが、最後に男の手蹟で書かれたらしい一通を受取つたとき、彼は更に又新しい疑惑と困惑とに突当つた。

こつちの言つたとほりに、約束を履行してくれ。子供の将来を見ることは、迚も不可能だから、出来る範囲で最善の方法を尽すより外はない。出向いて行つたところで、同じ事だ。融は一度そんな返辞を出しておいたのであつたが、最後の手紙によると、問題が何うやらさう単純に行かないやうに見えた。

「……一つと思ひの外、出て来たのを見ると、それが一つでなかつたので、是非一度お出でを願つて御相談申したい。」手紙はさう云ふ風に書かれてあつた。

　融はうんざりしてしまつた。勿論その手紙は遠慮がちに書かれてあつたが、文字どほりに解釈すると、そこに思ひがけない奇異な現象が、皮肉に笑ひかけてゐるのであつた。融は気持のうへで、それを真直ぐに受容れることを拒まずにはゐられなかつた。産れた生物が世間並みに一つである場合ですら、彼は自然を悪意に解釈して、一応抗議を申し立て、見なければ気がすまないのであつた。しかし其は好意でも悪意でもなかつた。冷《つめた》くも暖かくもなかつた。意志も目的もなかつた。それがあるといふには、余りにも大きな自然であつた。それは悲しむべき事でも、笑ふべき事でもなかつた。静かに頭を垂れてゐるより外仕方がなかつた。但《たゞし》人事として考へる場合に、融は容易く諦めることが出来ないのであつた。

　処でそれが二つであつたとすると！勿論それもさう不思議なことではなかつた。有り得ない事でも、有つてはならない事でもなかつた。しかし人の身の上では、そこに二重の手数が必要であつた。

「何といふ惨めな己だらう。」

　融は泣くにも泣かれないやうな気持であつた。笑ふにも笑へなかつた。饑《ひも》じくても胸が痞《つか》へてゐるやうな切なさを感じた。とにかく放抛つておけなかつた。

　しかし融はまだ半信半疑であつた。そして其から又二三日遅《ち》疑《ぎ》した果に、事実に面接することにしたが、歩く気もしなかつたので、彼は途中から辻車を傭《やと》つて駈けつけた。それは六月の初めで、陽気が遽かに夏らしくなつてゐた。町は風が吹いて、乾いた砂埃が軽く舞いあがつてゐた。

　この前お冬を訪ねたときの彼女の口吻によると、叔母の良人は被服廠のやうなところへ勤めてゐるらしかつたが、二階の朝鮮人も昼間はどこかへ勤めて、夜《よる》学校へ通つてゐるやうな話であつた。二階の今一つの部屋にも寄寓者が一人ゐる気勢で、何となく陰気な湿つぽい家であつた。融が其家を訪ねて二三日してからのことであつたが、お峰が南京虫にさゝれたと言つて、夜中に大騒ぎをしてゐた。外に南京虫の来る系統がないので、融は多分その家で靴足袋かヅボンに附いて来たのであらうと想像してゐたので、二階へ上つても、坐らないことにして、一脚あつた椅子に、腰を浮かして掛けてゐた。今度も叔母が下の茶の間にゐたが、出て来て融にお愛相を言ふでもなかつた。お冬は下の一室を貸りて、部屋代まで払つてゐるのであつた。世帯も別のやうであつた。融は去年の夏、郊外のお冬の家へ三度尋ねて行つたが、一度は田舎から出て来たばかりの妹を紹介された。お冬より容色は劣つてゐたけれど、女学生風のスタイルで、気風にも不撿束《ふしだら》な処は見えなかつた。身を寄せてゐたのは矢張この叔母の家で、一日お冬のところへ遊びに来たのであつたが、ひどく帰るのを厭がつて、姉の家を懐かしがつてゐた。その女もどうしたか、姿を見せなかつたが、お冬も母子で此処にゐるのを切ながつてゐた。着物なども此処で脱いだのではないかと、融はお冬の様子で想像してゐた。

お冬が神戸に行くとき、質入れてある着物だけは出してやる話に、融は同意しておいたのであつたが、行く前までに約束を果すことができなかつたので、仕方なし後から送つてやつた。融は暫らく質屋とも縁が切れてゐたので、そんな場末で女の着物など請出しに行くのは、余り感じが好くなかつた。しかも二軒にも分けて入れてあつた。金は大した額でもなかつたが、荷造りまでして郵送するのが、彼に取つては大仕事《おほしごと》であつた。荷はその家の番頭が作つてくれた。その中にはセルのコオートだの、錦紗の袷だの、銘仙のちよい〳〵着に羽二重の帯のやうなものや、品数は十幾点かあつた。融は双鬢に白髪の出た年で、夕暮の場末の町を、車でそれを運んで歩いたのであつたが、少しでも女に愛着があるなら、未だしも幾許かの満足があつたであらうけれど、嘘にも好意の持てない今の彼女に、そんな尻拭ひをさせられることは、ばか〳〵しい興醒めであつた。しかし融はそれで漸とさば〳〵した気持になつて、吻としたのであつた。

お冬は融を二階に通しておいてから、やがてお茶や煙草盆を運んで来て、入口のところに坐つて、更まつてお辞儀をしたが、着物も小ざつぱりしたセルに着替へて、髪も取上げてゐた。産後の彼女は、去年の夏初めて逢つた時よりも見直したやうで、不様《ぶざま》な妊娠中の面影はどこにも見られなかつた。融が焦燥つてゐるのに反して、彼女は憎《じ》れつたいほど落着きはらつてゐた。

「毎度お呼立てして、すみませんでした。」お冬はにつこりともしないで言つたが、少し怒つてゐるやうに見えた。

「貴方といへば、何本手紙を出しても、ちつとも来て下さらないんですもの。随分薄情だと思ひましたわ。」

融は女の態度が変つて来たことに心着いた。子供を産んでから、急に強味を感じてゐるのがよく判つた。

「けどそれは仕方がないよ。」

「一度くらゐ赤ん坊を見に来て下すつても可いぢやありませんか。いくら私の子だつて、そんなに冷淡になさらなくたつて……。」

「見たところで仕方がないぢやないか。己は赤ん坊を見るのは大嫌ひだから。」

「随分ひどひですわね。」お冬は仕方なし目元に微笑を浮べて、少し打釈けた調子で、「今赤ちやんを連れて来ますから、よく御覧なさい。」

「男か女か。」

「女ですけれど、近所では皆んな好い子だと言つてゐますよ。」

「とにかく早く片着《かたづ》けた方がいゝね。この前貰ひ手があるやうな話だつたね。」

「それあ無いこともないですけれど、顔を見ると矢張さうは行かないんですよ。」

「手紙には何だか変なことが書いてあつたが、一体何う云ふんだね。」融はふいと自分の疑惑に触れて行つた。

「二人出たんです。」お冬も寂しい表情をして、「お腹があんなに大きかつたんですもの。私驚きましたわ。それにお乳が出ないもんですからづつと牛乳を呑ましてゐるんです。お負に片一方の方は胃腸を悪くして、まだ熱がありますの。お乳を呑ますと吐いてしまひます。今日もお医者へつれて行つたんです。」

「消化不良だね。」

融は気が急いだ。一気に片着けやうとした処で、迚も駄目だと思つたけれど、悠々としてはゐられなかつた。

「一人でさへうんざりしてゐるのに、二人も出られちや全く遣切れない。君も足手纏いになつて何かに不自由だし、大きい子供はあれだけにしたんだから、あの子だけは育てることにして、早く放なしてしまはないと、却つて子供の不幸だ。己にした処で、そこまで責任はもてないから。」

「責任つて、何もそんなに貴方の御厄介にならうと言つてやしないじやありませんか。けど余所に遣るにしたところで、着物の一枚も着せたり、お金だつて附けなけあならないんですからね。それも二人でせう。」

「それはさうさ、己も何うかしやう。けど成るべくあれで間に合はせるやうにして貰ひたいんだ。何だ彼だといつて、相当上げてゐるから。」

「あれは皆なお産の費用に使つてしまつたんぢやありませんか。叔母にだつて借金があつたんですから、其も払ひましたし、毎日の牛乳だつて此頃はずいぶん掛るんです。」

お冬はねんばり〳〵した口の利き方で産婆にいくら掛つたとか、着物をいくら〳〵買つたとか、そんな事を説明してゐたが、融はよく判らなかつた。

「それにしても掛りすぎると思ふ。何もそんなにする必要はない。己は自分の子だつてそんなにした事はない。手ぼつけなしに遣られちや困るんだ。」

「それだつて御自分の子ぢやありませんか」

「何うだか」融は苦笑した。

「それが疑問なんだ。」

「だつて、あの時のことは、貴方が見てゐたぢやありませんか。」

「しかし何とも判らんね。若しさうとしたら、己もよく〳〵運が悪いんだ。あの時のことは、君も覚えてゐる筈だ。」

お冬は聞きつけぬ風をして、「今赤ちやんを連れて来ます」とさう言つて、融がそれを拒むのを、聞き棄て下へおりて行つた。

お冬は一人だけ連れて来た。そして融の目の前に差しつけた。

「さあ見てちようだい。少し抱いてごらんなさいよ。」

融は慄然《ぞつ》とした。そして見て見ぬ振をしてゐた。

「御免だよ。」

赤ん坊は余り好いものも着てゐなかつた。ちらと見たところ手足のすんなりした処は、お冬に似てゐたが、顔は何うやら自分に消てゐるやうにも思へた。しかしさうと断定も出来かねた。お冬が座蒲団の上においたところで、小さな生物は鼻の辺や額に小皺を寄せて泣面をかいてゐた。融の神経には何の応へも起らないのが不思議であつた。勿論彼は赤いうちは子供が嫌ひであつた。

　大分たつてから、女はまた病気の方の赤ん坊を抱いて来て、そこに置いた。似たやうで似ないやうな顔であつたが、骨格は瓜二つであつた。病児はうつら〱眠つて、忙しく呼吸をしてゐた。

　融は残忍性に似た、利己的な或るものを自分に感じた。死ぬかも知れないと思つた。しかしそんな子に限つて、死なないだらうと感じた。そうしてそんな事を考へてゐるうちに、憐愍がどこからか泌出して来るのを感じた。長く凝視してゐるに堪へなかつた。

「おい〱、乱暴なことするなよ。早く下へつれておいでよ。」

　女は親猫が仔猫を啣へて行くやうに、一人一人運びおろして行つた。そして暫くしてから、又上つて来た。

　しかし話は干《ひ》なかつた。

「私大して御迷惑かけようと言ふんぢやないぢやありませんか。月々少しづゝ戴いて、二人とも育てゝ行きたいんです。」

　終いに女はそんな事を言ひ出した。融は蔽被《おつかぶ》せるやうにそれを否認した。そして近いうち、又いくらか纏まつたものを送る約束をして、そこを出た。

四

融が行かなくなつてから大分日数がたつた。彼は悉皆交渉を打切つてしまひたかつたが、寝醒が悪かつた。お冬がいつか遣つてくるだらうと、それが気になつた。しかし女の方からは、何とも言つて来なかつた。

　或日の晩方融が外から帰つてくると、お峰が怪訝な顔をして、こんなことを報告した。

「今日妙な人が来ましたよ。社会局のものだが、一寸先生にお目にかゝりたいつて。詰襟を着て、ちよつと立派な若い人です。」

　融は薄気味が悪かつた。

「社会局だつて。」

「え、また来るさうですけれど。」

　融は疑惑のうちに、その男の来るのを待つてゐたが、それきり何の事もなかつた。

　すると一月ほど経つてから、或日思ひ出したやうに女の手紙が来て、お約束のものが来ないから、是非来て戴きたい。幾日迄に来てもらへないなら、此方から出向くと言ふのであつた。融はあれ以上の要求には応じられない、此方の言ふ通りにしないのだから、応じる理由もないと、葉書を出した。

　お冬は期日を過ぎて大分たつてから、到頭遣つて来た。融はちやうど来客があつた。子供もそこに一緒《しよ》にゐた。妻が出て応対してゐたが、女はいつまでもぐづ〳〵言つてゐた。
「そのお金は宅が拝借したと仰《おつし》やるんですか。」大分たつてからお峰の言つてゐるのが此方《こつち》の話の合間《あひま》に聞えた。

お冬は例のべつたり〳〵した調子で、何か言つてゐた。

「只今留守ですから解りませんけれど、何うも可笑しいですね。宅が余所様にお金を拝借してゐさうなことがないんですから。一体それは如何程なんですか。」

女はまた微声で何か言つてゐたが、奥まで声が通らなかつた。大分長く玄関先で押問答した揚句、女は到頭帰つて行つた。

「何だか変な人が来ましたよ。」お峰は融の顔を見ないやうにして呟いてゐた。

「何だつて。」

「この間も来た人ですけれど、貴方どこかに借金があるんですか。」

「いゝえ。」

で、話はそれきりになつた。融は何もかも浚け出すより外はないやうに思つたが、しかしお峰はそれ以上突込まうともしないのであつた。

晩飯がすんで、夜になつてから客は帰つて行つたが、もう遅かつたので、お峰は深く訊《き》き糺《たゞ》す隙もなかつた。

「変なことを言つてくる女ですね。一体何です、あれは。」

「さあ。己のものでも読んで、モデル料でもくれと言ふんぢやないか。」

「そんな風もないんですがね。今度来たならお逢ひになりますか。」

「いや、逢ふまい、面倒だから。もう来ることもないだらう。」

「いゝえ、証文でもあるんですかつて訊いたんです。さうしたら、貴方があの人の旦那と知つてゐて、少し遊びすぎたので、ちよつとと言ふので御用立してから、もう三年にもなる。利息をいれて三四百円のものだとさう言ふんですよ。」

「冗談ぢやない。」

「貴方あの人を知つてゐるんですか。」

「知らないこともない。社にゐる時分ちよい〳〵行つたカフヱにゐた女だらうと思ふ。多分さうだらう。話が面白いんで、二度も材料につかつたことがある。」

「それならさうと言ひさうなもんですね。」

「極りがわるいんだらう。一体あの女くらゐ嘘の上手な女はないんだから。必要もないのに、何かしら嘘を吐かないで居られないのが、あの女の病気らしいんだ。困つてゐるんで、そんな事を言つて来たんだらう。」

「何だか変ですね。」

お峰は何処かしつくり来ないやうな様子をしてゐたが、それ以上糺さうともしないのであつた。

融は「早く何うかしなければならない」と、いつもその事が気にかゝりながら、女が子供を持余す時のくるのを待つより外ないやうな気がしてゐた。此方から足を運べば運ぶだけ、女に自信が出てくることも判つてゐたが、放抛つておけばおいたで、一度道がついたからは、せつせと向ふから足を運んでくるに違ひないのであつた。

融に取つては、それは全く不可抗力であつた。

九月の或る暑い日の午后、お冬がまた遣つて来た。融はちやうど仕事に没頭してゐた。お峰は鼻の療治に病院へ行つた留守で家は閑寂《ひつそり》してゐた。中学へ出てゐる子供が、玄関へ出て行つたが、吩附どほりに留守をつかつた。融は息を殺して聴耳を立てゝゐた。

「奥さんは。」女はきいてゐたやうであつたが、直きに出て行つた。

「子供をつれた女の人です。赤ん坊を負つて。」子供は報告した。

融はちよつと好い機会だと思つたので、少し間をおいてから、外へ出て行つた。電車通りの活動館の前で、直きに女に追着いた。女は彼を見て、はつとしたやうに汗ばんだ顔を拭きながら、何か言ひかけようとした。

「もつと先きへ行かう。」融はさう言つて、さつさと急いだ。そして三四町も来たところで、せか／＼遣つてくる彼女を待受けてゐた。

「私暑くて仕様がないわ。此辺に料理屋か何かないでせうか。」

「あるものか。」融は突慳貪に答へて、木蔭の多い横町へ入つて行つた。そして一町ほど行くと、長い亜鉛塀の外に石が積んであつた。融は又そこで彼女を待受けた。

「あゝ苦しい。貴方少し抱いて頂載よ。赤ん坊をおろすから、取つて下さい。」お冬は甘へるやうに言つた。

融は厭々《いや／＼》子供を卸してやつたが、其儘お冬につきつけた。

「こんなのを連れてのこ／＼遣つてこられちや実に困るんだ。来ることだけはお断りだよ。」

「だつて貴方が来て下さらないでせう。私叔母さんにも工合が悪いんですもの。」

「君の方でちつとも約束を履行しないんぢやないか。君にその意志がなければ何度行つたつて駄目だ。」

お冬は石の上へ卸した赤ん坊を、今度は紐で負はうとして袂から細紐を出して、

「ちよつと手を貸して頂戴」と言ひたさうにしてゐたが、融が恐い顔をしてゐるので、仕方なし独りで負つて、紐をかけてゐた。

「貴方の奥さん確《しつか》りものだわ」

「そのうち人をやらう。今日は相手になつてゐられないから。」

「ぢやお小遣を少し頂戴よ。これから浅草へでも行つて帰るから。」

勿論融は鰐口を袂へ入れて出て来たので、黙つて札を三四枚渡した。

「あら、もつと有るでせう。」

「ちよつ、それだから厭なんだ。下司だな。」融は不快さうに

言つて、さつさと其処を去つてしまつた。

五

遣切れなくなつて融が三度目の最後に其の家を訪ねたのは、それから少し経つてからであつた。

その時も融はいつもの二階で、片方の赤ん坊を突きつけられた。お冬はその子が容色がいゝと言つて悦んでゐたけれど、融にはちつとも可愛いとは思へなかつた。この赤ん坊は今にもつと大きくなるとお冬の期待を裏切るやうな不器量になりはしないかと思つた。

融は今度もその子が自分のものか、人のものか、明瞭な判断を下しかねたが、それを明瞭にしやうとも思はなかつた。けれど自分のものだと証拠立てるよりも、自分のものでないことを証拠立てる方が、この赤ん坊の場合一層《いつそう》困難であつた。そして其点では女の言条を信じても好いと思つた。けれど融には妙な猜疑があつた。片一方の赤ん坊がお冬ので、今一つの方は下にゐる叔母の腹から出たのではないかと、彼はふとさう云ふ気がしたのであつた。勿論それは理由のない邪推であつた。たゞ叔母が同時に妊娠してゐたやうに思へるのが、唯一の根拠であつた。今一つは一人の方をどこか近所の人にくれてしまつたのではないかと云ふ推測であつたが、しかし子供の前途に大した責任を感じないもの丶常として、お冬が惜しがつてゐるのも事実であつた。

「いつまでも了簡がきまらないやうでは困るぢやないか。子供の始末のできるだけのものは、上げてゐるのだから、早く何とかしたら何うかね。」融はこの前と同じやうなことを繰返した。

お冬も同じことを繰返してゐるに過ぎなかつた。若し細々食べて行けるやうな商売の資本でも、こゝで出してもらへるなら、子供は二人とも育てようと思ふが、それよりも矢張り月々出してもらつた方がいゝと主張するのであつた。

「さうすれば私みよ子は人にやつても可いと思ふ。」女はそんな事を言つた。

「それは可けない。あの子が可愛さうだ。もう六つにもなつて、何んでも解るんだから。赤ん坊は今のうちなら何うにでもなる。」融は諭した。

「それあさうだけれど、今度の子の方が悧恰だらうと思ひますわ。」

「そんな事がわかるものか。」融は笑ひに紛らせた。女の気持には多少同情も払へたけれど、この女につけておいたのでは、何うせ幸福な将来の持てやう筈はなかつた。そして大きくなるにつれて、子供は何かを知るやうになるであらう。きつと知らせるであらう。女はその子供の手をひいて、急度《きつと》づうづしく彼の家庭を音づれるであらう。融が死んだあとでも融の子供たちが厭な思ひをさせられるであらう。彼はそれが歴々見えるやうに思へた。

「貴方はお宅のお子さんばかり可愛がつて、私の子供のことはちつとも考へてくれないぢやありませんか。私それが腹が立つわ。」お冬は嶮しい顔をした。

　融にもそれが問題であつた。彼の感情は、孰もの子供に平等の慈愛をもつことを許さなかつた。人類としては平等でも、自分の子供としては厳密な差別観があつた。それは恐く偏執であつたが超越することは許されなかつた。

「それなら寧ろ子供を引取らう。」融は真剣に言つた。

「可けません、そんな事は……。」

「しかし子供を同じに扱ふには、それより外に方法がないぢやないか。それですら、己は不愉快なんだ。君の腹に出来た子供と……それも己のものか何うかも明瞭してゐない、そんな子供に、真実の愛のもてやうがないぢやないか。言つて見れば君のやうな女に子供を産んでもらふことは、己の意志ぢやなかつたんだから。」融は少し激して言つた。

　お冬も顔を赤くした。

「それなら、月々養育費をいたゞいて、私が育てた方がいゝぢやありませんか。」

「その期限は………。」

「貴方の出来るまで。出来なければ仕方がありませんわ、無理に戴かなくても、私が何うにでも遣つて行くぢやありませんか。」お冬はいつもの甘やかしい調子でうまく引入れようとして、

「私だつてさう何時迄も貴方に心配かけませんよ。」

　融はうつかり乗れないと思つた。極めが極めにならないお冬であつた。縁を繋いでおきさへすれば、何うにでもなる——それがお冬の腹であつた。それに妊娠当時から見ると、彼女の意志も大分しつかりして来てゐた。叔母夫婦が背後にゐるからだと、融は思つた。

「ではね、二人でいくら言つたつて、纏まりつこないんだから、叔母さんの旦那様に逢はう。」

「をりませんわ。」

「ぢや叔母さんでも可い。こんなことは第三者が入らないと、兎角うまく折合はないんだ。叔母さんに最初からのことを聞いてもらはう。此処へ来てもらひたまへ。」融は主張した。その人達に逢ふのを、何となし底気味悪く思つたが仕方がなかつた。

　お冬は不承々々《ふしやうふしやう》下へ下りて行つた。そして大分たつてから上つて来たが、やはり其の主張を抂げようとはしなかつた。

「ぢやね、こゝで君の方で綺麗さつぱりしてくれるんなら、もう一度金を上げよう。それなら何うにかならんこともない。」

　しかしお冬はそれに乗らなかつた。そして結局喧嘩腰で融はそこを立つた。

六

　事実がお峰にすつかり知れてしまつた。

　それはお冬がそれから三度も四度もやつて来たのを待つまでもなく、最初の一度で十分であつた。

或日融が外から帰つて来ると、お峰の態度が少し変つてゐた。しかし彼女は用心深かつた。

「今日は到頭何もかも饒舌つていきましたよ。べちやくちや善くしやべる女ね。私あんな調子の女大嫌ひ。」

「田舎ものだもの。僕だつて嫌ひだ。」融は胸をどきつかせながら苦笑してゐた。

「今日は赤ん坊を負つて来ましたよ。」お峰は少し目をうるませさうにして、蒼くなつてゐた。

「何といつてゐた。」

「それがちつともてきはきしないんです。何だか辻褄の合はないことばかり言つてゐますから、それから夫へと問ひ詰めてやつたんですが、詰りあの子は貴方の子でせう。」

「どうだか解るものか。そんな事を言つてゐるんだ。」

「だつて貴方も承認してゐることだと言ふぢやありませんか。」

「そんな事はない。曖昧なんだ。己もよくは見ないんだ。」

「私も変だ〳〵と思つてはゐたんです。貴方はあの人にお金を送つたでせう。書留の受取があるぢやありませんか。」

融は失敗つたと思つたが、ちよつと癪にさわつた。

「送つたつて可いぢやないか。己も無意味にやつたことぢやないんだ。何うせもう煩くて為様がないから、話すつもりではゐたんだけれど、心配かけても済まないと思つて……。しかし斯うなれば暴け出してしまはう。」

融はそこで大体を話した。いくらか体裁を作つて。

「実際厄介な女だからな。人が悪いんぢやないんだけれど、少しも信用の出来ない女なんだ。何しろ神戸へ片着くと言つて行つたくらゐだから、最初から引かける積りでもなかつたんだらう。帰つてからも、産れないうちには、明瞭《はつきり》した考もなかつたらしいんで、帰つてからも、育てたいやうなことも言つてゐたけれど、まあ、手放すつもりでゐたんだ。それが段々気が変つて来て、僕を甘く見たんだらうが、色々んな註文を持出すことになつてしまつたんだ。一つは叔母達が背後《うしろ》にゐるからだけれど、あの女にも叔母達に見えがあるらしい。」

「ですけれど、そんな体でお嫁に行つたんですか。」

「さう云ふ女なんだ。そこがあの女の鼻元思案なんだ。」

「それにしても可笑しいですね。月は合つてゐるんですか。」

「僕もよく覚えないけれど、八月の半頃から九月へかけて、三度訪ねてゐるからね。僕だつて好きな女ぢやないんだし、用心はしてゐたんだけれど、話を聞出すのに何うもね。だらしなく寝転んで話をしたがる癖があるもんだから……。」

お峰は少し顔を赤くした。

「お女郎みたいね。さうでせう、あの人なら。」

お峰は出来るだけ事実を突き留めたかつた。そして成るべく其の事を理解しようとしてゐたが、やつぱり腹が立つた。

「貴方だけはそんな事はないと、今迄は思つてゐました。そんなだと外で何をしてゐるか判らない。」お峰は抑へかねた腹立しさを口へ出した。

「しかし是は災難だよ。僕はこのために長ひあひだ何のくらゐ苦しんでゐるか判らない。」

「それは解つてゐますけれど。」

「それに女が女ぢやないか。僕は実際手甲擦りぬいでゐるんだ。」

お峰は暫くすると、いつもの調子に返つた。

「それは今のうちにちやんと片をつけておかないと駄目ですよ。子供を持つてゐられたんぢや迚も敵ひませんね。歩くやうにでもなつて御覧なさい、二人の手を引いて来ては、玄関へ坐りこみますよ。」

「今のうちは遠慮してゐるがね。」

「余りさうでもないでせう。貸しがあるなんて、ずいぶん人を莫迦にしてゐるぢやありませんか。私はあれが腹に癒ない。」

「それは言つちや悪いと思つたからだらう。さういふ風に言つておいたら、お金を出すのに己の都合がいゝとでも思つたんだらう。」

「だつて人の家へ来て、余り私を莫迦にしてゐるぢやありませんか。私今度来たら、少し遣りこめてやりますよ。」

「いや、そんな悪い女ぢやない。いつそ悪ければ始末がいゝ。」

「あれぢやね。」

夜の更けるのもしらずに、二人でひそ〳〵話してゐた。融はいくらか荷が軽くなつたが、お峰がどこか殺気だつてゐるのを、不安に感じた。

「もう止しませう。子供が何だと思ふでせうから。」

お峰はさう言つて、融の傍を離れた。

「あゝ、詰らない。私明日どこかへ行つてこよう。」お峰は立ち際に、子供のやうな調子で言つて空虚な笑方をした。

融は黙つてゐた。

お峰はやがて頼りなささうに、そつちの方に延べた寝床へ入つた。別に寝室とてもなかつた。二つの床が、狭苦しいそこに並んでゐた。お峰は、後ろ鬢を見せて枕に就いた。

融は吻とした気持になつた。そして煙草をふかしながら、何時までも机に向つてゐた。

すると眠つたと思つたお峰が、ふいに身動きをした。そして両手を重ねた上に顔を突伏したまゝ、しばらくじつとしてゐた。そして融がふいと気づいて見ると、頭から肩のあたりが、わな〳〵慄えてゐた。

融は驚いた。

「何うしたんだ。」

「何うもしやしませんけれど……。」お峰は答へたが、鼻が塞つたやうになつてゐた。

「鼻が悪いの。」

「いゝえ。」さう言つて彼女は彼方へ向き直つた。

少し時間がたつた。お峰はいきなり此方を向いた。

「何だか腹が立つて為様がない。貴方の顔を見るのも厭になつてしまつた。」お峰はさう言つて、袂で涙を拭いてゐた。

「ぢや見なけれあ可いぢやないか。」融はすかすやうに言つた。

「私貴方だけはそんな事はないと思つてゐた。」お峰は濡れた顔に、寂しい嘲笑を浮べた。

「まだそんな事を言つてるのかい。為様がないな。」融は舌打ちした。

「わたし何うしても我慢できない。」お峰は泣声で言つた。そして起上つて、枕をそこへ投げつけた。

融はそんなにまで荒びたお峰を見たことがなかつたが、そんな真実に衝突《ぶつ》かつたこともなかつた。

「あれ程言つてゐるのに、解つてくれないんだね。」

「貴方のお話はよく解つてゐます。困つていらつしやることも解つてゐます。でもさうは思へないんです。何も彼も歴々《ありく》目に見えて仕方がないんです。」

「少し静かにしてくれ。」融はさう言つて、彼女を宥めにかゝつた。

七

お峰に極めつけられてから、お冬は来ることを控へるやうになつた。

お峰がどんな風に極めつけたかは、融には解らなかつた。しかしそれまで煩く遣つて来ては、融に逢ふことを要求してゐたお冬の足が、とにかく遠退いた。

しかし矢張りやつて来た。融が外から帰つて門を開けて入ると、格子戸のなかに子供を負つた女が立つてゐたりした。融はそのまゝ裏口へまはつて、長い時間のあひだ、庭に立つてゐた。

「ちよつと上がらせて貰ひます。」女はさう言つて、上りさうにした。

お峰は出るのを厭がつて、誰かに出てもらふ事にしてゐた。

融もお峰も気が気でなかつた。時々方法を講じても見たが、好い智慧が出なかつた。

「私行つて話をつけて来ませう。」お峰は言つてゐた。

融は何うかすると、お峰が本当に行くだらうかと思つた。しかし矢張り躊躇してゐた。

「子供をもたれてゐると、何うしても此方が負籤ですから、何うにかして此方へ取れるといゝんですけれど。子供さへ取つてしまへば、安心ですよ。」

或時はまたお峰はそれを思ひ詰めてゐるのであつた。

「けど甘《うま》く取りあげたにしても、後が面倒でね。家におく訳には行かないし、人にくれるにしてもなか〳〵手がかゝる。何よりも見るのが厭なんだ。」

「でも可哀相だと思ふでせう。」

「それだと多少苦んでも可いと思ふけれど、何んの感じもないから困るんだ。」

「子供は似てゐるんですか。」

「それも能く見ない。似てゐるといへば、似てゐるやうな気もするが……。」融は首を捻つてゐた。

あの前後の女の態度や口吻を悪意に解すれば、そこに何等かのトリツクが彼を待受けてゐたやうにも思へるのであつた。

「しかし第三回目の時……第二回目に逢つてから、少し日数がたつてゐたと思ふが、多分九月へ入つてからだらう、その時月例がないなんてことを言つてゐた。僕もをかしいと思つたけれど、しかし女が他の男に関係があつて、その時妊娠を感づいてゐて、僕に押しつけやうとして、さう言つたものとするのは、僕のものである場合と同様、一月では少し早過ぎるからね。」

融は当事者でなくては迚も判りさうもない事実の細かい説明を試みやうとした。

「何とも解りませんよ。」お峰は腑におちない顔をしてゐた。

「よく解るぢやないか。」融はさう言つて、悟かしさうに又た同じことを繰返して説明した。お峰を待つまでもなく、実は彼自身それを否定するに足る何等かの証迹を探したくてならなかつた。子供に愛着がないと言つても、あの二人の子供が、お冬と運命を共にして、どこか其処いらを流転して歩くであらう姿を想像すると、余り好い気持はしないのであつた。お冬がもつてゐれば未だしもだが、それも何うなることか判らなかつた。あんな子が、人買ひの手に渡されて、辛い綱渡りをさせられたり、乞食に傭はれて大道の曝しものにされるのではないかと、彼はそんな詰らない事まで思つて見たりした。勿論それは其の子に限つたことでもなかつた。現在の自分の子供について、彼はもつと〳〵深刻な悩みを悩み通して来たのであつた。それにお峰の子が幸福か、お冬の子が幸福か、誰れがそれを決めることが出来やう。そんな事を考へた日には、際限がなかつた。人間の感じ考へ得る範囲が何れほどのものでもないのであつた。しかしさう何も彼も背負つては、融も生きることが出来なかつた。自我がさう分裂したのでは、実際遣切れないと思つた。

「あの子供たちは、あの子供たちで自分の運命をもつであらう。」融はさう思つて、耐へ忍ぶより外なかつた。

でも出来ることなら、その子供が自分の所因でない証拠を摑んでおけば、尚更ら助かるのであつた。お峰の前で、それを肯定しようとしてゐる彼の気持が、それであつた。

「私が見ればきつと判ると思ひますよ。」お峰は自信ありさうに言つた。

勿論融にも解らないことはなかつた。たゞさう思ひたくないだけであつた。

「しかし貴方も飛んだところへ飛込んだものですね。」お峰の口から又愚痴が出た。

とにかく融は友人のS——氏にそれを持込んで行くことにした。そして或晩S——氏を訪問した。

この事がS——氏の手に一切を委かされることになつてから、大分月日が経つた。

初め融が若いS——氏の前に、珍奇なこの事実を告白した時、S——氏は直ぐ法律的形式に当てはめて、取るべき手段を講じようとした。

「何か女から金を請求して来た手紙とか、金の受取とか、さう言つたやうなものが、手許にありますか。」S――氏はいきなり証拠品の有無について尋ねた。

「最近のものなら、幾通かある筈です。金の請取といつちやありませんが、郵便局の為替の受取でしたら。」

「とにかく明日行つて逢つてみませう。子供を此方へよこせちて、取占めてみるか、何か反証を挙げて、子供を否認してしまふんです。貴方は別にその女を世話してゐた訳ぢやないんで、たゞ偶然逢つたといふだけで、しかもさう云ふ女なら、何をしてゐたか判らないんだから、承認しないといへば、それまでぢやないですか。」

融は成程と思つたが、それだけでは安心ができなかつた。

「さあ、しかし反証を挙げることができるか何《ど》うか……。」

「いや、しかし警察の方で、その当時の女の行動や、周囲の事情を調査すれば、何か出てくるですよ。それにはちやうど好いことがあるんです。A―君の知つてゐる、K―君が、今度あすこの分署へ転任になりましたから、仕事は為易《しやす》いんです。」S―氏は楽観的に言ふのであつた。

「何よりも女に遣つて来られるのが遣切れないんですが……。」

「そいつは脅迫ですから、次第によつては××署のT―君にでも話して、警察の手に引渡してしまふんです。今度来たら、私に委してあるからちて、取合はないことにしておくですね。」

そしてS―氏は男女関係の色々の事件について、話したりした。東京にゐる外国人と或る有名な日本の歌劇女優との事件なぞにも、S―氏は直接関係してゐた。

S―氏は翌日女に逢つてから、直ぐ××分署へその事件を持込んで行つた。その頃ちようど女から来た、長い手紙が外の手紙と一緒に、S―氏の手から警察へ提供されたりした。長い其の手紙では、女はもう月々扶助を受けるものと自分決めに決めて、幾月かの滞りを請求して来たのであつた。

「やつぱり何かあつたさうですよ。」

或る日お峰は、S―氏のところから帰つてくると、融を極めつけるやうに言つた。

「警察で探つた結果、確かに外に男があつたことが判つたさうですよ。」

「さうか。」融も吻とした気持になつて、

「それだと大変助かるな。」

「何うして貴方があんな女に引掛かつたんだらうつて、皆なさう言つてるさうですよ。貴方はもう絶対にあすこへ足踏みしては可けないんですよ。行けばまた因縁がつくさうですから。」

「困るな。己にそんな興味があると思つてゐるのかな。その男といふのは何んだらう。」融は確めた。

「何だか詰らない男ださうです。いづれ碌なものぢやないでせう。」

融はしかし、お峰の口吻で、其の子供を否定させやうとして、皆んなに脅かされてゐるのを直感した。その男の存在が疑はしくなつて来ると同時に、否定説の根拠が、また危くなつて来るのに、不安を感じた。

「己はさう云ふ男と関係してゐたことが判れば、大助かりなんだ。しかしそれにしたところで、その子供が己のものでないといふことは、断言できないではないか。」融はその事が、もつとメスで切開したやうに、明瞭にならないのに苛立ちながら、詰じるやうに言ふのであつた。

しかしお峰にはその気持がよく解らなかつた。

「けど、あれを自分の子だと思つてゐるのは、貴方が人が好いからだと、S――さんも言つてゐますよ。」

「笑談ぢやない。まるで違ふ。」融は少しじれ〱して来た。

「あの女にしたところで、僕に迷惑かけまいと思つて、神戸へ行つたくらひなんだからね。己はその子供を自分のものとは、思ひたくはない。しかしさうでないと云ふことを、誰が何うして決めてくれるんだ。」

「けれどさう云ふ男もあるのに、貴方のものと決めてしまふ必要もないぢやありませんか。」

「必要はないさ。しかし己の気持ではもつと分明《はつきり》したいことが知つておく必要があるんだ。お前なぞは、初めから女を悪いものと決めてかゝつて、そこから出発しやうとしてゐるんだけれど、己にはさうは思へない。それはだらしのない女だとは言へるけれど、悪い女だとも言つてしまへない処もある。」

「けど嘘は吐くでせう。」

「嘘を吐くのは平気さ。それだからと言つて、あの女に人間らしいところが、少しもないとは言へないんだ。あの女だつて、人並みに生きなければならんのだ。それは己があの女を好いてゐるとか、好いてゐないとか言ふこととは全然別問題だよ。」融は体までが引締つて来るのを感じながら、苛々して言つた。

お峰は解るやうで解らなかつた。融も強いて解らせようともしなかつた。

「それで何うなんだらう。此間S―君に渡した金は、一体何うなるんだらう。」

「ですから、あれはあの女か、叔母さんの添合かを呼出して、示談が成立つたとき、警察から渡してくれる筈になつてゐるんださうですけれど、何うしても出てこないので、手のつけやうがなくて困つてるんださうです。」お峰は牾かしさうに言つた。

融はこの事件がS―氏に引渡されてから、もう可なり長い時日を、煮え切らない気持で悩んでゐた。S―氏の時々の報告で、うまく行きさうにも思へたが、S―氏の楽観してゐるやうに警察に頼つてばかりゐられないやうにも思へた。

するうち暮れが近づいて来た。

或る寒い夜、S―氏が慌忙しくやつて来た。

「A―君と一緒に、これからちよつとK―君ところへ御同行しやうと思ひます。貴方にもK―君に逢つて話をしてもらつておけば、此方の心証が好くなるからちて、A—君が今通りに待つてゐますから。」

A—君はS—氏の友人で、弁護士であつた。

「警察ですか。」

「いゝや自宅です。」

融は急いでS—氏に同行した。通へ出ると、そこの自動車のなかに、いつも口数を利かないA—氏が坐つてゐた。

「お寒いところを何うも……。」融はその横に腰かけて、挨拶した。

濛靄の深い静かな宵であつた。事件がかう外延的になつて来ると、融自身の気持も圏外から眺めてゐるやうな風になつてしまつたのを感じた。皆んなと一緒に、ビヂネスとして其を取扱つてゐるに過ぎないやうに思へた。彼は神経衰弱にかゝつてゐた。この事件でいくらか酬はれたことは、お峰の愛が新らしくされたといふ事くらゐであつた。彼女をほんとうに発見したことは、しかし融に取つては思ひがけない悦びであつた。今まで彼は彼女を侮蔑しすぎたのを感じた。お峰にいくらか狼敗の色のあつたことは争へなかつたけれど、それを一概に利己的だと言つてしまへなかつた。お峰は融より外に頼るものゝないことを、年と共にしみ〴〵感じさせられてゐた。

K—氏の自宅を探しあてるまでに、三人は自動車を乗りすてゝから、大分その辺のごちや〳〵した町をうろつかなければならなかつた。「警視庁警視。」厳めしい標札が名札と共に、そこに明かるい門燈に、はつきり読まれた。

K—氏は風邪で臥せつてゐたのを、わざ〳〵起きて、三人を引見してくれた。

「一つ此方の心証を好くしておきたいと思ひまして、今夜同行した訳ですが……。」A—氏が口を切つた。

「いや、この間から当人の叔母の亭主といふのを召喚してゐるのですが、何うもやつて来ない。こちらとしては強要することは出来ないので、実はちよつと……。」K—氏は言つたが、融に向つて、

「あれは何をしてゐた女ですか。」

「以前カフヱーにゐたのです。その頃は普通の女で、善良とはいへませんが、まあ浮気であつたといふくらいでせう。その後ずゐぶん方々流転してあるいたので、悪くなつたやうです。暗い生活がつゞいたやうです。またさう云ふ風な女なのです。浪費家で、嘘吐きなんですが……。」融は女を悪く言つてゐる自分に気づいて、恥かしく思つた。

「女は貴方の子だと言つてるさうですか、それは何うなんですか。」

融は途中A—氏とS—氏から教へられてゐたことがあつた。それは子供のできる所因が、自分にないことをK—氏の前に明言しておくことであつた。彼はそこまで告白するのが、ひどく感じが悪かつた。

「たゞ向合つて坐つてゐたのでは、どうも話が引出せないので

……しかし其の予防はしてゐたのです。」融は言つてしまつたが、余り好い気持がしなかつた。

「それぢや貴方は、こゝのところで、女が切れてしまふと言へば、幾許か纏まつた金を出してやらうといふ心持はおありなので。」

「無論それはその積りで……何しろせつせと遣つてこられるので、絶えず脅やかされるやうな気持で実際遣切れませんのです。」

「何とか一つ穏やかに説諭してみませう、さう云ふ女を順良に導くのが尤も望ましいことで、犯罪を検挙することのみが目的ぢやないんですから。」

そしてK―氏は、或る若い作家の名をあげて、知つてゐるか何うかを融に訊いたりした。

「あれは私も以前少し面倒を見たことがあるんで。」K―氏は言つて、

「酒好きで、なか〳〵面白い人間のやうですな。」

融はちよつと面喰つた。

「あれは何うして………しかしちよつと参つたな。」

「いや、大丈夫です。」K――氏も笑つた。

三人はそこを出てから、電車通りで或るカフヱを訪づれた。

融は咽喉が乾いて仕方がなかつた。

「どう云ふ工合でしたか。」

家へ帰るとお峰がきいた。

「何だか余り楽観もできないやうだ。男があるとかいふことも、別に言つてはゐない。」融は飽足りなさうに言つた。

「それに女が別に悪いことをしたといふんぢやないんだから、警察権でもつて、無暗《むやみ》に圧迫するて訳にも行かんだらう。」

「それやさうでせうね。」お峰も浮かない顔をしてゐた。

「しかし余り考へないことにしようと思ふ。考へたつて同じことだ。」

融はいつになつたら、晴々した気分になれるかと、悟かしく思つたが、一度出来たことが、たとひ其が時の力で、いつかは知らず自然のなかへ熔けこんでしまふにしても、数学の答案のやうに、さう分明した解決が根本的につく筈もないことに心づいてゐた。時が彼の痍を少しづゝ癒してくれるだけであつた。それで十分であつた。

或日またS――氏がやつて来た。

「到頭女が××署へ出たさうですよ。」S――氏は興味ありげに言ふのであつた。

「あのべちや〳〵した調子でもつて、大いに弁じて行つたさうです。それなら其でいゝから、金なんか一文だつていらないつて、いくら言つても持つて行かんさうです。」

そして、

「まあ仕方がないでせう。今にへこたれて来るのを待つとしませう。しかし此方へ来るやうな事は、絶対にありません。若しそんな事があつたら、××分署へ、ちよつと電話をかければ、

来てくれることになつてゐますから。」

「それさへなければね。」お峰も安心したやうに言つた。

「それに今頃はもう男を拵へてゐる時分ですよ。」

融はそれと、あの社会局だといつて来た、不思議な男とを結びつけて考へたりした。

「しかし子供は肖てるさうですよ。」S——氏は附加へた。

融は全く敗亡してしまつた。事実の裏書をされてしまつたやうに感じた。

女はそれから足踏みもしなかつた。手紙も寄越さなかつた。

三年四年と月日がたつた。そして恐ろしい地震が見舞つて来た。融は一切の証文も、焼けてしまつたらうと思つた。


（「中央公論」大正14年4月号）

氷る舞踏場

中河与一

眼に見える限り其処は白い雪の化粧に包まれてゐた。そして大地といひ家といひ草木といひ、皆いち様《やう》にその冷い装飾の下でふるへてゐた。

北国の晴れ渡つた月夜——この寒冷の中に唯一つ、外景とは、何なのかはりも無いやうな豪奢を極めた舞踏室の中で、来客を待つてゐるランプが煌々と燃えてゐた。

遥かに鈴が鳴つて次第に近づくと、やがて橇の中からは高貴な毛皮につつまれた人が白い息を吐いて下りて来た。赤肥りの した男爵、あでやかな心の恋人同志、年老いて仲のいゝ夫婦者——幾度となく橇が着いた——漁色生活に心をゆだねた貴婦人、心つつましい老嬢、身体を弾丸のやうに心得た快活な青年、雇はれた踊子……。

然しこの集りは、初めから二三の富豪達に計画せられたすばらしい無礼な試みであつた。

客が着くたびに給仕は出て行つて、客人達の帽子やステツキや外套をうやうやしくお受けしてゐる。扉は客を吸ひ込むために華やかな室の一部を現はすと、その度びにすぐ勢よく後を閉めてゐる。室の中には香水と煙草の匂ひが迷つてゐた。

「あなたの帯留、陶器なんでせう。丁度月の面《おもて》のやうに美事ですわ」

「それよりも貴方のお胸は、月を撫でる霧のやうよ」

「いやはや、なかなか面白い人が見える」

「駄目だなあ、かう沈んでゐちや」

「あの御婦人はどなたでせうか」

「さやう」

一人の混血児は大仰《おほぎやう》にモノクルをはめて向きあつてゐる女の方へ顔をつきだした。

低音合奏が初まつた。先づ踊りの相手がカードによつて定められた。

やがて晴れやかなトロットが高々と中央にある奏楽のボックスから起つた。人々の心がにはかに生々《いき〱》して来た。坐つてゐた者は立ちあがり、立つてゐた者は歩きだし、煙草を吸つてゐた者はその煙《けむり》を灰の中に埋めた。

輝く大ホームの板の上を踵が辷つた。爪先きと爪先きとがうなづきあつた。未熟な踊り手はスカートを男のズボンにからまして二人で倒れさうになつた。

腕の下から手が覗いて相手の筋肉の中へ割り込んでゐる。輝く白い肩と肩とが摩れさうになつては巧みに離れて行く。足が出る、みんなが廻る、微笑に汗ばんだ花、渦巻きの連続だ。ダ、ダ、ダ、ダ、ダ、ダ。

白い男の襟飾に頬があたつた。伴奏が彼等の心と身体を軽快にした。相手の顔を盗んで秋波が四方八方に送られた。

途中で音楽は特徴のあるハバネラの急速調に変つた。これはこの享楽者達の心の準備に適当な変りかたであつた。彼等は入り交《まじ》つて自分の愛する相手を、喜ばしい興奮で探しあつた。男と女との匂ひにみちた乱雑な潮流——囁きが初まつた。或る者は列を離れ、列に加つた。奏楽が一層盛んに大きい音をたてた。

動作に統一がついた。身体を傾け、のし、うつむき、胸と胸とが触れあひ、抱かれ、廻り、足が足を追つた。ランプが人の熱蒸《いきれ》でかすかに曇つて来た。

やがて滑動と蹴りの騒音が、次第に絹と繻子の静かな衣ずれの音に変つて行つた。

この北国の一隅に此処だけは春のやうに暖く、人間の心がゆるんでゐた。やがて薄い夜会服の人達はぐるりの椅子に腰をおろすと、夫々の椅子で各々《めい〱》の談戯《だんぎ》に耽りだした。

「あちらへ行きませんか」

男が云つた。手と手とが握りあはされてゐた。

男は興奮して相手を尊敬するやうな身振りをすると、更らに手を女の腰の方へ廻して誘惑した。

「誰れか見てゐやしなくつて」

「見たらきつと羨むでせう」

二人の姿はすぐ消えてしまつた。


「僕の友達にね、怪談の好きな男があつてね」

「はは、その癖こわがり屋だといふんぢやないんですか」

「全くその通りで、怪談をしてはその翌日風邪をひいてゐるんです」

「風邪を、なるほど。はつはつはつはつ」

「はつはつはつはつはつ」


「最近またお目にかかりたいんですけれど、いゝ日がおありでせうか」

「電話にしませう」

男はさう答へると、妻君に気をかねて、そそくさと連れだつて行つた。

「まあ何んて男は臆病なんだらう」

若々しい未亡人は心でさう呟きながら、熱情的な視線をすぐ近くに立つてゐる青年の上に注いで微笑した。美しい石榴《ざくろ》のやうな歯がちらりと多情な挨拶をした。

「何てわたしは、男好きで、のぼせ性で、まあ心が複雑でいきいきしてゐるのだらう」


大きい葉をひろげた棕梠の蔭へゆくと、男は娘の胸に自分の胸からとつた薔薇の花をさしてやつた。

「わたしの天使」

その時薔薇の花は男の気まぐれを思ひだして苦い笑ひ顔をした。——この青年はまあ何《なん》と親切な、そして何んと沢山の娘達に花をわけてやるのだらう——

女はうつむいてじつとしてゐる。

リラ、リラ、リラ、リラ——また音楽が初まつた。

「僕のうちですか、すぐわかりますよ。道を左に曲《まが》つて右に折れて、裏門のやうな表門のあるうちです」


「どうぞ貴方の手を握らして下さい」

「いや」

「では貴方の着物の端にでも」

「いけません。私の着物は喪服です」

「では貴方の靴のひもにでも」

「どうぞ、そんな下らない事はおつしやらないで下さい。貴方は有名なお方です」

「おや、貴方は怒つたのですか」

「いゝえ、でも貴方はほんとうに立派なお方なんですもの」

「貴方は皮肉をおつしやる積りですか」

「いゝえ、貴方を愛してゐるからこそ、私は唯だ貴方から逃げたいだけなんですわ」

「僕はね、センチメンタルなところが無いせゐか、女と云へば何時も二番煎じでね、初恋らしい娘さんなんかには一度も交渉のあつた例《ためし》がない」

「僕はまた、偶々《たまたま》出合ふ相手が、何時も歳上《としうへ》の女と来てゐてね」

「ところであの男は何時でも若い娘の気をひくが、きまつて捨てられる——あれはどう云ふわけかね」

「僕は誰れであらうと、婦人に対しては常々敬意を払つてゐる、これだけは断言出来るね」

「名も姓もあかさずに別れあつた女——古い詩だね」

「僕は家庭を讃美する。家庭ほど疲れた者をほんとうにいたはつてくれる所はないからな」


「私のことなんか、どうでもい丶と思つてゐらつしやるんでせう」

「どうしてさ」

「どうしてですつて、いまさき向きあつてゐた方はどうしたんですの」

「話をしてゐただけぢやないか」

その男の妻君に違ひない——歳上の女は不機嫌な顔つきをしながら、夫の方へ身体をつよく摩りつけると、夫の手の甲に咬みついた。

「だつて其の胸の花は、その胸の花は、誰方《どなた》におもらひになつて」

「何でもない人からさ」

「わたしがこんなに愛してゐる事を、貴方はちつともわかつては下さらないのね」

妻君は夫の胸から薔薇の一茎をぬきとると、刺繍の入《はい》つた舞踏靴で見事に踏みにじつた。

「外国の或る詩人が唄つてゐる、有名な章句を教へてあげませう
——恋人よ、三角形の内角の和は
二直角ですよ——」

「こんなところにゐると、私、よけい心が縮かんで来ますの」

娘は震へ声になつて云つた。

「僕もそんな気がします」

「まあよく似てゐますのね、二人は」

「今日は金曜日でしたね」

「え丶、あしたが土曜日よ」

「僕は今日来たくなかつたんだけれど」

「わたしも」

「貴方の手は随分綺麗ですね」

娘は話してゐると、ひとりでに眼に涙がたまつて来た。

男の方も恋愛を感じてゐながら、それを打ちあける勇気がないらしい。

二人は膝と膝の間にちやんと行儀よく幾らかの間隔をおいて坐りあつてゐた。

そして時々もれるお互ひの溜息の中には、永遠の家庭が幻影となつて約束せられてゐた。


「感激の無いのに愛情を装つてゐるのは罪悪だからな」

「さうよ、退屈したら別れる方がいゝんですわ」

「嘘を云ひ合つてゐるなんて、たまらないからな」

「よくそんな人があるのね」

「僕は旅行に出ようと思つてゐるんだ」

「どうぞ御遠慮なく」

「いや有難う」

「どうせわたし達の仲もおしまひだわね」

「それも君がおしまひにしたんぢやないかね、ところでこんどの男は……」

「それより旅行に一緒にいらつしやる方は、お美しいんですつてね」

「いや、とにかく女は図々しいもんだよ」

「チエツ、そんな事が云へるほど、男つてものは勝手に出来てゐるのよ」

女は男の顔を蹴るやうにして立ちさると、いまさつきから初まつてゐる踊りの中へまぎれ込んで行つた。レ、レ、レ、レ、レ、レ、レ。


「ショーはね、かう云つてゐる、初恋といふものは、僅かばかりの愚かさと好奇心とを、より多く要するばかりだつて、僕も全くその通りだつたと此頃になつてつくづく思ひだした」

「そして私が嫌ひになつたとおつしやるんでせう」

「さうぢやないよ。案外馬鹿らしいものだと思ひだしたと云ふのさ」

「貴方はもう私を愛してはいらつしやらないのね」

「さう単純に云ふものではないよ。けれど偽つてる気持は嫌だからな」

「けどそんな事は初恋をしてゐる人達の言へる言葉だとは思はれませんわ、貴方は私と初めてだとおつしやつておきながら」

「なるほど、それはさうだ。初めて——と然し貴方の中にいろいろな女を見たからな」

「ぢや私の中の別の女と次の恋を初めて下さらないこと？」


或る劇場の花形が上気してぐつたりとソフアに埋まつてゐた。傍にゐた附《つ》き虫の老紳士が化粧室の方へ立つてゆくと、或る若い男が急いで彼女の方へ接近して来た。

彼はしきりに微笑を送りながら女優に言つた。

「貴方のダンスはきわだつて立派でしたよ」

「そお」

「疲れてゐるんですか」

「えゝ」

「馬鹿にそつけないんですね。どうかなすつたんですか」

「今夜は瘤《こぶ》つきなのよ」

「なるほど、こりやお邪魔しました。どれ、では牡蠣でも食べて来るかな、牡蠣でも」

彼は落ちつきながら気どつて又別の方へ歩いて行つた。


「不潔《きた》ねえ、また顔を舐《な》めやがつた！」


女は男の胸へすがり甘えたやうな姿態《しな》をつくつて暫くじつとしてゐた。それから静かに娼婦らしい――それ以外の何物でもないやうな唇を上へ向けた。が相手の男はとりあはなかつた。女は薄目に媚をつくると云つた。

「ねえ、何処かへ連れてつて頂戴な」

「あゝ」

「いやなの」

「行つてもいゝんだよ」

五回目の踊りが初まつた時には、二人の姿はもう何処にも見えなくなつてゐた。

「嗚呼、ほんとにこんなにしてダンス場へ来てゐても淋しい。此処へ来てゐる若々しい人々も五十年の後には、まあ幾たり生き残つてゐることかしら。何年かの後には石の墓になつて黙り込んでしまふんだわ」

その時、円《まる》くなつた人波の中から乱れた拍手喝采と歓声とが聞えて来た。一人の踊り子が着物をとつて奔放な、舞踏をすました後であるらしい。

「あゝ、お乳が張つて来た」


「昨日ね、扉《ドア》で頭をうつて、全くみじめに頭をうつて」

「何ですつて、貴方は何時でもそんな話からお初めになるのね、久し振りで逢つた、恋人同志が、まあそんな話を一番にしなければならないなんて」

「けど、全く痛かつたからね」

「いやあね」

「まだフラフラする位だからね」

「なんて変な人」

女は男の気持をひきたてようとして、男の肩にぶらさがると身体をくねらした。

「さあ、行つて、踊りに加はりませう」

「僕はやくざな男です。でも貴方を一生懸命に愛し、崇拝してゐるんです」

「私が貴方の事を何とも思つてなくつても？」

「何とおつしやつても、僕は貴方のそばが好きなんです」

「私が貴方を抱きながら、他の人の事を考へたりしてゐても?」

「さわつてもらへさへすれば、たとへ貴方の蹠《あしのうら》になりと」

「これはすばらしい男!」

「私だつて主人と結婚する時には退屈などはしないつもりだつたのです」

「ところが僕にしたつて、家庭生活には退屈してゐるんだからな」

「けど貴方と私とだけは、何時までも離れませんわね」

「それはさうです」

「で私時々思ふんですの、結婚の事を……」

「もう御主人の事は……せめて僕とゐる間だけでも、御主人の事は忘れてゐて下さい」

「いや私の云ふのは貴方と私との結婚の事なんですわ」

「なるほど、その事ですか。その事ならお互ひに言はずに置かうぢやないですか。それは貴方と僕との間にある幻影をうちこはすものですよ。結婚とは——ただ手数のかかるだけのものだからな」

「では私達は永久に同じ家には住めないといふんですのね」

「同じ家に住むなんて、最も野蛮な事です。日本の家族制度や蛮人の群居生活を想像してみられるがいゝ」

「けど群居出来る種族ほど強いんですつてね?」

「強い——強かつたつて仕方がないぢやないですか」

「男つてほんとに馬鹿なものだと思ふわ」

「私もさう思ひますわ、いろいろな意味でね」

彼女達の前では、踊りの輪が軽快なリズムをつくつてゐた。腰をかがめ立ち、手をつなぎ離し、一寸とまり足をふみ、又動いた。フアミ、フアミ、フアミ、フアミ、フアミ、フアミ。

「男はあれだよ。遊びが好きなんだよ。が、ごぞごぞしても、妻君は目に角《かど》たてたりしちや駄目だぜ、何も妻君を捨てる気なんかは無いのだからな。

妻君は妻君で置いておいて、一寸遊ぶんだからな、男は女がうまく持つてくると嬉しくなるのさ、見え坊だからな。それでその御礼に、ほんの一寸握手してやるだけなのだからな。だから別れるのなんのつて、男に未練があるなら黙つてこらえてゐるのが一番いゝんだよ。別に妻君を捨てるなんて気は毛頭ないんだからな」

それを聞いてゐた女は憤慨しながら、この説教者に尊敬を払つてゐた。

「ふざけるない」

「なアに」

「こんなところへ呼びだしておいて、あのざま何んだつていふんだ」

頬に紅《べに》をぬつた道化師が、痙攣のやうに身体をふるはし乍ら二人の前へ転がつて来た。

花をふり撒《ま》く人のやうに、二人は華やかな微笑をこぼしながら知人に挨拶をして廻つてゐた。

「素敵だぞ」

そんな声が耳に入ると、彼女達は一層有頂天になつた。みんなに見られてゐるといふ、その意識が一層彼女達を誇りかにし、美しくしてゐた。

「あの人からね、手紙が来たのよ。また病気で当分逢へなくなつたつて、でもね一寸の間も私の事は忘れないつて」

「さうを、わたしの人はね、私の二三日旅行をする約束をしてくれてよ」

二人は夫々の愛人に就いて話しあつてゐた。然し二人の愛人といふ男が同じ一人の男だといふ事には、二人共気付いてはゐなかつた。その無心さが一層彼女達を楽天的で美しくしてゐた。

「あの男の鼻は大体《だいたい》低いのです。

平生さう見えないにしても、君、まあ、あの男が興奮した時を見たまへ。大息をついて、あの鼻の穴が丸くなつて、そして終ひには次第にあの鼻が野蛮人のやうに低くなつてゆくのです」

「飽きもしないで男から男へ……あ、嫌になつちまつた」

「そんな事をおつしやつてゐる癖に、また虫が起るんぢやなくつて」

「いやもう私は男にも飽《あ》きあきした。私の魂は腐りかけてゐるんです。早く尼寺へでも行きたくなつた」

「気まぐれ、気まぐれ」

「ここの有様を見てゐると、何か気の毒な哀れな最後が予感せられてならない」

機嫌のいゝ方の女は片足で跳び〳〵しながら身体を廻すと、にぎやかな人達の方へ倒れかかつて行つた。ラ、ラ、ラ、ラ、ラ。

人々は歓楽に酔つて床《ゆか》の上にまで横になつた。

煙草の煙と人の熱蒸《いきれ》で暖房装置の完全すぎる室の中は益々暖く、むせるやうな空気にみたされた。

そしてローマ人のやうに舞踏の神聖を穢した男女は次第に気が遠くなつて無神経になつて行つた。

楽手達は幾度となく人々に活気をつけようとして楽器をとりあげたが、これもだるさうにすぐ手から落して床《ゆか》の上へ置いた。

室の空気が次第に重くるしくなつて行つた。

或る女は呼吸困難を訴へて愛人の腕の中へ倒れ込み、また或る女は冷淡な相手にもたれかかつて、そのまゝ床《ゆか》の上にしどけなく打ち倒れた。

人々はこの状態を歓楽に酔つた為めと解釈した。疲れすぎたのだ。もう今に朝の日が吾々を活気づけてくれるに違ひない。何と云ふすばらしい舞踏会であつたらう。喜びに疲れ果てるほど幸福な事がまたとあるであらうか！

みんなの頭が重くフラフラしさうになつた。

「がどうも変《へん》ですね」

「愉快だ！　愉快だ！」

「この天井はどうです、水蒸気と煙《けむり》とで」

外ではつないである馬が寒さに嘶《いなゝ》き、絶えず蹄で土間を蹴つてゐた。そして御者達は腹一杯の御馳走にありつくと、退屈さうにして皆かたい椅子の上でうとうとと眠つてゐた。時々犬の吠えるのが聞えて来る。

ホールの中にはやはり狂気のやうな出来事がつぎつぎに起つてゐた。或る女は暑さの為めに胸衣をさいて乳房をひきだし、床板の上にすりつけた。これを見た一人の男は叫んだ。

「何といふ美しい光景だ。暑ければ勝手な事をするがいゝ」

豊満な遊蕩に酔つた人々は、かくて室の外へすら逃げだしてゆく気力を失つてゐた。

「どうもかう苦しいやうないゝ気持ちですな」

「どうもね」

その時、一人の青年士官は思ひついたやうに窓わくの方へ接近してゆくと、この腐つた室の中へ一陣の外気を入れようと試みた。

北国の晴れ渡つた空には飛沫のやうな星がチカチカと冴えてゐた。

彼は力をこめて窓をひきあけようとした。が幾度こころみても開《あか》ない。多分寒さの為めに戸が凍りついてゐるのであらう。

そのうちに人々は眠るやうにバタバタと力なく油をひいた床板の上に倒れて行つた。

士官は少しイライラすると、窓ガラスを打ち破るより仕方があるまいと考へた。

そして拳をふりあげざま力をこめて一撃した。寒夜の星をゆるがし窓ガラスは砕けて四方に飛び散つた。すると士官の顔をめがけて寒い外気が嵐となつて室の中に殺到して来た。士官は吹き倒された。

とやがて室の水蒸気は極度の寒気の為めに冷されて、露となつて高い天井の飾りを曇らした。

思ひがけず、白い雪片がヒラヒラと天井から舞ひおりて来た。急激な温度の変化の為めに人々のいきれと水蒸気とが室内の上層で凍つたのに違ひない。

白く輝きながらランプの前を時ならぬ牡丹雪がこの歓楽の大ホールの中だけで美しく降りだした。サラサラと柱にあたり壁を摩り、かすかな空気の流れをつくつて、まぎれながら舞ひおりた。外は晴れた月夜である。

逃げ出さうとする者、助けに這入つて来る者、雪の底のはげしい渦巻。やがてランプの火屋《ほや》は冷えてくると、いちいち鋭い音をたてて罅《はじ》裂け飛んだ。そして明るい灯はひとつひとつ消えて行き、ホールの中には雪の降りつむ音のみがかすかにこもつて暫くの間続いた。

かくて春の饗宴は、冷酷な刑罰のやうな寒さの為めにまたたく間に氷らされ、月光は暗黒の部屋に流れて、時の移りに従つて、静かにその照明の場所を変へて行つた。

其処には断末魔を予想した狂人が、最も醜悪でそして美しい姿となつて雪につつまれてゐた。わけてももの淋しく、女の顔にぬつた緑色の白粉がほのかに雪を染めて、誇りにみちてゐたその顔の存在を、わづかに示してゐた。

（「新潮」大正14年4月号）

檻

諏訪三郎

資本主義的文化を誇示し、謳歌するやうに、そのビルデイングは大空の半円に一杯の立体を描き、天を摩して聳えてゐた。人々は、いろいろな風彩と気魄とをもつた老若男女は、その立体をめがけて、朝早くから――さうだ、まるで一つの巨大な獲物に群り集る蟻のやうに絶え間なくつめかけた。

二十台のエレベーターは、鉄格子で厳重に囲つてあるその檻の中に、一杯の人を詰め込んではヂヂヂヂヂヂ……と時計のゼンマイを巻くかのやうな音をたてゝ、九層のビルデイングの中軸を、仕切りなしに昇降してゐた。

ところで人々は、エレベーターに乗つたが最後、その檻に最も従順でなければならなかつた。もしその檻の中で、かりそめにも自分勝手に振舞ふものがあつたならば――手足の切断される位のことはまアだいゝ方である――そのものは墜死を覚悟しなければならなかつた。人々は、よくそれを知らされてゐた。

だから、どんな癇癪持ちの男でも、どんな性格の持ち主でも、そこでは従順といふ同型の中に否応なしに入らなければならなかつた。従順といふことを人間の最大な美徳と心得てゐるやうな人達は、是非このエレベーターの中に一月ばかり暮してみることである。従順とは、敲き潰したいものを我慢してゐる悪徳であることに気づくであらう。ついでに云はして貰ふならば、正直とは、汝の頭を撲り飛ばしたいことになるのである。……

　この文明の利器に乗りつけないものは、ことに人のいゝ田舎者などは、自分のからだが、ヂヂヂヂ……と宙に吊しあげられ、シユツと弾みをくつて少し墜ちては止り、ヂヂヂヂとまた宙に高く吊りあげられて行くのを、まるで人力以上のものに抗ふのを断念したかのやうに――運命に身を任せるやうに、眼を瞑り、顔を被ふて怖れ戦くのであつた。降りるときは、彼等の恐怖はまた一層であつた。人々は、自分たちが、何百尺とある真暗な宙の中に吊されてあることを知つてゐた。拇指程の鉄鋼《ワイヤー》で、ヂヂヂヂ……ヅシン、ヂヂヂヂヅシンと各階に止る毎に、振幅のない上下の動揺を鉄格子の中でしながら遠慮会釈もなく吊り落されるとき、人々の細胞は、危険から逸れやうとして、反対の方向へ走らうとしてもがいて、眩暈を感じた。文明の設備である――かうその檻に安心して己れを托されるものは幸ひである。だが、この文明の設備もその機能《メカニズム》を心得てゐるものにとつては、前者に近い不安に襲はれずには済まなかつた。エレベーターの機構といふものは――恰度現代社会のやうなものである、その収容力と荷重とがバランスしてゐる間はまアだ安全なのであるが、もし、Loadの方が少しでも重過ぎたならば、槓杵の原理から人々は檻諸共に、忽ち奈落へと、凄じい加速度の勢ひで墜落するやうに仕組れてゐた。技術者は墜落をデザインの当初から知つてゐて、予めその救助設備を――極めて不完全に――講じてあるのである。墜落させながら救済方法を講ずる、こんなところまでこのエレベーターは、なんと現代社会にそつくりなことであらう。

　内部は、貸事務所であつたから、すべてが粗末に、一様に安つぽい白堊で塗り潰されてあつた。――恰度、三等病院のやうにである。低い天井には、二尺角大の梁が、人々の頭を締めつけるかのやうに縦横に組まれてあつた。そして、射光関係を全然無視して建てられた室には、一年中、一種異様な黴が、――かの無辜の俘囚を猛獣の餌にしたといふクリア・ホスチリアの洞穴の壁にでもありさうな――緑青色のぬらぬらした黴が無気味に壁を変色さしてゐた。梅雨頃から秋にかけてその黴は、化膿したやうに腫気を帯びて水泡がたまつてゐた。人々は、誰でも最初は屹度、文明の座敷牢にでも入れられたかのやうに強い圧迫と苦痛とをこの立体の内部から感じさせられた。だが、圧迫とか苦痛とかいふものには多年馴練されてゐる人達であつたから、人々はこの座敷牢にもすぐ馴れて、苦痛も感じなくなり、平気で居られるやうになるのである。呻くやうに顰められた神経は、眉宇のあたりに凝り固つてしまつて、やがてその顔は蒼白く冴えてくるのであつた。

　睡眠不足で、朝から少しも仕事に気乗りのしない独り者の青年は、ポケツトブラツシで特別仕立の洋服の塵を払ひながら、隣室の同僚に——さつきから話しかけたがつてゐたのであつたが、上役が廊下に出て行つたのでやうやくその機会を得て——話しかけた。

「ねえ君、僕はさつきから考へてゐたのだよ。こんなところは、どうせ一時の腰掛けに過ぎないつてね。単なる生活の手段さ。それ以上のものはなにもないんだ。だから、どんな奴からいくら叱られようと、蛙の顔に小便さ。うふ、だが、いくら蛙でも、顔に小便は感心しないな。」

「しかし……」とまだ二十台なのに三人も子供のある同僚は云つた。「……僕などは、僕などはだね、この事務所に夜寝かして貰ひると、大いに助るんだがなア。蚊はゐないしさ、それに夜は涼しいですよ。」

「だが君、奥さんが反対しますよ。」

　ひとりものにはその実、女房の話なんか少しも興味がなかつた。

「女房だつて、賛成するにきまつてゐますよ。」と同僚は、真面目さうに云つた。「うちの奴は、僕にもつと勉強をしろつて、頻りに勧めるのです。」

「勉強ですつて?」

　独りものゝ青年は、このとき、不思議な言葉をでも聴いたやうに思はず声を高めた。

「さうだ、勉強をね。」

「君は、これ以上勉強しようといふのかい? こんなにして居れば、沢山ぢやアないか。」

「いや、僕は、本を読んでみたいといふのだよ。」

「なんの本を? なんの本をだい?」と睡眠不足の青年は、腹立しさうに云つた。「なにか僕等にとつて、是非読まなくてならぬやうな本が、どこかにあるといふのかい君は?」

「うん、僕にはね。」

「さうかなア、これは少々意外だ。遺憾ながら、僕にはないね。をかしな話を持ち出すやうだがね、僕の親爺の奴だが、仕様のない没分暁漢なんだよ。ねえ君、親爺の奴は、僕が大学の文科を出て、かうして、保険会社の記録課員になつてるものだから、僕を、からきし意気地のない、やくざな奴と思つてるらしいんだ。でね、現代の青年は気力がなくて困る。貴様なども、なぜもつと奮闘しないのか、怠け者に、大勇猛心などは、思ひも寄らぬことなのだらうとかね、くだらない叱言をよく云つて寄越すがね、僕が思ふには、なにも現代人に限つて気力がないんぢやない。気力なんてものは、いつの時代の青年にだつてあるんだ。この若さ、この生活慾! ねえ君、さうだらう、だから、そんなものゝ有る無しの問題ではないんだよ。もつと根本の問題は、現代の如何なる方面を探し廻つたつて、我々のこの純一なる気力を、汚すこともなく、しかも悔ひることなしに集注出来る見透しのあるめどがないことなんだ。奮闘もするさ、勇猛心も吝まないよ。だがいくらぢだばだしたつて、このやうに、ね、このやうにくだらぬカードを整理してゐる以上に出られないことさ。それを現代の青年はよく知つてゐるんだ。気力は浪費される、そこで気力は自棄起す、かね。詩になりさうだ。だから、一見気力のない如く見えるといふことは、実は現代の青年が、己れの行くべき方向を見失つて戸迷ひしてゐるかたちだとも云へるのだ。で、君の奥さんは、君に、なにを勉強しろと勧めるのだい。」

「勿論僕だつて、女房の勧める勉強なんかしようとは思つてゐないんだ。」と同僚も、相手の昂奮に吊られながら云つた。「僕は、我々の生活と現代社会とが、どういふ関係にあるのか、それを凡ゆる方面から一度よく研究してみたいと思ふんだ。君のいふ見透しのつくめども、そこをほぢくつて居れば見出されるやうな気がするのでね。」

「なアんだ、君はソシアリストか？」

　ひとりもの丶青年は、急に興冷めがしたやうに、仕事にとりか丶つてしまつた。睡眠不足の青年にとつてソシアリストの話は、やくざなカード整理以上に気乗りのしないことらしかつた。

　女タイピストは午食をすますと、窓縁へ行つて、舗道を往来する人々を、高いところから瞰下ろしてゐた。若かつたから、外気が無性に恋しくてならなかつた。彼女は少しの閑を見ては、よくこの窓縁から外を眺めた。際限もなく拡つてゐる街々の屋根が、三角や円や四角などで描かれた波頭のやうに見えた、晴れ渡つた日には、遠く、富士や秩父の山までがほのかに見渡された。

「——同じ人間の中でも、いろんな装飾をつけてゐる人間ほど滑稽に見えるものだ。」

　舗道を瞰下ろしてゐた彼女は、いつか、なにかの本で読んだことのあるかういふ文章を思ひ出してひとりをかしがつてゐた。

　近所の商館からは、無帽のオフイス・マンが陸続としてこの巨大な建物におしかけてゐた。その人達の大部分は、地下室にある簡易な食堂へ行くのであつた。女タイピストの立つてゐる窓縁のその真下が、その入口になつてゐた。

「まア、なんていろいろな格好をした人達が通るのでせう、あの人は気狂ひぢやないのかしら、あら、あら、あの人は、跛者だわ。可哀想に。——」

　若々しい青年達が、なんの屈托もなささうに打ちつれて歩いてゐるのが眼にうつるとき、彼女は、淡い憂鬱に襲はれた。だが、若い女の憂鬱など丶いふものは、流れ雲のやうなものであつた。たとひ涙をおとしても一雫や二雫ぐらゐのものである。すぐさま明るく輝いてくるものである。彼女の潤んだ明眸は、手の届きさうに低い空を仰いで、烈しい恋をしてみたいものだと、しくしく憬れた。そして自分の体が、咲き誇る一輪の薔薇のやうになつたら！　……と彼女は心を躍らした。

「……さうだと、毎日の勤めだつて、どれくらゐ張合があるか知れないのだわ。」

女タイピストは、かう呟いてゐる自分に気づいたとき、それこそ咲き誇る薔薇のやうに顔を紅らめた。……


長い廊下は、プリズムのトンネルのやうに、先が狭く見えた。恰も、なにかの大きな鱗の間から吐き出されるやうに、人々は室内からスー、スー、と廊下へ出ると、機械のやうに歩き出した。

人々は、この廊下で、顔だけの知合になつた。だが、知己でもないものに、誰一人、挨拶を交さうとするものはなかつた。彼等は、たゞ己れだけの存在しか認めないやうなよそよそしい素振りで、目前の空間を凝視しながら歩いてゐた。その実、彼等の心は、蒼白くあたりに光つてゐるのである。

——チエツ、あのふとつちよが来やがつたな。マドロスパイプはどうしたい！

——よし、よし。

——ほい、また逢つたな、低能！

——わたし、誰だつて見やしないことよ。

——ちびのくせに、なんだその威張りかたは。馬鹿野郎。

——どいつも、俺よりも低いわい。

——ふん、糞でも食へやがれえ！　お前になんざ、使はれてゐねえや。

——わたしの美しいのが、そんなにあなたのお気に召して。

——孔雀のやうに歩いてみませうか。ほら。

——耳のとこが可愛いな。

——助平爺！　惚れてなんかやらないことよ。ランラ、ランラ、ラララ。

——馬鹿看守、貴様は、アラスカの馬賊だ！


外人経営のある貿易商会の若いアメリカ人は、入口の扉《ドア》から廊下が見通しになる位置に、よくタイプライターを打つてゐた。もし誰かがその扉を閉め切るものがあるなら彼は、いつの間にか立つて、それを二三十度の角度に手前へ引いておいた。隣りのオフイースにゐる美しい女事務員が、——もしかすると廊下へ出て来ないとも限らない、——それを見張つてゐるのである。

麒麟のやうに細長いその青年は、——異人なので年齢がちよつと見当つかないが、寸分の隙もなく奇麗に磨ぎたてゝゐる若々しさから、おそらく二十五六ではあるまいか。慌しく席から立つて、廊下へと出て行つた。……

若い外人の前には、牡丹色のユニホームの女が、ヘルド草履を引きずらせながら歩いてゐた。若い外人は、すぐその女の脊後に近づいた。そして、その細長い上半身を前へかゞめながら、女の肩先きに軽く手をのせた。

「どちらへ、行きます?」

若い外人は、かう鮮かな日本語で、やさしく云つた。振り返つた女は、羞しさうに微笑んだだけであつた。

「お先きに、ごめん。」

若い外人は、急用でもあるかのやうに、先に立つと、蛇鳥のやうな大股の早足で、ずんずん歩いて行つてしまつた。彼は、廊下を一巡りすると、また、済した顔でタイプライターの前に座つた。

女事務員は最初、前から来る知らない若い外人が、自分に微笑を送つてゐるのに気づいたとき、「厭な異人だこと。…」さう勝利者のやうに呟いただけのことであつた。それを何遍か繰返してゐる中に、彼女の気持は変化してゐた。「外人つて、耻知らずなんだわ。でも私は、それほど異人から好かれる型《タイプ》なのかしら?」……

「をかしい方ね。」

さう思つた女は、彼女の方でもつひ微笑してしまつた。すると、その日の午後廊下を歩いてゐた彼女は、にはかに漾つて来た強い香水の匂ひに心をほのかにさしてゐると、背後から突然に、肩先きへ手をかけられた。

「どちらへ、行きます?」

いつもの若い外人が、かう日本語で囁いた。

不意に驚かされた彼女は、そのとき、冷めたいものを脊筋へ当てられたやうな変手古な表情をして知らぬ振りをしてゐた、だが、それからの若い外人は、すつかり大胆に、馴々しく振舞つた。女が、廊下を歩いてゐると、屹度背後から手をかけた。

「私が、誰よりも好きなんだわ。面白い方。それに親切さうよ。」

女事務員もいつかこんな風に思つて、廊下を歩くときは、背後から迫つてくる若い外人を、心で待つやうになつて来た。

若い外人は、いつものやうに、女の肩に軽く手を置くと私語いた。

「ゆうべは、いゝ月でしたね。」

――なんて、美しい言葉なのでせう、と女事務員はうつとりとして、

「えゝ、いゝ月でしたわ。」

と、口の中で応へた。外国人の癖に、月を美しがるなんて、たゞの事務員ではない。詩人なのだわ――と彼女はさうたのもしがつた。――若いアメリカ人と、女事務員とは、かうして友達になつた。

ある晩女は、男に伴れられて帝国ホテルに夕食をとりに行つた。二人が、一緒に散歩したのはその晩が初めてゞあつたが、彼等がホテルを出たのは、その翌る朝、それも午近くであつた。女の姿はもういつもの廊下には見えなくなつた。貿易商会の扉は、きちんと閉められてあるやうになつた。

だが、幾日と経たない中に、その扉は、また細目に開いてゐた。隣りのオフイースへは、新しい女事務員が来たからである。

若いアメリカ人と、この新しい女事務員との間に、前の場合と同じやうなプロセスが繰返された。

「どちらへ、行きます。」

「ゆうべは、いゝ月でしたね。」

だが、若い外人にとつて甚だ勝手の違つたことは、いくら誘つても女が、帝国ホテルへだけは行きたがらないことであつた。

「今度ね。屹度お約束いたしますわ。」女は、いつもさう云つてにげてばかりゐた。その癖若い外人は、女からよく観劇や散歩に引きずり廻されてゐたのであるが。……


彼等の間では、きまつて月初めになると、不平と痼癪とが膨脹して、いまにも爆発しさうな険悪さを示した。一ケ月の労役に酬いられることの如何に微少であるかといふことを、いやいやながら泌泌と知らされるからであつた。生活らしい生活は愚か、衣食費さへ満足に充し得ない手当で、彼等を頤使してゐる少数者が、考へてくると癪で癪でたまらなかつた。それほど不満に思ひながら、それらの頤使に甘んじてゐる己れ自身に腹が立つてくるのである。――ハイ。ハイ。ハイ。ハイ。ハイ。ハイ。……痛ツ！　蹴りやアがつたな！　喧嘩か！　腕突くなら貴様などに負けやしないぞ！　……馬鹿……馬鹿……我慢しろ！　我慢しろ！　なんだその顰め面は……。

「いつまで我慢するんだい！　みんなが厭なら、僕一人で社長へかけ合ふぞ！」

と彼等の一人は、昂奮して怒鳴つた。

「だが、その結果、もしものことがあつたらどうする？」

「もしものつて、辞させられることか。」

「うん。」

「その点だよ、考慮を要するのはね、」――と、いかにも教養のありさうな男が口を挟んだ。「……足りないから多くしたいといふのは分つて居るが、そのためにすべてを失ふやうなことがあつてはね……」

「さうだ！　第一の問題は、背水の陣を敷くだけの覚悟があるかどうかの問題だ。」

と、もしものことを気にして居るロイド眼鏡が、ためらうやうに云つた。

「僕にだけは、既にその覚悟はある。」と昂奮して居る男が、昂然と云つた。そして、さいぜんから黙りこんで居る一人に云つた。「――君、君はどうなんだい？」

「僕か……」とその男は答へた。「僕は、みんなが結束するといふなら、なんでもやるよ。だが、僕が社長のところへ出かけて行つても、効果はないよ。」

「どうして？」

「実は、僕この頃、社長の機嫌をひどく損ねて居るんだ。一週間ばかり前だつたがね。」とこの男も自分のことを語るときに雄弁になつた。「……こゝの帰りに、友人と一緒にエレベーターの中で大きな声で活動写真の話をして居たんだ。ところがね、ふと側を見ると、社長《おやぢ》の奴がにやにや笑ひながら立つてやがるんだ。変んに冷笑するやうにね。で僕は、勝手にしやアがれと思つて、一層声を大きくして喋り出したんだ。それからといふもの社長の奴、どういふものか僕には冷淡になつたのだ。」

「僕だつて、さうなんだ。」とスコツチの洋服のポケツトからハンケチをのぞかしてゐる男が口を挟んだ。「僕のはもつとひどいんだ。そら、社長の鞄をもつて僕が×××へ行つたことがあつたらう。あのときなのだが、鞄なぞもたせやがつて、僕は最初からつむぢが曲つてゐたんだ。するとM駅を降りてすぐ坂路になる途中なのだがね、そこの道が二つに岐れるんだ。僕は、その辺へよく遊びに行つたことがあるので、道案内役といふ意味で伴れて行かれたのだらう。それだのに、碌すつぽ知りもせぬ癖に社長は、左の道が近いと云ひ出したんだ。いや、右の方が近いのですつて僕がいくらいつても、どうしてもきかないのさ。云ひ出したら、是が非でも通さなければ承知せぬ社長のことだらう。そこで僕は、面倒臭くなつて、そんなら私は右を降りますつて、ひとりでずんずん歩いてしまつたんだ。そして坂を降りきつたとこに橋があるんだがね、その橋まで来て社長はと振り返つてみると、社長の奴、まアだ左の方の坂の途中に、テクついてゐるのさ。ざまアみろ！　つてな痛快な気持にはなつたが、弱つたことには、すつかり御機嫌を損じてしまつてね。……」

「それにだ……」と、彼等の中で唯一人の法学士が云ひ出した。

「馘首なんてことは、怖くもないがね、僕には、あんな低劣な社長の前で、生活難や金銭上のことを訴えるのが不愉快なんだ。第一、僕の誇りは、それを許さないだらうよ。我々には、我々の誇りがあるからね。」

「さうだ。この問題は、よく考へてみようぢやないか？」

「熟慮を要するね。」

「何百回、熟慮しろといふんだ！」

と、さいぜんから昂奮してゐる唯一人の左傾派は吶鳴つた。その男は、いきなり立ち上ると荒立しく扉を開けて廊下へと出てしまつた。

「なんといふ卑屈者の集りだ！　熟慮とはなんだ！　臆病犬のことだらう。自分ひとりでこつそりと、社長の前でチンチンの真似でもするがい丶！」


ふたりはよく、日に幾回となく廊下であつた。便所で逢つた。だがふたりは、よくもかう廊下をばかり歩く奴だ！　などと相手を不審に思つたことはなかつた。何故といつてふたりは自分もさうであつたからである。いつのまにかふたりの間には、闇黙の中に、ある懐しみと慕しさと、それにをかしさとが湧いて来てゐた。だが、お互をよく知つてゐなかつたから、ふたりはつひぞ話合つたことはなかつた。それが、ふたりで大理石の便所に肩を並べて立つてゐるとき、ふたりは殆ど同時に失笑してしまつた。そしてふたりは気まりが悪さうに顔を顰めてしまつた。

用を足した二人は、ずらりと並んでゐる洗面器の前に、ちよつと間を置いて立つた。そこでふたりは、壁にある鏡にうつる自分の顔をみたとき、今度はくすつと大きく笑ひ出した。共通なユーモアのタツチを自分の顔から感じたからである。一方の、樫の木のやうにのつぽな、不細工な顔をした男が、相手の男を顧みて云つた。ふたりが、話合つたのは、これが最初であつた。

「小便ばかりが出て、困りますな。」

「さうです、実に、くだらんことです。」

話しかけられた背の小さな男は、かう慍つてゐるかのやうに応へた。そしてふたりは、今度は声を出して笑ひ出した。

便所といへば、こんなエピソードがあつた。

退出時間も過ぎて、エレベーターの運転も緩慢になつて来た頃である。昇降機の檻の中に蒼白く疲れ果てた男が、幽霊のやうにぽかんと突つ立ちながら、降りていくのが見うけられた。ユニフオームを脱ぎ捨てた女事務員は、厚化粧に時間をとつて、闃然とした廊下を急いでゐた。……

洋式の冷めたいW・Cに腰をおろして居た男は、大理石の壁を隔てゝ、隣の密室から洩れてくる話声に耳をそばだたせた。

「……わたしだつてね、亭主と別れるまでには、それア苦労をしたわ。」

低いながらにハキハキした中年の女の声であつた。

「いまは、うちの方はどうしてるんだい？」

かう云つてゐるのはまがひもない男の声であつた。

「わたし？　ひとりよ。」

話声は、それきり止んでしまつた。だが、息苦しさうな抑揚のあるそれだけの言葉から、見えない隣室の気配を、十分に感じさせられた。聞いてゐる男はまだ若かつたので、胸が高鳴りするからだで、思はず呼吸を殺した。

「忌々しい奴等だ！　ひとつ突止めてやらう。」

若い男は、さう思つて、用事を急いで外へ出た。

しばらく経つと、男女の私語の洩れて来た隣りの扉の明く気配がした。それを待つてゐた若い男は、相手を恥しめない努力をしなければならなかつた。手を洗つてゐるやうな素振りをしながら、チラツといま扉の開いたW・Cの中を敏速に一瞥した。一人の年寄りが、下ツ腹でも痛むかのやうな顰めツ面をして、のろくさとそこから出て来た。――いや、よくみると、まだ三十五六が本当の年齢かも知れないのである。だが、肩を円めて俯向き加減の容子といへ、よれよれのセルの袴といへ、どうしたつて年寄じみてゐる男であつた。だが、そこからは、この年寄りひとりしか出て来なかつた。

「あまり変だから私は、その男が居なくなつてから、もう一度そこを開けてみたのです。だが、遂に女の姿は見えませんでしたよ。女なんか、もともと居なかつたのでせう。」

とその若い男は、面白さうに話した。

以上のやうな小話を積み重ねて行つたならば、この山の如き巨大なビルデイングよりも数百倍の蜃気楼が沸々として逆つて、恐らくは大気を隅々まで埋めてしまふであらう。ところで、鉄と石と土砂とで築きあげられたこのビルデイングは、常にその勃々たる蜃気楼を威嚇し圧縮して檻の中に押し込め、豪然として聳えて居た。大気が曇らうと、または晴れようと、その檻の中に変りはなかつた。だが、さしもの巨像も決して破壊が不可能でないといふ証には、一昨年の大地震のときには、無残にまで破損したことである。

この頃は、その修繕と補強装置とをかねた工事が、最新式の機械によつて施されて居た。無数の人々もその下で働いて居た。かつては足尾事件の主謀者として投獄されたことのあるソシアリストのH・Tも、変名してこの工事に働いてゐた。だが彼は、施工を装ふては、鉄骨めがけて力一杯にタガネを打ち込んで行つた。と云つて彼が、微少な彼一個の力をもつて、この巨大な檻を敲き壊さうと努力して居るのではない。たゞ、多くの同志が、思ひ思ひの立場に拠つて、あらゆる機会に於て、あらゆる人生の檻を破壊すべく鉄槌を揮つてゐる共同作業を、彼はそこでも、倦まずに働いてゐるに過ぎなかつた。

——十四年三月——

（「文藝時代」大正14年4月号）

首

藤沢桓夫

もしもそれが莫迦げてゐないなら、それは何の魅力も持たないであらう。　アナトオル・フランス

まるで疾風《はやて》だ。骨張つた建物が、ヘツドライトの寝不足な視角のなかに、蒼ざめ、盛り上つては地の底へ沈んで行く。行く。行く。電柱が、突如、現はれ、腰を屈め、消えた。運転手がハンドルをひねると、街路樹の大通りがL字形にひん曲つた。教会堂の尖塔が、痙攣しながら、自働車に倒れかかつて来た。大きな大理石《マアブル》の橋のかかりで、自働車は、老婆の幻覚を轢き殺した。頑丈な欄干が、アカデミツクな遠近法で、両側から、私に肉迫して来た。

冬の都会は、午前二時の、暗闇だ。悶絶した隧道だ。雪雪雪雪雪雪雪雪の交錯舞踏を縫ひ、自働車は、ドイツ産の闘犬を想ひながら、ひたすら、驀進した。……

これが、今夜の、私の気紛れだつた。

――工場も、銀行も、株式市場も、劇場も、――都会はすっかり寝鎮まつてゐるのだ。……

この考へに絶えず私は微笑んだ。活動を停止し切つた都会のなか、この自働車のみが、爆発の持続に耽つてゐるのだ。力動的な生活に興奮してゐるのだ。私はこの自働車を都会の胃袋だと感じた。この自覚が私を幸福にするのだ。――私の魂は、乾いた白紙のやうに、炎上した。

或る街角で、私は、腰掛から滑り落ちた。鼻血だ。冷淡な運転手は、軽卒な私を尻眼にかけると、なほも速力に縋りついた。私は、手巾で鼻を押へながら、起き直つて、背後の小さなセルロイドの窓から、遁走して行く覆面の風景を追つた。

無数の建物を追ひ散らしながら、しかもなほ、この自働車は、雪の一団に追はれてゐた。

突然前方に現れた警官の停車命令《ストップ》を、自働車は宙天に跳ね上げた。

街路樹を踏み潰しては進んだ。電柱をへし折つた。風流な建物に突き当ると、私の上に、ヴヱニス風の露台が墜落して来た。自働車は踵を傷めた。

街幅《まちはば》が痩せて来た。赤いポストに衝突すると、自働車はつひにパンクした。

仕方なしに、私は、運転手のポケツトに銀貨をいくつか抛げつけると、車扉を押し開いて、凍《い》てついた土瀝青《アスファルト》の上へよろめいた。

場末だ。濃霧に中毒した暗闇のなかに、血色のよくない、発育不完全な建物が、凭れ合つて、悶絶だ。

寒さ。耳と手とが私から逃げた。雪は私の全身を夜の豹にした。私は、外套に溺れ、歯を鳴らしながら、あたりを見廻した。すぐ近くに、一軒の家が起きてゐた。その家の仄赤い窓の瞳が、私に歩みよつた。鉛の看板の字を私の眼は右へ流れた。ペリカンの酒場。雪を振り落すと、私は、その家に跳びこんだ。

炙り肉の匂ひだ。煙草の濃霧が、螺旋状に、私を捲き入れた。熾烈な燈火《あかり》の音楽だ。その表面に円卓がいくつも抱き合つてゐた。暖炉が火事を。野蛮なそれでゐて抒情的なヂヤヅバンドに合はせて、好意の持てる二人の無頼漢が格闘してゐた。酔つぱらつた五人の大学生が、ブランデイの壜を翳《かざ》りながら、猛獣賦を怒鳴つてゐた。老いたる楽師が弦《つる》なきヴアイオリンと眠りに落ちてゐた。若い金細工職人のたくましい両腕が、踊り子の二つの乳房を抱いてゐた。屠犬師と泥棒の一団は賭博に燃えてゐた。一人の掏摸の胸もとには匕首がささつて血が滴つてゐた。その男は、笑ひながら、動くフライを喰べてゐた。

部屋の隅に、一人の化石が突つ立つてゐた。女の乳房を具へた、たくましい男の裸体だつた。その化石の首は時計になつてゐた。針は午前三時を指してゐた。その下で、二人の化学者が、嵐を起す相談に耽つてゐた。一人の衒学的《ペダンテイク》な踊り子が、相槌を打つてゐた。が、話しが往往形而上学《メタフィヂックス》へ乗り上げるので、彼女はむしろ欠伸に慴れてゐた。私はその隣りの円卓へ陣取つた。

酒場の亭主はまさしく猶太人《ヂユウ》である。彼は、禿げた小男で、ひどい近眼で、ひどい跛だ。私はアブサンを註文した。今まで夢想によつてのみ満足してゐた生活の思ひがけない実在に、私は、大きなグラスで立てつづけに煽つた。血管がふざけ出す。私は声帯を爆発させたくなつて来た。

踊り子が四人、染色された裸体、華奢な弾丸の夢を織つてゐた。

チヨコリツト色の縮れ毛。青い梨の瞳。背の高い娘が、微笑を、送つて来た。アルコオルの月だ。が、私の瞳は、ひたすら、マンドラのやうな彼女の腰に、秋波を通はせた。

彼女は、踊りからすり抜けると、近づいて来た。

——今晩は。あなたは画描きさんね。……

彼女は私の円卓へ腰かけた。彼女の直覚力が私を嬉しがらせた。

——君はミランダと言ふんだらう。

私の当て推量を彼女は好遇した。私は、この柔かな楽器を膝の上に抱き上げて、殉情の即興曲《アンプロンプテユ》を奏しはじめた。

——あなたの祖先は駝鳥でせう。まるで野蛮だわ。……

この従順な牝猫は、ひりひりと歯痛のやうに笑つて、私の耳朶を噛んだ。

すさまじい咆哮が、突然、快く私達を揺《ゆす》つた。格闘をしてゐた無頼漢の一人が、他の一人の心臓を引きずり出して、オレンヂの壁に抛げつけ、フオオクでぐさりとそこへぶら下げたのだ。みんなが拍手した。彼等は、一瞬前の敵味方は、火山の哄笑をしながら、男女のやうに、抱擁し合つた。

彼女に私の長い頭髪を拗《むし》らせながら、彼女の心臓を覗いてゐることに、私は深い快楽を感じた。……

跛の亭主は梟である。性急に、円卓から円卓へ酒を注いで廻りながら、絶えず、躓いた。それが私を面白がらせた。

——スインコペイシヨンだね、あの歩き方は。

さう言ふうちにも、躓いて、彼は、泥棒の一人の右掌に繁殖してゐたカアドの一枚、スペイドの女王《クヰン》に接吻した。大学教授の髯を生やしたその泥棒は、亭主の禿げ頭で燐寸をすつて、脣で気絶してゐたパイプを蘇生させると、振り向きもしないで、勝負に潜入して行つた。

——もつとアンダンテに歩くといいのだわね。……彼女は、いかにも可笑しさうに、掌を打つて、亭主の後姿を見送りながら言つた。——あたしの父よ。……

明るい朝だ。

ミランダは、私の画室に臥そべつてゐた。裸体。これが彼女の最も高価な服装であつた。私は、彼女の腰を焦点として、ブラツシユを使つてゐた。

カンヴスの上で、私は、彼女の美の分析的研究に没頭してゐた。私は彼女に、頭髪《かみ》長き大古の夕暮れと、蘆間の繁茂と、蒼ざめたギリシヤの水甌と、好戦的なサラセン人の幻想と、麝香鹿の狡猾と、東洋の機織り娘の牧歌的な情欲と、そして都会の空に無数に憔悴する工場の触覚とを感じた。彼女の腰に、私は、懐中時計の心臓に似た、メカニズムの美学を発見した。

彼女は一瞬間もぢつとしてゐなかつた。ゐられないのだ。生活力が潑溂と彼女から滴《したた》つてゐた。彼女は、繊細な力動的な美の、永遠の変化をつづけてゐた。この変化の追及に、私のブラツシユは、ともすれば疲れた。

最初、彼女は、私の画室に来ることをいさぎよしとしなかつた。私は彼女の偏見を哂つた。

——でも、あたしの父は、浮華の大理石浴場で腐敗して行くブルジオワをやつつけねばならないつて言つてるわ。彼等は生活の樹を枯らせる菌類ですつて。人生の腸結核ですつて。

——それは賛成だね。……と私は言つた。——ブルジオワは確かに嘔吐を孕んでゐる。確かだ。しかし、彼等を除いた人間——いや、人生それ自身が、存在の価値を持つてゐるかどうか、第一、それが疑問だ。君達は、この賢明なるものには倦怠の、愚かなるものには妥協の人生の、一体、どこに生き甲斐を見出すのだ？　駄目だよ。この行きづまつた世の中で、飛行機乗りのみがわづかに救はれる。とイタリイの或る天才が叫んだよ。

——では、どうしたらいいの？

——みぢめな理想論だが、この地球を爆発させるのさ。……ブルジオワもペリカンの酒場も一緒くたに。……私の瞳は燃え出した。

——私達も？

——ああ、私達も。

——ほつほほほ。あなたは莫迦ね。

彼女は考へ深く笑つて、少し間を置くと、また口を開いた。

——快楽は一体どうなるの、ヘンリイ？

瞬間、喜ばしい悲哀が私をかすめた。

——快楽は人生の忘却だ。人生への華やかな反抗だ。その力だ。この瞬間に、私達は永遠の滅亡を夢見るのだ。快楽はみぢめな人間に悲愴な精神を創造する。この瞬間に、私達の全感覚が、燃焼し、化学変化し、永遠の滅亡と渾然融合するのだよ。

——でも、私達はそれがどんなにはかない捉へどころのないものであるかを知つてゐるわ。

私達は抱き合つた。二枚の落葉。私達の脣が、縺れながら、舞ひ上つた。

春が近い。地下鉄道の停車場。公園。寄席。オペラ。絵葉書屋。橋。色んなところで私はミランダと密会した。彼女の心臓を覗くにつれ、私は彼女により深い魅力と讃嘆と執着とを覚えた。

私はペリカンの酒場へも出かけて行つた。そこで私は彼女に情夫のあることを発見した。が、私はひしやげた鼻を持つたその男に決闘を申しこむ勇気を持たなかつた。彼は、重量拳闘の選手で、力瘤で出来上つてゐた。

私は彼女に二人きりでどこかへ行つてしまはうと言つた。が、彼女は取り合はなかつた。彼女は私の哀訴が世話染みてゐるのを面白がつた。

――心配しなくつたつていゝわ。あたし、ほんたうはあなたを愛してゐるのよ。ほんたうよ。あの男は魂を持つてゐないんだわ。でもね……

彼女は、ちよつと切つて、気の毒さうに、痩せた私の手足を眺めた。

――でもね、あの男と言つたら握力計を壊してしまふんですわ。

私は自分の肉体を省みて赤くなつた。

私は彼女の言葉を信じやうとした。が、やがてはかない恋に終るであらうことは呑みこめた。

私には婚約した女があつた。宝石と、化粧液と、香水の匂ひと、衣《きぬ》ずれと、手入れした捲毛《ロック》と、飾りのついた手袋と、自尊心と、道徳堅固な情慾と。彼女はいつもこれだけを身につけてゐた。

私は、ミランダと恋に落ちたことを、ロオルに対して済まないとは思はなかつた。私達の交際《コオトシツプ》がどれだけ虚偽と噛み殺す欠伸に富んでゐたことか！　私達はほんたうに愛し合つてゐたのだらうか？……

私はロオルに手紙を書いた。別れねばならない。午後七時に或る公園の入り口へ来てもらふことにした。

夕暮れ。まだ燈光《あかり》がやつて来ない。私はすこし早すぎた。一足家から踏み出すと、建物の歪んだ額が、四方八方から、重くのしかかつて来た。血色のよくない、発育不完全な風景よ、灰色よ、お前は依然として悶絶してゐる。

――私のブラッシユよ。明日よ。私は都会を深紅で塗り潰さう。……

だが、無力な空元気だ。私の心臓は萎んで来た。私はみぢめな伏し眼である。

――誰か――ああ、そこに死んで突つ立つてゐる馬でいい。私の瞳を瞶めてくれ！

駄目だ。馬は、漆塗りの車体を背負つて、化石だ。御者は居眠つてゐる。彼は、褐色の鬣にぶらさがつて、水道の栓のやうに、凍えた生活を捻り出す指だ。

私は、項垂れて、ステツキにすがりつく。私は上を見るのが怖ろしい。夕暮れの都会には空がないからだ。

燈光《あかり》が、一斉に、街並《まちな》みに、跳びついた。私の憂鬱が　ゆ　つ　く　り　嚏をはじめる。私はだだ広くなるばかりだ。

或る家の前で躓いた。私は涙を嗅いだのだ。窓。突然、好奇心に明るくなつた。私は覗きこんだ。

庖厨だ。好色な二重瞼の、右の二の腕のすてきに太い女。三十六歳が、手鍋を瓦斯炉にかけ、色んな化粧液と香水とで、明日を料理しやうとしてゐる。ところが、どの手鍋にも、底がない。それで、女は涙。白いエイプロンに塹濠を掘つてゐるのだ。おせつかいな私よ。窓硝子に視覚を装置した。

——奥さん。一体どうなすつたのです？

——余計なお世話ですわ。……と彼女は私を突きさした。が、すぐにまた、塹濠だ。

——明日を料理しやうと仰有るのですか？

ひるまないで、私は、白粉を肥料にした顔の皺を数へた。まあ！　と女の瞳が呆れた。

——あたりまへですわ。

危く吹き出しかけた。私は、慌てて、咳嗽でごまかした。そして、更めて、快活に笑つて見せた。

——はつははははは。奥さん。何もお嘆きになるには及ばないではありませんか。

——？……野心と希望とで彼女は膨脹した。

——あなたは明日が唯一つしかないと盲信してゐらつしやるんでせう。……あなたの乳房の上に、そのすてきな右の腕をお載せになれば、それでいいではありませんか。

——それは時間の逆行でせう？

——さうです。さうです。すべてが蘇生して来るではありませんか。十七歳も。橋の袂の初恋も。青みがかつた露台の夢も。はにかむ太股も。第三の恋も。第四の恋も。……

莫迦な女だ。私の親切に聾を装ふのだ。答へない。反感。私はそれを意地悪さに変色させた。

——それとも、奥さん、凋れ切つた乳房が腕の太さを拒絶するとでも仰有るのですか？

怒れる手鍋が私目がけて驀進して来た。逃げ出す私は、仄かな微笑を噛みしめた。

私は公園に森林の幻影のないのを悲しむ。公園は、単に、すこし大《おほ》まかな感傷家《センテイメンタリスト》に過ぎない。この意味で、私は、シエイクスペアを公園と聯想する。

月が出た。メロンのやうな、気稟のない月だ。影を引きずり、口笛でタランテラを散らしながら、私は公園にはひつて行つた。

樫の大樹。噴泉の嗟嘆。仄白いベンチ。青い夢。衣ずれとともにロオルが現れた。

——やあ。お待たせしましたか？

——お待ちいたしました。

——永いこと？

彼女は二の腕を月光に持ち上げる。神経質なプラチナが瞬いた。

——今、七時三十分でございます。

この調子だ。私は重くなつて来た。こんな場所で待たせたことに立腹してゐる横顔よ。ミランダより整つた、しかし、魂にまで化粧をしてゐる横顔よ。私は瞳を土に取り落した。………

それから一時間、私達は一語も交へずに公園を歩いたのだ。いざとなると、何だか莫迦らしくつて、私は用件を切り出す気になれないのだ。仕方なしに、私は黙つてゐる。私が切り出さない限り、彼女は美しい啞だ。私は逃げ出したい衝動に悶えた。

公園を出ると、喪服を着たすばらしく高い建物に突き当つた。私はこの塔のやうな建物の頂上に登つてみたくなつた。そこから内気な都会全体に叫びかけたい熱情に駆られた。私はロオルの同意を求めた。私達は昇降機《リフタア》に乗つて長い旅行の途についた。


――夜空を支へる露台。誰もゐない。下界が小さい。私はピストルを持つて来なかつたことを悔いた。ずつと距離の近くなつたメロンの月に発砲する愉快さを想つた。

月光を鍍金しても、都会は、やはり、灰色だ、悶絶だ。唯、場末の、盛り場の方だけが、赤、反逆的な赤、廻転に灼熱してゐる。都会の心臓だ。私はその焦点にペリカンの酒場を描いた。

寒さが刃物だ。静かにロオルが私により添つて来た。彼女の呼吸が走つてゐる。私は燃え出して来てゐる彼女を感じた。と、私は彼女の魂をコンヴエンシヨナリズムから救ひたい衝動に溺れた。私は彼女の肩に手をかけて彼女を抱きよせやうとした。すると、意外！彼女ははつと身を翻して後へさがつた。そして、さげすむやうに、たしなめるやうに、私を睨みつけた。

訳の解らない感情が音立てて爆発した。私は、いきなり跳びかかると、彼女の唇に嚙みついた。彼女は失神した。自尊心の女よ！失神しても、彼女は突つ立つてゐる。

憤怒と嘔吐と悔恨との混合液。飽和度を突破した私は、両手で、自分の首を、胴体から引き離すと、いきなり、それを都会の心臓目がけて、抛げ下した。風を切り、首は、加速度の法則に従つた。私の身体は、失神して突つ立つてゐるロオルを露台に残したまま、塔のやうな建物から逃げ出した。


――ペリカンの酒場へ。ミランダの愛撫へ。……私の心は駆け足だ。

が、二三町行くと、一匹の犬がけたたましく吠えついた。犬の数は群集のやうに増加した。吠え立てながら、彼等は私に肉迫して来た。が、或る一定の距離以上は、近づいて来ない。

首。首だ。首がない。ああ！私は、今、早まつた自分の失策に気がついた。

私はミランダを想つた。彼女は首のない恋人を棄てるだらう。私は泣き出したくなつて来た。私は自殺に傾かうとした。私の足は鈍つた。

が、それにも拘らず、不思議な力が、私をペリカンの酒場に吸ひよせた。気がつくと、いつか、私はその家の前に来てゐた。野蛮なそれでゐて抒情的なヂヤヅバンドが、私の身体を引つ張るのだ。

絞めあげる苦痛。永いこと、私はためらつた。

——くくくくくくくくくくくくそつ！

思ひ切つて、私は、扉を、ぐいん！　と押した。ミランダの腕に抱かれて、首が、私を待つてゐた。


（「辻馬車」大正14年5月号）

兵士について

——一名、如何にしてキエフの女学生は処女にして金をもうけるか？——

村山知義

兵士——可憐なスポーツマン——は足を片々づつ上げ下げしながら、火のついてゐない紙巻を口のはじで噛んで歩いて行つた。彼はスポーツマンではあるけれど、あの柔らかく鋭い身体をひらひらとさせて五分の一秒だけよいレコードを作るためにあつたら若い時代を無駄に使ふばか息子とは全く異つてゐる。兵士は伯林の少女である。キエフの女学生である。
キエフの市立の小学校では今日も「恋しきわがつま」を男女生が一緒にうたつた。それが終ると女生徒達はみんな「街の少女」に出掛けて行つた。かういふ小さいのが好きな男もたくさんゐる。小便の臭と同時に若草の臭がするからである。或る女から聞いた話だが私の口もそんな臭がするさうだ。私はそれを聞いてから時々手で同時に口と鼻とを覆つて置いて口からいきを吹き出して鼻でかいだものだが手の臭しかしなかつた。といふのは肉の臭と一緒に銅の臭、鉄の臭、油の臭がしたのである。キエフの市立小学校はハイカラで、飛び切りの上玉は風が吹くとヘナヘナとする麻類の服を着て、天鵞絨の大黒帽を斜めにかぶつてゐる。帽子の縁からは褐色の太い編髪が二本肩に垂れてゐる。深い黒味を帯びたカサカサの毛だつたら猶太人だから用心しな。彼女等は若い時は綺麗でも中年過ぎると石臼のやうに肥るからだ。キエフの市立小学校の女生徒のスカートは膝のちよつと上迄、靴下は脛の真中迄だから、その間はむき出しのわけである。膝小僧の形をよく見ると、皿の真中がちよつと凹んでゐる。鳥毛立つたやうな調子に皮膚がたるんでゐる。恵まれた男がここを撫でて見ると、グリグリして骨と皮膚とが滑らかにぐれ合ふのである。膝小僧の下がぐつとひつこむとそれから下が例の凄いすべらつこい脛である。兵士が横つちよを通る。尻の恰形のいい兵士が通る。凄い眺めである。

　街の角の大きな煙草屋の店には柱が二本づつ三ケ所に立つて、その上に平べつたいバルコニーをのつけてゐる。その柱がひどく面白いので、この角全体がひき立つてゐて、通る者のよろこびとなつてゐる。鉄で、緑色に塗つてある。すつくとしてゐて、飾りはたくさんあるがごく細いから、おつたつた二本の単なる直線であることをちつとも害しない。上の方バルコニーと連る所に何かの葉と茎の形の透し彫の鋳物が附いてゐる。見なければわからないだらうが、この柱はいいものだ。その下を兵士が通る。尻の恰形のいい兵士が通る。たくましいものだ。

　空には雲が出た、上の縁が真白で描いたやうで、下の方がずーつとぼけ込んでゐる。雲から街燈が一つぶらさがつて、すてき黄色い光で硝子が光つてゐる。その下を兵士がスクリユウのやうな尻で通つて行つた。

レモナーデ屋でもう一人の兵士がレモナーデを飲み終つて歩き出したが、どうだ、その尻の凄さ！

云ひ忘れたが路は木煉瓦張りでその上にアスフアルトが流してある。埃と日の光で真白になつてゐる。影がその上に切紙細工のやうに附いたり離れたりしてゐる。影は形の上から云へばむろんごくつまらないものだ。よく寄席などで白いスクリーンの上へ、メリヤスを着た女のグループの影を映して見せるのがあるが下らないことだ。何か実物に附いたり離れたりする所が面白いのだ。

　影といつても水の上に映るのはあれは全く別物で影と云ふのも恥づかしい。ルツエルンの下にあるフイーヤワルトシコテツテル湖の上を七月頃シヤツ一枚の兵士がスカールを漕いで行つた時の水の上に映つたものなどは云ふも癪なまやかしものだ。こんなのを見ると折角のチースが臭をかいだだけで吐気を催す程になる。湖の上の影とチースとはごく近しい親類なのだ。

　兵士、兵士——可憐なるスポーツマンは——一日の休暇を貰つて、落葉散り敷く郊外の町へ行つた。まだ朝早かつたから、徹夜した遊蕩児が二人伯林から着いた汽車から降りた。彼等は自分の前を行く兵士の華かな尻を見て圧倒された。むろん彼等のはからつぽだつたし、兵士のは満ち充ちてゐたのである。尻の華かさに引きかえて兵士の心は憂鬱だつた。兵士には一人も恋人と云ふものがなかつたのである。

——ごろつくごろつくごろた石
　堅く緊めたる皮帯の
　一つ残りしめどこそは
　尻のめどにもまがふかな——

憂鬱な兵士はかう胸の内で繰り返しながら落葉を踏みにぢつて歩いて行つた。後から来る遊蕩児達がゆふべ逢つたその同じ運命に自分が今夜逢はうとはこのたくましい兵士は神ならぬ身の知るよしもなかつた。

兵士は森の中で小鳥の歌を聞いた。川つぷちで海水着を着て泳いでゐる女学生達を眺めた。そして長靴の先で川水に触れて見た。草原に横になつて眼をつぶつてゐるとドレスデンで見たラファエルのマドンナが蒼空にぼんやりと浮いて見えた。二人の遊蕩児も同じ草原でうつらうつらとして同じマドンナのまぼろしを見てゐた。二人はその絵に小さな天使たちの肥え太つた尻がいくらもいくらもたくさんあるのに驚いてゐた。湯気を立ててふくらみ切つた川水の上では世界的有名な水泳の名手アリトマン嬢が愛用の自転車を駆つてゐた——

いつの間にか兵士は立ち上つて足のねぢ釘をしめ直し伯林へ帰る汽車に我と我が身を乗せた。冷い夕方となつてゐた。美しい赤坊が兵士の前の席に腰かけて腐敗した乳をだらだらと口から吐き流してゐた。列車の天井からは軽業師の腰巻のやうな去年のクリスマス・デコレーシヨンがまだぶらさがつてゐた。暗い隅では桃色の肉体が靴下を穿かうとしてあせつてゐた。

兵士、兵士、この兵士は闇と埃ですすけた停車場の階段を降りようと足のスクリユウを廻転させた。するとそこにはキエフの市立小学校の女生徒が二人待ち受けてゐた。苺のジヤムのやうな紅い透明な唇と露のやうな眼をしてゐた。金髪が巧みに植えつけてある、木のスクリユウで動く臘人形であつた。

——さあ歩かうよ　スクリユウしめて
　尻と尻とを触れ合はせ
　さあ見ませうよ　眼をはたらかせ
　人道車道の裏表——

二人の女生徒は兵士を真中に挟んで手を組んで歩き出した。そしてイルミネーシヨンのついた凱旋門を見物した。見世物小屋にもはいつた。レモナーデも飲んだ。しかしやがて三人は暗い暗い坂の中途、あはひ、又は行きつめたる項を歩いてゐた。傾いた壁には錆びた手袋が貼りつけてあつた。露路の上には溶けた女の子がだらだらと流れてゐた。その上に浮んだギンが窓から垂れてる真新しい人造絹糸製のコルセツトの光に照らされて夜光虫のやうに輝いてゐた。活動写真は地の下で壊れた楽器に元気をつけさせて影のうすい廻転を続けてゐた。到る処に倒れかかつた壁があり、パタパタと開いたり閉つたりする窓があり、先の知れない入口があり、針金のバイオリンがあつた。何も知らないらしい小さい可愛らしい少女の後姿が、乱髪などをし、まがりくねつた鉄梯子に跫音を立てて昇つて行つた。

　兵士はふくれ上り、尻はズボンを圧した。ズボンとスクリユウとはがつちりと噛み合ひ、エレヴエーターのやうな勢で狭い坂路を昇り降りした。

「むろん一人よりは二人の方がいいさ。」

　と兵士は太くなつた頸で考へて両方の少女をかかえてゐる手を締めた。しかし右側の少女が合図をすると左側の少女はうなづいて、するりと兵士の腕を抜け出て、丁度眼の前にあつた「巡査娯楽所」ののれんの中へ飛び込んでしまつた。それで兵士は

「やつぱり一人の方がいい、道徳上の問題なんだから。」

　と考へ直して、残つた一人に全力をそそぐ事になつたのであつた。

　坂路は尽きてはまた開いた。一万人劇場のクツペルホリゾントのやうな断崖の頂に出て、先は海、と思ふとフト足元に地下道が開いてゐた。ライオンの臭のする地下道を頼りないアセチリンの光でくぐり抜けると巨大なカーヴをして空にかかつてゐる鉄の陸橋の袂に出た。兵士と女生徒の親密な散歩は何時果つべしとも見えなかつた——

　十年間のビラの厚みで張子の岩のやうになつた広告塔の傍に口を開けたみぢめなパラダイスがある。内部はいざ知らず入口だけは万事ロココの意気でしてある。世界がそろそろ黄色くなつて、海でははいつて来る汽笛が汽笛を鳴り響かす頃、兵士と女生徒とはこの入口にさしかかつた。二人の胴は夜のうちに硝子瓶となり、歪な液汁のために一杯になつてゐた。兵士はこの長い散歩の間中にこれだけの事を知つた。即ち、何かを流せば（善汁であれ悪汁であれ、）それは忽ち流れ去つてしまふ故、彼はまた次を流さなければならない。すべての聖いものは云ひやうもなく吸はれる。恥辱は汚水のやうに流れる。人間などの及ぶ所ではない——

　二人は磨りへらされた階段を登つて小さな古い鉄のドアに行つた。少女がハンドルをかちかちと鳴らすと小さな穴から主人のマヨロウヰッツが覗いた。少女が人差指を鍵形に曲げて見せた。マヨロウヰッツはうなづいてドアを開けて二人を入れた。廊下の右手の二番目の部屋が二人のためにあてがはれた。

　兵士の尻と少女の尻とが此の小さな鼠の腹の中へ扭ぢ込んで行つた。その中には小さなベツドが一つと箱のやうな机が一つあつた。

「さあ、このやさしい硝子の臘人形!!」

　と兵士はベツドにどつと腰かけながら思つた。ホテルの主人のマヨロウヰッツが手に鉛筆と紙とを持つてはいつて来た。

「あなたの名前と女の方の名前とあなたの職業をこれへ。」

　と彼は云つて兵士に鉛筆をすすめた。兵士は鉛筆をちよつと

甜つて、

――兵士

村山知義――

と書いて、

「君の名前は?」

と少女に聞いた。

「アリトマン嬢。」

と少女は手さげを箱のやうな机の上に投げ出しながら答へた。では、この女生徒はあの有名な水泳選手アリトマン嬢の娘であつたか、と兵士は思つた。少女は思ひ切つて華かに乱暴に窓枠の上へとび上つてひらりと腰かけた。窓には厚い硝子と鎧戸とがはまつてゐた。少女は褐色の靴下を穿いた脚を交叉させながら天鵞絨の帽子を脱いで髪の乱れを直した。兵士は硝子瓶の腹を波打たせながら、窓に近寄つて少女の足を撫でた。膝の所ではグリグリと骨と皮膚とが滑らかにぐれ合つた。朝の光が鎧戸を洩れてゐる。猶予すべき時ではない。

が、アリトマンは急に兵士の手を跳ねのけながら云つた。

「で、あなたいくら下さるの?」

「いくら?」

兵士はとつさに自分の鈍い把手を廻転させて、さて、パイプオルガンを脊筋から引き出して低いキイを押した。

「いくらつて? 五十でも百でも。」

アリトマンは脚をバタンとさせた。

「うそよ、あなたは三百下さるのよ。」

兵士はたぢろいで笑つてパイプオルガンを押し込んでレントゲン球を出して覗き込んで透して見た。それも駄目だつたので、ルーテルのビール腹を手の上に支へて云つた。

「百五十でたくさんだ。」

アリトマン――そんな名前もうそだらう!?――は口から硝子の条虫を吐き出しながら云つた。

「先に頂戴。」

「五十だけやらう。」

少女の差し出した手の中へ兵士は五十だけ尻のポケツトからさぐり出してやつた。

「もう百下さい。」

「だからあとでやるに。」

「先に下さい。」

兵士は勃然として尻を踊らせて少女をベツドの上へ引き落して紐を解き初めた。少女は烈しく抵抗した。

「百下されば。」

兵士は上衣のポケツトから百出して少女に渡した。少女はそれを口の中へ入れてかがとを床にブツけた。

するとコツコツ、とドアにノツクが来た。

マヨロウヰツツが顔を出してパイプを通して云つた。

「巡査だ! アリトマン、早く逃げろ!」

アリトマンは跳ね起きて手さげと帽子を摑むや否や瓦斯のや

うに部屋から飛び出した。ビンと変な音がしてドアには鍵がかかつてしまつた。

朝の十時になつて、部屋のドアがやつと開けて貰へた。マヨロウヰッツは憐れな兵士の尻を送り出しながら云つた。

「あんたは幸福な方です。もう少しで捕まる所でした。」

兵士はコロヂウムを身体に塗られて海岸通りに歩み出た。

兵士、兵士――可憐なスポーツマン。

かうしてキエフの女生徒は処女でゐながら金をもうけるのであつた。

（「文藝時代」大正14年6月号）

電報

黒島伝治

一

源作の息子が市《まち》の中学校の入学試験を受けに行つてゐるとい ふ噂が、村中にひろまつた。源作は、村の貧しい、等級割一戸前も持つてゐない自作農だつた。地主や、醤油屋の坊つちやん達なら、東京の大学へ入つても、当然で、何も珍らしいことはない。で、噂の種にもならないのだが、ドン百姓の源作が、息子を、市の学校へやると云ふことが、村の人々の好奇心をそゝつた。

源作の嬶《かゝあ》の、おきのは、隣家へ風呂を貰ひに行つたり、念仏に参つたりすると、

「お前とこの、子供は、まあ、中学校へやるんぢやないかいな。銭《ぜに》が仰山《ぎやうさん》あるせになんぼでも入れたらえいわいな。ひゝゝゝ。」

と、他の内儀《おかみ》達に皮肉られた。

二

おきのは、自分から、子供を受験にやつたとは、一と言も喋《しやべ》らなかつた。併し、息子の出発した翌日、既に、道辻で出会つた村の人々はみなそれを知つてゐた。

最初、

「まあ、えら者にしやうと思ふて学校へやるんぢやあらう。」と他人から云はれると、おきのは、肩身が広いやうな気がした。嬉しくもあつた。

「あんた、あれが行《い》たんを他人《ひと》に云ふたん？」と、彼女は、昼飯の時に、源作に訊ねた。

「いゝや。俺は何も云ひやせんぜ。」と源作はむし〳〵した調子で答へた。

「さう。……けど、早や皆な知つて了ふとら。」

「ふむ。」と、源作は考へこんだ。

源作は、十六歳で父親に死なれ、それ以後一本立ちで働きこみ、四段歩ばかりの畠と、二千円ほどの金とを作り出してゐた。彼は、五十歳になつてゐた。若い時分には、二三万円の金をためる意気込みで、喰ひ物も、ろくに食はずに働き通した。併し、彼は最善を尽して、やう〳〵二千円たまつたが、それ以上はどうしても積りさうになかつた。そしてもう彼は人生の下り坂をよほどすぎて、精力も衰へ働けなくなつて来たのを自ら感じてゐた。十六からこちらへの経験によると、彼が困難な労働をして僅かづゝ金を積んで来てゐるのに、醬油屋や地主は、別に骨の折れる仕事もせず、沢山の金を儲けて立派な暮しを立ててゐた。また彼と同年だつた、地主の三男は、別に学問の出来る男ではなかつたが、金のお蔭で学校へ行つて今では、金比羅《こんぴら》さんの神主になり、うま〳〵と他人から金をまき上げてゐる。彼と同年輩、または、彼より若い年頃の者で、学校へ行つてゐた時分には、彼よりよほど出来が悪るかつた者が、少しよけい勉強をして、読み書きが達者になつた為めに、今では、醬油会社の支配人になり、醬油屋の番頭になり、または小学校の校長になつて、村でえらばつてゐる。そして、彼はさういふ人々に対して、頭を下げねばならなかつた。彼はさういふ人々の支配を受けねばならなかつた。さういふ人々が村会議員になり勝手に戸数割をきめてゐるのだ。

百姓達は、今では、一年中働きながら、饉《う》えなければならないやうになつた。畠の収穫物の売上げは安く、税金や、生活費はかさばつて、差引き、切れこむばかりだつた。さうかといつて、醬油屋の労働者になつても、仕事がえらくて、賃銀は少なかつた。が今更、百姓をやめて商売人に早変りをすることも出来なければ、醬油屋の番頭になる訳にも行かない。しかし息子を、自分がたどつて来たやうな不利な立場に陥入れるのは、彼れには忍びないことだつた。

二人の子供の中で、姉は、去年隣村へ嫁《かた》づけた。あとには、弟が一人残つてゐるだけだ。幸ひ、中学へやるくらゐの金はあるから、市《まち》で傘屋をしてゐる従弟に世話をして貰つて、安くで通学させるつもりだつた。

「具合よく通つてくれりやえいがなあ。」と彼は茶碗を置いて云つた。

「そりや、通るわ一年からずつと一番ばかりでぬけて来たんぢやもの。」と、おきのは源作の横広い頭を見て云つた。胡麻塩《ごましほ》の頭髪は一ケ月以上も手入れをしないので長く伸び乱れてゐた。

「いゝや、それでも市に行きやえらい者が多いせにどうなるや ら分らんて。」

「毎朝、私、観音様にお願を掛けよるんぢやものきつと通るわ。」

源作は、それには答へなかつた。彼は、息子が中学を卒業して、高等工業へ入つて、出ると、工業試験場の技師になり、百二十円の月給を取るのを想像してゐた。

三

市《まち》の従弟から葉書が来た。息子は丈夫で元気が好いと書いてあつた。県立中学は、志願者が非常に多いと云つて来た。市内の小学校を出た子供は、先生が六ケ月も前から、肝煎《きもい》つて受験準備を整へてゐる上に、試験場でもあはてずに落ちついて知つて居るだけを書いて出すが、田舎から出て来た者は、さういふ点で二三割損をする。もつとも、この子はよく出来るといふことだから、通ることは通るだらうが、と書いてあつた。

「通つたらえらいものぢやがなあ。」源作は、葉書を嬶《かゝあ》に読んできかせた後、かう云つた。

「もつと熱心にお願をするわ。」

かういふことを、神仏に願つても、効くものでない、と常々から思つてゐる源作も、今は、妻の言葉を退ける気になれなかつた。

源作が野良仕事に出てゐる留守に、おきのの叔父が来た。

「そちな、子供を中学校へやつたと云ふぢやないかいや。一体、何にする積りどいや。」と叔父は、磨りちびてつる〳〵した椽側に腰を下して、おきのに訊ねた。

「あれを今、学校をやめさして、働きに出しても、そんなに銭《ぜに》はとれず、さうすりや、あれの代になつても、また一生頭が上がらずに、貧乏たれで暮さにやならんせに、今、ちいと物入れて学校へでもやつといてやつたら、また何ぞにならうと思ふていない。」と、おきのは答へた。

「ふむ。そりや、まあえいが、中学校を上つたつて、えらい者になれやせんぜ。」

「うちの源さん、まだ上へやる云ひよらあの。」

「ふむ。」と、叔父は、暫らく頭を傾けてゐた。

「庄屋の旦那が、貧乏人が子供を市の学校へやるんをどえらい嫌ふとるんぢやせにやつても内所《ないしよ》にしとかにやならんぜ。」と、彼は、声を低めて、しかも力を入れて云つた。

「さうかいな。」

「誰《た》れぞに問はれたら、市へ奉公にやつたと云ふとくがえいぜ。」

「はあ。」

「ようく、気をつけにやならんぜ……。」と叔父は念をおした。

そして、立つて豚小屋を見に行つた。

「この牝《めす》はずか〳〵肥えるぢやないかいや。」

親豚は、一ケ月程前に売つて、仔豚のつがひだけ飼つてゐる。

その牝の方を指して叔父はさう云つた。

「はあ。」と、おきのは云つて、彼女も豚小屋の方へ行つた。

「豚を十匹ほど飼ふたら、子供の学資くらゐ取られんこともないんぢやがな、……何にせ、ここぢや、貧乏人は上の学校へやれんことにしとるせに、奉公にやつたと云ふとかにやいかんて。」と、叔父は繰り返した。

おきのは、叔父の注意に従つて、息子のことを訊ねられると、傘屋へ奉公に出したと云つた。併し、村の人々は、彼女の言葉を本当にしなかつた。でも、頑固に、「いいえいな、家に、市の学校へやつたりするかいしようがあるもんかいな。食ふや食はずぢやのに、奉公に出したんにきまつとら。」と彼女は云ひ張つた。

が、人々は却つて皮肉に、

「お前んとこにや、なんぼかこれが（と拇指《おやゆび》と示指《さしゆび》とで円《ま》るものをこしらへて、）あるやら分らんのに、何で、一人息子を奉公やかいに出したりすらあ！　学校へやつたんぢやが、うまいこと嘘をつかあ、……まあ、お前んとこの子供はえらいせに、旦那さんにでもなるわいの、ひひひ……。」

おきのは、出会《でくわ》した人々から、嫌味を浴せかけられるのがつらさに、

「もういつそ、やめさして、奉公にでも出すかいの。」と源作に云つたりした。

「奉公やかい。」と、源作は、一寸冷笑を浮べて、むし〳〵した調子で、「己等《おれら》一代はもうすんだやうなもんぢやが、あれは、まだこれからぢや。少々の銭を残してやるよりや、教育をつけてやつとく方が、どんだけ為めになるやら分らせん。村の奴等が、どう云はうがかまふたこつちやない。庄屋の旦那に銭を出して貰ふんぢやなし、俺が、銭を出して、俺の子供を学校へやるのに、誰に気兼ねすることがあるかい。」

おきのは、叔父の話をきいたり、村の人々の皮肉をきいたりすると、息子を学校へやるのが良くないやうな気がするのだつたが、源作の云ふことをきくと、源作に十二分の理由があつて、簡単、明瞭で、他から文句を云ふ余地はないやうに思はれた。

四

試験がすんで、帰るべき筈の日に、おきのは、停車場《ていしやば》へ迎へに行つた。彼女は、それぞれ試験がすんで帰つてくる坊つちやん達を迎へに行つてゐる庄屋の下婢《げぢよ》や、醤油屋の奥さんや、呉服屋の若旦那やの眼につかぬやうに、停車場の外に立つて息子

を待つてゐた。彼女は、自分の家《うち》の地位が低いために、さういふ金持の間に伍することが出来ないやうに、自から、卑下してゐた。そして、また、実際に、汚いドン百姓の嬶と見下げられてゐた。

　やがて、汽車が着くと、庄屋や、醤油屋や、呉服屋などの坊つちやん達が降りて来た。

「お母あさん。」と、醤油屋の坊つちやんは、プラツトホームに降ると、すぐ母を見つけて、かう叫びながら、奥さんのゐる方へ走りよつた。片隅からそれを見てゐたおきのは、息子から、かうなれなれしく、呼びかけられたら、どんなに嬉しいだらうと思つた。

「坊つちやんお帰り。」と庄屋の下婢は、いつもぽかんと口を開けてゐる、少し馬鹿な庄屋の息子に、丁寧《ていねい》にお辞儀をして、信玄袋を受け取つた。

　おきのは、改札口を出て来る下車客を、一人一人注意して見たが、彼女の息子はゐなかつた。確かに、今、下車した坊つちやん達と一緒に、試験がすんで帰つて来る筈だつた。村をたつて行つた日は異《ちが》つてゐたが、学校は同じだつた。彼女は、乗り越したのではあるまいかと心配しながら、なほ立つて、停車場の構内をじろ〳〵見廻した。

「僕、算術が二題出来なんだ。国語は満点ぢや。」醤油屋の坊つちやんは、あどけない声で奥さんにこんなことを云ひながら、村へ通じてゐる県道を一番先に歩いた。それにつづいて、下車客はそれぞれ自分の家へ帰りかけた。

「谷元は、皆な出来た云ひよつた。……。」かういふ坊つちやんの声も聞えた。谷元といふのは源作の姓である。

　おきのは、走りよつて、息子のことを、訊ねてみたかつたが、醤油屋へ、良人《おつと》の源作が労働に行つてゐたのを思ひ出して、なほ卑下して、思ひ止まつた。

　停車場には、駅員の外、誰れもゐなくなつた。おきのは、悄《しお》々と、帰りかけた。彼女は、一番あとから、ぼつ〳〵行つてゐる呉服屋の坊つちやんに、息子のことを訊ねやうと考へた。坊つちやんは、兄の若旦那と、何事か――多分試験のことだらう――話しあつて笑つてゐた。あの話がすんだら、近づいて訊ねやう、とおきのは心で考へた。うつかりして乗り越すやうなあれぢやないが、……彼女は一方でこんなことも思つた。

　若旦那の方に向いて、しきりに話してゐる坊つちやんの顔に、彼女は注意を怠らなかつた。そして、話が一寸中断したのを見計らつて、急に近づいて、息子のことをきいた。

「谷元はまだ残つとると云ひよつた。」と坊つちやんは、彼女に答へた。

「試験はもうすんだんでござんせうな。」

「はあ、僕等と一緒にすんだんぢやが、谷元はまだほかを受ける云ひよつた。」

「さうでござんすか。どうも有りがたうさん。」と、おきのは頭を下げた。彼女は若旦那に顔を見られるのが妙に苦るしかつた。

　翌日の午後、従弟から葉書が来た。県立中学に多分合格してゐるだらうが、若し駄目だつたら、私立中学の入学試験を受けるために、成績が分るまで子供は帰らせずに、引きとめてゐる、といふことだつた。

「もう通らなんだら、私立を受けさしてまで中学へやらいでもえいわやの。家のやうな貧乏たれに市の学校へやつて、また上から目角《めかど》に取られて等級でもあげられたら困らやの。」と、おきのは源作に云つた。

　源作は黙つてゐた。彼も、私立中学へやるのだつたら、あまり気がすすまなかつた。

五

　村役場から、税金の取り立てが来てゐたが、丁度二十八日が日曜だつたので、二十九日に、源作は、銀行から預金を出して役場へ持つて行つた。もう昨日か、一昨日かに村の大部分が納めてしまつたらしく、他に誰れも行つてゐなかつた。収入役は、金高を読み上げて、二人の書記に算盤《そろばん》をおかしてゐた。源作は、算盤が一と仕切りすむまで待つてゐた。

「おい、源作！」

　ふと、嗄《しはが》れた、太い、力のある声がした。聞き覚えのある声だつた。それは、助役の傍に来て腰掛けてゐる小川といふ村会議員が云つたのだつた。

「はあ、」と、源作は、小川に気がつくと答へた。小川は、自分が村で押しが利く地位にゐるのを利用して、貧乏人や、自分の気に食はぬ者を困らして喜んでゐる男であつた。源作は、頼《たの》母子講《もしかう》を取つた、抵当に、一段二畝《せ》の畑を書き込んで、其の監査を頼みに、小川のところへ行つた時、小川に、抵当が不十分だと云つて頑固にはねつけられたことがあつた。それ以来、彼は小川を恐れてゐた。

「源作、一寸、こつちへ来んか。」

　源作は、呼ばれるまゝに、恐る〳〵小川の方へ行つた。

「源作、お前は今度息子を中学へやつたと云ふな。」肥つた、眼に角のある、村会議員は太い声で云つた。

「はあ、やつてみました。」

「わしは、お前に、たつてやんなとは云はんが、労働者《はたらきど》が、息子を中学へやるんは良くないぞ。人間は中学やかいへ行ちや生意気になるだけで、働かずに、理屈ばつかしこねて、却つて村のために悪い。何んせ、働かずにぶら〳〵して理屈をこねる人間が一番いかん。それに、お前、お前はまだこの村で一戸前も持つとらず、一人前の税金も納めとらんのぢやぞ。子供を学校へやつて生意気にするよりや、税金を一人前納めるのが肝心ぢや。その方が国の為めぢや。」と小川は、ゆつくり言葉を切つて、ぢろりと源作を見た。

　源作は、ぴく〳〵唇を震はした。何か云はうとしたが、小川にかう云はれると、彼が前々から考へてゐた、自分の金で自分の子供を学校へやるのに、他に容喙《ようかい》されることはないといふ理由などは全く根拠がないやうに思はれた。

「税金を持つて来たんか。」

「はあ、さやうで……。」

「それさうぢや。税金を期日までに納めんやうな者が、お前、息子を中学校へやるとは以ての外ぢや。子供を中学やかいへやるのは国の務めも、村の務めもちやんと、一人前にすましてからやるもんぢや。——まあ、そりや、お前の勝手ぢやが、兎に角今年から、お前に一戸前持たすせに、そのつもりで居れ。」

　小川は、なほ、一と時、いかつい眼つきで源作を見つめ、それから怒つてゐるやうにぷいと助役の方へ向き直つた。収入役や書記は、算盤をやめて源作の方を見てゐた。源作は感覚を失つたやうな気がした。

　彼は、税金を渡すと、すごすご役場から出て帰つた。

　昼飯の時、

「今日は頭でも痛いんかいの。」と、おきのは彼の憂鬱に硬ばつてゐる顔色を見て訊ねた。彼は黙つて何とも答へなかつた。

　飯がすんで、二人づれで畠へ行つてから、おきのは、

「家のやうな貧乏たれに、市《まち》の学校やかいへやるせに、村中大評判ぢや。始めつからやらなんだらよかつたのに。」と源作に云つた。

　源作は何事か考へてゐた。

「もう県立へ通らなんだら、私立へはやるまいな。早よ呼び戻したらえいわ。」

「うむ。」

「分《ぶん》に過ぎるせに、通つとつても、やらん方がえいぢやけんど……。」とおきのは独言《ひとりご》つた。

　暫らくして、

「そんなら、呼び戻さうか。」と源作は云つた。

「さうすりやえいわ。」おきのはすぐ同意した。

　源作は畠仕事を途中でやめて、郵便局へ電報を打ちに行つた。

「チチビヨーキスグカヘレ」

　いきなりかう書いて出した。

　帰りには、彼は、何か重荷を下したやうで胸がすつとした。

　息子は、びつくりして十一時の夜汽車であはてゝ、帰つて来た。

　三日たつて、県立中学に合格したといふ通知が来たが、入学させなかつた。

　息子は、今、醤油屋の小僧にやられてゐる。


（一九二三、三月）

（「潮流」大正14年7月号）

暮笛庵の売立

室生犀星

「何日に売立があるのです。」

「明後日の朝ですから今晩にでもお発ちになつたら間にあひませう。」

「そんなに困つてゐたんですかね。」

「どれだけあつても足りないんですね。何しろ鉱山の人夫の金がもう払へないさうですから……。」

　暮笛庵は古い城下の南寄りの松に囲はれた庭であつた。竹と石とで作られたと言つていゝほど、竹林が畳まれ石が組合せられてあつた。竹は篠に限られ石はくらまが苔を生やして、低めに土に沈み込んでゐた。篠竹のうしろは猛宗が町家を垣がはりに覆ふて、その落葉だけでも美ごとな腐りであつた。予はそこへ杖を引いたときに池心《いけのしん》から、一羽の灰ばんだ鳥が斜めに立つて、篠竹のむら立つたあたまから猛宗の高い茂みの間に消えた。なるほど古い庭だ、これなら雉子も啼くにちがひないと思つた。

「あれは五位鷺ですね。」

「この森の中にゐるんです。」

　予は案内してくれた人と、竹林の中をもぞ／＼歩いた。むかしはこの竹林も一群れづゝ植えたものにちがひない、一叢一石の趣が継ぎ／＼ではあつたが窺はれた。どこにも水鏡めく雨のたまる石があり、石の皺《しは》や襞《ひだ》にはていねいな苔がぎつしりと生えてゐた。初夏ではあるが何時の間にか扇をつこふことを忘れるくらゐ、ひえ／″＼した微風が湧いた。

「水の音がしますね。」

「えゝ、此処です、うへからは見えませんが……。」

　竹林の中をつらぬいてゐる林泉は、そこへはわざと行けぬやうに茂つてゐて、とうてい其処に流れがあるとは思へないくらゐであつた。あるひは流れを段々に作りあげ、水音を間断なく石と石との間へ落してゐるのかも知れないと思つた。

「これは先刻の池へぬけて出るのですね。」

「一度町の中へ合して又たこちらへ這入つてくるのです。」

　予は数歩の間に白薊《あざみ》の花が石をうしろに咲いてゐるのを歯朶の葉の間に眺めた。その他は青い幹ばかりの竹だつた。砥草の茂みに蛙があるいてゐたら予の今歩いてゐると同じやうに考へるに違ひないと思つた。竹林の径が尽きると高台の崖ぎしになり、一山の松が陰森と庭のうしろを抱いてゐるやうな形になつてゐた。いゝん、いゝんと春蝉の高いこゑが頂の枝のあたりにあつた。聞き澄すとそれは一高一低といふ工合に波を打つていゝん、いゝんと聞えた。わずかに枝を透いて空の色が見えた。

予らはもとの池のほとりへ出たとき、また先刻と同じい灰ばんだ羽裏の鳥がはすかいに池に影を落して飛ぶのを見た。もうわたくしたちがゐないと思つて森から下りて来て、わたくしたちの居るのに驚いて飛んだのですとその人は言つた。予は青いどろんとした池の上を覆ふた松が枝を透いて、白い水草の花が浮いてゐるのを目に入れた。

「どうもありがたうございました。」

予はむかしの門をくゞりぬけて、一揖して辞をのべた。その暮笛庵の売立が国の方にあるのである。

「若しゐらつしやるやうだつたら、ご一緒にまゐつてもいゝんです。」

客はしかしこちらからだと大変だからとも言つたが、予は国の方に用もあるから行くことにしやうと言つた。

「どうも庭をつくるといふことは貧乏することになりますね。」

「陰気な仕事だからでせう。」

「いや、庭に凝ると何かゞありますね。」

客である老人は、国の方に何某の没落や、またなにがしの衰頽を例に引いた。いろ〳〵な骨董を集めてもやはり売立の時がくれば仕方がありませんからと言つた。

「暮笛庵の別荘を見たことがあるんですか。」

「いゝえ、まだです。」

予は高台にある暮笛庵の別荘の前を通つたことはあるが、まだ中へ這入つたことがなかつた。

「いゝ庭ですか。」

「まだ新しいんですがいゝ庭です。あの庭をつくるときなんぞ、町の通りを毎日植木を積んだ車がつゞいたもんです。わたしはそのときにも何か陰気くさい感じがしましたよ。」

生きた植木がゆら〳〵動いて荷車に積まれてゆくのが、幾台となく白い道の上を続いてゆくのに、何かしら悲しい気がある。わけて重い牛車で引かれる庭石がすこしづゝ行つては駐つたりするのは憂鬱なものですとも言つた。予はいつか小石川台で六疋の大きな黒牛が牽く巨大な庭石を通りすがりに見たときに、何気なく十幾人かの人夫の数まで読んで気が沈んでならなかつた。ひとりの人間の心を好きに遣るばかりに、あゝいふ騒々しい人々の動きはどうであらう、しかもあの大きな石の半分は地面に埋められ、ほんの面《めん》とか覗《のぞ》きくらゐしか眺めぬのに、いま牛車は坂の上へかゝらうとしてゐる、……人々は声を嗄らして叫び立てゝゐる、黒牛はその大きな図体をのし〳〵と歩きかゝるのだ、予はひとりの人間がさういふ騒々しいことをさせても、なほ己が好きに心を向けなければならぬのに壮烈な思ひがした。

「そして庭をつくつてしまつてから商ばいの方がうまく行かなかつたらしいのです。」

「そんなことがよくありますね。」

「別荘の中に池がありますが、水は用水から引いてあるんです。水の代でも三四百円はかゝるでせうね。ちやうど高台だから池と空とが近くなつて、中々いゝところですよ。こんどは一緒に行つて見ませんか。」

「ぜひおともをします。」

　予はふと思ひ出して客に尋ねた。

「暮笛庵には夜見る庭があるといふんぢやないんですか。どの辺ですか。」

　客はあのことですかと言つて、それは例の池からお亭の方へゆくところに、玉笄花《ぎぼし》ばかりを繁らした一廓があり、そこに高さ四尺くらゐの大玉笄花《おほぎぼし》をまんなかにして、いろ〳〵な縞や縁銀や白葉の玉笄花が地面が見えぬほど陰々として繁つてゐて、その間を五六尺くらゐの石がところ〴〵に臥てゐるのです。もちろん、どつしりと落着いた石なんですがね、

「唯そのなかに一つだけ手洗《つくばい》の円《まん》まるい穴のある石があるのです。それが晩なんぞ蒼々と層のあるぎぼしの間に月のやうに水がひかつて見えるのです。たいへん嫌味たらしく凝つてゐるやうだが、実際は中々その葉の色の深さや、夜の石の重みが落着いて見えます。きつとそれを夜見る庭と言ふのでせう。」

「しかしさういふ庭のまんなかに手洗を一つきり置いたのはおもしろいですね。」

「いつだつたかそこを見せて貰つたことがありますが、まつたく古い月のやうにいゝつくばいでしたよ。」

　つくばいと古い月、かたちの円いつくばいの水はさういへば水さへも古色のあるのが本来であつた。予は兼六園にある李白の手洗鉢を思ひ起した。

「李白の手洗鉢はあれはお取止めの石だつたさうですね。」

「むかしは石にまでお筆止めのやうなことをしたものです。しかしあの手洗には老椎が立ち覆ふてゐなかつたらあんなに見栄えがしなかつたでせう。」

　客はあなたも大変庭がお好きのやうですねと言つた。予は豪奢な庭は好かない、たゞ主人が愛してゐる庭なればいつでも尊敬できるのですと答へた。草や木の色と土との調和なぞ、年経てしぜんに磨きがかゝつてゐるところが、庭の本来の味だらうと思つた。

「僕は子供のときに蝸牛を石の上や、木の葉の上に放して遊んだことを覚えてゐますが、此間それを思ひ出して庭の蕗の葉の上に蝸牛を止らして眺めてゐたんですがね、まるで小鳥のやうな感じがしましたよ、それに何とも言へない静かな気もちですね。」

　その一日ぢゆう自分は一疋のかたつむりを這はして、愚拙にして高雅な風致を楽しんだ。しかも苔の生えてゐる石の上に這はせると、くろずんだ石の皺の中にとろけるやうな気がした。角を張りからだをとりもちのやうにねばり強く曲げてゆくところや、雨色の甲羅が少しづゝ動いてゆく工合は、全く天品の姿だつた。

「そのかはり夜の間にだいぶ苔をたべられましたよ。」

「へえ、苔をたべるものですかね。」

「さうらしいんです、朝見るとどこへ行つたか見えませんでし

たよ。」

　夕方、客と予とは晩食をたべながら故郷へ行つて見ることにした。予は暮笛庵の売立を見に行つたら必らず珍らしいものが見られるだらうと思つた。それに何となく哀感が先き伏せにしてもさうで不安だつたが、それも楽しいやうな気がした。

「あなたのところも夜見る庭ぢやないんですか。」

「はゝ、……」

　予はさびしく微笑した。

「このごろ客があると障子を閉めたくなるんですよ。こんなボロ庭を庭として見ることはいやですからね。それにケチくさい庭をほこることは、全くたまらないことです。」

　予は「庭はどうして作るか。」といふ本を書いたら、その原稿一枚分だけでも人後に落ちない構図を持つてゐるが、しかしこの庭にはやつと二三行しか書かれてゐないと、いつも左う考へてゐた。第一、予のその「庭はどうして作るか。」といふ稿本は、まだ一枚もかいてなかつた。

「本統に庭の好きな人は自分で掃いても他人に掃かせないものですよ。」

　老友はかう言つて、一つ〳〵の庭には主人の魂の宿があり、その掟に従ふてならされてゐる。夜露でもやはり心して置いてゐるやうなところがありませんか、つまり筍のさきのひげにはひげの夜露があり、芭蕉には荒い夜露があるわけですからね、廃園には廃園の露があり、茶庭にはそれらしい夜露がある、それは主人の好みで自然のものも左うなるらしいんですと言つた。

「さう言へば主人が留守でも、庭のどこかにゐるやうなところがありますね。いつか国の方の茶人を尋ねたときに留守でしたが、やはり茶室か庭かのどこかにゐるやうな気がしましたよ。」

　それは打水の匂ひがまだ新らしかつたせいもあらうが、植込みの何処かのかげに佇んでゐるやうな気がした。それほど庭と主人の間に隔たりがなく、塵なければ主人の心にもそれがないわけだ。だから僕は庭のある人を訪ねたときに留守であつても庭を一とまはり眺めるだけでその人に会つたやうな気がするんですと答へた。

「支那の詩人などよく其間のことをうたつてゐますね。人なく景あり景自ら語るといふところが……。」

　予らは停車場の中にゐても、暮笛庵のことを語り合つた。

「それでは一石一木をみんなせり売りにするんですね。」

「敷石はもとより殆全部売るんでせう。もう池の水まで売らなければならないんでせうて。」

「池の水ですか……。」

「それは戯談ですが、とにかくどんづまりまで行つてゐるらしいんです。」

「悲しいでせうな。」

「え、そりやもう……。」

　暮笛庵の門の前の松の林の中に、秋晴れのつゞいた雨の朝、柿色をした柴茸《しばたけ》が美しい柴の間から差し覗いて、しつとりした露に濡れてゐた。予ら子供のころはその石垣の上にのぼつては摘んだものだつた。いまから考へると山土《やまつち》を搬び、松の下露を柴に受けさせて、あゝいふ可憐な茸を生やさしたものであらう、いまも初秋には生えるかも知れない、——。

「暮笛庵の主人はいろ〳〵な女の世話をしてゐたさうですが、それもみんなこんどはお払箱でせうな。」

予は夜行列車が東京を離れたころに、新聞を投げ出して老友にたづねた。

「いづれ左うでせうが、しかし女の方でも諦らめてゐるでせうよ、とにかくあちこちに一人づゝあつたらしいんです。よくは知りませんが……。」

「艶菊といふのがゐたんですが、あれもやはり同様にこまるでせうね。」

「又た誰かゞ世話をしませうよ。」

艶菊といふのは古い目抜の龍の帯止めをした、まだ水々しい女で、鮎をくひに行つた席で高価な指環を輝かしてゐたが、性質は素人女よりも内気だつた。予はその女が再び泥土に枕することに哀れを感じた。浮き沈みの暮しではあれ、決つた男の扶持をはなれることは悲しからうと思つた。

朝の内に予は暮笛庵を指して、故郷の旅籠屋を出た。疲れてはゐたが暮笛庵近くの町つゞきへ出ると、売立に行く人らしい茶が、つた風采の人々に会つた。道具屋、植木屋、茶人などが残暑のけはひのある庭園《には》の入口に、白い扇をひらつかせて佇つてゐるのを目に入れると、予は先づ一抹の哀感の流れることを感じた。

「耀つてゐるらしいですね。」

「えゝ。」

予と老友とは庭の広場——座敷から下りる大きな踏石の耀られてゐる最中に出会した。二間くらゐある大踏石で陰つたところは全部の苔だつた。予は小石川高台で牛車が引いた大きな棄石を想ひ起し、この踏石も牛七頭を要するだらうと思つた。入札は即座に開かれて、二千八百円に売れた。そしてその石の肌に無惨に八幡といふ張札がされた。三四十人の人々の間に感嘆のどよめきが流れた。

札元は池のそばにある茶庭燈籠を耀つた。たけのつまつた柔らかい作りは苔の亘るまゝにまかせ、まだ初秋の夜露を含んだまゝ、蒼々として立つてゐた。作者は分らないが三百年くらゐ経つてゐるだらう、灯石《ひともしいし》もちやんとなれのよい石だつた。予はあれを一つ、予の庭の竹の中に置きたいと思ひ浮べた。朝々の打水、昼なほ冷たい如露の味を考へて身ぶるひしたが、鉛筆をとる気がしなかつた。

「拝領ものらしいんですね。」

老友はかすかに囁いた。

「あれは三百円くらゐなら落ちはしないですかね。」

「さう、そのあたりが恰度つけどころですね。」

札がひらかれると三百二十円で夢香山にゐる茶人の手に落ちた。尾上といふ張札がされた。

「あのひとですよ、むかしうまい料理を食はせた尾上の主人といふのは……。」

見ると七十くらゐだつたが、古い三島茶碗のやうな顔をして、昂奮しながら傍の四十くらゐの黒襟をした意気な女に何か扇子をバちつかせて囁いてゐた。ふとりじゝの、まだ皮膚にねばつた張りを見せた垢ぬけのした女だつた。妻君ですか、いやおめかけさんですよ、あれで中々いゝ料理を食はせた人だが、気に入つた料理人が見つからないと言つて四五年前に廃めたんです。料理の揃ひ物をすつかり売立をして五万円くらゐあつたでせうね、それであんかんとして茶を立てゝ暮してゐるんですと老友は話した。

「あの燈籠が手に入つたので又た茶を立てゝ人を招ぶんでせう。」

予は四十くらゐの女がかくしやくたる老人のうしろに控えてゐるのを見て、暢気な暮しもあるものだと思つた。五重の塔、春の燈籠、雪見、それらはどん／＼売られた。棄石で千円くらゐのものもあつたが、敷石が糶られると人々はあはてて敷石の上から、蒼い苔の上に下りた。

「みかげ石で八枚——。」

「四十円。」

「四十五円。」

「五十二円。」

で、けりがついた。

「くらまで十枚、外に拍子木が四本。」

「百円。」

を、飛んで二百八十円で落ちた。美しい苔のある敷石は土になじんで離れまいとしてゐるらしげに見えた。なかんづく予は踏分の石を見たときに、その深いなじみがこの庭にこもつてゐるのを今更らのやうに感じた。予は心で嘆息した。

「手とか足とかをもぎ取るやうなものですね。」

「これから樹を糶るのでせう。」

息を入れて茶が出た。

予はあの竹林だけは売ることはできまいと思ふた。薪にも籬にも編むことはできないだらうと考へた。

「あの中の石はもう売られてしまつたらしいんです。」

「藪の中ですよ。」

予は何となく敵意を以つて老友の顔を見た。虚心坦々たる老友の顔にあざけりの色がうかんだ。

「あの石を見逃せるものですかね、みんなで百くらゐ埋れてゐるんです。」

予は乾いた喉に茶をながし込んで、では、あれは今日よりさきに売つたんですねと言つた。下売が行はれてゐたらしんです、こまかいものなぞ……老友はかう言つて、かうなれば石一つ逃しつこはありませんよ、かれは左う言つて冷然と扇子を帯の間に挟んだ。二十年前にはこの人も富有と奢楽の暮しをつゞけたものだつた。弓張町の春木さんといへば、好き放題の暮しを東西の美妓の間に噂を流した人だつた。虚心坦々たる中に一脈の非人情な心をもつてゐた。

札元はこの故郷に多い五葉松の根上りを糶つた。根元にきつしりと鐙のやうな熊笹が層をつくり、この庭から抜かれることを拒んだ風致だつた。人々はその松を囲んで暫らく黙り合つて、中に入札の鉛筆を走らしてゐるものもゐた。予はこの五葉松といふものを嫌ひであつたが、けふは葉のこまかい白髪まじりの姿に、あらそへない悲哀の色が仄見え、その曲りくねつた枝々をしげ〳〵と眺めた。何たる古色ある悲哀に富んだ姿であつたらうぞ、――これは搬びに十人の手間で二日はかゝりませうな、傍の人が縁なき予にさう囁いた。予はさうでせうと答へた。開札されると落した人はすぐ生々しい紙札を張るために、松の梢に手をふれた。その人はパナマ帽をかむつてゐた。人々は楓の木の下に群れ、椎のかげに群れ、もつこくを覗き込み、もちの丸物を高々と仰いだ。そのたびに新しい所有主の名札が若緑の葉の間に、反物の値段づけのやうにひら〳〵動いた。

そのころから女の姿も人の群れの中に、小さい扇子を動かしながらつゞいた。いつか五位鷺の消え失せた藪の左手の松の林、――崖にそふた亭々たる万緑の相貌が、ひどく予には歪んで悲しさうに見えた。けふに限つて鳥のすがたもなかつた。

「いよ〳〵石洗《つくばい》も売られますね。」

予はさう囁いて人々のあとについて、れいの、夜見る庭のつくばいの糶られるのを酷くつかれ乍ら、石に腰を下ろして聞いてゐた。人々は玉笄花《ぎぼし》の葉を踏みしだいて立つてゐた。予の心に一抹の人生がもはや過ぎ去つてしまつた。予は人力のはかなさよりも、宿命のどうどう廻りを仕方なく薄目をひらいて眺めるばかりであつた。耳の中で糶られる値ぶみがずんずん進んだ。予はもはや買ふ気はなく、へとへとに疲れてゐたが其時ふしぎに視界をさいぎる或る月夜を思ひうかべた。

「五十円！」

予は直立して叫んだ。人々の視線のまとの中に予は烈しく青ざめながら、馬を馳る人のやうな心もちを舐めしやぶつて叫んだ。扇子をつかふのが矢のやうに予の面をひしひし打つて来た。

「六十円。」

と、反対にきたものがあつた。

「六十五円。」

「七十円。」

予はもはや青いたてがみに縋りついた馬の上に乗つてゐた。予は予の鞭をうしろへはね、雲や霧の中を走る思ひがした。そして再度予は叫んだ。八十円！　かれらはみんなぐつたりと疲れて予の顔を眺め、例によつて一と糶の済んだあとのどよめきが流れた。予は予の古い月、夜見る石手洗《つくばい》の鏡を薄目に眺め入つた。何んたる古い月、予は馬から飛び下りて息をついた。

「それを何になさるんです。運びが大変でせうに。」

「ほしいんです。中々古くていいんですからね。」

予は老友の表情を仔細に見るいとまはなかつたが、矢張りあざけりが浮んで見えた。人々は再び玉簪花《ぎぼし》の葉を踏み築山をかこんで、そこの松と棄石とに声をあげた。予は葉の倒れたあたりを無惨に眺めた。気をつけると既う簪《かんざし》のやうな花がつぼんで葉の間から恥かしさうに覗いてゐるのを目に入れた。予は東京の庭のきぼしも蕾んだらうかと仄かに考へ耽つた。

「これで四五万円くらゐにはなりませうね、まだ三分の一は済みませんから。」

老友はさう言つて殆んど石だけの値段だとも言つた。日のあたつたうしろの崖で蟬が啼き出した。

「この歯朶に札を入れさせてくれませんか。」

札元へかう声をかけたのは、下町に住む茶人だつた。まだ二十二三くらゐの女中とも妾ともつかない女がゐて黒いあぶら石を敷きつめた玄関前の草を抜いてゐるのを見たことがあるが、あとで人に訊ねるとこの茶人のおもひものだといふことが分つた。年が三十くらゐ違つてゐて、親子としか見えない、――或時、通り合してこの女がぼんやり佇んで通りの遠方を眺めてゐるのを、予は何か知ら寂しく誘はれて見たいものを持つてゐる女だなと思つた。

「下草はまとめてやることにしてゐるんですが、ご希望なら初めますかな。」

札元は声高々と歯朶を糶つた。柊の葉のやうな立派な羽根を拡げた美しい歯朶であつた。予は心はうごいたが茶人はいきり立つて自分で落して了つた。春早くこの歯朶が巻葉をひろげる朝があつたら、楽しからうと茶人の心を窺ふことができた。予はその時、竹林の方から歩いてくる二人づれの女が、陰森とした景色の中に芙蓉を投じたやうに派手な姿をしてゐるのを目に入れた。ひとりは背丈が高く、一人は低かつた。

「あれが艶菊ですよ、なりの高い方なんです。」

予は老友に指さして見せた。が、老友の眼にはふしぎにあざけりの色が浮ばなかつた。かれは暫らく見詰めてゐたが、まるで嘆息でもするやうに、

「なるほど、きれいですね。」

と言つた。

かの女らは竹林の小径へかくれ、その着物の白地の多いあかしの色が、累々たる竹の幹の間から透いて見えた。――入札の人々は茶室の方へ足をはこんで、燈籠にからむ美男かつらや、叡山苔の蒸しついた石などを取りかこんだ。かれらはかなり労れてゐたので初めほどの呼声が立たなかつた。金燈籠をのぞむものがゐたが、それは別なんだと言つて糶らなかつた。予はひそかにその金燈籠がどこかの寺院の外陣の檐に吊されたものであらうと思つた。

「ごらんなさい、もう札のつかない木なんてなくなりましたね。」

「あんなに済んだのですか。」

木といふ木、石といふ石にはみな張り札がされ、おのおの持主が変化つてしまつてゐた。予は奮然として四睨した。そして寂然たる一陣の風はまた紙札を予の目前に白い蝶のやうにひるがへした。ドンが鳴つた。あちこちに欠伸のこゑがした。

「そろそろ帰へりませうか。」

予は老友を促がして芝草のある小径を歩いた。芝の間に敷島のカラが落ちてゐて風にうごいた。予はそれを見過してゆくうち、芳ぐはしい匂ひをかいだ。

「木犀でせうか。」

「木犀ではないでせう、あのとほりまだ花を着けませんから。」

予は再度匂ひをかいだときに、これはどこかで香料を焦がしてゐると思ふた。風の向きが建物の方から来たのである。

「香を焚いてゐるんですね。」

「ええ、さうかも知れません。」

木母老人の顔にそのとき烈しい冷たいあざけりが再度あらはれた。予はこれがこの老人のくせであるとしても、これは少し烈しすぎると考へた。

「しかしいまになつて香を焚いたつてどうにもなりませんからね。」

老友はかれこれ夕方近く売立がつづくだらう、道具などとちがつて対手が生きてゐる木だからと言ひ、その証拠には普通の札元とちがつて既うあんなに労れてゐると言つて微笑つた。

木母老人と予と清流を隔てた料理屋で夕飯を食べ、故郷の落鮎の肌をつツついてゐた。けふ、落札ものの引取りがあつたので、予と人夫とで石洗《つくばい》を掘りに行つたが、思ひの外、鉢が深く埋つてゐて美事なつくばいであつた。予はなるべく苔を落さないやうに注意して、車に積むのを見てかへつたが、その折、暮笛庵の門の前は荷車で一杯であつた。掘つたために枝葉のしほれた植木、なまなましい土をくツつけた踏石、それらがみな一様に人夫にかつがれながら悲鳴をあげてゐるやうだつた。人夫らは勇敢に車に積み込んでゐたが、機械吊りをしてもなほ搬びの面倒な大きな石は、なぜか動くまいとしてゐるらしく、重たさが頭へひびいた。

庭の中はあちこちに穴があいて、石や植木のあとが惨たらしく踏みしだかれ眼に映じた。敷石など人夫らが棒を踏んでがりがりと蒼い苔を裂いた。予はまなこを覆ひたいやうな思ひで、昔日の、暮笛庵を弔ふやうな気になつた。門前で牛の啼くこゑが陰気に起つた。

「ここの主人の身になつたら耐らないことですね。あれなんぞ見たらとても立つて見てはゐられませんね。」

筑山の五葉松が地震の時のやうにゆらゆら動き初め、十二人の人夫の懸声が陰々とうしろの崖にこだまを返した。五葉松の大樹は空へ両手をあげ、何か縋るものがあつたらそれに縋らうとする、枝葉の、悶えがあつた。根は裂け或ひは伐られた。車が一台、根本の穴へ潜り込んで、大樹をその上に負つてしまつた。懸声が起つた。車はひかれ五葉松は永い年月の土を完全に離れた。

予は嘆息をした。

人夫らはそれを門の方へ引き出し、轍のあとがありあり地面に印せられた。どうも仕方がない、木母老人はさう言つたが、遉に陰気な顔つきで、

「出ませう。」

と言つた。

門前の明るい日ざしの中に、牛車の、肥えた牛は寝そべつて赤い目をひらいて、涎を輪のやうに砂上に描いてゐた。通りにつづくは植木の車ばかりで、つかれた枝葉の青い木々らが喘ぎながら、車上によこたはり面貌《かほ》が一つづゝ悲しさうに歪んで見えた。誰でも一生のうちにはこれと同じやうなことがあるものですよ、と、木母老人は細長い影をひきながら言つた。

予は木母老人と食事しながら、それらの光景を心にえがいてゐるうち、妓が来てゐて酌をした。

「艶菊は？——」

「すぐでございますて。」

「あの人もこんどは困るだらうな。」

「いいえ、どうにかなりますわ。」

老妓は微笑つて対手にしなかつた。

彼女はこんな話をした。

暮笛庵の主人は或年、この町はづれの川へ長良川の鵜を取り寄せ、それに鵜飼の人夫まで傭ひ入れて、舟を出したことがあつた。それをできるだけ人に知らさないで、ひつそりと一日の清遊をしたさうだつた。それが何時の間にか町の噂に上つたが、そのときは鵜は人夫と一しよに長良川のほとりへ帰つてゐた。又、冬になると鮭取りの藁小屋の中へ色々な食物を持つてゆき、外部は一見藁小屋ではあつたが、中は殆立派な小座敷になり、雪が河原を埋めてゐる中で主人はよく小酒莚をひらいたさうである。

「わたしも参りましたが藁の窓のそとは吹雪いてゐて、中に臘梅などを生けてあつたものでしたよ。あの方はふしぎにそんな人に隠れたことばかりをしてゐらしつたんです。行火をこしらへて鮒釣舟などもよく出した方です。」

木母老人はこの話には耳を貸さないで、予に何時おかへりになりますかと言つた。用事と言つては売立を見る以外にはないのだから明日にでもかへると言つた。

「暮笛庵の別荘はどうしませう。ご覧になればお供をしませう。」

「では明日にでも行くことにしませう。」

予はあまり心が進まなかつた。陰惨な売立の光景に心におびえを抱いてゐるので、別荘への気も起らなかつた。かうしてゐても苔のある土や根の裂ける音がきこえて来るやうで心がいたんだ。

艶菊ともう一人の女とが来た。かの女はすぐ予を見て言つた。

「昨日はご苦労さまでした。よくお見受けしましたよ。」

「どこで……。」

　予はこの女の顔をまじまじと見た。

「売立に入らしつたぢあありませんか、ちやんとわかつてゐましたわ。」

　艶菊は竹林の中で坐つて池の向ふを眺めてゐるうち、木母老人を見て、すぐわきにゐる予を見出したと言つた。

「何かお買ひになりまして？――。」

「つくばい石一つ買ひました。君は何を落したんです。」

「そりやおもしろいもの、あててごらんなさい。」

　木母老人は頑乎として、言ひなさい、何を落したのだと言つた。艶菊は微笑つて答へなかつた。しかし君はもと世話になつてゐた人の売立に、よくずうずうしく出られたものだね、わたしなら行きませんよ、と、かたくなつて言つた。

「そりやわたくしもさう思つてゐたんですけれど、やはり行つて見たい方が勝ちましたのよ、わるかつたか知ら？　ごめんなさいね。」

　艶菊はさう言つてわたくしも何か一点だけかたみに取つておきたいと思つて、とてもがまんできなくて行きましたの。それゆえ竹林の中にゐて植木やさんの札が落ちるまで待つてゐました。ほんとに竹林のそとへ一歩も出せなかつたのですよ、と言つた、木母老人の色はやや柔らいだ。

「そして何を落した。」

「つげの木です。」

「つげの木、変なものを落したなあ。」

　木母老人は笑ひながら言つた。予はすぐ思ひ起した。

「まるづくりで幾階になつた傘のやうな奴だね。」

「ええ、葉のこまかいの……。」

「面白いものが好きだね。」

　艶菊は微笑つてあれはうちのお庭に植ゑてをいて貰ふのだと言つた。けれど昨日は折角ああして土についてゐるものを起すのを見てゐたら、わたしなども気が変になつてしまつて、着ものなぞもいらないやうな気がしたと言つた。

「暮笛庵にあつたかね。」

「まるであひません。」

　艶菊はきつぱりとさう木母老人にこたへ、そして、

「おあひになりまして？」

と言つた。

　老友はにがい顔をして、「あはない……」と答へた。

　予は初めて暮笛庵の主人と、木母老人とが知り合ひであることを端なく知つた。そのことが出てから木母老人はむんずりと気難しげに押し黙つてゐた。老友はいま少しの財で遊んで食つてゐる、――そして頑固一徹で通してゐるが底が弱々しかつた。

　老友が立つて小用に行つたとき、予は艶菊に尋ねた。

「木母さんは暮笛庵と仲がよくないのぢやないか。」

「ええ、そりやもう古いころからですわ。お仕事のことで……。」

「鉱山のこと?――。」

「ええ、暮笛庵さんのさかんなころに、木母さんが倒れたんですもの。お気の毒のやうですわ。」

予は苦い菲の葉を嚙み当てたやうに木母老人のあざけりの色が眼前に釈然としてきたやうだつた。

「木母さんはいい人ですわ。一本気で、その上、情が深くて――。」

「そんなところがあるな、僕なども頑固なところが好きさ。」

木母老人は手を拭きながら、裏庭にとてもよい声のこほろぎが一羽ゐる、まるで小鳥のこえのやうですよと言つて座についた。わたくし聞きに行かうか知らといふと、お前にわかるかねと笑つて言つた。わからなくても聞くだけは聞いてもいいでせうと、艶菊はどうかすると女学生のやうな邪気ない顔つきをして見せた。

「あの女は中々おもしろい女ですよ。」

木母老人は艶菊が立つたあとでさう言つた。予は苦笑を感じながら、人間なんてものはお互ひの考へが写真のやうに映り合ふものだと思つた。

その翌日予と木母老人とは、暮笛庵の別荘のある高台の深い高麗芝の上を踏んでゐた。風通りがよいため芝は深く美事に青かつたが、まだ新庭《あらには》の景色が処々に際立つて見えた。

「見るものはこの池くらゐですね。」

池は高台であるため空に近く明るい水色をしてゐたが、石などはまだ苔が来てゐなかつた。平常誰も住んでゐないこの広い庭に、動いてゐるものは水馬《みづすまし》くらゐの、穏やか静かさが罩められてあつた。

「山頂の池の感じがありますね、しかし古さはない。」

よく山頂などに樹の覆ふてない池があるものだが、その明るさだけはこの池の表《うは》べにあつた。この穏やかさにくらべると昨日の庭の騒々しい人臭い有様はどうだつたらう。予は坐り込んで加賀連峯を眺めた。

「ここに白鳥を飼つてあつたのですが、どうなつたことですか……。」

木母老人は対岸の青い緑を見つめ、なかなか綺麗でしたよと言つた。予はなぜか鶴を思ひ起した。白い鶴とこの明るさとは調和するだらうにと思つた。――予らは崖を下り、そこにある小径の中を歩いて見た。そこには遉に古い落葉がたまり清水の落ちる音がした。予の肩さきにふれ何か草の実の零れる音を草の間にきいた。

「ぬかごの実でせう。」

木母老人はその一粒を拾ひ上げ、ほらこれですよと言つた。このとき始めて木母老人の天真の性質の善さ穏やかさが、予の眼に映つて見えた。反対の小径から林をぬけ池の上へのぼらうとしながら、木母老人は息ぎれをさせ、

「わたしの妻はご存じのとほりあの通り病気をしてゐますが、もしも駄目だつたらこちらを引払つて日本ぢうを廻つて見たいと思つてゐるんです。」

木母老人の奥さんは永い間わづらつてゐて、老人はきつと先立たれると口癖のやうに言つてゐた。

「それもいいですね、それよりも庵室でも建ててこもつたらどうです。」

「ええ、さうも考へるんです。近江の国にいいところがあるんです。」

近江国とは遠いところを考へたものだと思つたが、そこにむかし芭蕉がゐたことのあるところがある、せめてそんな処でもあやかりたいものですと、老友は寂しさうに坂を上りつめて言つた。

「俗人は却つてそんなことを考へるものですよ、妻がゐなくなれば何も用はありませんからね。」

「さうですかね、僕にはまだよく分りませんが……。」

二人はまた池のそばに立つてぼんやり水の白光りする表を見詰めてゐた。

「それに子供はなし……楽な身分です。」

木母老人は独り笑ひしてぽつりぽつりと歩き出した。

「この庭にしてもどんな庭でも、作つたほどのものは、きつと壊される時がありますね。」

「しかしそれは一概に言へませんが……」

木母老人は依然として頑乎に予をささへて言つた。

「この庭だけについてもやはり昨日のやうな日がないとは言ひきれませんからな、庭にも相《さう》があるとむかしから言ふぢやないんですか。」

「ええ、よくさういふことを書いてありますね。」

木母老人はむしろ辛辣な顔付で、「わたしにはどうも昨日のやうなことがこの庭にもあると思へてならないんです。」

さう言つて池をふりかへつたときに、予は鬱然とした身すぼらしい人影を池のほとりに描いた。木母老人は烈しい疾風の中に息づくやうな荒々しさで、その人影を目に入れてゐるらしかつた。かれは何をこの老人の生涯に加へたか？――木母さんはなぜに夕雲の中の城を攻めるやうな卑怯な空想をするのか、予はそれをもはや明らかに分つてゐた。

「木母さん、それよりも一つ庵室を建てませんか。」

「ええ、それはしよつちう考へてゐることなんです。けれどもやはり壊される時があるやうな気がして、どうも勇気が起らないのです。」

予はそのとき弱々しい木母さんの疲れた表情を見た。

「そんな壊される時が来たら来たでいいぢやありませんか。」

「ええ、一つ建てますかな。」

「是非、お建てなさい。」

予はさう元気づけながら別荘を出た。木母老人の黙々として歩きつづけてゐる足もとに、日短かさが追ひつめてゐるやうな気がして予も黙つてその影のあとに尾《つ》いて坂を下りかけた。

（「新潮」大正14年7月号）

静かなる羅列

横光利一

一

Q川はその幼年期の水勢をもつて鋭く山壁を浸蝕した。雲は濃霧となつて渓谷を蔽つてゐた。

山壁の成層岩は時々濃霧の中から墨汁のやうに現れた。濃霧は川の水面に纏りながら渓から渓を蛇行した。さうして、層々と連る岩壁の裂け目に浸潤し、空間が輝くと濃霧は水蒸気となつて膨脹した。

Q川を挾む山々は、此の水勢と濃霧のために動かねばならなかつた。

その山巓の屹立した岩の上では夜毎に北斗が傲然と輝いた。だがその傲奢を誇る北斗はペルセウスの星が、刻々にその王位を掠奪しようとして近づきつゝあることには気附かなかつた。その下で、Q川は隣接するS川と終日終夜分水界の争奪に孜々としてゐた。

二

Q川の浸蝕する狭隘な渓谷へは人々の集団は近かづいて来なかつた。それにひき返へ、S川の穏やかな渓谷には年々村落が増加した。

その国土の時代では、久しく天下に王朝時代が繁栄した。そのため、彼らの圧制は日毎に民衆の上に加はつた。

Q川は地質時代の軟弱な地盤を食ひ破つた。さうして、その河口にひとり黙々として堆積層のデルタを築き上げてゐるとき、その国土では、遂に鬱勃としてゐた民衆の反抗心が王朝に向つて突激を開始した。

民衆と王朝の激烈な争闘は続けられた。王朝はその久しい優惰のために敗北した。彼ら一党は民衆のために虐殺された。さうして僅かに残つた数人は人目を忍んで人跡稀なQ川の濃霧の中へ逃げて来た。

彼らは武装を解いた。山々は嶮峻に彼らを守りながら季節に従つて柔らかに青葉を変へた。彼らは高い山壁の傾斜層に細々とした径をつけた。さうして、彼らは渓流を望んだ岩角でひそかに彼らの逞しい子孫を産んでいつた。

三

Q川とS川との分水界の争奪は益々激烈になり出した。S川は恐らく数回の勝利を物語りながらその河口に壮大な砂の堆積層を築いていつた。此のためS川の浸蝕力はQ川に比べてはるかに緩慢になり出した。だが、S川のその堆積層のデルタは、徐々として海面から壮麗に浮かび上つた。新しい滑かな処女地が河口を挟んで生れて来た。人々の集団はデルタの平野の上に訥朴な巣を造つた。彼らは純然たる土民であつた。彼らはその国土の支配者に屈服しながら耕作しなければならなかつた。だが、彼らの国土の支配者は既に民衆ではなかつた。

四

曾て、王朝は民衆に顚覆された。しかし王朝を顚覆した民衆は、再び彼らの助けた野蛮な総帥のために支配されねばならなかつた。さうして、封建時代が堅実に彼らの国土の上へ君臨した。軈て、S川の造つた開析デルタの上へ一つ城が築かれた。

Q川の活動は幼年期から壮年期に這入つていつた。その水勢の浸蝕力は横に第三紀層の緩斜層を突き崩して拡つた。此のため、S川へ流れる分水界の水量は、その均衡を破つて次第にQ川の水流に誘惑された。

Q川を繞る綿々とした濃霧の中では、王朝時代の残党がその子孫を美しく繁殖させた。しかし、彼らは彼らの祖先が曾て民衆に顚覆された事実と怨恨とを次第に忘れていつた。さうして、彼らの繁殖力はその屈辱の忘却力に従つて渓谷を下り、濃霧の中からQ川の洋々たる河口へ向つて拡がり出した。彼らはいづれの国主にも属さなかつた。しかし、彼らは彼らを繁殖せしめた直系の家族のために支配されねばならなかつた。そこで、Q川の流域には、隠然たる豪族がその団結力を延ばし出した。彼らはS川のデルタの上に生活する土民の集団に対抗するため、彼らもまたQ川の河口の岩角に尖鋭な一つの城を築き上げた。だが、彼らは豊饒なS川の住民の生活力とその貧しい力を争ふことは出来なかつた。このため彼らは彼らの生活力の主力を武力に向けた。

五

Q川とS川との水流の争闘が激しくなるに従つて、その各自の流域に築造された二つの城の争闘も激しくなつた。しかし、Q川の豪族の城が、しば〳〵S川の土民の城に圧迫されつゝあつたにも拘らず、川それ自身の争闘は絶えず反対の現象を示してゐた。Q川の浸蝕力は白堊紀の地層を食ひ破つて益々深刻になつていつた。S川の浸蝕力は、河口の堆積デルタが確乎とした地盤となるに従ひ益々その力を弱めていつた。さうして、Q川の支流はその分水界の中で、S川の支流の水を滔々と奪ひ出した。

六

此のSとQとの二川の争奪し合ふ現象を、絶えず眺めてゐたのは北斗であつた。だが、北斗それ自身は遅々として天界で滅んでゐた。さうして、ペルセウスの星は終に北斗の位置を掠奪した。新しい北斗は再び争闘し合ふ此れらの山河の上で輝き出した。

Q河口の城の人々は、S河口の城主の久しい圧迫から跳ね起きるときが近づいた。何ぜなら、Q川の支流は完全にS川の支流を掠奪し終へたからである。此のため、S川の本流は浸蝕された醜いケスタの段階を露はしながら渇れ果てゝ、茫々たる野になつた。かくしてS川の水量を奪つたQ川はひとり益々肥えていつた。それと同時に今迄S河口で行はれた通商は尽くQ河口へ集り出した。Q城の貧しい財政はその河口と共に膨脹した。新らしい生産が始つた。新らしい武器が購入された。さうして、Q城の拡大された新らしい、生活力はS城に変つて逆に彼らを圧迫し始めた。

七

Q城の豪族の勢力は、日に日にその領土を拡張した。Q河口へ集る人々の集団は年々に増加した。その村落は市街になり、その市街は港になつた。さうして、S城との小さき争闘は豊富な武力と財力とを以つて続けられた。

S城の市民はその疲弊の原因をS川の枯渇と知つた。彼らは川水の復活を計るため、彼らの財力を専心S川の開鑿に用ひ出した。

Q城の市民は彼らの開鑿を防害するため、Q川へ流れる上流の支流を堅固な石垣で尽くせき止めた。しかし、S城の市民は忽ち彼らの石垣を突き崩した。

一大戦闘が二城の間で開始された。軍馬の集団が日毎に川上と川下とで殺戮し合つた。しかし、Q城の嶄新な武力は終にS城を惨虐に圧倒した。

八

Q川がS川の水量を掠奪したと同様に、Q城はS城を掠奪した。S城はQ城の藩屛として、Q城の直属の家臣がその新らしい城主にされた。

此の横逸したQ城の勢力は、S川の流域で新らしい生命を産んでいつた。此れらの生命はSとQとの混種となつて汎濫した。従つて彼らS城を守る系統は漸次独特の体系をとつて若々しく発達し始めた。

それと同時に、S城の市民はS川の復活を願ひ出した。彼らはQ城の城主に向つて、しば〳〵S川の支流の石垣の撤廃を懇願した。しかし、Q城の城主はS城の勢力の擡頭を恐れねばならなかつた。S川が常に枯渇してゐる限り、S城は常にQ城の藩屛として苦しき忠実を守らねばならなかつた。さうして、Q城はその拡充された勢力と共に次第にS城に対して横暴を極めていつた。

九

日月は経つた。北斗となつたペルセウスは、その天界でひそかにマンドロンダの星のために狙はれてゐた。

下界ではかの横暴なQ城に城主の勢力が、年々S城の市民を苦しめた。S城の市民の反逆心は地にひれ伏しながら鬱屈した。

しかし、Q城の横暴が、S川をせき止めてゐる堅牢な石垣と等しく続いてゐるとき、Q川の横暴もまた続いた。Q川はS川の水源を集めて貪婪になればなるほど、その尨大な浸蝕力は徐々として自身の河口にそれだけ高く堆積物を築いてゐた。此の堆積物はQ城の市民にとつては癌であつた。彼らの誇つた港湾は浅くなつた。海外の船舶は彼らの領土から隣国の港へ外れ始めた。

此の現象は自然とQとSとの二城を相殺さすことは明かなことであつた。

十

遂に、Q城の城主はS川の支流を止めた石垣を撤廃を命令した。何ぜなら、Q城はS川の浸蝕力の運ぶ堆積物を調節しなければならなかつたからである。

S川は復活し始めた。Q川がその河口に高く堆積層のデルタを築いたそれだけ川の水流は緩慢になつてゐた。従つて、S川が再びQ川の水源を奪回するのは容易であつた。それにS川の渇れた川道は前から十分の準備を以つて開鑿せられてあつた。

S川は日々の雨量と共に俄然として奔流した。それは恰もS城に市民の鬱屈してゐた反抗心に、着々として豊富な資力を注ぎ込んでゐるのと等しかつた。

S川の流域は豊饒になり出した。S城の市民は黙々として産業の拡張をし始めた。生産物は増加した。通商が勃興した。さうして、彼らは暗黙の中にQ城の支配下から独立しやうとして活動した。

十一

QとSとの二川の浸蝕力は均衡を保つて来た。だが、Q川はその河口の沈積層の肌を漸次に海面から胸のやうに擡げ上げた。新らしい海岸平野は古層の横にモーバンを描きながら生れて来た。市街はそれらの段階デルタの上へ輝やかしく拡がつた。それと同時にQ川の浸蝕力は益々緩慢になつて来た。

しかし、S川はそれとは全く反対の状況を示し始めた。S川は曾ては前にその水源をQ川に掠奪されたごとく、今は逆にQ川の分水界の水線を奪ひ出した。浸蝕力は奔騰した。さうして、その河口の古層デルタの水平層へ二輪廻形の累層を新鮮な上着のやうに爽々しく着始めた。しかし、S城の市民はQ城の市民がその河口の活動状態を忘れてゐる暇に、絶えずS川の河道の開鑿に注意した。

S城の勢力は勃然と擡頭した。Q城の市民は、自身を亡すよりも、S城を滅亡さす予想の方がより彼らにとつては幸福であつた。

十二

Q城の城主は藩屏たるS城に対して再びS川の支流を堰き止めることを命令した。しかし、S城の城主は今は断乎として横暴なその命令を拒絶した。

Q城からは軍兵がS川の上流へ向つて進軍した。彼らは城守の意をもつて、再び石垣を築くために単独の行為をとつた。

それに応じてS城からは直ちに軍兵が出動した。戦端が濃霧の中で開かれた。QとSとの河水は絶えず血液と油と屍とを浮べて流れ出した。

しかし、Q城の軍兵は純然たる王朝時代の残党から成つてゐた。従つて祖先を異にするS城の混種の軍兵よりもその団結力は強かつた。久しい二軍の接戦から勝ち得る者は、より強固な団結力の所有者に違ひない。Q城の軍兵は次第にS城へ攻め襲せた。さうして、Q軍は終に再び勝つた。

十三

S城の軍兵はその粗大さの故に遂に破れた。しかし、Q城はS城からその生命の源泉であるS川の水を奪ふことは出来なかつた。何ぜなら、Q城の城主は、S城の市民の間に、彼らの必死の反抗心を育てることを喜ぶことが出来なかつたからである。

S川は依然として流れることを赦された。だが、S城の城主は反逆者として殺された。さうして、Q城の城主は再びS城に新らしい城主を与へなかつた。かうしてS城の市民は永久に彼らからその反逆の武器を奪はれた。

SとQとの二城の闘争は断絶した。Sは常にQ城の支配の下に鎮つてゐなければならなかつた。だが、城主の亡んだS城の市民の間では、ひそかに個人の経済活動が分裂しながら繁しくなつた。商人がひとり財力を蓄積した。個人と個人の争闘が激烈になり出した。

しかし、Q城の城主にとつて、此の現象は喜ぶべきことであつた。何ぜなら、個人の争闘が激しくなればなるほど、彼らはQ城に対する怨恨の団結力を鈍らせて行くにちがひなかつたからである。いかに個人が勢力を貯へたとて一国の城主には勝てないことは分つてゐた。

十四

SとQとの二城の争闘が根絶されたときには、天下は再び王朝の勢力を挽回した。曾て彼らの国主を担いで王朝に反抗した民衆は、今は彼らの国主を捨てゝ王朝を担ぎ出した。封建制度が亡び出した。民衆は彼らの領守から解放された。領守は民衆の一人となつて蹴落された。

さうして、Q城の城主もまた、不意に彼の使役した一介の士民と等しい一線へ墜落した。

だが、此の急激な変遷にひとり利益を得たのは商人であつた。S城の市民はQ城のために久しくその武力を奪はれてゐた報酬として、彼らは商人となつて莫大な私財を貯へてゐた。此のためS城の市民の財力は個人としてはるかにQ城の市民を凌駕してゐた。領主から解放されたQとSとの市民達は、突如としてその私財の多寡に従つて個人の権力を延ばし出した。

十五

S市はQ市を圧倒した。S市は私財を糾合した力に依つてひとり益々彼らの生産力を膨脹させた。彼らの生産が増せば増すほど彼らの私財は増加した。彼らの私財が増せば増すほど、彼らの生産力は膨脹した。

今は、Q市はS市の勢力に対する唯一の防礙として、S川の閉塞を命令することは出来なかつた。彼らはただ貧しきままに正しき伝統と品位とを誇らかに尊重してゐなければならなかつた。

しかし、S市の海岸平野の上には珍奇な工場が並び出した。S市の市民はその混種の粗雑さを以つて新らしき文化を建設し始めた。彼らには伝統はなかつた。彼らには因習がなかつた。彼らは新らしき祖先であつた。彼らは彼らの力のまゝにその生産と財力とを拡張すればそれで良かつた。彼らは彼らの障害となる凡ゆる古き習性と形式とを破壊し始めた。彼らは自由であつた。彼らには拘束がなかつた。彼らは気品と階級を蹴倒した。彼らは団結を憎んだ。彼らは個性を愛した。彼らは分裂した各々勝手な情熱を以つて雑然と横に拡がつた。

さうしてS市の市民は忽ちの間にQ市の市民を併呑した。

十六

S市はその財力の豊かさを以つて、絶えず絶えずS川の開鑿を行つた。だが、Q市はその財力の貧しさの故に絶えずQ川の堆積物を放任した。このためQ川の浸蝕力の鈍るに従ひ、S川の浸蝕力はいつまでも増大した。S川の浸蝕力が増せば増すほど、ますますQ川はS川にその河水を掠奪されていつた。しかし、S市の膨脹力はS河の膨張力よりも激しかつた。今やS市の要求する河水はS川の水量だけでは不足となつた。さうして、Q川は遂にS河を助けるために初めてその支流を閉塞された。

だが、Q市民はS市民に向つて反抗することは出来なかつた。何ぜなら、Q市民それ自身、今はS市民であつたから。かくしてSとQとの市街が、争奪し合つた二川のために一大都会となつて来た。

十七

SQの開析デルタの上には工場が陸続として建ち並んだ。鉄道の数は増していつた。S川の電力は馬力を上げた。船舶の帆檣は林立した。さうして、全市街は平面から立体へ、木造から石造へ、営舎が。官衙が。工場が。商店が。校舎が。劇場が。会社が。寺院が。橋梁が。ガラスと金属の光波は絶えず空間で閃き合ひ、発動機の爆音と鉄槌の雑音とは潑剌として交錯した。

しかし、此の壮大な市街を構成したものは財力であつた。所詮SQの市民は財力の下には屈伏しなければならなかつた。さうして、その財力の投資者であつた商人達はひとりますます民衆を使役した。市街は投資者の市街となつた。自由と平等は彼らのための奉仕となつた。民衆の労役は彼らのために奪はれた。S川の河水は徒らに彼らのために誇らしく流れてゐるのと等しかつた。

十八

労働者達は自身を使役する財力のために青ざめ出した。彼らの疲労はますます彼らを苦しめる財力を助けることとなり出した。しかし、彼らは彼ら自身を生存させるその市街から逃れることは出来なかつた。さうして、彼らは彼らの労力をもつて築き上げるその大市街が尨大になればなるほど、その大都会の全重力を彼らの肩に脊負つて行かなければならなかつた。そこで、初めて最も平等を重んじたSQの市民達も、その各自の財力に従つて必然的に階級が存在してゐることを意識し始めた。

SQ市の無産者達は団結した。彼らは彼らの労力がいかに有産者達にとつて尊重せらるべきかを警告するために反抗した。

資産家達はその財力の権力を用いて圧迫した。

無産者達は擡頭した。

一大争闘がデルタの上で始つた。

集団が集団へ肉迫した。

心臓の波濤が物質の傲岸へ殺到した。
物質の閃光が肉体の波濤へ突撃した。
市街の客観が分裂した。
石と腕と弾丸と白刃と。
血液と爆発と喊声と悲鳴と咆哮と。
疾走。衝突。殺戮。転倒。投擲。汎濫。
全市街の立体は崩壊へ、
平面へ、
水平へ
没落へ
色彩の明滅と音波と黒煙と。
さうして、ＳＱの河口は、再び裸体のデルタの水平層を輝ける空間に現した。
大市街の重力は大気となつた。
静かな羅列は傷つける肉体と、歪める金具と、掻き乱された血痕と、石と木と油と川と。

（「文藝春秋」大正14年7月号）

女工哀史（抄）

細井和喜蔵

自序

婿養子に来てゐた父が私の生れぬ先に帰つて了ひ、母は七歳のをり水死を遂げ、たつた一人の祖母がまた十三歳のとき亡くなつたので私は尋常五年限り小学校を止さなければならなかつた。そして十三の春、機家の小僧になつて自活生活に入つたのを振り出しに、大正十二年まで約十五年間、紡績工場の下級な職工をしてゐた自分を中心として、虐げられ蔑すまれ乍らも日々「愛の衣」を織りなして人類をあたゝかく育くんでゐる日本三百万の女工の生活記録である。地味な書き物だが、およそ衣服を纏つてゐるものなれば何びともこれを一読する義務がある。そして自からの体を破壊に陥し入れる犠牲を甘受しつゝ、社会の礎となつて黙々と愛の生産にいそしんでゐる「人類の母」――彼女達女工に感謝しなければならない。

私がこの記録を書かうと思つたのは余程後年になつてからのことであつて、初めの程は唯だ漫然と職工生活を通つて来たに過ぎない。言葉をかへて言へば社会制度や工場組織や人生に対して何の批評眼も有たぬ、殆ど思想の無い、一個の平凡な奴隷として多勢の仲間と一緒に働いてゐたのであつた。鉄工部のボール盤で左の小指を一本めちやくちやにして了つたとき、三文の手当金も貰はぬのみかあべこべにぼんやりしてゐるからだとて叱り飛ばされた事を、当然と肯定して何の恨みにも思はなかつた。

その圧制な工場制度に対して少しの疑問をも懐かずに、眼をつぶつて通つて来た狭隘な見聞と、浅薄な体験によつて綴つたものが即ちこの記録である。私は大工場生活には入つた初めから、これを書くために根ほり端ほり材料を蒐めて紡績工場を研究したのでは決して無い。然るに、それですらなほこの通りな始末だから、事実はもつともつと深刻を極めたものと思惟されるのである。

関西で実行運動に度々失敗した私は黒表がついて容易に其地で就職が出来ぬまゝ、関東方面の事情を見聞し乍らこの記録でもまとめて、暫く実行的な運動から遠ざかつて時機の到来を待たうと思ひ立つた。そして大正九年の二月に上京して一先づ亀戸の工場へは入り、猫を冠つて当分のあいだは何事もなくゐたのであつたが労働の傍ら筆を執るといふ事は、時間がないので仲々むづかしくて出来なかつた。ところが偶まその工場に争議が起つて止むを得ず手を出したあげく、美事に労働者側の勝利を贏ち得たにも拘らず後になつて幹部の党派争ひからして無理解な仲間達に散々排斥されたり、また永年の工場生活から来た痼疾のために到頭そこをも罷めて了つた。そこで、生活に追はれ追はれ乍ら石に噛りついてもこれを纏めやうと決心し、愈よ大正十二年の七月に起稿して飢餓に怯えつゝ妻の生活に寄生して前半を書いた。そこへ、あの大震災がやつて来たのである。

妻が工場を締め出されて了つて、忽ち生活の道は塞がれた。と、どんなに気張つても石に噛りついては書けないことが判つた。そこで避難列車の屋根に乗り込んで兵庫県能勢の山中へ落ち延びて小やかな工場へは入り、一日に十二時間労働した傍ら後半を書き、再び翌十三年一月帰京して漸と全部まとめ上げたのは四月であつた。それから同年の秋になつて「改造」に一部分が掲載されたやつと残りの原稿を合せて、今一度十三年の十一月に手入れしたのである。

このやうに、わづかな、これを書くあひだに三回も住所が変つてゐて殆ど劃時代的な震災をなかに挟んでゐるから、元々自由なエツセイのやうな積りで取りかゝつた本書は文章の統一も研究方法の秩序もとれてゐない。そしてまた、現在の状態よりか多少の変移を見るであらう、しかし大部分は後で訂正を加へずに置いた。

私が紡績工場へは入らぬ以前の女工虐待的事実は、紡績通の二老人の口伝によるものである。それから女工寄宿舎の事については、寄宿舎で生活して来た愚妻の談話を用ゐた。なかに収録した諸統計を得るためには、大阪に在る二友人と一先輩に便宜を与へて貰つた。

高い防火壁に囲まれて外部から窺ふことの出来ない暗黒の工場の棉塵の中から、この畸形児的な本が世の中に生れ出るために産婆役をつとめて貰つた山本実彦氏と、船頭の役目を相つとめて貰つた藤森成吉氏に、全女工を代表して感謝の意を捧げる。また小唄の譜をとつて貰つた信時潔氏の労をも厚く御礼申して置く。

本書は勿論、間違ひのないやう万全の策を期した。しかし何分にも筆者は浅学の輩ゆへ多少の誤謬があるであらうが、そこは読者諸賢の御寛恕を仰ぐ次第である。

紡績女工及び織布女工に次いで多数を占め、制度の桎梏を受け乍ら重要な生産を営なんでゐるものは製糸女工であるが、「女工哀史」といふ表題のもとに少しもその事を書かなかつたのは遺憾だ。製糸女工の事情は、後に機会が与へられたら研究に出かけて、概要をなりとも報告し度いと思つてゐる。

工場のことを語つたものとして、これは必ずしも短いものでは無いやうだ。けれども、本書はこれから先わたしが機会ある毎に語らうとする広汎なる存在――工場と人との関係の、ほんの序文にしか過ぎないのである。私は「女工哀史」を余りに圧縮して書いた。いま私は、工場を小説の形式によつて藝術的に表現したものを、世の中へ送り出さうと意図してゐる。

大正十四年五月十二日

亀戸に於て　筆　者

第一　その梗概

一

人間が生きて行く上に於て「衣食住」が必要なことは言を俟たぬ。わけても「食」は絶対的必要であつて、若し自然の偉力が之を剥奪したならば明日から人類は地上に影をひそめるであらう。而して次に必要なものは「衣」と「住」である。いにしへ我れ等の先祖は裸体で居つた。それは未だ織物が発見されないまへの狩猟時代に、獲つた獣の肉を食みその皮を剥いで身につけた頃、又はそれより以前、木の実を食したり木の葉や木の皮を取つて体を包んだ時代のあつたことを考へれば明らかである。

昔の人間は食物さへあれば衣服も住居も要らなかつた。よし要るとしてもそれはきはめて簡単で事が足りた。併し今日まで進化した人類から「衣と住」を切り離して考へることはできない。今や人間にとつて着ることゝ住むことは、食ふことゝ同じやうに殆ど絶対的必需条件とはなつたのである。

衣食住は大自然の運動と人間自身の労働によつて得られる。併し人間は自然が創つたのであるから自然はそれを養ふ為め食物を与へるのが当然の義務だ。だから自然は飽くまでも其の責めを完ふして尽きせぬ原料を我れ等人類に与へてゐる。私は自然物に人間の労働を加へなければ衣食住の完成品とならないやうな不完全な未製品を与へる自然を間違つてゐると思ふが、よく考へて見れば人間は自然に叛いてゐる。叛逆者なのであつた。

嗚呼！　楽々として何の苦もなくあたゝかい自然のふところに何時までも眠つてゐられるものを、我れ等は何の要あつてか遂に叛いて了つた。その為めに人類は、永遠に労働を課せられた。唯だ生きるが為めに――。

茲で人類生活に絶対的必要なものは衣食住を造り出す労働だと言ひかへることができる。おゝほんに、労働なくして人間は一日も生きて行くことが出来ない。食ふ、着る、住むの労働が……。

我れ等は藝術が無くても死にはせぬ。政治といふ程なものが無いからとてたいした差支へはなからう。併し乍ら、食ふに米なく住むに家なく、着る着物が一枚もなかつたら牢獄へ行くとも出来ないではないか！　茲に於てしみじみと労働の貴さを感じる。

私は此の衣食住の労働を「父」と「母」といふ相異つた二つの性格で表はすことに興味を有つ。農民は人類の父である。米や麦や、その他あらゆる原料を作つて人間を養つて行く。さうして「紡織工」は其の父が作つた原料を糸にひき布に織つて子供に着せる。即ち「母性的いとなみ」であり、愛の労働である。実に農民が人類の父であるのに対して、紡織工は人類の母であらねばならぬ。そして家を建てたり、道路をつけたりするやうな其他の諸々な労働は、一切この「父と母」なる二つの大きないとなみの分れに過ぎないであらう。

道学者は「職業に貴賤なし」と言つたが、私に言はすれば飛んでもないことで職業には大いに貴賤がある。政治家だとか学者だとかいつてゐる連中は実に賤業である。さうして肥料くみや溝掃除こそ彼等に増して貴い職業ではないか？　国家並に社会組織が如何にあらうと、戦争が悪いなら戦争の道具を作る者が貴い職業だとは言へない。また大勢の人間にたいして必要はないブルジョアの享楽品ばかり製造する者を誰が貴いとほめるだらう。今日は猫も杓子も唯だ働きさへすれば労働者々々々で威張れる世の中だが、木綿の着物を織る女工と、無産者にはかいまみることさへ出来ないやうな大ブルジョアの部屋にでも飾られるところの彫物する彫刻師とは、其処に雲泥の相違があらねばならん筈だ。

此の如く我等紡織工は人類が生存して行くのに、無くてはならぬ物資を造つて供給してゐる。そして人間が自然から段々と離れて行く態を文明といふならば其の文明促進に貢献するところ甚だ多かつた。併し、今後の責はなほ重いのである。海の彼方には衣服の分配に与からぬ同胞がまだまだ沢山居る。世界の人口大約十五億と見てそのうち完全に衣服を纏つてゐるものが僅かに五億人、七億五千万人は半裸の有様でほんの一部分に衣服をつけてゐるに過ぎず、残りの二億五千万人は全部裸体であるといふ事実から見て、仲々その前途は多端である。これ等未開地の同胞に我れ等は糸を紡ぎ、布を織つて着物をきせなければならない。

全人類に等しく着物をきせる。此の高遠な理想を目標として我等紡織工は進んでゐるのだ。お丶！　愛の生産よ。我等兄妹の職業は奉仕の念に燃えてゐる。

紡織業は実質的だ。人道的ないとなみである。重要な産業だ。故に紡織工の労働は最も労働らしい堅実な労働だ。正義である。

二

紺碧の浪うち寄せる東の島国、日本は古から「絹」の国であつた。島をかこむ山脈の切れ戸から遥けき海を渡つて来た春が訪づれて、暖い風が地上をなめる頃になると広漠たる桑園は一声に笑ひ始め、緑の大葉が枝をたわめる。すると水晶の虫、蚕はそれを食んでビイドロの糸を出す。かうして美しい絹が乙女の手で糸にひかれ、機に織られて愛の衣に縫はれるのであつた。

併し限りない人口の増殖と外ぐにとの交際は必然的に「綿」を要求した。そして何時しか印度よりその種子が渡来して此処彼処に播かれたのである。と同時に弓弦で棉を打ち、糸車でこれを紡ぐところの簡単な紡績法が教へられて漸次日本の中心衣料は絹から綿へと移つて行つた。だが其頃の綿業は無論きはめて小規模な半農的手工業であつて、現代の所謂労働婦人——女工はなかつたのである。

武士道とやらは頽敗して侍は何時しか其の魂を打ち忘れ、絹の長袖を纏ひ、人斬る正宗はこがねしろがねちりばめた装飾品と代つて、爛熟した封建制度は自から崩解作用を始めた。併し彼等は未だ大平の夢から醒めやらない。その折り——徳川の中葉早くも海の彼方では産業革命の烽火は打ち挙げられた。即ち西暦千七百六十九年にはリチヤード・アークライトが輪具精紡機《リングスピンニングマシン》を完成し、翌千七百七十年にはゼームス・ハーグレーブスが走錘精紡機《ミュールスピンニングマシン》の発明をなし、続いて千七百八十六年にはエドマンド・カートライトがジヨン・ケイのフライ・シヤツトルを応用した力織機《パワールーム》を見事に完成して、旧来の産業組織を根底から揺がし始めた。

英国では此頃から近世的工業労働者としての紡織男女工が発生した。併し日本はそれから余程くだつてゐる。

茲で私は日本に於ける紡織業の歴史をざつと述べねばならぬ。我が西洋式紡織業の嚆矢は寛永、安政の幕末時代で、薩摩の藩主島津斉彬が一代に卓越した識見と英断とによつて英国オールダム市のプラット・ブラザース会社から紡機三千錘を輸入し、之を其の藩なる今日の鹿児島市を去ること一里余にある磯の浜の石室といふ地に工場を卜して据付けたのに濫觴を発してゐる。

世は大平で戦争はない。藩の家中は何れもごろごろとして唯だ君主の扶持を食んでゐる。そこで斎彬は此の家中の子女を我が紡績所の女工とし、若侍は男工に使つた。

此の時分は女工も実に幸福であつたゞらう？明治八年初版の「東京新詞」といふ本に左の如き詩が出てゐる。

女　工　場

紡耶績耶裁耶縫、幾家紅娘梳ニ翠髪一、繍レ花鍼線春日長

和レ鶯投梭声不レ没、曽見女師上《リ》レ場采、素姿燦然《タリ》霞外《ノ》月

これは滝の川に設けた政府の試験工場をうたつたものでないかと思はれる。或は又、正確な記録はないけれど大日本紡深川工場のあつた附近に、其頃既に政府の工場が建設されて居つたのかも分らぬ。

薩州時代に「紡績女工」といふ名称が用ひられたかどうか私にはちよつと判明しないが、其のやうに呼ばれたとしても今日ほど軽蔑的な意味は含まれてゐなかつた。女工といふ熟語の有つリズムが今日とは全然違ふ。「女工様々大明神」だつたに相違ない。なにしろ百姓や町人は成り度くも女工になれなかつたのである。藩に属する武家のみ、その娘が女工になり、息子が紡績所の男工となるの特権があつた訳だ。男工は丁ん髷に結び、達着袴を穿いて作業した。其の武士も足軽くらひでは仲々紡績所へ入るのは困難であつた。従つて自らも今日の如く卑下することなく、周囲の人々もこれを軽蔑どころか非常に尊敬をさへ払つたものである。自動機械といふやうな珍らしいものを皆目観たことのない日本人には、たゞその機械の側についてゐて棉を供給してやつたり、糸を継いだりする丈で独りでに美しい糸の紡げるスピンニング・マシンは夢の如く不思議なものであつた。機械をば恰かも神の如く訝り惧れた。そして其の神秘的な機械の守りする人を神官のやうに思つて到底凡人ではないとまであがめ奉る。今日では「紡績職工が人間なれば……」と歌はれる紡績工も、お役人さま然として居つた。

此の当時、紡績工場に就いて面白い挿話がある。無駄話のやうだけれども序でに紹介しやう、今日では何処の工場へ行つても其の門に「縦覧謝絶」といふ札が掲げてあつて容易になかを知るよしもないが当時は天保銭一枚だすと工場を縦覧させてくれたさうだ。それから初めは電燈が無く、石油洋燈をともして明りをとつた。すると工場の梁やランプの笠に鶏の毛のやうな棉埃が積つて火災の憂ひがあるので、長い竹の先に団扇をつけて煽り落したものである。こんな時代もあつたのかと思ふと、僅々七八十年の間に世界的地位を得た日本の紡績工業の素晴らしい発達に、驚かずにはゐられない。

而してその時に綿布力織機二台をも併せて輸入したと云ふ説があるがそれはどうも確実でない。併し兎もあれ、薩南の一角は我が工業の揺籃であつたことはたしかだ。

一説には、鹿島万兵衛なる者の紡績所創設がこれより先で、島津斎彬はそれに刺戟されたものだとも言ふが詳細な記録は無い。

近世工業労働者としての女工及男工は、実にこの時に方つて九州薩摩で誕生したのである。併しながらずつと降つて明治の中葉に至るまでは、只管女工の成長時代にあつて彼は何も判らずに親の懐ろに眠つてゐた。近世工業労働者としての惨めな生活上の特色はまだ現はれなかつたのである。

維新の革命以来、とみに文明は発達して国民生活の向上に伴ひ、色々な欧米製品の需要が激増して行つた。わけても綿製品はその著しいものであつて、一ケ年の輸入額一千十一万円に上り、我が輸入総額の六七割に当つた。綿布だけでも一ケ年の輸入高四百七十二万円といふ多額になつて本邦輸出入の均衡は殆ど綿製品輸入額の多寡による状態を示した。茲で政府は綿製品の輸入防遏を計る為め紡績業奨励の必要に迫られて勧業局長松方正義氏が英国より齎らした紡績機械を大阪、岡山、奈良、愛知、宮城、栃木、広島等棉の産地へ二千錘づつ配布して極力斯業の発達に力めたがあいにく不成功に終つた。これを「二千錘紡機」と称するのである。

尚ほ東京滝の川、泉州堺等に政府の工場が建設されたのであるが、何れも完成を見なかつた。

降つて明治十三年五月、山辺丈夫なる者が英国から帰朝し、渋沢栄一、藤田伝三郎、松元重太郎等実業家を発起人に挙げて大阪三軒家村に資本金二十五万円を以つて大阪紡績株式会社を創設した。工場は十六年七月に漸く竣工して一万錘のミユール精紡機が其の前紡機《ぜんぼうき》と共に運転を開始した。今なほ西大阪の一角に聳ゆる赤煉瓦三層楼の工場がそれである。

英国の紡績工場及び有名な紡機製作所プラット会社で研習を経た技師が凡てを担当したのでこれは見事に成功した。すると之を模倣するものが相次いで起り、幾多の会社が出来て工場は方々に建てられた。これが近世的工場工業労働者としての「紡績工」発生である。

次ぎに「織布工」であるが、これは同じく松元重太郎、山辺丈夫氏等が謀つて明治三十一年大阪西区松島町に大阪織布株式会社を創立してプラット式力織機三百台を輸入、据付け、運転した。続いて大阪四貫島に金巾製織会社が出来る。さうして急激に織布術が全国的にひろまり、大紡績会社は競つて織布を兼営するやうになつた。これが近世的工場工業労働者としての「織布工」発生であつた。しからばその紡織業及び従業労働者が現在頂点に達した資本主義治下に於いて、如何なる状態に置かれてゐるか？　その趣勢はどうか？　手短かにこれを述べて見やう。

三

「人類のため」の産業の盛衰を述るのに方つて機械の沢山あることや原料を余計食ふことを尺度とするのは真理で無いが、暫く世説に従つて置く。

世界の紡織工業界に於ける我が日本の地位はどんなものであるとかいふに、万国紡織聯合会の調査によると、左の如く日本

の紡績錘数は世界第八位を占めて居る。（大正十年現在）

国別	錘数	職工数
英国	五九、七一二、三〇三	六三〇、〇〇〇
北米	二〇、七七九、五五四	三〇〇、〇〇〇
南米	一五、八〇四、九三三	四〇〇、〇〇〇
仏国	九、六二五、〇〇〇	一九六、六五〇
独逸	八、六九三、二二一	三七五、〇〇〇
印度	六、八七〇、八〇四	三三二、一七九
伊太利	四、六〇〇、〇〇〇	二〇〇、〇〇〇
日本	四、五三二、〇三六	一四〇、六〇八

また力織機の据付け台数は、

英国	七九九、〇〇〇
北米	四四〇、五二七
南米	二六六、九四二
独逸	一九〇、二二〇
仏国	一八〇、五六〇
伊太利	一四〇、〇〇〇
印度	一二三、七八三
日本	六〇、八九三

併し乍らこの運転時間と一錘当り棉花消費量に於ては日本が正に世界第一位であつて、一ケ年間世果棉花消費量七百三十五万七千二百十二俵の内、九十七万一千六百五十四俵までを我が日本で消費し世界に於ける棉花消費総量の第二位を占めてゐるのである。故に、右の事情を綜合して考へると日本の紡織業は世界第六位といふことになる。

次ぎに日本に於ける紡織業の趨勢と其の労働者数はどんなものであるかを見ると、我が紡織業は恰かも経済界に超越したるかの如く、年々歳々少しの停滞をも見ずに極めて順調な発達を遂げてゐる。と云ふよりも寧ろ躍進してゐる。今大正元年から十年までの紡績聯合会所属工場錘数を示せば左の通りだ。

年次	錘数	資本金
元年	二一七六、七四八	一億円台
二年	二四一四、四九九	
三年	二六五七、一七四	
四年	二八〇七、五一四	
五年	二八七五、九〇四	
六年	三〇六〇、四七八	
七年	三二二七、六七八	二億円台
八年	三四八八、二六二	三億円台
九年	三八一三、六八〇	四億円台
十年	四一六一、一二六	

右は綿糸紡績にして紡績聯合会へ加入せる工場のみを挙げたものであるが、尚ほ此のほか同会へ加入せざる綿糸工場、絹糸紡績、麻糸紡績、毛糸紡績等を加へると数字は更に太つて来る。

絹、麻、毛の諸紡績に就ては綿糸と兼営が多き故完全な統計を得難いが大体に於て左の如き標準である。

絹糸紡績

年次	錘数	払込資本金
大正四年	一一二、〇二七	一〇〇、〇〇〇
同　九年	一三八、二九八	一一、九五二、二一二
同　十年	一六二、二六四	一四、四三四、七六七

麻糸紡績

大正四年	二九、三八二	六、二二四、三〇〇
同　九年	七四、四五五	四〇、四五五、〇〇〇
同　十年	六四、六九七	二二、八二六、〇〇〇

毛糸紡績

大正十二年	三六五、四六五	九四、一九〇、〇〇〇

毛糸紡績に就いては農商務省工場統計表に全然これが無い。で、止むを得ず大正十二年度「紡織要覧」によって調べたものを挙げた。但しこれは羊毛工業会加入工場ではあるが、同会の統計と多少相違してゐるかも知れぬ。

而して此の会社及び工場数、之れに従事する職工数は如何程なりやと云ふに官省の諸統計で見ると左の通りだ。

	工場数	男工	女工	小計
綿	一五六	三七、九一一	一二五、九二二	一六三、八三三
絹	三八	五、〇六八	一二、九四三	一八、六二三
毛	三二	三、四七五	約一〇、〇〇〇	一三、四七五
麻	一四	三、六九九	七、六五九	一一、三五八
合計	二四〇			二〇七、二八八

即ち僅々二百四十ケ工場で三十万人に足らぬ労働者だといふことである。併し乍ら之れを民間の調査で見ると職工二百人以上を使役する紡績工場が二百二十三会社四百八十ケ工場もあるほか、十五人以上百五十人以内職工を使用する織物工場が一千工場以上もある。故にこれから推定を下せば日本の紡織工総数二百万を下ることはないであらう。さうして其のうち八割までが女工なのである。また「毎日年鑑」によって他の労働者数と比較して見ても工場労働者としては第一位に在り、一般労働者から見ても第四位てふ多数を占めてゐる。

種別	男工	女工	計
農業労働者	―	―	三、一一七、五八二
漁業労働者	―	―	一、三三五、五五五
交通労働者	―	―	九三三、六七七
繊維工業労働者	一五一、五九四	六六七、二〇一	八一八、七九五
林業労働者	―	―	七一五、七〇九
鉱山労働者	―	―	三三八、八〇〇
機械工業労働者	二三四、二二七	一四、一一七	二四八、四〇四
官業労働者	―	―	一八四、五五一
化学工業労働者	一一六、七八六	四七、三八四	一六四、一七〇
飲食工業労働者	八五、七七三	一七、二二八	一〇三、〇〇一
雑工業労働者	九五、一五二	二九、三三六	一三四、四八八

第二　工場組織と従業員の階級

四

此の書きもの、範囲をあらかじめ決定するため、工場及びその労働者を分類して種類を明らかにせねばならぬ。

【イ】産　業　別

専門家以外の人は大抵一概に「紡績工場」と云つて了ひ其処に働く労働者を「紡績工」又は「紡織工」と云ふがこんな漠然たる話しはない。

そもそも紡績といふだけでは単に糸を紡ぐことSpinningしか意味しない。併し乍ら普通「紡績」と称へられてゐるなかには「製織」即ちWeavingといふ何ぼ常識的に考へても全然ちがつた技術が含まれてゐる。しかるに日本では此の二つを混同して了つて唯だ「紡績」といふ。だがこれは間違ひであつて「紡織」といふのが当り前である。英語のTextilであらねばならぬ。そこで工場の種類が大体左の三通りに分れる。

一、純紡績工場

二、織布工場

三、紡績、織布兼営工場（紡織工場）

それから同じく産業別の分け方に、今一つ原料の種類によつてすることがある。

一、綿糸紡織

二、絹糸紡織

三、毛糸紡織

四、麻糸紡織

これが先づ大体の分け方であるが此のほか「石棉紡織」とか「海草の紡績」とかいつた特殊なものがある。併しこれ等は未だ微々たるものであつて殆ど数ふるは足らぬ。

【ロ】大　小　別

工場の大きい小さいによつて同じ紡織工場といつても大変その趣きが異る。技術的組織が違ふのである。例へば小さな或る工場では次項の「技術別」に於いて分類した一分科の職業を一人で兼務する場合が尠くない。また織布になると実に複雑であつて、織布専門の工場が紡績工場で出来た綛糸を買ひこれに糊をつけて織る場合と大工場で紡、織兼営する場合とは其処に甚だしい技術上の差違があり、用ゐる機械、器具等も一様でない。従つて同じ職工であつても大工場と小工場とは技術上の共通点がとぼしい。まことに五月蝿いものだ。それで同じ「織布工」でも大工場に永年居つた者が小さな個人工場の経験工ではなく、小工場に居つたものはまた大工場へ行つても仕事は出来ない。これは工業が漸次分業的に発達すればするほど甚だしくなる現象であつて、人間の技倆は機械の働きの如く、世の進歩と逆比例に段々極限されて行かねばならぬ。

【ハ】技　術　別

紡織工業が近世資本主義的大工業の極致であることは、左の技術別分類によつて余りに多くの分業から成つてゐるので知れる。

工場の職工を大体に於て「運転工」と「保全工」の二種に分ける。運転工は各自その受持機械に就いて原料の世話をやき、直接生産に携はるものであつて保全工は主として機械の修繕、すなはち保全をなして間接に生産を助けるやう業務分掌の原則が置かれてゐる。併し乍ら此の両者が確然とした色で分けきれないのは事実である。

紡織工場は最も機械文明の粋を蒐めたもので、その仕事は徹頭徹尾機械がなすのであるから主に労働者の名称は機械の名称の下へ「工」がつく。で、「何々工」といつて機械と仕事と併せた表を作る。

茲でちよつと断つて置き度いのは、元々筆者は主として織布の経験工である。紡、織兼営の工場に永らくゐたのではあるが、紡績の方は暫らく「綛場」と「ミユール精紡」と「試験方」をやつた位で余り全般に亘つて精通してゐない。で、茲に挙げたより以上の分業が実際に於ては行はれてゐるのだと思つて頂きたい。

- 混棉部《ミキシング》
  - 開俵機・フヒダー・オプナー ―― 混棉工（男）
  - 荒打
  - ―― 保全工

- 打棉部《スカツチヤー》
  - 中打・仕上 ―― 打棉工（男）
- 梳棉部《カード》
  - 梳棉・精梳棉 ―― 梳棉工（男）
  - ―― 運転工・保全工
- 練条部《ドローイング》
  - スラツビング・インター・ロービング ―― 練条工（女）
- 粗紡部《フライヤー》
  - 初紡・間紡・後紡 ―― 組紡工（女）
  - ―― 保全工（男）
- 精紡部
  - ミユール（男、女）――
  - リング（女）
    - 台持工・王場工
  - ―― 運転工・保全工（男）

この精紡で紡げ揚つた管糸はその用途によつて左の四通りに分れる。

- 精紡
  - 管糸の儘で織布へ送るもの、又はチーズの儘市場へ出すもの
  - 単糸の儘で綛に掛け梱にして市場へ出すもの
  - 撚糸にしてから綛に掛けるもの
  - 種々な加工糸にするもの

而して精紡より後の工程と職工の職業別は左の通りである。

先づ単糸の場合から、

綛《リー》場《ル》……………………綛掛工（女）

丸　場 ｛……丸　仕(男)
　　　　バンドリング……綛締工(男)
荷　造……仲　仕

撚糸の場合には精紡と綛場の中へ左の工程が挟まる。

合　糸……捲糸工 ｝運転工(女)
撚　糸……撚糸工 ｝保全工(男)

撚糸になつてから後段の工程は単糸の場合と同じである。それから加工糸、例へば瓦斯糸などにする時は尚ほこのうへ「瓦斯焼」の工程が加つてそれ丈けまた職工の種類を増すことになる。

次ぎに織布部に於ける職工の技術別をのべやう。

管《コツプ》糸場……コップ差工(女)
ワインダー……糸捲工(女)
整《ワー》経《ピング》部(女) ｛台持工……
　　　　　　　　　　　　ボビン掛換工……
糊《サイザー》付部(男) ｛糊拵工……
　　　　　　　　　　糊付助手……
　　　　　　　　　　糊付工……｝保全工(男)
引通し ｛わけ方
　　　　通し方｝引通し工(女)
織布部《ウヰーピング》 ｛経掛工(男)
　　　　　　　　　　　織工(女)
　　　　　　　　　　　注油工(男)

機械工(男) ｛運転工
　　　　　　保全工
仕《フイニツシヤー》上部 ｛受入工
　　　　　　　　　　　シヤーリング
　　　　　　　　　　　カレンダー
　　　　　　　　　　　ホールヂング
　　　　　　　　　　　スタンピング｝男女混同
荷　造……仲　仕

以上が本工場で直接又は間接生産に携つてゐる純生産工のみであるが、これを補佐し又は工場といふ大きな一建築物全体を運転かつ保全する為めには更らに夥しき附属工がなくてはならぬ。その大体を列挙しやう。

原動部 ｛コロッパス
　　　　火夫
　　　　機関手
　　　　電工
　　　　シヤフト廻り
修繕部 ｛仕上師 ｛手仕上
　　　　　　　　　機械仕上
　　　　火造師 ｛ヨコザ
　　　　　　　　　先手
　　　　鉄管工
　　　　旋盤師

営繕部
- 鋳物師
- 溶接工
- 錻力屋
  - 営繕係
  - チン・ローラー専門
- 大工
  - 建築
  - 小物
- ペンキ屋
- 煉瓦工
- 石工
- 左官
- 手伝人夫

紡績部の附属部として左の如きものがある。

ローラ場
- ローラー修繕工(男)
- ローラー磨工(女)
- ベルト工等

試験室
- ゲレン方(男)
- 助手(女)

若くは男女混同

選棉部……選棉工(女)

注油方……(男)

バンド掛……(男)

バンド編工……(女)

運搬方……(男)

掃除夫又は掃除婦……

次に織布部の附属としては又左の如き各部がある。但し筬と綜絖を自家で製造せずに他からこれを購入する場合は「筬編工」と「綜絖製造工」が省ける。

筬場
- 綜絖掃除工(女)
- 筬直し工(不定)
- 筬編工 }(男)
- 綜絖製造工 }(男)

噴霧工……(男)

運搬工……(男)

杼直し専門大工……

仕上場
- 洗濯工 }(女)
- カヾりつけ }(女)

掃除夫又は掃除婦……

これで工場の労働者は凡そ述べつくしたと思ふが、紡績工場には殆ど何処へ行つても寄宿舎があるから、その方で働いてゐる者も労働者として挙げて置く。

寄宿舎
- 炊事夫
- 夜具繕ひ人
- 掃除人(男又は女)

右のやうに一概に「紡織工場」といふも内容五十以上七十の各々変つた職業から成つてゐるのである。故に其の工場組織がどんなに複雑であり、資本主義的近代工業の極致なるかを窺ひ知るに難くないのである。

それから従業労働者の性、年齢等から観て分ければ成年男工、成年女工、幼年男工、幼年女工、老年男工、老年女工と分れることは言ふまでもない。而して紡、織両工場の主要部に於ける男女工の百分率は男工三十%女工七十%位になつて居り、更らにこれを各部別に示せば次表の通りである。但し各会社工場によつて必ずしも一様でないから一二工場の例を引いて大体の標準を示したに過ぎない。

部名	成年男工	成年女工	幼年男工	幼年女工	老年男工	老年女工
混棉	七〇%	二〇%	…	…	五%	五%
打棉	八〇	…	…	…	二〇	…
梳棉	一〇〇	…	…	…	…	…
練条	五	八〇	…	…	…	一五
粗紡	一〇	八〇	…	…	…	一〇
精紡	一〇	二〇	一〇	六〇	…	…
選棉	…	…	…	…	二〇	八〇
合糸	一〇	六〇	…	二〇	…	一〇
撚糸	五	六〇	…	二〇	一〇	五
綛場	五	七〇	…	二〇	…	五
丸場	九五	…	…	…	五	…
ワインダー	五	一〇	…	八〇	五	…
整経	五	八〇	…	一〇	…	五
糊場	一〇〇	…	…	…	…	…
引通	三	七	…	九〇	…	…
織布	一〇	九〇	…	…	…	…
仕上	二〇	三〇	五	五	二〇	二〇

五

資本主義的諸制度の大きな組織に虐げられてゐる労働者が、無産階級藝術に於いてその作品中に現はれた場合よく彼等は「社長」とか「工場」とかいふ言葉を使ふ。社長が職工にでも談話し、一女工にもまた容易に社長と語らう機会がある。併し私にはおかしいやうな気持ちがする。

それが理想主義的、象徴派的に、或ひは表現派のやうな非常に奇抜な作品ならば別段うたがうところはないが、飽くまでも写実を旨とした自然主義的作風及び受材を為したものに於てこれを見るのであるから甚だ唐突な感がある。作者等は最も爛熟した資本主義制度の桎梏を知りもしないで工場を描いてゐるのだ。僕の処へ白粉工場へ通つてゐて一廉天下の労働者を気取つて来る人がある。また、十人かそこいらの小工場に働いてゐて如何にも資本主義制度に苦しんでゐるかの如く訴へる人がある。そして工場とは斯るものだと僕に説明して聴かせてくれて自分一人がプロレタリアの苦悩を脊負つて立つた積りである。共に僕は可笑しかつた。

今日いふところの紡績工場は、一女工に社長の名前が憶へられたり、それを憶へる必要があつたりする程ちいさなものではない。ましてや社長と一職工が談話を交換するなんてことは夢にもないことである。従つて十年くらひ勤続してゐる一女工に向つて「社長は誰だ？」と訊いたつて答へ得るものは百人に一人もないことを、私は玆に保証する。否、女工どころか男工にだつて社長や重役の名なんか必要はありやしない。私だつて二年もゐた大阪の工場の、会社の社長の名前なぞついぞや知らずに了つた。

それから「工場《こうば》」とか「こうぜう」とか言ふが職工は一般にさう呼ばない。即ち「会社」と言ふのである。

「あたし工場《こうば》へ行くの。」と言ふのは余程近代的な呼び方であつて多くは、

「うち会社へ行《い》くん」と言つた風に大阪ならとなへる。又、東京でも大概会社で通つてゐる。

大会社には何れも営業所があつて、各地に散在する数多の工場を統轄してゐる。即ち鐘ケ淵紡績は「営業部」といふものが神戸市東尻池に、本店工場が東京府南葛飾郡隅田村にあつて大阪城東、住ノ道、中島、淀川、淡路州本、高砂、九州三池、久留米、熊本、中津、博多、京都高野、上開、上京、下京、山科、岡山門田大通り、花畑、備前、西大寺、群馬県新町、和歌山県中の島、彦根、甲府、丹波福知山等全国各地に三十ちかくもの支店工場を有つてゐるのである。

此のやうに東洋紡績は大阪北区堂島浜通りに、大日本紡績は同じく大阪東区備後町に、富士瓦斯紡績は東京日本橋区箱崎町に、それぞれ其の営業所を置いて内地を始め新領土、或ひは海外租借地へまで持つて行つて工場を建設してゐるのだ。だから社長や重役は全然工場とは懸け離れた営業所へ居る故、工場を見廻るなどといつたやうなことは滅多にない。

営業所
- M工場
- U工場
  - 第一 紡績工場 織布工場
  - 第二 紡績工場 織布工場
  - 第三 紡績工場 織布工場
- J工場
- R工場

これは東洋紡績の例だ。同社では諸々な記録に一々「何々工場」と書く手数を省く為めH、A、T、O、N、C、D、E、Y、G、R、J、U、F、K、M等のアルハベットにMillの略字Mを添へて言ひ表はす。但しこれは日本読みの頭文字ではない。例へば四貫島工場ならS・Mでなければならんが実は同工場がU・Mなのである。

次ぎに工場の組織であるが、これは前の「労働者の分類」で併説したからくわしい処は抜きにして大体の配列だけを表示する。

左は工場事務所の組織一例である。

工務課
- 紡績係・織布係 ― 各分担区域を二乃至三分し一区一人にて
- 原動係（附属部兼任又は二人位にて分担）

- 庶務課 ｝此の二課は分つて居らぬ処もある
- 用度課 ｝
- 計算課
- 会計課
- 人事課
  - 採用係
  - 通勤係
  - 社宅係
  - 寄宿係
    - 部屋係
    - 売店係
    - 賄係
  - 募集係
- 守衛係
- 医務課
  - 内科（内科的諸科兼務）
  - 外科（外科的諸科兼務）
- 営繕課
- 調査課

右のほか若干名の教師、女工訓育係が附属して居り、日々大仕掛けに資本主義擁護の教育を彼の女たちに施してゐる。

六

紡績会社では従業社員並に職工の階級が実に甚だしく、恰も軍隊のやうだ。

社員の配置は工場と営業所にまたがつて居り、社長並に最高幹部の重役以下、一等社員から八等社員まで位に階段をつけてゐる会社が多い。或る会社では社員のことを「手代」と言つてゐる。

工場に於ける従業員の縦横のひろがりを述べて見やう。驚くばかり数段の階級が存在してゐる。但し事務的従業員は工場労働者と関係がうすいから省いて、実際男工及女工が階級の為めに支配される人間だけを示す。

工場長
- 工務主任―工務―部長―組長―（優等工・見廻工）―男工・女工
- 人事主任――人事係――世話婦――室長―女工

これが単なる名称上だけの階級であるが、鐘紡式工場では部長のことを「担任者」と呼び一等から四等までに分れて居るのだ。それから工務もまた三四等に分れ、組長のことを「主席」といつてゐる。

それから東洋紡式の工場では部長のことを「助役」と称へこれまた一等助役から四等助役までに分れる。それから組長が「組長補」と「組長」と「主席組長」の三段になつてゐるのである。なほ見廻工も「段取見廻」「下見廻」等二三級に分れ、優等工のことを「一等男工」と言ひ、平男工のことを「二等男工」と呼ぶ。またときには男工が一、二、三等にも分れる場合がある。それから組長のことを「主任」と呼んでゐる。

東京の工場では一風かはつた呼び方をしてゐる処がある。左は東京モスリンの例である。

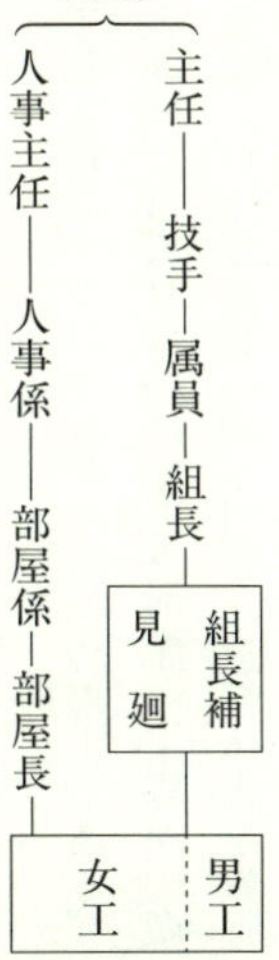

右の表以外、組長、見廻には各「補」があつて、その上に本組長なり本見廻がゐるのである。

関西で「主任」とは組長のことであるが、関東では「工務係」のことを主任と言つてゐる。

東洋紡では従業員の待遇を荒らまし三つに分けてゐる。即ち「社員」「雇員」「職工」がそれで前の表に依ると上から工務係までが社員、部長と書いてある分、即ち「助役」が雇員、組長以下が職工である。而してそれを「雇員待遇」だとか「社員待遇」だとか言ふのである。

直接生産に関与せぬ係りは、その主脳者を除いた他はおほかたこの雇員に属して居る。東京の或る工場では職工を「工員」と呼んで居る。

由来紡績工場では従業員の待遇など何うあらうと構はぬくせして、生意気にも表面の体裁をつくり職工を「工手」と言ひ代へて「女工手」「男工手」など七面倒な呼び方をして見たり、または女工を逆に「工女」男工も逆に「工男」てなをかしい呼び方をして一廉の人格尊重ぶりを示し、世間をごまかして通つたものである。わけても「女工員」「男工員」などはその甚だしいものといはねばならぬ。

社員と職工の階級的差別は実に甚い。一例を玆に挙げるならば工場には数番の電話が取つてあつてその何れもが何時も公用で塞がつてゐる訳ではない。社員連はこれによつて弁当の注文も出来るし、待合へかけることも自由だ。併し乍ら職工はどんな急用の場合でも断じてその使用を許される事がない。試みに君は何処の工場でも呼び出して「女工誰々もしくば男工の何々が居ますか?」と訊いて見給へ、立ちどころに高慢ちきな工場の交換手は「職工は呼べませんです。」とひと口にはねつけて了ふだらう——。

彼等は職工の分在で、其の油に汚れた黒い手で受話器など握られやうものなら、不浄の為に忽ち電話は不通に陥つて了ふと心得てゐるのかも知れない。労働を卑しみ嫌厭する心が自づとこんな変つた人種を作り上げて了ふのだ。此の点、私の知つた分では鐘紡大阪支店は感心なものだつた。仮令一女工と雖も馬鹿にはしない。電話のかゝつてゐる処から半丁も隔つたやうな職工社宅へでも、丁んと呼び出しに行つてくれる。

何れの工場へ行つても、女工は十年居つても二十年居つても依然として女工以上の待遇へ昇れないが、事務所の給仕は初めから雇員の待遇を受ける。東京モスリンなどは女給仕が傭員待遇で毎半期の賞与を五十円から百円迄くらひ貰ふのに対して、女工は十円か二十円しか貰へない。此の如き矛盾が又と世にあらうか？「働く者貧乏、貧すりやドンする」といふ諺は実にうがつてゐる。余りに甚し過ぎる待遇差別だ。

第三　女工募集の裏表

七

紡績職工の傭入れは「志願工」と「募集工」の二つに分れるが女工は八十％まで募集工であり男工は逆様に八十％まで志願工である。で男工は全部志願しては入り、女工は応募するものと見て差支へない。

男工の志願には直接つてを有たずに工場の門へやつて来るのと、なかに働いてゐる者の手蔓を求めてやつて来るのと二通りあつて、前者を俗に「ふりうり」と言ふ。

東西古今を通じて男工の募集といふことを先づやつた会社が無い。それにひきかへ女工は募集しなかつたといふ例が無い。もつて如何に男子の職業が尠いか、機械が職業を奪つたかゞ判明する次第だ。

紡績工場の女工募集難はすでに十数年来からの事実である。大正六年以降綿糸紡績では大日本紡績聯合会所属の工場が生産制限の為め操業短縮といつて錘数二割り以下の運転休止を敢行したにも拘らず、その際各社とも三十人とまとまつた集団的解雇をしなかつた。これは年中やつてゐる募集さへ手びかへすれば自然と人員が減る故、解雇するには当らないのである。之に反して操短解除または増錘等の為め急に女工の増員を要する場合は一人当りの募集費用が頓に膨大を示すのである。故に女工募集は紡織工場に於ける機械運転と同様主要なる事項の一つである。若し紡績会社にして女工募集を禁止されたならば、一ケ月を出ずして機械は停止して了ふだらう。

由来労働者募集の取締りは府県会を以つて之を定め各府県別に、尚ほ一貫した縦の法制がないところから警察官の常識で取締られて居つたかの観がある。併し、当局も漸く其の不備を自覚して今般内務省令として全国的統一を図るため、社会局で原案を作つて参与会の審議を経た。（大正十三年二月二十四日）

参考のために新聞紙より転載する。

労働者募集取締令案（原案）

第一条　本令に於て募集主と称するは募集したる労働者の傭主たるべき者を謂ひ募集従事者と称するは自ら雇傭するが為労働者の募集に従事する者又は募集主の委託を受け労働者の募集に従事する者を謂ふ

第二条　本令は左の各号の一に該当する場合を除くの外職工、鉱夫、土工其の他人夫の募集に之を適用す

一、応募の為住居を変更するの必要なきとき

二、単に広告に依り募集し就業場に於てのみ募集の取扱を為すとき

三、職業紹介法に依る職業紹介所に依り募集を為すとき

四、移民保護法に依り募集を為すとき
第三条　募集主は募集開始前左記事項を記載したる就業案内及雇傭契約書案各二通を応募者の就業所在地所轄警察官署を経由し地方長官（東京府に在りては警視総監以下之に倣ふ）に届出づべし
一、（略）
二、応募者の就業場の名称及所在地
三、短期の事業に在りては其の事業の開始及終了時期
四、応募者の就業すべき業務の種類
五、賃金に関する事項
六、往復旅費、宿舎又は食事の費用其他労働者の負担に関する事項
七、雇傭期間及雇傭期間内に於ける解雇に関する事項
八、就業時間、休憩時間、休日及夜間作業に関する事項
九、負傷疾病の場合に於ける扶助救済に関する事項
前項の規定に依り届出でたる就業案内又は雇傭契約書案を変更したるときは遅滞なく之を届出づべし
第四条　募集従事者たらむとする者は其の住所地所轄警察署を経由し地方長官の許可を受くべし
（中略）
七、募集区域
前項の募集従事期間は三年内とす
募集従事者の許可申請は募集主より之を為すことを得
第五条　地方長官前条の規定に依り許可を為したるときは募集従事者証を交付すべし
第六条　第七条、第八条（略）
第九条　募集従事者募集に着手せむとするときは第三条の規定に依り届出でたる就業案内及雇傭契約書案を添付し左記事項を募集地所轄警察官署に届出づべし
一、当該警察官署管内き於ける募集従事期間
二、当該警察官署管内に於て募集せんとする労働者の男女別予定人員
三、募集従事中の居住所、別に事務所を設けたるときは其の事務所所在地
四、応募者の集合所あるときは其の所在地
前項各号の事項就業案内及雇傭契約書案に変更ありたるときは遅滞なく之を届出づべし（下略）
第十条　募集従事者は応募せむとする者に対し第三条の規定に依り届出でたる就業案内及雇傭契約書案を交付し其の主旨を懇示すべし
第十一条　募集従事者は応募者名簿を備へ募集に応じたる者あるときは遅滞なく之に記入すべし（中略）
第十二条　募集従事者は左に掲ぐる行為を為すことを得ず
一、募集従事者証を他人に貸与し又は募集従事者の許可なき者に募集を委託すること
二、労働者の募集に関し事実を隠蔽し誇大虚偽の言を弄し其の他不正の手段を用ふること

三、応募を強ふること
四、応募したる婦女を酒席に侍せしめ其の他風俗を紊るの処ある行為を為すこと
五、応募したる婦女を藝妓娼妓酌婦に勧誘紹介又は周旋すること
六、応募者に対し遊興を勧誘し又は其の案内を為すこと
七、応募者の外出、通信、面接を妨げ其の他応募者の自由を拘束し又は苛酷なる取扱を為すこと
八、応募者に対し其の所持品の保管を求め又は保管したる所持品の返還を拒むこと
九、応募者より手数料報酬等何等の名義を以てするも金銭其の他財物を受くること

第十三条　募集従業者は未成年者に対しては其の法定代理人、法定代理人不在のときには親族其の他本人を保護する者、妻に対しては其の夫の同意あるに非ざれば之を募集することを得ず但し已むを得ざる事由に依り其の同意を得ること能はざる場合に応募者の住所地市区町村長に於て差支なしと認めたるときは此の限りに在らず

第十四条　（略）

第十五条　募集従事者応募者を伴ひ第九条に規定する集合所を出発せむとするときは其の前日迄に左記事項を記載し集合所所在地所轄警察官署に届出づべし
一、募集主の住所氏名法人に在りては其の名称及主たる事務所所在地
二、応募者の就業場の名称及其の所在地
三、応募者の集合所所在地
四、集合所出発の日時
五、乗車又は乗船の場所及其の日時
六、応募者の住所氏名及生年月日

第十六条　左の各号の一に該当する場合に於て応募者の請求ありたるときは応募者就業場に到着前に於ては募集従業者、到着後に於ては募集主は応募者の帰郷の為必要なる措置を採るべし
一、応募者健康に障害を生じたるが為就業すること能はざるに至りたるとき
二、就業案内又は雇傭契約書に記載したる事項事実に相違したるとき
三、募集従事者募集主又は就業場の監督者応募者に対し虐待又は侮辱を加へたるとき

第十七条　（略）

第十八条　募集従事者に於て第十二条又は第十三条の規定に違反する所為ありたるときは許可を為したる地方長官は其の許可を取消し又は許可を為したる地方長官若は募集地所轄地方長官は募集の停止を命ずることを得

第十九条　左の各号の一に該当する時は拘留又は科料に処す
一、募集主にして第三条に規定する就業案内又は雇傭契約書案に虚偽の事実を記載したる者
二、許可を受けず又は募集従事者証記載事項の範囲外に亙り労働

者の募集に従事したる者
三、第三条第二項第四条第四項第五条第二項第六条乃至第八条第九条第一項若は第二項又は第十条乃至第十六条の規定に違反したる者
四、第十七条の規定に依る当該官吏の命令に従はざる者
五、第十八条の規定に依る募集の停止中募集に従事したる者
第二十条　工場法第十八条に規定する工場管理人又は鉱業法施行細則第五十四条に規定する鉱業代理人は其の工場又は鉱業に使用する労働者の募集に関しては本令の適用に付募集主と看做す
第二十一条　募集主営業に関し成年者と同一の能力を有せざる未成年者なる場合又は法人なる場合に於ては本令の罰則は其の法定代理人又は法人の代表者に之を適用す
第二十二条　募集主は其の代理人戸主、家族、同居者、雇人其の他の従業者にして本令に違反する所為を為したるときは自己の指揮を出でざるの故を以て其の処罰を免るゝことを得ず
第二十三条　応募者の就業場所在地又は募集従業者の住所が本令施行区域外に在る場合に於ては第三条の規定に依る届出又は第四条の規定に依る許可申請は主たる募集地所轄地方長官に之を為すべし第九条第三項の規定に依る検印に付亦同じ
第二十四条　本令に定むるもの、外必要なる事項は地方長官之を定む

併し乍らこの、唯だ通り一遍の規則だけで従来の悪弊が一掃されるかどうかは頗る疑問である。

八

女工募集の第一期　私は近世工業労働者としての女工が発生してから今日までに於ける女工募集方法の変遷を、おほまか三期ほどに分けて考へるのが便利だと思ふ。

此の時代を仮に名づけるなれば「無募集時代」と言へるだらう。無募集時代とは無論字義通り全然募集の要がなかつたのでないが、今日に較べ極めて容易に女工が得られた頃なのである。年代でいふと先づ始めて日本に組織的な工場が出来た明治十年あたりから二十七八年日清戦役の頃までゞある。

此の時分、女工の募集は易々として少しの骨も折れなかつた。何しろ今日二百有余会社三百数ケ工場《こうぜう》の工場《こうば》があるのに較べて、当時は工場の数、実に片手を折るにも足りないところへもつて来て農村にも漁村にも人口は余り返つてゐる。わけても男子の如くどんな労働にでも構はず服役為し得ないところの女子が仕事の割りに多かつた。加ふるに扶持で遊食して居つた侍が維新の改革と共に解放されて為すこともなく方々に転つて居る時だつたから、工場にとつては此の上もない好都合だつた。

農村が富んでゐるやうに思つたのは大の見当違ひ、その実大名や地頭から搾られるだけ搾り取られてゐたのだから仲々楽でない。農産物の少し位は有つてゐるとしてもそれを売つて金と交換することは今日ほど容易でなかつたから、農村にも貧乏が可なり多かつた。其処へ恰度、給金は右から左へ支払ふ工場か

ら「働き手」を求めに行くのだから、家に居ても仕様のない娘達を一つ返事で喜んで稼ぎに出したことは少しも無理なく想像される。大工業主義の工場が非衛生であることも、その仕事が骨身を削るほど劇しいことも知らないのだから、彼の女達は嬉々として旅へ出た。また親達も安心して出すのであつた。今日でこそ娘を紡績へやると言へば身顫ひするほど怖ろしがり、さうしてまた醜業婦にでもするかのやうに卑しむが、当時「会社へやる」と言へばちよつと出世のやうにさへ聞へたのである。まして初期のうち工場の所在地は何れも大都会だつたから都会へ出ることとそれ丈でも行かれぬ娘や、事情あつてやられぬ娘や親達にはい丶加減羨望の的であつたのだ。であるから募集人は殆んど術策が要らないで済んだ。また今日一種の「誘拐業者」若くば「女衒」のやうに言はれてゐる彼等も却つて尊敬をさへ払はれた。女工一人当りの募集費が数十円乃至百十数円もか丶るといふ今日と、蓋し雲泥の相違ではないか――。

この頃「前貸金」の制度は存在しなかつたし、従つて「年期制度」もほんの名目だけ位で、主に退社は本人の自由意思、若くば親許からの請求で容易に為されるのであつた。「強制送金制度」も無かつた。書信の没収などといつた横暴もなかつた。

あゝ！　初期の女工は如何ばかり幸福に働き得たことか――。

九

第二期　此の如くして難なく所要の女工が各地から寄せ集められ、工場は愈々運転を始めた。さうして日本に於ける近代産業の礎を築いて行つた。しばらくはそれでよかつた。併し自然は何時までも其の状態を許さなかつた。年を追ふて、漸次女工募集は困難になつて来る。

一、工場の数が増加して女工が多く要るやうになる。

二、一度応募した者が帰国して工場の情況をうつたへる。

右の二大原因が必然的に「募集難」を招来するに至つた。茲で女工募集の自由競争が始まつて来るのは当然だ。さうして追々と女工の束縛が必要となつて来る。

身の行く末をさとして旅立たせた娘は、どうなつたのか出たつきりてんでグツともスツとも言つて寄越さなかつた。で、心配して親の方から出した手紙にも碌々返事が来ない。工場では女工が国許と交通することをなるべくさけるやうになつた。というのは若し工場の実状をつぶさに報告しられるならば、次ぎの応募者はそれを聞いて見合はせる虞れがあるからであつた。それゆへ彼女達は心に明け暮れ故郷のことばかり思つてゐても、自づと音信が絶へて表面遠ざかつて行かねばならなかつた。またその中には色魔男工の誘惑に引つ懸つて多少の勘定も捲きあげられて了ふ者もあつたし、不知不識の間に都会のいろ〳〵な悪風に染まつて、送金の約束は忘れるともなくはたせなくなつた。

女工が国許へ出す手紙は、その内容に工場の不利なことが認ためてはないか一々点検して若し少しでも虐待に近い事実を訴へるやうなものでもあれば、直ちにこれを没収するほど警戒を密にしたが、それでも尚ほ工場の内情がもれ知れ出した。賢い女は高い塀を乗り越へて逃亡を企てた。さうして生命カラ〴〵着のみ着の儘で帰国して工場の圧制を泣いて訴へるのだつた。またなかには病気や傷を負ふて会社からつき戻される女もあつた。工場へ行つたが為め、やつた故に、村には嘗つてなかつた怖るべき病ひ――肺結核を持つて村娘は戻つた。娘はどうしたのか知らんと案じてゐるところへ、さながら幽霊のやうに蒼白くかつ痩せ衰へてヒヨツコリ立ち帰つて来る。彼女が出発する時には顔色も赧らかな健康さうな娘だつたが、僅か三年の間に見る影もなく変り果てた。それでもまだ、兎も角生命を携へて再び帰郷する日のあつたのはい丶が、なかには全く一個の小包郵便となつて戻るのさへあつた。機械に喰はれて片輪になつて帰るのもあつた。茲で娘を紡績へやるのはちよつと見合せるやうになるのは当然だ。これが第二期を生んだのである。

第二期は第一期の終末、すなはち日清戦役の済んだ頃から、日露戦役の三十七八年くらひまでを指す。

第二期の特徴としては「強制的送金制度」と「年期制度」の文字通りな実行、それから此の後期頃から「身代金制度」と「教育制度」さへ生れたのである。而して各会社に「募集人」が置かれ、女工募集事務が漸く重要な地位を占め出したのも此の時代である。

この頃を私は女工募集の「自由競争時代」と名づける。

それから此の時に今一つ最もよくない習慣が生れた。それは女工の「争奪」であつて、自由競争が増々劇甚をきはめた結果、必然にこんな悪弊がかもされるやうになつたのだ。而して此の時代の悪習慣は、少しも改められることなく第三期の今日まで存続してゐる。

此の身代金を貸し、年期をきらせる制度によつて当分のうちは従業女工をみたしてゐたが、日を追ふて増加する錘数は又しても女工の払底を招致せずには置かなかつた。其処で彼等は「教育制度」といふ一策を案じ出した。若い娘を使ふのだから色々女子に必要な「教へごと」をすれば応募者が沢山あらうと考へた。尤も此の間には三年の年期を見事つとめあげて帰つた女工が、年齢ばかり一人前に成つて自分の着物一枚ぬへず、御飯を炊く術さへ忘れ果て丶ノホヽンと国へ帰つて来る態を、親達は情なく思つたであらう。娘を女工にやつたが最後、田五作の嫁にもやれぬほど体も心も荒んで了ふのだつた。

それで工場では算盤から割り出して聊か鑑みるところあり、女工寄宿舎にほんの申し訳だけの設備をして申し訳に女工を教育することにした。そして募集先ではこれを飛んでもない大袈裟に吹き、少女達を「教へごと」で引きつけやうとした。此の時分からぼつ〳〵第三期としての特色が見え出すのだ。

女の子が誰しも習ひたがるものは何といつても「裁縫」であつた。で始めのほどそれを教へてゐたが、どうもそれ丈けでは利き目が尠くなる。茲に各会社は「私立尋常小学校」を置くやうになつたのである。

紡績工場に私立尋常小学校のあることは一見まことに結構なやうだが、彼の目的とする処は凡て打算的——といふよりも脊に腹はかへられぬ切破つまつた時の泣言に過ぎない。初期には妙齢の娘ばかり使役してゐた工場も段々彼の女達が来ることを嫌ひ出したり、また一方では実際左様に妙齢の娘ばかり大勢揃ひもせぬし、第三には其の為す仕事が十八の娘でも十三の小娘でも大差はない程いと易い事柄なのである。何ぼ音無しい小羊のやうな女でも脊丈のびれば多少の不平も口にしやうし、給金も増してやらねばならん。そこで一人前の女よりか子供をだまして使つた方が、結局はるかに得なことになつた。給料の廉い不平を言はぬ少女達を鞭打つて酷ぎ使はふと思ひつき、十才にもなつた少女は大威張り、八九才からつれて来やうとする方法を執つたのである。

ところが茲に困つたことが出来た。といふのはよもや後程こんな七面倒な鉢合せが起こらうとは露知らず、彼等ブルジョアその者が定めた「義務教育」という厄介な奴である。

「チエツ！ 此のやうなことがあとで起こらうなら、あんな七面倒な法律は拵へなきやよかつた。まるで、自らの縄で我を縛るやうなものぢやないか。」

彼等はかう言つて今更ながら己等特権階級が貧乏人を苦しめる為めにやつたことに地団駄ふんで後悔したが事はもう遅い。どう取り消す術もなかつた。併し彼等はいち時げつそりしても何時までもそんなことに辟易しない。忽ちにして妙案を考へ出して直ちにこれを実行した。之れ即ち文部省認可の私立小学校設置である。それを拵へて恰度学齢期にある少女も職務の傍ら教育するといふ口実で公々然と引きつれて来た。此の策略は案外うまく成功して、忽ち少女労働者の押し寄せるところとはなつたのである。

「なに、小学校は無料でやつてあげます。そのうへ子供ながらも給金を取つて親許へ幾らか送ります。」かう言ふのだから純朴な鄙人が有無もなく引つかゝるのは無理からぬ。

此のやうにして兎にも角にも次々へと所要の女工を補つてゐたが、それでもまたまた不足を感じるやうになつた。そこで今度は「強制送金制度」がうまれたのである。

この制度は字義通り会社が強制して各その国許へ送金させるのであつて、始めのほど本人の自由意思に委せておいたところ、仲々送るものがたんとない。そして親達からは小言が来るし其のために募集がやり難くなつたものだから、働く女工本人よりも親権者に重きを置いて御機嫌を取るのだ。

こんなにしてまた当分遣り繰りをして居つたが、年々限りなく彪大して行く日本の紡績業は、又もや女工の払底を見るに至つたのである。茲で第三期に遷移して行く。さればこれより最も辛辣をきはめる第三期、すなはち第二期以来の現状を語るであらう。

十

第三期　第三期は「募集地保全時代」である。第二期に於て嘘八百を並べ立て、ひたすら誘拐的手段によつてのみ伴れて来た自由競争の弊害として募集地は惨々に荒らされた。汽車も電話も未だ無いやうな田舎の涯々までも紡績工場の怖ろしいことが知れ渡り、狡猾飽くなき彼等にも流石に場あたりな姑息的手段ではゆかなくなつた。

【イ】募集の方法　女工募集の方法を「直接募集」と「嘱託募集」の二つに分けることが出来る。前者の直接募集とは桂皐氏の言葉に従へば所謂る「出張募集」であつて、会社の社員自から募集地へ出張り直接募集に当るのである。而して後の嘱託募集とは一切これを「募集人」といふ職業者に委せて了ひ、会社は彼から女工一人幾何で買ひ取るのである。

それからまた募集のやり方を「広告募集」、「縁故募集」の二通りに見なければならない。

由来、紡績工場の原動力である募集地は、多くこれを募集人にのみ委せて放任しておいたのであるが、為めに生ずる諸種な弊害を考へ工場管理人が自から監督するやうになつた。彼方の国で百人の娘を誘拐して伴れて来、散々酷き使つて役に立たなくなれば叩き帰して了ひ、今度は此方の地方から百人伴れて来る。と、かういつた調子ではゆかなくなつたから成るべく一定の畑から永く続けて作物を穫らうと考へ出した。そして荒廃した募集地へ慌てゝ種を蒔き肥料をさへやるやうになつた。そこで女工募集方法が以前よりも永続的になつたのである。余り乱暴をやらなくなつた。これが先づいゝ方の特色であらう。

【ロ】募集人　女工募集人（これを法規では「募集従事者」といふ）に就いて暫らく語らう。

此の「募集人」という奴は要する女衒であつて実に始末におへない者だ。彼は資本主義社会制度が資本家の手先なる彼に与へた邪道な権利と、自己の劣悪な人間性とを以て社会に怖るべき害毒を流しつゝあるのだ。私は何も罪を募集人にのみ負はせるの苛酷を知つてゐる。此の如き者を必要とし、容認し、彼に鉄鎚を下すことさへできぬ資本主義社会の病患をこそ情なくも思ふが、如何によくないことをするに都合のいゝ社会制度だからとて、彼に少しでも「正義」の良心があつたらまさかこんな背徳行為は起るまいに――。

募集人の多くは宛がら「嘘」から誕生したやうな人間で、もう有ること無いことを吹き散らし、嘘八百を並べ立てゝ善良無垢な鄙人を瞞着するのである。これは独り我が紡績工場に限らず製糸工場に於ける女工募集にも共通なことであるが、彼等はこれと見込んで並々の手段でゆかない場合「恋」を応用して陥し入れるやうな陥策を弄すること敢て珍らしくない。此のことは古賀進君及び斉藤澄雄君の研究にも書いてある。実に彼等は職業故ならたはむれの恋さへするのであつた。

それから今一つは、募集人が応募者の娘達を遥々つれて工場

へ来る途中で、些と縹緻のいゝ女は大抵その獣性の犠牲に供して了ふことだ。私は惑る親しい募集人に、

「実際そんなひどいことをするのかね？」

と訊いたら彼はせゝ笑つて、

「有るどころの段ぢやない俺でも××××××××をやつてやつた。」と極端に答へた。

それからまた管内に数多の工場を有つ××警察署の某刑事と話した折り彼は言つた。

「……殊に亀戸工場（東京モスリンのこと）の募集人は癖が悪いね。誰々か何時何処の宿屋へ募集女工を伴れ込んだとか、また達磨屋へ売り飛ばしたと丁んと判つて居るが、実は何ともすることが出来ないんだ。」と。

募集人がこうして関係をつけた女を方々の工場へ転々させて果ては女郎に売り飛ばしたり酩酒屋へ私娼に追ひやつたりした例を私だけでも十数件知つて居る。

【ハ】地方募集　東京附近の工場では「市内募集」と「地方募集」なる言葉が使はれてゐるが、此の前者は多く他工場から誘拐して来るのであつて後者は即ち保全につとめた地方の募集地から伴れて来るのである。

会社が直接やる場合は最も有力な募集地へ持つて行つて「募集事務所」又は「出張所」といふやうなものを拵へ、所謂る出張員なる者が本工場と連絡を結んで盛んに活動する。金力を利用して村長や村の世話好きな老人などは巧みに取り入れて了ふ。場合によつては駐在所や警察分署も買収することを忘れない。娘の有る家へは度々事務所から勧誘に行き、尠からぬ贈り物さへ届けられる。

或る地方などでは「ホギャア……」と赤ん坊が生まれたら男の子か女の子か訊きに行き、女の子なれば直ぐ成人の後ちを約束して了ふといふ。だからかうした地方では生れた子が女の子なれば大層な金になるから恰かも犢子かなんぞのやう、男の子よりか気張つた宮詣り祝ひをしてやるとか――。

また大会社になると活動写真や芝居を応用して女工募集の宣伝に供する。都会でこそ活動なぞ糞珍くもないが未開の山間ではまだ仲々珍重がられるから巧妙な宣伝方法たるを失はない。会社は各々募集地へ赴いて寺院などを貸り、無料公開をやるのだから村人達は皆さそひ合せて見物に来る。そこで普通写真に差加へて「工場の実況」を映写するのである。

写真は正直だ。自然の象その儘を如実に写し出すといふが大嘘の皮で、写真は凡てを美化して了ふ。加ふるに悪い場面は収めてないから極めて美しい。白い帽子、黒い上衣、白いエプロン、裾短かき袴、靴下に靴といふ軽快な姿はまことに明るく幸福さうに観えるのだ。で、工場の実際を知らぬ人が誤魔化されて了ふのも無理はなからう。凡てが大いに洋化された現代の工場は、如何にも愉快さうに学校の如く思へるだらう。

集まりがはてゝ帰るとき、彼等は工場のことを書いた宣伝ビラでも貰ふに違ひない。今その一二例を引用する。

第一例

女工員入用

東京府下吾嬬町大字亀戸
東京モスリン紡織株式会社　亀戸工場

○貴女は、東京の何処の会社で働らいたら、一番愉快で、幸福で、又お金が沢山儲かると思ひますか。

○貴殿の大切な娘様を、安心して委托し、仕事をさせるには、何処の工場が最も安全で、沢山の収入があり、且つ行末へ立派な人になると思ひますか。

○東京モスリン紡織株式会社亀戸工場は、東京の名所亀戸天満宮から東へ三丁の処にあります。会社の資本金は壱千五百万円で、綿糸紡績、キヤリコ、モスリンを織る大工場であります。

○工場内には、新築の寄宿舎、学校、病院が設けてあり、総べて無料であります。病気にかゝつても御心配はありませぬ、学校は、普通教育の外、裁縫、生花、茶の湯、礼儀作法、割烹等を皆さんに、丁寧に、教へて居ります（？）

○貴女方の御姉妹や、同郷の方が沢山入社して、楽しく、働らいてお居でになります。

貴女も、入社なさいませんか。

○何時でも、入社出来ますが、一日でも早い方が勝ちです。一刻も早く御出でになるのが貴女のお為めです。

○入社の年齢は満十二歳から三十歳までで、身体壮健で、父兄の承諾ある方に限ります。

○支度金は、年齢により相違がありますが、事情によつては、充分に会社からお貸しする事に、御相談致します。

○上京旅費は、実費を会社から差上ます。今度入社せられる方には、反物代として別に金参円差上げます。

○給料は年齢に依りまして、最初は一日金六十銭から金七十銭まで差上ます、三ケ月たてば、一ケ月金参拾円以上六ケ月になれば、五、六拾円以上に増加します、それから上は、貴女の働き一つで、いくらでも、儲かります。（？）

○外に種々の賞与金がありまして、勉強次第で、貰へるお金が沢山あります、また役付見廻等に出世が出来ます。（？）

○冗費をせぬ方が一年に百円や弐百円の貯金は楽に出来ます。（？）

○入社後は毎月親許へ送金いたさせます。

○食事は、会社から多額の補助金を出して、白飯と、おいしい副食物を、一日僅か、金十二銭で、賄ひます、他には、壱銭も掛りません。（？）

○委しい事は、最寄の募集事務所か又は直接会社へ端書で問合せ下さい、すぐ御返事いたします。

○ですから今直ぐ御決心なされた方が勝です。

第二例

次ぎに大阪東洋紡の例を一つ挙げやう。但しこれは工場人事課より発行する月報に掲げられたものの抜き書きである。

女工手破天荒の優遇

賃金の値上げ

△新入の女工様は素人でも六十五銭以上差上ます但し幼年の方は六十銭より七十銭迄
△日給の人は十一時間働いて今迄の十二時間分の賃金がもらへます今まで一円五十銭貰つて居た人は一円六十五銭もらへます
△受負女工さんの賃率も又之に準じて一割五分以上夫々値上致しました「是れ迄四十円の儲け高あるものは四十六円となり参拾円のものは参拾四円五十銭となります」

満期慰労金の大増額

△三ケ年間勤続の女工手の満期慰労金は他会社に比し従来頗る多額を支出して居りましたが今回更に優遇の目的にて八月二十一日より大々的増額をなしこれまでの慰労金の倍額を差上げることにいたしました
△是まで五十円もらつた方は百円六拾円もらつた方は百弐拾円となります(?)
△宅行帰省の方及退社の方は六ケ月以内に帰社して戴だけば年続をして満三ケ年に達しましたならば大増額の慰労金を差しあげます(?)

宅行帰省の女工手へ

皆様帰省後益々御無事に居られますか御蔭で会社は益々発展して参りました家庭の御事情の許す限り早く御帰社下さい旅費の御入用の方は至急ハガキで御知らせ下さい御送金してあげます

もう一例として日本毛織会社のものを挙げやう。これはパンフレツトよりの抜文。

第三例

入社年齢

満十二歳から二十五歳まで

給　料（?）

年齢で差があります最初見習中は日給金五拾銭乃至七十銭の間で定ります

賞　与（?）

一、週皆勤賞
二、期　末　賞
三、年期満了賞

週皆勤賞は月曜日から土曜日までの間に（日曜日は休日でありますから）欠勤早引をせぬ人に一週間毎に一日を得られます
期末賞与は半期々々の末に各人の収得総高に応じて貰へるので最底を一割として居ります時々会社の利益によつて差があります是れ迄人気のよいときには二割悪いときで一割二分一割三分でした此の勘定の仕方はツマリ半期に百弐拾円の収得金があつたとすれば其の一割三分拾五円六拾銭が賞与となる訳です
年期満了賞は皆様の希望で別にお約束が出来ますソーシテ首尾よく年期を御勤になる事によつて所定の賞金を御渡しするので詳い御話は係員からする事にしてあります

姫路工場は

姫路市にあり山陽線姫路駅に下車せば東に当り播但線の京口駅の傍

にありて此の工場は是れ迄毛糸を作つて居ましたが今度余程大きな工場に拡げてモスリンを織る事にしたので沢山の女工手さんを採用します

姫路の市は

播州での都会で兵隊さんも居られ師団所在地で人口五万余中々ニガヤカな土地です

名　所

白鷺城は今より四百年前の建築で天守閣は豊太閤の作りし処図表の通り今尚ほ原形の儘天に聳へ態々此れだけを見物に来る人も夥しい事です

播州皿屋敷も此の地にあり

城の中に皿を洗つた井戸もありお菊を祀りしお菊神社等あります

加古川工場と印南工場は

加古川を東と西に挟んで両岸に建つてゐるので山陽線加古川駅を下車せば直ぐです

毛糸、モスリン、セル、羅紗等の毛織物一切を作つて居ります

附近の名所には名高い須磨、舞子、明石の浦、高砂の浦、石の宝殿等所謂播州名所は此の両工場の近傍にあるので、日曜日などにはお友達と打連れ見物に行くには絶好の地であります

岐阜工場は

汽車東海道線の沿道で昔天下分目の戦争があつた名高い関ケ原の近くで名古屋より八里西で米原駅からは東へ数駅過ぎた処であります

此の工場はモスリンを製織して居ます

附近の名所には

長良川の鵜飼、養老の滝、各務ケ原の飛行場、織田信長の居城たりし金華山城跡等は皆工場の近傍にあります

寄宿舎は

各工場共何千人でも住居の出来る大きな建物で幾棟も並んで居る、室は写真にある通り、夜具、日用の諸道具は何一つ不自由の無い様に備へてあり賄は工場の炊事場で用意し食堂に出しますから皆様はお腹に入る限り喰べてよいので賄費は夫れで一日三食が拾銭となつて居ます素より相当の御馳走なれば斯なに安くは出来ないが足らぬ費用は会社が補助をするのです、舎内には世話係として舎監の外に教育ある婦人が幾人も居つて皆さんの親姉妹になりかはり親切に御世話をして居ます

時々皆様の国元に出張してお宅を訪ね皆様の安否を伝へたり国元の有様や伝言を達したり何くれとなく御世話を致し国元よりの托送品を持つて帰り又持つて往きます

入社旅費は

皆さんの村から会社迄は馬車賃汽車賃弁当代等の必要な旅費は会社から差上る事にして居りますから当社では決して賃銭から差引く様な事は致しませぬ

病気になれば（？）

当社の工場は水質と気候の最も良い健康地を撰らんであり且つ又沢山の医学士が常に皆様の健康に就て全力を尽して居りますから病気になる事は先々ありませぬが万一病気になつた方は会社の病院へ会

社の費用で入院させ親切に養生致させます

慰安会

毎年二回以上は大慰安会があります工場々々によつて行先が違ひますが汽車で名所見物に出る例でありまます大坂京都奈良伊勢等色々な方面へ行きます其の費用は全部会社が出して尚小遣銭も渡します其の外寄宿舎では時々変つた珍らしき催物をして皆様を嬉ばせます

貯金と送金

国許へ送金は会社の最も奨励する所で若し親御さんの御考へで本人の小遣何程と御申越になれば其余は送料無料で毎月親許へ御送りします貯金は当会社でも慥かにお預かりしますお望で銀行でも郵便局でも御随意ですが当社は特別預りには一割の利息をつけますソーシテ出入れは何時でも自由です

仕度金が（?）

御入用の御方は募集をする人に御相談して下さい御用立します此の金は六ケ月以上お勤になれば返へさなくともよい事になります

退職慰労手当（?）

若し三年以上勤めて会社を御罷めになるときは年期満了賞の外に幾らかの此の手当金が貰へます（引例終り）

右の例中のクエツシヨン・マークを附したのはどうやら其の実行が怪しいのてある。次ぎにポスターを二三挙げやう。

いま本稿を書いてゐる極く近所にも三ケ処ほど女工募集の出張所がある。これは嘱託募集人がやつて居り、会社の看板を掲げてゐるのだ。即ち亀戸十三間通りには東洋モスリンのそれがある。同天神通り香取前には相模紡績のそれがあつて「紡績、織布部工女募集。前借金シマス。申込所コノヨコニテ。」といふ看板があがつて居り、其処の露路をは入つて行くと「相模紡績株式会社女工申込所」と書いた大札が高く掲げられて居る。また柳島妙見橋詰には上毛モスリンの出張所があり「工女大募集年齢十五才より三十五才まで上毛モスリン株式会社女工募集事務所前借五十円まで貸与す」と書いてある。都会のこれなどは実に貧弱なものでそう応募者がありさうにも思はれないが、色々自堕落な真似をして散々身を持ち崩した女工が、債鬼や情夫の牙手から逃れる為めに都落ちして田舎へ行くらしい。

募集人が始めての土地へ行つて見ず識らずの家から娘一人を伴れ出すまでの筋道を、大正十一年十一月号の「婦人公論」拙文から引用しやう、これは大貫たまといふ兵庫県出身の一少女が初手堺市大和川の某工場へ応募して行き、誘拐の手にかゝつて遂に東京まで来た末、はては金一円で肉を売る亀戸の淫売窟へ落ち込んだ悲惨な物語中の発端を対話にしたものである。

募集人。（洋服のポケツトから半裁新聞紙の刷り物を出してたま子の父と語る）これをご覧なさい。これが私の会社で出してゐる新聞です。——何分、会社は巨きいのですからね、こんな新聞まで独力で発行する力があるのです。

父。（感心して）は、あ……大したもんですなあ……。

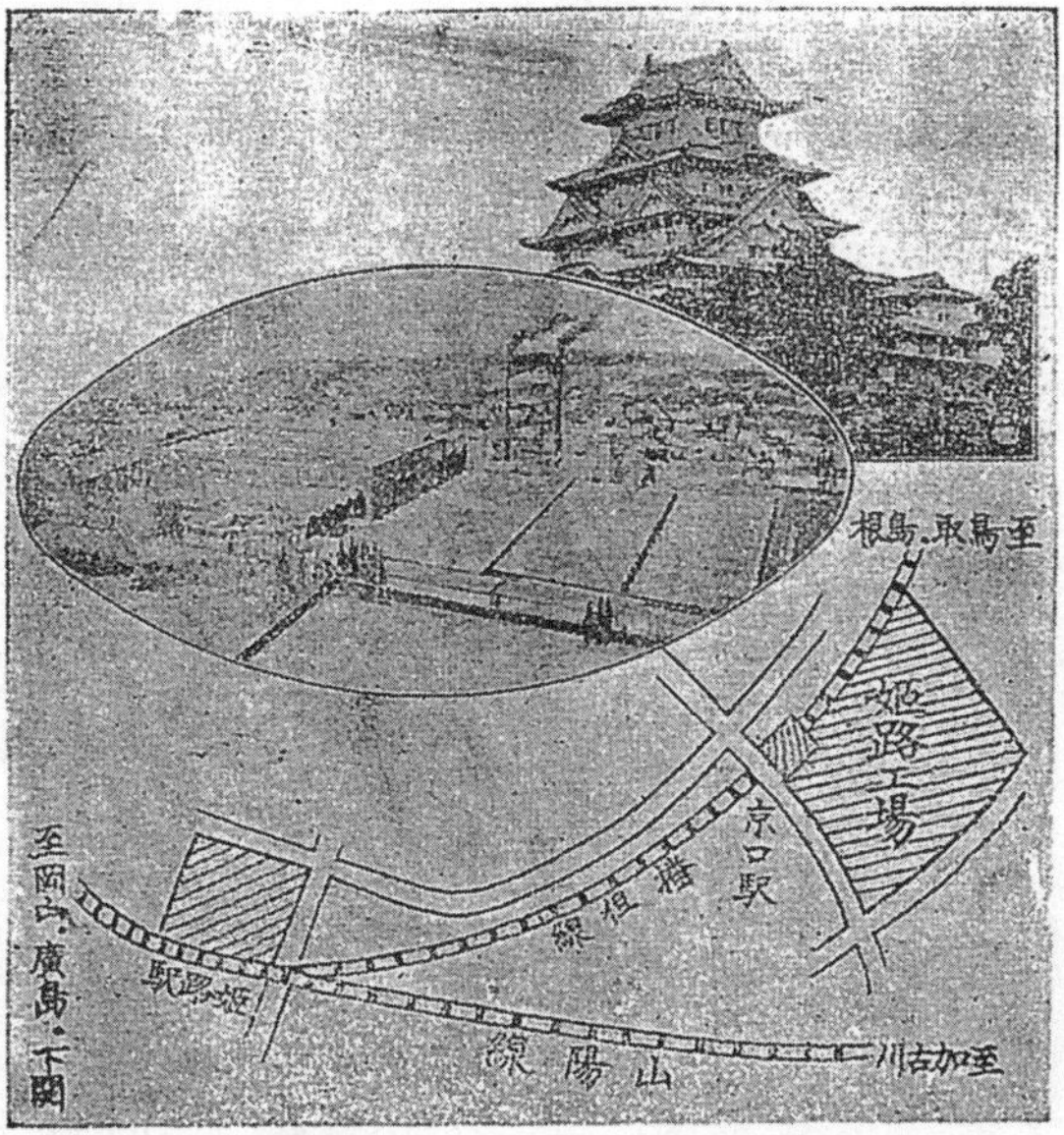
至鳥取.島根
姫路工場
京口駅
播但線
姫路駅
山陽線
至加古川
至岡山・廣島・下関

（上）第一圖

（下）第二圖

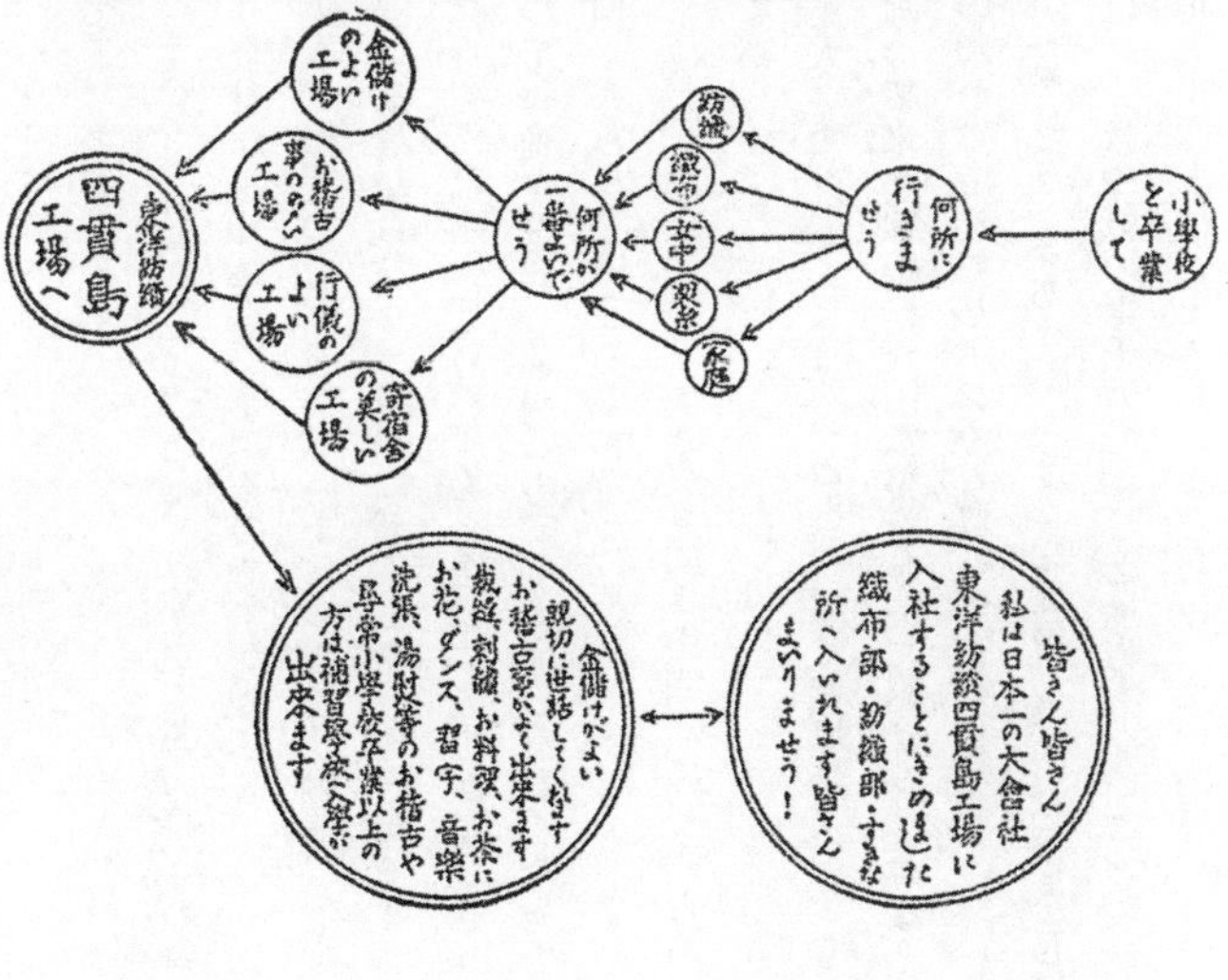
小學校を卒業して
何所に行きませう
紡績
織布
女中
製糸
家庭
何所が一番よいでせう
金儲けのよい工場
お稽古事のよい工場
行儀のよい工場
寄宿舎の美しい工場
東洋紡績四貫島工場へ
金儲けがよい 親切に世話してくれます お稽古事がよく出來ます 裁縫、刺繍、お料理、お茶に お花、ダンス、習字、音樂 洗張、湯財等のお稽古や 尋常小學校卒業以上の 方は補習學校へ入學が 出來ます
皆さん皆さん 私は日本一の大會社 東洋紡績四貫島工場に 入社することにきめ[ま]した 織布部・紡織部・すきな 所へ入いれます皆さん まいりませう！

たま子。（横合から）お父あん、それなあに……。

募集人。（なるべくたま子の挑発心を唆るやう）まあ、それよりか此方の絵をご覧なさい。――これが会社の一部を写真に撮つたものです。（たま子に絵葉書を示して説明する）さうれご覧、これが会社の庭園、おにはです。これが運動場、これが食堂、つまり此家で言ふと其処のご飯たべる鍋座ですなあ。それからこれが娯楽場、これが浴場、これが休憩所。――それからこれが工場の主だつた処ですよ。織布部、精紡室、綛室、荷造り、仕拵室どつこも皆な機械ばかりでせう。人間の手でするやうなへマな仕事は皆目ないのです。何分糸をつなぐのまで機械でするのだから仕事と云つたつて只だ側に遊んでゐて時々機械の世話さへしてやりやいゝのです。そりや楽ですよ。

たま子。其方に、まだありますのそれも序でに見せておくんなさい。

募集人。よろしいともみんな観せてあげませう。（勿体ぶつて別なのを示し）さあ……どうです姉ちやん。これが会社の学校ですよ。会社にはね、丁んと尋常一年生から高等女学校まで在るのです。さうしてこの学校へは誰でも会社の女工さんでさへあれば何どきでもは入れて、本も筆も紙も絵の具も、何から何まで一切合切会社から出して貰つて勉強が出来るのです。――さうれご覧、これが学校附属の大広間で裁縫や作法、生花、お茶、お琴といつたもの何でも習ふ部屋なのです。百畳敷と云へば可成り広いやうに聞えるが、此の部屋はお父あん、百畳は愚か二百八十畳しけるのですよ。一本も柱なしでね……。大きなもんでせう！

父。へえ……。

たま子。まあ……。

父。（大分のり気になつて）さうすると貴方様、お針も矢つぱり会社から仕込んで下はるのですかえ？

募集人。無論のことです。いま言つた通りお茶、生花、行儀作法、裁縫から琴、三味線に至るまで、凡そ女子《をなご》として識らねばならん藝事一切は、丁んと会社に先生が傭ひきりにしてあつて毎晩々々教へてゐるのです。何しろあんた先生の数でも何十人ちうて居るのです。

父。（感動して）ほう！なんと聞きあ聞くほどえらいもんですなあ……。

募集人。（心のうちで赤い舌をペロリと出し、折しも戸外から帰つて来た妹娘に一円紙幣を与へ）お妹御ですな？可愛らしい娘だ。これでリボンでも買つてお差しなさい。

父。（呆れて）まあまあ、そんな大層もないことをして貰つては……はや気の毒千万です。と途方もないこと。

募集人。なあに、よろしいよろしい。ほんの心だけですよ。

父。ほんとにお気の毒でごはすなあ……。

募集人。ところでお父あん、一つどうでせう、娘さんを三年ほど貸して貰へますまいか？（たま子に）姉ちやん、大阪の会社へ遊びに来ませんか？都はいゝ処ですよ。――芝居や活動は毎日観られるし、ちよつと其処まで出るにも乗り物があるし、菓子や其のほか旨い物は沢山売つて居るし、美しい着物はあるしねえ、見物旁々三四年来てはどう？（父に）ねえお父あん。あんたの考へ一つで娘御は承知してゐますやうだが――。「可愛いゝ子には旅をさせ」ちう諺もある通り、兎角若いうちに広みへ出して修業させにや、これからの世では家で唯だ百姓の手伝ひくらひして居つたのでは良い嫁入り先もありませんで。ところがうまいことにはね、二満期無事に勤めると会社から嫁入仕度金として莫大な金子と立派な箪笥がさがるのです。その間には国許へ送金し乍ら自分の貯金も九百円や千円は出来るし、六年まあ辛棒して見なさい、娘さんのか弱い手一つで途方もない立派な嫁入拵へが調ひます。その新聞に綺麗な花嫁御が載つてゐませう？これは綛場といふ処で三満期九年間無事に勤めあげて二十五の時帰国し、さうして丁んといゝ先きへ嫁入つた山田きくのはんといふ人の写真です。九年が間に千五百円の貯金し、会社から下がつた三百円と一緒にして箪笥五棹に長持が二棹と、その中に一ぱい衣裳が詰まつたさうです――。本人も親御も大変喜んでねえ、わざわざ礼状と写真を会社へ送つたのです。か弱い女子の細腕一本でこんな大きな稼ぎが出来るとは、なんと感心なものではありませんか？而もそれが、毎月かゞさずに親許へ効《こう》力《りよく》した上にですからなあ……。

父。（再び紙を取りあげて）ふうん……ほんに仲々立派な嫁はんですな。美しい花嫁御だ。（娘に）見い、たま。

たま子。（父より新聞を取り惚々と眺め）お父あん！わしも行きたいなあ……。

募集人。（すかさず）ねえお父あん、茲は一つ考へものですよ。失礼ですがお宅でこれ程にして嫁に出しなさるには、仲々そりやちよろこい物要りぢや済まん。今も言つた通りに二満期たつた六年さへ辛棒すりや千円の正金はつかめるのですからな、嫁入り拵へは十分出来ますよ。――その六年が間にも年に一遍くらいは親衆の顔見に戻りたけりや戻つて来られるのです。まあ無理には勧めませんが来やう遣らうと思つたら遊ぶつもりでお出でなさい。恰度となり村からも七八人行く伴れがあつてよからう。

母。（納戸から出て来て）へえお客様今日は、やうこそ。――まあ只今は娘が大変なものを頂戴しまして、大きに有難ふムいました。どうもあんなにたんと貰ひましてははやお気の毒様で――。

募集人。これはお母はんですか、始めてゞす。なあにそんな礼を言ふて貰ふ程ぢやありません。ほんの少しばかりでハハハハ……。

母。（夫に）お父あん、いま納戸で色々きゝ、ますりや月々親許へ小遣が送れてその上貯金が出来、学問や藝事が仕込んで貰へるとのこと、あの娘が居らんでも家はどんなになつと廻れるさかい、旦那はんにお世話して貰ってはどうかえ？（たま子に）これ、お前はその方がえゝと思はんか？家の手伝ひくらいして居っても、家では迚も箪笥の二棹も持たせて嫁にやれるかどうか判らんでなあ……。

（暫らく双方に沈黙が続く）

たま子。ねえお父あん、わしどうぞ大阪の会社へやっておくれよ。広みへ出て気張って働いて、親孝行もしたいし、綺麗な着物も買ひたいし、学問や藝事も習ひたいからなあ……。

父。さうか。――いやお前がさう承知して行く気になりや此方人《こっちど》に文句は無い。話しは直ぐに決まるんだ。（妻に）お前この旦那さんによくお頼みして、若い娘のことだから万一間違の無いやうになあ……。

募集人。お二人さん、そのご心配は要りませんよ。かうして私が預かって行くからには、万一娘御の体に間違でも起るやうなことがあれば、二度と再び此の村へは足踏みが出来ませんからね。――私が万事引受けてお世話いたしますから安心してお出でなさい。

父。何分よろしくお願ひします。

募集人。ところでお父あん。仕度金といふ名目で、入り要なら会社から金が借りられますが……。

父。へえ……さうですかい。実は屋根へ瓦が上げたいと年来の望みですがな、何しろ百姓は金の廻りが悪いので未だに瓦が買へまへんだ。

募集人。そんなら五十円くらひ給金の前借りしてはどうです？

父。そんなことまで出来ますか……それでは一つ恐れ入りますがさう願ひませうかなあ……。

母。でもお父あん、それではあれがかわいさうだよ。そんなことしては……。

父。何にお前、後で返してやりや同じこったよ。なあ、たま。

募集人。（早くも金と書類を用意し）それでは、速金で五十円私が立て替へておきませう。ひとつほんの受取の記に判を捺して下さい。

父。まあ……それはまあ言ふより早く。へえ、大けにどうも、確かに五十円でございます。――ところで大阪までの旅費はこうつと……。

募集人。旅費は会社もちですから一切心配ご無用です。

父。なあしたうまいことですだい。

母。何分年頃の娘ですから色々骨が折れませうが、どうぞまあよろしくお頼み申しますで厶ゐます。（たま子に）お前この旦那はんの言ひなさることは、何でもよく守るんだよ。お前からもお頼みしなはれ。

たま子。（叮嚀にお辞儀して）どうぞよろしくお頼み申します。

（募集人の眼ちらと光る）

父。どうぞ言ふことききかん時がありましたら、どしどし叱ってやって下され。

募集人。（帰り仕度して）よろしい、万事は私が引き受けましたから。——それでは両三日中に更めてお訪ねして其折り出発の日取りを決めませう。いや飛んだお邪魔をしました。

父。まあよろしいでせう、つひ話に夢中になつてお茶も忘れて了ひまして済みません。あのいま祭りの栗お強飯がむせますから何もありませんが一膳召しあがつて下され。

募集人。いや、さうはして居れないのです。ほかをもう二三軒まはらにやなりませんからね。今日はこれでご免蒙ります。

母。どうも結構なものを頂戴しまして、有難う厶ゐました。

たま子。今度おいでの日をお待ち申して居ります。

【二】市内募集　茲にいふ「市内募集」とは女工の盗み合ひに外ならないのである。前に述べた如く日本の紡績業は私等が覚へてからでも三回あつた外戦後の経済膨脹につれて素敵な勢で発展した。殊にそれが世界戦争によつて聯合軍諸外国の生産が半減した場合、日本は逆に宛がら気違ひのやうな多忙を極めたことは誰人の記憶にも新しいことだらう。不況時代に企業どころか唯だ黙つてゐた資本家は「それ！紡績が暴利い。」と言ふので俄かに慌てふためいて紡績事業を企て又は増設増錘に急だつた。雑草茫々と生へ繁つて五位鷺の鳴く蘆原へ急に土を搬んで地上げをし、煉瓦とセメントを持つて来て家を建て、英国から機械を購入してこれを据へ付け、女工を募つて運転し、製品を拵へて儲けやうといふのである。忙しいことつたらない。産婆が来てから畑を耕して棉を作り、実のるのを待つて糸に紡ぎ、径にへて織つて染めて着物に縫つて、それから赤ちゃんに着せやうといつた例だ。迚もお話にはならん。

平易な仕事と雖も女工は一種の「技術者」であるから、此奴の養成が仲々徒《あだ》ではないのだ。夜の目も寝ずに労働者を使つて漸く工場は建てた。機械はイギリスから来るのを待たずして不完全ながら日本で拵へて据へた。さあそこで企業者たるもの一分一刻も速く運転して資金を回収し、其のうへ利潤に与りたいが田舎から鈍臭い不器用な、それは「糸継ぎ」さへやうし得ない百姓の娘を伴れて来たのでは薩張り役に立たない。茲で女工の争奪は酣に入るのほかなかつた。

各工場ともに自分の方から誘拐に行くものだから先方からも来る。それで「誘拐」といふ小文字を恰かも爆烈弾のやうに恐怖するのだつた。或る工場では、万一他会社の募集人から誘拐されさうな形勢ある女工を探知して報告すれば、それで若干の賞与金にあづかるといふ規定を拵へたり、敵の工場から誘拐ならざる私用で女工の面会にでも来る者があれば、忽ち男工の総動員を行つて面会室を包囲し警戒おさおさ怠りない。また若し退社、休暇等で帰国する女工があれば事実かへるのかどうか見届ける為め、男工一人若しくば「外勤係」をして駅まで尾行せしめる。さうかと思へば警戒隊を組織して夜な夜な工場附近を警護するてな風で、彼の神経過敏さは実に滑稽なものがあつた。同業工場同志の「女工戦争」は労資の抗争よりも劇しかつた。

併しながら此の如く要害堅固な略取の城にも、常にその内部から会社を驚愕せしめるやうな事件は起つた。それは内部の者の手引によつて大仕掛な誘拐の手がひろげられるのであつた。

相州のS紡績といふ大工場から亀戸のC製織会社へ向けて戦ひは挑まれたのであつた。S社はC社の有力な男工や女工頭を巧みに買収して了ひ、それ等の手で盛んに女工を誘拐し始めた。これは何れも女工を多く引き寄せる場合なされる常套手段であつて、先づ彼女達が崇拝し信頼を置く或る幹部を引いて了ふのである。さうすると容易に彼の女達の心理作用で誘拐の目的が達し得られる。

S社は「唯だ巧く脱け出してさへ来れば此方の係員が行つて交渉し、荷物などは丁んと取つてやるし、給料の一ケ月分くらひは放つてしまつても一切弁償してやるから……」と言ふのであつた。そしてスパイと聯絡をとり交代日に外出した儘つれて行かうとした。それをC社の外勤係が探聞したのである。

恰度冬だ。その交代日には一組の女工がC社の監視をのがれ囲みを破つて脱出するであつた。外勤係の面々はその脱走する女工達を「外出止め」にして難を未然に防ぐことを知つてゐた。併しもつと積極的な方法が執りたかつたのである。彼は忠実な番犬の役目を飽くまで忘れない。当日は必ずや向ふのS社から迎へ手が来てゐるし、それに引き渡すべくC社へ化けて入り込んでゐるスパイが尾いて行く。で、それ等をふんづかまへて懲らしてやりたいのだつた。それで交代日に彼は其の日脱出する一組の女工を何喰はぬ顔して見逃しておき、直ちにあとを尾行した。それから数十分の後ちには隅田川の堤で活動の場面その儘のやうな女工争奪の大活劇が演ぜられて居つた。

S社の奴は用意周到にも直ぐ東京駅から乗車することを避け態と甚しい迂廻をして隅田川の方へ行き、どこか其方の工場へ伴れ込むやうな風を見せかけてから自動車で引きかへし、尾行の目を逃れてから運ばうとした。鐘ケ淵や橋場へ近い白髭橋のあたりまで行つた処で、S社の奴は兼ねて用意の自動車へ乗せて奪ひ去らうとしたのである。C社の外勤三四人は見へがくれにこれを尾行して来た。さうしてこれを奪ひ返したうへ相手を捕縛する心組であつたのだ。双方とも外勤係とは一人前の無頼漢だから生命の有無を考へない。忽ち火花の散るやうな大格闘となつた。が、遂にS紡の方が強かつたと見へ、女工は自動車に乗せられて了ひ、今やハンドル把つた運転手は味方の乗車を待つてスタートを切る刹那である。C社の面々はもう其の時会社のことなど念頭になかつた。傭はれてゐる主人の為めに女工を奪はれるのが口惜いのではなく、男として相手に敗北することが残念なのだ。彼の頭はより強き争闘本能に燃えるより他はなかつた。と、C社の一人がいきなり持つた匕首を抜いて力まかせに自動車のタイヤーを突き破つた。

「野郎！洒落た真似をするな。」

S社の奴はかう言つて、これまた光るのを抜いて応じた。

「やつたがどうした。」

C社の別な一人が言つたかと思ふと、彼の手にはピストルが把られて居つた。

「小癪なものを出しやがつたな。」

こう言ふS社の方も敗けずに、矢張りピストルを持つてゐたものだから出すが早いか直ぐ空に向けて一発はなした。続いて二発三発と、唯だならぬ物音が乾燥した冬の空気を顫はせて居つた。

翌日は双方とも大分傷を負ふて、体の方々を白く繃帯して居るのだつた。茲で女工がどうなつたか、それはもう語る必要がなからうと思ふ。「市内募集」とは要するにこんな争奪に外ならない。

此のほか私の聞知してゐる範囲では大阪府下西成郡伝法町内外綿会社第一紡織工場から堺市大和川なる大阪織物会社へ、奈良県生駒郡郡山町の摂津紡績（今は大日本紡績郡山工場）から岐阜県大垣の東京毛織へ、其他名古屋附近の大小工場相互、南海地方の大小工場相互等は、少し景気がよくなつて来ると何時も此のやうな状態を演ずるのであつた。

S社とC社の外勤係は初手のうち犬と猿のやうにいがみ合つてゐたが、遂には自己の利益の為めい、やうに妥協して了つたのである。世話をして入れた女工が六ケ月前後、つまり一定期間さへ勤めれば兎に角二十円内外の周旋料が貰へる故、これをよしとして甲の工場から乙の工場へ、乙から甲へ、さらに仲間を拵へて丁から丙へ、丙から丁へ、甲から丁へ、丁から甲へといつた調子に妥協して女工の入れ替へをやり、募集人でございと済ましてゐるのだつた。さうして彼等は時ならぬ女工成金になつたのであらう。自分で百人も女工を有つてゐて六ケ月づ、工場を転々させれば結構い、職業になるのだから——。彼等はかうして盛んに私腹を肥やす。そして資本家はこんな寄生虫にむしばまれねばならなかつた。これ資本万能的工場経営法の一大欠陥であり、我れ等の痛快おくあたはないところである。

【ホ】身代金制度及び募集会計に就て　募集人たる者は会社員直接と嘱託とを問はず、その予め費用をどし〳〵会社から借りることが出来る。左は其の場合、工場の会計へ出す伝票の一例である。

証

一金参百五拾円也

右島根県能義郡

募集用トシテ正ニ借用仕候也

借用人　細井和喜蔵 印

大正十二年十二月十二日

東洋紡績株式会社御中

工場長 印　掛 印

越高		入金	
1928	10	860	00

而して募集人はその金をもつて夫々募集地へ赴き、前に述べたやうな方法でもつて本人と親を口説き落とし愈よ話が纏まれば先づ承諾書を取つて了ふ。

承諾書

兵庫県出石郡資母村字阪津五番地
平民　女応募者　細井としを
明治三十五年五月五日生
右今般貴会社定期雇工員トシテ募集ニ応ジ満三ケ年以上勤続セシムル事ヲ承諾候也
右
親権者　細井和喜蔵㊞
大正十二年十二月十二日
東京モスリン紡織株式会社亀戸工場御中

右の承諾書さへ出せば募集人は仮証引替に直ぐ金を貸す。而して上京入社してから本証文を一札入れるのであるが「支度金」という体裁のい丶名前が使つてある。

受領証

一金壱百拾七円也　入社上京旅費
但シ六ケ月以内ニ退社ノ場合ニハ返納可致候事
一金五拾銭也　土産料
但シ三ケ月以内ニ退社ノ場合ニハ返納可致候
合計金壱百拾七円五拾銭
右正ニ受領候也
大正十二年十二月十二日
本人　細井としを㊞

父兄　細井和喜蔵㊞
保証人　細田喜一㊞
東京モスリン紡織株式会社
亀戸工場御中

印紙

証

受人番号二一七八九番

一金壱百円也　仕度金
一金六円六拾銭也　汽車賃
一金二円也　車馬賃
一金三円八十銭也　宿泊及弁当料
一金二円二十銭也　雑費
計金壱百拾四円六拾銭也
一金三円也　工場服代
合計　金壱百拾七円六拾銭也
右金額正ニ借用仕候処実正也返済ノ儀ハ毎月給料ノ内ヨリ御差引被下度万一退社相願候節ハ一時ニ御返済可致候依テ関係者一同記名調印仕候也
大正十二年十二月十二日
本人　細井としを㊞
父兄　細井和喜蔵㊞
保証人　細田喜一㊞

東京モスリン紡織株式会社
亀戸工場御中

それから序でに募集費がどれ位かゝるかを見るため、その会社へ向けて出す請求書を挙げて置かう。

記註心得

一、旅費ノ内容ハ工女及付添人ニ必ズ承知セシメ置クベシ係員ニ於テ取調タルトキ相違シタルトキハ工女及付添人ノ申立ヲ採用ス
二、馬車、人力車、自動車ニ乗リタルトキハ何々村ヨリ何々村マデ約何里ト記入スベシ
三、宿泊シタルトキハ何々村何々旅館又ハ何々村何某方ニ何泊ト記入シ其領収証ハ必ズ添付スベシ若シ添付セザルトキハ一泊壱円以内ノ割ニテ算出ス
四、支度シタルトキハ何々村ニテ朝昼夕食ノ区分ヲ明記スベシ
五、汽車ニ乗リタルトキハ何々駅ヨリ何々駅マデト記入スベシ
六、汽車中弁当ヲ喫シタルトキハ何十銭ノモノ何回トシ茶代ハ支給セズ
七、汽船ニ乗リタルトキハ何々港マデト記入スベシ
八、諸雑費ニハ明細ナル記入ヲ要ス、在社工女荷物運賃ノ正確ナル領収証ヲ要ス領収証ナキトキハ全然支給セズ

募集費の請書

県別	兵庫	職場採用番号	織布部五六六七八九
到着月日	十二月十二日	応募者氏名	細井としを

一金四拾壱円弐拾銭也　　外ニ貸金　金五拾円〇銭

内訳

金二拾円也	手数料
金五円也	身支度料
金拾六円弐拾銭也	旅費

旅費明細

金額	科目	摘要
金五拾銭	馬車賃	文珠村ヨリ須津村マデ約一里
金三円	人力車賃	加悦村ヨリ須津村マデ約三里
金壱円	自動車賃	文珠村ヨリ宮津町マデ約一里
金二円	宿泊料	加悦村油佐旅館一泊（宅方　泊）
金一円	支度料	文珠村ニテ一食
金四円	汽車賃	海舞鶴駅ヨリ大阪駅マデ
金五拾銭	弁当料	五十銭ノモノ一回分
金五拾銭	汽船料	宮津港ヨリ海舞鶴マデ
金三円	人力車賃	阪津村ヨリ加悦村マデ
金	電車賃	
金七十銭	雑費	
金		

右及請求候也

大正十二年十二月十二日

請求人　細田喜一 印

○注意　宿泊料其他領収書アルモノハ必ズ添付スベシ

前貸金の高は幾何であるかといふに会社工場並にその時機場合によつて多少の変動あることはまぬがれないが、大体に於て関東は一百円を限度とし、関西はその二分の一五拾円を限度として居るさうだ。但しこれは前掲の参考資料でも明らかな通り純前貸金で旅費其他は別だ。

それから嘱託募集人が女工一人についてどれほどの手数料、つまり周旋料を貰ふかといへば関東は凡そ十八円、関西は弐拾円くらひな見当になつてゐる。無論請求書で見る通り旅費から弁当代まで会社持ちの手数料である。

今日市の桂庵から、月に純益五六百円も挙げさせるといふおんなを千束町へ伴れて行つても周旋料は二三拾円を越えない。女工一人が二十円！　なんと素敵なものではないか？　五拾円や百円の端た金を先借して可愛い娘を女工にやる親も親なら行く子も子、さうせねば誰もが立ち行かぬ社会も社会だ。あゝーと歎息のほかはない。

【へ】人事係の宣伝方法　工場と女工の親許と連絡を保つため、大抵な工場では月報の機関紙を発行して一々女工の親許やその附近へ向けて発送する。而してこれには大半の頁を割いて女工の送金高を列挙し、そのほか工場に都合のいゝ記事ばかり掲げて只管宣伝におこたりない。只今、大日本紡績からは各「工場だより」例へば「橋場だより」とか「津守だより」とかいふものが出て居り、東洋紡績からは「東紡時報」内外綿会社伝法工場からは「第一時報」明治紡績の「明紡だより」日本毛織の「日毛クラブ」といつた調子である。

いま私の手許に長い間かゝつて蒐めたこれ等諸材料の束があるが、それを解いて見て如何に馬鹿々々しいことが書いてあるかに先づ呆れる。真理の前に三文の値打ちも無い黴の生へたやうなこと許り並べ立て、全面悉く資本主義擁護、奴隷讃美の文字に満ちて居る。

多くの工場では毎年一回くらひ工場長自ら、又は人事係主任といつた格の者が父兄訪問に出かけるのである。盆、正月には山なす贈品を携へて行き、一々これを歳暮に配り歩く工場もある。

それからまた女工の父兄に来遊を勧めて宣伝のため工場を観せたり或ひは学校の先生などに工場参観をすゝめて、其の安価な世辞的賞讃とうはつゝらな批評を利用して自己の立場を弁護し、又は遠まはりに募集の宣伝をする。今その一例を挙げやう。

教育者諸君へ

河村　修

一、教育者の工場見学を歓迎す工業思想の普及は現代の急務
一、女工教育のため学校と工場の連絡を望む

近時産業の発達に伴ひ婦人労働者益益増加して其数実に六十万人の多きに達しました。

これ我が国産業上慶賀すべき次第でありますが、茲に国民等しく注意を致さねばなりませんことは、これ等婦人の多くは妙齢の方で

ありまして将来家庭の中堅となり主婦となられる方であります。

然るにこれ等の人々は義務教育を修了後工場に入られるものが大多数を占め、従つて家庭に於ける教養の時期を逸して居ります。それですから工場としては産業に従事させますと同時に教育を授け将来を幸福に導かねばなりません。

然らば如何にして教育し如何にして善導すべきかは研究を要すべき重大問題であります。

現代の如き思想界の変化甚だしい過渡期に当りましては一層考慮を要し最善の方法により教育の任に当らねばならぬことゝ存じます。

一、教育者は常に工場を見学せられ女工の実際生活を視察せられたし

二、女工の出身学校（小学校）と工場との連絡を計り工場教育は学校教育を引伸ばしたる意味にて成績の向上を計りたし。

以上の点に御賛同下されて女工の教育と躾けにつき此の際遠慮なき赤裸々なる御意見を望む次第であります。

世間往々種々なる説をなす者があります。けれどもかゝる説は実情を知らずして批判を下す者でありまして何等の価値をも認めることは出来ません。玆に於て吾人は賢明なる教育者諸君の批判と御指導を仰ぎこの大多数の婦女子を教育し産業の発達と共に善良なる国民の養成を希望する所であります。

殊に鐘紡ではこの傾向が著しく、先年（たしか大正三四年頃）大阪毎日新聞社主催の婦人見学団を受けたのなどがそれだ。また東洋紡から大正十年五月大阪時事新報主催の大阪女子運動競技大会へ女工を送つたりしたのが其の例である。而して此の工場にはうそか誠か知らないが建築費用一千円かゝつたといふ立派な便所があつて、落し紙まで用意してある。娘を尋ねて遥々おのぼりした田舎者に、先づその一千円の便所を参観せしめるのであつた。一生があいだ落し紙を使はないで藁や木の葉で済ますといふ百姓達に宛がら九谷焼のやうな美しい便所を見せるのだから一遍に魂気て了ふだらう。或るお婆さんが料理場と間違へたとは嘘のやうな事実である。さうして資本主義の冷やかな煉瓦の牢獄を讃美して帰る。寔に巧妙なる宣伝方法たるを失はない。資本家は「愚弄心理学」をよく心得たものだ。

さて以上様々な方面から実際について女工募集の有様を縷述したが斯くの如くにして集めた女工が果して皆合格するか？　貸付金の回収如何等については、何等背景の無い私等が個人的調査をすることが至難であるから桂氏の統計をそのまゝ借りる。

調査工場職工総数

男　三、六八〇　女　一一、〇二九　計　一四、七〇九

募集人員

合計　四、〇一一　不合格　四九　計　四、〇六〇

募集費（不合格者送還費共）

総額　一一七、四二七・四一　合格者一人当り　二九・二八

立替金

総額　一〇〇、二三一・七五　合格者一人当り　二四・九九

立替金即ち、身代金については私の述べた高と大変な相違が

ある。これは不募集工も加へて通算した勢であらう。

次に十六工場職工二万六千人を通算した貸付金、及びその回収に関する数字は左の如くである。

前期末貸付残高	六五、七三九・二三
当期中貸付高	八七、七六〇・九四
合　計	一五三、五〇〇・一七
当期中回収高	八二、五三九・二二
当期末貸付残高	七〇、九六〇・九五
当期中回収打切高	三、九〇八・八八

東京モスリン亀戸工場では、募集人が金を貸して伴れて来ても体格検査に不合格だと入社を差許さぬ。その時会社は募集人に対して損害の弁償をせぬ代り、一人につき「診断料」といふものを一円づゝ出してゐる。これで百人に一人くらい不合格者があつてつきかへされる場合貸金不回収のうめ合せとなるのだ。

活動写真の利用について一言実例をつけ加へると、大正十一年の平和記念東京博覧会羊毛館に於て羊毛工業の写真を映した後ち可成り長尺の女工生活を差し加へたこと、降つて大正十三年一月頃三越白木屋等の大阪の百貨店でモスリン会を催した時矢張り此の種の活動を映写したことなどである。此の如く毛糸紡績会社のトラストである「羊毛工業会」は、仲々これをよく利用する。

第四　雇傭契約制度

十一

年期制度と一方的証文　紡織工場に於いて雇傭契約を締結する場合、書式偏重の形式主義が用ひられることは同工業が純然たる近代的大工場工業であるにも拘らず、その管理法すこぶる旧式であるのが証明して居る。

先づ入社の際は金を借りても借りなくても必ず年期《ねんき》をきらねばならぬ。年期は満三ケ年の処、満二ケ年の処、三年三月の処と三通りあるが大体に於て三年の工場が多い。併し乍ら前借金をつけて容易に退社させない募集工ならいざ知らず、然らざる者に執つては此の年期制度が極めて無意義である。

プレンターノに従へば由来「年期制度」なるものは「徒弟制度」に相ともなつてこそ存在すべきものであつて、親方にも企業者にも成り得る可能性なき永遠の労働者が年期まで切らねばならぬといふことは寔に不当だ。日本でも欧米でも殆んどこれは同じであるが昔年期を切つて親方の処へ弟子入りした徒弟は、段々職を仕込まれて遂に一人前の職人になり、それから或る年間を過ぐれば遂には「親方」になれたものである。我が国の「暖簾分け」がさうだ。傭はれるものにもこうした先きの見込があつてこそ永い年期も勤めあげやうといふものであり、其処に何の無理もない。併し乍ら今日の如く一生涯頭の上る瀬の無い永遠の労働者に、年期までできることを強るのは、唯に資本家の横暴と立法の不備に外ならない。

富士紡では左の仮証を入れて三ケ月間仕事をやって見た上、これなら出来ると確定して始めて本証文を入れるのである。

証

本籍地　京都府与謝郡加悦町字加悦七九
現住所　東京府下亀戸五〇〇〇
細井和喜蔵
明治三十一年一月一日生

右ハ貴社職工志願ノ処大正十二年十二月十二日ヨリ向参ケ月間仮採用トシテ御試用被下候ニ就テハ右期間内ニ於テ不適当ト御認メノ節ハ何時解雇相成候トモ苦情申出間敷若又引続キ御使用被成下候時ハ改メテ誓約書差入申可候也

大正十二年十二月十二日

右本人　細井和喜蔵㊞
本籍地　兵庫県出石郡資母村字阪津五七九
現住所　東京府下亀戸五〇〇〇
保証人　細田喜一㊞

富士瓦斯紡績株式会社
押上工場御中

併し乍ら大概な工場では体格検査さへ受ければ、もう仕事の方などはどうでもい、本人に将たして勤まるか否か判りもせぬうちに早くも年期の証文を入れるのである。これ抔は労資どちから観ても随分無法といはねばならぬ。

何処の工場でも証文の用紙は予め印刷に附してある。而して大阪のひどゐ工場になると志願工の場合年期のことなどは些とも言はずにおいて、事務所の窓から職工係は、「それでは入れたるよつてに一寸印形かし」と言つて本人から認印を取り、勝手に捺印して証文を作つて了ふのであつた。また彼女達には目の見えぬ者が可成り多くゐるからそれ等はさうするよりほかに仕様が無かつたのである。

入社の際差入れる証文、それは随分ひどいことが書いてあつた。何しろ今も昔も労働者が労働を売る場合のみ、商品以下であつて買手に値段を決められ、凡ゆる条件を向ふで勝手にきめて了ふのだから労働の自由は全く有名無実である。

その頃の証文を私はノートに写して永く持つてゐたが、先年焼却して残念乍ら引用できない。で、詮方なく茲に現今のやつ東西各一例を挙げやう。

誓約書

原籍　兵庫県出石郡資母村大字阪津
現住所　寄宿舎
戸主トノ続柄　和喜蔵長女
細井としを

参入
収銭
印紙

明治三十年五月五日生

私儀今般御社職工トシテ御採用相成候ニ就テハ左記件々確ク遵守スベキ事ヲ誓約致候

一、御社御制定ノ職工規定ヲ遵守スベキハ勿論其他ノ規則命令ヲ確守シ誠実勤勉ヲ旨トスルコト

二、御社職工規定ニヨリ大正十二年十二月十二日ヨリ大正十五年十二月十二日マデ満三ケ年間御社御指定ノ労務ニ従事シ且ツ労務時間賃金等総テ御社ノ御指図ニ従フベキコト期間満了後引続キ勤務スル場合ニハ更ニ一ケ年間契約シタルモノト看做スベキコト其後尚勤務スル場合ニツキ亦同様タルベキコト

三、御社事業ノ御都合上又ハ本人不都合ノ処為アルニヨリ解雇セラルルモ異議ナキハ勿論御社職工規定ニヨリ如何様御取計相成候トモ苦情申立間敷コト

四、雇傭期間中止ムヲ得ザル事故ヲ以テ解雇ヲ願出ヅル時ハ四週間以前ニ其理由ヲ具シ願書ヲ提出スベキコト

五、引受人ハ本人解雇セラレタルトキ其身柄ヲ引取ルベキハ勿論其他御社ニハ一切御迷惑相掛ケ申間敷コト

六、期間満了後引続キ勤務スル場合ニ於テハ其際新規ニ誓約書ヲ差入ル、コトナクシテ本誓約ト同様ノ誓約ヲナシタルモノト看做スベキコト

右之通り誓約致候也

大正十二年十二月十二日

右本人　細井としを㊞

親権者　細井和喜蔵㊞

住所　大阪市西区春日出町五五

引受人　吉井喜三㊞

東洋紡績株式会社四貫島工場御中

二銭収入印紙ヲハルトコロ

受入　第62785号

誓約書

私儀本年十二月十二日ヨリ向フ三年三ケ月貴工場工員ニ御雇入相成候ニ就テハ左ノ条項堅ク相守リ申候

一　他工場ト雇傭契約セザル事

二　御雇入期限中ハ貴工場ノ御規則ヲ遵守シ職務ニ精励可仕ハ勿論悪意虚偽ノ事故ヲ称ヘテ退社願出ル様ノ事ハ仕間敷候万一自分及ビ父兄ニ於テ事故有之退社願出候節ハ何時ニテモ速ニ御許可相成度尤此場合ニハ既往ノ前借金其他負債金ヲ弁償可仕候事

三　御雇入期限中労務ニ対スル賃金ハ総テ貴工場時々ノ御定メニ従ヒ決シテ不服等申出間敷候事

四　満期再勤ノ場合ハ本誓約ヲ遵守可致候事

右ノ各項承諾ノ証トシテ関係者一同記名調印仕候

大正十二年十二月十二日

本籍　兵庫県出石郡資母村字阪津

住所　寄宿舎

女本人　堀としを㊞

明治二十五年五月五日生

兵庫県出石郡資母村字阪津

父兄或ハ後見人　細田喜一㊞

東京府下吾嬬町亀戸五五

保証人　細井和喜蔵㊞

東京モスリン紡織株式会社

亀戸工場御中

現に日本有数の大会社工場が前の文例にある始末で「如何様取はからはれても苦情はない」と言ふのだから往時の態を以て知るべしであろう。

保信金没収の圧制　内外綿株式会社第一紡織工場では、三年の年期制度厳守の為め途中で退社する者に、仮令その事情如何に拘わらず絶対に「保信金」を払い戻さなかつた。

其の工場では毎月各自の稼ぎ高から日給一日分（受負者は仮定日給の一日分）を天引きこれに保信金といふ名目をつけて無利子で積ませるのであつた。さうして中途で退社する者にはたとへ満期に一ケ月欠けても断じてこれを支払はない。あの工場が明治何年に始まつたのか正確なことは判らぬ乍ら、元大阪撚糸会社の工場を買収したのであつて、何でも私がゐる時分内外綿会社創立三十周年紀念祝賀会を挙行し、饅頭一包みを貰つた憶へがあるから、今は最早工場法で撤廃したにもしろ、先づ三十年ぐらひその圧制が続いたのである。因に同工場は職工大約五百人（実際は六百余人だが）であるから毎年その一割五分が平均一年半で中途退社し、日給の平均を五十銭と見做して計算を立てれば、二万〇二百五十円の金を横領したと推定される。

尚ほ此のほか、これに類似したやりは方々の工場に見ることが出来た。

体格検査に就て　往時は入社の当初に於て体格検査などしなかつた工場も少くなかつたが、今では殆んどこれを行なひ、かつ非常に、それは徴兵検査くらひ難かしい工場さへある。鐘紡などが最も面倒なうちだ。茲に某工場の採用標準を示さう。

		合格			不合格
		甲	乙	丙	丁
年齢	男	満十三歳以上満三十歳未満	同上	同上	満十三歳未満満三十歳以上
	女	満十三歳以上満三十歳未満	同上	同上	満十三歳未満満三十歳以上
体格		強健	中等以上	中等以上	薄弱
営養		佳良	佳良	良乃至稍良	不良
身長		平均身長以上	平均身長に満たざること二寸以下のもの	平均身長に充たざること二寸内外のもの（但し女子に限り四尺二寸迄は合格とす）	年齢に関せず身長四尺二寸未満の者又は平均身長を隔つること著しき者、廿歳以上の者は男四尺八寸女四尺四寸未満
体重		平均体重以上	平均体重に達せざること一貫匁以下のもの	平均体重に達せざること二貫内外のもの	平均体重を隔つること著しきもの二十歳以上のものは男十一貫女十貫未満
胸囲		身長の半ば以上のもの	身長の半ばに達するもの	身長の半ばに達せざるもの	身長の半ばを隔つること著しきもの
視力		両眼各一、〇以上	両眼各一、〇内外左右〇、八又は総合視力〇、九迄許容す	両眼各〇、七以上又は一眼一、〇以上他眼〇、五以上並に二曲光力以下の遠近視あるもの	丙種の視力に達せざるもの
聴力		五米突の距離にて囁語を聴取し得るもの	同上	対話に妨げなき程度の難聴	高度の難聴
身体及び精神の故障有無		なきもの	同上	多少故障あるも作業に差支へなき程度のもの	作業上支障ある程度の故障あるもの
作業の堪否		年齢に比し強き作業に堪へ得るもの	年齢相当の作業に従事し得らるる者	体質相当の作業に従事し得らるる者	作業に堪へざるもの

而して右の表中に備考として左の七項を挙げ、これに該当する者は採用しないとある。
一　肺病、肋膜炎、喘息、弁膜病、腎臓病、遺尿症、病患其の他精神に異状あるもの。
二　癲癇、癩病、結核、花柳病、其の他の伝染病ある者。
三　視力及び聴力に著しき障害のある者。
四　吃音、臭鼻、腋臭扁平足関節強直跛、畸形欠損、脱腸、貧血、脂肪過多の高度なるもの。
五　義眼ある者及びトラホームの高度なるもの。
六　工女にありては姙娠中の者及び産後一ケ月以上経過せざる者。
七　顔貌著しく醜悪の者及び文身を施したる者、但し職工係に於て差支へなしと認めたる者は除外す。
いやこれで見ると随分むづかしい。仲々紡績職工にも成れないのである。

私は資本家が身体検査までしていゝ者を択り抜き、それを散々こき使つて健康な肉体を破壊して了ひ、もう役に立たなくなれば恰かも破れ草履を棄てるが如く、路傍に打すてゝかへりみないのだと思へば、転た憎悪にたへないものがある。

十二

悪い職工が永くゐてくれては困るから、工場では最も卑怯な方法でこぜ出す。「辞職勧告」と言つて大勢で身を引くやうに勧めるのである。これは他の工業に比較的例の無いことで会社から解雇すれば手当をやらねばならぬ故、それを出さない為めにかくするのである。

「どうだい、君よしては？」

私の上役は会社の養子のやうな積りで言ふ。

「いや、僕は入社の時にちやんと証文まで入れては入つたのだから、此方からは断じて罷めません。要らないのだつたら会社から綺麗に解雇して下さい。」

「よつし、君が温順しく止さなければ解雇しやう。その代りに不都合な行為があつて解雇したと各工場へ通知するよ。若し此処から黒表を廻して見給へ、何処へ行つても君は駄目だ。それに依願解雇なら、困つた時再び入社も出来るが不都合解雇では絶対にもう此処へは入社出来ないからね。どつちでも君のいゝやうにするがいゝ。」

黒表の廻わされるのが怖ろしさに、私は一文の解雇手当も取らずして依願解雇にならねばならん。これが紡績工場に於ける職工解雇の常套手段であるから、鉄工所やなんかのやうに新聞にも出なければ手当も要らない。実に狡猾ではないか――。

併し乍ら温順しい奴隷なら其エネルギーのありつたけを啜らねばならんから彼の在社は永続した方が得な故、色々な方策が講じられる。そのうちでも待遇をよくして引き止めやうとするのは正道だがなかには飛んでもない邪道に出づることがある。

満期賞与と年功割増金　第一期の契約期間を勤めあげた場合、

「満期賞与」又は「満期慰労金」などといふ名目で若干の金額を与へることがある。これは主としてその人の日給の何日分といふのが多く、原則から論ずれば「満期」に対する謝礼でない。其の人の技倆に対する価格の差はすでに給料で決つて居る故、勤めあげた努力に対する賞与なら当然これは平等額であらねばならん筈だ。然るに左様でない。だがそれも日給三ケ月とか四ケ月とかの多額ならまだしも、私の知つた範囲内では僅々一ケ月分を出る処がない。

それから一満期終了後ひき続いて勤める者に対して或る割増金をつける工場がある。種類は日給に一定率の「歩増し」をするもの、一年々々に賞与をふやして行くもの等があるけれど、何れにしても微々たるものだ。

結婚奨励策　これは最高幹部の方針としての場合は比較的稀れだが、或る中間階級者の自営策として、又は地位擁護、昇進に対する足場として為されることが珍らしくない。

此は主として男工に対してであるが、会社の方針は何処でも男工は左まで優遇せず、女工に較べ却つて冷遇さへするものだからどうも永持がせぬ。されど工場根本の原動力は矢張り男工に依つて掌握されて居り、彼が気張らなかつた日には女工に働いて貰ふ段取がつかない。で、ある一区部内の担任格の者は、我が組の成績をあげる手段として部下たる男工を励げます為め、または善良な男工であり乍ら会社の待遇が悪い故足の据はらぬ折り、女工と結婚させたりなどして荷を重くするのである。

併しこれは今のことで、往時は部の組長なんかゞ女工足止策として、単なるホーム・シックが原因で帰国でもする女工に、関係をつけて引き止めたものだ。

鐘紡は正式な媒介者による男女工の結婚を奨励し、祝ひをくれるとか聞いた。これは私達に言はしむれば人生の幸福の為の結婚でなくて、温情的仮面をかぶつた打算行為に外ならない。

而して最も辛辣な例としては、松岡紡績と内外綿を挙げることが出来る。私が同社にゐた頃織布部だけに六人ほど有力な男工が居つたが、某部長の工務係へ昇進する足場に使はれ、何れも若いうちから嬶を押しつけられて了つて、身動きもならぬ惨めな貧民に陥り、情無い生活を送るやうになつた。そのとき和喜蔵も随分嬶をもつて世帯を持つやう口説かれたのであつたが、小説かぶれしてゐたものだから中ブルジョアの野良息子でもする甘つたるいプラトニック・ラブからクリスチヤン的スヰート・ホームへと移る空想的な成功を夢みつゝ応じなかつたから甚く割の悪い方へ廻された。それが紡績の異端者となつた動機だ。

（大正14年7月、改造社刊）

青い海黒い海

川端康成

第一の遺書

帆かけ船の船頭です。

「おおい。」

「おおい。」

河波の上の呼声でほうと眠りから覚めると、私の眼に船の帆が白い渡鳥の群のやうに浮びました。さうです。白帆を見た瞬間の私は、その胸に鳥を飛ばせてゐる時の青空のやうに無心でした。

「おおい。」

「おおい。生きてるのかあ。」

帆かけ船の船頭に呼ばれてこの世へ新しく生れたやうに眼を開いたのでした。

――私は一月程前にも、女の呼声でこの世に生き返つた人間なんです。そして、その日の夕方には、その女が遊覧船でこの海浜に来ることになつてゐるのでした。

私は顔に載せてゐた経木帽を捨てて立ち上りながら、日に焦げた腹に河の水をかけました。夕方近くの風を待つてゐた帆船が河を上つて来たのでせう。波の光りが夕方でした。間もなくびつこの少女の豆自動車が砂浜を走つて来る時刻でせう。その少女は別荘番の娘です。別荘の主人はやはりゐざりの少年です。少年は足が立たないばかりではないと見えます。毎日夕方になると、少年と少女とを乗せた豆自動車が海から投上げられた水色の毬のやうに浜辺を飛ぶのですが、少年は下顎ばかりをぴくりぴくりと動かしてゐます。この少年には家庭教師が附いてゐます。私はその男を撞球場で二三度見たことがあります。しかし、少女は村の小学校に通つてゐます。その日も河口の砂原へ行く途中で、私は学校から帰つて来る少女に出会ひました。少女は松葉杖の上に怒つた肩を蝙蝠の翅のやうに羽ばたいて、ぴよくりぴよくりと砂浜で一人踊つてゐました。砂や波の上は影のない七月でした。突然少女は大きいあくびをしました。

「あつ。暗闇。暗闇!」

ぎらぎら眩しい光の世界で、少女が大きく開いた口の中に、唯一点の暗闇が生れたのです。その暗闇はぢろりと私を眺めました。どうして私はこんなものにびつくりするのでせう。その後で見た蘆の葉にしてもさうです。

この頃、私は毎日河口の砂原へ昼寝に行くことにしてゐます。海には泳ぐ人がちらちら出はじめましたので、わざわざ人目のない河口まで行くのです。私は一月程前女の呼声でこの世に生き返つたばかりのからだなんですから、夏の日をまともに受けながら裸で砂の上に眠つたりするのは、大変毒だと思ひますけれども、こんな風に自分を青空に明つ放して寝ることがたまらなく好きなんです。それに私は、生れながらの人生の睡眠不足者なのかもしれません。人生で寝椅子を捜してゐる男かもしれません。私は生れたその日から母の胸に眠ることが出来なかつたのですから。

そんなわけでその日も、砂の上へ寝ころがりに行つたのでした。空が澄んでゐたので島が近く見えました。白い燈台がほんとに白く見えました。ヨツトの帆の黄色いのが分りました。そのヨツトはちよつと見ると、若い夫婦かなんかが乗つてゐさうですけれども、実はドイツ人のおぢいさんなんです。とにかく私は、熱い砂が背中の皮膚に馴染んで来るのを感じながら、主人のゐない部屋の硝子戸のやうな眼で、海の景色を眺めてゐました。ところが、私の眼に一本の線を引いてゐるものがありました。

一枚の蘆の葉です。

その線がだんだんはつきりしてきました。せつかく近づいた島が、そのために、だんだん遠退いて行きました。私の眼は一枚の蘆の葉になつて行きました。やがて、私は一枚の蘆の葉でした。蘆の葉はおごそかに揺れてゐました。その蘆の葉が、川口や海原や島々や半島やの大きい景色を、私の眼の中で完全に支配してゐるではありませんか。私は戦ひを挑まれてゐるやうな気持になつて来ました。しかし、私は七本の剣を振廻しながらも、じりじり迫つて来る蘆の葉の力に抑へつけられて行くのでした。そこで私は、聯想の世界へ逃げ出しました。

きさ子と云ふ娘は十七の秋に私と結婚の約束をしました。その約束はきさ子が破りました。けれども私は余り気を落しませんでした。お互に命さへあればいつかはまた、と思つてゐました。私の庭にも芍薬の花があります。きさ子の庭にも芍薬の花があります。その根さへ枯れなければ、来年の五月にはまた花が咲くでせう。そしたら蝶が、私の花の花粉をきさ子の花に運んで行くやうなことがないとも限りません。さう思つてゐました。ところが、去年の秋のことでした。私はふと気がつきました。

「きさ子は二十になつた。」

「私と婚約をした十七のきさ子が二十になつた。」

「きさ子は私と結婚しないのに――二十になれたのは、何故だ。きさ子を二十にしたのは、何者だ。――とにかく、私ではない。」

「見よ、汝と婚約した十七の娘は汝の妻としてではなく二十になれたではないか、と私に戦ひを挑むのは誰だ。」

私はこのどうしやうもない事実を、その時初めてほんとに心で摑んだのでした。そして、歯をぎりぎり嚙みしめてうつむいてゐました。しかしです。私はきさ子が十七の年から後はきさ子に会つてゐないのですから、私にとつては、きさ子は二十になつてゐないとも云へるのです。いいえ、このはうが正しいのです。その証拠にはその時もちやんと十七のきさ子が小さい人形のやうに私の前へ現れて来たではありませんか。しかし、この人形は清らかに透明でした。そしてそのからだを透き通して、白馬の踊つてゐる牧場や、青い手で化粧をしてゐる月や、花瓶が人間に生れようと思つて母とすべき少女を追つかけてゐる夜や、そんな風ないろんな景色が見えるんです。その景色がまた非常に美しいんです。すると私は、自分と云ふものがぴつたりと閉した部屋一ぱいの濁つた瓦斯のやうに思へて来ました。もし扉があるなら、直ぐにも明け放して、きさ子のからだのうしろの美しい景色の中に消えてしまひたくなりました。生命とは、ある瞬間には、ピストルの引金をちよいと引く指の動き、ただそれだけのものに過ぎないのですからね。

　しかし、しあはせなことにちやうどその時、私の死んだ父がほとほとと扉を叩いてくれました。

「ごめん下さい。ごめん下さい。」

「はい。」と答へてゐるのは小さい人形のやうなきさ子でした。

「私は忘れものをした。この世に息子を置き忘れた。」

「でも、私は女でございますよ。娘でございますよ。」

「部屋の中に私の息子を隠してゐるので、私を通さないと云ふのか。」

「どうぞ御自由におはいり遊ばせ。人間の頭の扉には鍵がございません。」

「しかし、生と死との間の扉には？」

「藤の花の一房ででも開くことが出来ます。」

「あれだ。私の忘れ物は。」

　部屋には入つて来た父は稲妻のやうに腕を突出しました。その指の先きで、私はぎよつと身を縮めました。しかし小さいきさ子はけげんさうな眼をしてゐました。

「あら。あれは私の鏡台でございますよ。それともあなたは、鏡の前の化粧水のことをおつしやつてるのでせうか。」

「ここは誰の部屋だ。」

「私のです。」

「嘘だらう。お前は透明ではないか。」

「あの化粧水だつて桃色に透明でございますよ。」

　父は私を眺めて静かに云ひました。

「私の忘れ者よ。お前は十七の娘が二十になつたのでうろたへたではないか。それでゐながら十七のきさ子をこの部屋の一隅の虚空に描いて、命を吹込んでやつてゐる。すると、お前のゐる生の世界には二人のきさ子がゐるのか。または、一人のきさ子もゐないのか。或は、お前唯一人しかゐないのか。――しかし、お前が生れない前にお前と別れた私は、二十六のお前を一目見たばかりで、こんなにも素直に、私の忘れものよと呼んだではないか。これは私が死人だからだらうか。」

　その時でした。なぜでせう――私がほうつと太息をすると、

それが、

「お父さん。」と云ふ声になつてゐるのでした。

「あら。私の化粧水がものを云つた。ああ。」

きさ子は鮎の眼のやうな小さい眼に、無限の悲しみを浮べたかと思ふと、すうつと姿を消してしまひました。

「息子よ。この部屋はなかなか立派だ。一人の女がこの部屋から消え失せても、空気が一そよぎもしない程に立派だ。」

「しかしお父さん。あなたは私にちつとも似てはゐませんね。」

「さうだ。それをお前も気がついてくれたか。私がここへ来る前に一番苦心をしたのは、自分の形をどう作らうかと云ふことだつた。少しでもお前に似てゐてはお前が気を悪くすると思つてな。」

「その御好意はよく分ります。」

「でも、眼が二つ、耳も二つ、足も二本の人間だ。一般の幽霊のやうに、足だけはなしで来ようかとも考へたが、それも余り月並だからな。一そのこと、鉛筆か煙水晶の姿をして来るのも面白いのだが、死人は生存と云ふことに対する信用が薄いからな。」

「とにかく、あなたが私のほんとの父なら、その頭を殴らせてくれませんか。他人の頭を殴るのは、どうも気まづいのです。肉親があれば、その頭を一つ、ぽかりと力まかせに殴つてみたいと、時々考へるのです。」

「いいとも。しかし、お前はきつと失望するよ。たんぽぽの花の上の陽炎を殴るのと同じやうに手答へがないだらうから。」

「しかし、たんぽぽの花の上の陽炎からは人間が生れないでせう。」

「しかし、たんぽぽの花の上に陽炎が立たなければ、人間も生れないのだ。」

そして実際、私の頭の中にはたんぽぽの花が咲き、陽炎が揺れてゐるのでした。父の姿なぞは、どこにも見えませんでした。きさ子もゐませんでした。私と結婚の約束をした十七のきさ子が私の妻としてではなく二十になれた——このことについての、さつきの白い驚きも、消えてしまつてゐました。さうして、私の感情はだらりと尾を垂れて眠がつてゐました。

こんなことがあつたからかもしれません。その後間もなく私はりか子の前で、

「はははは——。」と笑つてしまつたのです。

「ほんとにお聞きしないはうがよかつたわ。ほんとにお聞きしないはうがよかつたわ。」と、りか子は云ひました。すると、重苦しい気持で恋を打明けてゐた私は、

「はははは——。」と、笑つてしまひました。何と云ふ虚しい笑ひ声でせう。自分の笑ひ声を聞きながら、まるで星の笑ひ声でも聞いたやうに、私はびつくりしました。それと同時に、自分と云ふ、一本の釘が音もなく折れて、その釘にぶら下つてゐた私は、ふうつと青空へ落ちて行きました。そして、りか子はその青空に昼の月のやうに浮びました。

「りか子は何と云ふ美しい眼をしてゐるのだらう。」

私は不思議さうに眺めてゐました。そして私たちは二個の風船玉のやうに立上りました。

「あの丘へ登つて椎の木のところを右へ廻つて下さい。」と、りか子は自分で自動車の運転手に云ひつけました。りか子を下してしまふと、私は自動車の中でにこにこにこにこ微笑みました。嬉しい気持がぽこぽこ込上げて来て、どうしようもありませんでした。

「恋を失つたのだから悲しまねばならない。」

さう思つて自分を叱りつけました。また、この並外れた感情の動きに不安を感じました。しかしそれも、腹の皮で水の中へゴム毬を抑へつけてゐるやうなくすぐつたい気持がしただけで、間もなくぷつと吹き出してしまひました。

「悲しむべき時に喜ぶ自分は褒むべきかな。足を北へ運びながら南へ行く自分は褒むべきかな。これは、神様唯今帰りました、と云ふ気持なんだ。」

そんな風に戯れながら、私は一人で微笑してゐました。愉快で愉快でしかたがありませんでした。けれども、この明るい気持はその日一日だけでした。とは云へ、翌る日から悲しかつたと云ふのではありません。ただそれからは、自分に対するぼんやりとした疑ひが、私の身のまはりを野分のやうに通つてゐました。――ところが、すべてこれらの感情を私の熱病がみごとに裏切りました。


五月でした。私は熱病を患つて死にかかつてゐました。熱に浮かされて意識を失つてゐました。

「きさ子。」

「きさ子。」

「きさ子。」

「りか子。」

「きさ子。」

「りか子。」

「りか子。」

「きさ子。」

私はうはごとを云ひ続けてゐたさうです。私の枕辺にゐた伯母は奇蹟が好きだつたのでせうか。りか子を私の病床へ呼んでくれたのでした。りか子、と私が呼ぶ声に、りか子が答へたならば、私が命を取止めるかもしれないと考へたのです。きさ子はその時どこにゐるのか分らなかつたのです。いいえ、伯母はきさ子と云ふ女の名をその時初めて聞いたのです。ところが、りか子は伯母の姪だから、嫁入先も分つてゐたのです。第一、それが奇蹟ではないでせうか。そして、奇蹟は第二第三と続いたのでした。りか子は直ぐに私の枕辺へやつて来たさうです。するとどうでせう。

「りか子。」

「りか子。りか子。」

「りか子。りか子。りか子――。」

私はりか子の名ばかりを呼んださうです。きさ子の名は一度も呼ばなかつたさうです。考へても見て下さい。私は高い熱で意識を失つてゐたのですよ。私はこれを、人間の中の悪魔の狡猾——なぞと云つて片づけられない気がします。後でこのことを伯母から聞いた時私は、

「これは死ぬに価する。」

と、何気なく呟いたのでした。


　とにかく私は、りか子に自分の名を呼ばれ、自分の手を握られながら、この世に生き返つたのです。そして、意識を取戻した瞬間に見たりか子の印象はどうだつたでせう。いつかりか子が私に話したことがあります。

「私の一番古い記憶を話してもいい？　三つか四つの頃でした。お日様はお寺の塔から昇つて芭蕉の葉へ沈むと云ふ考へがあつたらしいのね。昇る、沈む、と云ふ言葉を知らなくつても、朝日と夕日とでちがつた感じがあつたのね。ところが、ある日、芭蕉の葉からお日様が昇つた、芭蕉の葉からお日様が昇つたと思ふと、わあつと泣き出してしまひましたわ。子守の背中で夕方眼を覚したのよ。」


　——私は一枚の蘆の葉を見て、これらのことをすべて聯想したと云ふのではありません。ただ、一枚の蘆の葉からも、きさ子が二十になつたことからも、同じやうに戦ひを挑まれた気持がしたと云ふだけなんです。そして、帆かけ船の船頭の声で目を覚ますと、りか子の声で生き返つたことを思ひ出したのです。もう日が半島の上に傾いてゐました。しかし私は三歳のりか子のやうに、日が西の半島から昇つたとは思ふことが出来ませんでした。もう直ぐに、りか子の汽船が沖へ現れ来るでせう。そして、沖から遊覧船でこの浜辺へ来るでせう。

　りか子は船室に寝ころびながら、足袋を脱いでしまつた美しい足を船腹に突張つて、波の動揺を支へてゐるのでせう。その姿を描いた頭で、私は河口を立去つたのでした。

第二の遺書

「私は死ぬ。りか子は生きてゐる。私は死ぬ。私は死ぬ。りか子は生きてゐる。生きてゐる。生きてゐる。生きてゐる——。」

あの時の気持を言葉で現せば、かう云ふよりしかたがありません。あの時とは——私が短刀でりか子の胸を突き、それから自分の胸を突いて、意識を失つて行く時のことです。


　ところが、どうでせう。私が意識を取返してみると、最初に浮んだ言葉が、

「りか子は死んだ。」

　と云ふのでした。しかもそこに、

「私は生きてゐる。」

　と云ふ言葉は伴つて来ないのでした。そればかりではありません。私が意識を失つて行く時には、

「私は死ぬ。りか子は生きてゐる。」と云ふ言葉が浮んだのではなかつたのです。その時の気持を言葉で現さうとすれば、さ

うとよりしかたがないと云ふだけなんです。その時私の頭を走り過ぎたすべてのもの、火のやうに熱い小山に見えた流血や、骨の鳴る音や、蜘蛛の巣を伝はる雨滴のやうに幾つも幾つも流れて来る父の足や、渦を巻いて飛廻る叫び声や、さかさまになつて浮き沈みしてゐる古里の山なぞの、どれもこれもから私は、「りか子は生きてゐる。」と云ふ同じ一つのことを感じたのでした。そして、私は「りか子の生存」とでも云ふ波に溺れかかつてもがいてゐたのです。それからいつの間にか、その波の上に軽やかに浮んで、ゆらゆら揺られてゐたのです。——けれども、意識を取返した時には、

「りか子は死んだ。」と云ふ言葉がはつきり言葉そのものとして浮んで来たではありませんか。そしてまた、

「私は生きてゐる。」と云ふ言葉を伴はないで、それがはつきり浮んで来たではありませんか。——これでみると、生存と云ふものは死と云ふものに対して、非常に傲慢なのかもしれませんね。

しかし、やつぱり——その言葉がこの世の光りと明るさとよりも先きに感じられたのではありませんでした。最初私は明るい光りの中へ、ぽつと浮き上つたのでした。その時は七月の海浜の真昼でした。でも、たとへ私が真夜中の暗闇の中で生き返つたとしても、この感じは同じだらうと思ひます。盲でも明るさと光りの感じは持つてゐるでせう。私たちは暗闇の中で眼を覚ましても、やはり明るさと光りとの感じが起るのですから。そして、私たちはこれを眼で感じるのでなくて、生命で感じるのですから。生存とは、一口で云へば、光りと明るさとを感じることだ、とも考へられます。ただその時の私には、毎朝眼を覚した時よりもその感じがもつともつと清らかでした。

それからが音です。波の音でした。その音が私の眼に見えました。静かに踊つてゐる金色の一寸法師の群として見えました。その一寸法師のうちで手を高く伸して飛上つた一人が、

「りか子は死んだ。」

と云ふ言葉だつたのでせうか。とにかくこの言葉は私を驚ろかせました。この驚きが私の意識を初めてはつきりさせました。

窓の外の空には松の芽が伸びてゐました。五歳の子供が青い紙へやたらに墨で引つぱつた線のやうでした。——私は私に切りかかつて来る剣の下で、ひらりひらりと身をかはしてゐました。夕方野を走つて行く夕立の後足のやうに、私の視野の中に剣が何本も光つてゐました。すると私は、墨で黒くなつたりか子の唇を思ひ出しました。

暖炉のある正月の西洋間でした。りか子は十四でした。書き初めをしてゐました。十四になつても、筆を舐めて唇を黒くしながら字を書くのでした。——その唇を思ひ出したのです。そして私は自分の手を眺めました。誰かが洗つてくれたにちがひないのですから、りか子の血なんぞ附いてゐるはずはないのでしたが。

それにしても、私がりか子を突き殺した時、女の血は私の右

手の四本の指に流れたのに、なぜ紅差指だけを汚さなかつたのでせう。いいえ、それよりも、紅差指一本だけが血みどろの手のなかで悪魔のやうに白かつたことなぞが、あんな場合にどうして私の気になつたのでせう。紅差指一本が白かつたから、私は生返つて、りか子は死んでしまつたのでせうか。いいえ、そんなことはどうでもいいのです。そんなことよりも、私たちはなぜ死ぬ気になつたのでせう。熱病で死にかかつてゐた私の命をりか子が取止めたからでせうか。さうです。さうにちがひありません。

しかしその夜、あんまり月が明る過ぎたのもいけなかつたのでせうか。あんまり砂がまつ白過ぎたのもいけなかつたのでせうか。満月は白い浜を空気のないやうな色に冴え返らせてゐました。月光が水の滴のやうに真直ぐに降る程静かなためか、空の動く音が微かに聞えました。私の影は白紙に落した墨のやうにまつ黒でした。私のからだは白砂に突立てた一本の鋭い線でした。砂浜が白い布のやうに、四方からはつきりと巻き上つて来ました。その時私とりか子とは、この三日間で日高の死骸のやうに疲れ切つてゐると云ふことに、どうして気がつかなかつたのでせう。それを知らないばつかりに私は、

「人間はこんなに真白な土の上に立つてはならないのだ。」

と考へたのでした。そしてベンチの上に足を縮めてしまひました。りか子にも足をベンチの上に上げさせました。海はまつ黒でした。その広い黒にくらべて、この砂浜の白は何とちつぽけだらうと思ひながら、私は云ひました。

「黒い海を見てごらん。私は黒い海を見てゐるから、私は黒い海だ。あなたも黒い海を見てゐるから、私の心の世界もあなたの心の世界も、この黒い海だ。ところが、私たちの眼の前でこの二つの世界が同時に一所を占めながら、一向ぶつつかりも、弾き合ひもしないぢやありませんか。何の音も聞えないぢやありませんか。」

「私に分らないことはおつしやらないでね。信じ合つて死にたいから。気狂ひぢみたことを云はないでも死ねるうちに死にましようね。」

「さうだ。さうでしたね。」

私が死ぬことにきめたのはその時だつたのでせうか。それとも前に、そんな約束をしてゐたのでせうか。とにかく、二人が一つの黒い海のやうに信じ合ひながら、そして二人が死んでも一つの黒い海がなくならないことを信じながら、死なうと思つてゐたらしいのです。ところがどうでせう。私が生き返つてみると、海はまつ青でした。

まつ青な海ではありませんか。

赤かつた私の手が白いやうに、まつ黒だつた海はまつ青でした。さう思ふと、涙がぽろぽろ流れました。悲しいのではないのですが、涙壺の蓋がこはれてしまつたのです。私が生返らなかつたならば、海はきつとまつ黒だつたでせう。それでは、あれがいけなかつたのでせうか。あの時、りか子を突飛ばしたの

がいけなかつたのでせうか。

　りか子は両方の腕で私の首にぴつたり抱きついてゐました。さうしてゐてくれと、私が頼んだのでした。二個のからだが一個のからだの感じになる、つまり、りか子が独立した一個の人間と云ふ感じを失はないと、私はりか子の胸を突刺すのがこはかつたのです。私は空つぽにならうとして、りか子の頬の匂ひの中で、ぽかあんと口を開いてゐました。すると、さらさら流れる小川の幻が浮んで来ました。そこで、私は短刀を力まかせにりか子の左の胸へ突立てました。すると同時に、抱きしめ合つてゐたりか子のからだを、どんと突飛ばしました。かと思ふと、私はすくつと立上つてゐました。あをむけに倒れたりか子は、自分の血の上で素早く寝返りしてうつぷせになりながら、

「し、し、死んぢやいけません。」

　と、冴え冴えとした声で云ひました。しかも、胸に刺さつた短刀を自分で抜取ると、鋭く投げつけました。短刀は壁にたらたらと血を流して畳に落ちまじた。その時でした。私は自分の紅差指だけが悪魔のやうに白いのを見て身ぶるひしました。

　りか子は五分間程で動かなくなりました。動かないりか子を見て、私は心が澄み通つたやうな落つきを感じました。そして、手拭を短刀の上に載せ、突つ立つたまま足で短刀の血を拭いてゐました。それから、機械のやうに自分の動作を疑ふことなく、りか子の腹の横に膝を突いて、短刀を持ちながら目をつぶりました。出来ることなら、りか子と重なつて死にたいと思つてゐたのです。それには、最初からりか子とからだをくつつけては苦しまぎれに離れるだらうと考へたので、かうした風の身構で胸を突き、いよいよこらへ切れなくなつたら、りか子の上へ身をのめらさうと云ふ計画だつたのです。ところが、どうでせう。短刀をぐつと突立てると同時に、姿を崩して前へ倒れかかりました。と、叫び声をあげて飛上つてゐました。

　ああ。それは、りか子の体温でした。――りか子の上に倒れかかつた私は、りか子の体温を感じて飛上つたのでした。りか子の体温が私を撥退けたのです。りか子の体温が私に伝はつた瞬間の恐怖――これは一たい何でせう。とにかく、それは本能の火花でした。人間の奥底にひそんでゐる憎しみだつたのでせうか。でなくて人間が人間に感じる恐ろしい愛だつたのでせうか。でなくて、生命と生命との稲妻が目に見えぬ世界でぶつつかつたのでせうか。その時、私が何と叫んだかは覚えてゐませんが、恐らくこれ程凄い叫び声はなかつたらうと想像されます。

　飛上つた私は、横ざまに倒れました。痛みや苦しみは直ぐに、痛みや苦しみでなくなつてしまひました。急な傾斜面を重つた、迅風に追つかけられてゐるやうな気持が、からだ中にありました。やがて、世界は一つの強いリヅムとして感じられました。私と一緒に世界が大きい鼓動を打つてゐました。全身の筋肉がその鼓動の音を聞いてゐました。「暑い。」と思ふと同時に、自分の眼界の暗さを感じました。その闇に金色の輪が二つ三つ浮びました。と、りか子が私の古里の橋に立つて水を眺めてゐま

した。――りか子は生きてゐるのです。そのりか子は顔が広がつて足の小さい三角形でした。私の父らしい男が逆立ちして、流星のやうに河底から浮いて来ました。鳥の翼のやうな花弁のダリアの花が風車のやうに廻つてゐました。その花弁はりか子の唇でした。しんしんと音を立てて月光が横向きに降つてゐました。――こんなことを幾ら書いてもきりがありません。とにかく私は高速度の幻想に乗つて、弾丸が草木を追抜くやうに、時間と云ふものを追抜いてゐたのでした。そして、この幻想の世界では、色が音であり、音が色でした。ただ、匂ひだけは少しも感じられませんでした。それから、この豊富で自由な幻想の断片のどれもこれもが、前にも書いたやうに、

「りか子は生きてゐる。」

と云ふ意味を私に感じさせました。その感じの裏には、

「私は死ぬ。」

と云ふ感じが青い夜のやうに拡がつてゐたのでした。――ですけれども、私が自分の胸を突く前には、

「りか子は死んだ。」

と信じてゐたのでした。いいえ、死んでゐるか、死んでゐないかを、疑はうとさへしなかつたのです。それは後から考へると不思議です。りか子の生死を一応確めてみるのが普通なのではないでせうか。不思議と云へば、自分の胸を突くまでは、りか子は死んだと信じてゐたのに、私の薄れて行く意識の断片が、

「りか子は生きてゐる。」

と云ふことに感じられたのも不思議です。それから、意識を取返してみると、余りにも素直に、

「りか子は死んだ。」

と云ふ言葉が浮んだのも不思議です。なるほど、りか子は死んだにはちがひありません。けれども私が生返つたと云ふことは、りか子の死を確めたことではないではありませんか。若し私が生返らなかつたらどうでせう。私にとつてこの世界は「生きてゐるりか子」の広々とした海だつたではありませんか。

また、りか子が苦しい息の下から冴え冴えとした声で、

「し、し、死んぢやいけません。」

と云つた言葉も不思議です。心中の相手に死んではいけない、と云つたのでせうか。自分自身に云つたのでせうか。それとも、りか子の心に浮んだ私でもりか子でもない何かに向つて云つたのでせうか。――それよりも、私は短刀で自分の胸を突く前に、この言葉について何も考へなかつたのは何故でせう。私はそれほど死と云ふものに対して臆病だつたのでせうか。だから機械のやうに自分の動作を疑ふまいとしてゐたのでせうか。しかし、私は死に対して臆病だつたのでせうか。また、臆病ならどうして死ぬ必要があつたのでせうか。

「し、し、死んぢやいけません。」と、りか子も云つてゐたではありませんか。――そして、私の死は「りか子は生きてゐる。」と云ふ象徴の世界だつたではありませんか。それから、私の生は「りか子は死んだ。」と云ふはつきりした言葉だつた

ではありませんか。生はそれだけのものではないと云ふのですか。

「だから、お前は生き返つた。」

と云ふのですか。

――明日になつたら、いろんなことを考へてみましよう。窓の外の松林は真直ぐに立つてゐます。あの松林が、水車のやうな音を立てて廻るダリアの花に見えたら、私は「りか子の生存の象徴の世界」に生きることが出来るのでせうか。時間と空間とを征服した、あの素晴しく豊富で自由な世界を束の間持つために、人間は生れて来たのでせうか。そして死ぬのでせうか。

ああ。何だか分りません。私が眼の前の青い海でないことが不幸なのでせうか。いいえ、あの時は私もりか子も、眼の前の黒い海だつたではありませんか。

作者の言葉

作者はこの二つの文章に、「第一の遺書」、「第二の遺書」と云ふ題を附けた。この筆者は、心中の前に第一の文章を書き、二度目の自殺の前に第二の文章を書いたからである。そして、こん度こそは蘇生しなかつた。だから、もうこれ以上彼から「生と死」の話を聞くことは出来ない。しかし、定めし彼は「りか子の生存の象徴の世界」に再び生きたことであらう。云ふまでもなく、彼はりか子に恋をしてゐた。けれども作者は、たとへ彼が、「一茎の野菊」に恋をしてゐて、野菊の幻想の波の上に死んだとしても、この遺書は書き変へる必要がないと思ふのである。

（十四年七月）

（「文藝時代」大正14年8月号）

『Cocu』のなげき
サン・ジヤン・キヤプ・フエラ

武林無想庵

あかるい。ほがらかな青空が見える。たゞ一つある裏の窓から見える。したゝるばかりスツキリと清澄な深藍色の下の、松、橄欖、オランジ、シトロン、ミモザの黄、スリージエの白、さうしたもの、一団になつてフウワリと盛りあがつた丘陵の中の、いかにもあざやかな淡紅色の小別荘を、そのクツキリと目にたつ濃緑色の鎧戸を、とき〴〵まぶしい瞳にうつしながら、あまりに思ひでのふかすぎる、あまりにくるしい、にがい、またやるせのない、おそらくいくら書いても永遠に書きつくされぬであらうところの、この悲しい物語をわたしはいま渋りがちに書きはじめようとしてゐる。

おとつひの晩から、わたしは南フランスの、アルプ・マリーチーム州、サン・ジヤン・オー・ポールといふところにゐる。そこの小さな美しい舟つきばに面した、二十世紀式の、もつとも単純な、安価な、もつともエコノミツクに建築された、しきりにまだペンキのにほひの到るところに発散しつゝある、それほどにまあたらしい、同時にはなはだ無趣味きはまつたパンシヨン・ド・フアミイユの一室にゐる。

わたしはどうしてこゝへ来たか？　こゝへ来るまへにはどこにゐたか？　どうしてこゝへ？　どこからこゝへ？……思ひだすとつらい。考へると死にたくなる。このまゝ消えてなくなりたくなる。

みんな、みんなわたしのした事だ。わたしのぐうだらがした事だ。これほどまでにわたし自身がぐうだらであらうとは、わたし自身ですらいまゝでまつたく知らなかつた。

諸法因縁生だとか、自然の法則のまゝに、なるやうになるのだとか、無抵抗主義の、一木一草無不中道のと、エラさうに悟りがほした自分自身の愚かさがはづかしい。

巴里生活の満一ケ年、あゝ、あの一ケ年、ダンテの煉獄にも、また地獄にも、たとへて決してたとへられないことのない、そのわたし自身のこゝろの苦しみやうといつたらなかつた。

こゝへ来るまへには、わたしはいふまでもなく巴里にゐた。

女なしでは、妻子の顔を見ることなしには、わたしは一日もおちついてこの世に生きてはゐられぬやうに生活づけられてしまつた人間だ。わたしはよわい。わたしには自分自身の生活といふものがない。わたしの生活の中心は妻だ。妻と子だ。さうしてその愛する妻と子との一顰一笑によつてのみわたし自身のはかないその日〳〵が成りたつてゐる。

さうしたとらはれた生活中につかりながら、わたしはたえず文藝をおもふ。たつた一人きりのつよい自由な、天地に俯仰してまつたくおそる、ところのない自我そのもの、なかにとぢこもりながら、『ミゼラーブル』を書きつ、あつた時のユーゴーのやうな、『戦争と平和』に没頭しつ、あつた際のトルストイのやうな、全提全令の創作的努力をおもふ。

妻子の一顰一笑はザインとしてのわたしの生活だ。全提全令の文藝はゾルレンとしてのわたしのそれだ。要するにわたしの生活はザインとゾルレンとのた、かひだ。倒れてのち、息の音のとまつてのち、はじめてやむ人生の白兵戦だ。


わたしの妻と子とは今わたしと一緒にゐない。

このサン・ジヤン・オー・ポールのつ、ましやかな家並をぬけて、裏山の方へ二三丁はいり、遠く近くボーリユーからモナコのあたりまで、白い岩山と、碧い海と、世にも美しい別荘やホテルの数かぎりなく点綴した、コツト・ダ・ジユールの町々をば、あだかもこの世ながらの、極楽浄土のやうに、脚下に縹緲と眺めながら、葉のうらの白く光る橄欖の林の中の、素樸に急峻な石坂道をよぢのぼつて、ところ〴〵にエレガントな小別荘のさしのぞく心もちのい、松林の崖道をば、夢のやうにうか〳〵と六七丁もゆきつくすと、そこに燈台の立つカツプ・フエラの岬端へ出る。

わたしの妻と子とは、二週間以前から、去年の夏フランスへ留学に来た、まだ充分に年の若い農政学の秀才と共に、その岬端に輪奐の美を極めたグランド・ホテルにゐる。

満一ケ年のわたしたちの巴里生活の結果がこれだ。妻子に対するわたしの愛の足らなかつた結果がこれだ。あ、、人類愛！わたしの愛は浅かつた。あまりに浅すぎた。

わたしとA君とだけに送られて、わたしの妻子を擁護しつ、、ある夜人知れずガール・ド・リヨンを出発して数日、農政学の秀才は、カツプ・フエラのグランド・ホテルから、その間わたしと毎日食事を共にしに通ひつ、あつた、巴里なるリユ・ド・リイルのF氏方へあて、、「トウブンココニヰマス」といふ電報をうつてよこした。わたしは生かへつたやうなおもひをした。とびたつばかりに胸をとゞろかした。さうしてすぐにも妻子のあとを追つて、カツプ・フエラへゆきたくなつた。

ガール・ド・リヨンを出発する際、もちろんわたしは一緒にゆきたかつたのだが、わたしの妻はそれを喜ばなかつた。さうして、

――い、家でも見つかつておちついたら、わたしたちのゐるところへよんであげるから、それまではバチニヨルに一人ゐて、おとなしく原稿でも書きはじめておいでなさい。さうして御飯はFさんとこへ行つて、みんなと一緒にたべさしてもらふとい、わ。と、そツけない調子で云つた。わたしは悲しかつた。

バチニヨルは秀才がサン・ジエルマン・アン・レエから巴里へ出て来て間借りしたばかりの家だ。わたしは妻の云ひのこした言葉どほりにしてゐた。

電報をうけとつた翌朝、わたしはバチニヨルの寝床の中で、あわたゞしいA君にその寝込みをたゝき起された。A君はインタアナシヨナル・トランスポートのガイドだが、さうして秀才の巴里到着以来何かにつけて一切の世話をしてゐる青年だが、同時に秀才から巴里に於けるたゞ一人の親友として考へられてゐる人だ。

——きのふ行つて見たんですが、と、A君は椅子へ腰かけると、当惑したやうな表情をした。

——どうしました?

——はじめはどうやらわたしてくれさうな様子で、いま荷物をまとめるからとかなんとか云つてゐたんです。で、Kさんはなんべんも階段をあがつたり降りたりしてゐました。さうしてその間いつたい何をしてゐたものか、ばからしく長い間人を待たして置いた揚句、結局かう云ふんです。執達吏から手紙が来てゐて、二十四時間内に家賃を払はないと、あなたや奥さんの持物と衣類とが差押へられることになつてゐるから、もしその時何も残つてゐないと詐欺になるんださうです。

——で、わたしてくれなかつたの?

——えゝ。と、A君は力なげに答へて、わたしの妻にあてた執達吏の手紙をわたしの手にわたした。

わたしは不快でたまらなくなつた。

Kの手元から一刻もはやく一切の妻の紀念物を奪ひ去つてしまひたいのがわたしの切なる希望だつたのだ。

寝室の瓦斯ストーヴに火をつけて、マリイランを一本くはへながら、わたしはしばらく無言のまゝとつおいつ思案にくれて見た。

が、どうしても都合のいゝ考がうかんで来なかつたので、

——ぢや、しかたがない。あすこの荷物は放棄することにしませう。どうせもう砕なものは残つてゐないのだから……が、もしそのうちいゝ機会があつたら、とつて来て、君の手元へ保管しておいてください。

——えゝ。

子供のやうにこらへ性のないわたしのこゝろは、そんなことを云つてるうちに、もう一刻もはやくこのいまはしい巴里をぬけ出して、すぐカツプ・フエラへとんで行つて、妻子の顔が見たくてたまらなくなつてゐた。が、出発の際、秀才がわたしの手に残してくれた二百フランの金がもう百フランにも足りなくなつてゐることを思ひ出して、さうしてそれでは到底三等の汽車賃にもならぬことを考へて、わたしのこゝろは急にくらくなつた。巴里からカツプ・フエラにゆくには、PLMのラピツドにもの、十八九時間のりつゞけなければならぬのだ。

——考へて見ると、僕はもうこゝにかうしてゐる必要がなくなつてしまつたやうな気もするが……と云つて、みんなのと

ころへ出かけて行くだけの旅費もなし………と、わたしはひとりごとのやうにつぶやくと、A君はわたしの心もちには大して同情のないやうな調子で、

——えゝ。と答へた。

わたしはふと妻の残して行つた日仏銀行の小切手帳を思ひだした。四ケ月まへ、妻が倫敦なる日本料理店の主人Kと共に、巴里なるリユ・ケプレルといふエトワルにちかい小さな裏通りで、かれ等二人の共同事業といふ名目の下に、その料理店の支店の経営をはじめた時、百磅ばかりのわれ〳〵夫婦の残金を土台として、その店の日常の金銭をだしいれする唯一の経済機関にしてあつた小切手帳だ。

ねまきのまゝわたしは立つて行つて、ゆうべぬぎすてたデイヴンの上のヴエトンの内がくしから、その帳面をつかみだして来ると、それを不案内さうな顔してるA君に示した。

——こゝにこんなものがあるんです。立つとき三四枚このとほり妻にサインしてもらつてあるんだが、………実は二三日まへKの手へも一枚だけわたして置いたから、ひよツとすると、もうKが全部引きだしてしまつてゐるかもわからないけれど………或はまた、ひよツとすると、日仏のH氏が、家主へ対する、自分が家賃支払の保証に立つてゐる関係上、この金をおさへて、一文も引きださしてくれないかも知れないけれど………。とにかくまだ六千フランぢかく残つてゐる筈なんです………。

——なるほど。

——で、僕はこのとほりこの際世間から姿をかくしてゐる身だから、僕自身銀行へ出かけてはゆかれないのだから………どうでせう、君ひとつ、御面倒だけれど………なに、もし銀行でおさへてゐなかつた場合なら、単に受取人の名まへを書き込みさへしたら、八百屋でも肉屋でも、もちろんすぐ引きだして来られる金なんだから………そこを何とかして今明日中に………

——旅費だけあればいゝんでせう? と、A君はいろ〳〵に云ひよどんでゐるわたしのことばをばもどかしさうにスパリと切つてくれた。ホツとした思ひでわたしは、

——まア、さうです。と口ごもつた。

——三百フランもあつたらいゝでせう。二等でね………その位のことなら、わたしがけふ中にこしらへて来てあげます。

——君にそんな心配をかけてはすまないけれど………

——なにかまひません。では、今晩六時ごろまでに。

要領よくA君は立ち去つた。

要領よくわたしもその晩ガール・ド・リオンを出発した。

楽師たちが力を籠めて熱心にしきりと嚠喨たる管絃の音を立てゝゐるかなたには、充分に日光をうけた、すばらしく天井の高い、見事な石造の大広間で、幾組かのダンスの群が大理石の大柱のあひだ〳〵に、みやびやかに見えたりかくれたりしてゐた。

秀才の名をコンシエルジに告げると、胸へズラリと小さな金

ボタンを縦列させた一人の美少年が、意をうけて小走りにその人を迎へに行つた。

わたしはすわりごゝちのいゝやわらかいフオトイユの上に腰かけて待つた。

花やかな日本服を着た妻と子とに伴つて、わたしは一年まへ同じこのホテルの同じこの広間へわざ〳〵ニースから茶をのみに来たことがあつた。

なんといふ心もちのちがひであらう?

去年は幸福であつた。妻の心にもわたしの心にも決してまだなんのわだかまりがなかつた。友禅の袂をひるがへして、わたしの子供は嬉々としてフランスの青年たちと踊つた。妻はよろこんだ。屈托のない目を細くして、満足さうに、得意さうに、罪もなく無邪気にニコ〳〵とほゝゑみつゞけてゐた。それが今年は……あ…、今年は………

わたしはダンスの群を見てゐるにたへなくなつた。

と、目をそらすとたん、アツサンスールとおしならんだ階段のうへから、四才ばかりの日本人の女の子がひとり、チヨコ〳〵とかけおりて来るのがたちまち目にはいつた。あたゝかい嬉しさが泉のやうにわたしの心頭にわきあがつた。

いふまでもなくそれはわたしのイヴオンヌであつた。

イヴオンヌは洗ひざらしのうす青い天鵞絨のローブを身にまとつてゐた。また風でもひいたと見えて、鼻の下を真赤にしてゐた。あまりにリユツタスなあたりの光景にひきくらべて、彼女の姿はわたしにはなんとなく見すぼらしく感じられた。

――パパ公! と叫んで、彼女はわたしにとびついて来た。

――ママ公のところへイ、公が一緒につれてつてあげるから、さア、来なさい。と、大人らしい口をきいて、彼女はわたしの手をひツぱつた。

――ママ公は今なにしてる?

――ママ公、いまね、お部屋でお仕事してるよ。

――イ、公のお部屋はどこだ?

――ツウタンオーだ。

あたりまへのやうに使ふフランス人とまつたく同音の彼女のフランス語をきくと、わたしは思はずニツコリした。

秀才もやがて降りて来た。

わたし達は一緒に昇降機にのつた。

たゞ三つしきやない最上層の客室の、中央のそれが、かれ等の四五日来同棲してゐる部屋であつた。大きなアルモアール、厚い石榴色のタピ、さうしてその左手には、あたゝかさうな寝台が二つ、それから入口の通路を狭くして、子供の寝台が一つ、なんとなく邪魔さうにおしならんでゐた。

いひやうのない淋しさが、わたしのこゝろにこみあげて来た。

おくの方のオリーヴ色のフオトイユにうづまつて、ものおもはしげに針仕事してゐたわたしの妻は、わたしの姿をチラリと見ると、いやな顔してすぐ目をそらした。さうしてまつたく同情のない目を伏せたまゝ、

――なんだつて勝手に出て来たの？　と、にが〳〵しい調子で、まづつめたくわたしをなじつた。

わたしはまづ失望した。

――一刻も巴里にゐるのが、いやになつたからサ……と、わたしは苦しげに答へた。

と、そのわたしの弱みにつけ込むやうに、

――一刻もゐられなくなつたからツて、ばか〳〵しい、子供ぢやなし、あんまり辛抱がなさすぎるぢやないの……と、妻はつけつけと云つて、いまいましさうにそツぽうを向いた。

『妻とこの若い学生との間にはもう肉の交渉が成立してしまつてゐるのか知らん？』と、わたしはこゝろの底で忖度して見た。が、学生の態度にも妻の挙動にもそれがもう成立してしまつたやうな陰翳はまだ感じられなかつたので、わたしはやゝ安堵の思ひをした。

――イ、公はまた風をひいてるやうぢやないか？　しばらくたつてから、わたしは口を切つた。

――例の鼻ツかぜよ。だけど、こゝなら風はいくらひいたつて、ちつとも心配なんぞありやしないわ。

――さう、気候はよし、空気はよし、海の中にゐるやうなものだからね。

話頭がイヴオンヌに転ずると、けはしい妻の表情はすこしばかりやわらいだ。

――一昨夜、あまり暖かすぎて、室内の温度が高すぎたので、イ、ちやんは夜中に蒲団をふみぬかれたものです。それが原因だと考へます。と、秀才は甚だ責任を感じつゝあるものゝやうに、ひどく恐縮して云つた。

そんな事にまで気をつかはなければならぬ学生の偶然に陥つた奇妙な境涯にわたしはすくなからず同情した。

寸刻もその潑溂たる活躍をやめることのできないイヴオンヌは、いつのまにかそこへひきずツて行つた椅子のうへにあがつて、とツついた一隅の洗面器のロビネから、ふんだんにジヤア〳〵と湯や水をひねりだして、それを香水の空瓶へ入れたりこぼしたりしてゐた。

――イ、ちやんはまた水いたづらをして……お風邪をひいてるんぢやありませんか……と、これもその子供と同様に一分とは仕事の手をやすめてはゐられないヘルプレスに能動的な母親がたしなめた。

――すぐやめる。すぐ……いまね、クイジンをかたづけてゐるんだから……

――やめないか？　やめないとつめるよ。

かうした家庭の一角をばエスカルゴのやうにその双肩に担つたまゝ、わたしの妻はこの年若な農学士と或夜ひそかに巴里から駆落して、さうしてこゝまでおちのびて来てゐるのだ。さうしてその駆落を黙許した、或はむしろ勧誘した、むしろ教唆した、はなはだ気のしれぬ彼女の夫であるところのわたし自身が、かうしてます〳〵妻にいやがられる、わくわくと女々しくも彼等のあとを追ひかけて来てゐるのだ。

なんといふ不可思議きはまつた人間同志の近代的シチユアシオンであらう？

――来てしまつたものだから仕方がないけれど……今晩はお部屋を一つ頼んで来てあげるから、一トばんだけこゝへとまつてもいゝとして、あしたの朝、さつそくどこか近所のやすいパンシヨンをさがして、そこへひツ越すやうにしてもらひたいよ。

さうした妻の言葉どほり、わたしはその翌日からこのパンシヨンへ来てゐるのだ。

原因はすべてわたしに金のないことからだ。わたし自身にまつたく世才といふもの丶欠けてゐることからだ。世才のみならず、生活に対する努力の念の、病的に薄弱な、自分ながらあきれるほどのなまけものであることからだ。さうしてそれにもかゝはらずわたしの妻がいくつになつてもあまりにその容貌と姿かたちの美しさを減ぜぬことからだ。

駿馬痴漢をのせて走る――それだ。さうしてもうことしで満五ケ年走つた。

――わたしがむかし名古屋にゐた時分、近所にバカ勝といふ、いつもボンヤリふところ手をした、あなたとおなじやうにからだの大きい、のそツとした白痴がゐたけれど、あなたがさうやつてなんにもせずに、たゞポカンとつツたつてゐるところを見ると、そのたんびに、いつでもそれを思ひだすわ。と、とき〲妻は歯がいいらしく云つた。

わたしはバカ勝だ。

かうやつてほんとうの一文なしになつても、まつたくの着のみ着のまゝになつても、そんなことにはもう一切おかまひなく、わたしは毎日このパンシヨンを出ては、或は日に二度も三度も、ちやうどサカリのついた時の見すぼらしいをす犬のやうに、前後不覚にあの石坂をのぼり、あの松林をぬけて、一心不乱にグランド・ホテル・デユ・カツプ・フエラの最上層へ通つた。妻はいやがつた。治郎左衛門に対する八つ橋のやうにしてまでいやがつた。さうしていやがられればいやがられるほどわたしは桜姫にあこがれよる清心のやうにしてまでつきまとつた。

白い小石のはき浄められたグランド・ホテルのはれがましい前庭をつと横ぎつて、相対した小緑崖のシツトリとした花壇を縫へる、百花のほのかにみだれさいた間の小石階をのぼり、秀才とわたしとが、かはる〲イヴオンヌの手をひきながら、をぐらくかぶさつた緑蔭をくゞりでた時には、脊中の肉のハチきれさうに盛りあがつたマダム・シエツフエーアと、支那美人のやうにほツそり黒琥珀の外套につゝまれたわたしの妻のうしろ姿が、したしげにかたり合ひつゝ、いつのまにかもうむかうのダラ〲坂の上までのぼりきつてゐた。

丘陵はことごとく松でおほはれてゐた。その間の別荘のかず〳〵が一歩ごとに静寂と瀟洒とを冀ふ人のこゝろをそゝつた。山上には赤い小さな信号所《セマフォール》の建物が見えた。心ゆくばかり空気がすんで、心ゆくばかり森閑としたものであつた。

こんなところで書物を読み、こんなところでものを考へ、こんなところで文章を書き、さうしてこんなところで愛する妻と子とが養へたら、わたしにとつてはもうこの上の幸福はないと思つた。

貸別荘の代理人マダム・シエツフエーアがやがてわたし達に見せてくれたヴイラの名はバギヤテルと云つた。

うつくしい花毛氈を敷きならべたやうな庭園、ところ〳〵に配置よく立つパルミエ、オリヴイエ、ユーカリプトユス、あを〳〵した芝生、さうした中からぬきいでた二階建の小別荘、わたしの妻子が秀才の出費によつて、もう今明日のうちに日本から金さへ来れば、すぐにもこゝへ住み得られるのかと思ふと、わたしは嬉しくてたまらなかつた。が、同時にその幸福なわたしの妻子と同棲する人が、かれ等の夫であり父であるところのわたし自身ではなくて、その出費者たる農政学の秀才であることが、自刃で心臓をさし貫かれるほど、わたしには苦しくも辛くもあつた。

『あらゆる幸福は出費者のものだ。』——さう思つて、わたしは人しれず心で泣いた。

二階のバルコンへでて眺めやると、松、橄欖の一帯のみどり、点々たる家並のあかい瓦、それ等にいろどられた紺碧の海、マリアの像の立つサントスピースの岬からボーリユーの絶壁、グランド・コルニツシユ、そゝけ立つたトユルビイの山頂をなすまツ白な岩塊へかけて、昼にも夢にも未だかつて見たことのない一湾の風光が、脚下に妖艶にまとめられて見えた。

——こりやいゝ！

感嘆の絶叫が心の底から思はず三人の唇にほとばしつてふるへた。

マダム・シエツフエーアとはヴイラ・バギヤテルの裏木戸の前でわかれた。

十二分にひきつけられたこの貸別荘に於ける、来たるべきわたし達の新しい生活に対して、心におもひ〳〵の空想を描きながら、三人はそゞろにあとになり又さきになり、とはいへ、無心に道草をくふイヴオンヌをば無意識に擁護しつつ、例の石坂を下り、サン・ジヤンの港町をぬけ、松林の断崖をたどり、さうしてサントスピースのマリア像まで散策してかへつた。

わたしのこゝろはだん〳〵ふかく憂鬱の雲にとざゝれて行つた。

ゆふぐれグランド・ホテルのかれ等の部屋までたちもどつた時、さうして妻が入浴に赴いたあと、さうして秀才がイヴオンヌと共にしばらく部屋を留守にしてゐる間、わたしはグツタリくづをれたフオトイユの腕にもたれて、ポロ〳〵と涙をながしながら、たゞひとり身をもだへてすゝり泣いた。

と、秀才がはいつて来た物音に、わたしはハツとして顔をそむけた。さうしてテレかくしにシガレツトに火をつけた。

――今から二十分ほどしたら、あなたに湯殿まで来て下さるやうに云つてゐられました。と、それだけ云ふと、秀才は又すぐ姿をかくした。

湯殿！……

わたしの全身の血は一時にサツとよみがへつた。

『湯殿！……妻の心の底には、まだわたしと二人きりで、おたがひに裸体のまゝ、天真爛漫に相対してくれるだけの無邪気さが失はれずにゐたのか……』と、さう思ふと、わたしは妻に面目ないやうな心持になつた。

で、机の上へ時計をだして、わたしはじつと短針を見つめながら、正確に二十分のすぎさるのを待つた。

なんといふ捉はれきつたわたしの渇慾の痴愚さであらう！

二十分たつた。わたしはドキ〳〵胸をとゞろかしつゝ湯殿の戸をたゝいた。と、戸は内部から素直にあいて、立ちのぼる湯気にふうわりとつゝまれた薔薇色に水々しい妻の全肉体が、たちまち燃ゆるわたしの瞳孔を射つた。わたしのからだはぶる〳〵とふるへた。

――こゝで着物をぬいで、すぐあとへおはいりなさい。と、

……、……………………。………………………

大きなタオルで背中を拭ひながら、無表情に妻は云つた。

……。……………………。………………………

……………。……………………、………………

…、

――…………………………………………わかつてゐるよ……

…わかつてゐるよ……わかつてゐるけれど、わたしは意久地なし大きらひ、弱虫は大きらひ……辛抱して傑作をお書きなさい。と、あだかもだゞつ子でも教へさとすやうに、言葉やさしくなだめすかしながら、妻は手早く着物をきて、さつさと外へ出てしまつた。

わたしのこゝろは又もとのまゝの憂鬱にもどつた。さうしてまともに妻から指摘された自分自身の本質的なぐうだらに対して、その上に云ひやうのない恥辱さへおぼへた。

『妻のおれから求めてゐるものはたゞ傑作なのだ。文士としての社会的名声なのだ。さうして愛慾の対照としてのおれ自身ではなかつたのだ。』と、石鹸と妻のからだの垢の浮いた浴盤中で、わたしはほとんど半年の間しかたなし抑制すべく余儀なくされた性慾をもてあつかひながら考へた。

オルネヱ・ヴレエ・オー・ルー

自分の金がなくなつて、他人の金をつかふやうになつてから、わたしの幸福は奪はれて了つた。

わたしの幸福とは何か？

パツスイの小さなアパルトに住んで、夫はすきな本を読んだ

り、気まゝな原稿を書いたり、妻は炊事をしたり、針仕事をしたり、フランス語の稽古をしたり、さうして二人の間の一粒だねであるところの、巴里で生まれたイヴオンヌの成長をたのしむといふ、いたつて単純な幸福だ。

——珈琲ができたぜ。

——茶目が起きてからさ……役者がそろはないと、つまらない。

——まつたくだ。

カチヤンといふタースの音をきゝつけると、むく〳〵と茶目が起きあがる。それ、おしつこ、それ、パントツフル、それ、牛乳だ、お砂糖だと、それをきつかけにして、ワチヤ〳〵とたゞわけもなく暮れゆく一日がはじまる……と、まア、云つたやうな程度にすぎないほどの幸福だ。

が、いくらさうした単純な幸福でも、このあまりに不幸にみち〳〵た世の中から見れば、さうながい筈のない一生中に、殊に破綻の多い生活ばかりつゞけて来たわれ〳〵夫婦のやうなものにとつては、一度失つたら又と得がたい、これでなか〳〵、それ相当にたうとい価値をもつたそれであつたに相違ない。

わたしはそれを失つたのだ。むざ〳〵と失つて了つたのだ。五十ぢかくなつても、いまだにお坊ツちやんかたぎのぬけきらぬわたしは、それが親ゆづりであるところの、自分の金といふものがなくなると同時に、一トたまりもなくそのたうといものを失つて了つたわけだ。

愚痴をこぼしたつて、くだらない。愚痴はよさう……が、愚痴をのぞいて、わたしに果して書くことがあるか？ だら〳〵と愚痴を書くよりほかに、今のわたしには果して働けることがあるか？

金がなくなつたので、わたしは妻にあいそをつかされたのだ。一文も収入の道を工夫する能力がないので、わたしは妻に見すてられたのだ。妻はイヴオンヌをつれて、同じパツスイの、月に千三百フランもする立派なアパルトで、その愛人であり保護者である男と一緒に暮らしてゐる。さうしてわたしはそこへ足ぶみすることを拒絶されてゐる。あたりまへだ、すべてがあたりまへだ。あまりにあたりまへだ。一週間まへ妻からわたされた十磅の金がなくなれば、わたしは自然餓死することにならう。それでいゝのだ。結局それでいゝのだ。

巴里のダンフエルからソオ・ロバンソンゆきの郊外鉄道で三十分、その終点から一キロ、セイヌ州のシヤトネエ、俗にオルネエ、又狼谷といふ、土曜日曜のほかは、それは閑寂な別荘地の、はなはだ古ぼけた、はなはだ野趣を帯びた宿の二階で、こんなことを書きはじめた男が、その妻へあてた手紙。

『わたしもよツぽどどうかして了つた。あんまり静かなのと、万感が胸一杯になつたのとで、さツそく日記にでもとりかゝらうと思つて、内がくしへ手を入れると、いつもあるはづの万年筆がない。けさそちらで洋服をきかへる時、ぬいだ方へ入れ忘れて了つたものだ。さツき旅券をとりに行つた際、どうしてそれが思ひだされなかつたのであらう。もう十時すぎだけれど、母屋へ行つて、今夜だけペンとインキをかりて来た。あしたはさツそく一キロあるいて、ロバンソンの駅前まで買ひに出かけなければならない。その節つひでにアルコール・ランプや食料品を仕入れて来ることにしよう。実はけふこゝへついて見ると、隣りにもう一室あつて、そこには二年越し人がゐるのださうな。この間見に来た時、この建物は上下二間きりだとばかり思ひ込んでゐたところが、上に二間、下に二間、都合四室あつたわけだ。何事に対しても迂潤なわたしは、かんじんかなめの自分の物を考へたり書いたりすべき場所の選定さへ満足に出来ない男なのだ。愛する女房に見かぎられるのも無理はない。又利口な人々のより合ひであるところの世間から、ばかにされるだけばかにされるのも無理はない。普通の人間なら、とうの昔に自殺してゐるはづなんだけれど、妻子に執着して死にきれないほど愚痴になりきつて了つてゐるのだ。すこしも愛情をもたぬ妻に対して、又とうてい養へもせぬ子供に対して、のみならず自ら働いて食へる自分自身さへもたぬくせに、それでも食ふだけは一人前に食つて生きたいのだ。これ以上に意久地ない男もめつたにないであらう。要するにすべてわたしが悪い。責めるならいくらでも責めてくれ。わたしはお前達のやうな利口な人間から充分に責めて責めぬかれる価値があるのだ。』

――六月二日

『宿の亭主の云つたとほり、なるほど小鳥がさかんに啼く。まへの大きな花園では、美しいさま〴〵な花が、到るところ塊をなして、咲きほこつてゐる。濃緑浅緑の木々、庭木の苗、すべて植木会社であるところのペピニエールといふ家の庭だ。閑かなことだけはこの上もない。爰でおちつけなかつたら、よつぽどどうかしてると、お前たちは思ふであらう。たゞし夜はペトロールのランプだ。便所はこのホテルの庭のうしろの、しげみの奥の、ひどくきたないところにあつて、それがほとんどたれながしのまゝだから、日本の田舎と大したちがひはない。しかし文明はすべて金で買ふものだから、さうして今は一文なしなんだから、それんばかりの辛抱はもちろんしなければならない。愛する妻子をどこまでもパリジエンヌの姿にして置きたければ、何よりもかによりも、この際は金が第一だ。道成寺の文句ではないけれど、その金には恨みがかず〳〵ムるだが、恨んで見たところで、それがはじまるものでもない。金がなくて妻子の養へなくなつた男と、世わたりの腕があつて、人の妻子をあづかり得られる男と、さうした間へ立たせられたら、どんな女だつて今どきその取捨選択に迷ふものがあらう。わたしが女だつたら、やつぱりお前のするとほりしたにきまつてゐる。

『人間の運命といふものはいつどうかはつてゆくかわからぬも

のだ。今はこれが運命だと思つてゐても、すぐそのそばから次の運命が人しれず食ひ込んで来てゐるから、さうしてそれはそれ〴〵の人間がおたがひに気づかずにゐるものだから、いざそれが形にあらはれるとなると、病気と同様おたがひにビツクリするのが常だ。

『幸福が幸福でない。不幸が不幸でない。人間の世の中に永遠性のあるものは一つもないことは誰でも知つてゐる。が、併しもし人間生活のうちで、何が一番幸福で、何が一番不幸だといふと、それは貧乏しても乞食しても気兼なしで暮らされる時が前者で、形は幸福でも心に屈托がある時が後者であるにきまつてゐる。さうして今のわれ〳〵の生活はすべて不幸だと云はれなければならぬ。たゞその間にあつて全く何も知らぬ茶目だけが幸福だ。わたしは茶目が幸福でありさへしたら、もうそれでいゝ。一切が茶目中心だ。

『わたしはこれから一生懸命になつて原稿を書きはじめよう。たゞ茶目のためにのみ働かう。茶目が一人まへになるまでには、まだ十四五年ある。普通の健康者は六十までは働ける。殊にわたしのやうな原稿生活者なら、七十か八十までも働ける。わたしの余生はまだ働くには充分余地がある。人間が十年以上一定のことを怠らずみつちりやり得たら、たとへわたしのやうなボンクラでも、たぶん普通人のやり得られる程度の事は出来るであらうと思ふ。

『The Child is The Father of the man ――とウアーヅヲルスが云つたが、子供はたしかに大人の父だ。男女の恋はおたがひに幸福も与へるけれど、不幸を与へる分量の方がむしろはるかに多い。ところが子供は両親にかならず幸福のみを与へるものだ。子供によつてのみ男女はこの世の中に希望を置くことができる。子供は今の時代にはもつとも偉大なる救世主だ。

『来たるべき時代のために。』さうだ。それがためにのみわれ〳〵はよろこび勇んで粉骨砕身の労働ができる。

『筆をもつと、かうした感想が自然に筆先へにじみ出て来る。わたしは要するにたえず筆をもつてゐられる状態に置かれなければいけない人間だつたのだ。わたしを自然のまゝのわたしらしくして置いてくれ得る女が本当にわたしの妻だ。』

――六月三日正午

『十時五十分が終列車だつた。一時間以上もあつたので、ダンフエルの角のカフエで音楽をきゝながら待つた。ドミを一杯、フインを一杯、二フラン四十、チツプ六十、合計三フランがところ散財して、ジツとメトロの赤デンキを見つめたり、疾走するタクシを見送つたり、道ゆく人々の足首を眺めたりして待つた。さうして例によつてさま〴〵な雑念に捉はれながら待つた。このたえまなく雑念にのみ捉はれることが、とう〳〵わたし自身をば知らぬ間にこんな境地にまで陥れて了つたのだ。それにも拘らず、わたしには到底この雑念に打克つだけの力がない。それに結局このまゝかうしてこの雑念に捉はれながら死んでゆくだけの話だらう。「狐に穴はあれど、人の子に枕するところなし」――キリストもさういふ愚痴をこぼした時もあつた。お前のおかげで今はまだ枕するところはあるけれど、そのうちにはきツと狐にも劣る時がまはつて来るに相違ない。一生懸命に原稿を書く？　さう、書けさへしたら……さうして改造の山本氏の気に入る原稿でもできたら、それは成程二の宮時代の生活はつゞけ得られるかも知れぬ。従つてその位の程度なら或は巴里でも親子三人水入らずの生活ができるかも知れぬ。が、そんなシミツたれた生活を待ちのぞんてゐるお前かしらん？　又さういふ生活をもたらすべくわたしを奨励してくれるだけの好意で、お前の保護者はお前を引きとつてくれてゐるわけか知らん？……まア、まア、それはさうとして置かう。とにかく一生懸命に原稿にとりかゝることにしよう。

『ロバンソンでは終列車で二十人ばかり降りたが、わたしのゆく方向へむかふ人は一人もなかつた。宿へつくまで一人きりだつたが、月があるのと、二丁おき位に街燈があつたので、大してさびしくもなかつた。又犬にも一度もほえられなかつた。すぐ寝床へ這入つたが、丁度十二時だつた。このごろのわたしの生活中で、寝床にゐる時が一番つらい。寝床に関聯したお前の生活が、とめどなく頭にうかんで来て、それに苦しめられ脅かされるからだ。朝目がさめた時もさうだ。ほんとうに目がさめていよ〳〵起きあがるまでは苦しめられつゞける。食慾に餓えなければならぬ前に、わたしはまづ性慾に渇しなければならぬのだ。さうして食慾と性慾とに対してかくまで飢渇しなければならなくなつたのは、みんな〳〵自分一人がわるいので、決して自分以外の人々のあづかり知つたことではないのだ。わたしは自分自身のわるかつたことのために人間生活の基礎をば徹底的に奪はれる刑罰に処せられなければならぬわけだ。さうしてわたしの犯した罪といふのは何か？　いかなる罪か？　それは単純にお人よしといふ罪だ。自分自身の五慾に対してはなはだ忠実でなかつたといふ罪だ。

『起きて、お前からもらつて来たおべんとうのすしをたべる。それから裏の便所へゆく。この便所がとても大変なものだ。こいつに毎朝閉口させられなければならぬかと悲観する。併しどうにでもして用がたせさへしたらいゝのだから、そのうちには馴れるだらう。女が部屋の掃除に来たので出てゆく。前の森林の中の道をゆく。左は広やかな大森林だが、それはメーゾン・ド・サンテの私有地だから這入れない。病人で金があつたらかうしたところにもゐられるのだ。四十分ばかり散歩してかへる。到るところヴィラがある。かういふ別荘に親子三人で住み得られたら、など、考へてばかり歩いた。三十五六の夫婦が十位を頭に三人の子供をつれ、森の中でたのしさうな午めしをたべてゐた。人間らしい幸福といふものは、まづあの辺のところに位してゐるものだらうと、しみ〴〵思つた。それにつけても一文なしでは駄目だ。月に三四千フラン収入のある生活にとりつけなければ、あの位の単純な幸福でも容易にもたらし得られないのだ。なんといふおれは意久地なしなんだらうと、さうした一家団欒の前をとほりすぎながらはづかしくなつた。

『午後からすこし仕事らしいものを書きはじめて見たが、二枚ばかり書くと、あんまり下らないので、例の反古にして了ふ。こんなことしてはゐられないのだが、ゐられないのだがと、追ひたてられるやうにたへず思つてはゐるのだが、やりはじめると相変らずこれだ。どうしてもこれではいけない。わたしの頭は根本的にぶちこはして、その底からなまなましい血をほとばしり出させなければ駄目なのだ。

『先達て大事な万年筆を落してペンの先がをかしくなつて了つて以来、どうも書きにくいので、ロバンソン駅前へ、このペンとインキとを買ひに行つた途中で気がつくと、どこの家でも電燈はあつたのだ。考へて見ると、ホテルでも母屋の方にはついてゐたのだが、わたしのゐる建物だけはついてゐなかつたのだ……万事がこれだ。人がよくて、迂潤で、その上にクジ弱いと来てゐるのだから、みじめだ。いくら閑かだつて、いくら眺望のいゝ窓があつたつて、電燈のない部屋を二百五十フランも出して借りてゐるおめでたさが、自分ながら本当にはがゆくなる。が、それにしても閑かなのはまつたく申分がない。

『ロバンソンから玉子とソーシスを買つて来て、アルコール・ランプで米の飯をたいてたべる。』

――六月四日午後七時

『美女は命を断つ斧と古人も云へり――と西鶴にあつたが、わたしは今美女であるところのお前といふ斧によつて、古人も云へるとほり、とう〳〵命を断たれようとしつゝある過程にあるところだ。何だか非常にからだが疲れて、ゴロリゴロリ横になりたくばかりなる。けさもフエア・デ・シヤンブルの間散歩に出たが、森の中をあるいてゐると、足がフラフラする。もつとも、きのふから米を一リーブルと玉子一つと小さなソーシス一つたべたきりだから、おなかのすいてるせいかも知れない。横になると、すぐウト〳〵する。ウト〳〵すると、苦しい夢ばかり見る。ゾツとして目があく。なるほどかうして人は死んでゆくものかと思ふ。書きたいと思ふことが、いろんなかたちで頭の中へ浮かんでは来るけれど、さてまだ意を決して筆の先でそれをつかまへるところまでゆかない。直接女に溺れてたわいなくなることはわけのない話だが、そいつを筆に上せることは中々むづかしい。天才のない文士の苦悶をしみ〴〵考へる。併し天才と云つたつて、要するに熱中力の程度なんだから、どうかしてその熱中力を全身の底からよび起したいものと工夫をこらしてはゐるのだ。それが即ち生きる力だ。念彼観音力だ。今度はどうなつてもそいつを呼び起さなくてはならない。

『「来たるべき次の時代のために」――さうした題目がしきりに頭の中を往来してゐる。子供一人が生きるために、父母をはじめとして、あらゆる周囲の人々が、進んで犠牲になつてゆくこと、、又何だかだとそれ〴〵に自分勝手な理由のもとに、実はその子供の母親であるところの美女を独占しようとして、とんで火に入る夏の虫のやうに悶き死にしてゆく男達の姿とを、ドラマでも小説でもいゝから、何とかした一つの新しい藝術様式にまとめあげて見たいと思つてゐる。人類はじまつて以来、いや、むしろ生物はじまつて以来、テーマとしては新しくも何ともないけれど、わたしの一生の直接経験が、しきりにわたしにそんなことを思はせるからだ。

『大正六年十月一日、例の大風がふいて、小石川の家にヒヾが入つた時、北海道へ赴いて、あの家を売ることにきめるまでは、わたしの生涯も、単に足のわるい妹のために犠牲となつたゞけで終つたのであらう。ところがその翌年の三月、所謂ナベを東京へつれて来る問題が起つて、わたしはとう／＼かうした放浪の生涯を志す動機をつくつて了つたわけだ。さうした容易ならぬ過去をしよつてのお前との結婚礼讃だつたものだ。今日となつて見ると、そんな因果な過去をしよつての消えがたい一生の苦悶が、お前との今日までの同棲に対して、何とも云ひやうがない気の毒なことをして了つた原因になつてゐるわけだ。

『大正九年三月二十六日、お前の神明町の家から鵠沼の東屋へ赴いた時、札幌の父から驚くべき手紙が来てゐたのだ。わたしは便所の中でそれを読んですぐすてゝ了つた。それはその月の六日、即ちわたしの養母の命日の日、わたしが墓まゐりに赴くべく東京へ出かける際、東屋の九番室から階下へをりて、恰も朝の化粧中であつた洗槽の前の、まだ何の関係もなかつたお前と冗談を云ひかはした日、ナベがわたしの子供を生みつゝあつたわけだ。腹ちがひではあるけれど、わたしは自分の妹に子を生ました男だ。ナベが若しもうすこし狡猾な女であつたら、その子供はきつと正式の夫の子として世の中へパスしてゐたであらう。然しナベは正直な女であつた。それを夫の前へ自白して裁断を仰いだ。さうしてその夫の裁断の結果、ひそかに北海道へかへつて、その子供を生み落したものだといふ。札幌の実父にとつては、悲惨にもそれが本当の初孫であつたものだ。北海道の宅地に関しては、さうした事件が裏面にある

『わたしはその事をばお前と一緒になつた後に知つたけれども、つい／＼勇気がなくて今日までお前に白状する機を逸して了つた。わたしの甚だ重くるしい人間である所以がそこにある。わたしの物を本当に書けなかつた原因もそこにある。又わたしのような人間がなぜ茶目をあのやうに愛するか、なぜ茶目と離れては暮らせぬやうに思ふか、その動機もそこにある。父母のそろはぬ子供は不幸だ。わたしは自分自身にしみ／＼それを体験してゐる。それにも拘らず、わたしはまだ見たこともない、さうした不幸中の不幸なる子供を日本へ残してゐるのだ。残るところは茶目一人だ。どうかして茶目だけは両親そろつた中で育てたいと思ふ。

『「来たるべき次の時代のために」――どうかして茶目だけは活潑々地の身神ともに健全な本当に独立した女に仕立てたいと思ふ。

『働かう。働かう。自分の体験した生活そのまゝがもうすでに立派な藝術品ではないか？　たゞそれを立派な藝術品として表現するためには、文字どほり一生懸命の努力がいる。努力だ。努力だ。一生懸命の努力しさへすれば茶目だけは必ず両親そろつた中で育てられる。この世に於いて唯一つのこつたわたしの希望がそれだ。』

——六月五日午後五時半

ベルを押すと、もう正午だといふに、まだねまき姿の青い顔した妻が、これもねまきを着てはだしのまゝイヴオンヌと共に顔を出す。

妻は不快な顔して、

——何しに来たの？　といふ。

——ヅボンがほころびたからなほしに来たのサ。

——近所で針でも糸でも買つて、自分でなほせばいゝぢやないか。

この暑いのに風をひいたと見えて、茶目は鼻汁をたらしてゐた。

保護者であるところの妻の同棲者もまだ浴衣がけのまゝで、妻と共に箒をもつて、そこらを掃除してゐる最中であつた。

ヅボンをぬいで、サロンのデイヴンへ腰かけ、さつそく修繕にかゝる。イヴオンヌは針だ糸だ鋏だと、そばへつきゝりで、面白さうにいろ〳〵と手伝つてくれる。

やがて修繕のをはつたころ、妻がそばへ来て腰かける。

——こつちへおよこしなさい。わたしがなほしてあげるから。

——いゝよ。もう出来たんだ。

——さう………と、出した手をひつこめたが、と、ツケ〳〵した声で、

——どうしてあんな愚痴ばかり毎日〳〵書いてよこすの？　あんなくだらない愚痴の百まんだらを書くひまで、なぜ一行でもお金になる原稿にとりかゝらないの？　あんなものをよこしたつて、わたしはろくすつぽよみやしないよ。ばかばかしい。

——あれは日記のつもりで書いてよこすのサ。だから読まなくてもいゝからとつといてくれたらいゝのだ。

——日記なら日記で自分のところへとつとけばいゝぢやないか。あんなものをよこすとうるさいよ。

——さうか。そんならさうしよう。

——何しろあんたも男一疋のくせに、妻子を養ふどころか、自分一人の飯代さへ自分でかせぐことができず、何から何までみんな他人のお金をつかつてるといふ境遇ぢやないか。ちつとは人間らしい考になるものだよ。

『茶目。おかぜはなほつたかい。お前がねむると、ママ公はすぐお前のそばにゐなくなるんだらう。それでお前がふとんをふみぬいだまゝ、ながいことねてゐるので、それがためこのあたゝかいのに、かぜなんぞひくんだらう。もつともかぜ位ひい

つたてかまわないサ。めしさへくわしてくれるならそれが何よりだ。それが第一だ。パパ公はこの世の中で、この上もない腰ぬけで、なまけもので、お前の飯の種をこしらへてやることができないのだよ。お前の生きてるのは、みんなママ公のおかげなのだ。ママ公のべつぴんさんが、お前ばかりでなく、このむしろ死んだはうがいゝパパ公まで養つてくれてゐるのだ。

『茶目。パパ公はさびしいよ。朝から晩までたつた一人ツきりなんだ。一人ツきりでいろんなことを考へてゐるんだよ。御飯もきのふまでは毎日お米一リーブル半に玉子三つしきやたべなかつたのだが、あんまりおなかがすいていけないから、ゆふべから奮発して、お庭のこんもりした木の下の食堂へ行つて、夕御飯だけこのホテルでたべることにしたよ。イ、公はまだお庭の木の下で御飯をたべたことがないだらう。なか〳〵いゝ気持のものだよ。併し御飯は何と云つてもママ公とイ、公とパパ公と三人きりでたべるのが一番おいしいよ。パパ公も沢山々々お仕事して、一日もはやくさういふ御飯のたべられる日が来るやうに勉強しなけりやならないね。

『茶目、お前はいゝママ公をもつて仕合はせだが、わるいパパ公をもつて不仕合せだね。パパ公はね、あんまりわがままそだちだつたものだから、増長して、自分のする事はなんでもいゝ事だと思ひつめて来た罰で、とう〳〵こんな身の上になつて了つたんだよ。さうしてかんじんのママ公にまでにくまれるやうになつて了つたんだよ。ママ公がパパ公をにくむのはあたりまへだけれど、茶目だけはいくらパパ公がお金ぐらいなくたつて、そんな事でにくまないやうにしておくれ。』

『茶目。おどりは上手になつたかね。小森さんのおぢさんのいふ事をきくんだよ。さうして早くおどりが上手になつて、ママ公と小森さんと三人で、大勢の外国人の前でおどつて見せなければならない。さうしたらみんながきつと「ケル・ミニオン」といふだらうね。でも、決して増長だけはしてはいけないよ。増長するとパパ公のやうになつて了ふものだから。

『茶目。パパ公はそのうちすこしお仕事がはかどるやうになつたら、又せんのやうに一日ボアへ行つて、砂いぢりしたり、毬なげしたりして遊ばうね。ボアでなければ、リユクサンブールでもいゝ。ギニヨルを見たり、バランソワールへのつたり、木馬へのつたり、兎馬へのつたり、アレーへのつたり……パパ公はね、もうこの世の中で、イ、公と森や公園で遊ぶよりほかには、なんにもたのしみがなくなつて了つたんだよ。イ、公が大きくなつたら、いろんな御本を教へてやるのだけれど、イ、公はまだ御本をよむことができないから困るねえ。早く大きくおなり。さうしてマダム・キユリイのやうな上等な頭になつておくれ。お金なンぞあつたつてなくたつて、上等な頭になりさへしたら、人間はそれでいゝものだよ。』

この手紙を出さうか出すまいかと思つてゐるところへ、妻の方から意外にこんな手紙が来た。

『パパ公。

いまやうやく小森さんとスキ焼をたべて、あとかたづけをしてすんだところ。こんな小さな家でも、一日用事をすると、かぎりもなくあつて、女中の来ない間は、とても物をかくどころか、学校にもゆけさうにもない。

『きのふブローのかみさんとフオンテンブローへ出かけて行つた。一々云ふのはうるさいからだまつてゐるけれど、何をしてもどうもあんたのことが気になつていけない。殊に愉快に原稿でも書いてゐると思ふとさうでもないが、例のウツ〳〵と何んにもしないで考へてゐられると思ふと、しきりに気になる。おまけにイ、公が、何かすると、パパ公、パパ公と連発する。とにかくあんたの思つてゐるやうに、こつちでも決して気兼なしに面白をかしく暮らしてゐるわけではないから、なるたけ辛抱して、原稿を書いてもらひたい。「念々不離心」で、五年間しみこんだなじみはやはり五年もかゝらないと、一寸ぬけさうにない。殊に茶目公がかうしてくツついてゐる間は、決してどんな場合でもパパ公をないがしろにはしないから、安心して、とにかく原稿を一生懸命書いて下さい。さきのことはどうなるかわからないとして、とにかくあんたが一生懸命原稿を書いて、それがすこしづゝでも発表されてゆくやうになれば、一切の状態がまた自然とちがつて来る。決して今より悪くなる筈はないと思ひます。突拍子もないあんたのザンゲをよんでも、私は別におどろきも呆れもしない。「ハハン、さういふこともあつたのかな」と思ふくらゐなもので、それよりも現在の親子三人が今よりよくなること以外に、オテントウ様の中からスツポンが逆さに落ちて来たときいても、私は別に呆れも珍らしがりもしない。たゞ親子三人が今よりよくなること！ それ以外に何にもない。が、親子三人が今よりよくなることゝ云つても、それは必ずしもリユ・デユバンのやうに、三人で爪に火をともして暮すといふことではない。とにかく表面はどうでも、こゝしばらくはあんたもこの状態で辛抱して、不自由を忍んで、一生懸命原稿を励んで下さい。あの話の一件では北海道はどの道棒にふるよりしようはあるまいから、その代り幸ひK氏の方が都合よく行くやうだから、それを足場に、われ〳〵もなるべく早く一人だち出来るやうな努力をおたがひにしようではないか。あんまり下らなく考へ込まないで！

『博覧会のはうも景色のいゝ間に、なるべく早くケリをつけて、真の商売にうつる予定です。そのうちにはパパ公の旅行費ぐらひラクに出るやうになりませうから、こゝもとしばらく不自由と淋しさを忍んで、茶目公のためにいゝものを書いてやつてください。

『この手紙の裏へ茶目が書くと云ふから、手をもつてかゝしてやるよ。

——パパコー、ゴキゲンヨー、メルクルデイニイラツシヤイ、イ、公ガオドツテミセマス。

イヴオンヌ

パパコー

『三分ほどのちがひで、終列車にのりおくれたが、併しそのおかげで、朝まで夜どうし巴里中をうろつきあるいた。同時にそのおかげでわたしの心には或る今までにない何物かが目をさまして来た。云ひかへれば、苦悶して、苦悶して、苦悶しぬいた結果、四十年来の迷夢がすこしばかりさめはじめた曙光を感じたのだ。昔の言葉で云へば、さしづめ復活だ。今の言葉で云へばクラルテださうしてわたしにとつては新生だ。今日ただ今から勇ましく進んでゆくべき道の糸口だ。わたしはやうやく物質上の人間生活から超越しさることができたのだ。リユ・デユバン時代の大問題であつた「餓死」に対する恐怖の念が根本的に消滅してしまつたのだ。一路居士の公案の意味がハツキリわかつたのだ。

『われ〱親子三人の幸福は、決して単なる肉の問題ではなかつたのだ。人間の愛情はつねに肉から発足するけれど、肉を離れることとの出来ないうちは、決して徹底したものになり得ない。さうした昔からわかりきつてゐたやうなことが、今迄ほんとうにわからなかつたのだ。

『わたしはもう大丈夫だ。茶目とお前とに対するわたしの愛情は、こゝにやうやく一進歩を劃することができたわけだ。さうしてもうきのふまでのやうなあゝした浅薄なものではなくなつたわけだ。もつと〱深い愛情がわきはじめたのだ。清い、尊い、ほんとうに生きてこの世に生き甲斐のある、力づよいものに変りはじめたのだ。』

『わたしの今後の行動は、もちろん今までどうりのお前の命令のまゝだけれど、それが今までとはちがつて、決していや〱ではなく、よろこび勇んでお前自身の生活の都合のいゝやうになる気になることができるやうになつたのだ。

『かうした心の状態を得た以上は、いふまでもなく原稿はかならず書ける。二十年前志を立てゝ文士にならうと欲した時以来、書かうとして遂に今までその緒にすらつきかねてゐた文章をば、今度こそは本気になつて書きつゞけ得られるに相違ない。さうしてそれをもつて本当に終生の事業とすることができる。

『わたしは単なる言葉の藝術家としての文士ではなかつたのだ。それにもかゝはらず、わたしは言葉の藝術を市場に売りだしにゆく人々の真似をしようとばかり企てゝゐたものだ。さうしてそれが根本的の大いなる誤謬であつたのだ。まつたく身のほどを知らなかつたのだ。さうしてそれがために、本当に開放された、本当に自由な、本当にかの威武も屈することのできない自分自身といふものがつかまへられなかつたのだ。書くべきことが山のやうにありながら、なぜ今まであゝして書けずに来たものかといふ理由が、今日やうやく会得できた。

『再び云ふが、わたしはもう大丈夫だ。お前の夫として、又茶目の父として、かならず耻づかしくない人間になつて見せる。どうか今後のわたしの生活ぶりを刮目して見てゐてくれるやう願ふ。

『負債に対するわたしの態度も、お前に対するわたしのそれも、すべてバルザツクが手本だ。お前も知つてゐるとほり、バルザツクの小説はすべて前半生によつた借金をかへすために出来たのだ。又バルザツクはハンスカ夫人と本当の意味の結婚するために一生を賭したのだ。さうして死が目前に迫つた時、はじめてその臨終の床の上で成就することができたのだ。バルザツクの死んだ年まで、わたしにはまだ十年ある。わたしはバルザツクの心意気にまけないやうな文士として一生を終りたい。

『もう一度いふが、わたしはもう大丈夫だ。だからその点に於いては安心してもらひたい。要はたゞ今後だ。今日たゞいまからの将来だ。茶目のためには、われ〳〵は命がけで働かなくてはならなかつたのだ。わたしはきのふまでの自分自身がシンソコはづかしい。それはどうかゆるしてくれ。』

『今あさの五時半だ。起きて、しばらく忘れてゐた冷水摩擦をやる。隣室の若い労働者はもう働きに出てしまつてゐる。母屋ではまだねてゐる。木々の小鳥は心持よさゝうに囀づつてゐる。しげみの中の便所へゆく。庭では十羽ばかりのヒヨコを引きつれて、母鶏がしきりと餌をあさつてゐた。わたしは茶目のため又わたしのために餌をあさつてくれてゐるお前の美しい心を思つた。お前の手紙に『念々不離心』といふ言葉が出て来たので、それからわたしはお前に対してスツカリ安心するやうになつたものだ。お前はやはりわたしの妻だつたのだ。お前の美貌とお前の誘惑に対する弱さとが、わたしとお前との間に立つて、長いことわたしを苦しめたけれど、美貌や誘惑にはかぎりがあつて、さういふものに捉はれてゐるうちは、本当に大自然のふところに抱かれて生死すべき人間の道には這入れない。わたしの苦しんだのは、その点にまだ徹底した悟りが開らけなかつたからなのだ。が、一昨夜からきのふの朝にかけての巴里の彷徨は、おぼろげながらわたしにその悟りをひらかしはじめた。わたしはもう大丈夫になつた。わたしはもう働ける。』

半世紀のあひだ、わたしはたえずいゝものを書きたい〳〵と思ひつゞけてくらして来た。さうしてたゞ単純にさう思ひつゞけて来たばかりで、いゝものはさておき、わるいものすら、ほとんどまつたく書けなかつた。

半世紀の事実が示すとほり、わたしは文士ではなかつたのだ。云ひかへれば、詩人でも小説家でも、思想家でも藝術家でも、実は何でもなかつたのだ。従つてわたしのこれまでの一生は、朝から晩まで、たゞ漠然と文藝々々と念じつゞけ云ひつゞけて、しかもまつたく自分自身には何事をも創出し得る能力のない、いたづらに空虚な、ぐうだらな、人間として最も生き甲斐のない、人類の一員として最も恥づべき、単なる穀つぶしとしてのそれであつたにすぎなかつたものだ。

原因はすべてわたしの頭にある。異常に薄弱な頭にある。刻々周辺からの刺激に動かされつづけてゐて、一瞬も心に落ちつくひまがなく、さうして普通人のやうに仕事に対してはおのづから一切の刺激を排し本能的に自分の意志を行つてゆくことが、極端にできないやうに組織づけられた非常識の頭にある。

さうした頭から生ずるわたしの一挙一動は、それゆえに常識的の打算では、普通人の意識的意志では、どうしても現れて行つてくれない。要するに、たゞその時〳〵の無意識的衝動でのみ動かざるを得なくなる。

従つて気がむかないと、全く何もしたくなくなつて了ふ。物も云ひたくなくなる。机へ向つても、一行も一字も書けなくなる。さうしてたゞジッと仰向けに臥そべつてゐたくばかりなる。一口に云へば、我儘だ。甚しい気むづかしやだ。

金があつて遊んでゐられる間はそれでもよかつた。しかし働いて食はなければならぬ境遇の下には、それではすまされなくなつた。

復活しなければならない時が来た。根本から出なほさなければならない時が来た。平凡な、温健な、たゞ一個の、人間らしい人間として、普通人らしく働きはじめなければならない時が来た。

『けふはじめて二十枚書いた。お前に送つた手紙がみんな原稿になつたわけだ。わたしはこれからこれを動機として、わたし自身の一生の苦悶を書く。一寸の虫にも五分の魂といふやうに、わたしにも魂はあつたのだ。文藝は形式や文字ではなく、一個の人間の全人類に浸染する魂の表現だぐらいのことはわからなかつたわけでもなかつたが、とう〳〵今日までその緒につく機会を得なかつたものだ。さうしてその機会をばたとへ無意識でもわたしに与へてくれた人はお前だ。わたしは改めてお前にお礼を云ひたい。

『一生懸命の努力しさへすれば、茶目だけは必ず両親そろつた中で育てられる。この世に於いて唯一つのこつたわたしの希望はそれだ。』

『わたしの魂は苦しめられた。十重二十重にとりかこまれた肉体のために、スツカリ魂の自由を失つて了つてゐたものだ。二十代にわたしは人間の自由そのもの、ためにこの人世へ発足した。併しそれから半世紀の間、ます〳〵かへつて自由そのものを緊縛してゆくやうな生活ばかりつゞけて来たものだ。人妻を犯し、妹を犯し、親にそむき、朋友にそむき、国も社会もかなぐりすて、、さうして尚且つしきりと何ものをか求めつゝ来たのだが、それは要するに二十年前一度失つた自分自身の魂を求めてゐたゞけの事であつたにすぎなかつたものだ。

『わたしは今肉から解放された。わたしは魂の自由をとり戻した。これでこそ今迄のわたし自身のにがい人世の体験も、決して無意味ではなくなつて来たのだ。

『生活とは所謂肉慾の事ではなかつたのだ。肉慾こそはかへつて人間の真の自由、真の歓喜、真の愛情、真の善美を滅ぼすものだつたのだ。悪魔主義は痛快だつた。併しその痛快さは一転して自己の魂を滅亡の断崖へ導きつゝあることに終つた。二十代に発足した悪魔主義は半世紀の格闘を経て、とう〳〵魂の勝利に帰した。

『人世には正しい事と正しくない事とがあつたのだ。わたしはそれを無視して、知らず知らず正しくないことばかりに捉はれて来てゐたのだ。

『どう考へても茶目は救世主だ。この世に茶目が出現しなかつたら、わたしは今日のこの徹底を把握することができなかつたものだ。おたがひに茶目のためには命がけで生きなければならぬ。

『人間は何をしてもかまはぬものだ。しかしそれは魂の解放を目的とした場合にかぎる。然らざれば人世の一切は必ず無意義にをはる。

——六月十三日午後』

（「改造」大正14年9月号）

鏡地獄

牧野信一

一

「この一年半ほどのあひだ……」

せめても彼は、時《とき》をそれほどの間に限りたかつた。別段何の思慮もなく、何となく切ツ端詰つた頭から、ふつとそんな言葉が滑り出たのであるが、そして如何程藤井に追求されたにしろ、何の続ける言葉も見当らなかつたのではあるが、思はずさう云つた時に漠然と——せめても時《とき》を、それほどの間に——そんなことを思つたのである。一年半、といふのは、父の死以来といふほどの代りに用ひたいらしかつた、誇張好きの彼にして見ると。

「……」

藤井は、困つたといふ風な気色を示した。次の言葉を待つまでもなく藤井には、彼の意図は解り切つてゐたから、どうせ、また法螺まぢりの愚痴か！——斯う思ふと、舌で

も打つて顔を反向《そむ》けたかつたが、この時の彼の語調が如何にも科白めいてゐたのに擽られて、思はず藤井は朗らかな苦笑を浮べて、

「相当、苦労したかね、はじめてだらう。」と、噴き出したいのを我慢して訊ね返した。――まつたく藤井は、噴き出したかつた。彼が、そんな言葉を事更らしく、感慨あり気に用ひたのも藤井は、可笑しかつたが、それよりも、厭に物々しく、見るからに愚鈍な顔を歪めて、唸つたりなどした身柄に添はぬ彼の勿体ぶつた様子が、藤井にとつては先づ噴飯に価したのである。

「え?」

「冗談ぢやない。」と彼は、無下に打ち消した。そして彼は、あゝ、と、当人はそのつもりかも知れないが、傍の者にはさつぱり憂鬱らしくも、倦怠らしくも見えない梟のやうな溜息を洩した。

「それやアさうと……」

「その話は、また明日《あした》にでもして貰はうか。」

彼は、さう云つて、気分家らしく軽く眼を閉ぢて、直ぐにまた洞ろに開いた。

「もう間もなく一週間になりさうだぜ。」

「だがね、僕近頃、相当酒を楽しんでゐるんだよ。だから、せめて斯うやつてゐる間だけは僕の……」

彼は、出鱈目を云つてゐるのに気づいて言葉を呑み込んでしまつた。

「君の気分になんて、つき合つてゐたひにはいつ迄たつたつて埒が明きさうもないぜ。」

藤井は、人の好い笑ひを浮べた。――「昼間は、殆んど眠つてばかりゐるんだし……」

「君だつて、どうせ帰つたつて用はないんだらう?」

「冗談ぢやない――と、君の言葉を借りるぜ、僕アこの頃相当忙しいんだよ、二年前とは雲泥の差さ、……勘当が許されたひには、これでも一ツ端の長男だからね。」と藤井は、親切に彼の心を鞭韃するやうに云つた。藤井は、彼の同郷ヲダハラ村の一人の彼の友達なのだつた。藤井は、ヲダハラの彼の母から破産に近い彼の財産に就いて、いろいろ彼の意見を正す為に、わざわざ頼まれて出かけて来たのであつた。

「手紙の返事も君は、碌々出さないさうぢやないか?」

「うむ――。だけど僕の手紙嫌ひは何も今に始まつたことぢやないからね。」などと彼は、言葉を濁して、不平さうに口を尖らせたりした。

「そんなことは何も責めやアしないがね……。」と藤井は、常識に達してゐる大人《おとな》らしく一笑に附して「ともかく、その銀行の方が――」

「藤井!」と、彼は云つた。「僕ア――今、そんなことに耳を傾けちやア居られないんだ、――僕ア……、僕ア……」

「呑気だね!」

その時、隅の方でぼんやりしてゐた彼の細君は、

「チエツ！」と舌を鳴らした。彼には、聞えなかつたが、藤井は同感した。

「嫌ひなんだよ、僕アさういふ面白くない話は……。」

「誰だつて好きぢやないが――。」

「どうなつたつて、関はないと思へば、聞かないだつて済むだらう。」

「ぢや、それア、明日《あした》にでも仕様よ、――酒興を妨げては悪いからね。」

「中学の頃の話でも仕様か――。」

「う、うん――君、何も東京に住ふ必要はないぢやないか。無駄ぢやないか？マザーもさう云つてゐたぜ。」

「さう云つてゐたか？」と彼は、酷く驚いたといふ風に眼を輝かせた。

「尤もさ――馬鹿だなア！」

「…………………。」

別段に彼は、逃げるといふ程の積極性もなかつたが、破産に関する話よりは、興味が動いた。彼は、盗賊の心になつて、母の家の前を、爪立つて通らなければならなかつた。……さつきから、彼は、秘かに――消えかゝりさうになる心が、時々それに触れる毎に、怪し気な光りを放つては消え、放つては消えて来たのであつた。

盗賊と称ふ形容は、無稽に過ぎるかも知れないか、それは何気なく云ふ藤井ではあつたが、それに依つてヲダハラの母の話に触れて、ヂロリと猜疑の聴耳を立てる彼の心は目的を定めて、姿を窶して日夜目的の家の周囲を探偵してゐる仕事準備中の泥棒のそれに比べるより他に、比較するものはなかつた。――あゝ、到々俺は、泥棒になつてしまつたのか……さつきから藤井に、遠回しに取ツちめられて、感傷的な酔ひに走つて来た彼の鈍い頭は、その時、そんなに馬鹿〳〵しいことをほんとうに感じて、厭な気がした。

「今までは、俺はだらしがなかつたが、もう凝ツとしては居られない。いよいよ俺は、俺のライフ・ワークに取り掛るんだ。三十年間俺は、秘かに準備して来たんだ――もう、そろそろと取りかゝつても好い時機に到達して……その俺は、いよいよ……。」

彼は、ついこの間の晩、真面目さうな顔をして細君に向つて、突然そんな途方もない高言を吐いた。周子は、あまり珍らしい気がしたので一寸夫の顔を眺めて見ると、彼は飽くまでも六ケ敷気な表情を保つて
「うむ！」などと、肚に力を込めたり、仰山に拳固で胸を叩いたりしてゐた。――彼が、嘗て何とかといふ文藝同人雑誌の一員であつた頃、五六年も前の事なのだが、今と同じく無感想だつた彼は、一度もその欄に筆を執つたことはなかつたが、その六号感想欄には、毎月それに類する亢奮の言葉が、多くの同人達の筆に依つて花々しく羅列されてゐた。

「大きく――力のこもつた……。どうせ俺は、田舎育ちの野暮

な人間である……。」

「………………」

何を云つてゐるのか、と周子は思つた。好く酒飲みの友達などと彼が、好い気になつて喋舌つてゐるところを、この頃狭い家にばかり住んでゐる為に、厭でも見聞させられるのであるが――やれ、彼奴は田舎ツぺ、だとか野暮臭い奴だなア！とか、田舎者の癖に生意気だ！とか、誰のことか解らないが、そこに居ない人の噂に違ひない、そんなことを喋舌ツて卑し気な笑ひを浮べたことがあつたが、そして彼女は、一層夫に軽蔑の念を起したことがあつたが、今更、彼の独言にそんなことを聞いても、反つて肚立しい思ひがするばかりであつた。――気の毒な気さへした。

「どうしたの？務めでもするつもりなの？」

「何をするか、解らない。」と彼は、重々しく呟いだ。――「素晴しく大きな希望に炎えてゐるんだ。俺も一人の人間として生れて来た以上は……、うむ、あまり馬鹿にして貰ひたくないものだ。」

「いつ、あたしが、あなたを馬鹿にしましたよ……ひがみ！」

「それが嫌ひなんだよう。」と彼は、叫んだ。さう云つた彼の声は、従令どんな種類のものであらうと「素晴しく大きな希望に炎えてゐる」人の声ではなかつた。

「見てゐろ！」と彼は、云つた。

「ちつとも怖くはない。」

「手前えんとこの奴等は……」

見てゐろ！と、彼が云つたのは、たつたそれだけの意味だつた。漠然とした大きな希望に炎ゆるのは快い《こゝろよ》――折角の夢が直ぐに斯んなところで浅猿しく崩れた。

今までなら彼女は、自分の家の悪罵に会ふと立所に嚙みついて来たのであつたが、次第にマンネリズムに陥つた今では、何と彼が悪態をつかうとも、平気になつてしまつた。――「あなたが、いくら口惜しがつて、暴れ込んだつて、家《うち》のお父さんの方が余ツ程強いからね。賢太郎だつて、あなたよりは力があるから……」

暴れ込むぞ！などと彼が云つた時には、彼女はそんなに云つた。

「何だ、あんな爺！俺よりもずツと脊が低いぢやないか！」

「でも強いのよ、――五人力なんですつて。」

彼女の父は、以前に酒乱の癖があつたさうだ。山梨県の百姓の子で、青年の頃出京して長い間運送店の丁稚を務め、後に無頼漢の群に投じたのである。酒乱の酷い頃は連夜、吾家に帰つて乱暴を働き、その頃小さな運送店を経営してゐたのであるが、店の者などは蒼くなつて逃げ出したさうだ。そして或る夜などは、家人が警察に願つたさうだつた。警官が取り圧へに来たら、その巡査の背中をどやして気絶させたといふことを、彼は聞いた。

ヲダハラの「清親」との争闘以来彼は、自分の腕力に自信を失ふてゐたので、そんなことを聞くと竦然とした。「見てゐろ！」などと叫んでも周子の前より他に彼は、云へなかつた。

「そんな実際的な話ぢやないんだよ――もう少し上等な理想を云はうとしてゐるんだ。」

彼は、さういふより外はなかつた。周子の想像以上に彼は、腕力に憧れを持つてゐた。

「お前などは眼中にないんだよ。――人類の一員として、或る自信を俺はもつてゐる。相当の自信はあるんだア！」などと云ひながら彼は、拳を固めてぬツと前に突き出したりした。

「随分、あなたの腕は細いわね。」

「嘲ける者は、嘲けろ！」

彼は、眼を瞑つて呟いだ。――野蛮な焦燥を静める――そんな気がした。そして「理想的な希望」とか、「大きな力」とか、何でも思想的に花々しく、勇敢なことを思はうとした。何の目的がなくても、故意にさういふ空想に走ると、変な力を感ぜられるものだ――そんな気がした。五六年前の同人雑誌の連中が、それは彼のやうな口先きのことゝは違つてゐたのだらうが、それに類する大きな亢奮をしてゐたが、そんな気に故意に浸つて見るだけでも奇妙な呑気さが感ぜられる――彼は、自分は漸く今になつて彼等の域に達したのか――などと思つて、一寸空虚な力を感じたりした。

(あゝ、それが、また自惚れだつた……力だ！などと思つたのは……何といふ馬鹿〳〵しい自分だらう！吾家に忍び込まうとする泥棒の気焔だつたのか！あゝ！）

「吾家《うち》も、他家《よそ》も――そんな区別が……」

「――なるほどね。いつの間にかすつかり一ツ端の酒飲みらしくなつたね……見たところ、いかにも酔、陶然のかたちだよ、一寸羨しいな！」

藤井は、彼の云ふことが、聞くのも面倒だつたので、さう云つて、風にゆられてゐる如く上体をゆるがせてゐる彼の姿を、凝ツと眺めた。

その時彼は、突然大きな声を挙げて笑ひ出し、藤井と周子を茫然とさせた。――親が自分の家に入つた泥棒を捕へて見たら、それは自分の子であつた……さういふ諺見たいな話があつたと思ふんだが、さつぱり面白い諺ぢやないが、誰だつたか？自分の知合の者で、それを実行した奴があつて、いつだつたか、大いに笑つたことがあつたが、えゝと？あれは誰だつたかね？――彼は、さつきからそんなことを思つてゐたのだが、突然今、気がついたのである。――（何アんだ、この男か、あまり眼の前にゐたので、そして厭に大人《おとな》振つた口ばかり利いてゐるので、すつかり見失つてゐた、――うん、さうだ〳〵。）

「藤井、藤井！おい、君！」と彼は、ひとりで可笑さうにクツクツと笑ひながら

「君は、ハ、、、ずつと前、ハ、、、自分の家に、ハ、、、泥棒に入つたことがあつたつけね、ハ、、。」と、大変なことで

も発見したやうに笑つた。

藤井は、赤い顔をしてうつ向いた。藤井は、放蕩の揚句家を追はれてゐた頃、実際にそんなことを行つた経験があつた。――今になつて、そんなことを云はれたつて藤井は、大して耻しくもないし、別段可笑しいこともなかつた。

「そして、ハ、、、あの、ハ、、、あの時、君は、ハ、、、捕へられたのだつたかね、ハ、、。」

「おひ、止して呉れよ、そんな話は――。」

藤井は、迷惑さうに顔を顰めた。

「だからさア……」

彼は、甘ツたるい声を出して、ねちねちと笑つた。すつかり朗らかな酔漢に変つて、家庭などに何の蟠りも持つてゐない不良大学生のやうだつた。――「お止しよう、今更、常識家振つて、六ケ敷い顔なんてするのは。」

以前のやうに二人で他合もない話をし合つて、面白く遊ばうぢやないか――彼は、斯う云ひたい位だつた。不図彼は、藤井のそんな失敗談に気づいてから、一倍彼が懐しくなつてゐたのである。

そんな心境は、もう抜けてゐる――とか、あの頃に比べて、この頃は――とか、そのやうに望ましいあらゆる比較級の言葉は、成長力を知らない彼の心境にとつては、決して通用しない他山の宝石であつた。彼の心は、常に一色の音しか持たない単調な笛に過ぎなかつた。その印《しるし》には、一年も遇はないで出遇つた友達は、それまではどんなに親しい仲であつても、屹度もう相手の方が何となく進歩してゐて、前のやうに熱心に語り合へなくなつてゐることばかりだつた。だから彼には、旧友などといふものがなかつた。彼の友達は、大抵半歳か一年で変つて行つた。

二年前だつたら藤井も彼と一処になつて、そんな馬鹿な話でも、彼と同じ程度に笑へたものだつた。

「明日《あした》あたり僕は、帰らなければならないんだがな!」

「嘘々!」

彼は、甘えでもするやうに云つた。

「愚図〳〵してゐると、また勘当されるかも知れない。」

「勘当されたら、また先のやうに俺の処へ来てゐれば好いぢやないか。」

「御免〳〵、君には、もうそれ位ひの予猶だつてありやアしないぜ――なるべく家から金を取らないやうにし給へよ。」

「でも、今年一杯位ひなら大丈夫だらう。」と彼は、事の他熱心な眼を挙げて藤井の返事を待つたりした。

「さア……。」

藤井は、にや〳〵と笑つてゐた。

「ケチ臭い顔をするない!チヨツ、面白くねえ、しみツたれ!折角ひとが愉快にならうとすれば、直ぐに厭な思ひをさせやアがる、何でエ! それが如何したといふんだ!」

彼は、そんなことを云つた。自分が、ケチ臭くて、しみツたれで、小心翼々で、面白くなくて堪らなかつたのである。

「おい、憤るなよ――。」と、藤井は云つた。

「第一俺は、ヲダハラだなんていふ名前からして気に喰はない！あの村の奴等の面で、落つきのある野郎が一人でもあるか？」

　大分、親爺に似てゐるな、やつぱり親と子は不思議なものだ！などと、彼は思つた。――（吾家《うち》の親爺の顔も落着きはなかつたなア！それでも俺よりは、ずつと大面だつたが……）

「おい藤井、君も何となくヲダハラ面になつて来たぞ、――気をつけろ、気をつけろ！……生温い潮風に吹かれるからか知ら？」

「俺だつて何も……」と藤井は、云ひかけてつまらなさうに笑つてしまつた。――「あまり大きな声をするなよ、往来から見通しぢやないか。」

「あゝ――。」と彼は、また傍の者には決して憂鬱らしくは見えない溜息のやうな嘆声を、わけもなく吐いて、暮れかゝつて行く外の景色を眺めた。木立の多い東京郊外の夏であつた。夕陽に映えてゐた木々が、見る間に黒く棄てられて行つた。彼のこの家は、森蔭に立ち並んでゐる一筋の長屋の角で、何の目かくしもなければ、門や塀は無論のこと、椽側に簾ひとつ掛つてゐなかつた。露路みたいなもので、あまり人通りはないが、それでも椽側の二間前は往来道に違ひなかつた。滅多に訪れる者などはなかつたが、稀に東京（この辺では、市内へ行くことを東京へ行く、といふところであつた。）あたりから遊びに来た者は、それとなくその辺をジロジロと見廻して、彼が夕餉の膳に誘ふと、赧くなつて慌てて逃げ帰る者もあつた。そして、二度とは来なかつた。――無理もなかつた。路傍の、往来から見通しの家などで、加けに大変行儀の悪い男を相手に酒などを飲むのは、誰だつて閉口だ、彼だつて、こんな男（自分のこと）と、出来得るならば対坐したくはない――時には彼は、そんなことを思つた。彼は、まつたく行儀が悪かつた。痩せてゐる癖に、非常な暑がりやで、堪へ性がなく、始終どたどたと脚を投げ出したり、裾をまくつたり、水泳するやうな格構で転がつたり、腕をまくつたり、肌抜ぎになつたり、酒興中と雖も少し暑さが厳しいと、終ひには胡坐なのだが、立膝なのだか、しやがんでゐるのだか判別し憎い格構になつたり、時には和製の食膳であるにも関はらず椅子の上から手を延すことなども珍らしくはなかつた。――生家にゐる時分、彼の父はそんなことには一切頓着ない人だつたが、それでも彼が海から帰つて来て、褌ひとつで食膳に向つたりすると、時には困惑の情を露にして、おい、出掛けよう！などとお蝶の家へ誘つたりした、着物を着ろと命ずることの代りに――。

　往来から見ゆる、といふことに彼は、決して坦々としてゐられるのではなかつたが、長い間の習慣で何としても行儀は改められなかつた。

「東京にでも行つて住ふことになつたら、どうするんだらう。」

母は、好くさう云つた。——ケチな家には住まないから……などと彼は、うそぶいた。

周子から、肌抜ぎになつてゐるところを巡査に見つかると罰金をとられる、といふ話を聞いて以来、こゝで彼は、肌抜ぎだけは辛棒したが、暑くなるに伴れ、檻にでも入れられたやうな苦しみだつた。——彼は、海辺が恋しかつた。

「××の家も、もう人手に渡つてしまつたんだつてさ。」

裸のまゝで海へ出かけ、その儘帰れて、近所といへば二三軒の、それこそ年中裸で仕事してゐる彼と親しかつた漁夫の家だけで——そんな海辺の家を彼は、思ひ出して悲し気に憧れの眼を輝かせた。

「あれなどは、君さへもう少し確りしてゐれば、たしかに残せた筈なんだがな。」

藤井は、さう云つて、何とかといふ村会議員のことを悪党だと云つた。

「酷い奴だなア！」と、彼も云つた。

「こんな処で、愚図〳〵云つてゐたつて仕様がないよ、だから君、思ひ切つて……」

「でも帰つたところで、反つて……」

「第一マザーひとりで気の毒じやないか。」

「………」

俺が帰れば一層気の毒だ——彼は、もう少しでさういふところだつた。………大体自分は、積極的な自己紹介を求められる場合に、何とか答へる己れの言葉に真実性や力を感じた験しはないんだが、そして何か話してゐる間は、何だか嘘ばかり口走つてゐるやうな寂寞を覚ゆるのが常なのだが、せめて、嘘だ！と自ら云ふ心の反面に、何らかの皮肉が潜んでゐたり、意外な自信がかくれてゐたり、案外真正直な性質が眼をむいてゐたり、でもすれば多少は救はれるんだが、自分のは、その種の人々の外形を模倣したゞけで、心の反省があり振つたり、嘘つきがつたり、細心振つたりするだけのことで、大切な反面の凡てが無である、都の花やかさに憧れて遥々と出かけて来た気の利かない田舎の青年が、本性を忘れて一ツ端の蕨人気取りになつてツベコベする類ひのものである、その種の変な青年達が稍ともすれば、自ら得々として「自己嫌悪に陥つた。」などと云ふことを吹聴する気風が甞て一部に流行したが、忽ち自分もそれに感染して、臆面もなく己れの痴愚を吹聴するのであつた、ほんとうの自分の胸には、常に消えかゝつた一抹の白い煙が、どんよりと漂ふてゐるばかりである、人は夫々生れながらに一個の鏡を持つて来てゐる筈だ、自分の持つて来た鏡は、正常な使用に堪へぬ剝げた鏡であつた、僻地の理髪店にあるやうな凸凹な鏡であつた、自分では、写したつもりでゐても、写つた物象は悉く歪んでゐるのだ、自分の姿さへ満足には写らない、更に云ふ、凸凹な鏡である、泣いた顔が笑つたやうに写る、頭の形が、尖つたり、潰れたりする、眼がびつこになつて動く毎に、釣りあがつたり、丸くなつたりする、鷲のやうな鼻になつたかと思ふと、忽ちピエロのそれのやうになる、狼の口のやうに耳まで裂けたかと見ると、オカメの口のやうに小さくなる……実際そんな鏡に、暫くの間姿を写してゐると、何方《どつち》がほんとの自分であるか解らなくなつてしまふ時がある………

以上のやうなことを彼は、もつと〳〵長たらしく呟き初めた。自分の責任に依る話であるにも関らず、「家」のことになると直ぐに語頭を転じてしまふ彼の心が、藤井には一寸了解し憎くかつた。小胆なのだな！と思はずには居られなかつた。

「もう少し、はつきり云へよ。比喩は御免だぜ！」

「いや、ヲダハラの△△床の鏡は……」

「厭にヲダハラばかり軽蔑するね。」

「……銀行の奴等にさう云つてくれ。利息ぐらひ何でえ！」と、彼は云つた。語尾が「でえ」といふやうになると彼は、もう駄目だつた。誇大妄想に等しい酔漢に変つてゐるのである。——此奴、社会主義の仲間にでもなつたのかしら、いつの間にか！あれの下ツ端は、皆な気の小さい貧乏人ばかりださうだが——ふと藤井は、そんな気がした。

「幾らだア！幾らだア！」

「……おい、止せよ、外を通る人が変な顔をしてゐるぜ。」

「俺ア、泥棒だアぞう！」

さつき彼は、変に心細い気持に陥つて、如何に自分が情けない存在であるかといふことを知らせる為に、鏡の比喩などを、当つぽうに用ひたのであるが、折角の言葉に藤井がさつぱり耳を傾けなかつたのが気に入らなかつた。彼は、そんな原始的な比喩に得意を感じたのである。……「何だつて、はじめての苦労だらう、だつて！ヘツ、止して貰ひたいね、苦労たア、どんな塊りだア！いくつでも持つて来やアがれ、皆な喰つてしまふぞう……親爺が死んで、長男即ち吾輩が、だね、あまり無能だからか、そりや無能は困るだらう、困るには困るが、無能だつて余計なお世話だ、今更無能を悟つて、誰が驚く！苦労たア、何だ！」

彼は、そんな似而ヒロイズムを呟きながら、がくんがくんと玩具のやうに首を動かせた。何だか眼瞼が熱くなつて来る気がした。

「困つたなア！」

藤井は、さう云ひながら彼の細君の方を顧みて「やつぱり僕ぢやいけなかつたですね………石原さんに来て貰つた方が好かつたんだがな——」と云つた。

「誰だつて同じよ。」

周子は、煩さゝうに突ツ放した。

「毎晩、こんなに飲むんですか？」

「毎——晩！」と周子は、力を込めて、うつ向いた。バンのンが曇りを帯びてゐた。

「心馬悪道に馳せ、放逸にして禁制し難し………どうだ藤井！景気の好いお経だらう……心猿跳るを罷めず、意馬馳するを休まず——五欲の樹に遊び、暫くも住せず………あゝ。」

「………」

「俺ア………」

藤井は、また彼が調子づいてどんな野蛮なことでも云ひ出すか解らない、それにしてもさつきからの雑言は如何だ！一本皮肉を云つて圧えてやらう、と思つて、

「簾をかゝげて、何とか——なんて、君はいつかハガキの終ひに書いて寄したが、簾なんて何処にも掛つてはゐないね。」と、笑ひながら側を向いた。

「………ありア、だつて君——詩だもの。」と彼は、不平顔でテレ臭さうに弁解した。

藤井は、更ににや〳〵と笑ひながら、

「斯うやつて、毎晩、酒を飲みながら君は、詩を考へてゐるの？」と訊ねた。

「………うむ。」と、彼はおごそかに点頭いた。

二

芝・高輪から彼が、此処に移つて来たのは晩春の頃だつた。——東京に来てから二度目の家であつた下谷の寓居を、突然引き払つて芝に移つたのは、前の年の暮だつた。

「随分、引ツ越し好きだね——折角、東京に来たといふのに、さつぱり落着かないぢやないか。」などと知合の者に問はれると、

「どうも、せめて居場所でも変らないと…………その、気分が——ね。」

そんな風に彼は、余裕あり気に答へた。彼は、気分も何もなかつた。引ツ越しは、嫌ひなのである。

暮の、三十日だつた。午頃、いつものやうに彼は、二階の寝床の中で天井を眺めてゐると、階下に何かドタドタと聞き慣れない物音がした。

（おや——今時分になつて、煤掃きでも始めたのかな！）

普通の家らしいことをするのが、出京以来特に、妙に気が引けてゐた彼は、そんなに思つて苦笑した。——（たしか賢太郎が泊つてゐたな？姉の夫は、さつぱり兄らしいことを振舞つたことはなし、そればかりでなく周子にも、一日だつて主人らしい行ひをしたことはなし………）

何と彼等は頼りない感じだらう——そんなことを思つてゐると彼は、わけもなく可笑しくなつたりした。

「どうしたんだ？」

「賢太郎は、そりやアもう好く働くわよ、これ、あらかたひとりで………」

周子は、さう云つて、だらしなくからげて転がつてゐる夜具の包みなどを指差した。賢太郎は、シヤツ一枚になつてセツセツと、もう一つの包みを慥へてゐた。

「どうするんだ、質屋にでも持つて行くのか？」と、彼は訊ねた。

「何を空とぼけてゐるのさア！あなたも少しはお手伝ひなさい

よう、日が暮れてしまふと大変だから――。」

うきうきとして周子は、さう云つた。引ツ越しなのである。芝・高輪の周子の両親、兄弟達の住んでゐる家へ同居する為に、相当彼が好んで住んでゐるこの家を今、彼女等は、畳まうとしてゐるのだ。

「厭だなア！」と、彼は嘆じた。包みの上に腰を降して、煙草を喫した。いつも光りが軒先きにさへぎられて、この部屋は昼日中でも幻燈ほどの明るさだつた。こゝで蠢いてゐる自分達の姿を彼は、水族館の魚類に例へたり、軒先に限られて、狭く青ずんでゐる空を覗いて、水の表面を見あげた魚のつもりになつたり……いろいろ彼は、そんな風に甘く、寂しく、楽しい夢を貪つては、この頃は、そつと生きて来たつもりであつた。――もう、あの夢もお終ひか！彼は、そんな気がした。

「だから、昨夜《ゆうべ》あれほど念をおしたぢやアないの？……さツさツとして下さいよ。」

「さうだつたかね……」

彼は、酷く退儀に、心細く呟いた。さう聞いて見れば前の晩、彼女達を相手に、そんな話をしたやうな気もした。

「姉さん！」

忙しく立ち働きながら賢太郎は、女のやうにやさしい声で、周子を呼びかけたりした。――「うちの二階は、そりやア素的よ。日あたりが好くつて、加けに新しいでせう！」

「さうね、この頃はうちも随分綺麗になつたでせう。」

「そりやア、もう！ 僕、カーテンをつくつたよ、自分で刺繍して……それをね、窓にかけると、とても好いぜ、天気の好い日なんて部屋中がバラ色になつて――。」

「ほう！でも折角のところを兄さんに占領されちやツては、あんたに気の毒だわね？」

「僕は、また階下《した》の六畳を素的に拵へるから好いさ……」

「賢ちやん見たいな人がゐると、随分好いわねえ！」

「さア、こん度は二階だ〳〵。」

賢太郎は、勇ましい声を挙げながら梯子段を駆けあがつた。

「そんなに突然行つても差支へないのか？」

彼は、未だふくれツ面をしてゐた。彼女の家では、未だ何も知らないのである。たゞ彼等の英一が二三日前から預けられてゐたゞけだつた。

「そんなこと関やしないわよ。」

彼は、観念して、帽子もかぶらずに外へ出かけた。こゝに来てから、家のことでいろいろ厄介になつた二三町先きの友達の家へ、息を切つて駆け込んだ。

いろいろ家族の人達に礼を云ふつもりだつたが、彼は、友達の顔を見ると同時に、たゞ「引ツ越し……」と、だけしか云へなかつた。

「君が！」

「弱つちやツた。何でも僕が、昨夜《ゆうべ》、酔つ払つて、賛成したらしいんだね。今、起きて見たらもうあらかた片附いてゐるのさ、あゝ、困つた〳〵——芝・高輪の女房の家なんだがね、その行先きといふのは——。行かないうちから解つてゐるんだ、チヨツ!チヨツ!あゝ、——。」

「………」

「そもそも、その女房の家《うち》の……。……アツと、失敬、そんなことを云ひに来たわけぢやないんだよ、チヨツ、逆上《のぼせ》てゐやアがる、兎に角、斯う急ぢや、どうすることも出来ないんだ、あゝ、何といふ落つきのないことだらう、僕の村のローカル・カラー?いや、失敬、ぢや、さよならア!」

彼が、また慌てゝ引き返して来ると(友達の処へ行つてから急に彼は、当り前の引ツ越しする者らしい働き手の心になつてゐた。)、もう荷物は全部、一台の貨物自動車に楽々と積み込まれてゐた。

「さア働くぞ、さア、さア。」

彼は、さう云つて羽織を脱いだりした。

「狡いわね、お終ひになつたところに帰つて来て……」

賢太郎は、人の好い笑ひを浮べて、女のやうに彼を睨めた。

彼は、慌てゝ二階へ駆け上つたり、何にも残つてゐない押入を開けたり閉めたりした。……「自分で片附けなければ、困るんだよ、いろいろ。」

そして彼は、舌を鳴らしながら、夢のやうにガランとしてしまつた部屋の中を歩き廻つて、清々とした。——ひとりで、この儘此処に残らうかな! そんなことを思つた。

「小さいトランクがあつたらう、そして風呂敷に包んだラツパがあつたらう、鍵の掛つてゐる箱があつたらうそれから……」

彼は、自動車に飛びついて、風呂敷包みや、古ぼけたトランクを取り降したりした。

「これは俺が、持つて行くんだ、自分で持つて行くんだ。」

「ふざけるのは止して下さいよ、折角積んだものを——。何さ。そんなガラクタ!」

彼は、むきになつて、歯ぎしりして女の頬つぺたを抓つたりした。

「べら棒奴!」などと、彼は不平さうに云つた。——「玩具になんぞされて堪るものか。」

賢太郎は、困つた顔をして階下《した》に降りて行つた。一体周子の、弟や妹たちは十代の子供ではあるが、他人《ひと》の物も自分の物も見境ひのない性質だつた。彼が留守だと、その机の抽出をあけて書簡箋にいたづら書きをしたり、悪意ではないんだが、他人《ひと》から借りた物は返し忘れて紛失させたりして平気だつた。

「冗談ぢやない!」と周子は云つた。そして、彼の言葉に卑屈な針が潜んでゐるやうに感じた彼女は、

「ケチ!」と、附け加へた。

彼は、故意に、なかのものがこわれやアしないか、といふやうに疑り深い眼を輝かせて、蔭にかくれて秘かに蓋をあけて見たりした。——実は彼自身、今まで押入れの隅に放り込んだまゝ、すつかり忘れてゐたのだつたが、斯んな場合に強ひてゞ

も、そんな真似がして見たかつたのである。自分にだつて「秘蔵の物」「他人の手に触れられたくないもの」「いくら斯んなに蕪雑な生活をしてゐたつて、これ程の予猶もあるんだ。」——見得で、そのやうな意気を示し、これが意地悪るのつもりで、さつき起きてから彼女等に出し抜かれて応へやうもない鬱憤の代りに過ぎなかつたのである。

「何んなものであらうと自分のものには、夫々自分の息が通つてゐるんだからね、困るんだ、矢鱈にされては——。物品を、ぞんざいに取り扱ふ奴は、皆な碌でなしだ。」

彼は、さう云つて周子の胸を衝いた。周子は、答へずに

「遅くなるツてエば！」と、焦れた。

「先へ行つたら好いぢやないか。俺は、未だいろいろ用もあるんだ。」

彼はそんなことを云ひながら、悠々と風呂敷をはらつて、学生時分に独りで、海辺の家で日毎吹奏したことのあるコルネツトを、久し振りに口にあて、、音は発せずに、仔細に具合を験べるやうな手つきをした。

「触つたらう？　こ、のところが、どうも湿つてゐる。」

「触れと云つたつて、触りませんよ。そんなもの、馬鹿〳〵しい！」

「俺は、子供の時分から、何か知ら座右に独りだけで愛惜する物品がないと、寂しかつたんだ——、今でも、勿論さうなんだが——。」

「この頃、何だか、酔はない時でも酔つ払ひ見たいだ！」

「対照の物は、常に変つてゐた、或る時は何、或る時は何といふやうに、だが、その心持は常に……」

彼は、ぶつぶつ云ひながらラツパをまたもとの通りに丁寧に包んだり、トランクを引き寄せて、塵を吹いたりした。——みんな、彼が何時かヲダハラから、今の通りに芝居泌みた考へで、持つて来たゞけで、つい今まで手も触れずにゐた、現在の彼にとつては毛程の興味もない過去のセンチメンタルな「秘蔵品」なのである。——周子の前では開かなかつたが、その中には、ミス・Fから貰つたオペラ・グラスとか、同人雑誌に「凸面鏡」などといふ題名の失恋小説を書いた頃、参考の為に集めた十二三枚の小さな凸面鏡と凹面鏡や、やはりその頃、生家の物置に忍んで昔のツヾラの中から探し出した価打のない古鏡とか、玩具の顕微鏡とか、昔の望遠鏡とか、父が昔アメリカから持ち帰つたおそろしく旧式なピストルで、今ではもうすつかり錆びついてゐて決して使用には堪へぬものとか、同じく父の二三個のマドロス・パイプとか、子供の時母の簞笥から拾ひ出したのが、小箱に入つてその儘残つてゐた数個の玉虫とか、蓋の裏側にミス・Fの写真が貼りつけてあるゼンマイの切れた懐中時計とか、二十年も前に父のアメリカの友達から貰つたのだが、今でもネジを巻くと微かに鳴るオルゴール・ボックスとか、父が蹴球仕合で獲得した、あまり名の知られてゐないアメリカ何とか大学の銅製カツプとか——、以上十二種の他、未だ之れに類

する五六種の愚劣な廃物が蔵つてあつた。古くからそのトランクには、そんなものが詰まつてゐたのだ。大火の時誰が、これをさげ出したのだらう？――彼は、そんなことを思ひながらこの頃一切コレクシヨン嫌ひに陥つてゐる心を、目醒してやらう。といふ程のたはれ気で、重たい思ひを忍んで持ち出して来たのであつたが、汽車を降りる時には、もう少しで置き忘れて来るところであつた。

「ほんとうに、自分で持つて行くの？」

「さうも行かないかなア？」

思はず彼は、さう云つて笑ひ出してしまつた。彼は、冷汗を覚えてゐた。――「屑屋にでも売つてしまへよ。」

「暇がありませんよ。」と、なだめるやうに周子は云つた。

三

「七草過ぎなければ、とても出来ないんですツて！あたし今も建具屋を二三軒きいて来たんですけれど、皆な同じなのよ、困つたわね、辛棒出来る？」

周子は、気の毒さうに云つた。建具が一つも入つてゐない部屋なのである。この六畳一間だけの二階だつた、彼の今度の芝・高輪の書斎は――。加けに一方が椽側で、他の二方には夫々一間宛の窓があいてゐた。椽側の敷居には、雨戸代りの硝子戸が入つてゐたが建てかけて三年も放つて置いた家で、その間には地震があつたし、隙間だらけだつた。硝子戸と天井との間には、小さな板戸が入るやうになつてゐるのだが、板戸は入つてゐないので、幕が張つてあつた。西の窓にも北側の窓にも幕がピンで止めてあつた。その幕には、賢太郎の手で、得体の知れない模様が描きかけてあつたり、縫取りが仕かけてあつたりした。――風があたる度に、三方の幕が帆のやうに脹れたり凹んだりした。これでも賢太郎が懸命になつて、壁に雑誌から切り取つた名画を貼つたり、徳利のやうな花瓶に水仙を活けて、床の間に飾つたりしたのである。

「困るはね！」と、あたりを見回して、更に周子は云つた。

「いゝよ、いゝよ、関はないよ。」

彼は、さう云つて行火の上に頬を載せた。行火といふものにあたつたのは、この冬が彼は初めてだつた。こゝに来て以来彼は、午後の二時頃寝床を這ひ出て、それから夜おそくまで斯うして、この部屋に丸くなつてゐた、ドテラを二枚も重ね着して。――また、バカに寒い日ばかりが続く正月であつた。

天気が好いと彼は、三方の幕をはらつて、丸くなつた儘外の景色を眺めた。――南側は、西国回りの旅人が初めに詣でる大きな仏閣の、厨房に面してゐた。北側の窓は、腰高だつたから、坐つてゐると青空と、眼近かの火見櫓が見ゆるだけだつた。そこには、いつでも黒い外套を着た見張り番が、案山子のやうに立つてゐた。彼は、時々筒形の遠眼《とうめ》鏡《がね》をトランクから取り出して、射撃をする時のやうに一方の眼を閉ぢて、見張番の姿を眺めた。もの、好くない、加けに昔の眼鏡だつたから、肉眼で見るよりも反つてボツとした。いくらか対照物が大きくは見へたが、線が悉く青地に滲んでゐた。如何程視度を調節しても無駄だつた、それでも彼は熱心にそんなものを弄んだ。はつきり見へるよりも反つて興味があるんだ、などゝ呟いだ。西側の窓は、キリスト教会堂の裏に接してゐて、朝からオルガンの練習の音が聞えた。それが時々俗曲を奏でた。仏閣からは、御詠歌の合唱が聞えた。

　少しでも風が出たり、曇つたりして来ると直ぐに彼は、立ち上つて三方の幕を降してしまつた。

「これぢや勉強が出来ないでせう。」

「いや、そんなことは心配しないでもいゝさ。」

　彼は、さういふより他はなかつた。勿論、この寒さに、この吹きツさらしの二階などに籠つてゐることは、どんなに彼が「アブノルマルの興味」を主張すべく努めても、第一寒くてやり切れないのだが、まア仕方が無いとあきらめたのである。

　階下は、割合に広かつた。尤も、この二階と、下の二間は古い母屋にくツつけて、三年も前に建てかけたのであるが、その儘で完成させなかつたのである。母屋の方だつて、地震に遇つた儘何の手入れも施してなかつたから、唐紙は動かず、壁は悉くひゞ割れてゐた。彼が、周子と結婚した当座、半年ばかり二人だけで母屋の方に住んだ。さうだ、三年ぢやない、建増しをしかけたのはその時分のことだつたから。――英一は、もう四歳になつてゐる。

　その頃、この家が彼の「名儀」のものであるといふことを彼は、たしか周子から聞いて、名儀とは何か？と思つたことがあつた。

「抵当なんですツて！」

「へえ、シホらしいね。だが俺の名儀だなんて怪《おか》しいぢやないか？」

「さうね。」

　彼は、かういふことに就いても相当の思慮があるんだといふ風に云つた。「石原が金を持つて来たのは、ぢや、それだな？三千円――此方が欲しいや。」

「ほんとにね。」

　間もなく彼女の一家が、大崎からこゝへ移つて来た。彼は、彼女の母と（何でも彼女の母が彼のことを、ケチだ！と云つたり、威張つてゐる！と称したり、彼の母のことを、息子に対して冷淡だ！などと彼を煽てるやうに云つたり、一度位ひ来るのが当り前ぢやないか！と批難したり、彼の父が、一度訪れた時、大変景気の好さゝうな法螺を吹いて、泊りはしなかつたのに「さんざツぱら酒を飲んで」、帰る時に小供に小使ひ一つ与へなかつた、「田舎の人は、やつぱり呑気だねえ、お前エらお父ツちやんは、屹度永生きをするだらうよウ、お前エは幸福《しあはせ》だよウ。」などと云つて、遠回しな厭味を述べたり――）、醜い云ひ争ひをして、ヲダハラへ移つてしまつた。ヲダハラではまた彼は、自分の両親と醜ひ云ひ争ひをして、間もなく伊豆の方へ逃げ伸び、山蔭の、畑の見張り番でも住みさうな茅屋に一年も住んだ。

　父が死んでから間もなく、彼が東京・牛込に間借りをしてゐた頃、周子の母が来て、

「ほんとうに、親類ほど頼みにならないものはない、家《うち》のお父さんはお人好しだから仕方がない、あゝ、厭だ〳〵。」などと云つて帰つたので、どうしたんだらう？　と、彼は周子に訊ねた。

「憾んでゐるわよう！うちのお母さんが――」

「貴様も好く似てゐるな、下品な云ひ回し方が！」と、彼は怒つた。

「高輪の家が競売になるんですツてさ！」

　周子も憾むやうに云つた。

「フヽン！」

　住ふところが無くなつては、そりやアさぞ困るだらうな！　と、彼は思ひもしたが顔色には現さなかつた。

「訴へられたんですツてさ！　その訴へ人は、タキノ・シン……」と、彼女は、彼の名前を云ひかけて、笑つた。

「へえ！」――――「好い気味だア！」と、彼は云つた。何となく彼は、かツとして続けて憎態なことを二三言云つたが、何だか彼は怪《おか》しかつた。――可笑しくもあつた。

　彼が、その次にヲダハラに帰つた時母が

「原田（周子の実家の姓）の代理の川崎といふ人から、お前に宛てゝお金が来てゐる。」と云つて、二百円渡した。――彼と母とが極端に仲の悪い頃だつた。

　さういふ種類の書きつけは、見ても彼にはわけが解らないので手も触れなかつたが、母の説明に依ると、高輪の家が競売になつて、第何番目かの抵当保持者である彼に、返済された金なのださうだつた。

「あそこまで、そんなことになつてゐたのかね！」

「どうだか、僕だつて知らなかつた。」

「だつて名前が……」と、母は、変に静かな調子で変な笑ひを浮べた。

「僕の名前なんて、どうせ普段から滅茶苦茶なんぢやありませんか――好い面の皮だア長男だなんて！」

　彼は、如何にも迷惑さうに不平を洩して、世俗的な常識に長けてゐる者らしく眉を顰めたりした。

「そんなことを云ふものぢやない。」と、母も云つて顔を曇らせた。その色艶のあまり好くない、だが眼立つほどの皺もなく、そして干からびてはゐない容貌を見ると彼は、極めて非常識な反感をそゝられた。――そして彼は、また死んだ父の顔を徒らに想ひ描いたりしながら、何といふわけもなくバカ〳〵しい気がして――（フツフツフツ……。馬鹿な連中ばかしが、好くも斯うそろつたものだ！）などと思つたりした。

「いくら僕が、仕様のない人間だからと云つたつて、ですね。」

　彼は、胸を拡げて開き直つた。（何か、ひどく尤もらしい文

句がないかな？　何か？　何か？――）――「それほど仕様のないことなんて考へて見れば、別段何もありやアしないや。普通の息子なんだ、自分で自分のことを仕様のない人間だ！と、自分に思はせるやうにしたのは……」

「お黙り！」

「……」

「一体お前は何のつもりなの？　如何いふ了見なの？――幾つになるまで親を瞞すつもりなの？」

「瞞す？」

「やれ、学校の研究科へ通つてゐるの、新聞社に務めてゐるの……大うそつき奴！」

「……」――何アんだ、そんなことか！　と彼は思つた。

「え、、え、、どうせ大うそつきですよう、だ。」

斯んな馬鹿気た争ひをしてゐるよりも彼は、思はぬところで、飛んだ儲け物をしたので、上の空でその金の使ひ道を考へてゐた。――（面白い〳〵。俺の名前が、俺の知らない間に役に立つてゐるなんて、一寸不思議な気がするぢやないか。それにしても親父が死んで以来、こんなウマイことに四度も出遇つてゐるぢやないか、ひよツとすると俺の知らない間にも斯ういふ儲けがあつたのかも知れないぞ？　まアいゝや、そこで……　チエツ、バカ気てゐらア、これツぽツちの金で、想像をたくましくするなんて――）

彼は、父が死んで以来、例へば金に就いて考へるにしても、その額面が急に大きくなつてることが可笑しかつた。

「如何いふ了見なの？」

「了見ツて？」――彼は、今母と何か云ひ争ひをしかけてゐたのを忘れてゐた。

「お前は、一体何なんだい？」と、母は努めて落着いて訊きたゞした。

「煩いなア！私は、私ですよ。」

「幾つだい、年は？」

「親の癖に、子の年を知らないの？」

「知らないよ。」

「二十九歳。」

彼は、さう云つて悠々と煙りを吹いた。

「そして何なの？」

「幾度同じことを聞くんですね！僕は、何でもありませんよ、――人間だよ、二十九歳の――。」

彼は、庭に眼を放つて、ピーピーと口笛を吹いた。そして火鉢の傍に投げ出してあつた金を、徐ろに懐中に容れた。――（お蝶にやつてしまはう。）さう思つて彼は、清々としたかと思ふと、直ぐまた斯んなことを考へた。（お蝶の奴、益々俺を尊敬するだらうな、何と云ふだらう、お光を呼んで、二人でお辞儀をするだらうな、ホツホツホウ。）――彼は、他人《ひと》から感謝の礼などされたことがなかつたから斯んな空想が殊の他物珍らしかつた。――（突然なんだから一層彼女等は喜ぶだらう。よしツ、そこで一番！お光が大きくなつたら、一番俺が妾にしてやらう、と、斯う見るからに信頼されさうな重味のある声を出して見ようかな？）

彼は、口笛を止めて変な咳払ひをした。母はそれに一層反感を持つたらしく

「それでも、人間のつもりか。」と、口惜し気に呟いた。

「………？」

いつもならこんな場合に、極めて図太い度量を持つて、馬耳東風に聞き流すか、或ひは易々と相手を嘲笑ひ反すのが常だつたが、ふつと今彼も、母の詰問を自分に浴せて見た。――だが、これだけはまさか疑ふわけにもゆかない――ほんとに彼は、そんなことを思つた。――（たゞ、私は、あなたのやうにそれであることに、一抹の誇りも持たない者なのです。）

さつきから彼は、自分の名前が、自分の知らない間に活動する？などといふことを、酷く濁つた頭で「不思議」に考へてゐたのであつた。夢で、自分の姿を見るやうに、気付かずにゐたところを写された写真を見るやうに、「考ふるが故に吾在り」の吾は、何も考へてゐない存在で、多少でも考ふるが故の吾は、別にその辺の隅にでもかくれてゐるやうに、彼は、ぼんやり、極めて単純なことを、「不思議」に、非科学的に想つてゐたのだ。

「名前」が活動するんだから一層怪《おか》しい……彼は、すれ違つた汽車の中に、厭に取り済して乗つてゐる自分を、チラリと見るやうな想ひに打たれたりした。

「ピー、ピー、ピー。」

斯うやつて、犬でも呼ぶやうに口笛を鳴してゐると、今にもその辺の蔭から

「何だい、何の用だい。僕アお前などに呼ばれる用はない筈なんだがなア。」などと云ひながら、迷惑さうに自分の「名前」が出て来さうな気がした。

「やア、S・タキノ！」

斯う云つて彼は、その傍に寄つて行つた。

「君は、誰だい？」と、「名前」が云つた。

「S・タキノさ。――だが、そんなことは如何だつて好いぢやないか、名前位ひのこと。」

「好いけれどさ、他の名前を呼ばれゝば俺は、返事はしないからね。S・タキノでなければ――どうも、その生れて来て以来の習慣でね――H・タキノと云へば、やつぱりあの親父……」

「解つてゐるよ、馬鹿〳〵しい――。シンの奴、シンの奴！斯う云つて何時か親父が、おそろしく怒つたことがあつたつけな。」

「うむ、あつた〳〵。」と、云つて「名前」は気色を曇らせた。

「あの時は、俺は、随分面白かつたよ、シンの奴、すつかり参つたね。」と、彼は、相手を嘲弄した。

「僕ア、面白いどころぢやなかつたぜ、冗談ぢやない、身が縮む思ひがしたよ。」

「フッフッフ、意久地のない奴だな。僕は、また、親父がカンカンに怒つてさ、シン、シン、シン、シン、シン――と、斯う怒鳴るのを聞いてゐると、何だか、それは名前ぢやなくつて、景気好く釘でも叩き込む音のやうな気がして、胸の透《す》く思ひがしたぜ。」

「笑ひごとぢやないよ、俺ア随分痛かつたからな!」

「名前」は、斯う云つて今更のやうにそれを思ひ出したらしく、頭をさすつた。

彼の父が、玄関を入ると怒鳴つた。

「シンの奴は居るか?」

その勢ひがあまりすさまじかつたので、彼の母は、居ない――と、かくした。彼は、奥の書斎で机に噛りついて、詩を書いてゐた。

「何処へ行きアがつたんだ?」

「さア。」

「畜生奴!帰つて来やアがつたら――」

それらの言葉が手に取るやうに彼に聞えた。

「どうなすツたの?」

「赤ツ恥をかいちやツた。」と、叫んで、少し落着いてから父は、次のやうなことを説明した。

山本の家(近所の父の友人)へ行くと、娘の咲子が、化物のやうな画の描いてある表紙で、「十五人」とか「十七人」とかといふ変な名前の薄ツぺらな雑誌見たいなものを持つて来て「シンちやんの散文詩が出てゐるわよ、おぢさん。」と云つた。

「ほう!」

「こんなのよ、こゝの処だけ一寸読んで御覧なさい――ホツホツホ、さんざんね、おぢさん!」

咲子は、「父の章」といふ個所を指差して、彼の父に渡した。

「滅茶苦茶に俺の悪口を書いてゐやアがるんだ、畜生奴!もう俺ア、彼奴とは一生口を利かないぞ、カツ!」と、父は母に向ツて怒号した。

「詩ですつて?」

「田舎藝者を妾にもつて、女房にヤキモチを疾かれてゐる間抜け爺――そんなやうなことが、一杯書いてあつた。……元来、貴様が馬鹿だからだア、伜の前も関はず、云ひたい放題なことを云やアがつて。」

「自分が、行ひさへ……」

「何だつて、行ひだつて?もう一遍云つて見やアがれ、ぶん殴るぞう。――何を云やアがる、手前は何だ、手前は何だ、手前エこそ俺の顔に……」

父の激亢の声が、何だか彼には、笑つてゐるもののやうに聞えた。

「叱ツ!」

「手前エこそ今に、息子の碌でもない詩に書かれないやうに要心しやアがれツ!」

「声が大きい。」

彼には、父の云ふ意味が好く解らなかつた。

「手前エには、な、何だらう、伜の前かなんかでなければ大ツ平に俺のヤキモチを疾くことも出来ねえんだらう、ヘツ！俺アこれでも世界中を渡り歩いて来た人間だア！」


偉いよ！と、彼は父に悪意を持つて呟いだ。彼は、母に味方してゐたからである。――父の声は、益々高まつた。

「俺のことは、関はないよ、勝手にしろ！」


勝手にしたら好いぢやないか――と、彼も呟いだ。

「それよりも手前エの息子のことを気をつけろ！息子に聞かれないやうに要心しろ！耻知らず奴、皆な耻知らずだ、加けに彼奴は、シンの奴は、ぬすツと見たいな野郎だ、面からして気に喰はねえやア！――どうせ、手前が生んだガキだ、俺ア知らねえよ。」


彼は、ぬすツとのやうに呼吸を忍ばせて、窓から抜け出した。そして山本の家へ駆け込んだ。

「跣で――どうしたの？」


雛小屋から出て来た咲子は、彼の赧い顔を見てなじつた。

――草花を庭に植えてゐたところだ、といふやうなことを云つてから彼は
「どうして×××なんかを、持つてゐたの？」

と、雑誌のことを訊ねた。

「買つたのよ、この間――東京で。」

「さう、――ぢや、さよなら。」と、云つて彼は直ぐに引き返した。派手好みな、嬌慢な咲子の美しい姿が、もう彼の手のとゞかないところで、古い夢のやうに煙つてゐた。

「随分、ひどい人ね――」と、うしろから咲子が浴せかけた。


彼は、体が空中に吹き飛んだやうにテレた。たゞ、彼女の声を、甘く胸に感じて、一層身が粉になつた。――咲子のことを、カン子といふ名前に変へて彼は、その「散文詩」の中で、咲子が若し読んだならば酷い幻滅を感じるに違ひない程に書いてゐた。咲子と彼とは、彼が未だ周子と結婚しない頃、親同志の婚約があつた。「この金持の娘は、金に卑しい。」などとも彼は書いた。彼女は、金持の一人娘だつた。「自らそれを得意としてゐる哀れな娘」などとも彼は書いてゐた。


外から、そつと窺つて見ると、未だ父と母との間では、盛んに彼の名前が活躍してゐた。……――「まつたく俺は、あの時、父や母の間で交されてゐる、シン！ シン！ が、さ。暫く聞いてゐるうちに自分とは思へなくなつてしまつたよ――戸袋の蔭に、ぴつたりと雨蛙のやうに体を圧しつけて、彼等の悲痛な争ひを聞いてゐると、まつたく馬鹿〳〵しくなつたね――たしかに俺は、蛙だつたよ、あの時、シンとかといふ彼奴等の息子は、悪い野郎だな――と、蛙である俺は、あきれて呟いだのさ。」

「お前は、そりや呑気だつたらうよ、さぞ面白かつたらうね。」

「面白くはないさ、そんなありふれた騒ぎなんて……」と、彼は、退屈さうなセヽラ笑ひを浮べた。

これは、彼の先程からのあやふやな自問自答である。相手は、あの「名前」である。

「だが、君。」と、彼は感傷的な声で相手を呼びかけた。――「阿母とは仲好くして呉れね、特別に親孝行なんて仕なくつても好いが、普通の息子らしくさ……それだけのことも俺には出来さうもないんだ。」

「お前は、何かにこだはつてゐるんだな、倫理的な立場で――」

「――憎んではゐないさ。親だもの、たしかに母親だもの、――父親ツてエのは、これで疑へば疑へないこともないが、母親だけは疑へないぜ。周子が、子供を生んだ時、親父が泌々と云つたぜ――母親には、自分の子供を疑ふ余地がなからうな、たしかに自分の子だからね――だつてさ、馬鹿だね。……俺、あの時、一寸厭な想像をして、思はず親父の Bawdy appearance を覗いたぜ。」

「馬鹿だなア、お前こそ――。」

「そんな話は止さう。ともかく阿母のことは頼むぜ。」

「よし〱、俺が引きうけた。」

「名前」は、斯う云つて見得を切つた。――

「安心しろよ、何だい、べそ〱するない、ぬすツとらしくもない。」

「阿母だつて、寂しいだらう、親父にはさんざ憂目を見せられ、そして俺が、俺が……俺は、阿母は好きなんだ。顔だつて、心だつて随分俺は、阿母に似てゐるぢやないか!」

「よし〱もうい丶〱、お前は、名前のない人間なんだから愚痴を滾す必要はないんだよ。」

「それでも、い丶か? ほんとうに。何かにつけて不便なことがありやしないかね。」と、彼は絶へ入りさうな声で念をおした。

「そんなことは、俺たちの狭い世界だけの話だ、お前は独りでさつさと歩いて行つて関はないよ。」

「いよう! 君は、随分、度量が拡いんだね。――いや、有り難う、ぢや、失敬するぜ。」

「うむ。」

「ぢや、さよなら。」

「早く行けよ。」

「今、行くよ――握手しようか。」

「そんなことは御免だ。さつさと行つてくれ、少し焦れツたくなつて来た。」

「俺、何だか行くのは厭になつた、急に。」

「女のやうな奴だな。」

「厭だ〱、俺ひとりぢや、やつぱり寂しいや、せめて君が……」

「それぢや何ンにもなりやアしない……」

「何ンにもならなくなつても好いから、行つてくれ、一処に。ひとりぢや厭だ、厭なんだ、さつきから云つてゐたことは、ありやアみんなカラ元気なんだ、あ丶……。」

――しやア〳〵と、洞ろな眼つきで口笛を吹いてゐた彼の眼から、ぽた〳〵と涙が滾れ出た。……しまつた！と、彼は気づいたが、面白いやうにハラ〳〵と涙が滾れ落ちた。

「………………」

ふツと気づくと眼の前に居る母の眼にも、涙の珠が光つてゐた。まだ、彼は、母のそれをキレイに、感じなかつた。そして彼は、自分で自分を「邪魔」にした。

四

雪が降つてゐた。

彼は、隙間のないやうに無数の鋲で、三方の幕をしつかりと圧えた。――静かな午後だつた。賢太郎が慥えかけたカーテンは、短か〻つたので、悉く白い布に取り換えたのである。

風がなかつたから、湿つた布は凝ツと、この変挺な部屋を取り囲んでゐた。彼は、行火に噛りついて、トランクの中から取り出した金製の古いカツプで、チビチビとウヰスキイを舐めてゐた。

――「それぢや、原田では、この先き如何するんだらう、家《うち》がなくなつては？」

いつか彼の母は、この家に就いて一寸斯んな心配を洩したことがあつた。

「どうするのかね……」

「割合に大家内ぢやあるし――。」

「原田の親父は、この頃何ンにも仕事がないんださうですぜ。」

「まア、気の毒な――。」

あまり気の毒らしくもなく、彼の母は苦笑を洩した。その後彼が、この家に就いて周子に訊ねて見ると彼女は

「うちのお父さんが、また買ひ戻したんですツてさ。だから今度は、あたし達は相当の家賃を払はなければならないでせうね、うちのお母さんが、時々あたしにそれとなく云ふわよ。」などと云つた。――原田は、この頃一文の収入もないといふ話だつた。

「毎日あんなに忙しさうに出歩いてゐるのに、一体何をしてゐるのさ。」

決して訊ねたくはなかつたが彼は、彼女に、軽蔑的な笑ひを見せて訊ねたりした。

「人が好いから駄目なのよ、うちのお父さんは――」と、彼女は云つた。

「未だ半月しか経たないんだから、金はあるだらう、あの？」と、彼は云つた。引ツ越しの時前の借家の敷金を三百何十円か、彼女は彼に断りなく領してゐることを、彼は知らん振りをしてゐたが、忘れてゐたわけではなかつた。

「ホツホツホ。」と、彼女はわざとらしい下品な笑ひを浮べて「随分、あなたは細いのね。――もう三十円ぽつちしかありやアしないわよ。」と云つて、何に使つた、何に使つたなどといふことを立所に証明した。

「俺ア、知らねえよ。」

「でもいゝわね。この頃は手紙を出さなくつてもヲダハラから、お金が来るからね。」

彼が、原田の家へ同居してゐることを彼の母はあまり喜んでゐなかつた。彼は、ずつと前に此処に居た頃は、その種の母の不快を察して、それも一つの理由で帰郷したのであるが、今度は、母が明らさまな不機嫌を示さないだけ、彼は、反つてこれ位ひの意地悪るを母にしてやることが、辛くもなかつた。

「お前は、随分親孝行だねえ、感心だよう！ ほんとうなら今ぢやお前がヲダハラの主人なんだから、阿母さんの口なんて出させないのが当り前なのに、斯うして書生時分と同じ暮しをしてゐるなんて！ ハ、、、、おとなしいんだね、つまり。蔭弁慶……」などと周子の母は、巻煙草などを喫しながら親味を装ふ笑ひを浮べた。と彼は、ワザとこの老婆の言葉に乗せられたやうに、心中の不快は圧し隠して、放蕩児のやうな不平顔をして

「ほんとうに、バカ〳〵しいや。」などと呟いた。そして、反つて相手の似非親切に研究の眼を放つた。すると老婆は、益々愉快がつて

「確りしなよ。油断してはゐられないよ。」

さう云つて暗に彼に「親不孝」を強いた。

「まつたくだね。」

こんなに彼は、変な落つきを示して、相手の醜い感情を一層醜くしてやれ！などと計つたりした。

「阿母さんの前に出れア、碌々口も利けないツてエんだから仕末に終へないな、この子はよう、ほんとうに――。」

「ほんとよ、お母さん。」と、周子も傍から口添へした。彼は、何となく好い気持だつた。

「間に入つて一番辛いのは、お前だけだのう。」と、老婆は娘に云つた。――「阿母さん任せにして置いたら、後で一番可愛想なのは英一だぜ。」

「どうしたら好いだらうね、お母さん。」

「うちのお父さんも、それを心配してゐるんだよ。」

「あたし、ヂリヂリしてしまふわ。」

「無理もないさ。好くタキノと相談して御覧よ。余計なお世話だなんて思はれるとつまらないからツて、お父さんも。」

「さうよ〳〵。直ぐにうちのお父さんを悪者呼ばはりをするんだからね。」

「バカだね。うちのお父さんも――。そりやアさうと、ヲダハラの阿母さんは髪を切つたかね？」

老婆は、知つてはゐるんだが、知らん振りをして、彼の、割合にそれに就いては潔癖らしい道徳的な反抗を煽てる為に、済して娘に訊ねたりした。

「いゝえ。」と、娘は、白々しい残酷感を胸に秘めて、首を振つた。

「へえ！」と、老婆は、仰天するやうに眼を視張つた。そして、

拙い言葉で今更のやうに女の貞操に就いて、娘を諌めたりした。そして自分が、どんなに不行跡な夫と永く暮して来たにも関はらず、貞操観念は如何に律義なものであつたか、といふ事などを附け加へた。――彼女達は、彼の母の不徳を稍ともすれば吹聴したがつた。それで、哀れな自慰を貪つてゐるらしかつた。

彼は、この家に同居するやうになつてから自分が今迄母に対して抱いてゐた「道徳的な反抗」が、ウマク影をひそめて行く気がして寧ろ清々とした。今迄、自分がひとりで焦立ツてゐた卑俗な感情を、この家の卑俗な連中が悉く奪つて呉れた――そんな気もした。それで自分の心は、別段デカダンにも走らず、あきらめといふ程の云へばエゴにも陥らず、別段改まつた人世観をつくることもなく――彼は、そんなことを思つて、気附かずにたゞ己れの愚鈍に安住しようとした。

（母上よ、安んじ給へ。）

彼は、斯う祈つた。――彼の頭は、使用に堪へない剥げた鏡だつた。あの、昔の望遠鏡のやうに曇つてゐた。彼は、自分の頭を例へるにも、こんな道具に引き較べるより他に仕様のない己れの無智が可笑しかつた。

「でも、寂しいだらうね。」

「そんなこともないだらう……」

「さうかね、クツクツク……」

老婆は、欠けた歯を露はにして笑つてゐた、娘と共々に。そして彼の方に向つて、話頭を転ずる為に

「だけど、ちつたアお前だつてかせがなければ……、そんなことも考へてゐるの？」などゝ訊ねた。

「とても駄目だ。」と彼は云つた。

「嘘なのよ、お母さん。」と、傍から賢太郎が可愛らしい声で口を出した。「兄さんは、時々雑誌やなんかに童話を書いて、お金を儲けてゐるのよ。」

「ほう！童話ツて何だい。」

「お伽話のことよ――だから、この頃毎晩出かけて、屹度酔つて帰つて来るぢやないの！あれ、みんな自分で取るお金なのよ。」

「ほう、偉いんだね。――ぢや、ヲダハラからはいくらも貰つてゐるわけぢやないんだね、遠慮深いんだね、感心だねえ！」

「あたしなんて、病院へ行くんだつて遠慮してゐる程なのよ。」と、娘は云つた。彼女は、婦人科病院に通つてゐた。老婆は、忽ちカツとして彼を何か罵つた。

階下の仲間入りをして、母上よ、安んじ給へ！などゝ祈つてゐることも彼は、面白かつたが、一時間も辛棒してゐると、反つて不純な己れを見るやうな浅猿しさに辟易して、ほうほうの態で二階へ逼ひあがつた。そして、この寒さも厭はず、この村社の急慥への神楽殿にも似た部屋に、幕を引き回らせて、筒抜けたやうな顔をして閉ぢ籠つてゐた。

「郵便」と、云つて賢太郎が幕の間から、彼が一目見れば解る母の書状を投げ込んで行つた。

近頃気分が勝れない、といふやうなことが長々と書いてあつた。その一節に彼は、次のやうな個所を読んだ。

「……御身は近頃著述に耽り居る由過日村山氏より聞き及び母は嬉しく安堵いたし候、酒を慎しみたるものと思ひ候、父上なき後の痛き心を風流の道に向けらるゝも亦一策ならん、務めの余暇にはひたすら文章に親しむやう祈り居り候、如何なるものを執筆せしや、母は日々徒然に暮し居り候故著書一本寄贈されたく御承知の如く震後書店の出入なければ何卒至急御送り下され度候、孰れ閲読の後は改めて母の感想を申し述ぶべく到来を待ち居り候、御身は英文学士なればその昔母の愛詠せるおるずおるすにも似たる歌もあらんなどと徒らに楽しき空想を回らせ居り候……」

　母は、W. Wordsworth の古い翻訳詩の愛詠家だつた。日本では、馬琴を最も愛読した。母の実家は、昔、その父や祖父の頃から村一番の蔵書家だつた。そして、娘は母一人だつたが、二人の兄弟は竝つた読書家だつた。その反対であるタキノ家や彼を、常々母は軽蔑した。彼は、いつか母からいろいろ文学に関する質問をうけて一つの返答も出来なかつた。――では、お前は一体何を主に研究してゐるんだ？と訊ねられて、彼は思はず顔を赧くした。籍を置いてゐた私立大学の文学部で、彼は英文科に属してゐることに気付いて
「英文学！」と、喉のあたりで蚊のやうに細く呟いだことがあつた。傍で聞いてゐた父が
「へえ！　お前は文学なのか？俺ア、また理財科だとばかり思つてゐたんだ。ハツハツハ……」と笑つた。

「私は、文科の方が好いと思ふ。」

　母は、きつぱりとさう云つた。

「そりやア、好きなものなら――。」と、父は云つた。

　彼は、たゞ楽をする目的でそれを選んでゐた。好きか？嫌ひか？そんな区別も彼は知らなかつた。母が軽蔑した彼の父でさへ、彼よりは遥かに英文学に通じてゐたらしかつた、彼には父の少しばかりの蔵書である英文学書すら読めもせず、読まうともしなかつた。

　誰が読むといふわけでもなく、彼の家にも古くからの習慣で、月々村の書店からいくらかの雑誌が入つてゐたが、そのうちの通俗的でないものだけを彼は、伊豆に逃げのびた頃から、巧く母に断つて、書店から直接彼宛に郵送させた。東京に住む現在でも、それ等は附箋がついて回つて来た。彼は、母にいろいろの書物を呈供することを約したこともあつた、近頃の書物は、お前に選定して貰つた方が好いだらう、と母が云つたので――。村山氏といふのは、あまり彼の家と仲の善くない近所の会社員だつた。

　村山氏が、自分の何を読んだのだらう――と、彼は思つた。そして彼は、自分が今迄に書いたいくつかの小説の題名や内容を回想して、案外呑気な笑ひを浮べた。――たゞ村山氏が何んな気持で、彼のことを母に通じたか？が、解る気がした。ずつ

と前父をモデルにした小品文を父に発見されて激怒を買つたことがあるが、そして酷く困惑したことがあるが、この頃ではそれ位ひのことで困惑する程の余猶もなし、若し母が読んで「腹を切つて死んでしまへ！」――母は、好くさういふことを云ふ人である――と、云つたら、

「自殺は嫌ひだ――眠つてゐるところでもを闇打ちにしてくれ！」位ひの図々しさは用意してゐるんだが、勿論読まれたくはない。

村山氏といふ人は、他人の不祥事や秘密を発いてセヽラ笑ふことが好きな人である。内容には触れずに、好い加減な皮肉で、彼の母を悦ばせたのであらう！村山氏を、憎む気にもなれなかつたが、愚かなお調子者の非文学的な彼の小説のつまり彼である主人公が、ペラペラと吾家の不祥事を吹聴したり、親の秘密を発いたりする文章を書き綴つてゐる浅猿しさを、彼は自ら嘆いた。そして、何も知らない母が気の毒であつた。彼は、想像力に欠けた己れの仕事が憾めしかつた。また、下らない奴に邪魔される迷惑も感じた。

「翻訳をして、母に送らう。」

彼は、母の手紙を読み終ると同時に、思はず斯んなことを呟いだ。一寸以前の彼であつたら、ワザと意地悪る気な笑ひを浮べて、――斯んな刺激も必要だ！とか、不徳の罰だ！とか、と安ツぽく露悪的に呟くに違ひなかつたが（現に彼は、さういふ小説を書いてゐる。）、そんな感情は巧い具合に、この家の一種彼にも通ずる卑俗な連中が、あゝいふ態度で彼の心を拭つたやうなものだつた。この家の連中が暗に彼に要求することの、反対の結果が彼の胸に拡がつてゐたから――。一体彼には、さういふ癖があつた。例へば自分の前に来て、誰かの悪口を吐く人になど出遇ふと、一応はウンウンと云つて聞いてはゐるが、そして時には自分も一処になつて喋舌ることもあるが、いつの間にか、そこで悪口を云はれてゐる向方の人が、反つて懐しく、好きになつて来るやうな場合があつた。

「さうだ、これはたしかに巧い思ひつきだつた。」と、彼は思はず口にして独言した。

古い浪曼的な幾つかの英詩を探し出して、丹念にこれを翻訳して、そして厚い紙に綺麗に清書して、何枚かを丁寧に立派にとぢて、恭々しく母に捧げよう……これやア、案外仕事としても面白いかも知れないぞ――などと、彼は呟いた。

（先づ、おるずおるす――か？）

彼は、母から英文学士と称ばれたことが、奇妙に嬉しかつたのである。そして彼は、一躍厳格な学究の徒になつた気がして、衒学的に眉を顰めて、幕の間から暫く外景を覗いたりした。

――花やかに、大片の雪が降つてゐた。火の見塔が、雪にぼかされて煙突のやうにぬツと突き立つてゐた。勿論、見張りしてゐるに違ひないのだが、見張り番の姿は見えなかつた。顔つきばかりで、彼の心は無暗に白いばかりだつた。たゞ、今漠然と心を躍らせた形《かたち》のない力が、形あり気に、ハラハラと顔や胸に

雪のやうに暖く、冷たく、こんこんと降りしきつて間もなく五体までも、埋り、溶けてしまふやうに恍惚とした。——さつきからのウヰスキーがさせる業なのであらう。冷たく、暖かく、雪が、雪景色が、冷たく快《こゝろよ》かつた。——無い智識を振りしぼつて、努めて翻訳などをしないでも、三つや四つ位ひは立所に叙情的な詩が作れさうだ——ふと、そんな気もしたが、永遠に詞想からとり残されたカラの頭が、幕の間から雪景色を眺めてゐるだけのことに気附いて、彼はテレ臭い苦笑を浮べて、幕をとぢてしまつた。——そして、翻訳に心を反した。だが、二ツ三ツうろ覚えのウオーズオースやテニソンでは、折角翻訳しても、母だつて見覚えがあるかも知れない、「英文学士」の称号を取り上げられてしまふかも知れない、——それじや、何もならないし、語学力は中学の頃と何の変りもないし、

「折角の計画も、駄目かな。」と、思つて彼は、行火の上に首垂れた。——いや、いや、そんなことぢや仕方がない、間もなく自分の生活は、大変惨めなものになつて到底斯んな種類の仕事に耽つてゐる余猶はなくなるに違ひない——彼は、珍らしくそんな要心深い考へを起したりして、努めて心を明るくさせた。

——（今夜から、早速取り掛らう、まさか字引の引き方を忘れてもゐないだらうからな。）

　彼は、なみなみと注いだウヰスキイのカツプを一息に飲み干した。——そして、またトランクの中から、ボロ〱になつてゐる英詩集を取り出して、断れ〱に歌つた。

「She was a Phantom of delight
When first she gleam'd upon my sight;
A lovely apparition, sent
To be a moment's ornament;
Her eyes as stars of twilight fair;
Like Twilight's, too, her dusky hair;
But all things else……」とか、「何だか、はつきり解らないぞ、この、おるずおるすは！」と、云つて、また、別の処を開いて——「Who is the happy warrior? Who is he—Whom every man in arms should wish to be?」など、叫んで「こいつも、解らねえ、チヨツ！」と舌を打つたり「ぢや、こんどはテニソンだ。」と云つて、ひよろ〱と立ちあがつて

「Ring out, wild bells, to the wild sky,
The flying cloud, the frosty light:
The year is dying in the night;
Ring out, Wild bells, and let him die.」

——「これやア、好いなア！」と、感嘆して「Wild《ワイルド》 bell《ベル》は、好いなア！」などと悦びの眼を輝やかせた。この英文学士は、かの有名な、"In Memorium" をこの時初めて眼にしたのである。そして彼は、更に声を大にして

Ring《リング》 out《アウト》 the《ゼー》 old《オールド》, ring《リング》 in《イン》 the《ゼー》 new《ニュー》,
Ring《リング》 happy《ハッピイ》 bells《ベルス》, across《アクロッス》 the《ザア》 snow《スノウ》:
The《ゼー》 year《イヤア》 is《イズ》 going《ゴーイング》, let《レツト》 him《ヒム》 go《ゴウ》;」と、のろい怪し気な発

音で切りに歌つた。――「Let him go ――彼ヲシテ、行カシメヨ、か!」

それから彼は母へ宛てゝ手紙の返事を書いた。母の手紙が、彼と争ひをした後のものゝやうではないと同じく、彼の手紙も亦白々しい親情に充ちてゐた。

五

初めは、さうしなかつたが、いつの間にか彼は、階下の連中と同じ夕餉の膳に向ふやうになつた。そして、機嫌の好さゝうなことばかりを喋舌りながら夜、深更まで晩酌を続けて、翌朝、子供達の間に、子供達と同じやうにモグラのやうに転ろがつてゐる自分を見出すのであつた。

ヲダハラの母に敵意を持つてゐるといふ心持を仄めかせたり、金銭の話をしたりすると、周子の母が相合《さうがう》を崩してニヤニヤするのでそんなことで彼は卑賤な愉悦を感じて、恰も七面鳥のやうに呑気な倨傲を示した。

「うむ、俺はもうヲダハラなんかに帰らないんだ。面白くもない!」

「お前は、吾家《うち》にゐる時分はそんなにお酒なんか飲まなかつたんだつてね!」

さう彼女が云ふのは、彼女と違つて、彼の母は伜に大変冷淡だからそんな処でお酒など飲んだつて「お前のやうな気性の者が」落着ける筈はあるまい、それに引換へ自分はこのやうに親切だから定めしこの家の酒宴は楽しみであらう!――それ程の意味で、若し彼が、その意味に気附かないでゐると、彼女はそれだけのことを明らかに附け加へるのであつた。彼女は、機嫌の好い時には稍ともすれば相手を喜ばす為めに「お前のやうな気性の者」といふ言葉を使ふのが癖であるが、機嫌の悪い時には、この同じ言葉を悪い意味に通用させて、蔭で他人《ひと》のことをそしるのであつた。また彼女は、自ら「私は、斯ういふ人間だから。」といふ言葉を、自讃の意味に用ひて、自分の話を続ける癖があつた。――彼は、この重宝な言葉が夥しく嫌ひであつた。迷惑を感ずるのが常だつた。だから彼は、いつでも彼女のその自讃の言葉を耳にする時は、「如何いふ人間なのか此方は知らないよ、云はゞ、まア、あまり好い人間だとは思つてはゐないだけのことだが――」といふやうに、此方も概念的な冷淡さに片附けておくのみであつた。……彼が、そんな思ひに耽つてゐる時、丁度彼女は
「そりやア、もう私は……」

そりやア、もう私は?とは?……と、この仲々彼女などには敗けてゐないつもりの鸚鵡のやうな婿の胸に繰り反させて
「そりやア、もう私は、斯ういふ人間だから――」と云つた。

「他人《ひと》の事となると……」などと云ひながら、膳の上の食物を指でつまんで、具合の悪い入歯でニヤグ〳〵と噛んでゐた。

「ほんとうに、子供達に対しては親切だなア……羨しいやうだよ。」

そんな風に彼が雷同すると、多少の嘲笑が含まれてゐても、それには気づかず、自分の讃められることだけには案外素直で、子供らしい彼女は、身をもつて点頭くのであつた。

「お前なんて、貧棒こそしなかつたらうが、相当これで人知れぬ苦労が多かつたらうからな！」と云つて、また彼の母を遠回しに批難するのであつた。と、ウマク彼女の穽に陥つて他合もなく彼は、胸がグツとするのであったが、我慢して「さうとも〳〵、貧棒はしなかつたとは云ふもの丶、何も贅沢をしてゐた訳ぢやなしさ……賢太郎なんかの方が、反つて幸福だよ。」

彼も体全体で点頭いたりするのであつた。この相手に、おもねる為に彼はさう云つたのであるが、云つて見ればこれも偽りではないやうに思へた。

彼女は、他合もなく悦んだ。――「まつたく私ア、子供には心配をかけたことはないからな、気苦労だけは――。」

どんな範囲で彼女が、さう云ふのか解らなかつたが、彼の知つてゐる二三の実際的のことで見れば、この彼女の言葉は彼れには嘘としか思へなかつた。周子と一つ違ひの姉の賢子は、行衛不明だつた。父親のない赤児を伴れて暫く帰つてゐたが、母親に僅かばかりの所持金を費消されてしまつて、と急に母親は彼女を冷遇し始めて、いつか賢子から彼が聞いたのであるが、妻子があつたつて何だつて関はないから成るべく金のありさうな男を引ツ掛けろ！とか、カフエーの女給になれ！とか、と、この母に似てずんぐりした姿の醜ひ賢子に命ずるのだといふ話だつた。そして到々「死ぬなら死んでしまへ。」と云つて追ひ出したのださうだ。賢子は、赤児を置いて出掛けた限り戻らなかつた。

面を見るのも厭だ！などと云ひながら母親は、赤児をぞんざいに世話をしてゐた。彼女は、飯よりも菓子が好きで、それがなくなると急に不機嫌になつて、赤児の頬ツぺたを抓つたりするといふ話だつた。優しい賢太郎が、大変困つて、電報配達になつてついこの間まで彼女を養つてゐたさうである。

「お前なんか、いくら働きがないと云つたつて未だ〳〵安心ぢやないか、家《うち》の親爺なんか……」と彼女が、調子づいて何か云はうとすると、

「お母さん。」と、傍から賢太郎が、たしなめた。

「僕だつて、子供ぢやないんだからなア。」

「さうとも〳〵、立派なお父さんぢやアないかよう。」

斯んな風に彼女を、悦ばせて彼は、悠々としてゐたかと思ふと、急に山羊のやうに哀れな声を振り絞つて、自分には実際的には何の働きもないし、徒らに齢ばかり重ねて、この先き一体どうなることやら、自分のやうな人間が一朝にして貧乏人になつてしまつたら、それこそ水に浮んだ徳利も同様だ――

「あゝ！」などと女々しい溜息を衝いて、忽ち彼女の顔から、にやにやを奪つて、その心を白くさせてやつたりした。さういふことを云ふと彼女は、見事に早変りをして、娘を売物にしてゐる悪婆のやうに冷淡になるのであつた。そして若し、彼がこ

の時後架にでも立たうものなら、狭い家だから聞えるのである、そこで子供等と遊んでゐる彼の四歳になつたばかりの英一を指差して
「この子は、うちの子供達と違つて、悧口だぞう、――あの顔の大きいこと……」などと憎々しく呟いだ。悧口だぞう！は勿論悪意だつた。

　後架から戻つて来ると彼は、また七面鳥になつて
「何アに、△△の土地だつて未だ残つてゐるんだ、近いうちにあいつを一番手放しさへすれば……」

　そんな風に、止せばいゝのに思慮ある肚の太い実業家が何事かを決心したやうに唸つたりした。――すると、また彼女も、彼の予期通りに、忽ち笑顔に返つて
「しつかりおしよう、タキノやア。」と、薄気味の悪い猫なで声を出して――まつたく、斯んな種類の中婆アさんといふものがあるんだな！と、彼を変に感心させて
「お前さへしつかりしてゐれば、大丈夫だよう、いくつだと思ふのさ、ほんとにお前はよう……ほんとうなら阿母さんは、ク、、、、。」と彼の悪感をそゝる意味あり気な忍び笑ひをはさんで「ク、、、、、もう隠居なんぢやないかねえ、クツクツク……、お前は未だカラ子供なんだねえ、なんにもクヨクヨすることなんて、ありやアしないぢやアないかねえ……」

　その声色が、見る見る飴のやうに甘く伸びて行つて、毛虫になつてうねうねと逼ひ寄つて来て、

「ヲダハラの阿母さんは安心だよう………まア、斯んなおとなしい悴をもつて………」

　あゝ、もう堪らないなア！あゝ、厭だ〳〵！と思つて、彼が身を引く途端、ポンと彼女の営養不良の薪《まき》のやうな手が、彼の肩先をさするやうに叩いて、彼をゾツとさせた。

　彼は、この中婆アさんの歓心を買はうとしてゐる己れの所置に迷つた。

（ヲダハラの阿母さん！）

　彼は、そつと繰り反した。周子の母に、遠回しな厭がらせを浴せられて、今迄自分が母に抱いてゐた反対の心境が拡けたなどと思つたのも、みんな苦し紛れの痴夢で、斯うあくどく残虐な手に攻められると、一瞬間前の余裕あり気な心持などは、鵞毛の如く吹き飛んでしまひ、腑抜けた自分が「ヲダハラの阿母さん。」と、この中婆アさんの間で、夫々彼女等の命ずるまゝに、泣いたり、笑つたり、舌を出したり、出たら目に踊り狂ふ、魂のない操り人形である己れの所置に迷つた。道徳的な潔癖で母に義憤を覚えたのでもないらしい、また感傷が、彼女の幸福を祈つたのでもないらしい……（カツ！周子の母親に肩を叩かれて、ゾツとする類のものか！）

「…………」

「お前は、なかなか感心だよう！」

　カツ！と、風船玉のやうな己れの頭をはぢいて、彼は――この「悪婆」の面上に唾を吐きかけてやる！やれる境遇か？やる

代りに、こゝで己れの母をカツと罵るか?罵れば、代りにはなりさうもない、心から己れの母を罵つてしまひさうである………何と、この「悪婆」が手を叩いて嬉ぶことであらう、相手が此奴でさへなければ、自分は声を挙げて自分の母を罵れる、そして清々する………いや、鏡に向つて、同じ程度にこの二人を罵つてやりたい、いや、鏡では、自分の馬鹿面が写つて憤き出してしまふだらう。天に向つて演説するか?星を見れば、斯んな亢奮は、また鵞毛になつて飛散してしまふだらう………(あゝ、俺は、とてもこの眼前の妖婆には敵はない――)

そつと彼は、にやにやしてゐる「妖婆」の横顔を眺めると、間もなく此奴に酷い幻滅を覚えさせる程のボロが現はれて、と忽ち妖婆は悪鬼となつて、胸を突かれ腕をとられて、子供諸共戸外にほうり出されてしまひさうな危惧を覚えて、――ふと、その危惧が反つて思はぬ安易に変つたり、自分の母からの白々しい通信に滑稽な戦きを持つたりした。――彼は、幼稚な自称科学者が、顕微鏡下に、人畜に害をなす怖るべき病菌を見て、思はず見震ひを感じたのであるが、大人であることゝ、研究家であつたことゝを顧みて、擽つたく身震ひを堪へながら、啞然として、厭々ながら眼鏡を覗いてゐる愚かな見得坊に過ぎなかつた。無能な衒学者に過ぎなかつた。カラクリの眼鏡を覗いてゐる児童に過ぎなかつた。また、何の得も取れない詐欺師にも等しかつた。――まつたく彼は、こゝで厭な顔を現さずに凝つとしてゐることは、如上の形容でも足りぬ程、随分苦しかつたのである。

「なア、タキノや――」

「アッハッハッ――まつたくだなア。」

いくら程あれば、以前の運送店を取り戻して、あんな働きのない夫などは頼まずに――云々といふ、彼女は、癖になつてゐる愚痴を滾して、夫を批難しはじめてゐた。――母から遠ざかれば、いくらか彼は救かつた。

「それツぽツちのこと、何とでもなるさ。」

何となく彼は、吻ツとして、ほんとに、それツぽつちならといふ気で、何の成算もなく

「俺がやる〳〵。」などと、景気好く叫びながら、また呵々と笑つた。――賛同しないと、怖い気もしたのである。

彼は、斯んな場合に限らず、一寸感情がもつれると、直ぐに己れの姿を見失ふ性質が、幼時からあつた。無神経な物体になつてしまふ病気を持つてゐる。

斯んな嘘のやうな経験がいくつもあつた。――幼時、発狂してゐた叔父に手を引かれて(彼には、叔父が狂人といふことが好く解らない程の幼時だつた。家人にかくれて叔父が彼を伴れ出したのださうだ。)裏の山へ散歩に出かけた。父の直ぐの弟で、彼が父のやうに慕つてゐた叔父である。細いことは忘れてしまつたが、何でも叔父が、可成り高い崖の上から、下の畑に、俺も飛び降りないか?と誘つたのである。低いやうに見えたの

で、叔父に続いて、飛んで見ると、案外に高くつて、彼は、脚が地についた刹那な平気だつたが、一寸間をおいた後に卒倒した。——二十二三才の頃、父と一処に、初めてミス・Fを訪れた時、父はFの父と用談をしてゐるので、快活なFは彼を、自分の部屋に誘つた。いくらFが、話しかけても彼は、アセるばかりで答へることが出来なかつた。彼女は、おぼつかない日本語を用ひるのであつたが。——彼は、彼女の薄着の下に躍動してゐる鹿のやうに明るい四肢を想像して、自分が彫刻家でないことを後悔した。

彼が返答に困つてゐると、彼女は、彼の顔を仰山に覗いて

「うちの鸚鵡よりも、アナタはおとなしい。」

などと、皮肉でなしに云つた。彼は、赧くなつて立ちあがつた。——彼には、洋風の居室などが、大変珍らしかつたので、不躾けにあたりを見廻した。Fが、一寸部屋から出て行つた時彼は、隣りにも同じ部屋があるので、その方へ進んで行くと、突然、酷く堅くて、冷いものに、イヤといふ程頭を殴られた。——気附いて見ると、壁に塗り込まれてある大きな鏡だつた。傍き見をしながら、歩いて行つたのだらうが、余程酷くテレてゐたものらしい。今、思つても、その時鏡に写つてゐた筈の己れの姿は、どうしても思ひ浮ばない。その晩、家に帰つてから彼は、熱を出した。誰にも見られなかつたから、好かつたが——と呟いで、胸を撫で降ろしてゐる自分が一層堪らなかつた。

彼のは、物思ひに耽つて眼前のものを忘れるといふ類ひのものでない。

「さうなれば、ほんとうに私は救かるんだがな。」

「救かるなんて！そんなことを云はなくつてもいゝよ〳〵。」

と、彼は、無造作に点頭いて、周子の母を一層気嫌好くさせた。

——ブランコに乗つて、半円に達する程の弧を描き、風を切る身に、足の裏から冷い風が滲み込んで来る快《こゝろよ》くもない勢ひで、五体が硝子管になつてゐるやうな面白さだつた。

悪事を働いて、茶屋酒を飲んでゐる小人の心持は、斯んなものかも知れないぞ——彼はまたそんな風に概念的な馬鹿気た比喩に身を投じて、鈍重な明るさに浸つた。——だが、彼は、そつと左手をふところに忍ばせて、右手では飽くまでも磊落を装ふて、徐ろに酒盃を上げ下げしながら、秘めた手の平をぴつたりと胸に圧しあて、、微かな鼓動を窺つて見たりした。と、それは、次第に鋭く凝りかたまつて、そして、見る間に、いくつかの粒に砕けて、小さくさらさらと鳴りながら脆弱の淵に沈んで行くのであつた。

この小さな、無神経な物体の音は……？と、彼は夢想した。渚の岩蔭に潜んで、波が来ると驚いて窓を閉ぢ、引けばまたこつそりと顔を現してあたりを眺めたり、産れて以来それを続けてゐるにも関はらず一向波に慣れない愚かな「ヤドカリ」が、稍大きな波にさらはれて、アツといふ間もなく岩間から転落して、眼を閉ぢて、ころころと水の底に沈んで行く心細さだつた。

「またやられてしまつたぞ、残念だな。あの岩まで這ひあがる

には、また相当の日数がかゝるんだな。あゝ、厭だな！」と、怠惰なヤドカリは呟いだ。――「眼もあけられやアしない。………うつかりすると、砂に埋つてしまふぞ。口も利けやしない、息苦しくつて……水の底なんて――。ウ、、、、。」

「酒々！」と、「ヤドカリ」は叫んだ。

「もう、よしたらどう？」

周子は、さつきからの彼の困惑を悟つて、珍らしく夫に同情する程の気になつた。

「好いぢやアないかねえ、お酒位ひ……」と、彼女の母は、親切に酌などした。「私は、なんにもやかましいことなんて云やアしないしさア。」

彼は、何とかして、饒舌な周子の母を黙らせてやりたかつた。

「Hermit-Crab ッて、何だか知つてゐる？」と彼は、突然周子に訊ねた。

「知らないわ。」

知つてゐると、彼は思ひはしなかつた。自分だつてさつき彼は、Yadokari〔寄居虫〕n. the Hermit-Crab,と、和製英語見たいな言葉を和英字引で引いたのである。

「何さ？」

「いや、知らなければ好いんだがね――俺も、一寸忘れたんだよ、えゝと？」などと彼は、空々しく呟きながら物思ひに耽る表情を保つた。好いあんばいに彼女の母は、黙つてしまつた。

そればかりでなく彼は、二三日前から切りにヤドカリの痴夢に耽つて来た阿呆らしさを、こんな風に喋舌ることで払つてしまひたかつた。若しこれを和語で云つたならば彼女等ですら、そのあまりに露はな意味あり気を悟つて苦笑するに違ひない、などと彼は、怖れたのである。――彼は、二階で、和英字引を引いたり、Hermitといふ名詞をワザと英文の字引で引いて、“one who retires from society and lives in solitude or in the desert”. などと口吟んだり、また「やどかり――蟹の類。古名、カミナ。今転ジテ、ガウナ。海岸に生ズ、大サ寸ニ足ラズ、頭ハ蝦ニ似テ、螯《はさみ》ハ蟹ニ似タリ、腹ハ少シ長クシテ、蜘蛛ノ如ク、脚ニ爪アリ、空ナル螺ノ殻ヲ借リテ其中ニ縮ミ入ル、海辺ノ人ハ其肉ヲ食フ。俗ニ、オバケ。」と、わが大槻文学博士が著書「言海」に述べてゐるところを開いて、面白さうに読んだりしたのである。

「どうしたのよ？」

「………」

斯んな時彼は、うつかりすると、盃を鼻に突きあてたり、襖を忘れて次の間に入らうとして、襖に頭を打たれたりするのであつた。

「阿父さんの一周忌は――」と、周子の母が云ひだした。またか！と、彼は舌を打つた。それは三月の初旬だから、未だ遠いのであるにも関はらず、彼女は、それに事寄せて彼の母を話材にしたがつた。

彼は、周子の方に向つて、前の続きを喋舌らうと努めたが、何の材料もなし、自分達のことを話材にすれば直ぐに、その母が口を出すし、うつかり「煩いツ！」などと癇癪を起せば、それこそ如何《どん》な酷い目に遇ふか？想つたゞけでも竦然とするし「うん〳〵、僕は、前の日にでもなつて行けば好いんだらう──どうせ。」などと受け流しながら、酷く焦々とした。──何でも好いから、何か別の話材に逃げなければ堪らない、と思案した。──（なぶり殺しにされてしまひさうだ。）

　彼の口調が、棄鉢な風で、そして不平さうに口を尖らせてゐるのを、彼女は、自分が煩さがられてゐることも気付かず、彼が遠方の自分の母に向つて反抗してゐるものと思ひ違へて──にやりとして、狐となつて彼を諌めたりするのであつた。

「何を云つてゐるのさア、お前は、よう！　前の日にでもなつてだなんて……フツフツフ、そんな呑気なことで如何なるものかね、ゑゝ！　当主なんだぜ、お前は、さア！」

「……御免だ。」

「そりやア、向ふぢや何もお前を無理に呼び寄せようとはしないだらうがさ、ヲダハラの阿母さんだつて……」

　──どうしても阿母を罵しらせるつもりなんだな、この俺に……斯う俺が思ふのは、決して邪推ぢやない、邪推なもんか、この狐婆ア奴、どつこい、そんな手に乗つて堪るものか、チヨツ！

「あゝ、厭だア！」と、彼は、顔を顰めて溜息を衝いた。

「だが、可愛想になア、お前も。お前は、これで規丁面なたちなんだものねえ。」

　──ばかされたやうな顔をして、あべこべにばかしてやらうかね、何の斯んな婆ア狐ぐらひ……阿母さんの悪口なんて云ふもんぢやないよ、なんて諌めたいんだな、心では快哉を叫びながら──などと彼は、敗ン気な邪推を回らせたが、何としてもばかし返す手段として、自分の母を選ぶわけには行かなかつた。と、云つて彼には、他の方法は一つも見出せなかつた。──全く彼は、この婆アさんに心まで見透され、操られ、打ちのめされてしまつたのである。いくら口惜しがつても無駄だつた。笑ふことも憤ることも出来ない穴の中に封じ込まれて行くばかりだつた。──彼は、口惜しさのあまりギユツと唇を嚙んだ。

「そりやア、お前としては随分口惜しいだらうがね、お前は、仲々辛棒強いから口にこそ出さないが、私は、ほんとうに察するよ。お前の心を、さア。」

「鬼だ！」

「うん〳〵、我慢をし〳〵、私はもう……」

　──憤慨の情を露はに出来たゞけでも彼は、いくらか救かつた。彼は、肚立しさのあまり滅茶滅茶に、この眼の前の「狐婆ア」に向つて、胸のうちで、思ひつく限りの野蛮な罵倒を叫んだ。──（畜生奴、鬼だ！と云つたのは手前のことを云つてやつたんだぞ、この鬼婆ア！営養不良の化物婆ア！淫売宿の業慾婆ア！ぬすツとの尻おし！くたばつてしまへ！夫婦共謀の大詐欺師！烏の生れ損ひ！食ひしん棒！）

彼は、そんな風に、如何《どん》な下等の人間でも口にしさうもない幾つかの雑言を繰り反してゐるうちに、このうちの何れでも好いから、一つはつきり相手に悟れるやうに叫んで見たいな——などと思つてゐるうちに、ふと名案が浮んだやうに、ポンと膝を叩いた。

彼は、横を向いて

「Devil-Fish!」と、叫んだ。周子の母を罵つたのである。

「え？」と、周子は、一刻前からの続きで邪気なく問ひ返した。無智な彼女の母は、娘がさういふ話（English）に興味を持つてゐるらしいのを悦んで

「お前達の話は、何だか私には解らない。」などと微笑みながら娘の顔を眺めてゐた。

「Devil-Fish! Devil-Fish!」

彼は、ふざけるやうに叫んで、すつと胸のすく気がした。——（烏賊が墨を吐いて、敵の眼を眩ませるんだが、自分の墨で自分が眩まないやうに気をつけろよ。）——「ウーツ、怖ろしく酔つ払つて来だぞう。」

「お酒はね、酔ひさへすれば薬だよう、この頃お前は、随分気持よさゝうに酔ふぢやアないか。ヲダハラに帰つた時など、如何なのさ？」

「Devil-Fish ツてえのはね、お前知つてゐる？」

「さア！」と、周子は、考へるやうに首をまげたりした。

「どれ、ひとつ余興でも見せてやらうかな、……Devil-Fish ぢやア、困つてしまふな、いや、お前なんて、烏賊の泳ぐところを見たことがあるかね。」

彼は、気嫌の好い酔つ払ひらしくそんなことを云つた。

「ないわ。」

彼も、烏賊の泳ぐところなどは見たこともなかつたが、

「斯んな風な格構でね。」などと云ひながら、上体を傾けて、スイスイと頭を突きあげたり、ブルブルツと、幽霊のやうに手や脚を震はせたり、うねうねと体を伸縮させたりした。

周子も、その母も、肚を抱えて笑つた。そして彼は、この運動の合間に、掛声のやうに見せかけて、憤鬱の洩し時は、こゝぞと云はんばかりに力を込めて、

「Devil-Fish!」と、呼んだ。

「アツハツハツハ。」

「デビル・フヰツシユツて、烏賊のことなの？」と、周子が訊ねた。彼女は、自分の母の前で彼が気嫌の好いのを悦んでゐた。

「……何しろデビル・フヰツシユぢや食へないんださうだ。」

彼女は、彼がもう酔ひ過ぎてわけの解らぬことを云ひ初めた、と思つた。

これは、嘗て彼が、父から説明を聞いた英語であつた。ある種の紅毛人は、章魚、烏賊、鮟鱇などの魚類を、俗に「悪魔の魚《デビル・フヰッシュ》」と称して、食膳にのぼすことを厭ふといふ話だつた。——彼は、周子の母を鮟鱇に例へ、己れを或る種の紅毛人

になぞらへて見たりしたのであつた。

「うちの阿母は?」と、彼は、思はず呟いで、同じやうな不味《まず》さを覚えた。その時彼は、周子とその母の眼が、不気味に光つたのを感じてヒヤリとした。……(鮟鱇と烏賊の相違位ひのものかね、フ……。)

彼は、間の抜けた笑ひを浮べた。……(俺も、俺も……)

「ぢや、ひとつ今度は、章魚踊りをやつて見ようか。」

周子の母が、何か云ひかけようとした時彼は、斯う云つて、厭々ながらひよろ〳〵と立ちあがつた。

「キヤツ、キヤツ、キヤツ――タキノは、仲々隅に置けない通人だよう。普段は、あんまり口数も利かないけれど酔ふとまア何て面白い子だらう。」

そんなことを云ひながら周子の母は、火鉢に凭りかゝつて、指先きで何か膳の上のものをつまんだり、チビチビと盃を舐めたりしてゐた。

「いくらか痩せてゐるだけで、やつぱり斯うやつて見ると、阿父さんにそつくりだわね、ねえ、お母さん。」

周子は、母親に凭り添つて、母に甘へる笑ひを浮べながら彼を見あげてゐた。

彼等は、夜毎、このアバラ屋で、彼様に花やかな長夜の宴を張るやうになつた。

六

三月上旬、彼の父の一周忌の法事が、ヲダハラの彼の母の家で、さゝやかに営まれた。遅くも二日位ひ前には帰る筈だつた施主即ち彼は、当日の午頃になつて、のこのこと招かれた客のやうに気取つて、妻子を随へて戻つて来た。別段彼は、母に意地悪るをする為とか、不快を抱いてゐたからとか、そんなわけで遅れたわけではなかつた。わけもなく無精な日を送つてゐたばかりである。

二三日前彼は、この日を忘れないやうに注意された母の手紙を貰つてゐた。それと一処に、高輪の彼が同居してゐる原田の主人に宛てゝ、差出し人が彼の名前で、ヲダハラから招待状が配達されてゐた。彼は、偶然それを原田の玄関で配達者から受け取つた時、母の手蹟で、れいれいと書かれてゐる書状の裏の自分の名前を見て、母に済まなく思つたり、いつかのやうに怪しく自分の存在を疑ふやうな妄想に走つたりした。――勿論、原田では誰も来なかつた。反つて、彼が出発する時には周子の母は、好く彼に意味の解らない厭味見たいなことを云つたりした位ひだつた。

もう、少数の招ばれた客達は、大抵席に就いてゐた。彼は、父の居る時分吾家の種々な招待会を見たが、何《ど》の点から見ても斯んなに貧しく侘しいのに接した験しはなかつた。彼は、次第に怖ろしい谷に滑り込んで行く自分の侘しい影を見る気がした。

母が、彼の代りに末席に控へて、客のとりなしをしてゐた。――彼は、止むなく母に代つて座に就き、黙つて一つお辞儀した。

彼が、小説「父の百ケ日前後」のうちに書いた岡村の叔父もゐた。叔父は、彼の方に眼を向けないで隣席の客と書画の話をしてゐた。彼は、自分が小説に書いたといふことで、とんだところに自惚れみたいな心があつて、叔父に妙な親しみを感じたり、人知れず冷汗を浮べたり、「若し、今夜、百ケ日の時みたいな騒動が持ちあがつたつて、今度こそは敗けないぞ。」などと、運動競技のスタートに立つた時のやうに胸を踊らせたりした。葉山老医も居た。日本画家の田村も居た。また彼が、二度目の苦しい小説「悪の同意語」で、岡村の叔父のやうに強い人に書いたり、周子が口惜し紛れに彼に向つて「お前の阿母は何だツ、間男、間男！」と叫んだ当の志村仙介も居た。「清親」と、彼は嘗て書いたが、それは彼が苦し紛れに岡村の叔父と志村との印象を、ごつちやにする為めにその一つの名前を併用してしまつたのである。叔父と志村との間に、もう一人「清親」と称ふ得体の知れぬ人間が「居ない」とは彼れは思へなかつた。彼は、小説でない場合でも自分のことを平気で「彼」と称び慣れてゐた、殊にそれらの小説を書いて以来、歪んだその狭い世界と自分の生活との区別もつかなくなつてゐた。彼は、往々他人に向つて自分のことを「彼奴」と吹聴する癖が出来てゐた。「君は、さつきから彼奴〱ツて、酷く悪口を云ふが一体それは誰のことなんだい？」と、相手の者から迷惑さうに問ひ返されて、酔払ひの彼は、思はずハツとして言葉を濁らせることが屡々あつた。せめてそれより他に能が無いのである。その癖彼は、決して「彼奴」を客観視出来なかつた。出来る位ならば彼の小説だつて、多少は小説らしい巧さが出る筈だつた、縦令「彼奴」が、如何《どん》なに馬鹿であらうと、無智であらうと、法螺吹きであらうと、取得のない酔払ひであらうと、多くの愚と悪の同意語で形容すべき人間であらうとも――。彼は、小説家としてのあらゆる才能に欠けてゐた。無理に、己れに、肩書を要求される場合に出遇つたならば、彼は徹夜をして、何か、突飛な名称を考案しなければなるまい。「周子の母が、俺を厭がらせる道具か、あれと、これが！」

そんな心持で、あまり出来のよくない木像でも見物する程の無責任な眼で、軽く志村の横顔を眺めたり、母を振り返つたりすると彼は、可笑しく心が平静になつた。

「どうも、何ですな、……今日の法事は大変貧弱で、恐縮で御座いますな、親父は、どうもお客をすることがあの通り好きだつたので、その、仲々、何で御坐いましたが、いや、その私も、大変好きなんですがね、どうも、斯う……」

何かお世辞を云はなければならないと気附いて彼は、急にそんなことを喋舌り出したが、久しく使用しなかつた為か、改つた叮嚀な言葉使ひをすつかり忘れてゐて、直ぐに行き詰り、困つて、仕方がなく出来るだけ大人《おとな》らしく構へて

「ハツハツハ……」と、笑つた。

「何を云つてゐるんだね、お前は。失礼な。」

と、傍から母がたしなめた。――「どうも、これは口不調法で。」

「何ですか、この頃は、務めの傍ら著述などに耽つてゐるさうですが。まア、何をやつてゐるか私も未だ見ないんで御坐いますが。でも、まア、そんな方に心が向けば、いくらか落つきも出て来るだらうと……」

母が、安堵の微笑を湛へて葉山氏の問ひに答へてゐるのを聞いて彼は、一寸坐を退いた。

その晩、帰るといふ志村を彼は無理に引き止めた。

「留守ばかりしてゐるんで、いろ〳〵厄介を掛けてゐるね。」

彼は、盃をさしながら言つた。志村が、何となく自分に一目置いてゐるらしい様子が彼は、愉快だつた。夜になつてから清友亭のお園が来た。お園を見ると彼は、急に故郷に帰つたらしい懐しさを覚えて、そして、そこに居る父に不平でも訴へに行く、たつた二年も前の時日が、昨日《きのふ》のことのやうに蘇《よみがへ》り
「お園さんのところへ行かうか――どうも、デビル・フヰツシユばかりで面白くねえ。」と云つて、彼女を呆然とさせた。

……「迎へに行く振りをしてやつて来たのさ、今まで阿母を相手に飲んでゐたんだが堪らなくなつてしまつてさア。然し何だね、斯んな場合に僕が若し、所謂だね、善良な青年だつたら阿父さん、やり切れないでせう。」

斯んなことを云つて彼は、父を参らせた。

「何アに俺ア、善良な青年の方が好いよ。親のだらしのないところに附け込むやうな奴に会つては敵はないからね、キタナラしい気がするぢやないか。」と、父も敗けずに笑つた。

「そんなことを云ふと、また詩を書くぜ。」

もう時効に掛つてゐるので安心して彼は、そんなことを云つた。

「御免だア！」と、父は、大口を開けて叫んだ。

「怒《おこ》つたね、あれぢや。」

「お前に面と向つて怒りはしなかつたらう、阿母に、だつたぜ。」

「どうして僕に、直接……」

「――止せ、止せ。……おい、お蝶、シンの奴がまた遊びに来たから、トン子ちやんでも呼んで騒がうぢやないか。」

「ひよつとすると今晩あたりは、また阿母がやつて来るかも知れないよ。」

「えツ！」

「さうしたらね、お蝶さん、僕は、急に態度を変へて阿父さんと喧嘩を始めるかも知れないからね、そのつもりでゐておくれ。」

斯う云つて卑し気に口を歪めた時彼は、ふつと母が堪らなく慕しくなつた。そして彼は「まさかね、それほど僕も不良青年でもないさ。」と、静かに附け加へて、お蝶を白けさせたり、

父の顔を曇らせたりした。……

「君は、この頃酒を止めたといふ話ぢやないか、それとも相変らずかね。」と、退屈さうに云つたのは志村だつた。

「酒位ひ何でえ！止めようと、止めまいと、俺ア、そんなこと……」

「俺ア、酒の為に命をとられたつて平気なんだ。死んだあとで一人でも泣く奴があるかと思ふよりも、彼奴が死んで清々と好いと思はれた方が余ツ程面白いや。」

よく父は、そんなことを云つた。

「僕ア、さうぢやないな。僕は、別段酒飲みぢやないが、若しもつと年をとつてから、酒を止めないと危いよ、と云はれゝば直ぐに止めますね。」と彼は、父の健康を慮つて云つたことがある。

「今ツから酒飲みのつもりになんてなられて堪るかよ。」

……「清々と好いや！」と、彼は叫んだ。

「お酒は慎んだ方が好いよ。」と、お園と話してゐた母が振り返つて云つた。

「鬚があるのか？」と、彼は志村を指差した。志村は、たゞ笑つてゐた。

「東京も面白くないし、また此方にでも舞ひ戻らうかな、だが戻つたところで――か。旅行は一辺もしたことはなし、だから未だ好きだか嫌ひだか解らないし……」

そろ〳〵危くなつて来たぞ、と彼は気付いて、ふらふらと立ちあがり、父の位牌の前に進んで、帰つてから、二度目の線香をあげた。

七

朔日《ついたち》と十五日と、毎月、夫々の日の朝には、彼の家では「蔭《かげ》膳《ぜん》」と称する特別の膳部がひとつ、仰々しく床の間に向けて供へられた。そして、それが下《さ》げられてから、彼ひとりがその膳を前にして、しよんぼりと朝の食事を執らせられるのがその頃の定めであつた。――彼が、写真でしか見知らなかつた外国に居る父の「蔭膳」なのである。その冷たくなつた定《きま》り切つた貧しい料理を食ふのが、ひとつは妙に薄気味悪くて、往々彼は、厭だと云つて、祖父母や母に憤られた。

「頂くんだ。」

祖父は、斯う云つて彼を叱つた。――写真で見る父などを彼は、それ程慕ひはしなかつた。――嘘のやうな気がしてゐた。

彼は、ふと、今自分が盃を上げ下げしてゐる膳に気づいて、そんな思ひ出に走つた。定紋のついた、脚の高い、黒塗りの、四角な小さな膳だつた。

「斯んなお膳が、未だあつたの？」

隅々の塗りの剥げてゐるところを触りながら何気なく彼は、母に訊ねた。

「どうしたんだか、それは残つてゐたんだよ――もう使へないね。」

「えゝ――。これ、蔭膳のお膳ぢやないの？」

　蔭膳といふのは、遠方へ行つてゐる吾家の同人の健康を祈る印なのだ――と、いふ意味の説明を彼は、新しく母から聞いた。

　いつかお蝶の家で父と飲み合つてゐた時彼は、その蔭膳を食はされるのが随分迷惑だつたといふ話を父にしたことがあつた。

「馬鹿爺《ぢんぢ》だなア！」

　父は、自分の父のことをそんな風に称んでセヽラ笑つた。

「どつちが馬鹿だか！」

　彼も、眼の前の自分の父のことをそんな風にセヽラ笑つた。

――「ちやんとそれにはオミキが一本ついてゐたぜ。」

「貴様もやがて蔭膳でもあげられないやうに気をつけろよう……碌なもんぢやない。」

「何がさ？」

「あいつ等がさ……。」

「あいつ等ツて誰れさ、おぢいさんのこと？」

「……フツ、つまらない。」

　――母は、昔の話には興味を持つてゐた。彼は、今話を成るべく古い方へ持つて行くことに努めてゐた。前の晩彼は、危くなる心を鎮めて、百ケ日の時のやうな不始末もなく済んだので、今、ホツとしてゐた。自分さへ心を鎮めてゐれば、今の吾家には何の風波もないわけか――さう思ふと彼は、こんな心を鎮める位ひのことは何でもない気がした。

　周子は、隣りの部屋で二郎や従妹達と子供のやうに話してゐた。――彼は、周子の心になつて、この母とこの悴が話してゐる光景を想像すると、他合もない気遅れを感じた。……（何しろ彼奴には、あんな事を知られてゐるんだからな、何んな気持で俺達を見てゐることやら？）さう思つても彼は、こゝで周子に何の憤懣も覚えなかつた。――母は、彼も周子も、母のそんな事は何も知らない気で、飽くまでも母らしい威厳を保つてゐるのだ。百ケ日の頃には、父の突然の死を悲しむあまり彼が狂酒に耽つてゐたのだ、といふ風に母は思つてゐるのだ。

　彼は、周子を感ずると一層母と親しい口が利きたかつた。

　斯うやつて彼は、「蔭膳」を前にしてチビチビ飲んでゐると、いつの間にか自分の心は子供の頃と同じやうに白々しくなり、写真でしか見知らない若い父が、嘘のやうに頭に浮ぶばかりであつた。二十年程の父との共同生活は、短い夢のやうに消えてしまつた。

「阿父さんが早く帰つて来れば好い、なんて思ふことがあるかね。」

　時々、そんなことを聞かされると彼は、子供の癖に酷くテレて
「どうだか知らないや。」と、叫んで逃げ出すのが常だつた。

「そんなものなんだらうな、子供なんて。」

　祖父は、さう云つて彼を可愛がつた。

　祖父が死んでから間もなく父が帰つて来たのだが彼は、少しも父になつかず、本心からそんなつもりでもないんだが

「あんな人は知らないよ。」などと云つて、到々父を怒《おこ》らせたといふ話だつた。

今、彼は、それと同じ言葉を放つても、そんなに不自然でもない気がした。

「阿父さんが帰つて来るまでは、これは続けるんだよ。厭だ、なんて勿体ないことを云ふものぢやない。」と、祖父から命ぜられて、何時帰るか解らない者の為に何時《いつ》までもこれを食はされるのぢや堪らない――などと彼は思ひながら、情けない気がしたのである。だが、その度毎に、ぼんやりと「無何有の境」に居る父の姿が、とり止めもなく静かに空想された。情けなく明るい幻《まぼろし》であつた。

……さう、想はせることが「お蔭膳」の有り難味なんだ、といふ祖父の説明を聞いても彼は、さつぱり有り難くなかつた。ボソボソと、大豆の混つた飯を噛みながら、一層不気味に海の遥か彼方の街を余儀なく想像させられることは、頼りなく物悲しかつたが、一脈の甘さに浸つて、己れを忘れる術になつたには違ひなかつた。

「ぼんやりしてゐないで、早く頂くんだ。」

想ひ描けない空想に、己れの身を煙りに化へてまでも、何らかの形を憶へようとする彼の想ひは、徒らに渺として、瀲灔と連り、古き言葉に模して云ふならば、恰も寂滅無為の地に迷ひ込む思ひに他ならなかつた。

彼は、盃を下に置いて、仰山に坐り直して眼を瞑つたりした。

――(今の心は、まさしく幼時のそれと一歩の相違もないらしい。あの頃だつて、別段父の現実の姿を待つ程の心はなかつたぢやないか……おや、おや、また今日は、例の蔭膳の日か、おや、祖父《ぢい》さんとお祖母《ばあ》さんの姿が見へないやうだが、何処へ行つたのかな、畑の見廻りにでも行つたのかな、まア、好いや煩くなくつて、そのうちに早く飯を済せてしまはうや、だが相変らずのお膳で飽き〳〵したね、喰つた振りでもして置かうかな……ヘンリーが帰るなんてことは考へたこともない、写真で見たところ仲々活潑らしい格構だな、この間の写真で見ると、五六人の級友達と肩を組んだりしてゐるぢやないか、女も混つてゐるな、あちらではあんなに大きくなつても、あんな女の友達が学校にあるんだつてね、何だか羨しいな……阿父さんツて一体何なんだらう、俺にもあんな阿父さんとやらがあるのかね、手紙と玩具を送つて呉れる時は嬉しいが、面とぶつかつたら何だか変だらうな、やつぱり手紙のやうに優しい声を出すのだらうか、そんなものが阿父さんと云ふのか、何だかほんとゝは思へないや、それに阿父さんの癖に学校の生徒だなんて、何だかみつともないな……)

「もう、これからは務めをしくじらないようにしておくれよ。」と、母が云つた。

「……」――(お蔭膳のオミキか!)

「阿父さんが居る時分とは違ふんだからね。」

「……さう。」――(え、と、俺は何処に務めてゐる筈になつてゐたんだつけ？新聞社？雑誌社？△△会社の無収入の重役？学校？学校だつたつけな、ハ、、、親父のことは笑へないや、俺だつてもう英一の親父だつたね、ハ、、）

「ハ、、、どうも貧棒で弱つちやつたな。未だ当分お金は貰へますかね。」

「少し位いのことなら出来るだらうが、無駄費ひぢや困るよ。」

「どうして、どうして無駄どころか。」と、彼は、厭に快活に調子づいた。「研究ですからなア。」

「そんならまア仕方がないけれどさア。」

「それアもう僕だつて——」——（阿母の奴、奇妙にやさしいな、ハ、、、気の毒だな、こんな悪い悴で、だが、自分は如何《どう》だ、仕方のないやさしさなんだらう、フツ。嘘つき、罰かも知れないよ、こんな悴が居るのも。……一寸、一本悸《おど》かしてやらうかな。）——「だけど勉強なら何も東京にばかり居る必要もない気がするんで、当分吾家《うち》に帰らうかなんて、思つてもゐるんだが？」

「また！」と、母は眼を視張つた。

（どうだ、驚いたらう、——大丈夫だよ、お金さへ呉れゝば帰りアしないよ、面白くもない、……志村の泥棒！）——

「また、と云つたつて、阿父さんが亡いと思へば、さう阿母さんにばかり心配かけては僕としても済まない気がするんですもの、ちつたア……」

「直ぐにお前は、嶮しい眼つきをするのが癖になつたね、お酒を飲むと、東京などで、外で飲んだりするのは、お止めよ、危いぜ。」

「えゝ。」と、彼は、辛うじて胸を撫でおろした。

「間違ひを起さないやうにね、いくら困つたつて好いから卑しいことはしないやうにしてお呉れ。貧ハ士ノ常ナリといふ諺を教へてやつたことがあるだらう。」

「…………」

彼は、点頭いた。もう彼は、悪い呟きごとは云へなかつた。自分が、卑しいことばかりしてゐるやうな不甲斐なさにガンと胸を打たれた。先のことを思へば、一層暗い穴に入つて行く心細さだつた。——「僕……大丈夫です、士、さうだ、士です、士です。」

彼は、悲しいやうな、嬉しいやうな塊りが喉につかへて来る息苦しさを感じた。悲しさは、己れの愚かに卑しい行動である。母の言葉が、それを奇妙に嬉しく包んで呉れたのである。——

（御免なさい、御免なさい、私のほんとうの阿母さん、たつた一人の阿母さん、阿母さんが何をしたつて私は、関ひま……せん、とは、未だ云へない、感傷は許して貰はう、不貞くされは胸に畳まう、だが、この神経的な不快感は、ぢやどうすれば好いんだ……えゝツ、面倒臭い、酔つてしまへ、酔つてしまへ、神経的も、感傷的も、卑しさも、そして士もへつたくれもあつたものぢやない、どうせ俺アぬすツとだア、アツハツハ……）

「ハ、、、士ですからね、私は。何時《なんどき》、官を退いて野《や》に帰るかも知れませんよ、ハ、、、、帰る、帰る、帰る………例へば、ですよ。」

「それア、勿論、それ位ひの……」

「ハ、、、何と僕は見あげた心をもつてゐるでせう、ハ、、、願クバ骸骨ヲ乞ヒ率伍ニ帰セン、でしたかね。」

「口ぢや何とでも云へるよ。」

　母は、彼の調子に乗せられて、笑ひながら、明るく叱つた。斯んな調子は、母は好きなのである。斯んな言葉は、彼が幼時母から授かつたのである。母は、その幼時その父から多くの漢文を講義されたさうである。――母は、彼が斯ういふ態度をすると、タキノ家に対して淡い勝利を感ずるのであつた。実際の彼は、そのやうな母の血を少しも享けてはゐなかつた。

　母は、その兄達と共にタキノ家の者、就中彼の父を「腰抜け」と呼んだことがあるが、そして彼の父を怒らせたのであるが、父以上のそれである彼は、その時内心父に味方しながらも怒つた父を可笑しく思つた。母の兄は、七十幾歳だつたかのその母（彼の祖母）に向つて、蔭で彼のことを
「やつぱり、飲んだくれのH・タキノの子だからお話にはならない。」とか「あんな堕落書生に出入りされては迷惑だ。」とか「阿母がしつかりしてゐるから、若しかしたら彼奴だけはタキノ風にはなるまいと思つてゐたんだが、あれぢやHよりも仕末が悪い。私立大学で落第するとは、あきれた野郎だ。」とか、（その叔父は、大礼服を着た写真を親類中に配布して、常々、親類中に俺の話相手になる程の人間が一人も居ないと云つて嘆いたさうだ。」そんなことを云つて、その祖母は、長く彼と一処に暮したことがあるので、どつちかと云へば孫のひいきで「それでも貴様は口惜しいとは思はないのか！」と、少しも口惜しがらない彼を、焦れツたがつた。彼の父なら、多少は口惜しがつて「俺は、フロツク・コートだつて着たことはない。あんなものは坊主が着るもんだ。」位ひのことを云ふだけ彼より増だつた。彼は、嘗て屢々この祖母の金を盗んで、故郷の村で遊蕩を試みたことがあつた。彼の父も、若い頃その父が大変頑迷だつたので屢々業を煮やして、この彼の祖母から金を借りて、秘かに村の茶屋で遊蕩に耽つたといふ話である。

　隣室に周子が居るので、彼と母の間ではいつものやうに原田の噂は出なかつた。彼は、少しはやつてやり度く思つた位ひだつた。

「僕は、たしかに阿母さんの影響を多く享けてゐる気がしますよ、この頃時々ひとりで考へて見るんだが。」

　彼は、そんなよそよそしいことを臆面もなく呟いて母におもねつた。……そして、また野蛮な憤懣は、言語とうらはらに悉く心の呟きに代へた。――（ひとりで思ふね。あんまり俺はタキノ風であることをさ。……帰るといふ素振りをすると、それとなく顔色を変へるから、がつかりするよ。――若し、こゝんところに志村の畜生が来やアがつたら、何とか文句をつけて、ぶん殴つてやるから見てゐるが好い。もう敗けるもんか。）

「一度《ひと》び、東京へ出ずれば、ですね――僕、さう、おめおめと帰つて来やしませんから安心して下さいよ。」

「お前は、仲々強くなつたから、私は安心してゐる。」

「さうとも〳〵。」――（フツフツフ、あべこべに煽てられてしまひさうだぞ。）

それでも彼は、ばかに好い機嫌に酔つてしまつた。……「帰る時には――ですね、僕は、その、楯に乗つて帰りますよ。」

（だが、斯んな法螺を吹いて好いかしら、来月あたりは、もう高輪の家をほうり出されるかも知れないぞ、あゝ、怖しい〳〵、行きどころが無くなるなんて！）

「うん。」と、母は、点頭いた。彼は、益々調子づいて
「楯に乗るといふことは、目出度い話なんですよ、その話を、阿母さんは知つてゐる、スパルタのさ。」

「好く知らない。」と、母は、一寸薄気味悪るさうに首を振つた。――彼は、簡単に、多少の出たら目を含めた古代スパルタの歴史を説明してから
「即ち、生きて帰るな、花々しく戦場の露となれ、生きて帰れば、汝の母は泣くぞよ――といふわけなのさ――その、楯に乗りて云々といふ一言がですなア！ハヽヽ、どうです、偉いでせう、僕は――」などと、彼は、何の辻褄も合はぬ、夢にもないことをペラペラとまくしたてた。

「日本にだつて、そんな話はいくらもあるよ、そんなスパルタなんぞでなくたつて。」

母は、楠正行の母にでもなつた気で、他合もなく恍惚として――彼を、悲しませた。

ともかく、この夜の彼等は、異様に朗らかな二人の母と子であつた。

（お蔭膳のオミキか！）と、また彼は、これが新しい口癖になつたかのやうに呟いだ。――たゞ、惨めなことには彼の心は、子供の頃のそれのやうに容易く「寂滅無為の地」に遊べなかつたのである。腕を挙げ、脚を蹴り、水を吹きして身を踊らせるのであつたが、たゞ見たところでは弱々しく邪魔にもなりさうもなく漂ふてゐる多くの水藻が、執拗に四肢にからまりついて、決して自由な運動が出来ないのである。岸から傍観してゐる人は、一体彼奴は、あんなところで何を愚図〳〵してゐるんだらう――と、訝かるに違ひあるまい――彼は、そんなに、山蔭の小さな水溜りで水浴びをしてゐる光景を想つたりした。

……（もう少し酔つて来ると危いぞ、どんな失敗をしないとも限らないぞ――。……折角のところで阿母と、飛んだ争ひをしてしまつては、何んにもならないからな……第一、東京へ帰つてからの暮しが出来なくなる……あつちには、あつちで、あの怖るべき周子の母が、裕福になつて帰るべき自分を、空腹を抱へて待つてゐるのだ。母だつて、自分が今まで斯うして、例の鬱屈とやらを――、ツマラナイ、馬鹿なことだが――卑怯に我慢してゐればこそ、此方に秘密を――ヘツ、かくさないでも好いのに、が、まアそれも好いさ――悟られまいとして、やさ

しくもする、気味の悪い手紙も寄す……凡て、自分が知らん顔をしてゐればこそである。これで若し自分が、いつか周子から浴せられたやうな雑言を、一寸でも洩したならば、もうお終ひだ。ぢや、どうとでも勝手にしたら好いだらう——と、斯う突ツ放されたら、俺には訴へどころがないんだ。親爺は、ゐないし——か！周子の阿母にでも訴へるのか！そして俺は、どうする、みすみす阿母に棄てられて、どうなる、……阿母だつて、悲しいだらう、俺だつて、悲しからうさ、これでも。——阿母だけは、お前の世話にならないでも好いやうにして置く——と、常々アメリカ勘定の親父は、俺に云つて、アメリカ勘定嫌ひの俺の顔を顰めさせたが……成る程なア！親父が死んだら、屹度俺が彼女に反抗心を起すだらうといふ懸念があつたんだな！大丈夫だよ、ヘンリー阿父さん、あなたのお蔭で私は、金が無一物になつてしまつたんだから、うつかり阿母に反抗心なんて現はせやしないよ、ハ、、、うまくいつてゐやアがらア、ヘンリーさんの計画が、失敗に終らなかつたのは、これ位ひのものかね。だが、阿母の方だつて、もうそろそろ欠乏らしいぜ……でも、好いよ、——安心し給へ、ヘンリー……と、斯う彼に呼びかけたいものだな。あなたの何時かの言葉を一寸拝借して見る——「俺の真似をされては困るぜ、シン！貴様には、阿母を責める資格はないんだよ。」

「そんなことは解つてゐるよ。」

「縦令、阿母にどんな落度があらうとも——だぜ。」

「変なことばかり云ふなア、阿父さんは。どうしたのよう。」

「お前が阿母に逆らへば、何と云つたつて俺ア阿母の味方だぜ、ハ、、、、。」

「ハ、、、、羨しいや、お蝶が嫉妬《やきもち》をやきはしないの？」

「好い気なもんだなア、俺は、サア！」

「まつたくだね、——変な女！お蝶だよ、阿母さんぢやないよ。」

「馬鹿ア、そんなことはどうでも好いよ。自分は、どうでえ！」

「ハ、、、周子かね。」

「ハ、、、周子さんと、トン子さんかね。」

「ハ、、、困つたね。」

「英一は、いくつだ。」

「三つさ。」

「ぢや俺が、丁度貴様と別れて外国へ行つた年だな！」

「あ、、僕も行きたい、僕も行きたい！」————（忘れやアしないよ、阿父さん、阿母は、屹度大切にしますよ、ハ、、、——）

「阿母さん！　僕は、今までだつて別段贅沢をしたわけぢやないが、この先きだつて……、ホラ、よく岡村のおばアさんが云つたこと、あの……その、人間は——だね。」と、彼は、ゴクリと酒を飲んで「人間は、その——乞食と泥棒さへ……」と、云ひかけた時、胸が怪しく震へた。「……さへ、しなければ

――さへ、しなければ、でしたかね？　フ、、、！」

「さうとも。」

「……さへ、しなければ、何の人に恥ずるところはない、ボロを纏はうとも、でしたな。」

「乞食と泥棒と、そして――」と、母は、一寸と気恥し気に笑つた。「親不孝と――」

「あゝ、さう、さうその三つでしたね。」

それだけかな？などと思ひながら彼は、荒唐無稽の幼稚な例へ話を笑ふやうに、笑つたが、喉を落ちて行く酒の雫に、雨だれのやうに冷く胸を打たれた。……「味噌と醤油と米と、そして薪さへあれば――とも云つたね、岡村のおばアさんがさア？」

「戦争の時の話だらう。」と、一寸母は煩さゝうに云つた。

「さうぢやないよ、普段でも、だよ。それだけあれば不自由はない――とかさ。」

「そんなことを知つてゐながらお前は、どうさ？」と、母は苦笑した。

「直ぐさう云つてしまつてはお終ひだよ。僕は、何もそんなおばアさんの言葉に感心して居るわけぢやあるまいし、寧ろ、軽――」と云ひかけて彼は、「蔑」を呑み込んだ。

「いゝよ。」と、母は益々煩さゝうに享け流した。すると彼は、もつと、これに類する退屈な話を持ち出して母の欠伸を誘つてやりたくなつて
「あの、マーク・アントニーといふローマの大将ですね、あの人は手に負へない贅沢な放蕩家だつたが、何かの行軍の時にですね、食糧が欠乏してバタバタと兵士が斃れた、ウン、その時、彼は、ですね、俺も腹が減つたから、これを飲む！と叫んで、道傍の濁つた水を飲み、それも尽きた時には、馬の尿《いばり》を飲んで、そして無事に行軍を終へた。」

「まア、キタナラしい、そんな話は止めておくれよ。」と母は顔を顰めた。「お酒を飲みながら何のことさ――武士は食はねど――の方がキレイで好い。」

いつの間にか彼は、「正行の母」のやうに恍惚として、「アントニー」に想ひを馳せ、ひたすら痩軀矮小の身を嘆いた。

「ところで俺には、デビル・フイツシユさへ苦手か！」

「えゝ？」

「いや――その僕は、そんなに小さい時分には食べ物の好き嫌ひが多かつた？」

「生魚は、何にも喰べなかつたよ。だから今もつてそんなに痩せてゐるのさ。痩つぽちに限つて、口先きばかり大きなことを云ひ、心は針目度のやうだと云ふがね。」

母方の者は、皆な肥つてゐた。

「ハツハツハ――。おい、皆な此方に来ないか。」と、彼は隣室の子供達を呼んだ。酔つて来るのが自分ながらはつきり解るので彼は、不安になり、子供達が居れば母に悪いことを云ふ筈がない、とこれで予防したつもりだつた。周子も二郎も入つて

来た。

それから彼は、どんな風に酔つ払つたか殆ど覚へてゐない。子供達に接して、一途に吻つとして、異様に朗らかになつた。翌日、一同の者の話とうろ覚えを総合して見ると、大体に気嫌の好い、愉快な、当り前の酔漢であつたらしい、殊に子供達から、絶大な賞讃を博されたことでも解る。——彼は、二つばかりうろ覚えのお伽噺をして聞かせた。その種が尽きると、星の話をした。これも少し熱心に追求されると直ぐに困つて、次にはお神楽の真似をした。軍歌や唱歌を吟じた。その辺までは母も、一処になつて気嫌が好かつたのであるが、だんだんに種が尽きると終ひに彼は「烏賊泳ぎ」や「章魚踊り」を演じて子供達を笑ひ過ごさせ、母の顔を曇らせた。「烏賊泳ぎ」は、さうでもなかつたが「章魚踊り」を母は、何か通俗な遊蕩的の余興と思つたらしかつた。その上彼は
「そんなら今度は、狐に化されるところを演つて見よう。」などゝ云つて、膳の上を片づけ、それを両手でたてにさゝげ「狐に化されると、こんなものがほんとの鏡に見へるんだぜ、いゝかへ……」——「斯うやつて飲んでゐるこの酒が、実は馬の小便でさ。」

彼は、片手で盃を干し「あゝ、うめえ、うめえ……コリヤ〳〵ツと。」——「俺が斯んなに女にもてたのは始めてだぞ。まさか夢ぢやアあるまいな。どれ〳〵、どんな顔をしてゐるか一寸鏡を見てやらう。」

そんなことを云ひながら彼は、気取つた顔をして凝ツと「鏡」を覗き込んだ。

「子供の前で、何です。」

突然、母が叫んだ。

「いや、諸君。」と、彼は子供達に向つて云つた。「若し誰かゞ狐に化されたならば、だね、そいつの背中か頭を力一杯殴つてやると気がつくさうだよ、——斯《か》う」と云つて彼は、ポカリと自分の頭を殴り、急に夢から醒めてキヨロ〳〵とあたりを見廻す動作を巧みに演じた。

「冗談にも程がある、第一縁儀が悪いよ、塗物に顔を写すと気狂ひになるツ！」

母は、ぶつ〳〵云ひながら彼の手からお膳を取りあげてしまつたさうである。それから彼は、この失敗を取り返して更に子供達を悦ばせる為に、クロール泳ぎの型や呼吸の仕方を説明したり、兵隊の真似をしたりして、到々過激な運動の結果ゲロを吐いて椽側にのめつてしまひ——「ウー、苦しい、ウー、苦しい、死にさうだよう！」と、腸を絞つて息も絶へ〳〵に唸つた。

「ゲロを吐く位ひならお酒なんて飲むな、この腰抜け奴！」——「まア、何といふだらしのない格構だらう、あきれたお調子者だ。」

母は、そんなことを云つたが、もう何と罵られようが何のうけ答へもなく、たゞスースーと云つてゐるばかりな浅猿しい悴の姿を、悲し気に視守るより他はなかつた。

それから一同の者が、彼の手足をとつて軽々と寝床に担ぎ込んだのである。

八

「あゝ、海が恋しい、海が恋しい。」

彼は、毎日のやうにこんなことを呟きながら東京郊外の陋屋で碌々とその日その日を送つてゐた。医家に厳禁されたこと位ひは生来不摂生な彼であつたから別段に意ともしないのであるが、酒も今では殆んど飲めなくなつてゐた。――春、原田の家を逃げ出し、どうしても未だヲダハラの母の家へ帰る決心はつかずに、来《く》る二日前までは名前も知らなかつた此の郊外に偶然引き移つてから、もう夏になつてしまつた。――下谷から移る時にはあんなに好く働いた賢太郎も、高輪を引きあげる時には、奥でハーモニカを吹奏してゐるばかりなので彼が独りで荷慥へをしなければならなかつた。彼は、彼の所謂、何らかの「人間的な刺激」幼稚な俗臭を欲する幼稚な男であつたから、寧ろ同所に引き止まることを主張したのであるが（如何《どう》して引き上げなければならなかつたかの経緯は省略するが。）返つて周子が己の家を嫌ひ始めたことも、幾つかのうちの一つの理由であつた。

この頃の彼は、蝉の空殻のやうであつた。酒も飲めず吾家の晩酌は倦々もした。街に出掛ける元気もなく、ヲダハラを想つても、原田のことを想つても、瞬間だけで悉く嘘のやうに消えてしまつた。たゞ、この一年半ばかりの間の……と、云ふ程のこともないのであるが、己れの痴態が、時々呆然と眺める眼の前の木々の間や、直ぐその先きには海でもありさうな白昼の白い路に、ヒヨロ〳〵と写るばかりであつた。昔、或る国に不思議な刑罰があつた、天井も床も四方の壁も凡て凸凹な鏡で張り詰めた小さな正立方体の部屋が重刑者を投ずる牢で、其処には昼夜の別なく怖ろしく明るい一つの燈火が点じてあつた。凸凹な鏡に歪んだ己れの姿が、鏡は鏡を反映して無数に写る。この牢に投ぜられたものは大概三日目には白痴になつてしまふのである――そんな即席のお伽噺を彼は、いつか子供に聞かせて、その先はまた出たら目に、こゝに投ぜられた一人の青年が如何してこの牢を破つたか？などといふことを、「破る」あたりから厭々ながら冒険小説風に話したりしたこともあつたが、その空想の牢獄を更に細かく構想したりすることもあつた。

或る日彼は、あの昔の錆びて使用に堪へないピストルを懐ろにして「呑気な自殺者の気分」を味ふ為めに、秘かに林間を逍遥したが、毛程もそんな気分は味はへずに、テレて勝手に赧い顔をして直ぐに引き返した。――まだアメリカのFに出す手紙の文案を二日も三日も考へて、断念したり、静岡のお蝶を訪れて大遊蕩を試みようなどと思ひ、秘かにその資金の画策を回らせたり、アメリカ行の夢に耽つたり、時には小説家を装つて、家人を退け、近所に間借りを求めて、物々しく机の前に端坐して、顔を顰めたり、した。

前の森では、夜になると梟がポーポーと鳴いた。あまり英一が騒がしく暴れると、彼は、ありふれた親父らしく眼をむいて「ゴロスケにやつてしまふぞ。」などと、さう云つても一向平気な英一を悸したりした。彼の故郷では梟のことを俗にゴロスケと称び、魔法使ひの異名に用ひた。幼時彼も往々家人から、さう云つて悸されたが

「ゴロスケとなら一所に住んでも好いよ。」と、云つて祖父を口惜しがらせた。

「ゴロスケつて何さ、田舎言葉は止めて下さいよう。」などと、周子は云つた。彼女は、もうそろそろとほとぼりが醒めて自家との往復を始めてゐた。時々賢太郎も、草花などを持つて訪れて来た。賢太郎は、相変らず吾家でごろ〳〵してゐるらしいが、外出の時は私立大学の制服などを着てゐた。

また、或る日彼は、郷里の区裁判所からの書留郵便に接して、刑事に踏み込まれでもしたやうに胸を戦かされた。

土地家屋競買の通知書だつた。彼の「海岸の家」は、高輪の原田の家の代りに抵当になつてゐて、高輪が残り、これが失はれたのである。

「俺の親父が斯んなことをする筈がない、チヨツ、チヨツ、……あゝ、もう海の傍にも住むことは出来ないのか。」

「何さ、自分の方で訴へて置いて……」

周子は、洒々としてゐた。彼は、憤る張り合もなかつた。

——間もなく、伝来の屋敷あとの土地や、少しばかり残つてゐた蜜柑山の競買通知書も配達された。

「あゝ、これは親父の土産か！」

彼は、さう云つて苦笑を洩した。「ハ、、、、面白くない話だなア。」

「うちのお父さんに頼みなさいよ、何とかなるわよ。」

「何とかすることは巧いだらうよ——ぢや、頼まうかね。」と、彼は、弱々しく呟いだ。

母からも手紙が来た。彼女は、未だそんなことは知らないらしかつた。そして、彼の著述の催促などをして寄した。秋になつたら、御身の新居を訪れ傍々、芝居見物の為に上京したいからその節はよろしく案内を頼む——そんな文面もあつた。

「秋になつたら——か！」と、彼は繰り返して、母の来遊の日を変に楽しく待ち遠しがつたりした。

また、当方を顧慮することなく、ひたすら勉学にいそしみ余暇あらば風流に心を向け給はれかし、とか、御身の為に蔭膳を供へ始めたり、尚また震後頓に涌水鈍りたる旧井戸を埋め、吉日を選び、新たにこの借地の泉水の傍に掘抜き井戸を造るべく井戸清に命じたれば、御身帰郷の節には前もつて通知あらば、新しき水に冷菓冷酒を貯へ置くべし——などと報じてあつた。

（十四・八）

（「中央公論」大正14年9月号）

浅倉リン子の告白

——品座龍彦の妾だつた女性——

松永延造

私はもう相当の年輩の女なんで御座いますけれど、それで、未だに、人様から「丁度、指三本ですか？」なぞと尋ねられる程、若やいだツヤなり、フリなりを恵まれてゐる性質なんで御座いますの。然し、おことわりして置きますが、私は世間様で好く云ふ「娼婦型」なんてものに、ぴつたりとはまるやうな女でもありませんの。と云ふものは、貴方、聞いて下さいましな。品座との同棲は私を二人の子の母にしたばかりか、まあ、何う云ふ神様の思し召しでせう、それも念入りに双胎で御座いましてね、この為めには、私、並々ならぬ苦患な思ひをも忍ばねばなりませんでした。何せよ、妊娠八ケ月目からは、足全体へ水気が廻つて室の中を這つてゞなくば動けなかつたんで、まるで、大病人と同じやうに、仰山な有様でしたの。

いえ、事件は其れだけで止まつては呉れませんでした。八ケ月の終り頃には、顔も手もムクみ放題にムクみ、足はしびれる、眼は霞む。その内、到々、いくら見張つても、碌々、物の形さへ見分けられぬやうになつて了ひました。

医者を呼むで見て貰ふと、腎臓が悪いと云ふ話しで、私、大あわてに慌てた為め、その時の事を好く覚えても居りませんが、何でも人工早産をせねば、母胎が危険だとか云ふので、まあ、早速、その手術に取りかゝりましたの。所が、胎児を包むでゐる何とか云ふ膜が、私のは頑丈過ぎるので、一寸もお医者の思惑通りに行かず、私は私で、三度も四度も同じ手術を繰り返して受けた為め、極度の精神の緊張が、不眠、肩凝り、眩暈なぞを誘引し、了ひには、額から冷汗が一杯出て、

『やめて下さい。死ぬ方が増しです。子供と一緒に、何処迄も私！』なぞと、囈語めいた言葉を放つたりする程でした。

私の切ない心の程が、天に通じでもしたものか、その時、不意と私の身体の状態が持ち返し、あの唯物主義の医者さへが奇蹟だと云つて驚く程、一週間ばかりの中に、半分以上浮腫が去つて了ひましたの。つまり、必死に心を緊張させた事が思ひがけなく薬以上の功を奏したのか存じませんわね。

この分なら、もう手術はしないでも……と云ふ訳で、仕合せにも、私の愛しい子供たちは、その温かな眠りを、自然が呼び醒ます迄は、私のお腹の中で充分むさぼつて育つて行く事を許されましたの。

月が満つると、分娩は極く正規的に、順調に初まり、そして、終りました。それにしても初産で双胎の事故、まあ、その苦しみと云つたら並大抵のものでは御座いませんでした。あの時の

事を思ふと、今でも、額が冷たく汗ばんで、息がはずむで来さうですわ。何んにせよ、障子のサンが一本も見えなくなる程のイキみ方なんで御座いますものねえ。

そんな訳なんですもの、私なぞは人様より二倍にも三倍にも母親の型にあてはまつた女だと申せますでせうね。それでは、完全に、私が母らしい母であつたかと云へば、これも何うやら当つてはゐない様ですわ。何故なら、私は自然と出る乳を子供へやるのを拒むで、早く、上げて了ひました上、龍彦の強請的な云ひ附けで、出来た子供は皆、里子に出して了ひましたんですもの。

子供達は大きくなつてから、この事を随分恨み初めるやうになつたのですが、私としても斯んな罪深い自分の行為を決して悔いないでゐる訳では御座いませんの。然し、此処で子供のお話しを初めたら、もう切りも御座いません。それ故、今は一先づ省略する事を選びませう。

その代り、何より、当の私自身の身の上に就いて、細かい所迄もお話し致したう存じますわ。

さあ、何から、きつかけをこしらへませう?先づ、自分の気の持ちやう——それを考へて見る必要が御座いますわね。

私の性質ですか?さあ、何と申し上げませう。早く申さば、斯うで御座います、私は自分で考へを編み出せぬので、人様の巧みな言葉を此処で拝借して見ませう。

『窓から灯火が洩れてゐるのを眺めただけでも、人生はもう一杯に楽しいものだ。食堂でお皿の音がちよつとした丈でも、それでおいしい匂ひの湯気が心に描き出され、充分気持が豊かにされる。』

ね?本統では御座いませんか?どなたにしても、斯んな気持を全然感じないと云ふ方は恐らくないでせう?大体人間はお日様のよく照るこんな明るい世界に生れ合してゐるのですもの、唯だ、立つて、それから坐る丈の行為にも、何となく、生き生きした好い心持が伴ふのが当り前かと存じますわ。

私がさう云ふサツパリとして、歯切れのよい生れつきだと云ふ証拠は、まあ、私が毎晩か丶さずお風呂へ這入り、次に鏡の前へ娘のやうに、亀の子坐りをして、粉の白粉を顔へはき、それから、夏の夜なぞであれば、二階のベランダへ上つたりして、遠い街の芝居の灯なんかを眺めやるのが、今の所何よりの楽しみなのだと云ふ事からも充分発見出来ますでせう。

貴方は斯んな女の娘時代の生活が何んな風だつたかに興味をお持ち遊ばさないでせうか?でも、まあ、お聞き下さい。斯うなのです。

私は万づハデ向きな子で御座いましてね、家が破産するせつぱ詰つた前の日と云ふに、大家の令嬢でなくば着ないやうな高価な、お振袖を平気で父にせびつて買つて貰つたと云ふ始末なんでした。もつとも、父だつてその時は随分自暴自棄になつて居りましたんでせう、私に桃色の振袖を着せ、花カンザシで髪を飾ざらして、方々連れ廻つた上句、お酒を飲みすぎて大通りで歌をうたつたりしてね、貴方、それから、今度はパン屋で何斤もつながつた食パンを大きい儘、一本買つて、それをしつかり胸に抱きしめつゝ、

『さあ娘、この長いのを、柔かい所丈掘つて喰つて、煙突のやうにして了はうや。』なぞと申しましたの。父はそんなにも陽気に騒いでゐるかと思ふと、今度は急に萎れ返つて、子供のやうに、昼の両端を下方へ垂れてベソを掻きましてね、其処を行き過ぎる、見も知らぬ郵便配達などに迄、『さよなら、さよなら！』なんて挨拶し、電信柱にも、色々娘の行く先の事なぞを頼み入り、了ひには、もう、あのM唐物店の石畳みの上へ転り返つて、『グットバイ、グットバイ！』と、足を上げて天を蹴るやうな身振りを致しましたの。勿体ない。いえ、父は何んな不遇に落ちても決して天を怨むと云ふやうな風は御座いませんでしたの、まあ、そんな勿体ない身振りもお酒の上での事なので、何うか許してやつて下さいませ。考へて見ますのに、私の父と云ふのは随分奇麗好きな人で、頭の頂点の禿げた所を隠すために、横手の方から長い毛を持つて来て、それを一本一本、丁寧に並べるのが得意でした。唯だ彼れの一寸した欠点は、台所よりも門を立派にしたいと云ふ性質で、その証拠には、あの山口さんへ抵当流れになつて取られて了つたHの高台の別荘なぞは、随分上等の御影石で門が出来て居りましたでせう？あの石だつて、あの高台迄、担ぎ上るには、大層な人手を要したので御座いました。えゝ、私今でも、薄々、そんな昔の事を覚えて居りますの。

「台所よりも門を！」この気性は、人が上げ潮の運命に引きずられて、その事業を益す発展さして行く時代には、却つて、万般の事を派手に飾り立て、外見から初めて、内容を向上せしめる好い手段となるものですけれど、一朝、その人の運命が下り坂となつて来れば、さて、斯うした心の持ち方から来る災害は実に大きなもので御座いませう。たとへばウニの身が死に去つた後、ウニの殼丈が残つてゐる状態をお考へ下さいましな。その通り、父の事業は端の方から内部の方へバタ〳〵毀れ初めると、もう一たまりもありませんでした。向うの方の事が、こつちの方の事に関聯してゐて、一事の為めに万事がくつがへされて了ふと云ふ始末でした。

生糸商を本職に、それから羽二重仕立で、縫ひ取りだらけなキモノの小売を内職にやつてゐた、私の父の大きな店、あの浅倉商店は斯うしてまんまと破産致しました。さあ、其処で、このハデ好みな娘は一体何んな処分を父から受けましたでせう。早く申しませう。私は父と合意の上、父の一寸した友達に当る一西洋人――あのギルモーアの所へ、夫人見習ひとして、お恥かしい妾奉公に上りましたの。

あの時の変な気持ちを私何うしたら忘れられるで御座いませう。N競馬場に近い、シンカンとした西洋館、石造りで、蔦が赤々とからむで居りましたつけ。その玄関の扉は雨風にさらされて、白つぽく色が褪せ、その一部分の五寸四方位の所丈が、

僅かに鮮かな元の儘の色をとゞめて居りました。この五寸四方！私の考へでは、其処に久しい間、TOILETの札が貼つてあつたのに相違御座いません。それとても、紙では何度か貼りかへなくてはならないから、屹度、頑丈な桜の板か何かを打ちつけて置いたらしいんですわね。さう云へば、釘の跡らしい小さく深い穴が、その扉には二十程も明いて居りましたわ。あゝ、扉はその家の口と云ふより、寧ろ眼と云ふのが至当で御座いませう。何故と申せば、扉の表情如何に依つて、家全体の気品や重みやは大概察しがつくんで御座いますものね。所が何うでせう。この色褪せた様子、その上、所きらはぬ釘の穴！　若い私は何とも云へぬ淋しさにおそはれて、ぞつと背中に寒気の粒を立てずにはゐられませんでした。

え、、この家の主人、ギルモーアは此処へ越して来てから、一ケ月位にしかならず、従つて、未だ此の屋敷全体を自身の趣味に委せて手入れする暇がないのだ――と、その時、一緒に来て呉れた父は私に弁解がましく説明するのでした。

私、よく覚えてますわ。その扉を開いて這入ると、直ぐ顔へぶつかる白い壁に、何だか大層荒い手つきで五本の線が引いてあり、其処へ音楽の譜が、読めない程不完全に、書きつけてありました。父はその汚い壁を見ると、ベソをかくやうな顔附きをして、――娘よ、この家には以前、乱暴な音楽家が住むでゐたのだ、この音譜を、こんなに汚く書いたのも、つまり彼れなので、新らしい主人のギルモーア氏ではない。さうだ、ギルモーア氏は実に落ち着いた立派な御仁で、本来ならば、奇麗な壁をお好きになる筈なのだが、何んにせよ、未だ、引越して来たばかりなのでな――と、又しても、余計な説明を心配相にして聞かせました。

私はもうすつかり諦めを附けましてね、

『いゝえ、お父様、荒れ果てゝゐると云ふ事には、一種の洗練された淋しさがあつて、それは趣味の高い人には却つて楽しいもの、一つなんでせう。ありがたい昔の仏画のお掛けものなんかだつて、虫が観音様のお眼を食べて了つたのが価も高く、見ごたへもあるんでせう？』と、ひそかに涙を拭いて、父に申しましたの。

もつとも、此処で一寸附け加へて置きますが、私はその頃の新らしい女だつたと見えて、異人の匂ひは少しも嫌ひでは御座いませんでした。で、斯んな一見浅間しいやうな企ても、半ばは自分の意志から出た事なのでしたが、もつと根本的に云ふならば、之は矢張り、自分の悲しい運命として、結局は、私の出し入れの息と同じく、のつぴきならぬものだつたので御座いませうね。

私が初めて此のさびれ果てた家へ、お妾奉公に上つた其の日、当の主人は何か急用のためK市へ出掛けて、留守でした。それで、家の鍵迄も預かつてゐる信用の厚いボーイ頭と云ふのが、落ち着きの悪い私を哀れむで、何くれとなく世話を焼いて呉れましたのですが、この男と云ふのが、まあ、お聞き下さい、それは、それは西郷隆盛の銅像に似て居りましてねえ、若い私の興味を痛く引きつけましたの。父が其処を去つて了ふと、彼れは私を横の方から眺めやりつゝ、何処か深く嘆息して、斯んな立派な処女を西洋人にむざ〳〵と渡して了ふのは惜しい、惜しいと、云つてね、貴方『西洋人は××か何うかなんかは決して問題にしないし、この家の主人は極くボンヤリの方で、その上、洋服のボタンがもげてもその儘にして置く程、無頓着な性質なんだから、一層、惜しい、惜しい。』なんてね、貴方、まあ、早いとこ、このボーイ頭はその××と云ふのを自分自身が貰ひたいやうな気振りも一寸は見えましたんですよ。と云ふものは、彼が或る夕方、暗い室内に灯もつけないで、いきなり私に斯う申したんですもの。

『大体、西洋人の所へ上がるお妾は、祝儀を呉れる代りに、その家のボーイ頭、もしくはコック頭へ、××を呉れるのが、この仲間での規則になつてゐるのだが、何せよ、貴方は大家の令嬢だつたんだし、貴方のお父さんには私も色々御恩義を蒙つてゐるんで、何ともうまく行かない始末なんですよ。然し、惜しい、途方もなく惜しい。大体、毛唐つてものは無頓着なんだから……。それに、貴方のお父さんと云ふ人は実に下々の者をよく劬つて呉れる仁でね。話しが分つて、よく切れて、まあ、早い話しがチツプの為めに身上をおやして了つたと云ふやうな方なんでさあね。何しろ。M町のK園で豪遊をおやんなすつた時にや、えらい景気だつたね。K園の女中衆へ縮緬の浴衣を一通りお廻しになつてさ。――さあ、かまはず、そのそろひの浴衣を着た儘で、皆一緒に、千人風呂へ這入つた、這入つた――つてんだからね。それにしても、西洋人と来ちや、根つから、無頓着なんで……。』

まあ、その点がこのボーイ頭には随分気にかかつて居つたやうなんですの。で、一週間たつても未だ主人が帰宅しないので、到々、考へに考へた末、ボーイ頭は一つの思ひ附きを致しましたの。次手に申して置きますが、その家にはボーイ頭の他に、普通のボーイ達は居りませんでした。だから、何もこの人をボーイ頭と、頭をつけて呼ぶ必要もなかつたのですが、彼れは誰れに会つても「私がボーイ頭で……」と云つて居りました。

然し、皆さんは先くゞりをなすつてそれから先が何うなつたと仰言るんでせう？え、、そのボーイ頭が或る夜の事、隣家の別当さんと話し会つて、馬車を一台借り込むで、自身が馭者になつて、私を一人乗せて、あの電燈会社の裏に当る、Kと云ふ芝居茶屋へと出駈けて参りましてね。私が前々から好きだと云つてゐた、その役者に呼び出しをかけて呉れたりして、まあ、そんな事にボーイ頭は一生懸命骨を折つたんで御座いますの。彼れは――

『何うもお待ち遠さまですね。いえ、今来ます、今来ます。』なんて、自分がお茶屋の番頭にでもなつた気で、額に汗を一杯出して不安な私をなだめて呉れたりしましたの。

『一体、この人の心底には何う云ふ見算り書が書いてあるんだらう？』私は随分大胆な女で、その頃は未だ役者買ひこそしませんでしたが、楽屋へ花束やお鮨をくばる位の事は間々やつた覚えがあるんでした。それにも拘らず、この時ばかりはボーイ頭の心の底がハツキリ分らないので、私本統に薄気味悪う御座いました。

『ことによつたら、こんな秘密を言ひがゝりに、私をおどして、結局、自分のものにしやうと云ふのではないかしら？』

私はさう考へると、全く不愉快になつて、急いであの天水桶の業々しい芝居茶屋を飛び出して、足袋はだしの儘、自分の父の家へ駈けつけました。然し、そこは既に他人様が住むでゐて、看板も書き替へられ、その上、もう、戸をしめ切つて、中では帳合ひの声が聞える丈でした。えゝ、父はもうその時、上海へ何かの商用で行つて了つたのでした。

私はそれでも泣きませんでした。えゝ、私はそんな性質なんですわね。で、又、諦めて、異人館へと帰つて行きました。いえ、其処へ行く事は一寸も恐ろしくはなかつたのです。何故と云つて、ボーイ頭のおかみさんと云ふのが、掃除人を勤めながら、この家の屋根裏に世帯を持つてゐますんでね、この室にさへ居たら、何の不安も起るすきがなかつたのでした。それに、この室は畳こそ敷いてありましたが、普通の日本間とは趣きがずつと変つて居りましてね、天井の半面はコーバイが附いて、頭がとゞく程低く下つて居りますし、縞模様の紙で貼つた壁はその一部が二尺も凸起してゐて、そこへ寄りかゝると、背中が暖かくなりますの。何う云ふ訳かと思つたら、そこはコツク場のストーヴの煙突が通つてゐる場所だ相なんでした。

『えゝ、この室たら……、夏場は禁物で御座いますよ。おや、貴方、新らしいお足袋がよごれましたね。』と、ラクダのやうに生ぶ毛の多い顔をしたおかみさんが、お鍋で薬に使ふタンポポの葉をうでながら申しましたの。

一寸、申し上げて置きますが、このお内儀さんは、その外見丈でもつて、直ぐ人から信用されて了へるやうな女性でした。いえ、実際に於ても大変な実直者で、そればかりか、仲々御亭主孝行なのがその言動で、私にも気づかれました。彼の女は何んな話しをするにも、『好くヤドと相談致しまして、』『ヤドが斯う申しますので、』『ヤドが許しませんので、』『ヤドに叱られますので、』『ヤドに笑はれるといけませんから、』『ヤドはそれが好きで御座いまして、』『ヤドはそれが何より得意で御座いまして、』なぞと云ふキツカケから初めると云ふ妙な規則を持つて居りました。いえ、私は何もこの規則を笑つてゐるのでは御座いません。一人の女性が一つの家庭を持つた場合、多少とも、この規則を応用するならば、其処に存在しない幸福迄も、事実存在するやうに見えて参るのが受け合ひだと存じますわ。

さあ、此処で、もう一度、お話を前に戻しませう。

『それより、貴方の旦那の心持ちが、てんで私には了解出来ないんですよ。』と、私は例の奇異な事件を語り初めました。

『了解なんのと、そんな手数をかけてやる程の六ケ敷いもんぢや御座いませんよ——あの人の心持は……。』と、おかみさんはさも万事を飲み込むでゐる風に申しましたの。ボーイ頭はおかみさんにも例の計画を前々から相談してあつたと見えるんですね、で、尚ほ、彼女は続けました。

『あの男には貴方、ちつとも悪気と云ふものは無いんですよ。一生の内一度位は人様の上に立つて、尊敬されるやうな身分になりたい、それには成る可く上品な方とつき合つて、人格を造らねば……なぞと兼ね兼ね申してはゐますが、こんなムホン気は何も貴方悪気と云ふ程のものぢやありませんわね。あの男は詰る所、貴方に同情してるんですよ。御心配なくね、どうぞ。何、貴方、思ひ切つて、やつてお了ひになれば好かつたにね。さあ、足袋をおぬぎなさい。何、あとでイキサツが?そんな事のないのは私受け合ひますよ。費用ですか?さあ、それは雑費として、御主人から請求なさつて好いんですとも、やはり、雑費に相違御座いませんからね。』

　斯んな訳で私が湯気に包まれたやうな気持でゐると、外の暗の中に、馬車のキシミが段々はつきりと聞えて来て、さうと思ふ内

『おチカ!嬢さんはカンバツキしてらつしやるか?』と西郷さんの声がしました。え丶そのカンバツキと云ふのは、カムバツクの意味なんですの。

　それからボーイ頭は室へ這入つて来て、私の気性の激し過ぎる事、あまり苦労性な事、之からはもつと気を大きく持つ可き事を語り聞かせ、次には彼れ自身の早計から出た手落ちを詫び入りました。

『もつとよく説明して上げて、それから、やれば好かつたのだよ、お前さん。』と薄い眉毛のおかみさんはラクダのやうな口附きで笑ひました。

　私は彼れ等夫婦が全く悪気のない者達だと云ふ事を、その眼附きや、言葉つきで察しました。そして、急に安心が出て、大きな声で一笑ひ笑ひましたの。

『うまい。それ、その調子だ。』と西郷さんは感心したやうに云つて、私を5と云ふ番号が戸口に打つてある一つの室へ連れて行きました。その室の不思議な印象は私今だによく記憶して居りますの。太い木造りのベツトがあつて、そのベツトの下が皆黄色塗りの抽き出しになつて居りましてね、水色とトキ色の絹の布が冷たい光りを出して、ベツトの上にかかつて居りましたの。四方の壁は灰色で、三方に古い油画の肖像画が沈むだ色彩をして下つてゐました。その一つは裁判官のやうな上着を羽をり、白髪のやうなカツラを冠り、一寸見たのでは、男か女か判断のつかぬ顔をして居りました。

　それは何うでも好いとして、其処へあとから、おかみさんが色々の冷たい肉のうす切れ、砂糖づけにした果実、サラダ油をかけた青い菜などを運びつけ、

『ハイ、お薬……。』と云つて、西洋の金色のお酒を私についで呉れました。

さう斯うしてる間に、ボーイ頭は、しきりと顎の所を指で押して——（之は西洋人の風を真似たのが、習慣になつたんですわ。）——何か考へ、それから女の子がするやうに肩をもむで振り、いかにも耻かしさうにしてゐましたが、到々『ベレ、サレだ。ベレ、サレだ。（ベリーソリーの事）』と云ひ初めました。『そして、惜しい。』

未だ彼れは同じ事にこだわつてゐるのが此の言葉で分りました。

すると、今度はラクダのやうに眼を細くしながら、おかみさんが私の手をとらへ、

『ねえ、貴方、ヤドはね、実を云ふと、その貴方のお好きなアクトーを、馬車でお連れ申したんで、外の暗の中へ、待たしつぱなしにしてあるんですわ。さあ、貴方、如何でせうかね？』

私は顔が真赤になつて、胸が煽る扇のやうに鳴りました。ボーイ頭は慌てゝ向うを向いて、背中が痒くでもあるやうに、肩を振つてゐました。えゝ、アクトーと云ふのはアクターの事なんで、悪党とは違ふんで御座いますの。

『お嬢さんのお父さんから受けた御恩を此処でお返し申さないぢや……。さあ、お前さん、此処だよ、早く、そのあれをお連れ申さないぢや……。』と、おかみさんは独り合点をして、夫をうながしました。男は私の顔をもふりかへらず、人形が動き出すやうに、真直になつて戸口から出て行きました。

『私、困りますわ。』と、私は半分自暴自棄な好い気持ちになりながら呟きました。

『なあに、貴方、雑費として置けば好う御座いますよ。御主人はケチな方ですが、でも初めの三ケ月間位はうんと気前を見せますよ、きつと。えゝ、何の毛唐も皆、さうですからね。』

其処へ、ボーイ頭が、アクターと云ふのを連れて這入つて来ました。

さあ、又しても、私、一寸、此処で説明のやうなものを加へねばなりませんわ。

ずつと昔の壮士俳優と云ふのは、随分気の荒い者ばかりで、何も白粉の匂ひに憧憬れて、この職業へ這入つて来たのではなく、早く申さば、その頃の政治の根本思想——即ち、『自由』と云ふものを、一般民衆の心へ植ゑ附ける手段として、演劇を利用するのだと云ふやうな考へを持つてゐたのでしたわね。それ故、あのNと云ふ俳優なぞは唯だ舞台の上に止まつてゐる丈では気が済まず、お髯の長い板垣さんが大阪の舟つき場から上つて来る所を、『おのれ、国賊！』なぞと大声で叫むで、仕込み杖か何かで、あの大臣さんを切り附けたりしたでは御座いませんか。えゝ、あの頃は、今のラヂオが流行すると同じ程度に、仕込み杖と云ふものが流行しましてねえ、小さい子供迄が、玩具のそれを持つて廻つて、楽しむだ程で御座いました。

所で、私がそれとなく好いてゐた例の俳優と云ふのも、矢張り、俳優よりも壮士の気質を多分に持つてゐる男性でしたらうか？

いえ、もう時代はずつと変つて居りました。俳優の霊の中から、漸く壮士気質が抜け出し初めてゐた時代――それがもう到来して居りましたの。私、電燈会社裏の、あのお芝居で、何度か、このアクターの演技を見物したものでしたが、まあ、この人と云ふのは、当時の新進で御座いましてねえ。堅過ぎず、柔らか過ぎず、壮士ともつかず、俳優に成り切つても居ず、見てゐて、それはそれは気持ちの好い事と云つたら……まあ、一寸形容の仕方も御座いませんでした。えゝ、勿論、現代人の高い趣味から申せば、それはもう時代遅れの無雑極まるものとも評し去られるでせうが……その時代の全体の空気、その時代の娘の心……それは何うか酌量して下さいませ。

さて此処で又、元へ戻る事に致しませう。ボーイ頭に伴はれて室へ這入つて来た例のアクターはチラッと金属の鈴のやうな眼で私を見やり、一寸、又、眼を外らし、白い扇子を器用に三コマ程広げたり、閉じたりして、好い容子をして居りました。ヱリの合せ方が素人とは異つて、本統に気持ちよく見えました。顔は舞台で見つけた時よりも、ずつと陰鬱でした。私恥かしがつて赤面したりしては侮られると思つて、もうずつと蓮つ葉に振る舞ふやうに努め初めました。

『ヘイ、お薬。』と云つて、おかみさんは三人へ西洋のお酒をつぎました。

『さあ、俺たちはもう之で御遠慮しやう。おチカ！たんぽぽはよくうだつたらうな。』それで二人は室を去つて行つて了ひました。

アクターと私とは本統に手持ちぶさたになつて、油絵の額を見たり、曲つてゐる電燈の笠を直したりしました。男の方でも斯う云ふ場所には慣れぬせいか、まるで素人のやうに臆病になつて、戸口や窓の外ばかり気にしてゐました。

『あの、御主人の方は……大丈夫なんでせうねえ？』と、アクターは何度も私に尋ねました。

私は彼が私へうまく取り入るため、業と内気をよそほつてゐるのかしらなぞとも考へて、油断なしに体を堅くしました。

あゝ、私はこのアクターの素性を未だお話し致しませんでしたね。彼れはあの川上音次郎や貞奴と一緒に西洋を巡遊して来て、新しく自分で別派を立て、その頃、一かどの腕を見せてゐた藝名をHと云ふ若手だつたんですの。指と爪の形の大層美しい男で御座いましたつけ、えゝ？顔だちですか？ツヤ消しの柔らかさで、鹿皮のやうな心地よい皮膚をして、眼は鈴のやうでしたが、然し何処か沈んだ顔をして居りましたの。

私この男の挙動なり、言葉使ひなりが、一時間ばかりの中に、すつかり気に入つてしまひましてね、貴方、お酒はまはつて来ますし、まあ、胸の中は引つくりかへるやうにやるせなう御座いましたの。

で、ベットへ並んで腰をかけながら、二人の仲は今後何うなるかなんて、ね、そんなあてにもならぬ事を二人でまあ何時迄たつても倦きもせず話し通してたんですわ。あの舞踏曲なんかで、同じ節が何度も起つて来るやうに、とりとめのない事を繰り返し、繰り返し、持ち廻つたのでしたがまあそれだけで二人の楽しみは充分過ぎる程でしたわ。やはりこの人はその道のものだけに、話しの綾取りが仲々上手で、私をやるせなくして置いては、くすぐるやうな喜びを後で味はせるんで、その喜びなり、くるしみなりが、本統に鮮かに対照され、きつく心に喰ひ入るのでした。

その内、開いた儘になつてゐるベットの下の抽き出しに、私はトランプを見附け出しましたので、直ぐそれを手に取上げて、恋の占ひなんかを初めました。あまり占ひをやり過ぎたので、紛失物出でず、だの、思はぬ金儲けあり、だの、遠方より手紙来る、だのと云ふ筋違ひの答へが出て、二人を楽しく笑はせました。

まあ、細かい事は皆忘れました。で、この事件のお話は之位にして置きませう。で、飛ばして申しますが、さあ、夜中の三時とも覚しい頃、例のボーイ頭がやつて来て、私たちの休むでゐた室の戸をた丶き、

『余り時間が遅くなりますのでな……。』とさいそくを致しました。

私はアクターと別れるのがつらう御座いました。「きぬぎぬの心」と云ふものを、え丶、私、生れ落ちて、初めて、その時、味わいましたの。けれど、私は気丈なたちなので、別段、声も顫はさねば、涙の半粒も落しはしませんでした。

『では、さようなら……。』と、私はアクターに出来るだけ甘く云つてやりました。もう何うにでもなれと云う自棄の気味が手伝つて、胸は気持ちよくふくれて居りました。

『さよなら、さよなら。然し……。』と、沈むだ顔のアクターは扇子をしなやかに開いたり、閉したりしながら、思ひ余つたと云ふ風に首をかしげ、悲しい眼を上げて、私をそれはそれはやるせなげに見入りました。彼れは又何時会へるか、その約束を待ちこがれてゐる風でした。それを思ふと私の胸もつまりました。主人と云ふ人が帰つて来て了へば、もうそんなに自由な振る舞ひも出来はしない。あ丶、二人が楽しむのはほんのこの三四日に過ぎないのだ。それに、お金がない。お金がない。何うしたら、もう少し身の廻りが楽に出来るんだらう……。私の嘆きはその一点に集まつて行きました。

『貴方、私、さつきも云つた通り、お金がないんですわ。』私は眼を落して、斯う優しい男に訴へました。そばに居たボーイ頭が何か口を挟まうとしましたが、不意に慌て丶自分の室の方へと何か用をたしに、一人で駈け戻つて了ひました。アクターは涙を一杯眼にためて、……………

……………………………………

……………………あ丶、その切ない気持ちを、私今でもよく覚えて居りますの。

『お嬢さん。お金なぞが何で入りますものか、お金なんか。……………………………。』アクターの細い声

が私の耳元で顫へました。

『では……私の眼丈で好いの？お金はなくつても？』

『明日もね、でないと、私悲しむで、北極へ行つて了ひますよ。』アクターはうなづいて、うつすりと微笑みました。ほの暗い廊下の奥へと、その微笑みは小さな波紋を造つて消えました。

『では、きつと、きつと、一分間でも忘れないで………。』と私は自分の頬を指で凹まして、云つてやりました。

『私は息を吸ふ度に貴方の事を思つてゐますよ。』と、彼れは扇子を口の前で二度揺り動かしました。

『では、私、息を吐く度に貴方の事を……。』

　二人は面白くて、又、笑ひました。然し、心の奥は雨が降つてゐるやうに、望みなく暗う御座いました。二人は胸を顫はしてもう一度抱き合ひました。男とも思はれないやうなアクターの柔かい頬が私の頬に貼りつきました。ほんとに新鮮な鹿皮のやうでした。

　合ひ憎、ボーイ頭が、そり気味になつて其処へやつて参りました。彼れが忘れて取りに行つたのは、紙へ包むだ幾らかの金員だつたのですわね。え丶、包みにはのし、と書いてありましたの。彼れはそれをそつとアクターにつかませ、お礼の言葉を云はせないやうに、矢つぎ早に斯う申した。

『隣りに悪いブルドツクが居るから、私が其処迄送つて上げませう。……と、それから、お嬢さん、もう宜敷いんですか？あのさ宜敷いんですか？』

　私はうなづく印に、唯だ微笑むで下を向きました。アクターは急に慎しみ深くなつて、私にもう一度挨拶すると、ボーイ頭に連れられて外の闇へと消えさりました。私はその足音のする方へ眼を送りながら、長い事、窓のそばに立つて居りました。植物の匂ひのする夜風が私の頬に吹いて、すぐ、男の柔かい頬のことを思ひ出させました。

『あ丶、私のしてゐる此の戯れは世にも儚いものだ。危い、危い虹の橋に似たものだ。』

　涙が出さうになりましたが私は「馬鹿、馬鹿！」と云つて押しとめて了ひました。

　軈て、ボーイ頭は帰つて来ました。私は急に、きまり悪くなつて了つて、もう立つ場所も座る場所も見附け得ませんでした。彼れの方でも、私に近くよるのが気兼ねらしく、遠くの方で、はすかけに体を向けながら、

『ねえ、お嬢さん。悪く取らないでおくんなさいましよ。だが、そのさ、宜敷いんでせうね。』

　彼はいきみ出すやうに、喉を鳴らして斯う云ふと、ヒリツピン人式に、頭へ貼りついてゐる太い縮れ毛をガリ〳〵掻きました。

『こうつと、洗面台もキレイになつてゐると。ぢや、おやすみなさい。酔つたあとは風を引きやすう御座いますよ。』斯う云ふと、彼は早々その場を立ち退いて行きました。

一人残つた私は胸が嵐のやうで、到底その儘ぢつとしてはゐられませんでした。が、よく考へると、結局何でもない事でした。『明日』さうだ、それを寝て待てば好いのだ——と、呟いて、私は一人でベツトへ又這入りかけましたが、もうそこには何のぬくもりも残つてゐず、本統に味気なく淋しう御座いました。

さて、絹の布団へ長々と横になると、もう私は、『明日の夜の計画』で胸の中を一杯にして居りましたの。ボーイ頭へこの事を頼むだら、彼れは何う思ひ、何う答へるかしら？彼れも匂ひの強い男盛りではあり、さぞ、嫉妬のやうな感じを起すことだらう、まあ、是非さうなければなるまい、一度丈は義侠心のやうなもの、それから好奇心のやうなものが手伝つて、斯う云ふ計画を彼れはして呉れたのだが、いざ、私の方から二度目をさいそくしたら、きつと、或る憤りを感じるに相違ない。

『灰のやうにアクの濃い女！　甘え過ぎるな。俺もお前も同じ奉公人ぢやないか？』

私は彼れが黒い唇をむき出して、斯う叫ぶ所を恐れながら想像しても見ましたの。

『困つた。では？』

碌に落ち着いて眠れもせぬ間に、到々朝が来て了ひました。黄色いカーテンから洩れる美しい光りの中にひたりながら、私は自分の眼の前に掛かつてゐる大きい肖像画を見入りました。それは黒い背景を背負ふた若い娘で、栗色の髪へは、うつりの好い大きな紅いバラを二つ附け、銀の耳環を蛾の眼かなぞのやうに仄かに光らしてゐました。頬は木犀の花のやうに黄色く、口はうすい透明な紅、眼は褐色でした。胸にはコバルトとうす黄の紐をすじ交ひに掛け、着物は絹らしく、醤油の中へ落した真珠のやうな色合ひをして居りました。手には透き通つた桃色のハンケチを持つて居て、又、その手の影は青く、光る方は白つぽく、瀬戸物のやうに滑かでした。

私、生れて以来、斯んな美しい絵を見た事がなかつたので、胸の中へ香水でも撒かれたやうに好い気持ちになつて了ひました。

『まあ、紅ばらの娘さん、あなたのいらつしやるのも知らないで、昨晩は飛んだはしたない所を御目に掛けて了ひました事……。』と、私はその画像に一寸笑ひかけて、挨拶致しました。

気がつくと庭の外では白鳥やら七面鳥やらが陽気相に鳴いて居りました。白鳥は我が儘な子供のやうな声だし、七面鳥はまるで怒りながら笑つてゐるお婆さんの声のやうだと、私つくづく、その時、感じましたの。

私はお庭へ出て行つて、鳥へ餌をまいてやつてゐるおかみさんの前へ立ちました。二人は朝の挨拶をするのが、お互ひにきまり悪う御座いました。私は自分の耻らひを何うかして、他人に気取られまいとつとめながら、業と大胆に聞いてやりましたの——

『この家の御主人と云ふのは、未だ、今日はお帰りにならないんでせうね？』

『え、、明後日！』白い生ぶ毛だらけの顔が正直相に笑ひました。

　あ、、三日の命だ。その夢にも似た短い間を、思ふさま底の底迄楽しまねば……と、私は自分の心が納得するやうに、云ひ含めてやりました。短い、短い、あまり、短かい、と、心はぐづねて、じれて返答するのでした。私はそれを強ひて隠しながら、何も知らぬ風に、

『あら！　あそこに居る雉猫は耳が二つともありませんのね？』

『え、、まるで、フクロウのやうな顔をしてゐませう？』

『あ、云ふ新らしい種類なんですの？』

『いえ、飛んでもない、貴方、あの猫は小供の内、不用心にも、おへつついの中へ駈け込むで、足と耳を大やけど致しましてね。それ以来、あんな風になりましたのよ。』と、おかみさんはラクダのやうに笑ひました。

『あの、杭を打ち込むやうな音は何ですの？』と、私は自分の内心を気取られぬやうに、業と斯んな問ひをして見ました。

『オホ、、、、。あれは貴方、ヤドが二階で鼻を力まかせにかんでゐるんですわよ。』

　私は振りかへつて、二階の窓を見上げました。西郷さんは汚いハンケチを振つて、私に朝の挨拶をしましたが、昨夜の事を話題に上せたくないと見え、急いで首を引込めながら、

『おチカ！今日はモノ日だから、門へフラフを立てろ、次手に、タンポポをもう少し……。』なぞと、云ひつけました。フラフと云ふものはフラグの事なので、まあ、この人達と云つたら、まるで一種特別の世界の王や女王のやうに、勝手な言葉をつかつてゐるのでした。

　私は自分の室へ戻ると、若い娘やら、法官やらの肖像画を相手に、落ち着きのない時間を過しました。御飯は並に頂戴しましたが、何時も程楽しくはありませんでした。私は強ひてボーイ頭に顔を合せぬやうに、室から一歩も出ませんでした。向うでも、気が引けると見え、昼食を済ますと、そこ〳〵に、何処かへ外出して了ひました。私は一人いそいそとしつ、、

『あの黒さんは夜遅く迄、帰って来ねばよいが……。』と、何度も胸へ手を当て、祈りながら時間の足どりを見送つてましたの。

　やがて、ゆつくりと、夕暮が参りました。灯が黄色く灯り出すと、私は不意に昨夜の事を思ひ出して、もう気が気でなく、足ぶみして見たりスリツパを壁へ蹴つけて見たりしました。それから仕方なしに私は窓口へ立つて、向うからこつちへ連なる垣根づたいの道を、何時迄も眺めやりました。

　思ひがけなく、あんまり早く、アクターは私の所へ慕ひ寄つて参りました。え、、その道の向うの曲り角から、いきなり、彼れの柔しい姿が表れた時には、自分の霊の影でも見たやうに、私、驚きで脈がとまりました。その姿が彼れと分ると、今度は

私の胸は温かいお湯へつかつたやうに柔かくふくらみました。そして、私は白い手を上げ、桃色のハンカチを振つて合図致しました。

向うでも、それと見て取つて、手袋を抜いて振りました。本統に、本統に、楽しい事で御座いましたわね。それも、若い時の事なんですもの、皆、お許し下さいましね。

アクターは窓の下の所迄近よつて来ると、細い声で

『森へ、あそこの……。』と、東の方を指して、それから、競馬場に添ひつゝ、一人先へ、ずん〳〵行つて了ひました。私は急いで階段を降り、まるで風のやうに扉口へと出て行きました。おかみさんは庭で白鳥を抱いて、それに目薬だか何だかを注いでゐました。彼の女は一寸私の方を見るやうな風をしました。私は、ハツとしました。然し、彼の女は何も気づかないらしく、又、直ぐ屈むで、自分の用事を続けました。私はつまつてゐる息を、一時に吐き出し、石段を又降りて、垣根を出、それからアクターの影を追つて参りました。

もう、外の景色は濃い褐色を増し初めて居りました。私は樹の下に何度か彼れの遠い姿を見失つては、又、見つけました。

二人は暗い森の中で、到々一緒になりました。

『まあ、よく忘れずに……。』さう云つた私の眼から涙がしみ出さうなので、「馬鹿な!」と思つて、私はそれを大急ぎで消しました。

『私……私は……。』と、アクターもせき込む気味で私の方へ縋り寄りました。………。

時はたつて行きました。闇は濃くなるだけ濃くなつて了ひました。アクターはその日の朝、東の方に見たとか云ふ名も知らぬ不思議な形の鳥の事を思ひ出して話し、それは何かしら、この「新らしい恋」の予告、もしくは象徴なのに違ひない、など と云ふ決論をさへ引き出しました。

『私は……。』と、アクターは考ながら初めました――『私は今迄、一目見ての恋なぞと云ふものは決してありつこはない。それは天国内での事件であつて、この地上では望む事すら不可能なものなんだと、斯う思つて居ましたが……。』

『まあ、お上手な事を仰言つて……貴方と云ふ人は、そんな考へを一体幾人の女へお洩らしになりまして?』と、私は扇を振りながら、笑つてやりました。

森の樹の下は暗さが一層きつう御座いました。私が蔓に足を引かけて、転びさうになると、アクターが風の精でも追ひかけるやうに、す早く、私の腰を抱きとめて呉れました。好い植物の匂ひが香油のやうにあたりへ漂つて、イタチか何かゞすぐそばの樹影から飛び立ちました。私たちは確かに一時間もさうして草の間を歩いたり、樹の下に立ちどまつたりして、色々の話しを致しました。さあ、その話しと云ふのはもう大概忘れて了

ひましたが、何でも、このアクターが、最近に、自分の相手のおヤマと死に別れた事、その相手は天にも地にも又と掛け替へのないと思はれる程、自分に息がシツクリ合つた事、彼が病気すると、アクターもよく病気になつたりした事、『マアチヤント、オヴ、ヱニス』を演じた時、女優が居合さなかつたので、このおヤマがポーシヤをやり、このアクターがアントニオをやつた事、幕がしまるやいなや、二人は本統の夫婦のやうに抱きついた事、だのに、このおヤマが死んで間もない今日、新らしい恋人を得るのは何う云ふ廻り合せなのだらうと云ふ事、先づそんな見当で御座いましたの。

　私はこのたわいもない話よりも、もつと別の方へ気を引かれて居りました。え丶、余り遅くなつては……と云ふ懸念で、何うも心が安らかでなかつたんですの。

『貴方、時間は？』

　と、私が聞くと、アクターはマツチを取り出して、直ぐ火を灯しました。然し、時計を引き出すよりも前に、二人はその灯の光りで、お互ひの微笑を見交しました。その間に、もう、マツチは消えて了ひました。残像だけが赤く黄色く眼前に漂ひました。二人はもう堪へられないで笑ひました。その笑ひ声が段々接近して、そして、ぴつたりと止りました。

　それから、一分位して、又、アクターはマツチをすりまして、今度は、大急ぎで、時計を見ました。

『八時半……』

『帰りますわ。』

『もう少し……。』

　その次、マツチをすつた時、時計は九時五分前でした。その二十五分間、私は一生涯、この短い緊縮した時間を忘れる事が出来ないと存じました。それは云はゞ、あらゆる時間のエツセンス——永遠が生ひ茂る葉ならば、この時間こそ、花だつたとでも申したう御座いますわ。

　さて、それから、私はアクターに惜しい別れを告げ、又、明日会ふ約束を胸に楽しく畳むで、主人の家へ帰りました。そつと濡れ縁に立つて、私は内部の様子に聞き耳を立て、それから、中へと辷り込みました。

　私は例の肖像画のある寝室の前迄、出来るだけ足音をひそめ、爪先立つて近づいて行きました。そして、息を殺しながら中をのぞくと、驚いた事に、例のボーイ頭が向う向きの儘、ベツトの絹布団へ顔を押し当て、じつと身動きもせずにゐるのでした。え丶、彼れは多少ツンボだつたので、私の這入つて来る足音を聞き取る事が出来なかつたのでせう。

　私はぞつと寒気が背からお腹へ突き通るのを感じました。で、又、忍び足に、そつと、其処を立ち去り、屋根裏のおかみさんの部屋へ行つて、業と大きい声を立て丶無駄話を初めました。

『おや？ヤドとお話ししていらつしたのではないのですか？』

『あら？叔父さんは何処にいらつしやるの？』

『貴方、このソースはすつぱ過ぎはしませんの？一寸味わつて見て……。』

『あら、卵の黄味？』

『お酢と黄味と合すと、精分がつきますんですね。ヤドの好物なんですよ。時にヤドは……？』

其処へ這入つて来たボーイ頭の顔は銅のやうに輝き、それとは反対に、眼だけはツヤ消しガラスのやうに沈むで見えました。私は彼れに二言、三言かはすと、すぐ、自分の寝室へと逃げ去つて行きました。法官と娘との肖像が暗くぢつと押しだまつてゐるのが妙に味気なくて、何だか別れた父の身の上なぞが不図思はれましたの。それから続いて胸の中へ湧き出して来るのはボーイ頭でした。私はもう一度改めて身を顫はしました。

『今夜、何か恐ろしい事が起るのではないかしら？何か？何か！』

私はベッドへ横たはると、顔の上迄、絹をかぶつて『恐ろしい予覚』を眼前から掻き消さうとしました。で、私は強ひて、あの優しいアクターの美しい歯並、形の好い爪、高尚な指つき、なぞを思ひ起して見ましたの。

一寸、私、こゝでお尋ねして置きますが、貴方は一体このアクターの名が何と云ふのだか、覚えていらつしやいますか？え、、私未だそれをお打ち明けしなかつたでは御座いませんか？

『よもや、その男が品座龍彦なんぢやあるまいな？』と、貴方は仰言るんぢやないのですか？

所が何うで御座いませう。実に、その通り、それに相違御座いませんでした。え、、私が品座となれ初めた次第はそんな風なのでした。

では彼れが鉄道の方へ勤務してゐたと云ふのは嘘かと、又、貴方はお聞き直しになるでせうね。いえ、その事も本統だつたのに相違御座いません。彼れが俳優の群へ投ずるに至つたのは、もつと、それから後の事だつたんでせう。とは云へ、未だ二十代の男が、駅の助役なぞと云ふ高い位置へ坐り込める訳もありませんから、その点丈には多少の飾りが加へられてゐると見るのが至当で御座いませうね。

さあ、そんな詮索は後にして、私、もつと急いでお話しする筈の要件を思ひ出さねばなりませんわ。

それは、私の主人になつた英国人、ギルモーアの事なんで御座いますの。え、、私がボーイ頭の来襲を気にして、まんじりともしなかつたその夜の明け方、ギルモーアは徒歩でもつて、留守宅へと立戻つて参りましたの。で、私と品座との三度目の会見は到々期待され得ないものとなつて了ひました。もつとも、彼れは翌日の夕方、窓下の垣根のそば迄来て、池へ石を投げ込むだりして、合図を私にしましたが、丁度その時、私は主人とかけ向ひで居たものでしたから、「否」とも「応」とも返事してやる隙さへも得られなかつたんですの。

主人は池へ石を投げた男が誰れであるかを見るために、二階のベランダから首を伸ばして、横手の方を眺めました。さあ、何う致したら宜しいでせう?きかぬ気とは云へ、未だ二十そこそこの娘に過ぎぬ私は、背中が冷い汗で濡れる程、胸を痛めました。然し、自分でも、そんな気味の悪い心持ちを早く忘れたかつたので、「え丶、何うともなれ……」と口先で云つて、眼を閉じてゐました。アクターだつたか、それとも、他の悪戯者だつたか、それは知りませんでしたが、兎も角も、石を投げた男は上手に身を家の影へ隠して了つたので、幸ひ主人の目には入らずに済みました。

『それ御覧、取り越し苦労はせぬものだ…。』と、私は指を振つて私の心に教へてやりました。

　ギルモーアは何方かと云ふと、西洋人には珍らしい黙り屋でした。そして、話し下手でも御座いました。

『フム、お前が何を思つてるか私は知らん。だが、何か思つてゐるとしても、そりや、ほんのつまらん事なんだ。』と、彼れの大きな鼻先は何時も語つてゐるやうに見えました。で、彼れはこの鼻を、さう業々しくもなく、又、さう引込み加減にでもなく、極く自然な工合に人の前へさらして、何時迄でも平気で黙り込むでゐると云ふ風でしたの。まあ、私、その後の長い年月、この鼻と古馴染になつて暮して来ましたが、本統に、深い味はあるが、少しも甘味のないものでしたわ。

　そんなら、彼れは初めて会つた私――彼れの為めには可成り結構な贈り物――に、何かしら不満を感じてゐたのかと云ふに、別段さうではなかつたんですの、いや、それどころか、随分、私が気に入つたやうな気振りが影の方からチラチラと見えてゐましたんですわ。

『お父さん気の毒です。私の好く知つてゐる友達です。貴方は安心しなさい。何時迄も此処で幸福に暮せますよ。貴方の好きな人があつたら、私が好く見て、結婚さして上げてもよろしい。私が貴方を監督します。』

　と、彼れは確かな日本語で申しましたの。その癖、この老人の眼は、「友人の娘」としての私を見ないで、唯だ「若い女」をぢつと見つめてゐるやうな風でした。それは、私が横を向いてゐる時、殊にひどく露骨に表れるやうな気がしましたの。

『この娘は紐を一杯つけ、着物を幾つも着てゐる。だが何故、そんな余計なものを着てるんだ。』

　若し、彼れが卒直に思ふ通りを云ふ性質だつたら、いきなり、私に向つてさう叫んだに相違御座いませんでしたわ。陰鬱でゐながら好色な人、この主人もやはり多少その型に落ち入つてゐるやうな男でした。

　と、又しても、池へと誰れかゞ石を投げ込みました。私は胸の中を搔き廻されるやうに驚いて立ち上り、もう、やめて呉れゝば好いと思ひながら、ベランダの端へ行つて、外を見ました。私はチラとアクターの影を目で捕へました。困つたな、何うにかせねばと、胸の中で云つては見たもの丶、さあ、何んな手段をこの際取る可きかゞ私には思ひ浮びませんでした。で、業と大声で

「御主人様、御主人様。」と云ひながら、ベランダから身を隠して了ひましたの。之でもつて、大概、アクターは室内の事情を悟るに相違あるまいと、まあ、私は考へたのでした。元来、その頃の私は物事を余り深く反省して見るのは嫌ひでしたし、又、実際、出来もしない生れつきだつたので、斯んな行為もたゞ、ほんの当坐しのぎに、やつてのけた丈なんでした。

　それから十分程して、主人は私の室から立ち上り、私が友人の娘と云ふ手前、直ぐみだらな事もしかねたと見え、『少し、事務と学課とをせねばなりません。然し、今後の日夜は私楽しみです。』と云ひ残すと、淋しさうに笑つて、私の手を握りしめ、もう私から離れて行つて了ひました。無口の癖に、「楽しみ……」なぞと云ふお世辞を使ふ……本統に西洋人は妙なものだと私はつくづく感じました。私はやうやくほつと息をついて、急いで階下へ駈け下りて行きました。もしかしたら、未だ、アクターが其処らを歩き廻つてゐはしないかと思はれたからでしたの。

　所が何うでせう。アクターはボーイ頭の眼に止つて了つて、二人は裏門の所で何か話しをしてゐましたの。向うで私の影を未だ見ぬのを幸ひ、私は再び自分の室へ取つて返して業と知らぬ風をしてゐました。何だかボーイ頭を挾むで、あの恋しい人と会ふのは、私としても余り気の引ける事だつたんですものね。

　聴て、ボーイ頭は薬でも飲むだ時のやうな顔をし、ホーキを規則正しくかつぎ、体をまつすぐにして私の室へ這入つて参りました。『姉さん！』と、彼れは洞の中で響くやうな声を出しました。え丶、もう私をお嬢さんとは呼むで呉れなかつたんです。彼れは卑しい視線をゲジ〳〵のやうに走らせて、ベツドの下の方から上の方迄見やり、それから絹布団の皺の一つ一つを味わうやうにしらべましたの。私は全く不快になつて
『奉公人の分際で……。』と、一つおどしてやりたい位でした。
『姉さん、何ですか、主人はもう……？』
と、彼れは割合ひ耻ぢ知らずに私へ問ひ掛けて来ました。
『私は御主人の友人の娘として、充分尊敬されてゐるんですよ。』私は怒つたやうに斯う云ひ返してやりました。ボーイ頭は真黒な唇の両方を下の方へ下げて、一寸、悲しさうな顔をしましたが、さも、私を附け上らせまいとでも謀らむでゐるやうに、直ぐ
『実は例のが……。』と言葉を押しかぶせて来ました。私は急に身が小さくなつたやうな気がしましたが、此処で敗けては、先々迄祟りが続くと思はれたので、もう、ずつと、大胆になつて
『まあ、商売人にも似合はず、あの人は妙な仕打をしますのね。』と云つてやりました。
『全くです。あの人も、もつと慎しむで呉れないと困ります。昨晩だつて……。』

　私は胸の中へ手をつつこまれたやうに、たじろぎました。ボーイ頭は昨夜の事を知つてゐたのでした——尤も、斯う云ふ秘

密に対しては第三者の眼は異状に鋭く働くのが通例ですし、ボーイ頭は随分私と云ふものを前々から気にしてゐたんですからね。――

『で、あの人、今日は帰つて行きまして？』私はあなどられまいとして、大急ぎに斯う話を変へて見ました。

『やうやく、納得させてね……。困ります、姉さん、仲へ這入つた私がさ……。』彼れは泣き出した相に、片方の眼尻を細くしながら下げました。その悲しみの感情は仲介人の迷惑と云ふ事より、彼れの私に対する失恋をより多く含むでゐるに相違なかつたんですの。いえ、取り持ち手とか媒酌人とか云ふものの心中には、何の道自己の犠牲のやうな、失恋のやうな気持ちが混つてない事は少う御座いますからね、まあそれは本統で御座いますよ、だつて、ボーイ頭はその日の朝方、白鳥の羽虫の事からおかみさんと云ひ争ひを初めて到々、彼の女の髪の毛を二十本程むしり取つたんでした。つまり、この男は心のウップンの持つて行き所が他になかつたんですわね。

おや、お話しが又肝腎な事から大部外れました。では、もう一度、私の主人、ギルモーアの方へ注意を向け直しませうね。えゝ、彼れの職業――、それは後になつて、私と大変大きい関係を結ぶやうになつたんで―――一先づ細かくこの点を明らかにして置きませうね。

彼れは二つの仕事を持つて居りました。一つはY町に店を出して、彼れは写真師をして居りましたの。もう一つは、著述で、それは写真術に関するもの、それから、何かしら応用化学に関するものらしう御座いました。えゝ、それらの原稿はイギリスのロンドンへ送られ、そこの或る出版社の手へ委ねられてゐたのでした。私には好く分りませんが、写真術の方の本は何かの事情のため、いくら再版をせまられてもギルモーアがそれを承知しないので、古本へ可成りなプレミヤムが附いたと云ふ話でした。で、著書にプレミヤムが附くと云ふ事は、取りもなほさず、オーサーにプレミヤムが附いた訳に当りますんでせう。だから私、この話しは随分気持ちよく、又、満足して聞いたものでしたわ。

彼れは写真師こそして居りましたが、何もそれで御飯をかせぎださねばならぬ程窮迫しては居りませんでしたの。いえ、それどころか、彼れは五十万円からの財産家でね、この話しを知つた時も、私決して悪い気持ちは致しませんでしたわ。が、いくら、お金持ちでも、商売人である以上、人様へのお世辞をか、してはならない筈でしたが、何にせよ、生来の無口であり、又、その無口を当然なもののやうに、人様の前へさらすと云ふ方だつたので、この欠点のつぐなひとして、彼れは技術で名をとることに熱中したらしいんですわね。それとも、之れは私の間違つた推量に過ぎず、彼れ自身にはてんで初めから熱中なんて事は起りもしなかつたか知れませんわ。それにしても、「冷かな凝り性」と云ふもの丈は彼れも持つてましたの。つまり、倦怠したやうな顔をしながら、然も順序よく研究すべき事項を着々と片附けて行くと云つた風なんですの。

彼れは日本の写真屋さんのやうに「修整」はしませんでした。その代り、撮影の時に、好い効果の全てを挙げるやうに骨折りますの。例へば、頬骨が凸出して、鼻の凹むだ顔へは何んな方向から光線を当てると、最も見好い風になるかなぞと云ふ事を好く心得てました。又、そんな技術の奥秘を会得するため、彼れは自分で様々な顔を土で造つて、それを色々な方角から来る光線の組合せの下で、色々な位置にして、撮影して見たりしてましたの。可笑しい事に、彼れの使ふレンズは極く価ひの低い水晶製でしたが、彼れは之を自分で磨き直して自分に適した感じのものにしてゐました。

『名人の彫刻家は切れ味の鈍い刀を使ふと或る有名な日本人が云ひました。貴方、その日本人の名を知つてますか？』と、彼れは恐ろしい日本通を自慢しながら、私へ尋ねた事がありました。

その他、私が彼れに就いて深く感じたのは彼れの大変犬を愛する習癖でした。彼れは犬との交際に於いても、例の「冷かな凝り性」を応用したと見えて、獣の泣き声によつて、その心持ちをよく理解する迄に進んでゐましたし、その上、彼れ自身も犬に対して自分の苦痛や喜びを訴へる術を会得してましたの。

或る日、過つて彼れはナイフで自身の指を切つた事がありましたが、その瞬間、彼れはその苦痛を傍らにゐた犬に打ち明けるやうな鳴き真似をしましたの。すると、犬はすぐ立ち上つて、主人の手の先を嘗めてやりましたのでね、私、可笑しいやら、不思議やらで、しばらくぼんやりとしてゐた程でした。

私、時々、たわいもなく考へるのですが、若し遠い将来に、犬と対話し得る新らしい人間の種属が生れ出るとすれば、それは何うしたつて、黒い毛の人種からでなく、黄色い毛の人種からに相違御座いませんわ。何にしても、西洋人と云ふものは好く動物を愛しますし、又、動物の方でも好く彼れ等の便益をはかつてやるやうですわね。

ですが、斯んな取るに足らぬ事を申し上げてゐる暇があつたら、もつと必要な事の方へ移りたう御座いますね。

えゝ、思ひ出して見ますに、ギルモーアと私との新らしい生活は直きと古いものになつて了ひましたの。つまり、私は出来る丈早く四囲に同化するやうに努めましたし、又、何うしても同化し得ない場合は、向うを改革して、自分に適したものにしてやつたんですものね。

『もう、之で、何も珍らしいものはありやしない。』私の嘆きは結局其処迄行きついて了ひましたの。

斯うなると、思ひ起されるのは、品座の身の上で御座いましたわ。もつとも、それ迄だつて、私と旅先にある彼れとの文通は割合自由に行はれて居りました。彼れは田中とか山本とかまあそんな姓名の人を発信者に見立てゝは私に手紙を呉れましたの。で、私はギルモーアから、田中さんとは？ と聞かれると、妹の夫だと答へ、山本さんとは？ と尋ねられると、従兄と戦友だなんて云ひ抜けて置きましたの。

『おや、貴方、田中さんはお父さんの弟だつて、この前、云つたでせう?』と、ギルモーアは陰鬱に笑ひました。私、さうも云つた覚えがあるやうなので、斯う突込まれると、一寸不気味でしたが、例の取り越し苦労をゴミのやうに厭がる性質のために、あまりその点を気にも掛けませんでしたの。それに西洋人なんてものは妾に情夫があつても、それを余り騒ぎ立てたりしないのが通例なんですものね。

私は人から軽い嘘を云はれても余り気に掛けないと同じ程度で、自分が一寸した嘘をついても、人から責められる可きではないと、まあ、斯んな意見を持つてたらしいんですわ。何故つて、責めるだの、許すだのつて事は、この愉快な人生へタガをはめるやうなもので御座いますものね。人の心が怒つたり、詫びたりし初めなけりや、そんな面倒は他の何処からも起つて来やう筈もないんだと貴方お思ひになりませんの?

そんな訳で秘密な手紙に就ての私の心配は直き無頓着と同じものになつて了ひましたの。品座の方も、余り熟慮して事を運むではゐないと見えて、田中や山本に飽きると、今度は宮池と云ふ姓を名乗り初め、その次には、何う間違へたか、宮地とも書いて来ましたの。ギルモーアは私の知らぬ内ちやんと斯んな細かい相違を検べ上げて置いて――

『宮池と宮地は二人の人ですか?』

『いえ、同じ人ですの。』

『自分の姓名を間違へぬやうに云つてやりなさい。それから、覚えときなさい。私はお父さんから貴方の監督を頼まれてゐるのですよ。若しかしたら、手紙を開いて見るですよ。』

私はギルモーアの気まづい顔を見ると息がつまりました。何しろこの寛大な主人は好く漢字が読めるのですものねえ、然し、品座は決して、恋しいの、懐かしいのと、優しい文字を並べ立てる性質ではなかつたので、手紙の内容は主人に見られても、たいして恥かしいものではありませんでした。それには、地方巡業を終り、近くこの都へ帰つて来られる喜びが認めてあつた丈ですの。

で、私は業と、古い手紙の二つ三つを主人に見せてやりました。

『さあ、之を見て、二人で楽しみませう。』と私は云つてやりました。

『日本人の手紙は淡白でよろしい。』と、彼れは満足げに云つてましたが、その内心は何んなものだつたか私には分りませんでした。

が、一般に西洋人と云ふものは、此の道となると、極く寛大なのですわね。このギルモーアの友人、アーノルドさんなぞにしても、そのお妾に大がちやんとあつて、御自分もその男と平気で交際してね、二人でヨツトへ乗つて、その男にカジを取らしてらつしやる位なんですものねえ。

『今日はナラヒだな。』

『オモカヂ！』

まあ、そんな風に仲が好いんですものねえ。けれど、ギルモーアは私のハシヤギ方を幾らか毒々しい冷たい目附きで、ぢつと、見つめて居りました――之はまづい――と、私は直覚的に身を顫はしましたが、でも、ぢき私、又そんな点には無頓着になつて了ひましたの。と云ふものは、品座が私と二人で舟遊びをする日取りを、もうちやんと手紙に書いてよこしてたんですもの。私、もう、進軍喇叭を聞きつけた軍馬見たいに勇み立つて了ひましたの。

さあ、其処で私は、毎日、毎日、その日の来るのを心待ちに待ちましてね、ある時なんか、余り、もどかしいので、女の癖に、一二三！と、椅子を飛び越して見たり致しましたわ。えゝ、さうしたら、時間もきつと、何かを飛び越して呉れるだらうと、思つたんでした。けれど、私、その間中だつて、食事を減らすとか、夜も寝られないとか云ふ事は別段なかつたんですの。

いよ〳〵その日は参りました。それは私が期待してゐたよりも以上の楽しみを私に持つて来て呉れました。

港は静かで、お日様は手一杯に晴れ渡つて照つてゐました。私達を乗せた赤い帆のヨツトは鷗が猫のやうに鳴いて飛ぶ下に浮むで居りました。

『鷗は皆雌のやうに見えますね。』

『何故でせう。一羽もお婆さんらしいのが居ない。皆、娘のやうだ。』

『あの白い柔かなお腹《なか》へ、ピツタリと附けた足が桃色をしてるためでせう？』

斯んなたわいもない話しでさへ、もう私たちを酔はせるに充分でしたもの、その先、二人が取り交した自分の事に関した話しになると、もう二人は好い心持ちに興奮して了ひました。

『ぢや、夫婦に……。』

『でなきや、尼になるわ！』

『時に、ギルモーアの病気は？』

『段々、重いんですの。』

『直き、死ぬかしら？』

話しは山のやうにありましたが、皆、たわいもない事でしたの。戯れの戯れの戯れ。だから、細かく此処で申上げるより、貴方の想像にお委せする方が賢いやり方だと存じますわ。もつとも、此処で気の附いたのを幸ひ、ギルモーアの病気に就て丈は、もう少し明らかにして置く心要があり相ですわね。

えゝ、彼れは相当の年輩だし、持病の腎臓炎が大分重くなつてゐた所へ、リユウマチスムが手伝つたりして、もうその頃では寝たきりになつてましたの。それで、愈よ自分でも、もう駄目と気附いたのか、ある朝、恐ろしく早く、私を呼び起して、斯う申しましたの。

『私が助かるか、助からぬか、その点をドクターから確実に聞いて、何方にしても安心したい、死ぬにしても、死の安心を……。』

私は眼に涙を一杯ためて、主人を見やりました。可哀相に、斯んな異国で、一人の身寄りにもかしづかれず、儚く死んで行くその心持ちは何んなだらう。人間よりも犬に多くの親しみを感ずると云ふこの人の心持ち、それも、人の世の信じ難く、頼りがたい事をつく〴〵味つた上で、行きついた心の境地に相違ないのだ。気の毒に、気の毒に。第一、ギルモーアが一昨日、私に云ひつけて、玄関へ貼り出させた、訪客への断り書きを思つて御覧。それは、本統に、次のやうな、世を儚むだ気分の一杯溢れたものだつたつけ――

『……私は去る十月二十八日より、完全に孤独なる霊となれり。戸外の事、いや、手近い周囲の事さへも、既に私の関せざる所なり。私は毎夜、一種異様な、極めて独創的な霊の祭壇を案出し、その上に一人坐す。大方より寄せられたる書翰さへも開く事なく焼き捨てらる。私を見舞ひに来て呉れる親切な人々よ。どうか私の代りに、門前の犬の頭を愛撫してやつて、その儘、静かに帰つて下さい。』

少し気が変なのでせうか、いえ、さうでは御座いません。始終彼れは極めて厳粛で、真面目な時間を過して居りました。

私は彼れの命令通り、ドクターのゲーリーさんに、主人が助かるか死ぬかに就てのセツパ詰つた明答を要求致しました。ドクターは患者のベツドの周囲を廻りつゝ、大変、云ひ憎さうに、患者の状態の危険な事を打ち明けました。そして、『然し、然しですね、落胆なさいますな。曙光が再び来るかも知れない。それは学理丈で推し量り得る程、容易なものではないが。』と附け加へました。

ギルモーアは之等の答へに耳を傾けつゝ、驚く程美事な落ち着きを保ち続けました。了ひには打ち興じて、ドクターへ火葬と土葬との優劣なぞを論じて聞かせたり致しました。さすがは紳士だ。人はいざとなつたら、斯う云ふ風に諦めをつけたいものだと、私、かたわらに坐つてゐて、つく〴〵感じ入りました。

所が、ドクターが首を振つて帰つて了ふと、急にギルモーアの態度が一変致しましたの。私は驚いて立ち上りました。彼れはシユスの枕を天井へ向つて投げ、犬のやうな声で泣き叫びました。そして、『自分が死んだら、日本人流に屍骸を焼いて呉れ。その灰は何処へも埋めずに、庭へ撒いて呉れ。おゝ、俺はあの葡萄の葉の上に、塵のやうに憩ひ、そして雨に打たれるんだ。打たれるんだ。』と、日本語に英語を交ぜて、私に云ひ聞かせました。

気の毒に、お金は沢山あるけれど、気の毒に。私は彼れに抱きすがつて、嘆き悲しみ、又、思ひ直しては、色々と彼れを慰めてやりました。

彼れは鼻の頭を赤く脹らし、鼻の穴を水つぽく、しゆく〳〵と鳴らしながら、眼を丸く動かして、天井の隅、扉の隙、窓の枠なぞを、その視線で嘗め廻りました。彼れの顔面の筋肉は何かしらに恐怖して、こわばりながら顫へました。まあ、何を見送つてゐるのだらう。あのトゲ〳〵しい眼附き！天井の隅の蜘蛛の巣へ、自分の胸から抜け出した霊が、引かゝつて悶えつゝ揺れてもゐるのが感じられるのかしら。えゝ、実際、風もないのに、ねえ、貴方何故かその蜘蛛の巣は淋しく上下に揺れてゐるんでした。

それから、今度は、何を思ひ附いたのか、彼れはいきなり枕元にある紫色の一輪差しを手に取り上げました。まあ困つた事だ……。それを投げてはいけない。薄い瀬戸物は粉微塵になつて室中へ散らばるだらう。私は心も心ならず唯だ、手を開いたり、閉じたりして黙禱でもする時のやうに、体をじつと堅くしてゐるより他、適当な仕事も知りませんでした。

すると、哀れな主人はじつとその花瓶を握りしめ、――えゝ、指が折れさうにソル程堅く握りしめ、それから、又、そつと放して、滑らかに光る、その丸みのある面《めん》に深く注目しました。

『見なさい、この表面を！これ、指紋、私の指紋、立派な渦巻、そつとしとけば何時迄も残る。残る。可愛らしい、だのに、私の生きたこの指はもうじき焼かれて湯気を立て脂を垂らし、パサ〳〵の灰になる。』

彼れはさう云ふと、鼻毛があらはれて見える程、鼻の穴を大きく開いて、もう無遠慮にすゝり泣きを致しました。

私も我慢が出来ず、自分の溢れかへる感情をわつとばかり声に出して、ギルモーアに抱きつきました、けれど、ああ、何うした風の吹き廻しでせう。彼は矢庭に私の体をふりはらひ、私より花瓶の方が可愛いと云つた風に、それをしつかり抱きしめました。

彼れの依り所ない淋しさは云ふ迄も御座いませんけれど、斯うなると、私の淋しさだとて、決して彼れのに劣るとは思へませんでした。それでも私、すぐ諦め直し、この曲つた気性の主人へ出来るだけ物柔かな慰めの言葉をかけてやりました。

さあ、そんな詮ない慰撫の一方、私の心配の一部分になつて、こだわつてゐたのは、一体、ギルモーアが死んだら、彼れの遺産五十万円を誰れが受け継ぐのだらうかと云ふ点で御座いました。

父が破産して色々の苦しい目を見て以来、私のお金に対する熱望は私の胸をまるで花園のやうに大袈裟に飾つて居りましたの。で、『遺産？』『五十万円？』そんな疑問がまるで微妙な音楽のやうに花園の間に響いてゐたと云ふ訳なんでしたわ。自分で斯んな強い本能を耻しくも思ひ、時には少し抑制して見ねばなるまいかと考へ直した事も随分あつたのですが、そんな手ぬるいカセで、この心持ちがすつかり浄化されるものでは御座いません。私の夢は美しく、汚く、大きく広がり育つ一方でした。

――私はこんなに汚くて、然も、美しい日を見た事がない。

――

私、自分で、自分に驚いては、よく斯う自分の心持ちを独白致しましたわ。

品座と結婚するに就いても、何より先立つて入用なのは金と銀で御座いました。だつて、彼れは悲しい顔をして、何度もお宝の不足を告げ、立派な家を借りるなんて事はもうほんの夢に過ぎないなんて、悲しさうに私へ暗示したんですものねえ。

　それだのに、我が欲しいと思ふ家財道具は皆高価なものばかりなんでせう？何はともあれ、ソーフアのどつしりしたのを是非用意せねばならない。何しろ、あれは『戯れる台』と云ふ位のものなんだから……。それにカーテンは絹のが欲しい、半分木綿が這入つてゐるのでも好いが、でも、手に触れば直ぐ分つて了ふんだから……なんてね、貴方、私、もう毎日、思ひ悩むでましたの。そして、その間、間に、首を持ち上げるのが、あの音楽『遺産？』と云ふ言葉だつたんですの。

　で、到々、或る日の事、病気の重いギルモーアの枕元へ私はすがつて、それとなく、私に遺されるものゝ大きさに就いて尋ねて見たり致しました。ギルモーアは私の気性を一番好く飲み込むでゐたので、斯んな思ひ切つた私の行為をも殊に意外とも思ひ取りは致しませんでした。

『皆、遺言状に書き込むで置いてあるよ。好し、好し。お前にやるものから、猫と犬に分けるもの迄な。』

　彼れは苦しい気分の中で、業と笑つて見せて呉れ、私の額に接吻しました。それで私もこの不遇な孤独な人への痛い同情から、その上に詳しく聞きたゞす事や、探りを入れる事をひかへて了ひましたの。

　かいつまんでお話しすると、それから直きギルモーアは他界致しましたの。私は一通りその事を泣くと、やがて悲しみを通り過ぎた時に共通な水々しい軽々しい心持ちになりました。

『遺産？』この音楽はもうセレナードではなくて、賑かなマーチに変つて居りました。けれど、私はギルモーアの残した重要な書類に一寸も手を附ける事を許されませんでした。あゝ、書類と云ふものが此の時程厳粛に見えた覚えを私未だ知りませんでした。本国からは主人の甥に当ると云ふハツチソン氏が、若い身空で、もう頭をはげ上らしながら、眼も鼻も一と所へ寄せ集めたやうな窮屈な赤い顔をしてやつて参りましてね、貴方、それが、ローヤーのマクドナルドさんと始終ひそ〳〵立ち話しをしては私の顔を流し目で見ますんでせう？私本当にもう気が気では御座いませんでしたの。

『あんな性根も知れぬ若僧に大切なものを皆さらはれてたまるもんか？姉さん、しつかりしてなさいよ！』例のボーイ頭も、気の沈む私を一生懸命に引き立てゝ呉れました。私に取つて善い事は延いてこの西郷さんに取つても善い事なんだと云ふ風な解釈を彼れは抱いて居た訳なんですわね。

　所が何うで御座いませう。恐ろしく大きな靴をはいたローヤーのマクドナルドさんは樫の木のやうに堅くなつて斯う私に打ち出して来ました――

『先づ、ボーイを一日も早く解雇せねばなりません。さうする事の権利をギルモーア氏は全部私に授けてお出でゝすよ。』

　私の胸の花園は何だかこのローヤーの大きな靴で半分以上破壊されたやうでした。まあ、それに、この人と云つたら、何だか草毒で、首のまはり一杯カサブタが出来てゐてね、それがカラへさはつて、カサ〳〵云つてるんでした。彼れは儀式でも行つてゐるやうに、両ひぢを張つて、室を四方に歩き、眼鼻の一所くたになつたハッチソンへ書類を渡すと、相手からも別の書きつけを受け取り、それへ矢鱈にシグネチヤを書き込むだり、前に渡した書類と引き合した上重ねて見たり、又、別の証書を作製したり、計算したり、測定したり、法律の本を参照して、ハッチソンに説明したり、又、何かの説明を求めて、それに反対したり、同意したり、まあ、何時迄もそんな儀式が続いて行きましたの。

一方、私は私で壊れた花園のつくろひに急がしう御座いました。品座と家を持つ？　何うしても西洋風にせねばいけない。調理ストーヴは西洋のジヤアナルで見かけた二本口の石油のを使ふやうにし、ナイフやサジやフオークは医療器械屋に売つてゐるあの外科手術室用のガラス張りになつてゐるニッケルの棚へ並べて置きたい。真鍮製のものへは決して緑青を湧かせないやう、又、鉄製のものへは赤錆を出してはいけない、然しなぜ、緑青は青く、錆は赤いんだらう？　それからネヂやバネの仕掛けを出来る丈多く使ひ、水タンクは出来る丈セイの高いのが好い。井戸は風車で吸ひ上げポンプを動かすやうにするのが好い。それとも、下町に住むで、水道にするか？　兎も角、太く、勢ひよく水の出るニツケル製の舶来のネジグチを取り付けたいものだ。寝室の中へ洗面台を置いて、鏡は青くない、純粋のガラスのものを選ばないといけない、寝台は品座の趣味に委せるとしても、絹布団の柄は私が見立てなくては承知出来ない。けれど、斯んな紛らし位では、私の不安は治つて来ませんでした。私は出来る丈の声で叫びました。

『我れを知るものは世界にして、世界を知れるものは我れなり……』なぞと、自分でも分らないやうな大きな事を云つて見ましたの。何でも、広々とした考へを持つたら、胸の中にこの不安の居所があるまい、と、独りで感じたらしいんですわね、本統に愚かしいお話しですこと。

さあ、さう斯うしてゐる内に、到々、一番重大な日が参りました。マクドナルドさんはギルモーアの遺書を親戚立ち合ひの上で、私に示しましたの。その書き附けには大体に於て次の通りの事が英文で認めて御座いました。

——リンには情夫があるため、私へあらゆる不親切を仕向け尽した。この点で、私の不満は仲々大きい。それ故、ボーイ頭へ与へるのと同じ金額、五百円をリンへ譲る丈で、他の便宜を計つてやつてはならない。但し、リンは私の訓練の下に、相当の写真技術を学むでゐるから、私の愛用した写真機二個其の他操作用の器具一切を彼の女へ残す。——

まあ、この遺書の不親切！　私は怨みと落胆と羞恥とで満座の中に赤面して了ひました。マクドナルドさんはこの時殊さらに威厳を保たうとして、牛のやうにいきみ返つてお出でゝしたし、猿のやうなハッチソン小僧は頭から足の先迄を朝の光線でしきりと光らして居りましたの。

私は黙つてその場を引き取らうとしました。すると、ハツチソンがまるで私を罪人あつかひに引き捕へ、英語の早口で何か怒鳴りました。

『承諾なさい。』と、マクドナルドさんが毛だらけな手で遺書を叩きました。

『アブソリユートリー、アブソリユートリー。』と、外の遠縁の男も下顎を出つぱらして叫びました。何がアブソリユートリーなのか私には分りませんでしたが、この男はかう云ふのが口癖だつたんですの。それから、もう一人の遠縁の背低爺さんは、お腹をつき出して、『ダツツオール!』と云ふのが癖で、二言目にはダツツオール!とやつて居りましたの。

私は敗けたと見ると、ぐつと気丈になりました。ノー、ノー、ミスタ、マクドナルド!と私は彼れの煙突のやうなヒヂを両手で押して、それから鳥が逃れるやうに、服をハダけて、そこを飛び出して了ひました。

『こりや、唯だでは済まされねえ!』次の室から西郷さんが転がり出して、私のあとを追つて来ました。

『世話します、世話します。私に世話さして下さい。』

『何をなの?』

『弁護士でさあ。家内の妹が奉公に上つてゐる、あの栗田先生を!』

彼れは依然として世話好きでした。私は遺書がさうなつてゐる以上、弁護士の力なぞはもう頼る訳に行かない事を彼れに聞かしたのでしたが、彼れは少しも承知しないで、外へ駈け出して行つて了ひました。

私は之と云ふ目的もなく、一人門を立ち出で、坂を降りて海岸を走りました。品座が居れば相談相手にもなつたのですが、彼れは合憎、又、巡業に出掛けて留守で御座いました。父?父は上海で再度の失敗をし、もつと遠くの方へ渡つて行つて了つたとの報知でした、で、之もあまり遠すぎて、何とも助力を乞ふ事が出来ませんでした。私は仕方なしに考へました――え、、考へ嫌ひの私が、夢中になつて考へ初めたのです――五十万円に対する五百円?一体、それは何パーセントに当るんだ?少くとも私へ五万円は呉れるのが至当ではないか?それに、ギルモーアと私との眼が暗々裡に黙契した遺産の金額は丁度その位の見当なのを私は知つてゐる。私は無言でそれを彼れに要求した。彼れも無言でそれを承諾してゐた。それだのに……いや、之は何たる意外だらう?彼れは死に際になつて急に自身の計画を変更して了つた!さう。弁護士には一つ嘘を吐いてやらう?何と?ギルモーアが私に五万円呉れると口授した!之が裁判のきつかけになる。然し、然し、はてな、立ち合ひ人なしの口授では……。

さて、私は怖える胸をおさへながら、方々さまよつた上句、家の裏門から自分の室へ這入つて行かうとしました。ボーイ頭は既に帰つて来てゐて、栗田先生が一度私に会ひたいと云つて

ゐる由を告げて呉れました。で、私は
『之で西郷さんには二度お世話になつてね。』

『いや、あれとは異ふ。今は、危篤の場合だ！』

私はこの「危篤」と云ふ言葉が、こゝへは当てはまらないのを思つて微笑みました。

『私、一生忘れませんよ、貴方の御親切をね。えゝ貴方が死んだ後は、時々上野をお参りして上げるわ！』とは云ふものゝ、私の心は全く戯談どころではなかつたんですの。

さあ、もつと急いで申しませう。私は結局不当な遺言の取り消しに就いて、栗田さんに頼み入りました。そして、この人を代理人にして、ギルモーアの親族会招集の申請を致しました。所が、あゝ、何う云ふ悪魔が道を切つたのか、事はちつともうまく運ばず、重山判事主任様が取り調べた上
『申請は理由なし、却下す！』

と、なつて了ひましたの。

栗田先生は之を不当だと云ひ、ボーイ頭は余り論じ立てゝ、喉を悪くして了ひ、私も強い頭痛に落ちて了ひました。

其処で、栗田さんは裁判所へ「抗告の申し立て」とか云ふものをして下さいました。で、民事部の岡本さんが審理をなさいましたが、又も、無効と云ふ始末で御座いました。

之であらゆる策も尽きました。私は却つて肩が軽くなりました。遺言通りの五百円と写真機一式を私はもらつて引き下り、五百円の内から、二百円丈、ほんの志として、ボーイ頭を通じて栗田先生にさし上げました。残りは僅か三百円！もうソーフアを一つ買へばお終ひになりさうでした。それに、斯んな手一杯のお金で買つたソーフアは「戯れの台」どころか、「悲しみの乗り物」になる恐れがあり相では御座いませんでしたらうか。

お金の方を一時諦めた私は、当然の結果として、品座と同棲したいと云ふ希望で夢中になり初めました。然し、その頃の彼れはお耻かしい程懐ろの軽いたちで御座いましてね。二人が遊むで暮してゐたら、それこそ、直ぐひもじい思ひをせねばならぬ始末でしたの。で、私は「藝が身を助けて呉れるなら……」と思つて、ギルモーアから受け継いだ写真機一式を頼りに、あのY町の賑かな横丁で、女写真師と云ふ妙な仕事を初めました。それとても、仕事が面白いからではなく、何うかして、品座と一緒に何時迄も暮してゐたかつたからですの。この事業を起すためには、その頃でも、八百円からの仕度金が入用でしたが、之は品座がひどい工面をして用立てゝ呉れましたの。私が権利を買つたのは、或る古い写真館で、スチユヂオの照明の工合は誠に不都合なものでしたが、然し、当分の間は、何事に対しても忍耐するのが私の不快なつとめで御座いました。

斯うして写真屋の女主人は何うやら自分丈の生計を立てゝ行けるやうになりました。そして、悲しい事に、もう、直ぐ、妊娠と云ふ災難が初まつて了ひました。

『鷲や鷹なぞと云ふ鳥は動物園の柵の中へ飼はれてゐると、決して雛を返さない。つまり還境に不満を感ずると、或る種の動

物は自然と子を造らないものである。』

斯んなお話しを此の頃、私は河合さんと云ふ医学者さんから聞いた覚えがあるんですが、して見ると、まあ、私は写真師と云ふ職業にも、品座と云ふ夫にも満足した形ちなんでしたわね。

いいえ、所が、別にそれ程でもなかつたのです。貴方も御存知の通り、目的は達せられた場所で消えて了ふのが常で御座いますものね。私、時とすると、急に気がついて、歯ぎしりしながら、品座に斯う云つてやつた位ですの——

『貴方！ソーフアは何うなりましたの？暖房装置の事を何故私たちは忘れて了つたんですの？ピラ〳〵した絹のカーテンや、ベランダの中のアスパラガスの大きい鉢や……皆、一体、何処へ行つて了つたの？』

考へて見ると、本統に味気ない事で御座いますわねえ。それに一時うまくはやつて呉れた店の方も、人々の好奇心が薄らぐと一緒に、すつかり暇になつて了ひましてね、貴方、この事は一番まとまつた悩みらしい悩みとなつて私の上に蔽ひかゝつて来ましたの。

『どうも、ギルモーアから譲られたレンズが私の技巧としつくり適合しないのだ。一層ダルメヤと云ふ玉と替へて見やうかしら？』

えゝ、その頃はダルメヤ、グロンとか何とか云ふのが随分仲間の間でも評判好かつたのです。それにしても、先立つものは莫大なお金なんで、私、すつかり、気を滅入らして了ひましたの。

其処へ持つて来て、品座は自身の仕事——ガイドです——にもはげみがなくなり、私ばかりを頼りにして、私の家に昼間から寝転んでゐると云ふ有様なんですもの、私、余計あせらずにはゐられませんでした。その上に、まあ、何うしたのか、彼れは、悪くしないでも好い胃なぞを悪くして了ひましてね、私が気の向いた時、造らへてやつた、アルブミナイズトオレヂだとか、やれ、スパニツシユクリームだとか云ふ面倒なもの、味をしめて了つて、

『ババア！あれを又、こしらへろ！』

『コツクぢやありませんよ、このふくれたお腹《なか》を第一見て頂だい！』

と、云ふ騒ぎでしたの。私はまだ二十になるや成らずで、ババアなぞと呼ばれる事が何より不服でしたので、時々、彼れの事をヂイと云ひ返してやりました。すると、彼れは男らしくもなく、沈むだ顔になつてね、貴方、急いで床屋へ駈けて行つて、奇麗にヒゲをすつて帰つて来ると、まるで雄雞のやうにヨタヨタして私の前を廻つて歩く始末なんでした。

その内、私のお腹《なか》から生れ出たのは、本統に可愛い双胎児でした。実に、実に、可愛かつたんですの。然し、品座がこの子等を大変嫌ふ上、私の職業の邪魔にもなり、生計にもこだわつて来る関係上、可哀さうには思ひましたが、赤児は親戚に当る、ある寺の住職へ預けて了ひました。今考へると、本当に罪な事

で御ざいましたわね。

けれど、もつと、不快な事件がその次に控ゑてゐたのを、皆様はよもやお察しにはならないでせうね。私は内々、さう云ふ事の起る可きを予期してゐないでもなかつたので御座いますが、その予期が未だ熟さぬ内に、もう現実の方が待つてゐては呉れませんでしたの。

或る夕方――お丶夕方に何か事件の起る事が多う御座います事――その夕方ですの一人の車夫が私の家へ這入つて来て、品座が在宅かを尋ねました。

『ハテ?』と、私は考へました。車夫?車夫と私の恋人とに何んな関係があるのかしら?

『貴方は誰れのお使ひ?』と、私ははづむ息を殺すやうにして、彼れに聞き返しました。

『お留守なら、よろしいので……。』

『云つて頂戴、呼び出しなんか掛ける人は一体誰れ?女なんだわね?』

『実は向うの横丁に、私の車へ乗つた儘で待つてらつしやるんですがな。』

其処へ警察から帰つて来たのは私の恋人品座でした。車夫はまるで品座に面識でもあるやうに、そつちへ寄つて行き、私に隠し立てでもするやうな風で、外に待つてゐる女の名なぞを打ち明けるのでした。

品座は苦しさうな表情をしました。それから私の方を振り向いて、許しを乞ふ時に、彼れが何時もする通り、額に皺をよせ、鼻の片脇の筋を深めて、唇を曲げました。

品座と車夫は出て行きました。私は血が踊るやうになつて、独り手に、そのあとへ従ひました。私のその時の気持ちは之々とはつきり申し上げる事さへ出来ません。私は口惜しまぎれに『S、S、S、』と、犬の名を呼むだりして見ました。

品座はもう車上の女の方へ、あんなに近よつて参ります。女は急いで車から降り、背負つた子供を一ゆり、ゆり上げて、何かを囁くと、之も品座の方へ歩き出して来ました。一寸微笑むだやうです。然し、品座の方がそれに笑へないので、又、真面目な表情に返つて了ひました。私は耐へる事が出来ませんでした。

『何うにでもなれ。私はあの人たちに注意してやしない。愛しても居ねば、憎むでもゐない。唯だ、邪魔してやるのだ。丁度、岩が水の流れを邪魔するやうに、全く無感情に、無感覚に……。』

私は遠慮なく、ずつと、女と品座とのすぐそばまで出て行きました。

女は一寸も笑はずに、むしろ、泣き出しさうな顔で、私の恋人に挨拶をしてゐる所でした。全体が植物のやうな感じのする変な女だ事!眼のへんが凹んで、暗く、口のまはりがとがつて、明るく輝いてるやうな女。猿の眼と、狐の口、そんな顔つきをしてゐるんですの。それに、髪飾りから足袋の形迄が何だか田舎風でした。なるほど、辺鄙な片隅にゐてこそ、之でも多少『新式』なんでせう。然し、この町の真中に出されては、もう、しほれた野菜物以上ではないやうな女でした。

『陰気な顔で、気が長くて、一日中でも大豆の粒を数へてゐるやうな人なんだ。』私はすぐさう思ひました。『さう！この女が着ると、新らしい好い格好の着物まで、変な形になつて、垢じみて見えるんだ。』

その内、不意に背中の子が泣き出しました。それで、この重苦しい状景が少しばかり活気づいたのは何よりでした。

私は彼の女へ注意するのが苦しいのに、尚も執念く、ぢつと彼の女へ蔽ひかぶせるやうな視線を投げつゞけました。若しかしたら、顔に痣でもありはしないかと、思つて見ましたが、まづ、そんなものは無しに済みました。然し、彼の女が大きい眼を持つてゐるに拘らず、それを近視眼者のやうに、まぶしさうに細めてゐる事。——（之は、あふれる悲しみや喜びを強ひて耐へてゐる為めでしたらうか？）——それから、唾液の分泌が盛ん過ぎる質と見えて、下唇がしたゝり相に濡れてゐる事を私は素早く発見しました。

『おや？この人は入れ眼かも知れない。そして、子供の時は、さぞ涎れをこぼした事だらうね。』

彼の女はもうさつきから、私の凝視を恐れ厭ふてゐる様子でしたが、とうとう、光りから逃れやうとする黴菌かなぞのやうに、もじ〳〵と腰の辺をゆすつて、何かしら、私の事について、私の恋人へ聞き正し、不意に沈むだ顔をし、又、一寸ぼんやりし、それから私の方へ徐々に、進み寄つて来ました。

笑ひもせず、眉毛一本、睫毛一本も無駄には動かさぬと云ふ顔附きをしながら、彼の女は五歩ばかりを内又に歩き、それから悲しさうに歩調を崩すと、今度は露骨に外又になつて、私のすぐ前迄至りました。

彼の女は通り一辺の挨拶を、下手な声色使ひのやうに、無性格に述べ初め、その言葉の終りを『ヤドが、色々お世話になつて居りますさうで……私から改めてお礼申し上げますわ。』と結びました。実に、当り前の文句で御座います。けれど、私の胸は風で鳴る障子の破れ口のやうに、ビリ〳〵ふるへました。『このヨダレ女め！』と、私は喉の筋肉をむづ〳〵させて、お腹の中で呟きました。

彼の女は私へ訝かしさうな表情を向けながら、静かに、丁寧に頭を下げました。けれど私は体へ定木《ぢやうぎ》を当てたやうに、真直ぐに突立つて、まるで、瀬戸物のやうに筋肉を堅くした儘でゐてやりました。

彼の女は頭を上げて、私の高慢な様子をぢつと怨めしさうに眺めましたが、すぐ強い羞恥と屈辱とで、顔をいきみ、さつと、ソバカスの色を濃くしました。えゝ、まるで感奮した烏賊みたいに……。

『可哀相に……』と、私は思つて、涙ぐみ相になりましたが、然し、彼の女が直ぐ、恋人の方へ戻り出したので、又、油断をせずに心を緊張させせました。

彼の女は恋人の肩へすがつて、さめ〴〵と泣き入り、何事かを管々しく囁いては嘆息しました。私は構はず、大胆に品座のそば迄進むで行つて、目がしらが痛む程強く彼れを睨めつけました。彼れは急に渋面作つて、その先妻の胸を向うへ押し、体を離らして了ひました。

『私は余り……余り……やるせ……』と、女はどもつて、こみ上げる涙のために、顎を小きざみに揺がしました。恋人はそれをなだめながらも、又、私に遠慮する積りか、幾らか冷たい調子で、金をやるから、K市へ帰つて、もう少しの間、成り行きを持つやうになどと語り聞かせました。

『まあ、細かい事もお打ち明け出来ぬ内に………』、帰れとは余りひどいと言ふ意味を目で訴へながら、彼の女は私の方へ正直さうな顔を向けました。そして、『貴方さま、後生一生の御願ひです。何うか最後のお願ひを一つ丈聞いてやつて下さいまし。』と、小さい声で云ひました。彼の女は業と私に丁寧な言葉づかひを致しました。その方が「他人同志」と云ふ事をハッキリ意識するのに都合がよいと思つたらしいんですわ。

『仰言い！何だか！』と、私は初めて口を利きました。

『貴方を御邪魔にする訳ではないので御座いますがね、あの、何うしても秘密で話さねばならぬ家庭のある事情が御座いますので、せめて、あの、ヤドを、ヤドと……ヤドに停車場迄送つて貰ひたいと存じましてね、貴方………』

何だか彼の女は全く萎れて、涙を新しくしながら、之丈を云ひました。私は品座を振り向いて――

『貴方、その必要がおありと思ふのですか？』と、聞き正しました。品座は一寸考へて、

『いや、無いさ。何故ならある訳がないんだから……。』と、妙な言ひ廻しを致しました。之を聞くと、田舎女はワッとばかりに泣きくづれて、そばのポストボックスへ抱きすがつて了ひました。心配ひさうな顔をしてゐた幼子がその時一緒になつて泣き叫び、『母ちやん、何うしたの？』と云ひ出したので、私迄、何とも云へぬ悲しみのために唇がふるへました。え丶、私は不図、里子に出してある二人の子の事を思ひ出しましたの。けれど、此処だと思つて、私は力み返り、よく考へてから申しました。

『では斯う致しませうよ、私たち二人で貴方を停車場迄お送りしませう。そして、切符なども買つて上げなくちや………。』

『それぢや………なんにもならない……ならない……。』と、女は苦しがつてもだえました。

『叔父ちやーん……。』と、子供が恐ろしがつて、何の訳も分らず叫ぶと、小さい足をあまり振り動かしたので、茶色の靴を下へ落して了ひました。品座はそれを拾つてやりたさうに、垂れ下げてゐた指の先を、蟹の足のやうに動かしましたが、私の方を見ると、顎をしやくつて、「拾つてやるやうに……」と云ふ風を表しました。この有様を見兼ねて、涙ぐむでさへ居た、

例の車夫は、鞠のやうに其処へ転がり出して、靴を拾つてやりました。

子の母は、それを知ると、また、ふるへ立つ程泣き入つて――、

『他人様さへ……斯んなに……御親切なものを……。』と、独り言のやうに云つたかと思ふと、今度は幼な子の足を撫でさすつて、

『ねえ、坊や、この靴だつて、隣りの叔母ちやんが下さつたのね。都のお父ちやんの所へ行くと云つたら、それぢや、恥ぢをか〻ないやうに、……つて、私には、この帯を貸して下さるし、この子には……去年死んだ武ちやんのこの靴を、下さつたんだわ。』

車夫がワツと泣き出しましたので、私も風を吸ひながら涙をふり落しました。品座も鼻の片脇を皺めて、手の指を蟹の足のやうにして居りました。それだのに、私は又しても意故地を取り返して、

『人が立つて見て居りますわ。さあ、三人で停車場の方へ参りませうよ。歩きながらでもお話しは出来ますから……。』

斯うして、私たちは動き出しましたの。そして、彼の女が汽車へ乗り込む迄、品座と口をきかせない事に私は成功して了ひましたわ。それは罪深い行ひに相違御座いませんでした。私、あとで考へると、気の毒で、気の毒で、何度も涙を落して、彼の女へ同情致しましたの。けれど、あの場合になつて見ると、私のやうな勝ち気の女には、何うしたつて、自分を踏みつけられて我慢してる訳には行かなかつたんですわ。私がもう少し、謙遜の美徳を知つてゐたら……斯んなにも心は苦しくなかつたらう、斯んな廻りくどい悩みの下をく〻る前に、手足を引込めて、自分をも、他人をも楽に息づかせてやる事が出来たのだらう、とは何度も私が考へた偽りない悔恨でしたの。

彼の女に私は蔭ながら手を合してお詫びしました。然し、彼れ！　彼れに対して、私の方から譲らねばならぬ謂れが一体何処に御座いましたらう？　私は此処で到底正直には申し上げられないやうな仕打ちでもつて品座をいぢめてやりました。

それから、――それから何うなりましたらうか？　私はあらゆる適当の手段を用ひて、あの品座の先妻とか云ふ女と品座との仲を引き別け、幾らかのお金も惜しまずに使つて、到々、面倒な縁を切つてやりました。その為めに、随分あの女は私を怨むで、悶え苦しむだと云ふ噂を私は聞き込みましたが、又、一方では、案外平気で暮してゐたと云ふやうな事を伝へて呉れる人も御座いました。

その後、ハツキリとは分りませんが、何でも、あの時、背負つて来た幼い子は、脳膜炎だかに罹つて死に、それが結局、女の仕合せとなつて、彼の女は荷物なしの身軽な体で、K市の何町の乾物屋だかへ嫁ぎ直したと云ふ事でした。

さあ、之で私の不快な夢はあとかたも無くなり、又、一二年すると、その忌はしい思ひ出さへ、あるかないかと疑はれる程、

薄れかすれて了ひました。

　けれど一番悲しいのは、それと同時に我れ我れの日常生活が新らしい驚異と云ふやうなもの、或ひは生き生きした潤ひと云ふやうなものから段々と懸け離れて参つた事でした。まあ、それが悲しいなぞと云つては申し訳ありませんわね。何故つて、乱闘まじりの、はげしく、荒い生活と云ふものも、結局はその次に当然到来すべき安穏と平和を目的としてのみ行はれる事なんで御座いませう。其処で私、何時も自分の心に斯う教へ込んでやりましたの――

『この平和、この倦怠を尊重しないならば、最早、人生の中で、一つでも尊重すべきものはありはしない。萎縮の心ではなしに、耐忍の心をもつて、この静かさの中に生きて行きなさいよ。その耐忍が軈て喜びと変る迄も……。』

　まあ、それは好いとして、斯んな長い平和の次には、又しても、実に、予期以上の動乱が隠れて待つてたでは御座いませんか。それが何だつたとは御問ひ下さいますな。まあ、この忌はしい事件を考へ出すと、私のやうな気性のものさへ、全く、沈み返つて、望みない深い歎息に浸されて了ふでは御座いませんか。忌はしい事件、斯う云つた丈で、貴方は早くもお察しでせうね。えゝ、品座の入獄――それなんで御座いますの。私は余り不快でなりません。それ故、この辺の事は細かく探らず、深く触れずに、急いで逃れ去りたう存じますわ。それに、私、品座が犯した罪の内容に就いて、底の底まで承知してゐる訳でも御座いませんの。何故と云ふに、品座がそんな暗い秘密に携はつてゐた頃、彼と私とは別々の所に暮してゐたんですもの、えゝ、彼れはK市。――彼れの故郷――、そして私はこのY市に！

　さて、私は彼れを未決監に訪ひ、その前から内々相談が出来てゐた通り、ハツチソン氏のお妾に上る事を、明確に承諾して貰ひましたの。品座は好い気なもので、『その方が好い。丁度好い、都合が好い。』なぞと、「好い」と云ふ言葉づくめで賛成して呉れましたの。えゝ、あの人には何となく、やり放しな気性が秘むでゐるんですわ。凝り性でゐながら、倦き性でね――色々、自分の職業を代へたりして、却つて出世し損つたのも、皆その為めだつたと私今でも時々思ふんで御座いますの。いえ、そんな些末な事は何うでも好う御座います。其れ故お話しをずつと、飛ばして、今度はもう少し明るい事へ移りませう。

　前にも一寸噂に上した事のある、ハツチソン氏と云ふのは、亡くなつたギルモーアの甥で、五十万円の三分の一を亡き人から譲られて、今も尚ほ、旧ギルモーア館に起き伏ししてゐる、極く普通な、つまり悪い癖のない英人でした。一時は私と遺産争ひ迄して、すつかりお互に感情を害ね合つて居りましたが、その頃、あれや、これやのクダ〳〵しい理由から、又、お近づきになつて了つたやうな工合でしたの。もつとも、ハツチソンは本国から女医上りの奥様を呼び迎へ、長い事一緒に仲よく暮してゐたのですが、その奥様に連れ子がある事から、面白からぬ騒動が初まり、一万円だかの慰藉料附きで、早速離縁をなすつて了つたので、丁度、その時、心淋しいハツチソン氏の目にとまつたのが、之と云ふ職業もなしに、喰ふや喰はずでゐた此の私なんでした。

さて、ハツチソンとは何んな人か？　もう貴方もお倦きでせうから、極く掻いつまんで、ほんの一寸、この点を申し添へるにとゞめませう。

F保険会社の支配人をしてゐた彼れはカツチリとした商人気質で、時間と労力を無駄に使はず、一度出来した事は、少々気に入らなくても、やり直しなぞ絶対にせぬと云ふ風でした。買ひ物も仲々上手で、売り手からまづい品物を押しつけられるやうな例は一度もありませんでした。とは云へ、律義一遍と云ふ方でもなく、いへ、それどころか、妙に、ローマンチツクで、私と初めて、斯んな事になつた夜だつて

『キツネノボタンは独身生活を意味する植物です。おゝ、淋しい。』

なぞと、文学的な洒落の一つや二つをも洩らすと云ふ工合で御座いました。その上、何うやら、一寸した迷信なぞをも面白がる性質と見えて、『星の近く大きく見えるのは悲しみの来る知らせですよ。』とか、『池の魚が水面に跳る時は雨が近いのです。』とか、『雀が水を浴びるのは喜びの知らせ。』とか、未だ、その他、ゾーヂヤツクと云ふもの、説明なぞは実に手に入つたもので、

『リンは七月生れだから巨蟹宮の支配を受けるです。』

なぞと、まことしやかに話して聞かせたものでした。あゝ、申しおくれましたが、彼れはギルモーアより、遥かに善良な生れつきで、

『パンを長い事、噛む人は正直です。』

と云ひ云ひ、一生懸命、食物へ充分な唾液を混ぜる癖がありました。

あら、貴方、聞いていらつしやいませんの？　では、取り急いで、もう少し妙な事の方へ移りませう。

一番困つたのは、彼れが子供風な鬼ごつこを愛好する悪癖でした。

『さあ、リン、日本風の鬼ごつこ。逃げる、追ふ。風のやうに！』

斯うなんで御座いますの。私、本統に一生懸命になつて、もう、腕も、足もハダけ放題ハダけらかして、其処等中を逃げ廻りましたの。ベランダに飾つてある四季咲きゼラニユームの鉢を三つ一度に飛び越える位は普通の事、日の当つてゐる明るい室が、白や黄色の細かい塵のために煙つて、ボーツとなる程、駈けに駈け廻り、椅子は横に倒す、デスクは押しこくる、ジユートンにつまづく、スリツパはやぶく、それはもう実に、醜い有様でした。

『鬼ごつこは日本式のが好い。』と、彼れは汗だらけになり、息切れのため、舌を半分ばかり出して、好く感嘆したものです

が、では、西洋風の鬼ごつこと云ふのは一体、何んなものなんでせうか、私、その点はちつとも存じませんの。

それから、彼れは私を背負つて、葡萄棚の下やお池のほとりを走るのが大好きでしたが、私、ハッチソン氏の幅広い背中の上に居ながら、あの葡萄の葉をぢつと見上げた時には不図、今は無いギルモーアの病ひにやつれた苦しさうな顔を思ひ出さずにはゐられませんでした。だつて、あの病者は私に向つて、死ぬ際に、斯う申したでは御座いませんか――

『私の骨の灰が、あの葡萄の葉の上に乗るだらう、そして、雨に打たれるだらう。打たれるだらう。』

それ故、私はこの青々茂る葉が大嫌ひになつて了ひましてね。成る可く、そつちへ行かないやうにと、好くハッチソンに頼み入りましたの。

斯んな工合に勿体ない日を重ね、私がたわいもなく楽しい夢をむさぼつてゐるのが、他の人達に何う見え、何う考へられたで御座いませう。それを私は存じません。然し、あの七面鳥さへが随分と嫉妬のやうなものを起して、何時だつたかは、私がうつかりお池のほとりに立つてゐると、いきなり、後から、私の腰の辺を蹴つて、顔色を変えて怒つて居りましたわ。それから、あの白い鸚鵡は『ホー、ホー、キヤツ』と云ふ私の声色を覚え込むで了つて、退屈するとは、それを繰り返してゐると云ふ有様で御座いました。

けれど、お許し下さい。私が斯んなに快活な態度を取るやうになつたのも、一つにはハッチソンの理想なり注文なりに従ひ、少しでも余計気に入られやうと努めたからなんですの。だつて、彼れは多くの方々がさうであるやうに、『普段は快活に、大切な時には沈着に――』と云ふ注文を絶へず私へ持ちかけたんですものねえ。えゝ、彼れが『樫の木の根方がシメる時は、憂鬱が来る。』などと云ふ迷信を楽しむ事も、結局はそんな言葉で人間の心の中にある快活な稚気を出来る丈け多く蘇らせやうとしてゐるからに他ならないのでした。

いえ、そんな事は何でも御座いません。もつと面白いのは、彼れが自慢でイカモノ商人のコバルスキーから買ひ込むで来た蝙蝠と三ケ月の模様を散らしてある羽二重の布団でございました。おゝ、このしなやかな品物こそは、その内部に一杯の稚気を含むだものだと私主張したう御座いますの。貴方、お聞き下さいまし。その布団の怪しい性質!まあ、之は何事でせう。中に這入つてゐるのは決して唯だの綿では御座いませんでした。それは一体、何と云ふ名の物質でせう、ふくらむでゐながら、ちつとも弾力が御座いませんでね、例へば、私が掌を一杯に広げて、ぐつと押すと、さあ、そのあとには手の形が何時迄も印されてゐて、仲々消えようともしないんですの。ですもの、想像して下さいましな。まあ、この布団の上に人が仰臥したら一体結果は何うなりますでせう。もつとも、この物質は日光に当て、二三日置きますと、元通りにふくらむで工合よくなるのですけれどね、本統に、本統に、人の好奇心をそゝる妙な性質の品物でございました。

それに、私、もう一つ申し上げたい重要な事柄を持つて居りますの。それは――?

あゝ、不思議と申しませうか、恐ろしいと申しませうか?あの寝室。あの寝台――黄色く塗つてあつて、抽き出しが附いてゐる――。それに法官とバラ娘の油絵。これは元通りの色彩と形状と位置とを保つて、今も尚ほじつと落ち着きはらつて居たでは御座いませんか。

『バラのお嬢さん。何時もピカ〳〵と、フツクラとしてらしつて、結構ですわね。けれど、まあ、見て頂戴。私、こんなに浅間しい婆あになつて了ひましたのよ。』

私はよく、さう申しましては、クリームが泌みた自分の頰を逆さに撫で上げ、泣きたいやうな笑ひを以つて、額ふちへ擦り寄つたものでした。『婆あじみた若い女。』若しくは『若々しい婆あ。』それが当の私であるのに気づいた時、何だか心臓の後ろ側がムヅ痒く、好きな鏡を見るのも恥かしう御座いました。

それでも、まあ、ハツチソンが私へ大層身を入れて、後々迄も世話してやらうと云つて呉れるのが、胸にこたへる程、嬉しう御座いましてねえ。えゝ、ハツチソンですか?彼れは非常に律義でも御座いますが、それと同時に仲々好色でも御座いました。私、独りで内々思ひますんですが、律義と好色とは一寸も矛盾したものぢやないので御座いますまいか?さう、此の点に関する貴方のお考へは如何でせう?

然し、斯んな年輩の女がその浅間しい情事を如何にも楽しさうに話すのは余り他人様にとつて快いものでは御座いませんので、私は一切この寝室内のイキサツを略して了ひませう。

それよりも、貴方聞いて下さいませ。年期が明けると品座はK刑務所を舞ひ出して、いきなり、このY市へ乗り込んで参りましたの。この事を私少からず不快に思ひました。何故と云つて、彼れは、あの時、未決監の中で、『もうお前の住むでゐる近くへは一生行くまい。』なぞと、指切りを私と取りかはして、ちかつたので御座いますもの。いや、いや、彼れをそんなにうとんじてはいけない。それは何と云ふ過つた考へだ。兎も角も彼れは昔の私の夫だつたのではないか?それはまあ好い。皆、分つてゐる。唯だ、いけないのは品座が柄にもなく、向上会と云ふものを自分で経営し初めた事で御座いました。私この点に就ては、極力彼れに反対して見ましたのですが、監獄生活を経験してからは、品座の頑固な気性が一層募りに募つたと見え、二言目には首の根つこ迄も赤くして、私を叱りつけると云ふ有様でした。

では、何故、私があの高尚な立派な事業に対して反対の声を上げねばならなかつたか?その理由は――と、貴方は聞いて下さるでせうね。私、それに対して、次のやうな実例まじりの意見を持ち出したう御座いますわ。

えゝ、私が頭の中で考へて居りますのは、あの家具商人の息子、氷川道三さんの事なんですわ。彼れは品座の古い児分でしてね、悪い方へかけては仲々の利け者でしたが、一度入獄して、改心して以来は、もう、すつかり生れかはつた気で、身の廻りもキチンと奇麗にし、暗く不快な友達からは縁を切り、足も両足洗つて了つて、私なぞからも見ちがへられる程、晴れ晴れした顔附きをして歩くやうになりましたの。え丶、地道に、古着屋なぞを初め、手堅い所から、新らしく内縁の女房も迎へ、一から十迄、注文通りに、都合よく進むで行きましたんですが、丁度、初めての子をまうけたばかりの頃、S町の放射線状になつてゐる幾つかの道の集まつた、あの街角で、まあ、折り悪しく、あの人は関山四郎に出会つて了ひましたの。関山と云ふのは、氷川と刑務所内で初めて親しくなつたナラズ者で、改心と云ふものが水なら、彼れこそは味噌コシと呼ばれねばならぬ人物でした。彼れは、適当な職にありつけないで、路頭に迷ふてゐる始末だから、何うか暫らく、氷川の家へとめて呉れと、泣き附いて、え丶、本統に涙を流して氷川へ頼み入りましたんです。私、知つて居りますが、悪党には好く常人以上に涙もろいのが見かけられるもので御座いますわ、そして、この関山も丁度そんな種類の性質だつたんですわね。さあ、其処で氷川は街の真中に立つた儘、つく〴〵当惑して了ひましたの。何故つて、この関山には入獄中大変世話になつてゐる。自分がお腹を痛めた時なぞも、人事とも思はず関山は一生懸命になつて、体をさすつてなだめて呉れたり、看守に、あれこれと色々治療の所置を頼むで呉れたりしたものだつた。刑務所内で受けた恩——之は後の日になつて、一番、始末の悪いカセとなり易いもので御座いますね。はて、関山を家へとめる訳には何うしても行かない。何しろ、新奇に迎へた妻には自分が出獄者だと云ふ事実を打ち明けてはない。唯だ、K市の方へ長い間、旅をしてゐたのだと云ふ風に、つくろつて話してある。関山を家へかくまつたら、それが端緒となつて、旧悪は悉く暴露する、妻は驚いて逃げ出すだらうし、商売も急にやり憎くなるだらう。困るではないか、仕方がない。其処で、氷川は思案の末、関山をハゲ娘の居るあのM旅館へこつそりと連れて行つて、四日分の宿泊料を先払ひして、大急ぎで家へ逃げ帰つて来て了つた訳なんでした。然し、話しは之丈でおしまひにはなりません。四日たつと、トーザンの袷や、焼焦げのある東コートや、その他色々の古着がつるしてある例の小店へ黒光りのする鴉のやうな男の顔が、いきなり、のめり込むで来て、

『私はやつぱり来て了ひましたよ。へ、、、、。』と、きまり悪い為めに、却つて、図々しさを装ふやうな笑ひ声を、気味悪く、あたりへ撒きちらしましたの。驚いたのは氷川です。彼れは色々と口実をもうけて、関山を外へ誘ひ出し、今度はS下宿店へ連れ込むで、又、下宿料十日分を前払ひし、独りで、飛むで帰つて来ると、早速、家を畳むで、O町から、H町の横丁へ引越して了ひましたの。けれど、之でも、まだいけませんでした。関山は悪党の本性を表して、もう意故地に執念深くなり初めました。大体、斯う云ふ生れの人は、新らしい南京錠なぞが

発明されると、直ぐ、それを買つて見て、何うしたら、箸でコジ開け得るかを、一日がかりで工夫する程、悪い事柄の方へ対して丈は忠実で執心なのが常で御座いますもの。それだから、たまりませんわ。幾日も幾日も遊びがてら、氷川の住所を探し廻つてね、到々その隠れ家はHの横丁と云ふ事を突きとめて了ひましたの。

『私はやつぱり来て了ひましたよ。貴方がお懐かしいんでね。へ、、、、』

と、関山は臆病らしく、又大胆らしい何方つかずの笑ひを洩して、氷川の面前へ詰めよりましたんですわね。氷川も引越しの費用を、さう何度か支出する訳には参りません。それで、まあ、仕方なしに、関山を同居させることになつたのですが、其の後が、大変いけませんでした。之程にして、関山を恐れ、彼から遠ざからうと努めた氷川が、何うやら、又、お互ひに親密の度を重ね初めたんですもの。そして、関山が持ち込むで来た贓品を格安に買ひ込むで、その事から足が附き、又、その筋の御厄介になるやうな始末に立ち至つたんですわ。さあ、貴方、この事実を好く看察し、批判して下さいましな。だから、私、品座に何度も斯う忠告してやりましたの――

『貴方の今度の事業は成る程、高尚で立派には相違ない。然し貴方は松岡国造や、その他の悪い人達と群を造つてゐてはなりません。貴方の心が朱ならば、彼れ等の心は臙脂です。朱と臙脂とが混つた所に、白が出来るなんて、一体誰れが考へませう。いけません。気をおつけなさい。そして何うか身体が透明に見える程な清い孤独になつて、シンガツポールへでも出掛けて了つて下さい。』

之が理にかなつた願ひで無いとは貴方も仰言いますまいね。本統です。品座の心は揺ぎ易い舟のやうなんですもの、波が右から来ても、左から来ても、それを同じ程度に受け附けて、ゆら〳〵するのが彼れの持ち前なんで御座いますからね。私、何時だつて、この点を心配すると、もう居ても立つても、我慢が出来ませんの。

そんな議論はいづれ又の時に譲るとしても、此処に見逃せない、もう一つ別の心配事が持ち上つてゐるのを、私、何うしたら宜敷いでせう。

それは他でも御座いません。私と品座との間に出来た可愛い息子の一人、あの正二の身の上に関する事件なのでした。既に貴方も品座と正二との間に交された、うるさいイキサツを御存知の事でせうね。え、、品座は少しの我慢も容捨もなく、云はゞ、人の顔の皮膚を脂肪ぐるみ引き剝くやうな態度で、シヤニムニ正二をせめますんでせう。私とて、正二の素行にも欠点のあるのは重々知つてゐるんですが、斯う品座がいかつい態度に出ると、却つて、正二の方へ多少の同情を払はずには居られなくなつて了ひましたの。だつて、人間の心と云ふものは、大抵な器具機械も及ばぬ程、微妙な作用を持つてゐるもので、たとへばその心の中に秘む悪を外から関渉して、追ひはらつてやらうとする場合でも、山の兎を獵るやうに、四方八方から大勢で、喧嘩まじりに、わめき立てる丈では、何うにもならぬばかりか、却つて、その秘むでゐるものを、意故地に内訌させて了ひ勝ちですわ。ね、さうでは御座いませんか。そんな訳故、まあ、何処か一方へ丈は、隙を造つて、其処から、心のシレ者をおびき出してやらねばならぬと私思案致しまして、正二へ対する品座の叱言がきつければきつい程、私丈は、出来る限り、息子へ物柔らかく接してやるやうに努めましたの。その結果は予期以上に良好で、正二はすつかり私になつき、私の親切な骨折と紹介に依つて、彼れは向上会から抜け出したあと、あの弁護士の栗田さんが開いてお出でになる法律事務所へお世話になる事にきまりましたの。

然し、正二は日常生活の斯んな外面的変化に関せず、依然、その恋人である春子と云ふ若い女性から縁を切る丈の決断が起らず、その点で、長い事、私達を悩ませ通しました。

では、その春子と云ふ恋人は何んな生れ附きで、何んな顔立ちの若い女性なんで御座いませう。その点を品座に一応尋ねて見た所、彼れはもう力み返つて斯う説明して呉れましたの――

『正二より年上らしい。然し、未だ若い。ギラ〱する程、生気が満ち満ちてゐるやうな奴だ。馬鹿な事だ。乳房の上さへも蔽ふ程、高々と帯をしめてさ、おハシヨリ無しで、帯の直ぐ下から、丸々と腹を突き出し、まあ、顔よりも、足よりも、下腹を先にして歩くと云つた風な威張つた女だぞ。えい、えい、よせばよいに、正二め、いや、あの女の口の大きいと云つたら、さうだ、真面目の時と、笑つた時とでは、全然、顔の相格が異つて了つて、別人かと思はれる位なんだからな。』

私も品座の斯んな言葉を聞くと、蔽ひかぶさつて来る気持ち悪い不安を胸一杯に感じない訳には行きませんでした。

『で、貴方はその女を御自分の眼で以つて見たんですか？』と、私はねじ寄りました。

『見たも同じだ、あんな奴！』と品座は口惜しがつて立ち上り、その拍子に、何かの角へぶつかつて、衣服へカギザキをこしらへて了ひましたの。

それから十日程立つと、品座は今度こそ本統に、その若い女、春子の切つ立つた前姿、伸び上つた鼬のやうな後ろ姿迄も確かめたと云つて、色々細かい説明をし、「之でもお前は正二の味方をするか、若い者好きめ！」と云つて、私を痛く難詰しました。

私は品座が云つて聞かせる春子に就ての色々な噂話しが信頼を置けるものか何うかを、もつと確実にたしかめるため、向上会の小使ひ替りを勤めてゐた、あの毛脛の松岡国造にも、この秘密の一番深い所を聞き正して見る事を忘れませんでした。

其処で、国造が切れの深い目をギロ〱させつゝ、私に打ち明けたその事件の内情と云ふのは、まづ大体に於て、次のやうなものだつたと私記憶して居りますの――

『好い女ですぜ、姉さん、その春子と云ふのはね。実に、価の高い果物のやうだ。私はあの女が鏡に向つて、自分の眉毛のまはりを剃つてる所を横手の方から見た事がある。指の先へ附いたモク毛を、フツフツと口の先で吹き飛ばす形なんか、実にもう立派で、見上げたものだ。立つたり、しやがんだりする動作がすばしこいのに、然も喩へやうもなく物柔かで、何だか、栗鼠を女に仕立て上げたやうな所がある。さうさ、あの女はN市から渡辺巡査を頼つて、この街へ上つて来たんだが、渡辺さんは女房子のある身で六畳一間に暮してゐる始末だから、仕方なしに、林泉会の尼さんの家へ春を一寸の間預けたんだよ。それは実にまづい方便だつたと私は思ふね、何故つて、林泉会には、その時も三人ばかり、性質の悪い少女がお礼奉公をしてたんだらう。だから、その女等は何の道、春子に善からぬ事ばかりを教へるだらうぢやないか。え？春子かい？彼の女は林泉会に泊つてゐる間、一生懸命、渡辺巡査に取り入つて、何でも、この人の紹介で就職口を探し当てたんだな。ミシンの名人だからつて云ふので、K洋服屋の裁縫部へ勤める事に極つたんだ相だ。それから急に春子は林泉会を飛び出して了つた。何故だらう？その頃、春子の妹のシマ子と云ふのが、H小学校の小使ひ室に同居してゐて、春子を呼び寄せたんだ。では又何故、春子はN市から最初出て来た時、直ぐ妹の元へ落ち着かなかつたのか、その辺の事情は私にや全然分らないんだ。変だな。変に相違ない。然し、春子は不良な少女なのかしら？それで巡査はこの子を尼さんの元へ預けたのか？姉さんは何う思ふい？いや、まだ此処にもう一つ妙なツケタリの話があるのだよ。聞いとくんなさい。それは春子の後を追つて、一人の若い男がはる〴〵N市から林泉会へ訪ねて来た事なんだ。尼さんは驚いたらう。何しろ、女の後にまつわる男と云へば、影のやうに細々としてゐるのが普通だのに、この男と来てはヅングリと太りじしで、顔が又馬鹿にまるくて大きいのだ、まるで無地のお盆のやうなんだからね、ハツハ、女に惚れると云ふ柄でも無ささうだが、然し、その問題は仲々柄では取り極められやしないからな。この男は極く温順で洗ひざらひ運むで来た有金は全部尽きる迄、下宿屋に泊り込むで、毎日のやうに林泉会の春子を訪れる。可笑しい事には、春子がその家から居なくなつた後も、今度は尼さんを話し相手に遊んで行く。そんな訳で、尼さんは人なつこいこの丸顔の男がつくづくと可愛らしくなつて、まあ、この儘で居ては早速食ふに困るからと云ふので、心易い葬式会社へ紹介してやつてさ、枯れた柳の葉見たいな細々とした眼をしてゐるのを幸ひ、そこの事務員に住み込みませたんだ相だ。何だか嘘のやうな話しだけれど、然も、現に、私はその丸顔で目の細い男と直接会つて、春子の事で、色々とサグリを入れて見たんだからね。ちつとも間違ひぢやないんだよ。』

お聞きですか、貴方？春子はそんな風な女だつたんで御座いますの、それで、私、一寸考へた末、松岡に斯う云つてやりました――

『私がヂカにその葬式会社へ行つて、事務員さんに会つて見る事は出来ないかしら。そして、正二と春子さんの不愉快なイキサツを、その人が何う思つてお出でかも聞いて見ないぢやならないし、又、春子さんの本統の性質――つまりN市にいらしつた時代の、素行が何んなだつたかも、明らかに知つて見たいからねえ。』

国造はそんな事なら造作あるまいと受け合つて呉れました。けれど、品座が其処へ割り込んで、――この上、リン迄が手を出しては、余計事態が面倒になるから――と、まあ、しないでも好い反対を、如何にも尤もらしい理由や口実をつけて説明して聞かせましたの。本統に、昨今、あの人のアマノジヤクになつた事と云つたら！例へば私が「万年筆」と一言云ふと、もう直ぐ、それを「字書き棒」なぞと言ひ改めて、つまらぬ楽しみを楽しみとする癖がタツプリとあつたんですものねえ。

然し、此処で、正二や春子の身の上に関した、あれこれの事件を、残らず並べ立てゝゐたら、もう切りが御座いませんでせう。其れ故、この問題は全部又別の日の話材に取り残して置いて、いきなり、次の事件へと移りませう。もつとも、あまり、不意に、切り出すと、何だか嘘事のやうにも危ぶまれ相ですが、然も、之こそ、一番真実な、その上、極く切実な、まあ、私に取つては身を切られるやうなセツパ詰つた大きい問題なので御座います。

多くの時間が雨や風を伴ふて過ぎて行きました。――そして、新奇に起つたのは一体何で御座いましたらうか？亡きギルモーアが臨終の床から、冷たい魚のやうな眼附きで、眺めやつては悲しむだ、あの葡萄の葉も、枯れ果てゝ色がなくなり、そこをカサコソと鳴つて渡る風の音にも潤ひのない淋しげな冬が参りました。そして、私の最愛の主人、あの快活なハツチソンが大変重い胃の疾患――胃癌――のために、もう起き上る事も出来ない程、やつれて了ひ、その上、肝臓の方へも妙な寄生虫が頭をつ込突むだとかで、到底、この後、長く生き伸びる望みも絶え果てたので御座いました。さあ斯うなると、ハツチソンへ敵意を持つてゐる品座は急に緊縮して、淋しい生け垣の向うを影のやうに行つたり、来たりし初めました。

『今度こそ、今度こそ、しくじるな！』と、彼れは鼻の穴へソラ豆でも押し込むだやうに力みかへつて、何だか、底意地の悪い武者ぶるひを致すのが常でした。私も落ち着きのない日々を、あゝでもない、斯うでもないと、じれながら過して行きました。さう、さう、今度こそ手落ちがあつてはいけないぞ、さうだ。ハツチソンの眼が開いてゐる内、何でも、確かな証書を書いて貰つて、こつちへ取り上げて置かねばいけない。さあ、それには何う云ふきつかけから此の相談を彼れに持ち出さう？よし、よし、いや、いけない。

まあ、私のやうな深く考へるのが嫌ひな女も、年をとつたお蔭で、相当の分別が心の片隅みにキチンと出来上つて来てゐるやうで御座いました。

で、私は重い悲しみの錨を足に引きつゝハツチソンの病室へと、息を忍ばせて這入つて行きました。彼れは大きなベースンをかゝへて、さつき医師に反対して食べた薄切りのジヤガ薯を一生懸命吐き出して居りました。彼れは私を見上げると、苦しいやら、嬉しいやらで涙を一杯眼に浮め、ヒゲへ附いた汚いものを、プープーと吹き落しました。

私は何うも例の事を切り出し憎う御座いました、斯んなに彼れが苦しんでゐる最中に、まさかねえ、貴方……。で、私は又、胸がふさがつて了ひ、出来る丈彼れに同情深い眼附きを向けてやるやうにつとめましたの。所が、まあ、何うしたんでせう。彼れは私のそんな情深い眼の中に、尚ほ私の変な要求が含まれてゐるのを早くも見て取りました。

『よろしい。書く、書く。』と、彼れは私に紙とペンを要求し、それから、又、一吐き何かを吐き出しました。私は彼れの背中を撫でゝやりながら

『お、苦しい。お、苦しい。マリヤ様。』と云つてやりました、『お、マリヤ様、では紙とペン！』何だか私も胸が苦しう御座いました。

額の汗をふき取つて、やつと落ち着くと、ハツチソンはさら〳〵ペンを走らせました。私はシメ木へかけられたレモンのやうに息を吐きつゝ緊縮致しました。何うなる事か、何うなる事か？

あゝ、私は此のへんのイキサツを何うも上手にはお話し出来ません。だつて、主人を失ふ悲しみで斯んなに息苦しく胸がつまるんですものね。

で、はしよつて、先へ飛びますが、まあ、私はその証書と云ふのを自分の手にしつかり握ると、内出血でも起したやうに額が急に冷たくなつて、眼が霞むで了ひました。えゝ、今度こそ、大丈夫、もう之は大丈夫なものでした。十五万円を彼の女──リン子に譲る──私は一体何うして、この苦しい境地に踏みこたへたら好いでせう。真に、真に、余り強い歓喜と云ふものは、一種の恐怖でもあり、一種の悲哀でも御座いますね。えゝ、私、歯を喰ひしばり、ベツドやテーブルへ爪のあとが着く程しつかりしがみ着いて、身の顫へを忍びましたの。

ハツチソンはもう絶望の日に這入つてゐました。彼れは湯葉のやうな手を差し上げては、神に祈りを上げ、そしては、自暴自棄で食べた小牛の肉を、医師の予言通り吐き出しました。私はせめてもの思ひやりに、涙を落し落しバーレーのスープを上手にこしらへて彼れに飲ましてやりました。えゝ、そのスープは私の涙でからかつたで御座いませう。

品座はしつきりなしに忍むでやつて来ました。彼れは怒つた蜂のやうにブンブン鼻を鳴らし、そして、私に申しました──

『しつかりしてゐて呉れよ、な、大丈夫かい？大丈夫かい？何処か体に工合の悪い処はないかね、う？別段気附かないかね。さあ、此処へ朝鮮人参エキスを持つて来た。何より腰を冷してはいかんよ。夜寝られなきや、カルモチンと云ふ薬を買つて来るよ。何しろ、気をたしかに……。あせつちや、いけない。』

彼れは私よりも一層慌て返つて居りました。

さあ、それから例の西郷さんもこの事を何処からか聞きかじつて私の処へ駈け附けて来ました。悲しい事に、この人は、もう腰が曲つて、目の下の溝になつた皺には、目やにが流れてたまつて居りました。頭には白癬が一面に出来、歯は一本もなくなつてゐました。彼れは昔飲んだお酒が祟つて、何うやら中風の気味でした。それで、次のやうに云つた言葉もロレツが廻らず、大層曖昧に取れました――

『姉さん。どうかお願ひです。猫柳の銀の毛をウコンの布へ包むで帯の間へ狹むで下さいましよ。え丶、それが運を強くする一番好いおまじないなんです。何うか、しつかりして、下さいよ。何しろ、こりや、強せいな事だ。私は姉さんに御注意して置きますがね、脳を大切にして下さい、脳を……。さう、さう、私の知つて居る男で南米ブラジルへ稼ぎに渡つた奴があるが、向うであの有名なソエルテと云ふ富クジを歌唄ひの女から無理に押しつけられて買つた所が、それがまぐれ当りに当つてさ、苦しまぎれに到々ピストルで自殺しちやつたなんて事実もありますからな。』

すると、品座が話の尾を取つて
『うまい、実にその通りだ、現に北米にだつてそれと似た話しがある、一人のせつかちな未亡人がやつぱり富クジに当つてさ、その札を持つたま丶如何にもゆつくりと一日椅子へ坐つたなりでゐるから、よく見たら、もう眼がガラスのやうに死んでゐたんだ。』

今度は、それを受けて、又、ボーイ頭が云ひました――

『さうだとも、つまり、剃刀や細引縄で自殺なんかを業々決行しないでも、人間は余り強くイキみ過ぎると、その儘、儚くなつて了へるものなんだ。姉さん、しつかりよ。だが、余りいきばつてはいけないよ、その儘になつて了つたら、何も彼も水の泡だからな。』

私はそれらの下品な言葉が悉く気に入らぬので、彼等が一時も早く自分の廻りから消え去つて呉れ丶ば好いと祈り続けました。貴方も御承知の通り、一人の人が高く飛躍しやうとする時には、その周囲から彼れを抱きすくめる古く汚い族類達は、一層不快に見え易いものでは御座いますまいか。

さう斯うして、悩ましい日を過す内、愈よ、期待されてゐた恐ろしい時間――最後の最も悲しむ可き時間が到来致しました。それは痛ましい迄に冴えた朗かな朝で御座いましたわ。隣室に休むでゐた私はハツチソンの寝室に当つて、一種身をすくませるやうな、物柔かい震動を自分の注意力全体で感受致しました。私の息はつまり、私の手足の指はこわばりました。その物柔かい震動――之は器物と器物の衝突から起つたのではない、何でも人間の肉体と、厚い布団との間から波動して来るものに相違ない、さう直覚すると、私は我れを忘れて、扉を押し、その細い隙からいきなり、彼れの寝室へイタチの如く飛び込みました。真白な朝の光りが、暗い室から出て来た私の睫毛と瞼を痛めつけて、前の方がハツキリ見え分らぬ乍ら……お、、見えぬのではない、凡てが閃きのやうに早かつた丈の事です。光線は金属と木質のあらゆる形あるもの、上で、白い真綿のやうな陽炎を燃やしてゐました。お、、その陽炎と丁度同じものでゞもある如く、ハツチソンはヒラ〳〵と体を燃え立たせる形で、ベツトの上に素早く立ち上りました。その早さ。巻き上る帆のやうに！そして彼れは藻掻く丈藻掻きました。その蟹の足形に縮めた手は矢庭に、天井から紐でつるしてある銀の玉——夏の頃蠅よけに使つた——へと、武者振りつきました。銀の玉は一層強い光りを出して、朝の陽炎の中で輝き渡りました。玉を釣つてある紐はハツチソンの体の重みに依つて、弾力的な鈍な音響を致して切れました。それが切れると、まるで尻尾を摘み取られたミミヅのやうに、烈しい痛みで螺旋状に縮むで、ピン〳〵と飛び上り、其処から黄色い塵芥が、ピストルから出た煙りのやうに八方へと散乱致しました。その拍子に可哀相なハツチソンは、飛び込むで来た私の顔を怨めし気にヂツト見入つたやうですが、然し口にも出せない死の苦しみのため、眼は開いた儘で居ながら、もう何も看取出来なかつたのでせう、私が其処に居るのも分らぬ様で、彼れは木と木が擦れる如き、底深い唸りと共に、胸は床《ゆか》の上へ、足丈はベツドの上へ、バツタリと倒れ伏して了ひました。之で彼れの霊の緒は完全に断たれたのでした。私は彼れの屍骸に抱きつくと、その開かれた儘の恐ろしく深い眼の色を見入りながら、声を立てゝ泣き叫びました。ギルモーアと全く異つて、本統に人の世の情を理解し、親切の上にも親切だつたこの主人！之は余りにも惜しく、いたましい命では御座いませんか。

医師さへも間に合はぬこの早急な臨終。その瞬時的に来た死が私の身の上へ直ぐ災ひして来るとは、悲しみの頂点に居て、分別を取り乱した私には少しも予期されない事で御座いました。

けれど、ドクターは私を怪しげに横目で睨め、その口元に深い疑ひの皺を宿しながら、まあ、露骨にこそ打ち明けませんでしたが、それでも「何うもこの死因が不可解だ。胃癌の方は未だ一ケ年大丈夫の筈だつたし、肝臓の方も油断がならないと云ふ程ではなかつた。何か毒物？それは誰れが飲ましたか？」斯う云ふ風な言葉がドクターの喉の中側でうごめいたり、乱れたり、圧倒されたりしてゐるのを、私は漸く察する事が出来ました。勝手に疑へ、じれろ。彼れの不注意から起つた過ちを、この私に塗り附けろ、私は深い悲しみが、得てして誘ひ出し易い所の、絶望的な自棄でもつて斯う呟いたのを好く覚えて居りますわ。

それでも仕合せな事に、ハツチソンがドクターへ与へた遺書には、死後の解剖を託する件が委細に認めてありました——え、、彼れの胃癌の方は別段取り立て、不思議な病状とは申せませんでしたが、肝臓の方は外部からの診察丈では何う云ふ病的な変化が来てゐるのかドクターにも見当が附かなかつたんですの。

ハッチソンの冷たくなつた肋は開かれました。そして、その胃壁の腫物もすつかり検分され肝臓の方は一層丁寧に審判されました。私も、その恐ろしい有様を一目丈見せて貰ひましたが、まあ、何うで御座いませう、一時は自分の主人として、睦まじく同棲した男の肝臓が今や私の眼前に露出され、それも貴方、白く大きな寄生虫が約二十匹ばかり、標的へさゝつた矢の如く、頭を半分以上肝臓へ突込むで居たでは御座いませんか。

斯うして、私の身にかけられた暗い疑ひは氷解される機会に廻り会ひました。私は晴れ晴れした気分と、主人を失つた痛みとの混淆した一種喩へやうもない不確実な気分をもつて、その日、その日を過して行きました。けれど、この先には一体何う云ふ運命の綾が仕組まれてゐるので御座いませう。

十五万円の財産を受け継ぐ事が愈よ確実になつて来ると、私の身をめぐる色んな種類の人々が皆顔を輝かし、私へ向つて好奇と尊敬の眼を見張り初めました。

例へば今迄つき合ひを断つてゐた田舎の親戚からは急に味噌漬の樽がとゞきました。又、S町の山田家では主人が業々私の所へやつて来て、若し宴会でもするやうなら、うちに黒塗りの膳椀が十二人前一揃になつてゐるから喜むでお貸しする、その代り、自分の息女がもう年頃だから、然る可き所があつたら世話をたのむ、なんて事をそれはそれは優雅に骨を隠してうまく云ひ廻したりしました。それから、Y町の上野さんは今度消火器と莚織機械の製造販売会社を設立するのだから、是非重役の一人になつて呉れと手紙をよこし、A町の園田さんは八分利の北海道拓殖債券の出物があるから買つといては何うかと云つて呉れ、C町の石川さんは「利殖には土地を」と云ふパンフレツトを持つて来て呉れ、自分の息子が高等学校を中途で退学して、毎日家に遊むでゐるから、適当な勤め口があつたら宜敷くたのむなんて念を入れて行きました。

唯だ、私の身に起つたこの著しい変化を見て見ぬ振りをしてゐたのは、以前市役所の吏員をしてゐた私の遠縁の簑川さんでした、このお爺さんは「高雅なる人は南風の競はぬが如くにありたいものだ。」と誰れだかに歎息して聞かせたと云ふ噂が私の耳へ迄伝つて来ました。

所が一番私を驚かせたのは或る救世軍の一兵士でした。彼れは私の前へ来ると全く沈みかへつた顔附きをし

『奥さん、僕、今こそ懺悔するです。僕、三年以前に奥さんの好い匂ひの御襦袢を一枚盗みました。あゝ之は罪です。罪であります。』

なんてね、涙さへためて居りましたの。

私に対して単に好奇の眼を見張つてゐる人、この際私を利用しやうとする人、私に反感を持つ人、何の目的もないが金それ自身への尊敬から私にお世辞を使ふ人、それらの群の中央に立つて、私は何とも云へぬ豊満な暖かな感じを胸へ一杯に宿す事が出来ました。然し、その傍から、私を一寸儚い気持ちにされたのは例のボーイ頭が余りに老いぼれて、もう先も短かさうに

見える事でした。

『姉さん、しつかりよ……しつかり……』なぞと力む拍子に、ものへつまづいて、造作もなく、子供のやうにばつたり前へ倒れ、急には起き上れないで藻掻いてゐる有様を見ると、私の眼にさへ、さすがに涙が湧いて、何うしても止りませんでした。

おゝ、年老いたのはこの人ばかりではない、ギルモーアが死んだ時、本統に私の苦手になつて幅を利かしたあのローヤーのマクドナルドさんもすつかり見ちがへるやうに衰へ切つて居りました。彼れの靴は成る程昔通り大きくつて何だか海亀のやうでしたが、然も、もう、この老人はその靴を穿いてるのではなく、靴に穿かれてゐると云つた風でした。

『何うか靴よ、歩いて呉れ！』彼れは一歩ごとに、斯う自分の穿物に歎願してゐるやうに見えました。それでも、未だ油断のならない事に、口の方は仲々達者で

『事の初めに、それが進む経路を推しはからねばなりましえん。』

とか、

『個々を検する事も、結局、全なるものへの思慕の情からなされねばなりましえん。』とか、相当の理屈を、いかにも、造作なくあつかつて居りました。やはり経験に時代がついて、六ケ敷い事が容易くなつて了つてゐると云つた風なんでしたわね。

で、私はこの人を一目見ると急に緊張して身ぶるひをさへ感じました。えゝ、彼れはハツチソン遺産の整理を依嘱されて又やつて来て居りましたの。まあ、何て見たくない状景でせう。彼れは証書を作製したり、ふるへる手でシグネチユアを入れたり、そんな昔通りの事を熱心に繰り返して初めました。

いいえ、未だ他に私にはずゐぶん不快な事が御座いました。聞いて下さいまし。何う致しませう、ハツチソンの従弟とか云ふ或る知らぬ男が最近英国から船へ乗り込み、もう直き日本へ到着すると云ふんですの。この妙な噂に見舞はれた時は、私を初め、品座も、ボーイ頭も何とも云へぬ不安に襲はれて、椅子の廻りを唯だ訳もなくまはつて歩いて見たり、顔を見合せて苦笑しました。

其処へ持つて来て、弁護士の栗田さんが私の心をおびやかせるやうな事を、まともに向いて仰言るのは何う云ふ訳でせう。えゝ、仰言つた言葉と云ふのは斯うなんです――

『何うも、この日本では、外交上の関係から、一般に、西洋人へ花を持たせる傾向が暗々裡に出来上つて了つてゐる。之は勿論好い礼義だ。然し、時とすると、随分、こつちに取つては手痛い事がある。例へばだね、今から三年前にも、今度の貴方の場合のやうな事件が起つた。ちやんとこつちの手が遺産贈与の承諾書を握つてゐるのに、向うの親戚共が正の物を何時迄も渡してよこさない、そこで、何万円贈与契約履行訴訟と云ふのを引き起して見たんだね。悶着は永い事続いたが、結局馬鹿に有力な医師が出て来て、「病人があの承諾書へ署名した頃は、もう精神に異常が来てゐたんだ、彼れの瞳孔は散大し、彼れの舌

は廻らず、その上シツキンしてゐた」とか何とか手当り次第にやつたものですから、到々この恐ろしい証言のために、原告の敗訴になつて了つたがね……。まあ、今の場合、心配なのは、その日本へ向けて船へ乗り込むだとか云ふ男だね、こいつが意地悪く何かしら大きい波乱を造り出すかも知れんて……。』

さあ、私の未来は一体何う云ふ仕組みになつてゐるんでせうか？本国から来る男が若しや若い癖に頭が禿げて、猿のやうに赤い顔をしてゐるんだつたら何うしませう？私は昔、ギールモーアの死んだ頃にもそんな若造から随分苦しい思ひをさせられたのでは御座いませんか？そのためか、何うも強迫観念のやうなものが私の胸の中にわだかまつて居りましてねえ、未だ思ひ切つてお金の入る買ひ物なんかも、じつとひかえてゐる始末なんですわ。

さあ、貴方、私は一体、之から何んな風に出世するでせうか？それとも何んな風に零落致すでせうか？自分ながら本統に自分の行く末が見ものだと思つて居りますわ。私、この頃やうやく考へ着いた事なのですが、何うやら、運命と云ふものには二通りあるやうですわね。一つは極く自然の運命――つまり本物の運命で、例へば死とか病気とか怪我とかまづそんなあたりなんでございますわね、所が、もう一つの方は偽物の運命で、云ひかへれば、人為的の運命なんですわ、もう一度云ひ直せば、他の個人に依つて変形される或る個人の運命の事なんですわ。ねえ、貴方、考へて下さいましな。私の生活が此の儘順調に行けば、もう定められた丈のお金が私の手へ黙つて居ても這入つて来るのは当然なんですのに、ひよつと彗星のやうなものが飛び込むで来て、すつかり、私の身のめぐりを凶作の田舎のやうにして了ふなんて事が一体あつても好いので御座いませうか？一つの星は他の星と引き合ひ、力を及ぼし合つて初めて自分の位置を保つて行く事が出来るのだと申しますが、さうして見ると人間なぞでも、自分丈では本統に自由な身と思つてゐるにも拘らず、遠くから他人の力が影響し、何時とはなしに、自分の行動を束縛してゐる事が多いんで御座いますわね。

いいえ、そんな理屈は今必要では御座いません。さあ、大切な事は他にあります。私は之から何んな風に自分の運命を開拓して行くでせう。何うか見てゐて下さいませ。えゝ、私の前には闇が一面に広がつて、その中に怪しい電光の影が閃いては消えて居ります。

……斯んなに美しくて、然も汚い日を

私は未だ見た事もありはしない……

私は毎日さう呟いては、遠い彼方の室を眺め、自分にも解らぬやうな深い、綾の細かい物思ひに、胸苦しく、怪しく、ぢつとひたつて居るので御座います。

お許し下さい。貴方。私は之でも、ハツチソンから受ける遺産を、自分の楽しみの為めにのみ振りまかうとは心掛けて居りません。きつと、受け合つて、私はあの可愛い息子、正二を自分の手元に引き取り、彼れを一かどの市民に、又、紳士に向上させてやる為め、充分な高等教育をも施すやう努めませう。彼れの「小利巧」から、小の字を引き去り、もつと愚に見える程の、深い重みを、心の底に貯へるやう、色々とはげましてやりませう。そして「一般に女性を敬愛し、笑ふ可き時と黙す可き時との差別を弁へ、快活な動作を持ちつ沈着な情操を蔵し、自己の主張を信ずると共に、他人の意見にも耳かたむけ、力強く、肩幅広く、愛の心で、憎しみの心の領域を押し縮めるシヤンとした一個の男性」として彼れが押しも押されもせぬ器量を発揮し、行く末末は、町会議員から経上つて、市会議員の椅子をも占め、あの立派な市長さんに肩へ手をかけられ、大男の知事さんからシガーの火を貰へるやうな、そんな落ち着いた壮年時代の来る事を、楽しみにして、私の余生を送りませう。正二をしつかりと仕立て上げ、且つは破産した私の亡父の名誉を取り戻すために、あゝ是非共必要なのは何より先に莫大なお金で御座います。何うかお許し下さい。貴方！私が斯んなにも汚く美しい夢に儚く酔ひしびれ、好い諦めの小さな一とカケラさへ知らず、あわたゞしい日を、気ぜわしない日にと重ねつゝ、斯うして暮して居ります事を………。

（「中央公論」大正14年9月号）

淫売婦

葉山嘉樹

此作は、名古屋刑務所長、佐藤乙二氏の、好意によつて産れ得たことを附記す。――一九二三、七、六――

一

若し私が、次に書きつけて行くやうなことを、誰かから、『それは事実かい、それとも幻想かい、一体どつちなんだい？』と訊ねられるとしても、私はその中のどちらだとも云ひ切る訳に行かない。私は自分でも此問題、此事件を、十年の間と云ふもの、或時はフト『俺も怖ろしいことの体験者だなあ』と思つたり、又或時は『だが、此事はほんの俺の幻想に過ぎないんぢやないか、たゞそんな風な気がすると云ふ丈けのことぢやないか、でなけりや………』とこんな風に、私にもそれがどつちだか分らずに、この妙な思ひ出は益々濃厚に、精細に、私の一部に彫りつけられる。然しだ、私は言ひ訳をするんぢやないが、世の中には迚も筆では書けないやうな不思議なことが、筆で書けることよりも、余つ程多いもんだ。たとへば、人間の一人一人が、誰にも言はず、書かずに、どの位多くの秘密な奇怪な出来事を、胸に抱いたまゝ、或は忘れたまゝ、今までにどの位死んだことだらう。現に私だつて、今こゝに書かうとすることよりも百倍も不思議な、あり得べからざる『事』に数多く出会つてゐる。そしてその事等の方が遥に面白くもあるし、又『何か』を含んでゐるんだが、どうも、いくら踏ん張つてもそれが書けないんだ。検閲が通らないだらうなど、云ふことは、てんで問題にしないでゐても、自分で秘密にさへ書けないんだから仕方がない。

だが下らない前置を長つたらしくやつたものだ。

私は未だ極道な青年だつた。船員が極り切つて着てゐる、続きの菜つ葉服が、矢つ張り私の唯一の衣類であつた。

私は半月余り前、フランテンの欧洲航路を終へて帰つた許りの所だつた。船は、ドックに入つてゐた。

私は大分飲んでゐた。時は蒸し暑くて、埃つぽい七月下旬の夕方、そうだ一九一二年頃だつたと覚えてゐる。読者よ！　予審調書ぢやないんだから、余り突つ込まないで聞いて下さい。

そのムンムンする蒸し暑い、プラタナスの散歩道を、私は歩いてゐた。何しろ横浜のメリケン波止場の処だから、些か格好の異つた人間たちが、沢山、気取つてブラついてゐた。私はその時、私がどんな階級に属してゐるか、民平――これは私の仇名なんだが――それは失礼ぢやないか、など、云ふことはすつかり忘れて歩いてゐた。

流石は外国人だ、見るのも気持ちのいゝやうなスツキリした服を着て、外国人が沢山歩いたり、どうしても、どんなに私が自惚れて見ても、勇気を振ひ起して見ても、寄りつける訳のものぢやない処の日本の娘さんたちの、見事な――一口に云へば、シヨウ井ンドウの内部のやうな散歩道を、私は一緒になつて、悠然と、続きの菜つ葉服を見て貰ひたいためでもあるやうに、頭を上げて、手をポケツトで、いや、お恥しい話だ、私はブラ〳〵歩いて行つた。

ところで、此時私が、自分と云ふものをハツキリ意識してゐたらば、ワザ〳〵私は道化役者になりやしない。私は確に『何か』考へてはゐたらしいが、その考の題目となつてゐたものは、よし、その時私がハツと気がついて『俺はたつた今まで、一体何を考へてゐたんだ』と考へて見ても、もう思ひ出せなかつた程の、つまりは飛行中のプロペラーのやうな『速い思ひ』だつたのだらう。だが、私はその時『ハツ』とも思はなかつたらしい。

客観的には憎つたらしい程図々しく、しつかりとした足どりで、歩いたらしい。しかも一つ処を幾度も幾度も、サロンデツキを逍遥する一等船客のやうに、往復したらしい。

電燈がついた。そして稍々暗くなつた。

一方が公園で、一方が南原町になつてゐる単線電車通りの丁字路の処まで私は来た。若し、こゝで私をひどく驚かした者が無かつたなら、私はそこが丁字路の角だつたことなどには、勿論気がつかなかつただらう。処が、私の、今の今まで『此世の中で俺の相手になんぞなりそうな奴は、一人だつてゐやしないや』と云ふ私の観念を打ち破つて、私を出し抜けに相手にする奴があつた。

『オイ、若けいの』と、一人の男が一体どこから飛び出したのか、危く打つかりさうになるほどの近くに突つ立つて、押し殺すやうな小さな声で唸くやうに云つた。

『ピー・カンカンか』

私はポカンとそこへつゝ立つてゐた。私は余り出し抜けなので、その男の顔を穴のあく程見つめてゐた。その男は小さな、蝓蛞のやうな顔をしてゐた。私はその男が何を私にしようとしてゐるのか分らなかつた。どう見たつてそいつは女ぢやないんだから。

『何だい』と私は急に怒鳴つた。すると、私の声と同時に、給仕でも飛んで出て来るやうに、二人の男が飛んで出て来て私の両手を確りと摑んだ。『相手は三人だな』と、何と云ふことなしに私は考へた。――こいつあ少々面倒だわい。どいつから先に蹴つ飛ばすか、うまく立ち廻らんと、この勝負は俺の負けになるぜ、作戦計画を立つてからやれ、いゝか民平！――私は据えられたやうに立つて考へてゐた。

『オイ、若えの、お前は若い者がするだけの楽しみを、二分で買ふ気はねえかい』

蝓蛞は一足下りながら、そう云つた。

『一体何だつてんだ。お前たちは、第一何が何だかさつぱり話が分らねえぢやねえか、人に話をもちかける時にや、相手が返事の出来るやうな物の言ひ方をするもんだ。喧嘩なら喧嘩、泥棒なら泥棒、とな。』

『それや分らねえ、分らねえ筈だ、未だ事が持ち上らねえからな、だが二分は持つてるだらうな』

私はポケットからありつたけの金を攫み出して見せた。

もうこれ以上飲めないと思つて、バーを切り上げて来たんだから、銀銅貨取り混ぜて七八十銭もあつたゞらう。

『うん、余る位だ。ホラ電車賃だ』

そこで私は、十銭銀貨一つだけ残して、すつかり捲き上げられた。

『どうだい、行くかい』蝓蛞は訊いた。

『見料を払つたぢやねえか』と私は答へた。私の右腕を摑んでた男が、『こつちだ』と云ひながら先へ立つた。

私は充分警戒した。こいつ等三人で、五十銭やそこらの見料で一体何を私に見せやうとするんだらう。然も奴等は前払ひで取つてゐるんだ。若し私がお芽出度く、ほんとに何かゞ見られるなど、思ふんなら、目と目とから火花を見るかも知れない。私は蝓蛞に会ふ前から、私の知らない間から、――こいつ等は俺を附けて来たんぢやないかな――

だが、私は、用心するしないに拘らず、当然、支払つただけの金額に値するだけのものは見得ることになつた。私の目から火も出なかつた。二人は南京街の方へと入つて行つた。日本が外国と貿易を始めると直ぐ建てられたらしい、古い煉瓦立の家が並んでゐた。ホンコンやカルカツタ辺の支那人街と同じ空気が此処にも溢れてゐた。一体に、それは住居だか倉庫だか分らないやうな建て方であつた。二人は幾つかの角を曲つた揚句、十字路から一軒置いて——この一軒も人が住んでるんだか住んでゐないんだか分らない家——の隣へ入つた。方角や歩数などから考へると、私が、汚れた孔雀のやうな格好で散歩してゐた、先刻の海岸通りの裏辺りに当るやうに思へた。

　私たちの入つた門は半分丈けは錆びついてしまつて、半分だけが、丁度一人だけ通れるやうに開いてゐた。門を入るとすぐそこには塵埃が山のやうに積んであつた。門の外から持ち込んだものだか、門内のどこからか持つて来たものだか分らなかつた。塵の下には、塵箱が壊れたまゝ、へしやげて置かれてあつた。が上の方は裸の埃であつた。それに私は門を入る途端にフト感じたんだが、この門には、この門がその家の門であると云ふ、大切な相手の家がなかつた。塵の積んである二坪ばかりの空地から、三本の坑道のやうな路次が走つてゐた。

　一本は真正面に、今一本は真左へ、どちらも表通りと裏通りとの関係の、裏路の役目を勤めてゐるのであつたが、今一つの道は、真右へ五間ばかり走つて、それから四十五度の角度で、どこの表通りにも関りのない、金庫のやうな感じのする建物へ、こつそりと壁にくつついた蝙蝠のやうに、斜に密着してゐた。これが昼間見たのだつたら何の不思議もなくて倉庫につけられた非常階段だと思へるだらうし、又それほどにまでも気を止めないんだらうが、何しろ、私は胸へピツタリ、メスの腹でも当てられたやうな戦慄を感じた。

　私は予感があつた。この歪んだ階段を昇ると、倉庫の中へ入る。入つたが最後どうしても出られないやうな装置になつてゐて、そして、そこは、支那を本場とする六神丸の製造工場になつてゐる。てつきり私は六神丸の原料としてそこで生き胆を取られるんだ。

　私はどこからか、その建物へ動力線が引き込まれてはゐないかと、上を眺めた。多分死なゝい程度の電波をかけて置いて、ピクピクしてる生き胆を取るんだらう。でないと出来上つた六神丸の効き目が尠いだらうから、だが、——私はその階段を昇りながら考へつゞけた——起死回生の霊薬なる六神丸が、その製造の当初に於て、その存在の最大にして且つ、唯一の理由なる生命の回復、或は持続を、平然として裏切つて、反つて之を殺戮することによつてのみ成り立ち得る。とするならば、『六神丸それ自体は一体何に似てるんだ』そして『何のためにそれが必要なんだ』それは恰も今の社会組織そつくりぢやないか。ブルジヨアの生きるために、プロレタリアの生命の奪はれることが必要なのとすつかり同じぢやないか。

　だが、私たちは舞台へ登場した。

そこは妙な部屋であつた。鱸の缶詰の内部のやうな感じのする部屋であつた。低い天井と床板と、四方の壁とより外には何にも無いやうなガランとした、湿つぽくて、黴臭い部屋であつた。室の真中からたつた一つの電燈が、落葉が蜘蛛の網にでもひつか丶つたやうにボンヤリ下つて、灯つてゐた。リノリユームが膏薬のやうに床板の上へ所々貼りついてゐた。テーブルも椅子もなかつた。恐ろしく蒸し暑くて体中が悪い腫物ででもあるやうに、ジク〳〵と汗が泌み出したが、何となくどこか寒いやうな気持があつた。それに黴の臭ひの外に、胸の悪くなる特殊の臭気が、間歇的に鼻を衝いた。その臭気には靄のやうに影があるやうに思はれた。

畳にしたら百枚も敷けるだらう室は、五燭らしいランプの光では、監房の中よりも暗かつた。私は入口に立たずんでゐたが、やがて眼が闇に馴れて来た。何にもないやうに思つてゐた室の一隅に、何かの一固りがあつた。それが、ビール箱の蓋か何かに支へられて、立つてゐるやうに見えた。その蓋から一方へ向けてそれで蔽ひ切れない部分が二三尺はみ出してゐるやうであつた。だが、どうもハツキリ分らなかつた。何しろ可成り距離はあるんだし、暗くはあるし、けれども私は体中の神経を目に集めて、その一固りを見詰めた。

私は、ブル〳〵震ひ初めた、迚も立つてゐられなくなつた。私は後ろの壁に凭れてしまつた。そして座りたくてならないのを強いて、ガタ〳〵震へる足で突つ張つた。眼が益々闇に馴れて来たので、蔽ひからはみ出してゐるのが、むき出しの人間の下半身だと云ふことが分つたんだ。そしてそれは六神丸の原料を控除した不用な部分なんだ！

私は、そこで自暴自棄な力が湧いて来た。私を連れて来た男をやつつける義務を感じて来た。それが義務であるより以上に必要止むべからざることになつて来た。私は上着のポケットの中で、ソーツとシーナイフを握つて、傍に突つ立つてる、ならず者の様子を窺つた。奴は矢つ張り私を見てゐた。が突然奴は口を切つた。

『あそこへ行つて見な。そしてお前の好きなやうにしたがい丶や。俺はなこ丶らで見張つてゐるからな』このならず者はかう云ひ捨て丶、階段を下りて行つた。

私はひどく酔つ払つたやうな気持だつた。私の心臓は私よりも慌て丶ゐた。ひどく殴りつけられた後のやうに、頭や、手足の関節が痛かつた。

私はそろ〳〵近づいた。一歩一歩臭気が甚しく鼻を打つた。矢つ張りそれは屍体だつた。そして極めて微かに吐息が聞えるやうに思はれた。――だが、そんな馬鹿なこたあない、屍体が息を吐くなんて――だがどうも息らしかつた。フー、フーと極めて微かに、私は幾度も耳のせいか、神経のせいにして見たが、『屍骸が溜息をついてる』と、その通りの言葉で私は感じたものだ。と同時に腹ん中の一切の道具が咽喉へ向つて逆流するや

うな感じに捕はれた。然し、
然し今はもう総てが目の前にあるのだ。

そこには全く惨酷な画が画かれてあつた。

ビール箱の蓋の蔭には、二十二三位の若い婦人が、全身を全裸のまゝ仰向きに横たはつてゐた。彼女は腐つた一枚の畳の上にゐた。そして吐息は彼女の肩から各々が最後の一滴であるやうに、搾り出されるのであつた。

彼女の肩の辺から、枕の方へかけて、未だ彼女がいくらか、物を食べられる時に嘔吐したらしい汚物が、黒い血痕と共にグチヤグチヤに散ばつてゐた。髪毛がそれで又固められてゐた。それに彼女の　　　　ねばりついてゐた。

そして、頭部の方からは酸敗した悪臭を放つてゐたし、肢部からは、癌腫の持つ特有の悪臭が放散されてゐた。こんな異様な臭気の中で人間の肺が耐え得るかどうか、と危ぶまれるほどであつた。彼女は眼をパツチリと見開いてゐた。そして、その瞳は私を見てゐるやうだつた。が、それは多分何物をも見てはゐなかつただらう。勿論、彼女は、私が、彼女の全裸の前に突つ立つてゐることも知らなかつたらしい。私は婦人の足下の方に立つて、此場の情景に見惚れてゐた。私は立ち尽したまゝ、いつまでも交ることのない、併行した考へで頭の中が一杯になつてゐた。

哀れな人間がこゝにゐる。

哀れな女がそこにゐる。

私の眼は据ゑつけられた二つのプロジエクターのやうに、その屍体に投げつけられて、動かなかつた。それは屍体と云つた方が相応しいのだ。

私は白状する。実に苦しいことだが白状する。――若しこの横はれるものが、全裸の女でなくて、全裸の男だつたら、私はそんなにも長く此処に留つてゐたかどうか、そんなにも心の激動を感じたかどうか――

私は何ともかとも云ひやうのない心持ちで昂奮のてつぺんにあつた。私は此有様を、『若い者が楽しむこと』として『二分』出して買つて見てゐるのだ。そして『お前の好きなやうにしたがいゝや』と、あの男は席を外したんだ。

無論、此女に抵抗力がある筈がない。娼妓は法律的に抵抗力を奪はれてゐるが、此場合は生理的に奪はれてゐるのだ。それに此女だつて性慾の満足のためには、屍姦よりはいゝのだ。何と云つても未だ体温を保つてゐるんだからな。それに一番困つたことには、私が船員で、若いと来てるもんだから、いつでもグーグー喉を鳴らしてるつてことだ。だから私は『好きなやうに』することが出来るんだ。それに又、今まで私と同じやうにこゝに連れて来られた《若い男》は、一人や二人ぢやなかつただらう。それが一々×××どうかは分らないが、皆が皆辟易したとも云ひ切れまい。いや兎角く此道ではブレーキが利きにくいものだ。

だが、私は同時に、これと併行した外の考へ方もしてゐた。

彼女は熱い鉄板の上に転がつた蠟燭のやうに瘠せてゐた。未だ年にすれば沢山ある筈の黒髪は汚物や血で固められて、捨てられた綜絽箒のやうだつた。字義通りに彼女は瘠せ衰へて、棒のやうに見えた。

幼い時から、あらゆる人世の惨苦と戦つて来た一人の女性が、労働力の最後の残渣まで売り尽して、愈々最後に売るべからざる貞操まで売つて食ひつないで来たのだらう。

彼女は、人を生かすために、人を殺さねば出来ない六神丸のやうに、又は一人も残らずのプロレタリアがさうであるやうに、自分の胃の腑を膨らすために、腕や生殖器や神経までも嚙み取つたのだ。生きるために自滅してしまつたんだ。外に方法がないんだ。

彼女もきつとこんなことを考へたことがあるだらう。

『ア、私は働きたい。けれども私を使つて呉れる人はない。私は工場で余り乾いた空気と、高い温度と綿屑とを吸ひ込んだから肺病になつたんだ。肺病になつて働けなくなつたから追ひ出されたんだ。だけど使つて呉れる所はない。私が働かなけりや年とつたお母さんも私と一緒に生きては行けないんだのに。』そこで彼女は数日間仕事を求めて、街を、工場から工場へと彷徨ふたのだらう。それでも彼女は仕事がなかつたんだらう。『私は操を売らう』そこで彼女は、生命力の最後の一滴を涸らしてしまつたんではあるまいか。そしてそこでも愈々働けなくなつたんだ。で、逐々こゝへこんな風にして、もう生きる希望さへも捨てゝ、死を待つてるんだらう。

三

私は彼女が未だ口が利けるだらうか、どうだらうかが知りたくなつた。恥しい話だが、私は、『お前さんは未だ生きてゐたいかい』と聞いて見る慾望をどうにも抑へられなくなつた。云ひかへれば、人間はこんな状態になつた時、一体どんな考を持つもんだらう、と云ふことが知りたかつたんだ。

私は思ひ切つて、女の方へズツと近寄つてその足下の方へしやがんだ。その間も絶えず彼女の目と体とから私は目を離さなかつた。と、彼女の眼も矢つ張り私の動くのに連れて動いた。私は驚いた。そして馬鹿々々しいことだが真赤になつた。私は一応考へた上、彼女の眼が私の動作に連れて動いたのは、たゞ私がさう感じた丈けなんだらう、と思つて、よく医師が臨終の人にするやうに、彼女の眼の上で私は手を振つて見た。

彼女は瞬をした。彼女は見てゐたのだ。そして呼吸も可成整つてゐるのだつた。

私は又彼女の足下近くへ、急に体から力が抜け出したやうに感じたので、しやがんだ。

『あまりひどいことをしないでね』と、女はものを言つた。その声は力なく、途切れ途切れではあつたが、臨終の声と云ふ程でもなかつた。彼女の眼は『何でもいゝからそうつとしといて頂戴ね』と言つてるやうだつた。

私は義憤を感じた。こんな状態の女を搾取材料にしてゐる三人の蝓蛞共を、『叩き壊してやらう』と決心した。

『誰かゞひどくしたのかね。誰かに苛められたの』私は入口の方をチヨツと見やりながら訊いた。

もう戸外はすつかり真つ暗になつてしまつた。此だゞつ広い押しつぶしたやうな室は、いぶつたランプのホヤのやうだつた。『いつ頃から君はこゝで、こんな風にしてゐるの』私は、努めて平然としやうと骨折りながら訊いた。彼女は今、私が足下の方に蟠つたので、私の方を見ることを止めて、上の方に眼を向けてゐた。

私は、私の眼の行方を彼女に見られることを非常に怖れた。私は実際、正直の所其時、英雄的な、人道的な、一人の禁欲的な青年であつた。全く身も心もそれに相違なかつた。だから、私は彼女に、私が全で焼けつくやうな眼で彼女の○○を見てゐると云ふことを、知られたくなかつたのだ。眼だけを何故私は征服することが出来なかつただらうか。

若し彼女が私の眼を見やうものなら、『この人もやつぱり外の男と同じだわ』と思ふに違ひないだらう。そうすれば、今の私のヒロイツクな、人道的な行為と理性とは、一度に脆く切つて落されるだらう、私は恐れた。恥じた。

——俺はこの女に対して性慾的などんな些細な昂奮だつて惹き起されてはゐないんだ。そんな事は考へる丈けでも間違つてるんだ。それは見てる。見てるには見てるが、それが何だ。

——私は自分で自分に言ひ訳をしてゐた。

彼女が女性である以上、私が衝動を受けることは勿論あり得る。だが、それはこんな場合であつてはならない。この女は骨と皮だけになつてゐる。そして永久に休息しやうとしてゐる。この哀れな私の同胞に対して、今まで此室に入つて来た者共が、どんな惨忍なことをしたか、どんな陋劣な恥づべき行をしたか、それを聞かうとした。そしてそれ等の振舞が呪はるべきであることを語つて、私は自分の善良なる性質を示して彼女に誇りたかつた。

彼女はやがて小さな声で答へた。

『私から何か種々の事が聞きたいの？　私は今は話すのが苦しいんだけれど、もしあんたが外の事をしないのなら、少し位話して上げてもいゝわ』

私は真赤になつた。畜生！　奴は根こそぎ俺を見抜いてしまやがつた。再び私の体中を熱い戦慄が駆け廻つた。

彼女に話させて私は一体どんなことを知りたかつたんだらう。もう分り切つてるぢやないか、それによし分らないことがあつたにした所で、苦しく喘ぐ彼女の声を聞いて、それでどうなると云ふんだ。

だが、私は彼女を救ひ出さうと決心した。

然し救ふと云ふことが、出来ることだらうか？　人を救ふためには×××が唯一の手段ぢやないか、自分の力で捧げ切れない重い物を持ち上げて、再び落した時はそれが愈々壊れることになるではないか。

だが、何でもかでも、私は遂々女から、十言許り聞くやうな運命になつた。

四

先刻私を案内して来た男が入口の処へ静に、影のやうに現れた。そして手真似で、もう時間だぜ、と云つた。

私は慌てた。男が私の話を聞くことの出来る距離へ近づいたなら、もう私は彼女の運命に少しでも役に立つやうな働が出来なくなるであらう。

『僕は君の頼みはどんなことでも為やう。君の今一番して欲しいことは何だい』と私は訊いた。

『私の頼みたいことはね。このまゝそうつとしといて呉れることだけよ。その他のことは何にもして欲しくはないの』

悲劇の主人公は、私の予想を裏切つた。

私はたとへば、彼女が三人のごろつきの手から遁げられるやうに、であるとか、又はすぐ警察へ、とでも云ふだらうと期待してゐた。そしてそれが彼女の望み少い生命にとつての最後の試みであるだらうと思つてゐた。一筋の藁だと思つてゐた。

可哀想に此女は不幸の重荷でへしつぶされてしまつたんだ。もう希望を持つことさへも怖ろしくなつたんだらう。と私は思つた。

世の中の総てを呪つてるんだ。皆で寄つてたかつて彼女を今日の深淵に追ひ込んでしまつたんだ。だから僕にも信頼しないんだ。こんな絶望があるだらうか。

『だけど、このまゝ、そんな事をしてゐれば、君の命はありやしないよ。だから医者へ行くとか、お前の家へ連れて行くとか、そんな風な大切なことを訊いてるんだよ』

女はそれに対してかう答へた。

『そりや病院の特等室か、どこかの海岸の別荘の方がいゝに決つてるわ』

『だからさ。それがこゝを抜け出せないから………』

『オイ！　此女は全裸だぜ。え、オイ、そして肺病がもう迚も悪いんだぜ。僅か二分やそこらの金でそういつまでも楽しむつて訳にや行かねえぜ』

いつの間にか蝓蛞の仲間は、私の側へ来て蔭のやうに立つてゐて、かう私の耳へ囁いた。

『貴様たちが丸裸にしたんだらう。此の犬野郎！』

私は叫びながら飛びついた。

『待て』とその男は呻くやうに云つて、私の両手を握つた。私はその手を振り切つて、奴の横つ面を殴つた。だが私の手が奴の横つ面へ届かない先に私の耳がガーンと鳴つた、私はヨロ〳〵した。

『ヨシ、ごろつき奴、死ぬまでやつてやる』私はかう怒鳴ると共に、今度は固めた拳骨で体ごと奴の鼻つ柱を下から上へ向つて、小突き上げた。私は同時に頭をやられたが、然し今度は私の襲撃が成功した。相手は鼻血をダラ〳〵垂らしてそこへうづくまつてしまつた。

私は洗つたやうに汗まみれになつた。そして息切れがした。けれども事件がこゝまで進展して来た以上、後の二人の来ない中に女を抱いてでも逃れるより外に仕様がなかつた。

『サア、早く遁げやう！　そして病院へ行かなけりや』私は彼女に言つた。

『小僧さん、お前は馬鹿だね。その人を殺したんぢやあるまいね。その人は外の二三人の人と一緒に私を今まで養つて呉れたんだよ、困つたわね。』

彼女は二人の闘争に昂奮して、眼に涙さへ泛べてゐた。

私は何が何だか分らなかつた。

『何殺すもんか、だが何だつて？　此男がお前を今まで養つたんだつて』

『そうだよ。長いこと私を養つて呉れたんだよ』

『お前の肉の代償にか、馬鹿な！』

『小僧さん。此人たちは私を汚しはしなかつたよ。お前さんも、も少し年をとると分つて来るんだよ。』

私はヒーローから、一度に道化役者に落ちぶれてしまつた。此哀れむべき婦人を最後の一滴まで搾取した、三人のごろつきは、女と共にすつかり謎になつてしまつた。

一体こいつ等はどんな星の下に生れて、どんな廻り合せになつてゐるのだ。だが、私は此事実を一人で自分の好きなやうに勝手に作り上げてしまつてゐたのだらうか。

倒れてゐた男はのろ〳〵と起き上つた。

『青二才奴！　よくもやりやがつたな。サア今度は覚悟を決めて来い』

『オイ、兄弟俺はお前と喧嘩する気はないよ。俺は思ひ違ひをしてゐたんだ。悪かつたよ。』

『何だ！　思ひ違ひだと。糞面白くもねえ。何を思ひ違へたんだい』

『お前等三人は俺を威かしてこゝへ連れて来たゞらう。そしてこんな女を俺に見せたゞらう。お前たちは此女を玩具にした揚句、未だこの女から搾らうとしてるんだと思つたんだ。死ぬが死ぬまで搾る太い奴等だと思つたんだ』

『まあいゝや。それは思ひ違ひと言ふもんだ』と、その男は風船玉が萎む時のやうに、張りを弛めた。

『だが、何だつてお前たちは、この女を素裸でこんな所に転がしとくんだい』それに又何だつて見世物になんぞするんだえ。と言ひ度かつた。奴等は女の言ふ所に依れば、悪いぢやないんだが、それにしてもこんな事は明に必要以上のこつた。

――こいつ等は一体いつまでこんなことを続けるんだらう
――と私は思つた。

私はいくらか自省する余裕が出来て来た。すると非常に熱さを感じ初めた。吐く息が、そのまゝ固まりになつて、すぐ此の息に吸ひ込まれるやうな、胸の悪い蒸し暑さであつた。嘔吐物の臭気と、癌種らしい分泌物との悪臭は相変らず鼻を衝いた。体がいやにだるくて堪えられなかつた。私は今までの異常な出来事に心を使ひすぎたのだらう。何だか口をきくのも、此上何やかを見聞きするのも臆劫になつて来た。どこにでも横になつてグツスリ眠りたくなつた。

『どれ、兎も角く帰ることにしやうか、オイ、俺はもう帰るぜ。』

私は、いつの間にか女の足下の方へ腰を、下してゐたことを忌々しく感じながら、立ち上つた。

『おめえたちや、皆、こゝに一緒に棲んでるのかい』

私は半分扉の外に出ながら振りかへつて訊いた。

『さうよ。こゝがおいらの根城なんだからな』男が、ブツキラ棒に答へた。

私はそのまゝ階段を降つて街へ出た。門の所で今出て来た所を振りかへつて見た。階段はそこからは見えなかつた。そこには、監獄の高煉瓦塀のやうな感じのする、倉庫が背を向けてる丈けであつた。そんな所へ人の出入りがあらうなどゝ云ふことは考へられない程、寂れ果て、頽廃し切つて、見たゞけで、人は黴の臭を感じさせられる位だつた。

私は通りへ出ると、口笛を吹きながら、傍目も振らずに歩き出した。

私はボーレンへ向いて歩きながら、一人で青くなつたり赤くなつたりした。

五

私はボーレンで金を借りた。そして又外人相手のバーで――外人より入れない淫売屋で――又飲んだ。

夜の十二時過ぎ、私は公園を横切つて歩いてゐた。アークライトが緑の茂みを打ち抜いて、複雑な模様を地上に織つてゐた。ビールの汗で、私は湿つたオブラートに包まれたやうにベトベトしてゐた。

私はとりとめもないことを旋風器のやうに考へ飛ばしてゐた。

――俺は飢えてゐたぢやないか、そして昂奮したぢやないか、だが俺は打克つた。フン、立派なもんだ。民平。だが、俺は危くキヤピタリスト見たよな考へ方をしやうとしてゐたよ。俺が何も此女をこんな風にした訳ぢやないんだ。だからとな。だが俺は強かつたんだ。だが弱かつたんだ。ヘン、どつちだつていゝや。兎に角く俺は成功しないぜ。鼻の先にブラ下つた餌を食はないやうぢやな。俺は紳士ぢやないぢやないか。紳士だつてやるのに、俺が遠慮するつて法はねえぜ。待て、だが俺は遠慮深いので紳士になれねえのかも知れねえぜ。まあいゝや。馬鹿正直に、律義者の子沢山だらう。――

私は又、例の場所へ吸ひつけられた。それは同じ夜の真夜中であつた。

鉄のボードで出来た門は閉つてゐた。それは然し押せばすぐ開いた。私は階段を昇つた。扉へ手をかけた。そして引いた。

が開かなかつた。畜生！　慌てちやつた。こつちへ開いたら、俺は下の敷石へ突き落されちまふぢやないか、私は押した。少し開きかけたので力を緩めると、又元のやうに閉つてしまつた。

『オヤツ』と私は思つた。誰か張番してるんだな。

『オイ、俺だ。開けて呉れ』私は扉へ口をつけて小さい声で囁いた。けれども扉は開かれなかつた。今度は力一杯押して見たが、ビクともしなかつた。

『畜生！　かけがねを入れやがつた』私は唾を吐いて、そのま丶階段を下りて門を出た。

　私の足が一足門の外へ出て、一足が内側に残つてゐる時に、私の肩を叩いたものがあつた。私は飛び上つた。

『ビツクリしなくてもい丶よ。俺だよ。どうだつたい。面白かつたかい。楽しめたかい』そこには蝓蛞が立つてゐた。

『あの女がお前等のために、あ丶なつたんだつたら、手前等は半死になるんだつたんだ』

　私は熱くなつてかう答へた。

『ぢやあ何かい。あの女が誰のためにあんな目にあつたのか知りたいのかい。知りたきや教へてやつてもい丶よ。そりや金持ちと云ふ奴さ。分つたかい』

　蝓蛞はそう云つて憐れむやうな眼で私を見た。

『どうだい。も一度行かないか』

『今行つたが開かなかつたのさ』

『さうだらう、俺が門を下したからな』

『お前が！　そしてお前はどこから出て来たんだ。』

　私は驚いた。あの室には出入口は外には無い筈だつた。

『驚くことはないさ。お前の下りた階段をお前の一つ後から一足づ丶降りて来たまでの話さ』

　此蝓蛞野郎、又何か計画してやがるわい。と私は考へた。幽霊ぢやあるまいし、私の一足後ろを、いくらさうつと下りたにしたところで、音のしない訳がないからだ。

　私はもう一度彼女を訪問する『必要』はなかつた。私は一円だけ未だ残つて持つてゐたが、その一円で再び彼女を『買ふ』と云ふことは、私には出来ないことであつた。だが、私は『たつた五分間』彼女の見舞に行くのはい丶だらうと考へた。何故だかも一度私は彼女に会ひ度かつた。

　私は階段を昇つた。蝓蛞は附いて来た。

　私は扉を押した。なるほど今度は訳なく開いた。一足室の中に蹈み込むと、同時に、悪臭と、暑い重たい空気とが以前通りに立ちこめてゐた。

　どう云ふ訳だか分らないが、今度は此部屋の様子が全で変つてるであらうと、私は一人で固く決め込んでゐたのだが、私の感じは当つてゐなかつた。

　何もかも元の通りだつた。ビール箱の蔭には女が寝てゐたし、その外には私と、蝓蛞と二人つ切りであつた。

『さつきのお前の相棒はどこへ行つたい』

『皆家へ帰つたよ』

『何だ！　皆こゝに棲んでるつてのは嘘なのかい』

『そうすることもあるだらう』

『それぢや、あの女とお前たちとはどんな関係だ』遂々私は切り出した。

『あの女は俺達の友達だ』

『ぢやあ何だつて、友達を素つ裸にして、病人に薬もやらないで、おまけに未だ其上見ず知らずの男にあの女を玩具にさすんだ』

『俺達はさうしたい訳ぢやないんだ、だがそうしなけれや、あの女は薬も飲めないし、卵も食へなくなるんだ』

『え、それぢや女は薬を飲んでるのか、然し、おい、誤魔化しちやいけねえぜ。薬を飲ませて裸にしといちや差引零ぢやないか、卵を食べさせて男に蹂躙されりや、差引欠損になるぢやないか。そんな理屈に合はん法があるもんかい』

『それがどうにもならないんだ。病気なのはあの女ばかりぢやないんだ。皆が病気なんだ。そして皆が搾られた渣なんだ。俺達あみんな働きすぎたんだ。俺達あ食ふために働いたんだが、その働きは大急ぎで自分の命を磨り減しちやつたんだ。あの女は肺結核の子宮癌で、俺は御覧の通りのヨロケさ』

『だから此女に淫売をさせて、お前達が皆で食つてるつて云ふのか』

『此女に淫売をさせはしないよ。そんなことを為る奴もあるが、俺の方ではチヤンと見張りしてゐて、そんな奴あ放り出してしまふんだ。それにそう無暗に連れて来るつて訳でもないんだ。俺は、お前が菜つ葉を着て、ブル達の間を全で大臣のやうな顔をして、恥しがりもしないで歩いてゐたから、附けて行つたのさ、誰にでも打つつかつたら、それこさ一度で取つ捕まつちまはあな。』

『お前はどう思ふ。俺たちが何故死んぢまはないんだらうと不思議に思ふだらうな。穴倉の中で蛆虫見たいに生きてゐるのは詰らないと思ふだらう。全く詰らない骨頂さ、だがね、生きてると何か役に立てないこともあるまい。いつか何かの折があるだらう、と云ふ空頼みが俺たちを引つ張つてゐるんだよ』

私は全つ切り誤解してゐたんだ。そして私は何と云ふ恥知らずだつたらう。

私はビール箱の衝立ての向ふへ行つた。そこには彼女は以前のやうにして臥てゐた。

今は彼女の体の上には浴衣がかけてあつた。彼女は眠つてるのだらう。眼を閉ぢてゐた。

私は淫売婦の代りに殉教者を見た。

彼女は、被搾取階級の一切の運命を象徴してゐるやうに見えた。

私は眼に涙が一杯溜つた。私は音のしないやうにソーツと歩いて、扉の所に立つてゐた蝓蛞へ、一円渡した。渡す時に私は蝓蛞の萎びた手を力一杯握りしめた。

そして私は表へ出た。階段の第一段を下るとき、溜つてゐた涙が私の眼から、ポトリとこぼれた。

――一九二三、七、一〇、千種監獄にて――

（「文藝戦線」大正14年11月号）

子供《こども》と太陽《たいやう》

北川千代

町《まち》の衛生委員《ゑいせいゐゐん》がいつも眉《まゆ》をひそめてゆく、裏通《うらどほ》りの汚《きたな》い長屋《ながや》の露路口《ろぢぐち》から、ある日《ひ》の夕方《ゆふがた》一つのお葬《とむら》ひが出《で》ました。お葬《とむら》ひと云《い》つても別《べつ》に造花《ざうくわ》だの提燈《てうちん》だのと云《い》ふやうなものは一つもなくて、ただ、荒縄《あらなは》で縛《しば》つた四角《かく》い棺《くわん》を、二人《ふたり》の男《をとこ》が一本《ぽん》の棒《ぼう》に通《とほ》して運《はこ》び出《だ》しただけなのでした。でも露路《ろぢ》の端《はづ》れまでは二三人《にん》のおかみさんたちが気《き》の毒《どく》さうに送《おく》つて出《で》てゐました。死《し》んだのは源《げん》一のお母《かあ》さんで、源《げん》一はまだ三つになつたばかりの子《こ》供《ども》でした。

源《げん》一の家《うち》はほんたうにお話《はなし》にならない位貧乏《くらゐびんばふ》でした。源《げん》一のお父《とう》さんは土方《どかた》でしたが、それも仕事《しごと》は毎日《まいにち》あるのではなく、ことに雨《あめ》の多《おほ》い五六月頃《ぐわつごろ》になると、まるでお金《かね》の入《はい》る日《ひ》がない位《くらゐ》でした。それでもまだお母《かあ》さんが丈夫《じやうぶ》だつた時《とき》には、お母《かあ》さんも地突《ぢづ》きの手伝《てつだ》ひなどに出《で》て働《はたら》いてゐましたから、まだそんなに困《こま》ると云《い》ふほどでもなかつたのですが、ふだんあんまりからだを無理《むり》につかつたために、源《げん》一を生《う》むとすぐから腰《こし》がぬけたやうになつてしまつて、もう働《はたら》くどころではない。自分《じぶん》のことも自分《じぶん》で出来《でき》ないやうになつてしまつたのでした。

ですからお父《とう》さんは、朝早《あさはや》く起《お》きて、働《はたら》きにゆく前《まへ》に御飯《ごはん》を炊《た》いて、病人《びやうにん》のお母《かあ》さんのお昼《ひる》のお膳《ぜん》までこしらへ、そして、お弁当《べんたう》をつめて仕事《しごと》に出《で》かけなければならなくなりました。そして夕方帰《ゆふがたかへ》つて来《く》ると疲《つか》れたからだを休《やす》めるひまもなく、自分《じぶん》のお夜食《やしよく》の支度《したく》だけでなしに、病人《びやうにん》のお母《かあ》さんの世話《せわ》やら赤《あか》ん坊《ばう》の源《げん》一の世話《せわ》なども、みんなしなければならないのです。もし源《げん》一がもうすこし大《おほ》きい子供《こども》だつたら、

「すみません、すみません。あなたにばつかり苦労《くらう》をさせて……」

と云《い》つて泣《な》いてゐる、お母《かあ》さんの青褪《あをざ》めた瘦《や》せた顔《かほ》と、

「いいんだよ、何《なん》でもありやしないよ。いままでお前《まへ》を働《はたら》かせたんだから、こんどは俺《おれ》が一人《ひとり》で稼《かせ》ぐだけだよ。そんなにつまらないことをくよくよ考《かんが》へないで、暢気《のんき》に寝《ね》てゐなけりやあいけないぜ」

と云《い》つて慰《なぐさ》めてゐる、お父《とう》さんの荒《あ》れた汚《きたな》い手《て》とを覚《おぼ》えてゐたかもしれません。けれど源《げん》一はまだ赤《あか》ん坊《ばう》でした。赤《あか》ん坊《ばう》の源《げん》一はお母《かあ》さんのふところにしよつちゆう抱《だ》いてゐて貰《もら》へることが嬉《うれ》しくて、お母《かあ》さんの薄《うす》い蒲団《ふとん》の中《なか》にくるまつて、ちうちうお乳《ちゝ》を吸《す》つてゐました。

ほんたうに源《げん》一は三つになるまで、殆《ほと》んど床《とこ》の中《なか》で暮《くら》しました。お父《とう》さんが家《うち》にゐるのは夜《よる》か、さうでなければ雨《あめ》の日《ひ》です。

だから源《げん》一はお天気《てんき》の好《よ》い昼間《ひるま》、外《そと》へ出《で》たことは一遍《ぺん》もありませんでした。それに家《うち》の中《なか》は暗《くら》くつて、ちつとも日《ひ》の光《ひか》りなんぞ射《さ》して来《こ》ないのですもの。源《げん》一はちつとも日《ひ》の光《ひか》りに当《あた》らないと云《い》つても好《い》い位《くらゐ》でした。そのせいか源《げん》一の顔《かほ》は、まるで日《ひ》蔭《かげ》の草《くさ》のやうに弱々《よわ〱》しく痩《や》せてゐました。そして三つになつてまでもまだ歩《ある》いてみたことはありませんでした。だつて一緒《しよ》に床《とこ》に寝《ね》かしてをくのがお母《かあ》さんには一番世話《ばんせわ》がないし、それに源《げん》一もその癖《くせ》がついてしまつては、もうお母《かあ》さんのふところにゐるのがあたりまへになつてしまつたのですもの――。

けれど、その源《げん》一の「あたりまへ」は、もう今日《けふ》から「あたりまへ」ではなくなりました。お母《かあ》さんは死《し》んだのです。そしてもうお母《かあ》さんのからだは、お父《とう》さんとお隣《とな》りの小父《をぢ》さんとの手《て》で棺《くわん》に入《い》れられて、外《そと》へ運《はこ》び出《だ》されてしまつたのです。源《げん》一はもうお母《かあ》さんの帰《かへ》つて来《こ》ない薄暗《うすぐら》い家《うち》の、何年目《なんねんめ》かで片附《かたづ》けられたなつかしいおふとんにつかまつて、ありつたけの声《こゑ》でわあわあ泣《な》いてゐました。

ありつたけの声《こゑ》！　さうです、源《げん》一にとつてはありつたけの大《おほ》きな声《こゑ》でした。けれどそのありつたけの声《こゑ》は、よその子供《こども》の声《こゑ》にくらべてまあ何《なん》と云《い》ふ細《ほそ》い、かすれたやうな声《こゑ》だつたのでせう。病人《びやうにん》のお母《かあ》さんの細《ほそ》いお乳《ちゝ》を飲《の》んで、日《ひ》のちつとも射《さ》ない暗《くら》い床《とこ》の中《なか》で、生《うま》れたてから今日《けふ》まで暮《くら》してゐた、痩《や》せつこけた源《げん》一の声《こゑ》は、いくら泣《な》いても誰《たれ》の耳《みゝ》をも驚《おどろ》かすことは出《で》来《き》ないとみえて、お隣《とな》りも、そのお隣《とな》りも、忙《せは》しさうに晩《ばん》の御《ご》飯《はん》の支度《したく》をしてゐます。――でも源《げん》一が少《すこ》し泣《な》き疲《つか》れた頃《ころ》、お向《むか》ふの納豆《なつとう》売りのお婆《ばあ》さんが駈《か》けて来《き》て、

「おおよしよし、可哀想《かはいさう》に、可哀想《かはいさう》に――」

と云《い》つて、抱《だ》き上《あ》げてだましてくれました。

お母《かあ》さんが死《し》んで、初《はじ》めてお父《とう》さんに気《き》がついたことは、源《げん》一もいつのまにかお母《かあ》さんのやうな病気《びやうき》にかかつてゐると云《い》ふことでした。三つといへばもう大抵《たいてい》の子供《こども》なら「あんよ」が出《で》来《き》る年《とし》ですのに、源《げん》一にはあるくどころか、立《た》つてゐることさへやつとでした。

「ほんとにさう云《い》へば、こいつのあるいたのを一遍《ぺん》も見《み》ないぞ――をかしいなあ――あんまり傍《そば》にばかり置《お》いといたんで、おふくろの病気《びやうき》がうつつてしまつたのかしら――それともこいつは不具《かたわ》なのだらうか」と、父《とう》さんは心配《しんぱい》さうに云《い》ひました。

「もしかしたら骨《ほね》がどうかしたんぢやないか」

かう云《い》つた人《ひと》もありましたけれど、でもお父《とう》さんのふところにその時《とき》お金《かね》がちつともなかつたものですから、源《げん》一が別《べつ》にどこも痛《いた》いと云《い》はないのを幸《さいは》ひに、ついそのまゝになつてしまひました。そして源《げん》一はお母《かあ》さんの寝《ね》てゐた蒲団《ふとん》の中《なか》に、そつと寝《ね》かされることになりました。

お床《とこ》は前《まへ》と同《おな》じお床《とこ》でも、もう源《げん》一を抱《だ》いてくれる者《もの》は誰《だれ》もありませんでした。たまにお隣《とな》りの小母《をば》さんが、

「源《げん》ちやん」

と云《い》つて声《こゑ》をかけてくれるか、子供《こども》たちを遊《あそ》びによこしてくれ

るかしなければ、源《げん》一は夕方《ゆふがた》までひとりぽつちでした。それに小母《をば》さんは忙《せは》しかつたし、小母《をば》さんとこの子供達《こどもたち》は、暗《くら》い家《うち》の中《なか》にばかりゐる源《げん》一にぢきに飽《あ》きてしまつて、すぐ外《そと》へ出《で》て行《い》つてしまふので、源《げん》一はいつも寂《さび》しくつてたまりませんでした。それでよくしくしく泣《な》きながら、お父《とう》さんの帰《かへ》るのだけを待《ま》つてゐました。

お父《とう》さんはほんたうに源《げん》一にやさしくしてくれました。お父《とう》さんは仕事《しごと》の帰《かへ》りに、いつもきつと何《なに》かしら腹《はら》がけの丼《どんぶり》に入《い》れて、源《げん》一におみやげを持《も》つて来《き》ました。一銭《せん》の塩豌豆《しほえんどう》のこともありました。二銭《せん》の鯛《たひ》やきのこともありました。そしてお父《とう》さんはそれを源《げん》一の枕元《まくらもと》に置《お》くと、すぐにかさかさの手《て》で源《げん》一を抱《だ》き上《あ》げて、

「ほうら、もうお父《とう》さんが帰《かへ》つて来《き》たぞ。もうちつとも寂《さび》しくはないぞ。さあ一しよに御飯《ごはん》を食《た》べような」

と云《い》ひながら、痩《や》せた蒼《あを》い源《げん》一の顔《かほ》に、髯《ひげ》むしやな頰《ほゝ》をおしつけて——そしていつもそんな時《とき》、お父《とう》さんの眼《め》は涙《なみだ》で光《ひか》つてゐました。

お母《かあ》さんがゐなくとも、足《あし》がちつとも立《た》たなくとも、このお父《とう》さんのあるうちは、源《げん》一はまだ仕合《しあは》せでした。なによりも源《げん》一を可愛《かはい》がつて下《くだ》さるお父《とう》さん！　朝《あさ》の暗《くら》いうちから晩《ばん》の暗《くら》くなる迄《まで》帰《かへ》つて来《こ》なくとも、夜《よる》はしつかり源《げん》一を太《ふと》い腕《うで》で抱《だ》いて、下手《へた》でも何《なん》でも子守唄《こもりうた》をうたつて下《くだ》さつたお父《とう》さん！　そのなつかしいお父《とう》さんも、源《げん》一が五つになつた年《とし》の暮《く》れに亡《な》くなつてしまつたのです。

お父《とう》さんの死《し》んだのは病気《びやうき》ではありませんでした。仕事場《しごとば》で工事《こうじ》中《ちう》、崖崩《がけくづ》れの下《した》になつたのです。血《ち》みどろになつたお父《とう》さんが戸板《といた》の上《うへ》にのせられて、暗《くら》い門口《かどぐち》から運《はこ》びこまれて来《き》た時《とき》、まあ源《げん》一はどんなにびつくりしたでせう。

いくら泣《な》いても泣《な》いても、お父《とう》さんはもう源《げん》一を抱《だ》き上《あ》げてはくれませんでした。そして源《げん》一はこんどこそ、ほんたうの一人《ひとり》ぽつちになつたのです。五つになつた源《げん》一の涙《なみだ》は、もう納《なつ》豆屋《とうや》のお婆《ばあ》さんがだましてくれる位《くらゐ》のことで、なかなか止《と》まりはしませんでした。

源《げん》一は何《なに》も知《し》らなかつたけれど、可哀想《かはいさう》な源《げん》一のことが、二三日《にち》するとある新聞《しんぶん》に出《で》たのださうです。そのためかどうか、この一人《ひとり》ぽつちの片輪《かたわ》の子供《こども》は、町長《ちやうちやう》さんのはからひで、市《し》立《りつ》の「孤児収容所《こじしうようじよ》」に引《ひ》きとられることになりました。

源《げん》一が、生《うま》れてからまる五年《ねん》の間《あひだ》、殆《ほと》んど寝通《ねどほ》したとも云《い》つて好《い》い古《ふる》い夜具《やぐ》の中《なか》から出《で》て、迎《むか》への寝台車《しんだいしや》に乗《の》つたのは、お父《とう》さんが死《し》んでから二十日《か》ばかり経《た》つたあとのことでした。源《げん》一は生《うま》れて初《はじ》めて外《そと》と云《い》ふものを見《み》たのです。源《げん》一は初《はじ》めて、外《そと》には高《たか》い眩《まぶ》しい空《そら》と云《い》ふもののあることと、それから暖《あたゝ》かい日《ひ》のさしてゐることを知《し》りました。

源《げん》一の引《ひ》きとられた収容所《しうようじよ》は、郊外《かうぐわい》の高《たか》い丘《をか》の上《うへ》にありました。そこには日《ひ》が一ぱい当《あた》つてゐました。花《はな》が沢山《たくさん》咲《さ》いてゐま

した。小鳥《ことり》の声《こゑ》が聞《きこ》えました。そしてその小鳥《ことり》の声《こゑ》に雑《まじ》つて、青々《あを〱》した芝生《しばふ》の上《うへ》には、子供《こども》の遊《あそ》ぶ声《こゑ》がしました――源《げん》一には、その明《あか》るい光《ひか》りの世界《せかい》が、何《なん》だか眩《まぶ》しいやうでした。

「栄養不良《えいやうふりやう》！」

と、源《げん》一のからだを診《み》たお医者《いしや》さまが、傍《そば》の人《ひと》に云《い》ひました。

「そしてなるたけ日光《につくわう》の好《よ》く当《あた》るところに置《お》いて、時々《とき〴〵》運動《うんどう》をおさせなさい」

「先生《せんせい》、この子《こ》は足《あし》が立《た》たないのです」と、傍《そば》の人《ひと》がびつくりしたやうに云《い》ひました。

「よしよし。でもさうして置《お》くうちに、この子《こ》のからだに変化《へんくわ》が来《く》るでせう、さうしたら私《わたし》の云《い》つたことが分《わか》ります――とにかく、なるたけ日光浴《につくわうよく》をさせて下《くだ》さい」

お医者《いしや》さまはさう云《い》つて、帰《かへ》りしなに源《げん》一の頭《あたま》を軽《かる》く撫《な》でて下《くだ》さいました。源《げん》一はお医者《いしや》さまの大《おほ》きい手《て》が、だまつて自分《じぶん》の頭《あたま》にのせられたとき、何《なん》と云《い》ふことなしに、

「坊《ばう》や、私《わたし》がついてゐるから大丈夫《だいじやうぶ》だよ」

と、云《い》はれたやうに思《おも》ひました。

お医者《いしや》さまの云《い》つた「変化《へんくわ》」はまもなく源《げん》一のからだに現《あら》はれて来《き》ました。

「あの子《こ》の顔色《かほいろ》が、このごろすつかり好《よ》くなりましたね」

「そして何《なん》だかふとつて来《き》たやうですね」

みんながこんなことを云《い》ふ頃《ころ》には、源《げん》一自身《じしん》も何《なん》だか自分《じぶん》のからだの内《うち》に、今《いま》まで知《し》らなかつた見《み》えない力《ちから》が、躍《をど》りまはつてゐるやうな気《き》がしました。

その力《ちから》は、ある思《おも》ひがけないことから、形《かたち》になつて出《で》て来《き》ました。それは――

ある日《ひ》のことでした。

源《げん》一がいつものやうに、部屋《へや》の内《うち》の寝台《しんだい》に寝《ね》てゐますと、窓《まど》の外《そと》の庭《には》で大勢《おほぜい》のお友《とも》だちが、何《なに》かうれしさうに笑《わら》ひながら、騒《さわ》いでゐる声《こゑ》が聞《きこ》えました。誰《だれ》かが喇叭《らつぱ》を吹《ふ》いてゐます。誰《だれ》かが唱歌《しやうか》をうたつてゐます。そしてその賑《にぎ》やかな一隊《たい》は、いま、源《げん》一の寝《ね》てゐる窓《まど》の下《した》を通《とほ》らうとしてゐるのです。

「何《なん》だらう」と源《げん》一は思《おも》ひました。

「見《み》たいな」と思《おも》ひました。そして、ほんたうに発作的《ほつさてき》に寝台《しんだい》から起《お》き上《あが》りました。窓《まど》は五尺《しやく》ばかり離《はな》れてゐます。外《そと》を行《ゆ》く旗《はた》の先《さき》しか見《み》えません。源《げん》一は暢《の》び上《あ》がらうとした時《とき》に、思《おも》はず足《あし》が床《ゆか》の上《うへ》につきました。――見《み》えます、見《み》えます――みんな旗《はた》を振《ふ》つてゐます。赤《あか》だの青《あを》だの黄色《きいろ》だのの旗《はた》を――そしてみんな唱歌《しやうか》をうたつてゐます。万歳《ばんざい》と云《い》ふ声《こゑ》もします。源《げん》一は夢中《むちう》で、窓のそばまでかけてゆきました。

「万《ばん》ざあい――」

と源《げん》一は叫《さけ》びました。

窓《まど》の中《なか》からいきなり声《こゑ》がしたので、びつくりして振《ふ》り向《む》いた子供《こども》たちは、そこに思《おも》ひがけなく源《げん》一の立《た》つてゐるのを見《み》ると、なほ驚《おどろ》いたやうでした。

「君《きみ》、君《きみ》。どうしてそこへ来《き》たの」

と、一人《ひとり》が窓《まど》わくにぶら下《さが》つて聞《き》きました。――「どうして」――云《い》はれて源《げん》一はやつと気《き》がつきました。あるけたのです。あるいてここまで来《き》たのです――

――源《げん》一は夢《ゆめ》のやうな気《き》がして自分《じぶん》のからだを見《み》まはしました。からだをちやんと支《さゝ》へて二本《ほん》の足《あし》が立《た》つてゐます――源《げん》一は嬉《うれ》しくつて、気狂《きちが》ひのやうにどなりました。

「歩《ある》けたんだよ、あるけたんだよ――僕《ぼく》、歩《ある》いて来《き》たんだよ」

「ばんざあい」と誰《だれ》かがさけびました。

「源《げん》一君。ばんざい」と、他《た》のものも声《こゑ》を合《あは》せてどなりました。そしてみんなは源《げん》一の立《た》つてゐる窓《まど》の下《した》で、赤《あか》や青《あを》や黄色《きいろ》や紫《むらさき》の、綺麗《きれい》な小旗《こはた》を振《ふ》り立《た》てました。――源《げん》一の眼《め》からは涙《なみだ》がこぼれて来《き》ましたけれどこれは、ほんたうのうれし涙《なみだ》でした。

さて、――

源《げん》一はどうしてあるくことが出来《でき》たのでせう。それは明《あか》るい日光《につくわう》に当《あた》つたからです。源《げん》一はお父《とう》さんが心配《しんぱい》したやうに、お母《かあ》さんの病気《びやうき》がうつつて、片輪《かたわ》になつたのではなかつたのです。いいえ、源《げん》一ははじめから片輪《かたわ》などではなかつたのです。ただ、生《うま》れたてから日《ひ》の当《あた》らない薄暗《うすぐら》い家《うち》にゐて、病気《びやうき》のお母《かあ》さんの少《すくな》いお乳《ちゝ》を飲《の》んで、おまけに湿《しめ》つぽい蒲団《ふとん》の中《なか》に寝《ね》てばかり暮《くら》したから、そのために育《そだ》つ筈《はず》の源《げん》一の足《あし》は充分《じゆうぶん》に育《そだ》たず、源《げん》一は片輪《かたわ》のやうな弱《よは》い子供《こども》になつてしまつてゐたのでした。

草花《くさばな》でも日《ひ》の当《あた》るところの草《くさ》は大《おほ》きい。そして好《よ》い花《はな》が咲《さ》きます。子供《こども》だつてやつぱり同《おな》じことです。いいえ子供《こども》たちにこそ、草花《くさばな》よりもつともつと太陽《たいやう》の光《ひか》りが入用《いりよう》です。世《せ》思中《かいぢう》の子《こ》供《ども》がみんな、暖《あたゝ》かい太陽《たいやう》の光《ひか》りを浴《あ》び、綺麗《きれい》な新《あたら》しい空気《くうき》を吸《す》つて、そしてお腹《なか》一ぱいに食《た》べものが食《た》べられたら、きつと子《こ》供《ども》はもつと丈夫《じやうぶ》になります。ね。さうではありませんかしら。

(「童話」大正14年7月号)

虎《とら》ちやんの日記

千葉省三

この日記《につき》を書《か》いた虎《とら》ちやんは、実《じつ》は小《ちひ》さい時《とき》の私《わたし》かもしれない。まだ私《わたし》の知《し》つてゐる、幼《おさ》な友達《ともだち》のことかも知《し》れない。とにかく、真赤《まつか》な、まるまつちい顔《かほ》と、丈夫《ぢやうぶ》さうな、日《ひ》に焼《や》けた手足《てあし》を持《も》つた、尋常《じんぜう》六年《ねん》生《せい》ぐらゐの、田舎《ゐなか》の子供《こども》と思《おも》つて下《くだ》さい。こゝに出《で》てゐるのは、その虎《とら》ちやんの書《か》いた村《むら》の地図《ちづ》で、日記《につき》の中《なか》に出《で》てくる場所《ばしよ》を、虎《とら》ちやんが皆《みな》さんによくわかる様《やう》に、一々《いち〳〵》書《か》き入《い》れたのです。

八月《ぐわつ》一日《じつ》

源《げん》ちやんに作《さく》ちやんに喜三《きさ》ちやんに俺《おれ》と、四人《にん》でボンテン山《やま》へ草刈《くさか》りに行《い》つた。昨夜《いうべ》雨《あめ》が降《ふ》つたもんだから、山道《やまみち》がつる〳〵して歩《ある》きにくかつた。それでも、今日《けふ》から夏休《なつやす》みなんだと思《おも》ふと、嬉《うれ》しくつてしようがない。みんな、何《なに》して遊《あそ》ばうと、その事《こと》ばつかり云《い》ひ合《あ》つた。新堀《しんぼり》へ魚《さかな》つりに行《ゆ》くことだの、西《にし》山《やま》へ藍茸《あいたけ》とりに行《ゆ》くことだの、中島《なかじま》へ遊《あそ》びに行《ゆ》くことだの、いゝことばつかりで、いくら夏休《なつやす》みが長《なが》くつても、そんなに出《で》来《き》やしないと思《おも》ふくらゐだ。

草場《くさば》へついた。大籠《おほかご》をおろして、並《なら》んでゴシ〳〵鎌《かま》をといだ。俺《おれ》が一番《ばん》先《さ》きに刈《か》りはじめた。

「草《くさ》が濡《ぬ》れてつから、よく刈《か》れるぞう。」

俺《おれ》が云《い》ふと、源《げん》ちやんが、

「こんな朝《あさ》あ、むかでが出《で》つからあぶねえぞう」とおどかした。

みんな散《ち》らばつて刈《か》りはじめた。

喜三《きさ》ちやんが、刈《か》りながらそばへ寄《よ》つて来《き》て、

「早《はや》く刈《か》つて、山葡萄《やまぶだう》、見《み》にいくべや」とこつそり云《い》つた。

山葡萄《やまぶだう》のことを思《おも》ひ出《だ》すと、俺《おれ》は口《くち》が酸《す》つぱくなつて、唾《つば》がわいて来《き》た。一昨日《おとゝひ》の朝《あさ》、喜三《きさ》ちやんと俺《おれ》で、崖《がけ》の下《した》で見《み》つけといたんだ。東側《ひがしがは》の方《はう》は俺《おれ》んので、西側《にしがは》の方《はう》は喜三《きさ》ちやんのと、領分《りやうぶん》をきめて、指切《ゆびき》りをしといた。今日《けふ》あたり、いくらか色《いろ》がついてるかも知《し》れない。

俺《おれ》は、誰《だれ》より早《はや》く刈《か》りをへたので、喜三《きさ》ちやんにそつと相図《あひづ》して、一人《ひとり》でごそ〳〵藪《やぶ》の中《なか》へはひこんで行《い》つた。

山葡萄《やまぶだう》の房《ふさ》が、葉《は》つぱの影《かげ》から重《おも》さうにさがつてゐるのを見《み》ると、俺《おれ》は嬉《うれ》しくつて、一昨日《おとゝひ》見《み》つけた時《とき》の様《やう》に、胸《むね》がドキ〳〵して来《き》た。色《いろ》はまだまつ青《さを》だつたけど、気《き》のせゐかよつぽど太《ふと》つたやうに見《み》えた。俺《おれ》の領分《りやうぶん》の方《はう》のを、一《ひと》つちぎつて、食《た》べて見《み》たら、しぶすつぱくて、冷《つめ》たくて、すうつとして、薄荷《はつか》をつけたみたいにいゝ気持《きもち》だ。二《ふた》つ三《み》つ食《た》べた時《とき》後《うしろ》からごそ〳〵上《あが》つて来《く》る音《おと》がした。喜三《きさ》ちやんだらうと思《おも》つて、振《ふ》り向《む》いたら、源《げん》ちやんだつた。

「だめだぞ。これ、喜三《きさ》ちやんと俺《おれ》で見《み》つけたんだぞ。」

俺《おれ》がさう云《い》ふと、源《げん》ちやんは立《たち》どまつて、フフンといふやうな顔《かほ》をして、

「なんだ、そんなすつぱいの。ほしかねえぞ。」と云《い》つた。

俺《おれ》は、種子《たね》をほきだして、源《げん》ちやんといつしよに草場《くさば》へ戻《もど》つて来《き》た。もうみんな草《くさ》を刈《か》り終《を》へて、大沼《おほぬま》の方《はう》をむいて休《やす》んでゐた。

「源《げん》ちやんにめつかつたな。」

気《き》の弱《よわ》い喜三《きさ》ちやんは、俺《おれ》の耳《みゝ》に口《くち》をつけて、さう云《い》つて、つまんなさうに笑《わら》つた。

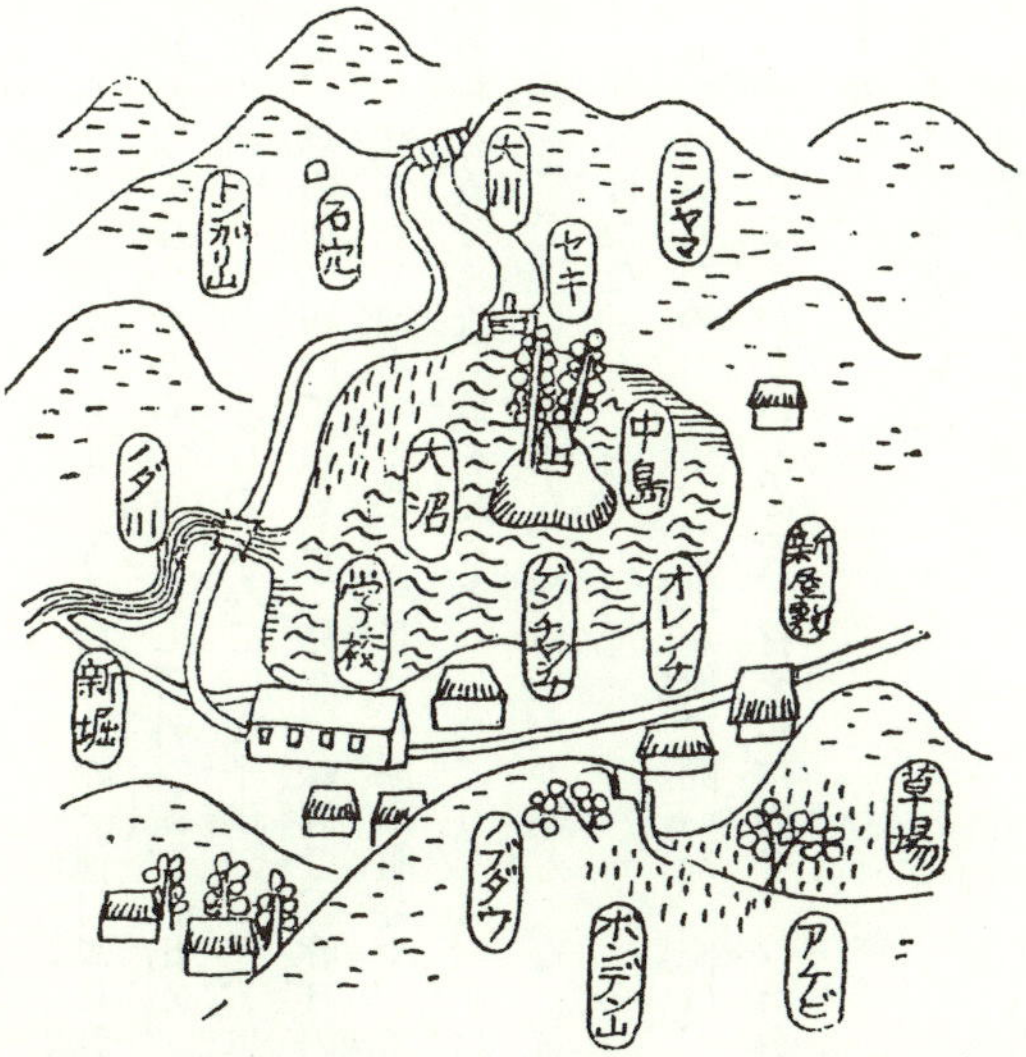

八月四日《ぐわつか》
夕方《ゆうがた》、街道《かいだう》でみんなで遊《あそ》んでゐたら、学校《がくかう》の方《はう》から、人力《じんりき》が二台《だいき》来て、新屋敷《しんやしき》の前《まへ》でとまつた。前《まへ》の俥《くるま》からは、いゝ着物《きもの》を着《き》た奥《おく》さまと、海軍服《かいぐんふく》を着《き》た女《をんな》みたいな顔《かほ》をした男《をとこ》の子《こ》がおりた。後《あと》の俥《くるま》からは洋服《やうふく》を着《き》てひげを生《は》やした偉《えら》さうな人《ひと》がおりた。

「あれがお父《とつ》さまだな。」と俺等《おれら》は小《ちひ》さい声《こゑ》で云《い》つた。

「どつから来《き》たんだんべ」

「東京《とうきやう》からだぞ。きつと。」なんて云《い》つてる中《うち》に、男《をとこ》の子《こ》は、俺等《おれら》をふりかへりもせず、さつさと中《なか》へ入《はい》つて行《い》つた。

「あれまあ。よく来《き》たねえ。」

「さあ、お上《あが》んなせえ、坊《ぼう》ちやま」

新屋敷《しんやしき》の人《ひと》が、みんなで出《で》て来《き》て云《い》ふ声《こゑ》がにぎやかに聞《きこ》えた。俺等《おれら》は門《もん》の前《まへ》に立《た》つて、羨《うらや》ましげに中《なか》をのぞきこんでゐた。そのうちに、お客様《きやくさま》は上《あが》つちやつたと見《み》えて、しいんとしちやつた。

しばらくして、

「帰《け》えんべや」と、源《げん》ちやんがつまんなさうに云《い》つた。

「うん、帰《けへ》んべ。」

俺等《おれら》は家《いへ》の方《はう》へのろ〳〵歩《ある》き出《だ》した。角《かく》ちやんが、
けえろがなくから
けええろ　けえろ
なんて、うたひだした。

八月《ぐわつ》五日《か》

朝《あさ》つぱらから、雨《あめ》がびちよ〳〵ふつてゐた。俺《おれ》は馬《うま》に秣《かひば》をかつて、用《よう》がなくなつたから、傘《かさ》をさして外《そと》へ遊《あそ》びに出《で》た。

新屋敷《しんやしき》の前《まへ》へくると、昨日《きのふ》の女《をんな》みていな子供《こども》のこと、思《おも》ひ出《だ》したんで、倉《くら》の横《よこ》へ廻《まは》つてのぞいて見《み》た。縁側《えんがは》で、昨日《きのふ》の子供《こども》が、ひとりぼつちで遊《あそ》んでゐた。今日《けふ》は、海軍服《かいぐんふく》ぢやなくて、飛白《かすり》の着物《きもの》を着《き》てゐた。俺《おれ》を見《み》ると、につこりして、手《て》に持《も》つてた赤《あか》い物《もの》をさし上《あ》げて見《み》せた。俺《おれ》は何《なん》だか嬉《うれ》しくなつて、笑《わら》ひ笑《わら》ひそばへ行《い》つた。

「君《きみ》、何《なん》ていふ名《な》なの」つて、子供《こども》が俺《おれ》に聞《き》いた。俺《おれ》は、君《きみ》なんて、いはれたことがないもんで、首《くび》をちぢめて、ペロンと舌《した》を出《だ》しちやつた。

「俺《おれ》、虎《とら》ちやんち名《な》だい。」

「さう。僕《ぼく》は敬一《けい》つて云《い》ふの」

「敬《けい》ちやんちんだね」

「あゝ。」

「お前《めえ》、東京《とうきやう》から来《き》たんけ。」

「あゝ。」

敬《けい》ちやんが持《も》つてゐた赤《あか》いものは、小《ちつ》ちやな玩具《おもちや》の汽車《きしや》だつた。

「これ、動《うご》くのけ」

「あゝ、よく動《うご》くよ。」

敬《けい》ちやんは、キリ〳〵と螺旋《ねぢ》をかけて手《て》を離《はな》した。汽車《きしや》は、縁側《えんがは》の上《うへ》を、勢《いきほひ》よく走《はし》り出《だ》した。俺《おれ》は、いくら見《み》てゐてもあきなかつた。敬《けい》ちやんに頼《たの》んで、何度《なんど》も走《はし》らせて貰《もら》つた。どんな仕掛《しかけ》になつてゐるんだんべと思《おも》つて、螺旋《ねぢ》のとこからのぞいて見《み》たら、家《うち》にある、柱時計《はしらどけい》の腹《はら》んなかみたいな機械《きかい》がいつぱいつまつてゐた。よく見《み》たかつたけれど、こはすと悪《わる》いと思《おも》つて、そうつと触《さは》つて見《み》て敬《けい》ちやんに返《かへ》した。

中《なか》から、昨日《きのふ》の奥《おく》さまが出《で》て来《き》て、

「あなた、よく遊《あそ》びに来《き》てくれた。毎日《まいにち》来《き》てちやうだい」つて、紙《かみ》に包《つゝ》んだお菓子《くわし》をくれた。俺《おれ》はおじぎの代《かは》りに、またペロンと舌《した》を出《だ》しちやつた。

家《うち》へ帰《かへ》つてお菓子《くわし》をたべ〳〵寝《ね》ころんでゐた。

八月《ぐわつ》十日《か》

今日《けふ》は喜三《きさ》ちやんと二人《ふたり》だけで草刈《くさか》りに行《い》つた。山葡萄《やまぶだう》のとこへ行《い》つて見《み》たら、誰《だれ》がしたんだか、みんな食《た》べちやつて、大《おほ》きい房《ふさ》なんてちつともない。

「きつと、源《げん》ちやんだぞ。」

と俺《おれ》が云《い》ふと、喜三《きさ》ちやんも、

「うん、さうだ。」

と怒《おこ》つて云《い》つた。こんどあつたら、ひどい眼《め》にあはしてやんべと相談《さうだん》して、山《やま》をおりた。俺《おれ》は、つまんなくてしようがないから、また敬《けい》ちやんとこへ遊《あそ》びに行《い》つた。出《で》て行《ゆ》くとき父《とう》ちやんが、

「虎《とら》、お前《めえ》この頃《ころ》、新屋敷《しんやしき》にゐる東京《とうきやう》から来《き》た坊《ぼつ》ちやまとこさ

遊《あそ》び行《い》ぐつちが、あの坊《ぼつ》ちやま、肺《はい》が悪《あり》いつち話《はなし》だぞ。それで東京《とうきやう》から来《き》たんだつち話《はなし》だぞ。うつりでもしたら大変《たいへん》だから、行《い》ぐんでねえぞ。」と云《い》つた。

俺《おれ》はそれでも行《ゆ》きたかつたから、父《とう》ちやんに知《し》れない様《やう》に行《い》つた。

敬《けい》ちやんは今日《けふ》も、いろんな玩具《おもちや》を出《だ》して見《み》せた。

「東京《とうきやう》にや、もつとあんのけ。」と俺《おれ》が聞《き》くと、敬《けい》ちやんは、

「あるよ。僕《ぼく》が一番《ばん》好《す》きなのは、自動車《じどうしや》なんだ。」

と云《い》つた。

「それ、やつぱりこんな小《ちつ》ちやいのけ。」

「うゝん、もつと大《おほ》きくて、僕《ぼく》がのつて歩《ある》けるんだよ。足《あし》で踏《ふ》むと、ずゐぶん早《はや》く走《はし》るよ。」

「そんぢや、人力《じんりき》になんど乗《の》んねえで、それさ乗《の》つて来《き》たらよかつたんべね。」

「だつて、玩具《おもちや》だもの。」

敬《けい》ちやんはわけのわかんねことを云《い》ふ子供《こども》だ。玩具《おもちや》なら乗《の》れねはずだと俺《おれ》は思《おも》つた。

「虎《とら》ちやんはどんな玩具《おもちや》があるの」つて敬《けい》ちやんが聞《き》いた。俺《おれ》は何《なん》にもねえんで、困《こま》つちやつた。それでも、やつと考《かんが》へて云《い》つた。

「俺《おら》、犬《いぬ》つころがあら。真白《まつしろ》で、鼻《はな》の尖《さき》だけ黒《くろ》い、かはいんだ。ころつて名《な》だよ。」

敬《けい》ちやんは眼《め》を丸《まる》くして、

「いゝねえ」と云《い》つた。

「それから。」

「それから、金石《きんいし》があら。ピカ〱で、こんな大《おつ》きなんだ。」

「それから。」

「それから、水晶石《すゐしやういし》に、白墨《はくぼく》が六本《ぽん》あら。そん中《なか》に、赤《あか》いのが一本《ぽん》あら。こんな長《なが》いんだよ。」

「いゝなあ！」

敬《けい》ちやんが、羨《うまや》ましさうに云《い》ふもんだから、俺《おれ》は本気《ほんき》につて、

「今度《こんど》くる時《とき》、持《も》つて来《き》て見《み》せべ。」

と約束《やくそく》した。

八月《ぐわつ》十二日《にち》

喜三《きさ》ちやんと俺《おれ》と、草刈《くさかり》に行《い》つてゐたら、そこへ源《げん》ちやんと作《さく》ちやんが、大籠《おほかご》をしよつて上《あが》つて来《き》た。俺《おれ》は、この間《あひだ》のことでずゐぶん怒《おこ》つてゐたから、

「源公《げんこう》、俺等《おいら》の山葡萄《やまぶだう》盗《と》つたな、お前《めえ》だな。」

と、大《おほ》きな声《こゑ》で云《い》つてやつた。そしたら、源《げん》ちやんは知《し》らん顔《かほ》をして、

「俺《おら》、知《し》んね。山葡萄《やまぶだう》は、猿《さる》だつて食《く》わ。」と云《い》つた。すると、作《さく》ちやんまで、

「そだ。山葡萄《やまぶだう》は、熊《くま》だつて食《く》わ」と口真似《くちまね》して云《い》つた。俺《おれ》は、それで、作《さく》ちやんも盗《と》つて食《く》つたんだなとわかつた。

弱虫《よわむし》の喜三《きさ》ちやんも、これをきくと、よつぽど腹《はら》が立《た》つたと見《み》えて、

「ふん、猿《さる》は猿《さる》でも、そこらの兀猿《はげざる》だんべ。」と云《い》つた。源《げん》ちやんの頭《あたま》に兀《はげ》があるので、わざと、さう当《あ》てこすりに云《い》つたんだ。

源《げん》ちやんは、かう云《い》はれると、真赤《まつか》んなつて、「う丶」と呻《うな》ると、拳固《げんこ》をふり上《あ》げて喜三《きさ》ちやんにぶつてかゝつた。喜三《きさ》ちやんは、あわて丶、俺《おれ》の方《はう》へ逃《に》げて来《き》た。「何《なん》だ、自分《じぶん》が悪《わり》いくせに。」と、俺《おれ》は横《よこ》から源《げん》ちやんを、力《ちから》いつぱい突《つ》き飛《と》ばした。源《げん》ちやんはよろけて行《い》つて、ドタリと転《ころ》んだつけが、急《きふ》に、ワーツと泣《な》きだすと、片《かた》つぽの足首《あしくび》を抱《かゝ》えて突《つ》つぷしちやつた。

俺等《おれら》は、びつくりして傍《そば》へよつて見《み》ると、源《げん》ちやんの足平《あしつぴら》から、血《ち》がボト〳〵出《で》てゐた。源《げん》ちやんは転《ころ》んだへうしに、鎌《かま》を踏《ふ》みつけたんだ。俺等《おれら》はどうしたらい丶かわかんなかつた。「俺《おら》が、したんでねえぞ。」と、喜三《きさ》ちやんが青《あを》い顔《かほ》して、ふるへ声《ごゑ》で云《い》つた。

俺《おれ》はすこしして、気《き》がついて、帯《おび》を引《ひ》きさいて繃帯《ほうたい》をつくつた。それから喜三《きさ》ちやんと作《さく》ちやんに、血止《ちど》め草《ぐさ》を集《あつ》めらせて、それを傷口《きづぐち》にあて丶、しつかり巻《ま》いた。それから、作《さく》ちやんの帯《おび》と俺《おれ》んのとを結《むす》び合《あは》せて、源《げん》ちやんをおぶつた。ひよろ〳〵して倒《たふ》れさうだつたけど、やつとこらへて、作《さく》ちやんと喜三《きさ》ちやんに後《うしろ》をおさへて貰《もら》つて、そろ〳〵と山《やま》を下《お》りた。

途中《とちう》で、作《さく》ちやんに代《かは》つてもらつた。俺《おれ》と作《さく》ちやんは、源《げん》ちやんちの門口《かどぐち》につくまで、一口《ひとくち》も口《くち》をきかなかつた。喜三《きさ》ちやんは、その間《あひだ》に何度《なんど》も、ひとりで、「俺《おら》がしたんでねえぞ」と云《い》つた。

俺《おれ》は、喜三《きさ》ちやんが小憎《こにく》らしくなつた。

源《げん》ちやんちへついても、俺《おれ》は気《き》がとがめて、中《なか》へはいれなかつた。

「痛《いた》いかい、源《げん》ちやん。勘弁《かんべん》してくんな、な。」

俺《おれ》は、その時泣《ときな》きながら、作《さく》ちやんの背中《せなか》の源《げん》ちやんにあやまつた。源《げん》ちやんは、まつ青《さを》な顔《かほ》をしてゐたが、怒《おこ》つてる様子《やうす》はなくつて、

「あんな、虎《とら》ちやん。草場《くさば》の端《はづ》れに、通草《あけび》めつけといたから、あれお前《めえ》にやつから、山葡萄《やまぶだう》とつたこと勘弁《かんべん》してくんな」と、小《ちい》さい声《こゑ》で云《い》つた。

俺《おれ》は、ほんとに飛《と》んだことしちまつたと思《おも》つて、溜息《ためいき》つき〳〵、草場《くさば》へ、置《お》いて来《き》た籠《かご》と鎌《かま》とをとりに帰《かへ》つて行《い》つた。

八月十三日《ぐわつにち》

新屋敷《しんやしき》の敬《けい》ちやんとこへ、約束《やくそく》のこ丶ろをつれて、金石《きんいし》と、水晶石《すゐしやういし》と、白墨《はくぼく》を持《も》つて行《い》つて見《み》せた。敬《けい》ちやんはずゐぶん喜《よろこ》んだ。

俺等《おれら》は、こ丶ろを縁側《えんがは》にころばして、蚤《のみ》のとりつこをして遊《あそ》んだ。

そのうちに、俺《おれ》は、昨日《きのふ》の源《げん》ちやんのこと思《おも》ひだしたもんで、だん〳〵面白《おもしろ》くなくなつて来《き》た。敬《けい》ちやんに、赤《あか》い白墨《はくぼく》を半分《はんぶん》やつて、「さいなら」をして帰《かへ》つて来《き》た。

家《うち》へはいらうとすると、父《とう》ちやんと母《かあ》ちやんが、炉傍《ろばた》で何《なん》だか心配《しんぱい》さうに話合《はなしあ》つてゐた。俺《おれ》は昨日《きのふ》のことがあるもんで、ビク〳〵して戸口《とぐち》に立《た》つてゐた。そしたら父《とう》ちやんが、

「虎《とら》！」つて大《おほ》きな声《こゑ》で云《い》つた。俺《おれ》は、ヒヤツとした。

「手前《てめえ》、昨日《きのふ》なにした。母《かあ》ちやんが、源《げん》ちやんげ行《い》つて、みんな聞《き》いて来《き》たつちぞ。」

俺《おれ》は、胸《むね》が痛《いた》くなるほど、ドキ〳〵しだしたけど、知《し》んねふりして、しやがんでころの頭《あたま》なでてゐた。

「あんな大怪我《おほけが》させて、手前《てめえ》、なんちつてあやまる気《き》だ。」と、また父《とう》ちやんがどなつた。

「そんなに怒《おこ》んねでもよかんべ。間違《まちげ》えなんだから……なあ、虎《とら》。中《なか》へ入《へえ》れ。」と、母《かあ》ちやんが云《い》つた。

俺《おれ》は、それ聞《き》くと、急《きふ》に悲《かな》しくなつて、涙《なみだ》がボトボト、ころの背中《せなか》に落《お》ちた。

「なんね」と父《とう》ちやんが突《つ》つころばすやうに云《い》つた。

「入《へえ》つちやなんね。源《げん》ちやんげ行《い》つてあやまつて来《こ》ねうちは、決《けつ》して家《うち》へ入《へえ》らせねかんな。」

俺《おれ》は、とう〳〵おん〳〵泣《な》き出《だ》した。母《かあ》ちやんもそれつきり入《はい》れと云《い》はなかつた。

しばらく泣《な》いてたけど、仕方《しかた》がないので源《げん》ちやんちの方《はう》へ、のろ〳〵歩《ある》きだした。ころもあとについて来《き》た。

俺《おれ》は、源《げん》ちやんちの垣根《かきね》んとこへ行《い》つて、長《なが》いこと立《た》つてゐた。誰《だれ》も出《で》てこなかつた。庭《には》ん中《なか》で、牝鶏《めんどり》が、ひよつこを三羽《ば》連《つ》れて餌《ゑさ》をさがしてゐた。俺《おれ》は、入《はい》るべか、入《はい》んめかと思《おも》ひ思《おも》ひ、ぼんやりそれを眺《なが》めてゐたが、どうしてもはいりづらくて、たうとうまた垣根《かきね》んとこ離《はな》れちやつた。家《うち》へ帰《かへ》ることはできぬし、泣《なき》つ面《つら》を人《ひと》に見《み》られるのはいやだし、俺《おれ》は、田圃《たんぼ》をぬけて、いつも鮒釣《ふなつ》りに行《ゆ》く、大沼《おほぬま》の岸《きし》の芝原《しばつぱら》の方《はう》へ歩《ある》いて行《い》つた。

葦《あし》を押《お》しわけておりて行《ゆ》くと、岸《きし》の芝《しば》の上《うへ》に、乞食《こじき》のバカ亀《がめ》が、寝《ね》ころんでゐた。

俺《おれ》は、少《すこ》し離《はな》れたとこへ寝《ね》ころんだ。バカ亀《がめ》は、俺《おれ》の方《はう》を見《み》むきもしないで、何《なに》かクチヤ〳〵噛《か》んでゐた。

「亀《かめ》、なに食《く》つてんだ。」と俺《おれ》が少《すこ》したつて聞《き》いた。バカ亀《がめ》は、ごろりとこつちへ向《む》き直《なほ》つて、手《て》に持《も》つてるものを見《み》せた。太《ふと》いスカンボの茎《くき》だつた。

「うめえか。」

バカ亀《がめ》は、首《くび》をコクンとさせて、また向《むか》ふをむいて、ボリ〳〵音《おと》を立《た》て、噛《か》みはじめた。

俺《おれ》は、沼《ぬま》の方《はう》を見《み》ながら、いろんな事《こと》を考《かんが》へた。源《げん》ちやんち行《い》つてあやまつたつて、勘弁《かんべん》してくんねかも知《し》んね。そしたら、家《うち》へ帰《かへ》れねし、俺《おれ》は、バカ亀《がめ》みたいな乞食《こじき》になつちまふんだ、なんて思《おも》つた。

源《げん》ちやんが癒《なほ》んなかつたら、どうしべ。傷《きず》から毒《どく》がはいると大変《たいへん》だつち話《はなし》だ。俺《おれ》はほんとに悪《わり》い子《こ》だ。みんなに心配《しんぺい》ばつかりかけてんだから。どつか遠《とほ》くへ行《い》つちまふべか、なんてまた思《おも》つた。

俺《おれ》ばつかり悪《わり》いんぢやねんだ。喜三《きさ》ちやんだつて悪《わり》いんだ。一番《ばん》もとは源《げん》ちやんが悪《わり》いんだ。それを父《とう》ちやんが俺《おれ》ばつかり悪《わり》いやうに云《い》ふなんて無理《むり》だ。俺《おら》、かまはね。よせねんなら家《うち》へ帰《けへ》らねからいゝ。そんな憎《にく》い子供《こども》なんぞ、父《とう》ちやんはいらねんだんべ。なんても思《おも》つた。

沼《ぬま》ん中《なか》の、葦《あし》の茂《しげ》つた向《むか》ふに、中島《なかじま》がちよんぼり浮《う》いて見《み》えた。俺《おれ》は、それを見《み》てるうちに、さうだ、あすこへ行《い》つちまはう。と、急《きふ》に思《おも》ひついた。あすこなら誰《だれ》にも解《わか》りつこない。昼《ひる》間《ま》は島《しま》で遊《あそ》んでて、夜《よる》んなつたら、こつそり村《むら》へ帰《かへ》つて来《き》て食《たべ》物《もの》を探《さが》せばいゝんだ。——さうきまると、俺《おれ》は胸《むね》ん中《なか》が楽々《らく〳〵》した。

「ころ、お前《めえ》も連《つ》れてつてやんべ、な。俺《おれ》とお前《めえ》と二人《ふたり》で島《しま》でくらすんだぞ。」と云《い》つて、頭《あたま》をなでてやつたら、ころも嬉《うれ》しげにしつぽをふつた。

俺《おれ》は、夕方《ゆふがた》までそこで、バカ亀《がめ》と一緒《しよ》に寝《ね》ころんでゐた。それから、沼《ぬま》の岸《きし》を通《とほ》つて、野田川《のだがは》の口《くち》まで歩《ある》いて行《い》つた。野田《のだ》川《がは》の口《くち》から舟《ふね》を出《だ》すと、水脈《みを》がちやうど中島《なかじま》のすぐ傍《そば》を通《とほ》つて、大河《おほかは》の堰《せき》んとこへ落《お》ちて行《ゆ》く。

だから竿《さを》が使《つか》へなくても、中島《なかしま》へ渡《わた》れる事《こと》を俺《おれ》は知《し》つてゐた。

もううす暗《くら》かつた。川《かは》の口《くち》に、小《ちひ》ちやい葦刈舟《あしかりぶね》が三《みつ》つつないであつた。俺《おれ》は、ころを抱《かゝ》へて、その真中《まんなか》んのに乗《の》つた。

固《かた》くしばつてある綱《つな》を、骨折《ほねを》つてほどくと、舟《ふね》は、葦《あし》の葉《は》をこすりながら、だん〳〵沼《ぬま》ん中《なか》へ流《なが》れ出《だ》した。

沼《ぬま》ん中《なか》へ出《で》て見《み》ると、まだよつぽど明《あか》るかつた。中島《なかじま》も、すぐ向《むか》ふに見《み》えた。ころは、初《はじ》めて舟《ふね》にのつたもんだから、おつかながつて、クン〳〵ないてゐた。

「もう、すぐだかんな」

俺《おれ》は、さう云《い》つて、せつせと両手《りやうて》で水《みづ》をかいた。

やうやう、中島《なかじま》の、舟《ふね》をつける杭《くひ》んとこに来《き》た。俺《おれ》は、それにつかまつて、うんうん云《い》つて向《むき》をかへた。

一人《ひとり》だからずゐぶん骨《ほね》が折《を》れた。流《なが》れない様《やう》に綱《つな》をしつかりしばりつけて置《お》いて、ころを抱《だ》いて、島《しま》の上《うへ》へ飛《と》び上《あが》つた。

小《ちつ》ちやい島《しま》だから、樹《き》が二本《ほん》しか生《は》えてゐない。その下の、小《ちつ》ちやいお宮《みや》の前《まへ》に、ころといつしよに腰《こし》かけた。

だん〳〵暗《くら》くなつて、お星様《ほしさま》が光《ひか》りだした。ころは淋《さび》しがつて、クンクン云《い》ひながら、俺《おれ》の足《あし》をなめてゐる。

俺《おれ》も、淋《さび》しくなつて、つまんねことした様《やう》な気《き》がして来《き》た。家《うち》の方見《はうみ》ようと思《おも》つたが、葦《あし》がしげつてるのでちつとも見《み》えない。トンガリ山《やま》の、バカ亀《がめ》が住《す》んでる岩穴《いはあな》の燈《あかり》だけが、高《たか》いところにあるもんで、ポツチリ見《み》える。

俺《おれ》はそれを、いつまでも眺《なが》めてゐた。

八月《ぐわつ》十四日《か》

眼《め》をあいたら、父《とう》ちやんの顔《かほ》が見《み》えた。その上《うへ》に葉《は》つぱが見《み》えて、その上《うへ》にまつ青《さを》な空《そら》が見《み》えた。俺《おれ》は初《はじ》めのうちは、どこにゐるんだかわからなかつた。そのうち、だん〳〵昨日《きのふ》のこと思《おも》ひ出《だ》した。

父《とう》ちやんに叱《しか》られて、源《げん》ちやんちへあやまり行《い》つたこと、バカ亀《がめ》といつしよに、芝原《しばはら》にころがつてゐたこと、家《うち》へ帰《かへ》れねで、芦刈舟《あしかりぶね》に乗《の》つて、中島《なかじま》へ渡《わた》つたこと……そして、

「さうだ。こゝは中島《なかじま》なんだつけな」と、やつと気《き》がついた。

俺《おれ》は、父《とう》ちやんが怒《おこ》つてるかと思《おも》つて、そつとその顔《かほ》つきを見《み》た。

父《とう》ちやんは、何《なん》にも云《い》はねで、俺《おれ》のこと抱《だ》きあげて、舟《ふね》ん中《なか》へ連《つ》れてつた。舟《ふね》にのる時俺《ときおれ》の懐《ふところ》から、金石《きんせき》がすべり出《だ》して、ボチヤンと水《みづ》の中《なか》に落《お》つこつちやつた。

父《とう》ちやんは、俺《おれ》の次《つぎ》にころを抱《か》ゝへこんだ。それから、綱《つな》をといて、俺《おれ》の乗《の》つて来《き》た芦刈舟《あしかりぶね》を、父《とう》ちやんの舟《ふね》の舳《とも》にしばりつけた。

父《とう》ちやんは、黙《だま》つて竿《さを》をつかひ出《だ》した。俺《おれ》も、黙《だま》つて坐《すわ》つてゐた。舟《ふね》は、だん〳〵中島《なかじま》を離《はな》れて、広《ひろ》い水脈《みを》に出《で》て行《い》つた。

すると、父《とう》ちやんが、舟《ふね》の隅《すみ》つこにころがつてゐた風呂敷《ふろしき》包《づつみ》を指《ゆび》さして、

「虎《とら》、それあけて見《み》ろ」つて、初《はじ》めて口《くち》きいた。

あけて見《み》たら、大《おほ》きな握《にぎ》り飯《めし》と、胡瓜《きうり》のおこうこが一本《いつぽん》はいつてゐた。俺《おれ》は、昨日《きのふ》つから、何《なん》にも食《た》べねから、ずゐぶん喜《よろこ》んだ。蚊《か》にくはれたとこ、ボリ〳〵かきながら、握《にぎ》り飯《めし》と胡瓜《きうり》を、かはりばんこに嚙《かぢ》つた。

「虎《とら》、うめえか、」

父《とう》ちやんが俺《おれ》を見《み》て、笑《わら》ひ〳〵云《い》つた。俺《おれ》は、父《とう》ちやんが怒《おこ》つてねのがわかつて嬉《うれ》しかつた。

舟《ふね》を、新堀《しんぼり》の落《お》ち口《ぐち》につけて、岸《きし》へ上《あが》つた。

俺《おれ》は、誰《たれ》でも昨日《きのふ》のこと知《し》つてるやうな気《き》がして、人《ひと》に顔見《かほみ》られるのがはづかしかつた。父《とう》ちやんの袂《たもと》につかまつて、小《ちつ》ちやくなつて歩《ある》いた。

母《かあ》ちやんが、俺《おれ》こと見《み》つけて、門口《かどぐち》までとんで出《で》た。そして、首《くび》んとこ、痛《いた》いほどウンとつかまへた。きつと、又逃《またに》げ出《だ》されちや大《たい》へんだと思《おも》つたのかも知《し》れぬ。

「虎《とら》、お前《めえ》、どこさ行《い》つてた。」

さう云《い》つて、母《かあ》ちやんは泣《な》いたり笑《わら》つたりした。俺《おれ》も、母《かあ》ちやんにしがみついて、おん〳〵泣《な》いちやつた。

あとで、母《かあ》ちやんが、

「あんなつまんねこと、するもんでねえぞ。父《とう》ちやんがどんげ心配《しんぱい》したかしんね。父《とう》ちやんな、昨夜一晩中《ゆふべひとばんぢう》、お前《めえ》のことめつけて歩《ある》いたんだ。お前《めえ》が中島《なかじま》さ行《い》つたつち話《はなし》は、バカ亀《かめ》から聞《き》いて、やつとわかつたんだちけ。」と、俺《おれ》に話《はな》して聞《き》かせた。

「バカ亀《かめ》は、どうして知《し》つてたんべ。きつと俺《おれ》が舟《ふね》にのるとこ、どこかで見《み》てたんだな。」と俺《おれ》は思《おも》つた。

八月《ぐわつ》十六日《にち》
草刈《くさかり》の帰《かへ》りに、たうもろこしをかいて来《き》て焼《や》いて食《た》べた。そしたら、源《げん》ちやんつ妹《いもうと》とおなほちやんが背戸《せと》から入《はい》つて来《き》て、

「これ、兄《あん》ちやがよこしたよ。」つて俺《おれ》に手紙《てがみ》を渡《わた》して行《い》つた。

拝啓《はいけい》、私《わたし》は足《あし》がよつぽどよくなつて、毎日《まいにち》たいくつでしようねく候《さふらふ》。今日《けふ》あそびに来《き》て下《くだ》されたく候《さふらふ》。さきをととひ虎《とら》ちやんの父《とう》ちやんが来《き》て、虎《とら》ちやんが見《み》えなくなつたと云《い》ひ候《さふらふ》。みんなたまげ候《さふらふ》。今日《けふ》中島《なかじま》に行《い》つてたつてきいて安心申上《あんしんまうしあげ》候《さふらふ》。私《わたし》の父《とう》ちやんも母《かあ》ちやんも怒《おこ》つてゐねえから、どうか遊《あそ》びに来《き》て下《くだ》されたく候《さふらふ》。

小山源作《こやまげんさく》

岡田虎蔵様《をかだとらざうさま》

鉛筆《えんぴつ》で、綴方帳《つゞりかたちやう》の紙《かみ》にていねいにかいてあつた。

俺《おれ》は読《よ》んぢやつてから、どうすべと考《かんが》へたが、行《い》かねぢやすまねやうな気《き》がした。それで、たうもろこしを噛《かぢ》りながら源《げん》ちやんちの方《はう》へのろ〳〵歩《ある》いて行《い》つた。

さきをととひ、覗《のぞ》いた垣根《かきね》んとこへ立《た》つて、のぞいて見《み》たら、源《げん》ちやんは、椽側《えんがは》に腰《こし》かけて、繃帯《ほうたい》をまいた足《あし》をぶらぶらさせてゐた。

「源《げん》ちやん」

俺《おれ》はそつと呼《よ》んで見《み》た。

源《げん》ちやんは、こつちへ顔《かほ》をむけて、俺《おれ》のこと見《み》つけると、笑《わら》ひ出《だ》して、

「虎《とら》ちやん、来《き》なよ。誰《だれ》もゐねんだから。」と云《い》つた。

俺《おれ》は馳《か》けて行《い》つて、源《げん》ちやんの傍《そば》へ、ならんで腰《こし》をおろした。

「手紙《てがみ》、ありがたう。」って俺《おれ》が云《い》つた。

「足《あし》、まだ痛《いた》いけ。」

「うゝん、押《お》さなけりや、痛《いた》かねよ。」

「歩《ある》けなかんべ、ね。」

「歩《ある》けるとも。お医者《いしゃ》さまは、まだいけねつて云《い》ふんだけど俺《おら》、昨日《きのふ》から歩《ある》いてら。何《なん》ともねえもん。」

「さうけ。よかつたなあ。」

俺《おれ》は、源《げん》ちやんの、繃帯《ほうたい》でくるんだ足《あし》つ首眺《くびなが》めて、ひとりで溜息《ためいき》が出《で》た。

源《げん》ちやんは、向《むか》ひの物置《ものおき》の軒《のき》を指《ゆび》さして、

「あすこに蜂《はち》の巣《す》があんだよ。俺《おら》、寝《ね》て、めつけたんだ。足《あし》がなほつたら、取《と》つてくれべと思《おも》つて。」と云《い》つた。地蜂《ぢはち》のやうな小《ちひ》さい蜂《はち》が、何匹《なんびき》も出《で》たり入《はい》つたりしてゐるのが見《み》えた。

「そん時《とき》は、虎《とら》ちやんも手伝《てつだ》つてくんな。な。」

「うん。」

そんなこと、話《はな》してるうち、源《げん》ちやんの母《かあ》ちやんが、籠《かご》を背負《しよ》つて野良《のら》から帰《かへ》つて来《き》た。俺等《おれら》が仲《なか》よく並《なら》んで話《はなし》してるのを見《み》ると、にこ〳〵して、

「虎《とら》ちやんけ。よく来《き》たね」って云《い》つた。

俺《おれ》は、真赤《まつか》んなつて下《した》むいちやつた。

源《げん》ちやんに、中島《なかじま》へ泊《とま》つた時《とき》の話《はなし》して、足《あし》が癒《なほ》つたら二人《ふたり》で遊《あそ》びに行《い》ぐべと約束《やくそく》した。それから、新屋敷《しんやしき》の敬《けい》ちやんとこへも連《つ》れてつてやる約束《やくそく》した。

源《げん》ちやんの母《かあ》ちやんが、まくわ瓜《うり》切《き》つてきて、

「仲《なか》よくしてくんな。な、虎《とら》ちやん」て云《い》つて、半分《はんぶん》づつわけ

てくれた。俺《おれ》は、返事《へんじ》が出来《でき》ねで、黙《だま》つてコツクリして、瓜《うり》を貰《もら》つた。

八月《ぐわつ》十七日《にち》

夕方《ゆふがた》、新屋敷《しんやしき》へ遊《あそ》び行《い》つた。しばらく行《い》がなかつたもんで敬《けい》ちやんはずゐぶん喜《よろこ》んだ。縁側《えんがは》で、絵本《ゑほん》見《み》てたら、垣根《かきね》んとこで、大《おほ》きな声《こゑ》で、誰《たれ》だかはやしはじめた。

家《い》んなかべんけい　ぐずべんけい
おらがそんなに　おつかねか
外《そと》へも出《で》らんね　やあいやい

俺《おれ》は、敬《けい》ちやんこと悪《わる》く云《い》ふんだと思《おも》つたから、はやしやめて、今度《こんど》は砂利《じやり》を投《な》げこんだ。

「誰《だれ》だ」つてどなつてやつた。そしたら、
庫《くら》のわきから廻《まは》つて行《い》つて見《み》たら、喜三《きざう》ちやんと、角《かく》ちやんと、利平《りへい》と、五郎《ごらう》ちやんだつた。

「何《なに》すんだ。」

俺《おれ》が云《い》ふと、みんな、俺《おれ》なもんだから、びつくりしたつけが、負《ま》けね気《き》になつて、

「何《なん》でえ、東京《とうきやう》の弱虫《よわむし》こと贔負《ひいき》して、何《なん》でえ。」つて、か丶つて来《き》た。

「お前等《めえら》が弱虫《よわむし》だい。敬《けい》ちやんは病気《びやうき》なんだつちぞ。病気《びやうき》の子《こ》供《ども》に、大勢《おほぜい》でか丶るなんて、さう云《い》ふの、卑怯《ひきよう》つちんだぞか丶つか。か丶つか。」

さう云《い》つて、俺《おれ》は落《お》つこつてた竹棒《たけんぼ》ひらつて、ぐん〳〵押《お》してつた。俺《おれ》が本気《ほんき》になつたもんだから、みんなはか丶れぬで、ぐづ〳〵してたつけが、そのうち、悪口云《わるぐちい》ひ〳〵逃《に》げてつちやつた。

竹棒《たけんぼ》うつちやつて、椽側《えんがは》んとこへ帰《かへ》つてくると、敬《けい》ちやんが青《あを》い顔《かほ》して立《た》つてゐた。

「大丈夫《だいじやうぶ》だよ、敬《けい》ちやん。俺《おれ》が、いつだつて助《たす》けてやつかんね。あんな奴等《やつら》にや、負《ま》けねかんね。」

俺《おれ》はいばつて云《い》つた。

「六年生《ねんせい》ぢや、俺《おれ》と、源《げん》ちやんち子《こ》が一番強《ばんつえ》えんだ。源《げん》ちやんも、敬《けい》ちやんと仲《なか》よしになりたがつてんだよ。」

「さう。それぢや、今度《こんど》連《つ》れて来《き》てね。」

「うん。」

俺《おれ》は、源《げん》ちやんと中島《なかじま》へ行《い》く約束《やくそく》したこと思《おも》ひ出《だ》して、

「敬《けい》ちやん、舟《ふね》さ乗《の》つたことあつけ。」つて聞《き》いた。

「ボートなら、あるよ」つて敬《けい》ちやんが云《い》つた。

「それぢや、今度《こんど》、中島《なかじま》へ渡《わた》つて見《み》ねけ。面白《おもしろ》いよ。お弁当《べんと》もつて、釣竿《つりざを》もつて、行《い》ぐんだよ。俺《おら》、源《げん》ちやんと行《い》ぐべつて約《やく》束《そく》したんだ。三人《さんにん》ならよけい面白《おもしろ》いもの。」

「あ丶、ほんとに連《つ》れてつてくれる。」つて、敬《けい》ちやんはやつと元気《げんき》な声《こゑ》を出《だ》した。

「虎《とら》ちやんとなら、母《かあ》ちやんもきつとい丶つて云《い》ふよ。」

俺《おれ》は、指切《ゆびき》りして家《うち》へ帰《かへ》つて来《き》た。

俺《おれ》は、喜三《きざう》ちやんがだん〳〵嫌《きら》ひになる。そして、源《げん》ちやん

がだん〳〵好《す》きになる。

八月《ぐわつ》二十日

今日《けふ》、学校《がくかう》の招集日《せうしうび》だつた。

源《げん》ちゃんが来《き》てゐた。俺《おれ》は、あんなに云《い》つたつて、まだ外《そと》へは出《で》られねんだんべと思《おも》つてゐたから、源《げん》ちゃんこと見《み》た時《とき》は、嬉《うれ》しくつて、胸《むね》がドク〳〵した。

みんなで、庭《には》に並《なら》んで、校長先生《かうちやうせんせい》からお話《はなし》を聞《き》いた。それから、花壇《くわだん》の手入《てい》れをした。

俺《おれ》の植《う》えたカンナが、背《せい》ぐらゐも高《たか》くなつて、奇麗《きれい》なしぼりの花《はな》が咲《さ》いてゐた。高木先生《たかぎせんせい》が、

「こりや、珍《めづ》らしい花《はな》だぞ。岡田《をかだ》、大事《だいじ》んしろ。」つて云《い》つた。

俺《おれ》は、風《かぜ》に倒《たふ》されねやうに竹《たけ》でつつかへ棒《ぼう》を立《た》てゝやつた。

川東《かはひがし》の春《はる》ちやんが、土《つち》をいぢりながら、

「俺等《おいら》、今日《けふ》トンガリ山《やま》さ行《い》ぐんだ」つて云《い》つた。

「何《なに》しに。」

「バカ亀《かめ》が、病気《びやうき》で寝《ね》てんだよ。腐《くさ》つたものでも食《く》つたんだんべつち話《はなし》だ。うんうん呻《うな》つてら。」

「それ、見《み》に行《い》ぐのけ。」

「うん。」

俺《おれ》は、芝原《しばつぱら》で、バカ亀《かめ》がクチヤ〳〵すつかんぽの茎《くきか》嚙んでたこと思《おも》ひ出《だ》して、かはいそな気《き》がした。

「薬《くすり》なんて、無《ね》んだんべな。」

「無《ね》えとも。そんなもん。」

「そんぢや、バカ亀《かめ》は、死《し》んぢまふかも知《し》んねな。」

「うん。死《し》んでつかも知《し》んね。今《いま》ごろ。」

春《はる》ちやんは平気《へいき》な顔《かほ》して、かう云《い》つて、井手端《ゐどばた》の方《はう》へ手《て》を洗《あら》ひにかけてつた。

俺《おれ》は、川東《かはひがし》の組《くみ》といつしよに、トンガリ山《やま》へ行《い》つて見《み》べと源《げん》ちやんに相談《さうだん》した。

花壇《くわだん》の手入《てい》れがすむと、家《うち》へかけてつて、薬《くすり》袋《ぶくろ》ん中《なか》から赤《あか》玉《だま》を五粒《いつゝぶ》出《だ》して来《き》た。源《げん》ちやんは、握《にぎ》り飯《めし》と、梅干《うめぼし》を竹《たけ》の皮《かは》へくるんで持《も》つて来《き》た。

野田川《のだがは》の、橋《はし》んとこで、川東《かはひがし》の組《くみ》に追《お》つついて、それからガヤ〳〵しやべりながら、トンガリ山《やま》の下《した》まで歩《ある》いて行《い》つた。

「源《げん》ちやん、上《のぼ》れつか、お前《めえ》。」

「上《のぼ》れつとも。」

「そろ〳〵上《あが》んべ。な。」

みんなの後《あと》から、ゆつくり〳〵上《あが》つて行《い》つた。俺等《おれら》が石穴《いしあな》の口《くち》についた時《とき》は、川東《かはひがし》の組《くみ》は、もう穴《あな》の口《くち》にかたまつて、中《なか》をのぞきこんでゐた。

まくわ瓜《うり》の皮《かは》だの、ぼろつ布《きれ》だの、汚《きた》ないものがいつぱいそこらに散《ち》らかつてゐた。

「餓鬼《がき》ら、みせ物《もん》ぢやねえぞ！」

穴《あな》ん中《なか》から、大声《おほごゑ》でどなつて、バカ亀《かめ》のおかみさんのお勝乞《かつこ》食《じき》が出《で》て来《き》た。頭《あたま》の毛《け》をもぢや〳〵垂《た》らして、片眼《かため》つこ光《ひか》らして、おつかない顔《かほ》してゐた。

みんなは、ワツといつて、穴《あな》の口《くち》から逃《に》げ出《だ》した。俺《おれ》と源《げん》ちやんは、逃《に》げねで立《た》つてゐた。

「薬《くすり》やんべ。」

俺《おれ》は、赤玉《あかだま》を手《て》つ平《ひら》へ乗《の》せて出《だ》した。

「これ、水《みづ》といつしよに飲《の》むんだよ。」

源《げん》ちやんも、竹《たけ》の皮《かは》の包《つゝ》みを出《だ》した。

「こんなかに飯《めし》と梅干《うめぼし》がはいつてら。亀《かめ》さんに食《た》べさせな。」

お勝乞食《かつこじき》は、怒《おこ》つたやうな顔《かほ》して、俺《おれ》と源《げん》ちやんを睨《にら》めてゐたつけが、いきなり、ひつたくるみたいに、薬《くすり》と竹《たけ》の皮《かは》をつかんで、穴《あな》ん中《なか》へひつこんでつちやつた。

のぞいて見《み》ると、薄暗《うすぐら》い隅《すみ》つこの方《はう》に、ぼろ布《ぎれ》にくるまつて、バカ亀《かめ》が寝《ね》てゐた。お勝乞食《かつこじき》は、そこへ坐《すわ》つて、何《なん》だが小《ち》ちやな声《こゑ》でしやべてゐた。

お勝乞食《かつこじき》がひつこんだの見《み》ると、みんなは又《また》ぞろ〳〵穴《あな》の口《くち》へ集《あつ》まつて来《き》た。

「帰《けへ》んべ、な、虎《とら》ちやん。」

「うん、帰《けへ》んべ。」

俺等《おれら》は、みんなにかまはねで、トンガリ山《やま》を下《お》りて来《き》た。バカ亀《かめ》はほんとに死《し》ぬかも知《し》れぬ。どうして死《し》ぬなんちことがあるんだんべ。父《とう》ちやんも母《かあ》ちやんも死《し》ぬんだんべか。俺《おれ》も死《し》ぬんだんべか。

「源《げん》ちやん、お前《めえ》、死《し》ぬつちこと、考《かんげ》たことあつけ。」

「うん。」

「死《し》んだら、どうなんだんべ。」

「また生《うま》れかはつて来《く》んだと。いゝことした者《もの》あ、いゝとこさ生《うま》れてくるし、悪《わる》いことした者《もの》あ、悪《わる》いとこさ生《うま》れてくんだちけ。」

「俺《おら》、そりや作《つく》り話《ばなし》だと思《おも》ふな。死《し》んだら、卵塔場《らんとば》で、腐《くさ》つちやうんだ。人間《にんげん》だつて、犬《いぬ》だつて猫《ねこ》だつて、みんなさうだもん、俺《おら》、それ考《かんげ》つとつまんねくなつちやう。」

そんな話《はなし》しながら、家《うち》さ帰《かへ》つて来《き》た。

八月《ぐわつ》二十一日《にち》
父《とう》ちやんは、俺《おれ》のことちつとも叱《しか》んなくなつた。新屋敷《しんやしき》へ遊《あそ》びに行《い》つても、この頃《ごろ》は何《なん》とも云《い》はぬ、今朝《けさ》、

「源《げん》ちやんと、新屋敷《しんやしき》の敬《けい》ちやんと、三人《さんにん》で中島《なかじま》へ行《い》ぐんだよかんべ、父《とう》ちやん。」て聞《き》いたら、

「うん」て云《い》つて、「お前《めえ》、舟漕《ふねこ》げめ。父《とう》ちやんが漕《こ》いでつてやんべか」つて云《い》つた。

「ほんとけ、父《とう》ちやん」

俺《おれ》は嬉《うれ》しくつて、ぴよん〳〵家《うち》の中《なか》をとんで歩《ある》いた。

「そんぢや、新堀《しんぼり》の口《くち》さ、舟《ふね》、用意《ようい》しとくかんな。お前《めえ》は、源《げん》ちやんと、新屋敷《しんやしき》の坊《をう》ちやんこと、迎《むか》へに行《い》つてこ。」

「あい。」

俺《おれ》は、大急《おほいそ》ぎで草履《ざうり》をはいて、新屋敷《しんやしき》へかけてつた。

椽側《えんがは》で、敬《けい》ちやんこと呼《よ》ぶと、敬《けい》ちやんは海軍服《かいぐんふく》着《き》て、奇麗《きれい》な籠《かご》さげて、奥様《おくさま》といつしよにニコ〳〵して出《で》て来《き》た。

「今日《けふ》はありがたうよ、虎《とら》ちやん。貴方《あなた》のお父《とう》さんが行《い》つて下《くだ》さるので、安心《あんしん》しましたよ」つて奥様《おくさま》が云《い》つた。

「あれ！父《とう》ちやんが行《い》ぐこと、どうして知《し》つてんの。」

俺《おれ》は、たまげて聞《き》かへした。そしたら奥様《おくさま》が笑《わら》つて、

「私《わたし》が昨日《きのふ》御願《おねが》ひしたんですもの。」つて云《い》つた。それで父《とう》ちやんは、さつきあんなこと云《い》つたんだなと、俺《おれ》は初《はじ》めてわかつた。

　敬《けい》ちやんといつしよに、家《うち》へ寄《よ》つて、お弁当《べんと》と釣竿《つりざを》と餌《ゑさ》を持《も》つて、今度《こんど》は源《げん》ちやんちへ行《い》つた。それから、源《げん》ちやんと三人《さんにん》で、田圃《たんぼ》を突《つ》つきつて、新堀《しんぼり》の川口《かはぐち》に行《い》つた。

　父《とう》ちやんは、舟《ふね》ん中《なか》で、煙草吸《たばこす》ひながら、俺等《おれら》が行《い》ぐのを待《ま》つてゐた。

「どら、乗《の》せてやんべ。坊《ぼつ》ちやんは真中《まんなか》だ。こつちが源《げん》ちやんで、こつちが虎公《とらこう》だ。え丶か。危《あぶ》ねから立《た》たねでつかまつてな。」

　父《とう》ちやんがグンと竿《さを》をつつぱると、舟《ふね》は芦《あし》の中《なか》をスウ……と動《うご》き出《だ》した。

　昨夜雨《ゆふべあめ》が降《ふ》つたんで、水《みづ》の勢《せい》が強《つよ》いもんだから、ずゐぶん早《はや》く走《はし》る。

「面白《おもしれ》えなあ。」

「今日《けふ》は、魚釣《さかなつ》れんぞ。」

「俺《おら》、鯉釣《こひつる》んだ。」

「俺《おら》、三才鯰《さんせえなまづ》だ。」

「やあ、中島《なかじま》が見《め》えら。」

「うん、見《め》えら、見《め》えら。」

「こ丶んとこ、一番深《ばんふけ》いんだぞ。」

「河童《かつぱ》がゐるつちけ。敬《けい》ちやん、危《あぶ》ねからこつちさ寄《よ》つてな。」

「どれつ位《くれ》、深《ふか》かんべ。」

「俺等《おらら》が背《せい》、五つぐれあんべな。」

　もう水脈《みを》へ出《で》てゐた。父《とう》ちやんは、竿《さを》を使《つか》ひやめて、煙草《たばこ》を吸《す》ひ出《だ》した。俺等《おれら》は、カン〳〵日《ひ》に照《て》りつけられて、真赤《まつか》な顔《かほ》して喋舌《しやべ》つてゐた。敬《けい》ちやんも、汗《あせ》をふき〳〵、嬉《うれ》しげにまはり眺《なが》めてゐた。

　そのうち、中島《なかじま》の舟着《ふなつ》きの杭《くひ》んとこへ来《き》た。父《とう》ちやんが、杭《くひ》につかまる気《き》になつて、手《て》をのばしたら、どうしたんだが舟《ふね》は急《きう》に杭《くひ》からそれて、一間《けん》も外《そと》へ離《はな》れちやつた。俺等《おれら》はびつくりして、騒《さわ》ぎ出《だ》した。

「昨夜《ゆんべ》の雨《あめ》で、水脈《みを》がかはつたんだな。」

　父《とう》ちやんはさう云《い》つて、急《いそ》いで竿《さを》を持《も》つて水《みづ》の中《なか》へ突《つ》ぱつた。舟《ふね》はぐら〳〵ゆれながら、向《む》きをかへて、いつも着《つ》くとこと違《ちが》つた、葦《あし》の茂《しげ》つた岸《きし》へ横《よこ》づけになつた。

　俺等《おれら》はやつと安心《あんしん》して、一人《ひとり》づつ島《しま》の上《うへ》へ飛《と》び上《あが》つた。

「父《とう》ちやんが来《き》てくれてよかつたな。そんでねと、大河《おほかは》の堰口《せきぐち》まで、流《なが》されつちやうんだつけ」と、俺等《おれら》は云《い》つた。

　二本《にほん》の太《ふと》い樹《き》も、小《ちつ》ちやいお宮《みや》も、俺《おれ》がいつか来《き》た時《とき》とちつとも変《かは》つてゐね。俺《おれ》は、あの時《とき》の俺《おれ》のこと思《おも》ひ出《だ》して、かはい

そになつた。

　お宮《みや》の前《まへ》の空地《あきち》へ、みんなで腰《こし》かけた。父《とう》ちゃんが、舟《ふね》の中《なか》から蓆《むしろ》を持《も》つて来《き》て拡《ひろ》げてくれた。その上《うへ》へ、いろんなご馳走《ちさう》並《なら》べた。

　源《げん》ちゃんのお弁当《べんと》には、卵焼《たまごやき》と、じやが芋《いも》の煮《に》つころばしと、お握飯《むすび》が三つはいつてゐた。俺《おれ》のお弁当《べんと》には、らつきよの砂糖《さとう》漬《づけ》と、鮒《ふな》の煮《に》つけと、赤《あか》しやうがと、お握飯《むすび》が八つはいつてゐた。これは父《とう》ちゃんのと俺《おれ》のと二人分《ふたりぶん》だ。敬《けい》ちゃんの籠《かご》の中《なか》からは、旨《うま》さうなものがいつぱい出《で》て来《き》た。海苔巻《のりまき》だの、油揚《あぶらげ》ずしだの、ふかし饅頭《まんぢう》だの、鑵《くわん》にはいつた、すつぱい砂糖菓子《さとうぐわし》だの。

　そこへ、父《とう》ちゃんが、冷《つめ》たい麦湯《むぎゆ》の壜《びん》と、たうもろこしの焼《や》いたのと、金《きん》まくわを五ツ持《も》つて来《き》た。

　あんまりご馳走《ちさう》があるんで、これぢや、腹《はら》がはぢけつちまふべと思《おも》ふくらゐだ。おかづをみんな一緒《いつしよ》にして、好《す》きなの食《た》べた。

　俺《おれ》も、源《げん》ちゃんも、敬《けい》ちゃんも、ずゐぶん食《た》べた。敬《けい》ちゃんなんざ、お弁当《べんと》のあとで金《きん》まくわ二ツも食《た》べた。

「こんなに食《た》べたことないよ、ぼく」って敬《けい》ちゃんが云《い》ふと父《とう》ちゃんまで、腹《はら》たゝいて、

「うゝ、苦《くる》しい」なんて云《い》ふもんだから、みんなアハアハ笑《わら》つちやつた。

　すこし休《やす》んでから、今度《こんど》は魚釣《さかなつ》りすべといふことになつて釣《つり》竿《ざを》を一本《ぽん》づつ持《も》つて、芦《あし》の中《なか》へ入《はい》つて行《い》つた。父《とう》ちゃんは釣《つ》らねで、蓆《むしろ》の上《うへ》に寝《ね》ころんでゐだ。

　一間《けん》ぐらゐづつ離《はな》れて、三人並《さんにんなら》んで釣《はり》をさげた。しばらくたつたけれど、ちつともかゝんね。源《げん》ちゃんは、

「つまんねから、俺《おら》、水浴《みづあ》びんだ」と云《い》つて、立《た》ち上《あが》つた。

「近《ちか》くで浴《あ》びつと、魚《さかな》が逃《に》げつちま。浴《あ》びんなら向《むか》う側《がは》さ行《い》つて浴《あ》びな」

　そ云《い》つて、俺《おれ》は源《げん》ちゃんのと俺《おれ》のと、二本《ほん》の竿見《さをみ》てた。そしたら、源《げん》ちゃんの竿《さを》が、ずる〳〵ひつぱられて、水《みづ》ん中《なか》へ落《お》ちそになつた。俺《おれ》はあわてゝ、竿《さを》の端《はし》つかまへて引《ひ》き上《あ》げべとした。ぐるん〳〵動《うご》いて、なか〳〵上《あが》んね。

「かゝつた、かゝつた。源《げん》ちゃん、大《で》つけのがかゝつたぞ」って怒鳴《どな》つた。源《げん》ちゃんは裸体《はだか》のまんま水《みづ》だらけになつて飛《と》んで来《き》た。二人《ふたり》がかりで引《ひ》き上《あ》げたら、五寸《すん》もある金鮒《きんぶな》だつた。

　それが一番大《ばんおほ》きかつた。あと、敬《けい》ちゃんが小《ちつ》つちやいギギを一尾《ぴき》と、俺《おれ》が赤腹《あかはら》二つ釣《つ》つただけだつた。

　父《とう》ちゃんは木《き》の下《した》で、グウ〳〵昼寝《ひるね》してた。

　俺等《おれら》は、それから裸《はだか》んなつて、浅《あさ》いとこで水浴《みづあ》びした。

「敬《けい》ちゃんはずゐぶん身体《からだ》が白《しれ》えんだな。」って源《げん》ちゃんがうらやましげに云《い》つたら、

「それでも母《かあ》ちゃんに、田舎《ゐなか》へ来《き》てから黒《くろ》くなつたつて云《い》はれるよ」って敬《けい》ちゃんが云《い》つた。

　三人《さんにん》で、角力《すまふ》とつたり、水《みづ》かけつこしたりして大騒《おほさわ》ぎした。

いつまで遊《あそ》んでても飽《あ》きなかつた。父《とう》ちやんが眼《め》をさまして来《き》て、

「はあ帰《けえ》んだぞ」つて云《い》はれて、やつと止《や》めた。

　帰《かへ》りの舟《ふね》ん中《なか》は、日《ひ》が蔭《かげ》つて涼《すゞ》しかつた。新堀《しんぼり》の口《くち》へつくと、父《とう》ちやんを後《あと》に残《のこ》して俺等《おれら》だけ先《さき》へ帰《かへ》つた。釣《つ》つた魚《さかな》は敬《けい》ちやんにみんな呉《く》れてやつた。

　八月《ぐわつ》二十五日《にち》
　敬《けい》ちやんは、父《とう》ちやんが迎《むか》へに来《き》たんで、今朝《けさ》早《はや》く、東京《とうきやう》へ帰《かへ》つて行《い》くんだ。

　俺《おれ》は、源《げん》ちやんと相談《さうだん》して、二人《ふたり》でお別《わか》れを云《い》ひに、村《むら》の端《はづ》れの、大河《おほかは》の橋《はし》んとこまで行《い》つて待《ま》つてゐた。

　霧《きり》がいつぱい立《た》つてゐて、橋《はし》が半分《はんぶん》しか見《み》えぬ。誰《たれ》も通《とほ》らねで、櫛杭《はしぐひ》に当《あた》る水音《みづのおと》だけどう〳〵聞《きこ》へる。

　そのうち、霧《きり》ん中《なか》から人力《じんりき》が二台《だい》、ぼんやり見《み》えて来《き》た。先《さき》んのには、奥様《おくさま》と敬《けい》ちやんが乗《の》つてゐた。後《あと》んのには、髯《ひげ》の生《は》えた父《とう》ちやんが乗《の》つてゐた。敬《けい》ちやんが東京《とうきやう》から来《き》た時《とき》と同《おんな》じだつた。

　俺等《おれら》がゐるのを見《み》ると、奥様《おくさま》はニコ〳〵して、

「さよなら、また来年《らいねん》の夏《なつ》、来《き》ますからね」つて云《い》つた。敬《けい》ちやんも。

「さよなら、虎《とら》ちやん。さよなら、源《げん》ちやん」つて云《い》つて、嬉《うれ》しげにおじぎした。

　俺《おれ》は、何《なに》か云《い》ふべと思《おも》つたが、口《くち》がきけねで、黙《だま》つて頭《あたま》さげた。源《げん》ちやんも、何《なん》にも云《い》はなかつた。

　人力《じんりき》は、ごろ〳〵、俺等《おれら》の前《まへ》を通《とほ》つて行《い》つた。そして、霧《きり》ん中《なか》へ、はいつて行《い》つちやつた。

「敬《けい》ちやんは、東京《とうきやう》へ帰《けえ》んのが、よつぽど嬉《うれ》しんだんべな。」つて俺《おれ》が云《い》つた。

「あんなに、嬉《うれ》しげにして行《い》つたもん。」

　源《げん》ちやんは、黙《だま》つて、敬《けい》ちやんの行《い》つた方見《はうみ》送《おく》つてゐたつけが、

「東京《とうきやう》つて、いゝとこだんべな。俺《おら》も行《い》つて見《み》てえな」つて云《い》つた。

「俺《おら》も行《い》つて見《み》てえ。」

「金《かね》がかゝつかんな。俺等《おれら》みてえな貧乏家《びんばうや》ぢや、とてもいけね。」

「大《おつ》きくなつて、働《はたら》いて、金《かね》ためたら行《い》けんべ。俺《おら》、さうすべと思《おも》ふんだ。」

「うん。俺《おら》もさうすら。」

　二人《ふたり》は、橋《はし》の上《うへ》に並《なら》んで、下《した》の河《かは》へ小便《しよんべん》した。

「この河《かは》あ、東京《とうきやう》の方《はう》さ流《なが》れて行《い》ぐんだつちけな。」つて源《げん》ちやんが云《い》つた。

「そだ。だから、今垂《いまた》れた小便《しよんべん》も、東京《とうきやう》さ行《い》ぐぞ。」

「そんぢや、俺《おれ》が先垂《さきた》れたから、俺《おれ》んの方《はう》が早《はや》くいくんだな。」

　そんなこと云《い》つで笑《わら》つてたら、向《むか》ふから大《おほ》きな風呂《ふろ》敷包《しきづつ》みさげて、斎藤先生《さいとうせんせい》が、笑《わら》ひ〳〵橋《はし》を渡《わた》つて来《き》た。

「こら、お前等《まへら》、そんなとこへ小便《しよんべん》するもんでないぞ。」って云《い》つた。

「先生《せんせい》、今来《いまき》たのけ。」って、俺《おれ》はおぢぎして聞《き》いた。

「うん。もうすぐ学校《がつかう》が始《はじ》まるかんな。」

さうだ。あと六日《か》で夏休《なつやす》みもおしまひなんだつけ。

「夏休《なつやす》みに、何《なに》して遊《あそ》んだ。面白《おもしろ》かつたか。さめ、いつしよに帰《かへ》らう。」

先生《せんせい》は、元気《げんき》よく、俺等《おれら》の先《さき》に立《た》つて歩《ある》き出《だ》した。俺等《おれら》はその後《あと》について、大《おほ》きな声《こゑ》で唱歌《しやうか》を歌《うた》ひながら、家《いへ》の方《はう》へ帰《かへ》つて行《い》つた。


（「童話」大正14年9、10月号）

甚兵衛《じんべゑ》さんとフラスコ

相馬泰三

むかし、大坂《おほさか》に甚兵衛《じんべゑ》さんといふ人《ひと》が住《す》んでゐましたが、或《あ》る時《とき》、思《おも》ひたつて長崎見物《ながさきけんぶつ》に出《で》かけました。

その頃《ころ》、外国船《ぐわいこくせん》といへば何《なん》でもかんでも、長崎《ながさき》を指《さ》してやつて来《き》ました。それは、このほかにさうした港《みなと》が日本《にほん》ぢゆうで一《ひと》つも開《ひら》かれてゐなかつたからであります。そんなわけで、その頃《ころ》の長崎《ながさき》の繁昌《はんじやう》のしかたといふものはありませんでした。それに、毛唐人《けたうじん》が住《す》んでゐたり、西洋《せいやう》の開化《ひら》けた目新《めあたら》しいものがいろいろ持《も》ちこまれてゐたりして、初《はじ》めての人《ひと》には、見《み》るもの聞《き》くものの様子《やうす》が変《かは》り、まるで、どこか日本《にほん》の国《くに》でないところにでも居《ゐ》るやうな気《き》がしたとかいふことであります。

甚兵衛《じんべゑ》さんも、昨日《きのふ》はあちらで感心《かんしん》し、今日《けふ》はこちらで吃驚《びつくり》し、といつたあんばいで方々見物《はうぼうけんぶつ》してゐるうちに、或《あ》る日《ひ》のこと、或《あ》る街《まち》で、とりわけ合点《がてん》のゆかない、珍《めづら》しいものを見《み》かけました。それは、細長《ほそなが》い口《くち》のついた、そして、底《そこ》の方《はう》へ行《い》つて急《きふ》に大《おほ》きく拡《ひろが》つてゐる――ちやうど、煮《に》てたべるくわゐのやうな形《かたち》をしたガラスの瓶《びん》で、それが、また、途方《とはう》もなく大《おほ》きいんです。煙突《えんとつ》のやうになつてゐるその口《くち》の直径《さしわたし》は五尺《しやく》、その長《なが》さは二間《けん》、そして、底《そこ》の部分《ぶぶん》は、その中《なか》へ畳《たゝみ》を敷《し》いて、四畳半《でふはん》の小座敷《こざしき》が楽々《らく〱》とこしらへられる位《くらゐ》な広《ひろ》さがあります。そんなものが、或《あ》る大《おほ》きなガラス屋《や》の店先《みせさき》に置《お》いてあつたのです。

甚兵衛《じんべゑ》さんは、小首《こくび》をかしげながら、暫《しばら》くの間《あひだ》それを眺《なが》めてゐましたが、やがて、店《みせ》へ入《はい》つて行《い》つて、そこにゐたオランダ人《じん》の番頭《ばんとう》さんにたづねました。

「これは何《なん》といふものですか。」

すると、その番頭《ばんとう》さんのオランダ人《じん》が、真面目《まじめ》な顔《かほ》をして

「フラスコです。」と、かう、何《なん》の不思議《ふしぎ》もなくすぐに答《こた》へました。

しかし、その頃《ころ》の寺小屋《てらこや》では、今《いま》の小学校《せうがくかう》のやうに、まさか、理化《りくわ》の実験《じつけん》などをしてみせた訳《わけ》でもありますまいから、そんなふうに云《い》はれたつて、甚兵衛《じんべゑ》さんには何《なん》のことかさつぱり訳《わけ》がわかりません。そこで、今度《こんど》は、

「一体《たい》、何《なに》に使《つか》ふものなんです？」と、重《かさ》ねてたづねました。

すると、今度《こんど》は相手《あひて》の方《はう》で困《こま》つてしまひました。こんな馬鹿《ばか》々々《ぐ〱》しく大《おほ》きいものを、なんぼ何《なん》でも「理化《りくわ》の実験《じつけん》をする時《とき》に使《つか》ふのです。」とも言《い》へなかつたでせうから、ちよつとの間《ま》、てれ隠《かく》しににつこりしながら「わかりません。」と、答《こた》へました。

甚兵衛《じんべゑ》さんは、夕方《ゆふがた》自分《じぶん》の宿《やど》へ戻《もど》つてからも、妙《めう》にそのフラスコのことが気《き》にかかつてゐました。そして、番頭《ばんとう》さんのオランダ人《じん》の云《い》つた「わかりません。」といふ言葉《ことば》が、自分《じぶん》に謎《なぞ》でもかけてゐるやうに、いつまでも耳《みゝ》の底《そこ》に残《のこ》つてゐます。

「何《なに》に使《つか》ふのか、売《う》つてゐる者《もの》にも解《わか》らない。多分《たぶん》、あれを造《つく》つた人《ひと》にも、それは解《わか》つてゐなかつたのであらう。それだのに、自分《じぶん》には、なぜだか、あれを何《なに》かの役《やく》にたてることが出来《でき》るやうな気《き》がしてならない。……」

それからといふもの、甚兵衛《じんべゑ》さんは寝《ね》ても醒《さ》めても――ご飯《はん》をたべてゐる時《とき》でも、そとを歩《ある》いてゐる時《とき》でも、人《ひと》と話《はな》しをしてゐる時《とき》でも、いつも、そのフラスコのことばかり考《かんが》へてゐました。すると、三日目《みつかめ》の朝《あさ》、ふと、或《あ》る奇抜《きばつ》な考《かんがへ》がうかんで来《き》ました。それは、夏《なつ》の暑《あつ》い時《とき》に、その中《なか》に入《はい》つて海《うみ》の底《そこ》へ沈《しづ》んでゐたら、どんなに涼《すゞ》しくていい気持《きも》ちだらう！　といふことでありました。ところで、甚兵衛《じんべゑ》さんはお酒《さけ》をのむことが好《す》きでしたから、直《す》ぐに、それにつづいて、居《ゐ》ながらにして四方《はう》にいろ〱な魚《さかな》のおよぎ廻《まは》るのを眺《なが》めながらその中《なか》でお酒《さけ》をのんだら、どんなに愉快《ゆくわい》なことだらう！　と思《おも》ひました。ところで、甚兵衛《じんべゑ》さんは、また、商人《しやうにん》でありましたから、その次《つ》ぎに、いつそ大坂《おほさか》へ持《も》つて帰《かへ》つて、これを川《かは》に沈《しづ》めて料理屋《れうりや》をひらいたら、どんなにいいお金儲《かねまう》けが出来《でき》るだらう！　と考《かんが》へました。

甚兵衛《じんべゑ》さんは、その時《とき》、朝飯《あさめし》をたべてゐましたが、

「これは素敵《すてき》だ！」と云《い》つて、茶碗《ちやわん》を持《も》つたまゝ、膝《ひざ》を叩《たゝ》きました。そのために、茶碗《ちやわん》の中《なか》のご飯《はん》が、みんな、お膳《ぜん》のなかへ

飛《と》び出《だ》してしまひました。

甚兵衛《じんべゑ》さんは直《す》ぐに支度《したく》をして、そのフラスコの飾《かざ》つてあるオランダ人《じん》の店《みせ》へやつて来《き》ました。そして、いきなり、

「これ、いくらですか。」と、番頭《ばんとう》さんにたづねました。

番頭《ばんとう》さんは、相手《あひて》が気《き》でもちがつてゐるのではないかと、返事《へんじ》をするかはりに、ぢつと様子《やうす》をうかがつてゐました。しかし、こちらはそんなことに頓着《とんちやく》なく、

「私《わたし》には、このフラスコの使《つか》ひ途《みち》がわかつたのです。どうか、私《わたし》にこれを売《う》つて下《くだ》さい！」と、まるで願《ねが》ひごとでもするやうに云《い》ひました。

それを聞《き》つけて、奥《おく》の方《はう》にゐたご主人《しゆじん》のオランダ人《じん》が出《で》て来《き》ました。そして、甚兵衛《じんべゑ》さんにむかつて云《い》ひました。

「お客様《きやくさま》！　これは売物《うりもの》ではありません。しかし、あなたが何《なん》にお使《つか》ひになるか、それを聞《き》かして貰《もら》つた上《うへ》で、場合《ばあひ》によつたら、ご相談《さうだん》に乗《の》らないものでもありません。……」

といふのは、ここのご主人《しゆじん》、ずーつと前《まへ》から此処《ここ》へ来《き》てゐて、もう大分《だいぶ》お金《かね》も出来《でき》たので、近《ちか》いうちに店《みせ》じまひをして自分《じぶん》の生《うま》れ故郷《こきやう》へ帰《かへ》つて行《ゆ》かうかなど、考《かんが》へ出《だ》してゐた矢先《やさき》だつたからであります。

甚兵衛《じんべゑ》さんが、正直《しやうぢき》に自分《じぶん》の考《かんがへ》を話《はな》すと、そのオランダ人《じん》は腹《はら》を抱《かゝ》へて笑《わら》ひ出《だ》しました。そして、いきなり、甚兵衛《じんべゑ》さんの手《て》をしつかりと握《にぎ》つて、

「私《わたし》はあなたが大好《だいす》きです、あなたは本当《ほんたう》に面白《おもしろ》い方《かた》です。だから、お金《かね》はいりません。このフラスコはあなたに差上《さしあ》げます！」と、上機嫌《じやうきげん》な調子《てうし》で云《い》ひました。

いい帰《か》へり土産《みやげ》が出来《でき》たので、甚兵衛《じんべゑ》さんは大喜《おほよろこ》びで、早速《さつそく》、長崎《ながさき》を出発《しゆつぱつ》することにしました。天気《てんき》都合《つがふ》もよく、帰《か》へりの船《ふね》は大変楽《たいへんらく》でありました。ことに、瀬戸内海《せとないかい》へ入《はい》ると、もう、波《なみ》といふものは一《ひと》つもありません。甚兵衛《じんべゑ》さんは、出来《でき》るものなら、フラスコを海《うみ》へおろし、自分《じぶん》はその中《なか》へ乗《の》つて、そよ吹《ふ》く風《かぜ》に帆《ほ》でもあげてゆきたい、などと呑気《のんき》なことを考《かんが》へたりしました。

すると、或《あ》る日《ひ》のこと、甚兵衛《じんべゑ》さんたちの乗《の》つてゐる船《ふね》の中《なか》で、突然《とつぜん》、思《おも》ひがけない大騒《おほさわ》ぎが持《も》ち上《あが》りました。一人《ひとり》の若者《わかもの》が身投《みな》げをしようとしてゐるところを、他《ほか》の人《ひと》が見《み》つけて引《ひ》きとめ、いろ〱訊《き》いてみますと、その若者《わかもの》といふのは泉州《せんしう》は堺《さかい》の或《あ》る大《おほ》きな金物屋《かなものや》の手代《てだい》で、方々《はう〲》掛取《かけと》りに歩《ある》いて集《あつ》めた大金《たいきん》の入《はい》つてゐる紙入《かみい》れを、どうしたことのはづみでか、海《うみ》の中《なか》へ落《おと》したのださうです。それで、ご主人《しゆじん》への申訳《まうしわけ》がないから一《いつ》そのこと死《し》んでしまふといふのです。その話《はなし》を聞《き》いて誰《たれ》もかれも大変気《たいへんき》の毒《どく》には思《おも》ひますが、さて、どうしてみようもありません。そして、本人《ほんにん》は、大勢《おほぜい》に取《と》りまかれた真中《まんなか》で、まるで子供《こども》のやうに声《こゑ》をあげておい〱泣《な》いてゐます。

甚兵衛《じんべゑ》さんはその様子《やうす》をぢつと眺《なが》めてゐましたが、ふと自分《じぶん》のフラスコのことに気《き》がつきました。この中《なか》へ入《はい》つて沈《しづ》んで行《い》つたら、その落《おと》し物《もの》の在《あ》りかを探《さが》しあてることが出来《でき》るか

も知《し》れない！　と考《かんが》へついたのであります。

　すると、みんなも面白《おもしろ》がつて、フラスコを船《ふね》から海《うみ》へおろす手伝《てつだひ》をしたりしました。そして、誰《たれ》もかれもがその中《なか》へ入《い》れてくれるやうにと騒《さわ》ぎたてましたが、甚兵衛《じんべゑ》さんは自分《じぶん》と手代《てだい》の二人《ふたり》だけ、縄梯子《なはばしご》でフラスコの中《なか》へ入《はい》つてゆき、ほかのものには、「いづれ、大坂《おほさか》で開業《かいげふ》をしました節《せつ》は、どうぞよろしくごひいきの程願《ほどねが》ひあげます！」などと冗談《ぜうだん》を云《い》つて断《ことわ》りました。

　フラスコに長《なが》い綱《つな》をつけ、口《くち》にしつかりと栓《せん》をかひ、船《ふね》の碇《いかり》をおもりにして海《うみ》の底《そこ》へ沈《しづ》んでゆきました。しかし、そこには何《なに》もありませんでした。それで、一遍《ぺん》引《ひ》きあげられて、また、少《すこ》し離《はな》れた場所《ばしよ》へ行《い》つて沈《しづ》みましたが、そこにもそれらしいものは見《み》あたりませんでした。もうこれつきり！　といふので、三度目《どめ》に、またそこから少《すこ》し離《はな》れたところへおりてゆきますと、今度《こんど》は運《うん》よく、手代《てだい》の落《おと》した紙入《かみい》れにめぐり会《あ》ふことが出来《でき》ました。二人《ふたり》の座《すわ》つてゐる直《す》ぐ目《め》のさきの岩角《いはかど》に紐《ひも》が引《ひ》つ懸《かゝ》つて、紙入《かみい》れがふら〳〵揺《ゆ》れてゐるのが、まざ〳〵と見《み》えてゐました。手代《てだい》は、思はずそつちへ走《はし》つて行《ゆ》きました。そして、ガラスに眼《め》を押《お》しつけるやうにして、見《み》れば見《み》るほど、その紙入《かみい》れは直《す》ぐ近《ちか》くにあるのです。手《て》をのばすまでもなく、フラスコの外側《そとがは》と殆《ほと》んどすれ〳〵になつてゐることがわかりました。しかし、ガラスの内《うち》と外《そと》とではどうすることも出来《でき》ません。

　手代《てだい》は手《て》でガラスの内側《うちがは》から撫《な》でまはしたりして、うらめし相《さう》にぢつと自分《じぶん》の紙入《かみい》れを見つめてゐました。すると、不意《ふい》に、岩蔭《いはかげ》の真暗《まつくら》いなかから、一本《ぽん》の棒《ぼう》のやうな手《て》がぬつと出《で》て来《き》て、そのふら〳〵ゆれてゐる紙入《かみい》れを摑《つか》み取《と》らうとするではありませんか！　それに気《き》がつくと、手代《てだい》は我《わ》れを忘《わす》れて、いきなり、

「泥棒《どろぼう》！」と、どなり立《た》てました。

　甚兵衛《じんべゑ》さんは、びつくりして、

「どうしたんです？」と云《い》つて、そばへ寄《よ》つて来《き》ました。

「あれ〳〵！　誰《たれ》かが、私《わたし》の紙入《かみい》れを持《も》つて行《い》つてしまふ！」

かう云《い》つて、手代《てだい》は口惜《くや》しまぎれに、力《ちから》一ぱい地団太《ぢだんだ》を踏《ふ》みました。

「これ〳〵、あばれては困《こま》る！　フラスコの底《そこ》が抜《ぬ》けたらどうするんです。」と云《い》つて、甚兵衛《じんべゑ》さんは手代《てだい》を抱《だ》きあげるやうにしました。

　しかし、手代《てだい》はもう夢中《むちう》になつて、何《なに》が何《なに》やら訳《わけ》がわからなくなつてゐました。そして、腰《こし》にさしてゐたやたてを抜《ぬ》きとるが早《はや》いか、力《ちから》まかせに、自分《じぶん》の目《め》の前《まへ》のガラスを叩《たゝ》きこはしました。それから、自分《じぶん》の紙入《かみい》れを持《も》つて引《ひ》つこんで行《ゆ》かうとする棒《ぼう》のやうなものを摑《つか》んで、しやにむに、こつちへ引《ひ》つ張《ぱ》りました。……が、その先《さき》はどうなつたのか、それは誰《たれ》にもわかりません。

　驚《おどろ》いたのは、船《ふね》の中《なか》にゐた人《ひと》たちであります。思《おも》ひがけなく、突然《とつぜん》、海《うみ》の底《そこ》から物凄《ものすご》い勢《いきほ》ひで大《おほ》きなあぶくが持《も》ち上《あが》つて来《き》て、そのために、もう少《すこ》しで船《ふね》が引《ひ》つくりかへり相《さう》になりました。何事《なにごと》が起《おこ》つたのか、と急《いそ》いで綱《つな》を手繰《たぐ》つてみますと、フラスコ

の横《よこ》つ腹《ぱら》がこはれてゐて、その中《なか》に、甚兵衛《じんべゑ》さんと手代《てだい》と、それから一匹《ぴき》の大《おほ》きな章魚《たこ》とがからみ合《あ》つて、ごつちやになつてゐました。

甚兵衛《じんべゑ》さんと手代《てだい》とは、潮水《しほみづ》をのんでまるで、死《し》んだもののやうになつてゐましたが、みんなが大騒《おほさわ》ぎをして水《みづ》を吐《は》かしたり、人工呼吸《じんこうこきふ》をさせたりしたので、やつと生《い》きかへることが出《で》来《き》ました。ところで、肝心《かんじん》の紙入《かみい》れがどこにも見《み》あたりません。それとわかると、手代《てだい》は、

「自分《じぶん》には、いよ〳〵運《うん》がないんだ。」と云《い》つて、また、身《み》投《な》げをしようとしました。こちらでこんな事件《じけん》が初《はじ》まつてゐるのに、ほかの連中《れんちう》は、足《あし》の長《なが》さが六七尺《しやく》もあらうかと思《おも》はれる新《あたら》しい珍客《ちんきやく》を取《と》りかこみ、棒《ぼう》つ片《き》れで突《つ》つついたりしてからかつてゐました。

と、章魚《たこ》は、自分《じぶん》がお裁《さば》きに会《あ》つてゐるのだとでも思《おも》つたものか、やがて、一本《ぽん》の足《あし》で大事《だいじ》さうに抱《かゝ》へこんでゐた紙入《かみい》れを、「もうこれまでだ！」と云《い》はぬばかりに、みんなの前《まへ》に差《さ》し出《だ》しました。

これで、手代《てだい》の生命《いのち》は目出《めで》たく助《たすか》りましたが、あきらめのつかなかつたのは、大事《だいじ》なフラスコを台《だい》なしにしてしまつた甚兵《じんべ》衛《ゑ》さんであります。

しかし、どんなお噺《はなし》にも、きつと、続《つゞ》きといふものがあります。甚兵衛《じんべゑ》さんにも、このことが原因《もと》で、あとでちやんと埋《う》め合《あは》せのつくやうな喜《よろこ》ばしいことが持《も》ち上《あが》つて来《き》たのですが、それは、いづれ、また改《あらた》めてお聞《き》かせすることに致《いた》しませう。

（「童話」大正14年10月号）

「北《きた》風《かぜ》」のくれたテイブルかけ

久保田万太郎

その一

宿屋《やどや》。
夜《よる》。
宿屋《やどや》のかみさんは洗濯《せんたく》ものにアイロンをかけてゐる。亭主《ていしゆ》は火《ひ》のそばで煙草《たばこ》を喫《の》んでゐる。

宿屋の亭主。月日《つきひ》のたつのは早《はや》いものだ。——お前《まへ》と、おれと、こゝでこの商売《しやうばい》をはじめてもう十年《ねん》になる。

宿屋のかみさん。十年《ねん》に？

宿屋の亭主。勘定《かんぢやう》して御覧《ごらん》、さうなるから。

宿屋のかみさん。（勘定《かんぢやう》してみて自分《じぶん》に）ほんたうだ。——（亭主《ていしゆ》に）ほんたうにさうなりますね。

宿屋の亭主。あの時分《じぶん》は、おれたちは、随分貧乏《ずゐぶんびんぼふ》だつた。——それを思《おも》ふと、このごろは、うそのやうに金持《かねもち》になつた。

宿屋のかみさん。ほんたうにねえ。

宿屋の亭主。だが、まだいけない。——こんなことぢやアまだいけない。——もつと〳〵おれたちは儲《まう》けなくつちやアいけない。

宿屋のかみさん。さうですわねえ。

宿屋の亭主。全《まつた》く、だが、宿屋《やどや》つて商売《しやうばい》はいゝ商売《しやうばい》だ。——お前《まへ》、さう思《おも》はないか？

宿屋のかみさん。さう思《おも》ひます。——ほんたうにいゝ商売《しやうばい》です。——けど、この四五日《にち》、ちつともお客《きやく》さまが来《こ》ないぢやアありませんか？

宿屋の亭主。たまには来《こ》ないこともあるさ。——来《こ》なくつたつて大丈夫《だいぢやうぶ》だ。

宿屋のかみさん。どうして来《こ》なくつて大丈夫《だいぢやうぶ》です？

宿屋の亭主。今度《こんど》お客《きやく》が来たら、そのお客《きやく》から、二人分《にんぶん》でも、三人分《にんぶん》でも、よけいお金《かね》をとつてやればいゝぢやアないか。（笑《わら》ふ）——全《まつた》く宿屋《やどや》つて商売《しやうばい》はこたへられない商売《しやうばい》だよ。

宿屋のかみさん。さう出来《でき》ればいゝけれど。……

戸《と》を叩《たゝ》く音《おと》きこえる。

宿屋の亭主。お待《ま》ち。——誰《だれ》か来《き》たやうだ。

宿屋のかみさん。さうですか？

宿屋の亭主。あけて御覧《ごらん》。

宿屋《やどや》のかみさん、入口《いりくち》の戸《と》をあける。——ブウツ、外《そと》に立《た》つてゐる。

ブウツ。今晩《こんばん》は。——一晩泊《ひとばんと》めていたゞけないでせうか？

宿屋の亭主。いらつしやいまし。――さア、どうぞ……（立上《たちあが》る）

ブウツ。かまひませんか、入《はい》つても？

宿屋の亭主。えゝ〳〵どうぞ……

ブウツ。さうですか、有難《ありがた》う。

ブウツ、入《はい》つて来《く》る。

宿屋の亭主。外《そと》はお寒《さむ》かつたでせう、さぞ。――さア、火《ひ》のそばへおより下《くだ》さい。

ブウツ。えゝ、有難《ありがた》う。

宿屋の亭主。ときにお腹《なか》はいかゞです？――まだお夕飯《ゆふはん》まへぢやアありませんか？

ブウツ。えゝ、まだです。――これからです。

宿屋の亭主。ぢやア、すぐに仕度《したく》を。――（かみさんに）おい、お前《まへ》……

ブウツ。（とめて）いゝえ、いゝんです。――喰《た》べるものはこゝに持《も》つてゐます。（かくしから小《ちい》さくたゝんだテイブルかけを出《だ》す）

宿屋の亭主。それは？

ブウツ。テイブルかけです。（いひながらテイブルの上《うへ》にそれを拡《ひろ》げる）

宿屋の亭主。なるほど。――で、あがるものは？

ブウツ。まだ、ぼくが何《なに》をほしいともいはないから出《で》て来《き》やアしません。

宿屋の亭主。出《で》て来《こ》ない？

ブウツ。えゝ。――ぼくが、いま、何《なに》か喰《た》べたいと思《おも》ふと、その喰《た》べたいと思《おも》つたものがひとりでにこのテイブルかけの上《うへ》に出《で》て来《き》ます。

宿屋の亭主。お客《きやく》さま、あなたお気《き》はたしかですか？

ブウツ。（わらつて）大丈夫《だいぢやうぶ》ですよ。――ほんとか、うそか、みてゐれば分《わか》ります。

宿屋の亭主。（かみさんのそばへよつて）お前《まへ》、そんなことが出来《でき》るものと思《おも》ふかい？

宿屋のかみさん。（首《くび》をふつて）思《おも》ひませんわ。

ブウツ。ラビツト、パイと、揚《あ》げた馬鈴薯《じやがいも》と、塩漬《しほづけ》の胡桃《くるみ》と、ジヤムの入《はい》つたプデイングと、れもん水《すゐ》を一本《ぽん》と。――それだけ……

ブウツ、テイブルかけにむかつてさういふ。――みるまに、テイブルの上《うへ》、それらのもので一ぱいになる。（実際《じつさい》にこれをやる場合《ばあひ》には、とくにさういふ仕掛《しかけ》をしなくつても、黒《くろ》か灰《はひ》いろの衣裳《いしやう》を着《き》た後見《こうけん》が、テイブルのうへにそれらを持《も》つて出《で》ればいゝ。――もちろんその出《で》かたには多少《たせう》の工夫《くふう》を要《やう》する。）

宿屋の亭主。（仰天《ぎやうてん》する）出《で》た。――出《で》た。

ブウツ。ぢやア、ぼく、お腹《なか》が空《す》いてますから喰《た》べます。（椅子《いす》に腰《こし》をかけて喰《た》べかける）

宿屋の亭主。不思議《ふしぎ》だ。――実《じつ》に不思議《ふしぎ》だ。……

宿屋のかみさん。ねえ、ほんたうのものかしら？

宿屋の亭主。ほんたうのものだ。――ほんたうの御馳走《ごちさう》だ。……

宿屋のかみさん。お前《まへ》さん、聞《き》いて御覧《ごらん》なさい。――どういふわけだか聞《き》いて御覧《ごらん》なさい。

宿屋の亭主。うん、聞《き》いてみる、聞《き》いてみる。――（ブウツのそばにまたよつて）お客《きやく》さま、一たい、ど、どういふわけでございます。

ブウツ。（喰《た》べながら）どういふわけもありません。――このテイブルかけ、魔法《まはふ》のテイブルかけです。

宿屋の亭主。魔法《まはふ》の……？

ブウツ。「北風《きたかぜ》」のおぢいさんからもらつて来《き》たんです。「北風《きたかぜ》」のおぢいさん、ぼくのお米《こめ》を、ぼくの手《て》からみんな吹《ふ》きとばしてしまつた代《かは》りに、気《き》の毒《どく》だといつてこれをぼくにくれたんです。

宿屋の亭主。お米《こめ》をふきとばしたといふのは……？

ブウツ。十日《とをか》ぐらゐまへです。――夕方《ゆふがた》、お母《かあ》さんにいはれて、その晩《ばん》たべるお米《こめ》をうらへ出《だ》しに行《い》つたんです。――みると、もう、その晩《ばん》たべるだけ、一摑《ひとつか》みしきやア入《い》れものゝ中《なか》にないんです。……

宿屋の亭主。…………（うなづく）

ブウツ。大切《だいじ》にそれをもつて、台所《だいどころ》のはうへかへらうとすると、急《きふ》にピユーッと北風《きたかぜ》がふいて来《き》ました。――ぼく、飛《と》ばされちやア大《たい》へんだと思《おも》つて、両手《りやうて》でしつかり握《にぎ》つてゐたんです。……

宿屋の亭主。…………（うなづく）

ブウツ。と、また、ピユーツと、前《まへ》より強《つよ》いやつがふいて来《き》ました。――あツと思《おも》つて、ぼく、よけようとするはずみに、うつかり手《て》をゆるめてしまつたんです。……

宿屋の亭主。…………

ブウツ。（がつかりしたやうに）ふきとばされてしまひました。――一粒《ひとつぶ》も残《のこ》らず……

宿屋の亭主。…………

ブウツ。ぼく、すご〳〵、お母《かあ》さんのところへかへりました。――お母《かあ》さんにあやまりました。――お母《かあ》さんは、けど、叱《しか》りませんでした。――ぼくのお母《かあ》さんはほんとにいゝお母《かあ》さんです。

宿屋の亭主。でも、それつきりしかお米《こめ》がなかつたんぢやアお困《こま》りでしたらう？

ブウツ。お母《かあ》さんはお腹《なか》が一ぱいだから晩《ばん》の御飯《ごはん》は入《い》らないといひました。――ぼくには、さういつて、明日《あした》の朝《あさ》にとつてあつた牛乳《ぎうにう》をくれました。――（元気《げんき》よく）それを飲《の》んだら、ぼく、急《きふ》に威勢《ゐせい》がつきました。

宿屋の亭主。（つりこまれて）威勢《ゐせい》が……？

ブウツ。えゝ、さうしてぼくいゝ考《かんが》へを思《おも》ひつきました。

宿屋の亭主。いゝ考《かんが》へと……？

ブウツ。北風《きたかぜ》は、つまり、ぼくたちの御飯《ごはん》を横取《よこどり》したんです。――だから、ぼく、北風《きたかぜ》のところへ行《い》つてかけ合《あ》つたはうがいゝ。――かけ合《あ》つてかへしてもらつたはうがいゝ。――さう思《おも》ひつきました。

宿屋の亭主。なるほど。

ブウツ。すぐに、ぼく、出《で》かけようと思《おも》つたんですけれど、お母《かあ》さんが、今夜《こんや》はいけない、明日《あした》の朝《あさ》におしといつたんです。──それからその晩《ばん》はねてあくる日《ひ》の朝《あさ》、おてんとさまの出《で》るのを待《ま》ち兼《か》ねてうちを出《で》ました。──さうして北風《きたかぜ》のふいて来《く》るはうへ〳〵と顔《かほ》を向《む》けて真直《まつすぐ》にあるきました。

宿屋の亭主。さうして、とう〳〵おあひに……

ブウツ。さうです。──さうしてとう〳〵あひました。──逢《あ》つてかけ合《あ》ひました。

宿屋の亭主。………………

ブウツ。このテイブルかけさへあれば、もうお母《かあ》さんも、ぼくも、一生《しやう》こまりません。──「北風《きたかぜ》」のおぢいさんは親切《しんせつ》です。──ほんたうに親切《しんせつ》です。

宿屋の亭主。うちの楡《にれ》の木《き》をふき倒《たふ》したのはあれは誰《だれ》だ？──北《きた》風《かぜ》の奴《やつ》ぢやアなかつたか？

宿屋のかみさん。さうです、北風《きたかぜ》です。……

宿屋の亭主。よオし。──ぢやア、おれも、明日《あした》北風《きたかぜ》のところへ行《い》つてやる。──さうして、おれも、楡《にれ》の木《き》の代《かは》りに何《なに》かもらつて来《き》てやる。

ブウツ。（喰《た》べをはる）あゝ、甘《うま》かつた。──お腹《なか》が一ぱいになつた。

……

宿屋の亭主。もうおしまひでございますか？

ブウツ。とてもさうは喰《た》べきれません。──まだ沢山残《たくさんのこ》つてゐます。──あと、そつちへ持《も》つて行《い》つて喰《た》べてくれませんか？

宿屋の亭主。御馳走《ごちそう》になつていゝでせうか？

ブウツ。よござんすとも。──とても、それは、すてきですよ。

宿屋の亭主。ぢやア、ま、遠慮《えんりよ》なくいたゞきます。

宿屋《やどや》の亭主《ていしゆ》、かみさん、二人《ふたり》でもう一つのテイブルに皿《さら》をみんな運《はこ》ぶ。

宿屋の亭主。このテイブルかけは……？

ブウツ。あゝ、それはぼくがしまひます。（亭主《ていしゆ》からうけとつて大切《だいじ》にまたかくしのなかに入《い》れる）──お腹《なか》が一ぱいになつたら眠《ねむ》くなつた。──部屋《へや》へもう連《つ》れて行《い》つてくれませんか。──ぼくは随分《ずゐぶん》くたびれてゐるんです。

宿屋の亭主。（叱《しか》るやうに）何《なに》をぐづ〳〵してゐるんだ。──早《はや》くお部屋《へや》へおつれ申《まを》さないか。

宿屋のかみさん。（急《きふ》にさういはれてあわてゝ）は、はい。──いま。

──たゞいま。……

宿屋の亭主。世界《せかい》にまたとない宝《たから》をもつておいでになるんだ。──上等《じやうとう》の──一番上等《ばんじやうとう》のお部屋《へや》へおつれ申《まを》せ。

宿屋のかみさん。えゝ。──えゝ。……

宿屋《やどや》のかみさんをさきに、ブウツ退場《たいぢやう》。

間《ま》。

宿屋《やどや》の亭主《ていしゆ》、テイブルのまへに腰《こし》を下《お》ろし、ブウツにもらつた御馳走《ごちそう》をおもむろに喰《た》べはじめる。

宿屋の亭主。……うまい。──なるほどすてきだ。──（夢中《むちう》になつて喰《た》べる。——ふと手《て》を休《やす》める）だが、不思議《ふしぎ》だ。——不思議《ふしぎ》なテイブルかけだ。——あれが、もし、おれのものだつたらどうだらう？——おれが、もし、あれを持つてゐたらどうだらう？……（考《かんが》へこむ）

間《ま》。——宿屋《やどや》の亭主《ていしゆ》、急《きふ》に立《た》ち上《あが》る。——ひきだしのそばへ行《い》つていろ〳〵テイブルかけを出《だ》す。……

宿屋《やどや》のかみさん、かへつて来《く》る。

宿屋の亭主。寝《ね》たか、お客《きやく》は？

宿屋のかみさん。えゝ。

宿屋の亭主。……よし。（うなづく）

（幕《まく》）

その二

ブウツの貧乏《びんばふ》な住居《すまゐ》。

夕方《ゆふがた》。

ブウツのおかアさん、一人《ひとり》でさびしく糸《いと》をつむいでゐる。

間《ま》。

ブウツ、入《はい》つて来《く》る。

ブウツ。おかアさん……

ブウツのおかアさん。まア、ブウツ……

二人《ふたり》、抱合《だきあ》つてよろこぶ。

ブウツのおかアさん。（間）わたしは、まア、どんなにお前《まへ》のかへりを待《ま》つたか知《し》れないよ。——今日《けふ》はかへるか、明日《あした》はかへるか、と、毎日《まいにち》わたしは、窓《まど》のそばにすわつて、外《そと》ばかりみてゐたんだよ——さうでもない、もしか、霜《しも》や氷《こほり》のなかに閉《と》ぢこめられて、途中《とちう》でかへれなくなつてゐるんぢやアないか？——雪《ゆき》の上《うへ》に倒《たふ》れてそのまんま埋《うづま》つてしまつたんぢやアあるまいか？——わたしはどんなに心配《しんぱい》したか知《し》れないよ。——でも、さう思《おも》つてもいくらさう思《おも》つて心配《しんぱい》してもわたしには探《さが》しに行《ゆ》くことが出来《でき》ないんだらう。（眼《め》を拭《ふ》く）——わたしもう、どうしていゝか分《わか》らなくなつてしまつた。——昨《ゆう》夜《べ》も、をとゝひの晩《ばん》も、そのまへの晩《ばん》も、わたしはお前《まへ》の夢《ゆめ》をみたんだよ。……

ブウツ。おかアさん、御免《ごめん》なさい、御免《ごめん》なさい。——ぼく、もつと早《はや》くかへつて来《こ》ようと思《おも》つたんですけれど、どうしても、ぼく、これより早《はや》くかへつて来《こ》られなかつたんです。——これでも、ぼく、一生《しやう》けんめいに早《はや》くかへつて来《き》たんです。——ぼくでも随分心配《ずゐぶんしんぱい》しましたよ。——一人《ひとり》で、おかアさん、きつとさびしがつてゐるだらう。——喰《た》べるものがなくつて、おかアさん、お腹《な》が空《す》きやアしないか？……

ブウツのおかアさん。お前《まへ》がゐないもんだから、御近所《ごきんじよ》の方《かた》たちが、交《かは》り番《ばん》こにいろんなものをもつて来《き》てくれた。——だから、わたしは、ちつともこまらなかつた。——それよりも、お前《まへ》、知《し》らないところへ一人《ひとり》で行《い》つてお困《こま》りだつたらう？——辛《つら》いことや悲《かな》しいことがいろ〳〵おありだつたらう？

ブウツ。えゝ、いろんなことがありました。——でもぼく、夢《む》中《ちう》でしたから……

ブウツのおかアさん。さうして、うまく、北風《きたかぜ》にあへたかい？

ブウツ。（いさんで）逢《あ》へました。——おかアさん、逢《あ》へましたよ。

……

ブウツのおかアさん。（思はず喜んで）逢《あ》へたかい、まア……

ブウツ。えゝ、逢《あ》へました。——逢《あ》へました。……

ブウツのおかアさん。さうして北風《きたかぜ》は何《なん》といひました？

ブウツ。気《き》の毒《どく》だといひました。——うつかり気《き》がつかずにやつたんだといひました。——さうして飛《と》ばしたお米《こめ》の代《かは》りにこれを。——このテイブルかけをくれました。（かくしからテイブルかけを出《だ》す）

ブウツのおかアさん。（不思議《ふしぎ》さうに）テイブルかけを……？

ブウツ。えゝ、テイブルかけ。——魔法《まはふ》の、これ、テイブルかけです。（拡《ひろ》げて見《み》せる）

ブウツのおかアさん。模様《もやう》のあるテイブルかけ、模様《もやう》のないテイブルかけといふことはあるけれど、魔法《まはふ》のテイブルかけといふことは、おかアさん、まだ聞《き》いたことがない。……

ブウツ。でも、さうなんです。——それに違《ちが》いないんです。——何《なに》か喰《た》べたいとき、かうやつて、これを、テイブルのうへにかけて、さうして何《なん》でもほしいもの、名《な》さへいへば、ひとりでにすぐそれが出《で》て来《く》るんです。

ブウツのおかアさん。そんなことが、お前《まへ》に……

ブウツ。出来《でき》るんです。——ほんたうに出来《でき》るんです——うそだと思《おも》つたら、おかアさん、やつていまみせて上《あ》げます。

ブウツのおかアさん。…………

ブウツ。さうだ。——すぐに、ぢやア、お夕飯《ゆふはん》にしませう。——ぼく、ほんたうをいふと、今朝《けさ》からまだ何《なん》にも喰《た》べないんです。——あんまり急《いそ》いでなんにも喰《た》べなかつたんです。（さういひながらテイブルかけをテイブルの上《うへ》にかける）——おかアさんは何《なに》がいゝんです？

ブウツのおかアさん。わたしは何《なん》でもいゝよ。

ブウツ。何《なん》でもいゝぢやアいけません。——何《なん》でも好《す》きなものをいつたらいゝんです。

ブウツのおかアさん。でも、わたしには分《わか》らない。

ブウツ。腸詰《ちやうづめ》はどうです。——おかアさん、ふだん、腸詰《ちやうづめ》が好《す》きぢやアありませんか？

ブウツのおかアさん。あゝ、わたし……

ブウツ。腸詰《ちやうづめ》は、けど、煮《に》たのがいゝんですか？ 焼《や》いたのがいゝんですか？ 揚《あ》げたのがいゝんですか？——それから馬《じや》鈴《が》薯《いも》も入《い》りますか？ それとも馬鈴薯《じやがいも》は入《い》りませんか？

ブウツのおかアさん。同《おな》じことなら、わたしは、揚《あ》げたのがいゝ。——馬鈴薯《じやがいも》もあつたはうがいゝ。……

ブウツ。ぢやアさうします。——すぐに出《だ》します。——揚《あ》げた腸詰《ちやうづめ》を二人前《にんまへ》。——馬鈴薯《じやがいも》をつけて。……（前《まへ》の幕《まく》でやつたやうにやる。——が、どうしたのか前《まへ》の幕《まく》のやうにすぐ巧《うま》く出《で》て来《こ》ない。——間《ま》をおいてもう一度《ど》やる）あツたかい揚《あ》げたての腸詰《ちやうづめ》を二人《にん》前《まへ》。――馬鈴薯《じやがいも》をつけて……

　間《ま》。――やつぱり出《で》て来《こ》ない。

ブウツのおかアさん。だめぢやアないか、お前《まへ》……（わらふ）

ブウツ。い、え、だめなことはないんです。――ちやんと出《で》て来《く》るんです。――（改《あらた》めて、また）あツたかい揚《あ》げたての腸詰《ちやうづめ》を二人前《にんまへ》。――馬鈴薯《じやがいも》をつけて……（まへよりも大《おほ》きな声《こゑ》を出《だ》す）

　間《ま》。――やつぱり何《なん》にも出《で》て来《こ》ない。

ブウツ。（急《きふ》に心配《しんぱい》し出《だ》す）どうしたんだらう？――どうしたといふんだらう？（テイブルかけを取《と》つて、裏返《うらがへ》したり、ふるつたり、いろ〳〵する）

ブウツのおかアさん。お前《まへ》、何《なに》か、間違《まちが》へてゐるんぢやアないかい？

ブウツ。い、え、間違《まちが》へてゐるんぢやアありません。――間違《まちが》へてゐやアしません。――昨夜《ゆうべ》は、宿屋《やどや》で、ラビツト、パイと、揚《あ》げた馬鈴薯《じやがいも》と、塩漬《しほづけ》の胡桃《くるみ》と、ジヤムの入《はい》つたプデイングと、それからレモン水《すゐ》と、ちやんとみんな出《で》たんです。――昨夜《ゆうべ》出《で》たものが今夜《こんや》出《で》ないつてことはありません。――どうしたんだらう？――どうしたつていふだらう？

　ブウツ、うろ〳〵する。――そのうち、ふと、何《なに》か思《おも》ひついたことのあるやうに立《た》ちどまる。――ぢつと考《かんが》へる。――テイブルかけを、また、改《あらた》める。……

ブウツ。（急《きふ》にさけぶ）違《ちが》つてゐる、違《ちが》つてゐる……

ブウツのおかアさん。違《ちが》つてゐる……？

ブウツ。え、、違《ちが》つてゐます。――いつのまにか違《ちが》つたものになつてゐます。――にせものになつてゐます。……

ブウツのおかアさん。にせものに……？

ブウツ。ゆ、ゆうべ、宿屋《やどや》でとりかへられたんです。宿屋《やどや》の奴がとつたんです。――さうに違《ちが》ひありません。……

ブウツのおかアさん。………

ブウツ。ぼく、行《い》つてとり返《かへ》して来《き》ます。（出《で》て行《ゆ》かうとする）

ブウツのおかアさん。ブウツ、お待《ま》ち……

ブウツ。すぐです。――すぐかへつて来《き》ます。……

ブウツのおかアさん。お前《まへ》、証拠《しやうこ》があるかい？

ブウツ。証拠《しやうこ》？

ブウツのおかアさん。宿屋《やどや》でとりかへられたといふたしかなその証拠《しやうこ》があるかい？

ブウツ。でも、それにたしかに、違《ちが》ひないんですもの………

ブウツのおかアさん。違《ちが》ひないといつてもそれだけではだめですよ。――もし、宿屋《やどや》で、知《し》らないといつたらどうします

ブウツ。知《し》らないわけはありません。

ブウツのおかアさん。わけはなくつても先《さき》でさういつたら？

ブウツ。さういつたら……（こまる）

ブウツのおかアさん。何《なん》ともいへないでせう？

ブウツ。………

ブウツのおかアさん。だから、お止《よ》しなさい。――ね、だめだか

らお止《よ》し……

ブウツ。（間《ま》。――急《きふ》に）おかアさんはうそだと思《おも》つてゐるんでせう？

ブウツのおかアさん。うそだと？

ブウツ。え丶、魔法《まはふ》のテイブルかけのことをうそだと思《おも》つてゐるんでせう？

ブウツのおかアさん。い丶え、そんなことはありませんよ。

ブウツ。い丶え、さうです。――さうなんです。――それだからそんなことをいふんです。――惜《を》しいと思《おも》はないんです。

……

ブウツのおかアさん。…………

ブウツ。ほんと丶思《おも》へばどうしたつて取返《とりかへ》さなくつちやアいけないと思《おも》ひます。――誰《たれ》だつてさう思《おも》はないものはないとおもひます。

ブウツのおかアさん。ぢやア、かうおし。――（窓《まど》の外《そと》を見《み》て）今日《けふ》はもう日《ひ》が暮《く》れるから明日《あした》におし。

ブウツ。…………

ブウツのおかアさん。今夜《こんや》ゆつくり寝《ね》て、明日《あした》におし。――ね、さうおし……

ブウツ。…………（しぶ〳〵うなづく）

ブウツのおかアさん。御近所《ごきんじよ》の方《かた》の持《も》つて来《き》てくれたパンがまだ残《のこ》つてゐる。――それを、いま、もつて来《き》て上《あ》げるからお喰《た》べ。――ね、それを喰《た》べて今夜《こんや》は早《はや》くおやすみ……

ブウツ。…………（うなづく）

ブウツのおかアさん、パンをとりに退場《たいじやう》。

間《ま》。

ブウツ、テイブルのうへの紙片《かみきれ》に何《なに》か書残《かきのこ》し、そつと、戸口《とぐち》から出《で》て行《ゆ》く。間《ま》。

ブウツのおかアさん、いろ〳〵持《も》つてかへつて来《く》る。

ブウツのおかアさん。ブウツや、お持《ま》ち遠《どほ》。――お腹《なか》がお空《す》きだらう。――それはおいしいパンですよ。……（ブウツのゐないのを知《し》らず、さうしたことをいひながら、いろ〳〵のものを、そこに置《お》き、それからあかりをつける。――テイブルの上《うへ》の紙片《かみきれ》をみつける。――驚《おどろ》く。）ブウツや、ブウツや……（急《きふ》に名《な》まへを呼《よ》びながら戸《と》口《ぐち》から出《で》て行《ゆ》く）

舞台《ぶたい》にあかりの色《いろ》だけさびしく残《のこ》る。――ブウツを呼《よ》ぶ声《こゑ》だん〳〵遠《とほ》くなる。……

（幕）

その三

雪《ゆき》と氷《こほり》とに閉《と》ぢられた淋《さび》しい野原《のはら》。時間《じかん》はいつとも分《わか》らない。――が、夜《よる》でも夕方《ゆふがた》でもないだけはたしかである。――風《かぜ》たえずふく。

ブウツ登場《とうじやう》。

ブウツ。（風《かぜ》にさからひながら一生《しやう》けんめいにあるく。――一《ひと》しきり強《つよ》い風《かぜ》に吹《ふ》きつけられて思《おも》はずよろける。――帽子《ばうし》をふきとばされる。――やつとのこと拾《ひろ》つてほツと溜息《ためいき》をつく。）あ丶、ひどい。――北風《きたかぜ》のお

ぢいさんのそばへ来《く》ると眼《め》もあけられない。――（匍《は》ふやうに今度《こんど》は体《からだ》をこごめてあるく）

間《ま》。

また一しきり強《つよ》い風《かぜ》ふく。――ブウツ、たまらずそこへ四つんばひになる。――ぐたりと倒《たふ》れる。

「北風《きたかぜ》」登場《とうぢやう》。

「北風」。何《なん》だ？――何《なに》をしてゐるんだ、そんなところに？

ブウツ。何《なに》にもしてゐやしません。――あゝ、あるけないんです。（苦《くる》しさうに息《いき》を切りながらいふ）

「北風」。どうしてあるけない？――どこか体《からだ》でもわるいのか？

ブウツ。そ、そうぢやアありません。――そうぢやないんです。――おぢいさんが、――おぢいさんがあんまり……

「北風」。あんまりどうした？

ブウツ。あんまり風《かぜ》をふかせるんで――あんまりふかせるんであるけないんです。

「北風」。いくぢのない奴《やつ》だな。――ぢやア少《すこ》しのあひだ止《よ》してやらう。（風《かぜ》、止《や》む）さア、いゝだらう。

ブウツ。おこして下《くだ》さい。――手《て》を引《ひ》つ張《ぱ》つて下《くだ》さい。

「北風」。厄介《やつかい》な奴《やつ》だな。――そら。……（手《て》を引《ひ》つ張《ぱ》る）

ブウツ。…………（立上《たちあが》る）

「北風」。（ブウツの顔《かほ》を見《み》て）お前《まへ》は？

ブウツ。ブウツです。

「北風」。ブウツ？――お前《まへ》は、あゝ、この間《あひだ》おれがテイブルかけをやつた子供《こども》ぢやアないか。

ブウツ。えゝ、さうです。――あのブウツです。

「北風」。（機嫌《きげん》をわるくして）そのブウツが何《なに》しに来《き》た？――まだ何《なに》か用《よう》があるのか？

ブウツ。（いいわけなさゝうに）僕《ぼく》。――僕《ぼく》、あれをなくしてしまつたんです。

「北風」。何《なに》、なくした？

ブウツ。えゝ。

「北風」。どうしてなくした？――せつかくやつたものをお前《まへ》は……（腹《はら》を立《た》てゝ、ブウツの手《て》をつかむ）

ブウツ。（体をすくませる）いゝえ、僕《ぼく》。――僕《ぼく》……

「北風」。返事《へんじ》をしろ、――どうして、なくしたか返事《へんじ》をしろ。――返事《へんじ》をしないと、貴様《きさま》、そのまんま体《からだ》を凍《こほ》らしてしまふぞ。

「北風《きたかぜ》」さういふかいはないに、雪《ゆき》ちら〳〵とふつて来《く》る。

ブウツ。いゝえ、僕《ぼく》、自分《じぶん》でなくしたんぢやアないんです。――とられたんです。――宿屋《やどや》でとられたんです。

「北風」。えゝ、うそをつくな。

ブウツ。うそぢやアありません、ほんたうです。――ほんたうにとられたんです。

「北風」。とられたといふ証拠《しやうこ》があるか？――とられたといふ何か証拠《しやうこ》があるか？

ブウツ。あります。――あります。……

「北風」。あるならいつてみろ。(手《て》を離《はな》す。――雪《ゆき》やむ)

ブウツ。その宿屋《やどや》ぢやア、このごろ、あのテイブルかけから毎《まい》日《にち》喰《た》べるものを出《だ》してゐます。――僕《ぼく》、みました。――ちやんとみて来《き》ました。……

「北風」。それはどこの宿屋《やどや》だ？――どこの何《なん》といふ宿屋《やどや》だ？――すぐに行《い》つて取返《とりかへ》して来《き》てやる。

ブウツ。いゝえ、僕《ぼく》が行《ゆ》きます。――行《ゆ》くのは僕《ぼく》が行《ゆ》きますから取返《とりかへ》し方《かた》を教《をし》へて下《くだ》さい。――どうやつて取返《とりかへ》したらいゝでせう？

「北風」。お前《まへ》はそれを聞《き》きに来《き》たのか？

ブウツ。さうです。――さうなんです。……

「北風」。たしかにさうか？

ブウツ。僕《ぼく》、うそはつきません。だましなんかしません。――(小《ちひ》さな声《こゑ》で) お母《かあ》さんはだましてしまつたけれど。……(宿屋《やどや》の亭主《ていしゆ》の唄《うた》をうたふ声《こゑ》が遠《とほ》く聞《きこ》える) おや？

「北風」。何《なん》だ？

ブウツ。声《こゑ》が聞《きこ》えます。――あいつです。――あいつの声《こゑ》です。

……

「北風」。あいつとは誰《だれ》だ？

ブウツ。宿屋《やどや》です。――宿屋《やどや》の亭主《ていしゆ》です。

「北風」。宿屋《やどや》の？

ブウツ。えゝ、さうです。――きつとあなたに逢《あ》ひに来《き》たんです。――知《し》らない顔《かほ》であなたに逢《あ》ひに来《き》たんです。

「北風」。よし、お前《まへ》はそこにかくれてゐろ。

ブウツ、かくれる。

間《ま》。

宿屋《やどや》の亭主《ていしゆ》。登場《とうじやう》。――雪《ゆき》、また、ちら〳〵ふつて来《く》る。

宿屋の亭主。さア吹《ふ》け、いくらでも吹《ふ》け。――ふれ、幾《いく》らでもふれ。――いくら吹《ふ》いて来《こ》ようと、ふつて来ようと、そんなことにビクともするやうなおれさまぢやアないぞ。(風《かぜ》、一《ひと》しきり強《つよ》くふく。――宿屋《やどや》の亭主《ていしゆ》、あぶなくよろける) おツと、と、と。――あぶない。――これはあんまり威張《えば》れないぞ。……

(「北風《きたかぜ》」、黙《だま》つて宿屋《やどや》の亭主《ていしゆ》のまへに立《た》つ。ギヨツとしたがわざと) 何《なん》だ、お前《まへ》は？

「北風」。おれだ。

宿屋の亭主。おれぢやア分《わか》らない、名前《なまへ》をいへ。

「北風」。おれはこゝのぬしだ。

宿屋の亭主。こゝのぬし……？

「北風」。(命令《めいれい》するやうに) ここへ来《く》るものは誰《たれ》でもおれのいふ通《とほ》りになるんだ。――その氷《こほり》の中《なか》をのぞいてみろ。

宿屋の亭主。氷《こほり》の中《なか》？ (のぞいてびつくりする)

「北風」。わるくおれにたて〴〵もつけばみんなこの通《とほ》りだ。――氷《こほり》の木乃伊《みいら》またゝくひまだ。

宿屋《やどや》の亭主。(急《きふ》に丁寧《ていねい》に) あ、あなたは……？

「北風」。おれは北風《きたかぜ》だ。

宿屋の亭主。北《きた》――?わ、わたくしは、――わたくしはあなたにお目《め》にかゝりたくつてこゝまでまゐつたのでございます。――(一人言《ひとりごと》のやうに)でも、あゝ、お目《め》にかゝれてよかつた。……

「北風」。…………

宿屋の亭主。わたくし、あなたに、お願《ねが》ひがあるのでございます。――ぜひ聞《き》いていたゞきたいのでございますが……

「北風」。…………

宿屋の亭主。わたくしは、町《まち》で、十年《ねん》もう宿屋《やどや》をしてをります至《いた》つての正直《しやうじき》ものでございますが、実《じつ》は。――実《じつ》はその。――わたくしのところに、その楡《にれ》の木《き》があつたのでございます。……

「北風」。…………

宿屋の亭主。その楡《にれ》の木《き》を。――その楡《にれ》の木《き》をあなたがおふき倒《たふ》しになつたのでございます。――いえ、それを――それを何《なに》もとやかく申《まを》すんではございません。――申《まを》すんではございませんが、もう一《ひと》つ、その、わたくしどもの門《もん》の戸《と》を片《かた》つ方《ぽ》おふき倒《たお》しになりました。――いえ、それも、わたくしどもで両方閉《りやうはうし》めて置《お》きましたのが悪《わる》かつたのでございますが……

「北風」。…………

宿屋の亭主。それと、もう一《ひと》つ、わたくしどもで大切《たいせつ》にしてをります、わたくしどもでもう一番《ばん》いゝ牝牛《めうし》を、――何《なに》がお気《き》に障《さは》つたか知《し》りませんが、その牝牛《めうし》を、へゝ、あなたはおふき飛《と》ばしになりました。――いえ、しかし、仕合《しあは》せと遠《とほ》くへは行《ゆ》かず、隣《となり》のうちの牧場《まきば》に無事《ぶじ》でをりました。――これはひとつに神《かみ》さまのおめぐみと思《おも》つてをります

「北風」。それがどうした?

宿屋の亭主。(キヨトンと)へえ。

「北風」。だからどうだといふんだ?

宿屋の亭主。へえ、その。――でございますから、その……

「北風」。…………

宿屋の亭主。弁償《べんしやう》して、その、いたゞきたいのでございますが……(どつと急《きふ》に風《かぜ》にふきつけられてよろける)あなた、――それは、あなた。――こんなにしづかにお話《はなし》してゐるものを……

「北風」。…………

宿屋の亭主。枯《か》れてしまつたんです。――楡《にれ》の木《き》は枯《か》れてしまつたんです。……

「北風」。(風《かぜ》をやます)枯《か》れたらまた植《う》ゑるがいゝ。

宿屋の亭主。さうは行《い》きません。

「北風」。なぜ行《い》かない?

宿屋の亭主。なぜといつて……

「北風」。これをやるから持《も》つて行《ゆ》け。(宿屋《やどや》の主人《しゆじん》のまへに棒《ぼう》つ切《きれ》を投《な》げ出す)

宿屋の亭主。これは?

「北風」。楡《にれ》の木《き》だ。――それをまへに楡《にれ》の木《き》のあつたところへ植《う》ゑるがいゝ。

宿屋の亭主。(不足《ふそく》らしく) こんな棒《ぼう》つ切《きれ》を？

「北風」。いやなら止《よ》せ。

宿屋の主人。い、い、え、結構《けつこう》でございます。

「北風」。よければ持《も》つて早《はや》くかへれ。

宿屋の亭主。かへります。――かへりますが、しかし……

「北風」。え、、早《はや》くかへれ。


風《かぜ》、強《つよ》くふく。――宿屋《やどや》の主人《しゆじん》、あつといふ間《ま》もなく、くるくるとまはりながら退場《たいじやう》。――かへります、かへります、と、あわて、いふ声《こゑ》をあとに残《のこ》して……


「北風」。子供《こども》、出《で》て来《こ》い。(ブウツ、出《で》て来《く》る) みろ、あれを……

ブウツ。(不平《ふへい》らしく) どうしてあんな奴《やつ》に楡《にれ》の木《き》を弁償《べんしやう》してやつたんです？

「北風」。あれはたゞの棒《ぼう》つ切《きれ》だ。

ブウツ。たゞの……？

「北風」。あいつの持《も》つてゐる分《ぶん》にはさうだ。――なぜなら、あいつはあの魔法《まはふ》の棒《ぼう》のつかひ方《かた》を知《し》らない。……

ブウツ。魔《ま》、魔法《まはふ》の棒《ぼう》なんですか、あれ？

「北風」。お前《まへ》にそのつかひ方《かた》を教《をし》へてやる。――あの棒《ぼう》に向《むか》つて「横《よこ》になれ！」――たゞさう命令《めいれい》すれば、い、のだ。さうすれば、すぐ、その通《とほ》りになる。……

ブウツ。その通《とほ》りに？

「北風」。その通《とほ》り横《よこ》になる。――横《よこ》に寝《ね》るんだ、それが。……

ブウツ。(腑《ふ》に落《お》ちないように) 横《よこ》に……？

「北風」。早《はや》く行《ゆ》け。――行《ゆ》けば分《わか》る。……


風《かぜ》、強《つよ》く吹《ふ》き出《だ》す。――ブウツ、そこにひれ伏《ふ》す。

雪《ゆき》、はげしくふつて来《く》る。

「北風《きたかぜ》」その雪《ゆき》の中《なか》に消《き》える。――しばらくして、ブウツ、立上《たちあが》る。――「北風《きたかぜ》」のすがたがみえないので、そのま、、魔法《まはふ》の棒《ぼう》を大切《たいせつ》にか、へて退場《たいじやう》。


(幕《まく》)

その四

宿屋《やどや》。――舞台《ぶたい》「その一」に同《おな》じ。

午後《ごご》。

宿屋《やどや》の亭主《ていしゆ》。かみさんに「北風《きたかぜ》」からもらつて来《き》た魔法《まはふ》の棒《ぼう》をみせてゐる。


宿屋の亭主。一寸《ちよつと》みちやアたゞの棒《ぼう》つ切《きれ》としかみえないだらう？

宿屋のかみさん。さうですわね。

宿屋の亭主。これを、まへの、楡《にれ》の木《き》の植《う》わつてたところへ植《う》ゑるんだ。さうするとたちまちこれが楡《にれ》の木《き》になるんだ。――もとのやうなあの楡《にれ》の木《き》になるんだ。……

宿屋のかみさん。……

宿屋の亭主。うちの庭《には》に、また、もとのやうな青々《あをあを》した楡《にれ》の木《き》が植《う》わらうとは、とてもお前《まへ》なんぞ、想像《さうざう》もしなかつたらう？

宿屋のかみさん。しませんでしたわ。

宿屋の亭主。しないのが当《あた》りまへだ。――おれだつてしなかつた。

宿屋のかみさん。でも、ほんたうにそれが………？

宿屋の亭主。楡《にれ》の木《き》になるかといふんだらう？

宿屋のかみさん。え丶。

宿屋の亭主。お前《まへ》はあの（声《こゑ》を小《ちひ》さくして）テイブルかけのことをなぜ思《おも》はない？――あのテイブルかけだつて、たゞみた分《ぶん》には、あんな不思議《ふしぎ》な働《はたら》きをしようとはとても思《おも》へないぢやアないか。――うちにある外《ほか》の、あたりまへのテイブルかけとちつとも違《ちが》つたところがないぢやアないか？

宿屋のかみさん。………

宿屋の亭主。ともにあの北風《きたかぜ》のくれたものだ。どんな不思議《ふしぎ》をみせるか分《わか》らない。おれは、それよりも、急《いふ》にまた楡《にれ》の木《き》が生《は》へて、牛《うし》の奴《やつ》がびつくりしなければい丶とそれを心配《しんぱい》してゐる。

宿屋のかみさん。牛《うし》がびつくりして、そのために、お乳《ちゝ》でも出なくなつたら大《たい》へんです。――うちの暮《くら》しの半分《はんぶん》は牛乳《ぎうにふ》でもつてゐるんですからね。

宿屋の亭主。い丶よ、い丶よ。――そんなことがあつたら北風《きたかぜ》のところへ行つてまた文句《もんく》をつけてやる――さうすればまた何《なに》かよこす。――あの北風《きたかぜ》の奴《やつ》はこつちから呶鳴《どな》つて行《い》くにかぎる。おとなしくしてゐたらキリがない。――さア、一《ひと》つ、植《う》ゑて来《く》るかな。（立上《たちあが》る）――いや〳〵、そのまへに腹《はら》をこしらへよう。――何《なに》をするにも腹《はら》が空《す》いてちやアだめだ。

（魔法《まはふ》の棒《ぼう》を置《お》いてかけ時計《どけい》のそばへ行《い》く。―そのなかにかくしてあるブウツのテイブルかけを出《だ》して、もとのところへかへる。）大丈夫《だいじやうぶ》か？　誰《だれ》も来《こ》ないか？

宿屋のかみさん。（戸口《とぐち》のところへ行《い》つて外《そと》をみる。――戸《と》を閉《し》めて）誰《だれ》も来《き》ません。

宿屋の亭主。よし。………（テイブルかけをテイブルのうへにひろげる。――威張《ゐば》つて椅子《いす》にかけて）ビイルとチイズ。…………。

（テイブルのうへにビイルとチイズ出《で》る。）

（いまさらのやうに感心《かんしん》して）不思議《ふしぎ》だよ。――さういつても不思議《ふしぎ》だよ。――（宿屋《やどや》のかみさんに）さう思《おも》はないか、お前《まへ》………？

宿屋のかみさん。おもひますわ。

宿屋《やどや》の亭主《ていしゆ》、食事《しよくじ》をはじめる。――途端《とたん》に入口《いりぐち》の戸《と》が叩《たた》かれる――宿屋《やど》の亭主《ていしゆ》、びつくりして椅子《いす》からとび上《あが》る。――いそいでテイブルかけをとつてどこかへかくさうとする。い丶智慧《ちゑ》が出《で》ないで、結局《けつく》、自分《ぶん》のかくしのなかへ押《お》しこむ。（もとのやうに時計《とけい》のなかへかくさうとすると、ちやうどそのとき時計《とけい》が時《とき》をうち出《だ》したのであわてるなどのをかしみあり）――その間《ま》に宿屋《やどや》のかみさん、ビイルの瓶《びん》とチイズの皿《さら》を両手《りやうて》にもつてまご〳〵する。

間《ま》。

戸《と》、あく。――ブウツ、入《はい》つて来《く》る。

ブウツ。ごめんなさい。

宿屋の亭主。だ、だまつて人《ひと》のうちへ入《はい》つて来《く》るといふ法《はふ》がありますか？

ブウツ。だまつてぢやアありません。いくら呼《よ》んでもあなたのはうで返事《へんじ》をしないだけです。――（宿屋《やどや》のかみさんの恰好《かくかう》をみて）あゝ、御飯《ごはん》をたべてゐたんですか。

宿屋のかみさん。（あわてゝ）いゝえ、いゝえ。――もうすんだんです。……（手《て》にもつた瓶《びん》と皿《さら》のやり場《ば》にこまる）

ブウツ。（宿屋《やどや》の亭主《ていしゅ》に）ぼくです。――このあひだの晩《ばん》とまつた、ぼく……（さういひかけて）おぼえてゐるでせう、をぢさん？

宿屋の亭主。いゝや。（いそいで横《よこ》を向《む》く）

ブウツ。覚《おぼ》えてゐませんか？

宿屋の亭主。毎日大《まいにちおほ》ぜいのお客《きやく》ですからね。

ブウツ。（すりかへられた「その二」のテイブルかけを出《だ》して宿屋《やどや》のかみさんにみせる）をばさん、これ知《し》つてゐるでせう？

宿屋のかみさん。あゝ、それは………

宿屋の亭主。（いそいで側《そば》から）知《し》らない。――そんなテイブルかけ、うちぢやア知《し》らない。（宿屋《やどや》のかみさんに）気《き》をつけて口《くち》をきくもんだ。（怖《こわ》い眼《め》をして叱《しか》る）

宿屋のかみさん。………（おどろいて黙《だま》る）

ブウツ。ぼくはをぢさんに聞《き》いてやアしない。

宿屋の亭主。聞《き》いても聞《き》かなくつても、うちんぢやアない。――そんなテイブルかけ、どこにだつてあるテイブルかけだ。………

ブウツ。………

宿屋の亭主。が、もしそれを知《し》つてゐるといつたらお前《まへ》どうするんだ？――うちのなら、お前《まへ》、どうするんだ？

ブウツ。ぼくのと違《ちが》つてゐるから取替《とりか》へてくれ給《たま》へ。

宿屋の亭主。何《なに》？

ブウツ。ぼくの魔法《まはふ》のテイブルかけを返《かへ》してくれ給《たま》へ

宿屋の亭主。魔法《まはふ》のテイブルかけ？（大《おほ》きな声《こゑ》で急《きふ》にわらつて）何《なに》をいつてるんだ、この才蔵《さいざう》は。――ねぼけるのもいゝ加減《かげん》にしろ。――こんなものに構《かま》つてゐるひまに、さうだ、早《はや》くおれは楡《にれ》の木《き》を植《う》ゑてしまはう………

宿屋《やどや》の亭主《ていしゅ》、ごまかして魔法《まはふ》の棒《ぼう》を取上《とりあ》げ、いそいでそのまゝ庭《には》のはうへ行《ゆ》かうとする。

ブウツ。（大《おほ》きな声《こゑ》で）横《よこ》になれ！

ブウツがさういふと同時《どうじ》に雷《かみなり》の落《お》ちるやうな音《おと》きこえる。――宿屋《やどや》の亭主《ていしゅ》、わつといつて倒《たふ》れる。――そのまゝ魔法《まはふ》の棒《ぼう》に押《おさ》へつけられて動《うご》くことが出来《でき》ない。――宿屋《やどや》のかみさん、おどろいてそばへ馳《か》けよる。

宿屋のかみさん。ど、どうしたんです。――どうしたんです。

………？

宿屋の亭主。た、た、たすけてくれ。――たすけてくれ。………

宿屋のかみさん。ど、ど、どうしたんです。――ど、どうしたんです？

宿屋の亭主。死《し》、死《し》ぬ。――死《し》ぬ。――く、くるしい………

宿屋《やどや》のかみさん、一生《しやう》けんめいに魔法《まはふ》の棒《ぼう》を持《も》ちあげようとする。――動《うご》かばこそ。………

宿屋の亭主。死《し》、死《し》ぬ。――死《し》ぬ。………

宿屋のかみさん。待《ま》つて下《くだ》さい。――待《ま》、待《ま》つて下《くだ》さい…………

宿屋の亭主。だ、だめだ。――だめだ。………

宿屋のかみさん。いけません。――いけません、いけません。

………

ブウツ、そのさまを驚《おどろ》いたやうに、また、感心《かんしん》したやうに、ぼんやりキヨトンとみて立《た》つ。――

宿屋《やどや》のかみさん、そのまへに来《き》て、また一生《しやう》けんめいに今度《こんど》はたのむ。

宿屋のかみさん。お助《たす》け下《くだ》さい、どうか、お助《たす》け下《くだ》さい…………

ブウツ。をばさん、あなたはいゝ人《ひと》です。あなたの御亭主《ごていしゆ》は悪《わる》い人《ひと》だけれど、あなたは正直《しやうじき》ないゝ人《ひと》です。――だから、ぼく、魔法《まはふ》のあのテイブルかけさへ返《かへ》してくれゝば助《たす》けてあげます。――あなたに免《めん》じて助《たす》けてあげます。

宿屋のかみさん。ほんたうですか？　ほんたうに助《たす》けて下《くだ》さいますか？

ブウツ。ぼく、うそはつきません。

宿屋の亭主。(苦《くる》しさうに)か、か、返《かへ》す。――上《あ》げてくれ。――か、かくしにあるから上《あ》げてくれ。

宿屋《やどや》のかみさん、それを聞《き》くとすぐ側《そば》へ行《い》つて、かくしから魔法《まはふ》のテイブルかけを出《だ》す。――うや〳〵しく、それをブウツに持《も》つて来《く》る。

ブウツ。(大《おほ》きな声《こゑ》で)上《と》まれ！　もういゝ、止《と》まれ！………

魔法《まはふ》の棒《ぼう》、何《なん》のこともなく宿屋《やどや》の亭主《ていしゆ》を離《はな》れてころがる。――宿屋《やどや》の亭主《ていしゆ》、ぼんやり起《お》き上《あが》る。

宿屋の亭主。どうしたといふんだ、おれは………？

宿屋のかみさん。さア、お礼《れい》を。――早《はや》くお礼《れい》をおつしやい。お礼《れい》を………

宿屋の亭主。何《なん》の…………？

宿屋のかみさん。死《し》ぬのを助《たす》けていたゞいた………

宿屋の亭主。死《し》ぬのを……？　(自分《じぶん》で体《からだ》をさわつてみたりそこら中《ぢう》みまはしたりする。

ふとそこにころがつてゐる魔法《まはふ》の棒《ぼう》に眼《め》を触《ふ》れてぞつとしたやうに身《み》をすくめる。

ブウツ。をぢさん、ぼくはこれさへ返《かへ》してもらへば、これでもういゝんですよ。(亭主《ていしゆ》に魔法《まはふ》のテイブルかけをみせる)

宿屋の亭主。あゝ、それ……(思《おも》はず手《て》を出《だ》す)

ブウツ。(出《だ》したその手《て》の上《うへ》へ、すりかへられたはうのテイブルかけを抛《ほう》る。)返《かへ》します、それは。――あなたんだから…………

宿屋の亭主。…………(グニヤリとなる)

ブウツ。(宿屋《やどや》のかみさんに)をばさん、ぼくもうかへります。――きつと、おかアさん、お腹《なか》をすかして待《ま》つてゐると思《おも》ひますから。――さようなら。………(出《で》て行《ゆ》く)

(幕)

(「赤い鳥」大正14年10～12月号、大正15年1月号)

評論

評論
随筆
インタビュー

新進作家の新傾向解説

川端康成

A　新感覚的表現の理論的根拠

一　新文藝勃興

文藝に興味を持つてゐる総ての人々が、今日注目しなければならない第一の目標は、今日の新進作家である。新進作家が持つてゐる「新しさ」である。この新しさを理解すると云ふことばかりが、新しい時代の文藝の王国へ入国を許されるために必要な、唯一つの旅行券である。これがない人々は、明日の文藝界に於て、創作家であることも観賞家であることも、拒まれるにちがひない。

祖母の腹から孫は生れない。孫にも母がなければならない。祖母が子と呼ぶ者を、孫は母と呼ぶ。これと同じやうに、将来の文藝の世界に生きようとする人々も、祖母ばかりを見てゐないで、また母を見なければならない。来るべき時代の文藝を創造する者は、その母となる者は、今日の新進作家である。今日の新進作家を理解することが遅きに失する人々は祖母の腹から孫として生れようと空しく努力するやうなにがい苦しみを、遠からず味はねばならないこととならう。

新進作家の或る者は、新しい感情と結婚した。また、或る者は新しい生活と結婚した。そして夫等は新しい文藝を生み初めた。新しい母の時代は晴やかに花開かうとしてゐる。昨日の花はどんなに美しからうと、その美しさはもう分つてゐる。けれども、今朝の花の新鮮さは目にみづみづしい。今朝の花の美を感じないなら、今朝まで生き延びた甲斐がないではないか。今朝になつても昨日の花を見てゐるなら、昨日死んだと同じではないか。

既成作家対新進作家の問題は、何と云つても、大正十三年文藝界の主要問題であつた。考へても見給へ。「既成」と云ふ言葉は「既知」と云ふ言葉と、悲しむべき握手をしてゐる。それに引換へ、新進或ひは「未成」と云ふ言葉は「未知」と云ふ言葉と、喜ばしい握手をしてゐる。未知と云ふこと、唯それだけでも、何と云ふ魅力であらう。

この未知なるものを知らうとして、私たちは目を輝かせてゐる。新しいものに就て歓ばしく語り合ふことを、お互同志の挨拶としてゐる。「お早う。」と一人が云つて「お早う。」と相手が答へるのは、もう退屈なのだ。昨日と変らず今日も太陽が東から昇るやうな、相も変らずな文藝には、大分倦いて来た。

「猿の子は母猿の腹にぶら下つて歩くものですね。」と一人が云ふと、「白鷺の足の指は実に長いですね。」と相手が挨拶するのが面白いのだ。新しい文藝とか、新しい生活とか云ふものは、今日誰も彼もが分つてゐるとは云へない。それでいいのだ。新進作家に就て語るのは、過去の計算をすることではないのだ。今朝の桐の芽が明日は何寸伸びるであらうかと予想することなのだ。

だから、私も新進作家諸氏の作風に断定を下さうとするのではない。私は唯、白鷺の足の指の長いことを見たので、それを話すのだ。ほかの人はまた、猫を見、紅雀を見、朝顔の花を見ればいいのである。しかしとにかく、文藝に興味を有する人は、今日の新進作家に就て何かの意味を持たなければならない時代になつて来たことだけは確かである。新しい文藝を、どんな風になりと感じなければ、文藝を語れなくなつて来たのは事実である。新進作家の存在は文藝界に空気のやうに普通なこととなつて来た。それに就て考へることを拒絶するのは、水を呼吸して生きようとするのと同じ愚かさである。

二　新しい感覚

「新しい感覚」と云ふ言葉は今日「新進作家」とか「新時代」とか云ふ言葉と離すことが出来ないものとなつた。新進作家の作風をこの一つで云ひ現はさうとする人々が多い程である。千葉亀雄氏は「文藝時代」の同人諸氏の出現を「新感覚派の誕生」と名づけた。そして、新進作家を二つの傾向に分ち、「文藝時代」の人々を新感覚派と呼び、「文藝戦線」の人々をプロレタリア派と呼ぶことが、文壇の新しい習慣となりかかつてゐる。

しかしその習慣に従ふ前に、次のことはよく知つて置かねばならない。

プロレタリア派の人々も、新しい文藝を創造する新進作家であるならば、その作風に新しい感覚を含まねばならない。理由は簡単明瞭である。新しい表現なくして新しい文藝はない。新しい表現なくして新しい内容はない。新しい感覚なくして新しい表現はない。これは何も今に初まつたことではない。そして事実、プロレタリア派の前田河広一郎氏、金子洋文氏、今野賢三氏なぞも、新しい感覚で表現をしようと努力してゐる。これは当然なことである。

しかし、それとは別に、この派の人々は感覚に対してもう一つの態度を持つてゐる。彼等は云ふ。これまでの文藝は、ブルジヨア階級の感覚を通して自然と人生とを感じてゐた。我々の文藝はプロレタリア階級の感覚を通して自然と人生とを感じなければならない。農夫の眼が見る大根畑であり、職工の掌が撫でる女の肌でなければならない。つまり、作者は職工や貧乏人であるか、または彼等と同じ感覚の所有者でなければならない。

この説の実現は、新しい感覚の文藝を創造することであるにはちがひない。しかし、これは「感覚主義」ではない。云ふならば、「感覚の発見」である。最も新しい感覚論者片岡鉄兵氏なぞが「感覚の発見」と名づけるのは、例へばこのやうなことであらう。

しかし、片岡鉄兵氏も説明してゐるやうに、「新感覚主義」はこの「感覚の発見」を目的としてゐるのではない。人間の生活に於て感覚が占めてゐる位置に対して、従来とはちがつた考へ方をしようと云ふのである。そして、人生のその新しい感じ方を文藝の世界に応用しようと云ふのである。これを藝術哲学的に説明すると、非常に面倒臭くなる。しかし例へば、砂糖は甘い。従来の文藝では、この甘いと云ふことを、舌から一度頭に持つて行つて頭で「甘い」と書いた。ところが、今は舌で「甘い」と書く。またこれまでは、眼と薔薇とを二つのものとして「私の眼は赤い薔薇を見た。」と書いたとすれば、新進作家は眼と薔薇とを一つにして、「私の眼が赤い薔薇だ。」と書く。理論的に説明しないと分らないかもしれないが、まあこんな風な表現の気持が。物の感じ方となり、生活のし方となるのである。

かう云ふ風に感覚を考へることは、必ずしも感覚的享楽主義となりはしない。また、無内容ともなりはしない。文藝の内容となるものは何であるか、と云ふことにもいろんな説はある。しかし、人間の感情であることは確かだ。ところが、「感情と離れた感覚と感覚なき感情とを経験し得る。」と思ふのは、色のない形と形のない色があると思ふが如き誤りなのである。してみると、新しい感覚の文藝は、当然、新しい感情の文藝に帰着すべきものなのである。これを知らない盲者だけが、新感覚主義の文藝を「新しい感情のない文藝」と云ひ、「新しい内容のない文藝」と云つて、軽んじ得るのである。藝術論上のこの迷妄をも、私は打破したいのであるが、この一文の主旨に外れるから、他の評論に譲る。そして、新進作家の作品に新しい感覚がどんな風に現はれてゐるかを、解説するに止めよう。

尚、文藝に於ける感覚を論ずるのに、注意しなければならないことは、文藝が美術や音楽とちがふ点である。美術や音楽を創作したり観賞したりする時の感覚の働き方と、文藝の場合の働き方とは遥かにちがふ。この問題も面倒なことで、別に一つの評論でも書かなければ云ひつくせない。しかし、新感覚主義と呼ばれる文藝は、その手法や表現に於て、美術や音楽の場合の感覚の働き方に一歩近づいた、とは云へると私は思ふ。そしてこのことが、新進作家の作風に新しい「ポエム——詩美」を漂はせる一原因となつてゐるのである。

三　表現主義的認識論

例へば、野に一輪の白百合が咲いてゐる。この百合の見方は三通りしかない。百合を認めた時の気持は三通りしかない。百合の内に私があるのか。私の内に百合があるのか。または、百合と私とが別々にあるのか。これは哲学上の認識論の問題である。だから、ここで詳しくは云はず、文藝の表現の問題として、分り易く考へてみる。

百合と私とが別々にあると考へて百合を描くのは、自然主義的な書き方である。古い客観主義である。これまでの文藝の表現は、すべてこれだつたと云つていい。

ところが、主観の力はそれで満足しなくなつた。百合の内に私がある。私の内に百合がある。この二つは結局同じである。そして、この気持で物を書き現さうとするところに、新主観主義的表現の根拠があるのである。その最も著しいのがドイツの表現主義である。

自分があるので天地万物が存在する、自分の主観の内に天地万物がある、と云ふ気持で物を見るのは、主観の力を強調することであり、主観の絶対性を信仰することである。ここに新しい喜びがある。また、天地万物の内に自分の主観がある、と云ふ気持で物を見るのは、主観の拡大であり、主観を自由に流動させることである。そして、この考へ方を進展させると、自他一如となり、万物一如となつて、天地万物は全ての境界を失つて一つの精神に融和した一元の世界となる。また一方、万物の内に主観を流入することは、万物が精霊を持つてゐると云ふ考へ、云ひ換へると多元的な万有霊魂説になる。ここに新しい救ひがある。この二つは、東洋の古い主観主義となり、客観主義となる。いや、主客一如主義となる。かう云ふ気持で物を書現さうとするのが、今日の新進作家の表現の態度である。他の人はどうか知らないが、私はさうである。そして事実、かう云ふ気持が新進作家の表現に多分に現はれてゐる。片岡鉄兵、十一谷義三郎、横光利一、富ノ沢麟太郎、金子洋文その他の諸氏や「葡萄園」の諸氏の作品を読めば直ぐ目につくことである。これらの諸氏の表現を、私の独断ではあるが、以上のやうな理論で基礎づけようと、私は考へてゐる。

表現主義の小説家は、今のところ日本に見当らないが、そして表現主義の表現の態度とは大分ちがふが、今日の新進作家の新感覚的な表現もまた、表現主義の人々が認識論にその理論的根拠を置いたと同じやうに、認識論を味方とすることが出来ると、私は思つてゐる。

例へば、代表的な横光利一氏の作品である。ある人々は、横光氏の作風を自然主義的であると云ひ、その表現を客観的であると云ふ。これは明らかに誤解である。若し客観主義なら、新しい客観主義である。新主観主義的な、主客一如的な客観主義なのである。だから一方他の人々に、表現派だとか、立体派だとか云はれるのである。例を引くまでもない。横光氏の作品のどの一節でも開いて見給へ。その自然描写を読んで見給へ。殊に、沢山の物を急調子に描破した個処を読んで見給へ。そこには、一種の擬人法的描写がある。万物を直観して全てを生命化してゐる。対象に個性的な、また、捉へた瞬間の特殊な状態に適当な、生命を与へてゐる。そして作者の主観は、無数に分散して、あらゆる対象に躍り込み、対象を躍らせてゐる。横光氏が白百合を描写したとする。と、白百合は横光氏の主観の内に咲き、横光氏の主観は白百合の内に咲いてゐる。この点で、横光氏は主観的であると云ひ得るし、客観的であると云ひ得る。また、横光氏の表現が潑溂とし、新鮮であるのも、このためである。横光氏の作品に作者の喜びが聞えるのも、この見方のためである。

かう云ふ気持は、横光氏や前記諸氏の表現ばかりでなく、大ていの新進に共通する特色である。そして、この表現の態度が、或ひは情景を浮ばせ、或ひは人物を躍動させ、要するに描写を立体的に鮮明にしてゐるのである。かう云ふ気持には、勿論新しい感覚が必要である。そして、かう云ふ気持は、当然感覚を新しくする。

右に云つたことは、一つの哲学である。認識論である。自然人生の新しい感じ方である。新しい感情である。この一点だけでも、今日の新進作家の新感覚主義は新しい文藝である。

四　ダダ主義的発想法

ダダ主義には理窟がない。何がダダ主義であるかも分らない。私が以下云ふやうな理論を、誰も云つてはゐない。云つてゐるかもしれないが、私は知らない。だから、これも前説と同じく私の独断である。

ダダ主義の、時によると訳の分らない詩や小説の表現を、私は一種の「発想法の破壊」であると考へてゐる。そしてこの点から、新進作家の新表現の理論的根拠を、一個引ぱり出さうと云ふのである。

心理学説中でまだ年若い一派に「精神分析学」と云ふのがある。この派の学者は夢を分析するのに「自由聯想」と云ふ方法を用ゐる。精神分析学をここに紹介する必要はないが、この「自由聯想」に就て少し云ひたい。この分析法を用ゐる時に、心理学者は患者、云ひ換へると被分析者を、安楽椅子に坐らせたり、寝椅子に横たはらせたりする。つまり、体の筋肉が弛む楽な姿勢を取らせる。それから、夢の一片、例へば患者の夢の中に蛇が現はれたのだとすると、その蛇に就てその時心に浮んで来るものを、片つ端から、出来るだけ早く、何の秩序もなしに云はせる。蛇の聯想を自由に述べさせる。そしてその聯想から、この患者は何故蛇の夢を見たかと云ふ心的経過を洞察する。

ところが、私たちの頭の中の想念は、常にこの自由聯想的なものである。精神分析学者が、患者を出来るだけ楽な姿勢に置いて、目を瞑らせるのは、患者の空想力を自由に解放するためなのである。試みに、諸君自身を考へて見給へ。日向の芝草の上に身を投げ、或は柔かい寝床に横たはる時、空想は自由な翼を得て、ほしいままに飛ぶ。もろもろの物の姿や言葉がとりとめもなく浮んでは消える。しかし、それを頭に浮ぶままに口に出したとしても、聞く者には殆ど無意味な譫言に近い。ところが、精神分析学者は、このとりとめもない自由聯想に、心理洞察の鍵を見出した。そしてそこに、ダダイストは新しい発想法を見出した、と私は思ふのである。

文章には文法がある。語法や文章法がある。これは、お互の思想感情を言葉で了解するための規約である。規約は没個性的である。非主観的である。文藝が言語を表現の媒介としてゐることは、「文藝が契約藝術の悲しみ」を持つ所以である。そして、私達の頭の中の想念は、この規約通りに浮びはしない。もつと直観的に、雑然と無秩序に、豊饒に浮ぶものである。自由聯想に近いものである。私達が他人に話し、また文章に書き現はす時には、頭の中に浮ぶとりとめない想念や物の姿や、聯絡のない心象を、選択し、整理し、秩序を立て、順序を附けて、言葉や文字に移す。この選択、整理、秩序、順序、なぞが「発想法」なのである。

ダダイストはこの発想法に於て、従来の表現に反抗して立つた。私はさう解釈してゐる。ダダイストの詩は、時によると単語の無意味な連続に近く、きれぎれな心象の羅列に過ぎない。これは、詩人の頭の中の自由聯想の表出であるから、他人には分らないのである。最も主観的であり、直観的であり、同時に感覚的である、と云へるのである。同じく分らないと云ふ点に於て、人々は象徴主義の詩を聯想する。しかし強いて云へば、象徴主義は理知的であり、ダダ主義は感覚的である。

私たちは、ダダイストの「分らなさ」を喜んで真似ようと云ふのではない。そこから、主観的な、直観的な、感覚的な新しい表現が導き出さるべき暗示を見出すのである。そして、古く色褪せた冷い発想法から解放されやうとするのである。言葉と云ふものの不完全さに就ては、私は以前にも度々云つた。表現派の「シユライドラマ――叫喚劇」なぞも、この点に敏感な結果生れたものの一つであると云へやう。文藝史上の総ての新文藝運動は、新しい表現様式の出現は、一面から見れば、人間の精神が言語の不自由な束縛から解放されやうとする願ひの爆発であると、私は考へてゐる。精神が言語を通じて、完全な自由な表出を見出さうとする、一種のロオマンチツク・ムウヴメント――浪漫運動であると、解釈してゐる。かう思つて、新しい表現の探究に熱情を感じてゐる。そして、古い発想法から解放されやうとするらしい新進諸氏の表現を、仮りに「ダダ主義的発想法」とでも呼んで、それを私の理論としてゐる。簡単に云ふならば、心象の配列法が、主観に忠実となり、直観的となり、同時に感覚的となつて来たのである。

最近の大美学者、ベネデツト・クロオチエの説も、心象即表現即藝術と云ひ約めることが出来る。表現とは心象である。ペンで文字を書き、刷毛で色を塗ることではない。この心象をそのままの姿で文字に現はさうとする気持、それが新進作家の表現を、潑溂とさせ、新鮮にしてゐる。感覚で対象を生かさうとする気持となつてゐる。

横光利一、今東光、高橋新吉、その他の諸氏や「葡萄園」同人諸氏の表現を読んで見給へ。その空想は放胆に物から物へ飛んで行く。作者の頭に去来出没する心象は、稍無秩序な突飛な順序に、整理と選択を忘れたかと思ふ豊かさのまま、文字にその姿を落して行く。精神分析学者の所謂「自由聯想」に近い様式と云へなからうか。特に横光氏や今氏の表現はもろもろの物の姿が頭の中に来ては去り来ては去りする「速度」をさへ写し得て、そこに音楽的なリズムさへ感じられるではないか。

また、ダダイストは「同時性」と云ふことを云ふ。その意味はとにかくとして、人間は同時に多くの物を見、多くのことを感じる。もとより、ある瞬間の視点は一点であり、意識の中心は一事である、と云ふ説は正しいであらう。しかし、その一点や中心は、言葉や文字よりは早く移り変る。そして、視野や意識内容は、文章よりも変化に富み、広さを持つてゐる。この変化と広さを、言葉と文字で写さうとする努力は、石浜金作氏の最近の表現に最もよく現れてゐる。横光氏の表現にも、その気持がある。

とにかく、ダダ主義的発想法は、右に云つたやうな心理的根拠があり、その表現を心象の豊かな花園とし、みづみづしい感覚が直観と抱合つて踊る世界と化した。

「表現主義的認識論」と云ひ、「ダダ主義的発想法」と云ふ私の言葉はどうでもいい。

唯私は、今日の新進作家諸氏の新感覚的な表現に、不十分ながら理論的な一根拠を与へ得たと信ずるのである。そして同時に、私自身の表現の気持を、聊か説明したいのである。

（この一文は「文章倶楽部」に掲載して貰ふつもりで書いたのである。だから、年少の読者の理解と云ふことが第一となつてゐて、理論を徹底させ得なかつた憾みがある。議論も主要点に軽くしか触れてゐない。暫くこのまま発表して置いて、他日の詳論の前提とする。——筆者）

（「文藝時代」大正14年1月号）

「私」小説と「心境」小説

久米正雄

一

此頃文壇の一部に於て、心境小説と云ふものが唱道され、又それに対して、飽くまで本格小説を主張する人々が在つて、両々相譲らないと共に、それに附随して、私小説と云ふものと、三人称小説との是非が、屢々論議された。

心境小説と云ふのは、実はかく云ふ私が、仮りに命名したところのもので、其深い趣意に就ては、いづれ章を改めて述べるが、只玆に一言で云へば、作者が対象を描写する際に、其対象を如実に浮ばせるよりも、いや、如実に浮ばせてもいゝが、それと共に、平易に云へば其時の「心持」六ケ敷しく云へばそれを眺むる人生観的感想を、主として表はさうとした小説である。心境と云ふのは、実は私が俳句を作つてゐた時分、俳人の間で使はれた言葉で、作を成す際の心的境地、と云ふ程の意味に当るであらう。

それに対して、本格小説の大旆を、真つ向に振り翳して居るのは、中村武羅夫君なぞで、「本格」小説なぞと云ひ出したのも、氏の命名なのであるが、つまり本当の格式を保つた、所謂小説らしい小説、と云ふ程の意味であらう。

そして、勿論此の問題に就ては、いづれが是、いづれが非と言ふやうに、どちらが文学の本道であるか、はつきりした論定が、決して出来て居る訳ではない。又論定が出来る訳のものではない。恐らくは此の問題は、文学が少し進歩して来た頃から、永く色々な人々に依つて、論争され来つたもので、又同じ一人の作家に於ても、時期に依つて時々、其本末が疑問とされて来たものに違ひない。

だから私が此処で、特に其問題に対して述べるのは、一時の文壇的な問題としてゞなく、謂はゞ矢張り永久の文学の道の一端に立つて、私は私なりの私見を、諸君の前に披瀝し、却つて寧ろ諸兄の教示にあづからうと云ふのである。

私小説と、三人称小説、此の二つのものの是非も、それに附随して起つた事であつて、是も昨今の文壇に、著しく私小説の傾向が増え、それを支持する私のやうなものが出て来たので、改めて一部の問題となつたものである。

先づ、論講を進めるのに都合がいゝから、此の、私の「私小説」の主張から初めよう。

第一に、私はかの「私小説」なるものを以て、文学の、——と云つて余り広汎過ぎるならば、散文藝術の、真の意味での根本であり、本道であり、真髄であると思ふ。

と云ふのは、私が文筆生活をする事殆んど十年、まだ文学の悟道に達するには至らないが、今日までに築き上げ得た感想を以てすれば、自分は自分の「私小説」を書いた場合に、一番安心立命を其作に依つて感ずる事が出来、他人が他人の「私小説」を書いた場合に、その真偽の判定は勿論最初に加ふるとして、それが真物であつた場合、最も直接に、信頼を置いて読み得るからである。

以下、その気持を、もう少し詳しく述べて見よう。

それには、茲に私が所謂「私小説」と云ふのは、かの十九世紀に、独乙に於て提唱された、イヒ・ロマーン（Ich-Roman）と異なる点をも、説明して置かなければならない。

此の独逸語のイヒ・ロマーン、直訳して私小説なるものは、私は浅学にして深い定義は知らないが、只、要するにそれは形式の問題であつて、小説の主人公を、Ich《イヒ》即ち「私は」として、書き出したものを、悉くイヒ・ロマーンと称したものである。だから、其場合、イヒ即ち「私」なるものは、決して作者自身でなくとも、帝王でも乞食でも、鍛冶屋でも探偵でも、美妓でも魔女でも、乃至は猫でも甲虫でも、松の木でも水でも、何でもいゝのである。――少くとも、独逸の語義の場合では、主人公が人間で、私はかうした、あゝしたと云ふ風に、描写された小説全部を云つたものである。

が、私が、昨今謂ふ所の「私小説」と云ふのは、必ずしもさうではない、それはイヒ・ロマーンの訳でなくて、寧ろ、別な、「自叙」小説とも云ふべきものである。一言にして云へば、作家が自分を、最も直截にさらけ出した小説、と云ふ程の意味である。

然らば、「自叙伝」とか、「告白」とかと同じか、と云ふと、それはさうではない。それは飽く迄、小説でなければならない。藝術でなければならない。此の微妙な一線こそ、後に説く心境問題と相俟つて、所謂藝術非藝術の境を成すものであるが、単なる自叙伝、乃至告白の為の告白は、最も私の「私小説」に近い、原型に似たものではあるが、その表現が藝術でない以上、私の「私小説」には入らないのである。

例へば、トルストイの「吾が懺悔」などは、勿論藝術的な分子もないではないが、私小説ではない。ルツソーの懺悔録も、色々小説的な場面はあるが、これも決して私小説ではない。併しストリンドベルクの、「痴人の懺悔」に至ると、明にそれは私小説である。

例を日本に引く。

夏目漱石先生に、「吾輩は猫である」と言ふ、私の此の論講を行るのに、都合のいゝ小説がある。「吾輩は猫である」は、先刻云つたイヒ・ロマーンの定義から云へば、明に吾輩は……と云ふ書き出しから、イヒ・ロマーンであり、猫の飼主苦沙弥先生と云ふ人物は、殆んど漱石先生自身を代表してゐるから、私の云ふ意味でも、「私小説」でありさうだが、私は私の所謂

「私小説」の中へは、それを容れたくないのである――何故か？　それは結局主人公たる作者が、「直截に」出てゐないからである。私をして云はしむれば、先生の低徊趣味が、此の絶好の「私小説」を、一と撚り撚つてゐるからである。此の撚ねりやうは、「猫」の場合成功して、それが藝術のやうに見えてゐるが、私をして云はしむれば、それは藝術の皮であり、寧ろ額縁である。「猫」は今日確に日本近世小説の、立派な古典ではあるが、もつと直截に、漱石先生自身が出て来ても、あれだけの苦笑哲学は出て来なかつたであらうか。「猫」は確に役立つてはゐるが、それは一種通俗的な、面白さを増し、先生の技巧慾を満足させたに止まつてゐるのではなからうか。であるから、私をして云はしむれば、寧ろ漱石先生の作では、「猫」よりも「硝子戸の中」が懐しい。が、残念なるかな、「硝子戸の中」は小説ではなかつた。

例をもつと近くに持つて来る。

菊池寛に、所謂「啓吉物」と称する、一連の短篇小説がある。その主人公は、明に「私は……」と語り出して居ない点で、イヒ・ロマーンではないが、啓吉と云ふ主人公は、明に作者自身が直截に現れて、語り、述べ、描いて居る。形式は明に三人称小説であるが、是は私の云ふ意味で、明に「私小説」の代表作である。勿論いろ〳〵な意味での不満はないではないが。

さうして、さう云ふ眼で見ると、現在日本の殆んど凡ゆる作家は、各々、「私小説」を書いてゐる。島崎さんの岸本物など、殊に「新生」などはその好適例である。田山さんの「残雪」なども、確にさうに違ひない。純客観的作家と長く見られて来た、徳田さんの「黴」や「爛」も「私小説」と見られない事はない。此人の近作でも、「棺桶」などは明に私小説である。同じく正宗さんの、所謂「入江物」の作者が明に現はれてゐる数種は、自然主義時代にあつて、明に私小説であり、近頃身辺を描く短いものには、益々私小説の傾向が増えて来てゐる。近松秋江氏などは、云ふ迄もなき「私小説」家である。其他の、中堅作家に、例を取れば限りはない。中には葛西善蔵君の如く、終始「私小説」に一貫して居る人すらある。

さうして、私はそれらの「私小説」を、人一倍愛読するのみか、どうしても小説の本道だと考へる。何故か？

私は第一に、藝術が真の意味で、別な人生の「創造」だとは、どうしても信じられない。そんな一時代前の、文学青年の誇張的至上感は、どうしても持てない。そして只私に取つては、藝術はたかが其人々の踏んで来た、一人生の「再現」としか考へられない。

例へばバルザツクのやうな男が居て、どんなに浩瀚な「人生喜劇」を書き、高利貸や貴婦人や其他の人物を、生けるが如く創造しようと、私には何だか、結局、作り物としか思はれない。そして彼が自分の製作生活の苦しさを洩らした、片言隻語ほどにも信用が置けない。

「他」を描いて、飽く迄「自」を其中に行き亘らせる。――さう云ふ偉い作家も、或ひは古今東西の一二の天才には、在るであらう。（トルストイ、ドストイエフスキイ、それから更に其代表的な作家として、フローベル。）が、それとて他人に仮托した其瞬間に、私は何だか藝術として、一種の間接感が伴ひ、技巧と云ふか凝り方と云ふか、一種の都合のいゝ虚構感が伴つて、読み物としては優つても、結局信用が置けない。さう云ふ意味から、私は此頃或る講演会で、かう云ふ暴言をすら吐いた。トルストイの「戦争と平和」も、ドストイエフスキイの「罪と罰」もフローベルの「ボヴリイ夫人」も、高級は高級だが、結局、偉大なる通俗小説に過ぎないと。結局、作り物であり、読み物であると。

　其時も、私は又日本に於ける、最近の物として、一例を引いた。正宗白鳥氏の、盲目の老婆を描いた「わしが死んでも」である。それはよく描いてあり、作者の人生観と云ふものも、確に寓されてはあつたが、矢つ張り私には、如何にそんな盲目の老婆が現はされてゐようと、作り事であり、又如何に内面的に描かれてゐようと、又世間話であるやうな気がした。そしてもつと小さな、身辺を描いたスケツチに、矢つ張り白鳥氏の直接な姿を見た。

　勿論、「他」を描いて、却つて「自」がよく現れたやうな、作品もない訳ではない。が、それは異例である。それから広い、深い、人間性に徹すれば、自他の区別はない、と云ふ議論も確に成立つ。が、それならば、「自分」を描いても、充分「他」に通ずると云ふ、私の「私小説」の本旨を、却つて逆に証明するものである。

　結局、凡て藝術の基礎は、「私」にある。それならば、其私を、他の仮托なしに、素直に表現したものが、即ち散文藝術に於いては「私小説」が、明に藝術の本道であり、基礎であり、真髄であらねばならない。それに他を仮りると云ふ事は、結局、藝術を通俗ならしむる一手段であり、方法に過ぎない。

　だから、「私小説」を除いた外のものは、凡て通俗小説である。菊池寛の忠直卿なぞは、実に人間性をよく深く掘つて、他を以て自に迫る作品の一つに、数へてもいゝ位であるが、私は矢つ張り、あれなどは通俗小説として、彼の「啓吉物」の下位に置く。――これは稍ゝ誇張だが、気持としては、私は如何に立派な造花でも一茎の野花に如かぬと思ひたいのである。

　さうだ。確に一茎の野花に如かないのだ。

　広津和郎も、嘗つて何かで云つてゐたが、もと、加能作次郎君のやつてゐた時分の文章世界に、一女工の手記が出た時、その手記の前には、ドストイエフスキーもない。と云つた心持を、私は私たちのヒステリー的誇張だと思はれたくない。

　宜なるかな、如何に豪い諸文豪の、作品の最もいゝ、私たちを打つ個所と云ふものは、殆んど凡て、其自叙的要素を多分に持つてゐる部分である事。ドストイエフスキーの死刑の前後を描いた個所、癲癇の個所。……

　さて、さうなつて来ると、其「私」の問題だが、是に就いても私は私の一説を持つ。が、次の講に譲つて、漸次「私」から、私を語る「心境」へと、論を進めて行かう。

二

前回、僅かに定義を釈明したに止まる私の「私小説」に関する講義は、幸か不幸か、幾分時上《アップ・ツー・デート》の問題であつたため、予想外の反響を捲き起して、開講半ばならざるに賛否の声を聞くに至つた。講座の講義として、質疑応答を除きか丶る現象を呈したことは、偏へに本講座の権威を裏書するものとして、私自身甚だ欣幸に堪へない。が、それと同時に、余りに文壇的な問題とされ過ぎたため、一二、私の所論——否講義の趣旨を、誤解したものがないではない。日常文藝にたづさはれるものしかも可なり尊敬すべき素質を有する青年作家、批評家の諸氏が、その誤解を敢てした事を思ふと、より年少にしてより教養少なき会員諸氏の中には、或ひは更に誤解をなして居るもの、尠きを保し難い。茲に於て、甚だ講義の体裁を殺ぐものではあるが、——いや、もと〳〵講義の体裁などに依らず、自由に文壇時感と云つたやうな形で、述べ出したのだから、関はないだらうが、——茲に又本講を続ぐに当つて、何よりも一言弁じて置かなければならないのは、私は此の講座に於て、「私小説」の提唱をなして居るのでもなければ、況んや宣伝をして居るのではない。そして又、小説の規範を定めてゐるのでもなければ、範疇を拵へてゐるのではさら〳〵ない。と云ふ事である。

諸君は恐らく美学の講座の方で、美学が規範学でなくして、記述学である事を、知つてゐるだらう。それと同じく私の信ずる所に依れば、凡ゆる藝術上の研究も、規範《ノルム》を作る事でなくして、記述をなす所に在るのではなからうか。作品に含まれたる道徳的要素から、若し倫理問題乃至社会問題に論及するならば、「かくあるべし」と「かくあるべからず」と云ふ事もあるであらうが、自分は自分の経験に基いて、此の創作指導講座をなすに当つて、只、「かく〳〵なりき、」「かく〳〵なり、」と説いたに止まつて、態度は暫らく問はず、範囲を謙遜なる自己の経験と感想のみに置いた。

だから、茲に又繰り返して云ふ。私は「私小説」を以て、文藝の最も根本的な、基礎的な形式であると信ずる。そして根本的であり、基礎的であるが故に、最も素直で、最も直接で、自他共に信頼すべき此の形式を措いて、何故に、他に形式を求めなければならぬ必要があるのか、と云つたまでなのである。

と言ふと難者は直ちに云ふ。ツマラない人の生活を、いかに素直に、直接に記録したとて、要するにツマラないではないか。と。

其の非難には、確に一理はある。一理あればこそ、「私小説」の「私」が問題となつて、此の講を次ぐのであるが、又、併し其非難ですら、私はかう答へる事に依つて、先づ一蹴したい。

曰く。ツマラない人の生活乃至想像を、如何に絢爛に、いかに又複雑に持つて廻つて、所謂本格小説的に製作したとて結局ツマラないではないかと。そしてその二者のツマラなさでは前者のツマラなさの方が、寧ろ罪が少くはないかと。――これは逆説だが、どつちにしても問題として残るものは、此の「私」である。

菊池寛の先頃の感想に、「作家凡庸主義」と云ふものがあつた。主旨は、要するに、どんな凡庸な人でも、作家でありうる。と云ふ事だつた。即ち、どんな凡庸人でも、（勿論、人間苦や時代の悩みに少しも触れ得ぬ低能は問題ではない。）其平凡な生活は平凡ながらに、如実に表現し得さへすれば、一人前の作家であり得る。作家は、何も強ひて天才英雄を要しない。と云ふやうな事だつた。

私はそれに、半ば賛成だつた。今でも、「私小説」の立場から、それには大半賛成である。

私は、「凡ゆる存在は尤《もつと》もである」と云ふ意見を、動かし難く信ずるものである。そして人苟しくも、平凡と云ふレヴエル迄達して居る限り、（長谷川二葉亭乃至は菊池寛、それから不遜でなければ吾々程度まで含めて）それ〴〵の存在には、洵にそれ〴〵の理由があつて、それが全く至極尤もであり、自然であるものである。そしてそれは、只如実《によじつ》に表現されゝば、正に文藝としての価値を生ずるに違ひないものである。

人の生活と云ふものは、全然、酔生夢死であつてすらも、それが如実に表現されゝば、価値を生ずる。嘗つて地上に在つたどの人の存在でも、それが如実に再現してある限り、将来の人類の生活の為に、役立たずには居ない。藝術を、消閑娯楽の具とするのみに止まつて、此の地上に存在した一人の生存の、愛《かな》しき足跡と見ないものは仕方もないが、苟しくもそれを人間生活史の一部として見る時、各自はいづれも其各々の一頁を、要求しうる権利を持つものである。

たゞ併し、此処に問題となるのは、「それを如実に表現し得れば、」と云ふ条件である。そして此点で、前記の菊池の主張に、批議を起した里見弴の意見に、私は賛成せざるを得ないものである。

此の「如実に表現しうれば」は、真に云ひ易くして、実は容易ではない。此の表現の問題に就ては、右両者間のみならず、古今東西、苟しくも文藝の道にたづさはる徒の間に、云ひ古されて、しかも今猶終らぬ問題であるから、此処で事新しく論ずる余裕はないが、「作家凡庸主義」なるものは、凡人でもと云ふ所に論拠を置けば成立つが、それを如実に表現すればの点に至つて、瓦解する。

私の「私小説」の主張も、稍々それと同じい。

即ち私は、「私小説」の本体たる「私」が、如何にツマラヌ、平凡な人間であつても、いゝと極言したい。そして問題とすべきは、只その「私」なるものが、果して如実に表現されてゐるか否か、にかゝる。本ものゝ「私」か、偽ものゝ「私」か、にかゝる。そして本ものゝ「私」なら、その「私」が表現したい意欲を感じた限り、きつと一個の存在価値を持つ事を信ずる。

だから、私は此処に繰り返して云ふ。凡ゆる人は、みんな「私小説」の材料を持つてゐる。そして、誰でもが、表現力に於て恵まれてゐるならば、一つ一つ私小説を書き残して、死んで行くのが本当なのだ。が、其中で、自己の中なる「私」を真に認識し、それを再び文字を以て如実に表現し得るもののみが、藝術家と仮りに称せられて、私小説の堆積を残して行くのである。

その「如実に」とは、併し決して写実的な意味で、其儘の形で、との謂ではない。歪みなく、過不及なき形ではあるが、素材のまゝで、との謂ではない。

其処には必ず一つの、あるコンデンサーを要する。「私」をコンデンスし、——融和し、濾過し、集中し、攪絆し、そして渾然と再生せしめて、しかも誤りなき心境を要する。是が私の第二段の「心境小説」の主張である。

茲に於て、真の意味の「私小説」は、同時に「心境小説」でなければならない。此の心境が加はる事に依つて、実に「私小説」は「告白」や「懺悔」と微妙な界線を劃して、藝術の花冠を受くるものであつて、これなき「私小説」は、それこそ一時文壇で称呼された如く、人生の紙屑小説、糠味噌小説、乃至は単なる惚気《のろけ》、愚痴《ぐち》、管《くだ》、に過ぎないであらう。

然らば心境とは如何なるものであるか。実はこれを細説する事こそ、本講の目的であつたのだが、私の懈怠既に最終冊に及んで、最早許されたる紙数に満たんとしてゐる今、僅に簡単に一言して、以て尾切れ蜻蛉ながら、末尾を結ばう。

心境とは、是を最も俗に解り易く云へば、一個の「腰の据わり」である。それは人生観上から来ても、藝術観上から来ても、乃至は昨今のプロレタリア文学の主張の如き、社会観から来てもいゝ。が、要するに立脚地の確実さである。其処からなら、何処をどう見ようと、常に間違ひなく自分であり得る。（茲が大切だ）。心の据ゑやうである。

菊池寛は人生二十有五に達せずんば、小説を書くべからずと云つた。二十五と具体的に限定したところに、彼の面目はあるのであらうが、恐らくは彼の云ひたかつた所も、此の心境を得るにあらずんば、小説を書くべからず、尠くとも発表すべからず、との謂であらう。私自身を例証する事を許して貰へるならば、私は此の心境らしきものを自得したのは、実に近年の事に属する。そして皮肉にも、それ以後創作力は甚だ減退したが、真実に小説らしきものを書きうるものは、矢つ張りそれ以後未来のやうな気がしてならない。そしてそれ以前のものは、或ひは素質的には不識裡に、よいものもあつたかも知れぬが、大体、若気《わかげ》の過失《あやまち》と云ふ気がしてならない、勿論、若気《わかげ》の過失《あやまち》はよい、が、それに終つてはならない。たゞ人々よ、此の若気の過失、と元気の潑剌《はつらつ》とを混同してはならない。同時に又、心境の自得と作者の沈滞とを誤認してはならない。

最後に更に繰り返して云ふ、此の「私、心境小説」は、一時の作家の気紛れや、一時代の文学の傾向に、左右されるものではない、此処から出て行つて、遂には又此処へ帰る小説のふるさとである。

だから、是から創作に志す程の諸君は、此の纏りのない一文でも、読み終つたならば尠くともその事だけは信じ、そして最早過去の作家達を悩ました一人称三人称問題なぞに、改めて余計な苦労をする事なく、安んじて「私小説」「心境小説」に就かれん事を希望する。

（『文藝講座』大正14年1、5月）

感覚活動

（感覚活動と感覚的作物に対する避難への逆説）

横光利一

独断

藝術的効果の感得と云ふものは、われわれがより個性を尊重するとき明瞭に独断的なものである。従つてわれわれの感覚的享受もまた各個の感性的直感の相違によりてなほ一段と独断的なものである。それ故に文学上に於ける感覚と云ふものは、少くとも論証的でなく直感的なるが故に分らないものには絶対に分らない。これが先づ感覚の或る一つの特長だと煽動してもさして人々を誘惑するに適当した詭弁的独断のみとは云へなからう。もしこれを疑ふものがあれば、現下の文壇を一例とするのが最も便利な方法である。自分は昨年の十月に月評を引き受けてやつてみた。すると、或る種の人々は分らないと云つて悪罵した。自分は感覚を指標としての感覚的印象批評をしたまでにすぎなかつた。それは如上の意味の感覚的印象批評である以上、如上の意味で分らないものには分らないのが当然のことである。

なぜなら、それらの人々は感覚と云ふ言葉について不分明であつたか若くは感覚について夫々の独断的解釈を解放することが不可能であつたか、或ひは私自身の感覚観がより独断的なものであつたかのいづれかにちがひなかつたからである。だが、今の所、『分らないもの』及び感性能力の貧弱な人々にまでも明確に了解させねばならぬそれほど私自身の独断的表現を圧伏させ、文学入門的詳細な説明をしてゐることは、月評としては赦されない。だが、自分は自分の指標とした感覚なるものについて今一度感覚入門的な独断論を課題としてここで埋草に代へてをく。

感覚と新感覚

これまで多くの人々は文学上に現れた感覚なるものについて様々な解釈を下して来た。しかしそれは間違ひではないまでもあまりにその解釈力が狭小であつたことは認めねばならぬ。ある一つの有力な賓辞に対する狭小な認識はそれが批評となつて現されたとき、勿論藝術作品の成長範囲をも狭小ならしめることは、一例を取るまでもなく明らかなことである。最近遽に勃興したかの感ある新感覚派なるものの感覚に関しても、時にはまた多くの場合、此の狭小なる認識者がその狭小の故を以つて、藝術上に於ける一つの有力な感覚なる賓辞に向つて暴力的に突撃し敵対した。これは尤もなことである。さまで理解困難な現象ではないのである。何ぜなら今迄用ひ適用されてゐた感覚が、その触発対象を客観的形式からより主観的形式へと変更させて来たからに過ぎない。だが、そこに理論的形式をとつてより明確な妥当性を与へなければならないとなると、これは少なからざる面倒なことである。先づ少くとも一応は客観的形式なるものの範疇を分析し主観的形式の範疇を分析した結果の二形式の内容の交渉作用まで論究して行かねばならなくなる。ただそれのみの完成にても藝術上に於ける一大基礎概念の整頓であり、藝術上に於ける根本的革命の誕生報告となるは必然なことである。だが、自分はここではその点に触れることは暗示にとどめ、新感覚の内容作用へ直接に飛び込む冒険を敢てしやうとするのである。さて、自分の云ふ感覚と云ふ概念、即ち新感覚派の感覚的表徴とは、一言で云ふと自然の外相を剥奪し物自体に躍り込む主観の直感的触発物を云ふ。これだけでは少し突飛な説明で、まだ何ら新らしき感覚のその新らしさには触れ得ない。そこで今一言の必要を認めるが、ここで用ひられた主観なるものの意味である。主観とはその物自体なる客体を認識する活動能力をさして云ふ。認識とは悟性と感性との綜合体なるは勿論である。そこでその客体を認識する認識能力を構成した悟性と感性が、物自体へ躍り込む主観なるものの発展に際し、よりいづれが強く感覚触発としての力学的形式をとるかと云ふことを考へるのが、新感覚の新なる基礎概念を説明するに重大なことである。純粋客観（主観に体する客体としてではなく、）外的客観の表象能力に及ぼす作用の表象が、感覚である。文学上に用ひられた感覚なる概念も、要するにその感覚の感覚的表徴と変へられた意味を簡略しての感覚である。しかし、それなら、われわれは感覚と官能とを厳密に区別しなくてはならなくなる。だが、それは後に述べることとして、さて前に述べた新感覚についての新なるものとは何か。感覚とは純粋客観から触発された感性的認識の質料の表徴であった。そこで、感覚と新感覚との相違であるが、新感覚は、その触発体としての客観が純粋客観のみならず、一切の形式的仮象をも含み意識一般の孰れの表象内容をも含む統一体としての主観的客観から触発された感性的認識の質料の表徴であり、してその触発された感性的認識の質料は、感覚の場合に於けるよりも新感覚的表徴にあつてはより強く悟性活動が力学的形式をとつて活動してゐる。即ち感覚触発上に於ける二者の相違は客観形式の相違と主観活動の相違にあると云はねばならぬ。

官能と新感覚

清少納言は感覚的に優れてゐたと多くの人々は信じて来た。だが、自分は清少納言の作物に現れたがごとき感覚を感覚だとは認めない、少くとも新感覚とは遥に遠い。官能表徴は感覚表徴の一属性であつてより最も感性的な感覚表徴の一部である。このため官能表徴と感覚表徴との明確な範疇綱目を限定することは最も困難なことではあるが、しかし、少くとも清少納言の感覚は、あれは感覚ではなく官能が静冷で鮮烈であつたのだ。静冷であるが故に鮮烈な官能は一見感覚と間違はれることが屢々ある。感覚的な止揚性を持つまでには清少納言の官能はあまりに稀薄で薄弱で厚みがない。新感覚的表徴は少くとも悟性によりて内的直感の象徴化《シンボライズ》されたものでなければならぬ。即ち形式的仮象から受け得た内的直感の感性的認識表徴で、官能的表徴は少くとも純粋客観からのみ触発された経験的外的直感のより端的な感性的認識表徴であらねばならぬ。従って官能的表徴は外的直感が客観に対する関係に於てより感性的に感覚的表徴より先行し直接的に認識され直感される。此のため官能的表徴は感覚的表徴よりもより直截で鮮明な印象を実感さす。が、実は感覚的表徴のそれのごとく象徴せられた複合的綜合的統一体なる表徴能力を所有することは不可能なことである。此の故官能表徴は表象能力として直接的であるそれだけ単純で、感覚的表徴能力のそれのやうには独立的な全一体を持たずより複雑な進化能力を要求するわけには行かぬ。此の故清少納言の官能は新鮮なそれだけで何の暗示的な感覚的成長もしなかつた。感覚的表徴は悟性によりて主観的制約を受けるが故に混濁的清澄を持つほど貴い。だが官能的表徴は客観によりて主観的制約を受けるが故に清澄性故の直接清澄を持つほど貴重である。前者は立体的清澄を後者は平面的清澄を尊ぶ。新感覚派の感覚が清少納言に比較して野蛮人のごとく鈍重に感じらると云ふことは、清少納言の官能が文明人のごとく象徴的混迷を以つて進化することが不可能であつたと感じられることと等しくなる。

生活の感覚化

或る人は云ふ。『感覚派も根本から感覚派にならねば駄目だ。』と。此の言葉は自分には意味が通じない。人間として根本から純然たる感覚活動をなし得るものがあるなら。その者は動物に他ならない。悟性活動をするものが人間で、その悟性活動に感覚活動を根本的に置き代へるなどと云ふことは絶体に赦さるべきことではない。或ひは彼らの感覚的作物に対する貶称意味が感覚の外面的糊塗なるが故に感覚派の作物は無価値であると云ふならば、それは要するに感覚の性質の何物なるかをさへ知らざる文盲者の計略的侮辱だと見ればよい。或ひはまたその貶称意味が、『生活から感覚的にならねばならぬ。』と云ふ意味なら、それは今よりより一段馬鹿になれと教へることとさして変る所がない。何ぜなら生活の感覚化はより滅亡相への堕落を意味するにすぎないからだ。もしも彼らが感覚派なるものに向つて、感覚派も根本的生活活動から感覚的であらざるが故に、感覚派の感覚も所詮外面的糊塗であると云ふがごとき者あらば、その者は生活の感覚化と文学的感覚表徴とを一致させねばやまない無批判者にちがひない。もしも人々に健康な叡知があるなら、感覚派と呼ばれる人々は更に生活の感覚化と文学的感覚表徴とを一致させては危険である。いやそれより若しも生活の感覚化がより真実なる新時代への一致として赦され強要せられなければならないものとしたならば、少くとも文学活動にその使命を感ずる者はより寧ろ生活の感覚化を拒否し否定しなければならないではないか。何ぜなら、もしも然るがやうに新時代の意義が生活の感覚化にありとするならば、いかなるものと雖もそれらの人々のより高きを望む悟性に信頼し、より高遠な、より健康な生活への批判と創造とをそれらの人々に強ひるべきが、新らしき生活の創造へわれわれを展開さすべき一つの確乎とした批判的善であるからだ。して此の生活の感覚化を生活の理性化へ転開することそれ自体は、決して新らしき感覚派なるものの感覚的表徴条件の上に何らの背理な理論をも持ち出さないのは明らかなことである。もしこれをしも背理なものとして感覚派なるものに向つて攻難するものがありとすれば、それは前世紀の遺物として珍重するべきかの『風流』なるものと等しく物さびたある批評家達の頭であらう。風流なるものは畢竟ある時代相から流れ出た時代感覚とその時代の生活の感覚化との一致境を意味してゐる。これが感覚的なものか直感的なものか意志的なものかとの論証が一時人々の間に於て華かにされたことがある。だが、それは藝術と云ふ一つの概念が感覚的なものか直感的なものか意志的なものであるかと云ふことについて論証することと何ら変るところもない馬鹿馬鹿しき小話にすぎない。もしも風流なるものが感覚から生れ出るものか或ひは意志からか直感からかと云ふならば、それは感覚からでもなく意志からでもなく直感からでもなく、ある時代相の持つた時代感覚とその時代の生活の感覚化との一致境から生れ出たもので、それ故に悟性と感性との綜合された一つの認識形式であつてみれば、風流は所詮意志をも含み感性的直感をも含む意志でもなく直感でもない分析禁断の独立体なる綜合的認識形式としての一つの賓辞である。それは曾ては藝術的なるものの一つの別名であり、時としてまた藝術そのものの別名ともなつてゐた。だが今はさうであつてはならぬ。それのみが藝術的でありまた藝術としては赦されない。少くとも文学なるものは、少くとも文学は風流そのもののごとく生活の感覚化を欲してはならぬ。それを欲することは自由である。だが、欲することはよりよき一つの藝術的生活を意味しない。かの風流の達人として赦された芭蕉の最後の苦痛は何んであつたか。曾ては彼があれほども徹した生活の感覚化への陶酔が彼にあつては終に自身の高き悟性故に自縛の綱となつた。それが彼の残した大いなる苦悶であつた。此の潜める生来の彼の高貴な稟性は、終に彼の文学から我が文学史上に於て曾て何者も現し得なかつた智的感覚を初めて高く光耀させ得た事実をわれわれは発見する。かくしてそれは清少納言の官能的表徴よりも遥に優れた象徴的感覚表徴となつて現れた。それは彼が自己の生活を完全に感覚化し得たるが故ではない。それは彼が常にその完全な生活の感覚化から他の何者よりもより高き生活を憧憬してやまなかつた心境から現れたものに他ならない。

感覚触発の対象

未来派、立体派、表現派、ダダイズム、象徴派、構成派、如実派のある一部、これらは総て自分は新感覚派に属するものとして認めてゐる。これら新感覚派なるものの感覚を触発する対象は、勿論、行文の語彙と詩とリズムとからであるは云ふまでもない。が、それればかりからでは無論ない。時にはテーマの屈折角度から、時には黙々たる行と行との飛躍の度から、時には筋の進行推移の逆送、反復、速力から、その他様々な触発状態の姿がある、未来派は心象のテンポに同時性を与へる苦心に於て立体的な感覚を触発させ、従つて立体派の要素を多分に含み、立体派は例へば川端康成氏の『短篇集』に於けるが如く、プロツトの進行に時間観念を忘却させるより自我の核心を把握して構成派的力学形式をとることに於て、表現派とダダイズムは例へば今東光氏の諸作に於けるが如く、石浜金作氏の近作に於けるが如く、時間空間の観念無視のみならず一切の形式破壊に心象の交互作用を端的に投擲することに於て、また如実派の或る一部、例へば犬養健氏の諸作に於けるがごとく、官能の快朗な音楽的トーンに現れた立体性に、中河与一氏の諸作に於けるが如く、繊細な神経作用の戦慄情緒の醱酵にわれわれは屢々複雑した感覚を触発される。これら様々な感覚表徴はその根本に於て象徴化されたものなるが故に、感覚的作物は既に一つの象徴派文学として見れば見られる。それは内容それ自体が、例へば十一谷義三郎氏の諸作に於けるがごとく象徴としての智的感覚を所有したものとは同一に見ることが不可能であるとしても。これら様々な感覚派文学中でも自分は今構成派の智的感覚に興味が動き出してゐる。芥川龍之介氏の作には構成派として優れたもののあるのを発見する、例えば『藪の中』のごときがその一例だ。片岡鉄兵氏及び金子洋文氏の作はまた構成派として優れて来た。構成派にあつては感覚はその行文から閃くことが最も少いのを通例とする。ここではパートの崩壊、積重、綜合の排列情調の動揺若くはその突感の差異分裂の顫動度合の対立的要素から感覚が閃き出し、主観は語られずに感覚となつて整頓せられ爆発する。時として感覚派の多くの作品は古き頭脳の評者から『拵へもの』なる貶称を冠せられる。が、『拵へもの』は何故に『拵へもの』とならなければならないか。それは一つの強き主観の所有者が古き審美と習性とを蹂躪し、より端的に此の勇敢なる結果としての効果は、より主観的に対象を個性化世界観念へ飛躍せんとした現象の結果であり効果である。してせんと努力した藝術的創造として、新らしき藝術活動を開始する者にとつては絶えずその進化を捉縛される古きかの『必然』なる墓標的常識を突破した喜ばしき奔騰者の祝賀である。

より深き認識への感覚

より深き認識へわれわれの主観を追跡さす作物は、その追跡の深さに従つてまた濃厚な感覚を触発さす。それはわれわれの主観をして即知なる経験的認識から先験的直感を以つて未知なる認識活動を誘導さすことによつて触発された感覚である。此のより深き認識への追従感覚を所有した作品をまた自分は尊敬する。例へばストリンドベルヒの『インフエルノ』『ブリユーブック』及び芭蕉の諸作や志賀直哉氏の一二の作に於けるが如く、またニイチエの『ヅアラツストラ』に於けるが如し。此の故に一つの批評にして、もしその批評が深き洞察と認識とを以つてわれわれを教養するならば、それは作物のみとは限らず批評それ自身作物となつて高貴な感覚を放散し出すにちがひない。さう云ふ高価な感覚的批評は現れないか。さう云ふ批評的感覚は現れないか。われわれの待つべき貴きものの一つはこれである。

文学と感覚

自分は文藝春秋の創刊当時から屢々感覚と云ふ言葉を口にして来た。しかし、これは云ふべき時機であるが故に云つたにすぎない。いつまでも自分は感覚と云ふ言葉を云つてゐたくはない。またそれほどまでに云ふべきことでは勿論ない。感覚は所詮感覚的なものにすぎないからだ。だが、感覚のない文学は必然的に滅びるにちがひない。恰も感覚的生活がより速に滅びるやうに。だが感覚のみにその重心を傾けた文学は今に滅びるにちがひない。認識活動の本態は感覚ではないからだ。だが、認識活動の触発する質料は感覚である。感覚の消滅したがごとき認識活動はその自らなる力なき形式的法則性故に忽ち文学活動に於ては圧倒されるにちがひない。何ぜなら、感覚は要約すれば精神の爆発した形容であるからだ。

自分は爰では文学的表示としての新らしき感覚活動が、文化形式との関係に於ていかに原則的な必然的関連を獲得し、いかに運命的剰余となつて新らしく文学を価値づけるべきかと云ふことについて論じ、併せてそれが個性原理としていかに世界観念へ同等化し、いかに原始的顕現として新感覚がより文化期の生産的文学を高揚せしめ得るかと云ふことに迄及ばんとしたのであるが、それはまた自ら別箇の問題となつて現れなくてはならぬ境遇を持つが故に、先づ爰で筆を置く。

（附記――頼んでおいた巻頭論文が貰へなかつたため締切後遽に執筆、訂正したき箇所あらば後日に譲り埋草とする。）

（「文藝時代」大正14年2月号）

再び散文藝術の位置に就いて

――生田長江氏に答ふ――

広津和郎

自分の書いた「散文藝術の位置」といふ文章に対して、生田長江氏から深切な教示を与へられたことを感謝する。

自分のあの文章はあの中にも断つて置いた通り、あんなやうに不用意に書くべきものではなかつた。そして生田長江氏の指摘された通り、一つの学説を立てる事は、自分のやうな衝動的に物を感じて動いて行く人間には、不向きかも知れない。

だが、あの文章の中で自分の云はうとした事は生田長江氏のやうに「音楽、美術、詩、散文等のいづれといへども、それが藝術としての価値を有する限り、我々の藝術意識に呼びかけないことは有り得ない」と云つたやうな藝術論だけで満足出来ない気持を語るにあつたのである。

「所謂自己の生活及び其周囲をより高くより深いものにし、より充実したものにするといふ事の貢献に於いては道徳と藝術との間に差別はない。（藝術にしてその貢献をなさないならば、藝術と単なる遊戯娯楽との間に、何等の差別もなくなつてしまふ。）ただ道徳にあつては、さうした貢献が意識されたる目的であり、藝術にあつては、さうした貢献が自らなる結果として来るといふだけの相違である」といふ生田氏の藝術の人生に対する関係の説明も、説そのものとして、もとより何等の異存があるわけではない。

　だが、さう云つた一般的な藝術論では、あまり包括力が大きくつて、天も地も総てが含まれ過ぎてしまつてゐて、その中にふくまれたもの同志の細かい相違は解らなくなる。

　如何なる藝術でも、自己の生活及びその周囲――一口に云へば人生と云つてもいい――をより高くより深いものとし、より充実したものとしないやうな藝術はあり得ないといふ事は、もろもろの藝術の最大公約数的な定理として解り切つた事でもあるし、別段異議をとなへる必要も認めないが、併し何も彼もその最大公約数的な定理まで持つて行つてかくの如くこの定理に当てはまるから、それだからどんな藝術でも同じ事だといふ結論に達する事が、自分には不満でならないのである。

　例へば、宇治の鳳凰堂の翼《キング》が、その内を人が立つては通れない位低く出来てゐるが、併しそれだからと云つて、鳳凰堂の美――藝術的効果はそのために少しも乱されないどころか、寧ろその功利の無視が、その藝術的な感銘を強めてゐるとする。――これは里見弴氏の「女性改造」に載つた講演筆記の中にある言葉で、里見氏はこれを藝術の功利説を否定する論拠としてゐられる。そして自分の「散文藝術の位置」といふ感想は、里見氏のその講演筆記を読んで書く気になつたのだといふ事は、自分はあの感想の冒頭に述べた通りである。

　宇治の鳳凰堂の翼《キング》がその内を人が立つて通れない位低く出来てゐるといふ事、そしてその事が藝術的感銘を弱めるどころか、寧ろそれを一層強めてゐるといふ事は、無論何等の異議を挟むべき問題ではない。――そしてその感銘を、生田氏のあの最大公約数的定理に持つて行つて当てはめて見ても、その美は、人の心に美感を与へる点で、人生をより高く、より深いものにし、より充実したものにするに役立つといふ性質を十分に備へてゐるといふ事が出来る。

　けれども、かうした意味の「藝術」と現代の我々が見てゐる「散文藝術」とが、我々の藝術意識に呼びかけるといふだけの事で、同列に並べられていいか悪いか、といふ事が自分の問題としたところなのである。

　「音楽、美術、詩、散文等の中のいづれといへども、それが藝術としての価値を有する限り、我々の藝術意識に呼びかけないことは有り得ない」といふ生田氏の説明には、前にも云つた通り、別段何の異存もない。けれども、そのいろ〲の藝術意識といふものが、なか〲一口に「藝術意識」といふ一つの言葉だけでは包括出来ない位に感じの違つてゐるものである。その点が自分に取つては一番重要な事であり、それ故に「散文藝術の位置」を書く気になつたのであるが、生田氏は「藝術意識」といふ言葉で一括してゐるだけで、その藝術意識の内容を少しも説明してゐない。

そこで生田氏の所謂「広津君に不得手」な説明を此処で少しばかり自分はしなければならないが、一口に云ふと、純粋な美、それは音楽からも絵画からも、詩からも抽象し得る所謂第一義的な藝術意識に訴へるもの、功利の意味を少しも含まない第一義的な藝術美以外に、第二義的な藝術美がある。我々が日常見てゐる生活に近い美、純粋な第一義な美に対して、これを何と説明したらいゝか。生田氏は藝術意識と道徳意識とを分けてゐられたが、それのまざり合つた美、広い意味で道徳意識と云つてもいゝが、それでは誤解される恐れがあるから、もつともろ〳〵の人生的要素とまざり合つた美、岸田劉生氏の画論の中に「卑近美」といふ言葉が使つてあつたが、自分も今のその言葉を借用しよう。――兎に角、所謂一般の藝術意識と同列に置く事の出来ない、もつと人間的な（と云つたら、生田氏は又どんな美だつて人間的な美でない美はあり得ないといふかも知れないが）、現実的な卑近美がある。――「藝術的なものであるよりも道徳的なもの」と云ふやうな言葉を生田氏はよく使ふが、それをあべこべに、「道徳的（ほんたうは人間的と云つた方がいいのだが）だからこそ益々藝術的な」と云つていいやうな美なのである。――その美は、藝術が最も恐れてゐた「功利」（道徳をも含めた人生の功利的諸要素）をさへも恐れはしない。いや、人生の功利も何も総てその第二段の美に取つては、その内容なのである。


自分の学的説明はかくの如く下手だから、さういふ説明に馴れてゐる生田氏などが、これをもつとうまく体系的に考へ、表現してくれると、非常に嬉しいわけなのだが、併しこの下手な説明でも、自分の云はうとしたところは略察しられるだらう。

その第二段の美――卑近美といふものは、それ自身が独立したところの、それ自身であるといふ事で純粋な美である。そしてさうした藝術美の追窮が、今日の散文藝術の形式を生み、その隆盛を見るに至つたのである。――とざつと説明すれば右のやうである。言葉の矛盾や揚足取りを後まはしにして、自分の意のあるところを、長江氏よ、もう一度考へて見て下さい。

「散文藝術は人生の隣りだ」といふ言葉は、今となつては、自分でも一寸苦笑ひものではあるが、併しその卑近美の世界を取扱ふ藝術であるといふ意味を、少々柄にない美文的な云ひ方で云つたまでである。人生的功利さへもその内容として、立派に一個の独立した藝術美を生み出すが、併しまかり間違へば、功利に囚はれて「藝術」でなくなる――トルストイの晩年などその例の一つ――程、それ程人生的な藝術、と云ふ意味なのである。

自分が藝術を人生の外に置いたと云ふ点での、生田氏の揶揄は一応もつともであるが、それは説明の立場の違ひではなきや。――人生の外と云つたのは、藝術活動が、人生活動以外の活動といふ意にあらず。いろ〳〵の藝術を平面的に説明するために置いて見ただけでの話です。縦に云はずに、横に云つて見ただけの話です。

此処まで書いて、生田氏の「認識不足の美学者二人」をもう一度読み返して見たら、生田氏はこんな事を云はれてゐる。

「彼等（トルストイ、ドストイェフスキイ、ストリントベルヒ）の藝術品は藝術であると共に、他の或るものを兼ねてゐるといふ意味に於て、純粋の藝術でないとも云へやう。けれども所謂藝術品でないといふことは、必ずしもその価値を減転すべき理由となるものではない。なぜと云つて、その所謂藝術品の内の藝術ならざる部分が、単に非藝術たるに止まつて、反藝術となるに至らず、換言すれば、全体の藝術的効果を助長しないといふに止まつて、それを阻害し汚毒するといふに至らないならば、それはその特に藝術的なる一面の故に、どんなに高級なる藝術でもあり得るからである」

それなら生田氏の所謂「不純」を冒してまで、何故それ等の藝術家が、生田氏の所謂「藝術ならざる部分」を彼等の作物の中に書いたのであるか。それを彼等が「一面藝術家であると共に、他面藝術家以外のあるもの、謂はば或意味に於いての道徳家だからだ」といふ説明だけで、満足していいものか。先づそれを生田氏に訊きたい。

その答を聞いた上で、更に訊ねたい。

生田氏は「その所謂藝術品の内の藝術ならざる部分が、単に非藝術たるに止まつて、反藝術たるに至らず、全体の藝術的効果を助長しないといふに止まつて、それを阻害し汚毒するといふに至らないならば、それはその特に藝術的なる一面の故に、どんなに高級なる藝術でもあり得る」と云つてゐるが、それとはあべこべに生田氏の所謂作者が道徳家なる故に書いた「非藝術なる部分」が寧ろ一層強く作物全体を生かし、その感銘を一層深くしてゐるといふやうな場合がないであらうか。生田氏の所謂「非藝術なる部分」をすつかり省いてしまつた場合に、その藝術品そのものの価値が半減されるやうな場合がないであらうか。「ない」と答へる勇気が氏にあるであらうか。――それとも氏はその感銘は純藝術的感銘ではなく、「藝術と道徳との結合したものだ」と云ひ抜けるであらうか。

もつともそこまで来れば、もうこつちのものである。道徳的乃至人間的であればあるだけ、或は又広く人生諸活動との交渉が深ければ深いだけ、それだけ益々藝術的感銘の強い一種の藝術がある。長江氏の「非藝術なる部分」「不純」（これは長江氏の藝術観から見た上での不純）は此処ではほんたうは「非藝術」でも「不純」でもない。それ等がまざり合つて出来てゐるところに、それ自身の純粋さのある一種の藝術なのである。――この藝術境を認める事も出来ず、例の「藝術意識に訴へる……云々」の最大公約数的定理一点ばかりで、絵画も音楽も散文も詩も、何も彼も一緒くたにして少しも不便を感じないとならば、そして人生的諸活動との距離の近いといふところに、「不純」や「非藝術なる部分」を感じて恥ぢないとならば、生田氏こそは、自分の所謂「認識不足の美学者」ではないか。

――自分は学問としての「美学」に精通してゐない。けれども散文藝術の位置をほんたうに認める事が出来ず、「藝術ならざる部分が、単に非藝術たるに止まつて、反藝術たるに至らず、換言すれば、全体の藝術的効果を助長しないといふに止まつて、それを阻害し汚毒するといふに至らないならば、それはその特に藝術的なる一面の故に、どんなに高級なる藝術でもあり得る」といふやうな不得要領な説明をして得々としてゐる氏のやうな美学者が、新しい美学者だとすれば、折角長江氏から自分や佐藤春夫君の方へ送り返して来た「認識不足の美学者」を再び長江氏に捧呈しなければならない。無論「認識不足の美学者」と云ふ尊称は自分の日頃尊敬する生田氏に向つて用意した言葉ではなかつたのだが、併しそれが偶然にも長江氏に捧呈しなければならない言葉になるやうな結果とならうとは、さてもさても意外な話である。

もう一度冗いやうだが繰返す。上に述べたやうな散文藝術家――トルストイやストリンドベルヒ等――の目指してゐた藝術美は、所謂長江氏の「藝術美」とはもつと違つたものなのである。彼等から長江氏の所謂「非藝術なる部分」や「藝術的不純」などを取去つたならば、「特に藝術的なる一面の故に、どんなに高級なる藝術でもあり得る」やうな生優しい事ではない。虎から生眼を抜き去るやうなものである。

結局「認識不足の美学者二人」で長江氏が我々に教へようとしたものは、右の通りに陳腐な美学だつた。藝術の一般論から、一歩踏み込んで多少でも特殊な「部分」についての説明を試みようとしてゐる人間に向つて、陳腐な一般論を諄々として説教してくれただけのものだつた。長江氏の労を多とすると共に、若干の苦笑を禁じ得なかつたといふ事を告白しないわけに行かない。散文藝術の美学といふものについての御再考を敢て長江氏に煩す次第である。

△

「ゴンクウル、フロオベエルなぞが少くとも制作時に於いて、如何に自己の藝術に没頭し切つて、余念のない藝術家であり得たかを想見しないか」といふ質問は生田氏にも似合はない愚問である。――自分の云つた意味も、有島武郎氏の云つた意味も、制作時の問題ではない。藝術に没頭するといふ意味は単に制作時に於ける場合の意味ではない。制作時に没頭するのは当り前の話である。自己とその周囲に関心なしに生きられないといふ有島氏だつて、創作衝動で筆を執つてゐた時、その創作に没頭し切れなかつたわけではない。――それから「泉鏡花氏を散文藝術家でないと云ふ勇気があるか」といふ生田氏の詰問に対して、自分は「ある」と答へよう。泉氏の持つてゐる藝術美は、我々が散文藝術美として認めてゐる美からは、かなり縁遠い。

△

それから、生田長江氏の「『新しい』『旧い』の問題」と云ふ中に、自分が三四行引合ひに出されてゐる。自分は生田氏の「『新しい』『旧い』の問題」を全部通読したわけではなく、自分の事の云はれてゐるカッコ内とその前後の五六行を読んだだけではあるが、併しああ云ふやうに引合に出されて、而も「引きつゞいて広津君を問題にするのもいやだから見合せる」と云ふやうに、長江氏から好意ある黙殺をされる事を、大してありがたい恩恵とも思ふ気になれないから、一つ自分の方から説明してかからう。

　自分が「トルストイやドストイェフスキイやチェエホフなどが一向興味を引かなくなり、新しい藝術家の某々なぞが本当に共鳴し得られる」と云ふ意味の事を、新潮の合評会で云つたといふ事を、長江氏は引合に出してゐられたが、唯さう片づけられてしまつては、「引きつづいて広津君を問題にするのもいやだから見合はせる」どころではない。氏に取つては「見合はせ」であつても、自分に取つては迷惑至極な話である。

　自分の云ふのは、トルストイ、ドストイェフスキイの価値がなくなつてしまつたといふ意味では無論ない。もつとも、自分はトルストイ程はドストイェスキイに興味を持たない。小説家としてはドストイェフスキイの方が上だといふやうな説をなす人もあるが、自分にはトルストイの方がずつと尊敬する気になれる。――それは自分の嗜好だから、今別段問題にする必要はない。それから自分が長い間愛読し尊敬してゐるチェエホフの価値が、今の自分に取つて、急になくなつてしまつたといふわけでも無論ない。

　さうした過去の天才達を、唯簡単に片づけてしまつてゐるわけでは毛頭ない。「合評会」の席などでは、人との応酬から、片手落な言葉を吐き勝ちになるので、いろ〳〵の誤解を買ふが、併し上に述べたやうな天才達の価値が、なくなつたといふ意味では決してない。

　けれども、かういふ事だけははつきり云へる。結局トルストイ、ドストイェフスキイ、チェホフ等は、旧世紀が生み出した天才達だ。さういふ意味で、日に日に新たになつて来、動きつつある世界から、だんだん遠ざかつて行く。時代はトルストイやドストイェフスキイやチェエホフのところで立止つてはゐない。これはいかんともし難い事だ。そして一方からはいかんともし難い事だが、一方から云へば、実際止まつてしまつては、それこそ困つた話でもある。

　それを自分自身として考へて見る。昔愛読した「戦争と平和」も「復活」も、今読み返さうとすると、なかなか億劫で読み返せない。チェエホフの作物などは、殆んど十年の間、いつでも読み返しては喜んでゐたものだが、どうも悲しいかな、近頃は昔程の興味を惹かなくなつて来てゐる。――これは併し自分の罪ではない。チェエホフなどは、殊に昔ほど自分に興味がなくなつて来たといふ事が、自分の尊敬する作者だけに、特に情ない感じがするのだが、併しもうあの侘しい挽歌が聞きたくなくなつて来た。

時代が違つて来たとも云へるし、自分の感じ方が違つて来たとも云へる。そしてチェエホフの或作よりも、オオ・ヘンリイ（この作者の真価は自分には未だよくは解つてゐない）の或作物などに、「世紀が違つて来た」といふ感銘を受ける。——生田氏は新しい人々のものを読んで見なければならないと思ふのは、古い天才達のものが「私達の胸にまでぴたりと来なくなつて来たから」と云ふわけでも何でもない。私達はただ、それ等の新しい人物と新しい作品とを通して、最も新しい時代の流にひたり、厳密に私達のこの時代に生きようとしてゐるに過ぎないのである」と云つてゐるが、そんなに比較研究的に読んで、それから現代に厳密に生きるなんていふ事が出来るものか知らん。自分などには、生田氏と違つて古い天才達のものが「ぴたりと胸に来ない」感じが、だんだんして来てゐる。そして「ぴたりと胸に来るものが」今まで知らなかつた新しい作家達の物の方に感じられ始めてゐる。それは何も「嗜好の新しさ」を誇張するのでもなければ、「自己の思想と藝術とが未だ旧くならないでゐるやうに思はれようとする浅墓な努力」でも何でもない。一体比較研究して然る後、新しい時代にでも旧い時代にでも生きるといふのが長江氏のやり方であるらしいが、自分などは長江氏から見ると、もう少し「感じ」から這入つて行くらしい。

自分は過去の天才達の価値を否定しようとするのではない。けれども、長江氏のやうに「新しい人物と新しい作品とを通して、最も新しい時代の流にひたり、厳密に私達のこの時代に生きようとするに過ぎない」と云ふやうな用意周到な読み方をするのではなくして、折に触れて読んだ新しい作家達のものに、「これは新しいぞ」といふ喜びを受ける事があるのである。それは未だそれ等の人々が、その価値から云つて、過去の天才達に匹敵するものかどうかは知らない。併し十九世紀と違つた新世紀の萌芽が、新世紀の四分の一を経過した今になつて、現れ始めて来たのではないかといふ想像を抱くのも無理はないだらう。二十世紀の後半に至つたら、十九世紀の後半とは非常に違つた新しい藝術の花盛りが来るのではないか、今がその萌芽時代なのではないか、と云つたやうな明るい空想をするのも無理はないだらう。ポオル・モオランの価値が果してどの位のものだかといふ事は未だよくは解らない。けれども、「マダム・ボヴリイ」の作者と、同時代の作者でないといふ事の顕著さが、我々——いや、自分の心を喜ばしく皷動させる。と云つて、それはフロオベエルの価値が、今やなくなつてしまつたといふ意味では無論ない。

十九世紀の世界各国に現れた天才達は、それに続く時代のものに取つて、あまりに大き過ぎた。それ等の天才達の巨大な姿に圧せられてしまつて、続く時代の人々は、手も足も出ない感じがあつた。——そこで文学不振時代がかなり続いた。右に行かうとするにも左に行かうとするにも、過去の巨人達の足跡を追ふ外なかつた。——さういふ時期に、新文学の多少の萌芽かも知れないと思ふものが、現れて来た事が、或は現れて来たと予想させる事が、自分を喜ばしたつて、決して無理ではないではないか。

長江氏よ。比較研究して然る後、厳密に現代に生きる、と云つたやうな流儀でない自分が、少々の浮気の「感じ」を発揮しようと、一々とがめ立てし給ふな。――厳密に比較し考慮して生きようと、直ぐ希望を抱いたり、失望したり、又希望を抱いたりして生きようと、時に計算させれば、その間に大した相違はないだらう。

（「新潮」大正14年2月号）

葛西善蔵氏との藝術問答

作家と記者との一問一答録―其五―

記者。今日は藝術的にも生活的にも、総べての泥を吐く積りで――唯この場だけの質問ですから……一つ遠慮なく聞きたいと思ひます。今月の新潮の合評会にもありましたのですが、田山さんのですね……あなたの小説に対する批評の中に、あゝいふ生活は堪まらないといふやうなことがあつたのを、読まれたでせう。それからいつか、菊池さんもあなたの生活を非難して、あすこから脱け出ろといふやうなことを言はれた……。作品を読んで作品に書かれたことを、直ちに其人の生活にして、それを批評するこの当否は別にしてゞすね、あなた自身は、あなたの現在の生活をどういふ風に思つて居られるのですか？

葛西。僕も矢張り自分の今の生活を、ちつとも肯定はしてゐないですね。それは非常に悪い生活……矢張り田山さんや菊池さんのいふことはですね――本当だと思ひます。然しですな、まアあの評だけのことで云ふと……意味は同じだけれどもですね、田山さんの心持は自分には親しい気持で受入れられるですがね……が、菊池さんの場合は……菊池氏の場合は、同じ言葉でも僕には……その快く聞かれなかつた……。然しそれはそれとして、何れにしてもですね、さういふ方が本当らしい、自分でもどうかして、だん／＼とですね、出て行きたいと思つてゐる。唯その人の生活なんといふものはですね、傍から見るやうな簡単なものではないのです。僕の今の生活とは言つても……矢張り僕は生れた時分から背負つてきたいろ／＼なものが、こゝに来て居るので、急に脱け出ることもですね、変ることもですな、さう簡単に出来ないことであるんだと……だけれども、脱け出すことは、それは脱け出さなければならないでせう……どうも悪い生活ですから……然し……

記者。肯定……

葛西。待つて下さい、然し全然僕には自棄的な……、そんな気持は終始一貫して持つてゐないつもりです。で僕は身体も弱いし、偏狭な人間だから、どうかして自分の細い道をコツ／＼歩るいて行つて、それで或る点まで脱けたいと思つてゐるだけなのです。それからいろ／＼なことがですね、まア家族のことでも……生活にしても、何にしてもですな、だん／＼順調に整へられさうな気が、今でもしてゐるんですが、それが出来ないかも知れない。出来ない内に、どうも死にさうなんだけれども……。出来るとは思つて居るから、兎やかう位ゐ言はれても気にはちつとも病んでゐない……。その位にして……

記者。あなたの気持から言へばですな、生活の中にはいろ／＼な方面があるのですが――藝術も矢つ張り生活の一部分だらうと思ふし、それから又酒を飲むことも人間としての生活の一部分だと思ふし、さうして人の夫であり、人の親であることも矢張り生活の一部分だと思ふのですが、さういふどの部分が、あなたに取つて……詰り一番肝腎な、重要なことですか。さういふ自分の生活に対する批判を、あなたの人生観からやつて行けば、あなたが自分の今の生活を詰らぬといふことも、また肯定してゐないといふことも、自らハツキリしてくるのだと思ふのですか、今の心持から言つて、何があなたの生活の肝要な中心点になつて居るのですか。

葛西。無論小説でせうな。それがどうやらですね、物になつてくれないとですね、僕の一代といふものは何も取り柄がないことになるんです。僕は全然家族をほつたらかして置いてあるやうにばかり思はれてゐるんだが、さうぢやないんです。寧ろ家族を本位にして、彼等の生活の安定と云ふことも考へに入れた上で、独りでかういふ生活をして居るのかも知れないんで、それは人に居候をさして置くのは、非常な不名誉だと言はれゞば、これ切りの話だけれども、しかしまあそれはそれとして、兎に角さういふ世間の評判とか、名誉不名誉など余り気にかけずに、自分の創作に生きて行きたいと思つて居ります……。これでは分らないでせうか？

記者。それぢや詰りあなたの言はれるのは佳い創作さへやつて行けば、どんな生活であつても、その生活を救ふといふ意味なんですか。

葛西。そんなことはないでせう、良い生活からでなければ良い藝術は生れないと、自分は思つて居るのです。ちよつと矛盾して居るやうにですね――聞えるか知れませんけど、さういふやうな意味では……僕は自分の生活を悪い生活だとは思つてゐないんです。で、藝術に依つて生活を生かし、生活に依つて藝術を救つて行く……そんなところからでないと、何物も生れて来やしないだらうと思ふ。

記者。だが、その良いといふ意味が道徳的に良いとか悪いとかいふのではないのですね。さうすれば詰り藝術の手段に依つて……藝術的に、藝術を生かす上に良い生活とか、藝術を生かす力の乏しいやうな生活は悪い生活といふことになる。藝術が標準になる訳ですね。

葛西。まアさう言つた訳ですかな……

記者。全然道徳の……道徳から言つてどんなに悪からうが、又非難されやうが、然しそれが藝術的に、藝術を生かすに適した生活ならば、それは生活として良いんだといふことになるのではないんですか？

葛西。僕は決して自分の生活を不道徳だとも何とも思つてゐないです。不健全だとは言へる――言へるでせう、恐らく……。然しそれは身体にも健康な人と不健康な人とあり、……僕は一等……若し出来ることなら非常に健康な人間になりたいだけです……はてな？……健康な人がですね、病人のですね、苦しみなんかとても分らない、だからまアさういふ体質とかですな、遺伝とか、さういふものが、どんな風にその人の生活に働いて、健全な人から見れば何でもなく切り脱けられることが切り脱けられない場合もあり……あつたりして、他から見ては非常にいびつな生活に見えるでせうけれども、藝術家である以上はですね、決して道徳的潔癖を欠いては、何も出来つこないと思ふ。僕は自分の生活が不道徳な生活だとは、一度も思つたことがないです。

記者。さうすると今の生活を肯定されないといふ意味はですね……道徳的に肯定されないといふ意味でなしに、詰り藝術的に肯定されないといふ意味ですか？

葛西。全体としての僕の理想とは非常な懸隔がある。だから誤解されるのも当然で、自分自身にそれだけの懸隔があると思つて居れば、他からは一層拡大されて見えるに違ひない、だから否定する……肯定しないといふ意味はさういふ意味ですな。

記者。あなたの作品が、書かれた物が、実際の……あなたの生活の事実の上から言つても、気持の上から言つても――、記録かどうとかいふことは別にしてゞすね、あなたの作品は、まアどつちかといふと、あなたの生活に余程密接な物だと思ふのですが……あなたの作品は別な他の形なり世界を作り上げたものでなく、矢張り自分の身辺の事実なり、心境なりを、直接書いた傾向のものだと僕は思つて居るのですが、あゝいふ風な小説の行き方をですね、何かあなた自身の作家としての意見があつて、頑固に、あゝいふ一本道を進んで居られるのですか？

葛西。僕の作はいつも同じやうに、多分見えるでせう。けれども、僕は病気をして苦しい場合には、その苦しい気持を作の上に働かせ、不幸なことに打つ突かれば、不幸なその気持をですね、創作に依つて一歩でも突き脱けて行きたい、だから多少は僕の生活よりか……身辺よりか、一歩なり、一段なり目標が先にない場合には……僕には書けないのです。だから全然実生活に引きづられて居るやうに見られるのは不満なんです。一歩進んだ気持なり心境なり気分なり、さういふもので僕の生活を引きずつて行かうと心がけて居るつもりなんだけれども、それがアベコベに見えるのか知れませんな。だから恐くが身辺雑記のやうにですな……菊池君などにも冷かされるのだと思ふけれども、或る小説的テーマだとか、所謂本格小説とか、さう言つたものは今の僕に取つては、それ程重要な創作の動機となり得ないのです。だから、さういふ目から見れば、さうかも知れないけれども、僕はもつと個人的な……自分に即した作風なんで、僕は、僕だけで宜いと思ふんです。

記者。あなたのやうな作風の小説しか出来なくても、それはあなたとして十分理由のあることゝしてですね、作家なら作家として……もう一方の藝術的のテーマならテーマを書き生かす……一つの他の世界を仮りて……或る世界を創造して描くことに依つて、自分を出して行くと言つたやうな行き方の作品……さういふものに対するあなたの作家としての考はどうなんですか……認められるのですか、認められないのですか。

葛西。十分に認められます。それはフローベルの作風にしても、トルストイの作風にしてもですね、あゝいふ風な作にはいかに多大な敬意を払つても足らない位です。唯僕には今のところさういふ……短篇作家としてゞすね、さういふ題材にはちよつと興味を持ち切れないところがあるんです、僕は出来ることならですな……正宗さんの真似をするのぢやないけれども……したいのぢやないけれども、そういふ流儀のものは脚本か何かでゞすね、脚本にでも書きたいといふ気持はいつもあるですね。僕の短篇流では、さういふのには非常に不向きなんです、興味も持てないし、きつと成功しないんです。長篇となればですね、きつとさういふ立場……立場に進まなければ、さうして進めて行かなければいけないでせうが、僕のやうな短篇作家が、そんなことをしてとても僕には見込みがつかないですね……それが僕の作家的臆病といふのか……僕の偏狭な感情のですね……せゐなんでせう。要するに自信がないと云ふ訳なんです。それで僕は一等作家として興味を持てるのはですね……月並のやうだが……ストリンドベルヒなどに傾倒したい気持ですね、あの人が長い間自伝小説を書いて来ても……それは僕の手前勝手な何でせうが……そんなことを書いて居る内に、あの人が一つの性格といふやうなものを、強くハツキリと摑み出して来るやうな、あゝ云つた手法が出来上つたんぢやないかとも、思はれないでもありませんね。……だが脚本家は大体として皆性格が割合に深刻なところがあるやうぢやないですか、作の批評は兎も角として……イブセンなどにしてもチエーホフなぞにしても、ストリンドベルヒにしても、可なり深刻な性格の持主であつたやうな気がしますが、どういふもんでせうか……非常に混乱して居るんで意味が取れないでせうけれども……。

記者。いや宜く分つて居ります……それからあなたの作品は、まア短篇の中でも殊に短い物が多いですが、だからそれは矢つ張り題材的に……題材の関係なんですか、それともあなたの今言はれたやうな藝術観上の主張から来て居ることなんですか。

葛西。さうぢやありませんね、勿論題材の関係もあるでせうが、大体は精力の非常に乏しいことが原因なんでせう。これは三十枚位になるなと、いつもさう思つてやり始めても精力の続かないところから、だん〳〵途中から縮こまつて仕舞ふんです。僕の不健康が第一の原因ですな。

記者。この間菊池さんがあなたの「血を吐く」を月評して小説になつてゐないと言つた。あなたが後でそれに抗議を言つて居られたが、あの抗議では菊池さんの「自賛」を引いて、僕のが小説でなければ、これも小説でないといふ風に言つて居られたですね。それで菊池さんが、どういふ意味で……「血を吐く」が小説になつてゐないのかといふことは説明してゐなかつた――小説とはかういふものだ、ところがこれは雑文で小説ではないとは言つてゐなかつたし、あなたも自分はかういふものを小説と考へる、だから菊池さんのも小説だ――若しこれが小説でないのなら菊池さんのも小説でないといふ風には言はれなかつたですね。だからあなたの考へる小説といふのは、一体どんなものか……抽象的にいふことは、ちよつとむづかしいか知れませんが、それをあなたの心持から説明して……。単に菊池さんが、さういふ風なことを言はれるばかりでなしに、幾らか本格的な小説の方に、力点を置く人達はですな、あなたの作品に対して、どんな人々でもかういふ作風に興味を持つものではないとか、かういふ物は或る特殊な者しか認めないとか、全然あなたの生活なり人物なりを知らない人には興味が持てないのだとか、あなたの作品を非常に狭い範囲のものに考へたがる人が多いやうに思ふのです。……ですから一層あなたの小説観を、ちよつとこゝに聞いて置きたいと思ふのですけれど……。

葛西。ちよつとむづかしい問題になつて来ましたが、菊池さんの「自賛」との場合を言へばですな、菊池さんの掛引は……

小説的掛引は、あれは誰にも分るかも知れないけれども、僕の小説の掛引はもうちつとデリケートだと思つて居る。だから僕の「血を吐く」に小説的掛引の無い事はないのだけれども……。僕に言はせるとその掛引が露骨であればある程、寧ろ藝術的の価値が乏しいとさへ思ふので、さういふ点から僕の作品に隠れて居る気持、陰影、――さう言つたものは或は馴染のない――僕の物を読みつけない人には見出せないのが本当か知れない。……だからさういふ点では余り自分を、それ程弱味に考へてゐないです。……僕の小説観と言はれると、問題が少し大き過ぎはしないでせうか……こんなことでは意味が通りませんか。

記者。それはあの作品だけに就て……あなたの作品だけに就てなら、それは宜く分つて居るですけれども、作品的の組立ですね、作品にする為の組立が露骨になればなる程、それは詰りあなたの考から言へば、余計藝術的なものでなくなるといふことになるのですか。

葛西。さう言つたんでは……ちよつと言葉がむづかしくなるですがね。例へばゴーゴリの「外套」なんかは、随分或る意味では露骨なんだが、また「検察官」なんかにしても、非常に露骨であつても、――一概に露骨と言つたんではちよつと困るですけれど……かういふ場合も、それは僕は分る積りで分るけれども、唯機械的にですな、並べたをちを作る……、さういふのが余り露骨なのが僕は僕の好みとして余り取らないです。だから組立やですな、テーマの優れて居ること、深刻であること、複雑であること……、そんなことは僕も非常に欲しいのだけれども――又望んで居りますけれど、僕の作風といふか、気分的技巧といふのがですな、さういふものはどうも僕流にしか表現をすることが出来ない、自然にあゝいふ僕流な変な一本調子な形を……形に陥るのだらうと思ふ、決して宜いことだとは思はないけれども、どうも仕方がないやうですな。若し菊池氏流にばかり言ふんだつたら……チエーホフの短篇……あの勝れた短篇などは可なり価値を減じ、或る物は殆ど抹殺されなければならぬ。……僕の物がチエーホフのやうに勝れたものだといふのではないんだが……菊池氏流の藝術観で大鉈を振はれたんでは、ちよつと困ることになりはしないでせうか。それから……これは僕の弱虫の癖に意地つ張りな性分から、僕は僕なりに……小さな作家で宜いんだ。だから僕なりに自分に即いた小篇作家であつても、僕は宜いと思つて居るので……もう少し大きなものが出来てくればこの上ないけれども、今のところそれ程あせりたくない。本格だから長篇だからと言つて、さういふ柄に無い野心の為に自分の小さな天分を害ふやうなことを、寧ろ恐れて居る位で……、だから僕には創作の動機は全然議論的なものであることを避けたい位だ。……最も恐れるのは寧ろさう言つた議論的な動機から、自分を不純なものにすることを一等恐れてゐる。小説として売れなくなればいつでも小説家をやめたい

と思つて居る。そんな訳で非常に僕は議論は出来ませんから
ちよつと失礼ですが（と言つて用事に立たれる）

記者。……

葛西。（帰る）成程これは答へる方より問者の方が骨が折れさうですな。

記者。あなたは作家生活の上に、今の所謂文壇といふやうなものはですね、全然無視して居られるか、若しくは超越して居られるか、それともやつぱり何かこだはりを持つて居られるかですな、詰りどういふ心持……心的に交渉があるか……

葛西。文壇なんといふものがなけりあ……無かつたら僕も矢張り書いて行けないでせう、無論それで飯を食つて行けなくなる——第一もうさうした文壇的刺激なしには、書けなくなるだらうと思ふ。だから没交渉な気持では無論ありませんな、僕は他にいろ〳〵な道楽もないし、世間の狭い人間だけにですな、気分では可なりこだはつてゐる方かも知れませんな。唯文壇的な社交なんといふことは、僕の性質として出来ないのだから——今のところでは、……待つて下さい……有つて宜いとか無くて宜いとか、離れるとか即くとかいふ以上に必要ですな、僕の生活の上からも、気分の上からも……。だから文壇的に軽蔑を受ければ口惜しいし、疎外されると孤独を感じさせられるに違ないことであると思ふですな。……で、僕が小説家協会に入会しないなど、いふことなども兎角誤解を招き易いことだけれども、さう言つた組合の趣意には賛成であつても、僕は何やらあやふやな……曖昧なやうな不徹底なやうな感情で行動することを好まぬです。さうして又入会したところで会の為にもならないだらうし、僕個人の感情はその為に一種の負担を感じなければならない、そんな気持から余りさういふ方へ首を突つ込みたくない。然し文壇は僕には直接の交渉だから、決して超越も白眼視してもゐませんね。

記者。あなたの交友ですな、それからまアあなたの友誼観ですが、友誼と……友達の誼みですな、それを一つ聞きたいんです。

葛西。極端にいふともつと若い時分には友人も必要であつたし、友人なしには世にも出られないやうなことにもなつてゐたんで、さういふ意味では非常に友人は大事であるに違ないが、然し友誼と言つても、或る程度までは多少そこに交換的な条件が、いつも附いて廻つて居るですな、まア相互扶助といふと大袈裟だが、友人の間にだつて矢張り経済的？　関係は、常に附いて廻つて居る、だから交換条件……詰りさう云つたやうな関係を無視した友情なんといふものの永続しないことは、確からしく思はれる。多少平行的な歩み方を続けて来られる間だけが、他所目にも友情なんといふものが、非常に有力なもの、やうに思へたりするが、一方が非常に後れたり、離れ過ぎたりする場合には、大抵消滅して仕舞ふ。さう云つたやうな例を僕等も永年見つけて来て居るんで、自分が非常に窮迫な場合であつても、特に友情に訴へたいとか、あいつ友情が薄いなんといふやうな心持を僕は持ちたくないと思つ

てゐる。或る場合には友情なんといふものよりか、もつと別な形のもので永い間交渉が続いて居る場合もあるけれども、僕は僕等時分の年になるとどんな友情と言つても、淡として水の如きものではないでせうか、だから僕等間では大体皆が年寄つたせゐか、求めることも求められることもないやうな状態での友情が続いて居るやうな訳で……。それは何しろ十五年も二十年も付合つて来て居るのだから、若し女とすれば糟糠の妻みたいなもので、可もなく不可もないやうな、それでゐて情愛が繋つて居るといふところにちよつと微妙な味ひのあるものだとは思ふなア。

記者。あなたは、まア文壇中の酒仙を以て……音に聞えて居るのですけれども、酒は一体……酒を離れては矢つ張りその日が送れない位の……この酒と相即不離の間柄ですか。それとも或る境遇なり、或る生話なりですね、今のあなたの生活状態が変れば、酒は……要するに離れても生きて行かれるか。それともどういふ世の中になつても、どういふ境遇になつても、矢つ張り酒とは離れられない程密接なものか、さういふ点を一つ……。

葛要。それは止めたいですな、また止めなければならない時が来てもですね、止めない、生理的に止めなければならない時でも止めないといふことになれば、それは気違沙汰ですから、これはもう仕方がないですが、さうでなければ非常に止めたいんです。今でも止めたいのか知れないけれども、多少臭れ縁的な感じで、何かの動機がなければ、ちよつと止めるやうな気がしないですな、酒といふことになると意固地にもですね、この際敵に後ろを見せるやうな感じで、ちよつと厭なんです。然し或る時が来たらパアーンと止めたいと思つて居るです。然し恐らくですね（笑）一生止めないかも知れませんけれども……、永い間飲んで来たものですから……。この節では旨いには旨いけども特別の感興ではないです。さうして酒もまア場席が変つたりですな、お酌が変つたりですな、又目出度いとか悲しいとか……、さう言つた場合にですね……場合には又それ〴〵の味もあつて非常に宜いもんだけれども、無くてならないもんだとは思ふけれども、僕のやうにかうして部屋に潜りこんで酒に淫して居るやうな気持は、僕自身だつてそんなに嬉しいものでないかも知れない、唯永年の習慣でもあるでせうけれども、酒なしには我慢の出来ないやうな可なり惨めな生活を殆ど二十年近くもやつて来て居るんで、さうした場合には矢つぱし酒は僕の唯一の孤独の味方であつたかも知れない。今でも多少さう言つた気持があるんで、だからこの頃は相手なしに漫然と飲んで居るのが僕には一等気持が良い、然しこの酒の為に全然自分の生活を滅ぼしてまでとは思つてゐない。いつでも止めたいと思つてゐるんです。意固地な気分からでもあるが、僕はまだ酒の為に自分は心底から脅威されたことはないと言ひたいんだなア、その辺がアル中のクダなのかも知れません。（笑）

記者。あなたは読書は……殆どされない方ですか。

葛西。しますね、又したいです。一つはしよつちゆうかうして独りで病気をして蒲団の中へばかり潜り込んで居るので、何か本なしでは居られないものだから何か読みたいし、唯ちよつと本を手に入れる機会が非常に乏しいのですけれども、書くのは苦痛な場合ばつかしだが、読む場合に苦痛を感じたことはないです、まア全然手当り次第なもんですから……、だから雑誌なんかも大抵は読んで居る積りですが……。僕が悪口を言はれると非常に拘泥するといふけれども、詰らない物を読むのでつひ出て来るのです。ゴシツプでも何でも読むんです。だから宜く悪口を言はれたことを知つてる知つてるといふことを言はれるのだが、記憶力は悪いんだが眼には触れて居る筈だから、酔つ払ひでもすると悪口を言ひ返すことになるので、悪いことだと思つて居るのですが、良い本が沢山あれば良い本ばつかし読んでゴシツプなぞ読まないか知れないけれども、そんな良い本は手に入らないので……

記者。一つ狸の弁ですな……聞きたいと思ふのですが……。

葛西。承知しました。どし〳〵いろ〳〵なことを言つて下さい。

記者。あなたは宜くどういふ意味か、無論物を韜晦して居るといふやうな意味合が多いのでせうけれども、狸といふ綽名が可なり一般的にゴシツプ的に伝はつて居るやうですが、自分がさういふ風に感じられて居るといふこと……見方をされて居るのですか。

葛西。それはですな、僕の「仲間」といふ小説でゝすね、一度書いたことがあるのですがね、大体あの綽名の始まりは、僕は建長寺内に長くゐたものですから、狸の人……狸人とですね。……狸人足下などゝ言ひ出したのが三上のいたづらなんですよ、それから間もなくですね、里見弴氏がですね、「人間」の合評会でゝすね、どうも狸のやうな感じだと、さう言つたさうです。初まりは大体そんなもんだつたんでせう、里見氏の……一体言つたのは僕の一般的な動き方が可なり本気らしい……それから里見氏の言葉を以つて言へば、かうどんでん返しにやつてくるんださうです。それが真剣らしいので、本物としたらいゝものなんだが……、どうも狸のやうな気がする。――軽蔑的な気持でなしに……まア合評会で言つたもんなんでせう。それを僕が「時事」で月評を長く続けた時に、僕が里見氏に僕は人間なんだから、人間を狸と見違ふやうなら、さういふそちらにどつか狸があるので、僕は人間の積りなんだから人間を人間と見てこそ本当なんで、人間を狸と見誤るやうでは名人もへつたくれもないと言つて……さう言つて僕が「時事」の月評で言ひ返したことがある、それを又三上の悪戯者が、狸問答がどうだとかかうだとか……建長寺の飯を長く食つた為に狸問答が面白かつたとか何とか……そんなことを言つたので、そんなことがついゴシツプ子に引つかゝつたものらしい。それを僕は僕の「仲間」の中でも言つてあるのだが、僕は家の弟とそんな評を聞いてゞすな、随分口惜しがつたものです……俺達が一生懸命になつてやつて居ることが金持や何かゝら見れば狸に見えるんだらう、骨身に徹した恥をも堪へ忍んでもがいてゐる態が、さういふ人達から見ると、どうも狸臭く見えるなんといふことは何といふ情ないことだらう！　我が生の拙きに泣く外はないと、その評を宇野に直接聞いた時に……僕は家に帰つて酒を飲みながら弟と大いに悲しんだことがある。だが僕は自分から自身の生活を狸のやうに考へて、いゝ気になつて居るやうだつたら、それこそ自分の拙いながらにも持つて来た生命を自分から汚辱するやうなものではあるまいか……。僕はそんな考へ方を決してしたことはない……見る人の御随意であつて、あなたの場合だから特に僕の野狐的の言を許してくれるならばサ「金毛の獅子は地に踞せず」金の毛の獅子は地べだに踞まらない、さうも思つて行きたい位ゐなんです。

記者。今度は狸が金毛の獅子に……（笑）……一つそれを拡めると……。

葛西。だから僕は決して狸式な藝術観を持つちやゐないです。と云つて金毛の獅子と云ふ柄では無論ないですが……。

記者。あなたが今の生活ですね。広い意味の生活で、一番痛切に求めて居られるものは、それはどういふことですか……例へば金とか、或は生活の改造とか、それから世の中の革命とかですな、非常に欲しい恋愛の相手とか、何かさう言つたやうな一番欲しいものですね、又は、したいと思つて居ることとかですね……。

葛西。一等直接なところでは健康、金、まアこれは大抵の人がさうなんでせうけども、何と言つて宜いかな……漠然とした言葉で言へば、自分を燃やし切るやうな感興、さう言つたものを求めて居ることは事実なんです……然し中々見付からないし、さうした大きな漠然としたものが来るものだとは考へられないです。唯せめてまあ日々の生活の間でですな、自分の創作の気分を動かすやうなですな……やうなものは、それは欲しいですがね、それが僕のやうな人間には、仲々見出せないし、涸れるし、いぢけるし、随分分らなくなつて来る。それには不健康が一番邪魔をしてゐると思ふのだが、御覧のやうな状態であつて連続的には随分駄目なんですね。それから……えゝ僕は割に自然といふものに誤魔化される性質なのか、自然に接してゐると、わりにさうした気分を動かされるらしい。それだもんだから、大体として僕の望みと云ふと、僕は矢張り自然に恵まれた生活をしたいといふことだけは、それは大体変りがないらしいですね。都会なんといふところは僕には何の感興も引出してくれない、憂鬱と沮喪……、そんなやうなものばかしのやうな気がする。小川未明さんの言ふやうなことを言ふですが、都会では僕には青い空位のもんだ――此頃の僕の孤独な気分を救つてくれるのは……。そんなやうな訳ですからどうにかして謙遜に、簡易にさう言つた自然に親しめるやうな生活をしたいと長年思つて来て居るのです。林檎畑の小屋といふものは僕に如何に長年の憧憬であつたか分らない。それもアヒギヤーギヤーで遺産も売つて仕舞つたし、どこにも自分のさう言つた巣を横へるせきがなくなつた。田舎へ行きさへすれば宜いぢやないか……簡単に、さう言はれるか知れないけれども。かういふ生活をして居つて、遠い田舎へ巣を構へてどうかといふ不安が……それはありますよ、今だつて東京を離れたい、小さくとも自分だけの巣を作りたいと思ふけれども、故郷も僕には親しめないし、もうちつと生活力に自信が出来るまでは儘にならない――何と考へても……。僕は今でもこれで非常に孤独に閉口すること、自分の山小屋の設計図を何枚も何枚も書いて見たりして時間を消したりすることもあるです。兎に角もつと自然に恵まれた生活をしたい、単純な自然詩人で終ることも僕は何とも思はないです。兎に角今の儘の生活は僕には憂鬱と焦燥と変な退窟を吹き込むだけだ。

記者。さういふ境地からの救ひ道に、恋愛はどうですか。僕は生活の感興とか、創作の感興とか……さういふものの源になるのは、年を取れば取る程、やつぱり恋愛ぢやないかと思ふのですが……。

葛西。然しですね、感興が天来的のものであると同じに恋愛だつてですね、捜し廻つてどうといふものでない、何かしら天来的の感興と同じやうなもので、さう言つた自分の救ひの道からとか何とかいふ功利的な考からは出来ないのではないかな、それに一つはその当人の素質にもあるのではないでせうか、……だから結果から見れば救ひであるかも知れないけれども、救ひを求めてそれをやつてもですな、僕なんかには要するにまア女道楽のやうなですな……形になりはしないでせうか。

記者。それは結局、恋愛といふものも一つのチヤンスですから……さういふ機会が来ぬのに、自分の工夫で恋愛は絶対に出来るものではない。僕の言つた意味は、結果から見ればさうなるので、詰り恋愛がない為にあなたの言はれるやうな意味で……損な生活をして居るのではないかと思ふ……だからこれに火を点す途は、矢張り恋愛を……出来る出来ないは兎に角……借りることよりほかにないのではないでせうか。

葛西。然し何でゝすな……こゝに御当人を並べて置いて言つては悪いですけれども、このおせい君の場合にしてもです。若し僕の素質次第では立派に恋愛化されたのかも知れないけれども、それが出来ない、だからこれから何人かの相手にですね、気紛れに当つて見て居る内に偶然にさういふ天来的のものに打つ突かるかも知れないけれども、そんなことをやつて僕は結局恋愛に打つ突からない時には損しやしないでせうか。徒に色情的になつたり、さういふ武勇伝を謳はれたり……結局損だと思ふから、あなたのいふ意味の……結果から見てゞすね、さうした冒険的な行動はしたくないですね。また僕の柄にもないことぢやありませんか。……だからどちらにしても作家として損な性分に生れついたんだと思つて諦めてゐます……それは恐らく恋愛よりほかにないでせう、悉く老大家も恋愛なしに余り大家になつた人もゐないやうですからね。

記者。さうして見たら石原純氏にして島村抱月氏にしても有島武郎氏にしても、本当に恋愛を出来る人の生活ですね、……それから恋愛に没頭して酔ふて居る間の生活といふものは、傍から批評されゝばどんなことでも言はれるけれども、当人の心持になつて見れば、随分生き〳〵した……所謂至上の生活ではないかと思ふですな。それでその人の素質であなたなんかは、恋愛をすることに依つて憂鬱になつたり、負担や苦労を増したり……矢つ張り火をパツト燃やさないで燿らして仕舞ふ方かも知れないですね。

葛西。さうかも知れないですな、然し……今日は特別としてお酒を飲まして貰つたので、少し酔つて来たから申すのですが……又狸に返るのですが……さういふ意味では狸をやり兼ねないですね、恋愛が俺の文名を、大いに名声を残せるとか……又俺の創作が、それに依つて光りを増しさうな気がするとか、俺などの小説は燻ぶれてぶす〳〵して居るから、一つ大ゴシツプに依つて明るみに出したいとか、さういふやうな気持が僕に生みかけたら、さういふ意味なら僕も狸ですから決然として武勇でも何でも発揮しますけれども（笑）今の所では燻り屋でも沢山だらうと思つて居るから……ちつとはゴシツプでも残さなければ、俺が死んでも幾らかでも子供等の遺産の為に全集を出してくれる人がないといふならば、僕だつて多少やり兼ねないです。……さうした人達の場合の例を考へても純粋な恋愛感ばかしから、人間が死ねるのだとは、僕の気持では簡単に考へられない。だからさういふ人達のことを見ても、さういふ意味では矢張り動機が純粋であらうが、又不純であらうが、結果から見て大したことでなくなるかも知れない、だから僕の恋愛が不純な何からだつたにしても、僕は僕を生かす為には純粋なものに考へないと……少くも純粋らしく狸をしないと、僕は困るですね、さう言つては何ですけれども相手がおせいであらうが何であらうが、僕は僕の為に必要となつて来れば、僕は立派に恋愛家の何を……名を挙げませう、それ以上に僕を酔はしたり、又迷はされたりして、僕はこつ〳〵とやれば一代やる仕事を、さういふ一種の幻惑的な感興の為に自分を滅ぼすことは好まない、それならば僕はもうそんなに立派な藝術家でなくても――僕は小さな作家であつても正道を歩んで日蔭の作家としても純粋に生きて行きたいと思ふから、あんまり天下の別嬪などに出つくわして悩殺されるやうな感じは少し困る。

記者。お仕舞に一つ伺つて置きたいのは、あなたの日常生活で一番興味を持つて居られることですね――例へばそれは談話でも、或はいろ〳〵な遊戯でも、或は遊びでもね――酒以外のことで、どんなことが一番あなたの心に適つたことか……また、気に入つた生活様式か、それを一つお終ひに……。

葛西。大体として静かな隠遁的な生活は僕は好きだ、殊に都会では散歩も面白くないし、もう止むなくかういふ不自由な生活をして人とも会ひ、隣りの物音にも脅かされたりして居るのはちよつと困る。まア酒以外のことで何をしたいといふ気持は可なりありませんね、それは……旅行はしたいと思ふだけで……、それも金がないから出来ないし……、だから一人でそつとして……まアこの頃は大部分万年床に這入つて居りますけれども、身体が良ければ僕は朝起をして、小説が出来ても出来なくても、何だかんだ読んだり一人でゐたい、人の来るのも好まないし、人を訪ねることも……酒でも飲まない非常に好まない、電話などあるやうな下宿に居ることも却つて……。さうして月末の心配などしずに、居催促など受けずに、自分の気の向く通りに一枚でも二枚でも書いて居られたらと思ふだけで、他に碁将棋も何も道楽はないんです。酒以外となると僕の如く貧しい、趣味上にも嗜好上にも貧しい生活をして居る人間を、僕はまアたんとは文壇でゐないかと思つて居るのです。それが僕の好みでもあり、そんなことからも田舎へでも引込んでポカ〳〵とそこらを散歩したい、四時の移り変りを見たりして暮らしたいと思つて居る……どうも失礼しました。

記者。いやいろ〳〵どうも……有難うございました。

大正十四年二月五日　　佃速記事務所員　速　記

（「新潮」大正14年3月号）

文壇の新時代に与ふ

――『文藝時代』『新感覚派』、ポオル・モオランの『夜ひらく』、淫蕩者の感覚鈍麻と強烈なる刺戟への憧憬、バセドウ氏病的機能亢進、新しきデカダンの旧さ等――

生田長江

雑誌『文藝時代』の同人諸氏を中心にした新進諸氏に、千葉亀雄氏が命名にして『新感覚派』と云つた。それ以来、『新感覚派』といふ名称が度々問題にされてゐるらしいけれど、千葉氏がそもそもどう云ふ意味にあの言葉を用ゐたかも分らないし、勝手に新『感覚派』の意味に取つたり、『新感覚』派の意味に取つたりして見ても、それらの諸氏を一括した名称として格別適切らしくも感じられない。

これに関聯して片岡鉄兵氏や川端康成氏なぞの執筆された物をも、少しばかりは読んで見たけれど、それに依つて私達は片岡、川端諸氏の藝術上見地を何程か学び知つただけで、さうした氏等の見地が『文藝時代』同人諸氏の大多数を代表したものと思ふことすらも出来なかつた。

その上、新感覚派として一括された人々の間には、さうした命名を有難く思はないのみならず、寧ろ迷惑に感じてゐると言ひ出した二三氏もある。

乃ち、折角千葉氏が命名されたのでもあり、折角片岡氏等がそれを支持するやうな意見を述べられたのでもあるけれど、新感覚派なぞと云ふ、不明瞭で不便な名称は、この上もう流行らせないことにしたいものである。して貰ひたいものである。

少くとも、新感覚派云々に拘泥して、そんな処へ焦点を置いて、文壇の新時代を観測するといふやうなことは、成るべく慎みたいものだと思ふ――その『新時代』が『文藝時代』同人諸氏を中心にした、稍や偏つた、稍や範囲の狭いものを意味してゐる場合にも。

偖て、新感覚派なぞはどうでもよいとして、ただ、何時か、何処かで或る人が皮肉らしく言つてゐた――『文藝時代』同人諸氏の中には、仏蘭西現代の作家ポオル・モオランの『夜ひらく』の技巧を、お手本にしてゐる人がだいぶある云々の言葉は、妙に私の注意と興味とを呼びさました。しかも其人は附け足して言つてゐたのである――つまり『夜ひらく』が日本語となつて開いてから、間もなく文壇の『新時代』も開いたのであると。『夜ひらく』は友人堀口大學君によつて訳出され、佐藤春夫君によつて『近頃おもしろく読んだものの随一』として推奨されてゐた。堀口君の仏蘭語と日本語とは、十分信頼していい物だと以前から思つてゐる。佐藤君は自分でも滅多につまらない作品を書かないのみならず、曾つてつまらない作品を推奨したことのない人である。それ故、私も訳本が出ると間もなくから、是非読んで見たい物の中にそれを数へてゐた。

そこへもつて来て、皮肉な諧謔にもせよ、幾分悪意のある誇張にもせよ、その『夜ひらく』が文壇の『新時代』にお手本となつてゐるといふことを聞かされたのである。それで欧羅巴の新しい藝術を、それほど急いで鑑賞することの習慣をもたない私も、特に多少の無理をしてまで、早速読んで見る気になつた。

読み乍ら、又読み了《おは》つてから考へて見るに、或る人の皮肉な注意は、少し皮肉に過ぎた嫌ひもあるが、兎に角、色々と思ひ当る節もある。日本の文壇の所謂『新時代』は、直接『夜ひらく』から何等の影響を受けたのではないかも知れない。或は、多少の影響を受けたにもせよ、それは本来有つてゐた傾向を、一層強められたとか、無意識的に徐行してゐた進路を、意識的に走り出すやうに刺戟されたとか云ふ程度のものかも知れない。だが、最近の横光利一氏なぞに代表されてゐる『新時代』と『夜ひらく』との間には、とり分け表現の技巧から見て、少からず共通したものがある。

私がこれから試みようとするのは、訳本『夜ひらく』に対する批評であつて、日本の文壇の『新時代』に対する直接の批評ではない。しかし乍ら、その『夜ひらく』に対する批評は、日本の文壇の『新時代』を背景に置き、それの暗示的評価を中軸にしたところの批評である。

私は『夜ひらく』その物が、これまで如何に批評されてゐるかを殆んど知らない。この小説集のほかに、ポオル・モオランがどんな物を書いて、どんな批評を受けてゐるのかは全然知らないと云つていい。

それだけに、私のこの読後感は、『夜ひらく』その物の解釈及び批判として、あまり用意の周到なものでなく、あまり信用して貰へるやうなものでないかも知れない。

その上、堀口君の訳本がどんなに立派な物であらうとも、訳本は所詮訳本である。若し原本について鑑賞することが出来なかつた為めに、様式や、色調や、エスプリイなぞを精《こま》やかに感得しなかつたり、従つて作品の大切な価値を見落したりしてゐたならば、作者に対して此上もなく気の毒な事である。

だが、日本の文壇の所謂『新時代』に対して、並びに、もつと広い、もつと正しい意味での『新時代』に対して、何を私が要望してゐるか、如何なる進路を選んで貰ひたいとねがつてゐるか、如何なる風潮傾向を避けて貰ひたいとねがつてゐるか、それらの事はこのお粗末な私の感想を通してでも、かなり明瞭に看取して頂くことが出来やうと思つてゐる。

訳者の序によれば、『夜ひらく』は発行（一九二二年）以来僅か二年余りの間に、既に十万部を売り尽してゐたとのこと。

私も実に面白く読んだ。そして非常に有益な読書をしたと思ふことが出来た。そこでは、大戦後の欧羅巴がどうなつてゐるか、個人的にも社会的にも欧羅巴人が如何なる荒々しい、度外《どはづ》れな、落付きのない生活をしてゐるか、如何に彼等が動乱から安定への推移をでなくして、寧ろより外的な動乱から、より内的な不安定へのはてしなき進行の中に喘ぎつつあるか、これらの、私達が知りたいと思ひ、知らねばならぬと思つてゐた様々な事を語り聞かされる。少くとも、あれだけ広い地域と、あれだけ多様な方面とに亘つて、あれだけ赤裸々に、あれだけ忌憚なく試みられたる具体的報告は、他にはあまりないだらうと思ふ。

しかし乍ら大多数の読者等は、単なる智識慾の満足なぞばかりでなく、更にもつと大きな、もつと俗衆的の悦びをもあの中に見出し得たであらう。事によつたら、さうした悦び――露骨に云へば、淫慾の挑発――が『夜ひらく』をそれほどまでに売り弘めたことの主要原因であつたかも分らない。

著者は訳本『夜ひらく』の為めの序の中に、表面上大変に不満らしく、けれども其実さうでもなささうな、妙に快活な調子で次ぎのやうに書いてゐる――

『私の見る所では、欧米諸国の読者がよろこんで私の作品の中に味つてくれたものは、実は僅かに、描写の放縦なまなましさと、作中人物関係の獣的な粗暴さとに過ぎなかつたのだ。彼等欧米諸国の読者の眼にとつては、私の小説は単に、千九百十八年の休戦条約の後の、あのめまぐるしいあわただしさと、正義の観念を忘れた没道義と、狂《きちが》ひじみた無分別とによつて、上下を通じて全く混沌の情態にあつたあの一時代の欧大陸の、克明微細な慰み半分に書かれた記述以外の何物でもなかつたのだ』と。

トルストイの『復活』や『クロイツェル・ソナタ』のやうな作品をでも、大多数の読者等は、作者が期待したのとはまるで別な、殆んど正反対な興味からして読んでゐる。非常に真面目に書かれた書物が、非常に不真面目に読まれるといふのは、何も不可思議な事でも、めづらしい事でもない。

私は勿論『夜ひらく』が大多数の読者等から如何に読まれてゐるかといふ事実に依つてでなく、寧ろ私自身が作品から受取つたところの直接印象に依つて、作者の所謂作品の真意を、より深い意《こころ》を見出さうと試みた。そして結局見出したところの物は何であつたか。

それが、残念ながら何でもなかつたと言ふのは、私の精一杯の好意である。より少く好意を有つた場合、如何なる遠慮深い人でもが恐らくは言ひ得るだらう——

『往々にして人は、妓楼の温くした冷い夜着に顔を埋めながらでも、ポオル・モオランの所謂「恋と悔恨の戒律《いましめ》」を思ひ知るのである。加之《のみならず》、現代人は教会堂の説教壇の下に於てよりも、妓楼のあんどんべやの中に於て、より屢々、本心に立ち返ることの機会を与へられてゐるかも分らない。

しかし乍ら、斯うした可能の事実を楯として、妓楼の主人自ら其営業の「真意」を、「より深い意《こころ》」を云々し、それが登楼者等をして「恋と悔恨の戒律」を思ひ知らしめることにあるのだと言ひ出したらば、我がポオル・モオランすらも恐らく失笑を禁じ得ないであらう。

私達は「夜ひらく」の作者が、世俗の誤解なるものを不満らしく言ひ立てながら、尚ほ且つ浮《うき》々とした、空々《そら〲》しい調子で、所謂作品の真意の、より深い意《こころ》の、「ともすれば、それは恋と悔恨の戒律に他ならぬかも知れぬ」ことを吹聴した時、ポオル・モオランには少し気の毒だけれど、江戸末期の好色本の作者等が、甚だ彼等に不似合ひな道学者的な文字を、あまりにも彼等に似つかはしい軽浮な調子で綴り上げ、その作品の装飾的序言としてゐたことを想ひ出すのである。』

右の如く、大多数の読者等にあつては、謂はば挑発的なあの題材が、書かれてゐる事柄が専ら興味をひいたのであらうけれど、しかしより少き一部の読者等にあつては、ああした風変《ふうがは》りな表現の技巧が、書き方がまた、侮りがたき魅力となつてゐたらうことを疑はない。

訳者堀口君がポオル・モオランの文章について言つてゐるところのものは、欧羅巴に於けるかなり高級な読者等の意見を代表してゐるだらうと思ふので、次ぎに少しく抄出して見る——

『彼は其処に戦後に於ける欧洲人の狂ほしい生活情態を、最近四五年に亘る欧洲各国の政治問題を背景にして描き出すに、実に彼独自の発明にかかる、さうして彼以前には地上のものでなかつた、卒直な而も生々しい色彩のきらびやかな、有機的な深みをもつた、感じ易い、絵画的な文章を以てしたのである』と。

又言つてゐる——

『ポオル・モオランの文章は人を驚かせる。何故であるか？理由は至極簡単である。それは鋭敏な感受性と観察力をもつた此新文章家が事物を在来の文章の中にはかつて試みられなかつた新らしい関係によつて結びつけるからである。在来の文章の中にあつては、事物の関係はすべて「理性の論理」で結びつけられてゐたのである。然るにポオル・モオランは「理性の論理」に代へるに「感覚の論理」を以てした』と。

又訳者は、『夜ひらく』の中の花合戦を描いた、『私の開いた口の中へ、咽喉《のど》の奥まで、ダリアの花が一輪とび込んだ。花合戦。花園が空中に浮んで消えた』といふ記述を引いたあとで言つてゐる——

『二行半である。（原文について云ふ。）簡潔《かんけつ》であると同時に華麗なこの文章、唐突であると同時に真実なこの観察。云々』と。

『夜ひらく』の表現様式すべてを紹介する為めにではないが、少くとも、所謂理性の論理に代へるに感覚の論理を以てしたといふ、この新文章家の細部的技巧を想見して貰ふ為めには、殆んどの頁からでも一つ二つ位取つて来られるやうな次ぎの抜《ばつ》萃《すい》句が、十分役立つに違ひないと思ふ——

『だれかがその中にゐねむりして沈んでしまつた浴槽のやうに、水のあふれてゐる聖ミッシェル噴水の水の精も』云々。

『水を呑み飽きた歩道に沿うて、不具《かたは》の並木が風に吹きさらされてゐた。』

『あの口からは鎖を吐き出し、尻尾は振子になつてゐる習慣といふあの獣を』云々。

『スウプのやうに湯気を立たせてゐるあの停車場。』

『桑の実か万年筆を食べたやうな真蒼《まつさほ》な舌をだらりと垂れて』云々。

『冷蔵肉のやうに引き締まつた乳房。』

『何故なら、太陽は手早く行水をすませて、また大急ぎでもう昇りはじめたのである。』

以上の見本によつても推察されるであらう如く、『夜ひらく』の作者は甚だ好んで直喩《ちよくゆ》や、擬人や、聯想的暗示を用ゐてゐる。詩や、詩劇や、散文詩的作品に於て、さうした技巧の大に用ゐられるといふのは、これまでとてもめづらしくない事だつた。（日本の詩壇でも、さうした技巧を大に用ゐて、多少の成功を収めてゐる人々が見出される。）

しかし乍ら、『夜ひらく』のやうな、大体に於てリアリスティックな小説に於て、あれだけ夥しく賑《にぎや》かに、直喩《ちよくゆ》、擬人、聯想的暗示等を用ゐたのは、一寸まれであるかも知れない。そして単に其点からばかりでも、一部の読者等をしてすばらしく新しい表現にぶつかつたやうに感ぜしめたかも知れない。

勿論、ああした表現は俳句なぞにだいぶ近いものを持つて居るので、久しい間俳句など（『枕草紙』だとか西鶴物だとか云ふやうな散文をもこめて）によつて、ああした表現に親んで来てゐる日本の小説読者ならば、それを面白いと思ふほどに、学び難く及び難ひと思つて、無暗に嘆賞することはしなかつたであらう。

欧羅巴に於ける、かなり高級の読者でもが、ルノアアルの『女』や、セザンヌの『林檎』を引き合ひに出してまで、『夜ひらく』の表現の新しさに驚異の叫びをもらしてゐるのは、総ての俳句的なものを、俳句に影響された欧羅巴の新しい短詩をすらも、余りに知らなさ過ぎたからではないだらうか。

もつとも、ポオル・モオランは単に俳句的な表現をもつてゐるだけで、俳句的な気分や心持をもつてゐるのでない。そこには寧ろ俳味なぞとまるで異つた、殆んど正反対なものが、恐ろしく濃厚に存在してゐる。そして其事が、彼の表現と俳句的なものとの関係を、あまりたやすく看破らせなかつたかも知れない。

ともあれ、『夜ひらく』の中の謂はば俳句的な細部的表現は、それだけ切りはなして評価すればなかなか巧く行つてゐる。幾分社交家的、新聞記者的な軽快さ賑やかさが勝ちすぎた嫌ひもないではないが、何にしてもすばらしい才気である。

ところで、さうした細部的表現と作品全体との関係を問題にして見ると、あの克明な客観描写の体裁で行つてゐる全体のリアリズムが、俳句的、聯想的、暗示的な文章に調和してゐない。換言すれば、所謂感覚の論理が細部にのみ働いてゐて、全体に働いて居らず、依然として全体の支配者であるところの理性の論理が、その感覚の論理を並立し、しかもだいぶ畸形児的なびつこをひいてゐるのである。

有名なあの『花合戦』の記述なぞにしても、あれだけ切りはなして見れば、大した名文かも知れないが——私はそれにさへ首をひねりたいのだ——作品全体の行き方に照らして云ふと、あんな調子の表現を、あんな場所へ、あんなに唐突にほり込むなぞは、本当に様式に敏感な藝術家の決してやらない仕事であると思ふ。

感覚的とか、感覚主義とか云ふのは、とかく曖昧な意味にのみ用ゐられ易い言葉であるが、目とか耳とかのやうな古典美学に所謂高級感覚官でない、その他の所謂低級感官に訴へて効果をあげることに専ら重きを置く——さうした藝術を特に感覚的といふ意味に於てならば、ポオル・モオランの『夜ひらく』は非常に感覚的な藝術である。

人生のさまざまなる悦びの中、単に感覚的な悦びにのみ価値を認めようとする——さうした傾向の藝術を特に感覚主義の藝術といふ意味に於て、『夜ひらく』が感覚主義の藝術に属してゐると見るのは、強ち根拠のないことではない。

しかし乍ら、『夜ひらく』の本質が感覚主義にあると言ひ切ることの、最も適切でもあり痛快でもあるのは、感覚主義が『生硬な、卑俗な、乃至頽敗した感覚の悦びをのみ追求する傾向』の意味に取られた場合の事である。精しく云へば、単に一切の超感覚的な悦びを無視するのみならず、更に或は精練されたる、或は高雅なる、或は健康なる感覚の悦びも知らないで、一にただ生硬な、卑俗な、乃至頽敗した感覚の悦びをのみ追ひ求める――それが感覚主義と呼ばれる場合の事である。

人類を単なる一個の生物種属として、所謂生物学的見地から観察する時、人類は犬猫なぞと異つた感覚を有つて居ると共に、人類である限りいつでも同一の感覚を持ちつづけて行くものであり、新しい感覚なぞをさう易々と手に入れ得るのではない。けれども、人類を一個の文化人として、所謂文化史的見地から観察するならば、人類はそれが劃時代的な、思ひ切つて新しい生活態度へ、社会情態へはいつて行つた度毎に、つねに何等かの程度にその感覚をも新にして来てゐる。新しい感覚をもつやうにもなつて来てゐる。

そして本当の藝術家は、過去の時代を反映すると共に、将来の時代を予言してゐるもの故、特に今日の如く、人類の生活態度及び社会情態の上に、大変革の来かかつてゐる時勢にあつては、一般民衆にさきだつて何等かの新しい感覚を既に有ち得てゐるか、それともまだ有ち得てゐないかといふことは、大騒ぎをされてゐる作家及び作品を評価するに際して、なかなか重要の問題でなければならぬ。

偖て、今『夜ひらく』とその作者とに、新しい感覚といふやうな何物かがあるであらうか。何物もない。そしてない筈である。なぜならば、そこには近代欧羅巴的な一切の物に対する如何なる嘔吐感も見出されず、全然新しい生活と社会とに対する如何なる憧憬も見出されないのだから。

『夜ひらく』と其作者とに、感覚の新しさが欠けてゐることを心付《づ》いた人々は、更に一段の考察を深めて、そもそも感覚の新しさの欠乏が、ともすれば感覚の鋭さの欠乏と相伴ふものであることを思ふべきである。

その上、『夜ひらく』が感覚主義の藝術であるといふやうな意味に於ての感覚主義者は、エピクウルの園に如何なる悦びをも見出すことの出来ないやうな低劣な享楽主義者は、享楽の衛生学と経済学とを知らない淫蕩者は、夕方に目を覚まして、朝まで飲み明かし、踊り明かし、博《う》ち明かし、遊び明かすといふやうな不節制から、感覚の虐使から、感覚の過度なる興奮から、次第次第に感覚の鈍麻を来すことを免れない。しかも、さうした感覚の鈍麻は、淫蕩者をして一段とより強烈なる感覚的刺戟を追求せしめ、その結果一段とまた感覚の鈍麻を甚だしくし、かくしてつひに停止するところを知らないのである。

人が感覚の鈍麻から、一に強烈なる感覚的刺戟を必要として、種々の奇怪なる物に嗜好の手をのばす時、その病的な嗜好を新感覚の派生ととり違へるのは滑稽である。感覚的刺戟の強烈さと、感覚その物の敏感さとを混同するのは、更に大なる滑稽である。

『夜ひらく』には、『得《え》体《たい》の知れぬお酒を』、『流しもとの槽のやうに飲む』者の感覚がある。お祭りの煙火を見るやうな興味で、しかもより好んで、革命家の投げた爆弾の爆発するのを見ようとする者の感覚がある。その感覚が求めるところの刺戟の異常なる強烈さこそは、その感覚自体がそれだけ鈍麻してゐることの徴証なくして何であらう。

『夜ひらく』の文章は大抵の読者にまで、恐ろしく元気のいい、活躍的な、潑溂としたものに感じられることであらう。いや、それは実際に於て、恐ろしく元気のいい、活躍的な、潑溂としたものであると云つてもよい。

だが、一のエレヹエタアから吐き出されたばかりの処を、直ぐにまた今一のエレヹエタアへ吸ひ込まれるといふやうにして、めまぐるしく昇つたり降つたりする如き、妙に私達読者の動悸をも高めさすところのあのテムポオは、十分に自然な、健康なものであると云はれない。謂はば生理的であるよりも寧ろ病理的である。特にバセドオ氏的機能亢進を想はせるものがある。

序ながら私は、エレヹエタアといふ文明の利器をあまりよろこばない。なぜと云つて、頭の中の思想や胸の内の感情を、プツリと中断されないことの為めには、ああして自分の体を大砲玉のやうに打ち上げたり、打ち下ろしたりして貰ふよりも、寧ろゆるゆると螺旋状の階段を攀ぢのぼり攀ぢくだる方が、有利であり、能率的であるやうに思ふからである。

今一つ序乍ら、バセドオ氏病的機能亢進は、そのあとに恐るべき衰弱と消耗とを招致するのみならず、その興奮自体が既に人をして甚だ心元なく、あぶなつかしく感ぜしめる。

最も控目な言ひ方をするとしても、『夜ひらく』の文章のもつてゐる潑溂さは、興奮剤がきいてゐる間のそれから余り遠い物でもなささうに思はれる。

新傾向の俳句なるものを宣伝したり作つたりしてゐる人達の(例へば河東碧梧桐氏や瀧井折柴氏なぞの)小説を、読むともなしにつひ読まされた場合、いつもきまつて思ふ事なのだが、藝術は細部的に如何ほど簡潔《かんけつ》に引きしまつた物であらうとも、尚ほ且つ全体的に見て、如何ほど冗漫な、だらだらとした、ふやけたものでもあり得るのである。

『夜ひらく』がかなり簡潔な一句一句で書かれてゐることを認めない者はあるまい。だが、それに比例して一の作品全体が、引締《ひきし》まつた、無駄のない物であるとは、そもそも誰が言ひ得るだらう。

巻頭『カタロオニュの夜』で西班牙の名産闘牛を描いた処なぞは(特に、『槍は剣闘の剣のやうに撓《たわ》んで折れてしまふ。底力のない音と一緒に二本の角は馬のお腹の中へ消えてしまふ』云々の処なぞは)、成程すばらしい名文であり、またあれだけを独立したスケッチとして見れば、一句一句が簡潔《かんけつ》である上に、スケッチ全部がまた実に簡潔である。しかし乍ら、訳本で前後九十頁ばかりのあの小説の中にあつて、あの六頁に亘る闘牛記事が、どれだけの役に立つてゐるかと考へて見るに、事件の進行発展の上からも、大切な気分や調子を強める上からも、あんな場所にあんな挿話《そうわ》は、あるよりもない方がいいのである。

思ふに、エレヹエタア的な文明の利器を享楽しすぎた『夜ひらく』作者は、ほんの瞬間的にでなければ、単に断片的なものに対してでなければ、その様式感覚を働かすことが出来なくなつて居り、全体を無駄なく、釣合よく、渾然と刻み上げる造形力をなくしてしまつて居つたのであらう。

私は今デカダンスの、或はデカダンの藝術といふ言葉を用ゐたいのだが、これまでデカダンス及びデカダンは随分色々な意味に用ゐられて来てゐる。

マクス・ノルダウや、彼の尻馬に乗つた多くの浅薄な医者達に云はせれば、レオ・トルストイもフリイドリッヒ・ニイチェも、典型的なデカダンであり、そしてデカダン以外の何物でもあり得ない。

成程彼等は、過去の時代を反映すると共に、将来の時代を予言し先き取りする本当の藝術家として、一面近代欧羅巴的なデカダンをかなり濃厚に代表した、かなりのデカダンであるとも云ひ得られないことはない。

だが、さうした彼等の他の一面に於て、如何に近代欧羅巴的なデカダンスから逃れ出さうとしてゐたか、如何にそれぞれの意味での全く新しい時代と社会とを生きてゐたか、如何に既にデカダンと正反対なものにまでなつてゐたか、これらの事を思ひ知らない者は、トルストイやニイチエなぞについて何一つ知らないでゐるのである。

偖て今、私がポオル・モオランの『夜ひらく』をデカダンスの藝術であると言ふ時、それはニイチェやトルストイの如きデカダンの手になつた藝術を意味しないのみならず、寧ろ全然正反対な性質のデカダンから生れた藝術を意味しなければならぬ。『夜ひらく』の作者は、ニイチェやトルストイなぞとも、ラスキンや、モリスや、ヰットマンや、カアペンタアなぞとも、それらの人々の追随者等（その中に私達自身を数へてもいい）とも、何等の共通したものを有しない。彼にとつては大都市も、文明も、人間の器械化も、商業主義といふ人類の汚辱も、有名な資本主義も、資本主義の乳兄弟以上を値しないやうな唯物主観的社会主義も、すべての近代欧羅巴的なものが、まだまだ十分に堪へ得られるのである。加之《のみならず》、それらのものが更に一層欧羅巴的になり、更に一層近代的になつて行く処に彼はその仕合せものらしい享楽の望みを、あとからあとからいつまでも懸けつづけて行きさうに思はれる。

だが、近代欧羅巴的なものは、この上余りに久しく地上にとどまつてはゐまい。そして『夜ひらく』の如きは其結末へ最も急いでゐるデカダンス藝術として、最も新しい藝術である。

私は佐藤君にすすめられてあの書物を読んだことを聊かも悔

いないけれど、あの書物のかなり重要なる意義として佐藤君の認めてゐる物に関し、佐藤君と見るところを一にすることが出来ない。佐藤君は言ふ——

『此作はただ欧洲動乱後の混乱しきつた各国社会の状態を描き、個人主義的の思想や快楽追求的の生活が究極に達して、それ自身で滅落する状態（『羅馬の夜』を見よ）などを描くかたはら、新しい文明の基調となるべきところのものは、民衆の中の一人としての自我を発見することにあるといふやうな理想を仄かに描いてゐるのではないですか。さうして、裸体で生活する倶楽部があるといふ『北欧の夜』の如きも亦、新しく自然に帰らんとする作者の理想主義を見る為めに集の最後にあるのです』云々と。

しかし私達の受け取つた印象から云へば、『夜ひらく』の作者と『私』と称する主人公とは、ほぼ同じ事を考へ、ほぼ同じやうに感じてゐるらしく、そして其主人公は、『昔の人達が情愛の最後のあかしとして用ゐてゐたこの快楽を二人でいきなり味ふことによつて、私たちは私達の情愛をはじめた』と言ひ、『つまり私達の恋仲は最初先づ無関心と疲労とにはじまつて、やがてやさしい情愛になり、遂には肉《にく》の快楽が心の恋愛に打ち勝つにいたり、終りには単なる好奇心となり、慰み事となるに至つたのである』と言ふところの人物である。或は『この狂ほしい祝祭の単純な偉大さが、好色な、うそつきな、無遠慮な私の仏蘭西魂を感動させるのです』と言つたり、『あなたは世界的の豚ですね』と言はれたりするところの人物である。『羅馬の夜』に於ては、所謂頽敗的にグロテスクな物を享楽の対象にとり、『北欧の夜』に於ては、半ば頽敗的な半ば野蛮な、飛び切り風変りな物を享楽の対象にとるといふやうに、いづれの作品に於てもそれらの主人公と作者とは、つねに奇怪なる感覚的、享楽的刺戟を追ひ歩き乍ら、その感覚の（及び何程か持ち合せてゐた感情の）恐るべき疲労と鈍麻とを暴露してゐる。

要するに、『夜ひらく』がデカダンス藝術として、どんなに目先きの変つたものであるにもせよ、それは如何なる意味にも新時代のはじめとなるやうなものではない。

最後に反復して言ふ——これはポオル・モオランの『夜ひらく』に対する、甚だ無遠慮な批評であると共に、日本の文壇の『新時代』に与へる、余りにも深切すぎる位の言葉なのである。

——一九二五年三月——

（「新潮」大正14年4月号）

生田長江氏の妄論其他

伊藤永之介

生田長江氏の妄論

生田長江氏は新潮で旧さ新しさの問題を論じた。その中にはトルストイの思想藝術が旧きものであるが故にこそ人類多数の共鳴を買ふ事が出来たと云ふ様な事を論議されて居た。その真意の奈辺にあるか知る由もないが、トルストイの思想がキリストの思想であり宗教である点に於て旧いかも知れないが、その旧さの点丈けではトルストイは一向に世界多数の共鳴者を見出す事が出来なかつた筈だ。トルストイがさう云ふ旧い思想で新しい共鳴を買つたのは、同時代に対する深い理解とその理解に対する宗教思想の現実化にあつたのではないか。此点生田長江氏の云ふ、旧さの故にこそ価値がある云々の言は其の意味を頗る曖昧にして仕舞つて居る。大体として生田氏は新事物崇拝の起源とか、新事物崇拝は近代人の軽薄な悪傾向だとか云ふ事を言つて居たやうであるが、トルストイだとかワイルドだとかに『その思想藝術の旧きが故に存する価値』しか見やうとはしない氏が、新事物崇拝など云ふ近代人の心理を何処から探し出して来たのか甚だ怪しまざるを得ない。

そんな委曲の問題は別として、生田長江氏のあの気持ちの中には、一向に素直さと自然さを認める事が出来ない。吾々に取つては今やトルストイの思想藝術が旧きが故に価値があるとか無いとか云ふ事は、その孰れにしても差支ないのである。斯う云ふ意味からしてトルストイの思想藝術が如何に価値があるにしても、最早吾々の気持ちにピタリと接触するものではなくなつたと云ふ事を、素直に認めて居る広津和郎氏や南部修太郎氏等の説の方が遥かに吾々を首肯せしめるものを持つて居るのである。

旧きものの価値とか、新しいものの価値とか云ふ事は問題ではない。問題は刻々を生きつつある時代人の生きた生活なり気持ちなりを如何に価値づけ生命化して行くかと云ふ事にあるのだ。如何なる思想であれ藝術であれ此の刻々に展開される時代の生活に交流し接触する事の出来ない思想であり藝術であつたならば、その価値の空の空なるは請ふまでもあるまい。生田氏が『旧きが故の価値』を認めやうとする過去の天才の悉くは此の呼吸を最も良く呑み込んで居たばかりではなく、展開し行く新時代の瞬間々々に、その思想その藝術を生かして行つた天才達であるのだ。

生田氏の説は大体として抽象的で具体的に首肯される節が無

かつたばかりでなく、少しも新しい時代の人間の気持ちに触れる処がなかつた。新しい時代の人間の軽薄さやくざさを云々するのはいい。が問題がこれからの時代にある場合、そのこれからの時代の全体を占めて行く新しい時代の人間の気持ちに少しも触れる処が無いとすれば、その非難その議論に果して何の価値ぞだ。

生田長江氏に望む。批評家として思想家として、新しい時代の何れの一面に対してでもいいからもつと素直に正直に接触する処あれ。

感覚に新旧無しと云ふ説

感覚に新旧がないと云ふ説がある。なる程一応尤ものやうに思はれないでもない。が新旧が無いと云ふのはただ感覚の存在丈けである。ルネツサンス時代にも感覚があつた。フランス某詩派にも感覚があつた。だから感覚に新旧のあらう筈がないと云ふ様な議論は議論にならない。

村松正俊氏の新時代に対する疑議には大いに理由があると思はれるのであるが、併し時代に対する正当な理解などと云ふ事と、新感覚などいふ問題とは余程距離がある事を知らねばならない。さう云ふ意味で感覚などを律する事は甚だ無理である。殊に感覚は昔からある、だから感覚に新旧がない、と云ふ様な議論は、曲説も甚だしい。そんな事を言ふならば感覚ばかりではない、思想藝術の総てに新旧がないなどいふ事も宥される訳ではないか。

感覚にも勿論時代的な新旧がある。旧文藝の旧さの中には、感覚の旧さがある。感覚は感覚であつても旧文藝の感覚が、現今の人間にピツタリと触れて来ない処にその旧さがある。随つて現今の人間に十分アツピールする力のある感覚が新しい感覚と言はれる事は当然だらう。往昔の感覚の旧い事は勿論、僅か五年や十年の間にも、既に在る感覚は旧くなり新しい感覚が生れて来て居るのだ。谷崎潤一郎、佐藤春夫あたりの感覚と、新しい作家仮例ば横光、川端、中河などの感覚には新しい旧いの点で相違がある。それは少しの正直さ素直さがあれば分る筈だ。ある流派を非難しようが為めに感覚の新旧を否定してしまつたならば、他方に主張しようとする文藝に具備さるべき新鮮な感覚をも否定し終ふせる結果となる事に気付かないのだらうか。

批評家はさう云ふ事を素直に認めて行つた上で、色々な非難なり批評を加へるがいいではないかと思ふ。

主観の誕生に就いて

文藝に主観の無き事久しい。既成作家の作品には全で主観と云ふものがない。そればかりではない主観がない作品であればある程尊重されると云ふ傾きがある。これは一種の若い時代に対する偏見でなくて何であらう。新潮の合評会あたりでも、主観といふ事が作品の問題にされる様な事は全くない。主観に対する驚くべき鈍感さを示してゐる。最も悪い事には、主観と云ふものを継子扱ひにする事である。出来るだけ取り澄したもの冷淡なもの無興味なものが尊重されて、強烈に大胆に主観を流露した様な作品は、軽蔑される事に決まつて居る。それ故に新しい作家は主観に対して臆病になる。なるべく主観に対して冷淡であらうとし興味を無くしようと努める。

既成作家には潑溂とした主観の流露は、若い者のムラ気である位ゐにしか感じられないらしい。生活に対する冷淡さ無興味、無感激の作品が、斯うも永い間若い時代の人間の前に無理強ひされて来たと云ふ事は、何と云ふ皮肉であらうか。

併し一方から考へて見ると斯うした既成文藝の傾向は、不知不識の間に若い時代の人間の内部に主観を自然的に醱酵させて来たのであらう。そしてさう云ふ主観の醱酵を内に感じて居る若い人々は、既成文藝に対する無感激を次第に深めて行くのである。

新進作家の中には段々主観的傾向が現はれて来て居る。横光利一、今東光、金子洋文の諸氏がそれである。

私から言はせれば、現今の新しい作家はもつと主観の前に大胆であつてもいいと思はれる。既成文壇とか既成作家の気持ちに気兼ねなんかしないで、若い新しい読者とがつしり抱き合つた方がいい。現今の読者にはそれに対する用意が出来つつあると思ふ。

（「文藝時代」大正14年4月号）

文藝時代と未来主義

佐藤一英

一

藝術活動の本性が模倣活動であることは、歴史の当初に於て、既に既にアリストテレスが述べた通りである。彼は第一に人間が模倣的な動物であることを挙げた。（実にこの甚だしい模倣性が他の動物との分岐点でさえもあり得る！）第二には人間が模倣活動の表れに悦楽を感ずるのが人間本性であると断定した。かくてアリストテレスは藝術の憲法を制定し、後人は意識的にしろ無意識的にしろ、この立法の司配下に藝術活動を活動し続けて来たのである。藝術が人生に於ての役割の危険性は此処にあつたのである。「人間が知ることを喜ぶ本性は対衆そのものが吾々の眼に苦痛を与へることがあらうとも、その模倣（例へば最も低級なる動物や人間の死体の描写）は如何に写実的に表現されてゐるとしても、人間はそれを見ることに悦びを感ずる。」

かくて藝術は表現活動なるにより、技巧的精確と細緻とに払はれる努力となる。模倣は最上級に美妙になされる。幸なことに最も精密な表現へ進まふとする藝術それ自身の目的は過去の、或は現在の人間生活の中に、その模型となすべき材料が無尽蔵であることを発見するのである。藝術活動は必然、現在、否より多く過去を対象とする。そは過去は既に実験ずみであるからである。模倣は、より精確に行はれる。模倣活動の満足は過去を対象とするとき、より多くを得られるのである。藝術の士は遂に過去を重んずるのである。「保守主義者」となるのである。未来主義は藝術にとつては破壊主義である。藝術に於ける獅子心中の虫である。なぜなれば未来を表現することは最も難事であり、そは予言に属するものである。従つて精密を欠くものである。精密なる表現を目ざす藝術活動とは反するものである。藝術に於て未来派は成立しない。藝術自らの崩壊作用である。未来派は藝術の敵である。

古来、藝術を重んずるの士は保守主義者であつた。私は多くその例を挙げる必要はないであらう。最も藝術を重んじた人の一人フロオベルは日常生活に於ても最も保守的であり（彼はその服装にさへも古代風をよそほふた！）藝術に於ても亦保守的であつた。（「サランボウ」は古代装飾品の一つである！）

藝術家は如何にして最も立派な紀念碑を、過去の為めに立てるべきかと努力すべきである。如何にして過去の歴史の頁を豊富にすべきかと努力すべきである。彼等は大墓地の石碑建造に雇はるべく腕を磨く石工チヤンピオンでなければならない。最も過去を重んじ、過去を巧妙に表象したものは桂冠詩人となることができるのである。

二

ロマン・ローランを先登にして「民衆藝術」を主張する一派がある。ローランは云ふ「その一派は今日あるがままの劇を何劇でも構はず平民に与へようとする。他の一派は此の新勢力たる平民から、藝術の新らしい一様式即ち新劇を造り出させようとする。一は劇を信じ、他は平民に望みを抱く。その間には何等の共通点もない。過去の為めの闘士と将来の為めの闘士である。」然り一は藝術を信じ一は平民に信頼を置く。藝術が過去を重んじ、保守主義がその本質である以上、民衆藝術なるもの、新興階級の藝術なるものは存在し得ないのである。新興階級は未来主義である。新興階級は藝術破壊の闘士の社会でなくてはならない。民衆藝術の主唱者が過去の藝術家であるにしろ、新興階級から藝術の宮殿に乱入し来つたものであるにしろ、彼等は藝術それ自らの本能を忘れてゐるものである。「藝術は平民の為めに作られるものではない。——藝術が平民に理解されるには、それを平民の水準にまで下げなければならない。」平民藝術は藝術の堕落であり、藝術滅亡の第一歩である。藝術は社会生活が生む複雑性を、より精密に表現しようとする努力だ。社会生活、人間生活の軍用、何万分の一の縮図を構成しようとするものである。心理派のみが軍用地図を作るのではない。自然主義末派のみがミリタリズムに奉仕して居るのではないのである。藝術家すべてがインペリアリズム、ミリタリズムに忠義をつくさねばならないのである。最もよきその武器――思想宣伝となるか――さなくとも最もよき装飾物とならねばならぬのである。なぜなれば国家は保守主義の本尊であるからだ。藝術家は無意識的にしろ、意識的にしろ国家の忠良なる国民であり、臣民である。

藝術家のうちに革命家はあり得ない。一は保守主義、一は未来主義であるからだ。ロマン・ローランの如き、民衆を重んずる人であり乍ら、遂に革命家ではない。彼はスイスの山紫水明のうちに悠々と思索の遊技に耽って居るのである。彼が民衆藝術を奉ずる間は革命家ではあり得ない。藝術は革命の敵である。

三

プラトンは「ゴルギアス」に於ては作詩術は誘惑的なる阿諛の術としてソフイストの術と同一線上に置いた。同じ意味合ひで、詩人は「ポリテーア」の国家からは追放されて居るのだ。又「法律」に於ては詩人は宗教的慣習、警察側の支配に服従すれば格別、然らざるときは同じく追放だと規定したのである。……彼は道徳的指導者として真理価値が藝術家は殆んどゼロに近いものであると考へたのである。

ところが宗教は国家の奴隷鎮痛剤であり、民衆の催眠薬であるのだ。藝術の「保守主義」はプラトン自身も承認して居たごとく「模倣」活動であるのだからこの催眠薬の広告音楽隊の役割をつとめるのである。それはまことに「誘惑的なる阿諛の術」として最も効果的に国家必須の機関であるのだ。

明治初年は「政治時代」であり政治の黄金期であつた。かかる時代には藝術は最も明確にその奴隷態度を表示した。藝術はすべて国家行政の宣伝具となつた。藝術家は宣伝隊として最も重宝な役人然として居た。現代は「文藝時代」であるといふ。文藝時代はブルジョアへの御奉公時代である。（とりもなほさず、国家への！）明治初年は、政治に文学が従属して居た。現今は文藝が独立して居る。否文学が中心であるといふ。之れ文学が最もその本性を発揮してきたのである。文学の黄金期は文学がその模倣的本能に眼覚めた時代である。文学は時代の風俗習慣傾向を遺憾なく再現し完全に時代の装飾品となつたのである。時代の嗜好品となつたのである。爛熟期には恒に未来主義が文学の破壊運動となつて表はれて居ることを見のがしてはならない。（徳川末期はまさにそれであつた。）

未来主義は藝術の仇敵である。藝術が未来主義をとり入れたときは藝術はその本質を失つたのである。（未来派と称せられるもの、藝術としていかに価値低く藝術的称呼に不適当であるかを見よ！）

保守主義勝つか、未来主義負けるか、模倣活動負けるか、創造活動勝つか、現代は正にかゝる時代である。

（一九二五　二・六）

（「文藝時代」大正14年4月号）

コントの一典型

岡田三郎

たまたま二十行で出来あがつた短篇小説に、私は「二十行小説」と云ふ題をつけて発表したことがある。まじめに小説を書く心がけ以外に、すこしの成心があつてやつたことではない。ましてや、奇をてらつた覚えなどは更にない。私はただ、短篇小説の性質上、冗漫を排し、出来るだけ作品を凝結させようと努めただけのことである。だから結果として、十九行の小説になつてもいいし、二十一行の小説になつてもいい。が、特に二十行小説としたのは、第一作がたまたま二十行で出来あがつたからばかりではなく、若し今後も出来るならば、原稿用紙一枚、即ち二十字詰二十行で一つの小説をつくつて見ようと云ふ、云はば、私一箇人に即した、作家修業の一課目を設けたいためであつたのだ。十九行に完全にをさまつた作品を、二十行にすれば、自然一行はむだなものになる。反対に、二十一行に完全にをさまつた作品を、二十行にすれば、一行だけのものは不足することになる。いづれにせよ、不自然な結果になるのは免れない。それをしも、強ひて二十行に纏めあげようとするところに、私一箇人としての修業があるのだ。つまり、習作である。冗漫を排し、出来るだけ作品を凝結させようと云ふ、短篇小説道の修業の一端を、私は二十行小説を書くことによつて実現しようとするまでの話だ。

私のこの意図を、大方は了解してくれたやうだが、一部では、まつたく愚劣な企ての如くに解し、一笑に附したむきもあつたやうだ。しかし、それはいづれにせよ、私の最初抱いた意図は、今日になつても、少しも変更の要なきことを信じてゐる。

ふりかへつて見ると、一二年前から、短篇小説と云ふものを本当に文壇の考慮の中へ持ち来たすやうな機運が、徐々として動いて来たやうに思はれる。だらしがないと云はれても、成程それは一面の真理だと誰しも首肯しなければならなかつたやうな従来の短篇小説は、新しい短篇意識の下に、厳密な検覈をうけなければならなくなつた。短篇小説論が屢々行はれ、短篇小説研究の単行本さへ出版された。最初私が、と云ふと些か自慢するやうで気がひけるが、「二十行小説」を発表した時、異を樹つるものとそしられ、奇をてらふものと顰蹙されたにかかはらず、その後「十行小説」「一枚小説」などと云ふものが他の人々によつて発表されても、少しも軽蔑されず、不思議がられもしないやうになつた。文壇全体に短篇意識が浸潤した結果でなくて、なんであらう。短篇小説、シヨート・ストオリー、コント、などと云ふ言葉がしきりに新聞雑誌に現はれ、「新潮」の合評会でも、コントと云ふものを問題として論ずるやうになり、或人は、今後の文壇はコントの時代になると予見し、或人は、それを難じて、既に文壇はコント時代にはいつてゐるとも説いた。

私は、しかし、今ここで、文壇が既にコント時代にはいつたか、否か、或は、今後の文壇がコント時代を現出するか、否か、と云ふやうなことを問題にしようとしてゐるのではない。殊に、私は、或る一つの傾向が、偏頗的に文壇に栄えることにはあまり感心しない。だから、誇張的に、且つ煽動的に、短篇小説時代の出現を謳歌したり、コント文学の隆昌を呼号したりする気は少しもない。それに私は、これまで屢々云つたとほり、コントと云ふものを特殊のものとは解釈せず、広く短篇小説の意に解してゐるのだから、今更コントを特別扱ひするつもりはないのだ。従つて、短篇小説と云ふものに、窮屈な定義を与へて、藝術表現の自由さを束縛しようなどとは思つてゐない。ただ、私の希望するところは、広い意味のコント、広い意味の短篇小説の一分類として、或る特殊の機能を発揮したところの「コント」「短篇小説」の存在を明かにしたいと云ふことである。これについては、いつか「報知新聞」に「短篇小説の一任務」として卑見を述べておいたが、その要旨は、つまり人生の現象を写実主義的に書くのではなく、その現象と、それに対する作者の批評とをすつかりまぜあはせた上で、そこから新たな文藝素材をつくりあげ、それを組みたてて短篇小説を書く。云はば、一つの新しい人生を、作者の批評によつて作りあげる。もう一度言葉を換へて云へば、実際の人生に対する作者の批評の結晶たるべき短篇小説をつくる、と云ふのである。

これを私は、写実派若しくは浪漫派の文藝に対して、仮りに主知派の文藝と呼んでゐるが、それはどうでもいいとして、本旨は、要するに、機智、機構、諷刺、皮肉、解剖、綜合、等、あらゆる知的作用をはたらかせて、人生を批評し、その批評の結果たる新しき人生を、作品に具現すると云ふのである。

その一典型として、次に、フランス現代の作家、マスク・フイツシエ及びアレクス・フイツシエと云ふ兄弟合作の「意外な人だすけ」と題するコントの全訳を紹介する。これは、先頃「読売新聞」紙上に「フイツシエ兄弟のコント」と題して、その梗概だけを紹介しておいたものだ。

意外な人だすけ

ジユウル・モスクウの住居。

夜の九時。

ジユウル・モスクウは、金持で、遊んで暮らせる身分の若者であるに拘らず、先日来、これと云ふわけもなく、ただ単に何もすることがないからでもあらう、幾日間か、やるせない悲しみにとらはれることが、たびたびである。

今日しもちやうど、さう云ふ日にあたつてゐる。今宵もながいこと喫煙室の肘掛椅子に腰かけ、しみじみ吐息をもらしつづけてゐる。

ジユウル・モスクウ。（独語）ああ、さうとも！　こいつは何かしら一通りならんもんだよ、人生つてえやつは。………こんなところで、何しようつてんだ、こんなところで、何しようつてんだ？　………さうぢやないか、ほんたうに！　……それだのに、七十までも八十までも生きのびてる奴等がゐるなんて！　………ほんたうとは思はれやしない。………とて生きてるなんて、正直、とても単調なもんだ！　………それからまたも退屈なもんだ！　食べて、恋して、眠つて、それからまたもや、翌る日は、眠つて、恋して、食べて！　………いつまでたつても、おんなしことだ！　………ああ、ああ、いやはや！　………

『こんなところで、何しようつてんだ、………さうぢやないか、ほんたうに、………』と云ふ問ひを、あきもせずに百遍もくりかへし自分に云つた揚句、ジユウル・モスクウは次の結論に達した。『何も面白いことなんかないつてのに、なんだつて、さうだとも、なんだつてこの俺を、これなりけりにしちまはないんだ？　………』

喫煙室の天井に首をつり、それで生活に終りを告げることに決心し、右手の戸口から、自殺に入用のものをとりに部屋を立ち去る。ブレエシユとモオシユ(強盗)が、左手の戸口から喫煙室に忍びこむ。

ブレエシユとモオシユは、この家には誰もゐないと思つてゐたのに、部屋の釣燭台がともつてゐるのを認め、顔をゆがめて驚く。

危きには近よるまいと、二人は退却することにしたが、すでに遅い。片手に腰掛片手に丈夫さうな綱を持つたジユウル・モスクウが喫煙室の戸を開く。

ジユウル・モスクウ(モオシユとブレエシユを見るや仰天し、後退りしながら、どもりどもり、)へえ! へえ! …………な、な、なに、…………なに御用で、…………ど…………どなた様で?…………

モオシユとブレエシユ。(図太くやらないと身の破滅になると思ひ、ズボンのかくしからぴかぴかした匕首をとりだし、)喚きやがると、痛いめ見せるぞ!

ジユウル・モスクウ。(ますます驚き、ますます胴震ひし、泣きださんばかりになり、今にも気を失ひかけながら、)あ!　おたすけ! …………ああ! おたすけ、…………お…………ねがひ、…………おねがひ申します。…………何御入用でございますんで? もし、…………何御入用でございますんで? …………さ…………財布? …………か…………紙入? …………もし、もし、どうぞ、…………もし、…………ただ、命ばかりは、…………

一時間ばかりかかつて、ブレエシユとモオシユは、捜しだせるだけのあらゆる貴重品を奪ひ去つた。

一時間前から、ゆかの上に知覚を失つて倒れてゐたジユウル・モスクウは、やつと我にかへると、先づ、そんな恰好をしてゐるのにちよつと驚き、すぐに、卒倒前の状況を思ひだす。

ジユウル・モスクウ。(満足の吐息をもらしながら、独語。)うまく災難をのがれたわい、…………さうだ、うまく災難をのがれたと云つていいとも。…………ぶるる! 泥棒のやつめ、かうやつておどかしやがつた、あの刃物がまだ眼先にちらつくやうだ。…………ああ! あの尖つた刃先、…………ぶるる、ぶるる。…………なにせ、誰しも、ひどいめに会つた時のことを思ひだすと、ぞつとするもんだ! …………ああ、やれやれ! 云ふがものはない、うまく災難をのがれたんだ!…………

それでもまだ暫くの間、ジユウル・モスクウは、息をふきかへした時の物怖しさを、思ひゐがくまいとしては思ひゐがきつづけてゐる。その怖しい幻影を追ひはらふには、他人の家で夜をすごすにかぎると、早速でかけることにきめる。

ジユウル・モスクウ。（次の間へ行きかけながら、）うん、さうだ、ジイジに会ひに行くとしよう。元気な、かあいいジイジ！　そんなにまだ、遅いことはあるまい。…………二人そろつて夜食とでかけるさ。それから家へ帰つて、愛し愛され、うんとこさ愛し愛され、…………そのおつぎには、ぐつすり眠ると云ふ段取だ。…………実際、結構なことだ！　それどころか、非常に結構なことだ！　さうとも、さうとも、云ふまでもない、おつそろしいほど結構なことだ！　…………（喫煙室の戸をうしろ手にしめようとした時、一本の丈夫さうな綱を見つけ、拾ひあげながら、）おや、これやなんだらう？　…………（思ひだし両肩をそびやかすと、軽蔑するやうにその綱を家具の下へ投げこみ、）ああ、さう、さう…………思ひだすわい。…………いや、あんな馬鹿げたまねをやらかさうとしたんだと思ふと！…あれをしようつて、捜しだしたんだ、この綱を。…………いや、あんな馬鹿げたまねをやらかさうとしたんだと思ふと！…………あんな馬鹿げたことをやらかしちやつたにちがひないんだ、あの悪者共が現れなかつたら、…………あの、あの、あの恩人共が現れなかつたら。…………おれはそんな馬鹿者だつたのかしら、それにしても、おれはそんな馬鹿者だつたのかしら！

（終）

この「意外な人だすけ」一篇で、作者が人生乃至人間心理に、どんな批評を下したかと云ふことは、殊更に説明するまでもなく、誰しもの既に了解してゐることと思ふ。また、作者が人生乃至人間心理に下した批評が、一つの文藝作品となるために、どんな素材をもつてこれを組立てようとし、どんな風に結晶させようとしたか、作者のその意図も明瞭に跡づけ得られることと思ふ。

が、この種の作品が、屢々或る一部の人達から非難されるにちがひないことも、およそ誰にも気づかれてゐることだらう。それは、写実派からの非難である。即ち「意外な人だすけ」は、如実な人生の表現ではなくして、作者の頭で勝手につくられたものであると云ふ非難である。

しかし、考へるまでもなく、この写実派の非難するところこそ、実は、私の云ふ主知派の文学の大綱のやうなものである。人生「人生批評の結晶」こそ、主知派文学の生命骨肉である。人生を如実に描くのではない、人生に対する批評を骨子として、これに作者自身の血肉を与へ、新たに人生を創造するのが、この派の任務である。

さきにも云つたが、私は、文藝上の或る一つの傾向が、偏頗的に勢を占めることを、一国の健全なる文学成長の上から、いとふものである。従つて、ここに引例したやうなコントが、文壇に瀰漫することを、私は少しも欲しはしない。私がここにコントの一典型を示し、主知派の主張を述べたわけは、斯くの如き特殊のコント文学を理解し、斯くの如きコント文学を味ひ、そして、ともすれば知を忘れて情に傾きやすい文藝好愛心に、一味の清新な刺戟をわれひと共にうけようためである。

（「文藝日本」大正14年4月号）

末梢神経又よし

（文壇の愚劣二三に対する抗弁）

稲垣足穂

□新時代の文学にはそれにともなふいはゆる「健全」がなければならぬと考へるのは迷信である。この楽園においては「不健全を排す」さういふ言葉がすでに排さるべき一つの不健全にぞくしてゐる。デイレツタンチズム、現実逃避、技巧主義、末梢神経を否定するのも又同じである。そのいはゆる頽廃的とても、みづからが許したこの郷土の絶対的自由を確信する吾々にとつては、十九世紀風の空疎な概念などよりはるかに健全なものだからである。

□立場によつてはむろん狭くもあり軽薄とも見られようが、そのくだらないものがなぜそんなに価値を生じてきたかには、なか〳〵狭くも軽薄でもない根底がある。これに似たことを片岡氏も云つた。その原因は思想的な絶望にあり、しかしながらそれはやがて世界を愛と微笑によつて包むべき新コスモポリタニズム発生の萌芽を意味すると附加へてゐたのは近来愉快な見解である。そんな人類の滅亡などいふ空想的な呑気な厭世的感覚説で現代を律しようとするのは間ちがひであるといふことが広津氏の口から出てゐるが、これは何人もおさまつたときに使はねばならぬことにしてゐる教室での云ひ方にすぎない。そして、そんな考へ方も今日では一かうに面白くない。なぜなら吾々はその人類の滅亡を人類の解放と考へてもちつともさしつかへない気がするからだ。未来とはいつもこの刹那であり、この刹那とはやがて記憶である。危険といふのは崖ぎはに立つ数分間のためらひで、とび下りてしまへば元の平地なんだ。こんな考へがムチヤクチヤであるとは、又或る理論が行はれたら天下はあげておそるべき混沌を現出するだらうと早合点をする幼稚者流である。時計でさへムヤミな狂ひは見せないなら、何もきのふけふに生じたのでない吾々に大体の方向はきまつてゐる。たとひ中村氏が心配する地球のハレツが起つても、もつてそこにかはるべき新形式について吾々はもつと信用していゝはづである。どんなにかはつてもこの人間といふものを通じて現はれた宇宙的経験「藝術」はなくならないだらうからだ。もしもなくなつたら、それこそバンバンザイでないか？　虚無主義者はバカな道化にすぎぬと云つてゐる武者小路実篤それ自身が何より大いな出たらめの問屋であり、ときには一種の戯作者とも考へられる耽美派であることを忘れてはならぬ。

□一たい近ごろは何事につけても人間といふ言葉がはやり、それにつれては、その人間の有してゐるなかではまづ最も気のきいたものとされる――さう、それは全くそれをこしらへた人間そのものさへも超越しようといふ原理にまで立脚してゐるところの藝術の仕事の上においても、やはり同じ二字が重宝がられてゐる。これは九分どほりまで俗衆に占められた洋の東西いづれの時代にも共通した現象ではあるが、しかも今日の日本文壇におけるごときも少いであらう。所詮は二つのこと以外に出ない人間であるとは、やがて所詮は時空外に一歩も出ない宇宙といふことである。すべてが人間であるといふことがほんとうなら、その人間が人間でなくてはならぬなんて今さらバカげきつた理屈だ。それらの手合には一たい何がほんとうの人間だと考へられるのか？　吾々の感じ得るかぎりが人間でないか？　吾々の思想し得るかぎりが人間でないか？　吾々の想像にうかぶかぎりが人間でないか？　吾々の空想し妄想し得るかぎりが人間でないか？　吾々にでつちあげられるかぎりが人間でないか？　しかも単なる末梢神経の遊戯――と私はあへて云ひたい――それすらも受け容れられないやうな頭で新時代を迎へようなどとはおこがましさのかぎりである。かれらのいはゆる現実味とは何であるか？　その衆愚たるすべての条件においてかれらにわかり得る卑近な範囲にかぎられてゐるではないか。何もせつぱつまつたことがいけないと云ふのでない。プロレタリヤを描かうがブルジヨアをかゝうが、日常生活をうつさうが空想を走らせようが、同じく現はされたる人生の美と真実といふことにはかはりはない。藝術の理解者をもつて任じてゐるくらゐならもう少しゆとりがほしいと云ふのである。只趣味の問題であるといふのならわかるが、子供でさへも云はないやうな生半可な理屈で一方にきめようなどとは、一たい小説をよんで泣かうとするのかわめかうとするのか判断に苦しむと云つてゐるのである。

□アイルランドの芝居の話で、友だちはダンセニイよりグレゴリイ夫人に藝術的価値があるとなした。私もその「笛吹き」や「月の出」の芝居は好きである。が、ダンセニイにくらべると後者により多くの共鳴をかんじる。といふのはその方が新らしいからである。ダンセニイよりグレゴリイの方がすなほでいゝものだなどとは、遂に現今、トルストイやドストイエフスキイやチエホフがよまれると同じ一種の骨董的意味にすぎなく、あだかも月評会席上における諸先生の説と軌を一つにするものである。何人にも認められる藝術品などもはや生きてゐる吾々に大した用はない。吾々の要求するものはもつと何でもないところにこそひつかゝつてゐるのだ。人はよく「ほんものだ」とか「まやかしものだ」とか云ふが、ほんものなら云ふまでもなく結構であるし、まやかしものにしてもそれがまやかしもの、美を出してゐたら、やはり一つの真実で面白いはづでないか。一例としてこゝに知られてゐるダンセニイの「ギラつく門」（私はこの訳語が最も適当と思ふ）をあげる。なるほどこれは作者自身も云つてゐるとほりへんにアレゴリイめいてきうくつである。しかしながらそれは要するに古い美学上から見た一面の問題で、吾々の目をつけたいところは、あの亡者になつた泥棒があけて行くビール瓶、しかもどれもこれも空つぽなビール瓶、さらにそのうしろにある天国の扉を開かうとしたクルミ割り、ひらいた門のうちらにあつた空虚、そこにひゞく神々（？）の笑ひ、それに対する泥棒の「やりやがつたな」といふセリフである。――もし吾々が新らしい何物にも同情しない心持をもつてゐるならともかく、にわかにすぎないと冷やかされたグレゴリイ夫人の芝居についても面白味を見出すほど近代的素質をめぐまれてゐたら、このダンセニイ卿の前人未踏の思ひ付をみとむべきである。思ひ付だからいけないといふ理由はない。思ひ付が人間にある以上、他の思ひ付なんかではない立派なことと一しよに、それはやはり人間の生きて行くかぎり永遠につゞくものではないか。しかもわがダンセニイは、その虚無主義の美を、近ごろ多い何の素質もない頭をもつた人たちにこゝろみられてゐるごときブザツな形式をもつてしたのではない。彼は彼の藝術を如何に取扱ふべきかについてよく知つてゐたのである。

□たとへば一つのネクタイをとりかへても気分がちがふといふことを知らなければ、彼は藝術家になる資格はないとは、私の常に信じてゐるところである。佐藤春夫や稲垣足穂などいふ作家はネクタイや帽子を重じてゐるが、さうしたことで、藝術を律するのは間ちがつてゐるといふことを云つた人があるが、一つを知るばかりの適例とは即ちこれである。ネクタイや帽子のことを云ふからつてかならずそれによつて生活を律してゐるのでないことは、その人がたとへば下駄――ぐらゐにしたらい、のだらう――を買ふとき、そのいづれをえらぶかといふことで彼が人生を律してゐるわけでないのと同様であるが、かりにさうときめても、そんなら一たい何事をもつて律したらい、と云ふのであらう？　議論を好む者にはバカが多いと云ふが、そんなわからぬことを云ふ手合にかぎつて使用される当体はいつになつても雲のやうにあいまいな「もつとたしかなもの」「もつと健全なもの」「もつと深刻なもの」であるのかも知れない。では私は云はう。あなたの頭にいはゆる生活の規準、文学の標識として考へられてゐるものさへも、ついに佐藤春夫のネクタイと稲垣足穂の帽子と同じく一つの気分問題にすぎないでないか。只ちがつてゐるのは、われわれのネクタイと帽子が、ちようど天下を論ずる明治の書生に似たその人の頭には、そんな大ざつぱな概念的なものになつてしかうかばないといふだけにすぎない。だからもし「刺繍されたる野菜」が若い文藝愛好家を誤らしめるものならば、「刺繍された野菜なんかあるものか、そんなことを云つたら刺繍されたステーションがある」(しかもこれは中村氏にして初めて面白い言葉である)といふこともさらにかれらを誤まらしめることおびたゞしいのである。こゝろみに見よ。いかに多く現下の日本における文学青少年がいわゆる「魂」「涙ぐましい」「一歩〳〵をきづきあげる」「友よ、手を取つて」の皮想といふよりは野暮くさいセンチメンタリズムに禍されてゐることぞ。ある者はそれを他にして藝術はないといふまでに救ひがたき邪道にはまりこんでゐるではないか。およそいかなるものでも形式をとらないで存在するものはなく、そのいづれを採るかといふことが即ち個性である。個性のちがひをみとめられないやうな藝術批評家は文部省の説教師にくらがへした方がい、しこんな云ひ草に対してむきなほるやうなことなら、こんどは政友会にやとはれるべしである。

□近ごろ売り出されたワイルド短篇集に、「謎の女」といふ題がついてゐるが、あの気ざでダンデイなワイルドの現はさうとしたのは「秘密をもたないスフインクス」でないか。むろん或る価値判断から云つたら二つは同じものである。だが、吾々は生活してゐる。何が新らしいか古いかをかんじてゐるのだ。殊にワイルドはそんなことに鋭どい好憎を抱いてそこに彼自身の奇矯な一派を建てた「本来無一物、色即是空」といふやうな議論をもち出したら、人間の感情も思想も何千年の昔からちつともかはつてゐないしこの後とて同様である。そして、同じきその一つを只「謎の女」とかんじるか、「秘密をもたないスフインクス」とかんじるか、いやそのかんじたものを表現した小説の表題としていづれを選ぶかといふことが、やがて私は、近来かまびすしい新時代の人間であるかないかの問題をも暗示すると考へるのである。些細なことにこだはるのでない。何人と云へどその日常をかへりみても容易にうなづけるこの簡単な原理を無視して、藝術も殊にさうした方面ばかりに立脚してゐると云へるワイルドを伝へようとするのは、誤ること甚しいと云ふのである。したがつて何もワイルドにかぎつたことでなく、人生派の作物にしてもその他の何事にしても、それをよそにして全く吾々の問題とすべき何物もなく延長たる世界の存在すべきわけもない。なぜなら、いつの時代のどんな人間にも、たべたり、出したり、起きたり、眠つたりすることが同一であつたやうに、たとへば「かういふ場合にもち出されるべき最も正当な考へ方」といふふうなたぐひもおよそきまつてゐるからである。この意味で私は、先立つて広津佐藤両氏の見解に対してなされた所詮は自身の考へ方がいかにおくれてしまつたかを表明するの他はなき生田氏の言説や、又、バカでないかぎり誰でも場をふめばさしつかへないことは云へるといふぐらゐの程度にすぎぬ新潮合評会における久米氏の文化的常識のやうなものには、何の興味も真理もかんぜられないのである。間ちがつてゐるとかゐないとか、偏してゐるとかゐないとかそんなことは今日ではそれこそ第三義にも四義にも堕したことである。――常識のついでに云ふが、同じそれにしても菊池氏のごときは、優に現代において主張されてもい丶個性的背景をもつてゐるから、たとへ素質上の反感はあつても私には別に異存は見出されないのである。

□これも生田氏のついでに云ひたいが、長江先生は、私が赤や紫にかゞやいた城の話をかいたのに対し、単に表面的の美しいものを集めた子供だましのモザイクで、明らかに遊戯に堕したものだとされた。が、遊戯といふ言葉が客観的にしか存在しないと思ひこんでゐる適例とは正しくこれでないか。ダイヤや星や花が美しいのはあたりまへで、吾々の現実はそれならぬものに充たされたうれひの巷である。そして、そのうるほひのない生活から少しでもはなれた世界に住みたいと念ずるとき、酒と女、つゞいて藝術も生れてくるとは、けだし最も極端な近時の主張とても一箇の藝術論であるかぎりは否認し得ないところのＡＢＣである。趣味と嗜好こそ何より高貴なものであるとわからないのは、苦しむことばかり知つてゐる人生における平民のひがみにすぎない。しかも孤島に漂着して数ケ月後に救はれた水夫の口から出た第一の言葉が「タバコをくれ」の一言にあつたとしたとき、その嗜好は単に言葉どほりの嗜好であると云へようか？　何の役にたつものでないといふ理由で五重の塔がぶちこはせるか？　もし私のお伽噺が遊戯であるなら、そのいはゆる客観的にしか美はないと思つてゐる蒙をひらかうとして長江氏があげた「離婚訴訟」も「街頭演説」もひとしく道楽のたぐひである。いや個性教育と云つて子供をオモチヤにしてゐる人や、新聞社の宣伝用具に使はれてゐるお目出度い自覚婦人や、その他これに類して続出する百般のバカにならつた今日の作家の大半が、いはゆる「切れば血の出る人生」を唯一の運動場として、かへつてそれからはなれた下劣な断片のはめこみ細工に「血みどろになり」「涙ぐんで」「雄々しくも」日に夜をついで甘へてゐるのこそ、何よりの遊戯と名づくべきでなくてなんだらう！　しかも又一面には、かの宮中選歌のたぐひはさておきポールクローデル、ヨネノグチの装飾美術まで藝術として認められてゐる世間である。もし長江先生が私のやうなものにも何かの才能を認めてくれるなら、合はして、さうした大勢中におけるさま〴〵な不利益をもかへりみずあへて他には望めない世界を打開しようとしてゐる心持をも理解にあづかりたいと思ふのである。

□いつの時代においてもの通弊か知れぬがこの頃の文壇では一定の年齢に達したそれも大したところもない人の偶像的おさまりかへりが重ぜられる傾向があつて、新らしい作家の作が評ぜられるときにも二言目には「人間が出来てゐるとかゐない」とかいふ藝術と倫理をはきちがへた愚論が出される。だが、それらの連中がいはゆる若い者に間ちがひやこなれぬところがあるとするなら、吾々にとつても同じやうに、年をとつてゐるにも似合はぬそんな人たちのいゝ気になつたところにをかしさを見出すのである。動物成長の必然的過程を相当に苦労した結果だとはきちがへ、世界がいつも「子供をもつて初めて人間がわかつた」など考へる人にぞくしてゐると思ふのは、大きな間ちがひであるといふより一つの滑稽でないか。

□いかにそれが従来のものとかけはなれてゐても、藝術と名をつけるかぎりは一定の形式をそなへなければ成立しない。ヒコーキの理解をわづらはしとして大空の美を賞しようとしたときかれは果して安全であらうか。サブマリンを操つていはゆる自由を発揮したら海底を墓として終るの他はない。「形式なんかどうでもいゝ!」その言葉は斬新であり且つ尊重さるべき真理である。が、何人にも許されることでない。もしそんなことを云つてとほるなら、それはそんなことを云つてもなほそこに独自の真実がかんじられる素質的な個性の場合においてのみ可能である。いかに近代主義とは云へビユウチースポツトは美人においてのみエフエクトを出すものであることを間ちがへてはならぬ。しかも新聞記事より下等であり、バラツクより粗雑なものをならべ、それをもつていはゆる切迫せる今日の生活を表現するに適切な方式だ……などと、もしそんな見解を抱いてゐる者があつたら、かれはなぜよりあたらしい藝術家になるために藝術といふ古めかしいブルジヨア式遊戯――こゝに使ふブルジヨアとはつまり無にならぬ以上この宇宙間に一つの選択問題が働くのはさけ得ないといふ意味にすぎない――を排さないのか、それが不可思議千万なことである。

□実際、ある方面からかなり権威ある批評家ならびに作家とみなされてゐる人ですら、かういふ愚論を云つて得意になり、さうしたバラツク式走り書を小説として、恥ぢないでゐる。かれにならつた一派も又、新らしい美と精神を如何に取扱ふべきかを知らぬため、三面記事に類する拙劣な配列をやつてよしとしてゐる。しかもそれで事足れりとするなら藝術はついに民衆以下ではないか。ベルグソンをよんで数学を排したこれら愚かなる学生たちに嘲笑あれ！　もし新時代の藝術に危険性があるとするなら正しくこれこそ指摘しなければならない。では吾々の云ふ新らしい藝術と、かれらの藝術との差異は何によつて説明するか？　当事者が藝術家であるかないかにか丶はつてゐるといふ一事で充分である。しかもこ丶に云ふそれは、ペンキ塗の文化住宅や、その無知と幼稚さをもつて事々に一様の放心的な面白味を現はす小学生のクレイヨン画のたぐひでない。藝術家といふ言葉があるため、又それをして本然の目的を果すべく常に民衆の上にあらしめるためには、あくまでも独立させなければならぬ。そしてこの藝術家であるため、かれがかれの個性と主張とオリヂナリチイと美学をもつてゐなければならぬなどは云ふまでないが。しかもこの美学と云つても、エキスプレシヨニズムやダダイズムの理論を丸暗記することだとは、ビラ絵だから美はないと思つてゐる――又ビラ絵だから新らしい美だと思ひこんでゐる美に対してはついに何らめぐまれたところのない俗人か、一部の発育どまりの藝術家にすぎない。かれらは、かれらの素質をもつてして如何に力んでも鼻紙程度の面白味より出せない雑文渡世を止し、又、集つてゐないと目立たないやうなあはれな足場からはなれて、他に適当な金もうけの方法でも探す方がはるかに悧口であることを勧誘する次第である。

（「文藝時代」大正14年4月号）

日本の近代的探偵小説

――特に江戸川乱歩氏に就て――

平林初之輔

一

探偵小説を、一般の小説から、特にきりはなして、これを特殊の眼で見、特殊の批評の尺度をもつてこれにのぞみ、あたかも、探偵小説が、先天的に、特殊の価値を約束されてゐるやうに見做すのは、間違ひであると私は考へる。

たとへば、コオナン・ドイルが、結局イギリスに於て二流の作家に過ぎないと仮定しても、それだから探偵小説が第二義的の藝術価値をしかもたぬとは言へない。それはコオナン・ドイルの藝術的天分が、二流以上に出ないといふだけのことで、探偵小説そのもの丶価値には少しも触れない議論である。その証拠には、アラン・ポオと同時代のアメリカの作家で、ポオ以上の藝術的天分を発揮した作家がはたしてあつたゞらうか？　前者の論法をもつてすれば、この場合には、探偵小説が最高の藝術価値をもつた小説であるといふ議論がなりたつわけである。

探偵小説は、探偵事件をとり扱つた小説であるといふだけで、一般の小説との間に価値の差異や高下があるものでないことは、以上のべた通りであるが、探偵小説が発達するためには、一定の社会的条件が必要であるといふことは勿論である。一定の社会的環境ができあがらないうちは、探偵小説は生れないのである。その社会的条件、或は環境とは、広義に言へば、科学文明の発達であり、理知の発達であり、分析的精神の発達であり、方法的精神の発達である。そしてこれを狭義にいへば、犯罪とその捜索法とが科学的になることであり、検挙及び裁判が確実な物的証拠を基礎として行はれ、完成された成文の法律が、国家の秩序を維持してゐることである。

たしかなことは、調べて見なければわからないけれども、探偵小説の重要な要素となつてゐる指紋などは、恐らく小説家の想像力よりも、実際の探偵に早く応用されたであらう。又極端な例ではあるが、地下鉄のサムが、すりの常習犯であるにもか丶はらず、現状を押へられないといふだけの理由で、官憲につかまらないことや、小説ではないけれどもいつか本誌に連載された「死刑か無罪か」の主人公が疑はしい点が無数にあるに拘らず、直接の証拠がないために無罪になるといふやうなことは、一定の法律によりて検挙、裁判が行はれてゐてはじめて起る現象である。これ等の例だけでも、私の前にあげた条件が、探偵小説の出現に必要であることはわかるであらう。

そこで、西洋では探偵小説は十九世紀になつてはじめて現はれ、最近に於て最も読物として普及してゐるのであり、日本では、極《ご》く〳〵の最近に、はじめて探偵小説がぼつ〳〵あらはれたに過ぎないのである。併《しか》し、日本に探偵小説があらはれたのは、決して遅すぎはしない。近代の小説は、ボッカチオにまで遡らずとも、少くも、十八世紀には相当の有名な作品をのこしてゐる。然るに日本に於ける近代小説は、せいぜい明治十七八年以前へは辿つてゆけない。近代小説がはじめて現はれてから三四十年にして、探偵小説の萌芽があらはれたといふことは、決して西洋の例と比較して遅すぎはしないのである。それに黒岩涙香その他によりて翻案の探偵小説は、明治二十年代に既に一般読者に歓迎されてゐたし、翻訳の探偵小説は、最近数年来、多数の読者を吸収してゐる。

二

日本の文明が、多くの点に於て、西洋に半世紀乃至《ないし》一世紀おくれてゐるといふ事実、近代小説の発達に於てもほゞ同じ位おくれてゐるといふ事実を考へると、日本に、探偵小説と名づくべき作品が殆んどなく、探偵小説の作家がまだ殆んど現はれないといふ事は当然のことのやうに思はれる。それは、日本の科学文明が、探偵小説を生む程にまで達してゐないからに他ならない。

多くの人が日本に探偵小説の発達しない理由として、日本の家屋が、孤立的、開放的で秘密の犯罪に適しないからであると考へたやうであるが、それはほんの一部分の理由である。さういふ理由なら幾らでも列挙することができる。たとへば日本人は人種の関係で、西洋人との区別がすぐにつくから、日本といふ国は、国際的犯罪の舞台になり得ないといふのも一つの理由であるし、日本人が官僚主義の国民であるために私立探偵などの活動する余地が殆んどないといふのも理由とならう。併し、それ等は、大きな原因の一部であつて、結局は日本人の生活、文明が科学的に幼稚であり原始的であるといふところに一切の原因は胚胎してゐるのである。

して見れば、科学文明が進むにつれて、殊に、資本主義の発達に伴ふ富の集中、大富豪の出現、華美な生活、信用取引の発達、官吏商人等の不正行為の増加、其他これに類似の様々な生活現象は、益々《ます〳〵》一般人の探偵小説的興味を刺戟し、探偵小説を盛んならしめるであらう。それと同時に、国民の思想が科学的、方法的な推理を喜ぶやうになつて来るにつれて、これに知的満足を与へる読物としての一種の小説が、従来の尋常一様な生活記録の小説を駆逐してくるに至ることは必然の勢といつてよからう。如何にそれ等の小説家が「藝術的」といふ一枚看板を後生大切にまもつてゐたところで、創作力の消耗した、稀薄な、番茶の出がらしのやうな作品を出してゐたのでは、読者をひきつける牽引力は益々弱くなつてゆく一方である。「一流雑誌」の文藝附録を見て、てんで読書慾の起らぬ人は、今日私だけではなからうと思ふ。二三の作家が、探偵小説に筆を染めるといふ話をきいてゐるが、これは当然の成行きであつて、その作家が、わざと調子をおろしたり、読者を軽蔑してかゝつたりしない限り、決してその作品が「藝術的」に価値の少ないものにならぬだらうと私は思ふ。それに、読者の方では、相当すぐれた西洋の探偵小説を読んでゐるのであるから、いはゆる「眼が肥えてゐる。」この読者に、つまらぬ読物を提供したつて、歓迎される理由はない。探偵小説の読者は、活動写真の愛好家と同じやうに、一種の群団的批評家である。ファンの批評は、往々にして、専門批評家の批評よりも厳正で公平であることがある。群集心理にのみかられて附和雷同する場合には飛んでもない「価値の顚倒」が行はれる惧れがあるが、情実や交友関係に左右された幇間的批評よりも、厳正を失ふおそれは少いと言へやう。

これまでに、探偵小説を発表した日本の作家に、谷崎潤一郎、佐藤春夫、久米正夫、松本泰等の諸氏があるといふことである。その中で、私は谷崎氏の作品を一二読んだゞけである。今ではどんな作品だつたか一つも記憶に残つてゐないが、相当興味をもつて読んだことだけはおぼえてゐる。一体、私の藝術観から言へば、谷崎氏の小説には、好ましからぬ要素が非常に多いが、氏の創作の態度が熱心であるやうに思へる点には、私は、若い作家の中では特に氏を敬服してゐる一人である。けれども探偵小説の作家としては、怪奇を求めるに急であつて、推理の鋭さに於て非常な物足りなさを感じたやうに思ふ。但しこれは正確な記憶を失つてゐるので何とも断言できない。佐藤氏の探偵小説は相当特色をもつたものだといふことは友人から聞いたゞけで自分では直接読んでゐない。松本氏に関しては、探偵小説の研究家であり、作家であつて、近頃、探偵文藝とかいふ雑誌を出されたといふ話をきいてゐるだけである。其の他本誌の読者になじみの深い小《こ》酒井《さかゐ》不《ふ》木《ぼく》氏、森下雨《もりしたう》村《そん》氏なども探偵小説を発表されてゐるといふことであるが、遺憾ながら、私はまだ読んでゐない。

三

そんなわけで、現在私のはつきり記憶してゐる日本の探偵小説家は、江戸川乱歩氏一人である。尤《もつと》も、同氏のものも発表されたものを全部読んでゐるわけではない。本誌に発表されたものは大抵読んでゐるつもりではあるが、記憶に残つてゐない。有名な処女作「二銭銅貨」も読んだかも知れないが、まるで忘れてしまつてゐる。たゞはつきりおぼえてゐるのは、今年になつてから本誌に発表された「D坂の殺人事件」「心理試験」「黒手組」の三篇に過ぎない。これだけの僅かな材料で、探偵小説家としての、氏の前途を予断することは、軽卒でもあらうし、特に私には、そんな洞察力は全くない。私にできることの一切は、この三篇の小説の出来栄えに対する批評、此等の小説の構成の分析、作者に対する希望等に限られてゐる。

江戸川乱歩といふ名前は、言ふまでもなく、エドガー・アラン・ポオの音からとつたペン・ネームである。これは、江戸川氏が特にポオの小説に傾倒してゐるためではなくて、ただポオが探偵小説の鼻祖《びそ》であるためと、発音がうまく漢字にあてはまつたからの理由だらうと思はれる。それは、氏の小説には、ポオとの類似点が殆んどないことによつてわかる。

前掲の三篇の小説を通じて、第一人称の主人公があつて、明智小五郎といふ素人探偵がでて来るところは、たとひ無意識的であるにもせよコオナン・ドイルの模倣である。「私」と明智との関係のうしろには、ホオムズとワトソンとの原型《プロトタイプ》がはつきり読者には観取される。おまけに探偵的推理に熱中する時、明智が「もじや〳〵した頭」をしきりにかきまはす癖なども、意識的か、無意識的かの模倣と言へよう。

しかし、シヤーロツク・ホオムズが中年を過ぎた、理知そのものゝやうな風貌を聯想させるに反し、明智は、三十前後の、ぶら〳〵遊んでゐる、そして犯罪や探偵に関する書物を耽読してゐる所謂「書生」を聯想させる。シヤーロツク・ホオムズが大洋をまたにかけて、印度の神秘境から、ロンドンの下町の隅々にまで活躍するに反して、明智の活動舞台は、東京の山の手に限られてゐる。これは、ホオムズが既に大成円熟の境に達した押しも押されぬ名探偵であるに反して、明智は、まだ殆んど世間に名を知られてゐない、かけだしの素人探偵であつて、その大活動は主として未来に約束されてゐるために、わざと複雑な大事件をあとにまはさうとする作者の下心にもよるだらうが、作者そのものゝ経験の範囲が、手材や舞台の限定を余儀なくしてゐるせいもあらうと思はれる。最も近代的犯罪に適した下町を選ばずに、山の手の小さい通りや、戸山ケ原などが選ばれてゐるのは、恐らく、作者の在京時代の経験（作者は今は大阪に住んでをられるが、東京に相当長く在住した人であることは容易にわかる。）が大いに預つてゐるであらう。

しかし、明智の社会的地位が、素人探偵の域を脱しないに拘らず、その探偵としての推理は可成り非凡であり、その探偵方法は相当複雑である。「D坂の殺人事件」に於ては二人の女の背中に無数の創痕があるといふ事実から、殺人事件が変態性慾に関係してゐることを見抜いたり、棒縞の浴衣《ゆかた》を甲は黒衣と断定し、乙は白衣《びやくい》と断定したことに対して、人間の感覚、記憶のあてにならぬことを知つて、この「証言」を無視したりしてゐる。「心理試験」では精神分析学を応用して、たくみにたくんだ犯人に自白させてゐる。「黒手組」では、足跡がないといふ事実から、驚くべき推理をして見せたり、暗号を解いて見せたりしてゐる。

変装とか、変幻出没の超人的行為の力を借りない点に於て、兎も角、自然味をあまり損じてゐないのがこれ等を通じて作者の手柄である。そして犯罪の捜査法が、科学的である点は、近代的探偵小説の名にそむかぬものであると言へよう。併《しか》し、細かい点に至ると、まだ不自然で、迫真力が乏しいうらみがある。たとへば、「D坂の殺人事件」に於て、古本屋と蕎麦屋との抜道のことが臨検の時に警官の注意をひかなかつたり、切れた電球が明智のスイッチをひねつたときに偶然についたり、「心理試験」に於て、わざと犯罪とぴつたり符合した聯想ばかりをさせたり、「黒手組」に於て、如何に闇夜とは言へ、人間の視力は長時間のうちには暗さに適応して来る筈であるのに、牧田が、複雑な変装をしてゐる間中富美子の父がそれに気がつかなかつたりするところなどはその一例である。

私は、三篇の中では「心理試験」が最も成功してゐると思ふ。この作は、その犯罪の形式から、犯罪者の心理状態、明智との対話等に於てドストエフスキイの「罪と罰」に酷似してゐる。ことに終りの方の場面は予審判事とラスコリニコフの対話の場面を聯想させるほど、仲々よく書いてある。けれども第一に犯罪がむりにこしらへてある。婆を殺す理由が実に薄弱である。探偵小説が、単に暗号を解くのと同じやうに、理知の過程を紙上に記せばよいのであるなら、如何なる犯罪でも仮定してよい。犯罪そのものゝ動機や自然性などは眼中におかずに、只管《ひたすら》その解決に、鮮やかなところを見せれば、よいであらう。けれども私のやうに、これに藝術的価値を要求する場合には、それだけでは足りない。全体の藝術的結構が問題にならざるを得ない。

この意味に於て、「黒手組」が、あまりくだけ過ぎて、物語りじみた描写法をとつてゐるのは作者のために若干の危険を感じさせる。この点に於て、探偵小説家としてのデビユをとつた作者のためにも、作者等の手によつて揺籃時代を通過しつゝ、ある日本の探偵小説の前途のためにも、私は作家の自重をのぞんでやまない。正直に言つて、欧米の作者のでも、拙劣な作品は別として、少くもビーストンとかランドンとかいふ程度の人の作品に比べると、江戸川乱歩氏の前記の三篇にはまだ〳〵非常な遜色がある。たゞ私の知つてゐる限りに於て、日本に於ける真の近代的探偵小説家として、私は氏に十分の期待はもつてゐるのである。そしてこの期待は作者が、厳正な態度を失はずに精神するといふ方法によつてのみ実現され得る。一度気をゆるめたが最後、少くも氏を発足点とする日本の探偵小説は、見るもあはれな状態を展開するであらう。恰度《ちやうど》、自然主義末期の日本の小説がさうであつたやうに。

それだから、私は敢て、苦言を呈することにしたのである。いづれ、本誌に連載される短篇を一年もひきつゞいて読んでから、改めて、私の杞憂が真の杞憂に過ぎないことを知ることができることを、私は信じたい。（二月十五日）

（「新青年」大正14年4月号）

新感覚派は斯く主張す

片岡鉄兵

お断り

この半年間の私の外的生活は、殆ど文壇と没交渉であつたと云つても好い。私が黙つて居る間に冬が去り、春が徂き、いまは夏さへも来た。黙つて居れば居るだけ、だんだん文壇といふ所が変な物に見えて来る。離れて展望すれば、其所は何といふ下等な根性の巣窟なのだらう。特に、この頃の雑文的評論には心の痛くなるやうな感情が実に露骨である。議論に対する議論よりも、如何にして相手のプライドを傷付けようかと云ふ、マリシアスな意識が一層つよく働いてゐる。

多くの悪罵と、理由の曖昧な（智恵の足らぬと云ふ意味）嘲笑が、所謂『新感覚派』なるものの上に注がれた。それだけの理由を持つて居るものとしては、僅かに石丸悟平氏、中村武羅夫氏、及び、生田長江氏（尤も生田氏だつて品のない物の云ひ振りは癪に触つたが、あれで、理由だけは整然と列べてある）

位を数へ得られる。この三氏には、私も進んで答へようと思ふ。中にも石丸氏の態度は、長者の品位と親切とを十分に備へて居て、非難されても気持ちが好かつた。中村氏は、少々我々を無考へ者にされすぎたやうだし、ポオル・モランの文章を盗用したと云ふやうな流言を基礎とされすぎたやうでもある。モランの文章を盗んだ者があれば、誰が盗んだかそれを指名され、併せて実例を挙げられないと云うと、大へん迷惑でもある。果して盗用か否かに就ても、レトリツク以上の問題として論じたい。

その他、私は無数の論敵を持つ。無数の論敵は、私の黙つて居る間に、たいがいの事は云ひつくされただらうと察する。（尤も、私はあまり注意して読んでも居ないが）

そこで、もう好い加減、私が物を云つても好い時が来たやうだ。で、私は久し振りに発言らしい発言をして、先づ云ふ、『言ひたい事はそれだけか』と。

云ひたい事はそれだけか——斯う云ひ得るのは、ちよつと私には愉快でもある。そして私は、徐々に、今度はこちらから逆襲と出直すこととしよう。が、その前に、所謂『新感覚派』なる物に就ての私の見解を、出来るだけハツキリさせて置かうと思ふ。この文章は、だから、今までに度々云つたことの殆ど反復であると共に、その一層詳しい説明でもあらうと心掛けて居る。生田氏や中村氏や石丸氏への駁論は、次の機会にゆづる方が便利である。それが順序でもあらう。

然し、私が諸君に提供する物は議論だ。斯る私が諸君から待設けるものは、同じく議論である。決して没理由の罵言や、超論理の喧嘩口論ではないことを、先づは愛する無数の、爾り、実に『無数の』論敵にお断りしておく次第である。

一　新感覚派なる名称

第一に云つておかなければならぬのは、『新感覚派』といふ名称にあんまり拘泥して貰ひたくないと云ふことである、この事に就ては川端康成君もちよつと云つて居たが、実際、新感覚派といふ名称にあんまりこだはり過ぎると云うと、我々を飛んでもない者に見誤る怖れがあらう。新感覚などといふ字義から押して、我々を一にも感覚、二にも感覚と結び付けて攻撃しなければ居れなくなるのだ。成程、我々は『感覚』といふものを従来の文学的方法に於るより以上に重大視するのは事実である。然し、決して、生命の一切が感覚から成立たなければならぬとは云はないつもりだ。

又、我々は、感覚を解放するのが、新しい生活の全部とは云はない。然し、感覚を解放するのが、新しい生活の第一歩だとは信じて居る。そして、『新しい生活の全部』だと云ふのと、『新しい生活の第一歩』だと云ふのとの差異位は考慮に入れて、それから我々を攻撃する方が、攻撃する人にとつても腰が強くなると云ふものであらうと御忠告する。

さて、ここに来て、私は正当に次の如き質問に出会すべきである。

一、新感覚派のスクウルとしての意義は如何？
二、新感覚派と感覚との関係如何？
そして諸君、この二つの質問こそ、私が今日進んで解答せんとする問題なのである。

二、写実文学の意義

一口に云へば、新感覚派の運動は、従来の日本の（或は世界の、かも知れない）文学界の主流として認められるリアリズムの価値判断への、反逆である。換言すれば、新感覚派は、この世界に新しい価値を創造することを、尠くとも野心に持つ文学論の上に立つのである。

私は、如何なる認識論が今日の哲学界に流行して居るかを問ひたくない。然し、私は、今日の文学者が執る認識法が、甚しく民衆的であり、通俗的であることだけを考へて見るのである。もはや文壇の常識語として通用する『既成作家』なる名詞をここに適用すれば、今日の既成作家の認識法は甚しく民衆的であり、通俗的であると云ひ得られるだらう。

勿論、彼らは、その智的生活に於て、否、道徳率に於て、換言すれば、『心の生活』に於て、一般民衆より遥かに高いレベルに居る。その点に於て彼らは甚しく超通俗である。然しながら、彼らのそのレベルは、民衆のそれと同じ平面上に於て高いレベルである。彼らの智識は、民衆の智識の一層複雑に発達したものであり、彼らの道徳は、民衆と同じ道徳の、ただ率の高いだけの物であると云ふ事を知らねばならない。

茲に於て、次のことが云へる。彼らは民衆と同じ尺度を持つて立つて居る。同じ尺度の上に、その尺度に就て高い所の生活を示し、その尺度に就て、一切の価値判断を持つと。そしてこれが、従来のリアリズムのモラリテでなくて何であらう。そしてこを外にして、写実文学の意義が、抑奈辺に存するであらう。

三、創造意思の問題

早合点する者は云ふであらう。この世界にさう云ふ尺度以外の、奇抜な尺度が何所にあるかと。そして、さういふ、普通なる尺度を外れんとする新感覚派の輩は、即ち普遍なる尺度に就て悪漢であり、破廉恥漢であるのかと。

然し、私の云ふのは、文学の上の意思に就てである。創造の意思の分析に関してである。さうして、勿論、新感覚派の輩が、悪漢でもなく、破廉恥漢でもないのは云ふまでもなく、更らに積極的に、新しい方法の上に立つて、大なる倫理家であらうとする所以は、後に至つて徐ろに物語るであらう。

さて、既成のリアリストは、その出発に於て普遍の真理を持ち、その帰結に於て、普遍の真理の適用に帰るのである。極端に云へばそれは、三段論法のコオスである。普遍の認識に出発して、其所に安住して建設する解決的意思を表示もしくば暗示する。それは創造と云ふよりは、一層解釈的であり、再現的であり得るのである。

写実家は、或る一つの現象を再現する。一つの物品を描くにも、普遍にして共通なる印象に訴へようとするのは、それが前述の如き真理の尺度を持つリアリストとして、正に必然の方法であるのだ。さうして、その再現に於て、斯々の現象又は事件、或は心理は『斯々であるが故に』それは『真』であり、『善』であり、『美』であるといふ主張を根本に持つて居る。少くともこの主張が、既成文学者の、文学に持つ意思でないとは云はれない。さうして、それ故に、リアリストの個々は、個々の『斯々である故に』の上に最もよく生きんとするのである。

写実の意義は、斯の如き『斯々である故に』の表現を外にしては殆ど無いと云つても好い。その『斯々である故に』を一般民衆の常識に訴へて成功せる点で、今日の文学は精華爛漫の春を迎へて居ると謂ふべきだ。『斯々である故に』は、作家の個々によつて様々に生きては居るけれども、然し、『斯々である故に』それが『真』であり『善』であり『美』であると云ふ、その『真』『善』『美』の尺度は、暗黙のうちに、一つの不文律の如く、共通普遍に、而して『不変』に存して居る事は、断然、指摘し得られるであらう。彼らの根本に、彼らの常識を、或は美に就て、或は真に就て命令する所の、固定した観念が、彼らを共通に指導するのである。

即ち、根本に於て、彼らは恐しく民衆的であり、通俗的であると云ひ得られる所以である。

四、三段論法と人類破滅の過程

今日の民衆の物の見方、物の考へ方は、客観的真実への服従に他ならない。さうして既成作家の物の見方、物の考へ方も、同じく客観的事実に迎合し、その周囲を堂々めぐりする態度に於て厳粛であると云うても過言ではない。

換言すれば、彼らの物の考へ方は、数学的な真理への迎合である。物の考へ方が、物の計算的過程と同じ進行を執るのである。

この考へ方のみが、而して、この生き方のみが、一般の認識に許容され、是認される。人は、あらゆる物を計量の対象とし、さうして初めてその物に就て徹底し、解決したと信じる。

然しながら私は云ふ、この認識の立場から新しい時代は生れないと。

さうして又言ふ、斯る物の考へ方は人類の破滅に於て、その究極の頂点を持つであらうと。

換言すれば、三段論法的の人生の見方は、もはや行詰つた！行詰つた方法から、何の新しい時代の展開が期待され得ようぞ。私の此の大胆な論断に就ては、なほ多少の説明を附加する必要を認める。読者よ、暫く耳を藉したまへ。

五、世界苦と既成作家

事象を数学的計量のうちに見究めようとする態度は、知識に命令される我々人間の宿命的な福であらう。万物は計量され得る存在である。つまり我々は幼年時代から、この世の数学的真理の支配から解放される事なしに育つて来たのである。我々の感覚、知識の安定は、数学的真理に合理的である世界にのみ得られると云つても過言ではない。我々は一日を二十四時間に区切り、二円の買物をして五円札を払へば、三円の釣銭を貰ふのである。スポオツの記録も、野球の勝敗も、数字をもつて人々の写象に訴へられる。統計は、数学的根拠の上に立つが故に、一部の社会学者や文明批評家の、重要なるデタとなり得る。ワシントン会議の進行中、我々はいかにその会議の上に消長した数字を注意したか。私は少し愚かな事を云ひすぎたやうだが、兎も角、我々の意識がいかに数学的合理性の命令に支配されて居るかは、云ふまでもない話であらう。

斯ういふ所から、数学が一切の真理の根本であるかの如き信念が、確乎として人間の心を捉へてしまつて居るのである。否、一般認識の方法によれば、数学が一切の尺度の根本であるとする他はないのである。既成作家は明らかに、この一般認識の上に立つて居るのだ。

斯る物の考へ方から生れた最も大なる思想はマルクス学である。少くとも、マルクスは数学的根拠の上に立つて、一切の事情の究明を果した者と云つて好いのである。たとひ此の思想が最大な物でなくても、この思想こそ、数学的方法の最も徹底した結果であると云ふのは、まんざら浅薄な独断でもなささうだ。

私の如き怠け者で、その上頭の悪い者は、たうていマルクス全集を読破する力を持たないであらう。あらゆる人間が、マルクスに明かである訳ではない。私は又、マルクスの謂ふ如く、我々が宿命的に階級の興亡のうちに生命を托して居る者であるとも、今俄かに信じては居ないのである。然しながら、次の如きことは断然として云ひ得られるであらう。即ち平等愛の思想から生れた社会主義的思想に、マルクスは数学的な根拠を与へた者であると。又、この事から下の如き事情を我々は知るのである。即ち我々は、数学的バランスの甚しく悪い組織のうちに生活する者であると云ふ事情である。

この事情は、冷然として抜き難い数学的根拠を以つて、現代の意識をさし貫くのだ。我々は数学的に不合理な組織の上に在る！　これは何と驚くべき威嚇であらう。科学に真理の根本を置き、数学的合理法に内生命の安定を保証されつつある知識階級が、彼ら自身の方法によつて究明された彼等自身の立場を想ふ時、彼等は本能的に感覚の混乱に陥らなければならない。彼らが存在の統一性は根本的にぐら付かざるを得ない。彼らが文化に寄与する所の物の意義が、この数学的バランスの取れない社会の上に於て何物であり得るのか。この数学的バランスの更正を外にして、我らは此上の如何なる文化の発達を希つたら好いのであるか。我らは靴の底に砂利を感ずる如く、不断の歯痛の如く、数学的の不合理を我らの世界に感覚するのに、その歯痛への治療を意企せずして何の新しき時代を期待したら好いのか。これこそ、現代の知識階級を前代未聞の不幸に陥れた世界苦でなくて何であらう。

既成作家がマルクス亜流を嗤ふのは僭越であらう。既成作家は、事実、現在では個人の問題、個人の精進に就て分解し、解剖し、解釈し、色々考へて居る。それを以て、彼らは人生に忠実なる作家であると自任して居るのである。然しながら、斯く個人の解剖から、ひいては、作家自身の心境の達成にと志されたるエゴイスチツクな精進も、そのエゴが社会民衆の単位としてのエゴであることは、文学を読む者に容易に看取される事実である。即ち、これを一層いやがらせ的に云ふならば、エゴへの精進が、一般認識の大前提から出発し、数学的行進を以つて『斯々の故に』の上に生きんと努める既成作家の方法は、結局、マルクスの結論へ到達することを、彼らの発達の頂点として予想されなければならない事となるのだ。更らに又、これを一層意地わるく云へば、人生の苦悶を解剖し批評する彼らの態度は、彼らがプロレタリア文学へまで発達する階段にあること、取りも直さず、彼らが進歩すればプロレタリア文学とならざる可らず、彼らはプロレタリア文学の一層幼稚なる一階段上の存在であると云つても好いことになるのだ。

彼ら人生の苦悶に忠実なる者が、その思考法と価値判断との適用によつて、何故にプロレタリア文学者にならないのか、私にとつて不思議でさへある。ひよつとしたら、彼らの云ふ人生の苦悶とは、社会的正義へまで発達しなくても好い『考へ物』なのかも知れない。

六、万物は流動する（此項は来月号で詳論すべし）

新感覚派は文学論を持つ。その文学論は、上述のやうな物の考へ方から解放されて、さうした考へ方から来る価値判断に依らざる価値の創造を意思することは、既に述べておいた所だ。

勿論、新感覚派とても、客観的真実を認めるものではある。けれども、その客観的真実は瞬間の真実である。さうして、その真実から出立しないだけである。その真実から出発してその真実に戻らないだけである。出発した瞬間の客観的真実と、戻つた瞬間の客観的真実とは別の内容を持つのである。

これは明らかに、従来のリアリズムとは別の方法である。従来のリアリズムが持つ尺度が固定的であり、静止的であるに反して、これは不断のリズムを存在の中に意識する者のみが認識する動的の尺度である。

従来の物の考へ方は、万物を静止的客体と見るが故に、固定し静止した尺度を適用して満足したのである。然しながら、私共は流動し、リズムを含蓄する尺度を用ゐようと志す。何となれば、私共は『万物は流動する』と感じるからである。

万物は流動する。斯く感ずる者は、静的な尺度をその生活の範囲内から未練なく捨て去ることが出来るわけである。彼らには、もはや動的の尺度でなければ用をなさないのであるから、これは気取りでもないし、虚偽でもないし、誇張でもない。正に必然であるのだ。

汝は何故に万物を流動すると感じるか、さう問ふ者あらば、私は反問するであらう。さう云ふ汝は何故に万物を流動せぬと感ずるかと、およそ、汝は何故に赤いと感じ、或は青いと見るかと云ふやうな質問をなすのは愚かな詮索である。兎も角、今日の哲学が、万物は静止するといふ普遍らしい公理をいつのまにか拵へ上げて、その上に知らん顔をして座つて居るといふ事実は見破る必要があるだらう。さうして見ると、万物は流動するといふ公理も、さう感覚する者にとつては、拵へて土台石にしたつて少しも差し問へはないのである。

で、私はこの土台石の上に立つたのだ。さうすると、この世界は何と潑溂たる感覚的世界として我々の心を打つであらう。もはや旧来の認識論は、何らの生命を持つても、私共に訴へないのである。知識といふものが、如何に生活の「便利」のためのみの道具にすぎないか。苦悶が如何に知識のくわいらいとして不当なる主役をして居るか！　静的客体として此世に目盛りされた尺度のWORKの一切が、権威を持たなくなる。其所では、もはやマルクスも、階級意識も、ブルジヨアの罪悪も、自ら第二義以下の対象世界に影を薄めてしまふのである。（此項、来月号で詳論）

もはや此の文章のために、本誌が与へた紙数もつきたから、今月号はここで一先づ筆を擱いておく。引続いて来月号では、新感覚派と感覚との関係から、新感覚派の世界観に就て述べたいと考へて居る。新感覚派と感覚との関係に就ては、「新しい感覚」の問題と、表現と生活の問題にも触れておくつもりだ。ついでながら、分り切つた事だが、以上は私の私見であつて、新感覚派を是認する者が共通に責任を持つ者でない事を、特に附言しておく。

（「文藝時代」大正14年7月号）

『調べた』藝術

青野季吉

なんと言つたつて、これまでの日本の小説は、作者の生活のうちに、意識的に乃至はその大部分無意識に得られたところの、印象のつゞり合せである。短編はほとんどすべてそれであると言つて間違ひないが、長編にしたところで真に長編としての構成的な特長を発揮してゐるやうなものは見当らない。いづれも短編の一聯と云つた種類のものである。

もちろん単なる印象だけでなく、尋求的努力の結果得られた事実なり、それに裏付けられた思想なりが、全然認められぬと云ふのではない。作家の二三のものには、ごく不満足な、ごく不徹底な程度においてにしろ、それは求められる。しかし全体として観て来ると、印象小説、印象藝術の範囲を脱しない。それを出ての意力的要素を多分に欠いてゐるといふのが、日本の小説なり、藝術なりの現実である。これには相当に強い伝統が作用してゐると思ふ。差詰め自然主義運動当時の、『現実』『生活』『自己』などといふものに対する、誤まつた、浅薄な解釈が、その強い伝統として指摘せられる。何でも彼でも、『本統のもの』と云へば個人の狭い、偶然的な経験だけであつて、それを『掘り下げて!』さへおれば、何かにぶつかるといふ風に、まるで神秘的な、奇蹟的な考へ方をして平気でゐたのである。それが因をなして、こんにち見るやうな、無意力的な無尋求的な結果となつてしまつたのである。

近年文壇のことが論ぜられる場合に、時代意識が、いまの文学には出てゐないとか、いまの文学者は一部の政治家などに比して時代を感じてゐないとかよく言はれるが、いま云つたやうな、身辺の雑印象に満足して、それを描いてさへおればといふやうな、無意力的な、無尋求的なことでその『掘り下げ』得たものに時代意識が出る筈もないし、時代の苦悶が反映する筈もないのである。小説がこんにちひどく技巧的になつたり——新感覚派など、云ふものも、この範囲を出た物でない——俗情的になつたりしたのは、寧ろ当然なのである。

そこで私はそう云ふ風に、印象をつゞり合せたやうな観方、それから来る思想で満足しないで、現実を意力的に、尋求的に『調べて』行く行き方、それから来た思想なりがいまの文壇を救ふ一つの大きな道ではないかと思ふ。反抗意識とか、反逆意識とか云ふものも、その間から自然に生れて来たものが、いちばん根柢のある、落付いたものであつて、この方にしても単なる印象をつゞり合せながら生れて来たものは、自分がそれと気付く前に、他がその根のないことを気付いてしまふに違ひない。

然し言ひ方はおかしいが、これを一口で云ふと『調べた』藝術が欲しいのである。『調べる』といふ中には、いろんな行き方がある。科学的な調査といふやうな方法も、もちろんその中にふくまれる。

このごろ日本の文藝界に強いシヨツクを与へてゐるエルンスト・トラーの戯曲などにしても、あの根柢には、資本主義経済の機構、貨幣万能の機構にたいする、基礎的な研究と、それに基く鍼のやうな思想がある。それが彼の戯曲の根本力である。このことは彼の戯曲の一にでも接した人にはすぐ分るが、彼が全然いままでの室内文学者と異つた気持で筆をとつてゐるといふやうなことが、それを証拠立てゝゐる。

この間堺さんの訳したアプトン・シンクレヤーの『石炭王《キング・コール》』などにしても、それは立派な読物としての体を具へてゐるが、その基礎となつてゐるものは、鉱山経営、鉱山労働、組合運動、鉱山町、鉱山衛生等、等についての、氷のやうな調査である。それがあの小説の、ロマン・ローランがほめたやうな価値のある所以であり、大衆の心をしつかりつかむ所以である。

通俗小説とか、大衆文藝とかいつた題目についての、論議がこのごろ一部に盛んであるが、私のいま述べた要求もそれに関聯して考へらる可きもので、真に俗に通ずるとか大衆に訴へるとか云ふ藝術はそれが意味のあるものならば大衆の生活に対する、作者の側のそうした準備によつて成るものでなければなるまいと思ふ。

日本の津々浦々にカツフエーやバーがあるやうに、耳かくし、七三がどんな山奥にも見られるやうに広く普及さへすれば通俗だ、大衆的だといふのなら問題はない。

そうでなく、文学青年の懐や、有閑中年の机辺を離れて藝術を真に社会の動く生命の中に置かうとする意味の、通俗小説や、大衆文学であるならば、作家の身辺印象記式のものでは駄目である。

これと、これもこの頃問題となつてゐる『農民藝術』とを関聯させて考へて見度いのであるが、それは他日にゆづる。

×　×　×

『鏡花全集』の見本を貰つたが『真に是れ無縫天上の錦衣想は先生の胸中に轃つて藍玉愈温潤に、技は先生の筆下より発して蚌珠益々燦然たり』などといふ文章が僕等と同時代の人によつて、少しでも意味があるとして書かれるかと思ふと、滑稽よりは馬鹿々々しくなる。それに『天才泉鏡花』（新小説特別号）を見ると、文壇の諸大家が、最大級最大度の言葉で、この『天才』に随喜してゐる。これほどの人をその全集の出るまで、仮りにも『轗軻不遇』のなかにおいたとすれば、日本の文壇は盲目の行列である。

いまの僕等には鏡花を見たつて何んの感じも起らない。どこが面白いのかさつぱりわからない。同時代でこれほど差があるものかと思ふと、へんな気がする。正宗白鳥氏のとぎすました短刀をつきつけたやうな言葉が、あれが本統なのではないかと思ふ。

× × ×

千葉氏や生田氏が、いはゆる新感覚派を最初推賞しておいて、後でくさすのは変節だなどといふ、妙な言葉を聞く。それが変節なら最初は可愛がつておいて、あとで叱る人の子の親は、みんな変節漢である。その親の眼にも価値がわかつて、それと指摘するが、何が変節だらう。

僕はいはゆる新感覚派を技巧派の行詰つた一形態、ごく拙い技巧派と考へてゐた。いまでもそう思つてゐる。不服があれば一一実例を示して説明してもいい。そんなものがとにかく文壇の一角に出て、多かれ少かれ文壇の一つの流れを支配したわけは、よほど以前に『都』の文藝欄へ書いた『文学社会の睡眠期』をよんでくれゝば分る。(六・五・)

(「文藝戦線」大正14年7月号)

小説の新形式としての「内心独白」

堀口大學

千九百十八年の三月から八月までの、ニユウ・ヨオクの文学雑誌 THE LITTLE REVIEW が、愛蘭土作家ジエムス・ジヨイス (JAMES JOYCE) の小説ユウリス (ULYSSE) の全部に近い大断章を発表した。

この小説の影響が、その後間もなく、英米両国の若い文学者の間に行き渡つて、ジヨイスの作品がまだ単行本になつて出版されぬ以前に、(ユウリスは千九百二十二年の二月に巴里、シエツクスピイア書房から初めて出版された) 早くもこの小説の中でジヨイスが用ゐた多くの斬新な形式を模倣する若者たちが諸所に現はれたのであつた。ジヨイスがユウリスの中で試みた色々な新形式の中の一つである「内心独白」(MONOLOGUE INTÉRIEUR) の形式はことに若い人々の賞讃を買つたものと見えて、(大ていの場合、摸倣は賞讃の最も正直な表情です) 非常な勢で多くの作家によつて、多くの作品の中に利用されたのであつた。つまりこの形式が若い文学者たちの心を強く打つたからである。成る程この形式には、若い人々の気に入る新しさと、大胆さとがあつた、それのみならず又この形式によれば、われ等の心中最も奥深い所に束の間起伏する思念を——即ちわれ等の意識下に生れて消えるその場かぎりの思念——のムウヴマンをありのままに、然し手取り早く表現することの出来る可能性が多量に文学に与へられるからであつた。このやうに、作家をして人心の奥秘にまで下りて行つて、其所に湧き出るあらゆる思念を、意識の感化を受けぬ以前にそのありのままの姿に捕へることを可能ならしめるやうな形式「内心独白」が何ごとに於ても、自然に出来るだけ肉迫しようと欲して制作してゐる作家等の満足を買ふに到つたことは極めて当然なことだと云はねばならぬ。

この形式は、先にも一寸云つたやうに、一二年の短日月の間に、非常な勢で摸倣され、英米両国は勿論、英語を知つてゐて、ジヨイスのユウリスを読むことの出来た他の諸外国の作家の間に広く行はれるに到つたのであつた。さうして、勿論、仏蘭西へも伝はつた。かうして、ヴアレリイ・ラルボオ（VALERY LARBAUD）の「恋人、幸福な恋人」（AMANTS, HEUREUX AMANTS）「私の心からの忠告」（MON PLUS SECRET CONSEIL）ポオル・モオラン（PAUL MORAN）の「バビロンの夜」（LA NUIT DE BABYLONE）——拙訳「夜とざす」収録——等の傑作を成就させてゐる。何時も仏蘭西からばつかり、新らしいイズムや形式を示されてゐて、常に仏蘭西文壇の尻馬に許り乗つてゐることを内心ひそかに残念に思つてゐた英米の評論家たちは、今度こそは仏蘭西に教へ、仏蘭西に影響を与へるほどのものを英語文学の中から生んだと云ふので大いに得意になつて衿つてゐたのであつた。それで千九百二十三年に、スリイ・マウンテエンス・プレス社（THE THREE MOUNTAINS PRESS）から出版されたウエリアム・カルロス・ウエリアムス氏（WILLIAM CARLOS WILLIAM）の文学評論集「THE GREAT AMERICAN NOVEL」の如きは、評論にまで「内心独白」の形式を応用したものなのだが、著者はこの形式をジヨイスによつて教へられたものであると告白し、且つすこぶる皮肉な口調で、「若しまた仏蘭西人がジエムス・ジヨイスと彼の発明にかかる「内心独白」とを知ることが十年おくれたとしたら、それは世界の文学にとつて、何たる損失であつたであらう」と、百年の鬱憤をいい気持ではらしてゐるのである。

然るに、わがウエリアム・カルロス・ウエリアムス氏にとつて、困つたことが持ち上つたのである。と云ふのは世間では正に近代に於ける尤も偉大な愛蘭土小説家ジエムス・ジヨイスの発明であると信じてゐたこの「内心独白」の新形式が、実はさうではなくつて、これもやつぱり、またしても、フランス人の発明であることが知れたのである。然もそれを言ひ出したのは実にジエムス・ジヨイス彼自身なのである。最初だまつてゐたジヨイスも、彼がその作「ユウリス」の中で用ゐたこの「内心独白」の形式が意外の好評を博して、世界の諸所で摸倣されるのを見、賞讃されるのを見て、或る人に語つたのである。

「――今日あのやうにしてもてはやされてゐる「内心独白」の形式は実は自分の発明でも何でもなく、千八百八十七年に巴里で出版された仏人エドワア・ヂユジアルダン氏（EDOUARD DUJARDIN）の小説「月桂樹はきられた」（LES LAURIERS SONT COUPÉS）を読んで、あの形式独特の妙味に感心してそれに学んだのである。だからあの形式の発明者としての名誉は当然エドワア・ヂユジアルダン氏に帰す可きものである。」と。

このことを知つて吃驚したのは仏蘭西の文壇であつた。愛蘭土人ジョイスに大名をなさしめる程のいい暗示を持つた作品が、四十年も前に自国で出版されてゐたのを誰も気がつかずにゐたと云ふのは、一体何と云ふことか？　四十年間も誰にもかへり見られなかつた「内心独白」の形式が一度英語文学の洗礼を受けて再び仏蘭西へ輸入されると、非常な人気を呼ぶと云ふのは何と云ふことか？　それのみか、「月桂樹はきられた」の作者は現在なほ生存してゐて、その著作をつゞけてゐる著名な文人なのである。そんな宝を自国の文学の中に四十年間も埋れ木にして置いたと云ふのは、どうしたわけか。

然しまた考へて見るに、このことは、そんなに驚くには足らぬことなのである。日本の文壇が現在さうであるやうに、仏蘭西の文壇も亦実に近年甚しく「その日ぐらし」なのである。宵ごしの銭は使はぬことになつてゐるのである。出版された当時に、誰かが拾ひ上げて、世評にのぼせて呉れなかつたが最後、どんな大作も名作も、それつきり闇へと葬り去られてしまつて、万劫末代浮ぶ瀬がないのである。それつきりなのである。ひるがへつてこの小説「月桂樹はきられた」が出版された千八百八十七年の当時の仏蘭西文壇を見ると、それは丁度、サンボリスト運動の最中であつたのである。この藝術上の大運動もその当時にあつては、云はゞ文学者の間にのみ行はれてゐて、世間ことに大新聞や大雑誌とは何等の交渉なしに行はれてゐたのであつた。それだから、千八百八十七年にヂユジアルダンが自分の雑誌「独立評論」（LA REVUE INDEPENDANTE）にこの小説をかかげた時も、その次年に単行本として出版した時も、何等の世評を喚起することなしに終つたのであつた。僅に数名の友人たちが口頭或は私信で、ジユジアルダンが始めて試み且つ完成したこの新形式を賞讃したにすぎなかつたのであつた。著者の求める所もまたそれ以外の何ものでもないのであつた。当時のこころ矜れる文人たちは、世間に容れられようとか、又は、世間を動さうなぞと云ふ野望は毛頭も持つてゐなかつたからである。彼等はそれをするには、あまりに自分を高く持して居りあまりに世間を低く見くびつてゐた。だから「月桂樹はきられた」のやうな価ある作品がそれなり四十年近く文壇から忘れられて埋れて居つたと云ふことは寧ろ、当り前のことなのである。珍らしいのはかへつて、この小説が、一人の愛蘭土作家の目にふれたが為に、四十年後の今日、再び世に出たことなのである。

ジョイスも云つてゐるやうに、「月桂樹はきられた」は立派な作である。この書を読む人は誰でもその最初の頁から、作中人物の思念の中に坐りこんでしまふのである。そしてこの思念のとぎれ目のない開展が、普通の記述の代りになつて、読者にこの作中人物の行為を示してくれるのである。この行き方は、見やうによつてはその起源を「手紙小説」及び「日記小説」「手記小説」等に発してゐると云ふことが出来るだらうと思はれるのである。然し「月桂樹はきられた」の中に用ゐられた「内心独白」は「手紙小説」「日記小説」「手記小説」のその何れからも一歩を踏み出してゐるのである。そしてこの一歩を踏み出すが為には非常な大胆さと大きな発明の能力と異常な才能とを有するのである。ただいたづらに個性的であることだけでは、この大事業は不可能なのである。何時の時代にあつても、あらゆる藝術の分野に於いて、真にオリジナルな、新形式を創造することは、実に争ふ可くもない才能の証《あかし》なのである。多くの文学作品にあつては、形式と内容とは区別しがたいものなのである。エドワア・ジユジアルダンは「月桂樹はきられた」の中で彼以前には誰も書いたことのなかつた或るものを書かうと欲したのであつた。この意志が彼をこの新形式の発見と完成とに導いたのであつた。彼は大胆な試みをして、巧にそれに成功したのであつた。


「内心独白」の特長は、それが、作中人物と読者との間の介在物を全然無用にして、二者の間に直接な交渉を持たせることにある。つまり読者は作中人物と一心同体になつて、彼の脳裏に入る可く余儀なくされるのである。要するに正確の意味に於ける物語がなくなつて、読者の前には走馬燈のやうに、主人公の回想、聯想、慾望、悔恨、希望等あらゆる感情と思念とが、主人公の心頭にあらはれ且つ消えると同じ姿で、何等の理論もなく、単に主人公の心の動きのままに、走り去るのである。云はゞ思念の活動写真であつて、この手法によれば、あらゆるものが文学の世界へとり入れられるのである。勿論、「内心独白」はあらゆる主題に応用され得べきものではないのである。またこれを適当な主題に応用する場合にも、細心な注意とコントロオルとを要するのである。このタクトを欠く場合には、容易にわけの分らぬ寝ごとのたぐひに、又は出鱈目の羅列に終つてしまふのである。

小説の新形式としての「内心独白」は、複雑きはまる近代人の乱麻のやうに入りみだれた心の動き方を自由に然も明らさまに描き出す為には最上の手法である。何故なればわれ等の思念の中にあつてはすべてが可能である。だからわれ等は同時に過去を思ひ、現在を味ひ、未来を予想することも出来るのである。こんなことも「内心独白」の形式によれば、何等の不自然もなく極めて生き生きした色彩のまま同一平面の上に描き出すことが出来るのである。それだからこの形式は複雑な矛盾を持つた魂の描写だとか、または現実と空想とが同時に同じほどな力で働きかけてゐるやうなある瞬間に於ける心の描写等に応用して非常にすぐれた効果を持ち来すのである。「内心独白」の発見が新らしい大文学を当然に将来するものとは思はれぬが、然しこの形式によつた大文学が現代の代表的な作物として後世につたはることは極めてあり得ることだと思はれる理由が十分にある。

私の知つてゐる範囲では、日本にはまだこの形式によつた作品がないやうであるが、然し近い未来に必ず出て来ることだらうと思ふ。ことに、哲学方面に於いて、意識下の意識の研究がしきりに行はれてゐる時代にこの形式が多くの人々によつて用ゐられるに到つたと云ふ一点に、私はこの形式が当然現れなければならない時に現れたものではないかと思ふに足る理由があるやうに思はれるのである。

何はともあれ、ウエリアム・カルロス・ウエリアムス氏をして「日本の作家が「内心独白」の形式を知るのが一日おそかつたことは世界の文藝にとつて莫大な損失であつた」と嘆じさせる機会を残さぬ為めに、私はこの文章を綴つた。

（「新潮」大正14年8月号）

文藝家と社会生活

（無産派文藝家聯盟の要）

山田清三郎

一にも文壇、二にも文藝と、単に文壇と文藝のことばかりにしか、興味をもたない人を見ると、僕は、つく〴〵と情けなく思ふことがある。

文壇以外に、社会もなければ、また文藝以外に、論ずべき問題もないやうに思つてゐるらしい人が、今の文壇には、何と多いことだらうか。

治安維持法案の反対運動の激しかつた頃、秋田雨雀氏は、氏の著作「骸骨の舞跳」の会の席上に於て、日本の文藝家なるものが、いかに、かうした生きた社会的問題の前に対して盲目でゐるかといふことを、ある一つの具体的事例を挙げて、痛嘆してゐられたことを僕は覚えてゐる。

尤も「戦闘文藝」や「文藝戦線」などでは、微力乍ら、この反対運動に加はつてはゐたが、所謂文壇の人々、文藝家の人々の間には、殆んど、対岸の小火位の注意さへも、これに対して払はれてゐなかつたのは事実である。

ひとり、治安維持法案の場合にだけ限つたことではない。その他あらゆる生々しい社会問題、思想問題、政治問題に対しても、今の文壇の人々、文藝家と称される人々の、いかに常に、無関心でゐることよ。

しかも、事一たび文壇や文藝に関する問題になると、眼をとがらかして、何の彼のと騒がずにはゐられないといふ人が、多いといふの実状である。嘆かはしいといふよりも、寧ろまことに気恥づかしい位である。

文壇の人といふものは、文藝家といふものは、それでいゝのであらうか。否、断じてさうであつてはならない。藝術家は時代の先駆者でなければならない、文化の創造の母でなくてはならないなど、いふやうな、甚だきこえのいゝ、併しいひ古された、藝術家偏崇病患者的言辞の空疎さはいふまでもないが、併し、苟も文藝の業に携へてゐるほどのものは、文壇以外にも、文藝以外にも生きた、大きな社会といふものゝ存在を意識して、そこに生起する様々な生活問題に対して、常に、火の如き眼を向けなくてはならないと思ふ。

そこへ来ると、無産派文藝家の人々は、流石に何といつても、ずつと進んでゐるやうに思ふ。またしても例の悪法案をもち出しで来て甚だ気がさすわけだが、あの時にも、少数の人々は、お互いにその便宜の許す範囲に於て、不法な弾圧法案の非なるゆゑんを、世に訴へてゐたやうであつた。

だが、やはり、まだ〳〵黙つて看却してゐる人の方が多かつた。あゝした問題に盲目であつた、一般文壇の人々、文藝家の人々や、フエビアン協会所属の某流行作家などを嗤笑し去ることの出来ないやうな弱味も、また、多分に持ち合してゐたのも否むことの出来ぬ事実である。

これは併し、何故であらうか。無産派文藝家の人々も、やはり他の一般文壇の人々、文藝家の人々の如く、その少数を除いたほかは、同じく単なる文壇的な問題や、文藝的な問題以外に何等の興味もなく、従つて、文壇国以外の、文藝以外の諸問題に対して冷淡なのであらうか。

否、僕は断じてそんなことはないと信ずる。無産文藝家の人々にして、あの悪法案に対して反対しないものが、誰れ一人としてあつたであらうか。しかも少数の人々以外に、敢てさうした意思を積極的に表示しなかつたのは、その便宜と、自由に欠くところがあつたからであると僕は思ふ。

親愛なる佐々木孝丸君も、一時可なり熱心に提唱してゐたことがあり、今また岩崎一君などが盛に我々に慫慂してゐる無産派文藝家聯盟には、僕も全然賛成である。それは悪法案の如きあゝした問題が起つた場合、どうしても必要欠くべからざるものであることを痛感せずにはゐられないからである。

もしあの時無産派文藝家聯盟といふやうなものが既にあつて、集団の力で反対の叫びを天下に布いたとしたらどうだつたらう。無産派文藝家また眠れりなど、いふやうな非難や侮蔑からまぬがれることの出来たのは勿論、その宣伝、教化の力も、亦甚だ大なるものがあつたにちがいないのだ。

今や文藝家の単なる文壇万能や、文藝至上の夢は、次第に破られやうとしてゐる。文壇の人々、文藝の人々も勢ひ社会的にも乗り出さなくてはならなくなつて来てゐる。さうしなければやがて社会から全然対手にされなくなつてしまふからである。

ブルジヨア派の人々にして、既に然りである。況んや無産派人々は、一層然りといはなくてはならない。此際僕が、無産派文藝家の社会的存在の一単位さらにその活動の一機関としての、無産派文藝家聯盟といふやうなものを速かに組織して置くことの必要を思ひ且つこれが促進に一ひの力を注がずにはゐられないのも、またそれがためにほかならない。


(「文藝戦線」大正14年8月号)

泉鏡花氏の文章

片岡良一

概念と類型的修辞とから解放されて、現代作家の文章は極端に個性的になつた、己がじしなるリズムとスタイルとをもつやうになつた、と云はれてはゐるもの丶、矢張りそこには多少の現代文らしい型と語法の支配とが感じられた。最近の所謂新藝術運動は、一面さうした表現法の型とマンネリズムとに対する反抗でもあつたやうに思はれる。が、さういふ既に多少の古さをもつに至つた現代作家等の文章の間にあつて、彼等よりも寧ろ一時代前の作家であつた泉鏡花氏の文章の型が――リズムと格調とその表現の態度とが、不思議にも今の新しい時代に於て幾分かづゝ復活しようとしてゐる。と云つて悪ければ、今の新しい時代の表現と、鏡花氏のそれとは、かなりな点までの類似をもつてゐる、と云つたら宜しからう。兎に角面白い現象だと思ふ。

○

鏡花氏の文章は、それ〴〵個性に根ざして独自な味ひと響とをもつてゐる現代作家の文章のうちでも、殊に個性的でありユニックなものだつた。第一それは所謂現代文といふもの、型に全然はまつてゐない。現代文らしい平明さと単調さとを嫌つて、極端に複雑な、寧ろ交響楽的とも云ふべき多面性に終始してゐる。それだけに氏の文章は、一見極めて乱雑な、未整理のまゝ投げ出されたもののやうな感じを与へる。

「麹町、番町の火事は、私たち隣家二三軒が、皆跣足で遁出して、此の片側の平家の屋根から瓦が土煙を揚げて崩る、向側を駆抜けて、いくらか危険の少なさうな、四角を曲つた、一方が広庭を囲んだ黒板塀で、向側が平家の、押潰れても一二尺の距離はあらう、其の黒塀に真俯向けに取り縋つた……手のまだ離れない中に、さしわたし一町とは離れない中六番町から黒煙を揚げたのがはじまりである」（「露宿」）

といふやうな文章に接すると、殊にさういふことが感じられる。が然し、それは決して文章として未整理なのではない。たゞ平面的に組織立てやうとする意志が、作者に少しもないだけのことだ。その証拠には、此の短かゝらぬ一文章のうちに、かなりいろ〳〵な観念が織り込まれてゐるのにも係らず、その観念相互の間に、決して見苦しい不統一や矛盾は認められない。従つて全体としては、非常に多面的な、然もその各断面の渾然と纏め上げられた一つの観念として、立派に表現されたもの、といふことになつて来るのだ。立体的、といふ言葉で之を評しても差し支へなからうと思ふが、兎に角、一瞬時に於ける氏の意識内容は、非常に複雑な要素によつて作り上げられてゐるのだ。が、氏はその複雑であり多面的である意識内容を、分析したり解剖したりすることによつて幾つかの比較的単純な観念に還元して、さてこれを常識的、平面的な排列に於て表現しようとするやうな、そんな知的な傾向の持ち主ではなかつたのだ。そんな風に意識内容を整頓しようとする代りに、氏はその一瞬時に浮び上つた意識の内容を、その渾然としたままの形に於て再現することによつて、氏自身がそれを感じてゐるのと同様に、読者にも、一つのすつかり纏つたイメージとして、具体的に感得させようとするのだ。

「階の前の（桜の）花片が、折からの冷い風に、ぱら〳〵と誘はれて、さつと散つて、此の光堂の中を空ざまに、ひらりと紫に舞ふかと思ふと――羽目に浮彫した孔雀の、尾に玉を刻んで、緑青に錆びたのが尚ほ厳に美しい、其の翼をぱら〳〵とたゝいて――ちら〳〵と床にこぼれかゝる――と宙で、黄金《きん》の巻柱の光を受けて、ぱつと金色に翻る」（「七宝の柱」）

といふやうな文章になると、殊にさういふ所論がはつきりと首肯されよう。番町の火事の一文が、落筆に際して一時に群がつて来た観念を、そのまゝ塗抹して行つたものとすれば、これは一瞬時に眺め渡した光堂内の光景を、その時の感じた通りに再現して行つたものだ。然も作者の把握が――印象の捉へ方が、如何にも鮮明確実であるが故に、少しもごた〳〵した感じは起こさせない。却つて如何にも一瞬時の印象であることを感じさせるだけの効果をもつてゐる。云はゞ読者は、光堂の中に立つた作者と同じ呼吸を呼吸させられるのだ。意識内容の同時的表現とか、表現の同時性とかいふやかましい議論が、先頃時々眼についたが、さういふ議論の主張する表現様式とは多少異つた形に於てではあるもの、――伝統的な表現の様式を全然棄て、顧みまいとする彼等の主張に比べれば、余程在来の文章形式への妥協が含まれてはゐるもの、、兎に角、複雑な意識内容の同時的表現など、いふことは、鏡花氏の文章に於て、既にかなり立派に成し遂げられてゐたのだと思ふ。氏の文章が、直接に新時代藝術への繋りをもつてゐるやうに考へられることの、少なくとも一半の理由は、こんなところにあるのではないかと思はれる。

○

複雑な意識内容を可及的同時的に表現しようとする鏡花氏の文章は、自らその文章としての構造が複雑になつて来る。少くとも氏の文章の一つは、平面的な排列のまだるこさと、時間の感じを説明で表はすことの迂遠さとに平気な普通の作家の文章の、三つ四つ乃至はそれ以上にも相当する程の複雑な構成要素によつて組立てられてゐる。

と云つて、それは何も氏の文章が特別な語格や、普通の文章にはないやうな構成因子をもつてゐるといふ意味ではない。前掲の二文章によつても明らかな通り、氏の文章も、主語と、直接にそれを受ける説明語との間に、両者の関係を補ふべきいろ〳〵な観念（語）の入つて来てゐることは、普通の文章の体裁と少しも変りはないのだが、只その中間に位する観念が非常に複雑であり、多方面に渉つてゐるのだ。従つてその意識の断面がいろ〳〵な方向に屈折して行くにつれて、無闇にコンマの多い、時には――や……の重なり合つてゐるといふやうな、少くとも文章としては、かなりごた〳〵した形のものとなつて来るのだ。それだけに、読者が、そのコンマの一つ一つを見逃さないやうな張りきつた意識を以て、注意深くその文章を閲して行きながら、それ〴〵のコンマからコンマまでの間に浮び上つて来る観念が、相互に混乱し合はないやうに、自ら整理して行くだけの労を惜しむと、ついその文章の正しい脈絡が見失はれて、たゞ美しい色彩やひゞきの籠つたゞけの、漠然として捉へ所のない塊りのやうにしか感じられないことになつて来る。殊に永い間の概念的思惟と、平面的な排列に慣らされて来た読者の理解力では、容易にその正体が摑めないものになつて来易い。此の意味で、鏡花氏の文章は、まづかなり難解なものと云はれなくてはならない。況して例へば、

「打つたり矣、一調、あはれ、天女、楽譜の風に身を任せて、月の都に行く道の、羽衣の袖のゆらぐにつれ、瓔珞の珠星に触れて、乳房を撫づる音ならむ、折からの雲のたゝずまひ、花降りかかる気勢して、ばら〳〵と松葉がこぼれた。」（「風流線」）

といふ文章などによつて最もよく示されてゐる通り、氏の文章

は、その格調の変転が非常に複雑だ。それは純粋の口語体でもなければ文語体でもない。そこには生田長江氏の所謂「口語の低調と文語の高潮とが入り乱れて」ゐる上に、一種の雅文脈や、時には浄瑠璃口調、道行振類似の調子さへ織り込まれて、絢爛と錯綜の妙を湛へてゐるのだから、愈々その勾ひと響とに酔はされて、文章其物への正しい理解は困難な仕事になつて来なければならない。

　が然し、そんな場合は、作者としても、恐らく文章の構造の正しい理解を求めるよりも、そこに立騰る勾ひとひゞきとによつて、読者に美しき陶酔を与へ得れば満足なのだらうと思ふから、時に多少不分明なところが生じても、さうまで口惜しい気はしないけれども、時々その文章に面を出す此の作者の変な通がりと、それと多少心理的に繋りのありさうに思はれる道具立てのあまりの累はしさとには、時に辟易させられる。さうしてさういふ欠点のために、氏の文章には、絢爛の美はふんだんにあつても、清楚の感じは比較的乏しい。無論感覚的に清楚の味を知らない鏡花氏ではない。従つて清楚の美しさを描かぬことはない。が、さういふ清楚の美を描く場合でも――一歩を進めて、描いて十分の効果を挙げ得た場合でも、氏の筆致そのものはあまり清楚とは云はれない。こつてりした厚化粧、とは云はないまでも、それに似た粉黛の跡が感じられるのだ。そこに鏡花氏が徹頭徹尾の技巧家であることが感じられていゝのではないかと思ふ。

○

　その構造に於て、既に以上の如く難解なものであつた鏡花氏の文章は、そこに表現せられた内容のために、一層徹底的な理解の困難なものになつて来る。寧ろ構成より来る難解さは、前にも云つた通り、作者の全然すてゝ顧みなかつた概念化と印象の整理とを、読者の側で一通り試みさへしたら、兎に角氷解される筈のものであるけれども、然しながらさうして理解されたものは、云はゞ氏の文章の輪廓だけ、形だけだ。さういふ輪廓なり形なりのうちに、溢れ出る程にもつめ込まれた複雑多面な内容を、一通り概念化する以上に、正しく味解するといふことは、或は時に優れたる感覚をもつ読者でないと、不可能なことになるのかも知れない。氏自身が既に定評づけられてゐる通り、複雑微妙なる感覚の所有者であり、従つて氏の文章には殆んど常にさうした微妙複雑なる感覚が表現されてゐるのだから。例へば前掲「七宝の柱」の一節、金色堂に散り込む桜の花片を描いた文章によつても、それは直ちに理解されよう、微妙な色彩感覚と、その色彩の浮動する相とが、あの文章を特に鮮に美しい、印象的なものとしてゐるではないか。

「かなぐり脱いだ法衣《ころも》を投げると、素裸の坊主が、馬に、ひたと添ひ、紺碧なる巌の聳つ崖を、翡翠の梯子を乗るやうに、貴女は馬上にひらりと飛ぶと、天か、地か、渺茫たる曠野の中をタタタと蹄の音響《ひゞき》」(「伯爵の釵」)

といふやうな文章になると、一層さうした感覚的表現の素晴らしさが感じられる。これは水上滝太郎氏も、鏡花氏の感覚的表現の最もすぐれた見本の一つとして推奨した、「女神昇天」を描いた条なのだけれども、それに就いて水上氏は云つてゐる。「何といふ壮大な景色だらう。……絵具も楽器も、果してこれ丈の色彩と音響を伝へることが出来るだらうか。」「先生の印象的描写は、単に色彩を強烈に描くばかりではない、音響を描き、香気を描き、殊に動作を描いて遺憾がない」と。蓋し至言であり、正しい批判である。

が然し、そこにその文章を特色づけた色彩の乱舞を味ひ、浮動する空気を感じ、響き渡る音響をきかうとするためには、この文章を概念化する訳には行かない。このまゝの形に於て、端的に触れ、端的に引き込まれるより他に仕方がない。そこではテニヲハ一つの位置が狂つても、原文の齎らす香気とひゞきとは損はれよう。そこに盛り込まれた内容を表現するためには、所詮はそこに用ひられた言葉とリズムとスタイルとが、必至的に必要だつたのだ。と同時に、その文章には、是非ともそこに盛り込まれてゐるだけの要素が盛り込まれてゐなければならない。若しさうでなければ、徒らに文章の踊つた、然もひゞきの空疎な、云はゞ嫌味たつぷりな文章になつて了ふ。鏡花崇拝の末流者流の手になる文章が、例へば最近に出た『文豪泉鏡花』の随所に散見されるやうに、しば〴〵さうした点から来る気障さと空疎さとに陥つてゐるのに見ても、それは知られよう。が、それは兎に角として、以上のやうな意味で、鏡花氏の文章はパラフレーズすることが出来ないものだ。言葉を変へては、同じ内容を表現し尽せないものだ。それを強ひてしようとすれば、全然原文の形をはなれて、原文を材料として、説明して行くより他に仕方のないものだ。のみならず、さういふ場合に、説明さるべき対象が、色彩とか香気とか音響とかいふ種類の、寧ろ漠然として捉へどころのない感覚的事相なのだから、その説明にさへ非常な困難を感じずにはゐられない。鏡花氏の文章は、此処に至つて愈々難解な――解釈しにくいものとなつて来るのだ。況してそこに盛り込まれた感覚的事相が、例へば動と静とを同時に孕み、明と暗とを同時に具へてゐるといふやうな、複雑なものであつた場合には、困難は一層大きなものとなつて来なければならないのだと思ふ。

が、たゞ、さういふ場合にも、幾分の安易さを感じさせてくれるのは、氏の理想家的態度が齎らす結果の現れだ。観念派の作家として、善玉と悪玉とをかつきり区別することの好きな鏡花氏は、多くの場合、美を描いては徹底的に美しく、醜を描いては徹底的に醜く描きたがる。さういふ態度が、氏の微妙極る感覚的描写の裡にも、多くの場合比較的単純な統一を与へてゐる。例へば前掲の一文にしても、「紺碧なる巌の崖を、翡翠の梯子を乗るやうに」と、美しく尊き女神が昇天の場面であるが故に、たゞ只管に美しくのみ描かれてゐる。それだけそこに現れた味は、一色に美しくロマンテイツクなだけで、深山の物古りた滝壺らしい物凄さとか、森厳さとか、まして無気味さとかいふもの、かげは殆んど感じられない。たゞ僅かに幽暗さの感じが、ほのかに漂うてゐるだけだ。それだけあれば十分だ、其上無気味さや物凄さがあつたら、此の場合の情景が損はれる、と云つて了へばそれまでだが、然し云つてみれば、これが鏡花氏の根本の態度なのだ。場合は少し違ふが、小春の山里の物静かさを描かうとしては、入江に働く船大工にも、もつさりとした布子をきせて、然もその口から謡ひを歌はせる。食へもしない渋柿を美しく並べて置く茶店を描き出すかと思ふと、適齢前かと云はれる程の年齢《とし》をして、店に売る品物の値段も知らないといふのんびりした人間を点出する……といふやうに、只管一つの気分と味ひとに執して行きたがるのが鏡花氏の傾向だ。そこに氏の作品がその主題や筋の運びに於てもつてゐる通俗味と多少似通つたやうな、味ひの上の単純さが感じられる。だから氏の文章は、たとへばかなり解釈はし難くゝても、その大体の色調や味ひの、味ひそこなはれるやうな場合は滅多にない。それは一面氏の表現の確実さと、材料選択の的確さとを物語るものではあるが、他面読者にとつては、比較的理解し易い通俗味として感じられ、従つて氏の文章の難解さを塗りつぶして、これを比較的取りつき易いものと感じさせることになつてゐるのだと思ふ。かういふ点では、氏の文章への摸倣の跡の著しい里見弴氏の文章などに、却つて流石により複雑な構成をもつものがあつたやうに覚えてゐる。と、ともに、さういふ文章と比較して、「矢つ張り鏡花氏の文章は古い」といふやうな嘆声が、時に挙げられたことのあつたのも、亦止むを得ない評価だつたと思ふ。

○

が然し、さうした文章上の通俗味は、素より鏡花氏の作家としての態度の現れであつて、それによつて氏の美に対する観察が大まかであり、通俗的な評価の標準に支配されてゐるなど、断ずることは出来ない。硯友社時代の都会主義に薫染されて、北国人特有の陰鬱さと重さとをさへかなぐり棄てた鏡花氏は、既に前にも云つた通り、時には所謂通をさへ振廻はさうとするまでに、都会人として洗練された。氏の美的感覚は、大まかどころか寧ろ極端に繊細であり、醇化されてゐる。と同時に、その美醜の判断に際して通俗的な標準に頼るには、氏はあまりに概念的思惟の世界に安住する人でなかつた。自ら氏の美醜判断には実感から来る正確さと新鮮さと細かさとがあつた。「田舎娘が仕立おろしの白地の浴衣を着た」といふのを、「色の白い、些つと粋な女が、二三度水をくぐつた浴衣を着た」と云ふのに比べれば、読む者の感じで、仕立おろしの浴衣より、二三度水をくぐつたものの方が綺麗に見える、如何なる場合にも氏はそれを忘れない――生田長江氏がかう云つてさういふ確かさと繊細さとを賞讃した。

が、その正確さは姑く措く、その繊細さは、文章に使用する言葉や文字の選択にまで現れてゐる。例へば美しさを表現しようとする時の氏は、出来るだけ濁音を用ひまいとする。重く濁つた響が美しさを汚すやうに感じるのだ。適切な例とは云はれないけれども、前述「七宝の柱」の一節に「黄金」と書いてきんと振仮名してあるのなどからも、さういふ傾向の一端は覗はれよう。同じ濁音でも金色（こんじき）といふに似た比較的清澄さの残つた音より、黄金のごんの如く、より不愉快な響を嫌ふことも、同じ文章によつて揣摩されよう。美しい女を描く場合など、殊にさうした傾向が著しくなつて来るのなど、云はずとものことである。「かなぐりぬいだころも」と云つて、「ほうい」とは読ませないのは、さうした字音に対する好悪感が、幾分拡張されて、音調の上にまで及んだものと云はれよう。「僕はかの観音経を読誦するに、『彼の観音力を念ずれば』と云ふ訓読法を用ひないで、『念彼観音力』といふ音読法を用ひる。蓋し、僕には観音経の文句――なほ適切に云へば文句の調子――其ものが有り難いのであつて、其現はしてある文句が何事を意味しようともそんな事には頓著しない」と、氏は氏自身、さういふ自分を説明してゐる。さういふ人が転じて文字の形にまで、或る好悪感をもつて、それに従つて文字を選むだとて不思議でも何でもない。例へば同じ漢字でも、普通に書いたら「途中」となつて然るべき文字を、わざ〳〵「と宙」と書いてゐる（「七宝の柱」よりの引用文参照）やうに。

　かういふ態度も亦鏡花氏が、その文章中にしばしば示してゐる態度なのだが、これらを敏感と云へば確かに敏感であり、繊細と云へば確かに繊細であるに相違ないけれども、然し一面前節にものべた美観の単純さと同じもの、現れともなるのではなからうか。一切を綜合して渾然たる美を作り上げようとするのではなくて、美的要素だけを抽出して、純粋な、まぢり気のない美しさを作り上げようとするのだから。云はゞそこには醇化と洗練とだけがあつて調御がないことになるのだから。

「文句が何を意味しようと頓著しない。たゞその文句の調子が有難い。」といふのは、「文句の意味するところも完全で、然も調子も有難い」といふのより、づつと単純な感じ方であらうではないか。だからそこにも亦氏の描く美の古さといふやうなものが感じられてゐゝのではないかと思ふ。

が、それは兎に角として、かういふ傾向の故に、鏡花氏はその文章の美しさのためには、必要に応じて、表現としての正確さを犠牲にも供し得る人であつた。テニヲハを省き説明語をすらぬく、といふ位、氏にとつて何でもない事であつた。氏の文章の難解さは一面この点にも原因をもつてゐる。氏の文章に接する時、匂ひと感触とだけが味はゝれて、意義の正確さの期し難い場合が起るのは、実は大抵この原因から来てゐるのだ。

　作家の態度としては、これは云ふまでもなく正確一点張りの自然主義以前の態度だ。かういふロマンティシズムが、自然派の作家から非常な迫害や圧迫を被つたといふのは、如何にもありさうなことに思はれる。が、鏡花氏のロマンティシズムはさういふ迫害や圧迫にも崩折れずに、逆に時代を乗り越えて、自然主義以後に復活した。それが出来たのは、氏の観照が透徹して、把握が確実であつたからだ。表現上に、よし概念的な正確さは欠けても、その底に動かし難い観照の真が横はつてゐたからだ。だから氏の文章には正確以上の響きがある。鋭さと力とがある。「只真を描けばいゝと云ふ自然主義の人々は、恰、矢を持つて行つて的に刺して来るやうなもの。弓の妙といふものを知らない。的から幾間といふ距離に立つて弓に矢を番へ、満月の如く引絞り、狙ひ定めて、ヒユウ、ヒユウッと切つて放し、矢は飛んで金的をプッツリ刺してこそ、弓の妙所と云ふものはある。縦し、這つて行つて、手づから的に刺したほど正確に——金的の真中を刺さずとも、金的を少々は外れても、弓を以て射た矢には、自ら妙所がある」と、鏡花氏自身何処かで云つてゐるさうだが、氏の文章は、確かに弓で射た矢の、然も真実の金的を、まん中かけず射通したものと云ふことが出来よう。水上滝太郎氏が、至藝を以て呼んでゐるのも、あながち過褒ではなかつたと思ふ。

○

観念の平面的な排列を嫌ひ、所謂写実派の正確主義に遠い鏡花氏の文章には、素より概念的な説明は少い。殊に氏の感興が高潮に達した際にさうだ。時に象徴的とさへなる直観的態度が、さういふ時の氏の文章の進め方だ。それは今までに引用して来た幾つかの文章、殊に「風流線」の一節や「伯爵の釵」の一節によつても明らかに覗はれようが、氏が最も得意とする不可思議力の顕現を描く折などにも、亦端的に感じられるものだ。

「ぱち〳〵ばら〳〵と凄い雨まじりの霰の音。うつゝが返つて目を開くトタンに、蔵の編戸が青く映つた。

思はず、蚊帳を翳し、蚊帳を楯に、蚊帳を抱いて、ハツと起きる。と雷鳴とゝもに潜戸がからりと開いた——商屋だが、店の土間に、颯と、女郎花が五本咲いた。……その茎から、葉から、黒髪の乱るゝやうに、美しい色の雨が流れた。」

（「傘」）

と云ひ、

『玉とかいて、あツ（玉）と書いてある』

言が、女郎花に、雲をもれた星の色を青く添へると、パツと風が、旋風のやうなのが、空へ颯と巻取つた。青いとんぼがひら〳〵と屋根を行く」（仝前）

といふ、すべてがそれだ。「商屋だが」と云ひ、「旋風のやうな」といふ以外には、説明的な語法は何処にもない。直観的象徴的な筆致で押し通してゐる。この行き方が、不可思議な神秘の世界と、常識的な現実世界相との不思議に錯綜してゐるやうな場合にさへ、固く守られてゐるのだ。

尤も鏡花氏にとつては、さうした神秘の霊界も、現実世界同様に、確かに実在してゐるのだ。氏はそれを超現実的のものと観じてゐるのではない。現実の一部乃至は延長と観じてゐるのだ。従つてさうした霊異の世界と現実世界相との間に、氏は何等の距離も間隙も感じてゐないのだ。だから此の二つの世界の交錯は、氏にとつては極めて通常のことで、説明を要するやうな不思議でも奇怪事でもないのだ。氏がさういふ場合に平然として直観的描写のみを続けて行く所以だが、然しさうして語られた超常識の世界が、さうした方面への感覚と神経とを持ち合はさないものには、遂に不可能の世界があるのと同様に、此の二つの世界の交錯が、何うかすると氏の文章と文章との間に、観念的な連絡のない、非常な飛躍を敢てしてゐるものゝやうに思はれて、一層氏の文章を理解し難いものであるやうに思はせてゐはしないかと思はれる。が、それは素より、語られてゐる世界の分り難さであつて、文章夫自身としての難解さといふことは出来ない。たゞそこに文章としての難解さがあるとすれば、それは矢つ張り概念的な説明といふものゝない、直観的な文章といふものゝ一般的にもつ難解さだけであらうと思ふ。此の点では、鏡花氏の文章の難解さは、所謂新感覚派の文章のそれと、一脈の相通ずるものを有つてゐる。たゞ後者が表面甚だ直感的象徴的らしくして、然も実際にはかなり理知的な構成が目立つのに対して、前者は純粋に印象のみより出発した象徴的表現であるだけの相違はある。が、兎まれ鏡花氏の態度と、その態度の直接の現れなる文章とは、かうして、現文壇の所謂新時代へまで、かなり濃密な繋りを持つてゐることだけは、動かし難い事実なのだと思ふと、今更ながら氏が異色ある作家であり、氏の文章が異色ある文章であつたことを考へさせられる。

（「国語と国文学」大正14年8月号）

人生のための藝術

中村武羅夫

私が、この前書いた、「文藝作品に於ける苦悶の意義」に就いて、いろんな方面から反響のあつたことは、筆者たる私の、大いに欣幸とするところである。表面に現れたものばかりでなく、直接、私の耳に、または私信で、私の主張に賛意を表してくれた人々が、意外に多かつた。その中には、未見の友——純然たる読者も混つて居たことは、私に取つて甚だ愉快であつた。中には、加宮貴一氏の如く、川端康成氏の如く、私の説くところを強ひて曲解して、単なる揶揄に過ぎない言辞を、私に向つて投げかけた人々もある。想ふに私のあの所論の中に、ただ、表面的新しがりの、一部軽佻な徒を非難した語気があつたのを、謂ゆる新感覚派とやらを以て自ら任じ、時代の先頭に立つて居るかの如き自負を持つて居るらしい両氏は、各々、自分々々の胸に痛みを感じて、私に向つて揶揄の言辞でも弄さずには居られなかつたのであらう。——だが、私は、今こゝで、両氏の相手になつて居る暇のないことを遺憾とする。

「文藝作品に於ける苦悶の意義」は、実は、あれだけでは、私の言はんと欲するところを、十分に尽したものとは言へない。あれは、この論と相俟つて、初めて全き意義をなすものである。私は、最初、上編と下編とに分つて、「文藝作品に於ける苦悶の意義」を論じるつもりであつたのだが、それでは余り長くなるのと、私の時間の都合とで上編だけを先に発表してしまつたのである。従つてあれは、題目に示したところの、文藝作品に於ける苦悶の意義を論ずるよりも、苦悶を否定する現在の文壇的風潮を非難することにより多く傾いてしまつた憾みがあつた。

勿論、あれはあれとして読んで貰つていい。が、この論と併せ読んで貰つて、更に全き意義をなすものであることを、ちよつとこゝに断つて置きたい。

藝術と人生とを、対立的に考へて居る人々がある。人生とはこの現実で、藝術といふものは、この現実から全く遊離した別の世界なり、存在なりだと、考へて居る人々がある。斯ういふ人々の藝術に対する考へ方は、われ／＼の現実は、暗怛として居る、苦悩に満ちて居る、だから、せめて藝術だけでも、明るくして、現実から遁れて、明るい藝術の世界に休みたいといふのである。現実なんかどうでも、藝術さへよければ、それでいいと言ふのである。

私は、斯ういふ藝術至上主義的な考へ方に、どこまでも反対である。第一、人生と藝術とを対立的に考へること、即ち、人生を離れて、藝術といふ別の世界が存在して居るかの如く考へる考へ方に、反対なのである。私の考へ方に依れば、藝術といふものは、人生を離れた別の世界ではない。藝術も亦、人生の中に含まれた一つの世界なのである。藝術が、どんなに人生から独立し、若しくは遊離しようとしても、それは結局、人生の中に包括された存在なのである。魚は、水を離れて生活出来ない如く、さま／＼な生物が、空気を離れて生存出来ない如く、藝術も亦、人生を離れて存在出来ない。哲学でも、宗教でも、科学でも、あらゆるものが人生の中に含まれて居る如く、藝術も亦、人生の中《うち》に含まれて居る。

どんな藝術を求めるかは、それはその人々の勝手な要求である。敢て私の問ふところでない。だが、人生が、暗澹として苦悩に満ちて居るから、人生の休息所であるところの藝術だけでも、せめて明るくして欲しいといふのは、私には分らない。人生が暗澹として、苦悩に満ちて居るとは、一体、どうして断定出来るのか？　また、藝術を以て、人生の休息所であるとは、一体、どこの誰が決めたことなのか？　人生と藝術とを、遊離したものにして考へればこそ、藝術を人生の休息所であるなどゝいふ、間違つた考へ方も生れて来るのだ。

一体、私は、人生を、暗澹として苦悩に満ちて居ると決めることからして、既に間違つて居ると思ふ。なるほど、人生にはいろ／＼な暗面もあれば、苦しみ、悩み、痛み、悲しみ――さういふものが多いことは事実だ。が、それと同時に、人生そのものにも、また、いろんな光明面もある。喜びもあれば、慰めもあり、幸福もある。人生は、暗黒だと断定してしまふことも出来ないし、また、光明的だと断定してしまふことも出来ない。暗黒面もあれば、光明面もあるのが人生である。それを人生が暗黒で、苦悩に満ちて居るから、その慰めのために藝術を明るくしなければならないといふ断定には、二つの独断を通り越さなければ、達することが出来ない。第一は、人生が苦悩に満ちて居るといふ独断である、第二には、だから藝術は、これを慰めなければならないといふ、この二つの独断である。

藝術の目的を、たつた一つに決定してしまふことは、人生の目的を、たつた一つに決定してしまふことゝ同じやうに危険である。

藝術が、何等かの意味で、われ〳〵の生活に、寄与するところがないやうなものであるならば、私は、藝術といふものを、どこかの台所の隅の塵埃箱《ごみばこ》の中にでも捨てゝしまひたい。藝術が、どういふ意味で、われ〳〵の生活に、即ち人生に役立たなければならないかは、一口に決められないであらう。勿論、藝術が人間の生活に――人生に役立つといふことは、藝術が、目前の功利的価値を含むことを意味しない。たとへば、大震災の時などに、藝術が直ちにパンに代り、金貨に代り、水に代り、衣服に代らないから、だから藝術は、われ〳〵の生活に役に立たないとは言へない。藝術が、必ずしもわれ〳〵の眼前の生活に、目に見えて役立たなくても、それで以て藝術の価値を否定することは出来ない。われ〳〵が渇いた時に、パンは何の役にも立たない。また、われ〳〵が饑ゑた場合に、水は何んの役にも立たない如く、藝術が、われ〳〵の生活に、直接の役に立たなくても、それで以て藝術の価値や使命を、否定することは出来ない。パンはパンとして役立ち、水は水として役立てば、パンの使命、水の使命は、それで完全に果された如く、藝術は藝術として役立てば、それで藝術としての使命は果されたものとしなければならぬ。

では、藝術が、藝術として役立ち、藝術としての使命を果すとは、どんなことであるか？　暗澹とした人生に光明を与へ、苦悩に満ちた人生に、慰めを与へれば、それで藝術としての使命を果されたのであるか？　なるほど、光明を与へることも、藝術の使命のうちの一つかも知れない。慰めを与へることも、藝術の使命の一つかも知れない。だが、それは藝術の使命の全部ではないのである。

人生の目的を、たつた一つに限定してしまふことが危険である如く、藝術の目的を、たつた一つに限定してしまふことも、また、危険である。

藝術は、われ〳〵の生活に取つて、或る意味で、一種の救ひでなければならぬ。藝術は、何等かの意味で、人生に於ける救ひでなければならぬ。それが藝術の使命である。斯ういふ言ひ方は、一方からは、余り漠然として居ることのために、非難されさうであるし、一方では、また私の前言と矛盾して居る――即ち、藝術の目的を、一つに限定することではないかと、非難されさうな、危険な言ひ方である。だが、私はこれを、順々に説明して行きたい。

救ひといふ言葉は、いろ〳〵な場合に使はれて、その場合々々で、いろ〳〵な内容を帯びて来ると思ふ。極く簡単な、卑近の例を取つて来て見ると、水を求めて居る者に取つては、水を与へることが救ひであり、パンを求めて居る者には、パンを与へることが救ひである。パンを求めてる者に蛇を与へ、水を求めてる者に火を与へるならば、これは救ひの反対――即ち、地獄である。だから、藝術が人生に取つて救ひになるといふことは、藝術を求めてる者に、藝術を与へれば、それで即ち救ひではないかとも言へる。甚だ、簡単明瞭である。だが、こゝにはそんなに簡単に片附けてしまふことの出来ない、何物かゞある。パンを求める者の目的は、たつた一つである。即ち饑ゑたる腹を満たすことである。水を求める者の目的もたつた一つである。即ち渇きたる咽喉を潤ほすことである。しかし、藝術を求める者の目的は、たつた一つではないのである。われ〳〵が藝術を求める要求は、たゞ、饑ゑたからばかりでもなく、たゞ、渇いたからばかりでもない。勿論、光明だけを求めるのでもなければ、慰めだけを求めるのでもない。藝術に対して、それ等のものを求めることは言ふまでもないが、それ以外のものをも求める。藝術の目的を、たゞ一つに限定してしまふことは危険であると、私が言つたのは、こゝのことである。藝術に対するわれ〳〵の要求は、なか〳〵複雑である。

人生は暗黒であり、苦悩に満ちて居ると断定し、だから藝術は、明るく、面白く、楽しくなければならないと主張するのは、それはその人の藝術に対する要求ではあるかも知れないが、だから、すべての藝術が、明るく、面白く、楽しくなければならない筈はない。それをその人だけの要求としてゞなく、藝術の上の主張として論ぜらるゝ時には、その主張の当否を一応検討して見る必要が十分にある。自分が斯くの如き藝術を要求する故に、すべての藝術が、斯くあらねばならぬといふやうな主張は、主張として成り立たない。

光明とは何んであるか？　慰めとは何んであるか？　明るい藝術、面白い藝術を求めるといふことは、藝術から、すべての暗黒や、苦悩を排除してしまふことであるか？　藝術からそれを排除してしまふことは、同時に人生から排除してしまふことになるのであるか？　藝術だけを明るく、面白く、楽しくすれば、人生そのものは、どんなに暗黒でも、どんなに苦悩に満ちて居てもいいのか？　一体、われ〳〵が藝術に親しむことは、われ〳〵が飛行船にでも乗つて、地球を離れて、火星かどこか、別の世界に飛んで行つてしまふやうに、人生から遊離してしまふことなのか？　藝術に親しむことも、結局、われ〳〵の人生の一部ではないのか？　また、人生が暗黒で、苦悩に満ちて居れば、藝術を明るく、面白く、楽しくさへすれば、それでわれ〳〵は救はれるのであるか？

　若し、人生が暗黒で、苦悩に満ちて居るものなれば、如何に藝術だけを明るくし、面白くしたところで、それはわれ〳〵の救ひにはならないのである。明るく、面白いことだけが、われ〳〵の救ひになるものなら藝術を明るく面白くするよりも、人生そのものを、明るく面白くした方が、もつと直接の救ひになるであらう。もつと端的に言ふなら、暗黒や、苦悩を持たないで、暢気な人生を送つて居る者は、即ち、救はれた人間だといふことになるだらう？　救ひといふものは、そんなものなのか？　暢気な馬鹿者だけが、救はれた人間なのか？

　私は何も、苦しむこと、悩むことだけが、人生の全価値だとは言はない。暗黒だけが、人生の全価値だとも言はない。だから、勿論、藝術が、人生の苦悩と暗黒のみを取扱はなければ、藝術として人生的意義がないとも言はない。明るいことを書かうが、暗いことを書かうが、苦しみや悩みを書かうが、また、面白さや楽みを書かうが、それは勝手である。どんなことを書いたつていい。それを取扱つて居る作者の意志なり、態度なりに、何等かの意味で、人生に対する深い関心が含まれて居ればいいのである。書かれて居ること、または作品そのものが、明るい、暗い、楽しい、苦しいなどは、ちつとも問題ぢやない。作者が、それに、われ〳〵の人生と如何なる交渉を見出して居るかゞ、私に取つては問題なのである。

ところが、最近の文藝作品の傾向が、人生に対する関心を、ひどく閑却し勝ちなのを、私は非難せずには居られないのである。藝術に依つてわれ〳〵の人生を如何にするかといふことよりも、藝術の形式や技巧ばかりに関心して居る風潮を、私は非難せずには居られないのである。

　藝術が、何等かの意味で、人生に寄与するところがなければ、つまらないことは、私は先に言つた。藝術が、単に藝術として、どんなにすぐれて居ても、それだけでは、余り人生に寄与するところがないと思ふ。藝術品としてすぐれて居ると同時に、人生的意義を含んで居なければならぬ。人生的意義を含まない藝術品なんか、われ〳〵に取つては一種の玩物《おもちゃ》に過ぎない。文藝作品が、文藝作品としてすぐれて居ることは、同時により深い人生的意義を含んで居ることでなければならぬ。ところが近来の文藝作品には、何んとそれが閑却されて居ることか！　何んと玩物《おもちゃ》ばかりが多過ぎることか！　そして、文藝作品は、玩物でいいのだと、主張する人々すらあるのである！

（私が言ふところの人生的意義とは、どんなものかといふ説明は、「文藝作品に於ける苦悶の意義」の中に、詳説してある。）

　文藝作品が、面白がらせたり、楽しませたりすることも、人生に対する寄与だといふかも知れない。勿論、それもいい。面白がらせたり、楽しませたりする作品もあつていい。あることを、ちつとも妨げない。たゞ、さういふ作品ばかりでは困るのである。さういふ作品ばかりでなくてはならぬと主張されるのでは、大いに困るのである。藝術の目的は、たゞそればかりではなく、もつと奥にある。もつと深いところにある。これを一口に言へば、人間が人間として、本当に生きて行く力を与へることである。勿論、それだけが文藝作品の目的の全部だとは言へないことは分つて居る。だが、その目的の最も根本的なものではある。

　人間が人間として生きて行くには、この人生に対して、眼に蓋をすることではない。人生がどんなに暗黒で、苦悩に満ちて居るとしても、それだからと言つて、藝術に依つて人生を逃避し、若しくは人生を忘却することではない。寧ろ、藝術に依つて、もつとはつきりと人生を見、人生を学ぶことなのである。（こゝが、私の言はうとする最も肝要な点である。）たとへ人生がどんなであらうとも、その人生をはつきりと見させ、苦しいなら苦しいなりに、暗黒なら暗黒なりに、その人生にしつかりと生きて行く力を与へるやうな藝術でなければ、藝術としての価値が低い。苦しい人生を逃避させて、面白がらせたり、楽しませたりすることばかりが、藝術の目的ではない。面白がらせたり、楽しませたりする前に、もつとよく、もつとはつきりと、人生の真相を見させ、味はせ――即ち学ばせ、そして、たとへ人生がどんなであらうとも、それに対して立派に生きて行く力を与へるやうなものでなくてはならない。

　だが、現在に於いて、極く通俗な意味に於いて、面白がらせたり、喜ばせたりするやうな傾向の作品の、如何に多いことか！　本当に人生を学ばせ、人間が人間として生きて行く力を与へるやうな文藝作品の、如何に少いことか！　いや〳〵、少いといふよりも、寧ろ絶無と言つた方が、もつと適切だらう。さういふ現在の文藝作品の大勢に対して、私が非難の声を放つのも尤もではないか。

　私は、結論として、文藝作品に於いて、なぜに私が、苦悶の意義を高唱するかを、簡単に述べて置きたい。私は、藝術を、人生と遊離したものと考へて居ないし、また、藝術が、何等かの意味で、人生に深い交渉を持たなければならないといふことは、前に言つた。だから、私が、文藝作品に於いて、苦悶の意義を高唱することは、取りも直さず、この人生に於いて、大いに苦悶の意義を認めることなのである。

　これにも理窟を言へば、いろ〳〵なことが言へる。が、こゝにはその暇がないのは遺憾であるが、そしてひどく抽象的なことを言ふやうであるが、われ〳〵がこの人生をよりよくして行くためには――即ち、人間性を錬磨して行くためには、苦悶の意義を大いに認めなければならない。独断的に言ふが、人間は楽しむこと――快楽――面白をかしいことでは、決してよくなつて行くものでない。快楽は、決して人間性を磨かない。われ〳〵は、苦しむべきものを本当に苦しみ、悩むべきものを、本当に悩むことのみに依つて、鍛へ、磨かれて行く。釈迦だつて、キリストだつて、トルストイだつて、面白をかしく世の中を渡りながら、人間性を磨いて行きはしなかつた。苦しむべきものを苦しみ、悩むべきものを悩みつゝ、――単に自分だけの苦しみ、自分だけの悩みだけでなく、実に人類の苦しみ、人類の悩みを悩むことに依つて、それ〴〵自己完成に歩みを歩んだのである。

私が斯う言へば、うるさいその辺の小輩たちは、私を空想家のやうに嗤ふかも知れない。すべての人間が、釈迦や、キリストのやうになる必要がないと言ふかも知れない。そんな考へだから駄目なのだ。すべての人間が、釈迦やキリストのやうであり得れば、尚ほいいではないか！

論理的の表現は、私の得意とするところでない。だから、少しくらゐ混乱してるところがあるかも知れない。が、これを読んでくれる人々は、そんなに辞句の端々に拘泥してないで、私の言はうとしてる心持を汲んで欲しい。

それから、ちよつと断つて置きたいことは、この文章の中に、「藝術」とか、「藝術品」とか、「文藝作品」とか、言葉の使ひ分けがしてあるが、別に意味があるわけではない。すべて「文藝作品」の意味で使つて居る。

（「新潮」大正14年8月号）

「私小説」私見

宇野浩二

「私小説」といふ言葉が近頃あちこちで聞かれる。「私小説」といふのはいつか中村武羅夫氏が「心境小説」といふ名で呼んでゐたのと同じものをいふのである。武羅夫氏はその時「心境小説」と対称して「本格小説」といふ言葉を使つて、近頃の文壇ではその「心境小説」が持てはやされて、「本格小説」が等閑にされてゐるといつて、嘆いて居られたやうに覚えてゐる。私は一応中村氏の説に賛成をするものである。もつともあの時の中村氏の説も「心境小説」といふもの、存在を一応認めた上での「本格小説」の主張のやうであつた。で、私はそれを真似る訳ではないが、「本格小説」を認めた上で、「心境小説」を贔屓する文を一寸書いて見ようと思ふのである。

「心境小説」即ち「私小説」のことである。或は「私小説」は「心境小説」の元であるともいへる。その「私小説」の元は私は白樺派ではないかと考へてゐる。もつとも白樺派以前にも、或は西洋にも、「私小説」が断然なかつたなどといふのではないが、大略にいつて、私は「白樺」といふ雑誌が出た時に、初めて「私小説」らしい「私小説」を見た気がするのである。但しこゝで「私小説」らしい「私小説」といふのは、従来の一人称小説の見地からすると、桁の外れた、幾分無茶な私小説といふ意味もある。今はもうはつきり誰と誰との作などといふことを覚えてゐないが、この雑誌に出てゐる幾つかの小説の中で、「自分」とか「俺」とかいつて、一人称で書いてあるものを読むとこれまでの自然主義派の小説で見た同じ一人称のものと、ひどく趣きが違つてゐるのに私は驚かされた。つまり、これ迄の一人称小説では、その一人称の人物と作者との間が、その小説に出て来る他の人物と作者ほどではなくても、可成り離れてゐたし、作者も離れようと心がけてゐたやうだつた。でなければ、一人称は一人称でも作者とは全く別の人であつたり、又は作者が構想上の都合で使つてゐるといふ程度のものだつた。詰り作者の態度は三人称の小説を書くのと同じ態度だつた。所が、今いふ白樺派の或小説では、はつきりとそれ等の一人称の人物が作者その人らしく書いてあるのに、私は驚かされたのである。

もつとも、こんな風にいひ切つてしまふと、いろ〳〵の言ひ過ぎや言ひ違ひがあるかも知れない。現にさういふ白樺派の或小説にしても、作者即ち「自分」と現されてゐる人物が、当然文学者或は文学青年であるのを、それに近い画家或は画学生にされて、十分客観化されてゐるやうなのもあつたし、さういへば白樺派以前の小説にだつて、一人称小説の主人公が殆ど同じと思はれるやうな例もある。が、さういふ例外は別として、大体今私が白樺派の或小説といつた中でも、特に私の目について記憶に残つてゐるのは、武者小路実篤氏のものであつた。

この武者小路実篤氏の小説は、当時にあつては、文壇の他の小説と比べると、まるで小説の体になつてゐなかつたともいへるのである。それは何のことはない。近頃流行してゐる子供の自由画を文章で行つたやうなものだつた。(もつとも子供の自由画もうつかり信用は出来ない、無邪気らしくて実はさうでないのが往々あるから、その点、武者小路氏のは本当に純粋だつた。)彼の小説はだから従来の小説と比べて読むよりも、私たちが小学校や中学校でやつて来た作文を思はせるやうなものだつた。無論、一読して、文中に出て来る「自分」といふ主人公は作者その人であると思はれた。そして、その「自分」がかう思つた「自分」がかう見た、「自分」がかういつた、(自分は腹が立つた、等、等、)といふことが、今迄の小説とは全く違つた、自由画の作文のやうな書方で書いてあるのだつた。

これももしかしもつと歴史的に穿鑿したら、田山花袋氏の主張した自然主義文学の起つた時分に源を発してゐると見られぬことはない。余談だが、「私」といふ言葉が文章に最も多く用ひられるやうになつたのは田山花袋氏以来である。しかし、白樺派の人たちは申し合せでもしたのか、「私」といふ言葉を汚れ物のやうに忌避して、「自分」といふ言葉を慣用し出した。この白樺派の使つた「自分」といふ言葉も、いろ〳〵研究して見ると、今日の「私小説」の発達と何等かの因縁があるかも知れない。

この武者小路氏の驚くべき文体が、私は「私小説」の或意味での元祖だと考へるのである。だが、武者小路氏は或意味で大きな人だ。いふのは、私が是迄も屢々いつたやうに、彼は長い後になつて振返つたら、日本の真の口語文体の元祖だつたり、或は革命家だつたり、現今喧ましくいはれてゐる漢字制限とか、仮名づかひ改良とかの先駆者だつたりする人だが、然し彼自身は例の自由画の意気で、決して意識して真の口語文体を作らうとか、漢字を制限しなければならぬとか、仮名づかひを発音通りにする方が便利だらうとか考へてするのでなく、彼自身の意の儘にしたことが自然さうなつたといふに過ぎないやうな影響の一として、私の今いふ「私小説」の元祖と目されるだけのことである。恐らく彼は今私が頓着してゐるやうな「私小説」の問題などには一向頓着してゐないだらう。私は今武者小路氏を大きな人だといつたのはさういふ意味である。閑話休題。

さて、私が「私小説」と「心境小説」と同じものと見ながら先に「私小説」を「心境小説」の元と書いたのは、後者は前者の進歩した形であると見られるからである。初心な読者のためにいつておくが、「私小説」とはいふものの「私」といふ一人称で書いた小説に限らないのである。自叙伝的な小説といふ意味にとつてもいゝ。それに就いて嘗て中村武羅夫氏は、かういふ「私小説」の流行は、文壇をひどく単調にしたといつたのは尤もである。何故といつて、どの小説もどの小説も、悉く作者が「私」の生活ばかり書いてゐるのでは、一般人には無論興味がないし、小説好きの読者にも飽きが来る。世の中は何も小説家ばかりの世界ではない。原稿の書けない苦みや、作家的な貧乏の苦みや、作家的な恋の苦みなどといふものは、この世の極く片隅の現象であるのだから、それればかりでなく、多くの作家が余り「私小説」に没頭した果は、心境を語ることを急いで、その「私」と書かれてある人物がどういふ容貌であるか、どういふ境遇であるかさへ書かれてゐない。つまり「私」は作者その人なのであるから、作者の人となりや、境遇や、性質やを、直接なり、又はこれ迄の同じ作者の幾つかの作なりに依つて、読者が予め知つてゐるのでないと、突然飛び入りに一つの作を読んだのでは、了解の出来ないやうな場合さへある。一つの小説が、その作者の人となりや境遇を知つてゐるのでなければ理解しにくいなどといふのは、決して完全なものではないともいへるだらう。小説は飽く迄小説といふ独立した藝術品で、一旦作者の手を離れて、一篇の小説としての名乗りを挙げた上は、その作者の隣人が見ようが、千里離れた所の人が見ようが、同国人が見ようが、他国人が見ようが、或はその作者の他の作に馴染のある人が読まうが、初めての人が読まうが、同じ程度の価値がなければならない。――かういふ説も道理には違ひないがもつとも厳密にいふと、そんな小説はあり得ないともいへないことはない。何故といつて、仏蘭西人の小説は仏蘭西人に最もよく理解出来るだらうし、露西亜人の小説は最もよく露西亜人に親しまれるだらう。又作者と気質なり傾向なりの似た読者は、似ない読者よりもよく了解されるだらう。さういふ点で、大略小説を客観的な小説と主観的な小説との二つに分けることが出来る。客観的な小説、即ち中村氏の本格小説で、主観的な小説、即ち心境小説である。そして本格小説を小説らしい小説といふと、心境小説は或は小説らしくない小説だといへるかも知れない。全くそれは小説道の一種の外道であるかも知れない。尤も、外道本道などといふことは容易にいひ切れるものではない。

いづれにしても「私小説」の面白さはその作者の人間性を掘り下げて行く深さであると私は思つてゐる。即ち心境小説と称せられる所以である。一寸見ると、「私小説」では作者は「私」の身辺だけしか書いてゐないやうに単調に見えるが、「私」を掘り下げて行つたところに総てがあるといへないことはない。本格小説でも心境が書けないことはないが、「私小説」の直接であるのには及ばない。そして、この「私小説」の出来栄えに於いては、私は日本の作家は、或は日本人は最もすぐれた天分を持つてゐると思ふものである。これは松尾芭蕉以来の血筋に違ひないのだ。一口に「私小説」といつてもいろ／＼あるが最もよい例が葛西善蔵の作などは、この種の小説の極端を示すものであると思ふ。いふのは、日本人の書いたどんな優れた本格小説でも、葛西善蔵が心境小説で到達した位置まで行つてゐるものは一つもないと思はれる。これは本格小説より心境小説の方が書きい丶とか書きにくひとかいふ問題ではない。これは作家の素質の問題である。私が日本人は心境小説の素質に恵まれてゐると思ふ所以である。日本人にバルザック流の本格小説を期待することは出来ないだらうが、それと同じやうに、西洋人に芭蕉や善蔵のやうな藝術を期待することは出来ない。これは二つの極端である。バルザックが二十年間珈琲ばかり飲んで、ユウゼエヌ・グランデイや、ベツトや、ゴリオやを書いてゐる間に、善蔵が二十年間酒ばかり飲んで「私」ばかりを書いてゐるだけの違ひである。二人とも傍目もふらずに生きてゐること即ち書くことをつゞけてゐることは全く同じではないだらうか。その間にバルザックが千枚書いて、善蔵が十枚しか書かなかつたことは、本格小説家と心境小説家の相違であるといつても、大した詭弁にはならないだらう。

嘗て私は葛西善蔵氏の人物の印象を述べた中で、昔彼が同人雑誌をやつてゐた時代に、(私が会つたのは同人雑誌を廃刊して間もなくの頃であつたが、)会ふと彼等（彼と同人仲間）が「作をしてゐるか、」「作はどうだ、」「作がうまく行かない、」などと会話の二言目毎に「作、」「作、」といつてゐるのを聞いて、反感を抱いたと書いたことがある。私も、葛西も、(彼の同人仲間も)、当時皆その日の衣食に困る境遇だつた。私も訪問記者で、彼も訪問記者だつた。私も訪問記者さへ勤まらず、彼も訪問記者さへ勤まらなかつた。が、私も何かしなければ食ふ途がなかつたし、彼も同じ境遇だつた。現に彼の傑作「子をつれて」にある通り、彼は食ひ倒すか、遁走するしかない程切迫つまつた状態にある時だつた。それにも拘らず「パンを」といふ代りに「作を」といつてゐるのは、何といふ藝術過尊重家だらうと私は思つて反感を抱いたのだつた。或日耳寄りな訪問記者の口があつたので、私はそれを彼に周旋するために、彼がもう一両日中に立退きを迫られてゐる家を訪問したところが、何一つ道具のない空家のやうな家の中で、部屋のまん中に机一つ切り置いて、一人の子を傍に坐らして、夏のことだつたが、彼は襦袢のやうな白いもの一枚で、例の一行も書いてない、題と名前だけ書いた原稿紙の前に端然と坐つてゐるのを見た。（この記事をいつか書いた時、何故か彼は憤慨したが、）私はこの時ほど動かされたことはなかつた。彼はさういふ中で、私の顔を見ると、「口があつたか」と聞く前に、「どうも作がね、」といつた。私は彼にとつて「作すること」がつまり「生活すること」だといふことだといふことを初めて知つた。作することと生活することが、こんなに一つ事であるといふことを私は目の前に見た。

　が、どんな小説家でもがこの通りであるとはいへないだらう。恐らくこゝ迄徹底してゐる小説家は珍しいといへるだらう。そしてかういふ小説家には、小説を書くといつたところが、見も知らぬ何々令嬢のことや、工夫のことや、藝者のことや、昔話のことや、讐討の話やを書いてゐる余裕がないに違ひない。さうだ。仮りに余裕といつてもいゝだらう、連れ添ふ女房のヒステリイを回想したり、人の噂を聞き書したり、昔話を工夫して書き直したり、何か面白いテーマをと首をひねつたりする前に、先づ「私は」「私は」と書くことは必然のことだらうと思はれる。尤も余りこんな風にいひ切ると、贔屓のひき倒しになるかも知れない。何故といつて無論「私小説」でなければ、作家が作と生活を完全に一にする方法がないとはいへないから。例へば前記バルザツクにした所が、或はシエークスピアにした所が、彼等は彼等の偉大なる「私」から田舎医師ブナシスにしたり、男爵ユウロオにしたり、或ひはハムレツトにしたり、リア王にしたり、所謂千万の心を創造するといつて賞讃することも出来るから。唯、それが日本人の場合では、「最も深い私」から「私小説」に作るのが最も自然であると私はいひたい。一心に「私」の生活を掘り下げて行つて、「私小説」をより深く深く、「私小説」より外のものは書けない、もしくは書く気にならない、書く余裕を持たないといつた風な作風も亦、バルザツク派と共に賞讃されてもいゝだらうと思ふ。葛西善蔵の近作「湖畔手記」「弱者」などを読んだ時、私はそんな風に考へたのである。

　全く「湖畔手記」や「弱者」は東西の文壇に於て独特無類の物だと私は思ふのである。是等の作は「私小説」の極致を示す物でないだらうか。それと共に「私小説」の行き詰りであるともいへるかも知れない。或は又こゝに書かれてゐる「私」の生活の行詰まりであるともいへないことはない。が、今はそのことが問題ではない。私が感じたことは、小説も此高さ、此境地に迄立つて見たなら、多くの他の小説は何等かの意味で通俗的だといへないだらうか。是は一種の象徴主義的作品であるに違ひない。

私は今こゝで葛西善蔵氏の小説を唯「私小説」の例として引いたのであるが、私がこゝでいはうと思つたのは、日本の「私小説」といふものが注目すべきものであるといふことをいひたかつたのである。初めに「私小説」の元祖として、武者小路氏の名を挙げたが、古いことからいふと、近松秋江氏などもつと古いかも知れないし、秋江氏なども亦優れた私小説家の一人である。が、武者小路氏の刺戟から今の「私小説」が発達したといふ説は間違ひではないと思ふ。菊池寛氏の啓吉物なども「私小説」の部に属すべきものだらうし、白鳥氏や秋聲氏の「私小説」が現れたのも矢張り近頃になつてからだといへる。同じ作家のものでも、日本の作家は、例へば現に「心境小説」を貶した中村武羅夫氏自身の作に見ても、所謂本格小説の「人生」やその他の通俗小説類よりも、近頃の「心中の身代り」その他の「私小説」の部に入るべき作の方に、ずつと面白味もあり取柄もあるといふやうなことは、詳しく述べたかつたのであるが、それは改めてのことにする。こゝでは「私小説」といふものが、日本に独特のものであるとはいへない迄も、それに近いもの、もしくはそれが最も特殊に発達したもの、少なくとも日本文壇の珍産物だと思ふ、といふことを述べるに止める。「私小説」といふことに力点を入れたので、いろ〳〵語弊のある言葉づかひのあることも覚悟してゐるが、取急いで執筆したので不備の点も多いが、それは改めて述べる時に尽すつもりである。

これは「私小説」私見の前書と見てもらひたい。

（「新潮」大正14年10月号）

表現派の史劇

北村喜八

表現主義の方向にある数多くの作家の中から、史劇と見做しうる戯曲を拾ひ上げて、彼等が――主観の拡大鏡をかけ、新しい時代の前に新しい問題を提出してその価値を主張しようとする彼等が、史劇をどんな風に取扱つてゐるかを考へて見よう。

史劇そのものに対する考察は別として、若し史劇を広義に解して、材を歴史的事実のみでなく、神話や伝説《ザアゲ》の類にまで求めたものを挙げるならば、次のやうである。

一、聖書に材を取つたもの。

ゲオルク、カイゼルの「猶太の寡婦」。――アントン、ヰルドガスンの「カイン」。――オスカア、ココシユカの「ピオプ」。――ステフアン、ツワイクの「イエレミアス」。

一、希臘神話或は伝説に題材の関聯するもの。

オスカア、ココシユカの「オルフオイスとオイリデイケ」。――ルウトヰツヒ、バンヰツツの「エデイプスの解放」。――フランツ、ウエルフエルの「トロヤの女達」。――ワルテル、ハアゼンクレエフエルの「アンチゴオネ」。

一、所謂史劇。

ハンス、ヨオストの「寂しき人」。――ヘルマン、フオン、ビエチヒエルの「フリイトリツヒ大王」。――オツトオ、ツアレクの「皇帝カアル五世」。――フリツツ、フオン、ルンルウの「ルイ、フエルヂナント」。

今私の記憶に上つたものだけで、以上のやうである。調べてみるなら、まだ他に多少はあるに違ひない。その中、希臘神話或は伝説に材の関聯したものとして挙げた「エデイプスの解放」や「トロヤの女達」や「アンチゴオネ」は、希臘悲劇の改作であるから、史劇と見做すべきものでないかも知れない。「エデイプスの解放」は、ソフオクレスの「コロノスのエデイプス」に形をかりたのであつて、――然し相似てゐるのは形ばかりで、この表現派の戯曲では、騎士テセウスが王クレオンに向つて新らしい藝術運動の宣言をなしてゐるのである。「トロヤの女達」は、オイリピデスの「トロアデス」、「アンチゴオネ」はソフオクレスの「アンチゴネ」の改作である。然し、形や姿は遠い希臘の昔のものでも、内容は全く現代のもので、主人公の口から叫ばれるものは現代社会の欠陥と悪とに対する激しい呪であり、人類愛と世界平和への熱い思慕である。

聖書に材を藉りたツワイクの「イエレミアス」も、希臘劇の改作と同じく、聖書中の人物で、この劇の主人公であるイエレミアスの口を通して、国家の滅亡を予言し、戦争と殺戮を否定してゐるのである。

　これに依つても覗ふ事が出来るやうに、材料は旧い昔のものであるが、盛られたものは、現代の呼吸であり、脈膊である。傾向であり、思想であり、プロパガンダである。旧い材料の劇的なものを巧みに按配して、近代的な衣裳で包んで舞台へ上せようと言ふのではない。旧い衣裳を不遠慮にはがしたり、ついだり、貼り合したりして、無理にでも新しい思想に著せようとするのである。


　カイゼルの「猶太の寡婦」は、聖書の中のユデイットの事蹟を取扱つたものであるが、祖国のために単身敵将の許へ赴いて、その寝首をかいた美しい処女で、ヘツベルの悲劇の主人公となつたユヂツトは、このカイゼル劇では、二十代の健全な性慾に燃える女となつて、あらゆる高潔な行も、その性慾を裏附けにしてゐる。ユヂツトは此の作で原始からの血の流をもつ現代の一女性となつてゐる。ココシユカの「オルフオイスとオイリデイケ」は、希臘神話に材を取つたもので、音楽の神で、その楽の音を聞けば獣類さへ耳を澄ますと言はれたオルフオイスと、ニンフの中でも最も美しいオイリデイケとの恋愛を取扱ひ、憎みながら愛し、愛しながら憎んでゆく地獄のやうなその愛慾の世界は、ストリンドベルヒの世界に近い。此処では、原始の日から課せられた宿命のやうな愛欲に悩む現代人の香が、希臘の神々から放散してゐるのである。


ハンス、ヨオストの「寂しき人」は独逸の詩人クリステイアン、デイトリツヒ、グラツペの生涯を描き、彼のスツルム、ウント、ドランクの性格——道徳の強制もなく、市井の義務もなく、最も内的なそれ故真実な衝動を阻害する顧慮もない性格を示さうとしたものである。であるから其処に浮び上るものは、ただ霊魂《ゼエレ》の姿である。グラツペを通し、その運命の総和ではなく、内的生活の総量を示さうとしたのである。此処では劇の主人公グラツペの生涯と内的生活とへ、作者の主観を注入し、作者自身を告白し、哀訴しようとしてゐるのである。

　言ひ換へるならば、作者が、自己を独白するために、過去の歴史上の人物をかりて来たのである。自分を告白するに適当なグラツペの姿をかりて、自分の内的生活を記録したものに外ならない。であるから、作者ヨオストの心の独白者の異名はグラツペである、と言つて差支なからう。そして、ツアレクの独白者の別の名は「カアル五世」、ビエチヒエルの独白者の別の名は「フリイトリツヒ大王」であつた。

　表現主義の戯曲家は、史劇に於ても亦、思想宣伝か、自己露出かの外はなかつたのである。

　無論、歴史上の事実をかりて来て、思想宣伝に用ゐて、傾向に走ると言ふ事は、批難すべき点も多いに違ひない。然し、偉大な「傾向」は一つの「観念《イデエ》」になりうるのである。そして、戯曲に於てイデエを運ぶと言ふことは決して無価値なことではないのである。又、史劇が単に過去を復活せしむるに止まるものなら、如何に劇的に面白くとも、新しい時代の中に、生きる生命と価値とを見出す事は出来ない。過去の生活はかうで、人情はかうで、道徳や義務観念や人生観はかうであつたと、生くるが如くに示して貫つたところで、現代に対して、何のかかはりも無い訳である。それは歴史科教室用の参考品で、現代の舞台のものではない。

史劇は如何に取扱ふべきかは、深い考察を要することであらうが、単に過去の復活ではなく、次のいづれかに依つてのみ価値のあるやうに思へる。即ち——過去の事実をして劇的にした、社会的、人生的、或は宗教的な事件で、現代に到る迄何等かのつながりを持つてゐる点を捕へて、それに新しい見方を与へるか、或は、現代に於て考ふべき、或は、主張さるべき価値ある何ものかを、過去の、そしてそれを用ゐることに依つて一層劇的になしうる事件の中へ織りこませるかの、そのいづれかでなければならない。

そして、表現主義の史劇は、終に、現代劇であつた。そして、その中の優れた或ものは永遠の現代劇になるであらう。

(「演劇研究」大正14年10月号)

詩歌

詩
短歌
俳句

詩

阿毛久芳＝選

雨降《あめふ》りお月《つき》さん

野口雨情

いそがにやお馬よ
夜《よ》が明《あ》ける
手綱《たづな》の下から
ちよいと見たりや
お袖《そで》でお顔《かお》を
隠《かく》してる
お袖《そで》は濡《ぬ》れても
干《ほ》しや乾《かわ》く
雨降りお月さん
雲の蔭《かげ》
お馬にゆられて
ぬれてゆく

（「コドモノクニ」大正14年3月号）

白熊（猛獣篇第一部より）

高村光太郎

ザラメのやうな雪の残つてゐる吹きさらしのブロンクス・パアクに、
彼は日本人《ジヤツプ》らしい啞のやうな顔をして、
せつかくの日曜を白熊の檻の前に立つてゐる。

白熊も黙て時時彼を見る。
白熊といふ奴はのろのろしてゐるかと思ふと、
飄として飛び、身をふるはして氷を砕き、水を浴びる。

岩で出来た洞穴《ほらあな》に鋭いつららがさがり、
そいつがプリズム色にひかつて
彼の頭に忿怒に似た爽快な旋回律を絶えず奏でる。

七弗の給料から部屋代を払つてしまつて、

鷲のついた　音のする金が少しばかりポケットに残つてゐる。
彼はポケットに手を入れたまま黙りこくつて立つてゐる。

二匹の大きな白熊は水から出て、
北極の地平を思はせる一文字の脊中に波うたせながら、
音もさせずに凍つたコンクリイトの上を歩きまはる。

真正直な平たい額とうすくれなゐの貪慾な唇と、
すばらしい腕力を匿した白皚皚の四肢胴体と、
さうして小さな異邦人的な燐火の眼と。

彼は柵にもたれて寒風に耳をうたれ、
蕭条たる魂の氷原に
故しらぬたのしい壮烈の心を燃やす

白熊といふ奴はつひに人に馴れず、
内に凄じい本能の十字架を負はされて、
紐育の郊外にひとり北洋の息吹をふく。

温情のいやしさは彼の周囲に満ちる。
息のつまる程ありがたい基督教的唯物主義は
夢みる者なる一日本人《ジャップ》を殺さうとする。

白熊も黙つて時時彼を見る。
一週間目に初めてオウライトの声を聞かず、
彼も沈黙に洗はれて尨大な白熊の前に立ち尽す。

（「抒情詩」大正14年2月号）

傷をなめる獅子――猛獣篇より――

獅子は傷をなめてゐる。
どこかしらない
ぼうぼうたる
宇宙の底に露出して、
ぎらぎら、ぎらぎら、ぎらぎら、
遠近も無い丹砂の海の片隅、
つんぼのやうな酷熱の
寂寥の空気にまもられ、
子午線下の砦、
とつこつたる岩角の上にどさりとねて、
獅子は傷をなめてゐる。

そのたてがみはヤアエの鬢髪、
巨大な額は無敵の紋章、
速力そのものの四肢胴体を今は休めて、
静かなリトムに繰返し、繰返し、
美しくも逞しい左の肩をなめてゐる。

獅子はもう忘れてゐる、
人間の執念ぶかい邪智の深さを。
あの極楽鳥のむれ遊ぶ泉のほとり、
神の領たる常緑のオアシスに、
水の誘惑を神から盗んで、
きたならしくもそつと仕かけた
卑怯な、黒い、鋼鉄のわなを。

肩にくひこんだ金属の歯を
肉ごともぎりすてた獅子はこう然とした。
憤怒と、侮蔑と、憫笑と、自尊とを含んだ
ただ一こゑの叫は平和な椰子の林を震撼させた。
さうして獅子は百里を走つた。

今はただたのしく傷をなめてゐる。
どこかしらない
ぼうぼうたる
つんぼのやうな孤独の中、
道にはぐれても絶えて懸念の無い
やさしい牡獅子の帰りを待ちながら、
自由と闊歩との外何も知らない、
勇気と潔白との外何も持たない、
未来と光との外何をも見ない、
いつでも新らしい、いつでもうぶな魂を
寂寥の空気に時折訪れる
目もはるかな宇宙の薫風にふきさらして、
獅子は傷をなめてゐる。

（「抒情詩」大正14年4月号）

『雲』（抄）　山村暮鳥

春の河

たつぷりと
春の河は
ながれてゐるのか
ゐないのか
ういてゐる
藁くづのうごくので
それとしられる

おなじく

春の、田舎の
大きな河をみるよろこび
そのよろこびを
ゆつたりと雲のように

ほがらかに
飽かずながして
それをまたよろこんでみてゐる

雲

丘の上で
としよりと
こどもと
うつとりと雲を
ながめてゐる

おなじく

おうい雲よ
ゆうゆうと
馬鹿にのんきそうぢやないか
どこまでゆくんだ
ずつと磐城平《いはきたひら》の方までゆくんか

（大正14年1月、イデア書院刊）

北原白秋

ペチカ

雪《ゆき》のふる夜《よ》はたのしいペチカ。
ペチカ燃《も》えろよ。お話《はなし》しましよ。
むかしむかしよ。
燃《も》えろよ、ペチカ。

雪《ゆき》のふる夜《よ》はたのしいペチカ。
ペチカ燃《も》えろよ。おもては寒《さむ》い。
栗《くり》や栗《くり》やと
呼《よ》びます。ペチカ。

雪《ゆき》のふる夜《よ》はたのしいペチカ。
ペチカ燃《も》えろよ。ぢき春《はる》来《き》ます。
いまに楊《やなぎ》も
萠《も》えましよ。ペチカ。

雪《ゆき》のふる夜《よ》はたのしいペチカ。
ペチカ燃《も》えろよ。誰《だれ》だか来《き》ます。
お客《きやく》さまでしよ。
うれしいペチカ。

雪《ゆき》のふる夜《よ》はたのしいペチカ。
ペチカ燃《も》えろよ。お話《はなし》しましよ。
火《ひ》の粉《こ》ぱちぱち、
はねろよ、ペチカ。

この童謡は南満教育会用として作つたものの一つです。作曲は山田耕作氏です。なほペチカとはロシヤ式暖炉のことです。

（大正14年5月、アルス刊『子供の村』所収）

酸模《すかんぽ》の咲くころ

土手《どて》のすかんぽ、
ジヤワ更紗《さらさ》。
昼《ひる》は蛍《ほたる》が
ねんねする。
僕《ぼく》ら小学《しょうがく》
尋常科《じんじょうか》。
今朝《けさ》も通《かよ》つて
またもどる。
すかんぽ、すかんぽ、
川のふち。
夏が来た来た、
ド、レ、ミ、ファ、ソ。

（「赤い鳥」大正14年7月号）

アイヌの子

大豆畠《だいづばたけ》の
露草《つゆくさ》は、
露《つゆ》にぬれぬれ、
かはいいな。

大豆畠の
ほそ道を、
小《ち》さいアイヌの
子《こ》がひとり。
いゝ、いゝ、いゝ、
いろはにほへと、
ちりぬるを、
唐黍《たうきび》たべたべ、
おぼえてく。

（「赤い鳥」大正14年12月号）

加藤介春

変態時代

こゝは或大きな商店の前である
金環のステツキがあまりにうつくし過ぎる

キツドの靴が媚めかし過ぎる
そしてあの陳列棚の中から出てくる若い人達が
男に見え
又女にも見え。

むかしむかしワイニンゲルが狂死した時代から
いくつもの時代は過ぎた
そして今男でも女でもない人間の時代が来た——

みんなあの鷲鳥の羽根のはえた帽子をかぶりたまへ
ダイヤの光りにつゝまれて歩きたまへ
うつくしい病的な世界が来てゐる。

うつくしい人間の変態時代が来てゐる
たゞすこしうすぎみ悪いといふだけだ。

うどんのやうな女

かれら陰にして
うすぐらい路地に佇み
夜な〳〵うどんをすゝるなり。

かれらうどんのやうな女なり
かつてわたしがうすぐらい溝のなかにすてゝ来た
夜《よる》の女なり

つひにあの青白い芹の花ともならず
土鰌《どぜう》のやうにはひ廻り居し
おそらくば鱗のはえた女であらう。

（「日本詩人」大正14年9月号）

萩原朔太郎

沼沢地方

蛙どものむらがつてゐる
さびしい沼沢地方をめぐりあるいた。
日は空に寒く
どこでもぬかるみがじめじめした道につづいた。
わたしは獣《けだもの》のやうに靴をひきずり
あるひは悲しげなる部落をたづねて
だらしもなく　懶惰のおそろしい夢におぼれた。

ああ　浦！
もうぼくたちの別れをつげやう
あれひびきの日の木小屋のほとりで
おまへは恐れにちぢまり　猫の子のやうにふるえてゐた。
あの灰色の空の下で

いつでも時計のやうに鳴つてゐる
浦！
ふしぎなさびしい心臓よ。
浦！　ふたたび去りてまた逢ふ時もないのに。

（「改造」大正14年2月号）

郷土望景詩

最近長く住みなれた故郷を捨てて、家族と共に東京へ移住することになつた。ここに掲げる数篇の詩は、郷土における私の生活——それは悔恨と孤独に沁み入り、屈辱に歯がみし、そして灼くやうな憤怒に燃えながら、しづかに自分を堪《こら》へてゐた。——の記録であり、悲しみの烈しくして純情の爆発せる詩篇である。創作年代は一九二二年より最近二四年の間に属し、近く出版する『純情小曲集』の一部に編入されてゐる。

因《ちな》みに、私が文章語で詩を書いたのは、ずつと以前は別とし、近頃では、この郷土望景詩ばかりである。この詩篇の特殊なスタイルとこの特別な内容とは、すくなくとも私の主観では、離して考へることができない。

小出新道

ここに道路の新開せるは
直《ちよく》として市街に通ずるならん。
われとこの新道の交路に立てど
さびしき四方《よも》の地平をきはめず
暗鬱なる日かな
天日家並の軒に低くして
林の雑木まばらに伐られたり。
いかんぞ　いかんぞ思惟をかへさん
われの叛きて行かざる道に
新しき樹木みな伐られたり。

◎小出の林は前橋の北部、赤城山の遠き麓《ふもと》にあり、我が少年の時より、学校を厭ひて林を好み、常に一人行きて瞑想に耽りたる所なりしが、今その林皆伐られ、樽、樫、撫の類、むざんに白日の下に倒されたり。新しき道路ここにひかれ直として利根川の岸に通ずる如きも、我れその遠き行方を知らず。

新前橋駅

野に新しき停車場は建てられたり
便所の扉風に吹かれ
ペンキの匂ひ草いきれの中に強しや。
烈烈たる日かな
われこの停車場に来りて口の乾きにたえず
いづこに氷を喰《は》まむとして売る店を見ず
ばうばうたる麦の遠きに連なり流れたり。
いかなれば我れの望めるものはあらざるか
憂愁の暦は酢え

心はげしき苦痛に耐えずして旅に出でんとす
ああこの古びたる鞄さげてよろめけども
われは痩犬のごとく憫れむ人もあらじや。
いま日は構外の野景に高く
農夫らの鋤に蒲公英の茎は刈られ倒されたり。
われひとり寂しき歩廊《ほをむ》の上に立てば
ああはるかなところよりして
かの海のごとく轟ろき、感情の軋《きし》りつつ来るを知れり。

◎朝、東京を出でて渋川に行く人は、昼の十二時頃、新前橋の駅を過ぐべし。畠の中に建ちて、そのシグナルも風に吹かれ、荒寥たる田舎の小駅なり。

大渡橋

ここに長き橋の架したるは
かのさびしき惣社《きうしや》の村より、直《ちよく》として前橋の町に通ずるならん。
われここを渡りて、荒寥たる情緒の過ぐるを知れり
往《ゆ》くものは荷物を積み、車に馬を曳きたり。
あわただしき自転車かな
われこの長き橋を渡るときに
薄暮の飢えたる感情は苦しくせり。
ああ故郷にありて行かず
塩のごとくにしみる憂患の痛みをくくせり。
すでに孤独の中に老いんとす
いかなれば今日の烈しき痛恨の怒を語らん。
いまわがまづしき書物を破り
過ぎゆく利根川の水にいつさいのものを捨てんとす。
われは狼のごとく飢えたり
しきりに欄干《らんかん》によりて歯嚙めども
せんかたなしや、涙のごときもの溢れ出て
頬につたひ流れてやまず。
ああわれはもと卑陋なり、
往《ゆ》くものは荷物を積みて馬を曳き
このすべて寒き日の平野の空は暮れんとす。

◎大渡橋《おおわたりばし》は前橋の北部、利根川の上流に架したり。鉄橋にして長さ半哩にもわたるべし。前橋より橋を渡りて、群馬郡のさびしき村落に出づ。目をやればその尽くる果を知らず、冬の日空に輝やきて、無限にかなしき橋なり。

公園の椅子

人気なき公園の椅子にもたれて
われの思ふことは今日もまた烈しきなり。
いかなれば故郷《こきやう》の人のわれにつらく
かなしきすももの核《たね》を噛まんとするぞ
遠き越後の川に雪の光りて
麦もまたひとの怒にふるゐおののくか。

われを嘲けりわらふ声は野山にみち
苦しみの叫びは心臓を破裂せり。
かくばかり
つれなきものへの執着をされ
ああ生れたる故郷の土を踏み去れよ。
われは指にするどく研げるナイフをもち
葉桜のころ
さびしき椅子に「復讐」の文字を刻《きざ》みたり。

◎前橋公園は、我れあえて歌ふことせざりしが、友、室生犀星の詩によつて早く世に知られたり。利根川の河原に望みて、堤防に桜を多く植えたり。常には散策する人もなく、さびしき芝生の日だまりに、紙屑など散らばり居るのみ。所々にかなしげなるベンチを据へたり。我れ故郷にある時、ふところ手して此所に来り、いつも人気なき椅子の上に、鴉の如く坐り居るを常とせり。

（「日本詩人」大正14年6月号）

大井町から

おれは泥靴《どろぐつ》を曳《ひ》きづりながら
ネギやハキダメのごたごたする
運命《うんめい》の路次《ろじ》をよろけあるいた。
ああ奥さん！　長屋《ながや》の上品《じやうひん》な嬶《かゝあ》ども
そこのきたない煉瓦《れんが》の窓《まど》から
乞食《こじき》のうす黒《ぐろ》いしやつぽの上《うへ》に
鼠《ねずみ》の尻尾《しつぽ》でも投《な》げつけてやれ。
それから構内《こうない》の石炭《せきたん》がらを運《はこ》んできて
部屋中《へやぢう》、いつぱいやけた煤烟《ばいえん》でくすぼらせろ。
そろそろ夕景《ゆふけい》が迫《せま》つてきて
あつちこつちの屋根《やね》の上《うへ》に
亭主《ていしゆ》のしやべるが光《ひか》り出《だ》した。
へんに紙屑《かみくづ》がぺらぺらして
かなしい日光《につくわう》のさしてるところへ
餓鬼《がき》どものひねびた声《こゑ》がするではないか
おれは空腹《くうふく》になりきつちやつて
そいつがバカにかなしくきこえ
大井町《おほゐまち》　織物工場《おりものこうば》の暗《くら》い軒《のき》から
わあツと言《い》つて飛《と》び出《だ》しちやつた。

（「婦人之友」大正14年9月号）

川路柳虹

新律格　三章（抄）

田園初冬

はつ冬の空は磨かれて梢に
吹き落ちたす枯れ葉は小鳥のやうに
さみしい羽をふるはせて土に敷く。

どこかで獵銃《れふじふ》の冴えきつた音《おと》が
朝の空気を晴れやかに跳ねかへす。
けたたましく森から飛び立つた百舌鳥《もず》
嬉戯する少女《をとめ》のやうに空をかけり、
雪をいただいた連山《れんざん》のかなたに
やがて、弾丸《だんぐわん》のやうに消えてしまふ。
しづかな寂寞《せきばく》がひとしきりのこる。

畑の畝《うね》をこえて朝の日は照り、
霜にかがやく畦《あぜ》を人人《ひとびと》はゆく。
をりから丘陵のかげをのぼる汽車、
のん気な気持でふかす散歩どきの
パイプの煙《けむ》をぽつぽつと吐いてゐる。

以上の詩は口語をもつてせる自由詩を基礎とし各行の音数を一定し十七音綴となしたものである。音節は一定の音数でなく自由に十七音字巾で融通しえらるるが多く三句切四句切となり、音数は三音より八音までを一音脚として三句切とした。ものを普通の形に定めた。邦語の韻律は音数よりないことを確めえた自分は現代口語がいかなる音数に適合しうるかの試練をなしつつある。その解答の一つが如上の詩である、この詳しき説明は日本詩人三月号誌上に於てなすであらう。私は口語体、自由詩を十数年前に創始した。私の自由詩に対する見解は今も異らない。いかなる詩形と雖も自由な創造を許容しうるものである。しかし口語による定音自由詩の存在も十分意義あるものと信ずる。この研究から更に私は他の一二の詩形をも考案しつつある。日本語の韻律問題を解決することが私の目下の義務である。

（「明星」大正14年2月号）

我

おまへは　おまへにきいたことがあるか、
たづねるおまへと、答へるおまへとは
いつもひとりか、或ひは他人かと。

風はそよぐ木《こ》の葉木の葉《は》に答へる、
をのゝく心とそゝのかす言葉とは
いつもおなじ思ひに燃え合ふものと。

樹は五月の夜空に嘆く身を伸《の》し、
肉体をもてあます女のやうに
悩ましく濃かな空気を感じる。

気流のごとく形なく流れて
またふたゝび中心にかへる「我」、
樹であり、夜であり、嘆く我が身である。

（「日本詩人」大正14年5月号）

星からの電話

室生犀星

星からの電話ですよ、
早くいらしつてくださいな
なに星からなんぞ電話がかかるものか？
ゆうべもざくろの実が破れたやうだから
そつとその陰へ行つて見てゐたら
なかから一杯あたらしい冴えた美しい星が
みんな一どきに飛び出してしまつた。
そのときあいつらはみんな恁う言つた。
もとは青い星なんだが
今月になつてから染つて赤くなつたんだとさ——

なにその星からの電話だと
うそだよ
電話を切つておしまひ
毎晩わたしの部屋へ電話を掛けにくる工夫らは
あれは何か蜘蛛のやうな奴ぢやないか？
いくら月あかりがいいと言つて
そんな空想はいいかげん止した方がいゝぜ
星と星との間を帆前船が行くなんてのも昔の事さ
いまぢや星の中はみんな銅の腐つたやつばかりだとよ。

とは言ふものの
毎晩きまつた時刻に
窓あかりへ電線をつないでゐる奴は
どこの何物だらう
おれはまだああいふ奴を見たことがない
だのに階下からまた呼んでゐる
星からの電話ですが
ぜひお電話口へお出になつてくださいと言ひますが
どう言つたらようございませう
さうだな留守だと言へ
いまよその星とお話ちうだと言つてくれ。

（「新小説」大正14年2月号）

明日

明日もまた遊ばう！
時間をまちがへずに来て遊ばう！
子供は夕時になつて左う言つて別れた。
わたしは遊び場所へ行つて見たが、
いい草のかをりもしなければ
楽しさうには見えないところだ。
むしろ寒い風が吹いてゐるくらゐだ。

それだのにかれらは明日もまた遊ばう！
此処へあつまるのだと誓つて別れて行つた。

（「日本詩人」大正14年4月号）

内藤鋠策

きれぎれのことば

——大正十四年のことば——

ことばは、おんだけで、素手で、ひとりあるきをしなければならない。
ことばはうまれる。
ことばはそだつ。

ことばにも、みなしごはある。
まねぐち。
すべりぐち。
ゐそらごと。
いまのよの、詩人のことば。

ことばにも、かたはごはある。
かたこと。
したたらず。
しかたばなし。
民衆派詩人のことば。

ことばにも、きちがひはある。
あればぐち。
つのりぐち。
くちきらず。
無産派詩人のことば。

ことばにも、やまひはある。
はやりことば。
かぶれぐち。
きどりぐち。
蟹文字のまはしものとなつた詩人が、ほがらかなうたごゑ。

それらのすべてを持合せた詩人が、いまのよにときめく詩人たちでなければならない。
わたしのしりあひ、わたしのみかた、うら若き日本の詩人たち。

ことばはことばどち、せめあひ、さしちがひ、いだきあひ、そのししをほろぼして生きる。まことに生きる。
ことばは、きものをもたない。きものよりもうつくしいぢはだをもつ。

ことばは、たましひのをとめご。
ことばは、きずつきやすい。

ことばをおびやかし、ことばに刃物をあてるものよ。ことばをしめあげるものよ。
ことばにこび、おもねるものよ。ことばをたらすものよ。
ことばをはづかしめるものよ。

これらのすべてを脊負ひこんだ、
わたしのしりあひ、わたしのみかた、
いまをときめく、うら若き日本の詩人たち。

大正十四年のはじめに、わが、うら若き日本の詩人たちに、
つつしんで、このことばをおくる。

（「抒情詩」大正14年1月号）

貝殻

深尾須磨子

水藻のしげつた波うちぎはに、
海が久しくも置き忘れた貝殻です。

早くお閉ぢよ、
怖《こは》い岩燕が来た。

大事な口は
もう開いたなり。

よせる潮が時時ひたしはするけれど、
だめです、もうだめです。

釣竿を肩の浦島太郎と、
昔の、昔の、昔の城と。

貝殻は退屈なので、
途方もない夢を吐き出します。

大好物の小蝦がはねて、
磯は蜜柑色のよいお日和。

あのやはらかな、
あの桃色の舌さへあればね。

汐干の手も拾ひあげぬ
もう白けた貝殻です。

（「明星」大正14年3月号）

蘆の中

佐藤惣之助

あるけば颯々
あをい、するどい茎がすい〳〵
大気にすれて
頭にしみて
ちさ〳〵
こゝはもつとも色のよい
あざやけき風の世界である
右しやうか、町がある
町には僕の仕事がある
左しやうか、村がある
村には僕の精神がある
今朝はどうしやう
心はうれしく
鷺ともならうか
帆ともならうか。

――(川崎にて)――

わが秋(抄)

月飲

月は天心
僕は無心
月がまんまる
僕もまんまる
金剛石《ダイヤモンド》の山が
月中にあり〳〵
すごい指輪だ
金剛石の大指輪
酒觴《さかづき》に映して
金剛石をなめ〳〵
酒をなめ〳〵
ああ
月色はまん〳〵
風色はろう〳〵

――(わが家にて)――

(「日本詩人」大正14年1月号)

晩秋哀歌

堀口大學

木《こ》の葉が落ちる
時は秋だ
さあ二人でのまう
無花果の葉にうけて
月の光の牛乳を

詩

詩は言葉の SEXE だ
だから言葉は詩をかくす

（「改造」大正14年9月号）

金子光晴

路傍の愛人

四月のお濠の水は
腐魚の背中の様に腥い。
電車道を柳の風景には安つぽい夕陽の金箔がはりついてゐる。
　俺は「参謀本部前」の土手の上を
日々谷の方へ歩いてゐた。

　俺は今出来た許のラブさんと二人づれだ。
彼女は　パラソルの中で沸騰してゐる。
彼女をのぞきこむことは
初夏の森に木漏日をのぞく様だ。
活きた夢が　俺の心に蘇へる。
　俺の心を貝殻にする　陽炎にする　海風にする。

　俺はもうお前の強光線で眼が疲れた。
お前を先へ立たして、おつと奇ない。
あまり接近しすぎてはならぬ。
お前はまだ俺をしらないのだから。
そこで、俺は、柳の木の蔭に、
お濠の夕景を眺めて一寸佇んだ。

　俺は一眼見てスッカリお前に惚れちやつた。
それで物の一町もついてきたのだ。
お前が俺の恋人だと考へても、考へる丈は俺の自由なはづだ。
俺はお前の邪魔にならない様に
お前の後から享楽してゐる。
魂の奴盛んに歌つてる　踊つてる。

ピーコロよりもにぎやかに
クラリオネツトのやうに悲しい。

丁度、俺は、あの銃剣の先へバラをつけた
チエツク　スラバツクの兵隊の様に跳んできた。
そらお前と一緒に
　世界が大道具の様にまわつた。

だが、だが、
なんたるうかつなことだらう。
俺は、ほんのまたたきの間にお前を見失つた。
　そして、俺の「銀座」へ労れはてて到いた。
もう夜だ。灯火が木馬《カルーセル》の様だ。
俺は、掌中の玉を失つて
チヤツプリンの様に人ごみをふらついてゐた。

神さまは何でも俺から取上げてしまふ。
　はかない　淋しい　平凡な意気地なし、
俺を可愛さうだと思ふ女が此世にないのかしら。
　折つぺしよられるためにのみ
　俺の直情はつつぱつてゐる。

え丶、もつと、元気をつけろ。
花の中に突喚する熊蜂の様に、
明るいカツフエーさして飛込んでゆけ。
フオークと　ナイフの華やかな戦場で、俺は
ローランドの様に意気懸昂とどなつてやつた。
『オイどうしたんだ、墓場かい。
ありつたけのコツプと酒を俺の前へ列べろ。
そして、ありつたけの面《つら》を映してくれ！』
…………………。

　然し俺の心は一緒に踊らうとしない。
ながめてゐるコツプの顔もみるみる
　朝顔のやうに萎れていつた。
俺は、この悲が、彼女のためかどうかしらない。が
　この失恋《ロストラブ》は神聖そのものだと思つた。
永久に一度しか遇はない女よ。
俺はほんとに淋しい　ほんとに純な心で、
みしらないお前の幸福を祈つた。
涙で一ぱいになりながら、
あの聖壇の前の懺悔僧のやうに……。

（「日本詩人」大正14年1月号）

心象スケッチ　負景二篇

宮沢賢治

—命令—

おい、マイナス第一中隊は
午前一時に露営地を出発し
現在の松並木を南方に前進して
向ふの　あの　そら
あの黒い特立樹の尖端から
右主指二本の線の星の束にあたる
小さな泉地を経過して
市街の
コロイダーレな照明を襲撃しろ
———第一小隊長
　きさまは空のねむけを噛みながら行け———
すこしもそれにかまつてはならない
いいか　わかつたか
命令　終り

未来圏からの影

吹雪《フキ》はひどいし
けふもすさまじい落磐だ
———どうしてあんなにひつきりなし
　凍つた汽笛《フエ》を鳴らすのだ———
かげや恐ろしいけむりのなかから
蒼ざめた人がよろよろあらはれる
それは氷の未来圏から抛げられた
戦慄すべきおれの影だ

（「銅鑼」大正14年9月号）

丘陵地

きみのところはこの丘陵地のつゞきだろう
やつぱりこんな安山集塊岩だらう
そすると松やこならの生えかたなぞもこの式で
田などもやつぱり段になつたりしてるだらう
いつころ行けばいゝかなあ
ぼくの都合は
まあ
四月の十日ころまでだ
木を植える場処やなにかも決めるから
ドイツ唐檜とバンクス松とやまならし

やまならしにもすてきにひかるやつがある
白樺は林のへりと憩みの草地に植えるとして
あとは杏の蒼白い花を咲かせたり
さう云ふにしてきれいにこさえとかないと
なかなかいいお嫁さんなど行かないよ
雪が降りだしたもんだから
きみはストウブのやうに赤くなつてるねえ
　……水がごろごろ鳴つてゐる……
おや　犬が吠えだしたぞ
さう云つちや失敬だが
まづ犬のなかのカルゾーだな
喇叭のやうない、声だ
……ひのきのなかの
　あつちのうちからもこつちのうちからも
　こどもらが叫び出したのは
　犬をけしかけてゐるのだらうか
　それともおれたちを気の毒がつて
　とめやうとしてゐるのだらうか……
ははあ　きみは日本《につぽん》犬ですね
　黄いろな耳がちよきんと立つて
　積藁の上にねそべつてゐる
　顔には茶いろな縞もある
どうしてぼくはこの犬を
こんなにばかにするのだらう
やつぱりしやうが合はないのだな
　……どうだ雲が地平線にすれすれで
　　そこに一条　白金環さへできてゐる……

（「銅鑼」大正14年10月号）

『秋の瞳』（抄）

八木重吉

ほそい　がらす

ほそい
がらすが
ぴいん　と
われました

雲

くものある日
くもは　かなしい
くもの　ない日
そらは　さびしい

わが児《こ》

わが児と
すなを　もり

砂を　くづし
浜に　あそぶ
つかれたれど
かなし　けれど
うれひなき　はつあきのひるさがり

草に すわる

わたしの　まちがひだつた
わたしのまちがひだつた
こうして　草にすわれば　それがわかる

（大正14年8月、新潮社刊）

涙

つまらないから
あかるい陽のなかにたつてなみだを
ながしてゐた

（「詩之家」大正14年10月号）

虫

虫が鳴いてる
いま　ないておかなければ
もう駄目だといふふうに鳴いてる
しぜんと
涙をさそはれる

（「詩神」大正14年10月号）

安西冬衛

戦争

（後備歩兵上等兵小野木総右衛門の幻覚）

黄ろい太陽をみたのは終焉の歩兵の錯覚だつた・黄ろい太陽は
　夙うに落ちてゐたからね—

（「亜」大正14年5月号）

曇日と停車場　ブルドツグ持てる夫人を配せる

陸上税関
支那官吏・白墨《チヨーク》
一等急行券（—奉天間）
陸橋・歩廊・展望車
夫人の携帯品
手風琴大のブルドツグ　モオランの「Arc Lamps」　それに朝《てう》
　鮮水原《せんすいげん》の黒き絹扇
展望室　夫人とブル

やつとおろしてもらふ。早速絨緞の上を馳廻る。それから仔細
　らしく図書庫の前にいつて嗅がす—嚏。
嚏。嚏と一緒に粗相をする。極小量。絨緞をよごす。
叱られる。
犬も叱つてゐる間に、もう当人（無論ブル）はケロケロとして
　市松模様《チェック》のデッキ・パネルに出てゐる—
「しようのないひと—」
歩廊を前部に急げる母子
「母様、洋犬《かあ》が—」
「ええ洋犬《かあ》、さ側目《わきみ》しないで」

十分の後、急行列車は曇日の中に畳まれていつた。

曇日と停車場

跨線橋は暗灰色の舌を吐いてゐた　よく嘘をつく御嬢さんのや
うに

（「亜」大正14年10月号）

萩原恭次郎

食用蛙

貴婦人の地下室●●●
私達は食用蛙です！

クロツケ
クロソケ
泣け！　叫べ！
「愛だ？」——赤い燈に破裂する心臓——「侮辱だ！」
人間の屠殺だ！
レケロ
レケロ
「倒せ！」「刺せ」——赤い眼球！
「●●だ！」
「射て！　射て！……騒音……号令！
「祖国よ！」
「戦争よ！」
キロ　キロ
キロ　キロ　キロ
間断なき戦ひ！　突撃だ！　暗夜に沈没する艦！
卓上の噴水！　赤燈！　黄色の円——納棺だ！
「万歳！」「万歳！」
「ウラー！」——死人の山だ！
R・
R・
R・
R
鳴らせ！　叫べ！　歌へ！　躍れ！

生活のベルは鳴る！

「走れ！」「暗夜だ！」「死そのものだ！」

「死ね！　卑怯者！　生きる力の前に！」

「穴へ追ひ払ふ者を罪せよ！　罰せよ！　屠殺せよ！」
●●●▲▲▲∧××——■■■∧∧∧
ウヰスキーに咲いた薔薇の花を煙りに吐く将校！
悲痛な音楽をキイにたたいてゐる女！
男と**金貨**！　**百万燭光**……墓場の底まで絶叫する愛！
「娘よ！」「私の身体は器械です！　おつ母さん！」
泣け！　叫べ！
金貨！　卑怯者を讃美する戦争よ！
人間の屠殺だ！
レケロ　レケロ
私達は食用蛙です！

（「日本詩人」大正14年7月号）

日比谷

強烈な四角
　鎖と鉄火と術策
　軍隊と貴金と勲章と名誉
高く　高く　高く　高く　高く　高く　聳える

首都中央地点——日比谷

屈折した空間
　無限の陥穽と埋没
　新らしい智識使役人夫の墓地
高く　高く　高く　高く　高く　より高く　より高く
　高い建築と建築の暗間
　　殺戮と虐使と嚙争
高く　高く　高く　高く　高く　高く　高く
動く　動く　動く　動く　動く　動く　動く

日比谷

彼は行く
彼は行く
　　凡てを前方に
彼の手には彼自身の鍵
　虚無な笑ひ
　　刺戟的な貨幣の踊り
彼は行く

点

黙々と——墓場——永劫の埋没へ！
最後の舞踊と美酒
頂点と焦点

高く 高く 高く 高く 高く 高く 高く聳《そび》へる尖塔！

彼は行く 一人！
彼は行く 一人！

日比谷

（「日本詩人」大正14年10月号）

『三半規管喪失』（抄）

北川冬彦

秋

いやに いゝ天気だ
郊外電車には
処女の匂いがしのびやかだ
正午
顔を洗つた男が吐息した

瞰下景

ビルデイングのてつぺんから見下すと
電車・自動車・人間がうごめいている
眼玉が地べたにひつつきそうだ

三半規管喪失

坂をのぼつているうちに
とうとう自動車にぶつかつちやつた
よろよろつと
ガアドの欄干に顎をのせて下を見ていると
汽車が真黒な煙を吐つ掛けやがつた
思わず ぐつと煤煙を呑み込んだら
頭が明晰になつた
しめ！
下宿の方角がわかつた！

草 原

緑の草原を

刃を立てた二本の剃刀がよぎつている
その上を　電車がしずしず渡つて来た
凝めていると
俺の指がぱつたり切り落とされた

（大正14年1月、至上藝術社刊）

写真版のやうな風景

岡本　潤

真四角な家並に光線が落下する
船倉の白壁
桟橋の白ペンキ
「旅館」の白字がカツキリと浮んだきり
ヘンに単調で　煙も立たない
此の写真版のやうな風景はどうだ

空！
　――岬の突端
　　彼女は何処に……？
動かない旗
　　動かない瞳

　天気予報はどうだ
波止場には古風な帆船が碇泊してゐる

風船玉だ！
歓喜も悲哀もない表情だ
――ここにはもはや涙も笑いもない
だからつて　陰謀を包むにしちやあまりひらぺつた過ぎる女の
　顔だ

青空に絞首台が打ち立てられ
黄いろい毛髪がぶらさがつてゐる……

海がガラス板だつて――？
こころみにゼンマイの倦怠を巻き直せ！
…………………………
　カタカタカタカターータタタタ――
●●●●軽快な爆音
廻転する心臓
　発動機船
　ゴールデン・バット
　快走！
　快走！
人造人間が深呼吸をする朝だ！

　　　　　　　　　　　　　　　春山行夫

（「抒情詩」大正14年7月号）

赤い橋から

墓　地

その世界は
太陽がない。

舞踏会もない
乗馬《うまのり》もない。

死んだ人つて
幸福《しあはせ》なのかなあ？

花は散つちまひ
恋はつゞかない。

苦労ばかしの人生が
どんなに見えるだらう。

誰れも話さない
誰れも考へない。

どんな沈黙家《だまりや》だつて
墓石よりは饒舌《おしやべり》だ。

誰れかに会ひたいな
誰れかと散歩したいな。

少年か老人か
僕じぶんがわからない。

この銀の星の下で
この月光の世界で。

人　世

貧しいお父さんの貧しい女の子が日当《ひあたり》に出た。
（それは午後一時でした）
騎兵将校が二人、馬と勲章の話をしていつた。
（それは午後二時でした）

奥さんが窓から首をのばして白い干物《ほしもの》を出した。
(それは午後の三時でした)
でまた私の指示板《カドラン》の旅行は初まるんでせう (空漠な領土はです
ね)
疑い深い神様！　私が出来るお話つてこんなことなんです。
貧しいお父さんの貧しい女の子が日当《ひあたり》に出た。
(それは午後四時でした)
街燈の下で辻馬車から花束が投げられた。
(それは午後五時でした)
植民地がへりの若者が口笛で女を呼んだ。
(それは午後六時でした)
でもまた私の指示板《カドラン》の旅行は始まるんです (空漠な一日をです
ね)
疑い深い神様！　私が出来るお話つてこれですつかりなんです。

――詩稿「赤い橋」から――
(「日本詩人」大正14年5月号)

草野心平

蛙になる

なまぬるい水も気持ちがいいし
どろどろした青藻も不味くはない
顔もすべつこくなつてきたし
女や男のくりくりいふ唄声は
液の下を汗ばませる

水の底で眼をあけると
ぶくぶくとよりあつてゐるのもあるし
浮き上つて
四つ脚をぶらりとのばした
どこもここも大びらなまつ白い腹もある
まろはひとり
眼で強姦をたのしみながら
くりくりと唄の練習をはじめる

電気飴のやうな陽の光がはいつてくる

青い水たんぼ

たんぼがだんだん青くなつて
青く青くなつて
じみじみと青い水びたしになつてしまつた

うや　うや　うや

またたきのまに
ちつちやい蛙たちが
うやうやむらがつてきた

ぐりり　りやを
ぐりり　りやを

月の色はくもつてきて
たんぼはますます水びたしになつて
白い腹　青い背中　おんぶころがり

ぐりり　りやを
ぐりり　りやを

（「銅鑼」大正14年5月号）

蛙の散歩

いいいい
たはむれにつかれて畔に息づいてゐると
菫の匂ひがむねをトウメイにする
映つてる雲の中をめだかが泳いでゐる
それが自分より小さく馬鹿げてゐるやうに見えて微少される

ピリン　ピリン
たんぽぽやすかんぽの中をとびあるけば
パステルのやうな花粉がふりかかる

（「銅鑼」大正14年4月号）

林芙美子

酔醒

なつかしい世界よ！
わたしは今酔つてゐるんです。

下宿の壁はセンベイのように青くて
わたしの財布に三十銭はいつてる

雨が降るから下駄を取りに行かふ
私を酔はせてあの人は

（「銅鑼」大正14年10月号）

何も云はないから愛して下さいと云ふから
何も云はないで愛してゐるのに
かなしい………

明日の夜は結婚バイカイ所へ行つて
男をみつけてきませう――

わたしの下宿料は三十五円よ
ああキチガイになりそうなの
一月せつせと働いても
ナマコのような財布の口をしめて
ネズミのように土の中にもぐつちやつたの

煙草を吸ふような気持で接吻でもしてみたい、恋人はいらない
たつた一月でいいから白いおまんまが
わたしの小さい口にはいつてくれればね

わたしの母さんはレウマチで
わたしはチカメだけど
酒は頭に悪いのよ――

五十銭づつ母さんへ送つてゐたけど
今はその男にも別れて
私は目がまいさうです
五十銭と三五円！
天から降つてこないかなあ――

恋は胸三寸のうち

処女何と遠い思ひ出であらふ………
男の情を知りつくして
このけがらはしい静脈に蛙が泳いでゐる。

こんなに広い原つぱがあるが
貴方は真実の花をどこに咲かせると云ふのです。
きまぐれ娘はいつも飛行機を見てますよ
真実のない男と女が千万人よつたつて
戦争は当分お休ですわ

七面鳥と狸―
何ダイ！　地球飛じまえ
真実と真実の火花をよう散さない男と女はパンパンとまつぷたつにワレツチマヱ！

（「マヴォ」大正14年6月）

竹中　郁

晩　夏

果物舗《くだものや》の娘が
桃色の息をはきかけては
せつせと鏡をみがいてゐる
澄んだ鏡の中からは
秋がしづかに生れてくる

花　氷

夫人《おくさん》！
あなたの容子はあまりにすげない
あなたの美しい姿は
この室《へや》中の眼をひきつける
若い男はうつとりする
それなのに　それなのに
夫人《おくさん》！
あなたはあまりに要心堅固だ

氷　菓《アイスクリーム》

こんな冷たい接吻《べぜ》があるものか
だまつて　この羽毛に埋《うも》れてゐやう
きれいな白鳥の羽交締だ！

（「羅針」大正14年1月号）

雪

川

踊り疲れて
はだかでねた
若い女

（「羅針」大正14年2月号）

撒水電車

この移動噴水は
懶い午睡《ナップ》をさましてゆく
見よ！
颯爽と
街路《まち》の篠懸樹《プラタン》は整列した

（「射手」大正14年7月）

それにうつかりしてゐると
対手《あひて》は夢のやうにとけてしまふ
はかない恋の一時《ひととき》だ！

（「豹」大正14年8月）

大関五郎

ひるすぎ

賃仕事の忙しさに
無理に寝かせむとて
児を叱るその母の
あらき言葉に
さそはれし涙ぞ
ああ　空の静けさに
鶫わたりて。

昼

てつびんにゆがわき
ふたきれのぱんが
しづかなしよくよくをそそる
さびしさよ
とほいところにひばりがあがる。

春

ふるあめも
しらうめも
かすかな
きりぎしの
らくがきです
でこちやんがいぬをおつかける。

（「日本詩人」大正14年5月号）

小野十三郎

沿　線

日曜日
草つ原には蓮華が咲いてゐる
人間の腸はストーブのやうに温まつた
青い主人を見よ
彼は一家族の旗である地図である時計である
「筑波山だよ」
と指さした
ガキ共の眼は紫色の霞の中にある

じつと視てゐると蒼褪めてくる太陽

「いけねえ、四時の汽車に遅れるぞ」
主人は吸殻を遠くに捨てる
幸福が廻れ右をすれば夕暮の都会で雑炊がプップッ音を立てる

快晴

日向わ砂や河岸のやうな一日が
鉄道を走つて行く
それは今鶴見あたりの鉄橋に響いてゐる
往復切符とサンドヰツチと
街角にぶらさがるニコニコ大会よ
代々木では飛行機の宙返りがある
香具師よ
喜べ
東京は今日善男善女で一ぱいだ

（「マヴォ」大正14年6月号）

瀧口武士

曇つた晩

こおるたあるを塗つた壁の上で
猫が卵を食うてゐる
階段
子供が小便をする
猫は柳のやうにふるへて壁から落ちる。

貿易

つめたい海辺で猫が寝てゐた
すぺいん風邪のはやる日暮だ
かなしいことに、又船が出てしまつた。

（「亜」大正14年4月号）

海

あの高いホテルの窓には、いつも青ざめた海がのぞいてゐるのです。
長いこと滞在させられたたいへん綺麗なおばあさんが、海を眺めながら、午後の貝料理をさぶしんでゐた。その磁器や、さみしい爪や、額《がく》の硝子にも、冷たい海がきちんと嵌まつてゐた。
ああ
今日も亦、かなしい海軟風が出てきて、屋根の風見をまわし始めるのです。

（「亜」大正14年5月号）

黄瀛

雪夜

ねえ妹よ
僕が帰省してから
ばかにあたゝかい空気となつて
心よい新年もま近にせまつてゐるではないか
かうして夜なぞ母上があみものをし
お前がピアノでもひいて
僕一人ぢつと詩作する心地よさは
たうてい青島の日本学校では味はれないしんみりした心で
僕はかうした夜を
どの位まちに待つてゐたのであらう
ねえ妹よ
たつた一人の黄寧馨《ホアンニイシン》よ
父なくて
親子三人しみ〴〵と一つ部屋にあつまれば
何の涙なしに。

この兄の眼が寂しく輝くか
あゝ、かうしてストーヴをかこんで
一夜降雪の音をきけば
何の涙なしに
回顧の想を抱くと云ふか。

（「日本詩人」大正14年5月号）

喫茶店金水——天津回想詩——

あの日本租界の富貴胡同近くで
フネフネと云はれた夏の夜は
ようくアイスクリームやソーダ水をすゝつたものです
白いゲートルの可愛らしい日本中学生姿で
三人の少年が
晩香玉《ワインシャイン》の匂ふ初夏の夜更けに
ぽつかりと
ぽつかりとあの喫茶店金水におちつくのは
冷んやりした夏の夜露のおりるころ
時計がいつも寝ぼけてうつ十二時近くです
しかも夜の電影《デンエイ》と白河《ペーホ》河岸
緑のフランス花園《フハエン》を歩き疲れたものにとつては
あの金水のアイスクリーム
白いプリン・ソーダの味のよさは
実に心にしみる位です。

あゝ、あの裏町富貴胡同近くで

フネフネとさはがれた去年の夏の夜は
ようくアイスクリームやソーダ水をすゝつたものです
あの涼しい喫茶店金水の灯の下で
美しくたれ下がる糸硝子を眺め乍ら
ひるまのあつさをも打ち忘れて
三人の少年がこゝろよく語つた夜更けの快適は
いまの自分にとつてはも早一昔の夢のやうです
あの朝鮮の美しい女が沢山ゐるといふ富貴胡同近くで
アメリカの不頼漢兵士の一人歩きを不思議に思つたり
フネフネとよぶ車夫《チヨツピ》の言葉が
どうしてもわからなかつた去年の夏は
いまの僕にとつて
ほんとになつかしい思ひ出の一つ
も早『すぎ去つた純真時代』と云はれてゐます。

註　電影＝活動写真。花園＝公園

（「日本詩人」大正14年9月号）

竹中久七

水に映る

鏡は不思議なものだ
水の鏡はもつと不思議だ
若い漕手の心が偽りなく画き出される
古い漕手のオアーの泡は敢えなく消えて行く
温い心持を湛えた若者のオアーの泡からはヴイナスがほのめき
　ほゝえんでゐる
のぞけばのぞく程無限の深い美が潜んでゐて心正しい若者の手
　でその美が掘り出される

スタートの壮厳な展望

魂に泌みこむ様な「用意」の鐘の音
水も空も静まりかへり
只最後の祈りを念じた時
壮厳な空気の中に微笑がこみ上げて来る快さ
若者は聖なる老僧の物静かにも見るからに美く快げな心持を味
　ひながらスタートにつく
さつと眼を開けば
おのれも母も又憂はし気なる恋人の眼差しもなく
たゞ力強きものにすがる
力に全てを捧げた敬虔な姿
赤裸の軽げな姿
若者の最も簡単にして最も美しい礼儀の姿
眠り落ちた老僧の胸の安かさに似て若者の心臓の響く音
それは「出発」のあたらしい鐘の音と一致したものだ

（「詩之家」大正14年9月号）

歌まがひの詩

高橋新吉

雨上りの
水兵の帽子のヘラヘラに
感嘆詞をむすび付けて
其の靴の紐の解けたのも知らないで
軋轢と噴飯のぬかるみを行く。

○

思ひ切れない狂人の心を
鋏で剪《つ》み切つて　障子に貼つて置きました。午後の鈍い陽が三
　分間ばかり射します。
頭がたそがれてまゐりました。

○

鉄《くろがね》の如き足をもて
其のタイヤを蹴破らう
女は臭い瓦斯を漏らして自由になつた。
子供達は無蓋自動車に積み込んだ
市街は
　おれが引つかづいて行く。

○

支那に来て
死ねば
しなく
支那鳴けば
JAPAN JAPANと浪音立てぬ。

○

私は風邪を引いて死んでしまひました。
奥さん
あなたのカンザシも孤独で出来てゐますね。

（「抒情詩」大正14年2月号）

短歌

来嶋靖生＝選

渋谷にて

与謝野晶子

水さしが落梅《らくばい》のごと面白く硯濡らしぬ藻風の家
主人《あるじ》出で天女《てんによ》と語る台なれど地上の春を眺望すわれ
遠き靄近き欅の煙をば愛づる物見のしろき台かな
数々の棚に木立と家を置き下《しも》の渋谷はうす靄ぞする
高き木も大厦もわれを仰ぎ見る物見の台の暖きかな
屋上《おくじやう》の物見を降《くだ》り戸を押して入る時おぼゆ人の悲しみ
佳き夢の書庫《しよこ》の口より流れ来る所にありて物を思はず
春の空君が書斎の高き壁灰ばみ雪のはだらなるかな
玉嵌めし蝦夷の刀の重きとはさま変りたる重き愁ぞ
人なればわれも心の移るなりあはれ死ぬまで終りの日まで
二方《ふたかた》のくれたけ色の垂幕が書斎に引ける三月の春
春なれど信濃の霧の夕ぐれに似て暮れ行きぬ西のむさし野

（「改造」大正14年4月号）

曼珠沙華の歌

木下利玄

曼珠沙華一《ひと》むら燃えて秋陽《あきび》つよしそこ過ぎてゐるしづかなる径《みち》
けたたましく百舌鳥《もず》が鳴くなり路ばたには曼珠沙華もえてこの里よき里
曼珠沙華の花の群りに午后《ごご》秋陽《あきび》照りきはまりゐてむつつりしづか

わが故郷にては曼珠沙華を狐ばなと呼ぶ、
われ幼き頃は曼珠沙華の名は知らざりき。

舂《うすづ》ける彼岸秋陽に狐ばな赤々そまれりここはどこのみち
曼珠沙華真赤《まつか》に咲き立つほそ径を通りふりむけばそのまま又見ゆ
曼珠沙華毒々しき赤の万燈を草葉の陰よりささげてゐるも
曼珠沙華叢の中ゆ千《せん》も万《まん》も咲き彼岸仏の供養をするか
曼珠沙華あやしき赤き薬玉《くすだま》の目もあやに炎《も》ゆ草生のまどはし
曼珠沙華咲く野の日暮れは何かなしに狐が出るとおもふ大人《おとな》の今も
町を近みくたびれ歩むみちばたにさいなみ捨てある曼珠沙華の花

（「日光」大正14年1月号）

夕靄

木下利玄

早春

山畑の白梅の樹に花満てり夕べ夕べの靄多くなりて
山畑に満開すぎし梅の花黄ばみ目に立つ夕靄ごもり
土間《つちま》より直《ぢ》かに莟芽もたげつゝこれ等の福寿草の太短かさよ

小春日和

満開の淡紅色《ときいろ》山茶花かつこぼれ芝生句へる花びらの数《かず》

庭芝に山茶花こゝだ落花《らくくわ》せりおのおの保つ咲き癖《ぐせ》の反《そ》り

むら雲

あたゝかき冬日かげする一むら雲風かさ〳〵と笹生音さす

折にふれて

寂しさを思ひ開きて枕辺の草花鉢を私《ひそ》かに愛《め》づる
夢《ゆめ》うつゝに落ちゐし厳しき怖ろしさ覚むればしづけき深夜《ふかよ》こほろぎ

紅　葉

木の下の毛氈に坐りさし蔽ふもみぢが枝と何ぞしたしき
身近くの一木の楓枝ぐみのみやびやかさよもみぢ葉《ば》つけて
椽台に帽子を脱ぎて仰ぎ見るその紅葉《もみぢ》の木このもみぢの木
紅葉《こうえふ》の重なりふかみ夕日かげ透りなづみて紅《あか》よりも紅《あか》

（「改造」大正14年3月号）

沼津千本松原

若山牧水

その一

をりをりに姿見えつつ老松《おいまつ》の梢《うれ》のしげみに啼きあそぶ鳥
老松の枝さしかはすあひにをりてまひあそぶ冬の小鳥どちかも
まふ鳥の影あきらけき冬の朝のこの松原の松のそびえよ
楽しげの鳥のさまかも羽根に腹に白々と冬日あびてあそべる

その二

枯松にまひくだりたる椋鳥のむれてとまれるむきむきなれや
茂りあふ松の葉かげにこもりたる日ざしは冬のむらさきにして
うち聳え茂れる松のうれにをりてこまやかに啼ける繍眼児《めじろ》なるらし
鶫の鳥なきかはしたる松原の下草は枯れてみそさざいの声
まろやかになびき伏したる冬枯の草むらのなかのみそさざいの声
路ひとつほそくとほれる松原の此処の深きにみそさざい啼けり
ひといろにすがれ伏したる草むらに花ともみえぬうすむらさきのはな
見てをりてこはおもしろき冬枯のさまざまの草の草の実なれや
房なせる実の見えてゐて真さかりの櫨の紅葉のうつくしきかな
時すぎし紅葉の枝にふさふさと実を垂らしたるあはれ櫨の木

その三

俥なる幌にひびける雨のおとを冬ぞとぞおもふ街をゆきつつ
窓さきの竹柏《なぎ》の木に来て啼ける百舌鳥羽根ふるはせて啼きてをるなり
時雨すぎし松の林の下草になびきまつはれる冬の日の靄
ありとしもわかぬほのけき夕月のかかりてぞをる松のうへの空に
松原のなかのほそみち道ばたになびき伏したる冬草の色
木々の葉に草のもみぢにおきわたしいま静かなる朝霜の原
網小屋の戸はとざされつ冬の日のかぎろひぞ見ゆ此処の砂地に
この浜の石あらければ冬いとど白けたれどもよき日向なる
遊女たち出でて遊べり沼津なるぬくとき冬の浜の真砂に

その四

松かさと見まがふ鳥のめじろ鳥群れてあそべり老松が梢に
冬の空やならびそびゆる老松のなかにつらなれる枯れし松ひとつ
冬といへどぬくき沼津の海ぎしの森のみどりにさせる天つ日
この森の木々に実ぞある実を啄《は》むと群れたる鳥の啼く音こもれり
冬の日に照りてぞ匂ふ櫨紅葉その木のもとに立ちてあふげば

松葉かくおともこそすれみそさざいあをじあとりの啼ける向うに
松原のなかの小やしろなにの神のおはすにかあらむ落松葉が下に
いつ知らずつきこし犬のわがそばに添ひてすわれる枯草の原
忘れこし煙草をぞおもふ枯草のにほひこもれる此処のひなたに
あたたかき沼津の冬や枯草のあひにくれなゐのなでしこの花
色さびし櫟のもみぢ散る遅しおそしと見つつわが飽かなくに

その五

老松の幹の荒肌に日ぞさせる寂びて真しろき冬の日の色
茂りあふ雑木のすがた静かなり抜き出でて立てる老松はなほ
木々の葉に宿れるつゆはよべの時雨のなごりの露ぞかがやけるかな
啼く鳥の声ぞ澄みたる木々の葉のよべの時雨のつゆは光りて
ほがらかに冬日さしたる松が枝に群れあそぶ鳥の姿《なり》のさまざま
松原の此処は小松のほそき幹はるけくつづきつづくはてなく
かろやかに駈けぬけゆきてふりかへりわれに見入れる犬のひとみよ
枯草の色の毛なみのわが小犬枯草のかげにすわれるあはれ

その六

森なせる犬ゆづり葉の実を啄《は》むとつどへる小鳥うちひそみ啼く
銃音にみだれたちたる群鳥《むらどり》のすがたかなしも老松がうへに
忘れかねてまたもとの木の木《こ》の実に寄る小鳥たちあはれ銃音せねば
枯枝に並びて羽根をやすめたる小鳥のすがたあはれなるかも
夙く立てよ狩人来むぞむらがるな其処の枯木のうれの小鳥よ
まふ時し黒く見えつつ冬日あびてとまれる小鳥ほの白きかも
冬の日のみ空に雲の動きゐて仰げば松の枝のま黒さ
犬の舌真あかし荒き石浜の冬のひなたに物はめる見れば
うち群れて釣れるは何の来《こ》しならむ冬めづらしき今朝の釣舟

その七

鶯をさだかにぞ見し枯草にこもりささなくそのうぐひすを
主《あるじ》なき蜘蛛の古巣にかかりゐてうつくしきかもその玉虫は
あたたかき此処の冬なる中ぞらをかがやきてゆくよその玉虫は
けふひと日曇れる冬の海に浮ぶ釣舟の数のあきらなるかも
冬枯の木の間に影のありと見き啼けるを聞けばあをじなりにし
この小路《こみち》わがのとぞおもふ朝宵に来りあゆめど逢ふ人なしに
相打てる浪はてしなき冬の海のひたと黒みつ日の落ちぬれば
ひろびろと散りみだれたる櫨紅葉うつくしきかもまだ褪せなくに
冬寂びし愛鷹山のうへに聳え雪ゆたかなる富士の高山
低くして手も届きなむ下枝に啼きてあそべる四十雀の鳥

樹木とその葉

散文集『樹木とその葉』を編輯しつつそぞろに詠み出でたる

書くとなく書きてたまりし文章を一冊にする時し到りぬ
おほくこれたのまれて書きし文章にほのかに己が心動きをる
真心のこもらぬにあらず金に代ふる見えぬにあらずわが文章に
幼く且つ拙しとおもふわが文《ぶん》を読み選みつつ捨てられぬかも
自がこころ寂び古びなばこのごときをさなき文はまた書かざらむ
書きながら肱をちぢめしわがすがたわが文章になしといはなくに
ちひさきは小さきままに伸びて張れる木《こ》の葉《は》のすがたわが文にあれよ
おのづから湧き出づる水の姿ならず木々の雫にかわが文章は

山にあらず海にあらずただ谷の石のあひをゆく水かわが文章は
書きおきしは書かざりしにまさる一冊にまとめおくおかざるにまさるべからむ

身辺雑詠

貰ひたる石油ストーヴ珍しくしみじみ焚きて椅子にこそをれ
寒き夜を石油ストーヴ焚きすぎて油煙に鼻毛染めたるあはれ
程近き松原に日ごと出でて来て日ごとにぞおもふ身の忙《せは》しさを
日に三度び来り来飽かぬ松原の松のすがたの静かなるかも
眼にうつる物のすがたのしづけきを静けしとしも見やるひまなき
静けさをひたおもふこころ思ひ入りてわれから騒ぐわれにやはあらぬ
たまたまに事に笑へばことさらにわらひゑらぎて涙こぼせり
籐の椅子冬は寒しとひとはいへど寒からなくに倚り馴れてあれば
心ややおちつきぬればめづらかやよき煙草けふは吸はむとおもふ
独り吸へる煙草のけむのしたたかにこもれる部屋も時に親しき
珍しくけふの昼餉はたきたてのあつき飯《めし》なり冬菜漬そへて

千鳥

長浜のかたへにつづく松の原のただに真黒き冬のゆふぐれ
うす墨になぎさの砂のうるほへる冬のゆふべを千鳥なくなり
夕闇のなぎさの砂を踏みゆきておもはぬかたに聞きぬ千鳥を
向つ岸伊豆の山暮れてまなかひの海のくらきに千鳥啼くなり
おなじかたにまた啼き出でし千鳥かもわが立ち向ふ夕闇の海に
さざれ波ほのかに白くつづきたる夕闇の浜に千鳥なくなり
いざり火のひとつだになき冬の海や渚は暮れて千鳥なくなり

冬日月

箱根山うす墨色の山の端にうつくしき冬の日の出なるかも
朝づく日昇りさだまれば冬凪のほのかなる靄晴れゆきにけり
真向ひゆひたとさしたる冬空の朝日の日ざしありがたきかも

その二

電灯を消してぞ待たむ冬の夜の十六夜の月を椅子ながら見む
大きなる月にしあるかな冬凪の空の低きにさし昇りたる
冬凪の静けく暮れてみづみづし光なき月昇りてぞをる

その三

朝は朝日ゆふべは冬のまどかなる月ををろがめるこの二三日
こころよき寝覚なるかも冬の夜のあかつきの月玻璃窓に見ゆ
冬いとどちさしとおもふ有明の月は高きにかかりたるかも

千本浜の冬浪

大浪のうねりの端《はし》の此処に到り裂けとどろきてとよみたるかも
高らかに巻き立ちあがり天つ日の光をやどし落つる浪かも
大地《おほつち》もゆるげとうねりまきあがり巻き落つる浪は真澄みたるかも
うねり寄るうねりは此処にまなかひに真澄みたかまりうねりよるかも
冬の海にうねりあひたる大きうねりひまなくうねり山なせるかも
うねりあがり砕くるとしてうねりたるゆたけきうねりたゆたへるかも
荒浜の石あらければ引く浪にうち引かれつつとよみたるかも
とよみ落つる青浪の底に引かれゆくわれのこころしただならぬかも

(「創作」大正14年2月号)

春とわが身と

若山喜志子

をとめ子

裾さばき軽やかにゆくをとめ子の通学姿ねたましきかな
をとめ子の肩にゆたけき黒髪を妬みつつわが撫でもするかな
をとめ子のおのづからなる美しさ眸にも頰にもかがやけるなり
をとめ子のそれみづからは知らぬことただ美しく浄くありこそ

なやめる時

女の生くとふ事はかなしきろ男の知らぬなげきもちつつ
女はかなしきままにかなしさをいよよ育くめかなし女よ
ある時は空に弓弦をはなつ如空しさにゐて泣くよ女は
空しきいのちに堪へてまがなしくみづからの道ふむといはずやも

桜咲く

夫が籠る二階の階段《はしご》昇るとて降《お》るとて見る窓の桜を
階段の窓辺の桜咲きにけり幾日今日をわが待ちにけん
親しさに言葉かけたく来てみれば夫はかしこみ物書きておはす
かしこみて物書く夫におそるおそる茶を汲みなどす春の日中を
をどる心たへがたくして窓あけつ立ちて見ませと云ひぬ桜を

○

春の来て黒味がちなるわが着物淋しと思ひ思ひつつ着る
わが好きの辛夷の花を見ぬ久し春立ちくれば咲きしその花

春の夜

ぬぎすてて寝ねたる吾子の着物みれば綻びしるし繕ひやらな
吾子たちの着物の綻びつぎつぎにつくろひをれば小夜ふけにけり
親しさにほほ笑みてけり吾子たちの着物の綻びつくろひつつも
みづからの疲れしるけど小夜ふけて吾子の着物の綻びつくろふ
一日の我の仕事のかずかずは果つる時なしいざ今は寝む
寝ぬるとて髪をほどけばやうやうに一日の疲れいでて来しかも
するするとたやすく解くるわが髪を枕に垂れてうら安きかな
おもむろに一日の事をかへりみつ今は安らに眠らんとする
傍の人の寝息の安けさをききたり今は全く眠らん

○

試験休みの心ゆるびか吾子たちの遊びくらせるみればあはれなり
余念なくただ遊ばんと遊ぶらしさわげる子等をみつつかなしも
陽炎の真中に立てる人影を今こそみたれ春の海べに
大浪の立ちさわげども春なれや霞める沖にとべる海鳥

（「創作」大正14年6月号）

明星ケ嶽の焼山

北原白秋

ゆゆしくものどけき野火か山の背に黄色《わうじき》の煙《けぶり》ふた塊《くれ》あがれり
何ぞもと聴きて越え来し峰の背を向うに燃ゆる山の大きさ
山ふたつ揺りとどろけり燃ゆる火の火立《ほだち》の走り添ひのぼりつつ
しづかなる昼と思ふをまなかひを山ふたつ燃えぬとよみ合ひつつ
さうさうと空揺りとよむ走り火の炎の幅は山を領《し》らせり
春山はなだりとよもし鳴りのぼる大野火赤しひろごりにけり
春まひる向つ山腹に猛る火の火中《ほなか》に生《あ》るるいろの素紅《すあか》さ

春山は霞揺り分き熾《さか》る火の火のことごとに火鳴《ほなり》澄みつつ
火は放てなにかのどけしうら霞み山かたつきて騒ぐ子らはも
先き先きと火は放つらし煙あがりしきりに白し山の根ごとに
心ぐく放つ炎のおぎろなし春山霞揺りて燃え立つ
山焼の飛ぶ火のあほりただならずまた燃えつきぬとよみ響けり
篠の爆《は》ぜたしかに深し向つ山鳴りしづみつつ火の渦巻きぬ
燃えさかる向つ山腹鳴り凄しみ雪踏みしき我は見にける
鳴り凄し山かた走る子らがかげおのが放ちし火にふためけり
春山の尾根もとどろに燃ゆる火のたちまちさびし消ゆらく思へば
物の爆《は》ぜ間なくとよめどうらかすみあたりの山のあやにのどけさ
大野火にいささか遠き山の尾をなづさふしろき雲にぞありける
うら霞みしかもしづもる山中を火の鳴りふかし聴きつつあるけば
向つやま山火消えはてひたさびしほのくれぐれを鶯啼くも（小涌谷にて）
向つ山夕冷《ゆふひえ》早しくろぐろと此の面《も》のなだり焼け果てにけり
とりよろふ山の畳峰《やつを》の尾根ながら夕空ちかし火の赤みつつ
さねさし相模の嶺呂《ねろ》に燃ゆる火の夜ははた赤く見ゆる頃かも
尾根づたふほそき山火《やまび》の幾つづりつぎつぎ赤し今夜《こよひ》冷ゆべみ
峰づたふ夜の火が赤しつくづくも言惜しみつつ今は下らむ

（「日光」大正14年6月号）

枇杷の花

釈　迢空

住みつきて、この家かげにあたる日の　寒きにほひをなつかしみけり
この庭や　冬木むら立つ土さむし　朝の曇りに、鳥のおりゐる
家びとに　心すなほにもの言ひて、かりそめごゝろ　うちなごみ居り
たゞひと木　花ある梢《うし》のしづけさよ。煤けてたもつ枇杷の葉の減り
風出で、やがて暮れなむ日のかげりに、花めきてあり。枇杷の花むら
隣り家《や》のまびろき庭に鳴く犬も、声やはらぎて　寝入りけらしも
さ夜なかに、茶をいれてゐるしづ心　寝よと思ふに、起きゐる子かも

姉来る

大きなる袋二つを積み重ね、遠来しことを　姉は言ひ居り
その面《おも》の青くつやめくを思ひ居り。よそびとのうへを姉に言はせつゝ
姉の子の次郎男の子よ。睦ましみの心たもちて、背流させ居り

はじため

ひたすらに心さびしくなり来なむ　時とわが思ふ。足へる心に
阪のうへに、白くかゞやく高き屋ね　ひたぶるに　われ　人を憎まむ
ゆくりなく　電車どほりに出たりけり。われはあゆまむ。おもてひたあげて
ふろしきに　待ちおもり来る根葱《ねぎ》のたば　にくの包みも、あしからなくに
ふところに残りすくなき小銭《こぜに》もて、あれを買ひ　これを買ひ、喜びにけり
けふの日も、あさげ　ゆふげの味ひにかゝづらひつゝ、　安らげるかも
はしためをとりかくしたる門弟子も　あやまりて来よ。のどけきこのごろ
わが家の飯《いひ》たくをとめを　つれ行けるかの弟子の子も、さびしく居らむ
人みなのうとみに馴れて　住むわれを　をとめはしたも　そむき行きけり
をとめ居て、起ち居　寝し居間を見たりけり。あはれに結へる残り荷の紐

甲斐

ま向ひの棚田のくろをのぼり行く子らのあゆみの　つばらかに見ゆ

○

張る尾羽の真横見せゆく揺り歩み七面鳥は音深めつつ
鳴り深む七面鳥のしづけさよ蛙《かはづ》啼く田の遠く照りつつ
ほのぼのとまなぶた紅き巣守り鳥七面鳥は卵いだきぬ
栖《す》にこもる七面鳥のひたごころ俵にのぼる陽の目よみつつ
栖《す》に向ふ雄の七面鳥真昼なり張りふくれつつおもむろにはひる

○

夕遅き廐のまへの日の光七面鳥は行きとどまらず
さうさうと行きめぐりつつ安からず皺ばみ碧き七面鳥の面《つら》
立尾羽《たてをば》のしみらに光る日のをはり七面鳥も遠く見て居り
夕光《ゆふかげ》にさわさわと揺る尾羽の張り七面鳥がうしろ見せつつも

野へ出て

出津の野は莎草《くぐ》の芽紅《あか》し芹摘むとそこらここらを吾がかがみつつ
二方《ふたかた》を雲雀囀れりうち羽振り大きなる円に小さなる円に
二つゐる雲雀とし聴きうら安し吾がつむ芹は籠にふえつつ
二つあがる囀りはあれうらがなし雲雀啼くとしただに聴きつつ

鯉

右ひだり生きの真鯉をひとつづつ手《た》づかみて来る印旛びとなれ
両《もろ》の手にひたぶる抱く鯉ひとつこれの童は泣かむばかりなり

茱萸

朝光《あさかげ》のほのくれなゐの茱萸《ぐみ》のはな目にあきらけき雨を保てり

（「日光」大正14年9月号）

林道

前田夕暮

誰《たれ》かゐて木深《こぶか》き山《やま》の夕《ゆふ》かげに木《き》を挽《ひ》く大鋸《おが》の音静《おとしづか》なり
ほそぼそと空《そら》に揺《ゆ》れゐる梢《うれ》みれば夕日《ゆふひ》ごもりに木《き》を伐るらしも
夕凪《ゆふな》ぎの落葉林《らくえふりん》のあかるみに木《き》を伐る人《ひと》の影動《かげうご》きゐる
夕凪《ゆふな》ぎのあかき光《ひかり》に浸《ひた》りゐて黄檗《きはだ》の匂《にほ》ひしみじみとかぐ
栂林《つがはやし》くらきなかよりいでたればこの山毛欅《ぶな》山《やま》の光《ひかり》しづかなり
落葉木《おちばぎ》の木肌《きはだ》あかりの夕《ゆふ》さればいよいよ親《した》し焚火《たきび》を思《おも》ふ
冬山《ふゆやま》のこの落葉木《おちばぎ》はしんしんと碧落《へきらく》のもとに光《ひか》りたるかも
一もとの裸木《らぼく》ぞ光《ひか》る向山《むかやま》の伐採《ばっさい》などの見《み》つさみしけれ
冬《ふゆ》されば山《やま》のにほひのかそかなり風《かぜ》に揺《ゆ》れゐる裸木《はだかぎ》の梢《うれ》
しづかなるこの深山木《みやまぎ》の香《か》に匂《にほ》ふ冬《ふゆ》のゆふべを木《き》を挽《ひ》きてゐる
傍《かたはら》に焚火《たきび》をしたり国遠《くにとほ》くさがりて山《やま》に木《き》を挽《ひ》くならむ
たまたまは里商人《さとあきうど》の山深《やまふか》く物売《ものうり》にくるなつかしさはも
くろぐろと風呂敷負《ふろしきお》ひて物売《ものうり》の山《やま》ふかく入《い》る時雨《しぐれ》する日《ひ》を
物売《ものうり》の親子《おやこ》なるらし林道《りんだう》を風呂敷黒《ふろしきくろ》く負《お》ひ行《ゆ》くがみゆ
炭竈《すみがま》の火口《ほぐち》あかりに照《て》らされて言葉《ことば》かけゆく物売人《ものうりびと》は
夕《ゆふ》されば火口《ほぐち》あかりに照《て》らされて人《ひと》と人《ひと》との立話《たちばなし》かも
ひそひそと粉炭篩《こずみふる》ひたる女子《をみなご》の顔《かほ》のよごれの朝《あさ》のしたしさ
炭焼《すみやき》の娘《こ》にうまれたるあはれなり生爪剝《なまづめはが》しこらへたるかも
くろぐろと馬《うま》もぬれたり炭負《すみお》ひて人《ひと》もぬれつつ山《やま》くだり行《ゆ》く
山《やま》に来《き》て言葉《ことば》すくなくなりにけりおのれ一人を守りかねつも
みちのべの焚火《たきび》かこめる人々《ひとぐ》のなかに割《わ》り入《い》るなつかしさはも

ひそひそとこの山《やま》かげに炭木《すみぎ》伐《き》る鉈《なた》の光《ひか》りの夕《ゆふ》さむくして
山々《やま〱》にうつろふ朝《あさ》の日《ひ》の光《ひかり》この谷底《たにぞこ》におよばざるかも
弱々《よわ〱》とさす谷底《たにぞこ》の短《みぢ》か日《び》に干《ほ》したる襯衣《しやつ》のいまだしめりゐる
向山《むかやま》の朝焼《あさやけ》あかく人《ひと》と馬《うま》とつづいてとほるもはや冬《ふゆ》なり
朝早《あさはや》く言葉《ことば》かけゆく人《ひと》のあり障子《しやうじ》のうちにねながらにきく
ことことと障子《しやうじ》のそとを行《ゆ》くトロの音《おと》さむげなり大霜《おほしも》のあさ
厨《くりや》べの土間《どま》にぬれたる大束《おほたば》のねぶかをまたぐこのあしたなり
どかどこと馬通《うまとほ》り行《ゆ》くおとのして水靄《みづもや》ふかし大霜《おほしも》の朝《あさ》
炭焼《すみやき》は炭竈《すみがま》のへに家居《いへゐ》して冬《ふゆ》の夜《よ》寒《さむ》をこもらひにけり

（「改造」大正14年12月号）

稗の穂

古泉千樫

いきのをに息ざし静めこの幾日ひた仰向きに寝《い》ね居る吾れを
ひたごころ静かになりていねて居りおろそかにせし命なりけり
妻はいま家に居ぬらし昼深くひとり目ざめて寝汗をふくも
おもてにて遊ぶ子どもの声きけば夕かたまけて涼しかるらし
うつし世のはかなしごとにほれぼれと遊びしことも過ぎにけらしも
うつし身は果無《はかな》きものか横向きになりて寝《い》ぬらく今日のうれしさ
秋空は晴れわたりたりいささかも頭もたげてわが見つるかも
秋さびしもののともしさひと本の野稗《のびえ》の垂穂瓶にさしたり
澄みとほる秋空こひし瓶にさす草稗の穂のさびたる見れば
うつたへに心に沁みぬふるさとの秋の青空目に浮びつつ

（「日光」大正14年1月号）

寸歩曲

古泉千樫

病すこしく癒ゆ

日の光あたたかければ外《そと》に出でて今日は歩めりしばらくのあひだ
家をいでて青々と晴れし空を見つなべての物ら柔《やは》らかく照れり
み冬つき春の来《き》むかふ日の光かくて日に日に吾れは歩まん
外にいでて歩めば今日のうれしもよしづかに吾れは行くべかりけり
きさらぎのひるの日ざしのしづかにて栴檀《せんだん》の実は黄に照りにけり
枯木みな芽ぐまんとする光かな柔《やは》らかにして息をすらしも
今日からの日々《ひび》の散歩《さんぽ》に吾れの来《こ》んこの墓原《はかはら》の道のしづかさ
あゆみきてこころ親《した》しも春日さす合歓《ねむ》の梢に枯莢《かれさや》の垂れて
いく年の散歩《さんぽ》になれし墓原や今日あゆみ居るわれは病めるに
わが歩み疲れぬほどに帰り来りつめたき水を飲みにけるかも
日のてる夕《そと》を歩みきたりつしかすがに臥所《ふしど》に入りて息しづめ居り
帰り来て昼《ひる》の小床《をどこ》にただに入りぬこの親しさの寂しくはあらず

（「改造」大正14年5月号）

紙鳶揚

土岐善麿

朝風《あさかぜ》のふきあぐる空《そら》や雲遠《くもとほ》くのぼりにのぼるわが紙鳶《たこ》ひとつ
朝風《あさかぜ》の空高高《そらたかだか》しうら畠《はた》にはやくも子《こ》らが紙鳶《たこ》あぐるこゑ
朝空《あさぞら》にのぼり極《きは》まる紙鳶《たこ》のかげ涯《はて》しもなしやこの寂《さび》しさは
朝風《あさかぜ》にひとすぢ遠《とほ》くひかりつつ糸《いと》のたるみの片靡《かたなび》きすも
なかぞらの風《かぜ》にひた対《むか》ふ一点《てん》の紙鳶《たこ》の張《は》りこそ手《て》につたひくれ

右《みぎ》に傾《かたむ》きひだりにかしぎのぼりつつ今《いま》はうごかぬわが紙鳶《たこ》ひとつ
風《かぜ》ひたと地《ち》に落《お》ちたりと思《おも》ふまやいよいよ澄《す》めり紙鳶《たこ》の高《たか》さは
おち葉《ば》林《ばやし》ポプラの梢《こずゑ》すぐ立《だ》つやその真《ま》うへなるゆふぐれの紙鳶《たこ》
たそがれの冬菜《ふゆな》の株《かぶ》の捨畠《すてはた》の枯葉《かれは》かすかなり紙鳶《たこ》おろすところ
たぐり来《き》てはなせば紙鳶《たこ》のおのづからしばしただよひ地《ち》におちにけり
飛《と》びゆきし紙鳶《たこ》のかたちを眼《め》にとめて糸《いと》くりまとめ帰《かへ》り来《こ》し子は
ひとり子《ご》はひとり遊《あそ》ぶらしその庭《には》にけふもあがれる手造《てづく》りの紙鳶《たこ》

（「改造」大正14年2月号）

槍ケ岳西の鎌尾根

窪田空穂

槍ケ岳西の鎌尾根は、名の如く槍ケ岳の西に連れる尾根なり。鎌といふ名を負へるは、尾根狭く嶮しく、鎌の刃に似たるよりの名なるべし。日本北アルプスを縦走せる時、一夜を鎌尾根に近き岩間に過し、明けてその鎌尾根を濃霧を冒しつゝ渉りぬ。

一

まどろむにこの夜明けたり槍が岳西の鎌尾根の一つ岩根に
高天《たかあめ》の海となれるか真夜中を湧きて凝りたる真白雲かも
わが立てる岩を残して凝れる雲白く平けく遥けく空に
雲海の上に横臥す乗鞍や厳《いか》しと見ける峰の静けく
雲海の涯《はたて》に浮ぶ焼岳のほそき煙を空にしあぐる
明昏《あけぐれ》の空明らめば雲海の雲打光り光りつつ崩る
凝り沈む雲くづれては散るなべに千尺《ちさか》のみ谷あらはれ来たる
白雲のさわぐが上にあらはれて鎌尾根つづく槍の穂の方《かた》に

註。穂は槍ケ岳頂上の巨岩。

二

息づくと足とどむれば利鎌《とがま》の刃わたるとしいふ鎌尾根に我を
この深谷《みたに》黄にかがやけり硫黄の香もてるけむりの千尺の底に
穂高岳この西面《にしおも》の崩れ面《おも》わが目直向《ひたむ》け見あへてむかも
槍が岳西の鎌尾根谷越しに目もてとむるに我が息塞《つま》る
先ゆける友は今しも岩めぐる千尺の谷によろめく岩を
茶に光る高岩のうへにあらはれぬおくれし友は青空を背に
かすかなる音のきこゆる偃松《はひまつ》の葉間《はがひ》くぐると風の立つるか
足もとの雪とりあげて口に食へば俄にさみし心ゆるむか

三

俄にも真白雲わき行く尾根の千尺ある谷を見る見るうづむ
この尾根を越えむとならし谷の雲もくもく寄せ来《く》白く小暗《をぐら》く
岩つかむ手に力籠めぬ足に舞ひ目にうづまきて白き雲のみ
山腹と雲に間《あはひ》あり足したを見おろす我が目曳きて暗きに
寄する雲いや継ぎ来り目ざす岩目の前なりし見えずしもなりぬ
尾根越すと乱れうづまく雲のしたに我が踏みぬべき岩みだれ揺らぐ
壁立てる高岩よづる剛力《がうりき》を下よりあふぐ我も攀ぢむと
鎌尾根をわたりつくして槍が岳そそり立つ穂に我が手懸けつも

（「短歌雑誌」大正14年4月号）

○

窪田空穂

大原海岸にありて風雨繁きころに

海の空おほひて低き灰雲のかくて幾日を北し南す
荒海のとどろくひびき雨雲の八重籠むる空の上よりし来る
天地《あまつち》に満つるひびきは高木吹く疾風《はやち》か海に乱れ立つ波か
夕立の横さに飛びて軒深き萱家が縁をみだれ打ちたり
しよひ籠をしよひたる嫗《おうな》立ちどまり腰をのばして降る雨見あげぬ

あらしのあとの星空をあふぎて

星満つる今宵の空の深緑《ふかみどり》かさなる星に深さ知られず
低き星深き星とのへだたりの明らかに見ゆ緑の空に
夜の空の暗き緑を照らしいで透きとほらする今宵の星かも

時として老を思ふ頃に

もの読めば身にしむ言葉いちじるく増《ふ》えも来るなり老《おい》を言はむや
世に生きて短しとせぬ我なれど今日の為とし来し方はせむ

（「国民文学」大正14年12月号）

○

植松寿樹

七月二十二日、蕨岡口の宮の宿坊に宿る。鳥海山の麓とはいへ、既に小高き丘の上なり。

酒田の日和山にて見し船が二艘並びてこゝよりも見ゆ
今日の昼暑さに堪へて歩きつる酒田の町は木群とし見ゆ

夜

細めたるらんぷのほやゆ油煙たち人は宿坊に寝静まりぬる
宿坊をかこむ杉むら間をおきて吹きどよむ風は大浪のごと
夜はいまだ明けそめなくに遠近にきそひおこれるかな〳〵の声

山上の池

高原に湛へて浅き山の池水色さびて小波もなし
山の上の池水暗しもつれあひて沈むともなき山椒魚の卵
山の水たゝへ静けし山椒魚ひそめる故にわがうかゞへり

（「国民文学」大正14年9月号）

○

岡麓

蟷螂《かまきり》の卵《たまご》の巣かや春されば泡《あぶく》なすもの躑躅《つゝじ》の枝に
竹やぶの下《もと》の透間《すきま》ゆ見とほせる青菜ばたけの朝のいろよさ
紅梅の一重の花の色の濃《こ》さ美《うつく》しくしてもの静《しずか》なる
春の日の夕暮寒くさびしきに竹の古《ふる》葉のしげくちるかも
古葉ちる竹籔《やぶ》かげのほそみちを夕《ゆふべ》に過《す》ぎてわがつかれたる
春草のこまか紫《むらさき》咲く花の名をしらざればなほあはれなり
蘩蔞《はこべら》のやはらかき実をむしりみつ春日のくれの惜まるるかな
どうだんの花ちりしかば青き葉のもとの姿《すがた》となりにけるかも
春ふけて日のかげつよくなりにけり葉形《かた》のびゆく菊をめづるも

（「アララギ」大正14年6月号）

○

島木赤彦

凍りたる湖《うみ》の向うの森にして入相の鐘をつく音聞ゆ

伊那颪いたく吹く日は湖《うみ》べ田の温泉《いでゆ》どころに波打ちにけり
木枯の日ねもす吹きて波をあぐる湖《うみ》べの田ゐの温泉《ゆ》はさめにけり
木枯の吹きしくままに濁りたる湖《みづうみ》の波高まりにけり
古き籠《かご》に書物《ふみ》と着物《きもの》を詰め入れて吾子《あこ》は試験に旅立ちにけり
子どもらの試験を下に思ひつつ日ねもす物を書きくらしをり
試験日を忘れて子らに訊《き》きにけり下思ひつつ事の忙しさ
曇りつつ雨ふるらしき夕ぐれの縁に出で立ちて背伸びせりけり

（「アララギ」大正14年5月号）

○

平福百穂

弔黒溝台戦蹟

よあけたる曠野《あらの》にわれの車はやし二頭を並めて白き馬馳す
雨はれし曠野のなかの轍あとはてしも知らにうちみだれたり
高粱はいまだものびず限りなき畑の畝なみ馬車を馳せしむ
ゆきなづむ馬の手綱をかいくりて馭丁したたか鞭くれにけり
日高くはろけくも来し車とめて汗ばむ馬に水かひにけり
曠原に濁りうねれる太子河いづらに流れゆくにやあらむ
畑原に黒溝台はま近なり木むら平らかに家の屋根見ゆ
山だにも見えぬこの原とよもせし戦の蹟に我は来にけり
望遠鏡に思ひつつ見る一《ひと》ところただ青々し畑のうねなみ
夜をつぎて戦い止まぬこの原にみちのくの兵士多くはてける
この原に屍重なりはてにける我がみちのくの兵をかなしむ
土凍てて見とほす原のま面《おもて》に戦ひはてしかあはれ吾が兄は
玉の緒の絶えなむとせしきはみまで銃《つゝ》を握りてありけむわが兄《せ》
わが兄の斃れし原に日は暮れてきびしき凍りいたりけむかも

（「アララギ」大正14年8月号）

○

斎藤茂吉

この日ごろ

焼あとにわれは立ちたり日はくれていのりも絶《た》えし空《むな》しさのはて
ゆふぐれはものの音《と》もなし焼けはててくろぐろとよこたはるむなしさ
かへりこし家にあかつきのちやぶ台《だい》にほのぼの香《か》する沢庵を食《は》む
家いでてわれは来《こ》しとき渋谷川《しぶやがは》に卵のからがながれ居にけり
うつしみは赤土道《はにみち》のべの霜ばしらくづるるを見てうらなげくなり

（「アララギ」大正14年4月号）

○

斎藤茂吉

焼あとに湯をあみて、爪も剪りぬ

うつしみの吾《わ》がなかにあるくるしみは白《しら》ひげとなりてあらはるるなり

白田舎即事三首

霜しろき土《つち》に寒竹《かんちく》の竹《たけ》の子《こ》はほそほそしほそほそし皮をかむりて
たかむらのなかに秋田の蕗《ふき》の台《たう》ひとつは霜にいたみけるかも
かたまりて土をやぶれる羊歯《しだ》の芽の巻葉《まきは》かなしく春ゆかむとす

きさらぎなかば

焼あとに掘りだす書《ふみ》はうつそみの屍《かばね》のごとしわが目のもとに
くろこげになりゐる書《ふみ》をただに見て悔《くや》しさも既《はや》わかざるらしき

あわただしく手にとれる金槐集《きんくわいしふ》は蠧《しみ》くひしまま焼けて居りたり

この日ごろ

やけあとにあたらしき家たちがたし遠空《とほぞら》をむれてかへるかりがね
ひとりこもれば何ごとにもあきあめて胡座《あぐら》をかけり夜《よる》ふけにつつ
きこゆるはあはれなるこゑと吾はおもふ行春《ゆくはる》ぞらに雁《かり》なきわたる

（「アララギ」大正14年5月号）

○

斎藤茂吉

近江蓮華寺行

ひかりさす松山のべを越えしかば苔よりいづるみづをのむなり
しづかなる春山《はるやま》なかのみ寺には夜半《よは》にわれらが居たりけるかな
さ夜なかにめざむるときに物音《ものと》たえわれになみだのいづることあり
目をあきてわがかたはらに臥したまふ窿応和尚のにほひかなしも
やまなかの泉にひかりさし居りてわきづるみづは清《すが》しといはむ

となり間《ま》に、偏癱を得て常臥に臥せる窿応和尚も、はや眠りつらむとおもほゆる、夜もいたくふけて

となり間《ま》にかすかなるものきこゆなり夜半《よは》につまぐる数珠《じゆず》はきこえぬ

醒が井途上

醒が井に真日《まひ》くれゆきて宵闇にみづのながれのおとこころよし
桑の実はいまだ青しとおもふなり息長川《おきながは》のみなかみにして
ゆふまぐれ息長川《おきながは》をわたりつつかじかのこゑの徹《とほ》るをききぬ
近江路の夏もまだきのをぐさには一つ蛍《ほたる》ぞしづかなりける
やまがひのそらにひびきて鳴く蛙《かはづ》やまをめぐればすでにかそけし
たぎちくるながれの岸におりこしが顔《かほ》をあらへり目金《めがね》はづして

（「アララギ」大正14年11月号）

童馬山房雑歌

斎藤茂吉

1　閑居吟　其の一

なにがなし心おそれて居たりけり雨にしめれる畳のうへに
烟草《たばこ》をやめてよりはや五年《いつとせ》になりぬらむ折々《をりをり》はかくおもふことあり
言《こと》にいでて強《つよ》く悔《く》いむとはおもはねどさびしき心いやたへがたし
München《ミユンヘン》にわれ居りしとき夜《よる》ふけて陰《ほと》の白毛《しらげ》を切りて棄てしか
梅売《うめうり》のこゑ清《すが》しさやわが身にははや衰《おとろ》ふるけはひこそすれ
ただ一つ生きのこり居る牡雞《をんどり》に牝雞《めんどり》ひとつ買ひしさびしさ
庭すみに竃《かまど》つくれり焼辞書《やけじしよ》も焼人形《やけにんぎやう》も燃《も》やしてしまへ
さ夜《よ》ふけゆきて朱硯《しゆすずり》に蚊がひとつとまりて居《ゐ》るもこゝろがなしも
さみだれて畳《たたみ》のうへにふく黴《かび》を寂《さび》しと言《い》はな足に踏みつつ
午前二時《ごぜんにじ》ごろにてもありつらむ何《なに》か清清《すがすが》しき夢《ゆめ》を見てゐし

2　閑居吟　其の二

をさなごの熱《ねつ》いでて居《を》る枕べにありし桜桃《あうたう》を取り去らしめし
さみだれも晴間《はれま》といへば焼《や》けし書《ふみ》つらなめ干《ほ》せりあはれがりつつ
窓したを兵幾隊《へいいくたい》も過ぐるなり足並《あしなみ》の音をしまし聞き居り
わがこころ呆《ほ》けしごとしと人みるらむか雷《らい》こそ鳴れ玻璃窓《はりど》ひびきて
夜ふけてみじかきこゑを立てて啼く鳥こそ過ぐれ我が窓のべを
あつぐるしき日《ひ》にこもりつつ居《ゐ》たりけり黒きダリアの花も身《み》に沁む
四五日《しごにち》まへに買ひてあたへし牝雞《めんどり》が居《ゐ》なくなれりといふこゑのすも

焼《やけ》あとに迫《せま》りしげれる草《くさ》むらにきのふもけふも雨は降りつつ
Thanatos《タナトス》といふ文字《もじ》見つけむと今日《けふ》一日《ひとひ》焼けただれたる書《ふみ》をいぢれり
今日《けふ》の日《ひ》もゆふぐれざまとおもふとき首《かうべ》をたれて我は居りにき

3　逢坂山

春逝《ゆ》きし逢坂山《あふさかやま》の白《しろ》き路《みち》きのふもけふもひたに乾ける
ひるがへる萠黄《もえぎ》わが葉や逝春《ゆくはる》のひかりかなしき逢坂《あふさか》を越ゆ
砂げむりあがるを見つつ午《ひる》すぎし逢坂山をくだり来にけり
逢坂をわが越えくれば笹の葉も虎枕《いたどり》もしろく塵《ちり》かむり居り
あふさかの関《せき》の清水《しみづ》ははしり出《で》の水《みづ》さへもなし砂ぞかわける
逢坂の山のふもとに地卵《みたまご》を売るとふ家《いへ》も年《とし》ふりて居り
その家に雞《とり》の糞《ふん》をも売るといふ張紙《はりがみ》ありてうらさびしかり
蟬丸《せみまる》の社《やしろ》にたどりつきしとき新聞紙《しんぶんがみ》を敷《し》きてやすらふ
春ふけし逢坂山《あふさかやま》ののぼりぐち生《お》ふるあらくさに塵《ちり》かかりけり
逢坂山《あふさかやま》の道のべにながれけむ砂《すな》のかわけるを吾は踏みつつ

4　沙羅雙樹花

いにしへも今《いま》のうつつも悲《かな》しくて沙羅雙樹《さらそうじゅ》のはな散りにけるかも
あかつきに咲きそめたるがゆふぐれてはや散りがたの沙羅雙樹の花
いとまなき現身《うつしみ》なれどゆふぐれて沙羅雙樹の花を見にぞわが来《こ》し
白《しろ》たへの沙羅《さら》の木《こ》の花《はな》くもり日のしづかなる庭に散りしきにけり
命《いのち》をはりて稚《をさな》き児《こ》らもうづまりしみ寺《てら》の庭の沙羅雙樹のはな
白妙《しろたへ》の淡き花こそ散りにけれいまだ丈《たけ》ひくき沙羅の木のもと
くるしみにこらふる人もおのづから沙羅の木のもとに来《きた》りけるかも
ゆふぐれのをぐらき土《つち》にほのかにて沙羅の木の花散りもこそすれ
あはれなる花を見むとて来りけり一もと立てる沙羅雙樹の花
うつそみの人のいのちのかなしとぞ沙羅の木の花ちりにけるかも

5　木曾福島

あが心《こゝろ》かたじけなさに木曾《きそ》がはの鳴瀬《なるせ》聞きつつ二夜《ふたよ》寝にけり
こころ細《ほそ》りしにやあらむ山《やま》にして漆《うるし》の芽《め》さへかなしきものを
闇鳥《やみどり》の仏法僧鳥《ぶつぽふさう》の呼ぶこゑをまなこつむりて我は聞きたり
木曾《きそ》の夜くだちに仏法僧《ぶつぽふそう》といふさびしき鳥を聞きそめにけり
山のべにかすかに咲ける木苺《きいちご》の花に現身《うつしみ》の指《ゆび》はさやらふ
くれなゐの炎《ほのほ》にもゆる山火事《やまくわじ》の話しながら木曾谷《きそだに》ゆけり
樹《き》の根《ね》がたの土《つち》こもれる蟻地獄《ありぢごく》あはれ幽《かそ》けしとこそおもひしか

6　木曾山中　其の一

あはれとぞ声をあげたる雪照《ゆきて》りて茂山《しげやま》のひまに見えしたまゆら
みちわたる夏のひかりとなりにけり木曾路《きそぢ》の山に雲ぞひそめる
おくやまの岩垣《いはがき》ぶちを小舟《をぶね》にて人ぞ渡らふ木曾路《きそぢ》かなしも
かなしかる願《ねがひ》をもちて人あゆむ黒澤口《くろさはぐち》の道のほそさよ
ここにして雪をかかむる奥山はおりゐしづめる雲のかげなる
くろずめる山は幾重《いくへ》もたたなはり見えがくれする山ぞ恋《こほ》しき
しげ山の日かげるうへにあらはれし雪はだらなる山は何やま
赤彦《あかひこ》はわれに語らふ昨《きぞ》の夜は燕嶽《つばめだけ》の夢《いめ》みて居たりとふ
あまねくもわたらふ夏とたたなはる茂山《しげやま》のかげに雲しづむ見ゆ
旅を来て大瀧川《おほたきがは》のさざれには馬の遊ぶをけふ見つるかも
奥木曾《おくきそ》へ汽車こそ走れ御嶽《おんたけ》の雪のかがやきをもろともに見つ
あしびきの山澤《やまさは》びとの家居《いへゐ》よりをさなごひとり出でて来れり

椹樹《さはらぎ》のしげき樹《こ》の間《ま》を通《とほ》り来てこころ明《あか》るし羊歯《しだ》のむらだち
山がはの鳴瀬《なるせ》に近くかすかなる胡頽子《ぐみ》の花こそ咲きてこぼるれ
木曾谷《きそだに》は行くべかりけりふかぶかと山肌《やまはだ》くろくなりにけるかも

7　木曾鞍馬溪

こもり波《なみ》あをきがうへにうたかたの消えがてにして行くはさびしゐ
ふかぶかと青《あを》ぎるみづにいつしかも雨の降り居るはあはれなるかも
鶺鴒のあそべる見れば岩淵《いはぶち》にほしいままにして隠《かく》ろふもあり
岩のまのみづのこもりに細《ほそ》き雨《あめ》ふりて波よるときのまを見し
青淵《あをぶち》に蛙《かへる》ひとつがいづこゆかぽたりと落ちてしづごころなし
おく山の淵《ふち》に来《こ》しかば水のへに浮きてたゆたふ水沫《みなわ》を見たり
頬白《ほゝじろ》は淵のそがひの春《はる》の樹《き》の秀《ほ》にうち羽《ほ》ぶり啼きたるらしも
青淵《あをぶち》に石《いし》おち入りしときのまのとどろく水をなぐさみがたし
山がはのあふれみなぎる音《おと》にこそかなしき音《おと》は聞くべかりけれ
こもり淵《ふち》たたへがうへの岩《いは》の秀《ほ》に赤蜂《あかばち》の巣はかかりけるかも

8　木曾山中　其の二

やまがひのすでに黝《くろ》ずむしげり生《ふ》に枯れし木立《こだち》を見すぐしかねつ
しげ山に枯れし木群《こむら》は雷《いかづち》のひびきて落ちしあとと云ふはや
夏山《なつやま》のしげりがおくに一ところ枯れ果て居《ゐ》るをわれは目守《まも》れり
奥木曾《おくきそ》のかぐろくしげる山なかに枯れし木群《こむら》を見ればかなしも
繁山《しげやま》のしげりのなかに枯れたるは雷《いかづち》の火に枯れしとを聞け
毒ぐさの黄いろき花を摘《つ》みしときその花恐れよといへば棄てつる
山田居《やまたゐ》に今はくぐもり鳴く蛙《かはづ》ゆふさりくれば多く鳴くらむ

9　木曾氷が瀬　其の一

やまこえて細谷川《ほそたにがは》に住むといふ魚《うを》を食《く》ふらむ旅のやどりに
ふかやまのはざまの陰《かげ》におちたまり栗のいがこそあはれなりけれ
栗のいが谷まのそこにおち居《を》れば夏さりくれどしめりぬるかも
羚羊《かもしか》の皮の腰皮《こしかは》さげながら木曾の山びと山くだる見ゆ
のぼりゆく谷水《たにみづ》のうへを蝶ひとつ飛べるもさびし山は邃《ふか》くて
峡間路《はざまぢ》をとほく入りしか山かげに焚火《たきび》のあとがありにけるかも
黒くなりて焚火《たきび》せるあとの残《のこ》れるをしばし見てゐしが我は急《いそ》げり
人恋《ひとこ》ひて来《こ》しとおもふなあかねさす真日《まひ》くれてより山がはのおと
櫟《くぬぎ》若葉《わかば》ひねもす風にうごきたる山のゆふぐれ人怒《いか》り居《を》り
山路《やまぢ》来て通草《あけび》の花のくろぐろとかなしきものをなどか我がせむ

10　木曾氷が瀬　其の二

細谷《ほそたに》のすがしきみづに魚《いろくづ》の命《いのち》とりたりと思《おも》ひつつ寝し
山水《やまみづ》にねもごろあそび居《を》りぬらむ魚《うを》のいのちを死なしめにけり
慈悲心鳥《じひしんてう》ひとつ啼《な》くゆゐ起きいでてあはれとぞおもふその啼《な》くこゑを
あかねさす昼のひかりに啼かぬ鳥慈悲心鳥《じひしんてう》を山なかに聞け
木曾山《きそやま》に夜《よる》は更けつつ湯《ゆ》を浴《あ》むと木《き》の香《か》身に沁む湯あみ処《ど》に居《ゐ》し
初夏の山の夜にして湯に沾《ひ》でし太《ふと》き蕨も食《を》しにけるかも
さ夜ふけて慈悲心鳥のこゑきけば光にむかふこゑならなくに
啼くこゑはみじかけれどもひとむきに迫るがごとし十一鳥《じふいち》のこゑ
二《ふた》ごゑに呼《よ》ばふ鳥がね聞《き》こえつつ川の鳴瀬《なるせ》の耳に入り来も
ぬばたまの夜《よる》の山よりひびきくる慈悲心鳥《じひしんてう》をめざめて聞かな
まぢかくの山より一夜《ひとよ》きこえ来《こ》し慈悲心鳥《じひしんてう》は山うつりせず
ほがらかにこゑは啼かねど十一鳥《じふいち》のおもひつめたるこゑのかなしさ

夜半《よは》に起きて聞きつつ居れば十一鳥《じふいち》は川の向うの一処《ひととこ》に啼く
なくこゑの稍《やゝ》にけどほくなりたるは山移《やまうつり》して啼くにやあらむ
木曾やまの春くれゆきし木末《こぬれ》には闇《やみ》に恋《こほ》しき鳥啼きにけり
夜《よる》ふけて慈悲心鳥の啼くきけばまどかに足《た》らふ心《こゝろ》ともなし
あはれなるこゑに啼きつつ木曾山の慈悲心鳥はあかつきも啼く
夜ふけし山かげにして啼くらしき仏法僧《ぶつぽふそう》鳥のこゑのかそけさ

11　木曾氷が瀬　其の三

すがすがし谿《たに》のながれに生《うま》れたる魚《いろくづ》をとりて食《く》ふあはれさよ
おぎなぐさ小《ちひさ》きみれば木曾山《きそやま》にしみ入るひかり寒しとおもふ
白頭翁《おきなぐさ》ここにひともとあな哀《かな》し蕾ぞ見ゆれ山のべにして
山かげのながれのみづを塞《せ》きとどめ今《いま》ぞ魚《うを》とる汗かきながら
魚とると細谷川《ほそたにがは》のほそみづにいさごながれてしましにごりぬ
谷あひをながるる川の水乾《みづひ》るとさざれに潜《ひそ》む黒き魚あはれ
瀬《せ》と淵《ふち》とこもごもあれど日《ひ》の光《ひかり》あかきところに魚は居なくに
塞止《せきど》めて細きながれのにごるときはやも衰《おとろ》ふる魚ぞ哀しき
ほがらかにあしたの鳥の啼けるとき慈悲心鳥はつひに啼かずも
あしびきの山よりいづるやまがはの石《いし》はあらはに日《ひ》に温《ぬく》み居り
石楠《しやくなぎ》は木曾《きそ》奥谷《おくだに》ににほへどもそのくれなゐを人見つらむか
さるをがせ長きを見れば五百重《いほへ》なす山の峠も越えにけらしも
たまゆらはいのち和《なご》まむやまがはに温《あたたか》き砂を手につかみ居り
ひかり染《し》む山ふかくして咲きにけり石楠《しやくなぎ》の花いはかがみのはな
白雲は直ぐ目のまへをうごきつつ夏にい向ふ空晴るるらし
ここにして寂しき山に雨合羽《あまがつぱ》かけられし馬いななきにけり
慈悲心鳥すでに啼かざる朝山《あさやま》に峠を越ゆる馬が憩《いこ》へり

12　閉居の吟　其の三

焼あとに草はしげりて虫《むし》が音《ね》のきこゆる宵《よひ》となりにけるかも
極楽《ごくらく》へゆきたくなりぬ額《ひたひ》よりしたたる汗をふきあへなくに
ひさびさに銀座《ぎんざ》あるきてうらわかき夜《よる》の女《をみな》を見ればすがしも
恋《こひ》にこがれて死さむとすらむをとめごもここの通《とほり》に居るにやあらむ
尋常《つね》のごとくわれはおもへり羽蟻《はねあり》が羽《はね》おちて畳まよひありくを
焼死《やけじ》にし霊《たま》をおくるとゆふぐれて庭《には》にひくく火を焚《た》きにけり
まじろがず吾《われ》は目守《まも》れり二形《ふたなり》になり果《は》てたりといへる少男《をとこ》を
吾《われ》つひに薯蕷《とろろ》汁をくひて満《み》ち足《た》らふ外面《とのも》に雨のしぶき降るとき
ひぐらしは墓地《ぼち》の森より鳴きそめてけふのゆふぐれわが身にぞ沁む
ひぐらしの心がなしくひびくこゑ五年《いつとせ》ぶりに聞きて我が居り
かたづかぬ為事《しごと》いくつか手にもちて気叡《ひえい》のやまに旅だたむとす
偶像の黄昏《くわうこん》などといふ語《こと》も今ぞかなしくおもほゆるかも
馬追《うまおひ》のすがしきこゑはこのゆふべかはりはてたる庭よりきこゆ

――大正十四年五月・六月・七月作――

（「改造」大正14年9月号）

高雄秋夕　　中村憲吉

栂《とが》の尾を高雄へかへる日のくれは清瀧川《きよたきがは》の音のさやけさ
谷かげの紅葉がしたの片淵《かたぶち》や瀬なみの鳴りに夕しづまりぬ
いにしへの聖《ひじり》は宜《う》べも山かはのかく静けきを求《と》めて住みにし
山村《やまむら》のここの河内《かうち》はさま幽《ゆか》しつぎつぎの世に聖僧《ひじり》の住みし

日の暮れに戻りてくれば高雄谷《たかをだに》ひとすでに去りて谷しづかなる
夕かげの紅葉がなかは音のする川ありて其処に靄のなづさふ
今日ひと日ここに喧《さわ》ぎしひと去《い》にて谷のせせらぎは罪なきごとし
夕谷ははやく人去に川も岸も散りたまりたる紅葉のおほさ
今日の雨にぬれし落葉を焚くならめこの夕山に匂ひしるしも
我れひとり悲しきごとし夕谷の紅葉の茶屋に柿を喰ひ居る
この谷に日ぐれておもふ山のうへはなほ明るみに寺あるところ
我がまへの夕渓川《ゆふたにがは》はいく世たび僧のわたりて山にかへりけむ

（「改造」大正14年1月号）

○

中村憲吉

清凉殿

いまの世の清凉殿に我れかしこし雨の日にありてむかしをぞ思ふ
秋雨の降りのしづけき大内の宮のふかくにきたりて我れを
大殿《おほとの》の御庭の砂はひろくして樹は何も植ゑず雨のしづかさ
殿づくり正しくかこみ庭たらへり御階《みはし》のまへに小竹《ささ》ただ二株
大うちの白砂庭へひびきゆく我がしはぶきを憚りにけり
現つにもしづかに鳴れり宮のうちのうつぼ柱へつどふ雨みづ
清凉殿の階《はし》をのぼりて鳴板《なりいた》の音こととするに足をおそれき
御住ひを我がすめらぎの遊ばししむかしの宮はかくつつましき
秋雨はしぶきを置けり大まへの東びさしの簀《す》の子《こ》のうへに
おほらかに御座《みや》はありける時雨にも蔀をあげて戸も障子なし

（「アララギ」大正14年3月号）

湯元道　　土屋文明

湯の川の岸に時ならずのびすぎし羊歯の葉さきは霜に打たれぬ
凍り居し谷とくるらし岩崩《くえ》のこだまは遠くにぶく近くも
浴客《ゆあみびと》あそぶ谷道あたたかく湯川の湯気は川になづさふ
よその人去りたる谷の静かさにこだまを打てる幼児のこゑ
みなぎらひ霧《き》らふ春日かみ湯の上の木群《こむら》が末《うれ》は煙るばかりに
幼児を日陰はざまに伴れのぼり凝《こご》れる雪を掘りて食はしむ
崩え土をかうむれる雪ともしかも人既に掘りて指のあとあり
うから等が食ひ飽きたる凝り雪手にのこれるを投げつつかへる
すくすくと水樹《みづき》の枝は紅《あけ》深しかつて弟とわれと来にけり
雨あとに坂に白足袋を汚したりし母もいまだ若くありにき
歩《ある》けなくなれりと云ひて這ひいだす幼き兄を草子《かやこ》も笑ふ
春の日の過ぐらく知らに草臥れし子は道の上を這ひてたはむる

（「改造」大正14年6月号）

○

土屋文明

或る友を懐ふ　五首

ただひとり吾より貧しき友なりき金のことにて交り絶てり
吾がもてる貧しきものの卑しさを是の人に見て堪へがたかりき
かにかくにその日に足れる今となり君をしばしば思ふなりけり
電車より街上の姿を君と見しが近く人は君にあらざりき
生き死の消息も分かずなりにける友を思ひて電車を下る

家常茶飯　五首

家かりてうから睦しく住まむため語らむとして帰り来にしを
むづかる児見ぬがごとくに食ひ居る妻に罵をはきかけにけり
幼児が呼び居る背後《うしろ》の篁の夕あかりして吾は立ち去る
憤り立ち出でしかば幼児の買物をよく聞かず来にけり
罵《の》らるればふくるる妻も老いにけり吾も為すなくすぎはてむかも

（「アララギ」大正14年8月号）

父を葬る

藤沢古実

大正十四年五月六日、父死去の報を得て帰郷す

旧里《ふるさと》の道はすべなしおのづからあふるる泪《なみだ》とどめかねつも
とことはに還《かへ》らぬ父がこやりい座《ま》すこの部屋《へや》に母も亡《な》くなりにけり
昼は日照《ひて》り夜は灯《ひ》ともり明《あか》るしと病《やまひ》の床《とこ》に宣《の》りし父はも
いささかも病むくるしみを言ひたまはず心あかるくい座《ま》せり父は
粘土《ねんど》像《ざう》我《あ》は作るなり亡き父の面《おも》わ守《も》りつつ我《あ》は作るなり
わが村の山の粘土《ねんど》は我が作る父のみ像《かた》となりにけるかも
亡き父の門出《かどで》かなしもあたらしき草鞋《わらぢ》を穿《は》きてこころかなしも
墓山《はかやま》にしみ立てる樹木《きぎ》の若芽ふきすがしき時に父を葬《はふ》るなり
呼子鳥《かっこう》の声こだまする夕山に父をぞはふる雨に沾《ぬ》れつつ
向山《むかやま》の夕影に啼《な》くかつこうの声こだまする奥津城処《おくつきどころ》
山の上に天雲《あまぐもた》垂れて零《ふ》る雨に沾《ぬ》れつつ父を葬《はふ》りけるかも
雨あとの雫《しづく》やしげき山松《やままつ》の木末《こぬれ》が上にすめる蒼空《あをぞら》

（「改造」大正14年8月号）

錦　木

太田水穂

落葉して庭は冬木のこがらしの夜もすがらなる月明りかな
このごろの夜半の火鉢に見るものに狂竹斎のこがらしの巻

露伴翁の冬の日抄に

吾が道の秋山ぐちに錦木の霜の一葉を枝折たまひし

冬意

そよぎ立つ竹や月夜のこがらしの窓をうちゆく雨の音かな
こがらしや西はあかねの夕焼のすきとほりつゝ氷る色なり

冬鶯

霜がれの夕日の垣のもみぢ葉をふみこぼしゐて啼かぬ鳥かも
こぼれくる竹の垣根の初あられさゝなきあひて鳥のよろこぶ

無題

落葉して山は冬木のいつしかと光をもちてうごきあひたる
冬空の光りを入れて楢林ひと木の揺れもなき真昼なり
かたかげの蓼の素枯の穂に消えて朝しばしなる霜にありけり

待年

ひと花の水仙いけて来る年のあすに置きたるわがこゝろかな
そゝくさと街は師走の雪ぐもり寒鮒売のこゑ通りゆく

不二庵鉄水居士の老をよろこびて軸にかける

不二を名のきみが家居は老梅のいや年久に匂ひまさりつ

（「潮音」大正14年1月号）

信濃にて

太田水穂

この国やみ雪の山をいづる日の入る日の空の見るものにして
刈りのこす葦ひとところ古沼の泥に日を見る陵下《はゞした》の道

故郷の家

縁に出て物を縫ふ子に一刷毛の雪をけしきの鉢伏の山
雪山の雪に入る日の夕焼をうつしてしばし軒の古壁

恰も正月三日なり

かへりきて父の位牌にあぐる灯の立ちゆれにつゝともり冴えたり
かへりきて古家の簷《のき》に旅鳥の片羽の霜を佗びつゝぞ寝し

今年五十の歳を故郷に迫ふ

老知るやいのちにひゞく酒の香のほろろほろろに酔ひほけにけり
世を旅のうきになげきにかさねきて木の葉の霜の五十年《いそとせ》の老《おい》

○

みじか日や障子にうつる鉢梅の花をゆりつゝ午砲《ドン》鳴りにけり
戸を明けて水の光のきらきらと橋々ひくゝかすむ朝かな（松本）
禿岩に風のかすれの雪すこし松かじけたる湯どころの山
月やそのこゝは更級おもかげの姨の眉毛のいさゝかの雪（姨捨）

（「潮音」大正14年2月号）

ちらめきてもの影うごく壁の灯の菜を漬けをへし宵のくりや戸
ふりしぶる時雨おもたく昼すぎて来るかと待てる人も来ぬなり
入る月のあとは寂しき霜げ空昨日か人のいのちおとせる（弔歌）
山おろし湖水の雲のくらみゆけ死ぬるいのちをたもちかねけむ
まもりつゝいのち一つを泣く家の灯の窓くらき山風の音
み仏となりにし人と思ふにも見すぐしがたし今朝の明星

（「潮音」大正14年1月号）

霜枯

四賀光子

冬木立石灯籠の花ふりて斎庭の霜にひゞく人声
霜枯の宮のすゞめの塒《やど》とりの群れ来て槻の木にさわぐなり

俳句

平井照敏＝選

ホトトギス巻頭句集

かたまりて哀れさかりや曼珠沙華　京都　田中王城
茸狩やぬぎすて衣一と筵　同
せゝらぎやかゝる一葉に水遊ぶ　同
火祭や大榾篝道ふさぎ　同
時雨雲影おとしゆく比叡表　同
夜空なる雪の月山《がっさん》まどかかな　同
（「ホトトギス」大正14年1月号）

背の籠の木々にこだはり落葉掻き　丹波　西山泊雲
行楽の人見て通る落葉掻き　同
眼前の木洩れ日うれし落葉掻き　同
落葉掻き児は日溜りに遊ばせて　同
あちこちに盛り揚げ置くや落葉掻　同
池の面の日かげ日向や散り柳　同
（「ホトトギス」大正14年2月号）

浜名湖や巽に望む小春富士　東京　鈴木花蓑
鴨翔つや朝の湖面をきらめかし　同
短日やはだかり陰る嵐山　同
野々宮やさしわたりたる時雨月　同
草枯の月夜に見えていちじるし　同
美しの湖上の虹や若菜摘む　同
鬼ごとやお神楽台の下くゞり　同
スケートや忽ち遠く澄み見えて　同
（「ホトトギス」大正14年3月号）

雪解のゆら〳〵として枝垂梅　大阪　阿波野青畝
囀を身にふりかぶる盲かな　同
白酒やなで、ぬぐひし注零し　同
お水屋やはさらほさらと風飾　同
目をしかむしぼり泪や炉火の酔　同
土器《かはらけ》や鴨まつ青によこたはる　同
（「ホトトギス」大正14年4月号）

大阪の煙おそろし和布売　大阪　阿波野青畝
橋の裏大きくしみる雪解かな　同
しろ〳〵と畠の中の梅一木　同
山吹に留守かや障子すきたれど　同
もの憑の泣きし睫毛やはたゝ神　同
口笛に独そゞろぐ涼みかな　同

法師蟬耳に離れし夕餉かな　同
稲車老もきほひて従帰る　同
（「ホトトギス」大正14年5月号）
高嶺星蚕飼の村は寝しづまり　東京　水原秋桜子
桑の芽や雪嶺のぞく峡の奥　同
鳴きのぼる雲雀の影や蛇籠あみ　同
梨棚や初夏の繭雲うかびたる　同
屋根石や前山焼くる火明りに　同
源平桃遠眼に赤の咲き勝つて　同
（「ホトトギス」大正14年6月号）
なつかしや帰省の馬車に山の蝶　東京　水原秋桜子
帰省子に雨の紫陽花濃むらさき　同
藻刈舟樗の蔭へ憩ひ寄り　同
祭笠いたゞき栄えてわたし守　同
桑の実や湖のにほひの真昼時　同
馭者若し麦笛嚙んで来りけり　同
夜の雲に噴煙うつる新樹かな　同
（「ホトトギス」大正14年7月号）
玉苗にマッチの煙や誘蛾灯　丹波　西山泊雲
誘蛾灯の水を乱すは蛙かや　同
麦埃かぶせ掃きかぶせ畑の火に　同
森てらしすぐる汽車の灯五月闇　同
柵にひたとよりたる花大枝　同
春雨や白々けぶる堰の水　同
（「ホトトギス」大正14年8月号）
山彦のゐてさびしさやハンモック　東京　水原秋桜子
早苗舟朝凪ぐ水脈《みを》を右左　同
奥津城やはろかの峡に田草取　同
桑剪るや梅雨一望の沼景色　同
蜑が戸に高潮ふけぬ夜光虫　同
日さびし葭切鳴いて出水川　同
（「ホトトギス」大正14年9月号）
あとじさる足踏みあひぬ荒神輿　大阪　阿波野青畝
小田の露祭提灯消えかはし　同
谷風や花百合そ向きま向きして　同
蚊いぶしの舳を浚ふ追風かな　同
産土神に頰被解く田植道　同
居り貌に乞食憩ふ門茶かな　同
寝待月縁ちかければゐざり出る　同
（「ホトトギス」大正14年10月号）
新涼や尻をまくりて茄子畑　大阪　相島虚吼
登山口途に画きて教へけり　同
渋引きや残る暑さの儘仕事　同
日がな見る松にかゝりし一葉かな　同
放屁虫貯へもなく放ちけり　同
（「ホトトギス」大正14年11月号）

蜻蛉の舞ひ澄む真向き横向きに　丹波　西山泊雲

夜寒道踏みこたへしは纜か　同

橋立文珠寺句会三句

波しぶきあげて小春の垣根かな　同

ひそくさと小僧小春の障子外　同

橋立の片波高き時雨かな　同

（「ホトトギス」大正14年12月号）

『山廬集』（抄）　飯田蛇笏

大正十四年――七十一句――

新年

歳玉　山寺や高々つみてお歳玉

・億兆のこゝろ〳〵やお歳玉

絵双六　年寄りてたのしみ顔や絵双六

春

早春　たゞに燃ゆ早春の火や山稼ぎ

行く春　ゆく春や松柏かすむ山おもて

雛祭　いき〳〵とほそ目かゞやく雛かな

田畑を焼く　野火煙や吹きおくられて湖の上

蛙　夜の雲にひゞきて小田の蛙かな

木の芽　はた〳〵と鴉のがるゝ木の芽かな

木瓜の花　土くれや木の芽林へこけし音

焼けあとや日雨に木瓜の咲きいでし

竹の秋　ちる笹のむら雨かぶる竹の秋

夏

夏深し　温泉山道賤のゆき来の夏深し

日盛　山の温泉の風船うりや日の盛り

つゆ蠅のからみもつるゝ石の上

梅雨　汲みもどる谷川くもる梅雨かな

地獄谷の岨路に岳腹の砂防工事を仰望す

夏の雲　夏雲や山人崖にとりすがる

神鳴　人うとき温泉宿にあらぶ雷雨かな

夏旅や温泉山でゝきく日雷

夏の山　夏山や風雨に越ゆる身の一つ

燈籠　山賤や用意かしこき盆燈籠

盂蘭盆会　身一つにかゝはる世故の盆会かな

信心の母にしたがふ盆会かな

霊祭　盆経やかりそめならずよみ習ふ

霊棚やしばらく立ちし飯の湯気

上林広業寺

名越の祓　形代やたもとかはして浮き沈み

睡蓮　睡蓮に日影とて見ぬ尼一人

葉桜　はざくらや翔ける雷蝶一文字

松友君夫人の死を悼む
合歓の花　ねむの花ちる七月の仏かな

秋

かの白蓮女史を
夜寒　筆硯わが妻や子の夜寒かな
秋風　秋風や思ひきつたる離縁状
秋の虹　秋虹をしばらく仰ぐ草刈女
霧　一とわたり霧たち消ゆる山路かな
初猟　初猟の佳景日暮れや舟の上
秋の蚊帳　山の戸やふる妻かくす秋の蚊帳
砧　うちまぜて遠音かちたる砧かな
稲　山風にゆられゆらる丶晩稲かな
無花果　無花果や雨余の泉に落ちず熟る
「蛇笏」は季語の「せんぶり」又は「医者ころし」とよむと某の謂ふに
当薬引く　をかしくば口やつねらん医者ころし
大角豆　むら雨に枯葉をふるふさ丶げかな
相撲　憎からぬたかぶり顔の相撲かな
　気折れ顔にく〱しさの相撲かな
秋の蚕　臥て秋の一と日やすらふ蚕飼かな
秋の蚊　秋の蚊や吹けば吹かれてまのあたり
啄木鳥　山雲にかへす谺やけらつ丶き
鶺鴒　せきれいのまひよどむ瀬や山颪
蔦　石垣やあめふりそ丶ぐ蔦明り
桔梗　桔梗の咲きすがれたる墓前かな
冬瓜　山寺や斎《トキ》の冬瓜きざむ音
　冬瓜にき丶すぎし酢や小丼

冬

初冬　はつ冬や我が子持ちそむ筆硯
立冬　雲ふかく瀞の家居や今朝の冬
冬の夜　夜半の冬山国の子の喇叭かな
冬晴　冬晴や伐れば高枝のどうと墜つ
冬凪　冬凪ぎにまゐる一人や山神社
霜　火屑掃くわが靴あとや霜じめり
雪　雪見酒一とくちふくむ楽《ホガ》ひかな
　遅月にふりつもりたる深雪かな
寒灸　寒灸や悪女の頸のにほはしき
胴著　胴著きて興ほのかなる心かな
樏　樏や吊られ廻りて雪日和
北窓塞ぐ　世過ごしや北窓塞ぐ山の民
屛風　こもり居の妻の内気や金屛風
　絵屛風や病後なごりの二三日
　垣間見や屛風ものめく家の内
避寒　かしづきて小女房よき避寒かな

冬座敷　障子あけて空の真洞や冬座敷
暖炉　暖炉厭ふてゆたかなる汝が月の頬
木兎　山風に暁のなぐれや木兎の声
鶏乳む　日に顫ふしばしの影や鶏乳む
雪天や羽がきよりつゝ鶏つるむ

（昭和7年12月、雲母社刊）

河東碧梧桐

〔大正十四年〕

城の石垣の枯草の原学校へ行く
裏は田甫の住居の片隅の蓮枯れてゐる
舟から密柑買うて寝てしまふ一人の男
明日は降る夕曇りの漬菜洗ひあげてゐる
灰のぬくもりの火鉢に手をかざしゐる
隣のあるじの声をきく朝の凍て晴れのつゞく

故郷にて

水練場に残る櫨の枯木の年かゞなふる

（「三昧」大正14年3月号）

鉢の菊の芽生えてゐるまゝに置きぬ
別荘を出る朝は妻子と渚の魚見る
朝のうちあげた藻をかいて貝殻の白く
姉の来る夜の窓下の雪ふみならす
広場になる瓜さがりの木々の五日月のさす
温泉に下りて行く寝覚めの雪のちらつく
餌のなくなるころの二人になりて汐のうちくる
雪の消え残るやは土の我庭の鶏

（「三昧」大正14年4月号）

桜餅屋の二階の灯りをけふも見て戻る
菜の花を活けた机おしやつて子を抱きとる
沼にそひ来て海見ゆる桃のさかりゐる
櫓の林はつゞく畑つゞきの西空あかる
木の間の草にひる頃の日かげさし来る
庭の椿咲きそめて裏門の広野に出づる
雨上りの麦ふく風の空馬車に乗る
馬車を下りて見る薄月夜の飼ひをやつてゐる
瀬戸に咲く桃の明方の明日の船待つ
ずわえの桃の立つ垣の外までちる薹をふむ

（「三昧」大正14年5月号）

けふも風晴れのするつみ草に行く日なく
咲きそめた桜の下の人の寄る中にゐる
人々のひだるうさくらちりくる阪下りてゆく
けさ三里来た山の人々のとる冠りもの
向ふの橋を行く人のさし汐の夕ぐもる頃
水べりに群れて小魚の石垣に腹かへしゐる
峠の一木芽立ちゐる休まず下りる
名残りの土筆をつむ松三本のよりて立つかげ
一本松三軒長屋の日のくれぐの豆の花に立つ

垣根にすてられた犬の田の畔をはしる朝
埒に沿うて苜蓿にさくげんくをつむ
一もとの折れて菖蒲切り花にする朝の雨ふる
子供達棕梠の芽をぬき梯子下り来る
柿の二本芽生えくる枝かはす空
しばらく留守にする棚片づけてバナナのある日
アカシヤ四五本の立つ停車場の径づくる原
砂遊ぶ子のかけてゆく浜のまがりを行きぬ
裏山をする三人になつて行く朝
作業休み日の道ぞひの草原をふむ
垣根の草穂に出づる笛にぬく朝

（「三昧」大正14年6月号）

銀杏に沈む日の阪上の下りる人のなく
庭の槻に来る鳩の朝晴れを籠り鳴く
雨もよひの風の野を渡り来る人ごゐの夕べ
雀下りてゐた芝ふみに仕事名残りの夕べを下りる
芽生えた笹の二本になる葉をひらく
葉ばかりの紫苑うつし植ゑぬ茎立ちて来る
家のひかれた夜のあかりの雨ふりやまぬ
けふ一日は照る砂原の雲のゆきにゆく
雨の軒雫おちてゐるしつらへた座敷に通る
工場休ミ日の裏の糸瓜の棚づくる朝

（「三昧」大正14年7月号）

墓の一つを洗ひ葉のかげる辞世をよみぬ

（「三昧」大正14年9月号）

八月一日　於大阪

蚤につかれた寝覚を出る峰おろしの風
浜でまたしばし住む実になる浜茶
煤烟にまみて夾竹桃のさき残る花

八月廿日　於丸亀

夜も鳴く蟬の灯あかりの地に落る声
蚊帳に来た蟬の裙のべに下鳴きす
釣竿おさめて行く人の連れた裸の子

八月卅一日　於神戸

西爪船のつく時分町の日かけをたどりては行く
七夕すぎて咲く花の紫の下草をふむ
簗上りのゆふべの籠をおきすて丶ゆきぬ

（「三昧」大正14年10月号）

壁土を捨てた雨の湿りの蚰の出る
砂浜をあるく雨上りのもう人の来るなく
夜のまとゐの大き過ぎるテーブルを離る
卓にやる手の煤烟に染む煤のころげゐる
夕べ凪ぐ海に端居して居眠りつゝゐる
カンナ色まさる夕べのベンチに上衣をかける
鮎をきゝに一ト走り小女の崖おりてゆく
沖遠く来ぬオールにさはる水母をすくふ

水べ虫すだく夜の草むらを分くる道
草高き中の並木の人通ひゐる
この頃の晴れことし生らぬ柿見上げゐる
（「三昧」大正14年11月号）

コスモスくねる枝々の蕾をもち起き来る
軒さき土運ぶ人かげのひるになり休む
稲ほの孕む明方の風の早手来る
薄紅葉する梢ふる雨の鳥の立ちゆく
柑子高く薫しまつする薫をかぶりゐる
窻のシネラリアに夕日さして来る卓の上にも
川岸に沿うてかへる夜の落ち汐の雨降る
親子四人連れと船を待つ波のよるべに
灯の中柳の老木一枝を垂るゝ
一ト時船を待つ間の餌を追ひつ小魚群れ来る
（「三昧」大正14年12月号）

〔大正十四年〕

高浜虚子

かりそめに掛けし干菜のいつまでも
麦踏んで戻りし父や庭に在り
（「ホトトギス」大正14年3月号）

国寒し四方の山より下ろす炭
寒燈の油を惜む尼の君
屈竟の若者寝たり薄布団
手燭もて入れば風あり布団蔵
足あげて日もすがらあり麥を踏む
春雪のちらつきそめし芝居前
我猫をよその垣根に見る日かな
我庵をゆるがし落ちぬ猫の恋
寒き日を草摘に出し孀かな
二の替古き外題の好もしき
皿の絵の漂ひ浮み春の水
水草生ふ池の堤を通ひ路や
いと薄き繭をいとなむあはれさよ
白牡丹いづくの紅のうつりたる
早乙女の重なり下りし植田かな
真夜中の町幅広し蛍とぶ
宗鑑の墓に花無き涼しさよ
此屋根の葺き下ろされて涼しさよ
勝ち馬を乗り沈めたるゆゝしさよ
方丈に今届きたる新茶かな
（「ホトトギス」大正14年8月号）

解説・解題

安藤　宏

編年体　大正文学全集　第十四巻　大正十四年　1925

解説　大正十四(一九二五)年の文学

安藤　宏

大正十三（一九二四）年から昭和二（一九二七）年にかけての数年間は、日本の文学が「近代」から「現代」へと転換していくきわめて重要な転換期であった。梶井基次郎が「檸檬」でデビューした「青空」（大十四～昭二）、中野重治、堀辰雄らの「驢馬」（大十五～昭三）、藤沢桓夫らの「辻馬車」（大十四～昭二）、尾崎一雄らの「主潮」（大十四～十五）、舟橋聖一、阿部知二らの「朱門」（大十四～十五）、小林秀雄、永井龍男らの「山繭」（大十三～昭四）など、のちの昭和文学の担い手たちの多くがこの時期の同人誌から巣立っている事実は看過されるべきではない。震災後の数年間、既成のメディアでは対処できぬ、あらたな胎動がすでに始まっていたのである。この魅惑に満ちた過渡期の特色を探って行くには、必ずしも通史的な文学思潮の対立にとらわれず、時代状況と表現自体の持つ必然性に虚心に立ち返ってみる必要があるだろう。

1　心境小説――あらたなジャンルへの待望論――

まず大正十四年という年の持つ意義を考えるために、この前後に文壇をにぎわせていた次の三つの大きな論争を見ておくことにしよう。

・散文藝術論争（大正十三年～十四年）
・心境小説論争（大正十三年～昭和二年）
・小説の筋をめぐる論争（昭和二年）

従来これらの論争は個別に分類される傾向が強かったが、実は底流では密接につながっており、その共通の問題意識から、さまざまな問題点を拾い上げることができるように思うのである。

まずは散文藝術論争について。きっかけとなったのは広津和郎の「散文藝術の位置」（「新潮」大十三・九）で、散文藝術を詩や音楽と比較し、あらゆる藝術の中で最も人生と「隣り合せ」にある点にあらためてその特色を指摘したのだった。これに触発される形で佐藤春夫が「散文藝術の発生」（「新潮」大十三・十二）を発表、「秩序ある均衡、統一、調和」に「詩的精神」の本質があるのだとするなら、その対極にある「混沌」にこそ「散文精神」の本質があるのだとしている。これに対し生田長江は直ちに「認識不足の美学者二人――所謂『直ぐ人生の隣りにゐる』散文藝術に関する広津佐藤二君の謬見――」（「新潮」大十三・十二）をもって反論、彼らの定義の美学的な不徹底を批判してみせたのだった。多分に嘲笑的な嫉妬を含むこの文章は必ずしも散文藝術に関して独自の定義を企てていたわけではなく、本巻に収録した広津の再反論、「再び散文藝術の位置について――生田長江氏に答ふ――」をもって一連のやりとりは収束をみることになる。

実はこの論争は「散文は詩に非ず」という、自明と言えばあまりにも自明な事実があらためて強調された点に重要な意義が潜んでいた。背景には大正の中期以降、詩が口語化の進捗に合わせて次第に韻律を失い、白鳥省吾ら民衆詩派の試みに代表されるように、より生活実感に即した、散文詩的な性格を強めていくという経緯があった。近代以降最も詩と散文とが近接し、「詩」とは何か、「散文」とは何かという、いわばそれまで自明とされてきたジャンルの境界があらためて問い直される状況が訪れたのである。広津と佐藤の意図は、いわば「混沌」と「生活」をキーワードに、散文の価値を「詩」とあらためて峻別してみせる点にあったと見るべきだろう。

こうした動向に対し、これとは逆に「詩」と「散文」とは別個ではないと言う議論、つまり両者の融合があらたなジャンルとして可能なのではないかという問題意識が、続く「心境小説」論争の出発点にあったものと考えられる。

きっかけとなったのは中村武羅夫の「本格小説と心境小説と」（「新潮」大十三・一）で、彼はこの中で「アンナ・カレニナ」のような「厳正に客観的な行き方の小説」を「本格小説」とし、これに比べて「作者の心持や感情を直接書」いた「心境小説」を「傍系」の小説と位置づけたのだった。これに対して久米正雄は本巻収録の「『私』小説と『心境』小説」において、「散文藝術に於いては『私小説』が、明かに藝術の本道」であるとし、「心境小説」はさらにそれが純化した理想の小説形態であるとしたのである。今日、このやりとりは「私小説」か「本格小説」かという対立で捉えられがちだが、おそらくその背景には小説の小説たるゆえんをプロットの造形性に求めるべきか、それとも詩的象徴性の導入――詩と散文との融合――に求めるべきかというより重要な論点が潜んでいたのである。久米は「心境」の定義を「作者が対象を描写する際に、其対象を如実に浮ばせるよりも、いや、如実に浮ばせてもいゝが、それと共に、平易に云へば其時の『心持』六カ敷しく云へば、それを眺むる人生観的感想を、主として表はさうとした小説」であるとしている。「心境と云ふのは、実は私が俳句を作つてゐた時分、俳人の間で使はれた言葉で、作を成す際の心的境地」なのだとことわっているように、彼の胸にあったのは従来の写実的なリアリズムと詩境とが一体化した、あらたなジャンルへの待望だったのだ。

当時、「心境小説」の理想の例として引き合いに出されるのは、もっぱら志賀直哉と葛西善蔵の短編であった。療養生活の中で「生きて居る事と死んで了つてゐる事と、それは両極ではなかつた」という認識を次第に獲得していく志賀の「城の崎にて」（「黒潮」大六・十）は、あらためてこの時期になってその意味が再発見されていくことになる。本巻収録の「濠端の住ひ」も、身近な小動物を素材に、生命の持つ、その「不可抗な運命」を描きだした点で、まさにその流れに位置するものと言えよう。葛西善蔵もまた、大正十一年に宿痾の肺結核が発症し、奥日光湯元温泉での療養生活を題材にした「湖畔手記」（「改造」大十三・十一）を発表、これら一連の短編が高い評価を獲得していくことになる。「血を吐く」（本巻所収）と「バカスカシ」（「改造」大十四・二）もこれらの系譜に連なるもので、弱っていく体から見た時の青年のまぶしい生命力が、人の情と共に身にしみてくる感覚が、語り手「私」の認識のうちに収斂していくのである。

葛西善蔵

梶井基次郎（左）　大正14年8月

　おそらく問題は一人称の語りをいかに「詩」に近づけていくか——詩的象徴性を実現していくか——にかけられていた。白樺派と自然主義という、当初全く相対立するエコールと見なされた二つの文学思潮はこの時期すでに対立の意味を失い、「詩」と「散文」との融合をめざすあらたなジャンルへの待望論がこれに取って代わることになったのである。

「心境小説」の萌芽がこれに先立つ数年前から始まっていた事情については第十二巻の曾根博義氏の「解説」に詳しい。実はこうした傾向はこの時期の小説家に多かれ少なかれあらわれる現象で、たとえば大正八年に「幼年時代」「性に眼覚める頃」で小説家デビューした室生犀星は、大正十一年に長男を失い、さらに翌年の震災を経て、次第に作庭や陶器に関する枯淡とした短編を好んで描くようになる。老人たちのさまざまな人生の交錯を綴った「草笛庵の売立」（本巻所収）は、まさに彼なりの時代への回答でもあったわけで、辛口で知られる「新潮合評会」（「新潮」大十四・八）も、この作品に関してはほとんど絶賛に近い扱いであった。これほどまでに作者の「心境」が評価された背景には、あえて大きな世界を小さな出来事に託して語っていく象徴性、つまり隠喩的な機能があらためて「小説」というジャンルに期待されるという背景があったわけである。

　一見世代を異にするように見えるけれども、梶井基次郎の

「檸檬」（本巻所収）もまた、まさしくこうした時代の落とし子であったと考えられる。「私」の心理に創り出される「錯覚」と、現実世界との齟齬が檸檬によって解消されていくその心象風景は、まさに「詩」と「散文」との融合形態の実践にほかなるまい。一人称の語り手の認識に詩的象徴性を担わせていこうとする志向は必ずしも既成作家だけではなく、新世代の若者たちにも共有されていたのである。「私小説」か「本格小説」かという対立だけで見てしまうとこれらの問題は見過ごされてしまうわけで、要は詩と散文との融合をいかに一人称の語りのうちに実現させていくかという課題にあったはずなのだ。

2　一人称の可能性――「私」の「見え方」をいかに描くか――

「心境小説」は、実は散文藝術論争の課題と大正期教養主義的な「人格」の概念との落とし子でもあった。孤独な読書と思索とで「内面」の「修養」をはかる大正期教養主義は、阿部次郎の『人格主義』（大十一・六、岩波書店）の刊行で一つのピークを迎えるのだが、同時にすでにその内部から変革の動きが起こり始めていたのである。「人格」の概念は絶えざる「陶冶」によって変貌を遂げていく生成概念へと次第に読みかえられ、それが実は「私小説」から「心境小説」へという変遷に密接に連動していたものと思われるのである。この間の事情は先の中村武羅夫の文章の、たとえば次のような「心境小説」への言明からもうかがえるだろう。

> 自然主義時代の作家の努力は、或る人間を描かうとすることであつた。或る性格、若しくは或る生活を描かうとすることであつた。それがだんだん近来では、『人』若しくは『生活』を描くことよりも、作者自身の見方、感じ方、即ち作者自身の『心の動き』を書かうとすることが主になつて来た。つまり心境小説の盛んになつて来た所以であらう。

これを「『私』をコンデンスし、――融和し、濾過し、集中し、攪拌し、そして渾然と再生せしめて、しかも誤りなき心境を要する。是が私の第二段の『心境小説』の主張である」という先の久米の言、さらに「『私小説』の面白さはその作者の人間性を掘り下げて行く潔さであると私は思つてゐる」という宇野浩二「『私小説』私見」（本巻所収）の言と並べてみると、一見文脈を異にするこれらの議論の意外なほどの共通点が浮び上がってくる。おそらく問題は体験や事実の再現性にあるのではなく、自己の「見え方」の変容をいかに時間的なプロセスとして描き出していくかという課題にこそあったのだ。

「葛西善蔵氏との藝術問答」（本巻所収）の中で、葛西は藝術と実生活の一致をいかにも彼らしい口吻で述べているが、ここでめざされているのは決して実生活の単純な報告ではない。自己の「見え方」を読者に報告し、その過程からまたあらたなことばを発見していくという、不断の往還運動にその真骨頂があったわけである。

それではこうしたことばの葛藤そのものを主題化するにはいかなる方法によるべきなのであろうか？　おそらくこの時期もっともこの問題に意識的であった作家に牧野信一がいる。彼が大正十四年の文壇で最も活躍した小説家の一人であったという事実はここでもっと強調されてよいだろう。前年の「父を売る子」（「新潮」大十三・五）が「中央公論」の名編集者、滝田樗陰の目にとまったことも手伝って（ちなみに滝田は翌十四年の秋に死去）、「『或る日の運動』の続き」（「文藝春秋」三月）、「『悪』の同意語」（「中央公論」四月）、「貧しき日録」（「新潮」五月）、「鏡地獄」（「中央公論」九月）、「秋晴れの日」（「新潮」十月）、「極夜の記」（「文藝春秋」十月）等々、主要誌にこれほど多くの作品を発表している作家は、この年ほかに見あたらないのである。もっとも、それらの評判は、必ずしも芳しいものではなかった。「新潮合評会」でも、人間の見方がしっかりしていない、冗長である、根底的なものがない、等々、酷評もいいところであったと言うべきだろう。そもそも牧野は早大英文科卒業生を中心にした同人誌「十三人」（大八～十）を出身母体にしており、ある意味では自然主義以来の私小説リアリズムを忠実に受け継ぐ環境から出発していたのだった。しかし彼がこの時期問題にしたのは「真剣」「緊張」「深刻」といった伝統的な価値観に従って「私」を描こうとした時、あたかもそれを裏切るかのように次々に不確定な「私」が見えてきてしまうという自意識の秘密だったのである。たとえば本巻所収の「鏡地獄」の次のような一節に着目してみることにしよう。

「大体自分は、積極的な自己紹介を求められる場合に、何とか答へる己れの言葉に真実性や力を感じた験しはないんだが、そして何か話してゐる間は、何だか嘘ばかり口走つてゐるやうな寂寞を覚ゆるのが常なのだが、せめて、嘘だ！と自ら云ふ心の反面に、何らかの皮肉が潜んでゐたり、意外な自信がかくれてゐたり、案外真正直な性質が眼をむいてゐたり、でもすれば多少は救はれるんだが、自分のは、その種の人々の外形を模倣したゞけで、心の反省があり振つたり、嘘つきがつたり、細心振つたりするだけのことで、大切な反面の凡てが無である。」「人は夫々生れながらに一個の鏡を持つて来てゐる筈だ、自分の持つて来た鏡は、正常な使用に堪へぬ剝げた鏡であつた。」「実際そんな鏡に、暫くの間姿を写してゐると、何方がほんとの自分であるか解らなくなつてしまふ時がある……」

こうした一節は発表当時多分に誤解を与え、単なる自嘲や自己嫌悪の表白と見なされてしまった形跡があるのだが、実は「私」をある一つの実体として再現するのではなく、「見え方」の変化そのものとして描き出そうとする意図が秘められていたのではないだろうか。右の引用に出てくる「鏡」とはいうまでもなく自意識の比喩である。単に「私」の体験を書くのではなく、ひとたび「『私』について書く『小説家』」について書こうとした瞬間、「書く自己」と「書かれる自己」とのあいだにズレが生じ、昭和期の文学の大きなテーマでもある「自意識過剰」の問題が浮上してくることになる。自己を対象化していくこうした無限の連鎖の果てに、「自己」が特定の「自己」であることの意味を失い、「そうであるかもしれない自己」「そうであったかもしれない自己」が立ち現れてくるのである。今日牧野は日本の近代文学にあってきわめて特異な幻想文学の書き手として脚光を浴びているが、「ギリシャ牧野」と呼ばれるのちの不可思議な幻想世界は、実は「小説家」を主人公とし、描くことそれ自体を主題にした、この時期の「小説家小説」の実践を通して初めて育まれていったものなのではないだろうか。

武林無想庵

「小説家小説」の実践例としてここでやはり忘れてはならないのが武林無想庵だろう。本巻所収の「Cocu のなげき」は彼の代表作で、妻を寝取られた男（Cocu）の赤裸々な告白体小説である。大正十二年の暮れに無想庵は妻子と二度目の渡仏をし、経済的に行き詰まり、妻が留学生と同棲するという経緯が現実にあった。この事件は続いて「リュ・ド・リイル廿八番地まで」（「改造」大十五・一）、「女房に逃げられた男の心理描写」（同、大十五・二）等の連作を生んでいくのだが、社会的な敗残者であることがことさらに強調され、ことばで自己を追いつめていく執筆行為自体が、さらに次なる表現対象に選ばれていく。それはまた、小説が書けないという事実、つまり「何が描けないのか」を描くことによって、逆説的に藝術理念を浮き彫りにしていく試みであったともいえよう。

そもそも一人称小説であるということと、作者の実体験の暴露であるということとは必ずしも一致しない。本巻に収録した松永延造の「浅倉リン子の告白」は、「告白」という表現形式を同時代の私小説、心境小説とも異なる手法で活用した特異な小説で、当時積極的な評価には恵まれなかったが、通俗性と社会性を兼ね備えた特異な告白体小説として再評価されるべきものを持っている。同年四月の「中央公論」に発表された「出獄者品座龍彦の告白」と合わせ読むことをおすすめしたい。

3　芥川龍之介と川端康成――震災の焼け跡から――

あらたなジャンルとしての「心境小説」への期待の中には、このように「小説家」が自身の「見え方」の変容をあぶり出していく「小説家小説」への志向が常に内在していた。そもそも志賀直哉の「城の崎にて」は「小説家」として自身の死生観がどのように変じていくのかを浮び上がらせたものであったし、先の葛西善蔵の「バカスカシ」もまた、「小説の書けない小説家」の舞台裏の告白、という形がとられていた。徳田秋聲もこの時期次第に語り手「私」の心理的な象徴性を重視するようになり、「心境小説」への傾斜を強めていく。本巻所収の「未解決のまゝに」には、「彼はその女が何んな風に変つたか、何んな生活をして来て、何んな境遇にあるかに好奇心が動いたが、勿論それには彼れの職業心理が鋭敏に働いてゐた。」という一節が見え、やはり主人公が「小説家」という、特殊な人間であることがことさらに強調されているのである。前年の「花が咲く」（「改造」大十三・五）でも彼はこの事件を扱っているが、両者を比較してみると、作者が必ずしも一般に考えられているような「解脱の境地」を描くことを目的にしていたわけではないことがわかる。「心境小説」を宗教的な達観や諦観という観点から捉えるのは必ずしも実態に即してはいないのである。

近代から現代への胎動期であるこの時期（大正十三年～昭和二年）は、近代史上、自己分裂を扱った「小説家小説」が集中してあらわれた時期の一つでもあった。そしてここで興味をひくのは、先にも触れたように「書くこと」にこだわる一人称「私」の自意識が、「そうであるかもしれない自己」「そうであったかもしれない自己」を次々に喚起し、実体験から離れた幻想世界を導き出していくという事実なのである。梶井基次郎の「泥濘」（「青空」大十四・十）や「Kの昇天」（「青空」大十五・十）はまさにその実践例でもあるわけで、そこには「私」を実体から現象へと変換していくことによって幻想性を導き出していくような契機が常にはらまれていたと見るべきだろう。

ここでこの問題を芥川龍之介と川端康成――新旧二世代の交錯――を通して見てみたい。

「羅生門」（「帝国文学」大四・十一）、「鼻」（「新思潮」大五・二）を始め、当初客観小説を以て文壇デビューしたはずの芥川龍之介は、「中央公論」大正十四年一月号に自己をモデルにした「大道寺信輔の半生」を発表する。私小説的な「告白」を嫌悪していた芥川は、これに先立つ大正十二年から、すでに自己をモデルにした「保吉もの」といわれる一連の作品を書き始めていたのである。しかしその一方で本巻所収の「馬の脚」には、「自己」を「告白」するということへの強い懐疑が秘められているようだ。題名には「馬脚をあらわす」ことの寓意が託されており、自身の脚を隠そうとする主人公の姿には、自らの醜い面を告白することへの作者自身の願望と拒否の両面が含意されているという興味深い指摘もある。「告白」を嫌悪しながらなおかつ自己を題材にした小説を書いていくというのは確かに奇妙な話で、彼はなぜこうまでしてこの時期あえて「一人称的なるもの」にこだわったのであろうか。

たとえば大正十四年のこの年に発表された「海のほとり」(「中央公論」九月)の中で、語り手の「僕」は鮒の夢(池の小波が鮒に変身し、その鮒が「僕」に声をかけるという幻想)を見る「僕」を振り返り、そこに「識域下の我」を見い出している。翌月に発表された「死後」(「改造」大十四・九)もまた、死んだ自分をもう一人の自分が振り返る夢の話であった。そもそも日本の言文一致体以降の小説全般に言えることなのだが、夢や幻想はそれ自体が独立して描かれるのではなく、多くの場合、夢や幻想に話者自らがいかに立ち会ったのかという「いきさつ」と共に語られる特色を持っている。芥川もまた彼自身の問題意識に沿ってこうした「いきさつ」を描こうとしていたわけで、それはまた、同時代の「心境小説」待望論への彼なりの答でもあったわけである。

芥川は昭和二年の死の直前に谷崎潤一郎と「小説の筋をめぐる論争」を戦わせ、その中で「『話』らしい話のない」「詩的精神」に裏打ちされた小説を理想とし、その例として「焚火」(「改造」大九・四)を初めとする志賀直哉の「心境小説」を称揚している(「文藝的な、余りに文藝的な」「改造」昭二・四〜八)。本来反「私小説」を標榜していたはずの芥川がこのような主張を展開しなければならなかった背景に、志賀のリアリズムへの屈服、あるいは彼自身の創作力の枯渇を見るというのが一般的な理解でもあったようだ。しかし一方で彼の説く「詩的精神」には、「私」を一個の心理的象徴として描くことがいかにして可能か、あるいは語り手「私」の意識を舞台に詩と散文との融合をはかることがいかにして可能なのか、さらにはまた、日常を描くリアリズムに「夢」や「幻想」を呼び込むことがいかにして可能なのか、といった問題意識が揺曳していたのではないだろうか。それはまた、冒頭で三つの論争が密接に関連していることの重要性をあえて強調したゆえんでもある。

芥川の「雪・詩・ピアノ」(「新小説」大十四・五)もまた超常現象に立ち会う「私」を描いた小編なのだが、これが震災直後の焼け跡を舞台にしている事実はここで象徴的だ。たとえば川端康成の次の一節を想起してみることにしよう。

「何物にも勝つて人間を驚天さし、目を覚させるのは、人間が絶対的だと考へてゐる事柄を、単に相対的なものだとすることだよ。それを今度の地震は一時にやつてのけたぢやないか。」「輪廻転生の説を焼野に咲く一輪の花のやうに可愛がらねばなるまいよ。人間がペンギン鳥や、月見草に生れ変ると云ふのでなくて、月見草と人間が一つのものだと云ふことになれば、一層好都合だがね。それだけでも、人間の心の世界、云ひ換へると愛は、どんなに広くなり伸びやかになるかしれやしない。」(「空に動く灯」一、「我観」

大十三・五）

川端文学の重要なテーマである「輪廻転生」が語られはじめる初期の例である。実は芥川と川端は関東大震災の直後、二人で焼け跡を三日間にわたって彷徨したと言われているが、新旧両世代を代表するこの二人が焼け跡から見出したテーマの共通点にここであらためて驚かされるのである。既成文壇と「新感覚派」とを対立関係で捉える文学史の常識は必ずしも正しいとは思われない。既成作家を「心境小説」へと向かわせたこの過渡期のモチーフは、「末期の目」（「文藝」昭八・十二）にいたるその後の川端の足跡にも、底流でしっかりつながっていたわけである。

人が固定的な人間観からもっとも自由になりうるのは「死」について考えるときである、というのは、川端が確かにこの時期に学んだ発想であった。本巻所収の「青い海黒い海」はその興味深い例で、死の世界からみればばりか子は生きているし、生の世界からみればばりか子は死んでいる。「私」はこの時確かに生と死の〝あいだ〟を流転しているのであり、過去と未来、此岸（この世）と彼岸（あの世）との〝あいだ〟にあるこの時空は「永劫の現在」と名付けられ、川端固有の「象徴の世界」を形成していくことになるのである。

4 「新感覚表現」の実質

川端に話が及んだので、ここで「新感覚派」の動向を追いかけてみることにしよう。

「文藝時代」は横光利一、川端康成、片岡鉄兵、中河与一ら十四名の新進作家によって前年の十月に創刊され、創刊号に掲載された横光の「頭ならびに腹」はその奇抜な表現が文壇に大きな波紋を投げかけることになる。評論家の千葉亀雄がいち早く「新感覚派」と命名（「世紀」大十三・十二）したこともあいまって、この雑誌は一躍時代の中心に躍り出ることになったのである。ただし自分は「新感覚派」ではないと公言する同人が何人もいたことからもわかるように、彼らは必ずしも統一的な文学観を共有していたわけではない。こうした中で外のまなざしに対して内側から実質を作り上げていこうとする動きも一方で出始め、本巻所収の川端康成「新進作家の新傾向解説」と横光利一「感覚活動」は、とにもかくにも急造された理論的対処としての役割を果していた。川端の「百合と私とが別々にあると考へて百合を描くのは、自然主義的な書き方である。古い客観主義である。これまでの文藝の表現は、すべてこれだつたと云つていい。／ところが、主観の力はそれで満足しなくなつた。百合の内に私がある。私の内に百合がある。この二つは結局同じである。そして、この気持で物を書き現さうとするところに、新主観主義的表現の根拠があるのである。」という文言や、横光の「新感覚派の感覚的表現とは、一言で云ふと自然の外相を剝奪し物自体に躍り込む主観の直感的触発物を云ふ。」といった主張には確かに共通する問題意識を読みとることができる。従来の写実主義的なリアリズムに対してあらためて「主観」の再生と復権を説くところにその最大公約数があったとみてよいだろう。佐藤一英の「文藝時代と未来主義」（本巻収録）の挑発的な逆説に端的にうかがわれるように、「反逆」は確かにこの時期の若手たちのキーワードでもあった。たとえば片岡良一「泉鏡花氏の文章」（本巻収録）は、自然主義の隆盛以降文壇の支持を失っていた泉鏡花に光を当て、あらためて新感覚派との共通点を指摘した評論で、指摘の当否はさておき、文体の装飾性に既成リアリズムへの反逆を読んでいる点が興味をひくのである。

「文藝時代」創刊のころ　右より菅忠雄　川端康成　石浜金作　中河与一　池谷信三郎

　比喩表現の主観性とは裏腹に、一方で彼らの作品には当時のプロレタリア文学以上に唯物論的な発想が色濃く流れていた。横光の「静かなる羅列」（本巻収録）はまさにその好例で、人間の歴史を決定するのは個人の権力欲よりも川の浸食力による地形変化、さらにはそれに基づく生産関係の変遷である、という思想が背後に一貫している。試みに当時のいわゆる「新感覚表現」の具体を、中河与一の「氷る舞踏場」（本巻収録）からいくつか抜き出してみることにしよう。

・腋の下から手が覗いて相手の筋肉の中へ割り込んでゐる。輝く白い肩と肩とが摩れさうになつては巧みに離れて行く。足が出る、みんなが廻る、微笑に汗ばんだ花渦巻きの連続だ。ダ、ダ、ダ、ダ、ダ、ダ。

　ここでもやはり、名詞の羅列や隠喩によって「感覚」の象徴化がはかられている点と、唯物的な発想によって旧来の精神偏重の人間観が掘り崩されていく点とにその特色を指摘することができよう。そもそもこの作品には固有名詞は一切登場しない。「恋愛」という、もっとも人間の「内面」に深く関わるはずの問題も、匿名化された男女の即物的でぎこちないやりとりのうちに解消されていく。結末で人々の腐敗しかけた精神がそのまま凍り付いていくイメージはまことに鮮烈である。
　やはり実作面で新感覚派をリードした重要人物、今東光の作品からも特徴的な表現を抜き出してみよう。

・人力車はバナナの皮にすべり、子供は父母の真似をして遊んでゐる。犬は真夏の夜の夢に遺精し、漆喰のこはれに溝から蚯蚓が啜り泣いてゐた。（「痩せた花嫁」本巻収録）
・彼女の薔薇色の内蔵はピク〳〵と痙攣した。彼女の火のやうな花弁は凋んだ。雌蕊は丸く紫色に膨れて、密《ママ》のやうな乳を滴らした。彼は憔悴した。さうして女の聖い胎から新しい一つの芽が吹き出した。（「内に開く薔薇窓」「文藝時代」大十四・四）

　人間の内面を隠喩によってモノに置き換えていく発想を共有しながら、今東光の場合は官能的な情緒が濃密に醸し出されてくる点にその特色があるようだ。
　さらにもう一例、いわば関西の「文藝時代」とも目された、藤沢桓夫、神崎清らの「辻馬車」（大十四〜昭二）から、藤沢の「首」（本巻収録）の一節を引いてみたい。

　冬の都会は、午前二時の、暗闇だ。悶絶した隧道だ。雪雪雪雪雪雪雪雪雪の交錯舞踏を縫ひ、自動車は、ドイツ産の闘犬を想ひながら、ひたすら、驀進した。………

　のちに述べるダダイズムの影響が顕著な一節だが、こうした形での「詩」と「散文」の融合は、「心境小説」におけるそれとは異なり、いずれは小説的なプロットの解体へと向かうことになる。作者の駆使する比喩が奇抜で主観的なものであればあるほど、作中の語り手の役割もまた減殺され、説話性を喪失していくのである。この問題はここに引いた作品の多くが実際には見かけ以上に保守的な語りの視点（三人称的な、下界を俯瞰する視点）をとっていることと無縁ではない。ことその点に関しては同じ「新感覚派」でも、一人称の方法的可能性に意識的であった川端とのあいだに大きな距離があったわけで、「新感覚表現」の使い手たちが見切った「小説家小説」の手法のうちには、実は見かけ以上に多くの可能性が潜在していたのである。

5　文壇の力学

　実は「文藝時代」の同人の多くは「文藝春秋」の同人でもあり、いわば菊池寛の子飼いの若手作家のグループでもあった。したがって「新感覚派」の旗揚げは「文藝春秋」の別働隊と菊池寛への反乱軍という二つの性格を併せ持っており、その関係は微妙であった。この時期の横光や川端の発言には菊池寛に対する細心の気配りが感じられるが、これに対し直情を以て反旗を翻したのが今東光で、事態は「文藝時代」の内紛と今の脱退、「文党」の創刊（大正十四年七月）という経緯にまで発展することになる。ことは既成文壇にどこまで実質的な反逆が可能であったかという踏み絵になりうる問題でもあったわけで、実作面での活躍のめざましかった今東光の脱退によって、エコールとしての揚力は大きく削がれたと見るべきであろう。

若手・中堅作家の拠って立つメディアは、この時期菊池寛の「文藝春秋」と中村武羅夫の「新潮」とに人脈が分化しつつあり、「新感覚派」に攻撃をしかけたのは主に「新潮」の側であった。すでに堀木克三が挑発的な批判を展開していたが、翌十四年にはいると生田長江が「文壇の新時代に与ふ」（本巻収録）を発表し、あらためて彼らを批判することになる。いわゆる「新感覚表現」がポオル・モオラン（Paul Morand, 1889-1976）の『夜ひらく』（*Ouvert la Nuit* 1922、邦訳、堀口大學、大十三・七、新潮社）の模倣であることを揶揄した上で（ちなみに邦訳は評判を呼び、この時期多くの版を重ねた）、彼らの表現は決して新時代を切り開く体のものではないと断じてみせたのである。これに対する反論として書かれたのが伊藤永之介「生田長江氏の妄論其他」、稲垣足穂「末梢神経又よし」、片岡鉄兵「新感覚派は斯く主張す」の三編であった（いずれも本巻収録）。伊藤と片岡の文章は客観性を標榜する既成リアリズムに対してあらためて「主観」による反逆を強調したものであり、また、稲垣足穂の一文は生田の「末梢神経」という批判のことばを逆手にとった反論。稲垣足穂の一文の趣旨は、たとえば次のような一節に集約されているように思われる。

> 吾々の感じ得るかぎりが人間でないか？　吾々の思想し得るかぎりが人間でないか？　吾々の想像にうかぶかぎりが人間でないか？　吾々の空想し妄想し得るかぎりが人間でないか？　吾々にでつちあげられるかぎりが人間でない

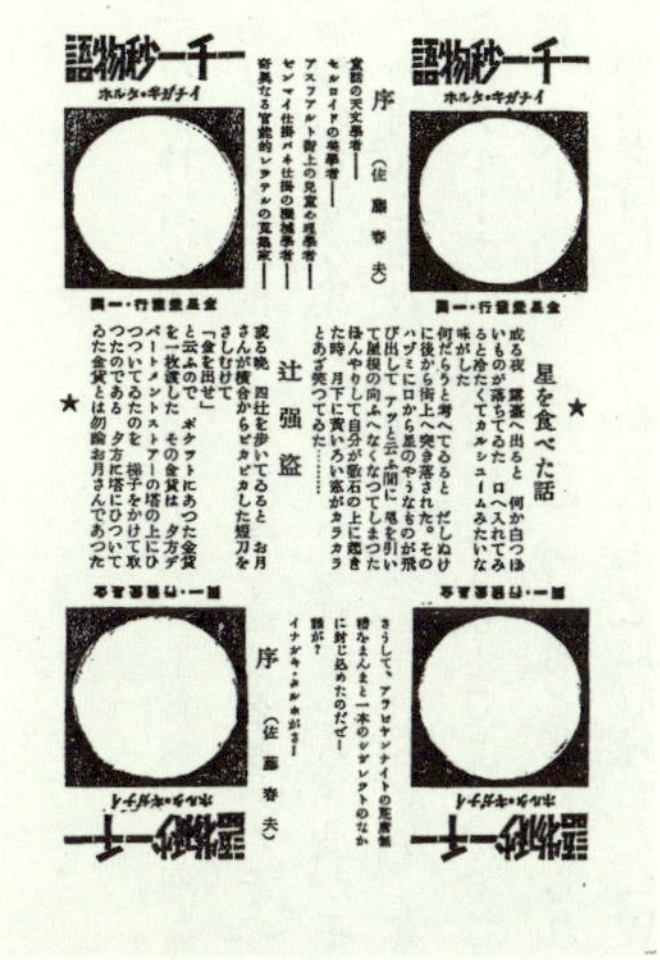

「文藝時代」大正14年4月号と同号掲載の稲垣足穂『一千一秒物語』広告

か？

いわば「人間」を素朴に実体視する「人格」主義への痛烈なアンチテーゼであり、観念の世界への跳躍の必要を説いたその論旨には新旧価値観の対立が集約的にあらわれている。彼が正式に「文藝時代」の同人に加わるのは翌年の三月からだが、実質的にはすでにこのグループの中枢にいたと考えてよい。すでに『一千一秒物語』（大十二・一、金星堂）の作者として知られていた足穂だが、「文藝時代」への執筆は本巻に収録した「WC」が最初の作品であった。公衆便所を舞台にしたこの特異な小説は、排泄物志向、美少年愛など、のちの足穂の世界がすでに遺憾なく先取りされている。重要なのはこれらが必ずしもマニアックな嗜好、性癖として扱われているわけではなく、たとえば排泄物が人間から切り離されたモノでありながら同時に実物以上に生々しくその「人間」を表現している、という発想は、新感覚派の唯物論的な発想にも響き合うものだったのである。

ここで仮に「末梢神経又よし」に対し、中村武羅夫が「新潮」に相次いで発表した「文藝作品における苦悶の意義」（五月号）、「人生のための藝術」（本巻収録）を対置してみると、問題の所在はより明確になるだろう。中村はこれらをテコに「新人生派」を標榜し、七月に雑誌「不同調」を創刊するのだが、それが「文藝春秋」と「文藝時代」への文壇力学的な対抗措置であることは明らかであった。いきおいその文学観は反動的な色彩を強めることになり、のちの嘉村礒多ら少数の例外を除き、実作面では、はかばかしい収穫を見ずに終わることになる。すでに述べたように大正期教養主義的な「人間」観はこの時期その内側から意味を変容させつつあり、先述した中村の「心境小説」観に照らしても、彼の説く「人生のための藝術」は明らかな退行だったのである。

6　ダダの時代——欧州前衛藝術運動の流れ——

二十世紀初頭に世界的な規模で巻き起こりつつあった「知」の枠組みの変動は、第一次大戦後のヨーロッパの前衛藝術運動（アヴァンギャルド）に明らかなように、文学にあっては何よりもまず、従来の写実主義的リアリズムに根本的な意義を申し立てることから始まった。フロイト（Sigmund Freud 1856-1939）やベルグソン（Henri Bergson 1859-1941）の影響もあって、「性格」や「個性」を先験的（ア・プリオリ）な実体としてではなく、無意識の領域をも含めた一個の運動概念として捉え直していくことの必要があらためて提起されたのである。先に大正期教養主義的な人間観や「人格」の概念が内側から掘り崩されていく必然性について述べたが、こうした潮流は、同時に右の世界的な動向と合わせ見ていく必要があるだろう。ちなみに本巻収録の堀口大學「小説の新形式としての『内的独白』」はジョイス（James Joyce 1882-1941）の『ユリシーズ』（*Ulysses* 1922）の刊行後わずか三年後のもので、〝意識の流れ（Stream of consciousness)〟の手法の紹介としては日本で最も早いもののうちの一つである。自然主義文学運動が約半世紀遅れて本格的に移入されたことを考え合わせてみると、これは驚くべき事実であると言わなければならない。第一次大戦後、ヨーロッパではシュールレアリスムを初めとする前衛藝術運動の旋風が吹き荒れるのだが、平戸廉吉が大正十年に「日本未来派宣言運動」を開始したのをきっかけに、未来派、構成派、ダダイズムを初めとする最新の藝術思潮が続々と日本に入ってくることになる。この時期初めて日本文学は、それまでの西洋文学への時間的なコンプレックスに別れを告げ、世界同時的な課題への参

「マヴォ」創刊号（大正13年7月）

入を開始したのである。当然のことながら先の川端の「新進作家の新傾向解説」、横光の「感覚活動」には、ダダイズムや表現主義がさまざまな形で論旨に取り込まれていた。川端の「新進作家の新傾向解説」に関して言えば、その理論的な支柱になっている「表現主義的認識論」が、学生時代に北村喜八の下宿でダダイズムと表現主義について教えられたことが発想のきっかけになっていることがすでに検証されている。表現主義はドイツの演劇を主な舞台に、現実とは異次元の藝術空間を演出や舞台装置を通して実現していこうとする試みで、大学卒業後に築地小劇場に入って精力的な活動を繰り広げた北村喜八は、新感覚派誕生の隠れたキーパーソンでもあったわけである。本巻では「表現派の史劇」を収録したが、前年の北村の著作、『表現主義の戯曲』（大十三・十、新詩壇社）が先の川端の一文に大きな影響を与えている事実も見逃してはならないだろう。

この時期アヴァン・ギャルドの主要な担い手としてもっとも活躍のめざましかったのが村山知義である。彼はベルリンで学んだ構成派、表現派の美術、演劇を携えて帰国し、前衛美術団体マヴォの会を結成、大正十三年七月から十四年にかけて個人誌「マヴォ」を刊行している。大判アート誌のこの雑誌は活字の横組みや張り紙などを駆使したその奇抜な前衛性が人目を引き、村山はたちまちアヴァン・ギャルドの象徴的な存在となった。実は「文藝時代」大正十四年四月～六月号の表紙は村山の手になるもので、まさにマヴォをそのまま連想させるような前

衛的なデザインである。その六月号に村山自身の創作「兵士について」（本巻所収）が掲載されており、欧州の最新藝術の実践舞台としての「文藝時代」の雰囲気をさながらにうかがうことができるだろう。

ダダイズムはニヒリズム、アナーキズムを後景に混乱と無秩序を意図的に演出していく藝術革命運動で、日本では高橋新吉『ダダイスト新吉の詩』（大十二・二、中央美術社）以来、文壇に大きな旋風を巻き起こすことになる。当時「ダダ」の語は前衛藝術の総称として用いられていた形跡があり、先述の『夜ひらく』の文体も日本では明らかにダダの一環として受容されていた。この時期萩原恭次郎の「ダムダム」（大十三）、稲垣足穂も参加していた「ゲエ・ギムギガム・ブルルル・ギムゲム」（大十三〜十五）などの詩誌がさまざまな詩作を実践しており、「文藝時代」創刊号に「ダムダム」の交換広告が載り、稲垣足穂『一千一秒物語』のダダ風の広告が大正十四年四月以降に掲載されるなど、その密接な交流関係を彷彿とさせるのである。

なお、西欧の技法と日本の短編小説の技法とのあらたな融合、という点で言えば、岡田三郎の提唱した「コント」というジャンルが興味深い。これは彼がフランス遊学から持ち帰った小説形態で、人生の一断面を機知によって、きわめて短い挿話のうちに描出していくところにその趣旨があった。大正十四年四月に自ら創刊した「文藝日本」が提唱の舞台となり、創刊号掲載の「コントの一典型」（本巻収録）はその宣言文にもなっている。翌月の「新潮合評会」にさっそく引き合いに出されるなど確かな反響があり、その後も川端の一連の掌編小説に結実したり、「プロレタリア・コント」という形態が「文藝戦線」に転用されたり、あるいは週刊誌などのマスメディアを中心にナンセンスなショート・ショートとして普及するなど、さまざまな形で派生的な発展を見せることになるのである。

7　混沌期の可能性——「文藝戦線」と「文藝時代」の交通

「文藝時代」と「文藝戦線」は藝術派と左翼文学の代表として対立関係にあったというのが一般的な見取り図なのだが、少なくとも大正十四年の現場を追うかぎり、この「常識」はかなり疑わしい。まずその理由の一つに、「文藝戦線」そのものが文壇文学に拮抗するだけの力をまだ持ち得ていなかったという事情がある。震災直後の混乱に乗じた当局の弾圧によって「種蒔く人」は廃刊に追い込まれ、社会主義文学運動は大きな打撃を被るのだが、その出直しとして発刊された「文藝戦線」も大正十四年に新年号を出したあと、経済的な理由で半年近く休刊、六月に一時判型をあらためて復刊したものの、結局この年はパンフレットのように薄い冊子を七冊出すのみにとどまっている。それでも九月号には日本プロレタリア文藝聯盟の規定草案が発表され、同年十二月には同聯名が正式に発足、以後本格的な組織化の時代を迎えることになるのだが、それも含め、大正十四年がある種のエア・ポケットのような状況にあったという印象はぬぐえない。逆に言えばアナーキスト、マルキスト、藝術派が混在するなど、草創期特有の混沌とした可能性をそこに指摘することもできるわけである。特に注目すべきは「文藝時代」との〝交流〟で、たとえば金子洋文と伊藤永之介の「師弟」コンビが「文藝時代」をも主要な活動の場にしていた事実は注意されてよい。特に伊藤永之介は新進評論家として「新感覚派」擁護の論陣を張り、その一方で「文藝戦線」には十月号の創作欄に「秋景一場」を発表、この小品は新感覚派の影響下で書かれたプロレタリア文学としてきわめて実験性の強い作品でもある。また「文藝時代」の同人にあっても今東光の「軍艦」(「文藝時代」大十三・十一)は階級批判が前衛的な文体のうちに表現された意欲作だったし、諏訪三郎の「檻」(本巻収録)も、新感覚派的な文体を持ちながら、プロレタリア文学として十分に通用する内容である。二つの雑誌を架橋していたのは「表現の革命」を志向するアナーキズム的な「混沌」であり、逆に言えばそれらが失われた時、のちに平野謙に「三派鼎立」(既成文学、モダニズム文学、プロレタリア文学)と整理・概括されるような状況(『昭和文学史』昭三十八・十二、筑摩書房)が生じることにもなったのである。

「文藝戦線」に話を戻すと、この年の創作欄でもっとも大きな反響を呼んだのは葉山嘉樹のデビュー作、「淫売婦」(本巻所収)であった。本文末尾に「千種監獄にて」との付記があるように、第一次共産党事件で投獄中、検閲を受けながら執筆していたエピソードなども知られている。彼自身、短期間水夫として働いた経歴があり、そこに愛読していたロシア文学の影響なども交錯して、日本を舞台としながらもどこか異国情緒を感じさせる、不可思議な幻想性が醸し出されている。印象に残るのは嗅覚を中心とした身体感覚で、この小説と新感覚派の作品との距離は一般に考えられているよりもはるかに近いのではないか。主人公の「私」は当初臭気に嫌悪を感じるのだが、被搾取階級としての連帯感を感じるうちに次第にそれは消えていく。そしてそれはまた、当初女に感じていたはずの性欲が状況への憤りに振りかえられていくプロセスにも見合っていたのである。五感に密着したこうした「感覚表現」を基点にしえた点に、この時期固有のプロレタリア文学の特色を指摘することができよう。

黒島伝治の「電報」(本巻所収)は「文藝戦線」にデビュー前、同人誌に掲載された短編だが、「淫売婦」と並ぶこの年の大きな収穫に数えてよいと思う。彼の名から一般に連想されるのは「渦巻ける烏の群」(「改造」昭三・二)を初めとする一連の反戦小説だが、初期の農民文学時代の作品にも根強い評価の声がある。日本のプロレタリア文学の戦うべき「敵」が、近代金融資本制度以前に、まず何よりも「村八分」ということばに代表される、封建的な村落共同体の論理であったという事実は重要であろう。のちに転向時代に『生活の探求』(島木健作、昭十二・十、河出書房)で再び問題が農村に投げ返される経緯を思うと、その後の運動の欠落部分をあざやかに照らし出してくれているように思われるのである。

「文藝戦線」を離れて言えば、むしろこの年のプロレタリア文学の最大の〝事件〟は細井和喜蔵の『女工哀史』（本巻抄録）の刊行であったかもしれない。今日、近代を代表する記録文学として評価されているこの著作は、「改造」の大正十三年九月〜十一月号に部分掲載され、翌十四年七月に単行本として出版、たちまち大きな反響を呼ぶことになる。執筆に精魂を使い果たした結果であったのだろうか、著者の細井は刊行からわずか二ヶ月後に急死してしまう。二十代半ばにしての夭折で、「文藝戦線」十月号の追悼特集はまことにいたましいものがある。『女工哀史』の徹底した実証主義は、結果的に当時の文壇文学への痛烈な批判の刃にもなっており、青野季吉の「『調べた』藝術」（本巻収録）もまた、この『女工哀史』の刊行に触発されたかのおもむきがある。この作品は方法としての「ルポルタージュ」をいかに作品に内在化していくかという課題、つまりことばを換えていえば、山田清三郎の「文藝家と社会生活」（本巻収録）が説くように、文壇を大きくこえた「社会」の存在を、文壇文学の手法とはことなる手立てによっていかに描き出していくべきか、という課題を提起することになったのである。

黒島伝治（大正10年、シベリアにて）

草創期の「混沌」に秘められた可能性として、異なるジャンルの融合もあげておかなければならない。たとえば小川未明が模索していた、童話と社会主義文学との融合。未明は『赤い蠟燭と人魚』（大十・六、天佑社）ですでに社会主義への傾斜を示していたが、ここからさらに一歩進み、必ずしも子供を対象とせずに「童話」という枠組みを社会批判に転用する実験が「白刃に戯る火」（本巻収録）で試みられることになる。「童話」でありながら階級批判を主軸にし、なおかつ「白刃」と「火」の「戯れ」がいわくいいがたい官能性をかもし出すという、不可思議な印象を与える小説である。もっとも小川未明にあって抒情的な浪漫性とマルクス主義的な文学観はついに手を結ぶことなく、運動の組織化が進むに従って、彼は再び子供を対象とした童話へと帰っていくことになる。「文藝戦線」十月号には未明の「我等の藝術をジャナリズムから救へ」と題する一文と、この年から翌年にかけて刊行された『小川未明選集』の見開き二頁の広告、さらには選集刊行に寄せた奥山孝一の推薦文が寄せられており、彼がもっともプロレタリア文学に近接していた時期の様相をさながらに伝えてくれるのである。

8　戯曲と探偵小説——乱歩の時代——

大正の後半期は近代史上、他に例を見ぬほど演劇と文学との相互浸透が進んだ時期でもあった。特に震災以降、正宗白鳥、豊島与志雄、広津和郎ら既成大家たちが次々に戯曲に手を染め、空前のレーゼ・ドラマ（上演を前提としない「読む」脚本）ブームが巻き起こったのである。それにしても演劇の専門的な知識に乏しい既成大家たちにこうした現象が目立つのはなぜなのだろうか。白鳥は「この頃は脚本の体裁を取つた方が小説よりも余程書きいゝ」、「地の文である場景の描写を試みる小説よりも手易いのである。」（「演劇雑記」「新小説」大十四・七）とも語っている。因果的な説明を地の文で行う「描写」が行き詰まって

「演劇新潮」創刊号（大正13年1月）

いた同時代の状況がやはりその背景にあったとみることができよう。白鳥自身はこれらがもともと「実現の可能性のない脚本」（「脚本について（A）」「時事新報」大十三・三・十〜十一）であることを再三ことわってはいたのだが、結局「人生の幸福」（「改造」大十三・四）は大正十三年十月に畑中蓼坡脚本、新劇協会によって帝国ホテル演藝場で上演されることになる。「演劇雑記」（「新小説」大十四・七）によれば、本巻収録の「隣家の夫婦」を執筆中に「人生の幸福」を観劇する体験をし、その評判がきっかけとなって「そつくり書き直」す気になったのであるという。なお、この観劇体験自体をもとにした小説に「劇場と饗宴」（「改造」大十四・二）があることも付け加えておきたい。

一方で菊池寛、岸田国士ら一線で活躍していた脚本作者たちは、そもそもレーゼ・ドラマ自体に対して懐疑的であった。上演前提の戯曲の新作に関しては、この年一番の収穫は岸田国士の活躍であったかもしれない。「演劇新潮」は震災後の演劇界復興の中心的な役割を果たした雑誌だが、同時にフランス帰りの岸田国士のデビューの舞台になったことでも記憶される。すでに前年（大正十三年）に「チロルの秋」を掲載したのに続いて十四年に「ぶらんこ」（本巻所収）、「紙風船」（「文藝春秋」五月）を続けて発表し、劇界での彼の評価は決定的なものになったのである。大正十三年は小山内薫、土方与志らが築地小劇場を立ち上げた年でもあったが、開場に先立つ公演で当面は翻訳劇だけを上演すると言った小山内の発言が若い劇作家たちの反

発を買うことになり、こうした中で西欧の若い家庭の明るい生活の息吹を軽妙な会話によって組み立てた「ぶらんこ」と「紙風船」は、日本人の創作新劇にあらたな息吹を与えることになったのである。

最後になってしまったが、探偵小説の動向に触れておきたい。

この年は江戸川乱歩にとって記念すべき年であった。すでに「新青年」大正十二年四月号に「二銭銅貨」でデビューしていたが、職業作家としての自立は、大正十四年初頭の「D坂の殺人事件」（一月号）と「心理試験」（二月号）に求められるべきであろう。これを皮切りに「屋根裏の散歩者」「人間椅子」などの代表作をこの年の「新青年」に立て続けに発表し、「探偵小説」がジャンルとして自立するのに大きく寄与することになるのである。第一創作集『心理試験』を春陽堂から出版するのもこの年の七月のことで、九月に横溝正史らと探偵趣味の会を起こし、さらにその翌月には大衆文藝作家二十一人会の同人にもなっている。ちなみに「大衆」という語が現在の意味で使われるようになるのはこの頃からで、講談、通俗家庭小説、時代物、探偵小説などを総合した「大衆文学」というあらたなジャンルの輪郭が次第に明確になっていくのである。「D坂の殺人事件」は明智小五郎が登場する初めての作品で、本巻収録の「心理試験」はその続編のような性格を併せ持っていた。作中に登場する「連想診断」はフロイト心理学が我が国の文学に本格的に応用されたもっとも早い例でもあり、理性や知性が自らの無意識、深層心理によって覆されていく逆転劇は、まさに時代のテーマに沿うものでもあったわけである。翌大正十五年にかけての乱歩の活躍は誠にめざましいものがあり、本巻所収の平林初之輔「日本の近代的探偵小説　特に江戸川乱歩氏に就て」はこうした状況を的確に解説してみせてくれている。平林は「種蒔く人」以来のプロレタリア文学の論客だが、一方で、「新青年」に探偵小説関係の評論、翻訳、創作を次々に発表しており、こうした感性がのちの「藝術大衆化論争」における彼の発言の背景にもあったわけである。これもまた、大正十四年という未曾有の混沌期の様相を如実に物語るものと言えよう。

↑水島爾保布画「心理試験」挿画（「新青年」大正14年2月号）

←大正14年、名古屋にて　右より川口松太郎　国枝史郎　小酒井不木　江戸川乱歩　本多緒生

解題　安藤　宏

凡例

一、本文テキストは、原則として初出誌紙を用いた。ただし編者の判断により、初刊本を用いることもある。
二、初出誌紙が総ルビであるときは、適宜取捨した。パラルビは、原則としてそのままとした。詩歌作品については、初出ルビをすべてそのままとした。
三、初出誌紙において、改行、句読点の脱落、脱字など、不明瞭なときは、後の異版を参看し、補訂した。
四、初刊本をテキストとするときは、初出誌紙を参看し、ルビを補うこともある。初出誌紙を採用するときは、後の異版によって、ルビを補うことをしない。
五、用字は原則として、新字、歴史的仮名遣いとする。仮名遣いは初出誌紙のままとした。
六、用字は「藝」のみを正字とした。また人名の場合、「龍」、「聲」など正字を使用することもある。
七、作品のなかには、今日からみて人権にかかわる差別的な表現が一部含まれている。しかし、作者の意図は差別を助長するものではないこと、作品の背景をなす状況を現わすための必要性、作品そのものの文学性、作者が故人であることを考慮し、初出表記のまま収録した。

〔小説・戯曲〕

馬の脚　芥川龍之介

一九二五（大正十四）年一月一日発行「新潮」第四十二巻第一号、同年二月一日発行同誌第四十二巻第二号に発表。極少ルビ。底本には初出誌。

WC　稲垣足穂

一九二五（大正十四）年一月一日発行「文藝時代」第二巻第一号に発表。ルビなし。同年九月十日、新潮社刊『鼻眼鏡』（新進作家叢書45）に収録。底本には初出誌。

血を吐く　葛西善蔵

一九二五（大正十四）年一月一日発行「中央公論」第四十年第一号。ルビなし。一九二八（昭和三）年十一月十八日、改造社刊『葛西善蔵全集第三巻』に収録。底本には初出誌。

檸檬　梶井基次郎

一九二五（大正十四）年一月一日発行「青空」第一巻第一号に発表。ルビ一語のみ。一九三一（昭和六）年五月十五日、武蔵野書院刊『檸檬』に若干の修訂をほどこし収録。底本には初出誌。

痩せた花嫁　今東光

一九二五（大正十四）年一月一日発行「婦人公論」第十年第

一号に発表。総ルビ。同年十月二十日、金星堂刊『痩せた花嫁』に収録。底本には初出誌を用いルビを取捨した。

濠端の住ひ　志賀直哉

一九二五（大正十四）年一月一日発行「不二」第二年第一号に発表。極少ルビ。同年四月二十日、改造社刊『雨蛙』に若干の修訂をほどこし収録。底本には初出誌。

隣家の夫婦　正宗白鳥

一九二五（大正十四）年一月一日発行「中央公論」第四十年第一号に発表。パラルビ。同年一月二十五日、新潮社刊『人生の幸福』に収録。底本には初出誌。

心理試験　江戸川乱歩

一九二五（大正十四）年二月一日発行「新青年」第六巻第三号に発表。総ルビ。同年七月十八日、春陽堂刊『心理試験』に収録。底本には初出誌を用いルビを取捨した。

白刃に戯る火　小川未明

一九二五（大正十四）年三月一日発行「中央公論」第四十年第三号に発表。ルビなし。同年三月二十五日、未明選集刊行会刊『小川未明選集第四巻』に収録。底本には初出誌。

ぶらんこ　岸田国士

一九二五（大正十四）年四月一日発行「演劇新潮」第二年第三号に発表。パラルビ。同年九月十五日、第一書房刊『岸田国士戯曲集』に若干の修訂をほどこし収録。底本には初出誌。

未解決のまゝに　徳田秋聲

一九二五（大正十四）年四月一日発行「中央公論」第四十年第四号に発表。パラルビ。同年五月二十日、文藝日本社刊『籠の小鳥』に収録。底本には初出誌。

氷る舞踏場　中河与一

一九二五（大正十四）年四月一日発行「新潮」第四十二巻第四号に発表。パラルビ。翌年六月十五日、金星堂刊『氷る舞踏場』に収録。底本には初出誌。

檻　諏訪三郎

一九二五（大正十四）年四月一日発行「文藝時代」第二巻四号に発表。ルビ一語のみ。一九二七（昭和二）年十一月二十日、金星堂刊『ビルヂング棲息者』に収録。底本には初出誌。

首　藤沢恒夫

一九二五（大正十四）年五月一日発行「辻馬車」第一巻第三号に発表。パラルビ。一九三〇（昭和五）年十一月十日、改造社刊『辻馬車時代』に収録。底本には初出誌。

兵士について　村山知義

一九二五（大正十四）年六月一日発行「文藝時代」第二巻第六号に発表。ルビなし。底本には初出誌。

電報　黒島伝治

一九二五（大正十四）年七月一日発行「潮流」に発表。極少ルビ。一九二七（昭和二）年十月十六日、春陽堂刊『豚群』に修訂をほどこし収録。底本には初出誌。

暮笛庵の売立　室生犀星

一九二五（大正十四）年七月一日発行「新潮」第四十三巻第一号に発表。パラルビ。一九二九（昭和四）年七月八日、改造社刊『新選 室生犀星集』に収録。底本には初出誌。

静かなる羅列　横光利一

一九二五（大正十四）年七月一日発行「文藝春秋」第三年第七号に発表。ルビなし。一九二七（昭和二）年一月十二日、改造社刊『春は馬車に乗つて』に収録。底本には初出誌。

女工哀史（抄）　細井和喜蔵

一九二五（大正十四）年七月十八日、改造社発行。底本には初刊本。

青い海黒い海　川端康成

一九二五（大正十四）年八月一日発行「文藝時代」第二巻第八号に発表。ルビなし。一九二七（昭和二）年三月二十日、金星堂刊『伊豆の踊子』に修訂をほどこし収録。底本には初出誌。

『Cocu』のなげき　武林無想庵

一九二五（大正十四）年九月一日発行「改造」第七巻第九号（秋季特別号）に発表。極少ルビ。底本には初出誌。

鏡地獄　牧野信一

一九二五（大正十四）年九月一日発行「中央公論」第四十年第十号（秋季大附録号）に発表。パラルビ。底本には初出誌。

浅倉リン子の告白　松永延造

一九二五（大正十四）年九月一日発行「中央公論」第四十年第十号（秋季大附録号）に発表。極少ルビ。底本には初出誌。

淫売婦　葉山嘉樹

一九二五（大正十四）年十一月一日発行「文藝戦線」第二巻第七号に発表。ルビなし。翌年七月十八日、春陽堂刊『淫売婦』に若干の修訂をほどこし収録。底本には初出誌。

〔児童文学〕

子供と太陽　北川千代

一九二五（大正十四）年六月一日発行「童話」第六巻第六号に発表。総ルビ。底本には初出誌。

虎ちやんの日記　千葉省三

一九二五（大正十四）年九月一日、十月一日発行「童話」第六巻第九号、第十号に発表。総ルビ。底本には初出誌。

甚兵衛さんとフラスコ　相馬泰三

一九二五（大正十四）年十月一日発行「童話」第六巻第十号に発表。総ルビ。底本には初出誌。

「北風」のくれたテイブルかけ　久保田万太郎

一九二五（大正十四）年十月一日、十一月一日、十二月一日、一九二六（大正十五）年十月一日発行「赤い鳥」第十五巻第四号、第五号、第六号、第十六巻第一号に発表。総ルビ。底本には初出誌。

〔評論・随筆〕

新進作家の新傾向解説　川端康成

一九二五（大正十四）年一月一日発行「文藝時代」第二巻第一号に発表。ルビなし。底本には初出誌。

「私」小説と「心境小説」　久米正雄

一九二五（大正十四年）年一月十五日発行「文藝講座」第七号に発表。少なめのパラルビ。底本には初出誌。

感覚活動（感覚活動と感覚的作物に対する非難の逆説）　横光利一

一九二五（大正十四）年二月一日発行「文藝時代」第二巻第

二号に発表。パラルビ。一九三一（昭和六）年十一月五日、白水社刊『書方草紙』に「新感覚論―感覚活動」と改題し収録。底本には初出誌。

再び散文藝術の位置に就いて　広津和郎

一九二五（大正十四）年二月一日発行「新潮」第四十二巻第二号に発表。ルビなし。底本には初出誌。

葛西善蔵氏との藝術問答

一九二五（大正十四）年三月一日発行「新潮」第四十二巻第三号に発表。ルビなし。底本には初出誌。

文壇の新時代に与ふ　生田長江

一九二五（大正十四）年四月一日発行「新潮」第四十二巻第四号に発表。少なめのパラルビ。底本には初出誌。

生田長江氏の妄論其他　伊藤永之介

一九二五（大正十四）年四月一日発行「文藝時代」第二巻四号に発表。ルビなし。底本には初出誌。

文藝時代と未来主義　佐藤一英

一九二五（大正十四）年四月一日発行「文藝時代」第二巻四号に発表。ルビなし。底本には初出誌。

コントの一典型　岡田三郎

一九二五（大正十四）年四月一日発行「文藝日本」第一巻第一号に発表。ルビなし。底本には初出誌。

末梢神経又よし　稲垣足穂

一九二五（大正十四）年四月一日発行「文藝時代」第二巻第四号に発表。ルビなし。底本には初出誌。

日本の近代的探偵小説　平林初之輔

一九二五（大正十四）年四月一日発行「新青年」第六巻第五号に発表。少なめのパラルビ。底本には初出誌。

新感覚派は斯く主張す　片岡鉄兵

一九二五（大正十四）年七月一日発行「文藝時代」第二巻第七号に発表。ルビなし。底本には初出誌。

『調べた』藝術　青野季吉

一九二五（大正十四）年七月一日発行「文藝戦線」第二巻第三号に発表。ルビ一語のみ。底本には初出誌。

小説の新形式としての「内心独白」　堀口大學

一九二五（大正十四）年八月一日発行「新潮」第四十三巻第二号に発表。ルビなし。底本には初出誌。

文藝家と社会生活　山田清三郎

一九二五（大正十四）年八月一日発行「文藝戦線」第二巻第四号に発表。ルビなし。底本には初出誌。

泉鏡花氏の文章　片岡良一

一九二五（大正十四）年八月一日発行「国語と国文学」第二巻第八号に発表。極少ルビ。底本には初出誌。

人生のための「藝術」　中村武羅夫

一九二五（大正十四）年八月一日発行「新潮」第四十三巻第二号に発表。極少ルビ。底本には初出誌。

「私小説」私見　宇野浩二

一九二五（大正十四）年十月一日発行「新潮」第四十三巻第四号に発表。ルビなし。底本には初出誌。

表現派の史劇　北村喜八

一九二五（大正十四）年十月一日発行「演劇新潮」第一巻第

七号に発表。ルビなし。底本には初出誌。

〔詩〕

雨降りお月さん　野口雨情

雨降りお月さん　一九二五（大正十四）年三月一日発行「コドモノクニ」第四巻第三号に発表。

白熊　ほか　高村光太郎

白熊　一九二五（大正十四）年二月一日発行「抒情詩」第十四年第二号に発表。傷をなめる獅子　同年四月一日発行同誌第十四年第四号に発表。

『雲』（抄）　山村暮鳥

春の河・おなじく・雲・おなじく　一九二五（大正十四）年一月一日、イデア書院刊『雲』に収録。

ペチカ　ほか　北原白秋

ペチカ　一九二五（大正十四）年五月五日、アルス刊『子供の村』に収録。酸模《すかんぽ》の咲くころ　同年七月一日発行「赤い鳥」第十五巻第一号に発表。アイヌの子　同年十二月一日発行同誌第十五巻第六号に発表。

変態時代　ほか　加藤介春

変態時代・うどんのやうな女　一九二五（大正十四）年九月一日発行「日本詩人」第五巻第九号に発表。

沼沢地方　ほか　萩原朔太郎

沼沢地方　一九二五（大正十四）年二月一日発行「改造」第七巻第二号に発表。郷土望景詩（小出新道・新前橋駅・大渡橋・公園の椅子）同年六月一日発行「日本詩人」第五巻第六号に発表。大井町から　同年九月一日発行「婦人之友」第十九巻第九号に発表。

新律格三章（抄）　川路柳虹

田園初冬　一九二五（大正十四）年二月一日発行「明星」第六巻第二号に発表。我　同年五月一日発行「日本詩人」第五巻第五号に発表。

星からの電話　ほか　室生犀星

星からの電話　一九二五（大正十四）年二月一日発行「新小説」第三十巻第二号に発表。明日　同年四月一日発行「日本詩人」第五巻第四号に発表。

きれぎれのことば　内藤鋠策

きれぎれのことば　一九二五（大正十四）年一月一日発行「抒情詩」第十四年第一号に発表。

貝殻　深尾須磨子

貝殻　一九二五（大正十四）年三月一日発行「明星」第六巻第三号に発表。

わが秋（抄）　佐藤惣之助

わが秋（月飲・蘆の中）一九二五（大正十四）年一月一日発行「日本詩人」第五巻第一号に発表。

晩秋哀歌　ほか　堀口大學

晩秋哀歌・詩　同年九月一日発行「改造」第七巻第九号に発表。

路傍の愛人　金子光晴

路傍の愛人　一九二五（大正十四）年一月一日発行「日本詩人」第五巻第一号に発表。

心象スケッチ 負景二篇 宮沢賢治

—命令—・未来圏からの影 一九二五（大正十四）年九月八日発行「銅鑼」第四号に発表。丘陵地 同年十月二十七日発行同誌第五号に発表。

『秋の瞳』（抄） 八木重吉

ほそい がらす・雲・わが児・草にすわる 一九二五（大正十四）年八月一日、新潮社刊『秋の瞳』に収録。涙 同年十月一日発行「詩之家」第一巻第四号に発表。虫 同年十月一日発行「詩神」第一巻第二号に発表。

戦争 ほか 安西冬衛

戦争 一九二五（大正十四）年五月一日発行「亞」第七号に発表。冬 同年三月一日発行同誌第五号に発表。曇日と停車場・曇日と停車場 同年十月一日発行同誌第十二号に発表。

食用蛙 ほか 萩原恭次郎

食用蛙 一九二五（大正十四）年七月一日発行「日本詩人」第五巻第七号に発表。日比谷 同年十月一日発行同誌第五巻第十号に発表。

『三半規管喪失』（抄） 北川冬彦

秋・瞰下景・三半規管喪失・草原 一九二五（大正十四）年一月十五日、至上藝術社刊『三半規管喪失』に収録。

写真版のやうな風景 岡本潤

写真版のやうな風景 同年七月一日発行「抒情詩」第十四年第七号に発表。

赤い橋 春山行夫

赤い橋（墓地・人世） 一九二五（大正十四）年五月一日発行「日本詩人」第五巻第五号に発表。

蛙になる ほか 草野心平

蛙になる 一九二五（大正十四）年四月発行「銅鑼」第一号に発表。青い水たんぽ 同年五月発行同誌第二号に発表。蛙の散歩 同年十月二十七日発行同誌第五号に発表。

酔醒 ほか 林芙美子

酔醒・恋は胸三寸のうち 一九二五（大正十四）年六月二十四日発行「マヴォ」第五号に発表。

雪 ほか 竹中郁

雪 一九二五（大正十四）年一月一日発行「羅針」第二号に発表。川 同年二月一日発行同誌第三号に発表。ある夜景 同年三月一日発行同誌第四号に発表。撤水電車 同年七月一日発行「射手」創刊号に発表。晩夏・花氷・氷菓《アイスクリーム》 同年八月一日発行「豹」創刊号に発表。

ひるすぎ ほか 大関五郎

ひるすぎ・昼・春 一九二五（大正十四）年五月一日発行「日本詩人」第五巻第五号に発表。

沿線 ほか 小野十三郎

沿線・快晴 一九二五（大正十四）年六月二十四日発行「マヴォ」第五号に発表。

曇つた晩 ほか 瀧口武士

曇つた晩・貿易 一九二五（大正十四）年四月一日発行「亞」第六号に発表。海 同年五月一日同誌第七号に発表。

雪夜 ほか 黄瀛

雪夜 一九二五（大正十四）年五月一日日発行「日本詩人」

第五巻第五号に発表。　**喫茶店金水**　同年九月一日発行同誌第五巻第九号に発表。

水に映る ほか　竹中久七

水に映る・スタートの壮厳な展望　一九二五（大正十四）年九月一日発行「詩之家」第一第三号に発表。

歌まがひの詩　高橋新吉

歌まがひの詩　一九二五（大正十四）年二月一日発行「抒情詩」第十四年第二号に発表。

〔短歌〕

渋谷にて　与謝野晶子

一九二五（大正十四）年四月一日発行「改造」第七巻第四号に発表。

曼珠沙華の歌　木下利玄

一九二五（大正十四）年一月一日発行「日光」第二巻第一号に発表。

夕靄　木下利玄

一九二五（大正十四）年三月一日発行「改造」第七巻第三号に発表。

沼津千本松原　若山牧水

一九二五（大正十四）年二月一日発行「創作」第十三巻第二号に発表。

春とわが身と　若山喜志子

一九二五（大正十四）年六月一日発行「創作」第十三巻第五号に発表。

明星ケ嶽の焼山　北原白秋

一九二五（大正十四）年六月一日発行「日光」第二巻第五号に発表。

枇杷の花　釈迢空

一九二五（大正十四）年九月一日発行「日光」第二巻第八号に発表。

林道　前田夕暮

一九二五（大正十四）年十二月一日発行「改造」第七巻第十二号に発表。

稗の穂　古泉千樫

一九二五（大正十四）年一月一日発行「日光」第二巻第一号に発表。

寸歩曲　古泉千樫

一九二五（大正十四）年五月一日発行「改造」第七巻第五号に発表。

紙鳶揚　土岐善麿

一九二五（大正十四）年二月一日発行「改造」第七巻第二号に発表。

槍ケ岳西の鎌尾根　窪田空穂

一九二五（大正十四）年四月一日発行「短歌雑誌」第八巻第四号に発表。

○　窪田空穂

一九二五（大正十四）年十二月一日発行「国民文学」第一三一号に発表。

○　植松寿樹

一九二五（大正十四）年九月一日発行「国民文学」第一二八号に発表。

○岡麓

一九二五（大正十四）年六月一日発行「アララギ」第十八巻第六号に発表。

○島木赤彦

一九二五（大正十四）年五月一日発行「アララギ」第十八巻第五号に発表。

○平福百穂

一九二五（大正十四）年八月一日発行「アララギ」第十八巻第八号に発表。

○斎藤茂吉

一九二五（大正十四）年四月一日発行「アララギ」第十八巻第四号に発表。

○斎藤茂吉

一九二五（大正十四）年五月一日発行「アララギ」第十八巻第五号に発表。

○斎藤茂吉

一九二五（大正十四）年十一月一日発行「アララギ」第十八巻第十一号に発表。

童馬山房雑歌　斎藤茂吉

一九二五（大正十四）年九月一日発行「改造」第七巻第九号に発表。

高雄秋夕　中村憲吉

一九二五（大正十四）年一月一日発行「改造」第七巻第一号に発表。

○中村憲吉

一九二五（大正十四）年三月一日発行「アララギ」第十八巻第三号に発表。

湯元道　土屋文明

一九二五（大正十四）年六月一日発行「改造」第七巻第六号に発表。

○土屋文明

一九二五（大正十四）年八月一日発行「アララギ」第十八巻第八号に発表。

父を葬る　藤沢古実

一九二五（大正十四）年八月一日発行「改造」第七巻第八号に発表。

錦木　太田水穂

一九二五（大正十四）年一月一日発行「潮音」第十一巻第一号に発表。

信濃にて　太田水穂

一九二五（大正十四）年二月一日発行「潮音」第十一巻第二号に発表。

霜枯　四賀光子

一九二五（大正十四）年一月一日発行「潮音」第十一巻第一号に発表。

〔俳句〕

ホトトギス巻頭句集

一九二五（大正十四）年一月一日発行「ホトトギス」第二十八巻第四号（第三百四十一号）。同年二月一日発行同誌第二十八巻第五号（第三百四十二号）。同年三月一日発行同誌第二十八巻第六号（第三百四十三号）。同年四月一日発行同誌第二十八巻第七号（第三百四十四号）。同年五月一日発行同誌第二十八巻第八号（第三百四十五号）。同年六月一日発行同誌第二十八巻第九号（第三百四十六号）。同年七月一日発行同誌第二十八巻第十号（第三百四十七号）。同年八月一日発行同誌第二十八巻第十一号（第三百四十八号）。同年九月一日発行同誌第二十八巻第十二号（第三百四十九号）。同年十月一日発行同誌第二十九巻第一号（第三百五十号）。同年十一月一日発行同誌第二十九巻第二号（第三百五十一号）。同年十二月一日発行同誌第二十九巻第三号（第三百五十二号）。

〔大正十四年〕　高浜虚子

一九二五（大正十四）年三月一日発行「ホトトギス」第二十八巻第六号（三百四十三号）。同年八月一日発行同誌第二十八巻第十一号（三百四十八号）。

山廬集（抄）　飯田蛇笏

一九三二（昭和七）年十二月二十一日、雲母社発行。

〔大正十四年〕　河東碧梧桐

一九二五（大正十四）年三月一日発行「三昧」第一号。同年四月一日発行同誌第二号。同年五月一日発行同誌第三号、同年六月一日発行同誌第四号、同年七月一日発行同誌第五号、同年九月一日発行同誌第七号、同年十月一日発行同誌第八号、同年十一月一日発行同誌第九号、同年十二月一日発行同誌第十号。

著者略歴

青野季吉―あおの　すえきち―一八九〇・二・二四～一九六一・六・二三　文藝評論家　新潟県出身　早稲田大学英文科卒　『解放の藝術』『転換期の文学』『現代文学論』『文学五十年』

芥川龍之介―あくたがわ　りゅうのすけ―一八九二・三・一～一九二七・七・二四　小説家　東京出身　東京帝国大学英文科卒　『鼻』『羅生門』『河童』

安西冬衛―あんざい　ふゆえ―一八九八・三・九～一九六五・八・二四　詩人　奈良市出身　大阪府立堺中学校卒　『軍艦茉莉』『座せる闘牛士』

飯田蛇笏―いいだ　だこつ―一八八五・四・二六～一九六二・一〇・三　本名　飯田武治　俳人　山梨県出身　早稲田大学英文科卒　『山廬集』『山廬随筆』

生田長江―いくた　ちょうこう―一八八二・四・二一～一九三六・一・一一　本名　生田弘治　評論家・小説家・戯曲家・翻訳家　鳥取県出身　東京帝国大学哲学科卒　『自然主義論』『何故第四階級は正しいか』『円光』

伊藤永之介―いとう　えいのすけ―一九〇三・一一・二一～一九五九・七・二六　本名　伊藤栄之助　小説家　秋田市出身　秋田市中通尋常小学校卒　『鶯』『なつかしの山河』『警察日記』

稲垣足穂―いながき　たるほ―一九〇〇・一二・二六～一九七七・一〇・二五　小説家　大阪出身　関西学院普通部卒　『一千一秒物語』『星を売る店』『弥勒』『少年愛の美学』

植松寿樹―うえまつ　ひさき―一八九〇・二・一六～一九六四・三・二六　歌人　東京出身　慶応義塾大学理財科卒　『庭燎』『光化門』『枯山水』

宇野浩二―うの　こうじ―一八九一・七・二六～一九六一・九・二一　本名　宇野格次郎　小説家　福岡県出身　早稲田大学英文科予科中退　『苦の世界』『子を貸し屋』『枯木のある風景』

江戸川乱歩―えどがわ　らんぽ―一八九四・一〇・二一～一九六五・七・二八　本名　平井太郎　小説家　三重県出身　早稲田大学政経学部卒　「二銭銅貨」「D坂の殺人事件」「屋根裏の散歩者」「人間椅子」「陰獣」

大関五郎―おおぜき　ごろう―一八九五・一・二四～一九四八・八・三〇　詩人・歌人　水戸市出身　東京主計学校卒　『星の唄』『煙草のけむり』

太田水穂―おおた　みずほ―一八七六・一二・九～一九五五・一・一　本名　太田貞一　歌人・国文学者　長野県出身　長野県師範学校卒　『つゆ艸』『老蘇の森』『短歌立言』

岡　麓―おか　ふもと―一八七七・三・三～一九五一・九・七　本名　岡三郎　歌人・書家　東京出身　東京府立一中中退　『庭苔』『岡麓全歌集』

岡本　潤―おかもと　じゅん―一九〇一・七・五～一九七八・二・一六　本名　岡本保太郎　詩人　埼玉県出身　東洋大学中退　『夜から朝へ』『襤褸の旗』『罰当りは生きてゐる』

小川未明―おがわ　みめい―一八八二・四・七～一九六一・五・一一　本名　小川健作　小説家・童話作家　新潟県出身　早稲田大学英文科卒　『赤い蠟燭と人魚』『野薔薇』

小野十三郎―おの　とおざぶろう―一九〇三・七・二七～一九九六・一〇・八　詩人　大阪市出身　東洋大学中退　『大阪』『詩論』

葛西善蔵―かさい　ぜんぞう―一八八七・一・一六～一九二八・七・二三　小説家　青森県出身、早稲田大学英文科聴講生　『哀しき父』『子をつれて』

梶井基次郎―かじい　もとじろう―一九〇一・二・一七～一九三二・三・二四　小説家　大阪市出身　東京帝国大学英文科中退　『檸檬』『城のある町にて』『冬の日』『交尾』

片岡良一―かたおか　よしかず―一八九七・一・五～一九五七・三・二五　国文学者　神奈川県出身　東京帝国大学国文科卒　『近代日本文学の展望』『近代日本の作家と作品』『自然主義研究』

加藤介春―かとう　かいしゅん―一八八五・五・一六～一九四六・一二・一八　本名　加藤寿太郎　詩人　福岡県出身　早稲田大学英文科卒　『獄中哀歌』『梢を仰ぎて』『眼と眼』

金子光晴―かねこ　みつはる―一八九五・一二・二五～一九七五・六・三〇　本名　金子安和　詩人　愛知県出身　早稲田大学英文科・東京美術学校日本画科・慶応義塾大学英文科予科中退　『こがね虫』『鮫』『マレー蘭印紀行』『落下傘』『人間の悲劇』

川路柳虹―かわじ　りゅうこう―一八八八・七・九～一九五九・四・一七　本名　川路誠　詩人・美術評論家　東京出身　東京美術学校（東京藝術大学）日本画科卒　『路傍の花』『波』

川端康成―かわばた　やすなり―一八九九・六・一四～一九七二・四・一六　小説家　大阪市出身　東京帝国大学文学部国文科卒　『伊豆の踊子』『雪国』『名人』『みづうみ』『眠れる美女』

河東碧梧桐―かわひがし　へきごとう―一八七三・二・二六～一九三七・二・一　本名　河東秉五郎　俳人　愛媛県出身　仙台二高中退　『新傾向句集』『八年間』『三千里』

岸田国士―きしだ　くにお―一八九〇・一一・二～一九五四・三・五　劇作家・小説家・評論家・翻訳家　東京出身　東京帝国大学仏文選科中退　『落葉日記』『牛山ホテル』『由利旗江』『双面神』

北川千代―きたがわ　ちよ―一八九四・六・一四～一九六五・一〇・一四　小説家　埼玉県出身　三輪田高女中退　『父の乗る汽車』『小さな嵐』

北川冬彦―きたがわ　ふゆひこ―一九〇〇・六・三～一九九〇・四・一二　本名　田畔忠彦　詩人・翻訳家・映画批評家　大津市出身　東京帝国大学法学部卒・仏文科中退　『戦争』A＝ブルトン『超現実主義宣言書』『現代映画論』

北原白秋―きたはら　はくしゅう―一八八五・一・二五～一九四二・一一・二　本名　北原隆吉　詩人・歌人　福岡県出身　早稲田大学英文科中退　『邪宗門』『桐の花』『雲母集』『雀の卵』

木下利玄―きのした　りげん―一八八六・一・一～一九二五・二・一五　本名　利玄（としはる）　歌人　岡山県出身　東京帝国大学国文科卒　『銀』『紅玉』『一路』

北村喜八―きたむら　きはち―一八九八・一一・一七～一九六〇・一二・二七　演出家・演劇評論家・劇作家　石川県出身　東京帝国大学英文科卒　『海の呼声』『表現主義の戯曲』『西洋演劇史概説』

草野心平―くさの　しんぺい―一九〇三・五・一二～一九八八・一一・一二　詩人　福島県出身　中国広州嶺南大学に学ぶ　『第百階級』『定本　蛙』

窪田空穂―くぼた　うつほ―一八七七・六・八～一九六七・四・一二　本名　窪田通治　歌人・国文学者　長野県出身　東京専門学校（早稲田大学）卒　『まひる野』『濁れる川』『鏡葉』

久保田万太郎―くぼた　まんたろう―一八八九・一一・七～一九六三・五・六　小説家・俳人・劇作家　東京出身　慶応義塾大学文科卒　『春泥』『花冷え』『大寺学校』

久米正雄―くめ　まさお―一八九一・一一・二三～一九五二・三・一　小説家・劇作家　長野県出身　東京帝国大学英文科卒　『父の死』『破船』『月よりの使者』

黒島伝治—くろしま でんじ—一八九八・一二・一二〜一九四三・一〇・一七 小説家 香川県出身 早稲田大学文学部高等予科選科中退『武装せる市街』『渦巻ける鳥の群』

古泉千樫—こいずみ ちかし—一八八六・九・二六〜一九二七・八・一一 本名 古泉幾太郎 歌人 千葉県出身 千葉教員講習所卒『川のほとり』『屋上の土』

黄 瀛—こう えい—一九〇六〜没年不明 詩人 中国四川省重慶出身 文化学院・陸軍士官学校卒『景星』『瑞枝』

今 東光—こん とうこう—一八九八・三・二六〜一九七七・九・一九 小説家 横浜市出身 兵庫県豊岡中学中退『痩せた花嫁』『お吟さま』『河内風土記』

斎藤茂吉—さいとう もきち—一八八二・五・一四〜一九五三・二・二五 歌人 山形県出身、東京帝国大学医学部卒『赤光』『あらたま』

佐藤一英—さとう いちえい—一八九九・一〇・一三〜一九七九・八・二四 詩人 早稲田大学文学部英文科中退『新韻律詩論』『空海頌』

佐藤惣之助—さとう そうのすけ—一八九〇・一二・三〜一九四二・五・一五 詩人 神奈川県出身 暁星中学付属仏語専修科卒『華やかな散歩』『琉球諸島風物詩集』

志賀直哉—しが なおや—一八八三・二・二〇〜一九七一・一〇・二一 小説家 宮城県出身 東京帝国大学国文科中退『大津順吉』『暗夜行路』

四賀光子—しが みつこ—一八八五・四・二一〜一九七六・三・二三 本名 太田光子 太田水穂の妻 歌人 長野県出身 東京女子高等師範学校文科卒『藤の実』『朝日』『麻ぎぬ』

島木赤彦—しまき あかひこ—一八七六・一二・一七〜一九二六・三・二七 本名 久保田俊彦 歌人 長野県出身 長野尋常師範学校（信州大学）卒『柿蔭集』『歌道小見』

釈 迢空—しゃく ちょうくう—一八八七・二・一一〜一九五三・九・三 別名 折口信夫 国文学者・歌人・詩人 大阪府出身 国学院大学卒『海やまのあひだ』『死者の書』

諏訪三郎—すわ さぶろう—一八九六・一一・三〜一九七四・六・一四 本名 半沢成二 小説家・編集者 福島県出身 高等小学校卒『応援隊』『剥がれゆくもの』『大地の朝』

相馬泰三—そうま たいぞう—一八八五・一二・二九〜一九五二・

五・一五　本名　相馬退蔵　小説家　新潟県出身　早稲田大学英文科中退　『田舎医師の子』『荊棘の路』

高橋新吉―たかはし　しんきち―一九〇一・一・二八～一九八七・六・五　詩人　愛媛県出身　八幡浜商業中退　『ダダイスト新吉の詩』『胴体』

高浜虚子―たかはま　きょし―一八七四・二・二二～一九五九・四・八　本名　高浜清　俳人・小説家　愛媛県出身　第三高等中学校、東京専門学校（早稲田大学）中退　『俳諧師』『柿二つ』『五百句』

高村光太郎―たかむら　こうたろう―一八八三・三・一三～一九五六・四・二　詩人・彫刻家　東京出身　東京美術学校（東京藝術大学）彫刻科卒　『道程』『智恵子抄』『典型』

瀧口武士―たきぐち　たけし―一九〇四・五・二三～一九八二・五・一五　詩人　大分県出身　大分師範卒　『園』

竹中郁―たけなか　いく―一九〇四・四・一～一九八二・三・七　本名　竹中育三郎　詩人　神戸市出身　関西学院英文科卒　『象牙海岸』『署名』『動物磁気』

竹中九七―たけなか　きゅうしち―一九〇七・八・四～一九六二・一・一七　詩人　東京出身　慶応義塾大学経済学部卒　『瑞艇詩集』『記録』

武林無想庵―たけばやし　むそうあん―一八八〇・二・二三～一九六二・三・二七　本名　武林磐雄　小説家・翻訳家　札幌市出身　東京大学文科大学英文科中退　『結婚礼讃』『むさうあん物語』

千葉省三―ちば　しょうぞう―一八九二・二・一二～一九七五・一〇・一三　児童文学者　栃木県出身　宇都宮中学卒　『千葉省三童話全集』全六巻

土屋文明―つちや　ぶんめい―一八九〇・九・一八～一九九〇・一二・八　歌人　群馬県出身　東京帝国大学哲学科卒　『ふゆくさ』『山谷集』『万葉集私注』

土岐善麿―とき　ぜんまろ―一八八五・六・八～一九八〇・四・一五　別名　土岐哀果　歌人　東京出身　早稲田大学英文科卒　『NAKIWARAI』『土岐善麿歌集』

徳田秋聲―とくだ　しゅうせい―一八七一・一二・二三～一九四三・一一・一八　本名　徳田末雄　小説家　石川県出身　第四高等中学（金沢大学）中退　『黴』『あらくれ』『仮装人物』『縮図』

内藤鋠策―ないとう　しんさく―一八八八・八・二四～一九五七・

一・四　歌人　新潟県出身　『旅愁』『地界地図』『鋠策家集拾遺』

中河与一——なかがわ　よいち——一八九七・二・二八～一九九四・一二・一二　小説家　東京出身　早稲田大学英文科中退　『氷る舞踏場』『天の夕顔』『失楽の庭』『悲劇の季節』

中村憲吉——なかむら　けんきち——一八八九・一・二五～一九三四・五・五　歌人　広島県出身　東京帝国大学法科卒　『林泉集』『しがらみ』『軽雷集』

中村武羅夫——なかむら　むらお——一八八六・一〇・四～一九四九・五・一三　編集者・小説家・評論家　北海道出身　岩見沢小学校卒　『誰だ？花園を荒す者は！』『明治大正の文学者たち』

野口雨情——のぐち　うじょう——一八八二・五・二九～一九四五・一・二七　本名　野口栄吉　民謡・童謡詩人　茨城県出身　東京専門学校（早稲田大学）中退　『船頭小唄』『波浮の港』『七つの子』『十五夜お月さん』

萩原恭次郎——はぎわら　きょうじろう——一八九九・五・二三～一九三八・一一・二二　詩人　群馬県出身　前橋中学卒　『死刑宣告』『断片』『もうろくづきん』

萩原朔太郎——はぎわら　さくたろう——一八八六・一一・一～一九四二・五・一一　詩人　群馬県出身　五高、六高、慶応義塾大学中退　『月に吠える』『青猫』

林芙美子——はやし　ふみこ——一九〇三・一二・三一～一九五一・六・二　小説家　山口県出身　尾道市立高女卒　『放浪記』『晩菊』『浮雲』

葉山嘉樹——はやま　よしき——一八九四・三・一二～一九四五・一〇・一八　小説家　福岡県出身　早稲田大学高等予科文科中退　『淫売婦』『海に生くる人々』『葉山嘉樹日記』

春山行夫——はるやま　ゆきお——一九〇二・七・一～一九九四・一〇・一〇　本名　市橋渉　詩人・エッセイスト　名古屋市出身　小学校卒　『植物の断面』『詩の研究』『ジョイス中心の文学運動』

平林初之輔——ひらばやし　はつのすけ——一八九二・一一・八～一九三一・六・一五　文藝評論家　京都府出身　早稲田大学英文科卒　『無産階級の文化』『文学理論の諸問題』

平福百穂——ひらふく　ひゃくすい——一八七七・一二・二八～一九三三・一〇・三〇　本名　平福貞蔵　歌人・画家　秋田県出身　東京美術学校（東京藝術大学）日本画科専科卒　『寒竹』

広津和郎——ひろつ　かずお——一八九一・一二・五～一九六八・

九・二一　小説家・評論家　東京出身　早稲田大学英文科卒　『神経病時代』『風雨強かるべし』『年月のあしおと』

深尾須磨子―ふかお　すまこ―一八八八・一一・一八〜一九七四・三・三一　詩人　兵庫県出身　京都菊花高女卒　『真紅の溜息』『斑猫』『呪詛』『牝鶏の視野』『君死にたまふことなかれ』

藤沢桓夫―ふじさわ　たけお―一九〇四・七・一二〜一九八九・六・一二　小説家　大阪市出身　東京帝国大学国文科中退　『ローザになれなかった女』『新雪』

藤沢古実―ふじさわ　ふるみ―一八九七・二・二八〜一九六七・三・一五　別名 木曾馬吉　本名 藤沢実　歌人・彫刻家　長野県出身　東京美術学校彫刻科卒　歌集『国原』『赤彦遺言』

細井和喜蔵―ほそい　わきぞう―一八九七・五・九〜一九二五・八・一八　小説家　京都府出身　小学校中退・早稲田大学文学部聴講生　『無限の鐘』『女工哀史』

堀口大學―ほりぐち　だいがく―一八九二・一・八〜一九八一・三・一五　詩人・翻訳家　東京出身　慶応義塾大学文学部予科卒　『月下の一群』『人間の歌』

前田夕暮―まえだ　ゆうぐれ―一八八三・七・二七〜一九五一・四・二〇　本名 前田洋造　歌人　神奈川県出身　中郡中学中退　『収穫』『生くる日に』『原生林』

牧野信一―まきの　しんいち―一八九六・一一・一二〜一九三六・三・二四　小説家　神奈川県出身　早稲田大学英文科卒　『父を売る子』『鬼涙村』

正宗白鳥―まさむね　はくちょう―一八七九・三・三〜一九六二・一〇・二八　本名 正宗忠夫　小説家・劇作家・文藝評論家　岡山県出身　東京専門学校（早稲田大学）英語専修科卒　同文学科卒　『何処へ』『毒婦のやうな女』『生まざりしならば』『今年の秋』

松永延造―まつなが　えんぞう―一八九五・四・二六〜一九三八・一一・二〇　小説家・詩人　横浜市出身　横浜商業専科卒　『夢を喰ふ人』『横笛と時頼』『哀れな者』

宮沢賢治―みやざわ　けんじ―一八九六・八・二七〜一九三三・九・二一　詩人・児童文学者　岩手県出身　盛岡高等農業高等学校卒　『春と修羅』『注文の多い料理店』『グスコーブリの伝記』

村山知義―むらやま　ともよし―一九〇一・一・一八〜一九七七・三・二二　劇作家・演出家・舞台装置家　東京出身　東京帝国大学哲学科中退　『現在の藝術と未来の藝術』『忍びの者』『志村夏江』

室生犀星―むろう さいせい―一八八九・八・一～一九六二・三・二六 本名 室生照道 詩人・小説家 石川県出身 金沢高等小学校中退『抒情小曲集』『性に眼覚める頃』『杏っ子』

八木重吉―やぎ じゅうきち―一八九八・二・九～一九二七・一〇・二六 詩人 東京出身 東京高師卒『秋の瞳』『貧しき信徒』

山田清三郎―やまだ せいざぶろう―一八九六・六・一三～一九八七・九・三〇 小説家・評論家 京都市出身 小学校中退『日本プロレタリア文藝運動史』『地上に待つもの』『プロレタリア文学史』

山村暮鳥―やまむら ぼちょう―一八八四・一・一〇～一九二四・一二・八 本名 土田八九十 詩人 群馬県出身 聖三一神学校卒『聖三稜玻璃』『風は草木にささやいた』『雲』

横光利一―よこみつ りいち―一八九八・三・一七～一九四七・一二・三〇 小説家 福島県出身 早稲田大学高等予科中退『御身』『日輪』『上海』『機械』『寝園』『旅愁』

与謝野晶子―よさの あきこ―一八七八・一二・七～一九四二・五・二九 本名 与謝野しよう 歌人・詩人 与謝野寛の妻 大阪府出身 堺女学校補習科卒『みだれ髪』『君死にたまふこと勿れ』

若山喜志子―わかやま きしこ―一八八八・五・二八～一九六八・八・一九 本名 若山喜志 若山牧水の妻 歌人 長野県出身『無花果』『芽ぶき柳』『眺望』

若山牧水―わかやま ぼくすい―一八八五・八・二四～一九二八・九・一七 本名 若山繁 歌人 宮崎県出身 早稲田大学英文科卒『別離』『路上』

編年体 大正文学全集

第十四巻 大正十四年

二〇〇三年三月二十五日第一版第一刷発行

著者代表——稲垣足穂

編者——安藤 宏

発行者——荒井秀夫

発行所——株式会社 ゆまに書房

東京都千代田区内神田二—七—六

郵便番号 一〇一—〇〇四七

電話〇三—五二九六—〇四九一代表

振替〇〇一四〇—六—六三一六〇

印刷・製本——日本写真印刷株式会社

落丁・乱丁本はお取替いたします

定価はカバー・帯に表示してあります

ISBN4-89714-903-7 C0391